Rebecca Gablé

Jahrgang 1964,
studierte Literaturwissenschaft,
Sprachgeschichte und Mediävistik
in Düsseldorf, wo sie anschließend
als Dozentin für mittelalterliche
englische Literatur tätig war.
Heute arbeitet sie als freie Autorin
und Literaturübersetzerin.
Sie lebt mit ihrem Mann in einer
ländlichen Kleinstadt am
Niederrhein.

Homepage: www.gable.de

Von Rebecca Gablé sind als
Taschenbücher lieferbar:

13917 Das Lächeln der Fortuna
14808 Das zweite Königreich
15396 Die Siedler von Catan

Rebecca Gablé

DER KÖNIG DER PURPURNEN STADT

Historischer Roman

BASTEI LÜBBE TASCHENBUCH
Band 15218

1.+2. Auflage: November 2004
3. Auflage: November 2005
4. Auflage: Januar 2007

Vollständige Taschenbuchausgabe

Bastei Lübbe Taschenbücher und Ehrenwirth Verlag
in der Verlagsgruppe Lübbe

© 2001 by Rebecca Gablé
© für die deutschsprachige Ausgabe 2002 by
Verlagsgruppe Lübbe GmbH & Co. KG, Bergisch Gladbach
Lektorat: Karin Schmidt
Einbandgestaltung: Gisela Kullowatz
Titelbild: Karl v. Orléans im Tower zu London
Illustrationen: Jan Balaz
Satz: Dörlemann Satz, Lemförde
Druck und Verarbeitung: GGP Media GmbH, Pößneck
Printed in Germany
ISBN 978-3-404-15218-6

Sie finden uns im Internet unter
www.luebbe.de

Der Preis dieses Bandes versteht sich einschließlich
der gesetzlichen Mehrwertsteuer.

*Für
meine Eltern*

When thou haste waltered and went and wakede alle þe nyghte,
And hase werpede thy wyde howses full of wolle sakkes,
The bemys benden at the rofe, siche bakone there hynges,
Stuffed are sterlynges vndere stelen bowndes –
What scholde worthe of that wele if no waste come?
Some rote, some ruste some ratouns fede.
Let be thy cramynge of thi kystes for Cristis lufe of heuen,
Late the peple and the pore hafe parte of thi siluere,
For and thou lengare thus lyfe, leue thou no noþer,
Thou schall be hanged in helle for that thou here spareste.

Wenn du dich die ganze Nacht gewälzt hast und gewacht
Und dein großes Haus mit Wollsäcken gefüllt,
Die Dachbalken biegen sich von den Schinken, die dort hängen,
Und voll gestopft mit Silbermünzen sind deine Schatullen,
Was soll dann werden aus all dem Reichtum, wenn nichts aus-
    gegeben wird?
Manches wird verrotten, manches verrosten, manches die
    Ratten füttern.
Lass das Horten in deinen Truhen, um der Liebe Christi willen!
Lass das Volk und die Armen teilhaben an deinem Silber;
Denn wenn du länger so lebst, glaube mir nur,
Wirst du in der Hölle enden, weil du hier nur gespart hast.

aus *Wynnere and Wastoure*, einem Streitgedicht zwischen einem
Geizhals und einem Verschwender, ca. 1350, Verfasser unbekannt

Dramatis Personae

Es folgt eine Aufstellung der wichtigsten Figuren, wobei die historischen Personen mit einem * gekennzeichnet sind.

Kaufleute und Londoner

Jonah Durham
Rupert Hillock, sein Lehrmeister und Cousin
Elizabeth Hillock, Ruperts Frau
Cecilia Hillock, Jonahs und Ruperts Großmutter und ein Drachen
Crispin, Jonahs Freund
Annot, eine kluge Geschäftsfrau
Cecil, ihr Sohn
Isabel Prescote, eine feine Lady mit einem Doppelleben
Martin Greene, Wächter der Tuchhändlergilde
Adam Burnell, Wächter der Tuchhändlergilde, Jonahs Widersacher
Elia Stephens, Tuchhändler und Taugenichts, Jonahs Freund
Giuseppe Bardi, florentinischer Adliger und Vertreter des Bankhauses Bardi* in der Londoner Lombard Street
John Pulteney*, Kaufherr, Meister der Tuchhändlergilde und Mayor of London
David, sein Sohn, Jonahs Lehrling
William de la Pole*, reichster und berüchtigtster Kaufmann Englands
Giselle, seine Tochter
Reginald Conduit*, Alderman, Mayor of London
Francis Willcox, genannt der Fuchs, König der Diebe
Harry, sein Sohn

Edward III.*, König von England
Philippa von Hainault*, seine Königin
Edward*, der »Schwarze Prinz«, Isabella*, Joanna*, Lionel*,
John*, Edmund*, Mary*, Margaret* und Thomas*, ihre Kinder-
schar, sowie William*, Blanche* und William*, die das Dutzend
voll gemacht hätten, wären sie nicht im ersten Lebensjahr ge-
storben
William Montagu*, Earl of Salisbury
Henry Grosmont*, Earl of Derby und Lancaster
Robert Ufford*, Earl of Suffolk
Sir Walter Manny*, Admiral der englischen Flotte
John Chandos*, der perfekte Ritter
Joan of Kent*, die schönste Frau Englands
… und natürlich Gervais of Waringham und Geoffrey Dermond,
von denen an anderer Stelle ausführlicher erzählt wird

Prolog

Nottingham Castle, Oktober 1330

D as sieht dem Bengel ähnlich«, knurrte Richard de Bury. »Wo bleibt er nur?«

Der alternde Gelehrte zog seinen feinen Wollmantel fester um sich und warf einen nervösen Blick zur schwarzen Burgmauer hinauf, an deren Fuß der kalte Herbstwind besonders schneidend zu pfeifen schien.

»Er wird schon kommen«, sagte William Montagu beschwichtigend. Er ging ein paar Schritte auf und ab, um sich warm zu halten.

»Herrgott, steht doch um Himmels willen still, Montagu, Euer Scheppern weckt ja die Toten auf.«

Montagu unterdrückte ein Seufzen und trat wieder zu ihm. »Ihr meckert wie ein altes Weib, Doktor. Niemand dort oben kann meine Rüstung hören bei dem Wind. Außerdem stehen die Wachen auf der Ostseite.«

»Woher wollt Ihr das wissen?«

»William Elland, der Kastellan, hat es gesagt.«

Bury brummte verächtlich. »Dann lasst uns hoffen, dass er die Wahrheit gesagt hat und kein doppeltes Spiel treibt.«

Montagu schüttelte den Kopf. »Er ist dem König ebenso ergeben wie Ihr und ich.«

»Dann wird er ebenso hängen wie Ihr und ich«, versetzte Bury gallig. »Lieber Gott im Himmel, warum muss ausgerechnet ich diese Torheit begehen? Ich wünschte, du hättest mich heute Nacht an einen anderen Platz gestellt. Dieser Irrsinn kann nicht gelingen; ich habe von Anfang an gesagt, es ist aussichtslos.«

»Umso mehr ehrt es Euch, dass Ihr dennoch gekommen seid, Sir«, raunte eine leise Stimme aus der Dunkelheit. Im nächsten Moment glitt ein Schatten neben sie, eine große, dunkle Gestalt in einem wallenden Mantel. Als er vor ihnen stand, erkannten sie das schwache Schimmern seiner Rüstung.

Die beiden Männer verneigten sich.

»Wann wirst du lernen, pünktlich zu einer Verabredung zu kommen, Edward?«, tadelte Bury. »Pünktlichkeit, mein Junge, ist die Höflichkeit der Könige. Das habe ich dir schon hundertmal gesagt.«

Der Neuankömmling neigte den Kopf zur Seite und lächelte schwach. »Also will ich es von heute an beherzigen. Seid Ihr bereit?«

Montagu nickte stumm.

»So bereit, wie ich je sein werde«, murmelte Bury.

»Dann lasst uns gehen, ehe Ihr Euren Entschluss ändert, Sir. Geht voraus, Montagu. Der Kastellan sagt, Ihr kennt den Weg.«

Montagu wandte sich nach links. Er führte sie am verschlossenen Haupttor der Ringmauer vorbei auf die Westseite der gewaltigen Burg, die der normannische Eroberer William auf den felsigen Hügeln über der Stadt Nottingham erbaut hatte. Unter sich sahen sie im Mondschein ein schwarzes, schimmerndes Band: den Trent.

Die Felsen, die aus der Ferne so massiv und ehern wirkten, waren in Wirklichkeit von Höhlen und tiefen Spalten zerklüftet. Montagu führte seine beiden Begleiter einen schmalen Grat entlang, dann kletterten sie einen kurzen, steilen Hang hinab – kein ungefährliches Unterfangen bei der Finsternis, aber schließlich standen sie alle drei wohlbehalten am Eingang der mittleren von drei nebeneinander liegenden Höhlen mit beinah kreisrunden Öffnungen.

»Hier muss es sein«, raunte Montagu.

Allenthalben schoben sich eilige Wolken vor den fast vollen Mond. Doch Montagu hatte scharfe Augen, die sich längst auf das schwache Licht eingestellt hatten, und er erkannte das krude Löwenbildnis, welches gleich am Höhleneingang in den Fels geritzt war, weil er wusste, dass es da sein musste. »Hier ist das Zeichen, das der Kastellan uns gemacht hat. Nicht gerade ein begnadeter Künstler. Doch dies ist die richtige Höhle.«

Sie betraten die niedrige Felsenkammer, und Bury fischte seinen Feuerstein und Zunder aus dem Beutel und entzündete die Fackel, die er trug. Die unruhige Flamme warf unheimliche Schatten an die rauen Wände, aber kein Getier kreuchte und fleuchte, wie der junge Edward insgeheim befürchtet hatte. In der gegenüberliegenden Wand befand sich eine schmale Öffnung, gerade breit genug, dass ein Mann sich hindurchzwängen konnte. »Der Geheimgang«, bemerkte Bury zufrieden.

Edward zog sein Schwert. Er verharrte noch einen Augenblick, und Bury sah, dass er die freie Linke zur Faust geballt hatte.

»Himmlischer Vater, steh mir bei«, murmelte der junge Mann. »Denn es ist mein *Recht*.«

Dann beugte er sich vor und betrat vor seinen beiden Begleitern den niedrigen Gang.

Der Tunnel führte zuerst geradeaus, machte dann eine scharfe Rechtsbiegung und schlängelte sich aufwärts. Er war so schmal, dass sie mit den Schultern an den Wänden entlangstreiften, und Edward und Montagu mussten ein wenig die Köpfe einziehen. Aber sie stießen auf keine Hindernisse. Schließlich gelangten sie an den Fuß einer grob behauenen Steintreppe und machten sich an den Aufstieg. Die ungleichmäßigen, tückischen Stufen zogen sich länger hin, als sie erwartet hatten. Oben angekommen, keuchte Bury ein wenig.

Edward legte ihm einen Moment die Hand auf den Arm. »Seid Ihr wohl, Doktor?«

Der ältere Mann lächelte. »O ja. Mach dir um mich keine Sorgen. Ich bin ein alter Bücherwurm und keine Anstrengungen gewöhnt, aber vorerst werde ich nicht schlappmachen.«

Edward klopfte ihm mit einem leisen Lachen die Schulter. »Das wollte ich hören.«

Montagu hatte unterdessen die niedrige Decke des Treppenabsatzes abgetastet. »Hier ist die Falltür«, verkündete er.

Zusammen mit dem jüngeren Mann stemmte er sich dagegen, und als sie schon fürchteten, die Falltür sei von oben verriegelt und ihr Plan gescheitert, bewegte sie sich plötzlich. Staub rieselte herab in ihre aufwärts gewandten Gesichter. Wenig später standen sie keuchend und schwitzend in einer Wachkammer im Untergeschoss des Burgturms. Die Oberseite der hölzernen Falltür war dreckverkrustet, sodass man sie kaum von dem festgestampften Boden unterscheiden konnte, der außerdem mit einer dicken, alten Strohschicht bedeckt war.

»Kein Wunder, dass niemand von dieser Tür wusste«, bemerkte Bury.

»Niemand außer dem Kastellan«, schränkte Montagu ein.

»Gott segne ihn«, raunte Edward. »Dank seiner Hilfe sind wir unter Mortimers walisischen Wachen einfach hindurchspaziert, und morgen früh werden sie feststellen, dass die Maus den Speck gestohlen hat, ohne dass die Falle zugeschnappt ist.«

»Noch ist es nicht vollbracht«, erwiderte Montagu warnend. »Es sollte mich wundern, wenn Mortimer unbewacht schliefe.«

Edward nickte, aber seine Miene verriet seine Ungeduld. Ohne ein weiteres Wort gingen sie zur Haupthalle hinauf. Der große Raum, wo vor wenigen Stunden noch der Kronrat getagt hatte, lag leer und dunkel da; es war geradezu gespenstisch. Die hallende Stille machte den Eindruck, als sei die Burg vollkommen verlassen. Und das stimmte auch fast. Aus Argwohn gegenüber den Adligen des Rates hatte Roger Mortimer angeordnet, dass sie alle in der Stadt und nicht hier auf der Burg zu logieren hatten. Darum war Mortimer heute Nacht nahezu allein hier.

Edward ging nun voraus. Zügig, aber beinah lautlos stieg er mit seinen Begleitern die nächste Treppe hinauf, die zu den Schlafkammern im Obergeschoss der Burg führte. Auch die beiden anderen hielten jetzt die blanke Klinge in der Rechten.

»Es geht leichter, als ich gedacht hätte«, murmelte Edward.

Er hatte kaum ausgesprochen, als greller Fackelschein sie plötzlich blendete.

»Wer da?«, rief eine tiefe Stimme.

»Im Namen des Königs, lasst Eure Waffen fallen!«, befahl Montagu.

Die walisischen Soldaten zeigten sich wenig beeindruckt. Zu fünft hatten sie in dem kleinen Vorraum vor den Privatgemächern gewacht. Alle sprangen auf und zogen die Klingen. Edward stand reglos und sah zwei Umrisse vor dem zuckenden Fackelschein auf sich zustürzen. Erst im letzten Moment hob er das Schwert und wehrte den vorderen ab, lenkte den Angriff nach rechts, sodass der Soldat zur Seite geschleudert wurde, und streckte den zweiten nieder. Fast sofort stürzte sich ein Angreifer von links auf ihn, er spürte den scharfen Luftzug der Waffe im Gesicht, doch er sprang mühelos zur Seite. Es wurde ein kurzer, aber erbitterter Kampf. Die Bewacher waren zahlenmäßig überlegen, und sie waren schnell und geschickt. Schließlich errangen die drei Eindringlinge jedoch die Oberhand. Montagu hatte sich vor Edward gedrängt, schirmte ihn ab und kämpfte mit Schwert und Dolch. Er tötete drei. Den Letzten überließ er Bury.

Kaum hatten sie die Wachen überwältigt, als die Tür zur Linken aufgerissen wurde. Ein groß gewachsener Mann stand auf der Schwelle, eingehüllt in einen kostbaren, pelzgefütterten Mantel, den er mit einer Hand vor sich zusammenhielt, als trüge er nichts darunter.

»Was geht hier vor?«, rief er erbost. »Wer wagt es, unsere Nachtruhe zu stören?«

Für einen Augenblick herrschte ein unsicheres Schweigen. Dann machte Edward einen Schritt nach vorn. »Niemand von Bedeutung, Sir, nur der König von England.«

Der Mann in der Tür blinzelte verwirrt. »Und was fällt Euch ein, meine Wachen niederzumachen? Was wollt Ihr hier zu dieser Stunde?«

Edward sah ihn einen Moment forschend an und trat dann an ihm vorbei in das Schlafgemach. »Mein Recht.«

Der großzügige Raum war nur spärlich möbliert, doch der Baldachin und die Vorhänge des breiten Bettes waren aus kostbarem, weinrotem Brokat und mit Ranken aus venezianischem Goldfaden bestickt.

»Mutter?«

Die Bettvorhänge raschelten. »*Eduard? C'est vous? Mais pourquoi...*«

Eine unfreundliche Hand umklammerte Edwards Ellbogen und schleuderte ihn herum. »Was erlaubt Ihr Euch, Edward? Schert Euch zum Teufel! Und wagt es nicht noch einmal, Eurer Mutter und mir nachzustellen!«

Edward befreite seinen Arm mit einem beiläufigen Ruck. »Ihr verkennt die Situation, Sir. Ihr seid am Ende. Ihr ebenso wie meine verehrte Mutter.«

Der Mann starrte ihn einen Augenblick ungläubig an, sah zu den beiden Begleitern und begann zu lachen. »Was soll das darstellen? Eine Revolte? Ein alter Schulmeister, ein verlotterter Bettelritter und ein Knabe?« Er hörte abrupt auf zu lachen. »Besser, du verschwindest auf der Stelle wieder. Dann werde ich vielleicht vergessen, was hier heute passiert ist. Hast du nicht gehört?«

Er streckte plötzlich die Hand aus, doch Edward hatte sein Gelenk gepackt, ehe er die Waffen auf dem niedrigen Schemel erreichen konnte. Der Mantel bedeckte die Blöße des Mannes nicht länger. Edward neigte leicht den Kopf zur Seite, sah kurz auf das runzelige Glied und räusperte sich ironisch. »Ich schlage vor, Ihr kleidet Euch an, ehe wir nach London aufbrechen.«

Der Bettvorhang wurde zurückgeschoben, und die Königinmutter kam zum Vorschein, mit offenen Haaren, aber immerhin vollständig bekleidet. »*Eduard!*« Ihre Stimme klang schneidend.

»Auch Ihr solltet Euch reisefertig machen, Mutter.«

»Jetzt ist es genug«, grollte ihr Liebhaber. »Was glaubt Ihr eigentlich, wen Ihr hier vor Euch habt? Ihr könnt uns keine Befehle erteilen!« Er unterbrach sich kurz, riss sich von Edwards Griff los und verschränkte die Arme. »Jetzt hör gut zu, du Grünschnabel: Auch wenn du hier wie ein Strauchdieb eingedrungen bist und meine Wachen niedergemetzelt hast, ändert das nichts an den Tatsachen. Deine Mutter ist die Königin, ich bin der Earl of March, Nachfahre von König Artus und dem ruhmreichen Brutus, und wir regieren dieses Land!«

Edward lächelte unverbindlich. »Nicht mehr.« Er nickte Bury und Montagu zu. »Fesselt ihn und bringt ihn hinaus.«

Das ließen sie sich nicht zweimal sagen.

Mortimer sah ungläubig zu, wie Montagu die vorbereiteten Stricke um seine Gelenke wickelte, und warf Edward einen gefährlichen, hasserfüllten Blick zu. »Das hat dein Vater auch schon versucht. Aber es hat ihm nichts genützt. Dieser jammervolle Schwächling konnte mich nicht aufhalten, auch wenn er mich eingesperrt und mir meine Güter gestohlen hat.«

Edward blickte ihm in die Augen und nickte langsam. »Einer seiner unverzeihlichsten Fehler. Dieses Mal, Sir, werdet Ihr hängen.«

London, November 1330

Es war stockfinster, als Jonah heimkam; in ganz Cheapside schien es kein einziges Licht mehr zu geben. Die Läden und Werkstätten, die die Straßenfront der meist zweigeschossigen, schmalen Holzhäuser bildeten, hatten längst geschlossen, und schwere Wolken hatten den Sichelmond und die Sterne verschluckt. Seit dem Nachmittag fiel ein lautloser Regen, der die Straßen und Gassen in zähen Morast verwandelt hatte und Jonahs Fackel zu ertränken drohte. In Sichtweite des Hauses gab sie endgültig den Geist auf. Er warf sie achtlos zu Boden und überquerte den kleinen Platz vor der St.-Lawrence-Kirche mit eiligen Schritten. Aus der Taverne »Zum schönen Absalom« drüben neben Robertsons Mietstall drang gedämpftes Stimmengewirr, aber kein Mensch war auf der Straße. Kein Mensch bis auf ihn.

Er klopfte verhalten an die Tür zu Hillocks Tuchladen.

»Wer ist da?«, erkundigte sich eine kräftige, helle Stimme.

»Ich.«

Die Pforte öffnete sich lautlos. Der fünfzehnjährige Crispin stand mit einem Öllämpchen auf der Schwelle. Seine Augen wirkten wie tiefe leere Höhlen im flackernden Licht, und er schützte die kleine Flamme, die Jonah gleißend hell vorkam, mit einer Hand vor der Zugluft.

Blinzelnd trat Jonah ein, nickte und ging an ihm vorbei.

Crispin verriegelte hastig die Pforte und folgte ihm zur Hintertür, die in den kleinen Innenhof des Hauses führte. »Ich habe auf dich gewartet, statt mich schlafen zu legen, weißt du. Du könntest wenigstens danke sagen.«

»Danke.«

Jonah legte die Hand an die Tür, aber Crispin nahm seinen Ellbogen und hielt ihn zurück. »Bleib lieber hier. Du ... bist in Schwierigkeiten.«

Er wandte den Kopf. »Tatsächlich?«

Crispin nickte und schlug beklommen die Augen nieder. »Wo warst du nur so lange? Die Meisterin hat sich Sorgen gemacht.«

Jonah schnaubte verächtlich. »Das will ich glauben. Schließlich war ich mit einem ganzen Ballen erstklassiger Wolle unterwegs.« Er riss seinen Arm los, öffnete die Tür und trat hinaus.

Auch im Hof war es finster, doch er brauchte kein Licht, um das vertraute, kleine Quadrat zu überqueren. Er ließ das Hühnerhaus und die klapprige Holzbude mit dem Abort rechter Hand liegen und schritt zwischen den Gemüsebeeten einher, bis seine linke Hand die Brunneneinfassung streifte. Gleich hinter dem Brunnen lag die Küchentür. Auch sie war gut geölt und ließ sich ohne einen Laut öffnen.

Jonah nahm den schweren, tropfnassen Mantel ab, hängte ihn sich über den Arm und glitt ins Trockene. Er war ausgehungert, und ehe er seinem Meister unter die Augen trat, wollte er wenigstens sehen, ob er nicht ein Stück Brot oder vielleicht gar ein paar Reste vom Abendessen fand. Aber er hatte Pech. Kaum hatte er die Küche betreten, öffnete sich eine zweite Tür, die zur Treppe und dem Flur führte, der Laden und Küche verband, und die Meisterin trat ein, einen Messinghalter mit einer Kerze in der Linken.

Er neigte fast unmerklich den Kopf. »Mistress.«

Sie fuhr entsetzt zurück; der dunkle Schatten in der lichtlosen Küche hatte sie erschreckt. Als sie ihn erkannte, verengten sich die haselnussbraunen Augen, die sonst eher vollen Lippen waren plötzlich zu einem schmalen weißen Strich zusammengepresst. Das von Natur aus eigentlich fröhliche, junge Gesicht unter der schlichten weißen Haube wurde hässlich. Jonah stellte nicht zum ersten Mal, aber mit unverminderter Verblüffung fest, dass der Zorn ihre Nase beinah um das Doppelte länger erscheinen ließ.

»Schon zurück?«, fragte sie schneidend. »Und der feine Lord wollte erst einmal speisen, ja? Wann hattest du die Absicht, uns von deiner glücklichen Heimkehr in Kenntnis zu setzen?«

»Gleich im Anschluss«, antwortete er wahrheitsgemäß.

Vielsagend zog sie die Tür auf, durch die sie gekommen war, und ruckte das Kinn Richtung Flur. »Wenn du essen willst, komm in Zukunft pünktlich zu den Mahlzeiten. Und jetzt scher dich nach oben. Master Hillock brennt sicher schon darauf, deine Geschichte zu hören.«

Mit einer spöttischen kleinen Geste ließ er ihr den Vortritt, folgte ihr dann durch den schmalen Gang und die Treppe hinauf. Die alten Holzstufen ächzten unter ihren Schritten.

Über dem Laden lag die Halle, die Master Hillocks Haushalt als Wohngemach diente, außer der Küche der einzig beheizte Raum im Haus.

Rupert Hillock saß mit einem Becher Ale und einer Kerze am Tisch nahe des Fensters und las in einem Buch mit englischen Nacherzählungen biblischer Geschichten. Ein Bär von einem Mann mit ebenso rabenschwarzen Haaren und dunklen Augen wie Jonahs, doch war sein Gesicht fleischiger, gerötet, eine Spur verlebt und beinah zur Hälfte von einem dichten schwarzen Bart bedeckt.

Als er seine Frau und Jonah eintreten sah, klappte er das Buch zu, erhob sich, streckte wortlos die Hand aus und trat vor seinen Lehrling.

Ohne alle Eile öffnete der den schlichten braunen Lederbeutel an seinem Gürtel, schüttete den klimpernden Inhalt in seine Linke und ließ ihn in Ruperts Hand fallen, ohne sie zu berühren.

Rupert zählte murmelnd. »… zwei, drei Pfund und sechs, acht, zehn, zwölf, vierzehn, sechzehn, achtzehn, zwanzig Shilling. Vier Pfund. Stimmt«, brummte er unwillig, nickte und ließ das Geld in seinem eigenen Beutel verschwinden. »Und wo hast du den ganzen Tag gesteckt, du Lump?«, fragte er.

»Im Haus des Baron of Aimhurst. Es hat Stunden gedauert, ehe man mich vorließ.«

»Hast du das Tuch seiner Frau ausgehändigt, wie ich gesagt habe?«, fragte Ruperts Frau begierig.

Jonah schüttelte den Kopf. Er hatte die Baroness nicht zu Gesicht bekommen. Sie sei nicht zu Hause, hatte der Diener behauptet, der ihn einließ, aber Jonah war sicher gewesen, dass der Mann log.

»Warum nicht?«, herrschte Rupert ihn an. »Hab ich dir nicht aufgetragen, du sollst dafür sorgen, dass sie selbst die Wolle auf der Stelle begutachtet? Wir haben sie viel zu preiswert abgegeben; es sollte ein Köderangebot sein! Aber wenn du es ihrer Zofe überlassen hast, war die Mühe umsonst.«

»Sie hat sich verleugnen lassen.«

»Und damit lässt du dich abspeisen, ja?«

»Was sollte ich tun? Die Halle erstürmen?«

Rupert ohrfeigte ihn. Es war ein harter Schlag. Jonah taumelte einen Schritt zur Seite und hielt mit Mühe das Gleichgewicht.

»Wem hast du meine vierundzwanzig Yards feinster flämischer Wolle für vier Pfund verhökert, he? Raus damit!«

»Dem Baron of Aimhurst.« Jonah hatte Mühe, ein Grinsen zu unterdrücken. Der Baron selbst war schließlich am frühen Abend über den einsamen, geduldig wartenden Kaufmannslehrling in seiner Vorhalle gestolpert, hatte ihn barsch gefragt, was er wünsche, und ihm dann voller Ungeduld den vereinbarten Preis für die bestellte Wolle bezahlt, ehe er ihm brüsk die Tür wies. Jonah war jedoch nicht gleich gegangen, hatte er doch eine Botschaft für den Baron, die nicht das Geringste mit Rupert Hillocks flämischer Wolle zu tun hatte …

Rupert war einen Augenblick sprachlos. Er stemmte die Hände in die Seiten. »Du hast mit dem Baron selbst gesprochen?«

Jonah nickte.

»Was hat er gesagt?«

Er hob kurz die Schultern. »Nichts weiter.«

Aber Rupert hatte sein verräterisches, höhnisches Grinsen gesehen. Er packte den Lehrling mit einer seiner Pranken am

Oberarm, schlug ihn wieder ins Gesicht und knurrte: »Was hat er gesagt? Gib gefälligst Antwort, du maulfauler *Bastard*!«

Jonah hob den Kopf, wischte sich mit dem Handrücken ein bisschen Blut aus dem Mundwinkel und sah seinem Meister in die Augen. »›Das sieht euch ähnlich‹, hat er gesagt. ›Dieses Land geht vor die Hunde, in Tyburn hängen sie Roger Mortimer wie einen gewöhnlichen Dieb, die ganze Stadt ist in Aufruhr, und ihr Pfeffersäcke könnt an nichts als eure Tuchballen denken.‹«

Ruperts großporiges Gesicht nahm eine bedenklich dunkelrote Farbe an. Jonah versuchte, nach rechts auszuweichen, doch die Faust erwischte ihn am Jochbein, und er ging zu Boden. Er rollte sich zusammen, aber nicht schnell genug. Ein mörderischer Tritt traf ihn in den Magen. Jonah rang keuchend um Atem und hustete erstickt. Er wollte sich aufstützen, er wusste, er musste fliehen, aber er konnte sich nicht rühren. Also legte er schützend die Arme um den Kopf und wartete.

Doch ehe der nächste Schlag fiel, hörte er ein wutentbranntes Krächzen: »Rupert! Hör sofort auf damit!«

»Madam Großmutter...« Rupert Hillock versuchte ohne großen Erfolg, seiner Stimme einen freudigen Unterton zu verleihen, seinen Schrecken zu verbergen. »Ich glaubte, Ihr seiet schon schlafen gegangen.«

Die zierliche alte Dame trat näher. Sie zog das linke Bein nach, die dürre, gichtgekrümmte Hand hielt den eleganten Stock umklammert, auf dessen Hilfe sie angewiesen war, doch ihre Haltung war kerzengerade, das vom perlgrauen Tuch der Rise umschlossene Kinn angriffslustig vorgestreckt. Cecilia Hillock war mit ihren beinah achtzig Jahren so unglaublich alt, dass es einem schon unheimlich davon werden konnte. Zweifellos war es ihr eiserner Wille, der sie am Leben hielt, und sie war das unangefochtene, allseits gefürchtete Oberhaupt der Familie.

»Du hast dich geirrt«, versetzte sie frostig. »Wie so oft.«

Jonah hatte festgestellt, dass er zumindest in kleinen, schmerzhaften Zügen wieder atmen konnte, und mit dem Atem war auch Leben in seinen Körper zurückgekehrt. Er stand lautlos vom Boden auf und glitt in die Dunkelheit nahe der Tür, außerhalb der Lichtkreise von Feuer und Kerze.

»Du solltest dich schämen, Rupert!«, fuhr die alte Dame fort. »Was fällt dir ein, den Jungen so zu behandeln?«

Rupert Hillock hob beinah flehentlich die Hände. »Er ist aufsässig und unverschämt! Es ist meine Pflicht, ihm beizubringen, dass man so nicht durchs Leben kommt!«

Jonah wollte das nicht hören. »Kann ich gehen, Sir?«

»Du bleibst hier«, beschied Cecilia.

»Er tut einfach nicht, was ich ihm sage«, stieß Rupert hervor.

»Ich bin sicher, er hat seine Gründe.«

»Großmutter…«, protestierte Elizabeth und verstummte, als der Blick der uralten, dunklen Augen auf sie fiel.

»Du sei lieber still.« Es war ein leises, aber unmissverständlich drohendes Krächzen. »Wenn du dich weniger um deinen Ehrgeiz und die Belange deines Mannes und stattdessen mehr um deine eigenen Pflichten kümmern würdest, könntest du vielleicht auch einmal ein Kind neun Monate lang austragen und diesem Haus einen Erben geben!«

Elizabeth presste eine Hand vor den Mund und wich einen Schritt zurück.

Jonah betrachtete die alte Frau mit einer Mischung aus Faszination und Schrecken. Wie grausam sie sein konnte. Wie erbarmungslos. Und wie kühl sie kalkulierte.

Sie erwiderte seinen Blick und nickte ihm knapp zu. »Sei so gut und begleite mich, Jonah.«

Bereitwillig trat er aus dem Schatten. Er hielt ihr die Tür auf, und ohne einen weiteren Blick auf Rupert und Elizabeth, ohne ihre Erlaubnis abzuwarten, folgte er der streitbaren alten Dame hinaus, nahm behutsam ihren Arm und geleitete sie zu ihrem Gemach, das gleich neben der Kammer des Hausherrn am Ende des Ganges über der Küche lag.

»Und?«, fragte sie leise, als sie vor ihm eintrat. »Was hat Aimhurst gesagt?«

Jonah schloss die Tür und sog den schwachen Duft nach

Zimt und Lavendel ein, der dieser Kammer zu Eigen war. Er liebte den Geruch.

»Er hat kein großes Vertrauen zu dem jungen König, glaube ich«, antwortete Jonah beinah flüsternd, obwohl sie jetzt unter sich waren. »Aber er ist sicher, dass es bald einen neuen Krieg mit Schottland gibt. Und er hält nichts von Ruperts flämischer Wolle für die Ausrüstung seiner Bogenschützen. Zu teuer, sagt er. An Eurem Tuch hingegen war er sehr interessiert. Wenn Ihr bis März zehn Ballen liefern könnt, sagt er.«

Die alte Frau stieß ein zufriedenes, gackerndes Lachen aus. »Nichts leichter als das. Gut gemacht, Jonah. Gut gemacht wie üblich. Und es soll dein Schaden nicht sein.«

Sie setzte sich in einen bequemen Polstersessel, verschränkte die Hände auf dem Knauf ihres Stocks und lächelte versonnen vor sich hin.

Jonah ließ sich zu ihren Füßen nieder und zog mit spitzen Fingern das glühend heiße Kohlebecken näher.

Die knotige alte Hand fuhr ihm über den schulterlangen, schwarzen Schopf. »Dieser junge neue König könnte sehr vieles verändern. Ich sage dir, es brechen neue Zeiten an.«

»Aber der Baron of Aimhurst glaubt nicht an König Edward«, wiederholte Jonah zweifelnd.

Die alte Dame schnaubte. »Aimhurst ist ein aufgeblasener Narr wie Rupert und genau wie er zu engstirnig, um zu erkennen, dass ihm eine neue Generation auf den Fersen ist. Nein, nein, Jonah, der junge Edward hat sich mit einem gewagten Schurkenstück sein Geburtsrecht erkämpft. Ich kann kaum glauben, dass er nun plötzlich zahm wird. Er ist die Zukunft, und das wird eine unruhige Zukunft sein. Wer das früh genug erkennt, kann davon profitieren.«

Jonah lächelte schwach. »Oh, ich bin überzeugt, das werdet Ihr. Ihr habt einen unfehlbaren Blick für Zukunftsaussichten.«

So hatte sie beispielsweise schon im Juni prophezeit, dass der Stern der Königinmutter und ihres ehrgeizigen Liebhabers bald sinken werde. Als die Ereignisse in Nottingham sich vor wenigen Wochen dann plötzlich überstürzt hatten, Mortimer verhaftet und die Königinmutter ohne alle Rücksichten auf ihre Wünsche auf das abgelegene königliche Gut von Berkhamstead gebracht wurde, hatte Jonah sich gefragt, ob die alte Cecilia vielleicht eine Kristallkugel besäße, die sie gelegentlich in aller Heimlichkeit befragte.

»Das liegt an meinem biblischen Alter. Nein, nein, mein Junge. Die Zukunft spielt für mich keine große Rolle mehr. Das Gleiche gilt umgekehrt. Ich dachte mehr an dich. Wie alt bist du jetzt, Jonah?«

»Achtzehn, Madam Großmutter.«

Sie zog seinen Kopf an ihr Knie, und der sonst so widerborstige junge Kaufmannslehrling schloss die Augen und überließ sich der Liebkosung dieser uralten Hand.

»So alt wie der König«, murmelte Cecilia.

Jonah erwachte vor Hunger, noch ehe der Hahn in ihrem und die in den benachbarten Höfen ihr morgendliches Konzert anstimmten.

Er stand lautlos auf, faltete seine Decke zusammen und beförderte den mit Stroh gefüllten Wollsack, der ihm als Bettstatt diente, mit einem geübten Tritt unter den Ladentisch. Dann nahm er den Eimer, um Wasser für die Morgentoilette zu holen, und ging in den Hof hinaus. Es war noch dunkel. Er fröstelte in der Morgenkälte, doch es würde noch ein paar Wochen dauern, ehe das Brunnenwasser morgens überfroren war. Jonah warf einen nachlässigen Blick zur Küche hinüber und hinauf zu den Fenstern der Halle. Alles war still und dunkel. Er öffnete den Verschlag des Hühnerhauses einen Spaltbreit, steckte den Arm hindurch und tastete im Stroh, bis er ein warmes Ei fand. Sorgsam verschloss er das Türchen wieder, ehe er mit dem Zeigefinger vorsichtig die Spitze des Eis eindrückte und es begierig ausschlürfte. Schlagartig verging das bohrende Hungergefühl. Er zertrat die Schale unter dem Absatz und verscharrte sie im Kräuterbeet. Dann setzte er seinen Weg fort.

Als der Hahn endlich krähte, war Jonah schon rasiert.

Der junge Crispin, der seit gut einem Jahr bei Master Hillock in der Lehre war und ebenso wie Jonah im Laden schlief, fuhr wie gestochen von seinem Strohsack hoch.

»Ist heute Sonntag?«, fragte er schlaftrunken.

»Leider nicht«, erwiderte Jonah.

Der jüngere Lehrling raufte sich stöhnend den zerzausten Blondschopf. »Warum nicht? Es ist zu kalt zum Aufstehen.«

Jonah wies auf den Reisigbesen an der Wand. »Von der Arbeit wird dir sicher warm.«

Crispin brummte missgelaunt, erhob sich umständlich, sah Jonah zum ersten Mal richtig an und wandte den Blick gleich wieder ab. »Du hast ein blaues Auge«, beschied er.

Wie aus eigenem Antrieb hob Jonahs Linke sich, und die Finger betasteten behutsam die Schwellung über dem Jochbein. Dann wandte er sich achselzuckend ab und strich seinen knielangen Kittel aus schlichter, aber guter dunkelgrauer Wolle glatt.

»War's schlimm?«, fragte der Jüngere beklommen.

»Nein. Der alte Drachen kam rechtzeitig zu meiner Rettung.«

Crispin sah ihn kopfschüttelnd an. »Wie kannst du sie nur so nennen? Sie ist deine Großmutter. Und wenn sie nicht wäre, hätte der alte Rupert dich vermutlich längst …«

Jonah schnitt ihm mit einer ungeduldigen Geste das Wort ab. »Jetzt geh endlich pinkeln, und dann bring den Laden in Ordnung.«

Der gutmütige Crispin tat wie meistens genau das, was man ihm sagte. Er verließ den Laden ohne ein weiteres Wort und gestand Jonah ein paar Minuten des Alleinseins zu, denn er wusste, sie waren ihm kostbar.

Jonah spitzte die Federkiele und vergewisserte sich, dass die Bestellungen, die im Laufe des Vormittags abgeholt oder ausgeliefert werden sollten, bereitlagen. Er brauchte zu dem Zweck nicht auf die Liste zu sehen, die auf dem Tisch lag. Er wusste immer genau, was für den Tag anstand. Er kannte dieses Geschäft. Im Grunde gab es nichts mehr, das Rupert Hillock ihm noch beibringen konnte. Trotzdem standen ihm drei seiner sieben Lehrjahre noch bevor, so schrieb es ein Lehrvertrag vor, den, wollte man seiner Großmutter glauben, seine Mutter praktisch auf dem Sterbebett ihrem Bruder, Rupert Hillocks Vater, abgerungen hatte. Er dachte lieber nicht an die drei Jahre, die noch vor ihm lagen. Er hatte sich zur Gewohnheit gemacht, niemals weiter als bis zum nächsten Tag zu denken. Auf diese Weise war es erträglich. Auf diese Weise waren schon vier lange Jahre ins Land gegangen.

»Warst du bei der Hinrichtung?«, fragte Crispin, als er zurückkam.

Jonah schüttelte den Kopf.

»Also? Wo hast du den ganzen Tag gesteckt?« Crispin hatte die Hintertür des Ladens offen stehen lassen, griff nach dem Besen und kehrte Staub, Wollfusseln und den getrockneten Straßendreck, den die Kundschaft des Vortages hereingetragen hatte, in den Hof hinaus.

»Nicht so wild«, mahnte Jonah. »Du stäubst die ganze Ware ein.« Liebevoll, beinah ehrfürchtig strich er mit den Fingerspitzen über ein paar Ballen dunkelgrünen, hochwertigen Kammgarns aus Salisbury. Er liebte dieses feste und gleichzeitig weiche Gefühl und den schwachen Geruch der Grünerde, die die Grundlage des Farbstoffs bildete. Wolle faszinierte Jonah, ihre Vielfalt ebenso wie ihre Nützlichkeit und Schönheit. Von der schlichten, ungewalkten Wolle, die jede Hausfrau auf dem Lande selber spann und webte, bis zu dem edlen Tuch, das in Flandern oder Florenz hergestellt wurde, kleidete Wolle Bauern und Könige seit Menschengedenken, war ebenso Lebensgrundlage wie das tägliche Brot, doch sie war noch viel mehr als das: Wolle war Englands Gold. Das war eine Tatsache, die jedem Schafzüchter, Weber, Walker und Färber ebenso bekannt war wie ihm, aber manchmal kam es ihm vor, als erkenne keiner außer ihm, welche Möglichkeiten dieser Umstand bot. Sein Cousin Rupert zum Beispiel, der schon über fünf Jahre sein eigenes Geschäft führte, hatte es ganz sicher nicht erkannt. Und wenn Jonah daran dachte, wie lange er noch warten musste, ehe er Rupert Hillocks Engstirnigkeit entfliehen und seine zahllosen eigenen Ideen in die Tat umsetzen konnte, dann verfiel er in Schwermut, in einen dumpfen, hilflosen Zorn, der ihn noch sprachloser machte, als er es ohnehin meistens schon war. Darum mied er solche Gedanken. Entgegen weit verbreiteter Annahme waren nämlich Schwermut und Düsternis nicht seine bevorzugte Gemütsverfassung.

»Jonah, träumst du? Kriege ich eine Antwort?«, drängte Crispin.

Er sah von dem grünen Tuch auf. »Ich war bei Aimhurst.«

Mit wenigen Sätzen fasste er die Begebenheiten seines Botengangs zusammen, während sie den Laden für den neuen Tag vorbereiteten. Von dem kleinen Nebengeschäft, das er auf Rechnung seiner Großmutter mit dem Baron of Aimhurst ausgehandelt hatte, erwähnte Jonah nichts. Er mochte Crispin gern, und vermutlich hätte er ihm auch trauen können, doch der Junge war so aufrichtig, so vollkommen arglos, dass ein solches Geheimnis ihn sicher belastet hätte.

Während sie zum Frühstück hinaufgingen, sprach der jüngere Lehrling lebhaft und ohne Unterlass über das Thema, welches London, eigentlich das ganze Land, im Augenblick vornehmlich interessierte: die unerwartete Machtübernahme des jungen König Edward, was für einen Herrscher er wohl abgeben würde, ob er eher seinem schwachen Vater oder seinem übermächtigen Großvater glich, ob er den Frieden mit Schottland aufkündigen würde, den der verhasste Mortimer in König Edwards Namen geschlossen und den jeder Engländer als schändlich empfunden hatte, wie Edwards junge flämische Königin Philippa wohl sein mochte, die im Juni einen Thronfolger zur Welt gebracht hatte, und so weiter und so fort.

Jonah hörte ihm mit Interesse zu. Crispin war immer außerordentlich gut informiert über alles, was in London und Westminster vorging. Er bezog gelegentlich Prügel, weil er nach Rupert Hillocks Auffassung den halben Tag mit eitlem Geschwätz vergeudete und der Arbeit aus dem Wege ging. Doch Jonah wusste, dass das nicht stimmte. Die Kunden im Laden plauderten eben mit dem freundlichen Lehrjungen, der gern eine kleine

Skandalgeschichte hörte oder zum Besten gab. Jonah war überzeugt, dass manche gar ihren Laden statt die der Konkurrenz aufsuchten, um diesem harmlosen Laster zu frönen. Crispin war gut fürs Geschäft. Und er gehörte zu den wenigen Menschen, die gleichzeitig reden und arbeiten konnten.

Als sie sich der Halle näherten, war der Junge mitten in einer Geschichte über den blinden Earl of Lancaster. Jonah legte ihm warnend eine Hand auf den Arm, Crispin brach ab, und sie betraten den Raum schweigend. Rupert saß schon an seinem Platz an der Mitte der Tafel, flankiert von seiner Frau und seiner Großmutter. Elizabeth gegenüber saß Annot, eine Fleischerstochter aus Canterbury, die seit dem Sommer Elizabeths Lehrmädchen war und der Meisterin bei der Ausübung des bescheidenen Seidenhandels half, den diese nach ihrer letzten Fehlgeburt im vergangenen Winter aufgenommen hatte. Die Mägde trugen Porridge, Brot, Honig und verdünntes Ale auf, ehe sie sich ans untere Ende des Tisches setzten. Auch Crispin nahm seinen Platz ein. Jonah trat an den hüfthohen, schweren Eichenschrank, der fast die gesamte linke Wand der Halle einnahm und das schönste Möbelstück des Raumes war. Zinnteller, Kerzenleuchter und Becher wurden ebenso darin aufbewahrt wie die zwei kostbaren Bücher, die Master Hillock besaß. Auf dem Schrank stand eine Schüssel mit Wasser, reines Leinen lag daneben. Jonah hängte sich das Tuch über den Arm und trug die Schüssel zu seinem Meister, der sich die Hände wusch, ohne seinen jungen Verwandten anzusehen. Jonah hatte den Verdacht, dass Rupert sich wegen seines Verhaltens vom Vorabend schämte. Master Hillock war kein grausamer Mann und nicht bösartiger als irgendeiner seiner Nachbarn. Er war gefährlich, wenn er in Wut geriet, vor allem, wenn er zu viel Ale getrunken hatte, was, so schien es Jonah, in den vergangenen Monaten immer häufiger vorkam. Aber Hillock galt als ehrlicher Kaufmann und war bei seinen Gildebrüdern beliebt. Und vielleicht hätte er ein ganz anderer Mann werden können, wenn er nicht ausgerechnet Elizabeth geheiratet hätte.

Als Jonah die Waschschüssel nach seiner Großmutter auch

der Meisterin hinhielt, warf diese ihm unter halb geschlossenen Lidern hervor einen kurzen Blick zu. Dann tauchte sie die Hände mit genügend Schwung ein, dass das Wasser aufspritzte und ein kleiner Schwall auf Jonahs Brust landete.

»Pass doch auf, Tölpel«, fuhr sie ihn an.

Er sagte nichts, wartete, bis sie sich die Hände getrocknet hatte, und trat einen Schritt zurück, während Rupert das Tischgebet sprach. Jonah sah an sich hinab. Das Wasser in der Schüssel enthielt Lavendelsud und würde somit Flecken auf seinem Gewand hinterlassen. Er konnte wohl getrost davon ausgehen, dass es verdorben war. Einen Augenblick erwog er, Elizabeth den Inhalt der Schüssel über das fromm gesenkte Haupt zu gießen. Er war sicher, sie hatte es mit Absicht getan. Sie wusste, welch großen Wert er auf eine tadellose Erscheinung legte. Und sie wusste natürlich ebenso, dass er mit dem fleckigen Kittel würde leben müssen, bis sie ihm einen neuen zugestand, und es war ausgesprochen fraglich, ob das vor dem Tag des Jüngsten Gerichts passieren würde. Er spürte den warnenden Blick seiner Großmutter mehr, als dass er ihn sah, und nahm von seinem unheilvollen Vorhaben Abstand. Nach dem »Amen« brachte er die Schüssel zum Schrank zurück und nahm seinen Platz neben Crispin ein.

Die Mahlzeit verging großteils schweigend, denn Rupert ebenso wie die alte Mistress Hillock betrachteten eitles Geplauder bei Tisch als schlechtes Benehmen. Erst als die Mägde nach dem Dankgebet die Teller und Schalen einsammelten, besprach der Tuchhändler mit seinen Lehrlingen die Arbeit des Tages und übertrug ihnen ihre jeweiligen Aufgaben.

Als Jonah etwa zwei Stunden später von seinen Botengängen in der Dyer Street zurückkam, wo die Färber von London ihre Werkstätten hatten und er allerhand Bestellungen aufgegeben hatte, fand er Crispin und Annot allein im Laden. Sie standen hinter den deckenhohen Regalen, die den eigentlichen Laden vom Lager trennten, und waren so in ihre Unterhaltung vertieft, dass sie seine Ankunft weder sahen noch hörten. Crispin ließ keine Gelegenheit aus, mit Annot zu plaudern. Seit dem Tag, da das hübsche, blauäugige und zumindest damals noch rehhaft scheue Mädchen ins Haus gekommen war, lag Crispin ihr zu Füßen.

»Warum hasst die Meisterin ihn so?«, hörte Jonah sie fragen, und ihr entrüsteter Tonfall belustigte ihn.

»Tja, ich habe keine Ahnung«, gestand Crispin.

»Aber wie kann sie ihn nur so behandeln? Schließlich gehört er zur Familie.«

Ein paar Atemzüge lang waren nur die Striche einer Bürste zu hören, mit der Crispin sich vermutlich an einem Tuchballen zu schaffen machte, damit sich keine Motten darin einnisteten. Schließlich sagte der Junge nachdenklich: »Wahrscheinlich hasst sie ihn genau deswegen. Solange sie kein Kind bekommt, ist Jonah Master Hillocks Erbe. Jedenfalls weiß ich von keinen weiteren Verwandten. Und ich bin sicher, das gefällt ihr nicht.«

Sehr scharfsinnig erkannt, dachte Jonah. Natürlich war Elizabeth, sollte sie ihren Mann überleben, erst einmal selbst dessen Erbin. Starb sie aber ohne Nachkommen, was sie inzwischen wohl befürchtete und Jonah inständig hoffte, dann würde das Geschäft tatsächlich an ihn fallen.

»Und wieso muss er hier leben und sich das gefallen lassen? Hat er denn sonst niemanden? Wer war sein Vater?«

»Das weiß ich nicht. Er redet nie darüber.«

»Hm«, machte Annot versonnen. »Dann ist er sicher der Bastard irgendeines feinen Lords. Das würde mich weiß Gott nicht wundern.«

Jonah biss sich auf die Unterlippe und trat auf leisen Sohlen hinter die Regalwand. »Ich muss dich leider enttäuschen. Mein Vater war der Londoner Silberschmied Lucas Durham und zumindest am Tag meiner Geburt der Gemahl meiner Mutter. Als ich ein Jahr alt war, verletzte er sich an einem seiner Werkzeuge, bekam Fieber und starb, hoch verschuldet, wie sich herausstellte.«

Annot war zusammengezuckt und leicht errötet, als er so plötzlich hinzugetreten war.

Crispin hatte der untypisch wortreichen Enthüllung mit offenem Munde gelauscht und fragte verständnislos: »Warum hast du mir das nie erzählt?«

Jonah hob kurz die Schultern. »Du hast nie gefragt.«

Kopfschüttelnd setzte Crispin seine Arbeit fort. Er rollte das abgebürstete Stück Tuch wieder auf, entrollte die nächsten drei oder vier Ellen, ließ sie vom Regal herunterhängen und fuhr mit langen, kräftigen Bürstenstrichen darüber.

Annot saß auf einem Schemel und säumte mit feinen Stichen ein Stück scharlachroter Seide, damit es nicht ausfranste, ehe es verkauft wurde. Sie hatte sich von ihrem Schreck erholt, ließ die Nadel ruhen und betrachtete Jonah mit unverhohlener Neugierde. »Was wurde aus deiner Mutter und dir? Hast du Geschwister?«

Er schüttelte den Kopf. »Wir lebten ein paar Jahre von der Mildtätigkeit der Zunftbrüder meines Vaters, bis meine Mutter an der Schwindsucht starb.«

»Mit der Mildtätigkeit der Silberschmiede kann es nicht so weit her gewesen sein«, brummte Crispin, der wie jeder waschechte Kaufmann mit Hochmut und Misstrauen auf jeden Handwerker herabblickte, ungeachtet der Tatsache, dass gerade die Gold- und Silberschmiede reicher waren als die meisten kleinen Kaufleute und ihr Vermögen oft mit Großhandel in allen möglichen Gütern mehrten, also selbst Großkaufleute waren.

Jonah schüttelte wiederum den Kopf. »Ich bin sicher, sie haben getan, was sie konnten.«

Er hatte kaum Erinnerungen an jene Zeit. Er wusste eigentlich nur das, was seine Großmutter ihm erzählt hatte: Cecilias Mann hatte sich von der liederlichen Tochter losgesagt, die sich von einem stadtbekannten Taugenichts, Spieler und Trunkenbold hatte schwängern lassen – wenngleich der stadtbekannte Taugenichts mehr Ehre bewies als manch anderer, hatte Jonah oft gedacht, indem er das Mädchen heiratete, das er in Schwierigkeiten gebracht hatte, wozu nichts und niemand ihn zwang als höchstens sein Gewissen. Es hatte seinen Großvater nicht versöhnt. Erst nach dessen Tod hatte die Großmutter ihre bettelarme und inzwischen todkranke Tochter ausfindig machen und nach Hause bringen können. Ihr Sohn, Ruperts Vater, hatte seine Schwester und deren Balg nur widerwillig aufgenommen, doch ehe sie starb, hatte er ihr versprochen, ihren Jungen in die Lehre zu nehmen. Erst einmal sorgte die Großmutter dafür, dass der inzwischen fünfjährige Jonah auf die Schule von Bermondsey Abbey kam. Das Benediktinerkloster befand sich außerhalb der Stadtmauern, am grünen südlichen Themseufer gegenüber dem Tower, und die Schule stand in hohem Ansehen. Cecilia wusste sehr wohl, dass eine gute Schulbildung die wichtigste Voraussetzung war, um ein guter Kaufmann zu werden. Jonahs früheste Erinnerung war ein seltsam widersprüchliches Gemisch aus Verlorenheit, Trauer um seine Mutter – und Erleichterung, seinem mürrischen Onkel und seinem Vetter Rupert, der damals ein siebzehnjähriger Flegel gewesen war und ihn unbarmherzig gehänselt und malträtiert hatte, entkommen zu sein. Jonah hatte sich schnell in Bermondsey Abbey eingelebt. Die meisten der Brüder waren sehr gut zu ihm. Sie erfreuten sich an seinem wachen Geist und förderten ihn, ohne je zu verlangen, dass er sich mehr öffnete, mehr redete oder mehr von sich preisgab, als seiner Natur entsprach. Kam er zu hohen Feiertagen nach Hause, war er immer erleichtert, wenn er anschließend in die Stille und Geborgenheit des Klosters zurückkehren konnte. Doch als der Bruder Prior ihn kurz vor dem Verlassen der Schule gefragt hatte, ob er nicht bleiben und die Gelübde ablegen wolle, hatte Jonah abgelehnt. Und so schlimm es auch manchmal war mit Rupert und Elizabeth, hatte er seinen Entschluss trotzdem nie wirklich bereut. Er hatte irgendwie immer gewusst, dass er in die Welt da draußen vor den Klostermauern gehörte. In Bermondsey Abbey zu bleiben hätte nicht bedeutet, ihr zu entsagen, sondern sich vor ihr zu drücken.

Um von sich und seiner wenig erbaulichen Geschichte abzulenken, beugte er sich über Annot und befühlte das feine, glänzende Tuch in ihrem Schoß zwischen zwei Fingern. Es war kühl und glatt wie ein Spiegel. »Der Silberschmied in mir sagt, du solltest lernen, eine solche Seide mit Gold- und Silbergarn zu besticken. Dann könntest du sie für das Zehnfache dessen verkaufen, was du bezahlst.«

Sie sah zu ihm auf. Schon so oft hatte sie sich gewünscht, seine Aufmerksamkeit zu erregen. Jetzt, da es passiert war, fühlte sie sich mit einem Mal scheu und unbeholfen. »Aber ich will doch Seidenhändlerin werden, nicht Stickerin«, war alles, was zu erwidern ihr einfiel.

Er lächelte auf sie hinab. Annot fragte sich, ob er wusste, dass sich in seinen Mundwinkeln zwei Grübchen bildeten, wenn er lächelte, ob er ahnte, welch eine verheerende Wirkung seine geschwungenen, beinah vollen Lippen selbst auf ein anständiges Mädchen wie sie hatten, dass sie sie verleiten wollten, aufzuspringen und ihren Mund darauf zu pressen. Sie senkte hastig den Kopf, damit er ihre beschämenden Gedanken ja nicht erriet.

Manchmal lag Annot abends in der Dachkammer in ihrem Bett, das sie mit den beiden Mägden teilte, und überlegte sich, wie es wohl wäre, wenn sie sich einmal allein mit Jonah nach Ladenschluss im Lager fände. Sie legte sich Dinge zurecht, gescheite und witzige Bemerkungen, Neckereien und Schmeicheleien, denn sie wünschte sich so sehr, dass er sie bewunderte und mochte, sie endlich zur Kenntnis nahm. Und sie malte sich aus, dass er sie einmal mit auf einen der vielen Märkte der Stadt nahm oder zu einer der Paraden oder gar zu den Schauspielen, die die Gilden veranstalteten. Beinah schon ein halbes Jahr lebte sie jetzt hier und hatte doch außer der Kirche und den Läden der Nachbarschaft noch nichts von der großen Stadt gesehen.

»Nun, wenn du Seidenhändlerin *und* Stickerin wärest, könntest du jedenfalls steinreich werden«, bemerkte Crispin, dem gar nicht gefiel, welche Blicke Annot unter ihren dichten Wimpern hervor auf Jonah warf.

Sie faltete mit einem Seufzer ihre kostbare Ware zusammen und erhob sich. »Ich werde darüber nachdenken. Jetzt sollte ich wohl erst einmal gehen und der Meisterin bei der Abrechnung helfen. Wenn ich das nicht bald lerne, werde ich ganz sicher nicht reich, egal in welchem Geschäft.«

Crispin tat das mit einer wegwerfenden Geste ab. »Ach, bleib doch noch einen Augenblick. Die Bücher laufen einem niemals weg, glaub mir, ich spreche aus Erfahrung.«

»Crispin ...«, mahnte Jonah leise.

Der Jüngere zog verwundert die Brauen hoch. »Ah, da spricht unser Ausbund an Pflichterfüllung, der sich jeden Abend förmlich darum reißt, die Abrechnung zu machen.«

Jonah verzog einen Mundwinkel, sagte aber ernst: »Bring sie nicht in Schwierigkeiten.«

Annot war so beglückt darüber, dass er sich um ihretwillen sorgte, dass sie erwog, ihren Aufbruch noch ein paar Minuten aufzuschieben. Doch noch ehe sie einen Entschluss gefasst hatte, rief eine Stimme aus dem vorderen Teil des Ladens: »Gott zum Gruße, gibt's hier auch Bedienung?«

Das etwas schrille Trällern war unverkennbar: Es war Mistress Thorpe, die schwatzhafte Gattin eines Schuhmachers aus der Nachbarschaft. Jonah verdrehte vielsagend die Augen und machte eine einladende Geste in Crispins Richtung.

»Immer ich«, murrte der Jüngere. »Das ist nicht gerecht.« Doch dann setzte er sein strahlendstes Lächeln auf und ging entschlossenen Schrittes nach vorn. »Mistress Thorpe! Welche Freude, dass Ihr uns beehrt. Ihr seht blendend aus, Madam, wenn Ihr meine Kühnheit verzeihen wollt. Erzählt mir nicht, Ihr wollt Tuch für einen neuen Mantel – keiner könnte Euch besser stehen als der, den Ihr tragt.«

Die Nachbarsfrau kicherte wie eine ihrer zahlreichen Töchter. »Was für ein Schmeichler du bist, Crispin. Nein, unsere Mildred soll sich demnächst zum ersten Mal mit ihrem Verlobten treffen, und ich will ihr ein neues Kleid nähen. Sie soll recht hübsch aussehen.«

»Das ist hoffnungslos«, wisperte Annot und wurde von Jonah mit einem spitzbübischen Verschwörerlächeln belohnt. Aber er brach den Blickkontakt gleich wieder ab, nahm Crispins Bürste auf und setzte dessen Arbeit eine gute Portion schneller und geschickter fort. Annot bewunderte verstohlen seine sparsamen, geschmeidigen Bewegungen.

»Mildred?«, hörten sie Crispin fragen. »Sie soll schon heiraten? Wer ist denn der Glückspilz?«

»Seaburys Ältester«, verkündete die zukünftige Brautmutter mit unverhohlenem Stolz.

»Seabury? Der Apotheker? Glückwunsch, Mistress. Eine großartige Partie.«

Sie hielten sich ein paar Minuten mit dem Ansehen und Vermögen der alteingesessenen Apothekerfamilie auf, und fast beiläufig legte Crispin der kauffreudigen Kundin die neue Ware aus Salisbury vor, deren Farbe, so betonte er, vortrefflich zu Mildreds hübschen Augen passen werde.

Doch als Mistress Thorpe den Preis hörte, kühlte ihre Begeisterung merklich ab. »*Zwei* Shilling pro Yard? Aber Crispin, wo denkst du hin? Sie soll Seaburys Sohn heiraten, nicht den Kalifen von Cordoba. Webster von gegenüber hat mir ein grünes Tuch für acht Pence gezeigt!«

»Webster von gegenüber« war der Tuchhändler Christian Webster, Rupert Hillocks größter Konkurrent und Widersacher. Einen Kunden an ihn zu verlieren war folglich ganz besonders bitter. Crispin versuchte, die Kundin von der überlegenen Qualität seiner Ware zu überzeugen, aber Jonah spürte förmlich in den Fingerspitzen, wie ihnen das Geschäft durch die Lappen ging. Er trat neben Crispin an den Ladentisch und neigte ehrerbietig das Haupt vor der fassrunden Matrone in ihrer gräulich weißen Rise, unter welcher sich ihr baumstammdicker Hals und ein beachtliches Doppelkinn abzeichneten. Jedes Mal, wenn er die Nachbarsfrau sah, erschreckte ihn wieder aufs Neue, wie fett sie war. »Einen guten Tag, Mistress«, grüßte er höflich.

»Ah! Jonah.« Sie lächelte, doch ihre Stimme trällerte nicht mehr so überschwänglich wie zuvor. Wie so vielen der Handwerkers- und Kaufmannsfrauen aus der Gegend flößte Rupert Hillocks wortkarger Lehrling mit den durchdringenden, schwarzen Augen auch ihr ein leises Unbehagen ein. Jonah wusste das genau. Die Frauen ließen sich viel lieber von Crispin bedienen, der ihnen schmeichelte und interessante Neuigkeiten erzählte, oder von Rupert, der jede Kundin wie eine Königin behandelte.

Jonah hatte so oft versucht, sich zu ändern – er wusste, sein Ruf als Finsterling schadete dem Geschäft. Aber ganz gleich, was er tat und wie sehr er sich bemühte, der Ruf haftete ihm an wie ein Fluch. Rupert Hillock freilich nahm es gelassen. Er hatte beobachtet, dass die Schneider, die seine kaufkräftigsten Kunden waren, am liebsten mit Jonah verhandelten, denn sie schätzten seine Kompetenz und nüchterne Geschäftsmäßigkeit, die ihnen Zeit ersparten. Und die ganz jungen Frauen aus dem Viertel kamen auch gern zu ihm, ganz gleich, wie frisch verheiratet sie waren. Rupert neidete Jonah seinen Erfolg bei den jungen Dingern und hielt ihm regelmäßig vor, er werfe ihnen unschickliche Blicke zu und verdrehe ihnen die Köpfe. Jonah reagierte ebenso regelmäßig mit Unverständnis, denn er merkte nicht einmal, wie sie ihn ansahen. Doch alles in allem war es Rupert schon ganz recht so, wie es war. Auf seine Art war Jonah mit seiner kühlen Unnahbarkeit dem Geschäft ebenso zuträglich wie Crispins Leutseligkeit.

»Wie ich sehe, interessiert Ihr Euch für das neue Kammgarn aus Salisbury? Das ist gut gewählt, Mistress«, bemerkte Jonah.

Ein wenig gehetzt sah sie auf, suchte nach einer Möglichkeit, das Thema zu wechseln, und entdeckte den Bluterguss unter seinem Auge. »Du meine Güte, wie schaust du wieder aus.«

Er winkte ab. »Ihr solltet den anderen Kerl sehen.«

Aber sie ließ sich nichts weismachen. »Was stellst du nur immer an, dass dein Vetter dich ständig so zurichtet?«

Jonah spürte, wie seine Miene gefror. Er wollte lächeln, irgendeine Bemerkung machen, die ihn aus dieser Situation erlöste, aber er konnte nicht. Er war wie erstarrt.

Mistress Thorpe sah ihn noch einen Moment an und wusste plötzlich wieder, warum sie diesen jungen Mann so unheimlich fand. Sie räusperte sich und befingerte verlegen das grüne Tuch. »Also, ich weiß wirklich nicht … es ist zu teuer.«

»Fühlt es noch einmal, Mistress«, schlug Jonah vor. »Fühlt nur, wie glatt und gleichmäßig gewebt es ist.« Er ließ der Kundin ein paar Atemzüge Zeit, die feine Wolle zu betasten, dann hob er den schweren Ballen ohne erkennbare Mühe auf und trug ihn zur Tür. »Hier, Ihr solltet es bei Tageslicht betrachten. Seht Ihr, wie es fällt? Ganz glatt. Es schimmert beinah. Es ist gleichmäßiger gewalkt als die meisten anderen Tuche, denn die Walkmühlen in Salisbury sind nun einmal die besten. Und schaut nur, wie satt die Farbe ist. Es ist eben *Salisbury Green*, Mistress, und Qualität hat ihren Preis. Aber das Kleid wird Mildred noch mit Freude zur Taufe ihres Enkels tragen. Websters grünes Tuch hingegen ist mit Birkenblättern gefärbt und wäre schon vor ihrer Hochzeit ausgebleicht. Glaubt mir, es ist, als wolltet Ihr Äpfel mit Pflaumen vergleichen.«

Mistress Thorpe war sichtlich ins Wanken geraten. Selbst im grauen Novemberlicht schillerte das satte Grün der feinen Wolle. Noch einmal streckte sie ihre fette Hand aus und strich mit den Fingern über die glatte Oberfläche und die leicht angeraute Unterseite.

»Hm. Na ja. Ich sehe, was du meinst. Aber zwei Shilling… Was hältst du von einem Shilling und Sixpence, mein Junge?«

Jonah spielte seinen letzten Trumpf aus: »Dieses Tuch liegt eine Elle breiter als Websters aus Lincoln, Mistress. Das heißt, Ihr kommt vermutlich mit drei Yards für das neue Kleid aus statt vier. Damit habt Ihr den halben Shilling pro Yard wieder eingespart.«

Mistress Thorpe rechnete einen Moment. Dann erstrahlte ihr feistes Gesicht. »Du hast vollkommen Recht, Jonah.« Sie öffnete ihren bestickten Beutel und zählte sechs Shilling ab. »Es ist im Grunde nicht zu viel für ein Verlobungskleid«, murmelte sie.

Jonah neigte zustimmend den Kopf.

»Und sie wird hinreißend darin aussehen«, versicherte Crispin. »Ich messe es ab und bringe es Euch heute Nachmittag vorbei.«

Sie belohnte ihn mit einem strahlenden Lächeln. »Das ist sehr zuvorkommend, mein Junge. Und ich werde nicht böse sein, wenn du mir einen Fuß Länge dazugibst. Du weißt schon, der Verschnitt…«

Crispin zwinkerte ihr zu. »Darüber lässt sich reden.« Er hielt ihr die Tür auf. »Guten Tag und guten Weg, Mistress.«

Mit einem huldvollen Nicken in Jonahs Richtung schwebte Mistress Thorpe aus dem Laden.

Crispin schloss schwungvoll die Tür. »Teufel noch mal, Jonah, wie *machst* du das nur immer? Ich war sicher, sie geht zu Webster, diesem schmierigen Halsabschneider.«

Jonah hob die Schultern. »Sag den Leuten die Wahrheit. Wenn du ihnen klar machst, dass unser Tuch besser ist, sind sie auch bereit, mehr dafür zu bezahlen. Schmeichle ihrem Sachverstand und Geschmack, nicht immer nur ihrer Eitelkeit.«

Crispin nickte eifrig. Manchmal hatte er den Verdacht, dass es von Jonah mehr zu lernen gab als von ihrem Meister. Er blieb vorn im Laden, während Jonah zurück hinter die Abtrennung ging. Als er Mistress Thorpe bediente, hatte er die Tür zum Hof gehört und glaubte, Annot sei hinausgegangen. Doch als er ins Lager kam, fand er, dass sie immer noch auf ihrem Schemel saß. Rupert war hinzugekommen, hatte eine Hand auf ihre Schulter gelegt und begutachtete ihr Tuch. Was zum Henker weiß er von Seide, fragte Jonah sich verwundert.

Als Rupert seinen Schatten sah, richtete er sich auf und nickte ihm knapp zu. »Gut gemacht.«

Jonah ging nicht darauf ein, sondern berichtete stattdessen von seinen Botengängen am Vormittag, zählte systematisch und aus dem Gedächtnis auf, wer wann welche Mengen zu welchem Preis liefern konnte. »Piers Johnson bittet Euch um einen Vorschuss von zehn Shilling«, sagte er zum Schluss. »Seine Kinder sind krank, und er muss den Medicus bezahlen. Er schwört, dass er versucht, in der ersten Adventwoche zu liefern.«

»Einverstanden. Auf Johnson war immer Verlass.«

»Und Adam Cross sagt, diese Beeren aus dem Morgenland, mit denen er seinen safrangelben Farbstoff herstellt, sind knapp und teurer geworden. Er verlangt einen halben Shilling mehr pro Yard.«

Rupert schnaubte. »Dann gehst du morgen nach Southwark hinüber zu Adam Cross' Schwager Williams und stellst fest, ob seine Preise stabil geblieben sind. Er ist ein ebenso guter Färber wie Cross.«

»Morgen ist die erste Probe zum Weihnachtsspiel«, erinnerte Jonah ihn.

Rupert schlug sich mit der Hand vor die Stirn. »Das hatte ich vergessen. Nein, du darfst unter keinen Umständen fehlen, Vater Gilbert wäre fuchsteufelswild. Dann muss Southwark eben bis übermorgen warten.«

Annot sah mit leuchtenden Augen zu Jonah auf. »*Du* trittst beim Weihnachtsspiel auf?«

Rupert lachte dröhnend und nickte. »Du wirst staunen, mein Kind. Unser Jonah ist der beste Schauspieler, den die Tuchhändlergilde zu bieten hat. Wenn er auf dem Bühnenwagen steht, erkennt man ihn einfach nicht wieder.«

London, Dezember 1330

Was sagt ihr, ich hätt ein Schaf gestohlen? Eher sollt mich wohl der Teufel holen! O weh, ihr seht mich tief getroffen. Von Freunden wagt ich Bess'res doch zu hoffen. Weg von der Krippe – wie könnt ihr's wagen? Dort liegt ... ähm ... mein Sohn, den mein Weib getragen. Ach je, solch Misstrau'n macht mich gramgebeugt. Dabei ward er, das glaubt mir nur, in solcher Freud gezeugt ...«

Die komische Verzweiflung, die frechen Lügen und irrwitzigen Beteuerungen des diebischen Hirten entlockten dem dicht gedrängten Publikum vor St. Paul Lachsalven und frenetischen Beifall.

Jonah war so gefangen in seiner Rolle, dass er die Menschen auf dem Platz kaum wahrnahm. Und doch spornten sie ihn an, trieben ihn dazu, weiter über sich, aus seinem Selbst hinauszuwachsen. Er spürte weder die schneidende Kälte noch den unweihnachtlichen Nieselregen. Er war nicht in London auf einem großräumigen Bühnenwagen. Ihm war auch nicht bewusst, dass er seine Rolle schon zum siebten Mal an diesem Tage spielte. Er war Mak der Dieb, der Schelm, der mit Schläue und Witz seinen Kopf aus der Schlinge zog. Er war von sich selbst erlöst.

Annot stand mit Crispin, Rupert, Elizabeth und der alten Dame ganz vorn in der Menge und sah mit leuchtenden Augen zu dem fantasievoll geschmückten Wagen auf. Sie klatschte, bis ihre Hände schmerzten. Niemals hätte sie geglaubt, dass es so etwas geben könnte. Seit Stunden stand sie hier in der Menge und sah die Wagen vorbeiziehen, sie spürte ihre kalten Füße schon lange nicht mehr. Jeder Wagen zeigte eine andere Szene aus der Bibel oder eine damit verwandte Geschichte, die mit der Verkündigung und der Geburt Christi zu tun hatte. Jede Handwerkszunft und Kaufmannsgilde der Stadt hatte einen der Wagen ausgerüstet und stellte die Schauspieler. Manchmal standen die Darstellungen in Zusammenhang mit dem Gewerbe der Zunft oder Gilde – so hatte Annot beispielsweise gehört, dass die Fleischer den Kindermord von Bethlehem darstellen würden, da das Schauspiel größere Mengen an Blut erforderte, und sie war fest entschlossen, vorher nach Hause zu gehen. Aber im Augenblick konnte sie nicht an den blutreichen Kindermord denken. Gebannt sah sie zu dem prachtvoll ausgestatteten Wagen der Tuchhändler auf, litt und lachte mit Mak dem Dieb, der schließlich entlarvt und bestraft und dann, als der Engel kam und den Hirten die Geburt des Erlösers verkündete, geschont wurde.

»Ich glaube es einfach nicht«, murmelte sie vor sich hin. »Das kann nicht Jonah sein.«

Crispin hauchte seine eiskalten Hände an und steckte die Fäuste dann unter die Achseln. »Doch, doch. Glaub's nur. Dreimal im Jahr verwandelt er sich: zu Weihnachten, zu Ostern und zu Fronleichnam. Frag mich nur nicht, was er daran findet. Zwölfmal hintereinander muss er das durchstehen und seinen Text aufsagen, und da oben auf dem Wagen zieht's hundertmal schlimmer als hier unten. Jedes Jahr nach Weihnachten wird er krank, Neujahr verbringt er immer mit Fieber und ohne Stimme. Aber er liebt es. Er liebt es einfach.«

Annot hatte nur mit halbem Ohr zugehört. »Er ist wunderbar«, flüsterte sie.

Crispin sah sie von der Seite an und seufzte tief. Er hatte es ja geahnt. Er hatte es kommen sehen. Ganz gleich, was er fortan sagte oder tat, er hatte verloren. Wenn er sich jetzt und hier in Luft auflöste, würde sie es vermutlich nicht einmal bemerken.

Die Schauspieler auf dem Wagen verneigten sich, und die fahrbare Bühne rollte unter dem stürmischen Jubel der Menge davon. Annot wäre am liebsten hinterhergelaufen, um das freche Hirtenspiel noch einmal anzuschauen, aber die Meisterin hätte ihr nie erlaubt, sich allein in der Stadt herumzutreiben, und außerdem stand sie so eingekeilt zwischen den vielen Leibern, dass sie sich gar nicht hätte befreien können.

»Was kommt als Nächstes?«, fragte sie.

»Die Gewürzhändler«, antwortete Rupert. »Sie spielen die Heiligen Drei Könige.«

»Letztes Jahr hatte der junge Hamo de Kempe sich für seine Rolle Gesicht und Hände so gründlich mit Ruß geschwärzt, dass er an Mariä Lichtmess noch nicht wieder sauber war«, fügte Crispin hinzu.

Die alte Mistress Hillock klopfte ungeduldig mit ihrem Stock auf den schlammigen Boden. »Das liegt daran, dass Gewürzhändler sich niemals waschen«, behauptete sie missgelaunt. »Rupert, meine alten Knochen werden kalt. Ich will jetzt ins Gildehaus. Wenn wir früh kommen, finden wir vielleicht noch alle einen Platz.«

Rupert dachte nicht daran, den Aufführungsplatz schon zu verlassen. Acht oder zehn Wagen würden noch kommen, und er wollte keine der Darbietungen versäumen. »Crispin, begleite Mistress Hillock zum Gildehaus und sorge dafür, dass sie alles zu ihrer Bequemlichkeit hat.«

Crispin sah sehnsüchtig zum Bühnenwagen der Gewürzhändler hinüber, der gerade, von vier wunderbar geschmückten Ochsen gezogen, heranzockelte. Aber er bemühte sich, seine Enttäuschung nicht zu zeigen. »Natürlich, Sir. Madam, es ist mir eine Ehre.« Er machte einen kleinen Diener.

Die alte Dame lachte wissend. »Ja, das glaube ich aufs Wort, mein Junge. Sei so gut, reich mir deinen Arm.«

»Darf ich mitgehen, Mistress?«, fragte Annot an Elizabeth gewandt. »Mir ist so kalt.«

Ihre Meisterin runzelte verblüfft die Stirn. »Aber du konntest es doch kaum erwarten, die Spiele zu sehen.«

Das stimmte. Doch wenn sie mit Rupert und Elizabeth allein blieb, würde Rupert irgendeine Möglichkeit finden, ihr wieder auf die Pelle zu rücken. Kaum wäre Elizabeth in ein Gespräch mit einer ihrer vielen Freundinnen vertieft, würde seine Hand sich unter ihren Mantel stehlen, ihren Arm streicheln, sie befingern. Und das wollte sie nicht.

»Mir graut vor dem Spiel der Fleischer, Mistress«, gestand sie, und es war ja nicht einmal eine Lüge. »In der Schlachterei meines Vaters habe ich für mein Leben genug Schweineblut gesehen.«

»Also, dann geh.« Elizabeth lächelte nachsichtig.

Crispins Miene hellte sich auf. »Am besten, du hältst dich an meinem Mantel fest. Hier im Gedränge können wir uns sonst verlieren, und du würdest nie mehr nach Hause finden und unter die Räuber fallen. London ist ein gefährlicher Ort, weißt du. Nicht umsonst nennen manche sie die purpurne Stadt. Die Hure Babylon, Mutter aller Abscheulichkeiten der Erde.« Er sagte es nicht ohne einen gewissen prahlerischen Stolz.

Hastig legte Annot die Hand um eine Falte am Rücken seines Mantels, und die kleine Gruppe machte sich auf den Weg zurück nach Cheapside. Als sie den Platz vor der großen Kathedrale hinter sich ließen, konnten sie nebeneinander gehen. Trotzdem kamen sie nur im Schneckentempo voran, denn die Gicht der alten Dame war vom langen Stehen in der feuchten Kälte nicht besser geworden, und sie konnte nur in kleinen, sicher schmerzhaften Trippelschritten einherhinken.

Sie sagte selbst, was Annot dachte: »Ich wäre besser zu Hause geblieben.«

»Aber wer will so ein Spektakel schon versäumen«, entgegnete Crispin.

Cecilia lachte verächtlich. »Mein Junge, wenn du dieses ›Spektakel‹ über siebzigmal gesehen hättest so wie ich, dann würdest du wie ich davon träumen, es einmal versäumen zu dürfen. Aber wegen Jonah bringe ich es nicht übers Herz. Ich hoffe, Gott vergibt mir, wie stolz ich auf meinen Enkel bin, immerhin hat er mir in meinem Leben wenig genug beschert, worauf ich stolz sein könnte.«

»Ja«, räumte Crispin bereitwillig ein, »Jonah hat wieder einmal großartig gespielt.«

Cecilia nickte. »Hm. Er macht seiner Gilde Ehre. *Das* zählt, nichts sonst.« Crispin hatte nicht geahnt, dass die alte Dame die Schuldigkeit des Einzelnen der Gilde gegenüber so wichtig nahm, und er wurde auch gleich eines Besseren belehrt, als sie hinzufügte: »Die Gilde belohnt diejenigen, die ihr Ansehen mehren, weißt du.«

»Womit?«, fragte Annot, die sonst selten wagte, das Wort an Cecilia zu richten. Doch die untypische Mitteilsamkeit, die die alte Dame plötzlich an den Tag legte, machte ihr Mut.

»Mit Macht«, antwortete Cecilia. »Mit Einfluss. Sie macht ihre verdienten Söhne zu Liverymen, zu Wardens und zu Gildemeistern. Aus Gildemeistern werden Aldermen, so nennt man die Stadtväter. Aus den Reihen der Aldermen schließlich werden die Sheriffs gewählt und der Mayor – der Bürgermeister von London.«

Crispin pfiff leise vor sich hin. »Ihr habt große Pläne mit Jonah, Mistress.«

»Es sind nicht meine Pläne, sondern seine«, entgegnete sie ungehalten. »Endlich gibt es in dieser Familie wieder einen Mann mit einem Funken Ehrgeiz im Leib, Gott hat meine Gebete erhört. Und wenn du noch einmal in meiner Gegenwart auf der Straße pfeifst, wirst du dein blaues Wunder erleben, Bürschchen. Keiner von euch jungen Flegeln weiß mehr, wie ein Kaufmann sich benimmt!«

Crispin schnitt eine verstohlene Grimasse. »Entschuldigung, Mistress.«

Das Gildehaus der Tuchhändler lag in der St. Swithin's Lane in Cheapside und hatte einmal dem allerersten Mayor der Stadt gehört, der es seinen Gildebrüdern als Versammlungsort für gemeinsame Gebete und Beratungen und Feste vermacht hatte. Es war ein großzügiges zweigeschossiges Holzhaus mit kleinen, bleiverglasten Fenstern, die Balken des Fachwerks waren reich geschnitzt. Es war nicht protzig und strahlte doch einen gewissen Wohlstand aus.

An beiden Stirnseiten der Halle, die das ganze Erdgeschoss einnahm, brannten prasselnde Feuer in den Kaminen, und der große Raum war angenehm warm. Es war noch fast niemand dort bis auf das Gesinde, das die Vorbereitungen zum großen Festschmaus traf. Henry Fitzjohn, der Schatzmeister der Gilde, stand allein nahe des Eingangs, um die Gäste zu begrüßen.

»Mistress Hillock! Eine große Ehre, Madam. Erlaubt, dass ich Euch an Euren Platz geleite.«

»Danke, Henry. Es muss kein Ehrenplatz sein, Hauptsache warm.«

Crispin trat zurück und überließ dem Schatzmeister den zweigdürren Arm der alten Dame. Dann folgte er ihr mit Annot zu einem der drei Tische, welche im rechten Winkel zu der hohen Tafel standen, die den Liverymen – der Oberschicht aus reichen Großhändlern der Gilde – vorbehalten war. Die langen Tische boten sicher mehr als zweihundert Menschen Platz, vermutete Annot. Trotzdem fragte sie skeptisch: »Und das soll reichen für alle Londoner Tuchhändler und ihre Familien?«

»Na ja, längst nicht alle Londoner Tuchhändler«, sagte Crispin. »Nur die Freien.«

»Freie?«, wiederholte sie verständnislos.

Du meine Güte, bringt Elizabeth ihr denn gar nichts bei, fragte er sich verwundert und erklärte Annot, was in London jedes Kind wusste: »Nur gebürtige Londoner aus bestimmten Familien können in eine Zunft oder Gilde aufgenommen werden. Nur solche, die die Londoner Bürgerrechte genießen. Man nennt sie Freie. Und daraus ergibt sich natürlich, dass nur Freie Aldermen werden oder eines der anderen hohen Ämter in der Stadt bekleiden können, die Mistress Hillock vorhin erwähnt hat.«

»Und was ist mit den übrigen Londonern, die nicht zu diesen Familien zählen? Heißen sie Unfreie?«

Crispin lachte. »Nein, nein. Sie heißen Fremde, obwohl sie Londoner sind. Es ergibt nicht viel Sinn, aber so ist es nun einmal. Tagelöhner, die vielen Bettler, Schurken und Beutelschneider zählen dazu, aber auch die kleinen, armen Handwerker und Händler, die eben keiner Zunft angehören. Sie machen den Großteil der Bevölkerung aus.«

»Und was ist mit den echten Fremden? Den Kaufleuten aus anderen Städten oder aus Frankreich und Flandern und der Lombardei?«

»Die heißen Auswärtige. Auswärtige und Fremde sind also nicht das Gleiche, man muss sie sorgsam unterscheiden.«

Annot lachte und schüttelte die üppigen dunkelblonden Locken. »Das ist verrückt.«

Cecilia hatte auf der Bank Platz genommen und den Schatzmeister entlassen. Sie hatte Annots letzte Worte gehört. »Es ist nicht so verworren, wie es klingt, und es hat sich über Jahrhunderte bewährt. Es hat schon seine Richtigkeit, dass nur Mitglieder angesehener Familien in dieser Stadt freien Handel treiben dürfen, selbst unter ihnen gibt es weiß Gott genug schwarze Schafe. Wo kämen wir hin, wenn alle Fremden und Auswärtigen auf unsere Märkte drängten? Für uns bliebe nie genug übrig. Wir verwalten diese wunderbare Stadt und dienen ihr, somit ist es nur richtig, dass sie uns gehört.«

Annot zog ihren nassen Umhang aus, der schon zu dampfen begonnen hatte. »Das heißt also, dass ich mich niemals als Seidenhändlerin in London niederlassen könnte. Ich müsste zurück nach Canterbury gehen«, murmelte sie nachdenklich.

»Ein unverheiratetes junges Huhn wie du darf weder hier noch sonst irgendwo Handel treiben, Gott sei Dank. Als Frau eines freien Londoners stünde es dir natürlich offen. Doch am besten hättest du es nicht als Frau, sondern als Witwe eines Freien, mein Kind, glaub einer, die weiß, wovon sie redet. Darum wärst du gut beraten, dir meinen Enkel endlich aus dem Kopf zu schlagen, der ohnehin ein Herz aus Stein hat und darüber hinaus frühestens in zehn Jahren wird heiraten können. Nimm dir einen kinderlosen reichen Greis, der in absehbarer Zeit abtreten wird. Du bist schließlich hübsch genug. Nutze dein Kapital, das ist es letztlich, was wir alle tun.«

Annot war erst rot angelaufen, dann wich alle Farbe aus ihrem Gesicht. Sie war so grenzenlos verlegen, dass sie nichts zu sagen wusste.

Cecilia lachte leise. »War ich zu unverblümt? Das ist das Privileg der Alten. Aber denk über meinen Vorschlag nach. Und jetzt geh mit Crispin und sucht euch einen Platz, ihr habt hier oben an der Tafel nichts verloren.«

Mit Mühe hielt Annot den Kopf hoch, als sie an der Seite ihres treuen Begleiters zum unteren Ende der Tafel ging, wo die eingedeckten Teller und Becher wesentlich schlichter und die Kerzen in größeren Abständen aufgestellt waren.

»Es stimmt nicht«, sagte sie leise. »Er hat kein Herz aus Stein.«

Nein, dachte Crispin seufzend, vielleicht nicht. Er war nicht ganz sicher. »Aber die alte Mistress hat trotzdem Recht.«

Annot nickte unwillig. Sie wusste es ja selbst. Ihre Schwärmerei für Jonah war unvernünftig und kindisch. Es würde noch Jahre dauern, ehe die Gilde ihm gestattete, ein eigenes Geschäft zu betreiben, und dann würde er sicher eine reiche Witwe heiraten, deren Gewerbe er übernehmen konnte. Sie hatte ihm nichts zu bieten und konnte auch so lange nicht warten. Sie war vierzehn und musste zusehen, dass sie bald unter die Haube kam. Und sie wusste sehr genau, dass das der eigentliche Grund war, warum ihre Eltern sie hergeschickt hatten, und dass es diesbezüglich Absprachen mit den Hillocks gab.

Die Halle füllte sich nach und nach. Am frühen Nachmittag hatten die meisten genug von dem bunten Treiben auf den Straßen und fanden sich im Gildehaus zum Festmahl ein, das alljährlich an St. Stephen, dem Tag nach Weihnachten, für die Gildemitglieder und deren Familien ausgerichtet wurde. Für gewöhnlich gehörte die Halle allein den Männern und der Hand voll Frauen, die ein eigenes Geschäft betrieben und Einlass in die

Gilde gefunden hatten – Familienangehörige hatten bei ihren Zusammenkünften keinen Platz. Doch dieser Tag war seit jeher eine Ausnahme, und alle nahmen die Gelegenheit nur zu gern wahr, Freunde wieder zu treffen, die nicht in der unmittelbaren Nachbarschaft wohnten und die man vielleicht das ganze Jahr nicht gesehen hatte. Der Advent war für die Tuchhändler immer eine anstrengende, arbeitsreiche Zeit. Jeder, der es sich leisten konnte, wollte für das hohe Fest ein neues Kleid, Wams, Surkot und womöglich noch einen Mantel. Von Tagesanbruch bis weit nach Sonnenuntergang waren die Läden geöffnet, Lehrjungen waren den ganzen Tag mit Handkarren oder gar Fuhrwerken unterwegs, um neue Ware zu holen und Bestellungen auszuliefern. Und bei alldem musste auch noch gefastet werden.

Diese Zeit war wieder einmal überstanden. Gestern hatten sie alle in der Kirche und daheim das hohe Fest begangen, heute war der Tag für Ausgelassenheit und manchen Schabernack. Rupert und Elizabeth kamen, als die frühe Dämmerung sich über die Straßen der Stadt legte, und wie Annot erwartet hatte, nahm ihre Meisterin sie mit von Gruppe zu Gruppe und stellte sie einer nicht enden wollenden Reihe von Menschen vor. Es war Annots Einführung in die Gesellschaft der Londoner Tuchhändler, und Elizabeth verstand es, das Beste aus der Gelegenheit zu machen. Es entging Annot nicht, dass sie vornehmlich jungen und mittelalten Männern oder deren Müttern vorgestellt wurde, und sie knickste anmutig und lächelte und hielt den Blick gesenkt und sagte nicht viel, kurzum, sie machte einen guten Eindruck. Unter gesenkten Lidern hervor fing sie viele bewundernde Blicke auf. Ein fremdes Gesicht war immer eine Attraktion, und wenn es jung und hübsch war, war das Willkommen umso herzlicher.

Von fern sah sie die alte Mistress Hillock mit einer fetten Matrone reden. Die beiden Damen sahen gelegentlich verstohlen in ihre Richtung, und Annot stellte sich vor, was sie wohl sagten. »Nein, Hiltrud, sie hat keinen Penny; außer ein paar Silberbechern und Laken ist an Mitgift nichts zu erwarten«, eröffnete Cecilia vielleicht gerade ihrer Zuhörerin. »Aber sieh dir das Becken an. Wie geschaffen zum Kinderkriegen. Und sie kann ordentlich zupacken, und auf den Kopf gefallen ist sie auch nicht. Euer William könnte es schlechter antreffen, glaub mir ...«

Bald war Annot erschöpft von ihrem starren Lächeln, den immer gleichen Floskeln und den abschätzenden Blicken, denen sie sich ausgesetzt fand. Sie entschuldigte sich und schlüpfte durch die Hintertür in den Hof hinaus. Er war größer, als sie erwartet hatte, zwei schlanke Buchen ragten in seiner Mitte auf. Im Sommer war es hier gewiss herrlich – eine Insel der Ruhe im irrwitzigen Gewimmel der Stadt. Sie lehnte sich an einen der glatten Stämme und sah zum dunkelgrauen Himmel auf. Das letzte Licht des kurzen Wintertages war fast gänzlich verblasst. Es sah nach Schnee aus. Plötzlich bekam sie Heimweh.

»Annot? Was tust du denn hier draußen in der Kälte?«

Sie fuhr zusammen, als sei sie bei etwas Verbotenem ertappt worden. »Nichts. Gar nichts, Sir. Ich wollte nur einen Augenblick frische Luft schnappen.«

»Ja, es wird langsam stickig dort drinnen«, pflichtete Rupert ihr bei. Als er näher kam, roch sie Bier in seinem Atem.

»Und? Wie gefallen dir all die jungen Gildebrüder, he?«, fragte er neckend.

Sie hielt den Kopf gesenkt. »Alle sind sehr freundlich zu mir, Sir.«

Er lachte, und eine neue Bierwolke hüllte sie ein. »Alle sind scharf auf dich. Sie machen einen Diener und sagen dir Nettigkeiten und fragen sich dabei, wie es wohl wäre, zwischen deinen Schenkeln zu liegen.«

Ihr Kopf ruckte hoch. Es war, als hätte er sie geohrfeigt. Einen Moment fürchtete sie, der Schreck habe sie vollkommen gelähmt. Aber ihre Füße gehorchten noch. Sie wich einen Schritt zurück, wobei sie darauf achtete, sich auf die Tür zur Halle zuzubewegen, ihn nicht zwischen sich und diese Tür kommen zu lassen.

»Wie könnt Ihr so etwas zu mir sagen, Sir? Was gibt Euch das Recht, so mit mir zu reden?«

Ihr schneidender Tonfall drang zu seinem biervernebelten Verstand vor. Er blinzelte und strich sich verlegen mit der Hand über den Bart. »Entschuldige. Ich weiß kaum, was ich geredet habe. Ich hab's nicht so gemeint. Es ist Weihnachten, da solltest du nicht jedes Wort auf die Goldwaage legen.«

Ihr fiel keine angemessene Erwiderung ein. Sie war grenzenlos erleichtert, dass er wieder er selbst war, aber sie traute ihm nicht, und sie fürchtete sich immer noch.

Plötzlich erhoben sich in der Halle Stimmen. »Da kommen sie! Da, Vater Gilbert und die Schauspieler! Da ist Jonah! Jonah!«

Annot sah zu dem hell erleuchteten Rechteck der geöffneten Tür. »Wenn Ihr erlaubt, würde ich gern wieder hineingehen, Sir. Mir wird kalt.«

»Natürlich. Ich begleite dich.«

Er folgte so dicht hinter ihr, dass die kleinen Härchen in ihrem Nacken sich warnend aufrichteten. Seine Nähe war ihr unerträglich, erfüllte sie mit Schrecken, und am liebsten wäre sie gerannt.

Alles um ihn herum kam Jonah so unwirklich vor wie ein wirrer Traum. Als betrachte er die Welt durch den Boden eines Trinkglases, der alles verzerrt und verschwommen wirken lässt. Er war von Menschen umringt, vornehmlich von den jüngeren Gildebrüdern, die ihm die Schulter klopften und ihn beglückwünschten und einen Mordskerl nannten. Irgendwer drückte ihm einen Silberpokal in die Hand, und er trank. Es war tiefroter Wein. Er leerte ihn in einem Zug. Es machte nichts. Er war so oder so trunken.

»Nun lasst endlich ab von ihm, ihr Unholde, seht ihr denn nicht, dass er sich kaum noch auf den Beinen halten kann!«, schimpfte Vater Gilbert, der geistliche Beistand der Gilde und klerikale Leiter ihrer Schauspieltruppe. Er zog den völlig willenlosen Jonah aus der Mitte seiner Bewunderer und führte ihn und seine Mitspieler an die hohe Tafel, wo sie heute ausnahmsweise sitzen durften. »Hier, mein Junge. Setz dich.«

»Es geht mir gut, Vater«, wehrte Jonah ab, seine Stimme schon verdächtig heiser.

»Ja, ja. Trotzdem. Komm her, Elia Stephens, mach dich nützlich und sorg dafür, dass wir eine Schale heißer Suppe bekommen.«

»Sofort, Vater Gilbert.« Der junge Kaufmann winkte eine Magd herbei und gab die Suppe in Auftrag.

Schon wieder drückte jemand Jonah einen Becher in die Hand. Er hob den Kopf, und aus dem Augenwinkel sah er Annot zur Hintertür hereinkommen. Sie wirkte bleich und verstört, und er fragte sich einen Moment, was ihr wohl passiert sein mochte, aber dann landete die nächste Pranke auf seiner Schulter, und irgendjemand rief: »Na los doch, Jonah, trink. Wir werden auf keinen Fall zulassen, dass du heute auf deinen eigenen zwei Füßen nach Hause gehst!«

»Was sind denn das für Reden, Martin Aldgate?«, rief der verzweifelte Vater Gilbert aus. »Heute ist ein hoher Feiertag, den wir mit Würde und Gottesfurcht begehen wollen. Und unterstehe dich, diesen jungen Mann hier zum Trunk zu verführen!«

Aber seine Ermahnungen verhallten wirkungslos; die allgemeine Ausgelassenheit war nicht zu bändigen. Doch Vater Gilbert hätte sich keine Sorgen zu machen brauchen. Jonah trank nichts mehr, bis er die Suppe bekam, und auch beim Festmahl nippte er nur gelegentlich an seinem Becher. Er aß auch nicht viel. Er brauchte nichts und wollte nichts. Dieser Tag hatte jeden Hunger, jeden Durst gestillt.

Natürlich genoss er es, sich feiern zu lassen. Es war eine angenehme Abwechslung von dem allgemeinen Kopfschütteln und Unverständnis, die er meist erregte. Alle, die ihn sonst einen Finsterling, bestenfalls einen Träumer nannten, wollten ihm heute nahe sein, seine Hand schütteln, ihm sagen, wie wunderbar er gespielt hatte. Es war eine Wohltat. Aber es war nur das Zweitbeste an diesem Tag. Das eigentliche Wunder, das, was er am meisten genoss, war die Verwandlung selbst. In die Haut eines anderen zu schlüpfen, und sei es nur Mak der Dieb, war, als sei auf einmal alles möglich. Es fühlte sich an, als wären ihm Flügel gewachsen.

Nur allmählich kehrte er auf den Boden zurück. Als alle mit dem viergängigen Mahl beschäftigt waren und ihm ein wenig Ruhe vergönnt war, sah er sich zum ersten Mal richtig um. Die Halle strahlte im Glanz zahlloser Kerzen. Behänge aus wahrhaft edlen Tuchen zierten die Wände und schützten vor der Zugluft, die durch die vielen Ritzen im Fachwerk drang. Die schartigen Schwerter streitbarer Gildebrüder aus vergangenen, kriegerischen Zeiten, die dazwischen hingen, waren mit Mistelzweigen und Immergrün geschmückt. Gut gekleidete Menschen saßen an den langen, von schneeweißen Tüchern bedeckten Tischen und schmausten und lachten. Nahe der hohen Tafel entdeckte er seine Großmutter, die in ein ernstes Gespräch mit einem ehemaligen Alderman vertieft war. In ihrer Nähe saßen Rupert und Elizabeth. Rupert war betrunken, sein großporiges Gesicht gerötet, Bratensoße klebte in seinem Bart, und er flüsterte seiner Frau etwas ins Ohr. Elizabeth schüttelte den Kopf und lachte wider Willen. Weiter unten sah er Crispin und Annot und dazwischen Nachbarn, vertraute Gesichter, ein paar junge Burschen, die mit ihm auf der Klosterschule gewesen waren. Als er den Kopf wieder wandte, stellte er verlegen fest, dass Arthur Knolls, der Gildemeister, ihn beobachtete. Er war ein sehr reicher, sehr eleganter Mann. Sein silbriges Haar fiel auf die gepolsterten Schultern seines Surkots aus schwarzem Samt, und das Amulett der Gilde prangte auf seiner Brust. Als ihre Blicke sich trafen, lächelte er und sagte: »Kein schlechter Platz hier oben, nicht wahr. Man sieht sie alle. Nichts entgeht einem.«

Jonah nickte. »Kein schlechter Platz, Sir.«

Wie üblich hatte Jonah nach Weihnachten die Stimme verloren, bekam hohes Fieber und wurde, da er schlecht im Laden sein Krankenlager aufschlagen konnte, wie jedes Jahr in der zweiten Dachkammer einquartiert, die bis auf ein paar verstaubte Tuchballen und sonstige Ladenhüter leer stand. Dieses Mal war er so krank, dass selbst der sparsame Rupert schließlich einwilligte, ihm ein Kohlebecken in die Kammer zu stellen, denn er wollte nicht, dass die Leute sagten, Jonah sei an seinem Geiz gestorben.

Die beiden Mägde versorgten den Kranken mit Suppe und heißem Würzwein, Crispin brachte ihm ein Buch mit Heiligengeschichten, das sein Vater, ein Weinhändler aus Westminster, ihm zu Neujahr geschenkt hatte, und vor allem Annot besuchte ihn häufig und erzählte ihm Neuigkeiten. Anfangs waren ihre Besuche ihm unangenehm. Es machte ihn verlegen, dass sie ihn so fiebrig und schniefend sah, so ungewaschen, ungekämmt und nicht Herr seiner selbst. Doch als es ihm ein wenig besser ging, ertappte er sich dabei, dass er es kaum erwarten konnte, bis sie endlich kam, denn sie vertrieb ihm die grässliche Langeweile mit ihren Geschichten, und manchmal sang sie für ihn. Sie hatte eine hübsche, reine Stimme und kannte Lieder aus der Normandie und aus Frankreich, die er noch nie gehört hatte.

»Sing weiter. Bitte.«

»Jonah!« Annot lachte. »Du kannst ja wieder sprechen.«

Er lächelte zu ihr auf. »Erzähl's nicht weiter.«

»Abgemacht.«

»Sing noch etwas.«

»Nein, jetzt ist es genug. Ich kann auch nicht mehr lange bleiben. Ein Kauffahrer aus Southampton ist in der Stadt, und die Meisterin will, dass ich hingehe und mir die Seide anschaue, die er mitgebracht hat. Es heißt, er hat sie selbst im fernen Indien geholt. Die ganze Seidenstraße entlang vom anderen Ende der Welt, stell dir das vor.«

Annot klang tief beeindruckt. Aber Jonah hatte Zweifel. Er

hatte noch nie gehört, dass englische Kauffahrer in so weite Ferne gereist waren. Karawanen brachten die Seide und Gewürze aus dem Fernen Osten ins Morgenland, wo vornehmlich jüdische Kaufleute sie übernahmen und in die Hansestädte oder zu anderen Handelsplätzen auf dem Kontinent weiterleiteten. Dort kauften die englischen Importeure die Luxusgüter vom Ende der Welt ein und brachten sie nach London. Die vielen Zwischenhändler trieben natürlich die Preise in die Höhe, aber das war immer noch besser, als die gefahrvolle, weite Reise selbst auf sich zu nehmen und unterwegs sein Geld, die Ware oder womöglich das Leben zu verlieren. Außerdem bezahlten die Adligen und reichen Kaufleute in England jeden Preis für Seide und Gewürze, darum war es praktisch gleich, was sie kosteten.

»Warum geht Elizabeth nicht selbst zu diesem angeblich so weit gereisten Mann?«, fragte er missfällig, seine Stimme immer noch bedenklich rau. »Es ist gefährlich, wenn du allein in der Stadt unterwegs bist.«

Sie war selig, dass er sich um sie sorgte, erwiderte aber: »Crispin wird mich begleiten. Die Meisterin hütet das Bett.«

»Ist sie krank?«

Annot schüttelte verlegen den Kopf.

Also schwanger, schloss Jonah. Gott steh uns bei, wenn es wieder schief geht. Und was soll aus mir werden, wenn es dieses Mal gut geht? Seine zwiespältigen Gefühle bei den glücklosen Schwangerschaften seiner Cousine bereiteten ihm immer Unbehagen.

»Und was ist mit meiner Großmutter? Sie besucht mich nicht. Zürnt sie mir?«

»Nein, sie ist krank wie du.«

Er richtete sich auf einen Ellbogen auf. »Krank?«

Annot nickte bedrückt. »Seit kurz vor Neujahr. Sie hustet und hatte hohes Fieber. Aber ich glaube, sie erholt sich langsam.«

»Gott sei Dank«, murmelte er, schloss die Augen und riss sie sogleich wieder auf. »Das halbe Haus liegt darnieder. Ich glaube, es wird Zeit, dass ich diesem Müßiggang hier ein Ende mache.«

»Du bleibst liegen!«, beschied sie streng. »Crispin und Master Hillock kommen auch ohne dich im Laden zurecht, es ist ruhig im Moment. Und niemandem ist damit gedient, wenn du zu früh aufstehst und gleich wieder umfällst.«

Er schob eine Hand unter den Nacken und betrachtete sie neugierig. »Wie energisch du bist. Hast du jüngere Geschwister, die du herumkommandieren konntest?«

»O ja.« Sie lächelte. »Vier Brüder und zwei Schwestern. Ich bin die Älteste.«

»Bedauernswert. Sicher musstest du immerzu schuften.«

»Ja. Aber sie fehlen mir trotzdem.«

»Warum bist du hergekommen?«

Sie hob kurz die Schultern. »Mein Vater wollte es so. Er hat einen Vetter, der Wollhändler in Canterbury ist, und der kannte Master Rupert.«

Jonah nickte wortlos.

Annot erhob sich und strich ihren Rock glatt. »Ich muss gehen. Brauchst du noch irgendetwas? Soll ich Helen sagen, dass sie dir noch einen Kamillensud kocht?«

»Untersteh dich.«

Mit einem glockenhellen Lachen schlüpfte sie zur Tür hinaus, und Jonah fühlte sich verlassen, als sie fort war. Seufzend schlug er die Decke zurück, stand auf und schritt ein paar Mal auf und ab. Es ging, aber es ging nicht besonders gut. Nach einem guten Dutzend Schritten brach ihm der Schweiß aus, und sein Kopf begann zu hämmern. Er legte sich eilig wieder hin, wartete eine halbe Stunde und versuchte es noch einmal.

Drei Tage später nahm Jonah seine Arbeit wieder auf. Rupert bemerkte wohl, wie bleich und dürr sein junger Vetter noch war, doch er erhob keine Einwände. Erst als er ihn entbehren musste, hatte er erkannt, welch großen Teil der täglichen Arbeit sein älterer Lehrling ihm inzwischen abnahm, wie selbstverständlich und eigenständig er all die Dinge erledigte, die man Crispin immer noch erklären musste.

Als Rupert nach dem Frühstück in den Laden hinunterkam

und Jonah dort im Lager vorfand, sagte er daher nur: »Ah, das trifft sich gut. Geh nach West Smithfield zu Berger und frag, wo das blaue Tuch bleibt. Seine günstigen Preise nützen mir nichts, wenn er nicht pünktlich liefert. Der Gemüsehändler Walfield ist gestorben und verfügt in seinem Testament, fünfzig Yards einfaches Tuch an die Bettler von St. Bartholomew zu verteilen. Sein Sohn will die Wolle bei uns kaufen, aber wir brauchen sie schnell.«

Jonah nickte. »Wenn Berger sie nicht hat, gehe ich zu seinem Schwager. Für einen Shilling Provision pro Ballen treibt er das Tuch für uns auf.«

Manchmal hatte Rupert den Verdacht, dass Jonah die verworrenen Verhältnisse bei den Walkern und Färbern inzwischen besser durchschaute als er selbst. Seine Dankbarkeit machte ihn großzügig. Er schnürte den bestickten Beutel an seinem Gürtel auf und zählte zusätzlich zu der vereinbarten Summe für das Tuch sechs Pennys – einen halben Shilling – ab. »Miete dir einen Maultierkarren, um das Zeug herzuschaffen. Die Straßen sind schlammig. Zu anstrengend mit dem Handkarren. Und nimm dir Crispin mit.«

Jonah fiel aus allen Wolken, nickte aber lediglich und nahm das Geld. Mit einem Wink bedeutete er Crispin, ihm zu folgen. Sie nahmen ihre Mäntel und Kapuzen von den Haken hinter der Ladentür und traten auf die Straße hinaus.

Erst als die Tür sich hinter ihnen schloss, erkannte Annot, dass sie allein mit Rupert im Laden war.

Sie erhob sich eilig von ihrem Schemel im Lager und trat an die Tür zum Hof. Doch die Tür war abgesperrt. Bis zu diesem Tag war Annot nie aufgefallen, dass sie überhaupt ein Schloss hatte.

Hinter ihr erklang ein leises Klimpern, und sie fuhr herum.

Rupert stand nur einen halben Schritt von ihr entfernt, hielt lächelnd seinen Schlüsselring hoch und ließ die großen und kleinen Eisenschlüssel vor ihrer Nase baumeln.

»Die Ladentür hab ich auch abgesperrt«, eröffnete er ihr. »Wir wollen ja nicht, dass uns jemand stört, wo es mich schon

Sixpence gekostet hat, damit wir endlich einmal allein sein können.«

Annot spürte ihre Kehle eng werden und hörte, wie ihr Atem sich beschleunigte. Bleib ganz ruhig, schärfte sie sich ein. Sie wusste nicht erst seit dem Zwischenfall am Tag nach Weihnachten, was Master Rupert von ihr wollte. Bislang war es ihr immer gelungen, ihm auszuweichen und aus dem Weg zu gehen. Es war die einzige Möglichkeit, sich zu schützen, die ihr eingefallen war, denn es gab niemanden, dem sie sich hätte anvertrauen, den sie um Hilfe hätte bitten können. Ihre Meisterin verschloss lieber die Augen vor unangenehmen Wahrheiten; sie hätte niemals geglaubt, dass ihr Rupert nach anderen Röcken schielte. Annot hätte nur erreicht, sie zu verärgern. Eine Zeit lang hatte sie erwogen, sich an die alte Mistress zu wenden, denn vor seiner Großmutter hatte Rupert Respekt, aber sie hatte es schließlich doch nicht gewagt. Die alte Dame schien ihr immer so unnahbar, so erhaben und streng. Ganz anders als Annots eigene Großmutter in Canterbury, die für jedes Kümmernis ein offenes Ohr hatte. Hier in London hatte Annot sonst niemanden. Und selbst in ihrem Kopf klangen ihre Vorwürfe unglaubwürdig und hysterisch. Rupert Hillock war ein so angesehener, frommer Mann. Und genau das, so wusste sie, war ihre einzige Hoffnung. Doch um an seinen Anstand zu appellieren, musste sie die Ruhe bewahren.

Sie senkte den Kopf. »Bitte lasst mich hinaus, Sir. Die Meisterin wartet auf mich. Sie hat mich geschickt, ihr dieses Muster blauer Rohseide zu bringen, sie will es sich ansehen.«

Rupert fiel nicht darauf herein. »Elizabeth hat seit Wochen nicht an ihre Seide gedacht. All ihre Gedanken drehen sich ums Brüten. Und sie wartet nicht auf dich, sondern auf die Hebamme – den einzigen Menschen, von dem sie sich noch anfassen lässt. Nein, mein Kind, niemand wird dich und mich vermissen. Wir sind ganz ungestört.«

»Ich würde trotzdem gerne gehen und nach ihr sehen.«

Rupert legte die Hand um ihren Oberarm, beinah zaghaft. Doch als Annot zurückwich, packte er fester zu und zog sie mit einem Ruck näher. Seine Rechte strich über ihren Hals abwärts und umschloss ihre Brust. Er kniff die Augen zu, sein Gesicht wirkte schmerzverzerrt. »Oh, Annot. Wenn du wüsstest… wenn du wüsstest.« Plötzlich presste er seine Lippen auf ihre und zwang seine Zunge in ihren Mund.

Es fühlte sich an, als habe sie einen fetten, glitschigen Wurm im Mund. Annots Hände ballten sich zu Fäusten, sie riss den Kopf zur Seite und bog ihren Körper zurück. »Sir, lasst mich los. Das dürft Ihr nicht tun. Mein Vater hat mich in Eure Obhut gegeben, vergesst das nicht.«

Ruperts Pranke knetete die Brust unter ihrem Kleid, und Annot biss die Zähne zusammen, um nicht zu schreien. Sie glaubte, er habe sie gar nicht gehört, doch dann murmelte er: »Dein Vater hat mir drei Pfund bezahlt, damit ich dich in mein Haus nehme und er dich los ist. Was ich mit dir tue, war ihm völlig gleich.«

Annots Faust öffnete sich wie von selbst, und sie schlug ihn mit der flachen Hand ins Gesicht. »Das ist nicht wahr! Mein Vater dachte, Ihr wäret ein Ehrenmann.«

Rupert hielt sich einen Moment betreten die Wange und starrte sie an. Annot riss sich von ihm los und trat einen Schritt zurück. Beinah hoffte sie schon, sie hätte ihn zur Besinnung gebracht. Aber dann stahl sich ein siegesgewisses, boshaftes Lächeln auf sein Gesicht, und alles war verloren. Sie dachte später oft über diesen Moment nach und konnte nie begreifen, was passiert war, denn sie wusste nicht, welche Wirkung das wütende Funkeln in ihren Augen, die feine Röte auf ihren frischen, zarten Wangen auf ihn ausgeübt hatte, was es in ihm weckte. Er packte sie bei den Haaren und zerrte sie auf den Holzboden hinab. Annot schrie.

»Noch ein Laut und ich zerreiß dir das Kleid«, keuchte Rupert, streifte ihre Röcke hoch und zwang sein Knie zwischen ihre Beine. »Dann weiß es die ganze Welt. Jonah wird es wissen.«

Annot hörte auf, sich zu wehren. Sie hielt still, und als Rupert keuchend, schwitzend und mühevoll in sie eindrang, presste sie den Handballen vor den Mund und biss hinein.

Es hatte geschneit. An den Straßenrändern war der Schnee zu langen Wällen aufgeschippt worden, auf denen Crispin entlangbalancierte, sodass sie nur langsam vorankamen. Die Fahrspuren für die zahllosen Gefährte waren frei. Das Dreikönigsfest, der letzte der Weihnachtsfeiertage, lag zwei Wochen zurück, und die Menschen der großen Stadt gingen wieder geschäftig ihrer Arbeit nach. In der Schmiede neben Robertsons Mietstall sang ein Hammer. Dampf stieg aus den Töpfen der zahllosen Straßenküchen auf, wo Eintopf, Brot- oder Biersuppe feilgeboten wurden. Die Ladentüren waren jetzt in der kalten Jahreszeit alle verschlossen, aber sie wussten, dass dahinter Töpfer, Schuhmacher, Schneider oder Kopisten bei der Arbeit waren. Mägde, Hausfrauen und Lehrlingsburschen wie sie bevölkerten die Straßen, erledigten Botengänge und Einkäufe, blieben trotz der Kälte einen Moment stehen, um ein Schwätzchen zu halten. Ochsenkarren und Pferdefuhrwerke mit allen nur erdenklichen Ladungen verstopften die schmalen Straßen. Ein paar vereinzelte, dicke Flocken segelten lautlos vom grauen Himmel herab.

Crispin breitete die Arme aus, streckte die Zunge heraus und fing eine auf. »Ist es nicht herrlich?«, rief er seelenvoll aus.

Sie überquerten den Standard, die Richtstätte von Cheapside, wo ein Bäcker am Pranger stand, der, so erklärte das Schild über seinem Kopf, die Gewichte seiner Waage gefälscht und den Leuten zu kleine Brotlaibe verkauft hatte. Die besagten, mickrigen Brotlaibe lagen in einem traurigen, durchnässten Häuflein zu seinen Füßen. Ein offenbar betrunkener Tagelöhner stand schwankend davor, versuchte, auf die Brote zu pinkeln, und traf stattdessen den Bäcker. Der Bäcker heulte.

»Herrlich«, stimmte Jonah trocken zu.

Crispin warf einen flüchtigen Blick auf die jammervolle Szene und tat sie mit einem Achselzucken ab. »Ein Betrüger«, sagte er verächtlich. »Was willst du? Dass er immer weiter damit durchkommt?«

»Nein. Er hat alles verdient, was er bekommt.« Zumal der Bäcker beim ersten Mal sicher mit einer Geldbuße davongekommen war. Am Pranger landeten meist nur Wiederholungstäter. Jonah sah eine Horde Bäckerlehrlinge näher kommen, denen der pure Mutwillen ins Gesicht geschrieben stand. Sie hatten offenbar beschlossen, diesem Schandfleck ihrer Zunft die Zeit zu vertreiben. »Aber wir müssen nicht zusehen, oder?«

»Nein«, stimmte Crispin zu. »Lass uns lieber einen Schritt zulegen. Master Hillock wäre sicher nicht sehr glücklich, wenn ihm diese große Bestellung entgeht.«

Als sie den Richtplatz hinter sich ließen, hörten sie einen erbarmungswürdigen Schrei, aber sie sahen nicht zurück. In dieser Stadt gab es so viele Halunken, Scharlatane und Fälscher, dass man jeden Tag irgendwo irgendwen am Pranger sehen konnte, und für einen Bäcker, der anständige, schwer arbeitende Londoner um ihr sauer verdientes Brot betrog, hatten sie nicht einen Funken Mitgefühl.

Sie stießen auf die breite Candlewick Street und wandten sich nach links. Auf dieser Hauptstraße war der Verkehr dichter. Die meisten Fußgänger drängten sich nah an die Häuser, um nicht unter die Räder zu kommen. Der Mayor erließ in regelmäßigen Abständen Verfügungen, die es den Kutschern unter Androhung hoher Geldbußen und gar Kerkerhaft verboten, mit unbeladenen Fuhrwerken schneller zu fahren als beladen, aber niemand scherte sich darum.

»Was ist mit meiner Großmutter?«, fragte Jonah nach einem längeren Schweigen.

Crispin sprang geschickt beiseite und verhinderte so, einem königlichen Boten unter die Hufe zu geraten, der wie besessen Richtung Tower ritt und unbarmherzig auf seinen schwitzenden Gaul eindrosch. Vermutlich kam er aus Westminster.

»Es geht ihr besser«, antwortete er. »Heute Morgen war sie beim Frühstück. Im Gegensatz zu dir, fällt mir ein. Hast du keinen Hunger? Sieh mal, da vorn.« Er wies auf einen kleinen Stand, wo eine alte Frau Bratäpfel mit Zimt feilbot. Jonah nickte, ging zu ihr hinüber, erstand zwei für einen Farthing und reichte Crispin einen.

»Sehr großmütig«, lobte der Jüngere, biss genüsslich ab und

gab undeutliche Protestlaute von sich, weil er sich die Zunge verbrannt hatte.

Jonah war vorsichtiger und blies auf die glänzende, verführerisch duftende Frucht, ehe er hineinbiss. Erst jetzt bemerkte er, wie ausgehungert er war. Er widmete sich dem Apfel mit Hingabe, hielt freilich ein Auge immer auf den Weg gerichtet und wich Pferdeäpfeln, toten Ratten und allen möglichen anderen Abfällen aus, über deren Ursprung er lieber nichts Genaueres wissen wollte.

»Und Elizabeth?«, fragte er weiter.

Crispin seufzte tief. »Neulich war sie plötzlich nachmittags verschwunden. Das war noch während der Feiertage. Annot hat mir erzählt, sie sei zur Hebamme gegangen. Und es stimmt, sie ist tatsächlich guter Hoffnung. Die Hebamme hat gesagt, sie soll so viel wie möglich liegen, damit das Kind Ruhe hat. Und sie soll viel Honig essen, damit es gedeiht. Und nicht bei Abenddämmerung auf die Straße gehen, um schädliche Dämpfe zu meiden, und nie gegen die Sonne gehen, damit es nicht verflucht wird, und eine Wolfspfote unter dem Herzen tragen, damit es ein Junge wird.«

Jonah nickte. Er war überzeugt, Elizabeth tat alles, was die Hebamme empfohlen hatte. Er hatte die Meisterin nie sonderlich gemocht, und vom ersten Tag an, da er als Lehrling in das Haus seines Vetters zurückgekehrt war, hatte sie nichts unversucht gelassen, um ihm das Leben schwer zu machen. Seit vier Jahren lebten sie unter einem Dach und waren doch Fremde, sie hatten im Grunde noch niemals ein persönliches Wort gewechselt. Aber es brauchte nicht viel Vorstellungskraft, um zu ahnen, wie verzweifelt sie war. In sechs Ehejahren war Elizabeth viermal schwanger gewesen und hatte jedes der Kinder verloren.

Sie kamen zur großen Kathedrale von St. Paul. Auf dem Vorplatz des daneben gelegenen Friedhofs hielten im Sommer und Herbst die Gärtner der Stadt ihren Markt ab, boten alles feil, was sie in den großen Gärten der Stadthäuser von Adligen, Kirchenfürsten und reichen Kaufleuten züchteten. Der Bischof von London, der Hausherr von St. Paul, wetterte seit Jahren gegen diese frevlerische Ruhestörung am Eingang des Friedhofs, aber die Gärtner ließen sich nicht vertreiben. Jetzt waren ihre Stellplätze freilich verlassen. Der kleine Hof war von einer dünnen Schneedecke bestäubt, und mehr als ein Dutzend Bettler hockten im Schatten der Kirche, obgleich der Wind gerade hier besonders eisig zu fegen schien. Jonah und Crispin gaben den erbarmungswürdigen Greisen und Krüppeln ein paar Pennys. Sie konnten das Geld nicht gut entbehren, aber jeder Freie in London lernte von Kind auf, dass es seine Christenpflicht war, für die Bettler seiner Stadt zu sorgen.

Hinter der Kathedrale lag das Schlachterviertel. Sie bogen wieder nach links ab und beschleunigten ihre Schritte, um dem Gestank zu entgehen. Bald kamen sie zum Newgate, dem nordwestlichen Stadttor, welches ein berüchtigtes Gefängnis beherbergte. Und kaum hatten sie die Stadtmauer hinter sich gelassen, wurde es ländlich. Keine halbe Meile hinter dem Newgate lag West Smithfield, ein blühender, wohlhabender Marktflecken. Mit jedem Jahr schien er ein Stückchen näher an die Stadt heranzurücken. Manch Londoner Kaufmann hatte hier ein Stück Land erworben und ein Haus gebaut, um der Enge und den horrenden Grundstückspreisen innerhalb der Stadtmauer zu entgehen.

Ein Grund für den Wohlstand von Smithfield waren auch seine zwei Walkmühlen, die von dem kleinen, aber eiligen Fluss Fleet angetrieben wurden. Schon von weitem hörten Jonah und Crispin das rhythmische, dumpfe Klopfen der Hämmer auf nassem Tuch.

Sie ließen den Marktplatz und die kleine St.-Nicholas-Kirche rechter Hand liegen und liefen die abschüssige Straße zum Fluss hinab. Als sie sich der ersten der Mühlen näherten, wurde das Dröhnen der Hämmer so laut, dass man die Stimme erheben musste, um sich verständlich zu machen.

»Meine Güte, was für ein Radau«, rief Crispin aus, der zum ersten Mal mit hergekommen war. »Wie kann man dabei den ganzen Tag arbeiten? Ich würde den Verstand verlieren.«

»Das würde niemandem weiter auffallen«, versicherte Jonah und fügte hinzu: »Halt den Mund, hör zu und lerne etwas.«

»Sehr wohl, Sir«, gab Crispin bissig zurück, der, wie er fand, als jüngster Lehrling im Hause Hillock keinen leichten Stand hatte. Als Annot im Sommer gekommen war, hatte er gehofft, seine Stellung werde sich bessern, doch er hatte sich getäuscht. Weil sie mit Ruperts Tuchgeschäft nichts zu tun hatte, änderte ihre Ankunft nichts an dessen Hierarchie. Obendrein war Annot heiratsfähig und wurde fast wie eine Erwachsene behandelt. Er musste allerdings auch zugeben, dass sie viel reifer wirkte als er, der doch ein Jahr älter war. Und vermutlich war das der Grund, warum sie ihn einfach nicht ernst nahm, gar nicht zu merken schien, wie glühend er sie verehrte.

Der Junge unterdrückte ein Seufzen und folgte Jonah durch eine breite Tür ins Innere der Mühle. Das Gebäude bestand nur aus einem fensterlosen Raum. Oder zumindest konnte Crispin keine Fenster entdecken, denn an allen Wänden lagen bis zur Decke Tuchballen aufgestapelt. Lediglich die Tür, durch die sie gekommen waren, und eine gegenüberliegende, die zum Fluss hinausführte, waren ausgespart. Die Hintertür stand offen, ließ ein wenig trübes Winterlicht und sehr viel kalte Zugluft herein und bot einen Blick auf den eiligen Fleet. Eine wenig Vertrauen erweckende Holzbrücke führte hinüber auf eine Wiese, wo große Tuchstücke zum Trocknen ausgebreitet lagen oder in Holzgestelle gespannt waren. Das Mühlrad, das man von hier aus zwar nicht sehen, aber dessen Knarren und Rumpeln man umso deutlicher hören konnte, trieb keinen Stein an, sondern eine Reihe von gewaltigen hölzernen Hämmern. Ohne Unterlass droschen diese auf die Wolle ein, die in langen Trögen in einem Gemisch aus Wasser und Fullererde lag. Drei Männer standen über die Tröge gebeugt, die Hände im eisigen Wasser, und bewegten die langen Tuchbahnen, drehten sie und zogen sie weiter, damit sie gleichmäßig gewalkt wurden. Das Walken war ein wichtiger Vorgang in der Tuchveredelung: Durch das Bad in Wasser und Fullererde und die Bearbeitung mit dem Hammer wurden nicht nur die letzten Verunreinigungen und

Fette aus der Wolle gelöst, das lockere Gewebe wurde vor allem verfilzt und verdichtet, sodass es einen festen, wärmenden, Wasser abweisenden Stoff ergab. Beim Walken schrumpfte das Wolltuch etwa auf die Hälfte seiner ursprünglichen Größe zusammen, hatte Crispin gelernt, und je gleichmäßiger es gewalkt war, umso besser die Qualität. Er bewunderte die Geschicklichkeit der Handwerker, aber er war dankbar, dass ihr Los nicht das seine war. Es sah nach furchtbar harter Arbeit aus.

»Wie machen sie das, ohne ständig mit den Fingern unter die Hämmer zu geraten?«, fragte er.

»Wenn es zwei-, dreimal passiert ist, lernt man vermutlich, es zu vermeiden«, antwortete Jonah und rief dann: »Gott zum Gruße. Wo ist Master Berger?«

Eine der gekrümmten Gestalten sah sich um, ohne sich aufzurichten. »Ah. Hillocks Lehrling, richtig?«

Jonah nickte.

Der Walker nahm eine gerötete Hand aus dem Wasser und wies durch die Hintertür. »Er ist draußen in der Färberei.«

Jonah trat ins Freie und überquerte die wackelige, altersschwache Brücke ohne Bedenken. Crispin folgte ihm vorsichtiger.

Am Ende der großen Wiese war ein Holzdach auf vier Pfosten errichtet worden. Darunter standen verschiedene Fässer, denen die unterschiedlichsten Gerüche entströmten. Sie ergaben ein Gemisch, das Crispin an Essig und fauliges Gemüse erinnerte. Er wusste, dass die meisten Farbstoffe aus Pflanzen gewonnen wurden, von denen manche nur in warmen Ländern wuchsen. Auch hier in der Färberei waren mehrere Menschen bei der Arbeit. Ein Mann und eine Frau hoben ein großes Stück Tuch aus einem der Fässer, rollten es ein und trugen es zu einem freien Stück Wiese hinüber. Sie ächzten unter ihrer Last. Eine bläuliche Brühe tropfte aus der Wolle, auch die Arme der Arbeiter waren bis zu den Ellbogen blau verfärbt. Zwei weitere Frauen rührten mit langen Stangen in den Fässern. An einer Werkbank stand ein Mann und zerstieß ein grobkörniges, grünes Pulver in einem Mörser.

Jonah trat zu ihm. »Seid gegrüßt, Master Berger.«

Der Mann sah auf. Was für ein düsterer Geselle, dachte Crispin unbehaglich.

»Hab ich's doch geahnt, dass du hier heute aufkreuzt«, brummte Berger, ohne Jonahs Gruß zu erwidern.

»Master Hillock fragt sich, wo die blaue Ware bleibt, die Ihr vor drei Tagen liefern solltet.« Jonah sprach ohne Vorwurf, aber seine Stimme sagte deutlich, dass er von der Unhöflichkeit und dem angriffslustigen Gebaren des Handwerkers nicht sonderlich beeindruckt war.

»Die ganze Farbserie ist mir verdorben«, erklärte Berger unvermittelt. »Das dumme Luder hat zu viel Beize in die Mischung gegeben, sodass die Farbe nicht richtig gebunden hat. Das Tuch ist fleckig.«

Bei dem »dummen Luder« handelte es sich offenbar um Master Bergers Frau. Gewiss nicht seine erste. Sie war mindestens dreißig Jahre jünger als der bärbeißige, graubärtige Walker, ein schmächtiges, flachbrüstiges Geschöpf mit strähnigen Haaren unter einer schmuddeligen, einstmals weißen Haube, und die schwärzlich violetten Verfärbungen in ihrem Gesicht ließen Jonah ahnen, was ihre Unachtsamkeit – die vielleicht mangelnde Erfahrung war – ihr eingebracht hatte. Unter dem finsteren Blick ihres Mannes schrumpfte sie sichtlich in sich zusammen.

»Aber das Tuch für deinen Meister ist vorhin fertig geworden«, teilte Berger ihm mit. »Zwei Ballen zu ein Pfund fünf das Stück. Wenn du drei nimmst, lass ich sie dir für einen Shilling weniger.«

Jonah kräuselte die Lippen und schüttelte den Kopf. »Der vereinbarte Preis war ein Pfund, dreieinhalb Shilling. Und Master Hillock hat mich angewiesen, wegen der Verspätung einen halben Shilling abzuziehen.«

Crispin sperrte verblüfft den Mund auf, schloss ihn aber sogleich wieder. Ihr Meister hatte mit keiner Silbe erwähnt, dass Jonah den Preis drücken sollte, doch vermutlich wusste der ältere Lehrling, was er tat.

Berger schnaubte verächtlich. »Wenn du billiges Tuch willst, geh zu einem Handwalker, Söhnchen. Ich muss meine Mühle instand halten und habe Kosten.«

Jonah zog die Brauen in die Höhe und antwortete ebenso ungehobelt: »In deine Mühle ist seit zwanzig Jahren kein neuer Nagel eingeschlagen worden, und du betreibst sie mit dem Wasser, das Gott dir schickt. Kostenlos. Aber ich muss einen Wagen mieten, um das Tuch in die Stadt zu bringen. Also. Zwei Ballen zu einem Pfund drei. Ja oder nein?«

Berger sah ihm in die Augen. Dann wandte er den Blick ab und nickte widerwillig. »Meinetwegen.«

»Hast du das verdorbene Tuch noch?«, fragte Jonah eher beiläufig.

Berger wies vage auf die niedrige Hecke, die seine Wiese begrenzte. »Liegt irgendwo dahinten.« Plötzlich erwachte sein Interesse. »Warum?«

»Wie viel ist es?«

»An die siebzig Yards«, stieß Berger hervor, und bei den Worten schien sein Zorn auf seine bedauernswerte Frau aufs Neue zu erwachen. »Beinah drei Ballen.«

»Das Tuch selbst ist in Ordnung?«, fragte Jonah.

Berger schob die Unterlippe vor und nickte. »Einfache Qualität, aber völlig tadellos.«

»Lass es mich sehen.«

Berger nickte einem seiner Gesellen zu, und zusammen brachten sie die drei unordentlich gerollten Ballen aus dem hintersten Winkel herbei.

Bergers Auftreten hatte sich verändert. Geradezu höflich schlug er einen der Ballen auf und hielt ihn Jonah zur Begutachtung hin.

Es war einfache Qualität, im typischen Waidblau der armen Leute gefärbt und in der Tat fleckig. Der junge Kaufmann beugte sich über das Tuch, betrachtete die Fasern aus der Nähe, befühlte es an mehreren Stellen zwischen Daumen und Mittelfinger der Rechten und schlug es dann um, damit er einen Blick auf die angeraute Unterseite werfen konnte. Anschließend richtete er sich auf.

»Ich nehme es. Ich gebe dir sieben Shilling pro Ballen. Wenn du mir ein Fuhrwerk leihst, um das ganze Zeug abzufahren.«

»Zehn Shilling«, entgegnete Berger prompt.

Jonah lächelte schwach. »Werd nicht gierig. Es ist Abfall. Wenn ich es nicht nehme, musst du es verbrennen. Acht.«

»Einverstanden. Acht Shilling und einen Wagen.«

Sichtlich erleichtert streckte der Walker die Hand aus, und Jonah schlug ein. »Der Junge bringt dir den Wagen heute Nachmittag zurück«, versprach er.

»Jonah, würdest du mir das bitte erklären?«, verlangte Crispin, sobald sie außer Hörweite der Mühle waren. Sie zockelten mit dem kleinen, von einem Maultier gezogenen Karren das Sträßchen zur Kirche hinauf. Das Dröhnen der Walkhämmer blieb langsam zurück; Crispin hatte das Gefühl, der Kopf summte ihm davon. »Wieso hast du für ein Pfund und vier Shilling vollkommen unbrauchbares Tuch gekauft? Keiner unserer Kunden will so ein Zeug haben. Master Rupert wird dir die Zähne einschlagen. Und woher hast du überhaupt so viel Geld?«

Jonah lenkte den Wagen umsichtig hügelan, über den Marktplatz und aus dem Dorf hinaus. Richtung London verdichtete sich der Verkehr bald, und er musste sich auf das konzentrieren, was seine Hände taten, denn es kam nicht häufig vor, dass er ein Fuhrwerk kutschierte, und sei es noch so klein.

Für Crispin war auf dem Bock kein Platz; er saß hinten im Karren auf den kaum getrockneten Tuchballen und fror erbärmlich. Es hatte wieder zaghaft zu schneien begonnen. Obwohl es auf Mittag ging, schien die Temperatur noch gefallen zu sein. Der Junge hauchte seine Finger an, die schon schneeweiß vor Kälte waren. »Jonah? Kriege ich eine Antwort?«

»Rupert wird das billige Tuch niemals sehen. Das war mein Geschäft, nicht seines. Und du sagst ihm kein Wort davon, hast du verstanden? Sonst wirst du deines Lebens nicht mehr froh.«

Crispin starrte ihn betroffen an. Seit über einem Jahr kannte er Jonah nun und wurde doch niemals klug aus ihm. Manchmal dachte er, sie seien Freunde. Dann wieder war der Ältere so unnahbar, dass er ihm beinah feindselig erschien. Aber gedroht hatte Jonah ihm noch nie. »Ich halt den Mund, sei ganz beruhigt«, murmelte Crispin beklommen. »Aber verrätst du mir, woher du das Geld dafür hast, Geschäfte auf eigene Rechnung zu machen? Ist das nicht verboten?«

»Doch. Genau genommen mache ich es nicht auf eigene Rechnung, sondern für meine Großmutter. Sie kauft an preiswerter Wolle auf, was sie bekommen kann, und verkauft sie an Adlige, die genau wie sie glauben, dass es bald Krieg mit Schottland gibt und Truppen ausgerüstet werden müssen. Sie verdient nicht schlecht dabei.«

Crispin ging ein Licht auf. »Und was sie verdient, teilt sie mit dir. Darum hast du immer Geld.«

»Teilen« war nicht ganz richtig. Jedenfalls teilte sie nicht hälftig mit ihm. Sie zahlte ihm zwei Zehntel. Aber er hatte festgestellt, dass er mit seinen Einkünften ganz zufrieden sein konnte. Die in aller Stille ausgeführten Geschäfte seiner Großmutter wurden immer reger, und sein Anteil wuchs. Was Crispin hin und wieder in Jonahs Beutel klimpern hörte, war nur ein Bruchteil. Unter einer der Holzdielen im Lager lag sein eigentliches Vermögen versteckt. Es waren beinah sieben Pfund. Mehr als ein Zimmermann in einem Jahr verdiente.

»Wohin schaffst du das Tuch, wenn Master Rupert nichts davon wissen darf?«, fragte Crispin neugierig. »Wie wickelt ihr die Verkäufe ab?«

»Über Vater Gilbert. Seine Sakristei ist unser Tuchlager. Unsere Kunden lassen die Ware bei ihm abholen und zahlen ihm den vereinbarten Preis. Sonnabends nach der Beichte gibt er Großmutter das Geld.«

Crispin lachte und verstummte abrupt, als er erkannte, dass Jonah das ernst gemeint hatte. »Ein Priester, der sich als Zwischenhändler betätigt?«, fragte er entrüstet.

Jonah hob kurz die Schultern. »Vater Gilbert bekommt ein Zehntel als Spende für den Ausbau des Hospitals von St. Thomas von Akkon. Außerdem hat er meinen Großvater sehr geschätzt. Und er verabscheut Rupert.«

»Ja, das ist mir nicht entgangen.« Crispin dachte nach. Dann strich er sich nachdenklich mit dem Zeigefinger über die Unterlippe. »Weißt du, Websters Lehrjunge, Henry Auburn, erzählte mir gestern, sie haben fünf Ballen einfache, dunkle Wolle, über die die Motten sich hergemacht haben. Die ganzen Feiertage hing bei Websters deswegen der Haussegen schief. Dabei ist es gar nicht so schlimm, meint Henry, nur hier und da ein Loch. Aber Webster will das Tuch nicht mehr verkaufen.«

Jonah warf ihm über die Schulter einen Blick zu. »Handel einen Preis mit Henry aus. Aber auf keinen Fall über acht Shilling. Du bekommst zwei Zehntel von meinen zwei Zehnteln.«

»Drei«, entgegnete Crispin entschieden.

Jonah lächelte vor sich ihn. »Ich wusste, du lernst schnell.«

London, Mai 1331

Der Frühling war die schönste Jahreszeit in der Stadt. Das triste Wintergrau war hellem Sonnenschein gewichen; auf den vielen Friedhöfen und am Rand der zahllosen kleinen Plätze leuchteten das Frühlingsgras und wilde Blumen um die Wette, in den prächtigen Gärten der Stadtvillen zeigten sich die ersten Rosenknospen und plätscherten Springbrunnen. Die Luft war mild, die Tage wurden länger, aber noch waren die Sommerhitze und der damit einhergehende Gestank von zu vielen Menschen und ihrem Vieh und verfaulendem Unrat nicht angebrochen.

Man hörte nicht viel von dem jungen König Edward, der jetzt seit einem halben Jahr die Regierung innehatte. Er war kaum je in seinem Palast im nahen Westminster, noch seltener im Tower, seiner Londoner Burg, sondern zog mit Frau und Kind und großem Gefolge durchs Land, wurde erzählt, und bemühte sich, die Adligen seines Reiches, die sich in den vergangenen zwanzig Jahren so bitter bekriegt hatten, miteinander auszusöhnen und willkürliche Enteignungen, die Mortimer, der Liebhaber und Mitregent seiner Mutter, vorgenommen hatte, rückgängig zu machen. Von einem neuen Krieg gegen Schottland hörte man nichts.

Aber Cecilia Hillock war nicht so leicht in ihrem Glauben zu erschüttern. »Dieser Krieg wird kommen«, versicherte sie, »König Edward ist ein Löwe wie sein Großvater, und er wird den schändlichen Frieden nicht länger halten, als er muss.«

»Ich wüsste nicht, was uns seine Kriege interessieren sollten«, erwiderte Elizabeth verdrossen. »Und ich sehe erst recht keinen Anlass zur Freude darin. London wird wieder voller Soldaten sein, und keine anständige Frau kann sich mehr auf die Straße wagen.«

»Mein Bruder Pete kann es kaum erwarten, mit dem König in den Krieg zu ziehen«, meldete Helen, die junge Magd aus Chiswick, sich zu Wort.

»Du redest nur, wenn du gefragt wirst«, fuhr Elizabeth ihr über den Mund.

Helen schnitt eine verstohlene Grimasse und widmete sich ihrem Eintopf. Einige Augenblicke herrschte Stille am Tisch. Der Haushalt saß beim Nachtmahl, der Hauptmahlzeit des Tages, die nach Geschäftsschluss eingenommen wurde. Das Essen war schlicht, die Portionen der Lehrlinge und Mägde eher dürftig, aber immerhin schmackhaft. Um diese Jahreszeit gab es wieder frisches Fleisch und Gemüse. Der Eintopf bestand aus grünem Kohl und dicker Schweinerippe, dazu gab es frisches, braunes Brot und Bier. Rupert, Jonah und Crispin löffelten mit Heißhunger. Cecilia hingegen zeigte nur wenig Interesse für ihre Schale. Sie aß mechanisch. Alte Leute, hatte sie Jonah einmal erklärt, haben kein großes Bedürfnis nach Nahrung mehr. Das Winterfieber, das sie erst im März vollends überwunden hatte, schien sie noch dürrer und ausgemergelter zurückgelassen zu haben, und die Gicht hatte ihr während des nassen, kühlen Frühjahrs besonders zu schaffen gemacht. Aber sie ist unverwüstlich, dachte Jonah bewundernd. Sie hustete noch dann und wann, doch wenn er sich gelegentlich nach ihrem Befinden erkundigte, versicherte sie ihm, es bestehe keinerlei Grund zur Besorgnis.

Auch Elizabeth aß lustlos, bemerkte Annot. Sie wusste, die Meisterin litt an ständiger Übelkeit und musste sich zwingen, genug zu sich zu nehmen, um das Kind unter ihrem Herzen zu ernähren. Man konnte es inzwischen deutlich sehen. Obwohl Elizabeth dazu übergegangen war, weit fallende Kleider zu tragen, zeichnete ihr gewölbter Bauch sich unter den Falten ab. Annot beobachtete sie aufmerksam. Tag für Tag. Keine Veränderung entging ihr. Sie beobachtete und lernte. Ihr heimliches Interesse am Verlauf der Schwangerschaft war ein sehr persönliches: Seit Februar war ihre Blutung ausgeblieben.

Es war nicht bei dem einen Mal geblieben. Rupert hatte sich nicht damit zufrieden gegeben, sie einmal gehabt zu haben, wie sie anfangs gehofft hatte. Im Gegenteil. Es war, als nähre die Gewohnheit sein Verlangen. Er wurde erfindungsreicher darin, Situationen zu arrangieren, in denen er allein und ungestört mit Annot war. Das war nicht einmal besonders schwierig. Elizabeth und die alte Mistress hielten sich viele Stunden des Tages in ihren Kammern auf, Jonah und Crispin hüteten den Laden oder waren für ihren Meister in der Stadt unterwegs, und so fand Annot sich Rupert wieder und wieder ausgeliefert.

Sie hatte gefleht und gebettelt, getobt und gedroht, hatte ihm vor Augen geführt, welch große Sünde er beging und dass er den Preis dafür werde zahlen müssen, wenn er sich nicht besann. Nichts hatte genützt. Er schien nicht einmal zu hören, was sie ihm sagte, sondern nestelte mit zitternden Händen an ihrem Kleid, drängte sie an die Wand oder auf die gestapelten Tuchballen in seinem Lager oder auf ihr Bett, je nachdem, wo er ihr gerade aufgelauert hatte, und vergewaltigte sie mit einer Selbstverständlichkeit, die ihr einfach unbegreiflich blieb. Manchmal machte er kleine Scherze darüber und tat verschwörerisch. Davon wurde ihr so übel, dass sie es vorzog, wenn er grob und mürrisch war.

Anfangs hatte sie rebelliert und mit Gott gehadert, weil so himmelschreiend ungerecht war, was ihr passierte. Das hatte sie wirklich nicht verdient. Lerneifrig und arbeitswillig war sie in diese fremde Stadt und dieses Haus gekommen, war still und fleißig und tat immer alles, was man ihr sagte, war sonn- und feiertags zur Messe gegangen, hatte niemals freitags Fleisch gegessen und jeden Abend ihre Gebete gesprochen – kurz, sie hatte alle Regeln befolgt, die man ihr beigebracht hatte, und trotzdem hatte Gott sie im Stich gelassen. Als sie schließlich erkannte, wie kindisch es war, zu glauben, dass ihre Lebensweise ihr irgendeine Art von Sicherheit gewährleisten könnte, wo doch das Leben hier auf Erden ein Jammertal war und Gott die Gerechten erst im Jenseits belohnte, hatte sie resigniert. Sie hatte versucht, das, was ihr unerträglich schien, duldsam hinzunehmen. Bis sie erkannte, dass sie ein Kind von Rupert erwartete. Seither befand sie sich in einem anhaltenden Zustand tiefer Verzweiflung. Nachts fuhr sie in Schweiß gebadet aus dem Schlaf auf, mit einem Gefühl im Magen, als habe sie einen Eiszapfen verschluckt. Und dann lag sie stundenlang wach, all ihre Sorgen und Ängste wuchsen in der Dunkelheit zu unüberwindlichen, vielköpfigen Ungeheuern, und sie fragte sich, was nur aus ihr werden sollte.

Am Samstag vor Himmelfahrt schlich sie kurz nach Mittag aus dem Haus und machte sich Richtung Fluss auf den Weg. Sie musste sich jemandem anvertrauen. So konnte es nicht weitergehen. Kein Mensch kann das auf Dauer aushalten, dachte sie, das menschliche Herz ist für so viel Angst nicht geschaffen. Insgeheim hatte sie gehofft, ihre anhaltende Panik werde dem Kind in ihrem Bauch schaden und es austreiben. Aber das war nicht geschehen. Das Kind war geblieben, und letzte Nacht hatte sie es zum ersten Mal gespürt. Das hatte den Ausschlag gegeben. Es hatte ihr ein für alle Mal klar gemacht, dass dieses Kind eine Tatsache war, dass ihr Bauch bald für alle Welt sichtbar anschwellen würde, dass sie Rupert Hillocks Bastard trug und dass sie Hilfe brauchte.

Sie ging Richtung Vintry auf der Suche nach einer fremden Kirche. Es war undenkbar, mit Vater Gilbert zu reden, der sie und die Hillocks kannte – sie wäre eingegangen vor Scham. Sie wollte einen Fremden und die Anonymität eines Beichtstuhls.

Sie kam an vielen Kirchen vorbei und entschied sich schließlich für St. Martin im Weinhändlerviertel. Dieser Heilige, der einem Menschen in Not so große Barmherzigkeit gezeigt hatte, machte ihr ein wenig Hoffnung.

Das Gotteshaus war klein und schlicht, aber aus Stein erbaut. Die Wände im Innern waren mit Szenen aus der Bibel bemalt, doch die Farbe war verblasst und teilweise abgeblättert. In einer Nische nahe des Altars stand eine steinerne Figur des Heiligen. Der prachtvollste Schmuck der Kirche war ein goldenes Altarkreuz, welches die Weinhändlergilde gestiftet hatte.

Es gab keinen Beichtstuhl, doch ein Winkel des Seitenschiffs war mit einem Vorhang abgetrennt. Auf den kalten Steinfliesen davor kniete ein junger Mann, den Kopf tief gesenkt, und lauschte den Worten des Geistlichen. Dann bekreuzigte er sich, erhob sich eilig und ging mit langen Schritten zur Tür.

Annot trat zögernd an den Vorhang, kniete sich hin und faltete die Hände. »In Reue und Demut bekenne ich meine Sünden.«

»Sprich, Tochter.« Es war eine tiefe, angenehme Stimme.

Annot fühlte sich schon ein wenig getröstet. Sie schloss die Augen, beichtete ihre kleinen Sünden der letzten Zeit und kam zum Schluss zu ihrem großen Kummer. Als sie geendet hatte, war es einen Moment still hinter dem schlaffen Vorhang aus brauner, schlichter Wolle. Im Tuchhändlerviertel sähe er anders aus, fuhr es Annot durch den Kopf. Dann sagte die warme Stimme des Priesters: »Dir ist ein großes Unrecht widerfahren.«

Sie kniff die Augen zu und versuchte, den Kloß in ihrer Kehle hinunterzuwürgen. »Ja, Vater. Was soll ich nur tun?«

»Nun, das Wichtigste scheint mir zu sein, dass du erst einmal erkennst, dass es deine eigene Schuld ist.«

Sie riss die Augen auf und starrte den Vorhang ungläubig an. »Bitte? Aber ... wieso?«

»Weil du eine Tochter Evas bist. Alle Frauen sind sündig, mein Kind, auch du. Und ehe du das nicht einsiehst, kannst du deine Verfehlungen nicht bereuen. Ehe du sie nicht bereust, wird Gott dir nicht vergeben.«

Annot atmete tief durch. »Ich bin nicht gekommen, um Vergebung für eine Sünde zu erbitten, die ich nicht begangen habe, Vater. Ich suche Rat.«

»Da siehst du, wie verstockt du bist. Geh in dich. Gib zu, dass du dem Kaufmann schöne Augen gemacht hast. Vermutlich hast du gehofft, er werde seine kinderlose Frau fortschicken und stattdessen dich nehmen.«

Schon allein von dem Gedanken, Rupert Hillocks Frau zu werden, wurde ihr sterbenselend. »Das ist nicht wahr, Vater. Ich schwöre bei Gott, dass ich dem Kaufmann in keiner Weise zu verstehen gegeben habe, dass ich … Ihr wisst schon.«

Der Priester seufzte leise. »Ich merke, dass du entschlossen bist, mit deiner Halsstarrigkeit alles noch schlimmer zu machen. Ehe du nicht einsichtiger bist, wird der Herr dir keinen Ausweg weisen. Demut ist der einzige Pfad zur Erkenntnis, das gilt für dich im besonderen Maße.«

Annot spürte ein hohles Gefühl in ihrem Innern. Mit einem Mal war sie furchtbar erschöpft. »Ihr wollt mir also nicht helfen?«

»Doch. Komm wieder, wenn du deine Verfehlungen erkannt hast. Frage nach Vater Julius, das bin ich. Wenn du einsichtig und reuig wiederkommst, bringe ich dich in ein Haus, wo man dich aufnehmen wird.«

Annot bedankte sich hastig und verließ die Kirche ohne Absolution.

Sie konnte sich gut vorstellen, was für ein Haus Vater Julius meinte. Aber sie wollte in kein Kloster. Ganz gewiss in keins von der Sorte, die gefallene Mädchen aufnahmen: eine Schar Nonnen in Lumpen in einem baufälligen, schäbigen alten Haus, die von der Mildtätigkeit einer Gilde oder eines Adligen lebten, ohne Würde, ohne das geringste Ansehen, ein Leben in echter, nicht in freiwilliger Armut. Der Pater hatte Recht, erkannte sie. Sie war noch nicht so weit, dass sie sich mit so einem Los hätte abfinden können. Es musste einen anderen Weg geben.

Wenige Tage später kam Jonah nach Einbruch der Dunkelheit von einer Zusammenkunft der Lehrlingsbruderschaft heim. Wieder einmal hatte er das Abendessen versäumt, doch heute würde ihm deswegen niemand einen Vorwurf machen. Diese Bruderschaft, der die Söhne und Lehrlinge der Tuchhändler angehörten, stand unter Vater Gilberts Aufsicht und Obhut. Etwa einmal im Monat rief er ihre Mitglieder im Versammlungshaus der Gilde zusammen, wo er mit ihnen betete und ihnen Bibelunterricht erteilte, aber ebenso richtete er Wettkämpfe im Ringen und anderen sportlichen Disziplinen aus, denn er wusste, dass junge Männer schnell auf dumme Gedanken kamen, wenn man ihnen keine Gelegenheit bot, überschüssige Kraft abzuarbeiten. Vater Gilbert fand auch, dass der Wettstreit ein hervorragendes Mittel sei, ihren Charakter zu formen und zu bilden. Jonah war ein guter Ringer und schneller Läufer, aber er hätte trotzdem gern auf die Segnungen dieser Bruderschaft verzichtet, denn jede Art von Versammlung war ihm suspekt. Das unablässige Geschwätz und die Prahlerei seiner Altersgenossen gingen ihm unsäglich auf die Nerven. Jonah war einfach viel lieber allein.

Rupert nahm natürlich keinerlei Rücksicht auf Jonahs Wünsche. Er schickte ihn genau wie Crispin zu jeder der Zusammenkünfte, wann immer er seine Lehrlinge entbehren konnte. Weil heute Abend noch eine große Ladung aus Canterbury eingetroffen war, hatte Crispin zu Hause bleiben und Rupert helfen müssen, den langen, von vier Ochsen gezogenen Karren zu entladen. Jonah hatte sich erboten, mit Crispin zu tauschen, aber Rupert durchschaute seine Absichten und hatte ihn mit unmissverständlichen Worten zur Bruderschaft geschickt.

Als Jonah heimkam, betrat er das Haus nicht durch den Laden, sondern ging durch die selten benutzte Tür an der linken Seite der Front, die direkt in den Flur führte. Lautlos stieg er die Treppe hinauf, um seiner Großmutter ihr Geld und die Abrechnung zu bringen. Doch als er etwa die Hälfte der Stufen erklommen hatte, vernahm er ihre Stimme aus der Halle: »Hör auf zu flennen, dumme Gans! Das ändert nichts mehr.«

Jonah wollte den Rückzug antreten, denn er hatte kein gesteigertes Interesse an den Streitigkeiten zwischen Elizabeth und der alten Dame. Ihr ewig gleicher Ausgang machte sie zu einem wenig lohnenden Schauspiel, und man lief immer Gefahr, unversehens zwischen die Fronten zu geraten.

Doch kaum hatte er kehrtgemacht, hörte er Cecilia fortfahren: »Und spiel hier nicht die geschändete Unschuld! Wärst du Jonah nicht so schamlos nachgelaufen, hätte das alles nicht passieren müssen!«

Er erstarrte einen Moment, ehe er zögernd weiter die Treppe hinaufging. Szenen waren ihm zuwider. Das galt in ganz besonderem Maße dann, wenn sie in irgendeiner Weise mit ihm zu tun hatten. Aber seine Neugier war größer als sein Widerwillen. An der Tür zur Halle hielt er an. Rupert stand mit dem Rücken zum Fenster. Er hatte das Kinn auf die breite Brust gedrückt, die Keulenarme waren verschränkt. Seine ganze Haltung drückte Ablehnung aus. Elizabeth war nirgends zu entdecken. Cecilia saß am Tisch, kerzengerade wie immer, die Hände auf dem Silberknauf ihres Stocks verschränkt. Ihr Ausdruck war grimmig.

Ihr gegenüber hockte Annot wie ein armes Sünderlein, zusammengesunken und verweint. Sie entdeckte Jonah als Erste, stützte die Stirn in die Hand und flüsterte: »Gott, lass mich sterben.«

Cecilia schaute zur Tür und sagte leise: »Es ist besser, du gehst, Junge. Du machst alles nur noch vertrackter. Es hat nichts mit dir zu tun.«

Er hörte sie kaum. Sein Blick wanderte langsam von Annot zu Rupert. Was hast du getan? Was hast du ihr angetan? Und warum sehe ich erst jetzt, was so deutlich und unmissverständlich ist wie ein Schrei?

Es war beinah, als könnte Rupert seine Gedanken lesen. Er machte zwei drohende Schritte auf ihn zu. »Warum glotzt du mich so an? Hast du nicht gehört, was Großmutter gesagt hat! Verschwinde!«

»Nein.«

Rupert krallte die Linke in Jonahs Gewand. »Wirst du wohl tun, was ich sage, du unverschämter Flegel…«

Jonah packte das Handgelenk, befreite sich von seinem Griff und ließ es sofort wieder los. »Fass mich nicht noch einmal an!«

Rupert starrte ihn an, als wären Jonah plötzlich Hörner gewachsen. »Du verfluchter…«

»Schluss!«, herrschte ihre Großmutter sie an. »Hört sofort auf damit. Rupert, du wirst dich jetzt hinsetzen. Und du auch, Jonah.« Sie hustete leise und presste für einen Augenblick die Hand vor den Mund.

Ihre Enkel folgten der barschen Anweisung und setzten sich an den Tisch, so weit voneinander entfernt, wie es nur möglich war.

Jonah überwand seine Verlegenheit und sah zu Annot. Sie erwiderte seinen Blick, schien ihn schon eine ganze Weile anzuschauen.

»Bist du schwanger?«, fragte er.

Sie nickte. Ihre blauen Augen erschienen ihm unnatürlich geweitet.

»Verklag ihn doch«, er ruckte sein Kinn verächtlich in Ruperts Richtung.

Rupert stieß ein hässliches Lachen aus. »In weniger als einer Stunde fände ich ein Dutzend angesehener Männer, die aussagen, dass sie sie auch hatten.«

»Unter Eid?«, konterte Jonah.

»Mach dir keine allzu großen Illusionen über deinen Stand, mein Junge«, warnte seine Großmutter. »Es gibt durchaus Männer darunter, deren Eid käuflich ist. Genau die Sorte, die Rupert seine Freunde nennt.« Sie ignorierte Ruperts Protest und fuhr unbeirrt fort: »Also setz ihr keine Flausen in den Kopf. Eine Klage würde unseren Namen in Verruf bringen und für Annot alles noch schlimmer machen.«

Jonah starrte in die Flamme der einzelnen Kerze auf dem Tisch und dachte nach. Es war eine Weile still. Niemand schien mehr so recht zu wissen, was man noch hätte sagen können. Doch es gab einen Ausweg, erkannte Jonah, einen ganz offensichtlichen eigentlich. Es war die einzige Lösung. Er spürte, wie sein Herzschlag sich beschleunigte. Er stand auf, ehe ihn der Mut verlassen konnte. »Annot, willst du mich heiraten?«

»Nein«, sagten Rupert und Cecilia wie aus einem Munde, und die alte Dame fügte hinzu: »Das kommt überhaupt nicht in Frage.«

Jonah beachtete sie nicht. Er sah zu Annot und bestaunte die Verwandlung, die seine Frage hervorgerufen hatte. Mit einem Ruck hatte sie sich aufgerichtet. Ihre Schultern hingen nicht mehr mutlos herab, sie hielt den Kopf hoch, und es war nicht nur Hoffnung, die plötzlich in ihren Augen strahlte, es war beinah so etwas wie Glückseligkeit. Sie nickte, und langsam, als traue sie ihren Beinen nicht so recht, erhob sie sich ebenfalls. »Ja, Jonah.«

Rupert hielt es nicht mehr auf der Bank. »Das kannst du dir aus dem Kopf schlagen! Was bist du nur für ein Narr!«

Der junge Lehrling warf seinem Meister nur einen desinteressierten Blick zu. »Ich möchte sehen, wie du mich hindern willst«, versetzte er und verzichtete zum ersten Mal in all den Jahren auf jede Form der Höflichkeit. »Oder möchtest du vielleicht öffentlich widersprechen, wenn ich die Vaterschaft anerkenne?« Ohne seinen Vetter weiter zu beachten trat er zu Annot. Nach einem kleinen Zögern ergriff er ihre Hand. »Ich werde mit Vater Gilbert reden und sehr zerknirscht sein. Wenn es sein muss, kann ich ebenso gut heucheln wie Rupert. Vater Gilbert wird mit den Gildeoberen reden. Sie werden missfällig die Köpfe schütteln und mir dann gestatten zu heiraten, obwohl ich noch nicht einundzwanzig bin. Sei unbesorgt. Alles wird gut.«

Alles wird gut. Seit Wochen hatte Annot gebetet, hatte wider besseres Wissen gehofft, dass irgendwer kommen und das zu ihr sagen würde. Aber sie hätte in ihren kühnsten Träumen nicht daran gedacht, dass es Jonah sein würde. Das kann einfach nicht sein, dachte sie fassungslos, als sie neben ihm zur Tür ging. Sie spürte den Griff seiner langen, schmalen Hand, warm und trocken. Es war mehr oder minder das Einzige, was sie spüren konnte. Sie fühlte sich seltsam betäubt. Das ist zu schön, um wahr zu sein, sagte sie sich, aber sie lächelte dabei. Denn sie wusste, dass dies hier kein Traum war, es geschah wirklich. *Alles wird gut.*

Cecilia warf einen wahrlich mörderischen Blick zu Rupert und machte eine auffordernde Geste.

Verblüffend lautlos für einen so großen Mann schlich Master Hillock dem jungen Paar nach, holte es noch vor der Tür ein, verschränkte seine großen Pranken ineinander und ließ sie auf Jonahs Nacken niedersausen. Ohne einen Laut brach Jonah zusammen.

Vollkommene Finsternis umgab ihn, als er zu sich kam. Er konnte nichts sehen, keine Konturen erahnen, einfach gar nichts. Aber er hörte. Ein rasselndes Atmen, beinah ein Keuchen. Er überlegte einen Moment, ob es von ihm selbst kam, aber dann vernahm er ein Schniefen.

»Crispin?«

»Jonah. Gott sei Dank.« Es klang heiser.

»Ich kann nichts sehen.«

»Dann mach doch die Augen auf. Aber viel Erbauliches gibt es hier nicht anzuschauen.«

Jonah schlug die Lider auf und kam sich albern vor. Sein Blick war verschwommen. Er richtete sich langsam auf und verspürte eine unbestimmte Übelkeit. Fast war es, als schwanke der Boden unter ihm. Er tastete behutsam, und seine Hände bestätigten, was er schon geahnt hatte, aber nicht so recht glauben wollte: Sie befanden sich im Keller. Ein einzelnes Öllicht stand auf dem festgestampften Lehmboden und erhellte den kleinen Raum unter dem hinteren Teil des Ladens, den man durch eine Falltür erreichte und den Rupert lediglich zur Lagerung seiner paar Weinfässer benutzte. Ansonsten war der Keller das Reich der Ratten und Spinnen, weswegen sich niemand sonderlich darum riss, ihn aufzusuchen. Aber neuerdings verwahrte Rupert hier offenbar auch seine Lehrlinge.

»Annot?«, fragte Jonah, doch eigentlich wusste er es schon.

»Sie ist fort.« Es klang erstickt, und ihm ging auf, dass Crispin weinte. »Ich weiß nicht, wohin«, fuhr der Junge fort. »Sie ist noch letzte Nacht verschwunden. Keine Ahnung, ob Master Rupert und deine Großmutter sie einfach vor die Tür gesetzt haben, keiner hat mir was gesagt. Als ich vorschlug, nach ihr zu suchen, hat er mir eins verpasst, dass ich dachte, er reißt mir den Kopf ab, und mir geraten, mich um meine eigenen Angelegenheiten zu kümmern. Er hatte dich hier runtergeschafft, vermutlich damit Annot dich nicht finden kann. Und als du anfingst aufzuwachen, haben sie dir irgendein Zeug eingeflößt. Mit einem Pulver, das deine Großmutter hatte. Heute Abend beim Essen hat der Meister gesagt, ich soll bei dir bleiben und dich nach oben bringen, wenn du aufwachst.«

Eine ganze Nacht und ein ganzer Tag waren also vergangen. Eine Nacht und einen Tag seines Lebens hatten sie ihm gestohlen. Mit verblüffender Plötzlichkeit machte seine Blase sich bemerkbar. Sie fühlte sich an, als wolle sie bersten.

»Hilf mir hoch.«

Crispin stand vom Boden auf und streckte ihm die Hand entgegen. Jonah nahm sie und kam unsicher auf die Füße. Sie sahen sich einen Moment an. Crispins Augen waren kummervoll und unruhig.

»Jonah, was tun wir denn jetzt?«

»Ich gehe pinkeln.« Auf wackeligen Beinen stieg er die zwei Stufen hinauf, öffnete die Falltür und stemmte sich hoch, bis er auf dem Dielenboden im Lager saß. Er fühlte sich grässlich. Sein Kopf hämmerte. Beinah torkelte er auf dem Weg in den Hof hinaus.

Er ging nicht zu Crispin in den Laden zurück, sondern betrat das Haus und stieg langsam die Treppe hinauf. In der Halle war alles finster. Sicher war es schon spät. Trotzdem ging er weiter zur Kammer seiner Großmutter und trat ein, ohne anzuklopfen.

Cecilia saß in ihrem Sessel, als habe sie auf ihn gewartet. Unbewegt blickte sie ihm entgegen, schwieg seelenruhig, bis er die Tür geschlossen hatte und mit verschränkten Armen vor ihr stand. Erst dann sagte sie: »Ich bedaure, wenn ich dir Unwohlsein verursacht habe, mein Junge. Du siehst alles andere als gut aus. Wenn du klug bist, legst du dich schlafen, du leidest an den Folgen eines Rausches.« Als sie feststellte, dass sie keine Antwort bekam, änderte sie die Strategie. Ihre Stimme wurde schneidend. »Ich hoffe, du bist nicht gekommen, um mir eine tränenreiche Szene zu machen.«

»Nein.«

»Liebst du dieses Mädchen?«, fragte sie ungläubig.

»Ich glaube nicht.«

»Warum in aller Welt wolltest du dann etwas so Törichtes tun? Welcher Teufel hat dich nur geritten? Du hast eine große Zukunft vor dir, Jonah. Ich bin sicher. Aber nicht, wenn du einen so folgenschweren Fehler machst.«

Er hob das Kinn. »Wo ist sie?«

Die alte Dame unterdrückte ein Hüsteln und hob gleichgültig die mageren Schultern. »Das entzieht sich meiner Kenntnis.«

»Ich werde sie suchen.«

»Bitte. Tu dir keinen Zwang an. Nach vierundzwanzig Stunden wirst du sie niemals finden. Nicht in dieser Stadt.«

Er ging zur Tür, konzentrierte sich darauf, nicht zu schwanken, und sagte über die Schulter: »Ihr solltet mir Glück wünschen, Madam Großmutter.«

Die alte Dame lachte leise. »Du willst mir drohen? Die Mühe kannst du dir sparen. Seit zwei Monaten huste ich Blut, Jonah. Keine irdische Rache kann mich mehr erreichen.«

Nur ein fast unmerkliches Blinzeln verriet seinen Schrecken ob dieser Eröffnung; seine Miene blieb unverändert ausdruckslos, der Blick der beinah schwarzen Augen feindselig. Sie bewunderte seine Haltung. Sie war ungewöhnlich für einen so jungen Mann.

»Es ist verwunderlich, dass Ihr so große Schuld auf Euch geladen habt, wenn Ihr schon so bald vor Euren Schöpfer tretet«, bemerkte er. »Unklug, denkt Ihr nicht?«

Cecilia winkte seufzend ab. »Es ist keine Sünde, seinen Enkel vor den Folgen seines jugendlichen Leichtsinns zu bewahren.«

»Leichtsinn? Ein einziges Mal wollte ich etwas tun, das irgendeinen Wert hat, und Ihr nennt es *Leichtsinn*?«

»Ja!«, fuhr sie ihn an. »Nur weil dieses Schaf an dein Mitgefühl appelliert hat, wolltest du bedenkenlos deine Zukunft aufs Spiel setzen. Du warst im Begriff, eine wirklich große Dummheit zu begehen, und irgendwer musste dich daran hindern.«

»Ich bin überzeugt, als Lucas Durham diese wirklich große Dummheit beging und meine Mutter heiratete, habt Ihr Gott auf Knien gedankt.«

Sie sah ihm in die Augen. »Das ist es doch in Wirklichkeit, nicht wahr? Deswegen wolltest du es tun. Aber ich werde nicht zulassen, dass du aus purer Sentimentalität, aus falsch verstandenem Pflichtgefühl heraus diesem dummen kleinen Luder in die Falle gehst. Ein dummes kleines Luder war im Übrigen auch deine Mutter. Sie hat genauso verzweifelt die Hände gerungen und mit verstörten Unschuldsaugen in die Welt geblickt wie Annot. Sie hatte nur mehr Glück: Ich hatte genug Geld, um ihr ihren Lucas zu kaufen. Dein Vater war nicht gerade das, was man einen Ehrenmann nennt, mein Junge, das solltest du lieber nicht glauben. Aber er war ein kühler Rechner und ein Realist. In der Hinsicht musst du noch viel lernen, scheint mir.«

Er legte die Hand auf den Türriegel und verneigte sich sparsam. »Damit wäre wohl alles gesagt. Alsdann, Madam Großmutter. Sterbt wohl.«

»Jonah! Du wirst sofort zurückkommen, hörst du!«, rief sie ihm nach.

Er hatte so lange immer getan, was sie sagte, so viele Jahre, dass er einen Augenblick mit sich ringen musste, um ihr dieses Mal den Gehorsam zu verweigern. Doch es ging leichter als erwartet. Es machte ihm keine besondere Mühe, den flehenden Unterton, der sich in ihrem barschen Befehl verbarg, zu ignorieren. Er schämte sich auch nicht für seinen ungeheuerlichen Abschiedsgruß. Voller Erstaunen fand er heraus, welche Stärke einem der Zorn verleihen konnte. Das Hämmern in den Schläfen, die wabernde Schwäche in den Knien waren vergessen. Fast leichtfüßig lief er die Treppe hinab.

Annot musste viele Stunden warten, bis es hell wurde. Die Nacht war lau, sodass sie nicht fror, aber nie zuvor hatte sie etwas Unheimlicheres erlebt als die Straßen von London bei Dunkelheit. Der Mond war nur eine dünne Sichel und spendete fast kein Licht. Sie konnte die Gassen lediglich erahnen. Überall raschelte es, manchmal glaubte sie, verstohlene Laute wahrzunehmen, dann hörte sie unvermittelt den gequälten Schrei einer Ratte, die in die Fänge einer Katze geraten war. Annot schauderte.

Sie sah keinen Menschen auf ihrem Weg zur St.-Martins-Kirche. Nachts waren keine Leute unterwegs, jedenfalls keine anständigen Leute. Aber sie spürte, dass sie nicht allein war. Dann und wann vernahm sie huschende Schritte oder glaubte zu spüren, dass eine dunkle Gestalt in der Nähe umherschlich. London war voller Gesindel, und nachts gehörten die Straßen den dunklen Bruderschaften, wurde gemunkelt, strikt geordneten Verbänden von Mördern, Dieben und falschen Bettlern, die sich nach dem Beispiel der Gilden organisiert hatten. In den Hafenvierteln, den dunklen Winkeln an den Kais entlang der Themse, spielten sich bei Dunkelheit unaussprechliche Dinge ab. Und ihr Weg führte Richtung Fluss. Vielleicht wäre es ein Segen, wenn eine schattenhafte Gestalt sich von hinten an sie heranschlich und ihr die Kehle durchschnitt, fuhr es ihr durch den Kopf. Aber sie erkannte sogleich, dass das nicht stimmte. Sie wollte leben. Sie zog ihr dunkles Schultertuch fester um sich, und ohne es zu merken legte sie schützend die Hände um ihren Bauch.

Die Gemeinde, die sich zur Frühmesse in St. Martin einfand, bestand aus einem halben Dutzend alter Weiber. Annot wartete, bis sie verschwunden waren, betrat dann das kleine Gotteshaus und fragte einen mageren, abgerissenen Ministranten nach Pater Julius.

Der Junge ruckte das Kinn zu einer niedrigen Tür im hinteren Bereich der Kirche.

Annot klopfte an und trat in die Sakristei. Der Priester, der ihr die Beichte abgenommen hatte, war ein hagerer, gut aussehender Mann in den Dreißigern mit rötlich blonden Locken und einem jugendlichen, bartlosen Gesicht. Jünger, als sie angenommen hatte. Er stand vor einem niedrigen Schrank und genehmigte sich noch ein Schlückchen Messwein, ehe er Becher und Krug wegschloss.

Als er die Tür hörte, hob er den Kopf.

»Ich glaube, ich bin so weit, Vater«, sagte Annot.

Gegen Mittag brachte der Priester sie zu dem Haus, von dem er gesprochen hatte. Es lag in East Cheap, unweit des Tower, und als er vor der Tür hielt, dachte Annot verwundert, wie gepflegt und wohlhabend es aussah. Die hölzernen Läden leuchteten in ihrem frischen, weißen Anstrich, das Dach war dicht mit frischen Schindeln gedeckt.

Keine Nonne öffnete ihnen auf Vater Julius' Klopfen, sondern ein freundlicher, junger Mann in einer schlichten Livree aus gutem Tuch. Nahe des Saums war eine kleine Blume in sein Surkot eingestickt, darüber ein verschlungenes »P«.

»Bring uns zu Lady Prescote«, befahl der Priester, und der junge Mann verneigte sich lächelnd und führte sie durch eine unmöblierte, hohe Vorhalle. Eine Treppe mit einem kunstvoll geschnitzten Geländer führte ins Obergeschoss, und im Halbdunkel auf der Galerie dort oben erahnte Annot viele Türen. Sie staunte, wie groß dieses Haus sein musste.

Der Diener brachte sie jedoch nicht dort hinauf, sondern in einen kostbar ausgestatteten Raum neben der Halle. Brokatgepolsterte Stühle umstanden einen polierten Eichentisch, in einem wunderschönen Intarsienschrank an der Wand standen Trinkbecher aus milchigem, bläulichem Glas, und kunstvoll gestickte Behänge zierten die Wände.

Annot war vollkommen verwirrt. Dies war ganz sicher kein Kloster. Der Name Prescote war sogar ihr ein Begriff: Gabriel Prescote war einer der reichsten Kaufleute Londons. Er gehörte der Gilde der Fischhändler an, aber es gab keine Ware, in der er nicht handelte. Er kaufte und verkaufte buchstäblich alles, in großen Mengen und sehr profitabel, wurde berichtet.

»Vater, wo bin ich hier?«, fragte sie.

Er warf ihr einen kurzen Blick zu, doch ehe er antworten konnte, öffnete sich die Tür, und eine sehr elegante Dame trat ein. Man hörte ihre Schritte auf dem strohbedeckten Boden kaum, es war beinah, als schwebe sie.

Lächelnd streckte sie dem Priester die Hand entgegen. »Julius! Es ist immer eine Freude, Euch zu sehen.«

Sehr weltmännisch beugte Vater Julius sich über die dargebotene, manikürte Hand. »Die Freude ist ganz auf meiner Seite. Ich bringe Euch ein verlorenes Lamm, Madam«, sagte er und wies auf Annot.

Als der Blick der kühlen grauen Augen der feinen Dame auf sie fiel, sah Annot verlegen zu Boden. Sie kam sich schäbig vor in ihrem schlichten, verwaschenen Kleid, und neben dieser Wespentaille erschien ihr gerundeter Bauch ihr geradezu obszön.

Lady Prescote trat zu ihr, nahm ihr Kinn zwischen Daumen und Zeigefinger und hob ihren Kopf an. Einen Moment studierte sie Annots Gesicht, dann legte sie behutsam die Hand auf ihren Bauch. »Weißt du, wo du hier bist, Kind?«, erkundigte sie sich.

Annot betrachtete die feine Dame. Dann das kostbar eingerichtete Gemach. Zum ersten Mal gestattete sie sich einen genaueren Blick auf die Wandbehänge und erkannte, was die Menschen in den Abbildungen taten. Sie spürte ihr Gesicht heiß werden und wandte sich an Vater Julius. Aber Ihr seid Priester, wollte sie einwenden, das kann einfach nicht sein. Als sie sein Lächeln sah, blieben ihr die Worte im Halse stecken.

Sie befreite sich von den Händen der feinen Dame und trat einen Schritt zurück. »Ja, Madam. Ich denke, ich weiß, wo ich bin. Aber es war ein Missverständnis. Es ist wohl besser, ich gehe wieder.«

Lady Prescote hob kurz die Hände. »Das steht dir vollkommen frei. Doch vielleicht opferst du mir ein paar Minuten deiner kostbaren Zeit?«

Die Dame war sehr freundlich und höflich, Annot fand es nicht leicht, ihre Bitte abzuschlagen. »Natürlich, Madam.«

Isabel Prescote sah zu Vater Julius. »Würdet Ihr uns wohl entschuldigen, mein Freund?«

Der Priester verneigte sich ehrerbietig und ging hinaus.

»Bekommt er eine Prämie?«, fragte Annot. Es klang sarkastisch. Aber sie war wirklich neugierig.

Die feine Dame nickte. »Natürlich. Es ist ihm eine willkommene Gelegenheit, seine Geldgier mit seiner Pflicht der Barmherzigkeit zu verknüpfen.«

Annot schüttelte fassungslos den Kopf. »Ich bezweifle, dass Gott es auch so sieht.«

Ihre Gastgeberin hob leicht die Schultern. »Das ist allein Julius' Angelegenheit.« Sie führte Annot zu einer gepolsterten Fensterbank, lud sie mit einer eleganten Geste ein, Platz zu nehmen, setzte sich neben sie und faltete die Hände im Schoß. »Wie ist dein Name, Kind?«

»Annot, Madam.«

»Und du bist? Vierzehn? Fünfzehn?«

»Vierzehn, Madam.«

»Hm.« Die feine Lady betrachtete sie einen Moment versonnen, befühlte dann neugierig ihre üppigen, dunkelblonden Locken und lächelte sie warm an. »Du bist sehr hübsch, Annot, weißt du das?«

Sie schlug die Augen nieder. »Danke.«

Isabel Prescote seufzte leise. »Ich kann mir schon vorstellen, was passiert ist. Und lass dir von Julius nichts Gegenteiliges einreden: Ich bin überzeugt, du konntest nichts dafür und kannst immer noch nicht so recht begreifen, wie es überhaupt dazu gekommen ist. Aber ich werde dir etwas verraten, Annot. All das spielt keine Rolle mehr. Jetzt *ist* es passiert. Und es ist müßig, damit zu hadern oder zu erwarten, dass irgendetwas oder irgendwer dich errettet, weil du doch schuldlos bist. Nur du selbst kannst dir helfen, niemand sonst wird es tun. Aber zu der Einsicht bist du inzwischen wohl selbst gelangt, nicht wahr?«

»Ja.«

»Damit bleiben dir drei Möglichkeiten. Du kannst dich mitsamt deinem Balg in der Themse ersäufen. Ich nehme an, sogar

Gott hätte dafür Verständnis. Oder du kannst versuchen zu betteln. Es wird keine Woche dauern, bis irgendein Kerl dich aufliest und dich auf die Straße schickt. Geh hinunter zum Hafen und sieh dir die Mädchen an. Sieh dir vor allem die an, die fünf Jahre älter sind als du. Ihre Haare sind grau, sie haben keinen Zahn mehr im Mund, und im Winter wirst du sie nicht wiederfinden, weil sie verhungert oder erfroren sind oder weil irgendwer ihnen die Kehle durchgeschnitten hat. Hörst du mir zu?«

»Ja, Madam.« Annot lauschte ihr sehr aufmerksam und starrte dabei auf die Wandbehänge.

»Deine dritte Möglichkeit besteht darin, bei mir zu bleiben. Du bekommst ein hübsches Zimmer, wohnst in einem komfortablen Haus und kannst in Ruhe dein Kind bekommen. Die beste Hebamme der Stadt steht in meinen Diensten.«

»Und was werde ich Euch schulden, bis das Kind kommt?«

Lady Prescote lächelte anerkennend. »Etwa drei Pfund.«

Annot zog scharf die Luft ein. Das war ein Vermögen.

»Es ist nicht so viel, wie es dir scheint. Dein Kind kommt in ein erstklassiges Kloster. Du wirst es regelmäßig sehen können, wenn du willst, und brauchst es nie wieder zu sehen, wenn du nicht willst, auch das ist allein deine Entscheidung. Und dann wirst du anfangen, deine Schulden bei mir abzuarbeiten. Alles, was du dafür wissen und können musst, wird man dir beibringen. Es ist nichts, wovor du dich fürchten müsstest.« Ihre Stimme klang so ruhig und bedächtig. Als sei es gar nichts Besonderes, ein ganz gewöhnlicher Lebensunterhalt.

Isabel Prescote betrachtete ihre junge Novizin aus dem Augenwinkel. Sie konnte nur ahnen, was in dem Mädchen vorging, denn sie selbst hatte keinerlei Erfahrungen mit einem solchen Schicksal, war ihr Leben lang privilegiert gewesen. Doch sie hatte schon viele solcher Mädchen gesehen. Sie betrieb dieses Geschäft seit beinah zehn Jahren – nicht, weil sie es nötig hatte, sondern weil es einfach ungeheuer reizvoll war, etwas derartig Anstößiges unter der Nase und doch ohne das Wissen ihres angesehenen Gatten zu tun –, und sie war inzwischen in der Lage, die Hoffnungslosen von den Klugen zu unterscheiden.

»Ich sagte eben, du bist hübsch, Annot. Ich wollte dir kein Kompliment machen. Es ist eine Tatsache. Du bist vielleicht nicht so schön wie manch andere hier, aber du hast etwas, dem Männer nicht widerstehen können. Wie du ja wohl leidvoll erfahren musstest. Du könntest es weit bringen bei mir. Du könntest eine sehr wohlhabende Frau werden. Überleg es dir.«

Und Annot überlegte. Sie wusste, es war sinnlos, aber sie kam nicht umhin, an das Leben zu denken, das zum Greifen nahe gewesen war. Wenn Jonah sie geheiratet hätte, wäre tatsächlich alles gut geworden, das wusste sie genau. Sie hätten einen kleinen Tuchhandel eröffnet, irgendwo, irgendwie. Vermutlich hätte er Ruperts Kind niemals lieben können, aber das hätte sich alles gefunden. Sie hätten eigene Kinder haben können. Sie wäre eine gute Frau für Jonah gewesen, dessen war sie sicher. Aber sie wusste, dass dieser Traum unwiederbringlich dahin war. Sie hatte es schon in dem Augenblick gewusst, als Rupert plötzlich hinter ihnen gestanden hatte und Jonah zu Boden ging, der feste Griff seiner warmen Hand ihren Fingern entglitten war. Das war alles Vergangenheit. Und so ungeheuerlich es ihr auch erschien, wusste sie doch, wie glücklich sie sich schätzen konnte, dass sie hier und nicht in einer finsteren Hafenspelunke gelandet war.

Nutze dein Kapital, hatte die alte Mistress Hillock zu ihr gesagt. *Das ist es letztlich, was wir alle tun.*

»Ich bleibe.«

London, Juni 1331

Crispin dachte manchmal, wenn der Teufel zu seinem Zeitvertreib einen Kaufmannshaushalt ersonnen hätte, dann müsste er ungefähr so sein wie dieser. Besonders fröhlich oder einvernehmlich war es bei den Hillocks auch früher nicht zugegangen, dazu war der Meister zu aufbrausend und knauserig, die Meisterin zu gehässig, die alte Mistress zu herrschsüchtig und Jonah zu stur. Doch die Reibereien, die hier bis vor wenigen Wochen ihr täglich Brot gewesen waren, fand er vollkommen normal; so oder ähnlich ging es doch überall zu. Jetzt hingegen war die Stimmung im Haus regelrecht vergiftet. Nach Annots Verschwinden hatte auch Elizabeth zu guter Letzt erfahren, was sich monatelang unter ihrer Nase abgespielt hatte. Es hatte sie härter getroffen, als Crispin für möglich gehalten hätte, und die Aufregung führte zu einer neuerlichen Fehlgeburt. Tagelang war die Meisterin so krank, dass die Hebamme und der Medicus, den sie schließlich riefen, um ihr Leben bangten. Inzwischen ging es ihr besser, doch sie war immer noch bleich und schwach und teilnahmslos, unfähig, ihre Melancholie zu überwinden. Rupert ertränkte seine Gewissensbisse in viel zu viel Bier. In der Nachbarschaft wurde schon darüber getuschelt. Die alte Mistress war inzwischen zu geschwächt, um das Bett noch zu verlassen. Jeden Morgen schickte sie Helen in den Laden hinunter, um Jonah die Nachricht zu bringen, seine Großmutter wünsche ihn zu sehen. Jeden Morgen fertigte er sie mit einem Kopfschütteln ab.

Auch Helens Heiterkeit, die Crispin immer für unverwüstlich gehalten hatte, war inzwischen in Beklommenheit umgeschlagen. »Jonah«, sagte sie beschwörend, »das geht jetzt seit über einer Woche so. Wie lange willst du sie noch zappeln lassen? Es kann jetzt ganz schnell zu Ende gehen mit ihr, weißt du. Sie kann nichts mehr essen. Sie vergeht vor meinen Augen.«

»Davon will ich nichts hören«, beschied er, hob einen Tuchballen vom Boden auf und wandte ihr den Rücken zu, um die Ware weiter oben ins Regal zu hieven.

Helen warf Crispin einen flehenden Blick zu.

Wider besseres Wissen versuchte auch der junge Lehrling noch einmal sein Glück. »Es ist Sünde, einer Sterbenden Trost zu versagen, daran solltest du denken.«

»Es ist auch Sünde, eine Schutzbefohlene aus dem Haus zu jagen und ihrem Schicksal zu überlassen«, entgegnete Jonah knapp. »Daran hätte *sie* denken sollen.«

Tagelang war er durch die Stadt gestreift und hatte Annot gesucht. Rupert hatte es verboten, hatte gedroht, ihn wieder einzusperren, aber Jonah ignorierte ihn einfach. Er kannte die Stadt gut und suchte systematisch. In Kirchen und Klöstern, er klopfte an die Tore feiner Kaufmannsvillen und erkundigte sich, ob eine neue Dienstmagd eingestellt worden sei, zuletzt versuchte er es in den Hurenhäusern, die er kannte. In vielen war er ein bekanntes Gesicht, und er war überzeugt, die Mädchen hätten es ihm offen gesagt, wenn sie irgendetwas von Annot gewusst hätten, denn aus Gründen, die ihm unklar waren, hatten die Huren eine besondere Schwäche für ihn. Er war erleichtert, als er Annot auch bei ihnen nicht fand, aber ebenso ratlos. Er wusste nicht mehr, wo er noch nach ihr hätte forschen sollen. Sie war einfach verschwunden. Entweder hatte sie sich auf den Heimweg nach Canterbury gemacht, oder, was er für wahrscheinlicher hielt, diese große Stadt hatte sie einfach verschluckt wie so viele andere vor ihr.

»Aber was soll ich ihr sagen?«, jammerte Helen.

»Gar nichts.« Jonah hörte jemanden den Laden betreten und ging nach vorne, um die Kundschaft zu bedienen. Er war dankbar für den Vorwand, ihren Vorhaltungen zu entkommen. Er wusste genau, dass Helen und Crispin Recht hatten.

»Guten Morgen, Mistress Perkins, was kann ich für Euch tun?«

»Crispin, so kann es nicht weitergehen«, erklärte Helen mit gesenkter Stimme. »Es ist nicht mit anzusehen, wie schlecht es der alten Dame geht, aber ehe er nicht mit ihr gesprochen hat, wird sie den Geist nicht aufgeben. Dabei sehnt sie sich danach.«

Crispin hob beklommen die Schultern. »Wie unglücklich sie sein muss.«

Helen stieß hörbar die Luft aus. »Unglücklich? Sie schäumt. Und sie lässt ihren ganzen Groll an dem armen Master Rupert aus, macht ihm bittere Vorwürfe und setzt ihm zu, bis er es nicht mehr aushält und sich den nächsten Krug voll schenkt. Er ist schon wieder betrunken.«

Der junge Lehrling seufzte. Wenn Rupert so früh am Tage

schon betrunken war, hieß das, dass er nachmittags eine ernstliche Gefahr für sich und seine Umgebung darstellen würde.

»Ich sag dir ehrlich, Crispin, wenn die alte Mistress nicht wäre, hätte ich mich längst davongemacht. Arbeit gibt's auch anderswo. Hier kriegt man ja das Grausen.«

Crispin nickte. Er hatte selbst schon dann und wann mit dem Gedanken gespielt, zu seinem Vater zu gehen und ihn zu bitten, den Lehrvertrag mit Rupert aufzukündigen und ihn anderswo unterzubringen. Aber noch zögerte er. Er hatte gelernt, dass ein Lehrjunge seinem Meister Loyalität schuldete, und es schien ihm nicht anständig, die Hillocks in ihrer Not im Stich zu lassen, und mochten sie auch selbst an allem schuld sein. »Wenn ich heute Nachmittag die Ware austrage, gehe ich bei Vater Gilbert vorbei und bitte ihn her«, versprach er leise. »Vielleicht kann er ihnen ein bisschen Vernunft beibringen.«

Helens besorgte Miene hellte sich auf. »Tu das. Wenn Jonah auf irgendwen hört, dann auf ihn.«

Der Seelsorger der Tuchhändlergilde kam, als der Haushalt beim Abendessen saß. Die Mägde und Crispin sahen hoffnungsvoll auf, als sie das Klopfen an der Tür unten vernahmen. Und wär's der Teufel selbst, dachte Helen, jeder Gast, der dieses eisige Schweigen bricht, ist mir willkommen.

Auf ein Nicken von Elizabeth lief sie hinunter und öffnete.

»Oh, Vater, Ihr seid es. Gott sei gepriesen.«

Er nickte ihr ernst zu und trat ein. »Ich denke, als Erstes sollte ich die alte Dame besuchen. Vielleicht ist sie heute so weit, endlich ihren Frieden mit Gott zu schließen.«

»Ich glaube, niemand in diesem Haus ist bereit, mit irgendwem Frieden zu schließen«, entgegnete die Magd unverblümt.

»Halsstarrigkeit ist die große Schwäche aller Hillocks«, bemerkte er. »Ein vorlautes Mundwerk die deine.«

Helen hatte eine passende Erwiderung auf der Zunge, schluckte sie aber lieber hinunter und sagte lediglich: »Ich geleite Euch hinauf, Vater.«

Gilbert blieb über eine Stunde bei Cecilia, sprach anschließend mit Elizabeth und Rupert und ging zuletzt zu Jonah. Er fand den jungen Mann im Hof, wo er im letzten Licht des warmen Frühsommertages am Brunnen saß.

Jonah hatte ein Knie angezogen und die langen Finger darum verschränkt. Mit zurückgelegtem Kopf schaute er zum ewig diesigen Londoner Himmel auf.

»Suchst du den Abendstern?«, erkundigte sich der Priester, während er näher trat.

Jonah sprang auf die Füße. »Guten Abend, Vater. Nein. Man kann ihn um diese Jahreszeit von hier aus nicht sehen.«

Manchmal stellte er sich vor, wie es wohl wäre, irgendwo auf dem Land zu leben. In einer kleinen Stadt, wo jeder jeden kannte, oder gar auf einem Gut, umgeben von Feldern und Wiesen und sauberer Luft.

Gilbert setzte sich auf den Brunnenrand, faltete die Hände im Schoß und betrachtete den jungen Kaufmannslehrling in der schlichten, aber immer so peinlich sauberen Kleidung, das glatt rasierte Kinn, die ordentlich gekämmten Haare.

»Ich kenne wahrlich keinen anderen Mann, der immer so tadellos aussieht wie du und gleichzeitig so vollkommen uneitel ist. Ich habe mich schon oft darüber gewundert«, sagte der Priester versonnen.

Jonah schüttelte den Kopf. »Das stimmt nicht. Ich *bin* eitel.«

Der Pater zog die Brauen hoch. »Und heute ungewöhnlich freimütig, scheint mir. Worin erkennst du deine Eitelkeit?«

»Wenn ich schlecht angezogen bin – wenn Elizabeth mich etwa zwingt, Ruperts fadenscheinige Wämser aufzutragen, in die zwei von meiner Sorte hineinpassen –, fühle ich mich unwohl.«

»Wieso?«

»Ich bin Tuchhändler. Wer soll auf meinen Geschmack und die Qualität meiner Ware vertrauen, wenn ich wie ein Hungerleider daherkomme?«

Vater Gilbert lächelte. »Das Argument ist nicht von der Hand zu weisen. Was sagt Elizabeth dazu?«

»Dass ich es an Respekt mangeln lasse.«

Der Priester wurde plötzlich ernst. »Womit sie nicht ganz Unrecht hat, nicht wahr?«

Jonah senkte den Kopf und antwortete nicht gleich. Schließlich sagte er leise: »Ich weiß, Ihr wollt mich überreden, zu meiner Großmutter zu gehen. Aber das kann ich nicht.«

»Doch, Jonah. Das musst du.«

»Wenn Ihr wüsstet, was sie getan hat …«

»Ich weiß es. Sie hat gebeichtet und mir alles erzählt. Und es stimmt, was sie und Rupert getan haben, war abscheulich. Aber das spielt in dieser Frage keine Rolle. Sie ist deine Großmutter, sie liegt im Sterben, und sie verlangt nach dir, also musst du zu ihr gehen. Es ist tatsächlich eine Frage von Respekt. Du bist ihn ihr schuldig. Und Rupert ebenso, denn er ist dein älterer Verwandter und dein Meister. So lauten die Regeln. Für wen hältst du dich, dass du glaubst, sie gelten nicht für dich?«

»Aber wieso schulde ich ihnen Respekt, wenn sie ihn nicht verdienen?«, fragte Jonah mit mühsam unterdrückter Heftigkeit.

»Das zu entscheiden ist nicht deine Sache. Allein Gott steht es zu, über sie zu urteilen. Hier und jetzt jedenfalls hat er sie über dich gestellt, und danach hast du dich zu richten. ›Gebt dem Kaiser, was des Kaisers ist‹, hat Christus gesagt. Der Kaiser war ein Tyrann und ein Ungläubiger, aber trotzdem hat der Herr es gesagt. Denn es ist die von Gott gewollte Ordnung der Welt, dass die einen herrschen und die anderen gehorchen. Alles andere wäre Chaos, und über das Chaos herrscht Satan.«

Jonah dachte darüber nach.

»Du weißt, dass ich Recht habe, nicht wahr?«, fragte der Priester nach einer Weile.

Der junge Mann nickte zögernd. »Aber es ist so … schwer. Wieso kann Gott nicht jemanden über mich stellen, den zu respektieren ein bisschen leichter wäre?«

»Vielleicht wird er es tun, wenn du dich würdig erweist.«

Oder auch nicht, dachte Jonah und unterdrückte ein höhnisches Lachen.

»Wirst du zu deiner Großmutter gehen?«, fragte Vater Gilbert.

»Ich kann nicht.« Er hob ratlos die Hände. »Ich habe geschworen, nie mehr mit ihr zu sprechen.«

»Das wird gar nicht nötig sein. Sie will dich nur noch einmal sehen, das ist alles.«

Helen war bei Cecilia. Als sie die Tür hörte, sah sie auf. »Gott sei Dank, Jonah.« Sie lächelte voller Erleichterung. »Ich lasse euch allein.«

Fast hätte er widersprochen. Ihm graute davor, allein mit seiner Großmutter zu sein. Aber er wusste, dass Helen ihn sofort durchschaut und einen Feigling genannt hätte, also sagte er nichts.

Lautlos schlüpfte die Magd hinaus. Jonah stand einen Augenblick verloren in der Raummitte und starrte auf den leeren Sessel, in dem die alte Dame so oft gesessen hatte. Es war eigentümlich schmerzlich, ihn so verwaist zu sehen. Dieser Sessel schien alles zu symbolisieren, was seine Großmutter ihm einmal bedeutet hatte. Wie oft hatte er bei ihr Rat gesucht und auch gefunden. Und welch eine verlässliche Komplizin bei allen Unternehmungen sie gewesen war, mit denen er Rupert ein Schnippchen schlug. Ihre Zuneigung, ging ihm jetzt auf, war die einzige Geborgenheit, die er je gekannt hatte. Nun, er hatte festgestellt, dass er auch ohne sie auskam, er war schließlich alt genug.

Entschlossen trat er an das breite Bett, schob den schweren Vorhang ein wenig zurück und sah auf die kranke alte Frau hinab. Seit etwa vier Wochen hütete Cecilia das Bett, und seither hatte er sie nicht mehr gesehen. Er hätte nie für möglich gehalten, dass ein Mensch in so kurzer Zeit so vollkommen verfallen konnte. Was alle seit Tagen sagten, wurde plötzlich Gewissheit: Cecilia lag im Sterben.

Ihr Gesicht war geschrumpft wie ein Winterapfel, die Haut wirkte wächsern. Ihr Haar, das er heute zum ersten Mal im Leben sah, war wirr und dünn und spärlich, die Stirn völlig kahl. Die dunklen Augen waren trüb, blickten ihn aber unverwandt an.

Ihre bleichen, aufgesprungenen Lippen bewegten sich. »Du bist ein sturer Bastard wie dein Großvater.«

Er nickte.

»Komm her. Knie dich hin. Nimm meinen Segen, das ist mein letzter Wunsch.«

Ohne zu zögern kniete er vor dem Bett nieder. Sie hob die schneeweiße, runzelige Hand und legte sie auf seinen Kopf. Dann glitt die Hand zurück auf das Laken.

Ihr Atem ging schwer. »Ich habe mich wirklich bemüht zu bereuen, was ich getan habe, aber es geht nicht.«

Er legte seine Hand auf ihre, einen Finger an die Lippen und schüttelte den Kopf.

»Vergibst du mir trotzdem?«, fragte sie.

Jonah sah ihr in die Augen, rang einen Moment mit sich und nickte dann. Es war gelogen. Er konnte ihr nicht verzeihen. Großmut, so wusste er, gehörte nicht zu seinen Stärken. Aber er empfand Mitgefühl, und jetzt, da ihm klar geworden war, wie nahe sie dem Tod war, wollte er, dass sie Frieden fand.

Cecilia lächelte. »Das ist dein Glück, mein Junge«, flüsterte sie, es war beinah ein Röcheln. »Unter meinem Kopfkissen liegt ein Ring. Bring ihn Vater Gilbert. Er weiß dann, was er zu tun hat.«

Er starrte sie angstvoll an und fragte sich, in welch eine Falle er ihr nun wieder gegangen war. Aber er hielt ihre Hand weiterhin fest und blieb bei ihr, bis die Lider sich langsam über die trüben Augen senkten. Sie war eingeschlafen. Die Abstände zwischen den mühsamen Atemzügen wurden länger. Jonah kniete reglos am Boden und lauschte. Mit einem langen Seufzer atmete sie schließlich aus, und dann trat Stille ein.

Epping Forest, Juli 1331

Es war sein zweiter Tag im Sattel, und langsam fand Jonah Gefallen daran. Er hatte bislang selten Gelegenheit zum Reiten gehabt, denn dies war das erste Mal in seinem Leben, dass er eine Reise unternahm. Westlich und östlich hatte die

Welt für ihn bislang in West und East Smithfield aufgehört, er war nie weiter nach Norden gekommen als zu einem gelegentlichen Sonntagsausflug nach Mile End, nie weiter südlich als Southwark am anderen Themseufer. Doch auch das Reiten war eine der Disziplinen, zu deren Ausübung Vater Gilbert ihn und die übrigen Lehrlinge in der Bruderschaft ermuntert und angehalten hatte. Jonah hatte trotzdem nicht besonders viel Erfahrung und war zuerst erschrocken, als Robertson ihm den langbeinigen Rappen brachte.

»Aber sein Sattel ist höher als mein Kopf«, hatte der junge Kaufmann protestiert.

Der Inhaber des Mietstalls hatte ihn schallend ausgelacht. »Ihr seid jetzt ein reicher Mann, Sir, es geht nicht an, dass Ihr meine alte Schindmähre reitet. Nur Mut, es ist ein zahmer Kastrat, nicht so wild, wie er aussieht.«

Jonah hatte zu seiner Erleichterung bald festgestellt, dass Robertson nicht gelogen hatte. Er hatte sich schnell an seinen Reisegefährten gewöhnt. Mit der Tatsache, dass er nun »ein reicher Mann« sein sollte, tat er sich weitaus schwerer.

Als er die letzte Anweisung seiner Großmutter befolgt und Vater Gilbert den Ring gebracht hatte, hatte der Priester ihm lächelnd die Hand auf die Schulter gelegt und ihn zu seiner Weisheit beglückwünscht. Beim Leichenschmaus in Rupert Hillocks Halle nach Cecilias Beerdigung schließlich hatte Gilbert das Testament der alten Dame verlesen: Großzügige zehn Pfund vermachte sie der Tuchhändlergilde zur Unterstützung in Not geratener Mitglieder oder deren Witwen und Waisen. Je zehn Pfund an die Kirchen St. Mary Bothaw und St. Lawrence Pountney, um Kerzen in ihrem Andenken zu entzünden und Messen für ihre Seele zu lesen. Zehn Shilling zur Verteilung an die Bettler, die sich bei ihrer Beerdigung am Friedhofstor einfanden. Diese insgesamt dreißigeinhalb Pfund waren schon weitaus mehr, als irgendwer an Erbmasse erwartet hatte, denn Cecilia hatte seit dem Tod ihres Gatten in aller Bescheidenheit im Haushalt erst ihres Sohnes, dann ihres Enkels gelebt, hatte, soweit irgendwer wusste, nie eigene Geschäfte betrieben, war immer schlicht gekleidet gewesen und hatte keinen nennenswerten Schmuck getragen. Doch sprach das Testament noch von einem nicht näher bezeichneten »restlichen Vermögen«, das sie Jonah hinterließ.

Rupert Hillock brummte missfällig. Es war ihm keineswegs neu, dass ihre Großmutter Jonah immer vorgezogen hatte. »Wie viel ist es?«, hatte er Vater Gilbert gefragt.

Der Priester hatte mit gerunzelter Stirn nochmals das Testament konsultiert und dann zu Jonah, nicht zu Rupert geblickt. »Vierhundert Pfund und ein Haus in der Ropery.«

Jonah hatte nur bruchstückhafte Erinnerungen an die Stunden danach. Elizabeth war hysterisch geworden, das wusste er noch. Es war schauderhaft anzusehen. Sie hatte angefangen zu lachen, rote Flecken brannten auf ihren Wangen, und das Lachen wurde immer schriller, bis Rupert sie schließlich an den Schultern packte und schüttelte. Da war sie wieder zu sich gekommen, hatte Jonah einen so hasserfüllten Blick zugeworfen, dass er trotz der Sommerhitze eine Gänsehaut bekam, und war hinausgelaufen. Crispin hatte ihm sprachlos die Schulter geklopft, ihn mit strahlenden Augen angeschaut und genickt und genickt. Rupert hatte sich betrunken.

Vater Gilbert war in den ersten Tagen danach Jonahs wertvollster Berater gewesen. Mit ihm zusammen war Jonah in die Ropery gegangen und hatte das Haus besichtigt, das seine Großmutter in aller Stille gekauft hatte. »Haus« wurde dem Objekt nicht ganz gerecht, hatten sie festgestellt. Es war eine Kaufmannsvilla mit großen Lagerräumen und einem weitläufigen Innenhof. Als Jonah es sah, fing er zum ersten Mal an, Pläne zu machen. Dieses Haus bot schier unbegrenzte Möglichkeiten für einen ausgedehnten Handel sowohl mit Wolle als auch Leinen und Seide. Auf dem Grundstück war reichlich Platz, um Werkstätten zu bauen und an Handwerker zu verpachten. Wäre er doch nur frei und sein eigener Herr …

»Du könntest mit den Gildeoberen reden und sie bitten, dich vorzeitig von deinem Lehrvertrag zu entbinden«, hatte Vater

Gilbert ihm eröffnet. »Meiner Fürsprache könntest du sicher sein.«

»Ist das wahr?«

»Ich sehe nicht, was dagegen sprechen sollte. Freilich muss auch Rupert seine Zustimmung geben.«

»Darauf kann ich lange warten, Vater«, hatte Jonah seufzend erwidert.

»Da wäre ich nicht so sicher. Die entscheidende Frage ist vielleicht nur, was dir Ruperts Einwilligung wert ist. Du bist ein wohlhabender Mann, Jonah. Und dein Vetter hat Schulden.«

Jonah war nicht sonderlich überrascht. Er hatte schon lange gewusst, dass Rupert kein sehr geschickter Kaufmann war.

»Was wäre geschehen, wenn ich Euch den Ring nicht gebracht hätte?«, fragte er neugierig. »Für diesen Fall gab es doch ein zweites Testament, nicht wahr? Hätte Rupert alles bekommen?«

»Nein.«

»Wer dann?«

»St. Jane's. Ein Nonnenkloster drüben in The Stews.«

»Ein Kloster? Im *Hurenviertel*... oh, Verzeihung, Vater.«

Vater Gilbert nickte mit einem nachsichtigen Lächeln. »Die Schwestern von St. Jane's erweisen ihre Barmherzigkeit im besonderen Maße ledigen Müttern.«

Jonah hatte sich tatsächlich dazu durchgerungen, mit seinem Vetter zu reden und ihn um eine vorzeitige Auflösung des Lehrvertrages zu ersuchen. Es war ihm furchtbar schwer gefallen, in die Rolle des Bittstellers zu schlüpfen, doch er sagte sich, wenn dies der Preis für seine Freiheit sei, müsse er ihn eben zahlen. Rupert hatte es ihm nicht einmal so schwer gemacht, wie Jonah befürchtet hatte. Aber er wich einer Entscheidung aus und hatte ihn angewiesen, erst einmal für ihn nach Norwich zum Wollmarkt zu reiten. Dort solle er in Ruperts Namen die anstehenden Geschäfte abwickeln, und dann werde man ja sehen, ob er schon genug Erfahrung habe, um auf eigenen Füßen zu stehen. Jonah kam dieser Auftrag gerade recht. Außer Ruperts Geld hatte er auch seine Barschaft aus dem Versteck unter den Holzdielen mitgenommen, um die ersten Geschäfte auf eigene Rechnung zu tätigen. Für sieben Pfund bekam man eine Menge Rohwolle. Er hatte die Absicht, nur beste Qualität zu kaufen, die Wolle irgendwo auf dem Land preiswert spinnen zu lassen und zum Weben, Walken und Färben nach Flandern zu verschiffen.

Dieser Wald wollte einfach kein Ende nehmen, musste er feststellen. Kaum hatte er gestern die Stadt hinter sich gelassen, waren die Felder zurückgeblieben, und die vereinzelten Gehölze verdichteten sich zu einem weitläufigen Forst. Doch selbst für einen so unerfahrenen Reisenden wie Jonah war der Weg nicht schwer zu finden: Er musste einfach nur der königlichen Straße folgen, die eine fast schnurgerade Schneise durch die Bäume zog und die schon in den Tagen des römischen Britanniens London mit Norwich verbunden hatte. Sie war einigermaßen breit; tiefe Furchen sprachen von den zahllosen Fuhrwerken, die sie ständig benutzten, selbst wenn an diesem brütend heißen Julitag bemerkenswert wenig Betrieb war. Vor etwa einer Stunde war ihm eine Pilgerschar entgegengekommen, seither hatte er niemanden gesehen. Das war Jonah nur recht. Ihn verlangte nicht nach Gesellschaft. Vielmehr war er dankbar, dass er nach diesen verrückten Tagen, da die Ereignisse sich in einem fort überstürzt hatten, endlich einmal Ruhe fand, um nachzudenken und wieder zu Verstand zu kommen. Und er genoss die ungewohnten Geräusche und Gerüche dieses Waldes. Die alten Bäume links und rechts der Straße hatten ausladende Kronen, die ihm Schatten spendeten. Ein Heer unterschiedlicher Vögel hockte in den Zweigen und jubilierte. Jonah sah Spatzen, Amseln und Tauben, aber auch etliche andere, deren Namen er nicht kannte. Die Sommerhitze und der aufgewirbelte Straßenstaub hatten das Laub mit einer graugelben Schicht bedeckt, die herabhängenden Blätter wirkten matt. Doch das Grün der Farne war noch frisch, und manchmal sah er wahre Teppiche von Glockenblumen. Er genoss die Stille und die Wärme und die würzige Waldluft.

Zum ersten Mal in seinem Leben fand Jonah sich ganz auf sich allein gestellt, und es war eine Offenbarung, zu entdecken, wie gut es ihm gefiel, wie befreit und selbstsicher er sich fühlte. Er würde gute Geschäfte machen in Norwich. Er würde Rupert und die Gilde überzeugen, dass er alles wusste und konnte, was es brauchte, um auf eigenen Füßen zu stehen. Er wäre der jüngste Kaufmann in der Geschichte der Gilde, hatte Vater Gilbert ihm zu verstehen gegeben, aber das schreckte Jonah nicht. Mit einigem Erstaunen erkannte er, dass es Zuversicht war, die er verspürte, eine ganz und gar fremde Empfindung für ihn, der er doch sonst immer mit dem Schlimmsten rechnete, um nicht gar zu bitter enttäuscht zu werden.

Verblüfft lächelte er vor sich hin. Alles war möglich, erkannte er. Vielleicht konnte er sogar Annot wiederfinden – er hatte jetzt schließlich ganz andere Möglichkeiten – und gutmachen, was erst Rupert und dann seine Großmutter ihr angetan hatten. Alles war möglich …

Er war so in seine Träumereien versunken, dass er den Hufschlag zuerst gar nicht wahrnahm. Als er die eiligen Reiter hinter sich schließlich hörte, lenkte er seinen zahmen Wallach an den rechten Wegrand, um Platz zu machen. Doch statt an ihm vorbeizuziehen, fielen die galoppierenden Pferde hinter ihm in Schritt und kamen dann anscheinend zum Stehen. Verwundert wandte Jonah den Kopf und fand zwei wenig Vertrauen erweckende Männer mit schäbigen, fleckigen Kitteln und zotteligen Bärten. Hafengesindel, dachte er unwillkürlich, ehe ihm aufging, dass er hier auf dem Lande war und die Menschen nicht einfach nach den Londoner Kategorien beurteilen konnte, die ihm vertraut waren. Vermutlich waren diese beiden ganz harmlose, ärmliche Bauern. Ihre einfachen Pferde, ein Fuchs und ein Brauner, keuchten ausgepumpt, und auch die Reiter waren außer Atem.

Jonah winkte sie vorbei. »Reitet zu, Platz genug auf der Straße.«

Die bärtigen Männer tauschten einen Blick und nickten grinsend. »Wir sind am Ziel«, sagte der eine.

»Was in aller Welt sucht ihr hier mitten im Nirgendwo?«, fragte Jonah ihn verblüfft, sah aus dem Augenwinkel eine flüchtige Bewegung und wandte den Kopf. Aber es war schon zu spät. Der zweite Mann hatte einen langen Knüppel gehoben und holte aus. Instinktiv riss Jonah den Kopf zur Seite, so dass die schwere Keule ihn nur auf die Schulter traf. Doch der Aufprall war so gewaltig, dass der junge Kaufmann regelrecht aus dem Sattel geschleudert wurde. Er landete mit dem Gesicht im struppigen Gras und konnte sich einen Moment nicht rühren. Der Schmerz in der Schulter war mörderisch. Weit bin ich nicht gerade gekommen, dachte er verwirrt, und dann hörte er die leisen Schritte näher kommen. Er drehte den Kopf zur Seite und sah zwei Paar ausgetretener Lederschuhe.

»Mein Geld ist in der Satteltasche. Nehmt es und verschwindet.« Er hatte so deutlich gesprochen, wie er konnte, aber sie hatten ihn offenbar nicht gehört. Ein Paar Schuhe trat näher, blieb leicht gespreizt stehen, und als Jonah die Keule durch die Luft pfeifen hörte, warf er sich zur Seite. Sie landete nur eine Handbreit von seiner Nase entfernt, und jetzt sah er, dass sie mit Eisen beschlagen war. Ich werde sterben, erkannte er ungläubig. Ich weiß nicht wieso, aber ich werde sterben, und das Letzte, was ich in meinem Leben sehe, ist ein Totschläger mitten in einem Büschel Glockenblumen.

»Halt den Bengel fest, er zappelt wie ein Fisch«, knurrte der eine, und eine Fußspitze landete in Jonahs Magen, drehte ihn dann auf den Rücken und stellte sich auf die getroffene Schulter. Er biss die Zähne zusammen. Helle Punkte pochten vor seinen Augen. Der Schmerz in der Schulter vernebelte ihm die Sinne, sein Blickfeld schrumpfte und schien an den Rändern zu zerfließen. Er bildete sich ein, ein Horn erschallen zu hören, wie aus weiter Ferne. Dann kniff er die Augen zu und betete stumm.

Nicht die Keule traf ihn, sondern etwas weitaus Größeres und Schwereres landete quer über seiner Körpermitte und presste die Luft aus seinen Lungen. Im selben Moment verschwand der Fuß von seiner Schulter. Jonah riss die Augen wieder auf und fand sein ganzes Blickfeld von der Fratze des Keulenschwingers ausgefüllt. Aus nächster Nähe erkannte er eine hauchfeine gezackte Narbe, die sich im rötlichen Bart verlor, sah durch das schüttere Haar die Läuse, die sich auf der Kopfhaut tummelten, und die dunklen Augen waren starr und glasig.

Angewidert drehte er den Kopf weg und versuchte, den schweren Körper von sich zu stemmen. Aber sein linker Arm war vollkommen taub von dem Schlag auf die Schulter; er schaffte es nicht. Plötzlich kam ihm jemand zur Hilfe, zwei Hände packten seinen Angreifer und zerrten ihn zur Seite. Jonah wich zurück, hob den Kopf und sah einen schwarz gefiederten Pfeil aus der Brust des Mordbuben ragen. Es konnte keinen Zweifel geben. Der Mann war tot.

Für einen Augenblick war Jonah wie gelähmt vor Erleichterung und Schrecken. Dann spürte er eine freundliche Hand auf der unverletzten Schulter, und eine ruhige Stimme fragte: »Seid Ihr verletzt? Könnt Ihr aufstehen?«

Jonah blickte auf. Sein Retter war kaum älter als er selbst, ein junger, braun gelockter Edelmann mit einem ebenfalls braun gelockten Kinnbart. Er trug ein Surkot aus blauem, feinstem italienischem Samt, wie Jonah unbewusst registrierte, über einem dunkelgrünen Leinenwams, ein beängstigendes Schwert an der Seite, einen Köcher auf dem Rücken und einen Bogen in der Hand. Er hatte braune, goldgefleckte Augen, die Jonah besorgt und durchdringend zugleich anschauten. »Ich habe gesehen, wie sie Euch angriffen«, fuhr der junge Ritter fort. »Die Schulter ist gewiss gebrochen.«

Jonah stützte sich an einen nahen Baumstamm und kam ein wenig unsicher auf die Füße. Mit der rechten Hand hielt er den linken Unterarm, um die Schulter zu entlasten. »Habt vielen Dank, Sir.« Er streifte den toten Banditen mit einem unbehaglichen Blick. »Er … er wollte sich mit meiner Börse wohl nicht zufrieden geben.«

Der Ritter schüttelte nachdrücklich den Kopf. »Nein. Er und sein Kumpan haben Euch Euren Beutel gelassen und Eure Satteltaschen nicht angerührt. Seht Ihr, da vorn steht Euer Pferd.

Der zweite Strolch ist auf seinem eigenen geflohen. Das waren keine gewöhnlichen Diebe. Sie wollten Euch töten.«

Jonah nickte stumm.

»Warum?«, fragte der junge Mann interessiert.

»Ich ... weiß es nicht.« Er hatte wirklich nicht die leiseste Ahnung. Aber jetzt war es vorbei, und er wollte nicht weiter darüber nachdenken. Stattdessen sammelte er seinen Verstand und verneigte sich höflich vor dem Fremden. »Ich bin Euch wirklich sehr zu Dank verpflichtet, Sir.«

Der Ritter winkte bescheiden ab. »Es war nicht der Rede wert. Eine glückliche Fügung, dass ich gerade vorbeikam. Ich war auf der Jagd, wisst Ihr, aber ich hatte nicht damit gerechnet, Jagd auf Banditen zu machen. Es ist wahrlich eine Schande, wenn ein ehrlicher Mann am helllichten Tage nicht mehr gefahrlos durch Epping Forest reiten kann. Der König sollte sich dringend einmal darum kümmern und seine Straßen sicherer machen.«

»Ich bin überzeugt, der König tut, was er kann«, entgegnete Jonah.

»Glaubt Ihr wirklich?«

»Ja.«

»Nun, ich wünschte, ich könnte mir dessen so sicher sein wie Ihr.«

Jonah wollte zu einer flammenden Rede zur Verteidigung seines Königs ansetzen, als das ironische kleine Lächeln seines Gegenübers ihn plötzlich mit Argwohn erfüllte.

»Es wäre wohl kaum höflich, dem Mann zu widersprechen, der mir soeben das Leben gerettet hat. Würdet Ihr mir Euren Namen verraten, Sir?«

Der Ritter grinste plötzlich wie ein Lausebengel. »Edward Plantagenet.«

Jonah sank benommen auf ein Knie nieder. »Mein König«, war alles, was er herausbrachte, und er dachte: Großmutter hatte Recht, du bist ein ausgekochtes Schlitzohr.

Der junge König Edward biss sich reumütig auf die Unterlippe. »Nehmt es mir nicht übel, mein Freund, es war nicht meine Absicht, Euch aufs Glatteis zu führen. Erhebt Euch und sagt mir Euren Namen.«

Jonah kam auf die Füße. Die Rechte stützte immer noch den linken Unterarm. Ein bohrender Schmerz strahlte von der Schulter bis ins Handgelenk. »Jonah Durham, Sire.«

Er verstand kaum, warum er das sagte; bis zu diesem Tag hatte er sich immer Hillock genannt. Doch auf einmal wollte er einen eigenen Namen, wollte alle alten Bande kappen.

»Ich sehe, Ihr leidet Schmerzen, Master Durham. Erweist mir die Ehre und begleitet mich in mein Lager, dort wird sich jemand finden, der Eure Schulter versorgt.«

Jonah schüttelte entsetzt den Kopf. »Das ist wirklich nicht nötig. Außerdem muss ich dringend meine Reise nach Norwich fortsetzen und ...«

»Ich bestehe darauf«, unterbrach der König entschieden. »Ihr seid Kaufmann?«

Jonah nickte scheu. »Ja, Sire.«

»Nun, wenn Ihr wollt, sorge ich dafür, dass der Wollmarkt in Norwich um einen Tag verlängert wird, damit Ihr in Ruhe Eure Geschäfte tätigen könnt.« Er hob grinsend die Schultern. »Ich brauche es einfach nur zu befehlen, wisst Ihr.«

Jonah staunte, wie leicht es ihm fiel, das Grinsen zu erwidern. »Das wird nichts nützen, Sire, denn die besten Geschäfte werden am ersten Tag gemacht, mit oder ohne königlichen Befehl.«

Edward sah ihn aufmerksam an und nickte. »Ja. Mir ist bewusst, dass ich auf Eure Welt viel weniger Einfluss habe als auf die meiner Lords. Und das fasziniert mich, denn ...« Er brach ab und hob den Kopf. »Hufschlag.«

Jonah hörte es auch, sah in die Richtung, aus welcher die Pferde sich näherten, und nach wenigen Augenblicken kamen zwei weitere junge Ritter zwischen den Bäumen hervorgepprescht, einer blond, einer dunkel, beide auf feurigen, ungeheuer großen Pferden und bis an die Zähne bewaffnet. Vor dem König brachten sie ihre Reittiere schlitternd zum Stehen und sprangen aus dem Sattel.

»Mylord, es tut mir Leid ...«, begann der Blondschopf.

»Wir haben Euch an dem Bachlauf verloren«, schloss der Dunkle.

Edward warf den Kopf zurück und lachte. Dann sah er zu Jonah. »Darf ich vorstellen? Geoffrey Dermond und Gervais of Waringham, zwei meiner wackersten Ritter. Sie sind meine Leibwächter, wenn es ihnen hin und wieder gelingt, sich nicht von mir abhängen zu lassen. Geoffrey, Gervais, dies ist Jonah Durham, der eben hier auf der Straße überfallen wurde und um ein Haar getötet worden wäre. Einer der Spitzbuben ist geflüchtet. Reitet ihm nach, Geoffrey, und seht zu, ob Ihr ihn einholt. Bringt ihn uns lebend, wenn es geht, ich will wissen, was es mit dieser seltsamen Geschichte auf sich hat. Waringham, Ihr seid so gut und bringt meinen unwilligen Gast ins Lager. Helft ihm aufs Pferd, ich schätze, seine Schulter ist gebrochen.«

Der Tonfall des Königs war unbeschwert, immer noch leicht amüsiert, so schien es, aber niemand kam im Traum darauf, seinen Wünschen nicht zu entsprechen. Der dunkelhaarige Ritter nickte, saß auf, lenkte sein Pferd auf die Straße und galoppierte in nördlicher Richtung davon. Der König hatte sich unterdessen in den Sattel seines prachtvollen Rappen geschwungen und ritt langsam zwischen die Bäume, wo ein kaum erkennbarer, grasbewachsener Pfad begann.

Der Blondschopf ging mit langen Schritten zu Jonahs sanftmütigem Wallach, der sich trotz all der Aufregung nur einen Steinwurf weit ins Gehölz zurückgezogen hatte, und führte ihn zur Straße zurück. Dann hockte er sich auf die Erde, machte einen Buckel und nahm den Steigbügel in beide Hände. »Klettert auf meinen Rücken und sitzt auf, Jonah«, lud er ihn ein.

Jonah starrte ihn entsetzt an. »Aber ... das kann ich nicht tun.«

Er wusste, Waringham war eine kleine Baronie in Kent. Dieser junge Ritter, so umgänglich er auch scheinen mochte, musste ein Sohn des alten Earl of Waringham sein, war vielleicht gar dessen Erbe. Und es war einfach undenkbar, dass ein einfacher Kaufmannslehrling wie er einen Mann von so hoher Geburt als ... Trittleiter benutzen sollte.

Waringham sah stirnrunzelnd über die Schulter. »Es wird Euch nichts anderes übrig bleiben. Und Ihr würdet uns beiden einen Gefallen tun. Wisst Ihr, der König ist der unglaublichste, wunderbarste Mann, den ich kenne, aber man ist *wirklich* gut beraten, zu tun, was er will.«

Jonah hatte sich vorgestellt, der König sei vielleicht mit seinen beiden Leibwächtern und zwei, drei weiteren engen Vertrauten und Dienern auf die Jagd geritten, habe ein Zelt für eine Nacht errichten lassen und wolle am folgenden Tag auf eins seiner nahe gelegenen Güter zurückkehren. Was er indessen auf der weiten Lichtung sah, zu der Waringham ihn brachte, war eine kleine Stadt aus mindestens einem Dutzend Zelten. Sie alle bestanden aus bunt gestreiften Stoffbahnen und gruppierten sich um das größte, welches in der Mitte stand und die drei gelben Löwen auf rotem Grund – das königliche Wappen – zeigte. Ein etwas kleineres am Rande hatte zwei offene Seiten und beherbergte die Küche: Mindestens sieben Männer und Frauen machten sich darin an Ofen und Tischen zu schaffen, draußen wurde über einem offenen Feuer ein Reh am Spieß gebraten. Eine Koppel war abgesteckt worden, wo einige wundervolle Pferde standen, in einem hölzernen Pferch in der Nähe waren die Jagdhunde untergebracht, die die Ankömmlinge kläffend begrüßten. Alles wirkte farbenfroh, sauber, lebendig und vor allem prachtvoll. Jonah kam nicht umhin, sich zu fragen, was eine solche königliche Jagd pro Tag kosten mochte.

Waringham, der vor ihm einherritt, wandte sich plötzlich im Sattel zu ihm um. Er schien Jonahs Gedanken zu erraten, denn er bemerkte grinsend: »Er hält nicht gerade viel auf Bescheidenheit.«

Wenn ich König wäre, täte ich das wohl auch nicht, dachte Jonah.

»Ich bringe Euch zu unserem Zelt«, erbot sich der junge Ritter. »Da ist Platz genug.«

Jonah nickte sprachlos. All dies hier war so unwirklich, so ganz und gar nicht seine Welt, dass er jeglichen Widerstand aufgegeben hatte. Beinah willenlos ließ er sich vom Pferd helfen und zum Zelt der jungen Ritter geleiten. Wäre plötzlich ein Einhorn aus dem Birkenhain am Rand der Lichtung gekommen, dann hätte ihn das auch nicht mehr weiter verwundert.

Im Schatten neben dem Zelt lag ein vielleicht vierzehnjähriger Knabe im Gras und schlief selig. Waringham trat zu ihm, stemmte die Hände in die Seiten, sah kopfschüttelnd auf ihn hinab und stupste ihn nicht gerade sanft mit der Schuhspitze an.

Der Junge schreckte aus dem Schlaf auf und sprang auf die Füße. »Oh, tut mir Leid, Sir …«

»Kaum kehre ich den Rücken, verfällst du in Müßiggang. Immerzu. Das muss ein Ende haben, Roger, ich mein's ernst.«

Der gescholtene Knappe senkte den Blick. »Ja, Sir.«

»Ich habe einen Gast mitgebracht, Master Durham aus London. Kümmere dich um ihn. Sorge dafür, dass er alles zu seiner Bequemlichkeit hat, bring ihm etwas Kühles zu trinken, und dann holst du den Medicus her. Master Durham ist auf der Straße überfallen worden und verletzt.«

Der Junge nickte eifrig. Als Waringham verstummte, machte er einen Diener, trat dann zu Jonah und verneigte sich wiederum. »Folgt mir, Sir.«

Waringham verabschiedete sich mit dem Versprechen, später nach Jonah zu sehen, und der Knappe führte den Gast ins Innere des Zeltes. Auf dem federnden Grasboden waren zwei üppige Strohlager hergerichtet worden, die reichlich mit Fellen und Wolldecken ausgestattet waren, zwei bescheidenere Lager – vermutlich die der Knappen – befanden sich an der gegenüberliegenden Wand. Aus einer aufgeklappten Truhe hingen unordentlich ein paar Kleidungsstücke heraus. Über einem Schemel an dem etwas wackeligen Tisch lag ein dunkelroter Mantel, auf dem Tisch standen zwei schwere Becher aus wundervoll ziselierter Bronze, dazwischen zwei Würfel.

Roger rollte den Zelteingang auf und band ihn fest. »Puh. Heiß hier drin. Setzt Euch, Sir. Ich werde Euch sofort ein paar Erfrischungen holen. Ihr seid kreidebleich, Sir. Tut es sehr weh?«

Jonah schüttelte den Kopf. Jetzt, da er nicht mehr im Sattel saß und durchgerüttelt wurde, ging es besser. Er ließ sich vorsichtig auf dem zweiten Schemel nieder und stützte den linken Arm auf die Tischplatte.

Der Knappe verschwand. Jonah war dankbar, dass er ein paar Minuten für sich hatte, um seine Gedanken zu ordnen und diese fremde Umgebung zu betrachten. Durch den Zelteingang sah er die schräge Nachmittagssonne auf den Birken leuchten, dann und wann unterbrach ein Vogel die schläfrige Stille.

Roger kam bald zurück, brachte ihm einen Becher mit kühlem Ale und einen Benediktiner.

»Master Durham, dies ist des Königs Medicus, Bruder Albert.«

Für einen Medicus war der Mönch noch recht jung – der König schien es vorzuziehen, sich mit Männern seiner eigenen Generation zu umgeben. Und bedachte man, wie viel Verrat und Treuebruch und plötzliche Seitenwechsel es unter den Lords und Bischöfen seines Vaters gegeben hatte, war das nur verständlich.

Bruder Albert begrüßte Jonah lächelnd. »Waringham hat mir berichtet, was Euch zugestoßen ist. Lasst mich den Schaden aus der Nähe begutachten. Roger, komm her und hilf mir.«

Jonah wurde höchst unbehaglich, als er erkannte, dass der Mönch ihm Kittel und Wams ausziehen wollte, aber er protestierte nicht. Sehr behutsam und mit geschickten Händen entblößten sie seinen Oberkörper und enthüllten einen großen, schwärzlichen Bluterguss auf der linken Schulter. Bruder Albert zog zischend die Luft ein. »Das sieht aber gar nicht gut aus. Muss ein gewaltiger Keulenschlag gewesen sein.«

Jonah nickte.

Der Mönch betrachtete den Schaden mit leicht verengten Augen. »Jetzt beißt die Zähne zusammen, ich muss die Schulter abtasten.«

Er tat es sanft und routiniert, aber als er mit Zeige- und Mittelfinger auf die Bruchstelle drückte, brach Jonah der Schweiß aus.

Bruder Albert nickte seufzend. »Dacht ich's mir. Das Schlüsselbein. Aber ich denke, Ihr habt Glück: ein glatter Bruch, der Arm wird gewiss nicht steif. Ich werde es bandagieren, und Ihr müsst den Arm in einer Schlinge tragen, hört Ihr.«

Jonah nickte. »Danke, Bruder. Und dann muss ich mich wirklich wieder auf den Weg machen.«

Der Mönch schüttelte entschieden den Kopf. »Ihr reitet heute nirgendwo mehr hin. Ihr braucht ein paar Stunden Ruhe, und außerdem wünscht der König, dass Ihr heute Abend mit ihm speist.«

Die »kleine« Jagdgesellschaft bestand aus rund zwei Dutzend Rittern und Damen und etwa ebenso vielen Dienern, Falknern und Knappen. Der König und seine Gäste versammelten sich an einer langen Tafel, die bei Einbruch der Dämmerung unter freiem Himmel errichtet wurde, nahe des kleinen Bachs, der am Rande der Lichtung floss. Die Abendsonne glitzerte auf dem leise murmelnden Gewässer, hin und wieder sprang eine Forelle.

Kein weißes, sondern ein mitternachtsblaues Laken bedeckte die Tafel, silberne Kerzenleuchter und Becher wurden aufgestellt, Diener trugen Schemel herbei, und die Ritter und Damen im Gefolge des Königs nahmen ihre Plätze ein. Der Duft von gebratenem Wildbret erfüllte die klare Abendluft, und eine leichte Brise vertrieb die brütende Hitze des Tages.

Jonah saß hoffnungslos verlegen zwischen Waringham und dessen Freund Dermond und kam sich in seinem schlichten grauen Kittel, der zwar aus guter Wolle, aber ganz und gar unmodern war, gänzlich fehl am Platze vor. Verstohlen beobachtete er den König, der an der gegenüberliegenden Seite in der Mitte der Tafel saß. Der Platz neben ihm war noch frei, und Edward wirkte ein wenig ungeduldig.

Doch als aus einem nahen Zelt drei Damen traten, glättete sich seine Stirn, und er erhob sich. Alle am Tisch Versammelten folgten seinem Beispiel, und so beeilte sich auch Jonah, auf die Füße zu kommen.

Die vordere der drei Damen blieb vor dem König stehen und neigte den Kopf ein wenig. »Bin ich etwa schon wieder zu spät, Sire?« Sie sprach Englisch, doch ihr französischer Akzent war ebenso ausgeprägt wie charmant.

Edward nahm ihre Hand, führte sie kurz an die Lippen und verneigte sich. »So ist es, Madame. Und dabei bin ich halbtot vor Hunger. Doch das Warten hat sich wieder einmal gelohnt. Du siehst überwältigend aus. Wie eine Königin.«

Unter allgemeiner Heiterkeit nahmen alle ihre Plätze wieder ein, und die Dame erwiderte lächelnd: »Nun, ich gebe zu, die Rolle ist mir noch ein wenig fremd, aber ich bemühe mich.« Ein Diener rückte ihr den Sessel an des Königs Seite zurecht.

Das also ist Philippa von Hainault, schloss Jonah. Edward hatte nicht übertrieben. Die Königin sah in der Tat überwältigend aus. Dabei war sie keine außergewöhnlich schöne Frau. Sie hatte ein hübsches, frisches Gesicht, klare braune Augen; nur die Nase war vielleicht ein wenig prägnant für ein Frauengesicht. Ihr Mund war voll und rot und schien von Natur aus zu einem kleinen Lächeln geformt. Die Haare, die unter der engen, von Edelsteinen besetzten Haube hervorwallten, glänzten dunkelbraun, und die Königin hatte eine wohl proportionierte, tadellose Figur. Aber auch das war nicht außergewöhnlich. Was ihren Anblick indes überwältigend machte, war ihre Garderobe. Philippa trug eine Kotte mit langen, ungewöhnlich weiten Ärmeln. Dieses Unterkleid war aus glatter Seide und hatte eine Farbe, die Jonah nie zuvor gesehen hatte, etwa wie Karamell. Die Ärmel waren am Saum reich mit Goldfäden und einem tiefgrünen Wollgarn bestickt, aus welchem auch das ärmellose Überkleid gearbeitet war. Es war ein herrliches Tuch, dünn und glatt, und es fiel so weich und fließend wie Wasser. Der runde Halsausschnitt und ihr Gürtel waren mit den gleichen kleinen Edelsteinen besetzt wie die passende, grüne Haube. Es war perfekt.

»Sire, wer ist dieser schwarzäugige Fremde dort drüben am Tisch, der mich immerzu anstarrt, wenn auch diskret aus dem Augenwinkel?«

Jonah fuhr entsetzt zusammen, senkte den Kopf und murmelte: »Ich bitte um Vergebung, Madame.«

Edward lachte leise. »Das ist Master Durham aus London.« Mit wenigen Worten berichtete er der Königin, unter welchen Umständen er Jonah getroffen hatte.

Philippas übermütige Miene wurde sehr ernst, und sie sagte zu Jonah: »Ich bedaure, was Euch geschehen ist, Sir. Und Ihr dürft ruhig wieder aufsehen. Euch ist längst verziehen. In Wahrheit habe ich überhaupt keine Einwände gegen bewundernde Blicke. Ihr ahnt ja nicht, wie eitel ich bin.«

»Auch das gehört zu den vielen Dingen, die wir gemeinsam haben«, bemerkte der König seufzend, und wieder gab es Gelächter.

»Nun, Ihr und die Königin seid schließlich nahe genug verwandt, Sire«, stichelte Bruder Albert. »Glaubt man dem Erzbischof von Canterbury, hättet Ihr eigentlich gar nicht heiraten dürfen, da Ihr beinah so etwas wie Bruder und Schwester seid. Es ist also nicht weiter verwunderlich, wenn Ihr von ähnlichem Gemüt seid.«

»Ach, der Erzbischof.« Die Königin machte eine Geste, als wolle sie eine lästige Mücke verscheuchen. »Welch einen Unsinn er manchmal redet. Wie war das doch gleich wieder, Sire? Ich vergesse es ständig. Der Vater Eures Vaters war mein Urgroßvater?«

Der König nickte. »Und damit nicht genug: Unsere Großväter mütterlicherseits waren Brüder.«

»*Halb*brüder«, verbesserte Philippa.

»Das macht für die Kirche keinen Unterschied«, bemerkte der junge Waringham.

»Damit kennt Gervais sich aus«, vertraute der König seiner Gemahlin im Verschwörerton an. »Seit Monaten versucht er meine Zustimmung zu einer Eheschließung mit seiner Cousine Margaret of Rochester zu erwirken.«

»Armer Gervais, welch hoffnungsloses Unterfangen«, sagte die Königin mitfühlend, und der König rief in das Gelächter: »Wird hier heute auch noch aufgetragen?«

Die Diener eilten mit dem ersten Gang herbei: Taubenbrüstchen in Safransauce. So etwas hatte Jonah noch nie gekostet. Der benötigte Safran für so viel Sauce musste ein wahres Vermögen gekostet haben, denn dieses Gewürz, hatte ihm einmal ein Londoner Händler erklärt, war beinah das Doppelte seines Gewichts in Gold wert. Das merkwürdige Gefühl, in einen wirren Traum geraten zu sein, kehrte wieder zurück.

Er war unendlich dankbar, dass die Königin ihn vergessen und das Gespräch eine andere Richtung eingeschlagen hatte. So hatte er Muße, diese Menschen, die ihm wie seltsame Fabelwesen vorkamen, zu studieren. Sie lebten im Luxus und schienen nie einen Gedanken an Geld zu verschwenden. Das war vielleicht der grundlegendste Unterschied zwischen ihrer und seiner Welt. Bei den Hillocks wurde immerzu gerechnet. Bei anderen Kaufleuten ebenso. Es war völlig normal und hatte nichts mit Armut oder gar mit Geiz zu tun. Geld war der Grundstock ihrer Existenz, war nicht dazu da, um verprasst zu werden, sondern war Kapital für die Anschaffung neuer Waren und andere Unternehmungen. Wer am Ende viel übrig behielt, war ein guter Kaufmann, genoss das Ansehen seiner Konkurrenten und Nachbarn und konnte es weit bringen. Die unbekümmerte Verschwendung, die hier in jedem Gewand, jedem Gegenstand bei Tisch, eigentlich mit jedem gesprochenen Wort offenbar wurde, erfüllte Jonah nicht so sehr mit Neid als vielmehr mit Unverständnis. Und das war nicht das Einzige, was ihn von diesen Menschen unterschied. Ihre Art, miteinander umzugehen, war ihm ebenso unvertraut. Sie wirkten zwanglos, ausgelassen und unbeschwert wie Kinder, aber er sah auch, was hinter dieser Fassade lag. Er spürte, dass die hier Versammelten sich nahe standen, sich wirklich kannten und vor allem schätzten. Sie kamen ihm vor wie eine verschworene Gemeinschaft. Und was sie miteinander verband, was sie zusammengebracht hatte, war allein die Person des Königs. Trotz des zwanglosen Tons war kaum zu übersehen, dass die jungen Ritter und Damen an der Tafel ihn zutiefst verehrten, bewunderten und … liebten.

Könnte ich doch dazugehören, fuhr es Jonah durch den Kopf.

Der Gedanke überraschte ihn ebenso wie die heftige Sehnsucht, die er plötzlich verspürte. Dabei war er doch sonst so unwillig, sich irgendeiner Form von Gemeinschaft anzuschließen, sträubte sich so widerborstig dagegen, Vertrauen zu fassen oder zu wecken. Wäre ich doch ein anderer ...

»Dermond?«, fragte der König. »Wo seid Ihr, Geoffrey?«

»Hier, Sire.«

Edward wandte den Kopf in ihre Richtung. Es herrschte Zwielicht; sein Gesicht war kaum noch zu erkennen. »Ah. Diese Tafel sollte rund sein, damit ich euch alle im Auge habe. Mein legendärer Vorfahre, König Artus, hatte da wirklich eine ausgezeichnete Idee. Irgendwann werde ich sie aufgreifen. Was ich sagen wollte: Habt Ihr den Strauchdieb erwischt, der Master Durham überfallen hat?«

»Leider nicht, mein König.« Geoffrey Dermond klang, als sei dieser Umstand ihm ausgesprochen peinlich. »Ich bin bis zum übernächsten Dorf geritten, aber niemand hat ihn gesehen. Er muss die Straße verlassen haben.«

»Vielleicht ist er auch nach Süden Richtung London geritten«, meinte der Medicus, Bruder Albert.

»Habt Ihr Feinde in London, Sir?«, fragte Waringham Jonah.

Ehe er antworten konnte, versetzte der junge Earl of Arundel verächtlich: »Jeder Kaufmann hat Feinde. Diese Pfeffersäcke legen sich doch ewig gegenseitig aufs Kreuz.«

Es war die erste Äußerung des unter dem Adel so weit verbreiteten Hochmuts gegenüber dem Kaufmannsstand. Jonah hatte den ganzen Abend schon auf so etwas gewartet und erwiderte nichts.

In die kurze, betretene Stille hinein sagte der König kühl: »Darin steht der Adel den Kaufleuten wahrlich in nichts nach, Arundel, nicht wahr. Wer wüsste das besser als Ihr und ich.«

Arundel hüstelte verlegen und schwieg. Worauf der König auch immer angespielt haben mochte, Arundel hatte es verstanden.

Jonah antwortete Waringham: »Ich bin noch in der Lehre und hatte bislang keine Gelegenheit, mir Feinde zu schaffen,

Sir. Oder irgendwen aufs Kreuz zu legen«, fügte er trocken hinzu.

Dermond schnaubte amüsiert, aber Waringham sagte: »Nun, irgendwer ist offenbar anderer Meinung. Wie kommt es, dass Ihr allein nach Norwich reitet, wenn Ihr noch kein Kaufmann seid?«

Stockend erklärte Jonah seine Situation und gestand, dass er auf dem Markt in Norwich seine ersten eigenen Geschäfte tätigen wollte.

»Und was tut Ihr mit der Wolle, die Ihr dort kauft?«, fragte die Königin interessiert.

»Ich schicke sie in Eure Heimat, Madame.«

»Nach Hainault?«, fragte Dermond verwundert. »Aber wieso?«

»Weil es in den Niederlanden die besten Weber, Walker und Färber gibt, Sir«, antwortete Jonah ernst. »Ein solches Tuch, wie die Königin es heute Abend trägt, kann niemand in England herstellen.«

»Ist denn nicht ein Stück Tuch wie das andere?«, fragte Waringham offenbar ehrlich verwundert.

Jonah wusste beim besten Willen nicht, wie er auf so grenzenlose Unwissenheit reagieren sollte, und die Königin sagte, was er dachte: »Meine Güte, Gervais, nehmt lieber noch von diesem vorzüglichen Rehrücken, auf dass Euer Mundwerk beschäftigt sei und Ihr uns mit solch unsäglich dummen Fragen verschont!«

Waringham deutete eine Verbeugung an und zog die Fleischplatte näher. »Wie immer tue ich willig, was meine Königin wünscht«, murmelte er.

»Aber entstehen Euch nicht enorme Kosten durch diesen Transport auf den Kontinent und zurück?«, fragte Geoffrey Dermond Jonah neugierig.

»O doch«, räumte Jonah ein.

»Ich nehme an, die Preise machen es wett«, mutmaßte die Königin.

»Teilweise«, antwortete Jonah, zögerte und sprach nicht weiter.

»Aber?«, half die Königin ihm auf die Sprünge. Sie schien wirklich interessiert, darum fuhr er fort: »Aber die Kosten sind ein hohes Risiko. Ganz zu schweigen davon, dass meine Ladung auf dem Seeweg verloren gehen könnte. Es wäre alles viel einfacher, Madame, wenn die flämischen Weber dorthin kämen, wo die englische Wolle ist. Nicht umgekehrt.«

»Da, seht, eine Sternschnuppe!«, rief eine der jungen Hofdamen aus. Alle schauten zum Himmel auf, und als der feurige Lichtstreif hinreichend bestaunt worden war, nahm das Gespräch eine andere Richtung.

Jonah war erleichtert, als die Tafel endlich aufgehoben wurde. Er war furchtbar müde, und seine Schulter hämmerte und pochte. Er wollte ins Bett. Doch als er in Begleitung der beiden Ritter zu deren Zelt ging, trat ein Page mit einem Öllicht zu ihnen und verneigte sich artig vor Jonah. »Seid so gut und folgt mir, Master Durham. Die Königin wünscht Euch noch kurz zu sprechen.«

Jonah entschuldigte sich bei seinen Begleitern und folgte dem Jungen verwundert zu Philippas Zelt.

Der Innenraum war von vielen Kerzen erhellt. Vage registrierte Jonah die Rosenholzmöbel, die im Schein der Flammen schillerten und glänzten, doch alles verblasste neben dem Anblick der Königin, stellte er ohne Überraschung fest.

Er verneigte sich tief vor Philippa.

Sie lächelte entschuldigend. »Verzeiht mir, dass ich Euch um den Schlaf bringe, den Ihr wohl bitter nötig habt, wenn ich mir Euer Gesicht so anschaue. Aber morgen früh haben wir vielleicht keine Gelegenheit mehr, zu reden, und Ihr müsst mir unbedingt erklären, was Ihr vorhin gemeint habt, als Ihr von den flämischen Webern und der englischen Wolle spracht.«

Jonah erklärte es ihr. Philippas Damen und einige Diener machten sich im hinteren Teil des Zeltes zu schaffen, trotzdem war es beinah, als wäre er allein mit der Königin. Aber er war seltsam unbefangen. Vielleicht, weil sie in gewisser Weise auch eine Fremde in dieser Gemeinschaft von Verschwörern war, die Ausländerin, die erst vor kurzem nach England gekommen war und all diese Menschen kennen gelernt hatte. Vielleicht auch, weil ihm das Thema behagte. Auf diesem Boden konnte er sich sicher bewegen.

»Ein Großteil der englischen Rohwolle wird an flämische Zwischenhändler verkauft, Madame. Rohwolle ist billig. Das Tuch, das diese flämischen Händler zurückbringen, ist teuer. Den Profit machen die Flamen. Natürlich gibt es auch englische Kaufleute, die die Wolle behalten und zum Veredeln nach Flandern schicken, aber Ihr wisst ja, die Risiken. Nicht viele wagen es. Wären jedoch diese flämischen Handwerker, diese Künstler, die englische Wolle so lieben, weil sich das schönste Tuch daraus machen lässt, wären sie hier in England, würden die Wolle hier verarbeiten, dann fielen die Transportkosten und die genannten Risiken weg. Das Geld würde *hier* verdient.«

»Und der Krone höhere Steuern einbringen«, murmelte Philippa versonnen.

Daran hatte er natürlich überhaupt nicht gedacht, doch er nickte zustimmend.

»Aber glaubt Ihr, englische Wollhändler würden flämische Handwerker beschäftigen? Ausländer?«

»Ganz sicher, Madame. Sie würden sie vermutlich nicht lieben. Aber sie werden sie trotzdem beschäftigen.«

»Hm. Ich glaube, Ihr habt mich auf einen sehr guten Gedanken gebracht, Master Durham.«

Er verneigte sich lächelnd. »Dann bin ich froh, dass ich überfallen wurde und wir uns so begegnet sind, Madame.« Er konnte kaum fassen, dass er etwas so Kühnes und gleichzeitig Galantes gesagt hatte.

Philippa belohnte ihn mit einem strahlenden Lächeln, erwiderte dann aber ernst: »Ihr solltet den Vorfall nicht auf die leichte Schulter nehmen. Vorhin habt Ihr Euch sehr vorsichtig ausgedrückt, aber ich habe doch recht verstanden, dass Ihr eine Erbschaft gemacht habt, nicht wahr? Geld schafft Neider, Jonah. Wer könnte es sein, der es Euch missgönnt? Vor allem, wer würde es erben, wenn Ihr auf dem Weg nach Norwich von Räubern erschlagen würdet?«

Er starrte sie mit großen Augen an. Dann wandte er den Kopf ab und legte die Hand vor den Mund. »Das ... kann nicht sein«, flüsterte er.

»Wer ist es?«, fragte sie leise.

Er schaute sie wieder an, aber er sagte nichts. Plötzlich wünschte er sehnlichst, sie würde ihn entlassen. Wie hätte er dieser Fremden einen so abscheulichen Verdacht anvertrauen können? Und es war mehr als ein bloßer Verdacht, musste er erkennen: Rupert war sein einziger Verwandter und damit sein Erbe. Rupert war der Entscheidung über die vorzeitige Auflösung des Lehrvertrages ausgewichen, damit er Jonah noch nach Norwich schicken konnte. Die perfekte Gelegenheit. Außerdem war Rupert in Geldnöten ...

»Vertraut mir, Jonah, vielleicht kann ich Euch helfen«, drängte die Königin.

»Aber ... warum solltet Ihr mir helfen wollen?«

»Ihr seid Untertan der Krone und habt somit Anrecht auf unseren Schutz.«

Er musste lachen. »Der König hat mir heute das Leben gerettet, Madame; ich glaube, mehr Schutz kann kein Untertan der Krone in Anspruch nehmen.«

»Weicht mir nicht aus«, befahl sie, die Stirn missfällig gerunzelt. »Wenn Ihr es mir nicht sagen wollt, kann ich auch den Mayor von London ersuchen, der Sache auf den Grund zu gehen.«

»Nein, bitte nicht ...«

»Also?«

Jonah stieß hörbar die Luft aus, gab sich einen Ruck und vertraute ihr mit leiser Stimme seine Gedanken an.

Die Königin lauschte aufmerksam. Als er geendet hatte, schwieg sie nachdenklich. Dann nickte sie langsam. »Das Verbrechen Eures Vetters wird vermutlich ungesühnt bleiben, da Dermond den zweiten Strolch hat entwischen lassen, der uns die Wahrheit hätte sagen können.«

»Das Verbrechen meines Vetters wird so oder so ungesühnt bleiben, denn wo kein Kläger ist, ist auch kein Richter«, entgegnete er.

»Nun, die Entscheidung liegt allein bei Euch. Aber erlaubt mir wenigstens, dafür Sorge zu tragen, dass Ihr die Zulassung Eurer Gilde bekommt und nicht länger im Hause Eures Vetters bleiben müsst.«

Er starrte sie verdutzt an. »Wie ... wie wollt Ihr das bewerkstelligen?«

Sie lächelte geheimnisvoll. »Lasst mich nur machen.«

Die Gilden und Zünfte waren in ihren internen Entscheidungen vollkommen unabhängig. Aber kein Gildemeister, der bei klarem Verstand war, wäre im Traum darauf gekommen, dem König oder der Königin eine so kleine Bitte abzuschlagen. Man konnte schließlich nie wissen, wann man einmal ihrer Gunst bedurfte ...

Jonah konnte sein Glück kaum fassen. Sein großer Traum würde also in Erfüllung gehen. Nicht erst in ferner Zukunft, sondern bald. Er war entsetzt und nicht wenig gekränkt darüber, was Rupert ihm anzutun versucht hatte, aber die freudige Erregung angesichts der Aussichten, die sich ihm plötzlich eröffneten, überwog.

Er sank vor der Königin auf ein Knie nieder. »Madame, ich ... ich kann Euch nicht sagen, wie dankbar ich Euch bin. Mir wäre nur wohler, ich wüsste, warum Ihr all das für mich tun wollt.«

Sie sah ihm in die Augen. »Es gibt drei Gründe, Jonah: Erstens, weil Euch ein Unrecht widerfahren ist und Ihr Schutz und Hilfe braucht. Zweitens, weil Ihr mich mit Eurer Idee auf einen Gedanken gebracht habt, von dem ich mir viel verspreche und dessen Tragweite Euch vielleicht gar nicht klar ist. Und drittens ...« Sie lächelte und wirkte plötzlich schüchtern. »Wisst Ihr, eine Königin hört viele Komplimente und Schmeicheleien von all jenen, die sich erhoffen, auf dem Umweg über sie die Gunst des Königs zu erlangen. Aber es geschieht nicht oft, dass mich jemand ansieht wie Ihr heute Abend, als ich an die Tafel kam.«

Wortlos starrte Jonah zu ihr auf. Er spürte seinen Herzschlag bis in die Kehle hinauf.

Philippa streckte ihm die kleine, beringte Hand entgegen.

»Erhebt Euch, mein Freund. Legt Euch schlafen und reitet guten Mutes nach Norwich. Und ich kann doch auf Euch rechnen? Ihr werdet mir raten und helfen, flämische Handwerker nach England zu holen?«

Zögernd ergriff er die dargebotene Hand und drückte sie einen Augenblick an seine Stirn. Dann stand er auf und verneigte sich. »Ja, Madame. Ihr könnt auf mich rechnen. Gute Nacht. Gott schütze Euch.«

Und Gott steh mir bei, dachte er. Gott steh mir bei, ich liebe die Königin von England.

London, August 1331

D u solltest dir darüber im Klaren sein, Jonah, dass dein ungebührliches Betragen nicht gerade für dich spricht«, sagte Adam Burnell, einer der beiden Wardens – der Gildewächter. Er war ein untersetzter Mann um die vierzig, mit stechenden blauen Augen und schütterem, rötlich blondem Haar. Jonah fand ihn aufgeblasen und selbstgefällig, und er wusste sehr wohl, dass Burnell seine Abneigung erwiderte. Einen Moment sahen sie sich in die Augen, dann senkte Jonah den Blick. Er wollte nicht »ungebührlicher« erscheinen, als er ohnehin schon war, und sich somit jede Chance auf einen günstigen Ausgang dieser Anhörung verbauen.

Vater Gilbert hatte ihm ausgerichtet, dass er heute vor den Gildeoberen – dem Meister und den beiden Wardens – zu erscheinen habe. Die Aufgabe der Gildewächter bestand vornehmlich darin, das ordnungsgemäße Geschäftsgebaren der Mitglieder, wie etwa die Einhaltung von Preisabsprachen oder Qualitätsanforderungen, zu überwachen. Doch gemeinsam mit Arthur Knolls, dem Meister der Gilde, bildeten sie auch das Gericht, das interne Angelegenheiten und Klagen verhandelte.

Der Gildemeister, der zwischen den beiden Wardens an der hohen Tafel in der Halle saß, verschränkte die Hände auf dem

Tisch und beugte sich leicht vor. »Es wird Zeit, dass du dich äußerst, Jonah. Ist es wahr, was Master Hillock gegen dich vorbringt? Du hast sein Haus ohne seine Erlaubnis verlassen?«

»Ja, Sir.« Er schluckte trocken. Wie ein armes Sünderlein stand er hier ganz allein vor diesen drei ehrwürdigen Männern und dem runden Dutzend Liverymen an der Tafel, die jedoch nur Zuhörer waren. An den unteren Tischen saßen auch die übrigen Gildemitglieder, die sich heute zur wöchentlichen Versammlung eingefunden hatten, aber Jonah bemühte sich nach Kräften, ihre Anwesenheit zu ignorieren. Er fand, allein die drei Männer vor ihm waren Überzahl genug. Vater Gilbert, der Jonah hatte zur Seite stehen wollen, war von Adam Burnell in aller Höflichkeit auf seinen Platz verwiesen worden.

Das Podium, auf welchem die hohe Tafel errichtet war, war so hoch, dass Jonah zu ihnen aufschauen musste, obwohl sie saßen und er stand. Vermutlich war das absichtlich so eingerichtet worden, um den Gildebrüdern die gebotene Ehrfurcht vor ihren Oberen einzuflößen. Jonah rang darum, sich nicht einschüchtern zu lassen. Er wusste, wenn er sein Ziel erreichen wollte, musste er mehr sagen als immer nur ›Ja, Sir‹ und ›Nein, Sir‹.

»Ich bin nach meiner Rückkehr aus Norwich zu meinem Meister zurückgekehrt und habe ihm die Abrechnung gebracht. Anschließend habe ich sein Haus verlassen.«

»Gab es Streit über die Abrechnung?«, fragte der silberbärtige Gildemeister.

»Nein, Sir. Soweit ich sagen kann, schien Master Hillock zufrieden.«

»Welche Rechtfertigung hast du dann vorzubringen?«, fragte Burnell barsch.

Jonah räusperte sich nervös. »Ich ... kann nicht länger unter einem Dach mit ihm leben.«

Burnell schnaubte missfällig, aber ehe er etwas sagen konnte, fragte Martin Greene, der zweite Gildewächter: »Warum nicht?«

Jonah sah ihn an. Greene war ein kleiner, grauhaariger Mann mit einer gewaltigen Adlernase. Bislang hatte er sich aufs

Zuhören beschränkt, und der Blick seiner dunklen Augen glitt flink von einem Gesicht zum anderen. Jonah konnte ihn überhaupt nicht einschätzen.

Er schüttelte ratlos den Kopf. »Ich kann Eure Frage nicht beantworten, Sir. Vater Gilbert kennt und billigt meine Gründe. Ich hatte gehofft ...«

»Uns allen ist bekannt, auf welcher Seite Vater Gilbert in dieser Sache steht«, fiel Burnell ihm ins Wort. »Aber vor uns kannst du dich nicht hinter seinem Rücken verstecken.«

»Jonah«, sagte Arthur Knolls betont leise. »Du hast einen Antrag eingebracht, vorzeitig aus deinem Lehrvertrag entlassen und als Mitglied in diese Gilde aufgenommen zu werden. Du wärest damit der jüngste Gildebruder, den wir je in unseren Reihen hatten. Dein Ansinnen ist höchst ungewöhnlich. Auf der anderen Seite ist uns allen bewusst, dass dein Vater ein freier Londoner war und dass darüber hinaus deine Erbschaft eine ebenfalls ungewöhnliche Situation geschaffen hat. Aber du verweigerst deinem Meister den Dienst und den schuldigen Gehorsam. Das ist ein schwerer Verstoß gegen unsere Regeln, den du erklären musst. Zu unserer Zufriedenheit, nicht zu der Vater Gilberts.«

Die Gildewächter nickten, und zustimmendes Gemurmel erhob sich in der Halle.

Jonah schwieg. Er saß in der Falle. Er konnte keine Klage gegen Rupert vorbringen, weil er nicht den geringsten Beweis hatte, der seinen Vetter mit dem Anschlag in Epping Forest in Zusammenhang brachte. Und darum, erkannte er entsetzt, würden sie ihn zu Rupert zurückschicken. Wie lange würde es wohl dauern, bis er im Haus der Hillocks einem tragischen, rätselhaften Unfall zum Opfer fiele? Ruperts Bärenkräfte und Elizabeths Tücke ergaben eine tödliche Verbindung. Er wusste, er hatte ihnen nichts entgegenzusetzen.

»Das ist doch alles Zeitverschwendung«, grollte Adam Burnell. »Sollen wir uns eine Laus in den Pelz setzen und einen unverschämten Grünschnabel ohne jeden Respekt aufnehmen? Eine Tracht Prügel ist das Einzige, was dir zusteht, du Flegel. Sei nur froh, dass du nicht mein Lehrling bist!«

Jonah hob den Kopf. »Ja, Sir, darüber bin ich in der Tat ausgesprochen erleichtert.«

Vor allem die jüngeren Gildebrüder schienen es zu sein, die lachten, aber auch Martin Greene hob hastig die Hand an den Mund und kratzte sich an der großen Nase. Ehe sein Amtsbruder auffahren konnte, fragte er Jonah: »War es das? Bist du der Ansicht, dass Master Hillock dich in unangemessener Weise geschlagen hat?«

Jonah zog die Brauen in die Höhe. »Ich bin nicht völlig sicher, was ›in unangemessener Weise‹ bedeutet, aber nein, ich denke nicht.«

»Dann lasst uns zum Ende kommen«, drängte Burnell. »Wir alle haben wohl Besseres zu tun, als uns mit diesem Unsinn zu befassen.«

»Hab noch einen Augenblick Geduld, Adam«, bat der Gildemeister. »Wir wollen nicht vergessen, dass der junge Jonah hier eine Fürsprecherin hat und wir ihm außerdem zu Dank verpflichtet sind für die Ehre, die er der Gilde mit seinem Beitrag zu den Schauspielen einbringt. Da er aber nicht gewillt oder in der Lage ist, diese Angelegenheit zu unserer Zufriedenheit aufzuklären, wollen wir hören, was Master Hillock dazu zu sagen hat. Master Hillock? Wollt Ihr bitte vortreten?«

Jonah sah sich nicht um. Aber er hörte den schweren Schritt seines Vetters und sah ihn aus dem Augenwinkel neben ihm stehen bleiben. Für einen Moment wandte er den Kopf, und ihre Blicke trafen sich. Er ist betrunken, erkannte Jonah. Respektvoll neigte er das Haupt vor seinem Meister. Nur Rupert sah sein verächtliches Grinsen.

»Komm du mir nach Hause, du unverschämter Bastard ...«

Der Gildemeister räusperte sich vielsagend. »Master Hillock, ich darf Euch bitten, Euch zu mäßigen. Seid so gut und sagt uns, Sir, warum Jonah Eurer Meinung nach Euer Haus verlassen hat und glaubt, er könne nicht mehr unter einem Dach mit Euch leben.«

Rupert hob die massigen Schultern. »Liegt das nicht auf der Hand? Er hält sich für zu fein, um mir länger zu dienen. Sich unterzuordnen war noch nie seine Stärke, und seit der Erbschaft denkt er, er hat es nicht mehr nötig.«

»Nun, der Zeitpunkt der Erbschaft liegt schon viele Wochen zurück. Euer Haus verlassen hat er aber erst, nachdem er aus Norwich zurückkam.«

Rupert nickte. »Ganz recht, Sir. Er hat in Norwich ein paar Geschäfte auf eigene Rechnung gemacht, und jetzt hält er sich für einen großen Kaufmann.«

Arthur Knolls sah zu Jonah. »Ist das wahr? Du hast eigene Geschäfte gemacht?«

»Ja, Sir«, gestand er. »Nachdem ich die Aufträge meines Meisters erledigt hatte.«

»Aber du musst doch wissen, dass du keinen Handel auf eigene Rechnung treiben darfst.«

»Nicht in London, Sir. Das habe ich auch nicht getan. Ich habe die Wolle zum Spinnen nach Surrey geschickt und werde sie erst verkaufen, wenn ich meine Zulassung bekomme.«

»Bis dahin haben die Motten sie hoffentlich gefressen«, stieß Rupert wütend hervor.

Arthur Knolls runzelte missfällig die Stirn, äußerte sich aber nicht. Stattdessen fragte Burnell: »Master Hillock, unterstützt Ihr den Antrag Eures Verwandten auf vorzeitige Aufnahme in die Gilde? Denkt Ihr, es sei an der Zeit, ihn aus der Lehre zu entlassen?«

»Ganz und gar nicht, Master Burnell«, erwiderte Rupert, und er wirkte plötzlich erstaunlich nüchtern. Jonah hörte selbst, wie vernünftig Ruperts Stimme klang. »Ich will gerne bestätigen, dass er schon viel gelernt und eine glückliche Hand im Geschäft hat. Er versteht wahrhaftig schon allerhand von Wolle und den Gesetzen des Handels. Aber er ist ein junger Heißsporn und noch nicht bereit für die Verantwortung, die ein eigenes Geschäft und eine Mitgliedschaft in dieser ehrenwerten Bruderschaft mit sich bringt. In zwei Jahren, wenn seine Lehrzeit abgelaufen ist, wird er ein guter Kaufmann sein, da bin ich sicher. Aber jetzt noch nicht.«

Knolls und Burnell wechselten einen Blick und tauschten ein

beinah unmerkliches Nicken. Dann sah der Gildemeister zu Jonah und sagte nicht unfreundlich: »Wir glauben, dein Meister hat Recht. Du bist zu jung, ich habe es von Anfang an gesagt. Geh nach Hause, lerne Gehorsam und diene deinem Meister mit gebotener Pflichterfüllung. In zwei Jahren sprechen wir uns wieder. Und nimm den Ring vom Finger. Du hast kein Recht, ihn zu tragen.«

Jonah senkte den Kopf und sah auf den Ring am rechten Mittelfinger hinab. Es war der Ring seines Großvaters, den er auf Geheiß der alten Cecilia an ihrem Todestag Vater Gilbert überbracht hatte und der ihm laut ihrem Testament zustand. Es war ein Siegelring, der in winzigen, kunstvoll gearbeiteten Buchstaben das Motto der Gilde trug: *Gott allein gebühren Ruhm und Ehre.*

Langsam hob er die Rechte an den Mund und streifte den Ring mit den Zähnen vom Finger. Er verspürte ein flaues Gefühl im Magen, beinah eine Art Übelkeit. Alles war verloren. Er wusste nicht, was er falsch gemacht hatte, aber er hatte verloren.

»Warum tust du das?«, fragte Martin Greene plötzlich.

Jonah sah auf. »Sir?«

»Warum ziehst du den Ring mit den Zähnen ab?«

»Oh … ich hatte die linke Schulter gebrochen. Es heilt gut, aber der Arm ist noch steif.«

Greene nickte. »Wie ist es passiert?«

Jonah berichtete mit zwei Sätzen von dem Überfall in Epping Forest.

Die Tuchhändler raunten ebenso empört wie verwundert. Niemand hatte bislang davon gehört.

»Du kannst von Glück sagen, dass du mit dem Leben davongekommen bist«, meinte Greene.

»Ja, Sir.«

»Und du bist nicht bestohlen worden?«, fragte der Gildewächter ungläubig.

Jonah schüttelte den Kopf. »Ich hatte Glück. Eine Jagdgesellschaft war im Wald und kam mir rechtzeitig zur Hilfe.«

Arthur Knolls lächelte. »Ja, davon hörten wir. Aber die Männer des Königs haben die Strauchdiebe nicht gefasst, nein?«

»Einer wurde erschossen. Der andere ist geflüchtet. Einer der Ritter hat ihn verfolgt, aber nicht gefunden. Ich nehme an, weil er ihn nördlich des Waldes gesucht hat. Vermutlich ist der Räuber direkt nach Süden geritten, zurück nach London.«

Martin Greene sah auf. »Wie kommst du darauf, dass sie aus London kamen?«

Jonah verfluchte sich für seine Unachtsamkeit und fuhr sich verlegen mit der Zunge über die Lippen. »Es war... mein Eindruck, Sir.« Und plötzlich erkannte er, wieso dieser Eindruck sich damals so aufgedrängt hatte. Jetzt, da ihm diese Erkenntnis gekommen war, konnte er überhaupt nicht begreifen, wieso es ihm nicht schon viel eher aufgegangen war. »Einer von beiden kam mir bekannt vor.«

»Woher?«, wollte Greene wissen.

»Ich habe ihn letzten Winter gelegentlich in der Stadt gesehen.« Der Keulenschwinger war der Betrunkene gewesen, der den Bäcker am Pranger angepinkelt hatte. Jonah war sich absolut sicher.

Die drei Gildeoberen schwiegen verwundert, und an den Tischen in der Halle erhob sich unbehagliches Gemurmel und Füßescharren.

»Das ist in der Tat höchst seltsam«, sagte der Gildemeister beunruhigt.

Rupert trat ungeduldig von einem Fuß auf den anderen. »Was macht es für einen Unterschied, woher das Gesindel kam? Jonah ist unversehrt, und nichts wurde gestohlen.«

»Trotzdem sieht es so aus, als hätte Euer Lehrling Feinde in London, Master Hillock«, wandte Martin Greene ein. Er beugte den Kopf ein wenig vor, um Rupert scharf anzusehen, und wirkte mit seiner gewaltigen Nase mehr denn je wie ein jagdgieriger Habicht. »Ihr solltet ihn gut hüten.«

»Ja, ja«, brummte Rupert ungehalten. »Seid unbesorgt, Master Greene.« Er packte Jonah roh am Arm und zerrte ihn herum. Es war der linke Arm, und das kaum verheilte Schlüsselbein protestierte. Instinktiv riss Jonah sich los und wich vor seinem Vetter zurück.

Die Gildebrüder und vereinzelten -schwestern verfolgten die Szene mit ernsten Gesichtern. Vater Gilbert erhob sich unsicher von seinem Platz am Rande der hohen Tafel.

»Ein Augenblick noch, Master Hillock«, bat Martin Greene ausgesucht höflich.

Sein Amtsbruder und der Gildemeister sahen ihn abwartend an. Sie kannten ihn gut genug, um zu wissen, dass Greene eine Schurkerei witterte, wenn er so verbindlich wurde, und da er der beste Warden war, den sie je gehabt hatten, mischten sie sich nicht ein, ehe sie wussten, worauf er hinauswollte.

Rupert wandte sich stirnrunzelnd um. »Was gibt es denn noch?«

»Vergebt mir, Sir, aber ich habe das Gefühl, Ihr verkennt den Ernst der Lage. Euer Lehrling und Schutzbefohlener hat ein Vermögen geerbt, das durchaus groß genug ist, um ihn in Gefahr zu bringen. Mir wäre wohler, wenn Ihr uns versichern wolltet, dass Ihr ein wachsames Auge auf seine Sicherheit haben werdet.«

»Das werde ich«, knurrte Rupert; es klang unheilvoll. »Verlasst Euch darauf.«

»Dann seid Ihr doch gewiss bereit, uns diesbezüglich einen Eid zu leisten, nicht wahr?«, fragte Greene.

Jonah sah nervös von einem zum anderen. Als Greenes Blick auf ihn fiel, schüttelte er fast unmerklich den Kopf, aber der Gildewächter lächelte nur und fuhr fort: »Nur als Geste, um nach Eurem Zerwürfnis die gegenseitige Verpflichtung neu anzuerkennen. Ich bin überzeugt, auch Jonah ist bereit, einen diesbezüglichen Eid zu leisten.«

»Was zum Teufel soll das werden?«, fragte Rupert argwöhnisch.

»Ich fordere Euch nochmals auf, Euch zu mäßigen, Master Hillock«, fuhr der Gildemeister scharf dazwischen. »In dieser Halle wird nicht geflucht.«

Rupert hörte ihn kaum. Er sah unverwandt zu Greene, der seinen Blick mit größter Gelassenheit erwiderte.

»Könnte jemand eine Bibel besorgen?«, bat Greene die Versammlung. »Rupert Hillock wird vor uns allen mit seinem unwilligen Lehrling einen Eid tauschen. Der junge Jonah wird schwören, dass er seinem Meister fortan den geschuldeten Gehorsam leisten und ihm bis zum Ende seiner Lehrzeit in Demut dienen wird. Master Hillock wird schwören, dass er alles in seiner Macht Stehende tun wird, um das Wohlergehen seines Lehrlings fortan zu schützen. Und er wird schwören, dass er das auch in der Vergangenheit immer getan hat.«

Ruperts Mund öffnete sich. Jonah überlegte, ob irgendwer außer ihm die feinen Schweißperlen auf der Oberlippe seines Vetters sehen konnte.

»Das ist lächerlich!«, donnerte Rupert. »Dieser aufsässige Flegel hat mir vom ersten Tage an nichts als Schererein gemacht. Trotzdem habe ich meine Pflichten als sein Lehrmeister immer getreulich erfüllt. Er hat an meinem Tisch gegessen, und ich habe jahrein, jahraus wie ein Bruder für ihn gesorgt, obwohl er der Schandfleck meiner Familie ist, der Sohn einer *Hure* und eines Taugenichts!«

Jonah stand mit fest zusammengebissenen Zähnen einen Schritt neben Rupert und starrte ihn mit verengten Augen an. Seine Arme baumelten trügerisch harmlos herab, die Hände zu lockeren Fäusten geballt. Aber er spürte den Dolch an seinem Gürtel wie ein schwaches Brennen auf der Hüfte. Nenn meine Mutter noch einmal so, und es wird Blut in dieser Halle fließen, dachte er, entweder deins oder meins …

Er zwang sich, ruhig durchzuatmen, und wandte sich langsam zur hohen Tafel um. »Ich verwahre mich gegen jede Beleidigung meiner Mutter.«

Arthur Knolls nickte. »Der Junge hat Recht, Master Hillock, und meine Geduld mit Euch hat sich erschöpft. Ich habe Euch bereits zweimal ermahnt, Eure Worte mit mehr Bedacht zu wählen. Ich belege Euch mit einem Bußgeld von zehn Shilling wegen Eures ungebührlichen Benehmens in dieser Halle und fordere Euch mit allem Nachdruck auf, den von Master Greene genannten Eid zu leisten.«

Elia Stephens, der junge Gildebruder, der sich zu Weihnachten so große Mühe gegeben hatte, Jonah zum Trunk zu verführen, kam mit Vater Gilberts Bibel aus der nahen St.-Lawrence-Kirche zurück.

»Hier, Sir.« Mit einer respektvollen Verbeugung legte er sie vor dem Gildemeister auf der hohen Tafel ab.

»Nun mach endlich, Rupert«, rief eine Frauenstimme aus dem hinteren Teil der Halle. »Wir haben noch andere Angelegenheiten zu erörtern, und es wird bald dunkel. Ich jedenfalls finde die Neuregelung der Preise ein bisschen wichtiger.«

»Oder die Frage, ob wir wirklich zulassen wollen, dass der König zu Michaelis die Stadt in eine Turnierwiese für sich und seine Ritter verwandelt!«, fügte ein dicker Mann, der weiter vorn saß, hinzu.

Zustimmung erklang hier und da, und Arthur Knolls hob gebieterisch die Hand. »Ich darf doch um Ruhe bitten!«

Gehetzt sah Rupert zur hohen Tafel auf. Nicht einmal Adam Burnell, der doch auf seiner Seite gestanden hatte, wollte ihm länger in die Augen schauen. Ohne ein weiteres Wort wandte Rupert sich ab, stürmte mit langen Schritten, aber nicht auf ganz geradem Kurs zur Tür und verließ die Halle.

Ein unangenehmes Schweigen voll unausgesprochener Fragen blieb zurück. Jonah stand stockstill, starrte auf seine Fußspitzen hinab und wünschte sich meilenweit fort.

So sah er die Blicke nicht, die Arthur Knolls und die beiden Gildewächter tauschten.

»Ich glaube, die Lage hat sich grundlegend geändert, und wir werden die Bibel wohl doch noch brauchen«, sagte der Gildemeister bedächtig. »Würdet Ihr wieder vortreten, Master Hillock?«

Erst mit einiger Verspätung erkannte Jonah, dass er gemeint war, machte einen Schritt nach vorn und erwiderte schüchtern: »Durham, wenn Ihr erlaubt, Sir. Mein Name ist Jonah Durham.«

Knolls nickte. »In Anbetracht der Situation, wie sie sich jetzt darstellt, sind wir gewillt, Eurem ungewöhnlichen Antrag stattzugeben. Ihr seid frei von Eurem Dienstverhältnis zu Rupert Hillock und dürft fortan in eigenem Namen Tuchhandel innerhalb der Stadtmauern von London betreiben. Trotz Eurer jungen Jahre sollt Ihr uns als Bruder in der Gilde willkommen sein, vorausgesetzt, einer der Liverymen findet sich bereit, eine Patenschaft für Euch zu übernehmen, bis Ihr einundzwanzig seid.«

Jonahs Herz, das schon wilde Freudensprünge vollführt hatte, sank plötzlich wie ein Stein. Keiner der Liverymen beeilte sich, die zweifelhafte Ehre zu übernehmen, und Jonah verstand ihr Zögern durchaus. Er kannte seinen Ruf, und er hatte sich hier heute Abend weiß Gott nicht von seiner besten Seite gezeigt.

Martin Greene lehnte sich ein wenig vor. »Ich werde es tun«, erklärte er. Die Raubvogelnase wies genau auf Jonah, und die dunklen Augen des Gildewächters schienen mutwillig zu funkeln. »Ich bin schon mit ganz anderen fertig geworden«, fügte er zuversichtlich hinzu.

Gelächter plätscherte durch die Halle, und auch Jonah lächelte befreit. »Danke, Sir.«

Greene nickte. »Kommt Sonntagabend zum Essen in mein Haus; Mistress Greene wird es erfreuen, einen mageren Hänfling wie Euch zu füttern. Und jetzt legt die Hand auf die Bibel.«

Jonah leistete den Eid, den Arthur Knolls ihm vorsprach. Er gelobte, die Gesetze der Gilde treulich zu befolgen, ein ehrbarer Kaufmann zu sein, niemals Schande über seinen Stand zu bringen und dem König von England in allen Dingen stets treu und untertänig zu dienen, und er rief die Heilige Jungfrau als Zeugin an, denn sie war die Schutzpatronin der Gilde.

Als der feierliche Akt vorüber war, gratulierten Knolls und Greene ihm herzlich, Burnell und die übrigen Liverymen reserviert, und manch anderer Gildebruder schüttelte ihm die Hand und hieß ihn willkommen. Die wenigen Gildeschwestern, vornehmlich Witwen in den mittleren Jahren mit ausladendem Kopfputz und, so kam es Jonah vor, noch ausladenderem Busen, luden ihn ausnahmslos zum Essen ein, so dass er sich verwundert fragte, ob er denn wirklich so dürr und verhungert wirkte.

Schließlich ließen sie alle von ihm ab, und er setzte sich erleichtert zu Bruder Gilbert, der ihm anerkennend, aber mit bekümmerter Miene die Schulter klopfte. Dann lauschte Jonah gespannt den übrigen Klagen und Streitigkeiten, die vor den Gildeoberen verhandelt wurden, und den anschließenden Debatten über Für und Wider einer generellen Preissenkung sowie die strittige Frage, ob das vom König geplante Turnier ein Fluch oder Segen für die Stadt sei und ob man es überhaupt verhindern könne.

Als die Versammlung sich schließlich auflöste, war es schon beinah völlig dunkel, und die Glocke von St. Martin-le-Grand läutete, um das Schließen der Stadttore und den Anbruch der Nachtstunden zu verkünden.

Vor dem Gildehaus verabschiedeten die Mitglieder sich murmelnd.

Elia Stephens legte Jonah kurz die Hand auf den Arm. »Brauchst du ein Bett? Bei mir bist du immer willkommen.«

Jonah war erstaunt über all die Freundlichkeit, die ihm plötzlich zuteil wurde. Aber er schüttelte den Kopf. »Nein, danke. Mein Haus hat noch keine Möbel, aber ich denke, es wird Zeit, dass ich dort einziehe.«

»In der Ropery, nicht wahr?«, fragte Elia. »Dann haben wir den gleichen Weg.«

Jonah verabschiedete sich eilig von Vater Gilbert, der ihn in den letzten Nächten beherbergt hatte, und ging dann zusammen mit Elia die dunklen Straßen entlang.

»Wirst du einen Laden eröffnen?«, fragte der Gildebruder.

Jonah drehte mit den Fingern der Linken versonnen an dem Ring, den er nun wieder trug, und schüttelte langsam den Kopf. »Ich glaube nicht, dass das meine Stärke ist.«

»Also?« Elia sah ihn neugierig von der Seite an. »Was hast du für Pläne?«

Hoflieferant zu werden und der Königin die edelsten Tuche aus den entlegensten Winkeln der Welt zu Füßen zu legen, fuhr es ihm durch den Kopf. Aber er sagte achselzuckend: »Ich habe gute Beziehungen zu ein paar Schneidern. Ich denke, mit denen fange ich an.«

Elia nickte versonnen, und als sie zu einem kleinen Haus an der Drapers Lane kamen, hielt er an. Er nickte zu dem erleuchteten Fenster neben der Tür. »Meine Frau wartet im Laden auf mich. Scheint, der Abend ist noch nicht ganz zu Ende.«

»Du bist verheiratet?«, fragte Jonah überrascht. Davon hatte er nichts gehört.

»Hm. Seit zwei Wochen.«

Jonah lächelte. »Glückwunsch, Elia.«

Der frisch gebackene Ehemann grinste stolz. »Danke.« Unvermittelt wurde seine Miene wieder ernst. »Trotzdem würdest du nicht stören, weißt du. Falls du's dir anders überlegst.«

»Nein, danke. Wirklich nicht. Mir schwirrt der Kopf, und ich muss allein sein.«

»Ja. Das ginge mir sicher ebenso.« Elia befingerte den Schlüsselring an seinem Gürtel, konnte sich aber noch nicht entschließen, sein Haus zu betreten. »Niemand hat mehr ein Wort über Rupert Hillock verloren heute Abend. So sind sie, die Gildebrüder, weißt du. Vor allem die älteren. Sie scheuen sich davor, Schlechtes von einem der Ihren zu sagen.«

Jonah nickte überzeugt. »Oder zu denken. Sie verschließen lieber die Augen davor.«

Elia seufzte. »Ja. So ist es. Willst du mir sagen, was genau dort in Epping Forest passiert ist? Und was du darüber denkst?«

»Nein, ich glaube, lieber nicht.«

Elia lächelte unsicher. »Dann will ich nicht weiter in dich dringen. Aber pass auf dich auf, Jonah, ja?«

»Natürlich. Gute Nacht, Elia. Na los, geh schon, lass deine Frau nicht länger warten.«

Auf dem Weg in die Ropery sah er mehrmals nervös über die Schulter zurück, aber er konnte keinen verräterischen Schatten entdecken, der ihm nachschlich. Er schalt sich einen Narren, schloss die kleine Pforte auf, die in das Tor zum Innenhof seines

Hauses eingelassen war, trat über die Schwelle und sperrte hinter sich ab.

Der verwahrloste Hof lag in tiefen Schatten. Das letzte Tageslicht war auf ihrem Heimweg geschwunden, Finsternis verbarg die überwucherten Beete und staubigen Flächen, sammelte sich in den Winkeln zu bedrohlichen, fremden Schatten. Jonah wandte sich nach rechts und tastete sich behutsam zur Haustür vor. Er hatte weder Kerze noch Feuerstein bei sich. Warum hatte er daran nicht gedacht? Was, wenn er hier im Dunkeln die Treppe herunterpurzelte und sich den Hals brach? Dann würde seine Karriere vermutlich als die kürzeste in der Geschichte der Tuchhändlergilde in die Annalen eingehen …

Die unverschlossene Haustür führte in einen kleinen Vorraum, von welchem die Treppe zur Halle hinaufging. Rechter Hand lag eine Vorratskammer, die schon seit Jahren keine Schinken, Würste und Kornfässer mehr beherbergte. Im schwachen Schimmer des Mondlichts, das durch das kleine Fenster fiel, tastete er sich in den Raum vor, ließ sich an der Wand entlang zu Boden gleiten, streckte die langen Beine aus und kreuzte die Knöchel.

»Jonah Durham, Tuchhändler«, murmelte er vor sich hin, um zu erproben, wie es klang. Tuchhändler von Philippas Gnaden. Oder auch von Ruperts Gnaden, diesem Schwachkopf. Jüngster, unerfahrenster Londoner Tuchhändler aller Zeiten mit einem Vermögen von vierhundert Pfund, das er dank seiner Unerfahrenheit vermutlich in beispiellos kurzer Zeit verlieren würde. Und was dann, Jonah? Was soll aus dir werden, wenn du mit diesem Abenteuer scheiterst? Er hatte wirklich keine Ahnung. Und er sah auch keinen Sinn darin, sich den Kopf darüber zu zerbrechen. Er hatte erreicht, was er wollte, nur das zählte. Er saß hier ohne Licht und ohne Möbel und obendrein hungrig in dieser staubigen Vorratskammer, aber das Haus war seines. Er besaß genug Kapital, um es einzurichten und um ein Kontingent erstklassiger Ware anzuschaffen. Morgen würde er zu Master Holt gehen, einem der Schneider, die bislang immer bei Rupert gekauft hatten, und ihn als ersten Kunden werben, indem er eine neue Garderobe bei ihm in Auftrag gab. Und wenn er gute Geschäfte machte, würde er sich ein Pferd kaufen und vernünftig reiten lernen. Vielleicht würde er eines Tages gar ein Schiff besitzen und regelmäßigen Handel mit den Hansestädten treiben. Er konnte alles tun, was er wollte. Er war frei.

Er war ehrlich genug, sich einzugestehen, dass er nicht nur frei, sondern auch mutterseelenallein war. Aber er gedachte nicht, sich deswegen auf diesen staubigen, harten Holzdielen in den Schlaf zu heulen. Alleinsein fiel ihm nicht schwer und war ihm auch nicht fremd. Er war gerade zu der befriedigenden Erkenntnis gekommen, dass er sich nicht fürchtete, als ein Geräusch ihn aufschrecken ließ.

Jonah hob den Kopf und lauschte.

Da war es wieder. Ein Scharren, ein verstohlenes Rascheln im Hof.

Sein Atem beschleunigte sich. Dort draußen war jemand. Rupert war ihm gefolgt. Oder hatte ihm einen neuerlichen Mordbuben auf den Hals gehetzt.

Jetzt war es wieder still. Jonah rührte sich nicht. Die Stille erschien ihm trügerisch, und die Dunkelheit war eine Verräterin.

Das Knarren der Eingangstür war nur ein Flüstern, ging beinah unter im leisen Rauschen des Windes und den Nachtgeräuschen der großen Stadt. Aber Jonah hatte es deutlich gehört. Jemand hatte sich ins Haus geschlichen.

Das Herz hämmerte in seiner Brust, und jetzt fürchtete er sich in der Tat, sah sich gehetzt nach einem Fluchtweg um. Aber er saß in der Falle. Die Kammer hatte keine zweite Tür, und das Fenster war zu schmal, um hindurchzuklettern.

Lautlos stand er auf und zückte seinen Dolch.

»Wer ist da?« Er versuchte, seiner Stimme Entschlossenheit zu verleihen, doch er hörte selbst, wie brüchig sie klang.

»Na los, gib dich zu erkennen«, verlangte er wütend.

Ein scheues Maunzen ließ ihn zusammenzucken. Dann sah er ein bernsteinfarbenes Augenpaar in der Dunkelheit aufblitzen.

Sein Lachen war ein erleichtertes Zischen. Er hockte sich wieder auf den Boden, legte das Messer beiseite und streckte die Hand aus. »Komm her, du Streuner. Nur die Ruhe. Ich tu dir nichts.«

Ein helles Schnurren erhob sich und wurde lauter, als die Samtpfoten näher kamen. Jonah spürte weiches Fell unter der ausgestreckten Rechten. Er ertastete einen kleinen, weichen Katzenkopf, fuhr behutsam über die Ohren und lachte wieder. Seine Erleichterung machte ihn beinah schwindelig.

»Gut, dass du gekommen bist. Mir war ein bisschen einsam zumute.«

Er wachte auf, als das erste zartrosa Tageslicht durchs Fenster fiel, und stellte fest, dass sein vierbeiniger Hausgenosse ein sehr junger rot getigerter Kater war. Das Tier war bis auf die Knochen abgemagert und fuhr fauchend aus dem Schlaf, als Jonahs Bewegungen es weckten.

»Schsch. Kein Grund, gleich das Weite zu suchen.«

Seine Stimme schien den Kater zu beruhigen. Er schnurrte zaghaft, kam wieder näher und machte einen Buckel. Jonah kraulte ihn einen Moment und stand dann auf, um für sie beide ein Frühstück zu besorgen. Je eher er den Tag begann, desto besser. Er hatte hundert verschiedene Dinge zu tun.

Die Ropery war ein Viertel gleich am Fluss, das vor langer Zeit einmal die Seiler bewohnt hatten, von denen auch der Name kam. Die Seiler waren jedoch längst in andere Stadtteile abgewandert; wohlhabende oder auch steinreiche Kaufleute hatten die begehrten Grundstücke erworben und unterhielten ihre eigenen Anlegestellen zum Be- und Entladen der Schiffe, die ihre Waren transportierten. Auch Jonahs lang gezogenes Grundstück wurde an der Südseite von der Themse begrenzt, aber eine hohe Mauer versperrte den Blick und Zugang zum Fluss. Seine eigene Anlegestelle, sollte es sie je geben, lag noch in ferner Zukunft. Stand man mit dem Rücken zur Flussmauer, lag rechter Hand ein eingeschossiges Lagerhaus mit Kontor, links das zweigeschossige Wohnhaus und gegenüber die Mauer mit dem breiten zweiflügeligen Tor zur Straße, die der Einfachheit halber ebenfalls Ropery hieß. Jonah überquerte den von Unkraut überwucherten Hof, der etwa fünfzehn Yards breit, aber über vierzig Yards lang war, schlüpfte wieder durch die kleine Pforte und fand sich inmitten des dichten, frühmorgendlichen Verkehrsgewimmels wieder. Die Glocken von All Hallows und den umliegenden Kirchen läuteten die erste Stunde des neuen Werktags ein und riefen die Gläubigen zur Frühmesse, doch die meisten der Handwerker und Kaufleute in dieser geschäftigen Stadt fanden nur sonntags Zeit, zur Kirche zu gehen. Und viele, so beklagten der Bischof von London und die zahllosen Priester der Stadt häufig, brachten selbst dann noch ihre Bauchläden mit in die Gotteshäuser und feilschten und wucherten, statt ihrer unsterblichen Seele zu gedenken.

Ochsen- und Pferdefuhrwerke brachten ihre Waren zu den Kais hinunter oder kamen von dort. Die Kutscher begrüßten oder verfluchten einander – je nachdem –, aber außer ihnen waren noch nicht viele Leute unterwegs. Dies war die Stunde des Tagesbeginns: Die Mägde schürten das Feuer auf oder molken die Kuh im Stall, die Hausfrau weckte die Kinder, und bald würden sich alle zur ersten Mahlzeit des Tages einfinden, ehe dann der Hausherr mit seinen Gehilfen und Lehrlingen das Tagesgeschäft begann und die Kinder in die Schule geschickt wurden.

Die Bäckereien, Gemüsehändler und Fleischer waren allesamt in Cheapside, aber Jonah musste nicht bis dorthin laufen, um sich mit dem Nötigsten zu versorgen. Er machte einen längeren Erkundungsgang durch das Viertel, und als er zurückkam, waren schon zahllose Lehrlingsburschen mit Körben und Handkarren unterwegs, um ihre Waren auszuliefern. Jonah erstand einen Laib Brot und einen Krug Ale für sich selbst, einen halben Krug Milch für den Kater.

Kaum hatten sie ihr Frühstück einträchtig beendet, erschien ein Diener von Martin Greene, dem Gildewächter, der nun Jonahs »Pate« war, und richtete ihm aus, der Geflügelhändler Robert atte Hille sei vor zwei Tagen verwitwet und kinderlos gestorben und sein gesamter Hausrat werde heute versteigert. Jonah gab dem Diener einen Penny und eilte zum Haus des unbetrauerten Hühnermetzgers. Zwei Stunden später besaß er nicht nur Möbel, Teller, Becher, Krüge, Töpfe, Kerzenhalter, Kohlebecken und Leinen, um sein Haus auf das Vortrefflichste einzurichten, sondern obendrein auch noch die feinsten Daunendecken und Federkissen, die man sich vorstellen konnte. Und all das hatte ihn nicht einmal dreißig Pfund gekostet. Er mietete ein Fuhrwerk, um seinen Hausrat schnellstmöglich in die Ropery transportieren zu lassen, und machte sich äußerst zufrieden auf den Heimweg. Kaum war er zurück, kam ein Lehrling von Elia Stephens, der fragte, ob Jonah sich nicht mit seinem Meister zusammen für die Stadtwache einteilen lassen wolle, Elia werde das gern arrangieren. Und wenig später sandte Mistress Cross, eine Gildeschwester aus East Cheap, ihm Nachricht, sie habe da ein junges Ehepaar an der Hand, einen tüchtigen Waliser mit seiner englischen Frau, falls Jonah jemanden brauche, der für ihn koche und ihn versorge und ihm im Haus und Geschäft zur Hand ginge. Jonah war überwältigt. Er hatte gewusst, dass die Mitglieder der Gilde einander beistanden und unter die Arme griffen, aber er hatte keine Vorstellung gehabt, wie weit diese Hilfsbereitschaft ging.

»Wie weit sie geht, wirst du in dem Moment feststellen, da du einem von ihnen zum ersten Mal einen Kunden abwirbst«, prophezeite Vater Gilbert, der ihn nachmittags besuchte und Zeuge wurde, wie das große Bett mit den violetten Vorhängen in Jonahs Schlafkammer aufgestellt wurde.

Jonah führte ihn in die noch unmöblierte Halle. »Das habe ich schon getan«, gestand er.

Gilbert lächelte wissend. »Lass mich raten. Das Opfer war Rupert?«

»So ist es. Ich war bei drei Schneidern. Zwei machen mir je ein neues Wams, Surkot, Hosen und so weiter, der dritte einen Mantel.«

»So bescheiden …«, murmelte der Priester.

»Ich sagte Euch doch, ich bin eitel.«

»Ja, ich erinnere mich. Und du hast sie überzeugt, ihr Tuch fortan über dich zu beziehen?«

Jonah nickte. »Zumindest soweit es sich um feines Tuch handelt. Wolle aus Salisbury, aus Flandern und Italien. Ich will mich auch in feinem Leinen und Seide versuchen. Die billige Massenware überlasse ich Rupert gern.«

Vater Gilbert machte große Augen. »Aber wo hoffst du, die Kundschaft für deine teuren Waren zu finden?«

Jonah lächelte und antwortete nicht.

»Bei Hofe?«, mutmaßte Gilbert. »Ich würde an deiner Stelle kein allzu großes Lager teurer Stoffe anlegen in der Hoffnung, dass der König und die Seinen sich an diese kleine Episode in Epping Forest und an dich erinnern. Ich will dich nicht kränken, Jonah, aber geh lieber davon aus, dass sie dich längst vergessen haben.«

Jonah antwortete nicht sofort. Es war nicht der König, an den er dachte, sondern Philippa. Er hoffte inständig, dass die Königin ihn nicht gleich wieder vergessen würde, nachdem sie ihr Versprechen erfüllt hatte. »Ich halte mich vorerst an meine Schneider«, sagte er schließlich.

Gilbert nickte zufrieden. »Ich habe keine Zweifel, dass du es richtig machen wirst. Sag, Jonah, kann ich weiterhin auf deine Mitwirkung bei den Weihnachtsspielen rechnen? Jetzt, da du ein ehrwürdiger Kaufmann bist?«

Jonah lachte. »O ja, Vater. Und wenn ich Warden oder Alderman würde, Ihr könnt auf mich rechnen.«

Auch Martin Greene befragte ihn am folgenden Sonntag nach seinen geschäftlichen Absichten.

»Ihr solltet nicht vernachlässigen, was Eure Großmutter begonnen hat, Jonah«, riet er. »Der Handel mit billiger Ausschussware ist sehr lukrativ, wenn man ihn groß genug aufzieht.«

Jonah nickte überzeugt und lauschte begierig, als Greene ihm ein paar Beispiele vorrechnete. Er wusste, dass er noch unendlich viel zu lernen hatte, und Greene war sicher ein lohnenderes Vorbild als Rupert Hillock.

Jonah war am späten Nachmittag zum Haus des Warden gekommen, und der junge Diener, der Mitte der Woche bei ihm gewesen war, hatte ihm geöffnet. Nie zuvor in seinem Leben hatte Jonah ein so luxuriöses Haus von innen gesehen: Im Hof gab es keine Mietwerkstätten, Viehställe oder Gemüsebeete, sondern einen blühenden Garten. Man atmete unwillkürlich tief durch, wenn man ihn betrat. Der betörende Duft der vielen Blumen und Sträucher war eine wohltuende Erholung vom allgegenwärtigen Gestank der Stadt, die Blütenpracht und die großzügigen Flächen ein Augenschmaus. Doch Jonah dachte insgeheim, dass es andererseits doch eine sträfliche Verschwendung war, so viel Platz, den man Gewinn bringend hätte nutzen oder verpachten können, einfach mit Blumen zu füllen. Das schien ihm ein beinah sündhafter Luxus zu sein, der eher zum Adel als zu einem Kaufmann passte. Vermutlich hatte Martin Greene in seinem langen Geschäftsleben schon mehr Geld verdient, als er je ausgeben konnte, aber das war für einen richtigen Kaufmann doch noch lange kein Grund, damit aufzuhören.

Durch die breite Haustür betrat man eine geräumige Vorhalle, hinter der, wie er später herausfand, eine Kapelle lag. Eine breite Treppe führte in die Halle hinauf, die drei- oder viermal so groß war wie Ruperts. An der langen Eichentafel fanden sicher zwanzig Menschen Platz, und die Fenster, erkannte Jonah fassungslos, waren verglast. Der Dielenfußboden war nicht, wie bei den meisten Leuten üblich, mit Stroh ausgelegt, sondern sauber gefegt und auf Hochglanz poliert. Das musste eine ganze Armee von Mägden in Schach halten. Auf dem feinen Tischtuch standen polierte Silberleuchter.

Greene hatte ihn an der Tür zur Halle begrüßt und seiner Familie vorgestellt.

»Master Durham, meine Frau Agnes, Lady Greene.«

Jonah verneigte sich tief. Er wusste, dass Greene mehrmals zum Alderman gewählt worden, also für seinen Stadtbezirk Cordwainer im Stadtrat gewesen war, daher war seine Frau berechtigt, diesen Titel zu führen. Aber es war das erste Mal in seinem Leben, dass Jonah einer »Lady« vorgestellt wurde. Sie war eine hübsche, zierliche Frau um die vierzig in einem schlichten, aber sehr eleganten Kleid, und sie hieß Jonah herzlich willkommen, wenn auch mit förmlicher Höflichkeit. Sie hatten zwei Söhne, Adam und Daniel, die Jonah beide aus der Lehrlingsbruderschaft kannte, und drei Töchter. Die vielleicht achtjährige Anne und Kate, das Nesthäkchen, gingen gleich nach der Begrüßung folgsam mit der Amme hinaus.

»Und das ist unsere Bernice«, sagte Greene schließlich mit unverhohlenem Stolz und schob seine älteste Tochter einen Schritt vor.

Bernice war ein vielleicht dreizehn- oder vierzehnjähriges Mädchen mit nussbraunen Locken und einem recht hübschen Gesicht, solange sie nicht lächelte und ihre großen vorstehenden Hasenzähne entblößte. Sie knickste anmutig und sah Jonah für einen kurzen Moment in die Augen, ehe sie den Blick senkte.

Jonah wurde reichlich unbehaglich zumute, als ihm aufging, was hier eingefädelt werden sollte. Ihm war durchaus bewusst, dass er jetzt eine gute Partie war. Er fragte sich entsetzt, ob Martin Greene vielleicht aus diesem Grunde so bereitwillig die kaufmännische Patenschaft für ihn übernommen hatte, während alle anderen gezögert hatten. Aber er ließ sich seine Verlegenheit nicht anmerken, begrüßte auch Bernice mit einem höflichen kleinen Diener und nahm dann den Platz neben ihrem Bruder Adam ein, den Lady Greene ihm wies.

Martin Greenes Tafel war wesentlich vornehmer als die in Rupert Hillocks Halle. Es gab Eichelhäher, Wachteln und Schweinebraten in köstlich würzigen Saucen, dazu einen fruchtigen Wein vom Rhein, aber hier war es nicht verpönt, bei Tisch zu reden. Greene befragte seine Söhne, die nur sonntags nach Hause kamen, nach ihren Lernfortschritten und dem Befinden ihrer Lehrmeister, Lady Greene ermahnte Daniel nachsichtig, nicht so zu schlingen, und unterhielt sich dann mit ihrer Tochter über verschiedene Nachbarn, die sie morgens in der Kirche gesehen hatten.

Schließlich wandte sie sich mit einem Lächeln an Jonah. »Ihr müsst uns verzeihen, Master Durham, wir sind eine redselige Familie. Und nach einer Woche haben wir immer viele Neuigkeiten auszutauschen.«

Bewundernd und nicht ganz ohne Neid hatte Jonah beobachtet, welch harmonischer, geradezu heiterer Umgangston hier herrschte, wie nahe die Menschen dieser Familie einander standen.

»Umso großzügiger von Euch, mich zu diesem trauten Familienessen einzuladen, Lady Greene«, erwiderte er.

Sie winkte ab. »Oh, das ist es nie. Sonntags haben wir das Haus immer voller Gäste, es ist ein reiner Zufall, dass Ihr heute der einzige seid. Letzte Woche hatten wir den Lord Mayor und fast ein halbes Dutzend feiner Gentlemen aus dem Norden hier.«

»Feine Gentlemen ist gut«, schnaubte Daniel verächtlich. »Ungehobelte Landritter, die ihr Messer am Tischtuch abgewischt haben und mit vollem Mund redeten und auf den Boden spuckten.«

Greene seufzte und wandte den Blick gen Himmel. »Daniel, wann wirst du lernen, dass man nicht immer unbedingt sagen muss, was man denkt? Die Gentlemen waren vom Lande, wo andere Sitten herrschen als bei uns. Aber sie waren unsere Gäste, denen du Respekt zu erweisen hast.«

»Ja, Sir«, murmelte der gescholtene Sohn und schnitt eine verstohlene Grimasse.

Lady Greene verbiss sich mit Mühe ein Lachen. »Ich hoffe, Ihr werdet uns in Zukunft öfter besuchen, Master Durham, vielleicht könnt Ihr meinen flegelhaften Söhnen etwas über gute Manieren beibringen.«

Jonah deutete ein Kopfschütteln an. »Mir scheint, Ihr wollt den Bock zum Gärtner machen, Lady Greene.«

Alle lachten, aber Greene dachte bei sich, dass der junge neue Gildebruder in der Tat ein angenehmes Auftreten hatte – wenn er sich dazu entschloss – und untadelige Tischmanieren, die er ganz sicher nicht Rupert Hillock, diesem Rohling, verdankte, sondern allein seiner Großmutter, die eine wahre Dame gewesen war.

»Lady Greene hat ganz Recht, wir sollten eine ständige Einrichtung aus diesem sonntäglichen Essen machen. Ihr werdet viele Leute kennen lernen, die Euch nützlich sein können. Kommt demnächst eine Stunde eher, und wir besprechen, was es an geschäftlichen Fragen zu regeln gibt.«

Jonah nickte. »Vielen Dank, Sir.«

Nach der Mahlzeit, die Jonah beinah übertrieben festlich vorgekommen und doch eine der fröhlichsten war, die er je erlebt hatte, führte Greene ihn in sein Arbeitszimmer, welches an einem Flur hinter der Halle lag, und erklärte ihm, wie ihre geschäftliche Beziehung aussehen sollte.

»Jede Investition von über zehn Pfund müsst Ihr zuvor mit mir erörtern und dürft sie erst tätigen, wenn ich mein Einverständnis gebe.«

Jonah erschrak. »Ich fürchte, dagegen habe ich bereits verstoßen.«

Greene runzelte die Stirn. »Ihr verschwendet keine Zeit, nicht wahr? Was habt Ihr angestellt?«

Jonah berichtete, dass er eine größere Menge roter Wolle in Salisbury bestellt und angezahlt hatte.

»Was in aller Welt wollt Ihr mit fünf Ballen?«, fragte der Gildewächter entsetzt.

»Sie sind schon verkauft, Sir. Der Schneider Graham hat vom Stadtrat den Zuschlag erhalten, die roten Mäntel für die diesjährige Lord-Mayor-Parade anzufertigen. Ich war zufällig in seinem Haus, als die Nachricht kam, und ich weiß auch nicht so recht, wie es passiert ist …«

Greene lachte leise. »Er hat Euch den Auftrag erteilt? Ihr scheint mir ein Glückspilz zu sein, mein Junge. Ich hoffe, Ihr habt daran gedacht, dass es Preisabsprachen gibt, an die wir alle uns halten müssen, so schwer es uns auch manchmal fällt?«

»O ja, Sir. Allerdings tritt zum ersten September die Preissenkung in Kraft, die die Gilde letzte Woche beschlossen hat. Da die Ware erst nach diesem Termin geliefert wird, habe ich das berücksichtigt.«

Greene nickte langsam. »Ich nehme den Glückspilz zurück. Ihr seid einfach ein pfiffiger Kaufmann.«

»Danke, Sir. Wünscht Ihr, dass ich Euch nächste Woche die Bücher vorlege?«

»Nein, das wird nicht nötig sein. Ich schaue sie mir hin und wieder an, um mir ein Bild zu machen, welche Richtung Ihr einschlagt, aber ich sehe keine Veranlassung, Euch zu kontrollieren. Ich gehe davon aus, dass Ihr ein Ehrenmann seid, bis Ihr mich vom Gegenteil überzeugt.«

Jonah senkte den Blick und nickte stumm. Er war verlegen und an so viel Freundlichkeit nicht gewöhnt. Er wusste nicht so recht, wie man darauf reagieren sollte, wie man seine Dankbarkeit in angemessener Weise zeigen konnte. Ich bin ein unbeholfener Tölpel und werde es immer bleiben, dachte er unglücklich. Tischsitten hat der alte Drachen mir vielleicht beigebracht, aber das ist auch alles.

Greene entging sein Unbehagen nicht, und er wechselte das Thema. »Ich hoffe, die Frage erscheint Euch nicht ungebührlich neugierig, aber wo bewahrt Ihr das Geld auf, das Eure Großmutter Euch hinterlassen hat?«

»Im Augenblick ist es noch bei Vater Gilbert. Er hat es in seiner Sakristei an einem vollkommen sicheren Ort versteckt. Aber ich war bei einem Tischler und habe eine Eichentruhe mit Eisenscharnieren und -schloss in Auftrag gegeben. Ich werde sie in meine Kammer stellen, die ebenfalls abschließbar ist.«

Der Warden nickte. »So halte ich es auch seit jeher. Ich hoffe, Ihr habt vorausschauend geplant und eine große Truhe bestellt? Zuversicht, mein junger Freund, ist nämlich beinah ebenso wichtig wie kaufmännisches Talent.«

Jonah hob kurz die Schultern. »Ich fürchte, Zuversicht liegt nicht gerade in meinem Wesen, Sir.«

Greene betrachtete ihn einen Moment aufmerksam. »Warum nicht? Ihr hättet allen Grund dazu, gerade jetzt. Ein Vermögen und ein Haus in einer anständigen Gegend sind Euch in den Schoß gefallen, wem ist das schon beschieden? Und Ihr habt Eure Chance erkannt und Euch erkämpft, sie nutzen zu können. Das sind vielversprechende Voraussetzungen. Oder hat man Euch vielleicht so lange vorgeworfen, Ihr wäret ein Finsterling und verrückter Träumer, dass Ihr es inzwischen selbst glaubt?«

Es war das erste, aber beileibe nicht das letzte Mal, dass Martin Greene ihn mit seinem ungewöhnlichen Scharfblick schockierte. »Nein.« Obwohl, wer außer einem verrückten Träumer könnte es fertig bringen, sich in die Königin zu verlieben? »Nein, ich denke nicht, Sir. Und was mir an Zuversicht fehlt, mache ich vielleicht durch Ehrgeiz wett.«

Greene nickte versonnen. »Nun, auch der kann Euch nicht schaden, solange er Euch nicht beherrscht. Für einen Kaufmann ist es nicht immer einfach, ein guter Christenmensch zu sein, wisst Ihr. Schon gar nicht für einen begabten Kaufmann.«

Jonah betrachtete ihn neugierig. »Ich bin nicht sicher, dass ich verstehe, was Ihr meint.«

Martin Greene reichte ihm einen wundervollen Silberbecher, der einen tiefroten, burgundischen Wein enthielt. »Vater Gilbert hat einmal gesagt, Gott habe das Fegefeuer eigens für die Kaufleute ersonnen, damit sie nicht alle in die Hölle kommen und dort einen schwunghaften Handel mit Flint und Schwefel eröffnen. Und er hatte Recht. Unseren Gewinn zu mehren ist unser aller Streben. Es ist nicht immer einfach, dabei anständig zu bleiben, das werdet Ihr sehr bald feststellen. Almosen und Barmherzigkeit sind keine lohnenden Investitionen. Darum tun manche von uns sich schwerer damit, als sie sollten.«

»Aber so viele Gildemitglieder haben mir ihre Hilfe angeboten«, protestierte Jonah. »Uneigennützig, nur aus Freundlichkeit.«

Der Warden nickte mit einem traurigen Lächeln. »Das ist nicht weiter schwierig, solange es nichts kostet.«

Jonah schwieg. Greenes Zynismus befremdete und überraschte ihn.

Der ältere Kaufmann winkte mit einem leisen Seufzen ab. »Versteht mich nicht falsch. Es sind viele gute Leute darunter.

Aber Habgier ist eine Todsünde, und wir alle laufen ständig Gefahr, ihr anheim zu fallen. Erst letzten Sonntag war ein Mann in meinem Haus zu Gast, der gänzlich von ihr beherrscht wird. Es war erschreckend zu beobachten. Kein Londoner«, fügte er hastig, fast ein wenig erleichtert hinzu.

Jonah war neugierig geworden. »Wen meint Ihr?«

»William de la Pole.«

Der junge Kaufmann schüttelte den Kopf. »Nie gehört.«

»Er ist ein Wollkaufmann aus Hull in Yorkshire und vermutlich reicher als alle Londoner Kaufleute zusammen. Aber wenn ich bedenke, wie es um sein Seelenheil bestellt ist, möchte ich lieber nicht mit ihm tauschen. Er ist häufig zu Gast bei Hofe, heißt es, und tut sein Möglichstes, um den König zu einem Krieg gegen Schottland zu bewegen. Früher oder später wird er vermutlich Erfolg haben. Glaubt mir, Jonah, William de la Pole ist ein Mann, von dem wir alle noch viel hören werden. Wer weiß, vielleicht mehr, als uns lieb ist.«

London, September 1331

Ein so gewaltiges Gewitter tobte über der Stadt, als die Wehen einsetzten, dass Annot nicht umhin kam, sich zu fragen, ob Gott sein Missfallen über dieses in Sünde gezeugte Kind kundtun wolle.

»Herrje, was für ein Wetter«, murmelte Lilian, und auch sie warf beunruhigte Blicke auf die klappernden Fensterläden, an denen der Wind zerrte. »Ein Heulen wie Furienstimmen.«

Annot entspannte sich, als der Schmerz ein wenig nachließ, und sank in die Kissen zurück. »Keine Nacht für Kundschaft.«

Lilian tupfte ihr die Stirn mit einem feuchten Tuch ab. »Nein. Vielleicht besser so. Aber hab keine Angst, die Hebamme kommt bei jedem Wetter. Cupido ist gegangen, um sie zu holen, sie muss jeden Moment hier sein.«

Annot nickte dankbar, aber sie fürchtete sich trotzdem. Seit über einem Vierteljahr lebte sie in diesem Haus und hatte drei Geburten miterlebt, denn ein Malheur wie das ihre war in diesen Kreisen hier durchaus nicht ungewöhnlich. Zwei der Wöchnerinnen hatten die ganze Nacht geschrien, dass einem das Blut in den Adern stockte. Von der dritten hatte man kaum etwas gehört, und sie war gestorben. An einem sonnigen, schwülen Augustmorgen.

Lilian wrang ihr Tuch aus und setzte sich auf die Bettkante. »Es wird alles gut, Annot, glaub mir. Ich hab das schließlich auch schon hinter mir und weiß, wie du dich fühlst. Aber du bist gesund und jung.«

Das bedeutet gar nichts, dachte Annot, aber sie sagte nichts. Sie wusste, ihre Freundin meinte es nur gut.

Lilian war am ersten Tag, gleich nachdem Annot ihr neues, großzügiges Zimmer bezogen hatte und heulend aufs Bett gesunken war, hereingeschneit und hatte sich ihrer angenommen. Lilian sagte von sich selbst, sie sei eine geborene Hure. Sie liebte dieses Leben. Nach zwei Jahren in diesem Haus hatte sie alles gesehen, alles erlebt, und sie ließ Annot großzügig an ihrem Erfahrungsschatz teilhaben. Lilian brachte ihr Dinge bei, von denen Annot nie zuvor gehört hatte, über Körperhygiene und Schutz vor Krankheiten, über Garderobe, Schminke, Haut- und Haarpflege und vor allem über Männer. Lilian vergötterte Männer, liebte sie grundsätzlich und ausnahmslos, bis einer ihr Anlass gab, ihn nicht zu mögen, aber sie nahm sie nicht die Spur ernst. Warum nicht, hatte Annot wissen wollen. Und Lilian hatte ihr Geschichten erzählt, die sich hinter geschlossenen Bettvorhängen abgespielt hatten, Geschichten, die Annot erst schockierten und schließlich, je mehr sie sich an die Atmosphäre in diesem Haus gewöhnte, erheiterten. Lilian hatte Annot auch ihr tiefstes Mitgefühl bekundet, nicht weil ein bärenstarker, rücksichtsloser, betrunkener Kerl sie vergewaltigt und geschwängert hatte – das war ja weiß Gott nichts Ungewöhnliches –, sondern weil es einen Mann gab, den Annot geliebt und verloren hatte.

»Erzähl mir von deinem Kaufmannslehrling«, forderte sie

Annot auf, als deren Hände sich wieder zu Fäusten ballten und sie leise stöhnte.

Annot lächelte mühsam. »Du weißt doch schon alles«, brachte sie atemlos hervor.

Lilian ergriff eine der eiskalten Hände. »Tief atmen. So ist gut.« Dann kam sie auf ihr Thema zurück. »Früher oder später wird er herkommen. Früher oder später kommen sie alle, weißt du. Vor allem die Jungen. Die Unverheirateten oder auch die jungen Verheirateten, bei denen ein Kind unterwegs ist. Natürlich machen auch die fettbäuchigen Graubärte hier Halt, denen es leichter fällt, unsere gesalzenen Preise zu zahlen. Aber die Jungen kommen auch dann, wenn sie es sich nicht leisten können. Das Blut kocht ihnen in den Adern, sie können einfach nicht anders. Und wenn sie einmal hier waren, kommen sie immer wieder. Du glaubst ja nicht, wie viele Tuchhändler darunter sind.«

»Lieber will ich sterben, als Jonah hier wiederzusehen.«

Lilian wedelte den Einwand ungeduldig beiseite. »Ständig sagst du solche Sachen. ›Lieber will ich sterben.‹ Was für ein Unfug. Warte nur, bis er hier aufkreuzt. Wenn du es richtig anstellst, bleibt er die ganze Nacht bei dir und kommt am nächsten Abend wieder. Es wird so sein, wie du es wolltest, nur dass du ihm weder die Wäsche waschen noch das Essen kochen musst. Und prügeln darf er dich auch nicht, es sei denn, er zahlt extra, dann hast du wenigstens was davon...«

»Aber ich wollte seine Frau sein. Das ist doch etwas ganz anderes. Ich wollte ihm angehören und mein ganzes Leben mit ihm verbringen. Und ihm Kinder schenken.«

Lilian lachte. »Das wirst du.« Dann rümpfte sie die zierliche Nase. »Ein ganzes Leben kann grässlich lang werden, Liebes. Das erste Jahr mag der Himmel auf Erden sein, aber früher oder später wird es doch bei allen die Hölle. Nimm dir die gute Zeit, sag ich, und lass den Rest sausen. Du verpasst nichts, glaub mir.«

Annot spürte die nächste Wehe einsetzen und konnte sich nicht länger auf ihre Debatte konzentrieren. Wenige Minuten später kam die Hebamme, eine Frau um die vierzig mit offenen, langen schwarzen Haaren, die der Wöchnerin sofort Vertrauen einflößte.

Die Hebamme legte ihre warmen Hände auf den dicken, gespannten Bauch und tastete behutsam. »Das erste?«

Annot nickte.

»Ist die Zeit richtig?«, fragte die schwarzhaarige Frau weiter.

Annot sah sie verwirrt an, aber Lilian, die die Geschichte ihrer Schwangerschaft kannte, schüttelte den Kopf. »Etwa einen Monat zu früh«, erklärte sie.

Die Hebamme hob die Brauen. »Und trotzdem so dick? Dann bete, dass es nicht zwei werden, Kindchen ...«

Es wurde nur eines, und es war auch nicht so schlimm, wie Annot befürchtet hatte. Vielleicht war ihre Geburt leichter als die der anderen Mädchen, die sie miterlebt hatte – immerhin brachte sie ja vermutlich ein kleineres Kind zur Welt –, vielleicht konnte sie Schmerz besser aushalten. Jedenfalls schrie sie nicht das Haus zusammen. Sie kämpfte verbissen vier Stunden lang, und als sie glaubte, am Rande der Erschöpfung angelangt zu sein, brachte sie Rupert Hillocks Kind zur Welt.

»Was ist es?«, fragte sie.

Niemand antwortete.

Nach einem Moment hob Annot den Kopf und sah Lilian und die Hebamme über die Truhe am Fenster gebeugt stehen. Es war auf einmal beunruhigend still. Das Neugeborene, das eben noch so lebhaft und kräftig gebrüllt hatte, war verstummt.

»Ist es tot?«, fragte sie angstvoll.

»Nein«, sagte die Hebamme, ohne sich umzuwenden. »Es ist ein Junge, Kindchen.«

»Gib ihn mir.«

Lilian kam zum Bett zurück, setzte sich zu Annot und nahm ihre Hand. »Er strampelt und atmet. Aber etwas stimmt nicht mit ihm.«

Annot riss ihre Hand los. »Gebt mir mein Kind! Ich will ihn sehen.«

Die Hebamme trug das winzige Neugeborene zu ihr herüber und legte es ihr auf den Bauch.

Annot sah es sofort. Der Kopf war viel zu groß, der linke Arm verkümmert. Eine Missgeburt, dachte sie schaudernd. Mein Kind ist missgestaltet. Vermutlich schwachsinnig. Sie starrte entsetzt darauf hinab. Dafür habe ich dies also durchgemacht, alles auf mich genommen, was in den letzten Monaten passiert ist.

Dann regte sich das kleine Wesen und reckte den gesunden Arm in die Luft, tastete und fand nicht, was es suchte. Annot legte behutsam die Hände darauf und zog es ein Stückchen höher an ihre Brust. Sofort begann das winzige Baby zu saugen.

Sie sah auf das feuerrote Gesicht mit den zugekniffenen Augen hinab.

»Nehmen sie auch ein solches Kind in dem Kloster, von dem Lady Prescote gesprochen hat?«, fragte sie.

Die Hebamme trat zu ihr, verschränkte die Arme und nickte. »Natürlich. Es ist alles eine Frage des Geldes. Sag mir, wie er heißen soll. Sobald es hell wird, bringe ich ihn hinüber nach St. Margaret und lasse ihn taufen.«

»Und danach?«, fragte die junge Mutter unwillkürlich, obwohl sie die Antwort kannte.

»Eine Amme wird sich seiner annehmen. Mir wäre lieber gewesen, du hättest ihn gar nicht erst angelegt, Kindchen, das macht alles nur schwerer. Aber glaub mir, du kannst ihn hier nicht gebrauchen.«

»Nein. Ich weiß.« Annots Stimme klang erstickt. Todunglücklich sah sie auf ihr missgestaltetes Kind hinab und fragte sich, was nur aus ihm werden sollte. »Aber ich will wissen, wohin er gebracht wird«, erklärte sie trotzig. »Und ich will ihn sehen. Sooft es geht.«

»Das wirst du. Jetzt sag mir seinen Namen.«

»Cecil.« Sie hatte es schon seit langem beschlossen. Es war der Name ihres Lieblingsbruders, und sie sah keinen Grund, ihn ihrem Kind nicht zu geben, nur weil es nicht vollkommen war. Das war ihr kleiner Bruder bei genauerem Hinsehen auch nicht.

Sie nahmen ihr das Kind weg, während sie schlief. Als sie aufwachte, weinte sie bitterlich. Sie war einfach nicht in der Lage, die Sache nüchtern und vernünftig zu betrachten und sich damit abzufinden, dass es so das Beste war, der einzig gangbare Weg. Sie weinte um ihr Kind, wollte es zurückhaben und vor diesem gefräßigen Monstrum beschützen, das die Welt war. Am frühen Morgen kam die Köchin und brachte ihr eine kräftige Brühe, ein paar Stunden später sah auch Lilian nach ihr, aber Annot schickte sie beide weg. Sie wollte keine Suppe und keinen Trost. Kampflos ergab sie sich ihrer Melancholie, lag stundenlang bei geschlossenen Vorhängen im Bett oder saß am Fenster und starrte in den unablässigen Regen hinaus. Sie solle sich lieber keine Hoffnungen machen, dass sie Fieber bekommen und sterben werde, sagte ihr die Hebamme, die sie jeden zweiten Tag besuchte, denn sie sei kerngesund und habe die Geburt unbeschadet überstanden.

Somit war es ihr also nicht beschieden, Lady Prescote ein Schnippchen zu schlagen und sich auf diesem Wege um die Erfüllung der Abmachung zu drücken, musste sie erkennen. In Wirklichkeit hatte sie kaum damit gerechnet. Sie hatte längst erkannt, dass dieser einfache Weg nicht der ihre war. Also erholte sie sich und wurde von Tag zu Tag kräftiger, fand ihren Appetit wieder, lange bevor sie die Trennung von ihrem Kind verwunden hatte, und wartete, ohne zu wissen worauf. »Alles, was du wissen und können musst, wird man dir beibringen«, hatte Lady Prescote zu ihr gesagt. Annot hatte inzwischen genug gehört, um zu wissen, wie das normalerweise vonstatten ging: Ein Krug billiger Branntwein und eine Horde bestialischer Kerle waren es für gewöhnlich, die die Mädchen in den billigen Hurenhäusern oder drüben in The Stews in ihr Gewerbe einführten. Aber sie wusste, hier waren die Dinge anders. Also wartete sie, und je länger sie wartete, umso größer wurde ihre Nervosität.

Derweil spürte sie, wie ihr Körper zur Normalität zurückkehrte. Der nutzlose Milchstrom versiegte, und ihre Brüste verkleinerten sich wieder ein wenig, wenn sie auch rund und prall blieben und größer als vor der Schwangerschaft. Ihr Bauch straffte sich. Heimlich betrachtete sie sich in dem kleinen Spiegel, den sie in der Truhe am Fenster gefunden hatte, und stellte nicht ohne Zufriedenheit fest, dass die Schwangerschaft keine bleibenden Spuren hinterlassen hatte. Sie hatte immer rundliche Formen gehabt und würde nie eine Wespentaille wie Lady Prescote oder Lilian vorweisen können, aber ihre Rundungen waren glatt und samtweich und fest.

Vielleicht drei Wochen waren seit ihrer Niederkunft vergangen, als Cupido zu ihr kam.

»Was willst du?«, fragte sie eher verwundert als unfreundlich.

Cupido war der junge Diener, der sie und Vater Julius damals hier eingelassen hatte. Eigentlich hieß er George oder möglicherweise auch Gregory, doch weil er so ein hübsches Jungengesicht und so wunderbare blonde Locken hatte, riefen ihn alle im Haus beim Namen des schönen Liebesgottes, der mit Pfeil und Bogen in so vielen Geschichten so viel Verwirrung und Unheil stiftete. Er war ein sanftmütiges Geschöpf, sah im Haus nach dem Rechten und hatte ein offenes Ohr für jeden Liebeskummer, aber wenn einer der Gäste sich so rüpelhaft benahm, dass er vor die Tür gesetzt werden musste, bewies der eher schmächtige Cupido erstaunliche Kräfte.

Mit einem anmutigen, fast gleitenden Schritt trat er über die Schwelle und schloss die Tür. »Lady Prescote schickt mich zu dir«, erklärte er. Er hatte eine angenehme, klangvolle Stimme. »Ich soll dich in den Liebeskünsten unterweisen, wenn du die blumige Umschreibung verzeihen willst. Sie nennt es gerne so.«

Annot erhob sich langsam von ihrem Schemel am Fenster. »Du? Aber ich dachte … Ich meine, Lilian hat gesagt …« Sie brach ab, hoffnungslos verlegen.

Cupido lachte leise. »Sie hat gesagt, ich hielte es lieber mit Männern?« Er schüttelte den Kopf. »Das ist nur die halbe Wahrheit. Man kann wohl sagen, ich liebe die Liebe, ganz gleich in welcher Form und weitaus mehr als das jeweilige Objekt meiner Begierde. *Deswegen* haben sie mir diesen Namen gegeben.«

Annot betrachtete den jungen Mann, der ihr im Grunde ganz und gar fremd war, voller Argwohn. »Und was weiter? Ich habe schon Bekanntschaft gemacht mit dem, wofür du so schwärmst, und konnte nichts daran finden.«

Cupido ließ sich auf der Bettkante nieder, verschränkte die Arme und sah zu ihr auf. »Nein, Annot, das glaube ich nicht. Du hast Bekanntschaft gemacht mit Rohheit und Hässlichkeit. Aber es hat auch eine andere Seite. Die will ich dir zeigen.«

Sie schluckte trocken und sagte nichts.

Er ließ sich zurücksinken und stützte sich auf die Ellbogen. »Wir nennen dies das Haus der Freuden, weißt du. Das hat sich auch Lady Prescote ausgedacht, weil die Franzosen ihre Hurenhäuser gern so nennen. Natürlich geht es vor allem um die Freuden der zahlenden Kundschaft, da wollen wir uns lieber nichts vormachen. Aber bei diesem komplizierten Spiel sollte Freude idealerweise immer eine gegenseitige Angelegenheit sein. Und da du mit der zahlenden Kundschaft noch gar nichts zu tun hast, geht es erst einmal nur um deine Freuden. Also bin ich gekommen, um sie dir zu zeigen.«

Es war gar nicht so einfach, beim Klang dieser Stimme nüchtern und zynisch zu bleiben. Seine Stimme hatte etwas Verführerisches, war weich und süß wie Honig.

Doch Annot schüttelte entschieden den Kopf. »Daran habe ich keinerlei Interesse.«

Er betrachtete sie eindringlich mit seinen großen, graublauen Augen. »Wirklich nicht? Hättest du ein wenig Freude nicht bitter nötig nach deinem schweren Verlust?«

»Sprich nicht davon!«, fuhr sie ihn an. »Das ist allein meine Sache.«

»Schön, wie du willst. Du musst mir nicht davon erzählen, obwohl es dir sicher gut täte. Komm her, Annot.« Er klopfte einladend auf den Platz neben sich. »Vor mir brauchst du nun wirklich keine Angst zu haben. Ich schwöre dir, ich werde nichts tun, was du nicht willst. Und wir brauchen heute noch gar nicht anzufangen. Wir haben Zeit. Lass uns reden. Über irgendetwas; es spielt keine Rolle.«

Sie stand mit verschränkten Armen am Fenster. »Ich weiß, dass du es gut mit mir meinst, Cupido, aber ich will nicht mit dir reden«, sagte sie.

Er hob leicht die schmalen Schultern. »Na schön. Dann zeig ich dir den Badesaal. Ich wette, du hast ihn noch nicht gesehen, oder?«

»Ein Badesaal? Nein.«

Er lächelte wieder so geheimnisvoll. »Verstehst du, offiziell ist dies hier ein öffentliches Badehaus. Darum gibt es auch einen Saal mit Zubern und großen Becken. Manche mit heißem, andere mit eiskaltem Wasser gefüllt. Es ist ein prunkvoller Saal, der mit maurischen Kacheln aus Spanien gefliest ist. Du solltest ihn dir unbedingt ansehen. Um diese Tageszeit ist niemand dort.«

Halb aus Neugier, halb um ihn nicht zu kränken, willigte Annot ein.

Er brachte sie die Treppe hinunter ins Erdgeschoss. Dort lag die Halle, wo die Mädchen und übrigen Hausbewohner die Mahlzeiten einnahmen, wo aber auch abends allerhand Vergnügungen stattfanden: Spielleute unterhielten hier beinah täglich die Gäste, manchmal gab es auch Festmähler und Tanz. Das hatte Lilian ihr erzählt; Annot war noch nie abends in der Halle gewesen.

Cupido führte sie durch die Halle, an der anderen Seite wieder hinaus und einen Korridor entlang, durch welchen sie zu einem angebauten Gebäudeflügel gelangten. Dieser war ein eingeschossiger Bau mit wenigen, schmalen Fenstern, und als sie eintraten, kam es Annot so vor, als sei sie in eine fremdartige Wasserwelt entrückt: In der Mitte des großen, dämmrigen Saales war ein Becken in den Steinboden eingelassen, größer als zwanzig Badezuber. Es war mit Wasser gefüllt, von welchem Dampfschwaden aufstiegen, die einen eigentümlich schweren, betäubenden Duft verströmten. Steinerne Wannen standen hier und da neben bequemen Liegebänken im Raum verteilt, hinter dicken, weinroten Vorhängen verbargen sich große, hölzerne Zuber. Die Wände glänzten und funkelten im schwachen Licht.

Die blauen und goldenen Kacheln waren mit maurischen Mustern und springenden Delphinen geschmückt.

Annot schloss die Augen und sog zögernd, ein wenig argwöhnisch den betörenden Duft ein.

»Wonach riecht es hier?«

»Nach Moschus und ein paar arabischen Kräutern. Sie duften nicht nur, sie reinigen auch das Wasser«, erklärte Cupido.

»Und hierher kommen die ... Gäste?«

»Oft, ja. Manche kommen tatsächlich, um nur zu baden. Aber das ist eher die Ausnahme.«

Annot fuhr mit dem Finger die kostbaren Wandfliesen entlang. An manchen Stellen hatte sich die warme Feuchtigkeit wie ein feiner Nebel darauf gelegt, und ihr Finger hinterließ eine sichtbare Spur. »Erzähl mir, wie ein normaler Abend hier aussieht«, bat sie, ohne ihn anzusehen.

Cupido setzte sich auf den Rand des großen Beckens in der Mitte und steckte eine Hand ins Wasser. »Die Mädchen machen sich am späten Nachmittag zurecht und kommen in die Halle herunter. Nicht viel später kommen die ersten Kunden – es sind jeden Tag ein paar besonders eilige darunter, die nicht bis zum Einbruch der Dunkelheit warten können. Doch die meisten bleiben zum Abendessen zu Hause und erzählen ihren Frauen dann, sie müssten zu einer Versammlung ins Zunfthaus oder Ähnliches. Sobald es dunkel ist und man auf der Straße nicht mehr leicht erkannt wird, kommen sie her. Dann wird es hier voll, jeden Abend. Manche kommen in die Halle, trinken einen Becher, suchen sich ein Mädchen aus und gehen mit ihm nach oben. Das hast du sicher schon tausendmal gehört.«

Annot nickte wortlos.

»Andere ziehen den Badesaal vor. Hier unten ist jeden Abend allerhand los. Sie baden hier im großen Becken, machen irgendwelche neckischen Spielchen oder mieten eine der Einzelwannen und lassen sich von den Mädchen mit duftenden Ölen einreiben. Wenn sie zur Sache kommen, ziehen sie sich hinter die Vorhänge zurück. Meistens. Nicht immer. Manchmal geht es auch hier im Becken ziemlich hoch her, und ich darf am nächsten Morgen das Wasser wechseln. Lady Prescote besteht darauf.«

»Ist sie auch dabei?«, fragte Annot, die immer noch auf die Fliesenmuster starrte.

»Bist du noch bei Trost? Natürlich nicht. Sie kommt jeden Tag gegen Mittag eine Stunde her, um alles Geschäftliche zu regeln. Abends ist sie bei ihrem ahnungslosen Gemahl und ihren keuschen Töchtern.«

Annot lachte auf, sie war selbst verblüfft, wie frech und … ungezogen es klang. Ihr Lachen hallte in dem unmöblierten, großen Raum. Als sie verstummte, hörte sie für einen kurzen Moment ein schwaches Echo.

Cupido brachte das Wasser mit der Hand in Bewegung, und Reflexionen wie Feenlichter tanzten in allen Farben des Regenbogens über die Wände.

»Könntest du dich entschließen, herzukommen und dich zu mir zu setzen, Annot?«

Sie wandte sich abrupt zu ihm um. Er lächelte schwach, hatte den Kopf leicht zur Seite geneigt und sah sie offen an. Seine Linke hing nach wie vor im Wasser; er wirkte vollkommen gelöst, eine Spur neugierig vielleicht.

»Und wenn ich käme, was würdest du tun?«

»Ich würde dich ausziehen, wenn du mich lässt. Dich in dieses wunderbar warme Wasser führen. Dieser Teil des Hauses ist unterkellert, im Keller brennt ein Feuer, das das Wasser in den Rohren erwärmt, ist das nicht unglaublich?«

Sie musste schon wieder lachen. Diese profane Information nach seinem skandalösen Ansinnen erschien ihr komisch. Cupidos volle, rote Lippen verzogen sich nach oben, und seine Augen lachten ebenfalls. Wie gut er aussieht, fuhr es ihr durch den Kopf. Sie kam sich verwegen vor, als sie sich von der Wand löste und langsam auf das große Becken zutrat.

Er streckte die Rechte nach ihr aus, umschloss ihre Hand und drückte die Innenfläche kurz an die Lippen. »Du wirst es nicht bereuen«, beteuerte er, seine Stimme klang ein wenig heiser, und er wirkte mit einem Mal nicht mehr so vollkommen gelassen wie sonst.

Sie fragte sich, ob es zu seinem Auftrag gehörte, ihr etwas vorzuspielen.

Er hob den Kopf und sah ihr in die Augen. »Du glaubst mir nicht?«

»Doch«, gestand sie zu ihrer Überraschung.

Er lächelte befreit. »Würdest du mir dann erlauben, dir die Augen zu verbinden? Ich weiß, ich stelle hohe Ansprüche an dein Vertrauen, aber es macht die Dinge einfacher, glaub mir.«

Sie nickte.

Cupido zog ein schmales, schwarzes Tuch hervor, legte es behutsam über ihre Augen und machte einen Knoten, fest genug, dass sie nichts sehen konnte, aber nicht so fest, dass es unangenehm war.

Annot spürte ihre Kehle wieder eng werden. Sie hörte das Plätschern des Wassers lauter als zuvor, nahm den schweren Duft bewusster wahr. Überdeutlich hörte sie auch das leise Knistern von Stoff neben sich, als Cupido sich erhob. Er nahm ihre Hand, zog sie mit sich in die Höhe und strich mit den Händen über ihr Gesicht.

»Du bist das unglaublichste Geschöpf, das je in dieses Haus gekommen ist, weißt du das?«, flüsterte er. »Ich könnte dich anbeten. Und das werde ich auch. Wenn du mich lässt.«

Er hatte einen ganz eigenen Duft, den sie jetzt zum ersten Mal wahrnahm. Schwach und unaufdringlich, aber doch einzigartig. Nach Lavendel und frischem Leinen und etwas anderem, Beunruhigendem, das sie nicht benennen konnte. Metallisch und erdig zugleich.

Federleicht strichen seine Hände über ihren Rücken, dann legte er die Lippen auf ihre und küsste sie. Annot hatte nicht geahnt, dass ein Kuss so sein konnte, so sanft und spielerisch und voller Versprechungen.

Er zog sie behutsam näher, und sie spürte seinen muskulösen, straffen Körper, aber ehe sie die Einzelheiten in sich aufnehmen konnte, löste er sich plötzlich und glitt hinter sie. Stoff raschelte,

Schleifen wurden geöffnet, Haken aus Ösen gelöst. Er zog ihr Über- und Unterkleid aus, und als sie im Hemd vor ihm stand, legte er die Hände auf ihre Schultern und strich über ihre Haut. Annot stand reglos vor ihm, angespannt und furchtsam, hörte seinen Atem schneller und rauer werden und wartete darauf, dass er irgendetwas Abscheuliches tat, das ihren Argwohn bestätigen und diesem beunruhigenden Spiel ein Ende machen würde. Aber sie wartete vergebens. Cupidos Hände strichen abwechselnd über ihre Haut und das grobe Leinen ihres Hemdes, ließen keinen Zoll aus, und als er schließlich die flache Hand auf ihren Bauch legte und die andere zwischen ihre Beine führte, überkam sie ein höchst merkwürdiges, bislang unbekanntes Gefühl, ein Gefühl von Köstlichkeit, und ihre Schenkel öffneten sich ein wenig.

Sie hörte sein leises, fröhliches Lachen hinter sich, dann zog er die Hand zurück und streifte die Träger von ihren Schultern. Das Hemd rutschte auf ihre Füße hinab.

Cupido nahm ihre Hand. »Komm ins Wasser, Annot.«

»Master Jonah, Master Jonah, ein Bote von Master Cornell!«

Jonah fuhr schuldbewusst aus dem Schlaf auf und saß aufgerichtet am Tisch im Kontor, das Abrechnungsbuch vor sich, als die Magd hereinstürmte.

»Euer Tuch aus Flandern ist gekommen, Sir!«

Er nickte ihr zu, scheinbar in seine Zahlen vertieft. »Ich bin doch nicht taub, Rachel. Sag Meurig, er soll anspannen, ich komme gleich.«

Rachel ließ sich nichts weismachen. Sie stemmte die Hände in die Seiten und sah ihn scharf an. »Es ist doch eine Schande mit Euch, Sir. Ein anständiger Kaufmann verschläft nicht den halben Vormittag im Kontor.«

Er seufzte. »Und als Nächstes wirst du mir vorhalten, dass ein anständiger Kaufmann sich auch nachts nicht auf den Straßen herumtreibt, richtig?«

»Stimmt genau. Warum bezahlt Ihr nicht irgendeinen Handwerksburschen und lasst ihn Eure Nachtwachen übernehmen, wie die meisten Eurer Gildebrüder es tun?«

»Weil ich nicht so reich bin wie die meisten meiner Gildebrüder. Und jetzt sei so gut, lass mich meine Bücher in Ordnung bringen. Sag Meurig, ich komme in ein paar Minuten.«

Sie nickte versöhnlich und ließ ihn zufrieden.

Rachel und Meurig waren das junge Dienerpaar, das Mistress Cross ihm vermittelt hatte, und er würde ihr bis ans Ende seiner Tage dankbar sein. Rachel hielt das Haus in Ordnung, kochte weitaus besser als Helen und hatte trotz der späten Jahreszeit im Hof einen Gemüsegarten angelegt, der, so versprach sie, noch diesen Herbst ein paar Bohnen und Kräuter abwerfen würde. Meurig stammte aus einem Dorf irgendwo in den walisischen Bergen, hatte dort irgendetwas ausgefressen und war nach England geflohen – in den Augen der meisten Waliser ein Schicksal, das schlimmer war als der Tod. Meurig ertrug die Verbannung jedoch mit größter Gelassenheit. Er war nach London gekommen, hatte in East Cheap seine Rachel gefunden, ein paar Monate in der Sattlerei ihres Vaters ausgeholfen und sie dann geheiratet. Seither hatten die beiden hier und da in London als Tagelöhner gearbeitet und nun hier ein Zuhause gefunden. Sie waren nur wenig älter als Jonah, und er fand es wunderbar unkompliziert, mit ihnen umzugehen. Sie behandelten ihn respektvoll, aber ohne Unterwürfigkeit. Zusammen mit dem Kater Ginger, der sich zu einem geschickten Mäuse- und Rattenjäger entwickelt hatte, bildeten sie seinen gesamten Haushalt, und Jonah fand nicht, dass hier irgendjemand fehlte. Er hatte ohnehin Zweifel, dass irgendwer einem so unerfahrenen Kaufmann wie ihm einen Sohn als Lehrling anvertraut hätte, aber Meurig war ein williger Gehilfe, der in den wenigen Wochen schon gelernt hatte, die verschiedenen Tuchsorten zu unterscheiden, und dank seiner scheinbar unerschöpflichen Kräfte nahm er Jonah viel der körperlichen Arbeit ab.

Der junge Waliser hatte die beiden Ochsen schon vor den langen Holzkarren gespannt und wartete im sonnenbeschienenen Hof, als Jonah aus dem Kontor kam und im Gehen den Inhalt seiner Börse überprüfte.

Der stämmige Meurig, der einen Schopf dunkler Locken

hatte, die so unbändig waren wie sein Wesen, und ein Paar übermütiger tiefblauer Augen, öffnete das breite Tor, während Jonah auf den Bock kletterte und die immer so träge wirkenden Ochsen ermunterte, indem er die Lederzügel über ihren breiten Hinterteilen knallen ließ. Langsam und unlustig trotteten sie auf die Ropery hinaus.

Meurig schloss das Tor wieder, holte den Wagen ohne die geringste Mühe ein und sprang auf. »Ich hätte ebenso gut allein hinfahren können, Sir«, bemerkte er.

Jonah schüttelte kurz den Kopf. Meurig war pfiffig, aber das flämische Tuch war ein Gemisch aus Wolle und Seide, wie Jonah es selbst erst zwei- oder dreimal gesehen hatte. »Ich muss die Qualität prüfen, ehe ich ein Vermögen dafür bezahle.«

»Ist es das Tuch aus der Wolle, die Ihr in Norwich gekauft habt?«, wollte Meurig wissen.

Jonah musste lächeln. »Nein. So schnell geht es nicht. Dieses Tuch hier habe ich praktisch über Master Cornell bestellt. Sein Schiff hat es in Sluis abgeholt …«

»In wo?«

»Sluis. Das ist der Hafen von Brügge. Cornell hat es dem flämischen Händler bezahlt. Ich muss den Kaufpreis erstatten und für den Transport auf seinem Schiff bezahlen.«

»Falls wir heute noch hinkommen«, brummte Meurig.

Die Ochsen waren stehen geblieben; vor ihnen stauten sich Fuhrwerke aller Art, so weit das Auge reichte. Das Gewühl war so dicht, dass auch Fußgänger und Reiter Mühe hatten, sich hindurchzuzwängen.

»Ganz Cheapside ist für den Verkehr gesperrt«, bemerkte der Waliser. »Sie bauen eine Tribüne vor St. Mary le Bow, und das ganze Straßenpflaster wird mit Sand bedeckt, damit die feinen Rösser der Ritter sich nicht auf die Nase legen. Darum müssen jetzt alle hier lang. Das konnte ja nicht gut gehen. Was denkt der König sich nur dabei, zu seinem Vergnügen die ganze Stadt lahm zu legen?«

Jonah antwortete nicht. Aber er war der Meinung, dass die Stadt froh sein sollte über das bevorstehende dreitägige Turnier.

Praktisch der gesamte Adel, die Ritterschaft und ihr Gefolge mussten untergebracht und beköstigt werden, und sie waren immer hungrig und durstig. Und gerade diejenigen, die aus abgelegeneren Regionen kamen, ließen keinen Besuch in London verstreichen, ohne ihre Garderobe zu erneuern, die Herren ebenso wie die Damen. Der Mayor von London, ein Tuchhändler namens John Pulteney, war der gleichen Ansicht und hatte die Aldermen und die Gilden schließlich überzeugen können, dass die Vorteile die Nachteile überwogen. Außerdem, hatte er angefügt, als er in dieser Sache vor der Tuchhändlergilde sprach, sei es höchste Zeit, dass London dem König seine Treue und Ergebenheit beweise, denn mochte Edward auch ein nachsichtiger Mann sein, hatte er doch ganz gewiss nicht vergessen, dass die Londoner die Entmachtung seines Vaters bejubelt und Mortimers Willkürherrschaft ohne den geringsten Widerstand erduldet hatten.

»Es spielt keine Rolle, Meurig, wir haben keine Eile. Wenn ich dieses Tuch so gut verkauft bekomme, wie ich annehme, werden wir diesen Monat doppelt so viel verdient haben wie letzten. Das wäre doch ein Grund, uns drei Tage lang dem Müßiggang hinzugeben und das Turnier anzuschauen, was denkst du?«

Meurigs Augen leuchteten auf. »Ist das Euer Ernst? Ich kann hingehen?«

»Ja.«

Auf einmal sah der junge Waliser die bevorstehenden Festivitäten mit ganz anderen Augen, und mit seiner frohen Laune kehrte auch sein Einfallsreichtum zurück. »Hier auf der Ropery geht gar nichts mehr, Sir. Wenn wir hier links abbiegen, kommen wir nach East Cheap. Da kenn ich mich aus. Wir könnten uns durch die Gassen schlängeln und dann runter zum Wool Quay fahren.«

»Also, worauf wartest du?«

Doch auch die Schleichwege waren nicht viel besser als die Hauptstraße. Allenthalben mussten sie anhalten, um einen Zug von Rittern vorbeizulassen, deren blank polierte Rüstungen in der Septembersonne funkelten, dass es einen blendete. All jene, die aus Kent und Essex zum Turnier und dem anschließenden Parlament anreisten und durch das Aldgate in die Stadt kamen, kämpften sich durch East Cheap, um den abgesperrten Turnierbereich weiträumig zu umgehen.

Meurig hielt wieder auf einem kleinen Platz vor einer windschiefen Holzkirche, als ihnen ein neuerlicher Zug entgegenkam, der prächtigste von allen, die sie bisher gesehen hatten: Ein Herold mit einem Banner, welches ein Wappen mit zwei goldenen Löwen zeigte, ritt vorneweg, gefolgt von wenigstens einem Dutzend Rittern. Dahinter kam ein großer, sehr feiner Mann, unter dessen Mantel aus himmelblauem Tuch ein blankes, von Edelsteinen besetztes Kettenhemd funkelte. Er trug ein mächtiges Schwert an der Seite und ritt einen prachtvollen Grauschimmel mit gewellter Mähne und Schweif, dessen Schabracke wieder das Wappen zeigte. Ein weiteres Dutzend Ritter, eine Schar Knappen, Falkner und livrierter Diener beendeten den Zug.

Das ist eine halbe Armee, dachte Jonah verwundert. »Wer mag das sein?«, fragte er, ohne eine Antwort zu erwarten.

Doch Meurig sagte: »Der Earl of Norfolk, des Königs Onkel. Darum die Löwen im Wappen.«

Jonah starrte ihn an. »Woher weißt du das?«

Meurig hob kurz die massigen Schultern. »East Cheap liegt so nahe am Tower, Sir, wer hier ein paar Monate gelebt hat, kennt allerhand adelige Damen und Herren von Angesicht oder zumindest ihr Wappen. Aber der Earl ist nicht auf dem Weg zum Tower, wie Ihr seht. Ich hab gehört, er steigt im Gasthaus des Lord Mayor ab, in Pountney's Inn. Wie so viele der feinen Herrschaften. Dort speist man von goldenen Tellern, heißt es. Sehr viel feiner als im Tower.«

Jonah sah seinen pfiffigen Diener mit immer größerem Erstaunen an und begann zu verstehen, warum der Mayor so eifrig um die Zustimmung der Stadt zu diesem Turnier geworben hatte. Vermutlich hatte er Recht gehabt mit der Behauptung, jeder Londoner könne daran verdienen, aber gewiss keiner so viel wie der Bürgermeister selbst.

Am nächsten Morgen nach dem Frühstück entließ Jonah Rachel und Meurig wie versprochen, und das junge Dienerpaar eilte voller Vorfreude nach Cheapside, um sich das große Spektakel anzusehen. Jonah hatte eigentlich auch vorgehabt hinzugehen, aber jetzt zögerte er. Sicher herrschte ein fürchterliches Gedränge. Vermutlich würde er einem Beutelschneider zum Opfer fallen. Jemand würde ihm Ale über den neuen Mantel schütten. Turniere oder Paraden interessierten ihn im Grunde nicht im Geringsten; der einzige Anlass, zu dem er sich freiwillig in eine Menschenmenge stellte, war, um ein Schauspiel zu sehen. In Wahrheit hatte er ja nur erwogen, zum Turnier zu gehen, weil er hoffte, einen Blick auf die Königin zu erhaschen. Und jetzt, da es so weit war, verließ ihn der Mut. Wieso sollte er sich das antun? Was hätte er schon davon, sie zu sehen? Ein blutendes Herz, nichts weiter.

»Jonah?«, erscholl eine Stimme im Hof. »Wo steckst du?«

»Hier, im Tuchlager!«, antwortete er.

Der große Elia musste genau wie Jonah den Kopf einziehen, um durch die niedrige Tür zu passen. »Was tust du denn noch hier? Wir wollten zusammen nach Cheapside, schon vergessen ... Oh, Jonah, was für ein wundervolles Tuch!« Mit leuchtenden Augen betrachtete Elia die Ware aus Flandern, die er im Regal entdeckt hatte, und streckte zögernd die Linke aus. »Darf ich?«

Jonah machte eine einladende Geste. »Natürlich.«

Fast ehrfürchtig nahm Elia den Ballen herunter, trug ihn zum Tisch und schlug ihn auf. Dann trat er einen Schritt zurück und bewunderte die gleichmäßige moosgrüne Farbe und das Schillern im Gewebe, das den Seidenanteil verriet. »Herrlich«, urteilte er mit einem Seufzen. »Ist es Burrat?«

Jonah nickte. »Gutes Auge«, lobte er, denn ein einfacher Kaufmann wie Elia Stephens bekam gewiss nicht oft ein solches Mischgewebe zu sehen.

Elia lachte schelmisch. »Um ehrlich zu sein, ich hab's hier dran erkannt.« Er hielt das bleiverplombte Siegel am Ende der Tuchbahn hoch, mit dem jeder kostbare Stoff versehen wurde, um die Echtheit zu garantieren. Das Siegel besagte außerdem, dass das Tuch den Qualitätsanforderungen der jeweiligen Gilde der Herstellungsstadt entsprach, was beruhigend zu wissen war, wenn man Stoffe aus der Fremde importierte.

Elia fuhr noch einen Augenblick mit dem Zeigefinger über die reich verzierte Prägung des Siegels, ließ es dann los und wandte sich zu Jonah um. »Was ist, gehen wir?«

»Elia, ich …«

»O nein. Kommt nicht in Frage. Du hast es versprochen, Jonah.«

»Das habe ich keineswegs. Ich sagte, vielleicht.«

»Trotzdem. Jetzt komm schon. Du kannst nicht immer nur arbeiten, jeder Mann braucht hin und wieder ein bisschen Vergnügen.«

»Was, wenn ich dir sagte, dass ein solches Gewimmel kein Vergnügen für mich ist?«, wandte Jonah ein.

»Dann würde ich erwidern, du seiest ein Griesgram«, entgegnete sein Freund lachend.

»Aber ich kann doch mein Haus und Lager nicht völlig unbewacht lassen.«

»Du kannst absperren, oder? Nun komm schon. Was ist denn dabei? Wir trinken ein paar Becher Wein, essen ein gebratenes Hühnchen und ein paar kandierte Früchte und schauen zu, wie die feinen Gentlemen sich zu unserer Belustigung die Köpfe einschlagen – wann gibt es das schon mal? Es ist ein harmloser Spaß, und auch so ein todernster Kerl wie du muss sich mal vergnügen …«

Er redete noch ein bisschen weiter auf Jonah ein, bis der schließlich mürbe wurde und um des lieben Friedens willen nachgab. So war es meistens.

Jonah sperrte das Lager ab und das Haupttor zur Straße, befestigte den schweren Schlüsselring sicher an seinem Gürtel und folgte Elia durch die Gassen der Ropery in nördlicher Richtung nach Cheapside.

Elia Stephens war der Einzige seiner Gildebrüder, dem Jonah sich freundschaftlich verbunden fühlte. Obwohl sechs oder sieben Jahre älter, war Elia der Übermütigere von beiden, oft gar leichtsinnig. Daran hatte auch seine besonnene junge Frau nichts ändern können. Die anderen Tuchhändler schüttelten die Köpfe über Elia, weil er das Leben nicht ernst genug nahm und nicht wirklich fleißig war. Sie schüttelten auch nach wie vor die Köpfe über Jonah, freilich aus ganz anderen Gründen, und Jonah hatte sich schon manches Mal gefragt, ob es vielleicht das war, diese generelle Missbilligung, die ihn und Elia zusammengeführt hatte. Es konnte wohl kaum zwei unterschiedlichere Menschen geben, aber trotzdem oder auch gerade deswegen ergänzten sie sich auf vortrefflichste Weise. Martin Greene hatte Jonah mit erhobenem Zeigefinger verboten, Elia Stephens jemals Geld zu leihen oder in eines seiner verrückten geschäftlichen Abenteuer zu folgen. Jonah wusste, es war ein guter Rat – Elias »todsichere Geschäfte«, die immer unglaublich viel Geld in unglaublich kurzer Zeit versprachen, gingen regelmäßig in die Binsen. Bislang war das nicht weiter schlimm, denn Elias Vater hatte seinem risikofreudigen Sohn ein stattliches Vermögen hinterlassen. Aber es würde nicht ewig reichen.

»Da, nun sieh dir das an!«, rief Elia begeistert aus, als sie zur West Cheap kamen, der breitesten Straße innerhalb der Stadtmauern, wo jedoch an gewöhnlichen Tagen so viele Verkaufsstände aufgebaut waren, dass man kaum hindurchkam. Heute war von den Ständen nichts zu sehen. Sie waren fortgeschafft worden, und stattdessen hatte man auf der gegenüberliegenden Seite die bunten Pavillons der Turnierteilnehmer errichtet. Knappen und Diener standen in nervösen, kleinen Gruppen davor zusammen und tuschelten oder sattelten die wundervollen, großen Schlachtrösser. Die Ritter zeigten sich noch nicht. Auf der hiesigen Seite säumten Menschen die sandbedeckte Straße.

»Hab ich zu viel versprochen?«, fragte Elia mit leuchtenden Augen.

Da er ihm eigentlich gar nichts versprochen hatte, antwortete Jonah nicht, verzichtete auch auf die Bemerkung, dass es noch voller und lauter war, als er befürchtet hatte. Männer, Frauen und Kinder aller Stände drängten sich vor den geschlossenen Läden. Eine hüfthohe hölzerne Absperrung hielt die Menge im Zaum und sollte verhindern, dass die Zuschauer bei den Turniergängen unter die Hufe gerieten. Elia zerrte ihn nach links, wo das Gewimmel am dichtesten war.

»Warum dort entlang?«, protestierte Jonah.

»Ich will nach St. Mary le Bow«, erwiderte Elia. »Zur Tribüne.«

Jonah stöhnte, legte die Hand an seine Börse und folgte seinem Freund ins Getümmel. Sie kamen nur langsam vorwärts, und die Handwerkersfrauen aus Cheapside beschimpften die beiden großen jungen Männer lauthals und wortreich, die sich ganz vorn an der Absperrung entlangschlängelten.

»Seht zu, dass ihr weiterkommt! Wie sollen wir etwas sehen, wenn gerade ihr vor uns steht? Dieses Kaufmannspack denkt doch weiß Gott, die ganze Stadt gehöre ihnen …«

Elia lachte über ihr wütendes Gezeter, kaufte einem Bierjungen zwei Krüge ab und reichte Jonah einen davon, ehe er sich weiter vorarbeitete, wie ein Mann, der durch ein brusthohes Gewässer watet.

Jonah trank hastig ab, aber noch während er ansetzte, knuffte ihn jemand, und Bier spritzte auf sein Surkot. »Großartig …«, murmelte er bissig. »Genau, wie ich dachte.«

Er vergaß sein beschmutztes Gewand, als er die Tribüne sah. Natürlich hatte er davon gehört. Aber keine Beschreibung wurde ihr gerecht.

Die steinerne Kirche von St. Mary le Bow war eins der schönsten Gotteshäuser der Stadt, dessen unverkennbarer Glockenschlag den Leuten von Cheapside abends das Schließen der Stadttore verkündete. Sie stand genau in der Mitte der Turnierstrecke, die vom Great Cross bis zur Sopar's Lane im Osten reichte, also etwa eine Viertelmeile lang war. Auf gleicher Höhe mit der Kirche hatte ein Heer von Londoner Zimmerleuten eine Art Balkon errichtet, der von einer Straßenseite zur anderen reichte. Diese Tribüne schien zwei Mann hoch über dem Boden zu schweben – damit auch ja keiner der Reiter mit seiner langen Lanze dagegenstieß – und war an beiden Seiten mit einer Brüstung versehen, sodass die Zuschauer ebenso nach Osten wie nach Westen blicken konnten. Links war dieses unglaubliche Konstrukt an die Kirche angebaut und wohl irgendwie an ihrem Mauerwerk verankert, rechts stand es auf hölzernen Stelzen und überspannte West Cheap ohne einen einzigen Stützpfeiler.

»Bei den Zähnen Gottes ...«, stieß Elia hervor. »Ich wusste nicht, dass so etwas möglich ist.«

Auch Jonah schüttelte in fassungsloser Bewunderung für diese meisterhafte Leistung der Zimmerleute den Kopf. Unverwandt starrte er zu dem Balkon hinauf, dessen Streben und Balustraden mit Girlanden, bunten Tüchern, Wimpeln und Wappen geschmückt waren. Die ersten Damen hatten sich schon eingefunden und nahmen ihre Plätze auf den Holzbänken ein. Ausnahmslos junge Damen, stellte er fest, nicht wenige schön, alle elegant und in edle Tuche gekleidet, manche mit unbedecktem, geflochtenem Haar, die verheirateten mit schulterlangen, schleierdünnen Tüchern, die mit Stirnreifen gehalten wurden, auf dem Haupt, manche trugen auch aufwendige Hauben.

Elia nahm einen tiefen Zug aus seinem Bierkrug und sah sich um. Seine Neugier war unersättlich; er hatte die Augen weit aufgerissen, als fürchte er, irgendetwas könne ihm entgehen. »Wie wär's, wenn wir auf die Streben klettern?« Er wies auf den Unterbau des Balkons. »Wir hätten einen fantastischen Blick.«

Jonah nickte. »Und würden vermutlich eingesperrt. Die Tribüne ist nicht für unseresgleichen, Elia, auch nicht die Streben.«

Sein Freund verdrehte ungeduldig die Augen. »Ich könnte glauben, ich wär mit meinem Vater hier ...«

Jonah hob lächelnd die Schultern, ohne den Blick von der Tribüne zu wenden. »Mach, was du willst. Ich rühr mich nicht vom Fleck.«

Ein Trompetenstoß ertränkte Elias Antwort – was, so mutmaßte Jonah, kein großer Verlust war –, und dann kam sie. Gefolgt von einem wahren Kometenschweif an Hofdamen trat Königin Philippa aus einem der großen, oberen Fenster der Kirche, welches heute als Zugang zur Tribüne diente, stellte sich an die

Brüstung und winkte lächelnd auf die Menschen hinab. Die sonst so zynischen, schwer entflammbaren Londoner jubelten ihr zu und riefen ihren Namen.

Philippa strahlte, hob die Linke von der Brüstung und winkte, mehr begeistert als gebieterisch, mit beiden Armen.

Jonah musste lachen. Unverwandt starrte er zu ihr hinauf, mit verschränkten Armen und ohne auch nur einen der vielen tausend Menschen um sich herum noch wahrzunehmen. Er vergaß sie einfach, hatte nur Augen für Philippa. Sie trug Rot. Hätte sie ihn zuvor gefragt, hätte er ihr abgeraten. Nie hätte er geglaubt, dass sie sich diese Farbe leisten konnte. Er hatte sich geirrt. Das grelle Purpur machte ihre eigenwilligen Züge nicht schärfer, die ausgeprägte Nase nicht größer, wie er befürchtet hätte. Auch ließ es sie nicht kränklich bleich wirken, wie es bei so vielen Frauen der Fall war. Es machte eine Königin aus ihr. Sie trug das aufwendige, weit fallende Kleid mit selbstvergessener Anmut, und die Farbe offenbarte ihre wahre *Courtoisie*. Es kam Jonah vor, als sehe er Philippa heute zum ersten Mal. Ihr glänzend braunes Haar umrahmte in Flechten aufgesteckt ihr Gesicht, ehe es unter dem kleinen *couvre-chef* verschwand, welches von einem kronenartigen Diadem gehalten wurde. Edelsteine funkelten darin. Es war perfekt. Jonah war verzauberter denn je.

Erst mit einiger Verspätung nahm er wahr, dass der Jubel der Menge eine andere Tonart angeschlagen hatte, und ein zweites Geräusch war hinzugekommen: das Donnern vieler Hufe. Beinah unwillig wandte er den Blick ab. Philippa hatte ihn nicht entdeckt. Wie sollte sie auch, in diesem Gedränge? Er wusste, es war albern, so enttäuscht zu sein, aber er konnte nichts dagegen tun. Nur wegen ihr war er schließlich gekommen. Erst jetzt erkannte er, was für ein Narr er gewesen war.

»Jonah? Jonah! Das gibt's doch nicht!«

Er sah stirnrunzelnd auf, als er die helle Stimme hörte. »Crispin!«

Rupert Hillocks junger Lehrling drängte sich beinah rüde durch die Leiber, die sie voneinander trennten, bis er sich zu Jonah durchgekämpft hatte. »Du bist so ziemlich der Letzte, den ich hier zu finden erwartet hätte.«

Jonah hob ein wenig verschämt die Schultern. »Ich frage mich auch gerade, was ich hier eigentlich verloren habe. Elia Stephens hat mich hergeschleift, und jetzt ist er verschwunden.«

Crispin wies vage auf einen Punkt jenseits der Tribüne. »Da vorn gibt es Räucheraal, da hat er sich angestellt.«

Jonah nickte, ohne sich umzuwenden, und betrachtete Crispin aufmerksam. Der Junge schien ihm schmaler und blasser, als er ihn in Erinnerung hatte. »Alles in Ordnung?«

Crispin vollführte etwas, das halb ein Nicken, halb ein Kopfschütteln war. »Natürlich.« Ihre Blicke trafen sich kurz, und der Jüngere sah hastig zu Boden. »Na ja«, murmelte er achselzuckend. »Es ist kein Zuckerschlecken mit Master Hillock.«

»Das musst du mir nicht erzählen.«

Sie schwiegen in altvertrauter Eintracht. Der Lord Mayor, John Pulteney, war auf der Tribüne erschienen und hieß den König, die Königin, die Adligen und Ritter und auch die Londoner zum großen St.-Michaelis-Turnier von London willkommen, ehe er dem Onkel des Königs und Lord Marshall von England Platz machte, der den Ablauf und die Regeln des Turniers erklärte. Im Gegensatz zu den Turnieren, die es in den Zeiten des letzten König Edward gegeben hatte, sollte hier mit scharfen Waffen gekämpft werden, erfuhren sie zu ihrer Verblüffung. Offenbar war der neue junge König der Auffassung, dass ein Turnier nur dann seinen Zweck erfülle, wenn es als Übung für den Ernstfall diente.

»Deine Großmutter hat immer gesagt, dieser junge König sei ein Krieger«, bemerkte Crispin versonnen.

Jonah nickte.

Ehe die Einzelausscheidungen beginnen sollten, fuhr der Lord Marshall fort, werde es einen *Buhurt* geben, in welchem alle Ritter des Turniers, aufgeteilt in zwei Gruppen, gleichzeitig gegeneinander antreten sollten wie in der Schlacht.

Sie sahen nach rechts, wo sich an der Einmündung zur Sopar's Lane eine »Schlachtreihe« von vielleicht zwanzig Reitern formiert hatte. Der vordere war an seinem Wappen leicht zu erkennen. Die Menschen jubelten ihrem König zu.

»Lass uns einen Schritt zurücktreten«, raunte Crispin nervös.

Jonah sah sich um. »Wohin? Sei unbesorgt, hier hinter der Absperrung sollten wir sicher sein.«

Crispin schaute unverwandt zum König hinüber. »Elizabeth verliert den Verstand«, erklärte er unvermittelt.

Jonahs Blick war schon wieder zur Tribüne hinaufgewandert, doch jetzt ruckte sein Kopf herum. »Was sagst du?«

Crispin nickte. »Sie geistert manchmal durchs Haus wie ein Schlafwandler und redet wirres Zeug. Ich komme nie so ganz dahinter, aber ich glaube, sie ... sie sucht irgendwas. Oder irgendwen.«

Jonah unterdrückte ein Schaudern. »Und Rupert?«

Crispin hatte den Kopf immer noch nach rechts gewandt, sodass Jonah nur sein Profil sah. »Er ist wie immer«, antwortete der Junge. »An manchen Tagen säuft er. An anderen nicht. Aber so langsam bleiben die Kunden aus.«

Der König und seine »Armee« setzten sich in Bewegung. Erst langsam. Dann ein wenig schneller. Dann ließen sie die Zügel lang und gaben den Pferden die Sporen. Die Damen auf der Tribüne hatten sich erhoben. Auch von der anderen Seite donnerten Hufe heran. Die Menge johlte.

»Habt ihr irgendetwas von Annot gehört?«, fragte Jonah, er musste schon ein wenig lauter sprechen.

Crispin schüttelte langsam den Kopf. »Ich hatte gehofft, du vielleicht.«

»Nein.« Jonah sah zur Tribüne hinauf. Philippa hatte die Hände um die Balustrade gelegt, sah dem König und dessen Rittern entgegen und rief lachend irgendetwas, das er nicht verstehen konnte. Ihre Damen schlossen sich ihr an; bald standen sie dicht gedrängt entlang des Geländers und feuerten die heranpreschenden Reiter an. Aus dem Augenwinkel nahm Jonah eine Bewegung wahr und wandte den Blick auf den Unterbau der

Tribüne. Für einen Moment hatte er sich eingebildet, die Konstruktion schwanke. Vermutlich lag es an der Spätsommerhitze und den Menschenmassen, die ihn einkeilten. Was würde Crispin wohl denken, wenn er hier mitten auf der Straße in Ohnmacht fiele?

»Du solltest mit deinem Vater reden«, riet er dem Jungen. »Ich bin sicher, er kann dir eine andere Lehrstelle besorgen.«

Crispin verschränkte die Arme vor der Brust und sah ihn unschlüssig an. »Ja, Jonah, aber wenn ich gehe, dann ist Hillock am Ende. Die Kunden, die noch kommen, kommen zu mir.«

»Es ist nicht deine Aufgabe, sein Geschäft zu retten. Du hast alles getan, was du ihm schuldig warst, und mehr obendrein.«

»Ich weiß nicht ...«, murmelte der Junge unentschlossen.

»Wenn du bei ihm bleibst, gehst du vor die Hunde und ... O mein Gott.« Jonah packte Crispin am Arm und zerrte ihn einen Schritt zurück.

»Was ist denn?«, fragte der Junge irritiert.

Es war keine Einbildung gewesen. Die Tribüne wankte auf ihren spinnenhaft dünnen Beinen, aber niemand außer Jonah schien es zu bemerken. Das Volk entlang der Straße hatte nur Augen für den König, der Seite an Seite mit seinem Freund Montagu heranpreschte, und jubelte ihm frenetisch zu. Vielleicht noch hundert Yards trennten die galoppierende Reiterschar von St. Mary le Bow. Die Königin stand in einem dichten Knäuel ihrer Damen an der Balustrade, alle hatten sich gespannt über die Brüstung gelehnt. Fast unvernehmlich im Donnern der Hufe und dem Jubel der Menge hörte Jonah Holz splittern, ein verstohlener, fast beiläufiger Laut.

Er sah die Königin die Stirn runzeln, das Lächeln auf ihrem Gesicht verblasste für einen Augenblick, und sie schaute leicht verwirrt zur Seite. Ohne einen klaren Gedanken zu fassen stemmte Jonah sich an der Absperrung hoch.

Crispin umklammerte seinen Ellbogen. »Was hast du vor? Bist du besessen, sie werden dich niederreiten!«

Jonah wandte den Kopf und sah dem Jungen einen Moment in die Augen. Die Tribüne wird einstürzen, wollte er sagen, aber er brachte keinen Ton heraus. Warum merkte denn keiner, was hier geschah? Es war wie in einem Albtraum; die Katastrophe brach herein, und niemand nahm sie zur Kenntnis. Er wusste nicht, was er tun sollte, aber er konnte nicht einfach zusehen.

Mit einem Ruck riss er sich los und setzte über die Absperrung. Noch im Sprung vernahm er den ersten, ahnungsvollen Schrei auf dem Balkon, und er bildete sich ein, es sei die Stimme der Königin. Er taumelte auf die Straßenmitte, den Blick nach oben gewandt. Links neben ihm krachte ein schwerer Holzbalken zu Boden; Jonah fühlte den Luftzug im Gesicht. Von beiden Seiten näherte sich das Donnern der Hufe; er spürte das Beben der Erde durch die Schuhsohlen, und das anschwellende Geräusch hüllte ihn gänzlich ein. Das vordere der Spinnenbeine knickte weg. Unter mahlendem Knirschen neigte die ganze Konstruktion sich nach vorn, und die Damen stießen spitze Schreckensschreie aus. Die zweite Stelze wankte wie eine schlanke Birke im Sturm. Die Königin hatte beide Hände um das Geländer gekrallt und sah mit großen Augen auf die Straße hinab. Mit einem Ruck neigte der Balkon sich weiter, sodass sie um ein Haar heruntergeschleudert worden wäre. Gebannt starrte sie ihrem Mann und Montagu an der Spitze der Turnierreiter entgegen, und als ihr aufging, dass sie von dort keine Rettung zu erhoffen hatte, dass es vielmehr der Tod war, der ihr da entgegenpreschte, weiteten sich ihre Augen vor Entsetzen, und sie stand stockstill.

Jonah warf einen blitzschnellen Blick auf die verbliebene Stelze. Sie würde jeden Moment brechen. Ihm blieb kaum mehr als ein Herzschlag Zeit, um zu handeln. Mit zwei Sätzen hatte er die Tribüne erreicht, breitete die Arme aus und rief: »Springt! Es ist die einzige Chance, springt!«

Philippa hörte seine Stimme, neigte den Kopf und starrte auf ihn hinab, aber sie schien ihn nicht zu erkennen und verstand offenbar auch nicht, was er sagte.

Halb wahnsinnig vor Eile suchte Jonah in seinem Gedächtnis nach dem richtigen Wort. Er wusste genau, dass er es kannte, aber das Dröhnen, das Splittern und die immer zahlreicheren

Schreie um ihn herum machten jeden zusammenhängenden Gedanken unmöglich. Dann fiel es ihm plötzlich ein: »*Sautez! Sautez, vite!*«

Die Königin blinzelte, als sei sie aus einem Tagtraum erwacht, und sie handelte ohne Zögern. Behindert durch ihre langen Röcke, aber doch mit jugendlicher Agilität schwang sie die Beine über die Balustrade, balancierte einen Moment und ließ sich dann fallen. Jonah sah ihr entgegen, und er bildete sich ein, sie fiele stundenlang. Er trat einen halben Schritt zurück, bog den Oberkörper ein wenig nach rechts, und sie landete praktisch direkt in seinen Armen. Mit einem hölzernen Kreischen riss die Tribüne aus ihrer Verankerung an der Kirchenmauer und brach polternd in sich zusammen.

Jonah war mit der Königin zu Boden gegangen. Sie lag einen Augenblick reglos auf ihm, aber schon wälzte er sie von sich, schleuderte sie herum, sodass sie mit dem Gesicht im Sand lag, und warf sich über sie.

Philippa wehrte sich und versuchte sich zu befreien. »Lass mich … Ich will hier weg …«

Er hielt sie an der Schulter gepackt und drückte ihren Kopf zu Boden. »Nicht bewegen.«

»Jonah …?« Sie klang vollkommen desorientiert.

»Ja, Madame. Ihr müsst still liegen bleiben, dann haben wir vielleicht Glück. Schützt Euer Gesicht.«

Mechanisch folgte sie seinem Rat. Auch Jonah legte die Arme um den Kopf, aber er sah es trotzdem. Es schien ihm, als wäre sein Blick geschärft, und er sah alles, was sich ereignete, in unwirklicher Klarheit.

In einer Kaskade aus vielfarbigen, fliegenden Röcken purzelten die Damen von der einstürzenden Tribüne, lagen dann still wie bunte Tupfen auf der Straße, und hölzerne Trümmer regneten auf sie herab, begruben manche unter sich. Dann waren die Reiter endlich über ihnen, und die eigentliche Katastrophe nahm ihren Lauf. Von beiden Seiten brandeten sie heran, und das, was ein prächtiger Schaukampf hatte werden sollen, wurde ein Blutbad. Zu spät erkannten die Reiter, was geschehen war, und versuchten die Pferde zu zügeln. Edwards Rappe stieg wiehernd, prallte mit Montagus Schlachtross zusammen, und der König wurde aus dem Sattel geschleudert. Auch die übrigen Pferde auf beiden Seiten scheuten vor dem Hindernis, das plötzlich vom Himmel gefallen war. Die Reiter verkeilten sich ineinander, Sand stieb auf, die Pferde gingen wiehernd zu Boden, traten in Panik um sich, und die Ritter landeten unter dem blechernen Scheppern ihrer Rüstungen auf der Straße. Am schlimmsten traf es die Damen, die weinend und orientierungslos umherirrten. Mit weit aufgerissenen Augen starrte Jonah zu einer der jungen Frauen hinüber. Ein Teil seines Verstandes sagte ihm, dass er sie erkannte; sie war diejenige gewesen, die an dem Abend im Epping Forest die Sternschnuppe entdeckt hatte. Aber das war kein bewusster Gedanke. Die Vergangenheit war nicht wirklich, nicht so wirklich wie die roten Spritzer im Sand oder die Gewissheit, dass das Sternschnuppenmädchen dem Earl of Arundel unter die Hufe geraten und zertrampelt werden würde. Er sah es kommen, sein Mund öffnete sich, und er stieß einen warnenden Ruf aus, aber natürlich hörte sie ihn nicht. Er keuchte und brachte einen eigentümlichen, unartikulierten Protestlaut hervor, weil er es nicht verhindern konnte und es deswegen würde mit ansehen müssen.

Doch plötzlich stand ein Kind neben der Todgeweihten, ein hübsches Mädchen mit kastanienbraunen Zöpfen und riesigen blauen Augen, das Gesicht in ungläubigem Entsetzen verzerrt, packte sie und warf sich mit ihr zu Boden, sodass Arundels Schlachtross über sie hinwegsprang. Im nächsten Moment spürte Jonah einen Huftritt im Kreuz. Es war weder der erste noch der letzte. Nicht alle Pferde waren so behände wie das des Earl of Arundel. Aber alles in allem hatten sie Glück. Jonah kam mit ein paar hufeisenförmigen blauen Flecken davon, die Königin ohne einen Kratzer. Ein Wunder, hörte man später viele sagen.

Erst als die Trümmer des Balkons endlich zur Ruhe kamen und alle Turnierpferde entweder gezügelt oder reiterlos in die entgegengesetzte Richtung geflohen waren, hörte Jonah die Schreie der Menschen hinter der Absperrung, wo offenbar eine

Panik ausgebrochen war. Unwillig hob er den Kopf und sah hinüber. Unter den Zuschauern herrschte ein wildes Durcheinander. Er erhaschte einen Blick auf Elia Stephens, der ein fremdes kleines Mädchen auf dem Arm hielt und sich erstaunlich bedächtig einen Weg zur rettenden Gasse neben der Kirche bahnte. Jonah suchte die wogende Menge nach Crispin ab, doch ehe er ihn entdecken konnte, wurde er rüde am Mantel gepackt und auf die Füße gezerrt. Er wehrte sich instinktiv, und zwei Paar kräftiger Hände verdrehten ihm die Arme auf dem Rücken. Er spürte ein warnendes Reißen in dem unlängst verheilten Schlüsselbein. Aus dem Augenwinkel erkannte er zwei hünenhafte Soldaten der königlichen Leibgarde. Der eine schlug ihm mit der Faust in den Nacken und knurrte: »Denk ja nicht, ich hätte nicht gesehen, dass du Hand an die Königin gelegt hast, du Hurensohn. Das wird dich teuer zu stehen kommen, ich schwör's.«

Jonah rührte sich nicht. Er kam auch nicht auf die Idee, zu protestieren. Er stand unter Schock, ebenso wie Königin Philippa, die mit Hilfe eines weiteren Soldaten auf die Füße kam und mit unsicherer Stimme bat: »Lasst ihn los. Ihr versteht nicht … er hat mir das Leben gerettet.« Als die Soldaten nicht augenblicklich reagierten, straffte sie sichtlich die Schultern und fragte schneidend: »Habt ihr nicht gehört?«

Die Männer ließen von Jonah ab, blieben aber in unmittelbarer Nähe stehen.

Philippa legte ihm für einen kurzen Moment die Hand auf den Arm und schritt dann langsam zu dem dichten Knäuel, in welchem sich der König verbarg.

Als das Chaos ausbrach, hatten William Montagu, Geoffrey Dermond, Gervais of Waringham und einige weitere vertraute Ritter instinktiv einen dichten Ring um ihren König gebildet, so als stünden sie auf dem Schlachtfeld. Erst jetzt, da ihnen langsam dämmerte, was eigentlich geschehen war, lösten sich einige aus diesem menschlichen Schutzwall, um den Damen und Reitern zur Hilfe zu eilen, die niedergetrampelt worden waren oder unter Trümmerteilen eingezwängt lagen.

Der König drängte sich zwischen seinen verbliebenen Leibwächtern hindurch und eilte Philippa mit langen Schritten entgegen. Verwegen und ein wenig furchteinflößend sah er aus: Er hatte sich, genau wie Montagu, für den fröhlichen Anlass als tatarischer Krieger verkleidet. Den hohen, spitzen Hut hatte er bei seinem Sturz eingebüßt, aber das eigenartige Ledergewand mit dem gewaltigen Dolch am Gürtel und die ungewöhnlich hohen Stiefel ließen ihn in beunruhigender Weise fremdländisch wirken. Oder vielleicht lag es auch nur an der grimmigen Miene.

Vor Philippa blieb Edward stehen, ergriff ihre Hand und fuhr mit der freien Linken durch ihre aufgelösten Locken. »Darf ich wider alle Hoffnung hoffen, dass du unversehrt bist?«

Sie bemühte sich um ein Lächeln. »Mir ist nichts geschehen, Sire.«

Er nickte. Nichts rührte sich in seiner versteinerten Miene. Eine verschmutzte Schramme verlief über seine linke Wange, und seine Nase hatte ein wenig geblutet. Jonah starrte ihn gebannt an. Er hätte nicht für möglich gehalten, dass der junge, leutselige Edward ihm solche Angst einflößen könnte.

Der König wandte sich an seine Leibwächter. »Kümmert euch um die Verwundeten. Dann macht die Zimmerleute ausfindig, die dieses Unglück zu verantworten haben. Alle. Bringt sie in den Tower.«

Die Männer nickten beklommen und gingen davon, um ihre versprengten Pferde einzufangen.

Jonah spürte ein zaghaftes Zupfen am Ärmel und wandte sich stirnrunzelnd um.

»Könnt Ihr mir helfen, Sir?« Es war das Mädchen, das er vorhin gesehen hatte. Stunden schien es her zu sein, dabei waren in Wahrheit nur Minuten vergangen. Sie hatte eine der Damen und sich selbst mit ihrer Geistesgegenwart vor dem Schlimmsten bewahrt, aber ihre tiefblauen Augen waren riesig und verstört.

Jonah hob das kostbare Diadem der Königin auf, das im Sand lag, und steckte es vorläufig in sein Gewand. »Wobei?«, fragte er.

Das Mädchen wies auf den Trümmerhügel, der einmal die Tribüne gewesen war. »Eine Hand schaut hervor. Ich glaube … es könnte meine Schwester sein.«

Jonah versuchte, den lähmenden Schrecken abzuschütteln, und verbannte jeden Gedanken an die Königin oder das ungewisse Schicksal der Londoner Zimmerleute. »Schnell. Zeig mir, wo.«

Sie brachte ihn zum Fuß des Trümmerhaufens nahe der Kirche. Aus den zersplitterten Holzresten ragte tatsächlich eine bleiche, schmale Frauenhand. Sie lag reglos im Sand und verschwand kurz über dem Gelenk in den Bruchstücken. Jonahs Mund wurde trocken. Was, wenn sie nur einen halb abgetrennten Arm fanden? In dieser restlosen Zerstörung schien alles möglich.

»Ich glaube, es ist besser, du lässt mich das allein machen.«

Sie schüttelte entschieden den Kopf, ihre kleinen Hände griffen schon die ersten losen Holzstücke und warfen sie beiseite. »Zu zweit sind wir schneller.«

»Aber vielleicht finden wir etwas Schreckliches.«

Sie hob den Kopf. Tränen liefen über ihr zierliches Gesicht, doch sie wischte sie energisch weg und fuhr ihn an: »Je länger wir zaudern, umso wahrscheinlicher, dass Ihr Recht habt. Wollt Ihr mir nun helfen, oder seid Ihr nur ein Schwätzer?«

Verdattert machte Jonah sich an die Arbeit. Man hatte ihn schon auf mancherlei wenig schmeichelhafte Weise betitelt, aber niemand hatte ihn je einen Schwätzer genannt.

Verbissen schaufelten sie sich durch die Trümmer, legten erst einen Unterarm frei, dann eine Schulter. Jonah kletterte mehrmals gefährlich weit auf die Wrackteile hinauf, die jedes Mal ins Schlittern gerieten, aber nur so konnte er verhindern, dass Holzteile von oben herabrutschten oder -fielen und ihre Ausgrabung wieder bedeckten.

Der Arm war glücklicherweise nicht abgetrennt. Nach und nach befreiten sie den ganzen Körper aus dem Holz. Es war eine junge Frau, die dem Mädchen auffällig ähnlich sah. Ihre Augen waren geschlossen, das Gesicht blutbesudelt, aber man konnte sehen, dass sie atmete.

»Deine Schwester lebt«, bemerkte er.

Sie nickte, starrte noch einen Moment auf die reglose Gestalt hinab und blickte dann mit einem traurigen kleinen Lächeln zu ihr auf. »Danke, Sir. Sagt Ihr mir Euren Namen?«

»Jonah Durham.« Er verneigte sich knapp. »Und der deine?«

»Giselle de la Pole. Ich bin elf«, fügte sie unaufgefordert hinzu.

Jonah nickte langsam. Martin Greene hatte ihm gelegentlich von dem berüchtigten, steinreichen Kaufmann William de la Pole erzählt, der den gesamten Wollhandel Nordenglands kontrollierte und beste Kontakte zum Hof unterhielt. Wenn dieses Mädchen und seine ältere Schwester zum Gefolge der Königin zählten, konnten es nur seine Töchter sein, ging ihm auf. »Wir sollten schnell einen Arzt für deine Schwester finden«, riet er.

Giselle sah sich suchend um, dann lächelte sie befreit. »Die Königin! Sie weiß sicher, wie wir einen Arzt bekommen.«

Sie eilte davon, und Jonah kniete sich neben die Bewusstlose, nahm zaghaft ihre blutende, kühle Hand und rieb sie zwischen seinen.

Kurz darauf trat der junge Gervais of Waringham zu ihm. »Die Königin hat mich gebeten, Lady Elena in den Tower zu bringen. Dort wird sich der Leibarzt des Königs ihrer und der anderen Verletzten annehmen.«

Jonah stand auf und nickte. »Gibt es viele Tote?«

Waringham seufzte. »Ich weiß es nicht. Was für eine furchtbare Geschichte, Jonah.«

Der junge Kaufmann war verwundert, dass Waringham sich an seinen Namen erinnerte. Er zog das Diadem aus den Falten seines Gewandes und reichte es ihm. »Würdet Ihr es der Königin zurückgeben? Ich sollte wohl sehen, was aus meinen Freunden geworden ist.«

Waringham schüttelte den Kopf. »Gebt es ihr selbst. Der König hat mich angewiesen, Euch zu bitten, ebenfalls mit in den Tower zu kommen. Und wo wir schon denselben Weg haben, könntet Ihr hier gleich mit anfassen.«

Behutsam hoben sie die Bewusstlose auf Waringhams Pferd. Der junge Ritter saß hinter ihr auf, stützte ihren Oberkörper und sah besorgt in ihr bleiches Gesicht. »Arme Elena. Ich hab immer gesagt, sie ist eine dumme Gans, aber ich hoffe, sie wird wieder gesund.« Er nickte Jonah zu. »Kommt zum Tower, so schnell Ihr könnt. Heute ist es besser, man lässt den König nicht warten.«

»Was wird mit den Zimmerleuten geschehen?«, fragte Jonah.

»Vermutlich wird es eng werden um ihre Kehle«, antwortete Waringham und schnalzte seinem Pferd aufmunternd zu. »Ich möchte jedenfalls nicht mit ihnen tauschen.«

Jonah war noch nie im Leben im Tower gewesen. Natürlich war er schon häufig an der dicken, unüberwindlich hohen Mauer vorbeigekommen, hatte auch mal einen Blick über die Zugbrücke riskiert, aber zu seiner Erleichterung nie mehr als den kleinen Vorhof zwischen der Außenmauer und dem Torhaus der inneren Mauer gesehen.

Der Tower of London gehörte dem König, war seine Londoner Residenz, in der sich jedoch kein König je häufiger als zwingend erforderlich aufgehalten hatte, denn der Tower war alt, düster und zugig und bot bei weitem nicht so viel Bequemlichkeit wie etwa der Palast im nahen Westminster oder andere königliche Besitzungen in der unmittelbaren Umgebung der Stadt. Trotzdem wurden die Gebäude im Innern der Festungsanlage ständig erweitert, um Platz für immer mehr Regierungsabteilungen oder größere Kontingente von Soldaten zu schaffen. In den Vorstellungen der Londoner symbolisierte die alte Burg die Macht des Königs und seiner Vasallen und hatte mit dem Leben der einfachen Leute nichts zu tun. Nicht einmal die Londoner Übeltäter wurden dort eingesperrt, sondern nur Verräter oder sonstige Spitzbuben von hoher Geburt. Somit war es ein unbekannter Ort, von dem die grausigsten Geschichten erzählt wurden, und Jonah fühlte sich ganz und gar nicht wohl in seiner Haut, als er zögernd den Fuß auf die Brücke setzte. Seine Schritte schienen immer langsamer und zögerlicher zu werden.

Nicht nur wegen seines Unwillens, sondern weil er auf einmal so erschöpft war, dass er kaum mehr weiterkonnte.

Ein Soldat in Helm und Kettenhemd stand am inneren Tor, aber ehe er Jonah ansprechen konnte, kam ein halbwüchsiger Junge aus dem Torhaus und sagte: »Das ist der Mann, auf den ich warten sollte.«

Jonah erkannte ihn. Es war Waringhams Knappe. Er musste einen Moment überlegen. »Roger?«

Der Junge nickte lächelnd und winkte. »Folgt mir, Master Durham.«

Er brachte ihn durch das tunnelartige Tor in den riesigen Innenhof der Burganlage. Jonah blieb einen Augenblick stehen und sah sich staunend um. Er hatte gehört, dass es im Innern der Einfriedung eine Vielzahl von Türmen gab, aber er hatte nicht geahnt, dass jeder einzelne stark und trutzig genug wirkte, um auch ohne Graben und Ringmauern jeden Angriff abwehren zu können. Er wusste, in einem der Türme wurde der königliche Salzvorrat aufbewahrt, in einem anderen ein riesiges Arsenal an Waffen, vornehmlich Pfeilen, wieder ein anderer beherbergte die königliche Münze. An einem anderen Tag hätte er sich vielleicht gefragt, was oder wer sich im Einzelnen hinter den dicken Mauern verbarg, aber heute war er zu bekümmert, um irgendetwas anderes als dumpfes Staunen zu empfinden.

Auch Roger schien untypisch niedergeschlagen. Mit hängendem Kopf drängte er sich vor Jonah durch die Gruppen von Soldaten und Rittern und eine Schar Knechte, die die immer noch bunt geschmückten Turnierpferde wegführten.

»Habt Ihr gesehen, was passiert ist?«, fragte der Knappe schließlich, als sie sich dem White Tower, dem zentralen Hauptgebäude in der Mitte des Innenhofs, näherten.

Jonah sah an dem weiß getünchten Bau mit den kleinen Fensterchen hoch, der bis in den Himmel zu ragen schien, schaute den Jungen dann wieder an und nickte. »Du auch?«

»Nicht richtig. Ich hab mit meinen Freunden an unserem Pavillon gestanden, hinten an der Sopar's Lane. Aber wir haben gesehen, wie die Tribüne einstürzte. Ich dachte … Ich dachte, die Königin ist tot.«

Jonah tastete verstohlen mit der Linken nach dem Diadem, das er in sein Wams gesteckt hatte und somit auf der Haut trug, damit es nur ja keinem der ungezählten Londoner Langfinger in die Hände fallen konnte. Es war kalt und scharfkantig und spitz, aber er war trotzdem unwillig, es wieder herzugeben. Während Roger ihn die Treppe zum Eingang des White Tower hinaufbrachte, nestelte Jonah den kostbaren Kopfschmuck aus der Kleidung hervor und hielt ihn mit der Linken unter dem Mantel versteckt.

In der großen Halle herrschte ein dichtes Gedränge, aber es war eigentümlich still. Männer und Frauen mit bleichen Gesichtern saßen an den langen Tafeln, nicht wenige trugen einen Verband um die Stirn oder einen Arm in der Schlinge. Am unteren Ende des linken Tisches entdeckte er ein junges Paar, offenbar Geschwister, und das Mädchen hatte ihrem weinenden Bruder tröstend einen Arm um die Schultern gelegt, während Tränen über ihr eigenes Gesicht rannen. Er fragte sich plötzlich, was aus Elena de la Pole geworden war, und sah sich suchend nach der kleinen Giselle um, konnte sie jedoch nirgends entdecken.

König Edward, die Königin und eine Anzahl Adliger saßen an der erhöhten Tafel an der Stirnseite des Saales, und vor ihnen kniete eine jammervolle Schar: ein gutes Dutzend Männer jeden Alters, deren einfache, graublaue Kleidung neben den bunten Gewändern der Höflinge derb und ärmlich wirkte. Sie hielten ihre Lederkappen in den Händen und sahen starr zu Boden. Hinter ihnen hatte eine Reihe Soldaten Stellung bezogen.

»Ich frage euch zum letzten Mal«, grollte der König. »Wer hat euch zu diesem Anschlag angestiftet? Von wem habt ihr euch kaufen lassen?« Er sprach nicht laut, aber seine Stimme bebte vor Zorn, sein gut aussehendes Gesicht war unnatürlich bleich.

Einen Moment herrschte Stille, dann hob einer der älteren

der Zimmerleute den grauen Zottelkopf und antwortete: »Ich schwöre bei Gott und dem heiligen Joseph, der unser Schutzpatron ist, dass es kein Anschlag war, Euer Gnaden ...«

»Schwöre lieber nicht«, fiel der König ihm ins Wort. »Lade dir keinen Meineid auf, so kurz bevor du deinem Schöpfer gegenübertrittst.« Er erhob sich und machte den Wachen ein ungeduldiges Zeichen. »Schafft sie weg, ich will sie nicht mehr sehen.« Dann fauchte er die Handwerker an: »Ein jeder von euch wird angeklagt, und zwar wegen des versuchten Mordes an eurer Königin. Ihr könnt froh sein, wenn ihr nur hängen müsst. Und jetzt hinaus mit euch!«

Wie eine Herde Schafe auf dem Weg zur Schlachtbank trieben die Wachen die Zimmerleute aus dem Saal. Jonah trat eilig beiseite, um ihnen Platz zu machen, und glitt in den Schatten neben der Tür, um möglichst unsichtbar zu sein. Doch das nützte ihm nichts. Roger war zu seinem Herrn getreten und flüsterte ihm etwas ins Ohr. Waringham sah zur Tür hinüber, lächelte schwach und erhob sich.

»Sire, Master Durham ist eingetroffen.«

»Dann seid so gut und tretet vor, Master Durham«, sagte Edward und bemühte sich ohne großen Erfolg, seinen Zorn zu verbergen und ein angemessen huldvolles Gesicht zu machen.

Jonah durchschritt den langen Raum, versuchte, niemandem ins Gesicht zu sehen, und sank vor Edward und Philippa auf ein Knie nieder. Dann hob er die Hand und streckte Philippa ihr Diadem entgegen wie eine Opfergabe. »Ihr habt es verloren, Madame.«

»Oh. Und Ihr bringt es mir wieder. Danke, Master Durham.« Sie nahm ihm das Schmuckstück aus der Hand, und ihre Finger berührten die seinen federleicht. Jonah bildete sich ein, ein leichtes Prickeln auf der Haut zu spüren.

»Erhebt Euch, mein Freund«, sagte der König. »Die Königin verdankt Euch, dass sie ihren Smaragdschmuck noch hat, ich verdanke Euch, dass ich noch eine Königin habe. Was kann ich tun, um mich erkenntlich zu zeigen?«

Jonah stand beinah hastig auf und schüttelte kurz den Kopf.

»Nichts, Sire. Ich stand zufällig im entscheidenden Moment am richtigen Ort. Jeder Mann hätte das Gleiche getan.«

Edward lächelte schmallippig. »Niemand soll je wieder behaupten, Kaufleuten mangele es an Bescheidenheit. Ich bestehe darauf, Euch einen Wunsch zu erfüllen. Es muss doch irgendetwas geben, das ich für Euch tun kann. Nur sagt es mir schnell, ich fürchte, mit meiner Geduld ist es heute nicht weit her.«

Jonah verneigte sich. »Dann erlasst mir den Wunsch, mein König, und erlaubt mir, nach Hause zu gehen.«

»Herrgott noch mal ...«, knurrte Edward.

»Ich bin sicher, Master Durham hat einen Wunsch, den er nicht zu äußern wagt, Sire«, fiel die Königin ihm ins Wort, so sanft, dass es niemandem so recht bewusst wurde.

Jonah blieb beinah das Herz stehen. Einen irrsinnigen Moment lang glaubte er, die Königin habe seinen ungehörigen, schändlichen, ganz und gar verbotenen Wunsch erraten und sei im Begriff, sein bestgehütetes Geheimnis preiszugeben. Er stand stockstill und starrte zu Boden.

»Und was mag das sein, Madame?«, fragte Edward.

»Ich glaube, er würde Euch gerne darum bitten, die Londoner Zimmerleute zu schonen.«

Edward schnaubte. »In dem Falle müsste ich seine Bitte leider abschlagen.«

»Und wenn *ich* Euch darum bäte?«

»Nicht einmal Euch könnte ich diesen Wunsch gewähren. Die Zimmerleute sind Verräter und sollen bezahlen. Diese Stadt hat sich einmal zu oft gegen den König gewandt. Mein Vater hat in seiner grenzenlosen Güte alles verziehen, aber ich bin nicht mein Vater. Wenn die Londoner das noch nicht bemerkt haben, dann wird es höchste Zeit. Und ich muss gestehen, ich finde es äußerst befremdlich, dass Ihr dieses Pack in Schutz nehmt, Madame. Es muss wohl daran liegen, dass Ihr das England meiner Kindheit nie gekannt habt, wo Verrat und Treulosigkeit so üblich waren, dass der Bruder dem Bruder nicht trauen konnte und der Vater die Tücke seiner Söhne fürchten musste.«

Philippa nahm den öffentlichen Tadel mit größter Gelassenheit hin, ging einfach darüber hinweg und entgegnete: »Aber diese Zeiten sind vorbei. Ihr habt die Verräter bestraft und den Reumütigen verziehen. Ihr habt angefangen, Euer Land zu heilen. Setzt Euer angefangenes Werk fort, Sire, indem Ihr nach dem Riss zwischen König und Adel auch den zwischen dem König und London heilt. Zeigt Großmut.«

Edward atmete tief durch und verschränkte mit mühsam beherrschter Ungeduld die Arme vor der Brust. »Madame, ich muss mich wohl noch deutlicher ausdrücken: Ich will nichts weiter darüber hören!«

Sie neigte scheinbar unterwürfig den Kopf. »Dann will ich auch nichts weiter dazu sagen, *mon ami*.« Und mit diesen Worten ging sie zum grenzenlosen Erstaunen und Entsetzen aller Anwesenden vor dem König auf die Knie.

Edwards Arme sanken kraftlos herab, und er starrte seine Königin ungläubig an. »Philippa ... was in aller Welt tust du?«, fragte er fassungslos.

»Ich versuche Euch die Dringlichkeit meiner Bitte nahe zu bringen, Sire. Ohne Worte.«

»Aber ...«, er sah Hilfe suchend in die Runde, und als er das merkte, schaute er hastig wieder auf sie hinab und murmelte: »Steh wieder auf.«

»Erst wenn meine Bitte gewährt wird.«

»Madame ...« Seine Ratlosigkeit drohte in den so leicht entflammbaren Zorn umzuschlagen.

»Sire«, hörte Jonah sich zu seiner größten Verwunderung sagen, »wenn Ihr mir immer noch einen Wunsch gewähren wollt, dann erlaubt mir zu sprechen.«

Edward fuhr zu ihm herum. Offenbar hatte er ihn vollkommen vergessen. »Also?«, fragte er unwirsch.

Jonahs Hände wurden feucht, aber er zauderte nicht. »Es kann unmöglich ein Anschlag gewesen sein.«

Edward stemmte die Hände in die Seiten und trat einen Schritt auf ihn zu. »Und wieso nicht?«, verlangte er zu wissen.

»Dieser Stadt ist alles zuzutrauen.«

Jonah nickte. Er dachte an all die abfälligen, oft verräterischen Bemerkungen, die Rupert Hillock über den König und zuvor über dessen Vater geäußert hatte. Mangelnde Königstreue war in London eine jahrhundertealte, liebevoll gepflegte Tradition. Er konnte Edwards Argwohn und auch den Zorn verstehen. »Aber niemand hätte vorhersagen können, wann die Tribüne einstürzt. Es war ganz und gar unmöglich, das vorauszuberechnen. Was, wenn es um Mitternacht passiert wäre? Für einen Anschlag viel zu unsicher.«

Edward betrachtete ihn mit verengten Augen; er schien angestrengt nachzudenken. Fast zerstreut sagte er: »Madame, wollt Ihr wohl endlich aufstehen?«

»Nein, Sire.«

Der König stöhnte und fragte Jonah: »Wenn nun aber einer der Verräter ein Seil um einen der Stützpfeiler gebunden hätte, um ihn im entscheidenden Moment unter der Konstruktion wegzuziehen?«

Jonah schüttelte kurz den Kopf. »Dann hätte ich ihn gesehen. Ich stand unter der Tribüne, als der Stützpfeiler einknickte.«

Edward riss die Augen auf und betrachtete ihn mit ganz neuem Interesse. In der Halle hatte sich ein halb nervöses, halb verwundertes Murmeln erhoben. Der König dachte lange nach, sah hin und wieder kopfschüttelnd auf seine reglos kniende Königin hinab, dann wieder zu Jonah, und grollte schließlich: »Allein für ihre Schlamperei gehören sie aufgehängt!«

Jonah antwortete nicht. Der Stadtrat hatte endlos lange debattiert und gezögert, ehe er dem König endlich die offizielle Einladung zum Turnier übermittelte. Als Edward dann verlauten ließ, er wolle eine Tribüne, war nicht viel Zeit geblieben. Die Zimmerleute hatten buchstäblich Tag und Nacht daran gearbeitet. Was passiert war, blieb natürlich trotzdem unverzeihlich. Aber nicht unerklärlich.

Der König ließ sich in seinen kostbar gepolsterten Sessel sinken, warf wieder einen verlegenen Blick auf die Königin und brummte: »Wenn irgendwer mir einen Rat erteilen will, bin ich einigermaßen geneigt, ihn zu hören.«

Prompt erhob sich sein Freund William Montagu von seinem Sitz an der hohen Tafel. »Die Königin und der junge Tuchhändler haben Recht, Sire. Es war Schlamperei, und die Zimmerleute gehören bestraft, aber Absicht war es nicht. Darum sollte auch niemand dafür sterben müssen.«

Hier und da nickten die Versammelten.

Der König ließ sich mit seiner Entscheidung viel Zeit. Das Kinn auf die Faust gestützt, blickte er ins Leere und dachte lange nach. Dann erhob er sich und streckte der Königin die Hand entgegen. »Erhebt Euch und beschämt mich nicht länger, Madame. Die Zimmerleute sollen geschont werden, wie Ihr wünscht. Und man soll ihnen sagen, dass sie ihr Leben der Königin verdanken.«

Ohne zu zögern ergriff Philippa die dargebotene Hand und kam graziös auf die Füße. Sie belohnte Edward mit einem strahlenden Lächeln und dankte ihm, so leise, dass niemand außer dem König und Jonah es hörte.

Dann wandte Edward sich an den jungen Kaufmann und machte eine einladende Geste. »Nehmt Platz an der Tafel und esst und trinkt mit uns, Master Durham. Es ist weiß Gott kein fröhlicher Tag geworden, wie wir alle gehofft hatten. Aber nicht zuletzt dank Eurer Hilfe ist uns das Schlimmste erspart geblieben.«

Ergeben folgte Jonah der Einladung. Hier und da entdeckte er an den Tischen ein paar bekannte Gesichter: Aldermen und Gildemeister saßen fein gekleidet zwischen den adligen Höflingen, der Lord Mayor gar an der hohen Tafel. Doch er ging ganz ans untere Ende, wo die jungen Ritter saßen, die ihm bereitwillig Platz machten und ihn erfolglos bestürmten, vom Zusammenbruch der Tribüne zu erzählen. Spielleute musizierten, während der Hof sich an erlesenen Braten und Saucen labte, und als der vierte Gang endlich vorüber war, zogen der König und die Königin sich zurück. Erleichtert verabschiedete Jonah sich von seinen Tischnachbarn, um sich auf den Heimweg zu machen. Er sorgte sich um Elia und Crispin und wollte sich vergewissern, dass Rachel und Meurig unbeschadet nach Hause gekommen waren. Unbemerkt gelangte er aus der Halle in den Vorraum, aber noch ehe er ins Freie trat, spürte er ein zaghaftes Zupfen an seinem ramponierten Mantel.

»Bitte, wartet noch einen Moment, Sir.«

Er blieb stehen und wandte den Kopf. »Giselle. Wie geht es deiner Schwester?«

Das Mädchen hob langsam die Schultern. »Sie ist aufgewacht. Aber sie kann die Beine nicht bewegen. Bruder Albert, der Medicus des Königs, hat gesagt, sie wird vielleicht nie wieder laufen können.«

Jonah sah ratlos auf sie hinab. Er hatte keinerlei Erfahrung im Umgang mit kleinen Mädchen. Er fand es schmerzlich, sie so verbissen um Haltung kämpfen zu sehen. Sie schien ihm viel zu jung für so eine Art von Kummer. Plötzlich erinnerte er sich, dass er sich während seiner einsamen Kindheit manchmal vorgestellt hatte, wie es wohl wäre, eine Schwester zu haben.

»Die Königin wünscht Euch zu sehen, Master Durham. Könnt Ihr mitkommen?«

»Sicher.« Er widerstand mit Mühe dem Impuls, ihr über den Kopf zu streichen. Eine befremdliche Anwandlung, fand er. Er kannte dieses Kind ja im Grunde überhaupt nicht.

Sie führte ihn zu einer Treppe in einem der Türme des Bauwerks.

»Wusstet Ihr, dass drei der Ecktürme rund sind und einer eckig?«, fragte Giselle über die Schulter, während sie vor ihm die Stufen erklomm.

»Nein.«

»Aber es ist so. Diese Normannen müssen schon seltsame Leute gewesen sein.«

Er lachte leise. »Ja, bestimmt.«

»Wollt Ihr in den Adelsstand erhoben werden?«, fragte sie unvermittelt.

»*Was?*«

»Ich habe mich gefragt, warum Ihr es getan habt. Euch unter die Tribüne gestellt, als sie zusammenbrach. Ihr hättet erschlagen werden können.«

»Ich habe nicht darüber nachgedacht«, beschied er abweisend, aber Giselle war nicht leicht einzuschüchtern.

»Mir kam nur so in den Sinn, Ihr hättet es vielleicht getan, damit der König Euch irgendwann zum Baron oder Earl macht«, erklärte sie. »Aber Ihr habt ihn nicht einmal gebeten, Euch zum Ritter zu schlagen, dabei hätte er's bestimmt gemacht.«

»Das glaube ich kaum. Außerdem, wie kommst du darauf, dass ich das will?«

»Das will doch jeder«, antwortete sie lapidar.

Jonah musste lächeln. Es klang so erwachsen, wie sie das sagte. »Bist du schon lange bei Hofe?«, erkundigte er sich.

Sie hob die Schultern. »Seit dem Frühling. Ich bin mit meiner Schwester Elena hergekommen, die eine der Hofdamen der Königin geworden ist. Mein Vater war unglaublich stolz. *Er* möchte nämlich gern in den Adelsstand erhoben werden. Den Ritterschlag hat er sich schon gekauft, aber das reicht ihm nicht. Er will ein Baron oder Earl werden. Das ist sein größter Wunsch.«

»Dann solltest du mir nicht davon erzählen. Die größten Wünsche sind meist auch die geheimsten.«

Sie hatten das Obergeschoss erreicht. Giselle lehnte sich mit dem Rücken an einen der gepolsterten Fenstersitze und verschränkte die Finger ineinander. »Ja. Ich glaube, da habt Ihr Recht.«

»Hast du kein Heimweh?«, wollte er wissen.

Sie schüttelte den Kopf. »Ich bin viel lieber hier als zu Hause.« Sie wies auf eine Tür aus schweren, dunklen Eichenbohlen, die dem schmalen Fenster gegenüberlag. »Gehen wir? Sie wartet.«

Jonah nickte.

Giselle klopfte vernehmlich, wartete dann einen Augenblick, öffnete die schwere Tür und winkte Jonah hinein. Er trat über die Schwelle, und das Mädchen folgte ihm.

Es war ein karger Raum mit nackten Steinwänden und ohne Kamin. Das Stroh am Boden wirkte staubig. Ein dunkler Teppich bedeckte einen Teil der Außenwand und flatterte in der

Zugluft. Neben der Tür stand ein ausladendes Bett mit kostbaren Brokatbehängen, aber selbst sie konnten den düsteren Gesamteindruck nicht aufhellen.

Die Königin saß auf einem Schemel an einem nackten Holztisch, auf dem ein Leuchter mit einer einzelnen Kerze stand. Draußen vor dem kleinen Fenster dämmerte es.

Jonah trat näher und verneigte sich. »Madame.«

Giselle zog sich auf leisen Sohlen in einen dunklen Winkel der Kammer zurück und packte zusammengefaltete Kleidungsstücke in eine Truhe.

Philippa hatte sich umgezogen, bemerkte Jonah. Sie trug ein für ihre Verhältnisse geradezu schlichtes blaues Kleid mit aufgestickten Perlen am runden Halsausschnitt und den Ärmeln.

Sie sah ernst zu ihm auf. »Welch ein trauriger Tag, Jonah.«

Er nickte stumm. Er entsann sich genau daran, wie er sie aufgefangen und gehalten hatte, wie er in geradezu schamloser Weise auf ihr gelegen hatte, als die Reiter über sie hereinbrachen. Aber er hatte keinerlei Erinnerung daran, wie sie sich angefühlt hatte. Das war seltsam. Die flüchtige Berührung ihrer Finger vorhin in der Halle glaubte er jetzt noch spüren zu können, doch er hatte es versäumt, die wohl einzige Gelegenheit, da er die Königin je im Arm gehalten hatte, in seinem Gedächtnis zu bewahren.

»Wie seltsam, dass wir uns unter diesen Umständen wieder begegnet sind«, fuhr die Königin fort. »Fast könnte man meinen, es sei alles vorherbestimmt gewesen.«

»Ja. Das glaube ich auch.«

Sie erhob sich. »Ich wollte Euch danken.«

»Nein. Bitte nicht. Dazu besteht kein Grund, und es macht mich nur verlegen.«

Sie lächelte matt und wurde gleich wieder ernst. Sie wirkte niedergeschlagen und sehr erschöpft, fand er. Aber das war kaum verwunderlich.

»Seid Ihr sicher, dass Ihr unverletzt seid?«, fragte sie. »Die Pferde waren uns so nahe, und es waren so viele ...«

»Mir fehlt nichts, Madame, seid versichert.«

»Aber Ihr sorgt Euch um Eure Freunde, die mit Euch zum Turnier gekommen waren. Daher will ich Euch nicht lange aufhalten, doch ich habe etwas mit Euch zu besprechen.« Sie unterbrach sich kurz, schien leicht zu schwanken und stützte sich mit der Linken auf die Tischkante.

»Ich kann morgen wiederkommen«, schlug er vor. »Ihr solltet Euch ausruhen.«

Sie winkte ab. »Ich bin zäher, als es den Anschein hat. Das muss ich auch sein. Niemand außer Euch käme darauf, mich zu schonen, nur weil ich von einem Balkon gepurzelt bin oder weil ich ein Kind erwarte. Nein, das ist nicht ganz richtig. Der König ist sehr rücksichtsvoll. Aber er steht vor sehr schweren Entscheidungen, und er braucht meine Hilfe.«

Ein Kind, dachte er erstaunt. Selbst in dem figurbetonten roten Kleid hatte man davon nichts sehen können. »Eure Großmut gegenüber den Londoner Zimmerleuten verwundert mich immer mehr«, bemerkte er.

Philippa hob seufzend die Schultern und schwieg einen Moment. Dann sagte sie unvermittelt: »Wir wollen uns setzen, Jonah, ja? Ich glaube, dieser Tag rechtfertigt, dass wir es mit der Etikette einmal nicht so genau nehmen.« Nachdem sie Platz genommen hatte, setzte er sich auf den Schemel ihr gegenüber. »Großmut gehört zu den Pflichten einer Königin, denkt Ihr nicht?«, fuhr sie fort. »Egal, wie sie persönlich dabei empfindet. Und wenn sie, um ihr Ziel zu erreichen, vor dem König auf die Knie gehen und ihn beschämen muss, vor den Augen der versammelten Spötter des Hofes, dann gehört auch das zu ihren Pflichten.«

»Ein hartes Los, Madame. Aber ich denke, das hat selbst den Spöttern die Sprache verschlagen. Warum ...« Er brach unsicher ab.

»Warum habe ich mich für ein Häuflein unbedeutender Zimmerleute so erniedrigt? Vielleicht weil sie unschuldig waren. Unschuldig zumindest der Verschwörung, derer Edward sie bezichtigte. Ich bin allerdings nicht sicher, ob ich es getan hätte, wenn das der einzige Grund gewesen wäre. Aber es steckt viel mehr dahinter, Jonah. Der König hat ein sehr schweres Erbe angetreten. Sein Vater war ein schwacher König, wurde entmachtet und ermordet und von dem Tyrannen Mortimer und der Königinmutter ersetzt, die drei Jahre lang in Edwards Namen Schindluder mit diesem Land getrieben haben. Hätte ein Vorfall wie der heutige sich zu Mortimers Zeiten ereignet, wären die Zimmerleute als Verräter hingerichtet worden. Hätte er sich unter Edwards Vater ereignet, hätte der alte König ihnen verziehen, bis einer seiner Günstlinge ihn umgestimmt hätte, sie doch lieber wenigstens aufhängen zu lassen. Diese Zeiten sind vorbei. Der König ist ein guter Mann, wisst Ihr. Er ist jähzornig und ungeduldig wie jeder seiner Vorfahren, aber er ist ein besserer Mann als sie alle. Und es wurde höchste Zeit, dass auch die Londoner das begreifen. Darum dürfen diese Zimmerleute nicht verurteilt werden, auch wenn es kein großer Verlust für ihre Zunft wäre.«

Jonah erkannte staunend, wie kolossal er die Königin unterschätzt hatte.

»Ich sehe, Ihr seid enttäuscht, dass ich nicht das sanftmütige Lamm bin, für das alle mich halten«, bemerkte sie. »Oder sollte ich Schaf sagen?«

Jonah hob den Kopf. »Ich bin alles andere als enttäuscht, Madame. Und ... sehr geehrt von Eurer Offenheit.«

Plötzlich erstrahlte ihr Gesicht in einem Lächeln. Es kam ihm vor, als sei unerwartet die Sonne hinter düsteren Wolken hervorgekommen. Alle Müdigkeit war aus ihren Zügen gewichen. Und aus irgendeinem Grund schien sie erleichtert.

»Ich *muss* offen zu Euch sein, Jonah. Ich brauche Freunde in England. Oh, sicher, ich bin mit großer Herzlichkeit an diesem Hof aufgenommen worden, alle sind ausnehmend zuvorkommend zu mir. Aber ich brauche eigene Freunde, die sich im Zweifelsfalle auch gegen den König auf meine Seite stellen, wenn es gelegentlich nötig ist, ihn zu seinem Glück zu zwingen. So wie Ihr es heute getan habt.«

Jonah senkte den Blick. Er fürchtete, wenn er sie weiter anschaute, würde sie wissen, wie es um ihn stand. »Meiner

Freundschaft könnt Ihr Euch immer sicher sein, Madame«, sagte er leise. »Nur, was könnte sie Euch nützen? Ich bin ein Niemand. Weder reich noch mächtig, und ich habe mit diesem Hof doch überhaupt nichts zu tun.«

»Das lasst nur meine Sorge sein«, entgegnete sie. »All das lässt sich ändern. Es wird Krieg geben, Jonah. Bald.«

»Mit Schottland?«

Philippa nickte. »Erst einmal.«

»Erst einmal?«

Sie lächelte nachsichtig. »Der König und die jungen Heißsporne, mit denen er sich umgibt, können es kaum erwarten, dass es endlich Krieg gibt. Sie sind wie trunken von ihrem Rittertum, versteht Ihr, und ihre Waffenkunst und Tapferkeit immer nur in Turnieren zu beweisen reicht ihnen auf Dauer nicht. Mortimer und meine geliebte Schwiegermutter Isabella haben in Edwards Namen einen Frieden mit Schottland geschlossen, der dem König nachts den Schlaf raubt.«

Jonah nickte. Das konnte er verstehen. Jeder Engländer empfand diesen Frieden als schändlich, der den Schotten die umstrittenen Grenzgebiete und Befreiung von englischer Oberherrschaft zugestand.

»Der König will diesen Makel von seinem Ruf tilgen und den Grenzgebieten den Frieden zurückbringen. Vor allem aber will er der Welt beweisen, dass sie mit Englands Armeen in Zukunft wieder rechnen muss. Ganz besonders will er dies dem König von Frankreich beweisen.«

»Frankreich?«, wiederholte Jonah verständnislos.

Philippa verschränkte die Hände im Schoß und nickte seufzend. »Ihr wisst vermutlich, dass Edward nicht nur König von England, sondern auch Herzog von Aquitanien ist?«

»Natürlich.«

»Weil das so ist, glaubt mein geliebter Cousin Philip, der König von Frankreich, Edward sei ihm lehnspflichtig. Das behagt Edward natürlich nicht, und das kann er sich auch nicht erlauben, aber wenn er sich weigert, besetzt Philip Edwards aquitanische Burgen. Seit über hundert Jahren ist Aquitanien die Geisel französischer Könige gewesen, um Druck auf England auszuüben, und dem wird Edward ein Ende machen.«

»Aber ehe er das tun kann, muss er die Schotten bezwingen, die seit jeher mit Frankreich paktieren«, schloss Jonah.

Philippa nickte beifällig. »Euch muss man nicht viel erklären, nicht wahr? Ihr seht also, die Tage der faulen Friedensverträge und der unangefochtenen französischen Überlegenheit sind gezählt. Aber es wird seine Zeit brauchen. Viele Voraussetzungen müssen geschaffen werden. Zum Beispiel braucht der König eine Armee. Das wird nicht weiter schwierig sein. Bedenkt man die Stimmung gegen Schottland, werden die jungen Männer dem König vermutlich in Scharen zuströmen. Aber eine Armee muss unterhalten werden. Auch gekleidet. Hier kommt Ihr ins Spiel. Ihr bekommt einen Kontrakt als Tuchlieferant zur Ausrüstung der königlichen Truppen. Wollt Ihr das?«

Jonah hatte plötzlich Mühe zu atmen. Ein Kontrakt. Zur Ausrüstung der königlichen Truppen. Ein Kontrakt war praktisch gleichbedeutend mit reich. Er räusperte sich. »Ja, Madame.«

»Dann ist es abgemacht«, sagte sie geschäftsmäßig, in einem Ton, als habe sie ein paar Ellen Seide bei ihm bestellt, nicht als habe sie ihm eine Möglichkeit eröffnet, von der die meisten Kaufleute ein Leben lang vergeblich träumten. Und sie ließ ihm diese Chance einfach so in den Schoß fallen, beinah beiläufig. Wenn man es genau betrachtete, hatte sie das vor einigen Monaten schon einmal getan. All dies unverdiente Glück war ihm ein bisschen unheimlich. Es schien ihm nicht redlich erworben. Der Gedanke, wie tief er ihr verpflichtet war, schreckte ihn nicht. Da er ihr ohnehin schon verfallen war, machte das keinen großen Unterschied mehr. Nur die Vorstellung, dass er sie enttäuschen könnte ...

»Aber ... ich habe nichts getan, um Euer Vertrauen zu erwerben. Ich bin unerfahren und habe noch nicht viele Kontakte. Ihr solltet vielleicht lieber ...«

Ihr glockenhelles Lachen schnitt ihm das Wort ab. »Ich bin

beinah geneigt, Euch zu glauben, wenn Ihr Euer Licht so ungeschickt unter den Scheffel stellt. Aber wie Euch vielleicht aufgefallen ist, neigen der König und ich dazu, unser Vertrauen in
Männer und Frauen zu setzen, die nicht älter sind als wir selbst.
Darüber hinaus stimmt ja gar nicht, was Ihr sagt. Ich habe Erkundigungen über Euch eingezogen. Eure Konkurrenten, vor
allem der Gildebruder, der sich Euer Pate nennt, halten Euch für
einen brillanten Geschäftsmann, Jonah. Wusstet Ihr das nicht?«

»Erkundigungen?«, fragte er verblüfft. »Heute?«

»Unsinn. Vor ein paar Wochen. Habt Ihr etwa geglaubt, ich
hätte Euch vergessen? Unseren Plan mit den flämischen Webern?«

Er sah zu Boden und nickte.

»Jonah, Jonah«, sagte sie vorwurfsvoll. »Was denkt Ihr nur
von mir?« Glücklicherweise schien sie darauf keine Antwort zu
erwarten, sondern fuhr fort: »Ich bin nach wie vor sehr daran
interessiert, flämische Tuchmacher herzuholen. In einigen Wochen wird mein Onkel Jean aus Hainault herkommen, und ich
habe die Absicht, den Plan mit ihm zu erörtern. Derweil könnt
Ihr überlegen, wie und wo wir sie ansiedeln sollen.«

Jonah hatte einen Einfall. »Die Ersten können gleich zu mir
kommen. Ich habe die Absicht, in meinem Hof Werkstätten zu
bauen und an Weber und Färber zu vermieten. Warum nicht an
flämische? Und vielleicht kann ich auch andere Gildebrüder dafür gewinnen.«

Sie nickte. »Aber erst konzentriert Euch auf Euren Kontrakt.
Im Augenblick ist Schottland das Wichtigste.« Sie erhob sich,
um das Ende ihrer Unterredung anzukündigen, und Jonah beeilte sich, ihrem Beispiel zu folgen.

»Giselle?«, rief die Königin über die Schulter.

Das Mädchen kam mit einem zusammengefalteten Stück
Tuch herbei und knickste artig.

Jonah hatte Giselle vollkommen vergessen. Er hatte überhaupt kein gutes Gefühl dabei, dass dieses Kind alles mit ange-
hört hatte, was er und die Königin gesagt hatten.

Doch Philippa zerstreute seine Bedenken. »Seid unbesorgt,

Jonah. Giselle ist nicht nur die jüngste, sondern auch die verschwiegenste Dame meines Gefolges. Auf sie ist Verlass. Sie zählt auch zu meinen Freunden, von denen ich vorhin sprach. Nicht wahr, mein Kind?«

Sie fuhr dem Mädchen über den kastanienbraunen Schopf, und Giselle schmiegte sich ohne alle Scheu an diese liebkosende Hand. Einen Moment erinnerte sie Jonah an seinen Kater Ginger. Er lächelte ihr zu.

Philippa nahm ihr das Tuch aus den Händen, schüttelte es auseinander und hielt es Jonah hin. Es war ein Mantel aus feinster dunkelgrüner Wolle mit einem edlen Pelzkragen. »Nehmt ihn, Jonah. Den Euren habt Ihr heute ruiniert, als Ihr mich und mein Kind gerettet habt. Nehmt ihn als kleines Zeichen meiner Dankbarkeit.«

Er nahm ihn zögernd, spürte die weiche, edle Wolle in den Fingern, drückte für einen Augenblick den Pelz an seine Wange und verneigte sich tief. »Ich weiß nicht, was ich sagen soll.«

Sie lächelte und streckte ihm die Hand entgegen. »Das scheint mir bei Euch nichts Ungewöhnliches zu sein.«

Er lachte leise, nahm seinen ganzen Mut zusammen und führte ihre Hand kurz an die Lippen. »Danke, Madame.«

»Auf bald, mein Freund.«

Als Jonah den White Tower endlich verließ und in den Innenhof hinaustrat, war es schon beinah dunkel. Er beschleunigte seine Schritte. Zu Hause hatten sie ihn inzwischen vermutlich schon aufgegeben. Und er wollte so schnell wie möglich von hier fort, zurück in die vertraute Welt da draußen, seine Welt.

Der Innenhof lag beinah verlassen im Zwielicht. Hier und da standen Wachsoldaten vor den Eingängen der Türme, aber Jonah sah mehr Raben als Menschen. Jetzt, da Ruhe eingekehrt war, hatten die Vögel ihren Tower wieder in Besitz genommen, hüpften über die zertrampelte Wiese oder hockten reglos wie Wasserspeier auf den Zinnen.

Er durchquerte das höhlenartige Torhaus, ging über die Zugbrücke und ließ schließlich die äußere Ringmauer des Tower hinter sich. Als er endlich wieder auf der Straße stand, atmete er erleichtert tief durch und machte sich eilig auf den Heimweg.

In den Gassen von East Cheap wurden die Läden geschlossen. Die Schuster und Gürtelmacher, Töpfer und Papierhändler, Hornschnitzer und Zinnwarenverkäufer trugen ihre Auslagen zurück in die Werkstätten und klappten die waagerechten, einteiligen Fensterläden hoch, die ihnen tagsüber als Stellfläche für ihre Waren dienten. Hier und da rief einer von ihnen Jonah an, pries seine bestickten Börsen, eine todsichere Tinktur gegen Warzen oder hölzerne Löffel – in der Hoffnung, kurz vor dem Feierabend noch ein schnelles Geschäft zu machen. Wahrsager, Bader und Huren boten ihm ihre Dienste an; Beutelschneider versuchten, ihn in ein Gespräch zu verwickeln, um ihn dabei unauffällig bis auf den letzten Penny auszurauben; ein vorgeblich blinder Bettler appellierte an seine Mildtätigkeit und bewarf ihn treffsicher mit einem Mistfladen, als er nichts bekam; ein als Bettelmönch verkleideter Gauner verkaufte kleine Säckchen mit Dreck als Erde aus dem Garten Gethsemane. Jonah bewegte sich gewandt durch das wimmelnde Menschengewühl, umrundete mühelos jeden, der sich ihm in den Weg zu stellen versuchte, lachte über die derben Komplimente der Huren und die verrückten Versprechungen der Scharlatane und ging niemandem auf den Leim. Er ergötzte sich an seiner Stadt, ihrer Buntheit und Vielfalt. Vom Bischof bis hinab zu den zerlumpten Wanderpredigern schimpften die Geistlichen über Londons Verruchtheit, verglichen es mit der purpurnen Stadt, der großen Hure Babylon. Regelmäßig prophezeiten sie ihr ein göttliches Strafgericht. Und wahrscheinlich wird es so kommen, mutmaßte Jonah, aber es kümmerte ihn nicht. Er liebte diese Stadt. An einer Straßenküche erstand er eine wunderbar duftende Blätterteigpastete, die mit zartem Kaninchenfleisch und -nieren gefüllt war und die er auf dem Heimweg genüsslich verspeiste.

Meurig stand am Tor und hielt nach ihm Ausschau.

»Gott sei Dank«, stieß er erleichtert hervor, als er Jonah entdeckte. »Wir fingen schon an, das Schlimmste zu fürchten.«

»Alles in Ordnung«, versicherte Jonah.

Meurig verschloss die Pforte und folgte seinem jungen Herrn ins Haus und die Treppe hinauf. An der Tür zur Halle kam Rachel ihnen entgegen. Sie blieb wie angewurzelt stehen und brach dann ohne Vorwarnung in Tränen aus.

Jonah warf Meurig einen finsteren Blick zu, ließ seine schluchzende Magd achtlos stehen und sank müde in einen Sessel am Kamin. »Verschon mich mit dieser Sintflut«, knurrte er.

Meurig streichelte seiner Rachel unauffällig den Arm. »Geh, hol Master Jonah einen Becher Wein. Den hat er sicher nötig.« Sie nickte, wischte sich mit dem Ärmel übers Gesicht und ging nach unten. Meurig wies auf den Kamin. »Soll ich Feuer machen? Die Abende sind schon kühl.«

Jonah schüttelte den Kopf.

»Na schön«, sagte Meurig achselzuckend und wollte gehen, aber Jonah rief ihn zurück.

»Weißt du, was aus Elia Stephens und Hillocks Lehrling geworden ist?«

Meurig winkte beruhigend ab. »Nur ein paar Kratzer. Der Junge wurde von einem Balken getroffen, als die Tribüne einstürzte, und ging zu Boden, hat Master Stephens mir erzählt. Vermutlich hätte die Menge ihn zu Tode getrampelt, es war ein gewaltiges Durcheinander, und alle rannten blind umher wie kopflose Hühner. Aber Master Stephens hat den jungen Crispin aus den Trümmern gezogen und auch viele andere gerettet. In Cheapside feiern sie ihn als großen Helden.«

Ich bin überzeugt, das gefällt ihm, dachte Jonah amüsiert.

»Aber keiner wusste, was aus Euch geworden ist. Das Letzte, was Master Stephens von Euch sah, war, wie Ihr mitsamt der Königin unter die Hufe der vielen Reiter geraten seid.« Er wies mit dem Daumen über die Schulter zur Tür. »Deswegen regt sie sich so auf. Wir haben befürchtet, Ihr wärt tot.«

Rachel kam zurück und reichte Jonah einen Zinnbecher mit Wein. Er nickte dankbar und nahm versonnen einen Schluck.

Die Magd hatte sich wieder beruhigt. »Entweder das oder im Tower eingesperrt wie all die armen Zimmerleute«, sagte sie.

»Sie werden alle als Verräter geviertelt, heißt es.« Sie bekreuzigte sich.

Jonah verzog spöttisch einen Mundwinkel. »Du solltest nicht alles glauben, was auf den Straßen geredet wird. Die Zimmerleute werden geschont. Und das verdanken sie allein der Königin.« Er wollte aufstehen, aber Ginger sprang auf seinen Schoß, drehte sich ein paar Mal im Kreis und ließ sich dann nieder.

Rachel bedachte ihn mit einem strengen Kopfschütteln. Sie stand ewig auf Kriegsfuß mit dem roten Kater und hielt nichts davon, dass Jonah ihn so verhätschelte, aber sie hatte gelernt, ihre Missbilligung für sich zu behalten.

»Gott segne die Königin«, sagte sie stattdessen. »Sie muss eine wirklich großzügige, wunderbare Frau sein.«

Jonah fuhr seinem Kater über die kleinen Ohren und befühlte mit der anderen Hand verstohlen den Pelzkragen des neuen Mantels, den er unter seinem leichten Sommerumhang verborgen hielt. »Das ist sie.«

Rachel nickte. »Ich hole Euch etwas zu essen, Sir. Ihr müsst ausgehungert sein.«

Jonah schüttelte den Kopf. »Danke. Geht nur. Für heute habe ich alles, was ich will.«

London, Januar 1332

Der kleine Platz vor Hillocks Tuchladen war mit unappetitlichem, braunem Schneematsch bedeckt. Zwei Wochen lang hatten Frost und Tauwetter einander abgewechselt, und die Erde war so aufgeweicht, dass der unachtsame Fußgänger bis über die Knöchel im Morast zu versinken drohte. Vor dieser Gefahr war Jonah allerdings gefeit, denn er kam hoch zu Ross.

Leichtsinnig war er sich vorgekommen, als er kurz vor Weihnachten den langbeinigen, edlen Wallach gekauft hatte; die teuerste Anschaffung, die er je getätigt hatte, die keine geschäftliche Investition war. Doch Gervais of Waringham, der allgemein als großer Pferdekenner galt und auf seinem heimischen Gut in Kent gar selbst eine Zucht begonnen hatte, hatte ihm bei der Auswahl geholfen und versichert, dass Jonah diesen Kauf nie bereuen und viele Jahre Freude an seinem Pferd haben werde – zumal er ja ein Pfeffersack sei und nicht in schwerer Rüstung reite, hatte Gervais augenzwinkernd hinzugefügt.

Auch Martin Greene, der Warden der Tuchhändlergilde und Jonahs Pate, hatte ihm zugeredet, kein solches Geheimnis aus seinem neuen Wohlstand zu machen. Greene betrachtete seinen Schützling mit unverhohlenem Stolz und wurde es nicht müde, die anderen jungen Gildebrüder aufzufordern, sich ein Beispiel an ihm zu nehmen, was Jonah unendlich peinlich war. Zumal bei jeder Gelegenheit, da Greene seine Tüchtigkeit lobte, eine hartnäckige Stimme in Jonahs Kopf raunte: *Glück. Es war nichts als Glück. Alles unverdient...*

Nicht der Kontrakt als königlicher Tuchlieferant hatte ihm plötzlich so viele und große Aufträge beschert, dass er kaum mehr wusste, wo er seine Ware lagern und wie er all die Arbeit bewältigen sollte. Der Kontrakt war zwar inzwischen ausgestellt und besiegelt, doch noch hatte keine Lieferung stattgefunden. Der angeblich anstehende Krieg gegen Schottland, von dem man seltsamerweise nie ein Wort hörte, würde zumindest bis zum Frühjahr warten müssen, denn im Winter wurden keine Kriege geführt. Erst heute war die Anweisung des Lord Treasurer, des Schatzmeisters des königlichen Haushalts, gekommen, bis März fünfzig Ballen zu liefern. Nein, was ihn den ganzen Herbst über in Atem gehalten hatte, waren die Aufträge der adligen Damen des Hofes und ihrer Schneider gewesen. Sie bestellten, worin Jonah am liebsten handelte: feine Wolle, edelstes Leinen, Seide und kostbare, manchmal gar zweifarbige Mischgewebe, Waren, mit denen sich auch die größten Gewinne erzielen ließen.

Jonah war sicher, die Königin zwinge ihre Hofdamen und die Frauen ihrer Ritter, zu ihm zu kommen, und er schämte sich dessen. Es gab Tage, da wünschte er sich, all diese königliche Gunst wäre ihm erspart geblieben und er hätte wenigstens die Chance bekommen, es alleine und ohne fremde Hilfe zu schaffen.

Doch Jonah irrte sich. Die Königin hatte ihn zwar dem Lord Treasurer für einen der anstehenden Kontrakte empfohlen, aber mit niemandem sonst über ihn gesprochen. Ihre Hofdamen waren von ganz allein auf ihn gekommen. Zum einen, weil er ihrer geliebten Königin das Leben gerettet hatte. Dafür waren sie ihm dankbar. Zum anderen hatte er etwas an sich mit seinen schwarzen Augen und seiner wortkargen, manchmal beinah schroffen Art, das sie bewog, die Ware immer persönlich in Empfang zu nehmen, die er auslieferte. Sie hatten Wetten abgeschlossen, welche von ihnen ihn schließlich als Erste aus seinem Schneckenhaus locken werde. Vor allem jedoch sprach sich schnell herum, dass er die wunderbarsten Stoffe besorgen konnte und zu fairen Preisen anbot, und das gab den Ausschlag. Jonahs Verdacht, dass seine Beliebtheit bei den Damen nichts weiter als eine vorübergehende Mode sei, berücksichtigte nicht, dass sie alle unter dem enormen Druck standen, ständig mit neuen Kleidern aufzuwarten, ohne sich rettungslos zu verschulden.

Jetzt nach den Feiertagen war ihm endlich eine Atempause vergönnt, und er war hergekommen, um zu tun, was er schon seit Wochen vorhatte. Die viele Arbeit war ein guter Vorwand gewesen, es vor sich herzuschieben, aber heute hatte er sich endlich durchgerungen.

Er stieg vom Pferd und band es an einen Eisenring neben der Ladentür. Dabei ließ er den Blick über den kleinen Platz schweifen, die Gegend, die jahrelang sein Zuhause gewesen war. Alles schien eigentümlich geschrumpft, ein bisschen schäbiger als in der Erinnerung. Die Schmiede neben Robertsons Mietstall war geschlossen. Vor der Schenke »Zum schönen Absalom« stand breitbeinig ein Zecher und erbrach das teuer erkaufte Bier. Jonah wandte angewidert den Blick ab und schüttelte den Kopf. Ein fast ärmliches Viertel. Das war ihm früher nie aufgefallen. Jetzt war er die größeren Häuser und die besser gekleideten Menschen in der Ropery gewöhnt.

Er klopfte dem Wallach den Hals und betrat den Laden, ehe

ihn der Mut verlassen konnte. Fast stieß er mit Crispin zusammen.

»Oh, guten Abend, Sir… Jonah! Man erkennt dich ja kaum wieder. Junge, Junge, was für ein Mantel. Ist der Kragen Biber? Und dann dieser Hut! Sehr elegant.«

»Bist du jetzt fertig?« Jonah streifte den »Hut« ab, der mehr einer engen, das Kinn umschließenden Kapuze mit einem versteckt eingearbeiteten, festen Kopfteil glich. Er hatte ihn bei einem Hutmacher in Cheapside anfertigen lassen. Wolle und Filz hatte er selbst ausgewählt, und sie glichen in der Farbe exakt dem tiefgrünen Mantel, den die Königin ihm geschenkt hatte. Diese Kapuze, vor allem aber natürlich der Mantel erfüllten ihn immer noch mit Stolz, wenn er sie betrachtete, aber natürlich sollte Crispin das auf keinen Fall merken. »Ist mein Vetter daheim?«

Crispin nickte, starrte ihn immer noch ungläubig an und senkte hastig den Blick, als er es merkte. »Warte einen Moment. Ich wollte gerade zusperren. Ich bring dich zu ihm.«

»Danke, ich finde den Weg wohl noch allein. Besser, du lässt dich vorerst nicht oben blicken.«

Der Junge sah ihn furchtsam an. »Was ist denn los? Bring ihn ja nicht in Harnisch und verschwinde anschließend.«

Jonah versprach lieber nichts, was er möglicherweise nicht halten konnte. Es war nicht seine Absicht, mit Rupert zu streiten, aber es war unmöglich vorherzusagen, wie diese Unterredung verlaufen würde. Er ließ die Kapuze auf dem Ladentisch liegen und trat durch die Hintertür, überquerte den Innenhof, dessen Beete so von Unkraut überwuchert waren, dass man meinen konnte, sie seien im vergangenen Jahr nie gejätet oder bestellt worden, und traf in der Küche auf eine Fremde, die bei seinem Anblick einen spitzen kleinen Schrei ausstieß.

»Wer seid Ihr? Was wollt Ihr hier?«

»Jonah Durham, Master Hillocks Cousin. Wo ist Helen?«

Die neue Magd betrachtete ihn mit unverhohlenem Argwohn und schüttelte den Kopf. »Fort.« Sie war nicht mehr jung; mindestens Mitte zwanzig, und der Grund, warum sie unverheiratet geblieben war, war auf den ersten Blick offensichtlich: Sie hatte eine Hasenscharte und schielte obendrein. Selbst in dieser Stadt voller entstellter, missgestalteter Kreaturen ist sie herausragend hässlich, fuhr es ihm durch den Kopf. Vermutlich hatte Elizabeth sie ausgewählt, damit Rupert ihr wenigstens im eigenen Haus einmal treu blieb.

»Master Hillock empfängt um diese Zeit niemanden mehr«, beschied sie abweisend.

»Ich bin sicher, bei mir macht er eine Ausnahme.« Er ging zur Tür. »Er braucht gar nicht zu wissen, dass du mich gesehen hast.« Und ehe sie weitere Einwände vorbringen konnte, verließ er die Küche und stieg die Treppe hinauf. Er wusste immer noch genau, welche Stufen knarrten, und machte sich absichtlich bemerkbar.

»Berit, bist du das?«, rief Rupert aus der Halle. »Wo bleibt das Essen?«

Jonah betrat den dämmrigen Raum. »Seid gegrüßt.«

Elizabeth fuhr wie gestochen von ihrem Platz auf. »Was willst du hier? Scher dich zum Teufel!«

Jonah blieb nahe der Tür stehen, verschränkte die Arme und betrachtete sie mit leicht zur Seite geneigtem Kopf. Sie verliere den Verstand, hatte Crispin ihm vor einigen Monaten erzählt. Wenn es stimmte, so war es ihr zumindest nicht anzusehen. Sie war tadellos gepflegt wie eh und je, höchstens eine Spur dünner geworden, was der Grund dafür sein mochte, dass ihm der bittere Zug um ihren Mund ausgeprägter schien als noch vor einem Jahr.

»Nimm dich zusammen, Frau, er ist mein Vetter«, protestierte Rupert halbherzig.

»Verflucht soll er sein«, sagte sie leise. Es klang beinah wie ein Fauchen. »Er ist an allem schuld. Mit seinen Lügen und Verleumdungen hat er dich bei den Gildebrüdern schlecht gemacht. Er hat dir die Schneider und die besten Kunden abgeworben. Sieh ihn dir an, wie er daherkommt. Wie ein feiner Gentleman in seinem Pelzkragen. Bezahlt mit dem Geld deiner Großmutter, das *dir* zugestanden hätte, denn du bist der Ältere. Aber *er* hat es bekommen, obwohl er sie vermutlich mit einem Kissen erstickt hat, weil er nicht mehr länger darauf warten wollte.«

Rupert war ebenso verblüfft wie Jonah und fragte: »Was in aller Welt redest du da?«

Elizabeth lachte höhnisch. »Denkst du etwa, es war ein Zufall, dass er allein mit ihr war, als sie starb?«

Jonah räusperte sich und wandte sich an Rupert. »Ich würde dir gern ein Geschäft vorschlagen. Es dauert nicht lange.«

»Wir machen keine Geschäfte mit dir, du Teufel…«, beschied Elizabeth.

Rupert erhob sich unvermittelt. »Das reicht! Halt den Mund und scher dich raus!«

Sie starrte ihn einen Moment an, gekränkt und erschrocken, aber sie ging. Ohne ein weiteres Wort. Sie fürchtet sich vor Rupert, erkannte Jonah überrascht. So war es früher nicht gewesen. Er wollte lieber nicht wissen, was sich hier in den vergangenen Monaten abgespielt hatte.

Als sie allein waren, sahen die beiden Cousins sich argwöhnisch an, unsicher, wie sie fortfahren sollten.

Schließlich ließ Rupert sich ächzend auf seinen Stuhl sinken und winkte einladend. »Setz dich, Jonah. Trink einen Schluck.«

Jonah nahm ihm gegenüber Platz.

»Wieso bist du nicht krank?«, fragte Rupert neugierig. »Sonst bist du immer krank um diese Jahreszeit. Und es war eisig kalt bei den Weihnachtsspielen.«

Jonah lächelte wider Willen. »Ich bin nach der letzten Aufführung nach Hause gegangen und habe ein heißes Bad genommen. Auf Befehl meiner Magd.«

Rupert lachte, schenkte Ale aus dem Zinnkrug in einen Becher und schob ihn Jonah hin. »Du warst besser als je zuvor.«

Es war leichter, als Jonah erwartet hatte. Möglicherweise hätte es gar der Anfang einer Versöhnung sein können, aber daran hatte er nicht das geringste Interesse.

Kopfschüttelnd schob er den Becher von sich. »Ich trinke nicht mit dir, Rupert. Du hast mir nach dem Leben getrachtet. Und wenn du glaubtest, dass du damit durchkommen könntest, würdest du es wieder versuchen.«

Rupert blinzelte. Für einen Augenblick war sein großporiges

Gesicht gänzlich offen, und Jonah erkannte, wie sehr Rupert sich des feigen Anschlags schämte. Dann senkte der Ältere die Lider. »Es war ihre Idee«, stieß er hervor. »Diese Frau ist besessen von ihrem Hass auf dich. Ich weiß, ich hätte niemals darauf eingehen dürfen. Aber du kannst dir nicht vorstellen, wie sie mir zugesetzt hat.«

Was für eine erbärmliche Entschuldigung, dachte Jonah verächtlich. Und trotzdem wusste er sie in gewisser Weise zu schätzen. Es tröstete ihn ein wenig, dass Rupert – sein einziger Verwandter – diesen teuflischen Plan wenigstens nicht selbst ersonnen hatte. Aber eher hätte er sich die Zunge abgebissen, als das zuzugeben.

»Ich bin sicher, es war nicht so schwierig, dich von den Vorzügen meines plötzlichen Hinscheidens zu überzeugen.«

Rupert änderte die Taktik. Er nahm einen tiefen Zug aus dem verschmähten Becher und lehnte sich zurück. »Ich sehe, du bist nicht gekommen, um Frieden zu schließen«, knurrte er.

Jonah sagte weder ja noch nein. »Ich bin gekommen, um dir ein Geschäft vorzuschlagen, wie gesagt.«

»Lass mich raten.« Hämisch zog Rupert das letzte Wort in die Länge. »Du hast dich schon übernommen mit deinen kostbaren flämischen Tuchen. Jetzt bist du am Ende und suchst Kapital. Wenn du deswegen gekommen bist, verschwendest du deine Zeit.«

Jonah schnalzte missbilligend. »Denkst du, ich hatte einen so schlechten Lehrmeister?«

Rupert schnaubte. »Also raus damit. Aber von mir bekommst du keinen Penny.«

Schon allein deswegen, weil du nichts hast, dachte Jonah, aber er schluckte es hinunter. Er brauchte Rupert nicht zu beleidigen. Er wusste, seinem Vetter stand das Wasser bis zum Halse, darum würde er auf Jonahs demütigendes Angebot eingehen müssen. Das war Rache genug.

»Ich habe einen Kontrakt, Rupert. Und ich biete dir die Gelegenheit, daran mitzuverdienen.«

Sein Vetter beäugte ihn misstrauisch. »Einen Kontrakt von wem?«

»König Edward.«

Das verschlug Rupert vorübergehend die Sprache. Mehrmals öffnete er den Mund, schloss ihn wieder, dann schlug er mit der Faust auf den Tisch und lachte dröhnend. »Ist das wahr? Du hast doch weiß Gott das Glück des Teufels. Dieser junge Schwachkopf Stephens erzählt im Gildehaus herum, du hättest der Königin beim Einsturz der Tribüne das Leben gerettet und seiest bei ihr im Tower gewesen. Stimmt das? Und was sonst musstest du für sie tun, damit sie dir einen Kontrakt verschafft, he?« Er stützte die Hände auf den Tisch und beugte sich vor. Seine dunklen Augen funkelten. »Mir kannst du 's ruhig erzählen«, raunte er im Verschwörerton. »Sie sagen, sie hat ein heißblütiges Temperament, unsere Philippa.«

Ruperts lüsternes Grinsen bereitete Jonah beinah körperliche Übelkeit. »Ich glaube, du vergisst, von wem du sprichst.«

Rupert trank aus seinem Becher und rülpste ungeniert. »Was für ein steifer kleiner Heuchler du doch bist. Also, zurück zu deinem Kontrakt. Worum geht es?«

»Um Tuch mittlerer Güte, Beverly Brown oder vergleichbare Ware. Fünfzig Ballen bis März zu einem garantierten Abnahmepreis von zwei Pfund pro Ballen. Ich biete dir an, die Hälfte zu übernehmen. Je günstiger du sie beschaffst, desto größer ist natürlich dein Gewinn, aber ich nehme an, dreißig Shilling pro Ballen sind realistisch. Sagen wir, vierzig Pfund. Ich strecke sie dir vor, und du belieferst mich heute in sechs Wochen.«

Rupert saß stockstill. Ohne Jonah aus den Augen zu lassen, fragte er leise: »Warum besorgst du dir dein Tuch nicht selbst?«

»Das braucht dich nicht zu kümmern.«

»Und welchen Anteil willst du von meinem Gewinn? Die Hälfte, nehme ich an.« Er sagte es im Brustton der Entrüstung, als wolle Jonah ihn betrügen statt ihm eine Chance zu eröffnen, von der er nie zu träumen gewagt hätte.

»Keinen Penny, Rupert.«

Sein Vetter grunzte ungläubig und leerte seinen Becher. »Das wäre zu gut, um wahr zu sein. Die Sache muss einen Haken haben. Hältst du mich für einen solchen Narren, dass ich dir glaube, du tust es aus familiärem Pflichtgefühl?«

Jonah gestattete sich ein kleines ironisches Lächeln. »So wie die Dinge zwischen uns stehen, wollen wir von familiären Banden wohl lieber nicht reden. Ich will kein Geld von dir, sondern etwas anderes.«

»Was?«, fragte Rupert barsch.

»Ich will Crispin.«

Rupert sah ihn einen Augenblick fassungslos an, ehe er wieder in sein ohrenbetäubendes Gelächter ausbrach. »Für diesen schwatzhaften kleinen Tagedieb willst du mir einen Profit von …«, er rechnete kurz, »zehn Pfund überlassen?«

Jonah lehnte sich zurück und verschränkte die Arme. »Überleg es dir. Aber ich will deine Antwort sofort. Und ich nehme ihn gleich mit, solltest du einverstanden sein.«

Rupert winkte ab. »Du bist ja nicht bei Trost. Warum sollte ich ihn hergeben? Er ist *mein* Lehrjunge. Was würde sein Vater dazu sagen? Und die Gilde?«

»Sein Vater ist einverstanden, die Wardens auch.«

»Ach, es ist von langer Hand geplant, ja?«, fuhr Rupert auf. »Du schreckst wohl vor nichts zurück, um meinem Ansehen zu schaden, du verfluchter Bastard!«

Jonah erhob sich ohne Eile. »Ganz wie du willst. Leb wohl.«

»Nein, warte, Jonah!«

Er drehte sich wieder um.

Rupert hob beschwörend die Linke und raufte sich dann damit die Haare, sodass sie ganz zerzaust aussahen. Sein Gesicht war feuerrot, die Augen schienen plötzlich seltsam klein. »Schön, meinetwegen.« Er unterbrach sich kurz, ehe er hervorstieß: »Ich kann mir nicht leisten, dein Angebot abzulehnen, wie du zweifellos weißt.«

Jonah erwiderte seinen Blick. Es kostete ihn Mühe, eine ausdruckslose Miene zu bewahren. Das triumphale Hohnlächeln wollte unbedingt heraus. Doch er beherrschte sich.

»Aber der Junge bleibt hier, bis du mir die vierzig Pfund gezahlt hast«, verlangte Rupert angriffslustig. Es war, als wolle er den letzten Rest seiner Würde retten, indem er diese sinnlose Bedingung stellte.

Jonah hatte damit gerechnet. Wortlos kam er an den Tisch zurück und zog zwei kleine Geldbeutel aus der Kleidung. Er hatte es sich zur Gewohnheit gemacht, größere Werte gleich auf der Haut unter dem Wams zu tragen. »Hier.«

Rupert lachte verächtlich. »Wohl kaum vierzig Pfund. Das wäre eine Truhe voll.«

»Es sind florentinische Goldmünzen. Zweihundert Stück, jede vier Shilling wert. Wenn du mir nicht glaubst, geh in die Lombard Street zum Bankhaus Bardi, dort habe ich sie eingetauscht, dort tauscht man sie dir zurück. Willst du nachzählen?«

Ruperts Finger zitterten, als er die Schnur an einem der Beutel löste und hineinspähte. Das Gold funkelte im schwachen Schein der einzelnen Kerze auf dem Tisch. Ein beinah glückseliges Lächeln erstrahlte auf Ruperts Gesicht. »Nein, ich glaub dir.«

»Also sind wir uns einig?«, fragte Jonah.

»Wir sind uns einig. Nimm den Lümmel mit. Aber komm mir nicht nächste Woche mit Klagen. Schließlich kennst du ihn gut genug.«

Jonah nickte. Einen Moment zögerten sie beide, dann streckten sie gleichzeitig die Rechte aus und tauschten einen sehr kurzen Händedruck.

»Also dann«, sagte Rupert jovial. »In sechs Wochen.«

»In sechs Wochen.«

Crispin stand in der eisigen Dämmerung vor dem Laden und streichelte den geduldigen Wallach, als Jonah aus der Tür trat.

»Er ist herrlich«, sagte der Junge bewundernd. »Wie heißt er?«

»Ich weiß nicht.«

»Was? Aber jedes Tier sollte einen Namen haben, Jonah.«

»Vielleicht gibst du ihm einen. Geh, pack dein Zeug. Du kommst mit mir.«

Crispin ließ die Hände sinken. »Wieso?«

Jonah sah auf den schlammigen Boden. Ihm war nicht ganz

wohl bei dem, was er getan hatte. »Dein Vater hat eingewilligt und die Gilde auch. Mit Rupert habe ich mich geeinigt. Du bist von heute an mein Lehrling. Und jetzt geh und hol deine Sachen.«

Crispin rührte sich nicht. »Du ... du hättest mich fragen können.«

Jonah sah auf. »Wozu? Hat man dich gefragt, ehe du hier in die Lehre kamst?«

»Nein.«

»Na also.«

»Kann ich mich verabschieden gehen?« Es klang rebellisch. Jonah nickte. »Aber beeil dich.«

Crispin wandte sich wortlos ab und verschwand im Laden. Jonah führte seinen namenlosen Wallach eine Runde über den kleinen Platz, damit die kalten Glieder wieder warm wurden, ehe das Tier die Last seines Reiters tragen musste. Jonah hatte den Verdacht, dass er übervorsichtig war, aber ihm graute davor, dieses kostbarste seiner Besitztümer irgendwie zu beschädigen, und er befolgte gewissenhaft jeden Rat, den Waringham ihm gegeben hatte. Der Tuchhändler Webster und Robertson, der Mietstallinhaber, kamen zusammen aus der Schenke. Sie betrachteten den fein gekleideten jungen Kaufmann mit unverhohlener Neugier und grüßten höflich, aber sie erkannten ihn nicht.

Als Jonah vor dem Laden seines Vetters wieder anhielt, trat Crispin heraus. Er hielt ein kleines Bündel unter dem Arm und zog die Tür langsam und zögerlich hinter sich zu, ehe er an der nichts sagenden Fassade des schmalen Hauses hinaufsah.

Dann trat er zu Jonah und hielt ihm den Steigbügel, als sei es das Selbstverständlichste der Welt. Die unterwürfige Geste beschämte Jonah, aber er saß auf, ohne einen Kommentar abzugeben. »Gib mir dein Bündel.« Er streckte die Linke aus.

Crispin reichte es ihm hinauf. Es war schwer, weil es das kostbare Buch mit den Heiligenviten enthielt, aber viel mehr schien nicht in den schäbigen Sommerumhang gewickelt zu sein. Ein zweiter Kittel vielleicht, ein Ersatzpaar Beinlinge und der Rosenkranz mit den kleinen blanken Holzperlen, mit dem der

Junge früher manchmal abends im Laden gesessen hatte. Das war alles, was Crispin auf dieser Welt besaß.

Er hielt den Kopf gesenkt, ging aber mit langen, festen Schritten neben dem Wallach einher. »Warum hast du das getan, Jonah?«

»Ich brauche dringend Hilfe im Geschäft.«

Crispin sah auf und hob die Hände. »Gab es in ganz London niemanden, der seinen Sohn bei dir in die Lehre geben wollte?«

Vermutlich wäre es nicht so einfach gewesen, wie der Junge glaubte. Auch wenn sich inzwischen herumgesprochen hatte, dass Jonah ein guter Kaufmann war, betrachteten viele Gildebrüder ihn doch immer noch mit Skepsis, fanden ihn zu jung und unerfahren und rechneten täglich damit, dass er mit seinem blühenden Geschäft – dessen Erfolg ihnen ohnehin verdächtig vorkam – scheitern würde.

»Ich kann niemanden gebrauchen, der venezianischen Seidenbrokat nicht von einem Putzlumpen unterscheiden kann.«

Crispin nickte, obwohl er nicht überzeugt war, dass das der wahre Grund war. Er hätte gerne geglaubt, dass Jonah es getan hatte, um ihm einen Gefallen zu tun, ihn von seinem trunk- und nicht selten auch tobsüchtigen Meister zu befreien und aus dessen marodem in ein blühendes Geschäft zu holen, wo es wirklich viel zu lernen gab. Wahrscheinlicher war jedoch, dass Jonah Rupert ein Schnippchen hatte schlagen wollen.

»Es ist kein sehr erhebendes Gefühl, das Instrument deiner Vergeltung zu sein, weißt du«, bemerkte er beklommen.

Jonah sah auf ihn hinab. Die schwarzen Augen schienen bedrohlich im Zwielicht zu funkeln. »Ich glaube, du überschätzt deine Bedeutung, Crispin. Jetzt hör auf, dich zu beklagen.«

Der Junge schwieg und stiefelte ein wenig gekränkt an der Seite seines neuen Meisters durch den Schneematsch. Als sie sich der Ropery näherten, hörten sie die Abendglocke in All Hallows läuten. Crispin sah sich neugierig um. Er war nie zuvor in dieser Gegend gewesen, und er staunte über die großen Häuser. Hier gab es nur wenige Läden an der Straßenfront, denn die meisten der Kaufmannsvillen lagen hinter Palisaden oder Mauern verborgen. Im Kirchhof von All Hallows spielten ein paar gut gekleidete Jungen Haschen, ehe ein Priester mit wehendem Habit aus einer Seitenpforte kam und die kleinen Frevler verscheuchte. Lachend stoben sie davon. Wie überall in London waren auch in der Ropery die Straßen zu schmal und verdreckt und zu jeder anderen Tageszeit gewiss überfüllt. Und doch war der Wohlstand dieser Gegend allgegenwärtig. Jonah war nicht der einzige Kaufmann, der zu Pferd unterwegs war, und die Lehrjungen, die ihnen auf dem Heimweg von einem späten Botengang entgegenkamen, tippten höflich an ihre Kappen, um ihn zu grüßen.

Jonah hielt vor einem Tor in einer steinernen Mauer, die gewiss dreimal so lang war wie Hillocks Haus breit. Er löste seinen Schlüsselring vom Gürtel und reichte ihn Crispin. »Der kleinere mit dem D in der Räute ist für die Pforte.«

Er saß ab, während Crispin den richtigen Schlüssel heraussuchte. »D wie in Durham?«, fragte er neugierig und sperrte auf.

Jonah hob kurz die Schultern. »Meine Großmutter hat das Haus von einem Pelzhändler namens Deresle gekauft. Der Schlüssel dient mir so gut wie ihm. Komm rein.« Er führte sein Pferd in den Hof.

Crispin folgte ihm, blieb nach wenigen Schritten wie angewurzelt stehen und sah sich staunend um. »Grundgütiger … Es ist riesig.« Im schwindenden Licht sah er das Wohnhaus auf der rechten, das Tuchlager und den Stall auf der linken Seite. Ordentliche Wege teilten die jetzt kahlen Beete und verbanden die Gebäude miteinander, und auf dem hinteren Teil des Grundstücks lagen große Stapel von Holzbrettern und Pfählen. Die Rahmen zweier bescheidener Häuschen standen bereits. »Was baust du da?«, fragte er neugierig.

Jonah band sein Pferd neben dem Tor an. »Eine Weberei und eine Färberei. Ich will sie an flämische Handwerker vermieten und dann das hier produzierte Tuch verkaufen.«

»An *Flamen*? Was für eine … eigenartige Idee.«

Jonah lächelte plötzlich. »Es gibt Leute, die von der Idee äußerst angetan sind. Und jetzt komm ins Haus.«

An der Tür kam Meurig ihnen mit einem Öllicht entgegen. »Master Jonah? Ich hab die Pforte gehört. Das Essen ist fertig, Sir.«

Jonah nickte. »Meurig, das ist Crispin, mein Lehrjunge.«

Meurig nahm die Lampe in die linke Hand und streckte Crispin die Rechte entgegen. Der Druck seiner schwieligen Hand war warm und fest, und plötzlich wurde Crispin viel leichter ums Herz. »Willkommen, Crispin. Hier, nimm das Licht, sei so gut, ich bring schnell den Gaul in den Stall.«

Er drückte ihm das kleine Tongefäß in die Hand, zwinkerte ihm über die Flamme hinweg spitzbübisch zu und überquerte dann pfeifend den Hof.

»Lass ihn gesattelt, ich will später noch einmal weg«, rief Jonah ihm nach. Meurig hob die Hand, um zu bedeuten, dass er verstanden hatte. Jonah führte seinen Lehrling ins Haus, durch den schmalen Vorraum, die Treppe hinauf zur Halle, wo ihnen die wenig einladenden Worte entgegenschollen: »Mach, dass du wegkommst, du Ungeheuer!«

»Crispin, das sind Rachel und mein Kater Ginger. Wie du siehst, gibt es auch in meinem Haus Streit und Hader, du wirst dich ganz heimisch fühlen.«

Rachel fuhr zur Tür herum. In der Linken hielt sie einen Besen, leicht erhoben, als wolle sie damit auf die Ankömmlinge losgehen. Aber sie ließ ihn sogleich wieder sinken und lächelte schuldbewusst. »Er ist schon wieder auf dem Tisch rumstolziert, Master.«

»Er tut es nur deshalb, weil er weiß, dass er dich damit aufregen kann«, mutmaßte Jonah und setzte sich an seinen Platz, den bequemsten Sessel, der genau in der Mitte der Längsseite des Tisches stand. Ein lebhaftes Feuer prasselte im Kamin. Die Scheite knisterten angenehm und spuckten dann und wann ein paar Funken auf den Boden. Vor dem Kamin lag deshalb kein Strohbelag auf den Holzdielen, sondern eine steinerne Platte. Der Raum war herrlich warm und von ein paar Talglichtern und Kerzen auf den Fensterbänken und dem Tisch in dämmriges, weiches Licht getaucht.

Auch Rachel hieß Crispin willkommen. »Hier, setz dich, mein Junge, da neben Master Jonah ist dein Platz. Später zeig ich dir deine Kammer. Ich weiß erst seit gestern, dass du kommst, aber ich hab es dir nett hergerichtet, du wirst dich schon wohl fühlen. Aber zuerst wollen wir essen, ja?«

»Ja sicher… vielen Dank«, stammelte der Junge, völlig verwirrt über so viel Freundlichkeit, und sank matt auf den Stuhl nieder, den sie ihm angewiesen hatte. Gleich darauf hörten sie Meurig auf der Treppe, und Rachel holte das Essen herauf. Sie füllte die Zinnteller mit dem dampfenden Eintopfgericht, dem ein verlockender Duft nach Speck, Zwiebeln und Knoblauch entstieg, und verteilte sie.

Crispin schnupperte hingerissen. »Hm… Mönchsbohnen!«

Rachel lachte zufrieden. »Ich hab mir sagen lassen, die isst du besonders gern.«

Meurig reichte die Wasserschale zum Händewaschen herum und füllte dann Ale in vier Becher, ehe auch er sich an seinen Platz setzte.

Crispin faltete die Hände und senkte den Kopf, während Jonah ein kurzes Tischgebet sprach, und er spürte einen Kloß in der Kehle, der ihm faustdick vorkam.

Jonah verließ die Halle mit einem knappen Gruß, ohne zu sagen, wohin er wolle oder wann sie ihn zurückerwarten könnten. Die anderen schwiegen, bis sie die Haustür zufallen hörten.

»Er hat kaum etwas gegessen«, bemerkte Meurig kritisch.

»Ich hoffe, es lag nicht an meinen Bohnen«, sagte Rachel.

»Bestimmt nicht«, murmelte Crispin schüchtern. »Sie waren himmlisch.«

Sie belohnte ihn mit einem strahlenden Lächeln und schob ihm Jonahs Teller hin. »Dann iss noch etwas, Junge, mach mir die Freude.«

Das ließ Crispin sich nicht zweimal sagen. Er senkte den Kopf und schaufelte auch die zweite Portion des schlichten, aber so schmackhaft gewürzten Bohnengerichts in sich hinein.

Meurig verteilte den Inhalt aus Jonahs ebenfalls fast unberührtem Becher auf ihre drei. »Wär eine Schande, das gute Bier umkommen zu lassen. Das sieht ihm gar nicht ähnlich. Was ist ihm nur so auf den Magen geschlagen?«

»Was schon«, brummte Rachel. »Sein Vetter natürlich. Gott allein weiß, was sie sich wieder an den Kopf geworfen haben.«

Obwohl Jonah die Hillocks nie auch nur mit einem Wort erwähnt hatte, wussten Rachel und Meurig doch ganz genau Bescheid. Mistress Cross, die sie an den jungen Master Durham vermittelt hatte, hatte ein paar aufschlussreiche Andeutungen gemacht, und den Rest hatten sie beim Einkaufen oder in der Schenke von den Dienstboten anderer Tuchhändler erfahren.

Crispin schnaubte unwillkürlich. »Wenn Streit mit Master Rupert oder der Mistress ihm den Appetit verderben könnte, wäre Jonah längst verhungert. Das lässt ihn völlig kalt, glaubt mir.«

Das Dienerpaar sah überrascht auf. »Nein, das glaube ich nicht«, widersprach Rachel entschieden. »Gerade du solltest ihn doch besser kennen. Und es ist sehr undankbar von dir, so von ihm zu sprechen, nach allem, was er für dich getan hat, mein Junge.«

Meurig hob Crispin seinen Becher entgegen und sagte: »Da. Jetzt kennst du auch die Rachel, die jedem hier Respekt einflößt. Mit einer Ausnahme natürlich«, fügte er hinzu, als Ginger auf Crispins Schoß sprang.

Der Junge spürte für einen Moment die scharfen Krallen durch den dünnen Stoff seiner Beinlinge und verzog schmerzlich das Gesicht, begann aber gleichzeitig, den kleinen Katzenkopf zu kraulen, und Ginger ließ sich schnurrend nieder.

»Bist du denn nicht froh, hier zu sein?«, wollte Rachel wissen.

Crispin sah sich verstohlen in der Halle um. Sie war größer als Ruperts und mit besseren, wenn auch offenbar alten Möbeln ausgestattet, der Kamin qualmte weniger, Jonah war nicht so geizig mit Kerzen wie sein Vetter, und die getrockneten Lavendelblüten im Stroh gaben jedes Mal ein angenehmes Aroma ab, wenn man mit den Füßen darin scharrte. Aber das alles machte nicht den wesentlichen Unterschied aus. Wesentlich anders war, dass man hier kein dringendes Bedürfnis verspürte, die Halle möglichst schnell wieder zu verlassen, dass man bei Tisch sitzen konnte, ohne ständig einen Angstknoten im Bauch zu spüren. Er dachte an die kurze, hässliche Abschiedsszene vorhin. Master Hillock hatte ihm natürlich unterstellt, er habe gemeinsame Sache mit Jonah gemacht und sei eingeweiht gewesen, hatte dem Jungen nicht einmal zugehört, und Crispin war geflohen, als Rupert Anstalten machte, ein letztes Mal auf ihn loszugehen.

»Doch. Ich bin froh«, gestand er. »Aber er hat es nicht für mich getan, Rachel, sei versichert. Jonah Durham verfolgt mit allem, was er tut, einen Plan, auch wenn man es oft gar nicht merkt. Das hat er von seiner Großmutter«, fügte er hinzu, offenbar selbst von dieser plötzlichen Erkenntnis überrascht.

Rachel schüttelte ungehalten den Kopf, stand auf und sammelte die Teller ein.

Meurig leerte seinen Becher, erhob sich ebenfalls und winkte einladend. »Komm. Ich zeig dir dein Bett.«

Crispin hob Ginger auf den Arm, doch der eigenwillige Kater sträubte sich, sprang auf den Boden und zog seiner Wege.

Meurig nahm ein Öllicht vom Tisch und führte den Jungen aus der Halle einen kurzen, dunklen Flur entlang zur letzten Tür. »Hier«, sagte er und stieß sie einladend auf.

Neugierig trat Crispin ein. Der Raum war nicht groß. An der linken Wand stand ein Bett, ohne Baldachin oder Vorhänge, aber doch sehr viel besser als ein Strohsack am Boden. Unter dem Fenster, welches mit einem soliden Laden verschlossen war, befand sich eine niedrige Truhe. An der Wand neben dem Fenster hing ein schlichtes Holzkreuz.

»Hier soll ich schlafen?«, fragte Crispin ungläubig. »Eine Kammer ganz für mich allein?«

Meurig grinste breit. »Genieß es, solange es währt. Wenn er erst einmal Frau und Kinder und Gehilfen hat, wirst du vermutlich im Tuchlager einquartiert. Jetzt sieh in die Truhe.«

Langsam trat Crispin ans Fenster, bückte sich und klappte den wurmstichigen Holzdeckel auf. Rosmarinduft schlug ihm entgegen. Ordentlich zusammengefaltet lag obenauf ein Wams aus Leinen. Selbst im schwachen Lampenlicht sah man den Grauschleier, und Crispin hatte den Verdacht, dass sein neues Wams vor nicht allzu langer Zeit noch ein altes Bettlaken gewesen war, aber es war frisch gewaschen und wunderbar weich. Darunter lag ein Paar Beinlinge aus feiner blauer Wolle, gefolgt von einem passenden Kittel, der einen Ton dunkler war. Diese Kleidungsstücke, erkannte sein geschultes Auge, waren flammneu. Es war das erste Mal in seinem Leben, dass Crispin ein Gewand bekam, das nicht zuvor jemand anders getragen hatte. Der Mantel stellte jedoch alles in den Schatten. Crispin erkannte ihn wieder: Jonah hatte ihn im September am Tag des Unglücksturniers getragen. Doch er war neu eingefärbt worden, wodurch die Flecken verschwunden waren, und der dünne Sommerstoff war mit einer zweiten Lage aus dickerer, dicht gewalkter blauer Wolle gefüttert worden, aus welcher auch die dazugehörige Kapuze gearbeitet war.

Der Mantel glitt Crispin aus den Fingern und fiel unordentlich zurück in die Truhe. Mit weichen Knien sank der Junge auf den Schemel unter dem Kruzifix, hielt den Kopf tief gesenkt und wischte sich beschämt die Augen. »Oh, Jonah ...«, murmelte er. »Du verfluchter Bastard.«

Meurig lehnte mit verschränkten Armen am Türrahmen. »Tja, Junge. Vielleicht liegen die Dinge doch nicht ganz so, wie du geglaubt hast. Er hat Himmel und Hölle bewegt, um dich da rauszuholen, weißt du. Schon im Herbst hat er angefangen, diese Sachen für dich machen zu lassen. Und er hat Rachel zweimal dran erinnert, dass sie heute Mönchsbohnen kochen soll. So was hat's noch nie gegeben, dass er irgendwas öfter als unbedingt nötig sagt, ehrlich. Und dass er nicht in der Lage ist, dir dieses Zeug hier selber zu geben, sondern sich lieber verdrückt, ändert ja nichts an den Dingen, oder?«

»Nein«, flüsterte Crispin.

Meurig nickte zufrieden. »Also dann. Gute Nacht, Crispin. Wasser zum Waschen findest du morgen früh in der Küche, oh, und der Abort ist links vom Haus im Hof.«

Der Junge räusperte sich entschlossen und sah auf. »Gute Nacht, Meurig. Und vielen Dank.«

»Keine Ursache. Ach, eins noch. Es geht mich ja nichts an, aber vielleicht denkst du mal drüber nach, ob es richtig ist, dass du ihn weiterhin einfach Jonah nennst. Er würde ja nie was sagen, weil er die Nase über all solche Regeln rümpft, aber manchmal macht es das Leben einfacher, sie zu befolgen, he?«

»Ich werd drüber nachdenken«, versprach Crispin.

Meurig ließ ihn allein, und der Junge tastete sich in der plötzlichen Dunkelheit vorsichtig zur anderen Seite des fremden kleinen Raumes vor, streifte die Schuhe ab und legte sich auf sein ungewohnt komfortables Bett. Es war weich genug für einen Prinzen, stellte er fest. Aber es dauerte trotzdem lange, bis er einschlafen konnte.

Jonah entdeckte sie sofort.

Am Eingang der Halle war er erst einmal stehen geblieben, um in Augenschein zu nehmen, was ihn erwartete. Er stand verborgen in den Schatten des dämmrigen Vorraums und ließ den Blick über den Saal schweifen, der im Glanz einer verschwenderischen Vielzahl von Kerzen erstrahlte. Sie saß an der langen Tafel zwischen einem silberbärtigen Kaufmann und einem jungen Ritter, das Gesicht zur Tür, aber noch hatte sie ihn nicht gesehen.

Jonah machte so abrupt kehrt, dass er mit Elia zusammenstieß, der hinter ihm eintreten wollte.

»Was ist?«, fragte der junge Stephens verdattert. »Irgendwas gesehen, was dir nicht gefällt? Das kann ich nicht glauben.«

»Lass uns wieder gehen«, antwortete Jonah knapp.

»Wenn Euch die hell erleuchtete Halle mit den vielen Menschen nicht behagt, Sir, könnt Ihr Eure Wahl auch von hier aus treffen«, bemerkte der junge Diener leise, der sie eingelassen hatte.

Er war ein einnehmender Bursche mit guten Manieren. Ganz anders als die Wirte und Zuhälter, die Jonah aus herkömmlichen Hurenhäusern kannte. Aber er beachtete ihn nicht, sondern nickte seinem Freund auffordernd zu.

Elia stöhnte. »Also ehrlich, Mann, aus dir wird man niemals klug. Es war *deine* Idee, herzukommen. Wenn du 's dir anders überlegt hast, schön, dann geh wieder zu deiner kleinen Hexe in der Thames Street, aber ich bleib hier. Ich habe nicht jeden Abend so eine Gelegenheit, weißt du; im Gegensatz zu dir bin ich nämlich verheiratet, solltest du es vergessen haben, und…«

»Schon gut, halt die Luft an.« Jonah hatte den ersten Schreck überwunden. Aber er wusste nicht, was er tun sollte. Unschlüssig stand er zwischen Halle und Ausgang, und fast gegen seinen Willen stahl sein Blick sich wieder in ihre Richtung. Genau wie die rund zwanzig anderen Mädchen am Tisch war sie elegant, aber nicht auffällig gekleidet. Kotte und Überkleid waren von einem Perlgrau, das ihr hervorragend stand, und dezent mit blauem Garn bestickt. Die engen Ärmel des Unterkleides waren bis zu den Ellbogen mit einer Reihe aus kleinen Zierknöpfen besetzt – eine neue, kostspielige Mode. Der Ritter an ihrer Seite legte vertraulich die Hand auf ihre Schulter und flüsterte ihr etwas ins Ohr. Sie warf den Kopf zurück und lachte. Kein schrilles Lachen, auch nicht laut, es wirkte vollkommen natürlich, und ihre Augen sprühten förmlich vor Fröhlichkeit. Jonah spürte einen Stich.

»Also, was ist nun?«, wisperte Elia voller Ungeduld. »Gott, siehst du die Kleine dahinten mit den schwarzen Flechten? Ich hoffe, sie ist noch zu haben. Lass uns hier nicht rumtrödeln… Sag mal, kann es sein, dass du kreidebleich bist?«

Jonah ruckte sein Kinn in ihre Richtung. Dann ging ihm auf, dass Elia sie vermutlich nicht erkannte, weil er sie nur ein einziges Mal gesehen hatte, als sie damals am Tag der Weihnachtsspiele mit ins Gildehaus gekommen war, und er überlegte noch, was er Elia sagen sollte, als sein Freund plötzlich scharf die Luft einzog. »Teufel noch mal. Elizabeth Hillocks goldgelocktes Lehrmädchen aus Canterbury. Wie in aller Welt kommt sie hierher?«

»Rate.«

Elia sah ihn unbehaglich an. »Rupert?«

Jonah antwortete nicht, aber Elia brauchte nur seine finstere Miene anzusehen, um alles zu erraten. »Gott, das kann einem wirklich den Spaß an so einem Abend verderben«, grollte er leise.

Jonah musste lächeln. »Ich bin sicher, du findest deine Feierlaune schon noch wieder. Aber mich musst du entschuldigen.«

Sein Freund nickte. »Natürlich. Das kann ich verstehen, glaub mir.« Sein Blick wanderte schon wieder zur Tür, und seine Augen leuchteten ob all der Schönheit, die es dort zu sehen gab. Und nicht nur zu sehen. Wie Jonah vorhergesagt hatte, ließ Elias Unternehmungslust sich auch dieses Mal nicht lange unterdrücken. »Ich versuche es bei der Schwarzen. Ob sie Französin ist, was meinst du? Oh, und Jonah, geh nicht durch die Drapers Lane heim, sei so gut. Wenn meine süße Mary zufällig aus dem Fenster schaut und dich sieht, bin ich überführt.«

»Nein, keine Bange.« Jonah wusste, Elia war seiner jungen Frau sehr zugetan, doch länger als ein, zwei Monate hatte er seinen ehelichen Treueschwur nicht zu halten vermocht. Unbekümmert war er zu seinen Junggesellengewohnheiten zurückgekehrt, aber er war immer sehr diskret, denn er wollte »seine süße Mary« um keinen Preis kränken. Jonah fand ihn rücksichtsvoller als die meisten anderen Ehemänner.

Er versagte sich einen letzten Blick auf Annot und machte entschlossen kehrt. Erst an der Tür merkte er, dass der höfliche junge Diener ihm gefolgt war. »Verzeiht mir, Sir …«

»Gib dir keine Mühe.«

»Ihr seid Jonah Durham, nicht wahr?«

Jonah wandte langsam den Kopf. »Und ich dachte, in einem Haus wie diesem nennt man keine Namen.«

Der junge Diener sah ihn ungeniert an, schien ihn einer eingehenden Betrachtung zu unterziehen und lächelte dann. Es war ein eigentümlich anerkennendes Lächeln; Jonah wusste es nicht zu deuten. Dann senkte der Diener höflich den Blick und antwortete: »Diese Regel hat sie erst gelernt, nachdem sie mir von Euch erzählt hatte. Aber Namen und auch alle anderen Geheimnisse sind bei mir gut aufgehoben. Wenn Ihr noch ein paar Minuten erübrigen könnt, Sir, ich glaube, Annot würde Euch sehr gerne wiedersehen.«

»Das kann ich mir kaum vorstellen. Außerdem scheint sie im Augenblick ausgesprochen beschäftigt.«

Cupido deutete ein Kopfschütteln an. »Es ließe sich trotzdem arrangieren.«

Unentschlossen sah Jonah zur Halle zurück. Annot hatte sich jetzt dem Silberbart zugewandt und sah ihm tief in die Augen. Das Licht der Kerzen schien sich in ihren dunkelblonden Locken zu verfangen und überzog ihr unschuldiges, blutjunges Gesicht mit einem mattgoldenen Glanz. Sie war bezaubernd. Streng genommen vielleicht nicht schön, aber bezaubernd. Zum ersten Mal bedauerte er um seiner selbst willen, dass Rupert und seine Großmutter ihre Heirat vereitelt hatten.

»Was ist aus dem Kind geworden?«, fragte er.

»Ein Junge. Er ist in einem Kloster. Aber er ist missgestaltet und vermutlich schwachsinnig. Wenn Gott gnädig ist, nimmt er ihn bald zu sich.«

Gut gemacht, Rupert, dachte Jonah hasserfüllt, viel mehr Unglück hättest du ihr wirklich nicht bringen können. Die Hand des Graubarts verschwand unter dem Tisch, und Jonah erkannte, dass er es nicht fertig bringen würde, zu gehen und sie diesem lüsternen alten Bock oder dem geckenhaften Ritter oder auch beiden zu überlassen, obwohl es zweifellos das Klügste gewesen wäre.

»Na schön«, grollte er. »Aber dann will ich sie die ganze Nacht. Sag mir morgen früh, was es kostet«, kam er dem Diener zuvor. »Jetzt will ich nichts davon hören.«

»Nur gegen Vorkasse« lautete das unumstößliche Gesetz, das die Dame des Hauses aufgestellt hatte, denn war die Lust erst gestillt, erwachte nur zu oft der Geiz, kamen Ausflüchte und Reklamationen, die nie zu beweisen und nie zu widerlegen waren. Doch Cupido war gewillt, eine Ausnahme zu machen. Er kannte diesen Blick, mit dem Jonah jede von Annots Bewegungen verfolgte. Der junge Kaufmann würde zahlen. Und er würde wiederkommen.

Auf einen Wink von Cupido huschten zwei Pagen herbei, halbwüchsige Knaben, die, so mutmaßte Jonah, für das entsprechende Geld auch zu haben waren. Er rätselte, woher sie so plötzlich gekommen waren, denn er hätte geschworen, dass er allein mit dem Diener in der dämmrigen Vorhalle gestanden hatte.

Cupido nickte dem ersten der Jungen zu. »Geleite den Gentleman nach oben. Und du«, wies er den zweiten an, »gehst zu Annot und sagst ihr, Seine Lordschaft wünsche sie für einen Moment zu sprechen. Sage es so, als müsse sie sofort wissen, wen du meinst. Und sprich diskret und leise, aber vergewissere dich, dass ihre Tischnachbarn dich hören.«

Der Junge quittierte diese scheinbar so widersinnigen Anweisungen mit einem gelangweilten Nicken und huschte davon. Der andere bedeutete Jonah mit einer ehrerbietigen Geste, ihm zu folgen. Er führte ihn die breite Treppe mit dem wundervoll geschnitzten Geländer hinauf, öffnete ihm eine Tür und winkte ihn in einen behaglichen Raum mit einem breiten Bett, einer Truhe, einem Tisch und einem gepolsterten Fenstersitz. Am Boden stand ein Kohlebecken, dem ein schwerer, betörender Duft entströmte, als seien exotische Kräuter oder Öle unter die Holzkohle gemischt worden. Der Junge entzündete einen Kienspan an der Glut und trug ihn zu der einzelnen Kerze auf dem Tisch.

»Wünscht Ihr sonst noch etwas, Sir?«

»Ich nehme an, euer Wein ist schlecht und teuer?«

Der Junge schüttelte emsig den Kopf. »Teuer ja, Sir. Aber hervorragend. Weißwein aus Lothringen oder roter aus Burgund.«

»Dann bring mir von dem Burgunder.«

Der Junge verbeugte sich artig, ging hinaus und war in Windeseile zurück. Kaum hatte er den Wein auf dem Tisch abgestellt und den Raum wieder verlassen, trat Annot ein.

Jonah stand am Fenster und sah ihr entgegen. Annot schloss die Tür und blieb dann stehen. Ihr Gesicht war leicht gerötet, ihre Augen strahlten verdächtig, aber sie war nicht erschrocken. Cupido hatte wenigstens genug Anstand gezeigt, sie vorzuwarnen.

»Jonah.« Ihre Stimme klang dünn.

»Wenn es dir lieber ist, gehe ich wieder.«

Sie schüttelte den Kopf.

Er löste sich von der Fensterbank und trat ihr zwei Schritte entgegen. »Warum... bist du nicht zurückgekommen?« Es spielte im Grunde keine Rolle mehr, aber er wollte es wissen. »Heimlich, meine ich. Du wusstest doch, wo du mich allein hättest finden können.«

»Deine Großmutter hat gesagt, wenn ich je wieder mit dir in Kontakt trete, sorgt sie dafür, dass ich vor dem Lord Mayor angeklagt werde und an den Pranger komme. Ich hatte Angst.«

»Ich nehme an, dafür brennt sie jetzt in der Hölle«, sagte er scheinbar teilnahmslos.

Annot machte große Augen und kam unbewusst einen Schritt näher. »Sie ist tot?«

»O ja.«

»Und willst du das? Dass sie in der Hölle brennt?«, fragte sie beklommen.

»Ich weiß es wirklich nicht. Was ist mit dir? Willst du es?«

Sie schüttelte den Kopf. »Sie war nicht schuld, sondern Rupert.«

Jonah lächelte schwach. »Ruperts Hölle ist hier und jetzt.«

Ratlos sahen sie sich an. Dann schenkte er zwei Becher voll, um irgendetwas zu tun, und reichte ihr einen. Sie schloss die kleine Lücke, die noch zwischen ihnen war, nahm den Becher und trank, obwohl sie Wein verabscheute. Sie war nervös, rang mit Panik. Sie wusste nicht, was sie sagen oder tun, wo sie anknüpfen sollte. Sie wollte nicht, dass er ging, denn sie erinnerte sich, dass sie sich nach ihm gesehnt hatte, dass sie verliebt in ihn gewesen war, und sie wollte diese unschuldige Schwärmerei zurück. Aber sie fühlte sich völlig machtlos, wie gelähmt. Wenn er jetzt ginge, wäre sie grenzenlos enttäuscht, aber ebenso erleichtert, ging ihr auf.

Dann lächelte er. Es war ein scheues Lächeln; er schien ebenso verlegen wie sie selbst, aber er neigte den Kopf dabei zur Seite, genau so, wie sie es in Erinnerung hatte, und die Grübchen zeigten sich in seinen Mundwinkeln. Ganz plötzlich ging ihr Wunsch in Erfüllung: Das Gefühl kam zurück, das Herzflattern, das merkwürdige Ziehen im Bauch, das sie heute so viel besser verstand als damals. Und mit diesem Lächeln, wurde ihr klar, begab er sich in ihre Hände. Also tat sie endlich, wozu es sie seit jeher verleitet hatte: Sie verschränkte die Hände in seinem Nacken und presste die Lippen auf seine.

Er rührte sich nicht, sein Körper schien sich zu versteifen, aber die Lippen öffneten sich zögerlich, und er ließ zu, dass sie ihn küsste.

Ihr Duft war überwältigend. Er hatte noch nie erlebt, dass eine Frau so betörend roch. Alle Bedenken, sein Zorn über ihre Käuflichkeit und seine lächerliche Eifersucht wurden bedeutungslos, und die Lust übernahm das Ruder. Er legte die Arme um sie und fuhr mit der Zungenspitze ihre Lippen entlang. Mühelos, wissend löste er die Haken und Ösen des Überkleides, streifte es in fiebriger Eile über ihre Schultern und umschloss ihre Brust unter dem dünnen Stoff der Kotte.

Annot lachte leise. »So ungestüm? Und ich dachte, wir haben die ganze Nacht Zeit?«

Er antwortete nicht, drängte sie behutsam, aber bestimmt zum Bett und schob ihren Rock hoch, noch ehe sie lag. Ungeschickt nestelten seine großen Hände an der Spange, die den Mantel hielt, und als der endlich zu Boden gegangen war, an seinem Gürtel. Dabei sah er unverwandt auf sie hinab, verschlang sie förmlich mit seinen schwarzen Augen.

Annot hatte sich nie zuvor so schön und begehrenswert gefühlt. Ohne Hast schlängelte sie sich zur Mitte des breiten Bettes, fasste nach hinten und löste die Kordel, die das Unterkleid schnürte. Dann streifte sie langsam die Ärmel ab. Sie trug kein Hemd, und Jonah sah gebannt zu, als der Ausschnitt abwärts glitt und ihre runden, beinah schweren Brüste entblößte.

Annot ließ sich in die Kissen sinken und wollte das Kleid langsam über die Hüften streifen, aber schon war er über ihr, riss und zerrte daran, dass der Stoff drohend knarrte. Der Laut ging in ihrem fröhlichen Lachen unter.

Mit einem verzweifelten Ruck riss er das Unterkleid in Fetzen, sank zwischen die einladend geöffneten Schenkel und glitt in sie hinein.

Jonah war genauso gierig wie Rupert, stellte Annot fest, aber nicht roh. Im Gegenteil, er verblüffte sie mit einer Sanftheit, die so gar nicht zu seinem Naturell zu passen schien. Drängend und ungeduldig stieß er in sie hinein, aber sein Kuss war spielerisch, die Hände auf ihren Armen und Brüsten fast schüchtern. Sie ließ ihn gewähren, wölbte sich ihm entgegen und hielt ihn, als er ohne einen Laut erschauerte und dann still lag.

Sie vergrub die Finger der Linken in seinen schwarzen Locken und lauschte seinem Atem.

Jonah fuhr mit den Lippen über ihren Hals, ehe er sich langsam von ihr löste, sich neben ihr auf dem Rücken ausstreckte und einen Arm über die Augen legte, um die Umgebung, das Hurenhaus, auszusperren. Doch es nützte nicht viel. Die Bretterwände, die dieses Zimmer von den Nachbarräumen trennten, waren dünn; man hörte mühelos, was dort vorging.

Annot bettete den Kopf auf seine Schulter. »Erzähl mir von dir, Jonah. Wie kommt es, dass du einen so kostbaren Mantel trägst? Und in einem Haus wie diesem verkehrst?«

»Ich hatte ein bisschen Glück im Geschäft in letzter Zeit.«

»Aber wird Rupert nicht wütend sein, wenn du die ganze Nacht ausbleibst?«

Er lächelte träge. »Rupert ist heute aus ganz anderen Gründen wütend auf mich.« Mit knappen Worten berichtete er ihr, was sich in den letzten Monaten ereignet hatte, doch als er merkte, wie selbstgefällig es klang, unterbrach er sich beschämt und winkte ab. »Reden wir lieber von dir.«

Sie rümpfte die Nase. »Besser nicht. Das ist nicht sehr erbaulich. Ich bin hier. Das sagt alles, oder nicht?«

»Nichts kann dich zwingen, hier zu bleiben«, bemerkte er.

»Nein? Und wo soll ich deiner Ansicht nach hin? Hast du vielleicht immer noch vor, mich zu heiraten?« Ihre Stimme klang schärfer, als sie beabsichtigt hatte, und sie fuhr hastig fort, um sich zu ersparen, sein kategorisches »Nein« hören zu müssen. »Das hier war das Beste, was mir passieren konnte. In Anbetracht der Umstände.«

Er richtete sich auf die Ellbogen auf. »Du könntest zurück nach Canterbury. Niemand dort bräuchte je zu erfahren, was passiert ist.«

»Und mein Kind?«

»Rupert wird dafür aufkommen, ich sorge dafür.«

»Aber ich würde es nie wiedersehen«, erwiderte sie hitzig. Dann schüttelte sie den Kopf. »Und ganz gleich, was ich meinen Eltern sagen würde, es käme ja doch irgendwie heraus, dass es ein dunkles Geheimnis gibt. Und dann? Ein Leben als Schandfleck meiner Familie, geduldet, aber unwillkommen im Haus meines Vaters oder später meines Bruders? Oder eine Ehe mit irgendeinem Hungerleider, der nicht wählerisch sein kann? Nein, Jonah. Ich bleibe viel lieber hier.« Sie erhob sich. Ohne jede Scham ging sie nackt im Zimmer umher, mit hoch erhobenem Kopf, fast stolz. Er bewunderte, wie ihre glatte Haut im Kerzenlicht schimmerte. Als sie die Becher vom Tisch holte, beugte sie sich unnötig weit vor, und unwillkürlich hob er die Hand und legte sie auf ihr wundervolles Hinterteil. Es schockierte ihn ein wenig, wie verrucht sie war. Aber vor allem erregte es ihn.

Mit einem zufriedenen Lächeln wandte sie sich wieder zu ihm um und reichte ihm den Becher. »Was für Heuchler ihr Männer seid«, sagte sie kopfschüttelnd. »Du sagst mir, ich soll anständig werden, aber in Wirklichkeit bist du froh, dass du mich haben kannst.«

»Stimmt«, räumte er unverblümt ein. »Aber ich will dich für mich.«

»Dann komm morgen wieder.«

Er lachte leise. »Ich glaube kaum, dass ich mir das auf Dauer leisten kann.«

»Aber sagtest du nicht, du hast einen Kontrakt?«

Er setzte sich auf, zog die Knie an und trank aus seinem Becher. Versonnen sah er auf den schwarzroten Wein hinab und nickte langsam. »Zur Ausrüstung der Truppen für einen Krieg, von dem man nie ein Wort hört. Davon werde ich ganz sicher nicht reich. Ich weiß nicht, was dahinter steckt, aber es ist irgendein Schwindel.«

Sie setzte sich zu ihm und bedeckte sich nachlässig mit einem Laken. »Dieser Krieg wird kommen, Jonah, sei beruhigt. Nur muss es so geschehen, dass der König von Frankreich nichts davon merkt, darum die Heimlichkeit.«

Er starrte sie verdutzt an. »Was weißt du darüber?«

Sie hob leicht die schmalen Schultern. »Ein Sekretarius des Lord Chancellor besucht mich hin und wieder. Und er redet gern. Ich schätze, wenn seine Lordschaft wüsste, was für ein Schwätzer sein Sekretarius ist, würde er ihn mit einem kräftigen Tritt vor die Tür setzen.« Und wenn er wüsste, welch merkwürdige Vorlieben sein Sekretarius hat, würde er ihn vor ein Kirchengericht stellen, fügte sie in Gedanken hinzu, aber sie sprach es nicht laut aus. Sie war äußerst diskret mit Äußerungen über ihre Kunden – ganz im Gegensatz zu ihrer Freundin Lilian. Außerdem ließ sie sich die Erfüllung dieser absonderlichen Wünsche teuer bezahlen. Mit Geld, von dem Lady Prescote niemals einen Penny zu sehen bekam. Darum war Verschwiegenheit in diesen Angelegenheiten für sie ebenso wichtig wie für den Sekretarius.

Jonah war nicht sonderlich schockiert, dass auch Geistliche zu Annots Freiern zählten – er hatte schließlich sein ganzes Leben in London verbracht, und kein anderer Ort in England war wohl so dazu geeignet, jegliche Illusionen über diesen Stand zu zerstören. »Illustre Kundschaft«, bemerkte er lediglich.

Sie winkte ab. »Es kommen noch ganz andere her. Du würdest staunen.«

»Was hat er sonst noch gesagt? Über Schottland und Frankreich?«

»Weißt du, wer Edward Balliol ist?«, fragte sie leise.

Jonah erinnerte sich vage. »Es gab einmal einen Balliol auf dem schottischen Thron.«

Sie nickte. »Dieser ist sein Erbe. Er ist aus französischer Gefangenschaft geflohen, mit englischer Hilfe. Darum ist er unserem König verpflichtet, und er hat sich mit dem schottischen Adel überworfen. Es wäre demnach äußerst vorteilhaft für England, wenn Balliol König von Schottland würde. Aber er ist dumm, schwach und unfähig. Es wird also nie geschehen, solange König Edward ihn nicht auf den Thron hievt. Das würde er gern, aber der König von Frankreich darf es nicht merken, denn Frankreich und Schottland sind seit jeher verbündet. Und der Papst darf es auch nicht merken, denn im Zweifel würde er sich gegen England auf Frankreichs Seite stellen und auf der Stelle die zwanzigtausend Pfund einfordern, die König Edward ihm schuldet. Deswegen muss dieser Krieg auf eine Art und Weise beginnen, die den Anschein erweckt, als hätten die Schotten ihn angefangen. Und darum müssen die Vorbereitungen so heimlich getroffen werden, dass niemand es merkt.«

Jonah lachte vor sich hin.

»Was ist so komisch?«, fragte sie lächelnd.

Er schüttelte den Kopf. Komisch fand er, so brisante Staatsgeheimnisse von einer kleinen Londoner Hure zu erfahren, aber er gedachte nicht, das zu sagen. Stattdessen schob er das Laken zurück, legte leicht die Hand auf ihr Bein, strich über den weichen Flaum auf der Außenseite ihres Oberschenkels und murmelte: »Mir scheint, es gibt mehr als einen Grund, warum ein Besuch bei dir sich lohnt.«

Sie nickte. »Es gibt hier Frauen, die mit dem Verkauf von Informationen mehr Geld verdienen als mit ... du weißt schon.«

»Ein gefährliches Geschäft, könnte ich mir vorstellen.«

»O ja. Erst letzte Woche ist eins der Mädchen auf dem Heimweg von der Kirche überfallen und übel zusammengeschlagen worden. Natürlich kann man nichts beweisen, aber es ist wohl kein Zufall, dass sie zwei Tage vorher William de la Poles Geschäftsgeheimnisse an dessen Bruder Richard verkauft hatte, mit dem er sich zerstritten hat.«

Jonah hob den Kopf von ihrem Bein. »William de la Pole? Er kommt hierher?«

»Allerdings. Heute Abend war er auch hier, hast du ihn in der Halle nicht gesehen?«

Er schüttelte den Kopf. »Ich kenne ihn nicht.«

»Dann lass es dabei«, riet sie impulsiv.

Er ging nicht darauf ein, sondern fragte nach einem nachdenklichen Schweigen: »Was würde es kosten, wenn ich dich bäte, mir alles zu sagen, was du über ihn erfährst?«

Sie sah missfällig auf ihn hinab. »Wozu willst du das wissen? Halte dich fern von dem Mann, Jonah, er ist Gift.«

Er schnalzte ungeduldig. »Er ist der reichste Kaufmann in England, und wer ihn zum Geschäftspartner hat, ist ein gemachter Mann.«

»Oder ruiniert.«

»Nicht, wenn er auch all das weiß, was de la Pole ihm verheimlicht«, entgegnete er grinsend. »Also? Mach mir ein Angebot.«

Annot überlegte einen Moment und schüttelte dann den Kopf. »Ich mache keine Geschäfte mit dir. Nicht, wenn ich nicht muss. Aber ich sag es dir aus Freundschaft.«

Er lachte. »Gott, Annot, so wird nie eine Geschäftsfrau aus dir ...«

»Eines Tages werde ich reicher sein als du, ich wette mit dir«, erwiderte sie hitzig.

»Um was?«, fragte er neugierig.

»Ein Pfund«, sagte sie tollkühn.

Er pfiff leise durch die Zähne und streckte die Rechte aus. »Abgemacht. Schlag ein.«

Sie legte ihre zierliche Hand in seine, und er hielt sie fest, zog Annot mit einem Ruck zu sich herunter und wollte sich auf sie legen, aber sie stemmte die Hände gegen seine Schultern und schüttelte den Kopf. »Sachte. Du hast es viel zu eilig. Die Nacht ist noch jung.«

»Aber worauf soll ich warten?«, fragte er verständnislos.

Sie drückte ihn energisch in die Kissen. Jonah kannte nichts anderes als billige Wirtshaushuren, mutmaßte sie, und hatte noch nie Bekanntschaft mit den Künsten gemacht, die Cupido sie gelehrt hatte. Sie musste daran denken, was Lilian zu ihr gesagt hatte in der Nacht, als der kleine Cecil zur Welt gekommen war. Lilian hatte prophezeit, dass Jonah irgendwann herkommen würde. *Und wenn du es richtig anstellst, bleibt er die ganze*

Nacht bei dir und kommt am nächsten Abend wieder. Es wird so sein, wie du es wolltest ...

»Das Gute kommt zu dem, der warten kann«, sagte sie lächelnd.

London, März 1332

Gibt es nun Krieg, ja oder nein?« Mistress Cross, die energische Tuchhändlerin aus East Cheap, schlug mit der flachen Hand auf den Tisch. »Es wird Zeit, dass wir darauf eine Antwort bekommen. Denn wenn ja, dann steigen die Preise und die Steuern, und das wüsste ich gern rechtzeitig.«

»Um was zu tun, Edith? Dein Warenlager aufs Land zu schaffen, ehe die königlichen Steuerbeamten an deine Tür klopfen, um deine Ballen zu zählen?«, fragte Christian Webster. Und in das allgemeine Gelächter hinein fuhr er fort: »Ich bin sicher, dass es Krieg gibt. König Edward ist ein kriegerischer junger Mann, und er verabscheut den schändlichen Frieden genauso wie jeder von uns.«

»Aber Schottland ist im Parlament mit keinem Wort erwähnt worden«, sagte Adam Burnell. »Ich muss es wissen, schließlich war ich dabei.«

Elia Stephens stöhnte und flüsterte Jonah ins Ohr: »Wie oft will er uns daran wohl noch erinnern, dieser aufgeblasene Fettsack?«

Jonah verzog den Mundwinkel zu einem trägen Lächeln und betrachtete den selbstgefälligen Warden, der sich so große Mühe gegeben hatte, Jonahs Aufnahme in die Gilde zu vereiteln. Burnell war unbändig stolz gewesen, dass er zum Frühjahrsparlament geladen worden war, als einer von vier Vertretern der Stadt in den Reihen der Commons. Aber bei der Wahl der Gildewächter und des -meisters, die nächsten Monat anstand, würde er wohl nicht noch einmal mit einem Amt betraut werden, denn mit seiner Prahlerei bei dieser und anderen Gelegenheiten hatte er sich viele Sympathien verscherzt. Mangelnde Bescheidenheit galt unter Kaufleuten als ausgesprochen schlechtes Benehmen, geradezu unseriös.

»Lass ihn reden«, antwortete Jonah tonlos. »Ich weiß, was ich weiß.«

»Nur willst du mir nicht verraten, woher«, brummte Elia.

»Das braucht dich nicht zu kümmern.«

»Master Stephens, Master Durham, wollt Ihr uns nicht teilhaben lassen an Euren Gedanken, statt die Beratung mit Eurem Getuschel zu stören?«, fragte der Gildemeister in einem Tonfall, als hätten sie seine Geduld über das erträgliche Maß strapaziert.

Keiner der Gescholtenen antwortete.

»Master Stephens?«, beharrte Arthur Knolls.

Elia lief rot an und schlug die Augen nieder. »Tut mir Leid, Sir. Es war nichts weiter.«

Der Gildemeister brummte: »Wieso verwundert mich das nicht? Master Durham?«

Jonah brachte es nicht fertig, Elias klugem Beispiel zu folgen und öffentlich Zerknirschung zu zeigen. Er räusperte sich unbehaglich. »Ich sagte lediglich, dass Master Burnell schwerlich wissen kann, was die Lords im Parlament gesagt haben, wenn die Commons nicht dabei waren, Sir.«

»Ihr seid immer noch derselbe Flegel wie eh und je!«, brauste Burnell auf.

»Aber wo er Recht hat, hat er Recht«, fiel Martin Greene ihm betont liebenswürdig ins Wort.

Jonah senkte scheinbar demütig den Kopf, damit nur ja niemand ahnte, was er wirklich dachte. Er war seinem Paten dankbar für dessen unerschütterliche Unterstützung. Vor allem jedoch war er die Bevormundung durch den Gildewächter gründlich satt und brannte darauf, endlich einundzwanzig und damit unabhängig zu werden. Noch ein Jahr bis dahin, dachte er grollend. Ein ganzes Jahr noch musste er sich gängeln lassen, jede wagemutige Geschäftsentscheidung in stundenlangen Debatten rechtfertigen und seine Pläne offen legen. Immer war die Zeit gegen ihn, immer musste er warten, dass er endlich älter wurde, erst in der Lehre und jetzt wieder. Dabei brauchte man sich hier in der Halle nur umzusehen, um zu erkennen, dass Alter nicht vor Torheit schützt – der feiste Adam Burnell war das beste Beispiel dafür. Und derweil bewies König Edward, der nur einen Monat älter war als Jonah, dass ein scharfer Verstand hundertmal mehr wert war als alle Erfahrung des Alters: Er betrieb keinen Tuchhandel, sondern regierte ein Land, und er hatte seine Lords und Barons hinter sich vereint, wie es keinem seiner Vorgänger je gelungen war, verfolgte mit sicherem Gespür seine Pläne und führte dabei niemand Geringeren als den König von Frankreich und gar den Papst vor. Denn während er öffentlich beteuert hatte, dass er den schottischen Prätendenten Balliol niemals über englisches Territorium ziehen lassen werde, hielt er ihn doch in Wahrheit auf einem abgelegenen Gut in Yorkshire versteckt, hatte Annot Jonah berichtet, und dort gingen die englischen Adligen ein und aus, die durch den schändlichen Frieden von Northampton ihre Ländereien in Schottland verloren hatten. Der König hatte die Absicht, sie mit Geld und Truppen zu unterstützen. Die dafür nötigen Mittel hatte er dem Parlament mit der Begründung abgeschwatzt, Philip von Frankreich habe den Wunsch geäußert, mit Edward zusammen das Kreuz zu nehmen und gegen die heidnischen Mamelucken zu ziehen. Mit keinem Wort hatte Edward behauptet, er habe die Absicht, diesem Wunsch nachzukommen; er hatte nicht gelogen. Aber ein Kreuzzug war immer ein schlagkräftiges Argument – jeder fühlte sich moralisch verpflichtet, das fromme Ansinnen zu unterstützen ...

»... uns jetzt der Frage zuwenden, die den Stadtrat derzeit bewegt«, hörte er den Gildemeister sagen. »Die Königin hat angeregt, flämische Weber, Färber und Walker in England anzusiedeln, auch in London. Wir werden sie nicht hindern können, wenn sie wirklich dazu entschlossen ist, aber wir sollten beraten, wie wir zu dem Vorschlag stehen.«

Es zeichnete sich sehr schnell ab, dass die große Mehrheit Philippas Ansinnen mit Ablehnung begegnete. Fassungslos erlebte Jonah, wie das Misstrauen gegen die ausländische Königin erwachte und die Gildemitglieder für die offensichtlichen Vorteile ihres Plans, der ja eigentlich seiner war, blind machte.

»Gott bewahre Englands Wollhandel vor flämischer Einmischung«, sagte Burnell mit erhobener Stimme. »Wir müssen alles tun, um das zu verhindern. Die Flamen werden englische Weber an den Bettelstand bringen und mit Hilfe der Königin versuchen, eine Monopolstellung zu erlangen. Weiber«, versetzte er vielsagend. »Der König sollte dafür sorgen, dass sie bald einen neuen Prinzen auszubrüten hat, damit sie beschäftigt ist und Ruhe gibt.«

»Sie ist genau wie Isabella vor ihr«, stimmte ein anderer zu. »Diese Königinnen aus der Fremde sind doch alle gleich: Sie holen ihre Landsleute her, die sich auf unsere Kosten schadlos halten.«

»So ist es nicht«, hörte Jonah sich sagen.

Alle sahen ihn verwundert an. Es war noch nie vorgekommen, dass der junge Master Durham freiwillig den Mund aufmachte.

»Fahrt nur fort«, forderte Martin Greene ihn auf.

Jonah erkannte, dass ihm nichts anderes übrig blieb, und schluckte nervös. Erst als Elia ihn verstohlen in die Rippen knuffte, stand er auf und sprach, ohne seine Worte zuvor abzuwägen, wie er es sonst tat, sondern konzentrierte sich nur auf den Gegenstand der Debatte. »Warum sollten die flämischen unsere einheimischen Weber um deren Arbeit bringen, wenn sie es doch jetzt auch nicht tun? Nicht jeder Mann in England wird plötzlich das teure flämische Tuch kaufen können oder wollen, nur weil es hier hergestellt wird; der große Bedarf an einfachem Tuch bleibt doch unverändert bestehen. Natürlich wird das von den Flamen hergestellte Tuch preiswerter, denn die Transportkosten fallen weg. Aber das zwingt uns ja nicht, die Preise zu senken, es erhöht lediglich unsere Gewinnspanne. Darum befürworte ich den Vorschlag der Königin und werde meine Weberei an einen Flamen vermieten, wenn der Stadtrat es nicht verbietet. Englands Wohl hat die Königin im Sinn, nicht Flanderns.«

»Woher wollt Ihr das wissen?«, fragte Burnell herausfordernd.

Jonah zuckte mit den Schultern. »Sie hat es mir gesagt, Sir.«

Er sagte es ohne allen Hochmut, aber trotzdem nahmen Ablehnung und Skepsis im Saal zu. Alle wussten, dass Jonah Durham hoch in Philippas Gunst stand. Sie hatten auch gehört, was am Tag des Unglücksturniers geschehen war, aber viele neideten ihm die geschäftlichen Vorteile, die seine Verbindung zum Hof ihm eingebracht hatte, viele waren der Auffassung, dass ein so junger Spund, ein Niemand wie er, kein Anrecht auf diese Ehre hatte, und dass der König oder vielmehr die Königin die altehrwürdigen Londoner Kaufherren in unverschämter Weise überging.

»Und nur weil sie es gesagt hat, glaubt Ihr diesen Unsinn?«, fragte Burnell höhnisch. »Ihr habt noch viel zu lernen, Durham, über Tuchhandel ebenso wie über Frauen und Königinnen.«

Er erntete zustimmendes Gelächter.

Eine scharfe Antwort lag Jonah auf der Zunge, aber er fing Elias warnenden Blick auf und beherrschte sich. Scheinbar ehrerbietig senkte er den Kopf. »Ihr habt gewiss Recht, Sir. Aber es bleibt die Tatsache, dass Ihr den Vorschlag der Königin trotz der unbestreitbaren Vorteile ablehnt, ohne ein einziges stichhaltiges Argument vorzubringen, das dagegen spricht. Nur weil er neu und ungewöhnlich ist. Und noch eins, Master Burnell: Es ist ein Unterschied, ob eine Königin ihre französischen Verwandten herholt und mit englischen Ländereien überhäuft, wie Isabella es getan hat, oder mit Hilfe ihrer Landsleute den englischen Woll- und Tuchhandel fördern will.«

»Hört, hört«, rief Mistress Cross halblaut. Es war nicht wirklich eine Zustimmung, aber der erste Riss in der verhärteten Front. Vermutlich hatte Burnells Überheblichkeit sie aufgebracht. Edith Cross war dafür bekannt, dass sie es übel nahm, wenn ein Mann den Geschäftsverstand der Frauen in Zweifel zog.

Jonah lächelte ihr verstohlen zu, während er wieder Platz nahm. Der junge Martin Aldgate erhob sich an seiner Stelle und verkündete: »Ich finde, Durham hat Recht. Und wenn unser Stadtrat die Ansiedlung der Flamen zu verhindern sucht, wird William de la Pole sie alle im Norden ansiedeln, und wir haben das Nachsehen.«

»Stimmt«, pflichtete Elia vernehmlich bei.

Die Unterstützung der jungen und weiblichen Gildemitglieder allein war nicht genug, um einen Beschluss zu erwirken. Aber die generelle Ablehnung war aufgeweicht, auch einige der einflussreichen Tuchhändler wirkten auf einmal nachdenklich. Die Aldermen unter ihnen würden im Stadtrat vielleicht nicht mehr mit allem Nachdruck gegen den Vorschlag der Königin argumentieren. Das war mehr, als Jonah zu erreichen gehofft hatte.

»Ihr könnt froh sein, dass Master Rupert nicht dort war, Sir«, meinte Crispin beim Abendessen, nachdem er Jonah den Hergang der Debatte entlockt hatte.

»Aber warum sollte Master Hillock gegen eine Idee sein, die letztlich allen Woll- und Tuchhändlern entgegenkommt?«, fragte Meurig und schaufelte sich einen Löffel der faden Brotsuppe in den Mund. Es war Fastenzeit und obendrein Freitag.

Crispin warf einen unsicheren Blick zu Jonah und zog die Schultern hoch. »Er ist grundsätzlich dagegen, wenn Master Jonah dafür ist«, murmelte er.

Meurig grinste. »Ah ja?«

»Warst du bei ihm?«, fragte Jonah seinen Lehrling.

Der nickte und schüttelte dann den Kopf. »Aber er war nicht da. Er hat einen neuen Lehrjungen, wusstet Ihr das?«

Jonah ging nicht darauf ein. Nicht zu Hause und nicht bei der Gilde, fuhr es ihm durch den Kopf. Vermutlich war Rupert wieder auf Abwegen. »Dann gehst du gleich morgen früh noch mal hin.«

Crispin wischte sich nervös die blonden Fransen aus der Stirn. »Gott … muss das sein?«

Jonah sah ihn über den Löffel hinweg finster an.

»Ich … ich hab eine Todesangst vor Master Rupert«, gestand Crispin kläglich.

Jonah schnalzte ungeduldig. »Herrje. Wie alt bist du gleich wieder?« Er nickte Meurig zu. »Dann gehst du eben. Frag, wo mein Tuch bleibt. Sei höflich, aber lass dich nicht mit Ausflüchten abspeisen. Er hätte gestern liefern müssen, und ich bin schließlich auch an meine Frist gebunden.«

Meurig war ebenfalls nicht versessen darauf, den Botengang zu Jonahs berüchtigtem Vetter zu übernehmen. »Aber Ihr habt gesagt, ich soll morgen früh ausliefern. Der Schneider Thomson wartet auf das grüne Kammgarn aus Salisbury.«

Jonah sah zu Rachel. »Er ist ein Feigling, he?«

»Wenn Ihr es sagt, muss es wohl so sein, Sir«, erwiderte sie und füllte seine Schale unaufgefordert zum zweiten Mal. »Aber warum geht Ihr nicht selbst?«

Es war Frühling geworden. Jonah ritt mit offenen Augen durch die engen Straßen von London und erfreute sich an der bunten Vielfalt. Es waren nicht allein die laue Luft und das sprießende Grün an allen Ecken, die diese Jahreszeit so ergötzlich machten. Die Menschen waren anders, unbeschwerter. Sah man im Winter nur verkniffene Gesichter mit rot gefrorenen Nasen, blinzelten sie jetzt lachend in die helle Märzsonne. Und die Straßen schienen voll junger Mädchen zu sein, stellte er verwundert fest. Nicht einmal die Büßerin, die barfuß, nur mit einem langen Hemd bekleidet und mit einer brennenden Kerze in der Hand von Cheapside nach St. Paul unterwegs war – die übliche Strecke für diese ungeliebte Verrichtung –, bot einen wirklich jammervollen Anblick.

Das Marktvolk, das an seinen Ständen entlang der Straße die unterschiedlichsten Waren feilbot, stand Spalier und kommentierte ihr Fortkommen.

»Nicht so müde, Leonora«, rief eine dröhnende Männerstimme. »Leg einen Schritt zu, dann hast du's schneller hinter dir!«

Die Büßerin warf die offenen Haare keck über die Schulter zurück und machte mit der freien Linken eine obszöne Geste in die Richtung, aus der die Stimme gekommen war. Die Marktleute lachten. Jonah musste ihr ein Stück folgen, weil ihr Weg auch der seine war, ritt wohl oder übel durch die Zuschauergasse und erfuhr aus den Kommentaren, dass es sich bei Leonora um die Frau eines Apothekers aus der Cordwainer Street handelte, die sich schwarzer Magie bedient hatte, um einen Konkurrenten unschädlich zu machen, der seit dem Winter immer wieder von heftigen Durchfällen geplagt wurde. Der Diakon des Bischofs hatte dieses relativ milde Urteil verhängt, weil dem betroffenen Apotheker ja im Grunde weiter nichts geschehen sei, außer ein paar überflüssige Pfunde an Gewicht zu verlieren, wusste eine Eierverkäuferin zu berichten, aber der Diakon hatte angedroht, dass Leonora im Wiederholungsfalle nicht so billig davonkäme. Die kirchlichen Richter waren immer schnell mit der Prügelstrafe bei der Hand und darum allgemein gefürchtet.

»Sieh mal, Bess, da reitet Jonah Durham«, hörte er plötzlich eins der Marktweiber sagen.

Entsetzt schlug er die Kapuze hoch und fragte sich, woher in aller Welt die Frau ihn kannte.

»Ah, der Mann, der die Hofdamen anzieht«, gackerte eine durchdringende Stimme.

»Und wieder aus, das möcht ich wetten«, rief die erste ihm nach.

Er trabte an, überholte die wenig bußfertige Leonora und bog in die nächste Gasse ab, doch das anzügliche Gelächter der Marktweiber verfolgte ihn noch ein gutes Stück. Kopfschüttelnd hielt er schließlich vor dem Haus seines Vetters, saß ab und klopfte seinem Wallach den kräftigen, wohlgeformten Hals. »Ich glaube, zurück nehmen wir einen anderen Weg«, murmelte er. Die unverfrorenen Marktfrauen von Cheapside hatten ihm immer schon Angst eingejagt mit ihren zotigen Frechheiten. Die Vorstellung, dass sie ihn kannten und sich die Mäuler über ihn zerrissen, war ihm zuwider. Er ließ sich noch einen Moment die Frühlingssonne auf den Pelz brennen, bis er sich von seinem Schreck erholt hatte, dann betrat er den Laden.

Die Regale waren besser bestückt als bei seinem letzten Besuch, fiel ihm auf, und der Junge, der aus dem Lager trat, wirkte gepflegt und eher pfiffig als eingeschüchtert.

»Was kann ich für Euch tun, Sir?«

»Ich möchte zu Master Hillock. Ich bin sein Vetter.«

Die Augen des Jungen weiteten sich einen winzigen Moment lang, aber er antwortete unverändert höflich: »Ich bedaure, Master Durham, mein Meister ist nicht zu Hause.«

Jonah nickte langsam und betrachtete ihn. »Wie ist dein Name?«

»Edgar.«

»Also, Edgar: Lauf nach oben und sag ihm, ich rühr mich nicht von der Stelle, bis ich ihn gesprochen habe. Na los. Ich kümmere mich um den Laden, bis du wiederkommst.«

»Aber Sir, ich hab Euch doch gesagt …«

»Besser, du wiederholst deine Lüge nicht, sondern tust, was ich sage.«

Der Junge nickte unglücklich und wollte sich mit hängenden Schultern abwenden, als Rupert selbst durch die Hintertür eintrat und seinen Lehrling unwissentlich aus der misslichen Lage erlöste. Jonah stand so, dass er durch den Durchbruch genau auf die Tür zum Hof sehen konnte – Rupert hatte keine Chance auf einen schnellen Rückzug. Doch falls es ihn erschreckte, Jonah hier vorzufinden, ließ er es sich zumindest nicht anmerken. Er lächelte ergeben. »Jonah! Eine … unverhoffte Freude.«

»Erspar mir das Süßholz. Du bist in Verzug, Rupert.«

Master Hillock nickte seinem Lehrjungen zu. »Lauf und hilf der Meisterin bei der Abrechnung. Ich rufe, wenn ich dich hier unten haben will.«

»Ja, Master.« Erleichtert schlüpfte der Junge in den Hof hinaus und schloss die Tür.

Rupert verschränkte die Arme und kam aus dem Lager nach vorn in seinen Laden, lehnte sich an den schweren Zuschneidetisch, der unter seinem beträchtlichen Gewicht ein Stück nach hinten rutschte, und sah seinen Cousin mit einem siegesgewissen Lächeln an. »Jetzt noch mal langsam. In Verzug womit?«

Jonah blinzelte verwirrt. »Fünfundzwanzig Ballen Beverly Brown. Gestern solltest du mich beliefern. Ich kann nicht glauben, dass das in der Fülle deiner Großaufträge untergegangen ist.«

Rupert schüttelte inbrünstig den Kopf. »Hier geht nichts unter. Aber ich weiß nichts von den fünfundzwanzig Ballen, von denen du sprichst.«

Jonah spürte plötzlich einen Stich der Angst im Bauch. »Rupert ... ich habe keine Zeit für deine merkwürdigen Späße.«

»Ich spaße nicht. Mit dir ist nicht zu spaßen, Vetter, das weiß ich doch. Aber ich habe kein Tuch für dich.«

»Wir ... hatten eine Abmachung. Einen Vertrag per Handschlag.«

Master Hillock nickte. »Natürlich. Du hast meinen Lehrling bekommen und mir ein Pfund Ablöse bezahlt. Darauf haben wir uns die Hand gegeben. Elizabeth kann es bezeugen.«

Jonahs Kehle war wie zugeschnürt. Jetzt wusste er, was die Leute meinten, wenn sie von würgender Angst sprachen. Sie drückte ihm im wahrsten Wortsinne die Luft ab. Ich kann nicht liefern, dachte er in aufsteigender Panik. Rupert hat mich betrogen, und ich kann meinen Kontrakt nicht erfüllen. Das ist das Ende. Ich kann nicht liefern ...

Seine Hände hatten sich aus eigenem Antrieb zu Fäusten geballt, und er trat einen Schritt auf Rupert zu. »Ich habe dir vierzig Pfund vorgestreckt. Und Elizabeth war nicht einmal im Raum.«

»Wer behauptet das? Du? Gegen mein Wort und ihres?« Rupert sah in Jonahs schreckgeweitete Augen, sah das Entsetzen, die Furcht und die Erkenntnis der eigenen grenzenlosen Dummheit und lachte. Es war ein übermütiges Lachen, klang beinah glücklich. »Wenn du wüsstest, wie gut es tut, dich so zu sehen, Master Durham! Dieser Anblick entschädigt mich beinah für alles, was ich wegen dir erdulden musste, angefangen von Großmutters Beschimpfungen bis hin zu der Erniedrigung vor der Gilde. Hast du wirklich geglaubt, dass es immer so weitergeht? Ich mich in die Rolle des ewigen Narren füge, während dir alles in den Schoß fällt und du mit deiner selbstzufriedenen Fratze durch London spazierst, als gehöre dir die Welt?« Er ließ die Arme sinken und richtete sich auf.

»Irgendwann kommt für jeden der Tag der Abrechnung, Jonah. Sie sagen, du seiest ein guter Kaufmann, also solltest du das wissen.«

Er verstummte und wartete auf irgendeine Reaktion. Aber Jonah stand einfach nur reglos vor ihm und starrte ihn an, todesbleich, aber ohne jeden Ausdruck.

»Was ist?«, stichelte Rupert. »Keine bitteren Vorwürfe? Keine geschwollenen Reden über Anstand und Kaufmannsehre? Keine wüsten Drohungen, dass es mir Leid tun wird?«

»O ja. Das wird es«, flüsterte Jonah.

Rupert nickte, dankbar für das Stichwort. »Aber dir zuerst, Vetter. Du wirst so damit beschäftigt sein, deine Dummheit zu bereuen, dass dir gar keine Zeit bleibt, an mich auch nur zu denken.« Er beugte sich ein wenig vor und vertraute ihm raunend an: »Du wirst deinen Kontrakt nicht erfüllen können. Das bedeutet einen Vertragsbruch. Gott helfe dir, Jonah, du brichst einen Vertrag mit der Krone. Einsperren werden sie dich. Im Newgate-Gefängnis, mit dem restlichen Abschaum der Stadt. Hast du eine Ahnung, was sie da mit hübschen Knaben wie dir tun? Und das Beste ist …« Er kicherte hingerissen. »Das Beste ist, dass du mir für dieses Vergnügen vierzig Pfund bezahlt hast. In Gold!« Er lachte dröhnend.

Unglaublich langsam, so schien es ihm, hob Jonah die Rechte, ballte die Faust so fest, dass der Ring schmerzhaft ins Fleisch seines Fingers gedrückt wurde, und schlug sie Rupert mitten ins Gesicht.

Rupert taumelte zurück, stieß krachend gegen den Tisch und ging halb zu Boden. Er lachte nicht mehr. Blut strömte aus seiner Nase auf sein nagelneues grünes Surkot. Er packte den Tisch, um seinen Sturz abzufangen, gewann das Gleichgewicht wieder und fuhr sich mit dem Handrücken über die Lippen. Die Hand war voller Blut. Er sah nur einen Moment darauf hinab, ehe er Jonah wieder anstarrte. »Bastard … du verfluchter kleiner Bastard.«

Jonah wandte sich ab, bewegte sich immer noch mit albtraumhafter Langsamkeit und ging zur Tür. Es kam ihm vor, als sei die Hand, die er hob, unter Wasser. Und ehe sie die Tür berührte, fiel Ruperts Bärenpranke auf seine Schulter und schleuderte ihn herum. Für einen Herzschlag trafen sich ihre Blicke, dann zahlte Rupert ihm den Fausthieb mit gleicher Münze heim und brach ihm die Nase. Jonah glaubte, sein Kopf würde in tausend Stücke zerspringen, und fiel auf die Knie. Er wollte sofort wieder aufstehen, als Rupert ihn mit ungehemmter Kraft in die Nieren trat. Jonah wurde zu Boden geschleudert. Er stieß mit der Nase an, und sein Mund öffnete sich zu einem Schrei, doch sein eigenes Blut erstickte seine Stimme. Rupert packte seinen Arm, zerrte ihn hoch, stieß ihn gegen die Wand und prügelte auf ihn ein. Er war völlig von Sinnen; seine überhebliche Belustigung war in rasenden Zorn umgeschlagen. Er wird mich umbringen, erkannte Jonah, und das war sein letzter klarer Gedanke, ehe sein Verstand sich vernebelte. Nur vage war ihm bewusst, dass Gott sich von ihm abgewandt hatte wegen seines Stolzes, dass er bestraft wurde für seinen Hochmut. *Kommt vor dem Fall...*

Es war kalt und dunkel, als er zu sich kam. Er richtete sich halb auf, drückte stöhnend die Hand ins Kreuz, und schlagartig wurde ihm übel. Er würgte und spuckte irgendetwas Widerwärtiges aus. Vermutlich sein eigenes Blut. Und das gleich eimerweise, so kam es ihm vor. Als es endlich vorbei war, hob er den Kopf und versuchte, sich zu orientieren. Es war nicht so finster, wie er zuerst geglaubt hatte. Sein Pferd stand ein paar Schritte von ihm entfernt und betrachtete ihn argwöhnisch. Jonah sah die großen, klaren Augen leuchten wie Silberpennys im Mondlicht. Er wusste, wo er sich befand. Es war der Hof hinter der Schenke »Zum schönen Absalom«. Die leeren Bierfässer, die sich hier immer bis in den Himmel zu stapeln schienen, hatten ihm als Junge in Ermangelung von Bäumen schon zum Klettern gedient. Der geeignete Ort für Ruperts Zwecke, denn hier lagen häufiger irgendwelche armen Teufel bewusstlos im Dreck, denen der Trunk die Sinne geraubt hatte oder die im Streit mit anderen Zechern den Kürzeren gezogen hatten. Jonah konnte froh sein, dass sein Pferd nicht gestohlen war.

Er wusste ganz genau, was geschehen war. Er erinnerte sich an jede Einzelheit, alles, was passiert war, nachdem er Hillocks

Laden betreten hatte, nur das Ende fehlte ihm. Aber er hatte keine Mühe, es sich vorzustellen.

Seine Nase schmerzte und fühlte sich an, als sei sie auf Kürbisgröße geschwollen. Er verschränkte die Arme auf den angewinkelten Knien und bettete vorsichtig den bleischweren Kopf darauf. Was soll ich tun? Heilige Jungfrau, hilf mir, was soll ich tun?

Fang mit dem Naheliegenden an, antwortete er sich selbst. Komm auf die Füße. Er hob den Kopf wieder und streckte seinem Wallach die Hand entgegen – eine fast flehentliche Geste. »Komm her.«

Und er kam. Jonah hatte es kaum zu hoffen gewagt, auch wenn Waringham ihm wieder und wieder erklärt hatte, dass Pferde freundliche, empfindsame Naturen seien. Jonah packte den Steigbügel, zog sich daran hoch, und als er einigermaßen sicher auf den Füßen stand, richtete er sich auf. Das große Tier strahlte Ruhe und Wärme aus. Seine Gegenwart war so tröstlich, dass Jonah für einen Moment den Kopf an die stämmige Schulter lehnte und die Augen schloss. Doch als er merkte, dass er gefährlich nahe daran war, sein trauriges Los zu beweinen, riss er sich schleunigst zusammen, packte die Zügel, stellte den linken Fuß in den Steigbügel und saß ohne viel Eleganz auf. Jeder verdammte Knochen tat ihm weh. Und ihm war immer noch schlecht. Rupert hatte sich wirklich ins Zeug gelegt.

Auf Schleichwegen und durch verwinkelte Gassen ritt er zurück zur Ropery. Wohl war ihm nicht dabei, denn die Nacht war hereingebrochen, und nachts gehörten die Straßen den dunklen Bruderschaften. Doch die Vorstellung, in seinem Zustand einem Gildebruder zu begegnen, fand er schlimmer, als unter die Räuber zu fallen.

Aber er gelangte an sein Tor, ohne neuen Schaden zu nehmen, und fand es wieder einmal von Meurig bewacht.

Der junge Waliser hielt seine Öllampe hoch, als der Reiter an der Pforte erschien. »Master ... O mein Gott. Was ist mit Eurem Gesicht passiert?«

Jonah blinzelte gegen die plötzliche Helligkeit, wandte den

Kopf ab und ritt zu seinem Haus hinüber. Meurig eilte ihm nach, aber Jonah saß ohne seine Hilfe ab.

»Was ist denn nur geschehen? Gott, wenn ich geahnt hätte … Wär ich doch nur an Eurer Stelle gegangen.« Meurig war ehrlich erschüttert, und das war das Letzte, was Jonah fehlte. »Sir, ich …«

»Lass mich zufrieden. Halt mir Rachel vom Hals. Und Crispin. Ich will heißes Wasser in meiner Kammer und meine Ruhe.«

Meurig nickte unglücklich. »Natürlich.« Eilig ging er ins Haus.

Jonah ließ ihm ein paar Atemzüge Vorsprung und folgte ihm dann. Aus der Küche hörte er Rachels und Crispins angstvoll fragende Stimmen und stieg so schnell er konnte die Treppe hinauf. Oben angekommen, keuchte er. Kleine schwarze Punkte flimmerten vor seinen Augen. Er hinkte den Gang entlang zu seiner Tür. Hinter ihm kam Meurig mit einer dampfenden Schüssel, einer Kerze und einem Becher auf einem Tablett die Treppe hinauf. Er stellte es auf den Tisch unter dem linken Fenster in Jonahs geräumigem Schlafgemach und ging ohne ein Wort hinaus. Jonah schloss die Tür und schob den Riegel vor. Der Becher war randvoll mit kühlem Bier. Jonah trank gierig. Er hatte gar nicht gemerkt, wie durstig er war.

Nie hatte sein Bett so einladend ausgesehen. Das tiefe Violett der Vorhänge schimmerte matt und warm, verlockend wie die Haut einer Frau. Annots Haut. Annot stellte verrückte Dinge mit Bettvorhängen an. Sie war so einfallsreich. Und so vollkommen schamlos auf ihre arglose, unschuldige Art. Unwiderstehlich. Er musste lächeln. Er hatte Crispin immer noch nicht von Annot erzählt. Er konnte sich einfach nicht dazu entschließen, denn er wusste, es würde den Jungen hart treffen. Und wenn Crispin seinen Schock überwunden hatte, würde er sich von seinem wohlhabenden Vater vielleicht das nötige Geld borgen und zu ihr gehen. Und das wollte Jonah nicht …

Er ertappte sich dabei, dass seine Gedanken vollkommen abgeschweift waren, fast als wäre er im Stehen eingeschlafen. Aber er konnte sich nicht leisten zu schlafen, weder im Bett noch auf den Beinen. Er konnte schlafen und untergehen oder wach bleiben und versuchen, seine Haut zu retten.

Aus der Truhe neben der Tür nahm er ein Leinenhandtuch, tauchte es in die Wasserschüssel und wusch sich behutsam das Blut vom Gesicht. Jedes Mal, wenn er seine Nase berührte, zuckte der Schmerz bis in die Kopfhaut. Aber das Ergebnis, das er im Spiegel sah, belohnte ihn für seine Mühen. Die äußeren Spuren waren minimal. Eine kleine Schramme von Ruperts Ring auf der rechten Wange, aber die Nase schien weder geschwollen noch gekrümmt. Mit steifen Bewegungen zog er sich aus und begutachtete den Rest. Hier und da hatten sich Blutergüsse auf Oberkörper und Beinen gebildet, die im Kerzenlicht schwarz wirkten. Er sah übel zugerichtet aus, hatte aber wie durch ein Wunder keine weiteren Knochenbrüche. Wenn Rupert ihm keine inneren Organe zerschmettert hatte, sodass er langsam verblutete, ohne es zu merken, dann konnte er wohl getrost davon ausgehen, dass er mit dem Leben davonkommen würde. Und wenn dem so war, wollte er es nicht in Armut, Schande und Unfreiheit verbringen.

Er zog sich wieder an, nahm den Schlüsselbund vom Gürtel und sperrte die kleinere Schatulle auf, die neben der Leinentruhe stand. Als er den schweren, eisenbeschlagenen Deckel endlich aufgeklappt hatte, musste er einen Moment innehalten. Seine Arme fühlten sich an, als habe jemand versucht, sie auszureißen. Es flimmerte wieder vor seinen Augen.

»Das wirst du büßen, Rupert«, sagte er tonlos, und weil es ihm so gut gefiel, sagte er es noch einmal: »Das wirst du mir büßen.«

Rache war Zorn – *ira* –, eine Todsünde, genau wie der Hochmut. Jonah war lange genug auf der Klosterschule gewesen, um solche Dinge zu wissen. Aber es war ihm gleich. Der Zorn machte ihn hart gegen sich selbst, betäubte ihn beinah, sodass er die schweren Geldbeutel und Bücher fast mühelos aus der Truhe hob. Er trug sie zum Tisch. Dann holte er sich eine Decke vom Bett, wickelte sich hinein, setzte sich auf den Schemel und begann zu zählen und zu rechnen. Am Dienstag war der Monatsletzte, sein spätester Liefertermin. Der morgige Sonntag fiel als Geschäftstag aus. Blieben also zwei Tage, um fünfundzwanzig Ballen Beverly Brown zu beschaffen. Vermutlich konnte er, wenn Meurig und Crispin ihm halfen, fünfundzwanzig Londoner Tuchhändler ausfindig machen, die ihm einen Ballen des preiswerten Wollstoffs verkaufen konnten. Aber zu Endabnehmerpreisen. Und es würde nicht einmal bis Montagmittag dauern, ehe es die Spatzen von den Dächern pfiffen, dass Jonah Durham verzweifelt auf der Suche nach Beverly Brown war. Die Preise würden in die Höhe schnellen. Realistisch musste er wohl davon ausgehen, dass dieser kleine Rückschlag ihn hundert Pfund kosten würde. Damit würde ihm der wunderbare Kontrakt, um den Elia ihn so beneidet hatte, einen saftigen Verlust einbringen, selbst wenn er die vierzig Pfund, die Rupert ihm gestohlen hatte, herausrechnete. Das war schon schlimm genug. Aber er hatte keine hundert Pfund. Und das war eine Katastrophe. Sein Geld steckte in seinem Geschäft; er hatte viel investiert, in den Bau der Werkstätten ebenso wie in sein hochwertiges Warenlager. Sicher, seine Geschäfte liefen gut, aber seine vornehme Kundschaft ließ sich mit dem Bezahlen viel Zeit. Sie alle benutzten ihren guten Namen, um sich Kredit zu verschaffen. Und so kam es, dass Jonah mit beinah leeren Händen dastand und mit hohen Außenständen, die einzutreiben ihm keine Zeit blieb. Ratlos verschränkte er die Arme auf dem Kassenbuch, bettete die Stirn darauf und schlief erschöpft ein.

Als der Haushalt sich nach dem Kirchgang am Sonntagmorgen zum Frühstück versammelte, war die Stimmung gedrückt und angespannt. Sie sprachen kaum ein Wort. Wie bei den Hillocks, dachte Crispin beklommen. Er wartete, bis Rachel und Meurig hinausgingen, ehe er seinen Mut zusammennahm und fragte: »Was ist passiert, Jonah?«

Der junge Kaufmann zog die Brauen hoch. »Auf einmal wieder ›Jonah‹?«

»Ich kann auch ›Sir‹ zu dir sagen. Aber ... plötzlich ist alles wieder wie früher. Du kochst ganz still und leise vor dich hin. Man kriegt Angst vor dir, wenn du so bist. Ihr habt gestritten. Stimmt's nicht? Und als ihr euch nichts mehr zu sagen hattet, habt ihr euch geschlagen.«

Jonah lachte ohne allen Humor. Streng genommen hatte Crispin Recht: Jonah hatte Rupert in seinem hilflosen Zorn eins auf die Nase gegeben, und anschließend hatte Rupert ihn windelweich geprügelt ...

Er unterdrückte ein Schaudern. Er fühlte sich furchtbar, hatte eine grässliche Nacht hinter sich, vermutlich einen abscheulichen Tag und eine ungewisse Zukunft vor sich und keinen Sinn für die bangen Blicke seines Lehrlings. »Warum gehst du nicht einfach für ein paar Stunden nach Hause?«

»Warum sagst du mir nicht einfach die Wahrheit?«, konterte der Junge.

»Noch ein Wort und du fängst dir ein Ding, an das du dich lange erinnerst, auch wenn ich mich kaum rühren kann.«

»O ja, *Sir*, das ist eben immer das Einfachste, nicht wahr? Was macht es schon, wenn ich mich lausig fühle, weil Euer fragwürdiges kleines Geschäft, mit dem Ihr mich Rupert abgegaunert habt, in die Binsen gegangen ist? Ich meine, mich hat niemand nach meinen Wünschen gefragt, also wie kommt es nur, dass ich jetzt an allem schuld bin? Was ist nur mit Euch und Eurem Cousin? Warum könnt Ihr nicht sein wie andere Menschen? Was findet Ihr nur daran, immer in Streit und Hader zu leben?«

Er starrte Jonah noch einen Moment an, aber als er erkannte, dass er keine Antwort bekam, schob er wütend seinen Stuhl zurück, stand auf und ging zur Tür.

»Crispin.«

»Was?« Er drehte sich noch einmal um.

Es ist nicht deine Schuld, wollte Jonah ihm sagen. Es liegt an Rupert und an mir. Ich habe dich ihm abgekauft, das ist wahr, und jetzt hat er mich betrogen, und ich bin am Ende meiner Weisheit und vielleicht sogar verzweifelt. Aber ich habe es nicht getan, um ihm eins auszuwischen, sondern weil ich dich da rausholen wollte. Weil du immer ein guter Freund warst. Doch alles, was er herausbrachte, war: »Du kannst den Gaul nehmen, ich brauch ihn heute nicht.«

Enttäuscht wandte der Junge sich zur Treppe. »Danke.«

Eine Stunde vor Mittag führte der livrierte Diener Jonah in Martin Greenes vornehme Halle, wo die Familie vor dem Kamin zusammensaß und einem mageren, jungen Dominikaner lauschte, der ihnen eine eigentümliche lateinische Geschichte vorlas von einer Jungfrau, die sich auf der Flucht vor einem hässlichen, lüsternen Unhold in ein Schilfrohr verwandelte. Jonah fragte sich, ob er es vielleicht missverstanden hatte – sein Latein war völlig eingerostet. Aber er hatte immer ein gutes Ohr für Sprachen gehabt und war ziemlich sicher, dass der Mönch »Schilfrohr« gesagt hatte. Und tatsächlich: Der Unhold schnitt das Rohr und machte sich daraus eine Flöte.

Die Geschichte erschien ihm töricht und fesselte ihn trotzdem auf seltsame Weise. Im Gegensatz zu Adam und Daniel, die wie die meisten Kaufmannssöhne vier oder fünf Jahre eine Stadtschule besucht und dort kein Wort Latein gelernt hatten und sich sichtlich langweilten. Verstohlen vertrieben sie sich die Zeit mit Fingerhakeln. Martin Greene hatte die Augen geschlossen, sodass man meinen konnte, er halte ein vorgezogenes Mittagsschläfchen. Nur Lady Greene und Bernice lauschten dem jungen Pater mit größter Aufmerksamkeit. Bernice' Lippen waren leicht geöffnet und entblößten ihre Hasenzähne. Sie entdeckte Jonah als Erste. Die Lippen schlossen sich hastig, das Blut schoss ihr in die Wangen, und sie setzte sich so vernehmlich auf, dass der Dominikaner hochschaute und ins Stocken geriet.

Lady Greene folgte dem Blick ihrer Tochter und lächelte. »Master Durham! Das ist eine angenehme Überraschung. Seit Wochen haben wir Euch an unserer Tafel vermisst.«

Martin Greene öffnete ein Auge. »Und wenn er kommt, kommt er zu früh«, brummte er. »Ein Flegel, wie Burnell so gern und häufig anmerkt.«

Jonah verneigte sich steif. »Ich bitte um Verzeihung, Lady Greene.«

Sie wedelte seine Entschuldigung beiseite. »Aber ganz und gar nicht. Geh, Bernice, sag Martha Bescheid, dass wir einen zusätzlichen Gast haben.«

»Ich kann leider nicht zum Essen bleiben, Madam«, sagte er in ehrlichem Bedauern. Er hatte sich von hier fern gehalten, weil er Master Greenes väterlicher Fürsorge ebenso entfliehen wollte wie Bernice' zarten Gefühlen, die er nicht erwiderte und die ihn unter Druck setzten. Doch die Fröhlichkeit und vor allem der Esprit dieses Hauses hatten ihm gefehlt, stellte er fest. »Sir, es tut mir wirklich Leid, Eure Mußestunde zu stören.«

Martin Greene erhob sich ohne das geringste Bedauern. »Wichtig, he? Kommt. Gehen wir hinüber. Es war ein erbaulicher Vortrag wie immer, Bruder Robert, habt vielen Dank.« Mit einem leutseligen Nicken in die Runde entfloh er den *Metamorphosen* und führte Jonah mit unverkennbarer Befriedigung in sein Arbeitszimmer. »Fastenzeit ist schlimm genug, aber Ovid... herrje«, bemerkte er, während er die Tür schloss. »Verdünntes Bier ist alles, was Bruder Robert uns in diesen Tagen zugesteht.« Er wies einladend auf einen Krug auf dem Tisch.

Jonah schüttelte den Kopf. Auch Askese gehörte zu den Dingen, die er im Kloster gelernt hatte. Wie alle anderen Leute war auch er jedes Jahr erleichtert, wenn die Fastenzeit vorüber war, aber er hielt sie strikt ein, aß während dieser vierzig Tage weder Fleisch noch Eier oder Butter und auch ansonsten nicht mehr als notwendig, und er erkannte einen Sinn in dieser Prüfung, der nichts mit der Kreuzigung und Auferstehung Jesu Christi zu tun hatte.

Der drahtige, kleine Gildewächter lehnte mit verschränkten Armen am Fensterbrett und sah ihn aufmerksam an. »Ihr solltet Euch lieber hinsetzen, mein Junge. Ehe ihr umfallt. Und dann erzählt mir von Eurem Kummer, der gewaltig sein muss, wenn Ihr freiwillig meinen Rat sucht, wo Ihr doch sonst immer glaubt, Ihr kämet am besten alleine zurecht.«

Jonah sank auf einen harten Holzstuhl nieder. »Ich glaube... ich bin am Ende.«

»Geht es ein bisschen genauer?«

Der junge Kaufmann rang noch einen Moment mit sich. Aber es stimmte natürlich, er war hergekommen, weil er einen Rat brauchte, also gab er sich einen Ruck und erzählte. Er sprach leise und stockend. Aber er ließ nichts aus, begann mit seinem Entschluss, Crispin zu sich zu holen und Rupert bei der Gelegenheit zu demütigen. Er gab sich keine Mühe, sich zu schonen; er wusste, sein Pate hätte ihn so oder so durchschaut.

Und er hatte völlig Recht. Als er geendet hatte, war Martin Greenes Miene finster geworden. Es war still im Zimmer, im ganzen Haus; nur durchs Fenster hörte man das Schimpfen der Sperlinge im Hof und dann den Schrei eines Pfaus.

»Lasst mich sehen, ob ich es richtig verstanden habe«, begann der Warden der Tuchhändler schneidend. »Ihr habt Rupert Hillock angeboten, die Hälfte Eures Kontraktes zu übernehmen, und damit den Pfad seriösen Geschäftsgebarens verlassen, denn der Lord Treasurer hatte *Euch* den Kontrakt gegeben, nicht Rupert.«

»Ja«, gestand Jonah.

»Ihr habt ihm vierzig Pfund vorgestreckt, ohne mir einen Ton davon zu sagen – entgegen unserer Abmachung, jede Transaktion von mehr als zehn Pfund zu erörtern?«

»Ja, Sir.«

»Und damit habt Ihr Rupert, der in finanziellen Schwierigkeiten war, seinen Lehrjungen abgepresst. Mit einem zu erwartenden Profit von zehn Pfund?«

»Richtig.«

»Und jetzt bezichtigt Ihr Euren Vetter, er habe einen mit Handschlag besiegelten Vertrag gebrochen und nicht geliefert?«

»Ich … bezichtige ihn nicht. Ich habe Euch berichtet, was passiert ist, aber ich werde es nicht zur Anzeige bringen, denn Elizabeth würde für ihn aussagen.«

Martin Greene hob abwehrend die Linke. »Das ist eine rein technische Frage, die mich im Augenblick nicht interessiert. Ihr sagt also, Hillock habe lieber die vierzig statt der zehn Pfund eingestrichen, ganz gleich, wie die Folgen für Euch sind?«

Jonah schüttelte den Kopf. »*Weil* die Folgen ruinös für mich sind. Die vierzig Pfund sind nur sein Bonus.«

Der Gildewärter betrachtete ihn nachdenklich und sagte dann leise: »Wisst Ihr, ich kann ihn verdammt gut verstehen. Vielleicht hätte ich in seiner Situation das Gleiche getan.«

Jonah zuckte leicht zusammen und hob den Kopf. »Ah ja? Ihr hättet einen gültigen Vertrag gebrochen, um einem Konkurrenten das Kreuz zu brechen?«

»Ja!«, fuhr Greene ihn an. »Vielleicht hätte ich das. Wenn er ein so unerträglich arroganter, selbstgefälliger Gernegroß wäre wie Ihr, könnte ich durchaus in Versuchung kommen, meine Grundsätze zu missachten, um ihm eine Lektion zu erteilen!«

»Nun, das braucht Ihr nicht mehr, Sir, er hat es ja getan.« Jonah erhob sich.

»Ihr bleibt da sitzen, mein Junge, und hört mir zu!«

»Nein. Ich glaube nicht, Sir. Ich kenne meine Fehler und habe kein gesteigertes Interesse daran, sie mir von Euch noch einmal vorbeten zu lassen. In meiner grenzenlosen Einfalt habe ich geglaubt, Ihr würdet mir den Weg zeigen, den ich selbst nicht sehe, aber nichts läge Euch ferner. Ich habe gegen die Regeln verstoßen, indem ich die Kaufmannsehre meines erbärmlichen Vetters verletzt habe, dessen einzige Tugend darin besteht, dass er älter ist als ich. Und was tut Ihr? Ihr stellt Euch auf seine Seite, weil er zu den Alteingesessenen gehört, weil Ihr Euch von Leuten wie mir und Elia Stephens bedroht fühlt.«

»Das tue ich nicht …«

Jonah ließ sich nicht unterbrechen. »Arroganz und Selbstgefälligkeit werft Ihr mir vor, ja? Ihr habt Recht. Aber seht Euch selbst an, Sir. Seht Euch einmal genau an. Und dann gesteht Euch ein, was Ihr erkennt.«

Er wandte sich ab und ging zur Tür. Es kostete ihn große Mühe, nicht zu hinken, und darum kam er langsamer voran, als ihm lieb war.

»Jonah«, sagte Greene beinah beschwörend. »Geht nicht so fort. Ihr müsst Euch beruhigen und mäßigen. Geht zur Beichte. Sprecht mit Vater Gilbert. Und dann kommt wieder her, ich will Euch doch helfen.«

Jonah hielt weiter auf die rettende Tür zu. »Nein, Sir, Ihr

wollt mich kontrollieren. Helfen kann mir jetzt wohl nur noch ein Mann.«

»Gott steh Euch bei, wenn Ihr das tut, was ich befürchte, mein Junge. Ihr verkauft Eure Seele!«

Jonah legte die Hand auf den Türriegel. »Dann werde ich endlich einer von euch sein.«

Das Haus lag an der Old Jewry, dem Viertel, das einstmals die Londoner Juden bewohnt hatten. Nachdem König Edwards Großvater sie alle aus dem Land gejagt und ihre Besitztümer konfisziert hatte, waren die teilweise sehr stattlichen Häuser an englische Kaufleute versteigert worden. Die Krone hatte ein exzellentes Geschäft gemacht. Einst gemieden, war es heute eine vornehme Gegend, und jetzt, am Sonntag, lag die Straße ruhig, geradezu verlassen da.

Jonah fand sein Ziel, nachdem er an zwei falschen Toren geklopft und schließlich von einer zickigen Magd zu dieser Tür gewiesen worden war. Er musste sich zwingen, den Arm zu heben, um zu klopfen. Dies war wohl der schwerste Gang, den er in seinem zwanzigjährigen Leben je unternommen hatte. Er erinnerte sich an nichts, das ihm schwerer gefallen, das seiner Natur mehr zuwider gewesen wäre. Und er war in denkbar schlechter Verfassung, fühlte sich schon jetzt elend und besiegt. Er wollte sich in einen stillen Winkel verkriechen und seine Wunden lecken. Aber dazu fehlte ihm die Zeit. Er musste jetzt eine Lösung finden, heute. Und ohne jede Hilfe. Martin Greenes schroffe Zurückweisung hatte ihn härter getroffen, als er zugeben konnte. Aber es hatte auch etwas Beruhigendes, endlich einmal sein eigener Herr zu sein. Wenn auch vielleicht nur für zwei Tage, dachte er düster. Bis sie ihn einsperrten. Und das würden sie, wenn er jetzt auch nur einen einzigen Fehler machte.

Er atmete tief durch, hob die Rechte und pochte ans Tor. Nach ein paar Augenblicken öffnete ihm ein Page, dessen Livree fein genug war, um zum Haushalt eines mächtigen Adligen zu gehören.

»Ihr wünscht, Sir?«

»Mein Name ist Jonah Durham. Sag deinem Herrn, er kennt mich nicht, aber ich bitte ihn höflichst um zwei Minuten seiner kostbaren Zeit.«

»Seid Ihr sicher?«, fragte der Bengel und betrachtete ihn abschätzig. »Am Sonntag?«

»Richte aus, was ich gesagt habe«, fuhr Jonah ihn an.

Unbeeindruckt und ohne alle Eile schloss der Page die Tür vor Jonahs Nase, und man hörte seine Schritte, die sich gemächlich entfernten.

Jonah kam es vor, als ließe man ihn eine Ewigkeit warten. Nervös fuhr er sich über die Stirn und bereute es sofort, weil er schon wieder mit dem Ärmel an die Nase stieß. Hatte der Page ihn überhaupt gemeldet? Er spürte sein Herz bis in die Kehle schlagen. Am liebsten hätte er kehrtgemacht, nur wusste er nicht, wohin er sonst gehen sollte. Außer vielleicht hinunter zur Themse, um sich von seinem Elend zu erlösen …

Quietschend schwang die Pforte wieder auf. Jonah schrak zusammen, denn er hatte keine Schritte gehört.

Der Page verneigte sich tief. »Seid so gut und folgt mir, Master Durham.«

Erleichtert trat Jonah über die Schwelle. Der Junge führte ihn durch einen Hof, der Jonahs eigenem nicht unähnlich war: Gemüsebeete, Lager- und Wirtschaftsgebäude, Ställe und Mietwerkstätten – kein Platz war an etwas so Eitles und Überflüssiges wie etwa einen Garten verschwendet. Jonah wunderte sich. Er hatte mit mehr Pomp gerechnet. Immerhin war dies das Haus des Mannes, der in den Adelsstand erhoben zu werden hoffte.

Das Haus selber war allerdings weit luxuriöser als seines. Die Halle lag zu ebener Erde, was ungewöhnlich war, und die dunklen Wandbehänge ebenso wie die bernsteinfarbenen Butzenfenster machten sie gleichermaßen elegant wie düster. Jonah blieb kaum Zeit, die filigranen Silberleuchter zu bewundern, denn vom Kaminende des langen Tisches erhob sich ein schlanker, groß gewachsener Mann und trat ihm entgegen.

»Master Durham.«

Schon diese zwei Worte reichten, um zu hören, dass dieser Mann aus dem Norden stammte. Für Londoner Ohren klang sein Akzent fremd und bäurisch. Sicher eine Bürde für jemanden mit so hochfliegenden Plänen.

Jonah verneigte sich tiefer, als gut für seine geschundenen Knochen war. »Master de la Pole. Habt vielen Dank, dass Ihr mich empfangt. Noch dazu am Sonntag.«

De la Pole lächelte und entblößte zwei Reihen herrlich weißer Zähne. »Der beste Tag dafür. Da es uns nicht erlaubt ist, sonntags Geschäfte zu machen, bin ich für alles dankbar, was meine Langeweile vertreibt und mein Interesse weckt. Wie Ihr, zum Beispiel. Ich habe schon viel von Euch gehört.«

Jonah verzichtete auf eine der üblichen Floskeln, die man darauf hätte erwidern können, und sah seinen Gastgeber einen Moment an. William de la Pole war ein bemerkenswert gut aussehender Mann, unauffällig, aber erlesen gekleidet. Er musste Anfang vierzig sein, aber sein Haar, das er kürzer trug als die meisten anderen, war schon schneeweiß. Es bildete einen auffälligen Kontrast zu seinem beinah faltenlosen, jugendlichen Gesicht. Er hatte die äußere Erscheinung eines wahren Gentleman, auch wenn er sprach wie ein Hinterwäldler. Die Augen waren von einem seltsam hellen Braun und wirkten so scharf und mitleidlos wie die eines Falken.

De la Pole machte eine einladende Geste zum Tisch. »Wollen wir uns setzen? Ich brenne darauf, zu erfahren, was Euch zu mir führt.«

Jonah wäre lieber stehen geblieben, aber er wollte nicht unhöflich erscheinen. Er nahm ihm gegenüber Platz und fragte sich, ob er sich nur eingebildet hatte, einen Tonfall diebischen Vergnügens in de la Poles Stimme zu hören. Er versuchte erst gar nicht, ihm Sand in die Augen zu streuen. »Ich bin in Schwierigkeiten, Sir. Und ich möchte Euch ein Geschäft vorschlagen, das mir aus der Klemme hilft und für Euch gewinnbringend ist.«

De la Pole verschränkte die Hände auf der blank polierten, dunkel gebeizten Platte des schweren Tisches. »Ich bin gespannt.«

»Der Treasurer hat mich beauftragt, ihm fünfzig Ballen Beverly Brown zu liefern«, begann Jonah.

»Ich weiß.« Es klang eine Spur gelangweilt.

Jonah rang seine Nervosität nieder. Ihm war klar, dass er im Begriff war, sich diesem Mann auf Gedeih und Verderb auszuliefern, aber wenn es möglich war, wollte er dabei ein bisschen Haltung bewahren. »Ein Zulieferer, der mir die Hälfte beschaffen sollte, hat mich im Stich gelassen. Dienstagabend bei Sonnenuntergang muss ich meine fünfzig Ballen im Tower abliefern, und die Hälfte fehlt mir.«

De la Pole ließ ihn nicht aus den Augen. »Das ist bitter. Ich hatte bislang nicht den Eindruck, dass Ihr ein Mann seid, dem so etwas passieren könnte. Aber nun ja, Ihr seid noch jung. Zu Anfang haben wir alle unsere Fehler gemacht. Ein Jammer, dass eine so hoffnungsvolle Karriere wie die Eure ein so jähes Ende nimmt.«

Jonah war nicht erschüttert, dass de la Pole mit ihm spielte wie die Katze mit der Maus. Er hatte damit gerechnet.

»Zufällig habe ich gehört, dass Ihr den gleichen Kontrakt habt, Sir, nur ist Euer Termin zwei Wochen später.«

Das saß. William de la Pole richtete sich auf und sah ihn mit verengten Augen an. »Woher wisst Ihr das?«

»Sagt Ihr nicht gelegentlich, dass gute Quellen mehr wert sind als ein Sack voller Gold?«, fragte Jonah ernst.

»Verflucht, und woher wisst Ihr *das*?«

Jetzt gestattete er sich ein kleines Lächeln. »Aus meinen guten Quellen, Sir, die ich ebenso ungern preisgebe wie Ihr.«

De la Pole betrachtete ihn mit neuem Interesse, beinah mit Hochachtung. Er wusste nicht, dass er und Jonah dasselbe Freudenhaus frequentierten, denn Jonah hatte es nach jenem ersten Abend immer durch eine diskrete Seitenpforte betreten und war noch niemals in der Halle oder dem öffentlichen Badesaal gewesen, sondern ging immer gleich zu Annot oder wartete in einer abgelegenen Kammer auf sie. Vermutlich hätte de la Pole auch nie gedacht, dass ein so junger Kaufmann sich ein so sündhaft teures Vergnügen leistete, und rätselte daher erfolglos, woher Jonah seine Informationen beziehen mochte.

»Hm.« Der reiche Kaufmann brummte, halb verstimmt, halb anerkennend. »Ich hänge meine Geschäfte mit der Krone nicht an die große Glocke, schon gar nicht, wenn sie politisch so brisant sind. Meinen Respekt, Durham. Ich will verdammt sein, wenn ich weiß, wie Ihr das herausgefunden habt. Weiter.«

»Ich nehme an, Ihr habt den Großteil der Lieferung schon zusammen, nicht wahr? Ich bitte Euch, mir fünfundzwanzig Ballen zu leihen. Ihr bekommt sie rechtzeitig vor Eurem Liefertermin zurück, Ihr habt mein Wort.«

De la Pole lachte leise. »*Leihen?* Wie geht das? Klärt mich auf; in Tätigkeiten, die kein Geld einbringen, bin ich nicht bewandert.«

»Dann verkauft sie mir.«

»Das klingt schon besser. Und jetzt schwitzt Ihr Blut und Wasser und betet, dass ich sie nicht so teuer mache, dass Ihr bei Eurem Kontrakt noch draufzahlt, nicht wahr? Vermutlich seid Ihr obendrein knapp an Barmitteln. Das ist jeder, der am Anfang steht wie Ihr.«

Jonah sah ihm in die Augen. »Ich hoffe lediglich, dass Ihr sie nicht so teuer macht, dass ich sie in der Stadt billiger bekäme. Es wäre bedauerlich, wenn die Gier Euch dazu verleitete, Euch einen Profit entgehen zu lassen, für den Ihr keinen Finger zu rühren braucht.«

»In der Stadt?« De la Pole lächelte. »In *zwei* Tagen? Das ist aussichtslos, Söhnchen, und das wisst Ihr so gut wie ich. Ihr wäret niemals zu mir gekommen, wenn es irgendeinen anderen Ausweg gäbe.«

Jonah verabscheute es, wenn ihn jemand »Junge« nannte, und »Söhnchen« fand er noch weitaus unerträglicher. Aber er ließ es sich nicht anmerken. »Macht mir ein Angebot, und dann werde ich entscheiden, ob ich verzweifelt genug bin, es anzunehmen«, schlug er gelassen vor.

De la Pole lehnte sich zurück und schlug die Beine übereinander. »Wie kommt Ihr überhaupt darauf, dass ich das Tuch hier habe und nicht zu Hause in Hull?«

»Weil Ihr hier liefern müsst. Das Tuch in Yorkshire zu kaufen und herbringen zu lassen hätte nur unnötige Transportkosten bedeutet. Ich an Eurer Stelle hätte in Essex gekauft, wo einer Eurer Agenten daheim ist und Rohwolle für Euch aufkauft. Da bekommt Ihr sicher gute Preise.«

Die Falkenaugen funkelten kalt, vielleicht war es ein Lächeln. »Ihr habt völlig Recht. Ich *habe* in Essex gekauft. Ich merke, Ihr seid ebenso gründlich wie gerissen. Und obendrein seid Ihr tollkühn, dass Ihr Euch zu dem berüchtigten de la Pole wagt und ihm ein Geschäft vorschlagen wollt, wo Ihr doch mit völlig leeren Händen dasteht. Deshalb sagt mir eins, Master Durham. Warum in aller Welt sollte ich Euch helfen? Ihr seid jung und ein Anfänger, aber das werdet Ihr nicht ewig bleiben. In ein paar Jahren wäret Ihr vermutlich ein Konkurrent, mit dem man rechnen muss. Ja, ich kann mir vorstellen, dass Ihr gefährlich genug werden könntet, um ein Ärgernis für mich darzustellen, vielleicht gar eine Bedrohung. Wer weiß? Also nennt mir einen einzigen guten Grund, warum ich Euch nicht verrecken lassen soll, nachdem Ihr freundlicherweise schon Euer eigenes Grab geschaufelt habt?«

Jonah erwiderte seinen Blick wie gebannt. Er konnte sich einfach nicht davon losreißen. De la Pole würde es tun, erkannte er entsetzt, würde ihn untergehen lassen und kalt lächelnd zusehen.

»Er hat Elena das Leben gerettet«, sagte eine energische, helle Stimme am anderen Ende des Raums.

Die beiden Männer fuhren zusammen, und de la Pole wandte den Kopf. »Was?«

Eine kleine, schmale Gestalt löste sich aus den Schatten und trat gemessenen Schrittes an den Tisch. »Er hat Elena das Leben gerettet. Ihr sagtet, er solle Euch einen guten Grund nennen, warum Ihr ihm helfen solltet. Das ist ein guter Grund, denkt Ihr nicht?«

»Giselle ...«, murmelte Jonah verwundert.

Sie schmuggelte ein kleines Verschwörerlächeln in seine Richtung.

William de la Pole betrachtete seine Tochter, die glatte Stirn bedrohlich gerunzelt. »Du hast auf deinem Lieblingsplatz neben der Truhe am Boden gehockt und gelauscht, sehe ich das richtig?«

Sie schüttelte die kastanienbraunen Locken. »Nicht ganz. Ich saß dort und habe gelesen. Dann ging meine Kerze aus, und als ich mir eine neue holen wollte, kam Walter und meldete, Jonah sei gekommen. Ihr habt mich nicht hinausgeschickt, Vater.«

»Ein höchst bedauerliches Versäumnis, scheint mir«, grollte er. »Nichtsdestotrotz hast du gelauscht. Das ist unverzeihlich, aber ich werde es vielleicht vergessen, wenn du auf der Stelle verschwindest.«

»Erst, wenn Ihr sagt, dass Ihr ihm helfen werdet.«

»Giselle …« Es klang gefährlich.

Jonah erhob sich unvermittelt. »Nein, bitte, Sir. Ich werde gehen. Vergesst einfach, dass ich hier war.«

»Ihr bleibt!«, befahlen Vater und Tochter wie aus einem Munde.

»Was soll das heißen, er hat Elena das Leben gerettet?«, verlangte de la Pole zu wissen.

»Er hat sie aus den Trümmern ausgegraben.«

»Warum weiß ich davon nichts?«

»Vielleicht habt Ihr nicht gefragt.«

Er stand ohne Hast auf. Dann stemmte er die Hände in die Seiten und trat einen Schritt näher auf sie zu. Sie tat genau das Gleiche. Höchstens eine Elle trennte sie noch, und Giselle musste den Kopf in den Nacken legen, um zu ihrem großen Vater aufzusehen, aber das machte ihren Zorn seltsamerweise nur eindrucksvoller.

»Was, wenn ich sagte, deine Schwester wäre vermutlich lieber tot, als gelähmt hinter Klostermauern vor sich hinzusiechen?«, fragte der Vater.

»Ich würde erwidern, dass das kaum Jonahs Schuld ist.«

»Aber ich hoffe, du erkennst, dass das dein Argument gänzlich entkräftet.«

»Und was ist mit dem Leben der Königin? Welcher gute Patriot wäre dem Mann nicht zu Dank verpflichtet, der sie und das Kind, das sie trägt, vor dem Sturz auf die Straße bewahrt hat?«

»Du ausgekochtes kleines Luder ...«

»Giselle, um Himmels willen, hör auf«, flehte Jonah. Selten war ihm etwas peinlicher gewesen als diese Szene. Und was in aller Welt sollte er tun, wenn de la Pole auf seine zierliche Tochter losging, was jeden Moment geschehen konnte? Alles würde nur noch schlimmer werden.

Die beiden Streithähne waren verstummt, aber der Jähzorn, für den die Leute aus Yorkshire so berüchtigt waren, hatte sich noch nicht gelegt. Unverwandt starrten sie einander an, und Jonah fragte sich verständnislos, wie dieses zerbrechliche Wesen es aushielt, so lange in die Raubvogelaugen zu schauen, deren Blick er in beinah unerträglicher Weise unheimlich fand. Doch Giselle schien nicht im Mindesten eingeschüchtert. Sie wankte und wich nicht, und tatsächlich war es ihr Vater, der sich als Erster regte, die Arme sinken ließ und kopfschüttelnd auf seinen Stuhl niedersank.

»Na schön«, grollte er leise. »Na schön. Ihr bekommt das verdammte Tuch, Durham. Fünfundzwanzig Ballen. Ihr könnt sie morgen früh abholen.«

Jonah konnte sein Glück kaum fassen, wappnete sich aber für das Schlimmste, als er fragte: »Für wie viel?«

»Nichts«, zischte der reiche Kaufmann, der dafür berühmt war, dass er nicht einmal einem Bettler einen Farthing gab, ohne eine Gegenleistung zu bekommen. »Ich ... *leihe* es Euch.« Er sprach das Wort aus, als handele es sich um etwas Anstößiges. »Nehmt es als Zeichen meiner Königstreue und meines Patriotismus. Und nun wünsche ich Euch einen guten Tag, Sir.«

Jonahs Mund war staubtrocken. Er verneigte sich formvollendet. »Ich danke Euch, Sir.«

»Dankt meiner missratenen Tochter«, knurrte de la Pole.

Giselle nahm Jonahs Hand. »Ich geleite Euch hinaus, Master Durham.«

»Und anschließend kommst du wieder«, befahl ihr Vater. »Ich bin noch nicht fertig mit dir.«

Schweigend verließen Jonah und Giselle die Halle, immer noch Hand in Hand, durchquerten die menschenleere Vorhalle und traten hinaus in den hellen Frühlingstag.

Jonah blinzelte gegen den plötzlichen Sonnenschein und befreite seine Hand. »Was hast du nur getan, Giselle«, schalt er leise. »Wie soll ich mir das je verzeihen?«

»Oh, macht Euch keine Gedanken, Sir. Er wird mich nicht anrühren. Das tut er nie. Er weiß, dass ich es der Königin sagen würde, und sie kann ihn ohnehin schon nicht ausstehen. Das macht ihm Sorgen, und er tut praktisch alles, damit ich ein gutes Wort für ihn bei ihr einlege.«

Jonah sah ungläubig auf das zierliche Kind hinab. »Das heißt, du hast ihn eben eiskalt erpresst.«

Sie nickte ungerührt. »Wenn es eine Sache gibt, die man von meinem Vater lernen kann, dann das.«

Sie hielten vor dem Tor. Jonah machte einen Diener. »Ich werde dir immer zu Dank verpflichtet sein.«

Der Gedanke schien sie außerordentlich zu erfreuen. »Ich werde Euch gelegentlich daran erinnern.«

»Das wird kaum nötig sein. Leb wohl.«

»Ihr auch, Sir. Ich denke, dass wir uns bald wiedersehen. Die Königin will den Sommer in Woodstock verbringen; wir brechen nächste Woche dorthin auf. Nur deswegen war ich heute zu Hause, um mich von meinem Vater zu verabschieden. Und sie hat gesagt, dass sie ein Fest für ihre Freunde geben will in Woodstock, sobald das Kind da ist. Sie nannte auch Euren Namen.«

Jonah hatte ohnehin schon weiche Knie. Jetzt musste er sich an die Mauer neben dem Tor lehnen, damit er nicht umfiel. Er sah zum wolkenlosen Himmel auf und stellte sich vor, wie es sein würde, Philippa wiederzusehen.

»Wird deine Schwester nie wieder laufen können?«, fragte er nach einer Weile.

»Nein, wahrscheinlich nicht«, antwortete sie leise. »Bruder Albert sagt, sie hat sich das Rückgrat gebrochen bei dem Sturz.«

Er wandte den Blick vom klaren Blau ab und schaute auf sie hinab. »Ich dachte, man stirbt, wenn man sich das Rückgrat bricht.«

Sie hob vielsagend die Schultern. »Meistens ja, sagt Bruder Albert. Aber Elena nicht.«

»Furchtbar ...«, murmelte er unbehaglich.

»Ja. Aber sie sagt, es habe auch seine guten Seiten. Vater wollte sie zwingen, den Earl of Burton zu heiraten, und den fand sie grässlich. Jetzt ist sie im Kloster, wo es ihr ganz gut gefällt, wie sie sagt, und hat ihre Ruhe.«

Er dachte an seine eigene Zeit auf der Klosterschule, und er verstand, was Elena meinte.

»Auf bald, Jonah. Ich muss zu meinem Vater.«

Er stieß sich von der Wand ab und fuhr Giselle über den Schopf – eine Geste, die ihn selbst überraschte. »Reiß ihm nicht den Kopf ab. Auf bald.«

Er verbrachte den Nachmittag am Fluss. Das Wasser war schmutzig und voller Unrat. Brauereien, Gerber, Färber und vor allem die Schlachter leiteten ihre Abwässer in die Themse und warfen ihre Abfälle hinein. Weil London so nah an der Mündung lag, hatte der Fluss Gezeiten, und bei Ebbe waren die flachen Ufer von einem gräulich braunen Schlamm bedeckt, dem ein schauderhafter Gestank entstieg. Aber jetzt stand das Wasser hoch, floss eilig und doch ruhig dahin. Jonah saß im Ufergras unweit des Tower und sah dem ruhigen Sonntagsverkehr auf dem Wasser zu. Eine genuesische Karavelle kam mit der Nachmittagsbrise stromaufwärts und brachte Seide oder Waffen oder Goldschmiedearbeiten. Sie war ein schöner Zweimaster, groß und schnittig, und er hörte die Matrosen in ihrer weichen, melodiösen Sprache singen. Dann und wann warf er einen Kiesel ins Wasser und dachte über alles nach, was sich während der letzten zwei Tage ereignet hatte. Er fühlte sich erlöst. Natürlich war ihm klar, dass Martin Greene nicht ganz Unrecht gehabt hatte. William de la Pole eine Gefälligkeit schuldig zu sein war tatsächlich beinah so, als habe man seine Seele dem Satan verkauft. Doch sei's drum, dachte er. Es spielte im Augenblick keine Rolle. Der drohende Ruin, der seit gestern wie ein Schwert an einem Seidenfaden über ihm gehangen hatte, war abgewendet. Mit den Folgen konnte er sich immer noch befassen, wenn sie über ihn hereinbrachen. Vorläufig war er gerettet. Die vierzig

Pfund, die Rupert ihm gestohlen hatte, stellten einen herben, einen sehr bitteren Verlust dar. Vierzig Pfund waren ein Vermögen, und er konnte sie in seinem Geschäft kaum entbehren. Ihr Verlust machte den ganzen Kontrakt zu einem finanziellen Fiasko. Aber da er nun in der Lage war, pünktlich zu liefern, würden vielleicht neue Kontrakte folgen. Er hatte einen herben Schlag einstecken müssen, aber er war noch im Geschäft. Er würde den Verlust wettmachen.

»Geschlagen, aber nicht besiegt, Rupert«, murmelte er vor sich hin. »Und du wirst bluten.«

»Ich muss sagen, Ihr seht eine ganze Portion besser aus als heute früh, Sir«, bemerkte Rachel, als er heimkam.

»Ist der Junge zurück?«, fragte er und brach sich ein Stück von dem harten braunen Brot ab, das auf dem Tisch lag. Sie standen in der Küche.

Rachel schnitt eine Zwiebel und wischte sich die Tränen aus den Augen. Mit dem Messer zeigte sie zur Decke. »Er ist oben.«

Jonah nickte. Er kaute auf dem altbackenen Brot, stundenlang, so schien es ihm, und als er endlich schlucken konnte, bemerkte er: »Du siehst selbst nicht gerade blendend aus. Bist du krank, Rachel?«

»Nein.« Sie hackte die Zwiebel in kleine Stückchen, schneller, als das Auge folgen konnte.

»Sie bekommt ein Kind«, sagte Meurig in die kurze Stille hinein. Er saß am Herd und schnitzte an einem Stück Holz herum, das offenbar einmal ein Löffel werden sollte.

Jonah war nicht über die Maßen begeistert, denn er liebte die Ruhe in seinem Haus – der Gedanke an ein ewig plärrendes Balg unter seinem Dach erfüllte ihn mit Unbehagen. Und Schwangerschaften brachten nichts als Verdruss, selbst wenn sie ja offenbar nicht alle so katastrophal verliefen wie Elizabeths. Aber er ging nicht mit einem unwilligen Nicken zur Tür, wie Meurig und Rachel erwartet hatten. Jonah wusste nicht so recht, wie er dieses Gefühl von Dankbarkeit handhaben sollte, das ihn plagte, seit er William de la Poles Haus verlassen hatte. Es war so ungewohnt, dass er nichts anderes tun konnte, als tatenlos zuzulassen, dass es ihn milde stimmte. Im Vorbeigehen legte er seiner Magd kurz die Hand auf den Arm. »Gott segne dich, Rachel.«

»Ihr wollt nicht, dass wir fortgehen?«, fragte sie ruhig, aber ihre Stimme war belegt.

Jonah öffnete die Tür. »Ich bin doch nicht verrückt.«

Sie hörten ihn die Treppe hinaufsteigen, und Meurig legte sein Messer und den wenig formschönen Löffel beiseite, stand auf und nahm seine Rachel in die Arme. »Was hab ich dir gesagt?«

»Ach, jetzt tu doch nicht so«, brummte sie, machte sich los und hackte auf die nächste Zwiebel ein, als wolle sie sie in Brei verwandeln. »Du hast doch selbst geglaubt, er jagt uns davon.«

Meurig seufzte tief. »Ich war wirklich nicht sicher. Wie kommt es wohl, dass er plötzlich so zufrieden ist wie eine Katze nach einer Schale Milch? Gott, du hättest ihn sehen sollen gestern Abend. Er war nicht nur übel zugerichtet. Es war noch irgendwas anderes.«

Rachel schabte die Zwiebelstückchen in den Topf, in welchem eine Brühe aus dunklem Bier und Honig vor sich hin köchelte. »Ich nehme an, Rupert hat wieder einmal versucht, ihm das Kreuz zu brechen. In jeder Hinsicht.«

»Wenn das stimmt, dann hat dieses Mal nicht viel gefehlt.«

Sie hob die Schultern. »Dann möchte ich nicht mit Rupert tauschen. Obwohl ... gerade jetzt würde ich wohl mit jedem tauschen, dem nicht schlecht wird, wenn er Biersuppe riecht. Rühr du mal, sei so gut. Ich muss an die Luft.«

Crispin saß auf der breiten Fensterbank, hatte die Hände auf dem angewinkelten Knie verschränkt und sah in den Hof hinab. Die Dämmerung war weit fortgeschritten, aber er hatte kein Licht gemacht. Die Halle lag im Zwielicht.

»Warst du zu Hause?«

Der Junge schreckte zusammen, entdeckte Jonah und stand auf. »Ja. Alles in Ordnung. Am Sonnabend nach Ostern heiratet meine Schwester Sir Walter Burnett, einen Ritter aus Dorset, stellt Euch das vor. Meine Eltern sind ganz aus dem Häuschen vor Stolz.«

»Das kann ich mir denken.« Auch wenn der Ritter die Kaufmannstochter vermutlich vornehmlich wegen ihrer Mitgift nahm, bedeutete die Verbindung doch großes gesellschaftliches Ansehen für die Familie.

»Mein Vater lässt Euch Grüße ausrichten.«

»Danke.«

»Das Pferd ist wunderbar. Ich war in Windeseile dort und wieder zurück. Die Leute in Westminster haben die Köpfe zusammengesteckt und sich gefragt, wie Crispin Lacy wohl an einen so kostbaren Gaul kommt.«

»Der immer noch keinen Namen hat«, bemerkte Jonah und setzte sich an den Tisch.

»Na ja, ich hab mir überlegt … wie wär's mit Grigolet?«

»Ein seltsamer Name. Was soll das bedeuten?«

»Sir Walter, der Bräutigam meiner Schwester, hat uns nach dem Essen eine Geschichte erzählt. Von einem Ritter namens Gawain. Und dessen Pferd hieß Grigolet.«

Dann war es ein unpassender Name für das Pferd eines Tuchhändlers, fand Jonah, aber er wollte, dass dieses leidige Thema endlich einmal geregelt wurde. »Einverstanden.«

Damit schienen sie sich alles gesagt zu haben, und ein unangenehmes Schweigen breitete sich aus wie beizender Qualm.

»Ich mache Licht«, sagte der Junge nervös und wollte zum Feuer gehen, um an der Glut einen Kienspan zu entzünden.

»Nein, warte noch einen Moment.« Jonah fand das Halbdunkel angenehm. »Setz dich. Ich muss mit dir reden.«

Seufzend ließ Crispin sich ihm gegenüber nieder. »Eine Predigt? Ich weiß, dass ich ungehörig war heute früh. Es tut mir Leid, Sir.«

Jonah konnte immer noch über die Gutartigkeit dieses Jungen staunen. Obwohl Crispin keiner Fliege etwas zuleide tun konnte, fühlte er sich immer verantwortlich, wenn die Dinge anfingen, schief zu laufen, und entschuldigte sich mit einer Aufrichtigkeit, einer Mühelosigkeit, die Jonah unbegreiflich war.

»Du hattest mit jedem Wort Recht«, bekannte Jonah ungewöhnlich freimütig. »Aber ›abgegaunert‹ hab ich dich Rupert nicht.«

»Ach, das weiß ich doch …«, murmelte Crispin verlegen.

»Unterbrich mich nicht, sei so gut. Das hier fällt mir schwer genug.«

Crispin legte einen Finger an die Lippen, schüttelte inbrünstig den Kopf und sah ihn gespannt an.

Und so legte Jonah zum zweiten Mal an diesem langen, langen Tag ein volles Geständnis ab. Obwohl er sich bemühte, sachlich und nüchtern zu reden, sah er erst Erstaunen im Gesicht seines Lehrlings, dann Entsetzen und schließlich Abscheu.

»Aber … das kann er nicht machen«, stieß Crispin hervor, alle guten Vorsätze bezüglich seiner schweigenden Zuhörerrolle vergessen. »Man kann einen Vertrag nicht so einfach brechen. Nicht, wenn er mit einem Handschlag besiegelt ist!«

Jonah war erleichtert, dass Crispins Empörung sich offenbar eher gegen Rupert als gegen ihn richtete, und erwiderte mit einem kleinen Lächeln: »Das dachte ich auch. Da siehst du, wie viel du und ich noch zu lernen haben.«

»Und … was machen wir jetzt?«

»Ich habe einen Kaufmann gefunden, der mir das fehlende Tuch leiht.«

»Was? Wer ist dieser wunderliche Wohltäter?«

»William de la Pole.«

»Ha, ha, sehr komisch … Gott, es ist wahr? Oh, Jesus, Maria und Joseph, beschützt uns. Wer sich mit ihm einlässt, wird zerquetscht.«

»Oder reich.« Jonah lehnte sich leicht vor und stützte die Ellbogen auf den Tisch. »Erst einmal hat er uns aus dem Sumpf gezogen. Und ich will es nicht dabei belassen. Aber bevor ich wirklich Geschäfte mit ihm machen kann, brauche ich Kapital. Morgen gehen wir zusammen die Außenstände durch, dann machst du dich auf den Weg und treibst sie ein.«

»Oh, wunderbar …«

»Wir verkleinern den Lagerbestand. Der Hof verbringt den

Sommer in Woodstock, wir würden ohnehin nicht viel teures Tuch verkaufen. Stattdessen kaufen wir Rohwolle. Alles, was wir bezahlen können. Wenn es Krieg gibt, wird der Wollpreis steigen.«

»Ja, aber was wollt Ihr mit all der Wolle? Was soll damit passieren? Wir haben keine Kontakte im Wollhandel, wo finden wir Spinner, Weber und so weiter für größere Mengen?«

»Ich exportiere sie nach Flandern.«

»Dort kennt Ihr erst recht niemanden.«

»Das werde ich ändern. Ich fahre selbst hin. Die Königin wird mir die Namen der Männer nennen, an die ich mich wenden muss, und mir Empfehlungsschreiben ausstellen.«

»Und wenn das Schiff mit unserer Wolle untergeht?«

»Dann haben wir Pech gehabt. Kein großer Profit ohne großes Risiko.«

Crispin nickte. Plötzlich lächelte er breit. Er fand Jonahs Wagemut aufregend und ansteckend. Doch dann kam ihm ein anderer Gedanke, und seine Miene verfinsterte sich wieder: »Was … habt Ihr mit Master Rupert vor, Sir?«

Jonah lehnte sich zurück. Ganz gleich, wie er sich hinsetzte, keine Haltung war bequem, irgendetwas tat immer weh, und er war noch steifer als am Morgen. Er starrte in die Glut und erinnerte sich, obwohl er nicht wollte, an die grauenvollen Minuten in Hillocks Laden, die Erkenntnis, dass er verraten war, die Panik, den mordgierigen Ausdruck in Ruperts Augen.

»Das soll nicht deine Sorge sein.«

Crispin betrachtete beklommen sein Profil. Das Gesicht wirkte beinah so finster und versteinert wie am Morgen. »Ich wüsste, wie Ihr Euch Eure vierzig Pfund wiederholen könntet«, begann der Junge stockend.

Jonah sah ihn an. »Ah ja? Lass hören.«

Crispin schüttelte langsam den Kopf. »Ich kann es Euch nur sagen, wenn Ihr mir versprecht, es dabei bewenden zu lassen.«

»Vielen Dank, aber ich schätze, ich komme auch ohne deine Hilfe zurecht.«

»Master Jonah …«

»Es wäre besser, wenn du dich bald entscheidest, auf wessen Seite du stehst.«

»Was für eine Frage, natürlich steh ich auf Eurer Seite«, entgegnete Crispin entrüstet. »Ich bin kein Idiot, ich weiß, was für ein Mann Master Rupert ist. Und er hat einen Denkzettel verdient, schon allein wegen Annot. Aber Ihr werdet Schwierigkeiten mit der Gilde bekommen, wenn Ihr ihn offen bekriegt. Das kann kein gutes Ende nehmen.«

»Oh, weiser Crispin.« Jonah lachte leise. »Du hast mich auf eine wunderbare Idee gebracht.«

Woodstock, Mai 1332

Philippa hatte eine Prinzessin zur Welt gebracht, die zu Ehren der Königinmutter auf den Namen Isabella getauft worden war. Natürlich wäre ein zweiter Prinz allen lieber gewesen, doch die allgemeine Enttäuschung hielt sich in Grenzen. Edward, der zweijährige Thronfolger, war ein kerngesunder, pausbackiger Junge; es bestand kein Grund, um sein Leben zu bangen. Und da die Königin von Kastilien vor kurzem einen Infanten geboren hatte, riet Erzbischof Stratford, der erfahrene Chancellor, dem König, einen Boten nach Kastilien zu schicken und eine Ehe zwischen der kleinen Isabella und Prinz Pedro zu vermitteln, ehe irgendein anderer Herrscher auf dem Kontinent ihm zuvorkam.

König Edward, so hieß es, war rettungslos vernarrt in seine Tochter. Er überschüttete die Königin mit Geschenken, neuen Kleidern und Geld und willigte freudestrahlend ein, als sie vorschlug, Isabella zu Ehren ein großes Fest und ein Turnier zu veranstalten.

Woodstock lag etwa zehn Meilen nördlich von Oxford, zwei Tagesritte von London entfernt. Jonah kam unbeschadet dort an, denn er hatte nach längerem Zögern das Angebot des Lord Mayor von London, John Pulteney, angenommen, sich ihm und den übrigen Londoner Kaufleuten, die geladen waren, anzuschließen. Mit Gefolge bildeten sie eine Reisegruppe von über dreißig Leuten, was Jonah ganz und gar nicht behagte, doch es bedeutete Sicherheit. Er ritt für sich allein und bildete meist die Nachhut. Niemand behelligte ihn. Auch Martin Greene, der ebenfalls mit von der Partie war, ließ ihn zufrieden. Seit ihrem Streit vor zwei Monaten hatten sie bis auf einen steifen Gruß dann und wann kein Wort gewechselt. Wenn es nach Jonah ging, konnte es dabei bleiben. Noch ein weiterer Mann hielt sich von den übrigen Reisegefährten fern oder wurde von ihnen gemieden. Es war schwer zu entscheiden, was von beidem der Fall war. Sein Name war Giuseppe Bardi, und er gehörte zu einem der beiden großen florentinischen Adelsgeschlechter, die in allen wichtigen Städten der christlichen und auch der heidnischen Welt Bankhäuser unterhielten, so auch in der Londoner Lombard Street. Jonah beobachtete ihn aus dem Augenwinkel. Er hatte ein großes Interesse an diesem Mann. Aber er wollte erst nach ihrer Ankunft mit ihm reden – es war ja nicht nötig, dass gleich die halbe Londoner Tuchhändlergilde Zeuge wurde.

Auf den ersten Blick war Woodstock eine Enttäuschung. Das königliche Jagdgut war klein und schlicht, ein wenig beeindruckendes Sammelsurium von hölzernen Bauwerken. Doch im Innenhof waren bunte Zelte errichtet worden, um die vielen Gäste unterzubringen, die Pavillons der Ritter säumten die Turnierwiese wie große farbenfrohe Pilze, und der umliegende Wald strahlte im hellen Frühlingsgrün. Jonah war hingerissen von seiner Schönheit, den vielen Vogelstimmen, den Blumen und dem Rauschen des eiligen Flüsschens Glyme, und er erkannte aufs Neue, was einem entging, wenn man in London lebte.

Ein Stallbursche führte sein Pferd weg, ein junger Diener erkundigte sich nach seinem Namen.

»Jonah Durham.«

»Ah, Master Durham. Euer Zelt ist das kleine mit den roten Längsstreifen und dem grünen Dach an der Ostseite.«

Jonah bedankte sich, machte sein Zelt ausfindig und stellte zu seiner Erleichterung fest, dass es nur ein Bett hatte. Bett war übertrieben: ein Strohsack und reichlich Decken. Aber das spielte keine Rolle. Lieber verzichtete er auf alle Bequemlichkeit und war allein, als in einem luxuriösen Bett zu nächtigen, das er mit jemandem teilen musste, was bei großen Festen, wenn Schlafplätze Mangelware waren, durchaus üblich war.

Eine Schüssel mit Wasser, dem ein schwacher Rosenduft entstieg, und frisches Leinen lagen bereit, und dankbar wusch er sich den Straßenstaub von Gesicht und Händen.

»Ah, da seid Ihr endlich! Wir haben auf Euch gewartet.«

Jonah ließ das Handtuch sinken und sah sich um. Gervais of Waringham und Geoffrey Dermond, die beiden unzertrennlichen Ritter und Leibwächter des Königs, standen im Eingang.

»Wir machen einen Zug ins Dorf«, erklärte der dunkelhaarige Dermond. »Und wir haben beschlossen, Euch mitzunehmen, damit Ihr mal ein bisschen Spaß habt.«

»Ja, wir haben gewettet, ob Ihr überhaupt lachen könnt«, fuhr Waringham fort. »Ich habe gesagt, ja, und einen ganzen Shilling auf Euch gesetzt. Also enttäuscht mich bloß nicht.«

Jonah lächelte. Er war erfreut und geschmeichelt über die Einladung. Es geschah nicht besonders häufig, dass irgendwer seine Gesellschaft suchte, was er durchaus verstehen konnte. Aber er hatte gehofft, die Königin heute Abend noch zu sehen.

»Kann ich einfach so fort? Erwartet man uns nicht?«

Waringham schüttelte den Kopf. »Das Fest beginnt morgen früh mit der Jagd. Bis dahin ist jeder sich selbst überlassen. Sogar Geoffrey und ich haben frei, denn der König verbringt den Abend in Gesellschaft der Königin.«

»Und nicht nur den Abend«, fügte Geoffrey vielsagend hinzu. »Sie haben ja so viel nachzuholen nach den langen Monaten. Stellt Euch zwei Karnickel mit kleinen Krönchen zwischen den Ohren vor, und Ihr habt ein ungefähres Bild dessen, was sich heute Nacht in den königlichen Gemächern abspielt.«

Die derbe Unverblümtheit schockierte Jonah ein wenig, doch vor allem seine plötzliche, unerwartet heftige Eifersucht auf den König machte ihm zu schaffen. Aber er nickte ungerührt, nahm seine bestickte Börse vom Tisch und befestigte sie am Gürtel. »Also, worauf warten wir?«

»Jonah! Welch eine Freude, Euch zu sehen.« Philippa strahlte in jeder Hinsicht. Es war nicht allein ihr bezauberndes Lächeln, sondern sie wirkte glücklich, zuversichtlich, ganz und gar im Einklang mit sich.

Er verneigte sich tief vor ihr und kniff dabei verstohlen die Augen zu. Noch nie im Leben hatte er einen solchen Brummschädel gehabt. »Danke, Madame. Eure Einladung war eine große Ehre für mich.«

»Ihr seht eher so aus, als würdet Ihr zur Schlachtbank geführt«, bemerkte der König.

Jonah wiederholte die Tortur der ehrerbietigen Verbeugung und wusste nichts zu sagen.

»Ich kann es mir schon denken.« Der König seufzte in komischer Missbilligung. »Ihr seid nicht der Einzige heute Morgen, der ein bisschen grün um die Nase ist. Gebt es ruhig zu, meine Ritter haben Euch zum Trunk verführt, nicht wahr?« Er warf einen scheinbar strafenden Blick auf Waringham und Dermond.

»Vielleicht war es so, Sire«, antwortete Ersterer matt. »Aber er hat uns unter den Tisch getrunken.«

Edward lachte mitleidlos. »Dann tragt Eure Niederlage mit ritterlichem Gleichmut und sitzt auf. Ein scharfer Ritt durch den kühlen Morgen wird Euch gut tun.«

Die große Jagdgesellschaft brach in den Wald auf, und Jonah wollte sich zurückfallen lassen, um einem der vielen Adligen den Platz an der Seite der Königin zu überlassen, sich unter seinesgleichen zu mischen und unbeobachtet seinen Leiden zu ergeben. Er hatte noch nie eine Nacht wie die vergangene erlebt. Auch Elia Stephens hatte ihn schon manches Mal zu abendlichem Zeitvertreib verführt, den ein Gildewächter ausschweifend und Vater Gilbert sündig genannt hätten, aber die unbekümmerte, draufgängerische Maßlosigkeit, mit der die jungen Ritter in dem kleinen Wirtshaus von Woodstock eingefallen waren, war ihm fremd. Dankbar hatte er sich anstecken lassen, um die

Königin aus seinen Gedanken zu vertreiben. Und als eine der vielen Huren, die immer dort waren, wo der Hof weilte, sich keck auf seinen Schoß gesetzt hatte, hatte er sie mit Brot- und Schinkenstückchen gefüttert, die auf dem Tisch lagen, denn sie war ihm so mager erschienen, hatte sie aus seinem Becher trinken lassen und sie schließlich auf die Wiese hinter dem Wirtshaus geführt, wo das Gras ihm bis an die Oberschenkel reichte und die laue Nachtluft mit seinem herben, sauberen Geruch erfüllte …

»Wo wollt Ihr denn hin, Jonah?«, fragte die Königin verwundert. »Bleibt bei mir, wenn Ihr so gut sein wollt. Ich wäre dankbar, wenn Ihr meinen Falken halten wolltet.«

Jonah hatte noch nie im Leben einen Falken gehalten, aber er erkannte an den verblüfften, teilweise neidischen Blicken der anderen Reiter, dass ihm eine hohe Ehre zuteil wurde.

Der Ritt durch den Wald erfrischte ihn tatsächlich, und die Falkenjagd faszinierte ihn so sehr, dass er seinen jammervollen Zustand bald vergessen hatte. Die gespannte Atmosphäre, der kindliche Ehrgeiz der farbenprächtig gekleideten Jäger beiderlei Geschlechts und der wunderbare Frühlingstag schufen eine unvergleichliche Stimmung. Doch vor allem die edlen Vögel und ihr beispielloses Jagdgeschick waren es, die ihn bannten. Eines Tages, versprach er sich, eines Tages werde ich einen Falken besitzen und alle Regeln kennen und diesen herrlichen Sport bis in jede Feinheit beherrschen. Verstohlen beobachtete er den Lord Mayor. Ein reicher, hoch angesehener Mann mit den besten Kontakten zum Adel, aber letztlich auch nur ein Tuchhändler, genau wie Jonah selbst. Doch Pulteney hatte zwei Vögel und seinen eigenen Falkner mitgebracht. Warum soll ich nicht erreichen, was er erreicht hat, dachte Jonah fast trotzig. Natürlich kam er aus keiner so angesehenen Kaufmannsfamilie. Aber irgendein Pulteney, ging ihm auf, war schließlich auch einmal der Erste seines Hauses gewesen, der es vom Krämer zum Kaufherrn gebracht hatte.

Mittags rasteten sie an einem kleinen Wasserfall. Die Knappen breiteten Decken im hohen Gras aus und bewirteten die Jagdgesellschaft mit einem kühlen, leichten Weißwein, während

Diener köstliche Pasteten und kaltes Wildbret auftrugen. Ungezwungen saßen sie beieinander und plauderten, gratulierten sich gegenseitig zu ihren Jagderfolgen oder hänselten die Glücklosen. Wiederum hatte Philippa darauf bestanden, dass Jonah an ihrer Seite blieb. Schweigend lauschte er der ausgelassenen Unterhaltung und schwelgte insgeheim in ihrer Gegenwart.

»Still und ernst wie immer«, bemerkte die Königin leise. »Man fragt sich, was immerzu in Eurem Kopf vorgeht.«

Jonah senkte denselben und erwiderte ebenso flüsternd: »Ich leide noch an den Folgen meiner gestrigen Ausgelassenheit, Madame.«

»Die Waringham immerhin einen Shilling eingetragen hat«, gab sie spitzbübisch zurück. »Ich war zufällig dabei, als die Wettschuld heute früh beglichen wurde.« Dann wurde sie ernst und wechselte unvermittelt das Thema. »Die Vorbereitungen, über die wir vor einigen Monaten sprachen, werden jetzt mit größter Entschlossenheit betrieben, Master Durham. Wenn auch in aller Heimlichkeit. Wäret Ihr bereit, der Krone oder verschiedenen Adligen nochmals größere Mengen Tuch zu beschaffen?«

»Nur zu gern, Madame.«

»Eure äußerste Diskretion wäre von größter Wichtigkeit. Darum sind der König und ich der Ansicht, dass Ihr der geeignete Mann für diese Aufträge seid.«

Jonah verzichtete darauf, Bescheidenheit zu heucheln und ihr zu widersprechen. Sie hatte Recht. Anders als viele seiner Gildebrüder behielt er seine geschäftlichen Aktivitäten lieber für sich. »Leider hat die Gilde mir einen Paten vor die Nase gesetzt, der darauf besteht, meine größeren Geschäfte zu kontrollieren.«

»Ach ja, ich entsinne mich.« Sie sah kurz zu Martin Greene hinüber, der mit Bürgermeister Pulteney und den anderen ehrwürdigen Kaufherren zusammensaß. Sie wirkten ein wenig deplatziert auf ihren Decken im Gras. »Doch mir wurde berichtet, er halte große Stücke auf Euch.«

Jonah unterdrückte ein Seufzen. »Das war einmal. Aber es ist eben nicht zu ändern. Bis ich einundzwanzig werde, muss ich ihn ertragen.«

»Hm.« Das gefiel ihr offenbar nicht. »Besser, wir erlösen Euch von seinem Beistand. Ich lasse mir etwas einfallen.«

Jonah hatte diesbezüglich wenig Hoffnung, aber er wechselte das Thema. »Habt Ihr zufällig mit Eurem Onkel gesprochen, Madame? Über unsere Pläne?«

Sie nickte eifrig. »Er hat versprochen, bei den Webern von Antwerpen und Brügge dafür zu werben, obwohl er glaubt, dass es nicht leicht sein wird, sie zu bewegen, in die Fremde zu ziehen.« Sie schwieg einen Augenblick nachdenklich. »Man müsste irgendeinen Anreiz schaffen.«

»Ja, aber wie?«

Philippa schüttelte den Kopf. »Ich muss darüber nachdenken.«

»Meine Weberei ist jedenfalls fertig«, berichtete Jonah. »Ich muss bald zusehen, dass ich einen Pächter dafür finde. Und da ich angefangen habe, Rohwolle zu kaufen, hätte ich nichts dagegen, sie bei mir von flämischen Handwerkern verarbeiten zu lassen. Es wäre ein guter Weg, unseren Plan zu erproben. Wenn meine Konkurrenten sehen, dass ich flämisches Tuch weitaus billiger bekomme als sie, weil ich es bei mir herstellen lasse, werden ihnen vielleicht endlich die Augen aufgehen.«

Sie legte für einen Moment die Hand auf seinen Arm, federleicht. »Ich verspreche Euch, vor Ende des Sommers beschaffe ich Euch einen flämischen Pächter.«

Sie kehrten am späten Nachmittag mit guter Beute und in froher Laune nach Woodstock zurück. Jonah ritt zu den weitläufigen Stallungen hinter der Haupthalle, gab Grigolet in die Obhut eines Stallburschen, und als er kehrtmachte, fand er sich Auge in Auge mit seinem Paten.

Martin Greenes Miene zeigte Missbilligung wie immer in den vergangenen Wochen, sie schien heute nur ein wenig ausgeprägter als gewöhnlich.

Was nun schon wieder?, fragte Jonah sich ungehalten, sagte aber lediglich: »Sir?«

»Es ist eine … Schande«, stieß der unlängst wieder gewählte

Warden der Tuchhändler hervor. »Ihr bringt Schande über Euch und die ganze Gilde!«

»Womit dieses Mal?«

»Als ob Ihr das nicht wüsstet! Schamlos hofiert Ihr sie und weicht nicht von ihrer Seite!«

Er machte eine Pause, aber Jonah hatte nicht die Absicht, sich zu verteidigen oder gar zu rechtfertigen. Er verschränkte die Arme.

Greene wurde vielleicht noch eine Spur wütender. »Und beim Essen habt Ihr in einem fort mit Ihr getuschelt! Und sie ... sie hat Euch angefasst! Das ist skandalös. Wenn sie nicht weiß, wie eine Königin sich zu benehmen hat, und der König es nicht für angebracht hält, sie zur Ordnung zu rufen, dann beweist wenigstens Ihr genug Anstand und reist auf der Stelle ab.«

»Ich denke nicht daran.«

»Ihr werdet tun, was ich sage, sonst ...«

»Sonst?«

»Ich bitte um Verzeihung, dass ich mich einfach so einmische, Sirs, aber Ihr verkennt die Situation, Master Greene«, sagte eine höfliche Stimme vom Pferdestall her.

Beide fuhren herum.

»Woher wisst Ihr meinen Namen?«, herrschte Greene den jungen Ritter an. »Wer seid Ihr?«

»Der Earl of Waringham, Sir, und ich kenne jeden wichtigen Mann in London. Die Königin hat Jonah gebeten, ihr bei der Jagd und der Rast Gesellschaft zu leisten, weil sie Geschäftliches mit ihm zu erörtern hatte. Im Auftrag des Königs, versteht sich. Und ich finde Eure Andeutungen höchst befremdlich und kann nur hoffen, dass ich sie missverstanden habe, denn die Königin der Untreue zu bezichtigen, ist Hochverrat. Jedenfalls wenn es nicht stimmt, wie in diesem Fall.«

Die beiden Kaufleute starrten ihn an, Jonah verwundert, Greene entsetzt.

»Ich ... ich habe nichts dergleichen andeuten wollen, Mylord.«

Waringham lächelte unverbindlich. »Dann ist es ja gut.«

Mit einer hastigen, sparsamen Verbeugung ergriff der Kaufmann die Flucht.

Jonah räusperte sich. »Ihr seid... der Earl of Waringham, Mylord?«

Der Ritter seufzte und schlang den herabbaumelnden Gurt über den Sattel, den er über dem linken Arm trug. »Mein Vater ist vor zwei Monaten gestorben. Und gestern hast du noch Gervais zu mir gesagt. Tu mir einen Gefallen und bleib dabei, ja? Je seltener ich daran erinnert werde, wie viel sterbenslangweilige Verantwortung jetzt auf mir lastet, desto glücklicher bin ich.«

Jonah nickte zögernd. Er hatte kein gutes Gefühl dabei, einem Adligen gegenüber auf Förmlichkeiten zu verzichten. »Mein Beileid. Ich meine, zum Tod deines Vaters.«

Waringham lächelte traurig. »Er war ein schrecklicher Tyrann. Aber er fehlt mir. Komm, lass uns hineingehen, das Festmahl beginnt bald.«

Jonah ging neben ihm her zur Halle. »Danke für deine treffsichere Unterstützung gegen meinen sittenstrengen Paten.«

Waringham fegte seinen Dank beiseite. »Ich bin sicher, du wärst schon selbst mit ihm fertig geworden. Immer muss ich mein Maul aufreißen und mich in alles einmischen. Dermond sagt, das wird mich eines Tages umbringen.«

Das Festmahl war von einer Pracht, die Jonah erschütterte. Vier Gänge mit jeweils fünf verschiedenen Speisen – Storche, Schweine- und Lammbraten, Püree vom Wilderpel, Aale und immer wieder zwischendurch das Kleinwild, welches bei der Jagd erbeutet worden war, dazu frisches weißes Brot und zartes Gemüse und vor allem köstliche Saucen mit Ingwer, Zimt und viel Pfeffer –, und jeder der rund hundert Gäste hatte einen Teller für sich allein, der aus einem dicken Brotfladen bestand. Goldene und silberne Becher, Platten und Kerzenleuchter funkelten auf den langen Tischen, die an der hohen Tafel waren gar mit Edelsteinen besetzt. Musikanten und Gaukler unterhielten die Gesellschaft mit wagemutigen Kunststücken und lieblichen Melodien. Später würden sie zum Tanz aufspielen, hatte Jonah gehört.

Er saß zwischen Geoffrey Dermond und Giuseppe Bardi, der eher lustlos aß und alles in allem wirkte, als wäre er lieber daheim in der Lombard Street. Jonah wünschte, Bardi wäre ein zugänglicherer Mann, denn ihm fiel es alles andere als leicht, ein Gespräch mit einem Fremden zu beginnen. Aber da der Italiener von allein nie den Mund aufmachen würde, gab er sich einen Ruck.

»Darf ich Euch eine Frage stellen oder auch zwei, Signore Bardi? Sagt man das, ›Signore‹?«

Der Bankier, der nur wenig älter schien als er selbst, sah überrascht auf und nickte mit einem verhaltenen Lächeln. »Natürlich. Und ja, so sagt man.«

»Dann erklärt mir: Wie funktioniert Euer Geschäft?«

Bardi lachte verblüfft. »Das war sehr direkt.«

Jonah hob hilflos die Schultern. »Ja. Es wäre wohl besser gewesen, erst über die Vortrefflichkeit der Speisen mit Euch zu plaudern, aber dergleichen liegt mir nicht.«

Der Italiener schien fast erleichtert. »Mir auch nicht, obwohl es über die Vortrefflichkeit der Speisen allerhand zu sagen gäbe. Vom Wein ganz zu schweigen.« Er winkte einen Pagen heran, der den Becher, den sie teilten, wieder auffüllte. »Erlaubt mir eine Gegenfrage, Master Durham: Wollt Ihr Geld leihen?«

Genauso undiplomatisch wie ich, dachte Jonah amüsiert. »Nein.«

»Ah. Also dann. Wir verdienen unser Geld damit, anderer Leute Geld zu verleihen. Auch unser eigenes, versteht sich. Doch vor allem das der Leute – hauptsächlich Kaufherren und reiche Adlige –, die uns ihr Geld zur Vermehrung anvertrauen. Wir verleihen es gegen Zins. Den Zinserlös teilen wir mit den Geldgebern.«

Einfach und profitabel, dachte Jonah bewundernd. »Das heißt, Eure Geldgeber wissen nicht, an wen ihr Geld verliehen wird?«

»Nein. Sie vertrauen darauf, dass wir die Kreditwürdigkeit unserer Kunden gewissenhaft überprüfen. Was wir meistens auch tun.«

»Meistens?«

Bardi lächelte zurückhaltend und warf unwillkürlich einen Blick in König Edwards Richtung. »Nun ja, Sir, es gibt Leute, zu denen man unmöglich ›nein‹ sagen kann.«

»Verstehe. Und ich nehme an, dass auch umgekehrt Eure Kreditnehmer nicht wissen, wer die Geldgeber ihres Darlehens sind?«

»So ist es.«

»Und was ist mit denen, deren Kreditwürdigkeit in Frage steht?«

»Nun, Sir, in dem Falle verlangen wir Sicherheiten.«

»Zum Beispiel?«

Bardi hob vielsagend beide Hände. »Ganz unterschiedlich. Eine Bürgschaft, ein Schiff, Land – etwas, woran wir uns schadlos halten können, wenn die Rückzahlung ausbleibt.«

Jonah nickte nachdenklich.

Der Italiener hob den Becher an die Lippen und trank, ließ seinen Tischnachbarn aber nicht aus den Augen. »Werdet Ihr mir verraten, wozu Ihr all das wissen wollt, wenn Ihr kein Geld leihen wollt?«, fragte er, nachdem er wieder abgesetzt hatte.

»Ich erwäge, ein bisschen Geld zu *ver*leihen. Unter bestimmten Bedingungen.«

»Ah. Dann solltet Ihr mit meinem Vater reden.«

»Ich rede aber viel lieber mit Euch. Seht Ihr, es ist so …« Aber ehe er Giuseppe Bardi von seinem Plan erzählen konnte, hob der König die Hand, die Musiker verstummten augenblicklich, und Stille senkte sich auf den großen, festlich geschmückten Saal herab.

Edward lächelte sein gewinnendes, schelmisches Lächeln. Er wechselte einen verstohlenen Blick mit der Königin, die ihm ebenso verstohlen zunickte. Dann sagte er: »Es ist eine große Freude für die Königin und mich, heute mit so vielen vertrauten Freunden und Weggefährten die Geburt unserer geliebten Tochter Isabella zu feiern. Und ihr alle sollt Zeuge sein und hören, wie ich der Königin nochmals für dieses … unbeschreibliche Geschenk danke. Trinkt mit mir auf das Wohl der kleinen Isabella und ihrer Mutter, der Perle von Hainault.«

Alle Gäste erhoben sich von den Bänken an den langen Tafeln, ergriffen ihre Becher und donnerten: »Auf die kleine Isabella und ihre Mutter, die Perle von Hainault!«

Edward strahlte, nahm einen tiefen Zug aus seinem kostbaren Pokal, ergriff Philippas Hand und sah ihr für einen Moment in die Augen. Dann wandte er sich wieder an die Versammelten. »Eine Sache möchte ich noch tun, ehe ich euch alle wieder dem Fest, der Musik und dem Tanz überlasse.« Er räusperte sich kurz. Er wirkte nicht nervös, war sich seiner Sache offenbar völlig sicher, aber in Momenten wie diesem wurde so manchem bewusst, wie jung der König noch war. »Seit knapp zwei Jahren halte ich die Regierung jetzt in meinen Händen«, fuhr er fort. »Ihr alle, die ihr mich und die Königin auf diesem Weg begleitet habt, wisst, dass wir einiges erreicht haben, aber viel mehr noch zu tun ist. Und ich habe gelernt... nein, ich habe eigentlich immer gewusst, dass ein König nichts ist ohne die Unterstützung seiner Getreuen. Ihr alle habt sie mir entgegengebracht, und ich danke Gott für die Freunde, die er mir geschenkt hat. Ihr... ihr alle wisst, dass wir glückliche und schreckliche Tage gesehen haben in den vergangenen Jahren. Einer der schwärzesten war für mich der Michaelis-Tag letzten Jahres. Ich weiß inzwischen, dass es ein Unfall war, kein heimtückischer Anschlag, trotzdem hat dieses Unglück Menschenleben gefordert und Opfer hinterlassen, die für ihr Leben gezeichnet sind, wie Elena de la Pole. Aber heute möchte ich endlich nachholen, was ich an dem Tag schon hätte tun sollen, und dem Mann danken, der verhindert hat, dass die Königin und meine Tochter zu den Opfern zählten. Darum... seid so gut und tretet vor, Jonah Durham.«

Jonah starrte ihn an, voller Entsetzen. Was soll das werden?, fragte er sich in aufsteigender Panik.

Geoffrey Dermond trat ihn unter dem Tisch in die Wade. »Beweg deinen Hintern, Mann«, raunte er.

Jonah fuhr leicht zusammen und erhob sich. Einen Moment stand er wie angewurzelt, sah hilflos nach links und nach rechts, aber da sich ihm kein Fluchtweg eröffnete, ging er zögerlich zur hohen Tafel und blieb vor dem König stehen.

Edward zog sein Schwert. Das schleifende Geräusch erschien unglaublich laut in der atemlosen Stille.

Jonah schüttelte fast unmerklich den Kopf. »Bitte… tut das nicht, Sire«, flehte er tonlos.

»Kniet nieder, mein Freund«, befahl der König ebenso jovial wie vernehmlich und fügte wispernd hinzu: »Ich habe nicht vor, Euch den Kopf abzuschlagen. Also macht schon.«

»Ich… will aber nicht.«

Edward lächelte immer noch strahlend. Seine Lippen bewegten sich kaum, als er zischte: »Entweder Ihr kniet Euch jetzt hin, oder ich werde die Wachen anweisen, Euch behilflich zu sein.«

Jonah sank auf die butterweichen Knie nieder.

Edward hob sein gewaltiges Schwert. »Große Verdienste habt Ihr Euch um das Haus Plantagenet erworben und Euch dieser Ehre in vorbildlicher Weise als würdig erwiesen.« Er ließ die schwere Waffe sinken und berührte Jonah damit auf der linken Schulter. »Erhebt Euch, Sir Jonah, und seid uns willkommen als Ritter im Haushalt der Königin.«

Jonah kam auf die Füße und starrte den König verstört an. Der schloss ihn mit einem wissenden Grinsen in die Arme und flüsterte ihm unter dem lautstarken Jubel der Versammelten ins Ohr: »Es war Waringhams Idee. Er sagte, Ihr würdet vermutlich nicht glücklich sein – auch wenn andere Männer bereit wären, dafür ein Vermögen zu zahlen –, aber es schien uns die einfachste Lösung aller Probleme.«

Jonah hatte keine Ahnung, was der König meinte. Mechanisch wandte er sich ab, sank vor Philippa erneut auf die Knie und nahm ihre ausgestreckte Linke, die er für einen winzigen Augenblick an die Lippen führte.

Sie lächelte seelenruhig auf ihn hinab. »Seht Ihr, Jonah, so einfach ist es«, murmelte sie in den anhaltenden Beifall. »Auf einmal seid Ihr wie durch Zauberhand volljährig. Keine Gilde der Welt würde jetzt noch wagen, Euch mit einem Paten zu belästigen.«

Jonah lag auf der Seite, den Kopf auf die Rechte gestützt, und fuhr mit dem Zeigefinger der Linken Annots Hals hinab, über den winzigen Hügel des Kehlkopfes und weiter über den recht üppigen Hügel ihrer Brust. Er war immer noch fasziniert von diesen Brüsten, und er liebte es, sie zu berühren, ihre weiche Nachgiebigkeit zu spüren und zu sehen, wie die kleinen rosa Spitzen sich aufrichteten, wenn er sie umkreiste.

Annot lag mit geschlossenen Augen auf dem Rücken, ihre Zehen strichen über sein Bein. Ihr Gesicht war ernst.

»Verdammt ... ich muss gehen«, murmelte er bedauernd, machte aber keine Anstalten, sich zu erheben.

»Du bist lange nicht mehr die ganze Nacht geblieben«, bemerkte sie. »Bin ich dir langweilig geworden?«

»Nein. Aber du bist teuer, und ich muss sparen.« Tatsächlich schalt er sich jedes Mal für seinen Leichtsinn, wenn er herkam, denn er brauchte wirklich jeden Penny für seine verschiedenen geschäftlichen Unternehmungen, aber seine guten Vorsätze hielten nie lange an. Elia Stephens, dem er sein Dilemma gestanden hatte, hatte ihm geraten zu heiraten, das sei unterm Strich doch sehr viel preiswerter. Aber Jonah hatte den Verdacht, dass das vielleicht nicht der denkbar beste Grund war, um den Bund fürs Leben zu schließen. Ganz abgesehen von dem kleinen Problem, dass die einzige Frau, die er wollte, zufällig Königin von England war.

»Ich wünschte, ich könnte glauben, du denkst an mich, wenn du so lächelst«, sagte Annot mit einem Seufzen.

»An wen wohl sonst?«

»Ach, was weiß ich.« Sie wandte plötzlich den Kopf ab. Jonah hatte den ganzen Abend schon das unbestimmte Gefühl gehabt, dass etwas mit ihr nicht stimmte. Sie war anders als sonst. Bedrückt. Er war keineswegs sicher, ob er den Grund erfahren wollte. Er mochte Annot gern, keine Frage. Er hatte sie immer gemocht, und jetzt, da sie sich besser kannten, waren sie Freunde geworden. Aber er war nie besonders erpicht darauf, dass jemand ihm sein Herz ausschüttete, erst recht nicht dann, wenn er für die Zeit bezahlen musste.

Er stand auf und griff nach seinen Hosen.

»Ich bin schwanger«, sagte sie hinter ihm.

Du meine Güte, das ist ja die reinste Seuche, dachte er. Rachel machte neuerdings morgens nach dem Melken immer einen Umweg über den Abort im Hof, weil ihr vom Geruch der frischen Milch sterbenselend wurde. Genau genommen war ihr den ganzen Tag schlecht.

Jonah schnürte seine Hosen zu, zog das Wams über den Kopf und drehte sich wieder zu ihr um. »Na ja … das war zu erwarten, oder?«

Sie warf ihm einen strafenden Blick zu. »Davon wird es nicht besser.«

»Nein.«

»Sie … schickt mich aufs Land. Nächste Woche soll ich gehen, ehe man es sieht.«

»Wohin aufs Land?«

Sie hob die Schultern. »Das sagt sie mir nicht, damit ich keine Kundschaft hinbestelle und auf eigene Rechnung arbeite.«

»Schick mir einen Boten, wenn du dort bist. Ich gebe dir das Geld dafür. Wäre ja möglich, dass du mal irgendetwas brauchst.«

Sie lächelte zu ihm auf. »Dich zum Beispiel?«

»Zum Beispiel.« Er setzte sich auf die Bettkante, zog sie näher und küsste sie mit Hingabe. »Weißt du, es hat auch eine gute Seite.«

»Ah ja?« Sie verdrehte ungeduldig die Augen. »Ich werde monatelang kein Geld verdienen, meine Stammkundschaft verlieren, es wird meine Figur nicht besser machen, außerdem ist das Kinderkriegen eine elende Schinderei, und vielleicht kommt wieder ein kleiner schwachsinniger Krüppel dabei heraus. Also sag mir, was daran gut sein soll.«

»Deine Abwesenheit hier macht es möglich, einen Plan in die Tat umzusetzen, der mir seit ein paar Wochen durch den Kopf geht.«

»Wovon redest du?«

Jonah erklärte es ihr. Annot lauschte ihm gebannt. Ihre Augen wurden immer größer, und schließlich breitete ein zufriedenes Lächeln sich auf ihrem Gesicht aus. »Lilian«, sagte sie entschieden. »Lilian ist die Frau, die du brauchst.«

Jonah ritt nach Kent und Essex und bis hinauf nach Suffolk, um Rohwolle und preiswertes leichtes Tuch zu kaufen. Sein Kontrakt belief sich dieses Mal auf einhundert Ballen, die er im September liefern musste, und zwar in York. Dieses letzte Detail war besonders brisant, denn es deutete darauf hin, dass sich im Norden etwas zusammenbraute. William de la Pole, hatte Annot Jonah berichtet, war in seine Heimatstadt Hull im Norden zurückgekehrt und ließ buchstäblich ganze Schiffsladungen Wein dorthin bringen. Er war zum königlichen Mundschenk in Yorkshire ernannt worden. Aber selbst der trinkfreudige Edward konnte all diesen Wein nicht für sich selbst wollen. Was de la Pole tatsächlich tat, war, Vorräte und Proviant für den geheimsten Schottlandfeldzug aller Zeiten anzulegen. Immer noch ahnte niemand in England, geschweige denn in Frankreich, welch akribische Vorbereitungen der König traf. Um jedoch eventuellen Mutmaßungen dies- und jenseits des Kanals vorzubeugen, ließ der Chancellor und Erzbischof Stratford das Gerücht ausstreuen, in Irland stehe eine Revolte bevor und Edward bereite einen Feldzug gegen den selbsternannten König der Iren vor.

Jonah war mit dem Ergebnis seiner Reise sehr zufrieden. Von Annot und aus anderen Quellen hatte er die Namen der Agenten erfahren, die für William de la Pole Rohwolle aufkauften. Er suchte sie auf und beauftragte sie, für ihn ebenfalls tätig zu werden. So konnte er sicher sein, dass die besten Männer für ihn arbeiteten, und musste nicht selbst von Dorf zu Dorf, von Wollmarkt zu Wollmarkt ziehen, um seine Wolle zusammenzubekommen. Der Kontrakt band mehr Kapital, als ihm lieb war, doch er ging davon aus, dass er zumindest zwanzig Sack Wolle kaufen konnte, die ihn schätzungsweise dreißig Pfund kosten würden. Mehr wagte er nicht in seinen neuen Geschäftszweig zu investieren, aber zwanzig Sack Wolle waren ein Anfang, der sich sehen lassen konnte. Jeder Sack enthielt immerhin dreihundertvierundsechzig Pfund Wolle; mehr als zweihundertfünfzig Schafe mussten geschoren werden, um ihn zu füllen. Sein flämischer Weber – wenn er denn je kam – würde nicht mehr als fünf Säcke in einem Jahr verarbeiten können. Der Rest war für den Export. Hätte ich doch ein eigenes Schiff, dachte er, dann bräuchte ich keinem Dritten Frachtgebühr zu bezahlen, sondern könnte vielmehr die Wolle anderer Exporteure für gutes Geld nach Flandern bringen. Und hätte ich eine eigene Anlegestelle, bräuchte ich keine Liegegebühr für mein Schiff zu entrichten …

Eine schlicht gekleidete, sehr schöne junge Frau betrat Hillocks Tuchladen in Cheapside. Die glänzend schwarzen Flechten waren unbedeckt und reichten bis auf die schmalen Hüften hinab.

Rupert fuhr sich hastig über Haar und Bart, um sich zu vergewissern, dass er eine ordentliche Erscheinung bot, und trat dann aus dem Lager nach vorn. »Guten Morgen, mein Kind. Was kann ich für Euch tun? Ihr seid fremd in dieser Gegend, nicht wahr?«

Sie lächelte schüchtern. »Ganz recht. Ich suche einen Kaufmannslehrling namens Jonah. Bin ich hier richtig?«

Ruperts Miene verfinsterte sich merklich. »Diesen Lumpen hab ich schon lange davongejagt.«

Ihre Augen weiteten sich. »Oh … Es kann nicht der sein, den ich meine. Mir wurde gesagt, er sei wie kein Zweiter in der Lage, einer Dame zu helfen, den richtigen Stoff für ein Kleid zu finden. Für einen besonderen Anlass, wenn Ihr versteht, was ich meine.«

Ihr scheues Auftreten entwaffnete ihn, und er war hingerissen von der straffen Mädchenbrust, die sich unter ihrem Kleid abzeichnete. »Vermutlich ist er derjenige, den man Euch empfohlen hat, aber was er über Tuch weiß, hat er von mir gelernt. Ich denke, Ihr solltet Euer Glück mit mir versuchen. Was für ein Anlass ist es denn?« Er war ehrlich neugierig. Bei einer Hochzeit oder Verlobung wäre es üblicher, dass die Mutter der Braut den

Stoff für das Kleid auswählte. Überhaupt war es ungewöhnlich, dass ein junges Mädchen, das offensichtlich keine Magd war, ohne Begleitung einkaufen ging, noch dazu in einer fremden Gegend.

»Es ist ... für ein Fest.« Sie kicherte. »Ein Fest, zu dem Kaufherren und Ritter und Aldermen und dergleichen feine Gentlemen geladen sein werden.«

»Nun, dann solltet Ihr ein besseres Tuch nehmen. Ich würde Euch Blau vorschlagen, passend zu Euren Augen.« Sie senkte hastig die Lider, und er lächelte väterlich über so viel Keuschheit. »Ihr solltet Euch so hübscher Augen weiß Gott nicht schämen, mein Kind.«

Sie lächelte wieder, unsicher, sah ihn an und nahm die Unterlippe zwischen die Zähne, als sei sie von ihrer eigenen Kühnheit überrascht. »Könntet Ihr mir etwas Passendes zeigen?«

»Aber gewiss. Hier hätte ich einen leichten Wollstoff aus Salisbury.« Er holte einen Ballen vom Regal. »Seht Ihr, er ist nicht allzu fest gewalkt – genau das Richtige für diese Jahreszeit.«

»Ich dachte eher an Leinen.«

Er nickte zustimmend. »Ja, ich hätte auch ein passendes Leinen, es ist nur etwas teurer.« Er holte einen zweiten Ballen herbei und rollte ein großzügiges Stück auf dem Ladentisch ab, damit sie das Material im einfallenden Sonnenlicht bewundern konnte.

»Süßer Jesus ...«, flüsterte sie, trat an den Tisch und strich zögernd mit dem Zeigefinger der Rechten über das glatte Gewebe. »Wie wunderschön.«

»Nicht wahr?« Rupert atmete unauffällig tief durch. Sie war nur noch einen Schritt von ihm entfernt, und sie duftete wunderbar. Auf dem Obstmarkt von Cheapside bekam man hin und wieder Orangen. Wenn Rupert spendabler Laune war, kaufte er eine für Elizabeth. Und wenn man diese leuchtend rotgelbe Frucht aus dem heidnischen Spanien aufschnitt, dann entströmte ihr ein Duft, der unvergleichlich süß war und doch in der Nase prickelte. Genau so roch diese Frau.

»Und was kostet es?«, fragte sie.

»Fünf Shilling pro Yard. Viereinhalb für Euch«, fügte er nach einem winzigen Zögern hinzu.

Sie zog hörbar die Luft ein. »Du meine Güte ... Es ist sehr großzügig von Euch, dass Ihr mir entgegenkommen wollt, aber ich fürchte, ich kann es mir nicht leisten.«

Was hast du geglaubt, dumme Gans, dass wir unser Leinen hier verschenken, nur weil dies keine vornehme Gegend ist? Er zuckte unverbindlich mit den Schultern. »Es sind der Farbstoff und die Qualität des Garns, die es ein wenig teurer machen, aber dafür ist es auch ein außergewöhnlich schöner Stoff.«

Sie nickte bekümmert, öffnete den Beutel, schüttete den Inhalt in ihre Hand und zählte. Ihre herrlich roten, vollen Lippen bewegten sich dabei. Dann schüttelte sie seufzend den Kopf. »Es reicht nicht. Ach, es ist zu ärgerlich. Ich *muss* dieses Tuch haben.« Sie sah ihm flehentlich in die Augen, schien einen Moment zu zögern und legte dann plötzlich die Hand auf seinen Arm. »Es ist gewiss ungewöhnlich, Sir, aber wäret Ihr gewillt, eine ... andere Art von Bezahlung zu akzeptieren?«

»Was?«

Rupert wurde ein wenig schwindelig. Fast schockiert starrte er auf sie hinab. Das war völlig unmöglich; es konnte nicht das sein, was er einen Moment geglaubt hatte. Vermutlich hatte er sich verhört. Sie stand so nah vor ihm, dass ihr Duft ihm fast die Sinne benebelte. »Ich ... ich weiß nicht, was Ihr meint ...«

»Nein?« Sie lachte leise, stellte sich auf die Zehenspitzen und küsste ihn flüchtig auf den Mund. »Sperrt die Tür ab, und ich zeige es Euch«, flüsterte sie.

Rupert konnte kaum fassen, was ihm hier geschah. Wohl tausendmal hatte er sich eine solche Situation ausgemalt, wenn eins der hübschen jungen Dinger aus der Nachbarschaft in seinen Laden kam, aber er hätte nie für möglich gehalten, dass diese sündigen Träumereien je Wirklichkeit werden könnten.

Dieses unglaubliche Geschöpf ließ die Hand von seinem Arm gleiten und legte sie vor seinen Schritt. Als sie sein pralles Glied spürte, gab sie einen Laut von sich, der wie das Schnurren einer zufriedenen Katze klang. »Worauf wartest du?«

Ruperts Kehle war staubtrocken. Er lachte atemlos. »Lieber Himmel ... du bist ein richtiges Luder, was?« Mit weichen Knien ging er zur Tür und schob den Riegel vor.

Als er sich wieder umwandte, saß sie auf dem Tisch und raffte langsam die Röcke. »Ich bin alles, was du haben willst.«

Mit leicht geöffneten Lippen sah er ihr zu. Zoll um Zoll entblößte sie ihre langen, haarlosen Beine. Eine leise Stimme in seinem Kopf warnte ihn, dass hier etwas nicht stimmte, dass es gefährlich war, dass solche Dinge einfach nicht passierten. Und er hatte Elizabeth nach dem letzten Mal auf die Bibel geschworen, dass er ihr in Zukunft treu sein würde. Ihm war bewusst, dass seine unsterbliche Seele in Gefahr war. Aber als die Unbekannte die Schenkel öffnete und ihm die Hand entgegenstreckte, hätte keine Macht der Welt ihn aufhalten können. Mit zwei Schritten hatte er sie erreicht, aber seine Hände zitterten so sehr, dass er den Knoten an der Kordel seiner Beinlinge nicht lösen konnte. Das Mädchen lachte leise, half ihm mit erfahrenen Fingern, und als er endlich in sie hineinstieß, stöhnte sie vor Lust. Das hatte bislang noch keine getan. Elizabeth lag immer unter ihm wie ein totes Stück Fleisch, und auch all die anderen, die er sich genommen oder gekauft hatte, machten nie einen Hehl daraus, dass sie erleichtert waren, wenn er fertig war. Dieses Märchenwesen hier schienen seine Bärenkräfte und seine ungeschickte Rohheit hingegen zu erregen. Bewundernd strich sie über seine keulengleichen Oberarme, krallte sich daran fest, schlang die Beine um seine Hüften und erwiderte seine gierigen Stöße, als sei er ihr noch nicht wild genug. Rupert lauschte ungläubig seinem eigenen wimmernden Stöhnen, zwang ihren Oberkörper zurück, hielt ihre Schultern umklammert und kam.

Keuchend verharrten sie so ein paar Herzschläge lang, dann löste er sich von ihr und brachte seine Kleidung in Ordnung.

Sie glitt vom Tisch, die Röcke fielen wieder bis auf ihre Fußspitzen, und sie sah aus, als wäre überhaupt nichts geschehen. Nur ihr Gesicht war noch leicht gerötet, und die blauen Augen strahlten.

Plötzlich war Rupert verlegen. Er war heulende, wütende

oder verängstigte Frauen gewöhnt. Es machte ihn nervös, dass sie so vollkommen unerschüttert war, als sei alles spurlos an ihr vorübergegangen.

»Ich ... schneide dir das Tuch.«

Sie strich ihm über den Arm, vertraut, beinah liebevoll. »Fünf Yards sollten reichen.«

Plötzlich musste er lachen und schüttelte fassungslos den Kopf. »Wenn du das nächste Mal Tuch kaufen willst, komm wieder her, he?«

Sie lächelte. »Ich glaube nicht. Das ist nicht gut fürs Geschäft. Weder für deins noch für meins.«

Er wandte sich ab, rollte mit geübten Handgriffen etwa fünf Yards des leuchtend blauen Leinenstoffes ab, maß nach und schnitt es mit einem scharfen Tuchmesser ab. Dann faltete er es säuberlich zusammen und reichte es ihr. »Das heißt, ich werde dich nie wiedersehen?« Der Gedanke war unerträglich.

»O doch. Das solltest du.« Sie legte die Arme um seinen Nacken und küsste ihn wieder so schamlos auf den Mund, spielte mit der Zunge an seiner Unterlippe und biss dann hinein, fast sanft, aber er zuckte zusammen. »Ich weiß, welch eigentümliche Wünsche dich plagen«, murmelte sie. »Aber es gibt keinen Grund, sich dessen zu schämen, weißt du.«

Mit einem Lächeln, das alle Freuden des Paradieses zu verheißen schien, nahm sie ihm das Tuch ab und ging zur Tür.

»Wo ... wo finde ich dich?«

Lilian zog den Riegel zurück und nannte ihm die Adresse.

London, August 1332

Es war mörderisch heiß. Die Sonne hing wie eine geschmolzene Kupfermünze am gelblichen Himmel und kochte die Stadt nach und nach weich. Seit Tagen regte sich kein Lufthauch. Die Milch wurde schon morgens sauer, und glücklich konnten sich die wenigen Londoner schätzen, die einen eigenen Brunnen im Hof hatten, in dessen Schacht man an ein langes Seil einen Krug Ale hängen konnte, sodass man hin und wieder einen kühlen Schluck zu trinken bekam. In den Elendsvierteln am Hafen starben die Kinder am Fieber. Auf dem Lande bangten die Bauern um ihre Ernten, und Vater Gilbert hatte die Tuchhändler und deren Familien für den heutigen Abend in die Kirche bestellt, um in einem Bittgottesdienst um baldigen Regen zu beten.

Crispin stand am Schreibpult und studierte die letzten Einträge in einem der Bücher. Dumpfes Licht, Hitze und üble Dämpfe kamen durchs Fenster, und der Junge wischte sich mit dem Ärmel über die Stirn. Vor seinen Augen flimmerte alles. »Tut mir Leid, Sir, vermutlich kocht mein Hirn, aber ich verstehe diese Zahlen nicht. Was heißt ›Agent Essex 1 L / 1 s‹? Und hier: ›Transport 10 s / 6 d‹? Wieso stehen hinter jedem Posten zwei Zahlen? Und die zweite ist jeweils viel zu niedrig.«

Jonah war dabei, sein Tuchlager aufzuräumen. Die Bestände waren sichtlich geschrumpft, und das hatte sich als kluge Entscheidung erwiesen: Wie er vorhergesehen hatte, war derzeit kaum jemand in London, der als Kundschaft für kostbare Tuche in Frage kam, höchstens die Frauen seiner reichen Konkurrenten, die vermutlich lieber nackt auf die Straße gegangen wären, als bei Jonah Durham zu kaufen. Aber er fand den Anblick der leeren Regale trotzdem deprimierend. Dankbar für die Unterbrechung trat er zu seinem Lehrling ans Pult und wies auf die Zahlenreihen. »Die erste Spalte bezeichnet die Gesamtkosten des Postens. Ich musste dem Agenten in Essex ein Pfund für seine Dienste zahlen. Die zweite Spalte ist die interessantere, sie bezeichnet die Stückkosten.«

»Stückkosten?«, wiederholte Crispin verständnislos.

»Die Kosten pro Sack Wolle. Ich habe zwanzig Sack gekauft. Die Kosten des Agenten in Essex geteilt durch die gesamte Anzahl der Säcke ergibt einen Shilling – ein Pfund hat, wie du dich erinnern wirst, zwanzig Shilling.«

Crispin grinste. »Vielen Dank, Sir, so viel weiß sogar ich. Aber ich verstehe es trotzdem nicht, denn Ihr bekommt nicht alle zwanzig Sack aus Essex.«

»Das spielt keine Rolle. Die Kosten für den Agenten in Kent werden auch durch zwanzig geteilt. Ebenso alle Transport- und Lagerkosten und die Exportzölle. Wenn ich diese Stückkosten alle beziffert habe und aufaddiere, sehe ich, wie viel genau ein Sack Wolle mich gekostet hat. Ich stelle es dem Verkaufserlös pro Sack gegenüber und weiß, was ich wirklich verdient habe. Der Kaufpreis pro Sack allein sagt ja gar nichts aus.«

Crispin nickte zustimmend. »Ich habe noch nie von einer solchen Buchführung gehört, aber es ist eine geniale Idee.«

»Sie stammt nicht von mir. Die florentinischen Kaufleute rechnen so; Giuseppe Bardi hat es mir erzählt.«

Meurig trat ein und unterbrach sie, ehe Crispin zum wiederholten Male sein Misstrauen gegenüber den ausländischen Bankiers zum Ausdruck bringen konnte.

»Am Tor steht eine Fremde, die stundenlang auf mich eingeredet hat, aber ich hab kein Wort verstanden bis auf etwas, das ›Jonah Durham‹ geheißen haben könnte«, berichtete der Diener.

»Dann führ sie her.« Jonah dachte bedauernd, dass seine spärliche Auswahl einen schlechten Eindruck auf eine neue Kundin machen musste. Er verscheuchte Ginger, der auf einem Ballen weinroten Kammgarns schlief. »Du bist wohl der Einzige, dem nicht zu heiß ist«, murmelte er. »Verschwinde, fang ein paar Ratten.«

Der so rüde Gestörte warf seinem Herrn einen vorwurfsvollen Blick zu und stolzierte hinaus.

Gleich darauf erschien Meurig mit der Fremden. Jonah sah auf den ersten Blick, dass sie nicht gekommen war, um seine Restbestände an venezianischer Seide aufzukaufen. Die Frau trug ein schlichtes, blaues Leinenkleid, und ein grau verwaschenes Tuch bedeckte ihren Kopf. Ihre Hände waren groß und schwielig von harter Arbeit.

»*Ihr* seid Jonah Durham?«, fragte sie ungläubig und ohne Gruß. Sie sprach französisch mit einem merkwürdigen Akzent, sodass auch er Schwierigkeiten hatte, sie zu verstehen.

»Der bin ich.«

»Aber Ihr seid so … jung.«

Er hob die Schultern. »Das gibt sich schon noch. Was kann ich für Euch tun?«

»Ich …« Sie atmete tief durch. »Mein Name ist Maria Vjörsterot. Wir kommen aus Cambrai und wollten für Euch arbeiten. Aber kaum waren wir von Bord gegangen, kamen zwei Männer des Sheriffs und haben meinen Mann verhaftet und … ich weiß nicht, warum, oder wohin sie ihn gebracht haben.«

Jonah erkannte, dass sie mit den Tränen kämpfte, und sie schien leicht zu schwanken. Er zog einen Schemel heran und machte eine einladende Geste. Dankbar sank sie darauf nieder.

»Crispin, geh und hol einen Schluck Bier«, sagte Jonah auf Englisch. »Und du sattelst Grigolet, Meurig.« Er wartete, bis er mit seiner Besucherin allein war. Dann lehnte er sich ihr gegenüber ans Schreibpult und sah sie an. »Besser, du erzählst der Reihe nach. Wer hat euch zu mir geschickt?«

»Ein reicher Tuchhändler aus Gent, für den wir oft gearbeitet haben. Er ist ein Freund von Jean de Hainault, dem Onkel Eurer Königin. Er kam zu uns und sagte, die Königin wolle Landsleute nach England holen, Weber und Färber, die hier arbeiten sollen. Das ist doch richtig, oder?«, fragte sie angstvoll.

Jonah nickte. »Aber bislang wollte niemand.«

»Wir wollten auch nicht«, sagte sie unverblümt. »Aber wir hatten Schulden. Letzten Winter ist uns das ganze Haus abgebrannt, mitsamt Webstuhl und Wolle.« So etwas war ein Schlag, von dem viele kleine Handwerker sich niemals erholten, wusste Jonah. Oft arbeiteten sie für den Rest ihrer Tage als schlecht bezahlte Tagelöhner für diejenigen, denen sie Geld schuldeten. »Es war nicht unsere Schuld«, erklärte sie, und der Trotz in ihrer Stimme gefiel ihm. »Aber wer fragt danach?«

»Und als euch das Wasser bis zum Halse stand, hatte England auf einmal etwas sehr Verlockendes«, mutmaßte er.

Sie nickte ohne alle Verlegenheit. »Wir haben ein paar Sachen gepackt und sind auf und davon, mein Mann, die Kinder und ich. Wir haben gedacht, Philippa wird es schon richten – Eure Königin, meine ich. Sie hat ein Herz für die einfachen Leute, das weiß jeder in Hainault und ganz Flandern, und sie wird für diejenigen sorgen, die sie in die Fremde lockt, dachten wir. Aber dann am Hafen ...« Sie verstummte. Tränen rannen über ihr Gesicht, und sie wandte den Kopf ab und wischte sich mit dem Ärmel über die Augen.

Crispin kam zurück, sah mit besorgten Blicken von Jonah zu der fremden Handwerkersfrau und streckte ihr den Becher entgegen. Sie nahm ihn, lächelte dem Lehrling gequält zu und trank durstig.

Jonah dachte nach. »Mit welchem Schiff seid ihr gekommen?«

»Auf einer englischen Kogge«, antwortete sie.

»Weißt du den Namen noch?«

Sie dachte angestrengt nach, dann fiel es ihr ein. »*Alexander*.«

Jonah nickte. Das passte. Die *Alexander* gehörte Adam Burnell, dem ehemaligen Gildewächter der Tuchhändler, der zu Jonahs treuesten Widersachern zählte. Er wandte sich an Crispin. »Kannst du Französisch?«

Der Junge zuckte mit den Schultern. »Ein wenig.«

»Gut. Kümmere dich um sie, ja? Wie heißt dein Mann, Maria?«

»Vjörsterot«, antwortete sie verblüfft.

Er lächelte. »Das kann hier kein Mensch verstehen, geschweige denn aussprechen. Hat er einen Vornamen?«

Trotz ihrer furchtbaren Angst um Leib und Leben ihres Mannes und die Zukunft ihrer Kinder fielen Maria die Grübchen auf, die sich plötzlich in Jonahs Mundwinkeln zeigten, und unwillkürlich erwiderte sie sein Lächeln. »Niklas.«

»Schon besser.« Jonah verließ das Kontor. Am Tor wartete Meurig mit dem Wallach. Jonah saß auf, ritt auf die Straße hinaus und galoppierte die Ropery hinunter.

»Brich dir nicht den Hals, Mann«, murmelte Meurig ihm hinterher, schloss das Tor und ging zum Tuchlager zurück. Rachel war auch schon dort. Crispin machte alle miteinander bekannt und berichtete Meurig und Rachel die traurige Geschichte, die Maria inzwischen auch ihm erzählt hatte. Das war nur langsam vonstatten gegangen, denn Crispins Französisch war sehr mäßig und ihr Akzent tatsächlich höchst merkwürdig. Aber er hatte alles Wesentliche verstanden.

»Frag sie, wo ihre Kinder jetzt sind«, forderte Meurig ihn auf. »Wir sollten sie herholen.«

Crispin übersetzte, und die Webersfrau erklärte, sie habe sie in einer Schenke am Hafen bei der Wirtin gelassen, die ihr freundlich und hilfsbereit erschienen war. Keiner der drei Einheimischen ließ sich seinen Schrecken anmerken, aber Meurig sagte ruhig auf Englisch: »Wir sollten sie schleunigst da wegholen, ehe diese hilfsbereite Wirtin die Kleinen an den Erstbesten verscherbelt. Sag ihr, sie soll mich hinführen, Crispin. Aber so, dass sie keine Angst kriegt.«

Jonah ritt zur Guildhall an der Aldermanbury im Nordteil der Stadt, wo der Lord Mayor und der Stadtrat ihre Versammlungen abhielten und Woche für Woche über die vielen Übeltäter von London zu Gericht saßen. Dieses Rathaus war ein schlichtes, hölzernes Gebäude, das beinah schäbig wirkte und aus allen Nähten zu platzen drohte. Allein sein Alter verlieh ihm Ehrwürdigkeit, denn es hatte schon zu Zeiten von König Edward dem Bekenner gestanden, vor der Eroberung vor rund dreihundert Jahren. Ständig gehe in dieser Stadt irgendein Haus in Flammen auf, hatte Jonah Bürgermeister Pulteney einmal sagen hören, also warum traf es nicht auch einmal die Guildhall, damit sie endlich einen guten Grund hätten, sie zu erneuern? Dieser baufällige Holzschuppen sei ein Schandfleck für eine so große Stadt mit so vielen wohlhabenden Bürgern. Wie jeder neu gewählte Lord Mayor vor ihm hatte auch Pulteney versprochen, bei den Zünften und Gilden Geld zu sammeln und einen Neubau auf den Weg zu bringen. Wie jeder andere vor ihm hatte er sein Versprechen bald vergessen. Schließlich waren die Londoner Stadtväter Kaufleute, und für einen guten Kaufmann war es nichts als Verschwendung, etwas zu ersetzen, das seinen Zweck noch erfüllte, nur weil es ein bisschen abgenutzt aussah ...

Heute war kein Gerichtstag, daher lungerten nur wenige Tagediebe vor dem Gebäude herum. Jonah ritt an ihnen vorbei, ignorierte ihre Debatten bezüglich der Qualität seines Pferdes oder seiner Kleidung und hielt im Schatten einer Birke, die vor der Guildhall wuchs.

Ein vielleicht achtjähriger Junge, dessen linkes Bein am Knie endete, kam behände auf zwei grob gezimmerten Krücken herbei. »Gebt Ihr mir einen Farthing, Sir? Dann pass ich gut auf Euren Gaul auf.«

»Tu das, und wenn ihr beide bei meiner Rückkehr noch hier seid, kriegst du einen halben Penny.«

Mit einem seligen Lächeln, das eine Zahnlücke entblößte, strich der Junge Grigolet über die gewellte Mähne. »Abgemacht, Sir.«

Vor dem Eingang zur Guildhall standen zwei bewaffnete Männer. Jonah trat zu ihnen. »Heute früh wurde ein flämischer Weber, der mit der *Alexander* gekommen ist, festgenommen. Angeblich auf Befehl des Sheriffs. Könnt ihr mir irgendetwas darüber sagen?«

»Welchen Sheriffs, Sir?«, fragte der Ältere von beiden höflich.

»Das wüsste ich auch gerne.« Anders als jede andere Stadt oder Grafschaft in England hatte London zwei Sheriffs. »Brembre, nehme ich an.« Lucian Brembre war ein Freund von Adam Burnell.

Der Soldat wies einladend auf die Tür. »Er ist da drin, Sir. Er spricht mit ein paar Gentlemen, aber geht nur hinein.«

Bei den Gentlemen handelte es sich um vier Aldermen. Jonah kannte sie nicht, doch ihre Amtsketten verrieten ihre Zugehörigkeit zum Stadtrat. Sie debattierten mit dem Sheriff über irgendwelche Unregelmäßigkeiten bei der Nachtwache im Stadtbezirk Farringdon Within, und wenngleich jeder von ihnen eine andere Ansicht zu vertreten schien, hielten sie die Stimmen doch vornehm gesenkt. Jonah stand im dämmrigen Vorraum, spähte durch die offene Tür in den Ratssaal und wartete geduldig. Als die vier Stadtväter sich endlich verabschiedet hatten, entdeckte der Sheriff den jungen Mann. »Ja?«, fragte er barsch.

Jonah schärfte sich ein, höflich zu bleiben. »Mein Name ist Jonah Durham, Sir.«

Lucian Brembre war ein großer, beleibter Mann in den Vierzigern. Dünnes, mausbraunes Haar fiel ihm in Wellen bis auf die Schultern, auch der Bart war spärlich. Die blauen Augen wirkten scharfsichtig. Jetzt verengten sie sich für einen kurzen Moment und verrieten, dass er wusste, wen er vor sich hatte. Doch er sagte lediglich: »Und was weiter?«

Jonah erkannte, dass er ebenso gut auf dem Absatz kehrt machen und gehen konnte. Aber er hatte nicht die Absicht, es dem Sheriff so leicht zu machen. Er sah ihm in die Augen. »Eure Männer haben heute früh am Hafen einen flämischen Weber festgenommen, der mit der *Alexander* gekommen ist.«

Brembre hob die breiten Schultern. »Das ist richtig.«

»Der Mann ist nach England gekommen, um für mich zu arbeiten. Wenn es möglich ist, möchte ich für ihn bürgen.«

Der Sheriff lächelte höhnisch und schüttelte den Kopf. »Für einen Kerl, den Ihr nicht einmal kennt? Man muss sich wundern, dass ein so leichtsinniger Dummkopf wie Ihr sich so lange im Geschäft gehalten hat. Der Mann ist ein Dieb, Durham. Obendrein Ausländer. Es gibt keine Bürgschaft. Er bleibt eingesperrt, bis er vor Gericht kommt.«

»Wo eingesperrt?«, fragte Jonah und bemühte sich nach Kräften, seinen Zorn zu verbergen. Er schätzte es nicht, als leichtsinniger Dummkopf bezeichnet zu werden.

»In der Tonne«, beschied der Sheriff. »Und nun muss ich Euch bitten, mich zu entschuldigen, ich bin ein viel beschäftigter Mann.«

Jonah zeigte ein verächtliches Lächeln. »Ich will Eure kostbare Zeit nicht über Gebühr in Anspruch nehmen, Sir. Seid nur noch so gut und sagt mir, was dem Flamen eigentlich vorgeworfen wird. Wen hat er bestohlen?«

»Einen Matrosen der *Alexander*.«

Jonah hob die Brauen. »Und Eure Männer wussten schon davon, als das Schiff festmachte? Ich muss gestehen, ich bin beeindruckt …«

Der Sheriff stand für einen Augenblick wie erstarrt. Er rührte sich nicht, machte keine drohenden Gebärden, aber sein

Ausdruck wurde mit einem Mal gefährlich. »Besser, Ihr schert Euch hinaus«, riet er leise.

Jonah nickte. »Nur eine letzte Frage noch. Was soll er dem Matrosen gestohlen haben?«

»Fünfzehn Shilling.«

Jonah spürte trotz der Hitze sein Gesicht kalt werden. Ein Diebstahl dieser Größenordnung galt als Kapitalverbrechen. Verständnislos betrachtete er den Sheriff. »Ist das wirklich Euer Ernst, Brembre? Ihr wollt einen unschuldigen Mann hängen lassen, nur weil seine Anwesenheit hier Adam Burnell ein Dorn im Auge ist? Habt Ihr kein Gewissen?«

Lucian Brembre blieb ungerührt. »Ich tue das, was dem Wohl dieser Stadt dient. Und wenn Ihr jetzt nicht verschwindet, lasse ich Euch vor die Tür setzen.«

Jonah ging grußlos hinaus. Blind stürmte er an den Bütteln vorbei ins Freie, überquerte den kleinen Vorplatz mit langen Schritten und hielt im Schatten der Birke an.

»Nicht so gegangen, wie Ihr wolltet, he?«, fragte eine helle Stimme neben ihm.

Jonah wandte sich um. Der einbeinige Knirps, der sein Pferd gehütet hatte, lehnte bequem an dem schmalen Baumstamm und sah mit ernster Miene zu ihm auf.

Jonah schüttelte den Kopf. Nein, es war ganz und gar nicht so gegangen, wie er gehofft oder erwartet hatte. Natürlich wusste er so gut wie jeder andere, dass gute Beziehungen zu den Stadtvätern allerhand ermöglichten, dass man die Maschinerie der Verwaltung leichtgängig machen konnte, indem man sie gut ölte, dass manchmal gar das Recht käuflich war. Was er hingegen nicht geahnt hatte, war, dass das auch für das Unrecht galt. Jonah musste feststellen, dass er nicht der Zyniker war, für den er sich gehalten hatte. Er war erschüttert.

Er fischte den versprochenen halben Penny aus dem Beutel und gab ihn dem Jungen.

Mit einem zahnlosen Grinsen ließ der Kleine seine Beute in den Falten seines zerlumpten Kittels verschwinden. »Sonst noch was, das ich für Euch tun kann, Sir?«

Jonah packte Grigolets Zügel und wollte erneut den Kopf schütteln, aber dann zögerte er und dachte nach. Er durfte es nicht einfach so geschehen lassen, ging ihm auf. Es war nicht recht. Maria und Niklas Wie-auch-immer und ihre Bälger waren auf sein Betreiben hierher gekommen, es war allein seine Schuld, dass sie in diese Situation geraten waren. Und mochten sie auch Fremde und Ausländer sein, wollte er nicht den Rest seiner Tage damit leben müssen, für den Tod des flämischen Webers verantwortlich zu sein.

»Was muss ich tun, wenn ich einen Häftling in der Tonne besuchen will?«, fragte er den Jungen.

»Den Wärter schmieren«, kam prompt die Antwort.

»Wie viel?«

Der Junge hob die mageren Schultern. »Wer ist der Gefangene?«

»Ein Niemand.«

»Dann ist es billig.«

Jonah nickte und dachte weiter. Selbst im Schatten der Birke war die Hitze mörderisch. Es fühlte sich an, als drohe sein Kopf zu platzen, wenn er ihn weiter so anstrengte. Trotzdem durchdachte er seine Möglichkeiten. Er hätte versuchen können, die Königin um Hilfe zu bitten. Aber Woodstock war weit fort. Außerdem war die Jurisdiktion der Stadt vollkommen unabhängig von der Krone; Philippa hätte kaum Einfluss nehmen können, wenn ein bestochener Matrose den Flamen vor Gericht bezichtigte, ihn bestohlen zu haben. Martin Greene? Jonah glaubte, dass sein einstiger Pate ihm in dieser Sache beistehen würde, obwohl sie sich überworfen hatten, denn Greene war ein grundanständiger Mann. Aber auch er hätte nichts ausrichten können. Jonah musste erkennen, dass er ganz allein dastand.

Versonnen blickte er auf seinen kleinen, einbeinigen Verbündeten hinab und erklärte ihm, was er brauchte.

Der Junge hatte in seinem kurzen Leben offenbar schon zu viel gesehen, um sich noch über irgendetwas zu wundern. Er nickte vollkommen ungerührt. »Kriegt Ihr alles von meiner Großmutter. Für einen Shilling.«

Jonah sah ihn ungläubig an. »Wenn ich zufrieden bin, bekommt sie einen Penny. Schließlich kriegt sie das Zeug ja wieder.«

»Einverstanden.«

Jonah saß auf und streckte dem Jungen die Hand entgegen. Der Kleine ergriff sie, kletterte mit Jonahs Hilfe vor ihm in den Sattel und ritt mit einem stolzen Grinsen und unter den neidischen Blicken der anderen Bettlerkinder davon.

Die Tonne war ein Gefängnis auf dem Cornhill, dem höchsten Hügel der Stadt, auf dem der Londoner Getreidemarkt abgehalten wurde. Praktischerweise stand gleich am Markt der Pranger für betrügerische Händler und nicht weit entfernt das Gefängnis, welches seinen Namen von der eigentümlichen Form des hölzernen Hauptgebäudes hatte, die in der Tat einem aufrecht stehenden Weinfass glich. Ursprünglich war die Tonne erbaut worden, um verdächtiges Gelichter und Trunkenbolde einzusperren, die des Nachts auf den Straßen der Stadt aufgegriffen wurden, doch da alle Londoner Gefängnisse ständig überfüllt waren, wurden hier inzwischen Straftäter aller Art bis zu ihrer Aburteilung verwahrt.

Auf ein dumpfes Klopfen hin öffnete sich eine Klappe in der Pforte, und ein feistes, unrasiertes Gesicht erschien.

»Was gibt es? Nanu, was willst du denn hier, Mütterchen?«

»Der Büttel sagt, mein Sohn ist hier eingesperrt. Ron Atwood«, krächzte das alte Weib. »Ein verdammter Taugenichts, das ist er, mein Sohn, vom ersten Tag seines Lebens an gewesen, aber ich bringe ihm sein Abendessen.« Mit einer gichtgekrümmten, von Lumpen umwickelten Hand hielt sie einen löchrigen Weidenkorb hoch. »Was bleibt einer Mutter übrig?«

Der Mann seufzte mitfühlend und öffnete die Pforte. Dann streckte er die Hand aus. »Ich kenne die Kerle nicht mit Namen, die ich hier hab, aber ich sorge dafür, dass er es bekommt«, versprach er. Vermutlich meinte er es sogar ernst. Der Wärter der Tonne, ein ehemaliger Zimmermann, der als Bogenschütze im Dienst des Earl of Lancaster gestanden hatte, genoss unter den

Gaunern der Stadt einen guten Ruf. Der Stadtrat bemühte sich, solche Männer als Wärter der städtischen Gefängnisse zu verpflichten, die genug Autorität besaßen, um das Gesindel zur Räson zu bringen, das sie hüten mussten, die aber keinen Hang zur Grausamkeit hatten. So war sichergestellt, dass die ihnen ausgelieferten Häftlinge nicht in unangemessener Weise geschunden wurden. Längst nicht alle Wärter und Kerkermeister erfüllten diese Anforderungen. Es war eine schlecht bezahlte Arbeit, und viele pressten ihren Gefangenen mit schaurigen Drohungen die letzten Pennys ab und machten diese Drohungen auch wahr, wenn ein armer Tropf nicht zahlen konnte. Doch »Winfred von der Tonne« gehörte nicht zu dieser Sorte.

Als die alte, gebeugte Frau sich nicht rührte, machte er eine ungeduldige, wedelnde Bewegung. »Na los, gib her, ich werd deinem Ron seine Suppe schon nicht wegessen.«

Sie legte eine Hand ans Ohr. »Was sagst du? Ich hör nicht gut.«

Er seufzte verstohlen, ehe er brüllte: »Ich kann dich nicht reinlassen, aber ich bring ihm sein Essen!«

Hastig, voller Argwohn zog sie den Korb zurück. »Ich muss ihn aber sehen. Er soll nicht essen, ohne zu hören, was seine alte Mutter zu leiden hat wegen ihm.«

Winfred von der Tonne stemmte die Hände in die Seiten und betrachtete das alte Weib amüsiert. Ihr Rücken war so krumm, dass ihr Kinn praktisch auf die Brust gedrückt wurde. Schmutzig graues Tuch umschloss Stirn und Kinn, im Schatten des löchrigen Kapuzenmantels erahnte er nur einen zahnlosen Mund. Aber sie wirkte entschlossen und energisch. Ron Atwood würde das Brot in Gesellschaft seiner Mutter gewiss bitter schmecken. Geschah ihm recht. »Na schön, Mütterchen. Gib mir einen halben Penny, und ich hab nichts gesehen.«

Sie nickte zufrieden, kramte umständlich in dem schmierigen Beutel unter dem Mantel, dann legte eine ihrer Krallen zwei Farthing in seine Pranke, und sie trat hinkend über die Schwelle. Winfred stieg vor ihr eine Treppe hinauf, die sich an der runden Wand entlangzog, sperrte eine schwere, eisenbeschlagene Tür auf und winkte sie wiederum durch. »Du hast zehn Minuten. Klopf ›Dein Reich komme, dein Wille geschehe‹ an die Tür, wenn du raus willst. Kannst du dir das merken?«

»Ich bin alt, aber ich bin nicht blöd, Söhnchen!«, krächzte sie entrüstet und humpelte in das dunkle, höhlenartige Verlies.

Als die Tür sich polternd schloss, verspürte Jonah eine widersinnige Erleichterung. Er hatte keine klare Vorstellung, wie er hier wieder herauskommen sollte, von »ungeschoren« ganz zu schweigen, aber er war dankbar, dass er es überhaupt bis hierher geschafft hatte. Er hatte kaum damit gerechnet.

Jonah war Schauspieler. Begnadet, sagten manche. Es fiel ihm nicht schwer, seine Stimme glaubhaft zu verstellen, einen krummen Rücken zu machen und zu hinken. Aber die Leute bei den Weihnachtsspielen mit seiner Verstellungskunst zu belustigen war eine Sache, jemanden wirklich zu überzeugen eine völlig andere. Er war viel zu groß für ein altes Weib. Sein Gesicht zu glatt, trotz der Asche, mit der er es eingerieben hatte, seine Lippen zu rot, auch wenn er sie eingezogen hatte, um einen zahnlosen Mund vorzutäuschen.

Doch der Wärter hatte keinen Grund, an der Identität einer armen, alten Frau zu zweifeln, es kamen genug hierher, um ihre Söhne oder Ehemänner zu versorgen. Und Jonah war dankbar für sein Kostüm, das so überzeugend wirkte, weil es echt war. Die Großmutter seines kleinen einbeinigen Verbündeten hatte Jonah die Kleider geborgt, die sie am Leib trug, denn sie besaß keine anderen. In eine Decke gehüllt saß sie nun in ihrer Hütte am Fuß der Stadtmauer und wartete auf seine Rückkehr. Jonah wollte lieber nicht wissen, wann Rock, Kittel und Rise zuletzt gewaschen worden waren. Der zerlumpte Umhang sicher noch niemals. Die Sachen standen vor Dreck, und sie stanken. Jonah ekelte sich so sehr, dass er am ganzen Körper eine Gänsehaut hatte. Es juckte ihn überall. Vermutlich wimmelten die Lumpen von Ungeziefer. Aber er wusste die glaubhafte Tarnung zu schätzen.

Das Obergeschoss der Tonne bestand nur aus diesem einen Raum, der fensterlos war, denn aus Fenstern konnte man entwischen. Hier und da war eine Fackel in einer Halterung an den hölzernen Stützbalken befestigt, so dass er Umrisse und Schatten erkennen konnte, als seine Augen sich auf das Dämmerlicht eingestellt hatten. Männer saßen oder lagen im schmutzigen Stroh am Boden, die meisten dösten oder schliefen, manche hockten in kleinen Gruppen zusammen und tuschelten. Es klang verschwörerisch, gefährlich. Jonah war froh, dass es nicht seine Aufgabe war, sie zu bewachen. Langsam machte er eine Runde durch den großflächigen Raum, stieg behutsam über reglose Gestalten weg, erntete neugierige Blicke aus dem Halbdunkel. Vereinzelt sah er halbwüchsige Knaben, aber keine Frauen. Die Huren, die Winfred gebracht wurden, hielt er unten im Wachraum, der gleichzeitig seine Wohnung war. Sie kochten bereitwillig für ihn, hielten ein bisschen Ordnung und wärmten nachts sein Bett, dankbar, dass er sie nicht zu den Kerlen sperrte.

»Na, Alte, bringst du mir ein Süppchen?«, rief ein Halunke mit einer schmutzigen Binde über dem linken Auge, und Jonah krächzte: »Hättest du deine Mutter nicht verhökert, würde sie dir vielleicht eins bringen!«

Die schlagfertige Antwort erntete Gelächter und Applaus, und Jonah schlurfte unbehelligt weiter.

Er erkannte den Flamen auf Anhieb, obwohl der sich in den hintersten dunklen Winkel verkrochen hatte. Das Gesicht, das sich hob, als Jonah näher hinkte, war auf unbestimmte Weise fremdartig. Jonah hätte nicht festmachen können, woran das lag, aber der Mann sah einfach nicht englisch aus. Er hatte weizenblondes, schulterlanges Haar und ein ausgeprägtes bartloses Kinn.

»Niklas?«, wisperte Jonah.

Der Angesprochene fuhr leicht zusammen. »Ja?«

Jonah schaute sich verstohlen um. Niemand beachtete ihn mehr, und die nächste Fackel war wenigstens zehn Schritte weit weg. Er hockte sich ins Stroh. »Ich bin Jonah Durham.«

Niklas starrte ihn ungläubig an. Es war zu finster, um die Farbe seiner Augen zu erkennen, aber sein angespanntes Gesicht schien Furcht, Verwunderung und eine Spur von Belustigung auszudrücken. Sie ergaben eine merkwürdige Mischung. Dann ließ der Flame den Kopf hängen. »Ich weiß nicht, was passiert ist, Master Durham«, flüsterte er in dem seltsamen Französisch, das auch seine Frau sprach. »Ich habe überhaupt nichts getan. Aber wir waren kaum an Land gekommen…«

»Ich weiß. Ich erkläre dir ein andermal, was dahinter steckt. Aber wir haben jetzt nicht viel Zeit, also hör gut zu: Du musst dieses Zeug hier anziehen und…« Ihm ging auf, dass »Dein Reich komme, dein Wille geschehe« auf Französisch vermutlich einen vollkommen anderen Rhythmus hatte, und er tippte mit dem Zeigefinger auf seinen Weidenkorb, um dem Weber das Klopfzeichen vorzumachen. »Der Wärter denkt, ich sei schwerhörig. Es macht also nichts, wenn du nicht antwortest, sollte er etwas sagen. Halte den Kopf gesenkt, nick ihm zu, und mach, dass du rauskommst. Vergiss nicht, zu hinken. Ein einbeiniger Bettlerjunge wartet draußen. Er wird dich zu meinem Haus bringen, wo deine Frau wartet.«

Der Flame nickte. Er wirkte ein bisschen benommen. »Aber… was wird aus Euch?«

Jonah streifte die Kapuze und die kratzige Rise vom Kopf und fuhr sich erleichtert mit den Fingern durch die Haare. »Es wird mich nicht umbringen, die Nacht hier auszuharren. Morgen klärt sich alles auf. Jetzt beeil dich.«

Es ging besser, als er zu hoffen gewagt hatte. Niklas war ein wenig kleiner als Jonah und untersetzt, aber die weiten Lumpen der alten Frau verdeckten auch seine Statur. Mit einer widerwilligen Grimasse legte er die Rise an und warf sich den Mantel über. Doch er verlor kein Wort über den ekelerregenden Zustand des Kostüms. Als er fertig verkleidet war, ergriff er den Weidenkorb. »Ich weiß nicht, was ich sagen soll«, gestand er verlegen.

Jonah grinste verwegener, als ihm zumute war. »Zerbrich dir den Kopf darüber, wenn du draußen und in Sicherheit bist. Nun geh endlich.«

Niklas nickte. »Danke, Master Durham«, murmelte er, wandte sich ab und schlurfte zur Tür, die sich wenig später öffnete. Jonah sah Niklas über die Schwelle hinken, dann wurde die schwere Eichentür schwungvoll geschlossen, und man hörte den Riegel rasseln. Jonah setzte sich ins unreine Stroh, verschränkte die Arme auf den angewinkelten Knien und bettete den Kopf darauf. Zu spät fiel ihm ein, dass er den Kanten Brot und das Stück Blutwurst, die er zur Vervollständigung seiner Maskerade in den Korb gelegt hatte, nicht herausgenommen hatte.

Der große Badesaal mit den wundervollen Kacheln war gut gefüllt. In dem großen Bassin, welches den Raum beherrschte, saßen nackte Männer und Frauen an den Rand gelehnt, ordentlich nebeneinander und abwechselnd aufgereiht wie an einer Tafel. Und tatsächlich war über die Mitte des Beckens ein breites Holzbrett gelegt worden, das gar mit einem Tischtuch bedeckt war, auf dem Teller und Becher standen.

Rupert nahm einen Schluck aus dem feinen Silberpokal, den er mit Lilian teilte. Der Wein war köstlich, herrlich kühl – ein äußerst angenehmer Kontrast zu dem warmen Wasser, in dem er saß. Ein Kontrast, der die Sinne anregte.

Rupert zweifelte, dass das Paradies solche Freuden zu bieten hatte, wie sie ihm hier zuteil wurden, denn im Paradies, nahm er an, ging es anständig zu. Er wusste, dass schon allein dieser Vergleich, der ihm durch den Kopf ging, eine abscheuliche Sünde war. Aber er hatte sich abgewöhnt, sich für solche Gedanken zu schämen oder sie gar zu beichten. Genau wie er sich abgewöhnt hatte, ständig daran zu denken, was ein solcher Abend kostete. Das verdarb ihm nur die Freude, und es nützte ja nichts. Er kam ja doch immer wieder her. Er konnte einfach nicht anders. Nichts, was Rupert bislang an fleischlichen Freuden erlebt hatte, war auch nur annähernd vergleichbar mit dem, was er hier fand. Von Verruchtheit ganz zu schweigen...

Lilian tauchte eine ihrer schmalen Hände ins Wasser und fuhr beiläufig über Ruperts haarigen Oberschenkel, auf und ab, jedes Mal ein bisschen höher. Er stützte die Ellbogen auf den Beckenrand, legte den Kopf in den Nacken und schloss die Augen. Als sie sein pralles Glied umschloss, stöhnte er.

»Ja, das gefällt dir, was«, raunte sie.

»Oh, Lilian.« Er nahm ihren Arm, zog sie ein Stück näher, sodass sie fast auf seinem Schoß saß, und ließ Wasser über ihre Brüste laufen. Konzentriert sah er zu, wie es über die üppigen Wölbungen rann und von den Spitzen tropfte. »Ich könnte …«

»Ich weiß, ich weiß«, unterbrach sie sanft. »Aber lass uns noch ein bisschen warten, Liebster.«

»Worauf?«, knurrte er ungeduldig.

»Mach die Augen auf und sieh selbst«, schlug sie vor, mit diesem verheißungsvollen Lächeln in der Stimme, das ihm immer einen Schauer freudiger Erwartung über den Rücken jagte. Das war das Magische an diesem Haus, das war es, was ihn so süchtig machte: Seit zwei Monaten kam er jetzt beinah jeden Abend her, aber hier wurde immer etwas Neues geboten, erlebte er immer Dinge, die er noch nicht kannte.

Als er die Augen aufschlug, sah er, dass ein Mann und eine Frau den Raum betreten hatten und sich vor der »Tafel« verneigten. Beide trugen Tiermasken, deren Abscheulichkeit Rupert ein wenig erschreckte, und nichts sonst.

Gervais of Waringham spähte durch das Guckloch in der Wand und verzog angewidert das Gesicht. Was der Kerl und das Mädchen in den fratzenhaften Masken miteinander taten, sollte wohl tierhaft anmuten. Aber Gervais war auf dem Land aufgewachsen; er wusste, dass Tiere so nicht miteinander umgingen. So etwas konnten sich nur Menschen ausdenken.

»Du meine Güte, da kann einem ja alles vergehen«, brummte er. Um nichts in der Welt hätte er es zugegeben, aber er war schockiert. Er fand das eigentümliche Schauspiel obszön, fühlte sich in unbestimmter Weise beleidigt. Doch die Gäste im Badesaal, die vermutlich alle aufgrund ihrer besonderen Neigungen zu diesem Fest geladen worden waren, fanden die Vorführung offenbar ausgesprochen anregend und fingen sehr bald an, sie nachzuahmen. »Sodom ist ein Kloster dagegen.«

Sein Freund Dermond saß auf der Liege, mit welcher das kleine Gemach ausgestattet war, hielt ein zierliches, dunkelhaariges Mädchen im Arm und fütterte es mit dem Zuckerwerk, das ein dienstbarer Geist ihnen gebracht hatte. »Dann wende den Blick ab, teurer Freund, auf dass deine unsterbliche Seele keinen Schaden nehme«, riet er. Er selbst verspürte im Augenblick kein Verlangen, einmal in den Saal zu schauen, wenngleich man von hier oben sicher einen guten Überblick hatte. Dieser geheime kleine Raum war eigens für solche Kunden erbaut worden, die es anregend fanden, andere zu beobachten. Er befand sich im ersten Obergeschoss neben dem hohen Badesaal, sodass das Guckloch – vom Saal aus betrachtet als Delfinauge getarnt – hoch oben in der Wand lag. Aber Dermond fand es viel anregender, das hübsche Mädchen an seiner Seite zu betrachten.

»Wo bleibt Bardi?«, fragte er. »Es wird spät.«

»Und Jonah ist überhaupt nicht erschienen«, bemerkte Gervais und wandte sich zögernd, aber doch erleichtert von dem ausschweifenden Schauspiel ab. »Das sieht ihm gar nicht ähnlich.«

»Macht doch nichts. Wir wissen ja, welcher sein Vetter ist«, entgegnete Dermond versöhnlich. »Die Ähnlichkeit ist kaum zu übersehen.«

Sie hatten sich heute Abend im Haus der Freuden verabredet, um die komplizierte Falle, die Jonah seinem Vetter stellte, einen Schritt weiterzubringen. Da sie schon einmal hier waren, hatten die beiden Ritter die Gelegenheit genutzt und sich die Zeit mit der kleinen Schwarzhaarigen vertrieben. Sie hatten sich die Hure geteilt, wie sie es oft taten, denn Waringham war nur ein kleiner Landedelmann, Dermond nichts weiter als ein landloser Ritter, und sie besaßen nicht viel Geld. Aber wenn einer von ihnen mit dem Mädchen in die Kissen sank, ging der andere vor die Tür und wartete draußen. Das war schließlich völlig normal, alles andere hätte Gervais unschicklich gefunden. Vielleicht war er ein prüder Landjunker. Aber lieber das als ein Vieh wie die Kerle da draußen.

Es klopfte leise. Die Hure bedeckte ihre Brust, die Dermond gerade aus dem Kleid geschält hatte, und Gervais ging zur Tür und öffnete.

Der gut aussehende Diener, der sie eingelassen hatte, verneigte sich knapp. »Der Gentleman, den die Gentlemen erwarten, Sir.«

Gervais verkniff sich ein Grinsen über diese alberne Vermeidung von Namen. »Hast du die Börse?«

Cupido reichte ihm einen klimpernden Beutel, zögerte und räusperte sich nervös. »Sir …?«

»Ja?«

»Verzeiht mir, dass ich das sage, aber so etwas verstößt ganz und gar gegen die Regeln unseres Hauses. Wenn es herauskommt, wird meine kleinste Sorge sein, meine Arbeit zu verlieren. Seid so gut, sagt Eurem Freund, ich habe das für Annot getan und werde es nie wieder tun.«

Gervais nickte ungeduldig. »Ja, ja, mach dir nicht ins Hemd. Es kommt nicht heraus, es wird auch keinen Ärger geben, wir haben alles genau geplant. Jetzt führe unseren Gast herein und verschwinde.«

Der schlaksige Giuseppe Bardi trat in das kleine Gemach, wartete, bis der Diener die Tür geschlossen hatte, und sah sich dann kurz um.

Gervais betrachtete ihn amüsiert. »Seid ihr neugierig oder befremdet, Bardi? Man kann Eurer Miene nie etwas ansehen.«

»Das ist das Erste, was man in meinem Geschäft lernen muss, Mylord«, erklärte der Italiener, ohne die Frage zu beantworten.

Gervais winkte ihn zu dem Loch in der Wand und raunte: »Macht Euch auf etwas gefasst. Es heißt ja, bei euch Italienern sei alles erlaubt, aber *ich* jedenfalls habe so was noch nie gesehen.«

Bardi lehnte die Stirn an die Wand, kniff das linke Auge zu und schaute mit dem rechten hinunter in den Badesaal. Er fuhr nicht zusammen, gab keinen Ton von sich, blickte ohne jede Regung auf das wilde Treiben hinab. »Welcher ist der werte Vetter unseres Freundes?«, fragte er schließlich, anscheinend vollkommen ungerührt.

»Der mit dem schwarzen Bart.«

Giuseppe sah zwei Männer mit schwarzen Bärten, aber bei genauerem Hinsehen stellte er fest, dass einer davon eine gewisse Ähnlichkeit mit Jonah Durham aufwies. Er betrachtete ihn noch ein paar Herzschläge lang. Ein Bankier hatte nicht oft Gelegenheit, so ungeschminkte Wahrheiten über einen angehenden Schuldner zu erfahren wie hier. Schließlich trat er von dem Guckloch zurück und nickte mit einem verhaltenen Lächeln.

»Und? Was meint Ihr?«, fragte Dermond gespannt.

»Ich denke, er ist schon dabei, in sein Verderben zu rennen. Mit langen Schritten. Unsere Aufgabe sollte nicht schwierig sein.«

Gervais of Waringham nickte unbehaglich. »Dann lasst uns gehen, ehe ich mich auf die Gebote meiner Ritterehre besinne.«

»Aber hast du nicht gehört, was ich sage, du unverschämter Flegel, ich bin bestohlen worden!«, brüllte Rupert. »Hier, in diesem gottverdammten Haus!«

»Ich muss Euch ersuchen, Euch zu mäßigen, Sir«, erwiderte Cupido würdevoll. Dann runzelte er besorgt die Stirn. »Ihr seid ein geschätzter Kunde dieses Hauses, Sir, aber bei allem Entgegenkommen … Heute ist das zweite Mal, dass Ihr nicht zahlen könnt«, flüsterte er eindringlich.

»Sag mal, bist du taub?« Rupert packte ihn roh am Arm. »Ich hatte über zwei Pfund in meiner Börse, und jetzt ist sie *weg*! Wer sagt mir, dass nicht du sie genommen hast?« Rupert hatte die Absicht gehabt, den Hänfling mit dem hübschen Gesicht gehörig durchzuschütteln, aber dieser kleine Hurenwirt glitt geschickt zur Seite und tat irgendetwas, das Hillock aus dem Gleichgewicht brachte. Der große Kaufmann wäre gestürzt, hätte Cupido ihn nicht gestützt.

»Ihr seid erzürnt und betrunken, Sir«, bemerkte er leidenschaftslos. »Darum nehme ich nicht übel, was Ihr gesagt habt. Aber ich muss Euch darauf hinweisen, dass ich ermächtigt bin, Gästen, die sich nicht zu benehmen wissen, Hausverbot zu erteilen.«

»Du verfluchter kleiner …«

»Kann ich Euch vielleicht behilflich sein, Sir?«, fragte eine höfliche Stimme.

Rupert fuhr herum und schwankte. Blinzelnd betrachtete er die drei jungen Männer, die unbemerkt die Treppe heruntergekommen waren.

»Kaum«, versetzte er mit dem übertrieben sarkastischen Tonfall eines Trunkenen. »Es sei denn, Ihr seid gewillt, mir ein Pfund zu leihen. Meine Börse ist gestohlen worden, und dieser Tölpel hier will mich nicht gehen lassen.«

»Wenn Ihr mir Euren Namen sagt, Sir, werde ich Euch gerne aushelfen«, erwiderte der junge Mann mit dem schweren Akzent ungerührt.

Rupert blinzelte ein bisschen schneller. »Ist das Euer Ernst?« Plötzlich lächelte er befreit. Er riss sich zusammen und wirkte mit einem Mal sehr viel nüchterner – eine Gabe, die Jonah früher oft in Erstaunen versetzt hatte. »Mein Name ist Rupert Hillock, Sir. Und ich wäre Euch sehr verbunden für Eure Hilfe.«

Der Fremdling nickte ernst, öffnete den kostbar bestickten Beutel an seinem Gürtel, fischte ein paar Münzen heraus und zählte sie in Cupidos ausgestreckte Hand. Der junge Diener lächelte erleichtert und verschwand.

Rupert war überwältigt vor Rührung und legte seinem Wohltäter einen keulengleichen Arm um die mageren Schultern. »Ich bin Euch wirklich sehr dankbar. So etwas erlebt man nicht gerade oft in London, wisst Ihr.«

Der junge Italiener winkte bescheiden ab. »Nicht der Rede wert, Master Hillock. Das ist mein Beruf, wisst Ihr.«

»Tatsächlich? Welch eine glückliche Fügung. Selbstverständlich werde ich Euch morgen aufsuchen, um meine Schulden zu begleichen. Verratet mir Euren Namen, mein Freund.«

»Giuseppe Bardi, Sir.«

Rupert zog die Hand zurück, als habe er sich verbrannt. »Verstehe«, murmelte er säuerlich. »Nun, ich hoffe, die Zinsen für eine Nacht werden mich nicht ruinieren.«

Bardi lächelte verhalten. »Gewiss nicht, Sir. Betrachtet es als zinsloses Darlehen. Als Gefälligkeit von Nachtschwärmer zu Nachtschwärmer sozusagen.«

Rupert lachte dröhnend und drosch auf Bardis zerbrechlich wirkende Schulter ein. »Das ist ein Wort!«

Die beiden Begleiter des Bankiers traten näher. »Ihr seid Rupert Hillock, der Tuchhändler, Sir?«, fragte der Blonde neugierig.

Rupert hatte keine Ahnung, woher der Bengel ihn kannte, aber er war geschmeichelt. »So ist es, Sir.«

Der blonde Grünschnabel nickte höflich. »Gervais of Waringham. Wenn Ihr noch einen Moment erübrigen könnt, würde ich gern kurz mit Euch reden. Es geht um eine Lieferung winterfester Wolle, die ich beschaffen soll. Für die Krone, versteht Ihr«, fügte er im Verschwörerton hinzu.

Rupert starrte ihn einen Augenblick ungläubig an. Er konnte kaum fassen, was plötzlich in diesen Abend gefahren war, dass er ihm eine glückliche Fügung nach der anderen bescherte. Leutselig breitete er die Arme aus und winkte dann Richtung Halle. »Kommt, Sirs. Trinken wir noch einen Becher. Auf meine Kosten, wenn meine Kreditwürdigkeit so weit reicht, Bardi?«

Der Italiener lächelte. »Bei der Auftragslage, die sich hier gerade abzeichnet, ganz gewiss, Master Hillock.«

»Es ist eine Schande, Mylord«, erklärte Jonah und bemühte sich um eine würdevolle, gekränkte Miene. »Eine Beleidigung für die Gilde der Tuchhändler, für die ganze Kaufmannschaft dieser Stadt und den erlauchten Kreis ihrer Aldermen.«

Der Lord Mayor nickte zustimmend und kratzte sich am Kopf. Dies war ein wahrlich rätselhafter Vorfall. In aller Herrgottsfrühe hatte ihn ein Büttel aufgesucht und ihm berichtet, ein Kaufmann der Tuchhändlergilde sei widerrechtlich in der Tonne eingesperrt worden, ein flämischer Dieb dafür verschwunden.

»Aber wie kamt Ihr überhaupt in die Tonne, Master Durham?«, wollte der Bürgermeister wissen.

Jonah schlug die Augen nieder, scheinbar beschämt. »Der Flame sollte für mich arbeiten, Sir. Als der Sheriff mir sagte, der Mann werde des Diebstahls bezichtigt und sei eingesperrt, bin ich zu ihm gegangen, um zu sehen, ob ich irgendetwas für ihn tun kann.«

»Aber ich hab Euch nicht eingelassen!«, fiel Winfred ihm ins Wort. Der Gefängniswärter hatte die Augen weit aufgerissen und schüttelte wild den Kopf, vollkommen verwirrt. »Ich habe gestern niemanden eingelassen bis auf ein altes Weib!«

Jonah betrachtete ihn kühl. »Nun, ich war dort, oder? Vermutlich hast du es nur vergessen.« Er wandte sich wieder an den Mayor und die beiden Sheriffs auf der anderen Seite des langen Ratstisches in der Guildhall. »Es ist erstaunlich, wie vergesslich mancher Diener dieser Stadt für einen Penny wird.«

Winfred schrumpfte in sich zusammen. Er wusste, er war in Schwierigkeiten. Doch Jonahs Gewissensbisse hielten sich in Grenzen, denn wäre er als Jonah Durham ans Tor der Tonne gekommen, *hätte* der Wärter ihn für einen Penny eingelassen, daran bestand kein Zweifel.

»Und was geschah, nachdem Ihr zur Tonne gegangen wart, Sir?«, fragte Edmund Gisors, der zweite Sheriff der Stadt.

»Ich fand den Flamen, sprach mit ihm, und bei der ersten Gelegenheit schlug er mich nieder.« Zum Beweis wies er auf seine aufgeplatzte Lippe. Tatsächlich hatte er sich die kleine Wunde selbst mit dem Dolch beigebracht. Es hatte ihn erstaunt und erheitert, wie viel Überwindung ihn das kostete. Nachdem es endlich vollbracht war, hatte er auf der eingeritzten Lippe herumgekaut, bis sie anschwoll. Das Ergebnis war überzeugender als viele Worte. Keiner der drei Männer zweifelte an Jonahs Geschichte. Die Ungereimtheiten, zum Beispiel die überaus interessante Frage, wie der Flame aus dem Gefängnis entkommen sei, kümmerten sie nicht weiter. Der Wärter war an allem schuld. Seine verzweifelten Beteuerungen verhallten ungehört. Sein Wort galt nicht viel gegen das eines Kaufmannes.

Der Lord Mayor breitete ratlos die Arme aus. »Was für eine unglückselige Sache. Ich bedaure, dass Eure Herzensgüte mit diesen Unannehmlichkeiten belohnt wurde, mein junger Freund.«

»Das soll ihm eine Lehre sein, das Gesetz denen zu überlassen, die mit seiner Wahrung betraut sind«, knurrte Sheriff Brembre. »Hätte er auf mich gehört, wäre das alles nicht passiert.«

Jonah senkte wiederum demütig den Kopf und biss die Zähne zusammen. Es war ihm zuwider, vor dem aufgeblasenen Sheriff zu Kreuze zu kriechen, der sicher seinem Busenfreund Adam Burnell davon berichten würde. Aber er sagte kleinlaut: »Ich fürchte, der Sheriff hat Recht, Mylord. Ich habe mich in dem Flamen getäuscht.«

Der Lord Mayor nickte versonnen und sah lächelnd auf seinen jungen Gildebruder hinab. Er fand Gefallen an Jonah Durham und fühlte sich ihm aufgrund ihrer gemeinsamen Beziehungen zum Hof und des unvergesslichen Festes von Woodstock, dem sie beide beigewohnt hatten, verbunden. Doch bei allem Wohlwollen konnte er ihm Vorwürfe nicht gänzlich ersparen. »Nun, nach allem, was ich gehört habe, wäre dann wohl eine Entschuldigung fällig, nicht wahr?«, fragte er freundlich.

Jonah hatte geahnt, dass ihm das nicht erspart bleiben würde. Er verneigte sich vor Brembre. »Ich bedaure meine unbedachten Worte und bitte Euch um Verzeihung, Sir«, sagte er steif und dachte, Niklas wie-auch-immer-du-heißt, dafür schuldest du mir ein Dutzend Ballen deiner feinsten Wolle.

Bürgermeister Pulteney nickte zufrieden. »Nun denn. Damit wäre diese unschöne Geschichte im Großen und Ganzen wohl erledigt. Bleibt die Frage, was mit dem Wärter Winfred geschehen soll und wie wir den Flamen wieder einfangen.«

Brembre brummte missgelaunt und schüttelte den Kopf. »Der ist längst über alle Berge. Meine Männer waren bei Durhams Haus, um die Frau des Flamen festzusetzen, aber sie war fort. Seit gestern Abend verschwunden, sagen Durhams walisischer Diener und der Lehrjunge. Meine Leute haben die Ropery und den Hafen durchkämmt, aber erfolglos. Vermutlich sind sie schon auf dem Weg in die Heimat. Ein Dieb mehr, der seiner gerechten Strafe entgeht, dieser dank Durhams Leichtsinn. Dafür hätte er wahrlich verdient, noch ein paar Tage in der Tonne zu schmoren. Und der Wärter gehört an den Pranger«, schloss er seine Rede, die wie das Grummeln eines nahenden Gewitters klang. Brembre war immer noch beleidigt. Jonah erkannte, dass er sich wieder einmal einen mächtigen Feind geschaffen hatte.

Winfred von der Tonne war bleich geworden, aber der zweite Sheriff kam ihm unerwartet zur Hilfe. »Nein, nein, Lucian, das können wir nicht machen. Seine ehemaligen Schäfchen würden ihn in Stücke reißen, und er ist eigentlich ein guter Mann auf seinem Posten.«

Jonah wollte alles in allem lieber nicht hören, was er Winfred eingebrockt hatte. Er verneigte sich vor den drei höchsten Würdenträgern der Stadt. »Wenn das alles war, Mylords …«

Pulteney nickte lächelnd. »Geht mit Gott, Master Durham. Seid Ihr am kommenden Sonntag frei? Dann kommt zum Essen. Ich würde gern mit Euch reden, ehe das Herbstparlament beginnt und man vor lauter Politik keine Zeit mehr fürs Geschäft hat.«

Verwundert, aber nicht wenig erfreut über diesen unerwarteten, öffentlichen Gunstbeweis nahm Jonah an und verabschiedete sich.

Ihm graute ein wenig vor dem langen Fußmarsch zurück in die Ropery. Er fühlte sich müde und zerschlagen nach dieser Nacht, denn aus Furcht vor dem Gesindel in der Tonne hatte er kein Auge zugetan. Außerdem war er furchtbar hungrig, und es wurde schon wieder heiß. Doch als er aus der schattigen Guildhall ins gleißende Sonnenlicht hinaustrat, entdeckte er Meurig mit Grigolet.

Jonah lächelte erleichtert. »Dich schickt der Himmel.«

Meurig überreichte ihm lachend die Zügel und bemerkte: »Mein Vater hat immer gesagt, ich hätte den Teufel im Leib.«

Jonah saß auf. »Vermutlich ist beides wahr.«

Sie machten sich auf den Heimweg, und als sie die Guildhall weit hinter sich gelassen hatten und auf der West Cheap waren, fragte Jonah endlich: »Wie ist es gegangen? Als der Sheriff sagte, er habe seine Leute zu meinem Haus geschickt, dachte ich, mir bleibt das Herz stehen.«

Meurig nickte. »Das dachte ich auch. Aber sie haben das Haus nicht durchsucht. Sie waren kein bisschen misstrauisch. Es war sehr schlau von Euch, Euch als Niklas' Opfer auszugeben, Sir. Gestern habe ich erst mal mit Maria ihre Kinder geholt. Zwei süße Mädchen und ein kleiner Kobold von einem Sohn.«

Großartig, dachte Jonah. Mein Haus füllt sich mit Bälgern.

»Sie waren wohlauf, aber Maria war untröstlich wegen Niklas. Der kam dann schließlich kurz nach Einbruch der Dunkelheit mit Grigolet und einem kleinen Krüppel ans Tor und erzählte uns eine wilde Geschichte von der Tonne und von Weiberkleidern. Das behauptet jedenfalls Crispin, der uns übersetzt hat, was er sagte.«

Jonah lächelte flüchtig. »Es stimmt.«

Meurig warf ihm einen ungläubigen Blick zu und fuhr dann fort: »Der Bettlerjunge wollte uns weismachen, Ihr hättet gesagt, wir sollten ihm einen Shilling geben für seine Dienste und die seiner Großmutter. Wohl eher einen Penny, hab ich ihm geantwortet, und wenn er mehr wolle, solle er wiederkommen, wenn Ihr wieder daheim seid. Ich schätze, den sehen wir nie wieder. Maria und ihre Kleinen waren jedenfalls außer sich vor Glück, dass sie ihren Niklas wiederhatten. Aber jetzt machen sie sich natürlich Sorgen, wie es weitergehen soll. Sie können ja nicht zurück nach Hause.«

Jonah winkte ab. »Das müssen sie auch nicht. Ich hab mir alles überlegt.«

Meurig nickte überzeugt und blinzelte dann neugierig zu ihm auf. »Und? Wie ist es in der Tonne?« Er konnte sich ein Grinsen nicht ganz verbeißen.

»Jedenfalls nicht erheiternd«, gab Jonah bissig zurück.

Meurig verzog schuldbewusst das Gesicht. »Nein. Bestimmt nicht. Rachel hat die ganze Nacht kein Auge zugetan vor lauter Sorge. Und der Junge auch nicht.«

»Du hingegen hast selig geschlafen, da bin ich sicher.«

Meurig nickte mit einem entwaffnenden Schulterzucken. Aber Jonah war ihm nicht böse. Meurigs Geistesgegenwart, mit der er die Weberkinder in Sicherheit gebracht, die flämische Familie vor den Soldaten des Sheriffs versteckt und nicht zuletzt heute früh mit Grigolet zur Guildhall gekommen war, war Jonah weitaus lieber als Rachels und Crispins Besorgnis. Und zur Belohnung befriedigte er die Neugier seines Knechts: »Es war ein bisschen unheimlich. Mit so vielen Strolchen zusammengepfercht zu sein ist kein Vergnügen. Zwei Kerle haben sich geprügelt, dass ich dachte, einer bleibt tot liegen, und die anderen haben nichts unternommen, bis auf Wetten auf den Ausgang abzuschließen. Und es war dreckig. Ich will ein Bad, wenn wir nach Hause kommen.«

»Ein *Bad*? Jesus, Maria und Joseph, ich merke, es muss furchtbar gewesen sein. Ihr seid ja ganz durcheinander, Master.«

Es war Jonah durchaus ernst mit seinem ungewöhnlichen Wunsch, doch als er heimkam, versank er erst einmal in einer Umarmung der flämischen Webersfrau, die wie eine Naturgewalt über ihn hereinbrach und ihn an ihre üppige Brust drückte. Jonah war zu Tode erschrocken und wurde stocksteif.

»Danke«, murmelte Maria an seiner Schulter. »Gott segne Euch für das, was Ihr für uns getan habt.«

Er befreite sich ein wenig brüsk und brachte einen Schritt Abstand zwischen sie. Drei elfenhaft kleine, blonde Kinder, das älteste vielleicht sechs, das kleinste noch unsicher auf den Beinen, lugten hinter Marias Röcken hervor und sahen mit großen, bangen Augen zu ihm auf.

Jonah nickte Rachel zu. »Bring einen Krug Bier in die Halle und nimm die Kinder mit in die Küche. Und mach Wasser heiß. Ich will ein Bad nehmen.«

»Ein *Bad*?«, wiederholte die Magd verwundert.

»Spreche ich undeutlich?«, fuhr er sie an.

»Nein«, beschied Rachel verdrossen. »Aber ich kann diese Kinder nicht hüten, denn sie verstehen nicht, was ich sage.«

Jonah wandte sich zur Treppe. Über die Schulter sagte er: »Sieh zu, wie du mit ihnen fertig wirst, ich will sie oben nicht haben.« Und auf Französisch fügte er hinzu: »Niklas, Maria, seid so gut und kommt mit mir.«

Der flämische Weber folgte ihm willig. Maria ermahnte ihre Küken und scheuchte sie mit einem entschuldigenden Blick in Rachels Richtung, ehe auch sie hinaufging.

Rachel sah ihnen finster nach. »Natürlich, Sir. Sehr gern, Sir. Ich hab ja sonst nichts zu tun, Sir ...«

Meurig nahm den kleinen Jungen auf den Arm und trug ihn zur Küche. »Ich glaube, wir sollten unseren Master Jonah als Erstes einmal füttern, damit er wieder umgänglich wird. Sei ihm nicht gram, Frau, das war eine scheußliche Nacht für einen anständigen Jungen wie ihn.«

Sie brummte verstimmt, setzte die Kinder an den Küchentisch und gab jedem eine kleine Schale mit süßer Quarkspeise. Die Kleinen machten sich begierig darüber her.

Crispin war ihnen gefolgt. Auf Französisch sagte er zu dem größeren Mädchen: »Grit, sieh nur, dein Bruder hat das ganze Gesicht verschmiert. Hilf ihm, ja?«

Die Kleine nickte scheu, nahm ihrem Brüderchen den Löffel aus den Fingern und fing an, ihn zu füttern.

Rachel stellte Becher auf ein Tablett. »Bring den Zuber her, Meurig. Du gehst Wasser holen, Crispin. Und anschließend bringst du den feinen Herrschaften ihr Bier.«

Widerspruchslos folgten sie ihren Anweisungen.

Maria hatte die Hände im Schoß gefaltet und knetete nervös ihren Rock. Ihr Mann saß neben ihr, einen Ellbogen auf den Tisch gestützt. Er war gelassener. Jetzt, da Jonah ihn bei Tageslicht sah, erkannte er das strahlende Blau seiner Augen. Sie wirkten klug und funkelten von etwas, das Übermut sein mochte. Niklas schien trotz seiner untersetzten Statur behände. Die Muskeln, die seine schwere Arbeit mit sich brachte, zeichneten sich deutlich unter dem etwas fadenscheinigen Kittel ab. Jonah betrachtete verstohlen die kräftigen, aber doch feingliedrigen Finger. Sie waren wie geschaffen für sein Handwerk.

»Ich weiß nicht, wie ich mich erkenntlich zeigen soll für das, was Ihr für mich getan habt, Master Durham«, bekannte der Weber ernst. »Ich hätte nur zu gern das wundervollste Tuch für Euch gemacht. Aber Euch wird sicher am besten damit gedient sein, wenn wir möglichst schnell verschwinden. Ich denke, wir gehen in eine andere Stadt und versuchen dort unser Glück.«

Maria warf ihm einen nervösen Blick zu. »Wie stellst du dir das vor? Wer soll uns Arbeit geben? Wir können uns ja mit den meisten Leuten nicht einmal verständigen.«

»Ihr braucht nicht fortzugehen«, erklärte Jonah ihnen. »Nur für eine Weile.«

»Bis Gras über diese Sache gewachsen ist, meint Ihr?«, fragte Niklas skeptisch. »Aber ich habe niemanden bestohlen. Man hat mich zu Unrecht beschuldigt, weil ich Ausländer bin. Wer sagt mir, dass es nicht wieder passiert?«

»Es gibt ein paar mächtige Leute in dieser Stadt, die keine Flamen hier haben wollen. Einem von ihnen gehört die Kogge, auf der ihr hergekommen seid. Er hat die Geschichte eingefädelt, um mir eins auszuwischen. Und der Königin. Doch es wird nicht wieder passieren.«

»Aber wenn wir für eine Weile fortgehen und dann wiederkommen, wird man Niklas nicht wieder verhaften wegen dieses Diebstahls, den er nie begangen hat?«, fragte Maria besorgt.

Jonah schüttelte den Kopf und fragte den Weber: »Hat irgendwer nach deinem Namen gefragt?«

»Nein.«

»Gut. Das erspart dir, einen neuen annehmen zu müssen. Ich sage euch, was wir tun: Ihr werdet für ein paar Wochen verschwinden. Dann kommt ihr in aller Stille wieder und nehmt eure Arbeit in meiner Weberei auf. Niemand wird im Traum darauf kommen, dass du derselbe Flame sein könntest, der mich niedergeschlagen und in der Tonne zurückgelassen hat. Niemand wird dich erkennen. Für uns sehen ohnehin alle Flamen gleich aus.«

Niklas lehnte sich auf dem harten Holzstuhl zurück, ließ einen Arm über die Rückenlehne baumeln und fing langsam an zu grinsen. Dann lachte er leise. »Das ist so tollkühn, dass es klappen könnte.«

»Sollte es weitere Schwierigkeiten geben, was ich nicht glaube, werde ich der Königin erzählen, was geschehen ist«, fuhr Jonah fort. »Sie kann nicht offen gegen einen Sheriff von London vorgehen, aber seid versichert, sie wird eine schützende

Hand über euch halten. Ihr ist sehr daran gelegen, dass gelingt, was wir vorhaben, und dass andere Flamen eurem Beispiel folgen.«

»Bringt Ihr uns zu ihr?«, fragte Maria hoffnungsvoll. »Werden wir sie sehen?«

Jonah schüttelte den Kopf. »Es geht nicht. In wenigen Tagen beginnt das Parlament, und der Hof kehrt nach Westminster zurück. Ihr müsst aufs Land.« Er brach ab.

Niklas sah ihn erwartungsvoll an.

Jonah wich seinem Blick aus und atmete tief durch. Wo bleibt Rachel mit dem verdammten Bier? Er war furchtbar durstig, von Hunger ganz zu schweigen. Er hätte sich lieber gestärkt, ehe er zum haarigen Teil seines Plans kam. Nichtsdestotrotz gab er sich einen Ruck und erklärte: »Ich weiß nur einen Menschen, zu dem ich euch schicken könnte. Es ist ein abgelegenes kleines Landgut in Essex, gar nicht weit von hier. Dort wäret ihr gut versorgt und in Sicherheit. Nur...«

»Nur?«, fragte Maria ermutigend.

Er sah von ihr zu Niklas. »Dort wohnt eine Frau... vorübergehend. Ich kenne sie schon lange, sie lebte früher im Haus meines Lehrmeisters. Ich weiß, dass ich ihr vertrauen kann. Aber sie ist...«, Gott, ich schwafle wie ein Waschweib, »sie ist eine Hure und schwanger.«

Maria und Niklas sagten nichts, aber von der Tür kam ein seltsam erstickter Laut, der ein Schrei gewesen wäre, hätte die Stimme mehr Kraft gehabt. Jonah wandte den Kopf. Crispin stand mit einem Tablett in Händen am Eingang zur Halle – stockstill. Er starrte seinen Meister unverwandt an, mit leicht geöffneten Lippen, und sein Blick war ein erbarmungswürdiges Flehen, kindlich in seiner Offenheit: Sag, dass ich mich irre. Sag, dass sie es nicht ist.

Der Schrecken und sein schlechtes Gewissen verursachten Jonah einen heißen Stich im Magen, und er knurrte unwirsch: »Komm lieber nicht auf die Idee, das Ale fallen zu lassen.«

Maria verstand ihn nicht, aber sie sah das Unheil kommen, erhob sich hastig, nahm dem Jungen das Tablett aus kraftlos gewordenen Fingern und trug es zum Tisch. Crispins Hände sanken langsam herab, und er machte auf dem Absatz kehrt.

Jonah war geneigt, ihn ziehen zu lassen. Es war ja schließlich nicht seine Schuld, dass alles so gekommen war. Nicht er hatte Annot zu dem gemacht, was sie war, sondern Rupert. Und er wollte verdammt sein, wenn er sich dazu verleiten ließ, seinem Lehrjungen Rechenschaft abzulegen.

Wie ein Ertrinkender die rettende Planke ergriff er einen der Becher, führte ihn an die Lippen und leerte ihn zur Hälfte mit einem kräftigen Zug. Ein Zinnteller mit Schmalzbrot stand ebenfalls auf dem Tablett. Er deutete Maria und Niklas mit einer Geste an, sich zu bedienen, und griff selber zu. Doch obwohl er eben noch so ausgehungert gewesen war, fand er das Kauen mühsam, das Schlucken fast unmöglich.

Das Weberpaar tauschte wortlose Botschaften und schwieg beklommen. Zögernd nahm Niklas einen Becher Ale und trank. Maria knetete wieder ihren Rock.

»Denkt nicht, wir wollten uns ein Urteil anmaßen, Master Durham ...«, begann sie unsicher, und als sie verstummte, beendete ihr Mann den Satz: »Aber wir haben drei Kinder, an die wir denken müssen. Er wäre wohl nicht recht, wenn sie mit dieser Frau unter einem Dach leben müssten.«

Jonah schüttelte ungeduldig den Kopf. »Sie ist dort, um ihr Kind zu bekommen, und lebt gänzlich zurückgezogen. Niemand besucht sie da.« Niemand außer mir. »Ihr könnt bedenkenlos zu ihr gehen, glaubt mir. Sie ist ... Was aus ihr geworden ist, war wirklich nicht ihre Schuld und ... Entschuldigt mich einen Moment.« Er sprang auf, lief aus der Halle und die Treppe hinab, nahm immer zwei Stufen auf einmal.

Meurig kam gerade aus der Küche, und sie stießen um ein Haar zusammen. »Master, das Bad ist ...«

Jonah stürmte an ihm vorbei ins Freie. Der Hof lag wie ausgestorben im gleißenden Sonnenschein; die Kohlköpfe und Bohnenranken in den Beeten wirkten grau und schlaff, Staubkörner tanzten und glitzerten in der heißen Luft. Jonah rannte zum Tor. Die kleine Pforte war nur angelehnt. Er schlüpfte hindurch, und kaum war er auf die Straße hinausgetreten, entdeckte er den Jungen, der mit langsamen Schritten auf der Schattenseite Richtung Kirche ging.

Jonah holte ihn ein und packte ihn am Ellbogen. Crispin fuhr zusammen, und sein Kopf ruckte hoch. Sein Gesicht war bleich, und er weinte. Als er Jonah erkannte, zuckte sein Mund, und er versuchte, sich loszureißen. Jonahs Klammergriff um seinen Arm wurde fester. Sie trugen einen unsichtbaren, beinah reglosen Kampf aus. Als Crispin einsehen musste, dass er sich nicht befreien konnte, ohne die Hand gegen seinen Meister zu erheben, kapitulierte er und ließ sich beinah willenlos zum Tor zurückzerren. Sie sprachen kein Wort, bis Jonah die Pforte von innen abgesperrt und seinen Lehrling in den Schatten zwischen Tuchlager und Stall geführt hatte. Dort ließ er ihn endlich los.

»Es war schon zu spät, als ich sie gefunden habe, Crispin.«

»Ah ja? Welch glückliche Fügung für Euch, Sir. So konntet Ihr sie haben, ohne Euer törichtes Heiratsversprechen einlösen zu müssen!« Crispin hatte die Stimme erhoben, fauchte beinah. Er war vollkommen außer sich. So hatte Jonah ihn noch nie gesehen. Er ahnte mehr als er wusste, dass der Junge es darauf anlegte, ihn zu irgendetwas zu provozieren, das seinen hilflosen Zorn rechtfertigen konnte. Jonah verschränkte die Arme und sah ihn wortlos an.

Crispin ballte die Rechte und schlug damit gegen die Stallwand, dass sie erzitterte und Grigolet drinnen zusammenschrak. Sie hörten das Schlittern der Hufeisen. »Wann hattet Ihr vor, es mir zu sagen?«

»Oft. Aber der Zeitpunkt schien nie richtig.«

Crispin stieß zischend die Luft aus. Mit einiger Verspätung erkannte Jonah, dass es ein höhnisches Lachen war. »Nie, wäre die ehrliche Antwort, nicht wahr? Ihr hattet nie die Absicht, es mir zu sagen! Ihr teilt sie bereitwillig mit hundert Fremden, aber der Gedanke, dass ich zu ihr gehen könnte, hat Euch nicht gefallen. Warum nicht? Sollte es möglich sein, dass Ihr auch nichts weiter seid als ein geiler Platzhirsch, genau wie Euer...«

»Überleg dir lieber gut, ob du das wirklich sagen willst«, unterbrach Jonah leise.

Und gerade weil es so überhaupt nicht drohend klang, folgte Crispin dem Rat, überlegte und kam zu dem Schluss, dass er es alles in allem lieber doch nicht sagen wollte. Er legte den Kopf in den Nacken und blinzelte gegen seine Tränen an. »Tut mir Leid«, murmelte er erstickt.

Jonah rang mit sich. Crispins Anschuldigung war der Wahrheit nahe genug gekommen, um ihn zu kränken. Und er war versucht zurückzuschlagen, irgendetwas zu sagen, das die Kränkung mit gleicher Münze heimzahlte. Aber er war dem Jungen ja nur nachgelaufen, um ein einziges Mal in dieser ganzen verfahrenen Geschichte etwas richtig zu machen. Ein bisschen Anstand zu zeigen. Und er gedachte nicht, jetzt noch zu straucheln. »Sollte ich die Flamen überreden können, sich bei ihr auf dem Land zu verbergen, nehme ich dich mit, wenn ich sie hinbringe. Falls du sie wirklich wiedersehen willst. Lass es dir durch den Kopf gehen.«

Crispin nickte, ohne ihn anzusehen.

Jonah wandte sich ab. »Und verlass das Haus nicht noch einmal ohne meine Erlaubnis. Sonst schick ich dir die Stadtwache auf den Hals, und du kannst eine Nacht in der Tonne verbringen so wie ich.«

»Ja, Sir.«

Jonah ging niedergeschlagen zurück ins Haus. Meurig hörte ihn kommen und trat wiederum aus der Küche. »Das Bad, Master. Wenn Ihr nicht bald reinsteigt, ist es wieder kalt.«

Jonah nickte. »Vielleicht das Beste bei der Hitze.« Er bog Richtung Küche ab. »Hab ein Auge auf den Jungen, Meurig. Wenn er Anstalten macht zu verschwinden, sperr ihn ins Tuchlager.«

»Wenn Ihr meint …«

Rachel und die Kinder waren verschwunden, die Küche wie ausgestorben. Es war wunderbar still. Helles Sommerlicht fiel durchs offene Fenster herein, im Kräuterbeet vor der Küche summten die Bienen.

Jonah legte seine Kleidung ab und stieg ins lauwarme Wasser. Es war himmlisch. Er hatte gar nicht gemerkt, wie angespannt und verkrampft er gewesen war. Jetzt ließ er sich zurücksinken, und seine Muskeln lösten sich nach und nach. Ich brauche eine Pause, gestand er sich. Nur ein halbes Stündchen. Danach war er gewillt, seine diversen Lasten wieder zu schultern. Aber er hatte diese halbe Stunde verdient. Er tauchte die Arme ein und sah an sich hinab. Der Anblick seines nackten Körpers war selten genug, um sein Interesse zu wecken. Er sah schwarze, gelockte Brusthaare. Rippen, die sich unter weißer, fast durchschimmernder Haut abzeichneten. Einen flachen Bauch mit vorstehenden Hüftknochen. Gerade als er in die Betrachtung seines sacht im Wasser dümpelnden Glieds versunken war, flog die Tür auf, und Meurig trat ein.

»Ich bitte um Verzeihung, Master, aber ein Bote ist am Tor. Ein Bote der Königin. Er sagt, er habe eine Nachricht für Euch.«

»Und?« Es plätscherte leise, als Jonah mit den Schultern zuckte. »Was erschüttert dich daran so?«

»Sir, er … er hat gesagt, er habe eine Nachricht für Sir Jonah Durham, Ritter der Königin. Ist das wirklich wahr? Seid Ihr das? Und habt uns kein Wort davon erzählt?«

Jonah tauchte unter.

Der Palast von Westminster – seit den Tagen des frommen Angelsachsenkönigs Edward das Herz der Regierung – war ein unüberschaubares Wirrwarr von Gebäuden zwischen dem Fluss und der großen Abtei, und es war unmöglich zu sagen, wo das Kloster aufhörte und der Palast begann. Das lag vornehmlich daran, lernte Jonah von Giselle de la Pole, dass beide Komplexe immer weiter gewachsen waren und die Krone die Klostergebäude zu den verschiedensten Zwecken mitnutzte. »Die Commons tagen während des Parlaments zum Beispiel oft im Refektorium, weil es im Palast für sie keinen Versammlungssaal gibt.« Sie wies auf ein lang gezogenes Bauwerk mit kleinen Rundbogenfenstern im Schatten der gewaltigen, aber turmlosen Kirche.

Jonah nickte. Er war froh, dass die Torwache nach jemandem

geschickt hatte, der ihn zur Königin führen sollte, denn alleine hätte er sich hier gewiss hoffnungslos verlaufen. Und er war besonders froh, dass es Giselle war, die in den verwinkelten Hof hinausgekommen war, um ihn in Empfang zu nehmen. Immer wenn er sie sah, wurde ihm leicht ums Herz.

»Und des Königs Großvater hat den Kapitelsaal des Klosters als Schatzkammer benutzt, weil er so schöne dicke Mauern hat«, setzte sie ihre Ausführungen fort. »Trotzdem wurden die Schatullen der Krone geplündert, während der König im Krieg gegen Schottland war. Nach seiner Rückkehr ließ er den Schatzmeister für seine Nachlässigkeit und mutmaßliche Verwicklung in den Diebstahl hinrichten.«

Jonah hob kurz die Schultern. »Geschah ihm recht, oder?«

»Schon. Aber er war der Einzige, der den Kopf dafür hinhalten musste. All seine Komplizen kamen ungeschoren davon.«

»Wer waren seine Komplizen?«, fragte Jonah neugierig.

Sie warf ihm einen kritischen Blick zu, als wolle sie ergründen, ob er sich dumm stellte oder wirklich so einfältig war. »Wer schon, Jonah. Die Mönche natürlich.«

»Natürlich.«

Sie betraten ein zweigeschossiges, graues Steinhaus an der Ostseite des Komplexes. »Sie wird froh sein, Euch zu sehen«, eröffnete Giselle ihm unvermittelt. »Sie ist in Sorge.«

»Worüber?«

Giselle hob die zierlichen, schneeweißen Hände. »Es gibt Krieg.«

»Ich dachte, das ist es, was wir alle wollten.«

Sie seufzte. »Ja.«

»Ich wette, dein Vater ist höchst erfreut.«

Das Mädchen nickte zögernd und führte ihn eine Treppe hinauf und durch eine menschenleere Halle. Jonah sah auf Giselles kastanienbraunen Schopf hinab, und als sie das Gesicht hob und ihn anschaute, erkannte er, wie bedrückt sie war. Krieg machte allen Kindern Angst, das war wohl ganz natürlich. Er selbst war fünfzehn gewesen, als der letzte katastrophale Schottlandfeldzug stattgefunden hatte, und er entsann sich, dass ihm die Aufregung der Erwachsenen, die eigentümliche Unruhe in der Stadt unheimlich gewesen waren. Heute schämte er sich dessen, wenn er daran dachte, dass der blutjunge, gerade gekrönte König Edward, der genauso alt war wie er, jenen verlust- und entbehrungsreichen Feldzug mitgemacht und den wilden schottischen Kriegern unerschrocken, wenn auch erfolglos die Stirn geboten hatte.

Jonah wollte irgendetwas sagen, um Giselle zu beruhigen, als er plötzlich mit einer großen Gestalt zusammenstieß und rüde beiseite gerempelt wurde.

»Habt Ihr keine Augen, passt doch auf ... Jonah! Was bei allen Teufeln hast du hier verloren?«

»Rupert ...« Jonah musste sich zwingen, nicht zurückzuweichen. Bei der Erinnerung an ihre letzte Begegnung richteten sich seine Nackenhaare auf; es war wie ein leiser Nachhall des damals empfundenen Entsetzens. Aber lieber hätte er sich in die Themse gestürzt, als Rupert das merken zu lassen. »Das Gleiche könnte ich dich fragen.«

Rupert stieß schnaufend die Luft aus und hüllte sie in eine benebelnde Bierwolke. »Ich suche den jungen Waringham. Kennst du ihn?«

Jonah schüttelte den Kopf. »Nur dem Namen nach.«

Giselle warf ihm keinen erstaunten Blick zu, protestierte nicht, zuckte mit keiner Wimper oder tat sonst irgendetwas, um ihn als Lügner zu überführen. Jonah hatte darauf gebaut, dass sie es nach zwei Jahren bei Hofe zu sehr gewöhnt war, die Unwahrheit zu hören, um sich noch darüber zu wundern. Und er hatte sich nicht getäuscht.

»Der Earl of Waringham ist vorgestern im Auftrag des Königs fortgeritten, Sir«, sagte sie lediglich.

Rupert fuhr zu ihr herum. »Er ist *was*? Wohin? Wann kommt er wieder?«

Sie schüttelte den scheu gesenkten Kopf und log ihrerseits: »Das weiß ich nicht.«

Rupert ergriff ihren zweigdünnen Arm. »Sag es mir! Wo ist er hingeritten?«

Noch vor einer Minute hätte Jonah geglaubt, dass er es nie wieder wagen würde, seinen Vetter anzurühren. Aber er bewegte sich, ehe er einen klaren Gedanken fassen konnte, packte Ruperts Handgelenk und riss es von Giselles Arm. »Du hast doch gehört, sie weiß es nicht. Ich schlage vor, du reißt dich ausnahmsweise einmal zusammen. Sie ist eine Hofdame der Königin, also bring dich nicht in Schwierigkeiten.«

Rupert zog den Kopf zwischen die massigen Schultern. Er schien mit einem Mal in sich zusammenzuschrumpfen. »Ich *bin* in Schwierigkeiten«, jammerte er. »Dieser verfluchte Bastard Waringham hat mich versetzt!«

Jonah betrachtete seinen Vetter angewidert. Fast hatte er vergessen, welch eine Sprache Rupert führte, dass er ein kindisches Vergnügen daran zu finden schien, lästerlich zu fluchen. Sobald er den Mund auftat, kam Unflat heraus. Dabei war ihm vollkommen gleich, wer es hörte.

Verlegen wandte Jonah sich an Giselle. »Ich glaube, es ist das Beste, du sagst mir den Weg und gehst voraus.«

Er konnte sehen, dass ihr der Vorschlag nicht gefiel, aber sie war zu eingeschüchtert, um zu widersprechen. »Durch die Tür dort, eine Treppe hinauf. Ich warte oben bei der Wache.«

Er nickte, wartete, bis sie die Halle verlassen hatte, und wandte sich dann unwillig wieder an Rupert. »Was heißt ›versetzt‹?«

Der bärenhaft große Kaufmann warf hilflos die Hände hoch. »Siebzig Ballen billiges Streichgarn hat er bestellt. Vorgestern sollte er sie übernehmen. Und jetzt ist er verschwunden!«

Jonah konnte kaum fassen, dass Rupert die Stirn hatte, ausgerechnet ihm sein Leid zu klagen. Aber er genoss die unerwartete Freude, mit eigenen Augen sehen zu dürfen, wie das Wasser seinem Vetter allmählich bis zum Halse anstieg. Tja, Rupert, so ist das. So fühlt es sich an. Jetzt weißt du, wie bitter die Medizin ist, die du mir so großzügig verabreicht hast. Du meinst, du bist verzweifelt, ja? Warte, bis ich mit dir fertig bin …

Doch er sagte lediglich: »Worüber regst du dich so auf? Er wird dir das Tuch schon abnehmen, wenn er zurückkommt. Es heißt ja allgemein, Adlige seien Ehrenmänner.«

»Aber ich brauche das Geld *jetzt*!«, stieß Rupert hervor. »Er hat so gut wie nichts angezahlt.« Und die tatsächlich geringe Anzahlung war natürlich längst verprasst.

Jonah zog die Brauen in die Höhe. »Rupert, ich hoffe inständig, du willst mich nicht anpumpen. Selbst wenn ich wollte, könnte ich dir nicht aushelfen. Ich habe vor ein paar Monaten ein ziemliches Verlustgeschäft gemacht, wie du dich vielleicht erinnerst.«

Ruperts Miene zeigte tiefste Zerknirschung. »Du glaubst nicht, wie oft ich das schon bereut habe. Alles, was an dem Tag passiert ist.«

»Richtig. Ich glaube es nicht.« Diese plötzliche Anwandlung von Reue, die seine Börse öffnen sollte, fand Jonah abstoßender als alles andere. Er spürte, dass er sich nicht mehr lange würde beherrschen können, und wandte sich ohne Eile ab. »Wenn du Geld brauchst, geh in die Lombard Street.«

Giselle war nicht zu den Gemächern der Königin vorausgegangen, sondern wartete unten an der Treppe, gleich neben der Tür zur Halle.

»Warum bin ich nicht überrascht?«, murmelte Jonah.

Sie lächelte verschwörerisch. »Ihr habt gelogen, Jonah«, wisperte sie.

Er grinste. »So wie du.« Und auf der Treppe fragte er leise: »Wo ist Waringham denn nun?«

Giselle warf einen verstohlenen Blick über die Schulter zurück, ehe sie antwortete: »Er ist im Auftrag des Königs nach Norden geritten, um Edward Balliol und den Adligen, die ihre schottischen Ländereien zurückerobern wollen, zu verbieten, die Grenze nach Schottland zu überqueren. Und ich möchte nicht die Luft anhalten müssen, bis Waringham zurückkommt. Wenn dieser Mann dringend auf ihn wartet, ist er zu bedauern.«

»Dein Mitgefühl ist in diesem Fall gänzlich verschwendet. Wieso glaubst du, es wird so lange dauern, bis Waringham zurückkehrt? Er ist der beste Reiter, den ich je gesehen habe, und hat hervorragende Pferde.«

»Ja, ja. Aber der König hat ihm doch gesagt, er soll sich Zeit lassen mit seiner Botschaft. Die Nachricht darf auf keinen Fall rechtzeitig ankommen.«

Jonah grinste bewundernd und schüttelte gleichzeitig den Kopf über das doppelte Spiel, das König Edward trieb. Wenn Balliol und die enteigneten englischen Adligen in Schottland einfielen, konnte Edward seine Hände in Unschuld waschen und wahrheitsgemäß erklären, er habe es ausdrücklich verboten. Solange Philip von Frankreich und der Papst nicht erfuhren, dass Balliols Abenteuer aus englischen Steuermitteln finanziert wurde …

Giselle führte ihn an der Wache vorbei, einen breiten, von Fackeln erhellten Korridor entlang zu einer Tür auf der linken Seite. Nach einem leisen Klopfen traten sie ein.

Philippa kniete im frischen Stroh am Boden und spielte mit ihrem zweijährigen Sohn. Der Prinz hielt ein prächtig bemaltes Holzpferd in Händen. Es hatte vier kleine Rollen, die aber natürlich auf dem strohbedeckten Boden nicht laufen wollten, und der Kindermund bebte Unheil verkündend.

Als sie eintraten, sprang Philippa leichtfüßig auf. »Jonah!«

Er hatte das Gefühl, das Blut schieße ihm in den Kopf. Er verneigte sich wortlos und unnötig tief. Ihr Anblick machte seine Kehle eng. Wenn Giselle sagte, die Königin sei in Sorge, stimmte es vermutlich, denn das Mädchen war scharfsichtig, stand Philippa nahe und kannte sie wahrscheinlich besser als die meisten. Dennoch kam es Jonah vor, als gehe von der Königin ein gewisses Leuchten aus. Was vielleicht an ihrem Kleid lag. Weiß. Wieder einmal eine Farbe, von der er ihr abgeraten hätte, denn er hatte schon oft beobachtet, dass es das gepriesene Lilienweiß der Haut einer Dame wie fahle Todesblässe wirken ließ. Nicht so bei Philippa. Es machte sie feenhaft zierlich und filigran. Ihre kecke kleine Haube ging in ein silber- und perlenbesetztes Netz über, das die dunklen Haare hielt. Jonah hatte nie etwas Vergleichbares gesehen.

Nachdem er die dargebotene Hand an die Lippen geführt und wieder losgelassen hatte, bemerkte sie lächelnd: »Selbst für Eure Verhältnisse eine wortkarge Begrüßung.«

Er räusperte sich. »Verzeiht mir, Madame. Ich … ringe gerade mit der Erkenntnis, dass mein Farbgeschmack, den ich immer für so treffsicher gehalten habe, nichts taugt.« Er wies in einer matten Geste auf ihr Kleid und bewunderte den weichen Faltenwurf des Rocks. Er wagte nicht, ihr in die Augen zu sehen. Er hatte zwei grässliche Tage und eine schlaflose Nacht hinter sich, war vollkommen erschöpft und fühlte sich kraftlos. Jonah wusste einfach nicht, wie er es heute fertig bringen sollte, seine Gefühle vor ihr zu verbergen.

Die Königin schaute mit einem zufriedenen Seufzer an sich hinab. »Ich konnte einfach nicht widerstehen. Ihr findet nicht, es macht mich zu blass?«

»Nein.«

Sie strahlte.

Prinz Edward war die Freude an seinem Spielzeug gründlich vergangen. Mit einem wutentbrannten Schrei schleuderte er es zu Boden. Der schmale Pferdehals brach mitten durch. Als der Junge das sah, kniff er die Augen zu und fing an zu brüllen.

Philippa eilte zu ihm, hob ihn hoch und versuchte ihn zu trösten. Aber das Geheul wurde nur noch ohrenbetäubender. Schließlich reichte die Königin ihren Sprössling der Amme, die in der Fensternische stand und wartete. »Hier, Alice. Gib ihm seinen Brei. Vielleicht wird er gnädiger, wenn er etwas zu essen bekommt – bei seinem Vater funktioniert das meistens.«

Lachend trug die Dienerin den kleinen Schreihals hinaus.

Jonah atmete verstohlen auf, als die Tür sich schloss. Er sah sich kurz nach Giselle um. Das Mädchen hatte sich an einen Stickrahmen gesetzt, der vor dem Fenster aufgestellt war, und widmete sich mit konzentriert gerunzelter Stirn der Arbeit.

Philippa winkte Jonah zum Tisch. Er folgte ihr und bewunderte ihren schmalen, kerzengeraden Rücken. Sie nahm Platz und forderte ihn mit einer nachlässigen Geste auf, ihrem Beispiel zu folgen.

»Ich wollte Euch sprechen, ehe das Parlament beginnt, denn dann ist dieser Palast ein Tollhaus, und man kann mit niemanden unbelauscht reden. Balliol und die enteigneten Lords sind auf dem Weg nach Schottland, Jonah. Niemand hat es bislang gemerkt, aber der Krieg hat begonnen.«

Er entdeckte eine kleine Falte, die sich zwischen ihren Brauen gebildet hatte, und ertappte sich bei dem Wunsch, sie wegzuküssen. »Ja, Madame. Giselle hat es mir schon erzählt.«

Sie nickte, offenbar nicht überrascht. Dann wechselte sie scheinbar unvermittelt das Thema. »Habt Ihr Eure Rohwolle bekommen, die Ihr kaufen wolltet?«

»Ja. Wenn auch nicht viel. Ein Viertel behalte ich hier. Mein flämischer Weber, der seit gestern hier ist, soll sie verarbeiten. Den Rest verkaufe ich nach Flandern.«

Ihre Augen leuchteten auf. »Euer Weber ist gekommen? Erzählt mir von ihm!«

Jonah wählte seine Worte sorgsam. Er schilderte ihr die Intrige gegen Niklas und deren vorläufig glücklichen Ausgang. Er unterschlug seine Nacht in der Tonne und die drängende Frage, was er mit den Flamen anfangen sollte, wenn sie sich weigerten, zu Annot zu gehen.

Philippa war erwartungsgemäß zutiefst erbost. »Wer sind diese Leute, die es wagen, unsere Pläne mit so schändlichen Mitteln zu behindern?«

»Engstirnige Kaufleute, die sich vor allem fürchten, was neu ist.«

Sie schnaubte verächtlich. »Nennt mir ihre Namen.«

»Nein.«

Für ein paar Herzschläge herrschte ein verblüfftes Schweigen. Dann fragte sie: »Wie war das?«

Jonah strich sich nervös die Haare hinters Ohr. »Ich würde gerne versuchen, dieses Problem selber zu lösen. Ich denke, ich habe einen Weg gefunden, um Niklas und seine Familie zu schützen. Bitte, Madame. Vertraut mir. Ihr könnt mir nicht immer alles in den Schoß legen, das beschämt mich. Und … zwingt mich nicht, diese Männer anzuschwärzen. Sie sind Kaufleute wie ich und haben Anrecht auf meine Loyalität. Es wäre ehrlos.«

Sie seufzte ungeduldig. »Ich hatte nicht die Absicht, sie aufhängen zu lassen, Jonah.«

»Ich weiß. Trotzdem.«

Sie sahen sich einen Moment in die Augen. Es war ein höchst ungleicher Kampf. Im Handumdrehen hatte Jonah den flämischen Weber und den Widerstand der alteingesessenen Tuchhändler vergessen. Philippas Gesicht, der eindringliche Blick ihrer dunklen Augen lähmten sein Denken und schärften dafür seine Sinne. Sein Kopf wurde federleicht.

Ohne ihren Vorteil zu erkennen stand die Königin unvermittelt auf und trat ans Fenster.

Benommen, mit bebenden Knien erhob Jonah sich von seinem Schemel.

»Meinetwegen«, sagte Philippa leise. »Aber Ihr müsst verstehen, dass ich mich für diese Menschen ebenso verantwortlich fühle wie Ihr.«

»Wenn sie wieder in Gefahr kommen sollten, werde ich nicht zögern, Euch um Hilfe zu bitten.«

Sie wandte sich zu ihm um. »Das ist ein Wort. Und was tut Ihr mit den übrigen drei Vierteln Eurer Wolle?«

»Ich verschiffe sie nach Flandern.«

»Habt Ihr zufällig die Absicht, sie selbst hinzubringen?«

Jonah spürte Argwohn aufsteigen, aber er nickte.

Philippa lächelte. Huldvoll. »Würdet Ihr einen Brief mitnehmen?«

»Einen Brief?«

Sie kehrte zum Tisch zurück und wählte eine Pflaume aus einer verschwenderisch gefüllten Schale. Sie nahm einen mäusekleinen Biss und erklärte dann: »An meinen Vater. Edward will dem König von Frankreich und dem Papst Sand in die Augen streuen, was Schottland betrifft, aber mein Vater muss die Wahrheit wissen. Wir werden ihn in Zukunft noch brauchen. Und er hasst es, für dumm verkauft zu werden.«

Jonah hob unbehaglich die Schultern. »Natürlich werde ich Euren Brief gerne überbringen, Madame. Aber wenn Ihr dem Grafen von Hainault eine Botschaft senden wollt, warum schickt Ihr nicht einen Gesandten? Einen Bischof? Irgendwen, der sich auf dergleichen versteht?«

Sie lächelte ihn an. »Weil der König von Frankreich die Schritte unserer Bischöfe genauestens überwacht. Und die unserer Adligen. Aber ein Kaufmann, der seine Wolle nach Antwerpen oder Brügge oder Gent bringt ...«

Jonah verstand. Er verneigte sich knapp. »Wann immer Ihr es wünscht, Madame.«

Giuseppe Bardi hatte Rupert eine geschlagene Stunde warten lassen, ehe er ihn in einer kleinen, kärglich möblierten Kammer neben dem Kontor empfing. Es gab mehrere solcher Räume für vertrauliche Besprechungen, üppig eingerichtete mit kostbaren Wandteppichen und bequemen Polstersesseln, wo Giuseppes Vater und Onkel ungestört und einvernehmlich mit ihren geschätzten Kunden die einträgliche Zukunft planen konnten; fensterlose, düstere Zellen wie diese hier für die Einschüchterung und Maßregelung säumiger Zahler. Das Bankhaus Bardi war ein großer Gebäudekomplex, umgeben von einer zwanzig Fuß hohen Steinmauer und bewacht von einer kleinen Armee. Es glich einer Festung. Und das musste so sein, denn außer im Tower gab es wohl keinen anderen Ort in London, wo so viele Gold- und Silbermünzen verwahrt wurden wie hier, und sie zogen große und kleine Gauner an wie ein fauliger Apfel die Fliegen.

»Ihr müsst mir noch einmal helfen, Bardi«, sagte Hillock. Sein Ton klang brüsk, beinah befehlend, die Beschwörung lag mehr in den Augen. »Es ist ja nur ein vorübergehender Engpass.«

Giuseppe verschränkte die Hände vor sich auf der blank gescheuerten Tischplatte. Seine dunklen Augen betrachteten den nervösen Kaufmann vollkommen emotionslos. »Das habt Ihr beim letzten Mal auch gesagt, Master Hillock. Ihr seid mit den Zinszahlungen im Rückstand. Ich fürchte daher, mir sind die Hände gebunden. Ich muss unseren Geldgebern schließlich Rechenschaft ablegen.«

Rupert fuhr sich mit einer seiner Pranken über die feuchte Stirn und leckte sich die Lippen. Er war schrecklich durstig. Bisher hatte Bardi ihm immer etwas zu trinken angeboten, wenn er herkam, aber heute nicht. Rupert verstand die Botschaft sehr wohl. Und ihm war danach, diesem hochmütigen kleinen Drecksack seinen mageren Hals umzudrehen, doch er beherrschte sich. Er wusste, sein geschäftliches Überleben hing davon ab, dass er Bardi bei Laune hielt. Er bemühte sich um ein gewinnendes Lächeln. »Dann leiht mir genug, um auch die rückständigen Zinsen zu zahlen. In ein paar Tagen beginnt das Parlament, spätestens dann muss Waringham doch wieder hier sein, schließlich ist er einer der Lords. Und sobald er mir das Tuch abgenommen hat, bin ich wieder flüssig.«

Bardi lehnte sich auf seinem harten Holzstuhl zurück, vergrößerte den Abstand zwischen ihnen. »Es ist ausgesprochen ungesund, für die Zinszahlungen weitere Kredite aufzunehmen, Sir. Ein schneller Weg ins Verderben. Und es ist nicht unser Geschäftsgebaren, solch unkluge Schritte zu unterstützen.«

Rupert vergaß alle guten Vorsätze und donnerte die Faust auf den Tisch. »Erspart mir Eure Belehrungen! Ich habe schon Geschäfte gemacht, als Ihr noch in die Windeln geschissen habt! Ich habe Euch Sicherheiten gegeben, die mehr wert sind als das, was ich Euch schulde! Also ziert Euch nicht wie eine gottverfluchte Jungfrau!«

Giuseppe sah ihn an wie einen interessanten, aber etwas widerlichen Käfer, vollkommen unbeeindruckt von Ruperts Ausbruch. »Ihr seid dennoch an die Zinstermine gebunden, Master Hillock. Ihr werdet doch kaum wollen, dass wir unsere Sicherheiten verwerten müssen, nicht wahr?«

Diese so höflich ausgesprochene Drohung verschlug Rupert vorübergehend die Sprache. Dann sprang er auf, krallte die Linke vorn in Bardis Gewand und zerrte den Bankier auf die Füße. Beide Stühle fielen krachend um.

»Du dreckiger kleiner Hurensohn willst mir Angst machen? Da hast du dir aber wirklich den Falschen ausgesucht, du ...«

Plötzlich wurde er von hinten gepackt und zurückgerissen. Kräftige Hände legten sich um seine Arme und drehten sie auf den Rücken. Rupert wandte entgeistert den Kopf. Zwei junge englische Wachen, bis an die Zähne bewaffnet, flankierten ihn.

Er hatte sie nicht hereinkommen hören. Er hatte sie draußen auch nicht gesehen. Vermutlich hatten sie Anweisung, sich nach dem Schließen der Tür davor zu postieren und hereinzustürmen, wenn die ersten Möbel umfielen.

»Möchte der Gentleman gehen, Sir?«, wandte der Erste sich an Bardi.

Der Bankier hatte inzwischen sein Gewand glatt gestrichen und wirkte noch genauso ungerührt und ruhig wie zuvor. Er nickte fast unmerklich, und zu Rupert sagte er: »Ich werde Euch die Zinsen stunden, Sir. Sieben Tage. Ich bedaure, aber das ist alles, was ich derzeit für Euch tun kann.« Er lächelte milde, aber in seinem Blick lag etwas ganz und gar Erbarmungsloses. »Und die Uhr läuft weiter. Das solltet Ihr nicht vergessen.«

Rupert atmete schwer. Er war außer sich vor Wut, und er konnte die Hände nicht ertragen, die ihn hielten. Mit einem plötzlichen Ruck versuchte er sich loszureißen, aber vergebens. »Du kriegst dein Geld, Bardi. Aber sei versichert, dass der Stadtrat von dieser Geschichte hören wird!«

Giuseppe verzog amüsiert einen Mundwinkel. »Das würde ich mir an Eurer Stelle gut überlegen, Master Hillock.«

Er gab den Wachen ein Zeichen. Nicht gerade roh, aber sehr energisch führten sie Rupert hinaus.

Es dämmerte schon, als Jonah heimkam. Man merkte, dass die Tage langsam wieder kürzer wurden, auch wenn die Sommerhitze ungebrochen war. Die Sonne versank im Westen in einem schwarzen Wolkengebilde, und Jonah überlegte, ob wohl heute endlich der ersehnte Regen käme.

Er brachte Grigolet in den Stall und löste den Sattelgurt. Als er sich wieder aufrichtete, wurde ihm ein wenig schwarz vor Augen. Er war zum Umfallen müde.

Schritte erklangen am Stalltor, und er hob den Kopf. Meurig kam herein. »Lasst nur, Master, ich mach das schon.«

Jonah nickte dankbar und wandte sich ab.

»Sie haben es sich überlegt, unsere Flamen. Sie wollen nun doch bei Eurer ... Freundin unterkriechen.«

»Gut.«

Meurig nahm dem Wallach die Trense aus dem Maul und hängte sich den Stirnriemen über den linken Arm. »Wollt Ihr nicht wissen, was diese wundersame Sinneswandlung herbeigeführt hat?«

»Nicht unbedingt. Aber ich sehe, du wirst es mir trotzdem sagen.«

Der Waliser grinste breit und begann, das Pferd abzureiben. »Crispin hat mit ihnen gesprochen. Lange. Er hat ihnen die Weberei gezeigt und die Rohwolle und von Euren Plänen erzählt. Als Maria aus der Weberei kam, leuchteten ihre Augen, das sag ich Euch. Sie ist ganz vernarrt in das Haus. Damit war die Schlacht so gut wie gewonnen. Und dann hat Crispin mit ihnen über dieses Mädchen geredet. Ihr solltet ihm dankbar sein, wisst Ihr.«

»Was täte ich nur ohne deine Ratschläge, Meurig.«

Jonah ging hinaus in den Hof, ohne eine Antwort abzuwarten. Es war keineswegs eine neue Erkenntnis, dass er mit einem Haushalt voller Schwätzer geschlagen war. Alle hier *redeten* immerzu miteinander, von früh bis spät, tagein, tagaus. Rachel mit Meurig, Meurig mit Crispin, Crispin mit Rachel. Über Gott und die Welt und ganz gewiss auch über ihn. Der Gedanke war ihm unheimlich. Es machte ihm nichts aus, dass sie alle sich nahe standen und er der Außenseiter im eigenen Haus war. Das war seine vertrauteste, seine beste Rolle. Aber er wusste, dass sie eine Front gegen ihn bildeten und versuchten, ihn zu manipulieren. Oft gelang es ihnen vermutlich, ohne dass er das Geringste davon merkte. Und er hatte den Verdacht, dass die Flamen schon Teil dieser Verschwörergemeinschaft waren. Ein äußerst beunruhigender Gedanke.

Er betrat sein Haus und fand sie alle oben in der Halle beim Abendessen.

»Wir haben auf Euch gewartet, solange es ging«, begrüßte Rachel ihn mit unausgesprochenem Vorwurf. »Aber die Pfannkuchen wurden kalt, und die Kinder hatten Hunger.«

»Ich werde der Königin ausrichten, mich in Zukunft nur noch

zu solchen Zeiten zu sich zu bestellen, die meiner Magd genehm sind«, konterte er, setzte sich an seinen Platz und fing ohne Tischgebet an zu essen.

Niklas räusperte sich. »Master Durham, wir haben uns entschlossen, Eurem Vorschlag zu folgen. Und ich bitte um Verzeihung, wenn es so ausgesehen hat, als wollten wir über diese Frau richten und Steine werfen.«

Jonah sah von seinem Teller auf und rang sich ein flüchtiges Lächeln ab. »Schon gut, Niklas.«

»Aber wie sollen wir aus der Stadt herauskommen?«, fragte Maria. »Die Torwachen haben doch sicher Anweisung, nach einem Flamen Ausschau zu halten.«

»Wir nehmen den Fluss«, erklärte Jonah, und zu Crispin sagte er: »Wenn du aufgegessen hast, läufst du zu Elia Stephens und fragst, ob ich heute Nacht sein Boot borgen kann.«

Der Lehrling schob seinen beinah unberührten Teller weg und stand vom Tisch auf. »Wird er nicht wissen wollen, wofür?«

Jonah schüttelte den Kopf. Das kleine Gut, auf das Mistress Prescote Annot geschickt hatte, lag nur wenige Meilen außerhalb der Stadt direkt am Themseufer. Es war per Boot schneller zu erreichen als mit dem Pferd, außerdem war man auf dem Wasserweg unabhängig von den Öffnungszeiten der Stadttore. Deshalb hatte er sich Elias Boot schon häufiger geborgt, um Annot zu besuchen.

»Sollte er wider Erwarten doch fragen, sag, du wüsstest es nicht.« Er konnte Elia trauen, wenn es um ein heimliches Stelldichein ging. Sheriff Brembre und Adam Burnell ein Schnippchen zu schlagen war hingegen eine andere Geschichte. Jonah wollte seinen Freund nicht in Gewissenskonflikte bringen. Außerdem war auch Elia Stephens ein großer Schwätzer vor dem Herrn. Besser für alle, er wusste nichts.

Crispin nickte und ging hinaus. Jonah entging nicht, wie bleich der Junge war und dass er es vermied, seinem Meister in die Augen zu sehen.

Ginger sprang auf Jonahs Schoß und ließ sich schnurrend nieder. Unter den missfälligen Blicken der Magd kraulte Jonah ihm den Nacken, rollte mit der freien Linken geschickt seinen Pfannkuchen auf und biss ab.

Die kleinere von Niklas' Töchtern wollte aufstehen, mit leuchtenden Augen streckte sie ihre rundliche Hand nach dem schönen Kater aus.

Ihre Mutter verpasste ihr einen unsanften Klaps. »Du bleibst sitzen, bis wir fertig sind.«

Die Kinderaugen füllten sich mit Tränen und sahen flehentlich zu Jonah. Er schaute hastig weg und sagte zu Niklas: »Besser, ihr geht und packt euer Zeug zusammen. Wir brechen auf, sobald es dunkel ist.«

Als Crispin zurückkam, wartete Jonah mit den Flamen bereits im Hof. Ein halbvoller Mond erhellte die Nacht, doch im Westen grummelte Donner, dann und wann zuckte Wetterleuchten auf. Jonah hoffte, die Wolken würden den Mond nicht allzu bald verschlucken. Er wollte keine Fackeln anzünden, ehe sie die Stadt hinter sich gelassen hatten.

Crispin trat zu ihm. »»Nur keine Hemmungen‹, lässt Master Stephens ausrichten.«

»Gut. Und? Willst du mitkommen?«

Der Lehrling schüttelte den gesenkten Kopf. »Vielleicht, wenn Ihr sie wieder abholt. Aber nicht heute.«

Jonah war erleichtert. Eine Komplikation weniger. »Dann leg dich schlafen. Du musst morgen früh raus und allein die Schneider beliefern. Ich komme erst vormittags zurück.«

»Fahr zur Hölle, Jonah«, murmelte der Junge in seinem Rücken, aber Jonah tat, als habe er es nicht gehört, trat auf die Straße hinaus und sah sich aufmerksam um. Dann winkte er der Weberfamilie, ihm zu folgen.

Ungesehen kamen sie zu den nahen Kais der Salt Wharf hinunter, wo Stephens' kleines Boot, die *St. Andrew*, lag. Die drei Kinder waren aufgeregt über dieses seltsame nächtliche Abenteuer, aber ihr Vater ermahnte sie, und das Tuscheln und Kichern verstummte. Sie gingen an Bord, Jonah machte die Leine los und ruderte lautlos auf den Fluss hinaus.

Maria saß mit den Kindern achtern, hatte sie sorgsam in Decken gehüllt, und es dauerte nicht lange, bis das Schaukeln die Kleinen in den Schlaf wiegte. Niklas saß Jonah gegenüber auf der Bank im Bug. »Soll ich vielleicht rudern, Master Durham? Ihr müsst erschöpft sein.«

Jonah schüttelte den Kopf. »Es geht schon.«

Es stimmte, er war todmüde. Aber die Themse hatte Untiefen und Tücken; es war zu gefährlich, das Boot jemandem anzuvertrauen, der sie nicht kannte. Jonah war selbst kein besonders erfahrener Seemann, doch er war an diesem Fluss aufgewachsen und schon unzählige Male darauf gefahren. Außerdem war auch dieser Fluchtweg nicht unbewacht. Sowohl die königlichen Zolleintreiber als auch die Stadtwache ließen auf ihm nachts patrouillieren, um Schmuggler und Piraten abzuschrecken, und eine Wache stand die ganze Nacht auf der Mauer des Tower und hielt Ausschau nach feindlichen Schiffen. Nachts war kaum Verkehr; jedes Boot war auffällig. Sollten sie angerufen werden, traute Jonah sich zu, im Hafengewirr zu verschwinden.

Doch sie kamen unangefochten unter der Brücke hindurch, am Tower vorbei, und schon lag die große Stadt hinter ihnen. Da sie flussabwärts unterwegs waren, ging es zügig voran. Nach etwa zwei Stunden wusste Jonah, dass sie ihrem Ziel nahe waren, und er lenkte das Boot ans nördliche Ufer.

»Haltet nach einer Anlegestelle mit zwei weißen Pfosten Ausschau. An einen der Pfosten ist ein Schal geknotet.«

Niklas spähte angestrengt nach vorn. Hinter ihnen grummelte es jetzt häufiger, und schon zweimal war der Mond hinter den Wolken verschwunden.

»Da ist es!« Maria wisperte unwillkürlich.

Jonah erahnte den wehenden Stofffetzen an einem der hell schimmernden Holzpoller, hielt darauf zu und machte am Steg fest. Dann stieg er aus und half Niklas und Maria an Land. Jeder ein schlafendes Kind in den Armen, gingen sie den baumbestandenen, ansteigenden Pfad zum Haus hinauf. Jonah trug den kleinen Willem. Er war erstaunt, wie schwer und warm der winzige Körper in seinen Armen lag.

Die Frage, wie man mit einem Kind im Arm an eine Tür klopfen sollte, erübrigte sich, denn Annot saß auf einer Bank vor dem schlichten, aber geräumigen Holzhaus. Als sie die Schritte hörte, erhob sie sich langsam, zog ihr Tuch fester um die Schultern und schaute argwöhnisch in die Nacht hinaus.

»Wer ist da?«

»Ich.«

»Jonah!« Sie lief ihm entgegen. Dann entdeckte sie, dass er nicht allein war, und blieb unsicher stehen.

Jonah hielt vor ihr an. »Annot, dies sind Niklas, Maria, Grit, Jeanne und Willem. Tut mir Leid, dass ich dir keine Nachricht schicken konnte, aber ich muss sie ein paar Tage bei dir lassen.«

Sie starrte ihn ungläubig an, doch als sie sich an ihre ungebetenen Gäste wandte, lächelte sie. »Seid willkommen.« Sie wies einladend auf ihre Tür. »Tretet ein und lasst uns ein Bett für die Kinder herrichten.«

Die Flamen hörten den freundlichen Tonfall und folgten ihr erleichtert ins Haus. Ein wenig beklommen, aber auch neugierig hatten sie sich nachmittags gefragt, wie eine Londoner Hure wohl sein mochte. Ob man auf einen Blick erkennen würde, dass sie liederlich und sündig war. Maria hatte gar Zweifel geäußert, dass sie sittsam gekleidet sein würde, und der Blick, bei dem sie Niklas daraufhin ertappte, hatte ihr ganz und gar nicht gefallen. Zänkisch, hochmütig und vulgär, darauf hatte sie sich eingestellt. Diese natürliche Freundlichkeit war das Letzte, womit sie gerechnet hätte.

Sie kamen in die geräumige Küche. »Seid ihr hungrig?«, fragte Annot.

Jonah schüttelte den Kopf. »Wir haben gegessen.«

Annot hockte sich vor den Herd, entzündete an der Glut einen Kienspan und hielt ihn an den Docht einer Kerze. Dann wies sie auf eine Tür, die von der Küche ins Innere des Hauses führte. »Hier liegt eine kleine Halle, mit der müsst ihr heute Nacht vorlieb nehmen. Ich habe meine Kammer oben und das Gesinde auch. Ab morgen verbannen wir den Knecht in den

Stall, aber wir wollen ihn jetzt nicht wecken ... Gott, ihr versteht kein Wort von dem, was ich sage, nicht wahr?«

Sie sah verunsichert zu Jonah, der ein wenig zerknirscht lächelte. »Sie werden es schon lernen. Je eher, desto besser. Ich bin sicher, ihr kommt zurecht.«

»Ja, gewiss.« Aber bei ihrem Blick schwante ihm nichts Gutes.

Annot führte ihre Gäste in die bescheidene Halle. Sie rafften das Stroh zu Matratzen zusammen, und Annot holte ein paar Decken. Niklas und Maria gaben ihr zu verstehen, dass sie so bestens zurechtkommen würden, und wünschten eine gute Nacht.

Jonah stieg vor Annot die Treppe hinauf, betrat ihre Kammer und fiel wie ein gefällter Baum aufs Bett.

»Untersteh dich, mit den Schuhen in mein Bett zu kommen, Jonah Durham!«

Er stöhnte und setzte sich auf. »Tut mir Leid.«

Blinzelnd sah er zu ihr hoch. Sie stand einen Schritt vor ihm, hatte die Hände in die Seiten gestemmt und funkelte ihn wütend an. Ihre Schwangerschaft war deutlich zu erkennen, aber der Bauch war noch nicht wirklich dick.

»Was fällt dir ein, mir diese Leute ins Haus zu schleppen? Bist du verrückt geworden? Wenn Lady Prescote davon erfährt ...«

Er hob matt eine Hand. »Nur für ein paar Tage. Ich wusste mir keinen anderen Rat. Der Sheriff ist hinter ihnen her ...«

»Oh, großartig, Jonah. Das wird ja immer besser.«

Er legte den linken Fuß aufs rechte Knie und zerrte an seinem knöchelhohen, spitz zulaufenden Schuh. Annot beobachtete seine fruchtlosen Bemühungen ein paar Augenblicke, dann schnalzte sie ungeduldig, setzte sich neben ihn und löste die Schnalle. »Ich schätze, so geht es leichter.«

»Danke.«

»Was zum Henker ist mit dir los?«

»Nichts. Nur müde.« Der zweite Schuh folgte dem ersten. Jonah hob die bleischweren Arme und zog sich das Surkot über den Kopf. »Lass uns morgen weiterstreiten, ja? Ich werd dich anständig bezahlen, wenn du sie ein paar Tage aufnimmst.«

»Sehr anständig, hoffe ich.«

»Natürlich«, murmelte er und ließ sich zurücksinken.

»Herrgott, jetzt lieg nicht einfach nur da! Ich könnte dir die Augen auskratzen! Wieso glaubst du, du könntest so bedenkenlos über mich verfügen? Wofür hältst du dich eigentlich?« Sie ging um das Bett herum und setzte sich auf die freie linke Hälfte. »Komm mir ja nicht zu nahe, das rat ich dir.«

»Ich werde versuchen, mich zu beherrschen.«

»Vielleicht sollte ich dich lieber zu deinen komischen Freunden da unten in der Halle verbannen. Jonah? Gib gefälligst Antwort, Bastard!«

Sie rüttelte ihn wütend an der Schulter. Aber es war nichts zu machen. Jonah schlief.

London, September 1332

Hainault war eine kleine, aber äußerst reiche und mächtige Grafschaft. Sie lag in dem Teil des Kontinents, der »die Niederlande« genannt wurde, zwischen Flandern, Brabant und Luxemburg, und der Graf, Königin Philippas Vater, herrschte auch über die weiter nördlich gelegenen Provinzen Holland und Seeland.

Jonahs Reise dorthin war kurz, unauffällig und erfolgreich. Er überbrachte dem Grafen den Brief der Königin, lernte an dessen Hof die reichsten und mächtigsten Importeure kennen, verkaufte seine Wolle zu höchst erfreulichen Preisen und kehrte mit einem Sack voller Goldmünzen und einem geheimen Schreiben für Philippa nach nur drei Tagen zurück.

Er verließ das Schiff in Dover, setzte die Heimreise auf dem Landweg fort und holte »seine« Flamen ab, damit es so aussah, als habe er die Weberfamilie aus Flandern mitgebracht. Annot hatte ihm inzwischen glücklicherweise verziehen und gestand sogar, dass sie die Gesellschaft der Weber und ihrer Kinder genossen hatte.

So bezogen also die »Flemings«, wie sie bald im ganzen Viertel hießen, die Weberei in Jonahs Hof und nahmen ihre Arbeit auf. Mit jedem Tag lernten sie mehr Englisch, und nach kurzer Zeit kam es allen so vor, als seien sie immer schon hier gewesen.

Unterdessen kamen Nachrichten aus Schottland, die die meisten Londoner überraschten: Der schottische Prätendent Balliol, der allgemein als vollkommen unfähig und miserabler Feldherr galt, hatte mit der Hilfe von ein paar englischen Lords und einer Armee von dreitausend Mann eine Reihe vollkommen unerwarteter Siege errungen. Der schottische Adel musste sich ihm überall geschlagen geben; mancher lief auch zu ihm über. Balliol, so hieß es, marschierte auf Edinburgh, um sich die lang ersehnte Krone aufs Haupt setzen zu lassen. Die Gerüchte wurden von Tag zu Tag wilder und farbenprächtiger, während die Lords und Commons des Parlaments in die Stadt strömten.

An einem regnerischen Sonntagabend suchte Giuseppe Bardi Rupert Hillock zu Hause auf. Er hatte es im Laufe der Woche schon mehrfach versucht, den Tuchhändler jedoch nie angetroffen. Eine verhärmt wirkende Frau oder der Lehrjunge hatten den Laden gehütet, beide saßen auch jetzt mit am Tisch. Hillock selbst war immer verschwunden gewesen. Doch offenbar hatte er nicht damit gerechnet, dass Gläubiger auch am Tag des Herrn auf ihr Recht pochen könnten.

Und tatsächlich begrüßte er den ungebetenen Gast mit den Worten: »Hat niemand Euch beigebracht, dass man sonntags keine Geschäfte machen darf?«

Bardi verneigte sich höflich vor der Dame des Hauses, ehe er ihm antwortete: »Ich bedaure die Störung außerordentlich, aber die Sache duldet keinen Aufschub, Sir.«

Die hässliche Magd, die ihn eingelassen hatte, trat an ihm vorbei in die Halle und sagte zu Rupert: »Er ist nicht allein, Master. Die anderen Gentlemen warten unten. Was soll ich machen?«

»Jag sie zum Teufel und scher dich gleich mit dorthin, eh ich mich vergesse«, rief Rupert. »Schlimm genug, dass du ihn eingelassen hast, blöde Gans.«

»Aber er hat gesagt, Ihr erwartet ihn«, protestierte sie.

Rupert brummte verdrossen. Die Behauptung war ja nicht einmal eine Lüge. Er hatte tatsächlich seit Tagen mit diesem unliebsamen Besuch gerechnet.

Bardi ließ den großen Kaufmann nicht aus den Augen. »Ich wäre Euch dankbar, wenn ich Euch unter vier Augen sprechen könnte, Master Hillock.«

Rupert nickte seinem Lehrjungen zu. »Ab ins Bett mit dir, Edgar.«

Der Junge verabschiedete sich schleunigst und ging mit der Magd hinaus. Als das Knarren der Treppe verstummt war, erklärte Rupert angriffslustig: »Vor meiner Frau habe ich keine Geheimnisse.«

Bardi zeigte ein Lächeln, welches besagte, dass er Mühe habe, das zu glauben. Er verneigte sich wieder vor der Frau, die ihn mit großen, unruhigen Augen ansah. Angstvoll. Sie tat ihm Leid. Er verabscheute Szenen wie diese, und wenn eine Frau dabei war, fand er sie besonders scheußlich. Aber das half ja alles nichts. Und Hillock allein war schuld. Gut, Giuseppe musste gestehen, dass er selbst durchaus an der Grube mitgeschaufelt hatte, aber der Kaufmann war schneller hineingesprungen, als irgendwer ihn hätte stoßen können.

»Ich bitte um Verzeihung für die späte Störung, Mistress. Mein Name ist Giuseppe Bardi.«

»*Bardi?*« Ihre Stimme klang dünn und schrill. Hillocks Frau gehörte offenbar zu denen, die alle florentinischen Bankiers für Teufelsdiener hielten, stellte er zähneknirschend fest. Doch sie wandte den feindseligen Blick von ihm ab und richtete ihn auf ihren Mann. »Gott helfe dir, Rupert Hillock, was hast du getan?«

Rupert hob abwehrend seine großen Hände. »Ich hab dir doch gesagt, dieser Waringham ist an allem schuld.« Und an den Bankier gewandt fuhr er fort: »Seid doch vernünftig, Bardi. Morgen beginnt das Parlament, er muss zurückkehren. Und dann klärt sich alles auf.«

»Ich fürchte, es ist zu spät, Sir. Ihr habt die Frist bereits um eine Woche überschritten, und der Gläubiger, der Eure Schuldscheine hält, ist nicht gewillt, noch einen Tag länger zu warten. Er besteht auf sofortiger Verwertung der Sicherheiten.«

»*Sicherheiten*? Was bedeutet das?«, fragte Elizabeth. Sie saß kerzengerade, und auf ihren Wangen brannten rote Flecken. Sie sah aus, als könnte sie jeden Augenblick hysterisch werden.

»Wollen wir vielleicht doch lieber allein weiterreden?«, schlug Bardi Rupert vor. Es klang beinah wie eine Bitte.

Rupert ignorierte den Vorschlag ebenso wie die Frage seiner Frau. »Was heißt das, der Gläubiger, der meine Schuldscheine hält? *Ihr* seid mein Gläubiger, oder nicht?«

Der Bankier deutete ein Kopfschütteln an. »Wir haben Eure Schuldscheine verkauft, Master Hillock. An einen … risikofreudigen Investor. Das tun wir oft mit Not leidenden Krediten.«

»Verkauft«, wiederholte Rupert. »An wen?«

Eine große Gestalt in einem dunklen Mantel betrat die Halle. »An mich, Rupert.« Zwei schmale Hände hoben sich und streiften die Kapuze zurück.

Elizabeth stieß einen Schrei aus, kurz, aber spitz genug, dass er durch Mark und Bein fuhr.

Jonah beachtete sie nicht. Er hatte nur Augen für Rupert, der eine Hand auf den Mund gepresst hielt, als liefe er Gefahr, sein Abendessen wieder auszuspucken. Vermutlich war es so. In den dunklen Augen stand das blanke Entsetzen.

Jonah dachte flüchtig, dass er diesen Anblick stundenlang genießen könnte, ohne sich auch nur eine Minute zu langweilen. Er lächelte, gab sich nicht die geringste Mühe, seinen Triumph zu verbergen. Es war ein zu wilder, hasserfüllter Triumph. Rache, so hieß es, sei eine Speise, die am besten kalt genossen werde, aber Jonah musste sich damit begnügen, Gelassenheit vorzutäuschen. In Wahrheit brodelte es in seinem Innern.

Doch er hatte noch genug Verstand, um Bardis zunehmendes Unbehagen zu bemerken. »Giuseppe, wärst du so gut, draußen auf mich zu warten? Es dauert nicht lange.« Er wollte hier ungestört sein. Außerdem schätzte er Bardis Freundschaft und wollte vermeiden, dass der junge Italiener sich in Abscheu von ihm abwandte, wenn Jonah sich hier von seiner schlechtesten Seite zeigte. Und genau das war seine Absicht.

Bardi nickte zögernd. »Meine Leute und ich bleiben unten an der Treppe«, sagte er mit einem eindringlichen Blick in Ruperts Richtung, ehe er hinausging.

Bardi hätte ebenso gut arabisch sprechen können. Rupert schien ihn nicht gehört zu haben. Er starrte seinen jungen Cousin so unverwandt an, als stünde er unter einem Bann. Schließlich ließ er die Hand langsam von den Lippen sinken. »›Giuseppe‹? Ihr kennt euch?«

»Allerdings. Siehst du, du bist nicht der Einzige, der hinterhältige Fallen stellen kann.«

Als Hillock das ganze Ausmaß dieser Ungeheuerlichkeit begriff, hielt ihn nichts mehr. Mit der ihm eigenen Schnelligkeit, die jeden überraschte, der ihn nicht kannte, sprang er auf und stürzte sich auf seinen Vetter. Doch dieses Mal war Jonah vorbereitet. Reglos sah er Rupert entgegen, duckte sich im letztmöglichen Moment, wich zur Seite und stellte ihm ein Bein. Der schwere Körper schlug der Länge nach zu Boden, und der Sturz presste Rupert die Luft aus den Lungen.

Jonah sah auf den Koloss hinab, der hilflos japsend zu seinen Füßen im Stroh lag. »Das solltest du dir in Zukunft gut überlegen. Dein Haus gehört mir, Rupert. Und da du den letzten Zinstermin hast verstreichen lassen, gehört mir nun auch dein magerer Warenbestand. Wenn du nicht willst, dass ich euch auf die Straße setze, dann solltest du von heute an deine Pranken bei dir behalten und aufhören, in der Gilde Lügen über mich zu verbreiten. Haben wir uns verstanden?« Er tippte Rupert unsanft mit der Schuhspitze an. »Na los, für ein Nicken wird's doch wohl reichen.«

Rupert nickte folgsam.

Elizabeth stand sehr langsam von der Bank auf. »Was redest du da für einen Unsinn, du Teufel! Unser *Haus*?« Sie lachte bitter. »So viel kann er dir wohl kaum schulden.«

Jonah sah sie zum ersten Mal an und runzelte die Stirn. »Nein?«

Sie kam zu ihnen, ergriff Ruperts Ellbogen und zog ihn in die Höhe. Er ließ sich von ihr aufhelfen, schüttelte ihre Hände dann aber sogleich ab. Immer noch mühsam keuchend stand er neben ihr.

»Sag es ihm!«, verlangte sie. »Wie viel kann es schon sein, was du den Italienern schuldest nach all den guten Geschäften und der Anzahlung von Lord Waringham?«

Nun zu dir, liebe Cousine, dachte Jonah kalt. Aber er brachte es nicht ohne weiteres fertig. Obwohl sie es gewesen war, die Rupert vom ersten Tag der Lehre an gegen ihn aufgehetzt hatte, die ihn oft unbarmherziger geschlagen hatte als sein Meister und die auch nicht davor Halt gemacht hatte, dem Lehrling, der doch unter ihrem Schutz hätte stehen sollen, zwei gedungene Mörder auf den Hals zu hetzen. Trotz alledem hatte er plötzlich Mühe, ihr die Rechnung zu präsentieren.

Elizabeth kam ihm zur Hilfe, als sie sagte: »Rupert, wie lange willst du noch warten, bis du den Bastard deiner missratenen Schwester vor die Tür setzt?«

»Das kann er nicht, Elizabeth«, erklärte Jonah mit einem liebenswürdigen Lächeln. Auf einmal war es ganz einfach. »Denn dieses Haus gehört von heute an tatsächlich mir. Ruperts Schulden sind höher, als du glaubst. Sollte er etwa versäumt haben, dir zu erzählen, dass er jeden Penny, den er verdient hat, einschließlich Waringhams Anzahlung und einem guten Teil des geborgten Geldes ins teuerste Londoner Hurenhaus getragen hat?«

Mit unbewegter Miene beobachtete er, was er angerichtet hatte. Elizabeths Nägel krallten sich in ihre Wangen. Sie schüttelte langsam den Kopf und wich vor dem Funkeln seiner Augen zurück.

Jonah sah zu Rupert, der wie ein geprügelter Hund dastand. »Du wirst mir von Stund an Pacht für das Haus zahlen. Und zwar pünktlich. Und du wirst mich und die Meinen zufrieden lassen, sonst werfe ich euch hinaus, und ihr könnt sonntags in St. Paul betteln gehen. Hast du verstanden?«

Rupert starrte ihn unverwandt an und sagte kein Wort.

Jonah trat einen Schritt näher und senkte die Stimme. »Es ist mein Ernst. Von mir aus braucht niemand in der Gilde zu erfahren, was geschehen ist, aber meine Diskretion hängt ganz davon ab, wie du dich verhältst. Meine Diskretion in allen Dingen.« Mit einem kurzen Seitenblick auf Elizabeth fügte er hinzu: »Ich könnte deiner Frau auch erzählen, wofür genau du bei den Huren in East Cheap so sagenhaft viel Geld bezahlt hast. Denn ich weiß alles, Rupert. Verstehst du? Alles.«

Ruperts schockgeweitete Augen wurden noch ein bisschen größer, sodass man beinah fürchten konnte, sie würden ihm aus dem Kopf fallen. Aber er nickte.

»Du hast mein Wort«, brachte er krächzend hervor.

Jonah verzog einen Mundwinkel. »Wir wissen, was das wert ist, nicht wahr. Aber du hast *mein* Wort. Vergiss es nicht.«

Einige Tage später erhielt Jonah eine Urkunde, mit der das Haus in Cheapside in sein Eigentum überging, und schickte seinem Vetter im Gegenzug die Schuldscheine zu. Nachdem Waringham aus dem Norden zurückgekehrt war, sich zerknirscht für die Verspätung entschuldigt und sein Tuch bezahlt hatte, war Hillock wieder flüssig, und er zahlte die Pacht pünktlich. Das Haus der Freuden besuchte er nicht mehr, erfuhr Jonah von Lilian. Sie schien das ein wenig zu bedauern.

Jonah war zufrieden mit der Entwicklung, wenn auch nicht gerade glücklich. Aber das hatte er auch nicht erwartet. Rache brachte Genugtuung, keinen Seelenfrieden. So viel war ihm schon vorher klar gewesen. Er legte sein Geld beiseite, um im Frühjahr und Sommer möglichst viel neue Rohwolle kaufen zu können, und als er die hundert Ballen Tuch für die Krone beisammen hatte, schickte er sie nach York. Den Verkaufserlös aus diesem Kontrakt brachte er den Bardi, auf dass sie ihn vermehrten. Sobald genug zusammen war, wollte er ein eigenes Schiff kaufen. Eine Kogge. Und die würde er *Philippa* nennen.

Gleich nach seiner Rückkehr aus Hainault hatte er der Königin die schriftliche Antwort ihres Vaters gebracht, aber seit Beginn des Parlaments hatte er sie nicht mehr gesehen. Doch er erfuhr bei den wöchentlichen Treffen der Gilde, was sich in

Westminster ereignete, und er musste bewundernd feststellen, dass der König mit den Lords und den Commons spielte wie mit einer Schar dressierter Mäuse, ohne dass sie das Geringste davon merkten.

Balliols Siegesserie in Schottland setzte sich fort. König Edward distanzierte sich öffentlich von ihm und erklärte die englischen Lords, die Balliol auf seinen Feldzug begleitet hatten, für enteignet. Das nahm der König von Frankreich mit großer Befriedigung auf – er konnte ja auch nicht ahnen, dass Edward diesen Lords ihre Ländereien einige Wochen später in aller Stille zurückgab. Die schottischen Adligen hingegen ließen sich nicht so leicht Sand in die Augen streuen. Wohl wissend, wer ihnen diese Laus Balliol in den Pelz gesetzt hatte, überschritten sie die Grenze und fielen in Nordengland ein.

Das Reich sei in Gefahr, erklärte Edward dem Parlament und bat um Rat. Beide Kammern ersuchten ihn dringend, seinen angeblich bevorstehenden Irlandfeldzug aufzuschieben und die bereitstehenden Truppen stattdessen nach Norden zu führen. Sie bewilligten ihm gar eine großzügige Sondersteuer für die Finanzierung der Verteidigungstruppen. Erzbischof Stratford brach umgehend nach Frankreich auf, um König Philip darzulegen, dass die Schotten als Erste den Frieden gebrochen hatten. Und am 24. September wurde der nichtsnutzige, aber siegreiche Balliol zum König von Schottland gekrönt.

»Wenn es wirklich so einfach ist, sollte ich mir überlegen, ob ich nicht König von Wales werden will«, spottete Meurig beim Abendessen.

»Ich dachte, es gibt keinen König in Wales?«, erwiderte Rachel.

»Nein«, gestand er mit vollem Mund. »Lauter treue Untertanen der englischen Krone, wir Waliser.«

Alle lachten.

»Aber was ist mit dem richtigen König von Schottland?«, wollte Crispin wissen. »David. Ist er nicht mit König Edwards Schwester verheiratet?«

»Na ja, was man so verheiratet nennt«, erwiderte Meurig. »Der kleine David ist erst sieben oder acht.«

»Sie haben ihn auf einer Burg irgendwo im Norden in Sicherheit gebracht«, wusste Jonah zu berichten. »König Edward würde seinem kleinen Schwager niemals ein Haar krümmen.«

Rachel hob den Kopf. »Ich glaube, da klopft jemand.«

Meurig legte ihr die Hand auf den Arm. »Ich geh schon.« Er machte kein übertriebenes Getue um die Schwangerschaft seiner Frau, aber sie war schon schwerfällig und litt oft an Kreuzschmerzen, und er ging ihr zur Hand, wann immer es ihm möglich war.

Pfeifend lief er die Treppe hinunter und kam kurz darauf in Begleitung eines Priesters zurück.

»Vater Gilbert!«, rief Crispin erfreut aus. »Euch haben wir aber lange nicht gesehen.«

Gilbert hob einen Zeigefinger. »Du sähest mich öfter, wenn du regelmäßiger zur Bruderschaft kämest.«

Crispin blickte zerknirscht zu Boden. »Ich habe nie Zeit. Wir haben immer so schrecklich viel zu tun.«

Der Priester machte eine Handbewegung, die besagte, dass er kein Interesse an Ausreden hatte, und wandte sich an Jonah. »Ich muss dich sprechen.«

Jonah nickte und warf seinen Lehrling und seine Dienerschaft mit einem Blick aus der Halle. Nachdem sie gegangen waren, setzte Gilbert sich auf Crispins Schemel, Jonah direkt gegenüber.

Es war unschwer zu erkennen, dass dies kein Besuch aus alter Freundschaft war. Jonah nahm an, Rupert hatte Vater Gilbert die Ohren voll gejammert. Aber er schwieg beharrlich und wartete, dass der Priester das Wort ergriff.

»Du kommst nicht mehr in meine Messe«, bemerkte Gilbert schließlich.

Der junge Kaufmann hob kurz die Schultern und ruckte das Kinn Richtung Fenster. »All Hallows liegt praktisch vor meiner Haustür. Ich gehe dorthin.«

»Auch gelegentlich zur Beichte?«

»Nein.« Kaum war das freimütige Eingeständnis heraus, ärgerte es ihn, aber er fügte nichts hinzu, um es abzuschwächen.

Der Priester nickte langsam und ließ ihn nicht aus den Augen. »Ich weiß, dass dir das Beichten nie leicht gefallen ist. Aber du hast es bitter nötig, Jonah, glaub mir. Möchtest du dich vielleicht jetzt erleichtern?«

»Nein, danke. Und wenn Ihr meine Offenheit verzeihen wollt, ich wäre dankbar, wenn Ihr zur Sache kämt.«

Gilbert beugte sich leicht vor. »Deine Offenheit fand ich immer schon leicht zu verzeihen. Im Gegensatz zu gewissen anderen Eigenarten deines Wesens. Also bitte, wie du willst. Ich war bei Rupert und Elizabeth und fand sie in wahrhaft erbarmungswürdigem Elend. Dein Cousin gibt sich die größte Mühe, sich zu Tode zu trinken. Und deine Cousine verfällt immer häufiger in Zustände geistiger Verwirrung. Rupert hat mir erzählt, was passiert ist.«

Jonah verschränkte die Hände auf der Tischplatte. Um ein Haar hätte er den Blick niedergeschlagen, aber er hinderte sich im letzten Moment. »Wenn Rupert Euch erzählt hat, was passiert ist, dann wisst Ihr ja, dass er allein sie dorthin gebracht hat, wo sie sind.«

»Aber du hast dabei die Satansrolle übernommen, nicht wahr? Du hast ihm die Hure und den Wucherer geschickt, die ihn in Versuchung geführt haben.«

»Nachdem er mich betrogen und bestohlen hat«, bemerkte Jonah und fügte im Stillen hinzu: Von »zusammengeschlagen« wollen wir gar nicht reden. »Auge um Auge.«

Gilbert hob abwehrend die Rechte. »Ich weiß, was er dir angetan hat. Ich kenne Rupert, Jonah, ich weiß, dass er kein Engel ist. Aber ich habe dir schon einmal gesagt: Dir steht nicht zu, über ihn zu richten.«

»Das habe ich auch nicht. Ich habe mich zur Wehr gesetzt. Ich brauchte ein Druckmittel, damit Rupert mich endlich in Ruhe lässt. Und ich habe mich gerächt.«

»Aber der Herr sagt: Mein ist die Rache. Und: Liebet eure Feinde.«

»Das kann ich nicht. Das will ich auch nicht.«

»Dann bist du fern von Gott. Du müsstest sie sehen, dann

würdest du deine Meinung ändern. Sie sind verzweifelt. Elizabeth spricht in einem fort davon, sich in die Themse zu stürzen. Wie wirst du dich fühlen, wenn sie es tut?«

»Schlecht«, gestand Jonah. »Aber wenn sie glaubt, sie müsse es tun, kann ich sie nicht hindern.«

»Doch, das kannst du. Gib ihnen das Haus zurück. Und ein bisschen Geld, um wieder auf die Füße zu kommen. Du hast doch genug. Zeige Großmut, Jonah. Du hast deine Genugtuung gehabt. Wende dich ab von dem steinigen Weg, den du eingeschlagen hast.«

Jonah erhob sich abrupt. »Rupert hat mich auf den Weg gebracht.«

»Du bist ein erwachsener, vernunftbegabter Mensch, und Gott hat dir einen freien Willen gegeben. Du kannst Rupert nicht für deine Taten verantwortlich machen.«

»Doch. Das kann ich durchaus. Und die Antwort ist nein. Er kriegt das Haus nicht zurück. Ich habe alle Großmut, derer ich fähig war, bewiesen, indem ich sie nicht auf die Straße gesetzt habe. Wie sie es mit mir ganz gewiss getan hätten.«

Vater Gilbert betrachtete ihn bekümmert. »Jonah, ich bitte dich nochmals, deine Entscheidung zu überdenken.«

»Und ich bin sicher, Ihr habt noch einen letzten Trumpf, den Ihr jetzt ausspielen werdet, nicht wahr?«

»Das hier ist kein Spiel, mein Sohn. Aber ich muss dich darauf hinweisen, dass ich nur solche Männer am Weihnachtsspiel teilnehmen lassen kann, die reinen Herzens sind. Und du wirst mir wohl zustimmen, wenn ich sage, dass du dazu im Augenblick nicht zählst.«

Jonah spürte seine Beine zu Wasser werden. Er sank wieder auf seinen Platz, starrte Vater Gilbert einen Moment unverwandt an und stützte dann die Stirn auf die Faust. »Tut das nicht, Vater.« Es klang tonlos.

»Ich muss. Die Spiele sind zu Ehren Gottes, nicht nur zur Erbauung der Menschen. Und ihm sollen sie gefällig sein.«

Jonah war außer sich. Nimm sie mir nicht weg. Tu mir das nicht an, ich bitte dich, wollte er sagen. Aber er konnte nicht.

»Kehr um, Jonah. Zeig Barmherzigkeit«, beschwor der Priester ihn eindringlich und fügte wie ein Echo von Jonahs unausgesprochenem Flehen hinzu: »Ich bitte dich.«

Jonah hob den Kopf und ließ die Faust sinken. »Nein. Ihr wollt mich erpressen.«

Gilberts Miene wurde verschlossen. »Ich fürchte, dein Herz ist gänzlich verstockt. Und ich bin nicht gewillt, mir solche Anschuldigungen weiter anzuhören.« Er stand auf. »Gute Nacht, Jonah. Du weißt ja, wo du mich findest, solltest du deine Meinung ändern.«

Jonah hörte nichts bis auf das Pochen und Rauschen in seinem Kopf, aber er spürte trotzdem, dass er allein war. Er stand auf, ging in seine Kammer hinüber und schob den Riegel vor. Blind steuerte er Richtung Bett, aber auf halbem Weg gaben seine Knie nach. Er fiel auf den Boden, schlang die Arme um seinen Leib, als sei ihm kalt, und weinte.

Als die Nacht schon alt wurde und das Haus in tiefer Stille lag, schlich er davon. Zu Fuß streifte er durch verlassene Straßen und lichtlose Gassen, borgte sich schließlich unerlaubt Elias Boot und setzte über nach The Stews, dem Hurenviertel am südlichen Flussufer. Hier verkehrten die Matrosen der vielen ausländischen Schiffe, die nach London kamen, aber auch der schlimmste Londoner Abschaum. The Stews war der faulige Unterbauch der großen Stadt, an dem Maden und Gewürm kreuchten. Und genau da wollte er hin.

Es war noch viel Betrieb, denn niemand in The Stews kam im Traum darauf, sich nach der Sperrstunde zu richten. Aus jeder Tür fiel dämmriges Licht auf die schlammigen Gassen, Huren jeden Alters traten aus dem Dunkel zu ihm und raunten ihm Verheißungen zu, betrunkene Seeleute torkelten einher und wurden von beinah unsichtbaren Beutelschneidern ausgenommen.

Jonah steuerte die erstbeste Schenke an und setzte sich in die dunkelste Ecke. Ein junges Mädchen mit unsauberen, strähnigen Haaren in einem schmuddeligen Kittel schlenderte herbei. »Was darf's sein?«

»Das Schärfste, was du hast.«

Sie lachte. »Steht genau vor dir, Schätzchen.«

An anderen Tagen hätte ihr vorlautes Mundwerk ihn amüsiert, aber Jonah hatte heute keinen Humor. Er winkte unwillig ab. »Ich will mich betrinken und meine Ruhe.«

»Auch recht.« Sie brachte ihm einen Krug mit einem Zeug, das wie Ale aussah, doch der erste tiefe Zug brannte wie Feuer in der Kehle. Es war mit Branntwein versetzt.

»Halt, halt«, protestierte sie. »Erst will ich einen halben Penny.«

So billig war Vergessen also zu haben. Er hatte doch geahnt, dass er hier richtig war. Er fischte einen glänzenden Penny aus seinem Beutel und legte ihn in ihre Hand. Sie hatte Trauerränder unter den Nägeln. »Bring mir gleich noch einen.« Er bemerkte, dass seine ausgestreckte Linke zitterte, und zog sie hastig zurück.

Aber sie hatte es gesehen. Zu Jonahs größter Überraschung sagte sie leise: »Ich bring dir von dem Zeug, so viel du willst. Aber warum gehst du nicht drüben in der Stadt in eine der anständigen Tavernen, wo ein feiner Gentleman wie du hingehört? Das hier ist doch nichts für dich.«

Ihre Besorgnis und Anteilnahme waren ihm höchst unwillkommen. Er hob kurz den Kopf, und als sie seinen Blick auffing, wich sie instinktiv einen Schritt zurück. So ist's recht, dachte er zufrieden und antwortete: »Vergiss den zweiten Krug nicht. Und sag deinem einäugigen Freund, der da vorn am Feuer sitzt und so unauffällig herüberlinst, ich bin keine leichte Beute. Er soll sich lieber einen anderen suchen.«

Sie nickte knapp und verschwand.

Jonah war für gewöhnlich ein sehr maßvoller Trinker. Sein bislang einziger Vollrausch war der gewesen, zu dem Waringham und Dermond ihn diesen Sommer in Woodstock verleitet hatten, und die Folgen hatten ihn gelehrt, dass das ein Fehler war, den er so bald nicht wiederholen wollte. Ruperts Trunksucht, die er jahrelang mit angesehen und unter der er zu leiden gehabt hatte, war der eigentliche Grund, warum er Wein und

Bier mit Vorsicht genoss und nie zuvor ein Teufelszeug wie dieses hier angerührt hatte. Nur wusste er nicht, was er sonst hätte tun sollen, um sich daran zu hindern, auf Knien zu Vater Gilbert zu rutschen. Der Gedanke, dass die Schauspiele der Gilde fortan ohne ihn stattfinden würden, war unerträglich. Er hätte nicht in Worte fassen können, woran es lag, aber dort oben auf dem Bühnenwagen erlebte er die einzigen Glücksmomente seines Lebens. Und wie sollte er darauf verzichten, jetzt, da er einmal davon gekostet hatte und süchtig danach war? Was sollte er anfangen mit einem Dasein, das nur noch stumpf und glanzlos war?

Er wusste es nicht. Also trank er, in der Hoffnung, dass er so irgendwann aufhören könnte, darüber nachzudenken. Zu grübeln. Voller Selbstverachtung der schmeichelnden Verräterstimme in seinem Kopf zu lauschen, die fragte, ob es denn wirklich so schlimm wäre, Rupert sein verfluchtes Haus zurückzugeben, ob das nicht das geringere Übel sei.

Er trank drei Nächte lang, weil es so hervorragend funktionierte. Jedes Mal, wenn er merkte, dass er nahe daran war, die Besinnung zu verlieren, nahm er sich eine Hure, ging mit ihr in irgendein Kämmerchen und versprach ihr einen zusätzlichen Penny, wenn er beim Aufwachen noch im Besitz seiner Börse war. Da sie alles ihrem Hurenwirt hätten geben müssen, wenn sie den Gast ausraubten, den Penny aber behalten konnten, wachten sie bereitwillig über seinen Schlaf. Und keine brauchte mehr zu tun als das. Er war zu betrunken, und sie waren ihm zu schmutzig. Wenn er wieder aufwachte, trank er weiter, ehe die drohende Nüchternheit ihn zu fassen bekam. Doch die dritte Hure erwies sich als Missgriff. Als er im Morgengrauen zu sich kam, war nicht nur seine Börse verschwunden, sondern auch jeder Fetzen, den er am Leibe getragen hatte.

Er setzte sich auf, fuhr über sein stoppeliges Kinn, kratzte die Flohbisse, die ihn von Kopf bis Fuß bedeckten, und staunte, wie weit er in so kurzer Zeit heruntergekommen war. Aber er lebte noch. In voller Absicht hatte er sein Leben in Gottes Hand gelegt, war vielleicht gar von Nacht zu Nacht leichtsinniger geworden, denn jede Spelunke, die er sich ausgesucht hatte, war finsterer als die letzte. Doch er war mit heiler Haut davongekommen – wenn auch mit nichts sonst.

Seine Gedanken waren schwerfällig. Er wusste, er war immer noch betrunken. Aber nicht mehr sehr. Der Brummschädel kündigte sich bereits an. Trotzdem setzte er sich in Bewegung. Die Entdeckung, dass er froh war, noch am Leben zu sein, war keine übermäßige Überraschung, doch sie rückte ein paar Dinge zurecht, gab ihm ausreichend Antrieb, um aufzustehen und sich in die löchrige Decke zu wickeln. Er trat an das kleine Fenster der Kammer, spähte kurz hindurch und pinkelte dann hinaus – stundenlang, so schien es ihm. Als er endlich fertig war, ging er in den Schankraum. Niemand war dort bis auf zwei ausdauernde Zecher, die mit dem Kopf auf dem Tisch eingeschlafen waren. Im Stroh am Boden entdeckte Jonah noch einen.

Plötzlich öffnete sich die Tür zur Gasse, und der Wirt rollte pfeifend ein dickes Fass herein. Als er Jonah entdeckte, richtete er sich auf, betrachtete ihn grinsend von Kopf bis Fuß und sagte kopfschüttelnd: »Junge, Junge, gut, dass deine Frau dich nicht so sieht. Die Kleider versoffen, ich glaub's nicht.«

Ich auch nicht, dachte Jonah bissig. »Ich kann mich einfach nicht erinnern. Aber wenn du es sagst, war es gewiss so.« Er wies auf den schnarchenden Seemann im Stroh. »Darf ich?«

Der Wirt machte eine einladende Geste. »Bedien dich. Aber in meinem Haus wird niemandem die Kehle durchgeschnitten.«

Vermutlich die einzig existierende Hausregel, mutmaßte Jonah, aber er war dankbar, dass es sie gab, denn sie hatte ihm wahrscheinlich das Leben gerettet. Er beugte sich über den schlafenden Gast, kniff für einen Moment die Augen zu, weil sein Kopf zu zerplatzen drohte, und zog ihm dann so behutsam wie möglich Kittel und Beinlinge aus. Schuhe besaß der Mann nicht.

»Ich hoffe für dich, er hat keine Sackratten«, bemerkte der Wirt, der ihm interessiert zugeschaut hatte.

Das hoffte Jonah auch. Inständig. Er biss die Zähne zusammen und stieg in die Hosen. Dann zog er den Kittel über, breitete die Decke über sein Opfer und murmelte: »Tut mir Leid, Freund.«

Der Wirt gluckste vergnügt und ruckte das Kinn zur Tür. »Besser, du bist weit weg, wenn er aufwacht. Ich kenne den Kerl. Ein Spanier. Siehst du das Mal um seinen Hals? In Sizilien haben sie ihn schon mal aufgehängt, aber der Strick ist gerissen. Da haben sie ihn laufen lassen. Einmal schuldet er sein Leben schon. Mindestens.«

Jonah hatte so oder so kein Interesse, sich länger hier aufzuhalten. Er verabschiedete sich, trat hinaus in den Regen und schlenderte ohne Eile Richtung Fluss. Die Luft war frisch, der Regen kühl. Sie taten ihm wohl. Er achtete sorgsam auf den Weg und sah den Straßenschlamm zwischen seinen Zehen hochquellen. Vermutlich war er als Kind barfuß gegangen, als sie arm waren, ehe seine Großmutter ihn und seine Mutter nach Hause geholt hatte. Aber er konnte sich nicht daran erinnern. Es war ein merkwürdiges Gefühl. Nicht einmal unangenehm, obwohl er jedes Steinchen spürte, auf das er trat.

Wider Erwarten lag die *St. Andrew* noch da, wo er sie festgemacht hatte. Vermutlich würde er sich von Elia allerhand anhören müssen, wenn er ihm sein Boot zurückbrachte. Aber das wollte er noch ein wenig aufschieben. Er wollte auch nicht nach Hause, nicht in diesem Aufzug. Es war ein Sonntagmorgen. Alle Welt würde bald auf dem Weg zur Kirche sein, und Gott allein wusste, wem er auf den Straßen begegnen würde. Er stieg ins Boot, löste die Leine und ruderte flussabwärts.

Er betrat das Haus durch die Küche, wie er es gewohnt war. Niemand war dort. Er sah sich nach etwas Essbarem um. Inzwischen war er nüchtern und hungrig. Er fand ein Stück weiches Haferbrot in einem Steinguttopf, das er gierig verschlang. Von dem Ziegenkäse ließ er lieber die Finger, dazu war ihm noch zu flau. Er schnupperte an dem Krug, der auf dem Tisch stand, und stellte ihn mit einer angewiderten Grimasse beiseite. Ale. Wann würde er das wieder ohne Überwindung trinken können?

Hinter ihm wurde die Tür aufgestoßen, und er hörte Annots

warmes Lachen. »Was redest du für einen Unsinn, Crispin. Als ob ich jemals …« Sie brach ab und zog scharf die Luft ein, doch im selben Moment wandte Jonah sich um, und sie erkannte ihn. »O mein Gott!« Ihre Miene verriet, dass sie hin und her gerissen war zwischen Schrecken und Belustigung.

Crispin hingegen war nur entsetzt. »Master Jonah! Seid Ihr beraubt worden?«

»So könnte man sagen.« Er kam langsam näher. »Würdest du mir verraten, was du hier verloren hast?«

Crispin war so damit beschäftigt, ihn fassungslos anzustarren, dass er nicht antworten konnte. Jonah fühlte sich furchtbar. Unrasiert, barfuß und in Lumpen, die auch nach einem ausgiebigen Bad im Fluss nicht sauber, dafür aber nass waren. Was für einen lächerlichen Anblick er bieten musste. Plötzlich überkam ihn ein übermächtiger Zorn, und er packte seinen Lehrling roh am Arm und zog ihn mit einem Ruck näher. »Hast du vergessen, was ich gesagt habe?«

»Nein«, entgegnete der Junge bockig. »Ich erinnere mich genau, dass Ihr gesagt habt, Ihr würdet mich zu Annot bringen. Nur ist nie etwas daraus geworden.«

Jonah hob die Hand, aber Annot krallte die Finger in seinen Ärmel. »Hör auf! Was ist in dich gefahren? Crispin ist hier, weil er dich gesucht hat. Du warst drei Tage nicht zu Hause. Er und dein Diener Meurig haben die ganze Stadt nach dir durchkämmt, und weil sie dich nicht fanden, hat Niklas Crispin den Weg hierher erklärt.«

Er ließ Crispin los, trat einen Schritt zurück und sah finster von einem zum anderen.

Annot schüttelte seufzend den Kopf. »Und während sie sich halb zu Tode gesorgt haben, hast du getrunken, stimmt's nicht, Master Durham? Jetzt hast du einen lausigen Kater und grässliche Laune und bist eine Gefahr für alle, die das Unglück haben, nicht vor dir weglaufen zu können. An wen erinnert mich das nur?«

Crispin warf ihr einen Blick zu, als zweifle er an ihrem Verstand. Aber dann musste er feststellen, dass sie seinen Meister offenbar besser kannte als er. Denn Jonah fuhr sich verlegen mit dem Ärmel über die Stirn und murmelte: »Gott… du hast Recht.«

Sie schwiegen ratlos.

Annot ging auf, dass sie vermutlich noch Stunden so starr in der Küche herumstehen würden, wenn sie nichts unternahm, und machte ein paar praktische Vorschläge. »Crispin, warum reitest du nicht nach Hause und holst Jonah etwas zum Anziehen? Du kannst eure Leute beruhigen und ihnen sagen, dass du Jonah bei mir gefunden hast. Heute Abend bist du wieder hier. Ich werde etwas kochen, und wir werden zusammensitzen und so tun… als wäre alles wie früher.« Ihr Lächeln wurde matt, als ihr aufging, dass sie sich nicht mehr richtig daran erinnern konnte. Aber sie nahm sich zusammen und fuhr fort: »Heute Nacht bleibt ihr hier und kehrt morgen früh zurück.«

Crispin blickte unsicher zu Jonah. »Soll ich?«

»Sei so gut.«

Der Lehrling nickte beklommen. Annot nahm seinen Arm und brachte ihn zur Tür. »Du musst ihnen ja nicht erzählen, wie du ihn vorgefunden hast«, raunte sie.

»Nein. Keine Bange.« Auf der Schwelle zögerte er unsicher, und sie küsste ihn lächelnd auf die Wange, schob ihn hinaus und schloss die Tür. Dann kam sie zu Jonah zurück und nahm seine Hand. »Komm mit. Ich werde dich rasieren.«

»Das kann ich sehr gut selbst«, entgegnete er rebellisch, ließ sich aber nichtsdestotrotz zur Treppe führen.

»Ja, bestimmt. Es ist nur nicht so schön«, gab sie zu bedenken.

Sie brachte ihn in ihre Schlafkammer, setzte ihn auf einen Schemel und holte warmes Wasser. Sie hatte sogar Seife.

Als sie sich hinter ihn stellte, lehnte Jonah den Kopf an ihren runden, weichen Bauch und schloss die Augen.

Sie seifte seine Stoppeln ein. »Steht dir nicht schlecht, weißt du. Du solltest ihn stehen lassen.«

»In fünf Jahren vielleicht«, antwortete er müde.

Eine Weile war nichts zu hören außer dem Schaben des scharfen Messers.

»Willst du mir erzählen, was passiert ist?«, fragte sie schließlich.

»Nein.«

»Hast du dein Geld verloren? Womöglich gar an Rupert?«

Das wäre ein Hohnlächeln wert gewesen, aber selbst das schien ihm zu mühsam. »Nein.«

Sie rasierte weiter, nahm behutsam seine Nasenspitze zwischen zwei Finger und drehte seinen Kopf ein wenig. »Aber es ist schlimm, oder?«

Er antwortete nicht.

Annot zog ihre Schlüsse. Sie nahm an, es hatte irgendetwas mit der Frau zu tun, dieser geheimnisvollen Fremden, nach der er sich offenbar verzehrte, die er aber noch nie mit einem Wort erwähnt hatte. Annot hatte schon oft gerätselt, wer sie sein mochte. Sicher eine feine Lady. Davon hatte er ja genügend kennen gelernt, seit er mit edlem Tuch handelte und bei Hofe verkehrte. War sie gestorben? Mit ihrem Gemahl nach Aquitanien gegangen? Oder, schlimmer noch, hatte sie ihn abgewiesen? Was immer auch passiert war, es hatte ihn tiefer verletzt, als Annot für möglich gehalten hätte. Du hattest Unrecht, Cecilia Hillock, dachte sie. Kein Herz aus Stein.

Sie beendete die Rasur, wischte ihm mit einem reinen Leinentuch die restliche Seife vom Gesicht, strich seine Haare zurück und küsste ihn auf die Stirn. »Verrätst du mir, wo du warst? Ich bin ehrlich neugierig.«

»The Stews.«

Sie zog verwundert die Brauen hoch. »Bei den Winchester-Gänsen, ja?«

»Bei wem?«, fragte er ungehalten.

»Die Huren von The Stews. Man nennt sie so. Der Grund und Boden des ganzen Viertels gehört dem Bischof von Winchester. Er kassiert ein Vermögen an Pacht. Wusstest du das nicht?«

Er schüttelte den Kopf. »Es kümmert mich nicht.«

Sie hätte ihn gern gefragt, was ihn dorthin getrieben hatte. Sie war ein wenig gekränkt. Ihn mit einer geheimnisvollen Dame, vermutlich eines Tages mit einer Ehefrau teilen zu müssen, damit konnte sie leben. Aber mit anderen Huren? Doch sie ließ sich ihre Eifersucht nicht anmerken und stellte ihm auch keine Fragen mehr. Sie hätte ja doch nichts aus ihm herausgebracht. Stattdessen nahm sie seine Hand. »Leg dich hin, Jonah. Du brauchst ein paar Stunden Schlaf.«

Er war tatsächlich todmüde. Er streifte die erbeuteten Kleider ab und glitt unter die Decke. Das Kissen war herrlich kühl und duftete nach ihr. »Ich hoffe, mein Lehrling erleidet keinen dauerhaften seelischen Schaden, weil ich in deinem Bett liege«, spottete er matt.

Sie ließ sich auf der Kante nieder und strich ihm über den Schopf. Er ließ sich das anstandslos gefallen – er musste wirklich sehr erschöpft sein. »Versuch, es nicht an ihm auszulassen, Jonah, was immer es auch sei. Crispin ist so wehrlos, weil er eben ist, wie er ist. Und er hängt so sehr an dir.«

Er brummte unverbindlich.

Sie blieb bei ihm sitzen, bis er eingeschlafen war.

London, Februar 1333

Weihnachten war ein Jammertal für Jonah. Er ging mit seinem Haushalt zur Mette in All Hallows, aber von den Feierlichkeiten im Gildehaus, vor allem von den Spielen hielt er sich fern. Er konnte es so schon kaum aushalten, nicht dabei zu sein. Sie anzusehen wäre unerträglich gewesen.

Doch er vergaß nicht, was Annot ihm gesagt hatte, und um vor allem sich selbst zu beweisen, dass er ein besserer Mann als Rupert war, ließ er weder Crispin noch sonst jemanden in seinem Haus für seine Verbitterung büßen. Er bezweifelte auch, dass das möglich gewesen wäre. Rachel hatte kurz vor Allerheiligen einen Jungen zur Welt gebracht, und sie und Meurig waren so außer Rand und Band vor Stolz und Glückseligkeit über ihren kleinen Jocelyn, dass sie es vermutlich nicht einmal wahrgenommen hätten, wenn Jonah mit dem Dolch auf sie losgegangen wäre. Sie spürten allerdings, dass der häufig krähende Säugling und das ungetrübte Familienglück ihm auf die Nerven gingen, und verbrachten daher die meiste Zeit in der Küche. Die Flemings begingen das Fest in der Weberei, und Crispin war auf Jonahs Drängen hin für ein paar Tage nach Hause gegangen. So war er wenigstens allein.

Als die unsägliche Festtagsruhe endlich vorüber war, stürzte er sich wieder in die Arbeit, der weitaus gesündere und profitablere Weg, seinen Kummer zu vergessen, als ein Ausflug nach The Stews, hatte er festgestellt. Elia Stephens besuchte ihn gelegentlich, um ihn zu schelten, weil er sich vom Gildehaus und aller Geselligkeit fern hielt. Jonah lauschte ihm höflich, schenkte ihm einen Becher Wein ein, gelobte Besserung, damit er seine Ruhe hatte, und war froh, wenn Elia wieder ging. Und am Tag nach Mariä Lichtmess stellte er einen zweiten Lehrling ein.

Selbst wenn er und Crispin sich von früh bis spät schunden, war die Arbeit für zwei einfach nicht mehr zu bewältigen. Jonah hatte einen weiteren Kontrakt bekommen, und auch König Edwards vertrauter und mächtiger Cousin Henry Grosmont, der Erbe des Earl of Lancaster, hatte eine größere Lieferung billigen Streichgarns bei ihm in Auftrag gegeben. Jonah wollte aber nicht vom Handel mit Seide und anderer kostbarer Ware lassen, weil er edle Tuche so sehr liebte. Doch Vorrang vor dem Tuchhandel sollte in Zukunft die Rohwolle haben, denn dort war das meiste Geld zu verdienen. Und drei Geschäftszweige waren zu viel für nur zwei Arbeitskräfte.

»David Pulteney?«, wiederholte Rachel staunend, als Jonah den Jungen an einem bitterkalten Februarabend in seine Halle brachte und vorstellte. »Etwa der Sohn des Bürgermeisters?«

David nickte, den Kopf verlegen gesenkt.

»Sein Jüngster«, erklärte Jonah. »Hier, David, setz dich neben Crispin und iss. Crispin wird dir das Haus und alles andere zeigen. Du wirst auf ihn hören und tun, was er sagt.«

»Ja, Sir.« Es war ein fast unhörbares Flüstern. Der schmale Junge glitt auf den freien Stuhl an Crispins Seite. Die glatten, beinah weißblonden Haare fielen ihm ins Gesicht, und er machte keine Anstalten, sie zurückzustreichen.

Crispin warf Jonah einen verwunderten Blick zu und streckte David dann die Hand entgegen. »Sei willkommen, David.«

David nahm sie nur für einen Moment und brach den Blickkontakt sogleich wieder ab. Aber Crispin sah die bangen, tränenfeuchten Augen trotzdem. »Wie alt bist du, hm?«, fragte er den neuen Lehrjungen freundlich.

»Vierzehn«, vertraute David ihm leise an.

Crispin hätte ihn eher auf zwölf geschätzt. So ein dürres, kleines, verängstigtes Kerlchen. Aber er erinnerte sich noch genau daran, wie er sich an seinem ersten Abend in Rupert Hillocks Halle gefühlt hatte. Und in der ersten Nacht, die er von zu Hause fort gewesen war. Er war beinah eingegangen vor Furcht und Heimweh, und Jonah hatte ihn kaum eines Blickes gewürdigt oder sonst irgendetwas getan, um ihm zu helfen. Crispin gelobte, dass er selbst es besser machen würde.

Er ergriff eine leere Schale, füllte sie mit Eintopf und stellte sie vor den Jungen. »Hier. Das wird dir schmecken, unsere Rachel ist eine hervorragende Köchin.«

»Oh, vielen Dank«, brummte die Magd gallig. »Ein neuer Lehrling muss ins Haus kommen, damit ich das mal höre ...«

Meurig und Crispin tauschten ein schuldbewusstes Grinsen.

»Crispin, du nimmst ihn morgen früh mit nach West Smithfield zur Walkmühle, holst das Tuch ab und stellst fest, was er schon weiß«, sagte Jonah, als wäre David überhaupt nicht da. »Und natürlich wird er deine Kammer teilen.«

Crispin unterdrückte ein Seufzen. Er hatte ja immer gewusst, dass der Luxus des großen Bettes ganz für ihn allein nicht ewig währen konnte. Er nickte. »Platz genug.« Und außerdem, ging ihm auf, war es den Preis eines halben Bettes sicher wert, dass er endlich, *endlich* nicht mehr das jüngste Mitglied dieses Haushalts und das Schlusslicht seiner Hierarchie war. Sicher würde es Spaß machen, David beizubringen, was er wusste.

Crispins Zuversicht wurde ein wenig gedämpft, als er feststellen musste, dass sein neuer Zimmer- und Bettgenosse die ganze Nacht damit zubrachte, sein Kissen nass zu heulen.

David war äußerst diskret; er wartete, bis er glaubte, Crispin sei eingeschlafen. Und es war ein ersticktes, sehr leises Weinen, das Crispin sicher nicht aufgeweckt hätte, hätte die fremde Präsenz in seinem Reich ihn nicht von vornherein wach gehalten. Verlegen lag er reglos mit dem Rücken zu dem neuen Lehrling. Was sollte er tun? Er konnte ihn schlecht in den Arm nehmen und trösten – die Situation war so schon peinlich genug. Er konnte nur hoffen, dass der junge Pulteney sich früher oder später in den Schlaf weinen würde.

Jonah war den ganzen Tag unterwegs gewesen und hatte verschiedene Schneider aufgesucht. Viele von ihnen waren in Sorge. Der König war seit dem Spätsommer im Norden und hatte die wichtigsten Regierungsabteilungen angewiesen, ihre Schriftrollen einzusammeln und sich mit Sack und Pack nach York zu begeben, wo auch das nächste Parlament stattfinden sollte. Mit anderen Worten, der Hof war nach Norden gezogen, und die Königin war in Woodstock. Die Schneider von London sahen sich ihrer besten Kunden beraubt. Manche sprachen davon, ihnen zu folgen, aber sie hatten Zweifel, dass sie in York das feine Tuch finden würden, das nötig war, um ihre verwöhnte Kundschaft zu befriedigen. Jonah bot ihnen an, sie einmal im Monat dort oben zu besuchen und zu beliefern.

Es war schon dunkel, als er heimkam, und es schneite wieder. Die Ropery lag wie ausgestorben und ungewöhnlich still da; die Dächer und selbst die viel benutzte Straße waren mit einer dicken Schneeschicht bedeckt, die Grigolets Hufschlag ebenso dämpfte wie jeden anderen Laut.

Jonah sperrte die Pforte auf, brachte das Pferd in den Stall und ging dann in sein Tuchlager, um die Ware zu begutachten, die Crispin am Morgen bei Master Berger abgeholt hatte.

Er hatte noch nicht einmal die Hälfte geschafft, als er Schritte näher kommen hörte. Er sah nicht auf.

»Wollt Ihr denn gar nichts essen, Sir?«

»Wenn ich essen wollte, wäre ich vermutlich in die Halle gekommen, Crispin.«

Crispin nickte unwillig. So kann das nicht weitergehen, er hungert sich noch zu Tode, dachte er. Er hatte keine Ahnung, was es war, das seinem Meister seit Monaten so nachhaltig die Stimmung und den Appetit verdarb. Natürlich war Crispin nicht entgangen, dass Jonah nicht an den Weihnachtsspielen teilgenommen hatte, doch er wäre nie darauf gekommen, dass das die Ursache sein könnte. Er hielt es lediglich für eine Folge dessen, was auch immer passiert sein mochte. Doch er hatte nicht die Absicht, ihn zu bedrängen oder zu befragen – Crispin hatte kein gesteigertes Interesse daran, sich eine kühle Abfuhr einzuhandeln.

»Ich nehme an, du hast gesehen, dass diese zwei Ballen hier fleckig sind?«, fragte Jonah leidenschaftslos.

»Ja. Sie haben die Fullererde nicht richtig ausgewaschen vor dem Färben. Ich hab sie ihm zum halben Preis abgenommen.«

Jonah hatte nichts anderes erwartet. Er wusste, dass er Crispin inzwischen bedenkenlos zu solchen Botengängen schicken konnte. Er richtete sich auf, wandte sich zu seinem Lehrling um und lächelte flüchtig. »Gut gemacht. Wie ist der Junge?«

Crispin lehnte sich an die Wand neben der Tür und verschränkte die Arme. »Höflich, aufmerksam und zu Tode verängstigt. Was in aller Welt hat sein Vater zu Euch gesagt?«

Jonah befühlte das neue Tuch, konzentrierte sich auf dessen Beschaffenheit und Stärke und antwortete abwesend: »Keine Ahnung. Dass ich ihn ruhig hart rannehmen soll und einen Mann aus ihm machen oder ähnliches Zeug. Ich hab nicht richtig zugehört.«

Crispin nickte grimmig. »Das passt. David scheint zu glauben, dass Ihr ihm bei erster Gelegenheit den Kopf abreißen werdet.«

»Er soll fleißig sein und sich nicht gar zu dämlich anstellen, dann ist sein Kopf in Sicherheit«, knurrte Jonah ungeduldig.

»Sir … vielleicht springt Ihr einmal über Euren Schatten und sagt ihm, dass er sich irrt. Dann wird er umso gelehriger sein. Nur ein paar freundliche Worte, Ihr …«

»Crispin, ich weiß, du bist unermüdlich in deinem Bestreben, einen besseren Menschen aus mir zu machen, aber das Einzige, was mich an David Pulteney interessiert, ist seine Arbeitskraft.«

Der Bürgermeister hatte ihm seinen jüngsten Sprössling schon im Spätsommer angedient, hatte aber keinen Hehl daraus gemacht, dass der Junge ein Weichling und Muttersöhnchen sei. Jonah hatte sich trotzdem entschlossen, ihn zu nehmen. Weil er dringend ein zusätzliches Paar Hände brauchte. Weil es sein Ansehen mehrte, den Sohn eines so wichtigen Mannes als Lehrling zu haben. Vor allem aber, weil er das Angebot nicht ausschlagen konnte, mit dem Pulteney ihn geködert hatte: Der Bürgermeister zahlte Jonah kein Lehrgeld, wie es sonst üblich war. Stattdessen hatte er ihm einen Falken versprochen, wenn Jonah den nichtsnutzigen David wenigstens vier Jahre lang behielt. Jonah konnte nur raten, wie Pulteney diesen geheimen Wunsch hatte erahnen können. Jedenfalls hatte er nicht lange gezögert.

»Seine Arbeitskraft wird umso schneller etwas wert sein, je eher er aufhört, vor Angst zu schlottern«, entgegnete Crispin.

Jonah unterdrückte ein anerkennendes Grinsen ob der Schläue dieses Arguments. Er fand viel Freude an Crispin. Der Junge war jetzt beinah so alt, wie Jonah selbst gewesen war, als er in die Gilde aufgenommen wurde. Natürlich war sein Fall eine Ausnahme gewesen. Crispins Lehrzeit betrug noch drei weitere Jahre. Doch manchmal ertappte Jonah sich bei dem Wunsch, es gäbe einen Weg, ihn länger an sich zu binden. Er glaubte nicht, dass er je einen Lehrling finden würde, der ihm diesen pfiffigen, kundigen und gutartigen Gehilfen ersetzte.

Doch er knurrte lediglich: »Ich bin sicher, du, Meurig und Rachel werdet schon dafür sorgen, dass er hier das Paradies auf Erden hat. Jetzt lass mich zufrieden. Geh in den Stall und sattle den Gaul ab.«

Crispin seufzte vernehmlich. »Ja, Sir ... Da klopft jemand.«

Jonah hörte es auch, aber er sah nicht auf. »Geh nachsehen, wer es ist. Sei vorsichtig, lass keine Beutelschneider herein.«

Als Crispin den Besucher erkannte, schoss ihm durch den Kopf, dass dies wohl der gefährlichste aller Beutelschneider war, aber er machte trotzdem einen höflichen Diener und hielt ihm die Tür zum Hof auf. »Tretet näher, Sir.«

Der Mann in dem kostbaren, pelzgefütterten Mantel war es offenbar gewohnt, dass man wusste, wer er war. Selbstbewusst trat er mit einem großen Schritt über die Schwelle. »Bring mich zu Master Durham«, befahl er, während sein Blick über den Hof schweifte, dessen Schneedecke im Licht des zunehmenden Mondes hell schimmerte.

Mit einer einladenden Geste führte Crispin ihn zum Tuchlager, blieb an der Tür stehen und sagte: »Sir, Master de la Pole ist hier, um Euch zu sprechen.«

Jonah richtete sich ohne alle Eile auf und wandte sich um.

»Einen guten Abend, Master de la Pole«, grüßte er förmlich, ohne darauf hinzuweisen, welch eine ungewöhnliche Tageszeit für einen unangemeldeten Besuch dies war.

»Seid gegrüßt, Master Durham.«

»Crispin, kümmere dich um Master de la Poles Pferd. Dann komm ins Haus und bring uns von dem Burgunder. Und sorg dafür, dass wir ungestört sind.«

»Ja, Sir.«

Jonah führte seinen Gast über den Hof zum Wohnhaus, die Treppe hinauf in die Halle. Er wies ihm einen der bequemen Sessel am Feuer. De la Pole streifte den Mantel ab und legte ihn mit Bedacht auf einen der Stühle am Tisch, ehe er sich setzte.

Jonah nahm ihm gegenüber Platz und sah ihn an, ohne einen Ton zu sagen.

De la Poles faltenloses Gesicht wirkte nicht verfroren. Er war die eisige Kälte des Nordens gewöhnt – ein Londoner Winter konnte ihm nichts anhaben. Mit einer lässigen Geste wies er zum Fenster. »Interessantes Grundstück. Hervorragende Lage.«

Jonah deutete ein Schulterzucken an. »Es ließe sich allerhand damit machen«, räumte er ein.

Crispin kam auf leisen Sohlen herein, bediente sie mit formvollendeter Höflichkeit und zog sich sogleich wieder zurück.

Jonah schlug die Beine übereinander. »Ich glaubte Euch daheim in Hull, Sir«, bemerkte er beiläufig.

De la Pole nickte. »Dort sollte ich auch sein. Aber ein paar drängende Angelegenheiten erforderten meine kurzfristige Rückkehr.«

»Ich hoffe, die königlichen Truppen müssen während Eurer Abwesenheit nicht hungern und dursten.«

»Welche Truppen?«, fragte de la Pole mit einem unschuldigen Stirnrunzeln, und sie lachten leise. Das Lachen machte sie für einen kurzen Moment zu Verbündeten, aber Jonah ließ sich keinen Sand in die Augen streuen. Er wusste genau, dass dieser Besuch nichts Gutes verhieß, und er wollte verdammt sein, wenn er de la Pole ins offene Messer lief.

Schließlich begann der mächtige Kaufherr undiplomatisch: »Ich habe nicht viel Zeit, Durham. Morgen muss ich zurück. Ich bin hier, um Euch um einen Gefallen zu bitten. Ihr werdet wohl zugeben, dass Ihr mir einen Gefallen schuldet, nicht wahr.«

Jonah zeigte keine Regung und ließ ihn nicht aus den Augen. »Wieso seid Ihr dann so davon überzeugt, dass ich ihn Euch abschlagen werde?«

De la Pole zeigte ein kaltes Lächeln. Die Raubvogelaugen funkelten wie Bernstein im unruhigen Licht des Feuers. »Um ehrlich zu sein, ich glaube nicht an Gefälligkeiten, Master Durham. Man kann einem anderen Mann Geld schulden oder Ware, aber einen Gefallen? Was für eine seltsame Schuld soll das sein, die man weder beziffern noch terminieren kann? Das ist etwas für sentimentale Schwachköpfe, und zu denen zählt weder Ihr noch ich.«

Ich bin nicht wie du, dachte Jonah. »Und dennoch seid Ihr hier, Sir.«

De la Pole nickte, nahm einen tiefen Zug aus dem Becher, den er nervös zwischen den Händen gedreht hatte, und gab sich dann einen sichtlichen Ruck. »Da Ihr so ungewöhnlich gut informiert seid, wisst Ihr vermutlich, dass ich meine Geschäfte bis vor kurzem mit meinem Bruder Richard zusammen betrieben habe?«

Jonah nickte. »Vor ungefähr zwei Jahren habt Ihr Euch überworfen. Seither werdet Ihr von Tag zu Tag reicher, und Eurer Bruder verschwindet in Bedeutungslosigkeit.«

De la Pole hob einen Zeigefinger. »Das ist nicht wahr. Richard hat immer noch hervorragende Kontakte zum Hof und in London mehr Freunde als ich. Und seit einiger Zeit versucht er, seine Position auf meine Kosten auszubauen. Das muss ich verhindern, und dazu brauche ich Eure Hilfe.«

Jonah verschränkte ablehnend die Arme. »Ich wüsste nicht, wie.«

De la Pole lachte ihn aus. »Seht Euch an! Da sitzt Ihr und mimt den ehrbaren Kaufmann, dem nichts über die Grundsätze von Redlichkeit und Anstand geht. Und unterdessen rauft sich Euer dämlicher Vetter die Haare aus und fragt sich immer noch, wie es passieren konnte, dass er Hab und Gut an Euch verloren hat.«

Jonah biss sich auf die Zunge, um sich daran zu hindern, die törichte Frage zu stellen, auf die er ja doch keine Antwort bekäme. Woher konnte de la Pole davon wissen? Wer hatte geredet? Lilian? Bardi? Waringham? Vermutlich Rupert selbst, der ja aus seinem Herzen nie eine Mördergrube machte, wenn ihn etwas grämte ...

»Was wollt Ihr?«, fragte er brüsk.

»Mein Bruder ist im Begriff, ein großes Gut in Somerset zu kaufen. Zehntausend Schafe. Ich will es haben. Kauft es für mich, schnappt es ihm vor der Nase weg und bringt ihn in Misskredit, wo es nur geht. Wie Ihr es mit Eurem Vetter getan habt.«

Jonah hob die Brauen. »Ich kann nicht glauben, dass Ihr keinen geeigneteren Mann für diese Aufgabe finden könntet. Ihr habt so viele mächtige Verbündete, Sir ...«

»Ja, aber niemand ahnt, dass es zwischen Euch und mir eine Verbindung gibt. Das ist entscheidend. Mein Bruder ist kein Dummkopf.«

»Aber wie in aller Welt sollte ich das anstellen? Ich kenne die Schwächen meines Vetters. Von Eurem Bruder weiß ich nichts.«

De la Pole winkte ungeduldig ab. »Ich kann Euch ein rundes Dutzend von Richards Schwächen aufzählen, ohne auch nur einen Moment nachdenken zu müssen.«

»Dann lasst mich Euch die Frage stellen, die Ihr mir gestellt habt: *Warum* sollte ich es tun? Mein Krieg gegen meinen Vetter war eine persönliche Angelegenheit. Euer Bruder hat mir nie ein Leid zugefügt. Nennt mich einen Narren, wenn Ihr wollt, aber ich glaube tatsächlich daran, dass es so etwas wie Anstand unter Kaufleuten geben sollte.«

De la Pole lächelte zufrieden und lehnte sich in die bequemen Polster. »Oh, ich weiß, dass Ihr daran glaubt, Durham. Jeder weiß das. Ihr habt einen hervorragenden Ruf, was diese Dinge betrifft. Und das wird meine stärkste Waffe sein.«

Jonah hielt es nicht länger auf seinem Sessel. Rastlos stand er auf, stellte sich mit dem Rücken zum Kamin und verschränkte die Arme. »Ihr müsst verrückt sein, wenn Ihr glaubt, ich würde diesen Ruf Euretwegen aufs Spiel setzen.«

»Nein, mein Freund. Nicht meinetwegen«, entgegnete de la Pole leise. »Aber für Eure hinreißende kleine Hure werdet Ihr es tun, die übrigens vergangene Woche in ihrem Refugium in Essex einen toten Sohn geboren hat, was Ihr vermutlich noch gar nicht wisst. Nicht wahr? Ihr hängt an ihr. Es wäre Euch gewiss nicht recht, wenn Lady Prescote erführe, dass sie auf eigene Rechnung angeschafft hat da drüben in Essex. Ganz zu schweigen von den übrigen kleinen Freundschaftsdiensten, die sie Euch erwiesen hat. Sie ist erschüttert über die Totgeburt, sagt man mir. Was, wenn sie obendrein auch noch ihre Existenz und ihr Heim verlöre? Welcher Weg bliebe ihr dann? Wart Ihr je in The Stews, Durham?«

Gebannt starrte Jonah in diese kalten Bernsteinaugen. Sein Gesicht erschien ihm eiskalt. Er ließ sich viel Zeit mit seiner Antwort.

De la Pole beobachtete ihn mit der nachsichtigen Geduld des Siegesgewissen.

»Gebt mir Euer Wort, dass Ihr sie zufrieden lasst, wenn ich diese Sache für Euch erledige.«

Ein Lächeln lauerte in de la Poles Mundwinkeln. »Oh, Ihr habt mein Wort.«

Jonah riss sich zusammen und dachte nach. Schnell. Er dachte und rechnete. »Und ich will mehr als Euer Wort. Ich will einen Anteil. Zehntausend Schafe, sagt Ihr? Das sind beinah vierzig Sack Wolle pro Jahr. Ich will die Hälfte.«

De la Pole seufzte erleichtert. »Ich muss gestehen, ich fing schon an, an Eurem Verstand zu zweifeln. Natürlich bekommt Ihr einen Anteil. Aber nicht die Hälfte. Bleiben wir realistisch. Sagen wir, ein Viertel.«

»Die Hälfte. Ihr habt Recht, Annot ist mir teuer, aber Ihr braucht mich, sonst wäret Ihr nicht hier, und Ihr kriegt mich nicht billig.«

Der mächtigste Kaufmann Englands stützte die Hände auf die Knie und sah nachdenklich zu ihm auf. »Wisst Ihr was, Durham? Ich könnte mich entschließen, Euch als meinen Agenten nach Flandern zu schicken. Wie würde Euch das gefallen? Wart Ihr nicht noch im Spätsommer dort und habt hervorragende Geschäfte getätigt? Den Vater und den Onkel der Königin kennen gelernt? Ist nicht Euer Französisch exzellent?«

»Das ist es ganz und gar nicht ...«

De la Pole ließ sich nicht unterbrechen. »Der König hat die Schotten mit seinem ausgekochten Schurkenstück ausmanövriert. Er hat sie unschädlich gemacht wie sein Großvater, und bald werden sich alle Blicke auf Frankreich richten, Jonah, seid versichert. Und Wolle wird Edwards mächtigste Waffe in diesem Krieg sein. Wie würde es Euch gefallen, diese Waffe in der Hand zu halten?«

Ein mutwilliges Funkeln lag in de la Poles Augen, das gut aussehende Gesicht wirkte heiter, fast amüsiert.

Jonah fand sich an Martin Greenes Worte erinnert. Die Erinnerung behagte ihm überhaupt nicht, aber er sagte trotzdem: »Warum sollte ich Euch meine Seele verkaufen?«

De la Pole winkte ungeduldig ab. »Ich habe kein Interesse an Eurer Seele. Überlasst sie Gott oder dem Satan, das ist mir gleich. Ich will nichts weiter, als mir Eure Kontakte und Eure Fähigkeiten zunutze machen. Meinetwegen zu Euren Bedingungen. Und macht mir nicht weis, Ihr wolltet nicht. Ich muss Euch nur ansehen. Ich kenne diesen Blick. Ich sehe ihn jeden Morgen beim Rasieren.« Er machte eine Geste, die die Halle mit ihren schäbigen Möbeln, das ganze Haus, den Hof und das Tuchlager einschloss. »Das hier ist nicht das Ende Eurer Träume.«

Ich bin nicht wie du, dachte Jonah wieder. Aber die Antwort blieb er schuldig.

1337–1340
WANDERJAHRE

London, Februar 1337

Der Vormittag war schon fortgeschritten; die grelle Wintersonne tauchte die Hafenarbeiter und Tagediebe am Kai, die gestapelten Waren und Fuhrwerke aller Art in ihr weißliches Licht, als die *Philippa* an der Pauls Wharf festmachte.

»Das war knapp, Sir«, gestand der Kapitän dem Schiffseigner. »In einer halben Stunde setzt die Ebbe ein.«

Jonah nickte. »Gut gemacht, Hamo.« Dann legte er dem Vornehmsten seiner Passagiere kurz die Hand auf den Arm. »Es ist überstanden, Gervais.«

Der junge Earl of Waringham saß an die Bordwand gelehnt auf den Planken, den Kopf erschöpft zurückgelehnt, und er war leichenblass. Jetzt öffnete er die Augen und seufzte tief. »Gott sei gepriesen. Nichts gegen deine Kogge, Jonah, versteh mich nicht falsch. Nirgendwo göbelt es sich so komfortabel wie an Bord deines Schiffes. Aber ich wünschte, der König hätte mich in den Highlands gelassen, statt mich auf den Kontinent zu schicken.«

»Aber leider ist der Krieg mit Schottland vorüber.«

Vor vier Jahren hatte König Edward den Schotten bei Halidon Hill die erste vernichtende Niederlage beigebracht. Ganz England hatte gejubelt – die Schmach der Schlacht von Bannockburn und des schändlichen Friedens von Northampton war endlich getilgt. Doch Balliols mangelndes politisches Geschick und die Unterstützung des Widerstandes durch den französischen König hatten den Krieg immer wieder aufs Neue angefacht, bis Edward im vergangenen Sommer endlich zu einem letzten großen Feldzug aufgebrochen war. Bei seiner Rückkehr ließ er Besatzungstruppen bis hinauf nach Edinburgh zurück und übertrug den Oberbefehl seinem vertrauten, kampferfahrenen Cousin Henry Grosmont.

»Du hast Recht«, räumte Waringham matt ein. »Jetzt, da ihr kleiner König David nach Frankreich geflohen ist, ist den Schotten die Lust vergangen. Aber ich muss dir ganz ehrlich sagen, Jonah, ich hätte nichts dagegen gehabt, wenn wir ein paar Monate Pause gemacht hätten, ehe wir den nächsten Krieg anfangen.«

»Das sagst du nur, weil du seekrank bist«, mutmaßte Jonah.

Das Schiff stieß ein wenig unsanft an die Kaimauer und schlingerte. Der Kapitän errötete, Waringham kniff die Augen zu und presste die Hand vor den Mund. Er atmete einige Male tief durch, ehe er antwortete: »Nein, im Ernst. Ich hätte gern mal ein Jährchen Zeit, um mir endlich eine Frau zu suchen und mich um meine Pferdezucht zu kümmern. Was tue ich stattdessen? Ich reise alle naselang über dieses grässliche Meer in die Niederlande, um irgendwelchen Grafen und flämischen Pfeffersäcken auf den Zahn zu fühlen.«

»Und ich dachte, du tust es, um Pferde zu kaufen.«

Waringham hob mit einem erschöpften Lächeln die Schultern. »Offiziell, ja. Und so machen meine diplomatischen Missionen mich obendrein auch noch arm.«

»Ja, du bist zu bedauern«, spöttelte Jonah. »Jetzt lass uns an Land gehen. Je eher du festen Boden unter den Füßen hast, desto besser.«

Das ließ Waringham sich nicht zweimal sagen. Die Hafenarbeiter schoben eine Laufplanke vom Kai herüber. Eine sehr schmale Laufplanke. Mit so grimmiger, entschlossener Miene, als ziehe er einer feindlichen Übermacht entgegen, ging Gervais of Waringham an Land, den Blick fest auf eins der großen Fuhrwerke am Kai gerichtet.

Jonah wandte sich kurz an die übrigen Passagiere, die dicht gedrängt an der Reling standen und mit Neugier und Furcht auf die fremde Stadt blickten. »Ich muss euch um ein wenig Geduld bitten. Aber man wird euch noch vor Mittag abholen«, versprach er auf Französisch.

Die Leute nickten scheu. Es waren Männer, Frauen und Kinder mit Körben und Bündeln beladen. Flämische Weber, Walker und Färber. Eine ganze Schiffsladung voll. Und diese hier war weiß Gott nicht die erste, die er nach England gebracht hatte.

»Lasst niemanden außer meinen Leuten an Bord«, wies er den Kapitän leise an, ehe er Waringham an Land folgte. Mit leichtfüßigen, sicheren Schritten überquerte er die Planke. Kaum war er ins dichte Hafengewimmel eingetaucht, entdeckte er seinen Gehilfen.

»Crispin! Wieso bist du hier, ehe ich nach dir schicken konnte?«

Der junge Mann lächelte zufrieden und strich sich mit einer feingliedrigen Hand die blonden Locken hinters Ohr. »Ich hab die Fleming-Kinder hier postiert und demjenigen, der die *Philippa* zuerst sichtet und mir Nachricht bringt, einen Penny versprochen. Grit hat ihn bekommen.«

Jonah war nicht überrascht. Er war zu sehr daran gewöhnt, dass Crispin irgendetwas ersann, um ihm das Leben leichter zu machen. Crispin war ein genialer Organisator, ein pfiffiger Kaufmann und ein absolut verlässlicher Statthalter. Nach Abschluss seiner Lehre hatte Jonah ihm ohne viel Hoffnung angeboten, als sein Gehilfe in London zu bleiben, statt in die florierende väterliche Weinhandlung in Westminster einzutreten. Crispin hatte ohne jedes Zögern eingewilligt. Getreulich war er Jonah seither in jedes Wagnis gefolgt, führte die Geschäfte reibungslos weiter, wenn Jonah auf einer seiner vielen Reisen war, und sparte jeden Penny, um sich eines Tages den Status eines Londoner Freien und die Mitgliedschaft in der Tuchhändlergilde zu erkaufen.

»Ein königlicher Bote kam gestern«, berichtete er. »Er bat, du mögest dich unmittelbar nach deiner Rückkehr nach Westminster begeben.« Er verbeugte sich vor Waringham. »Und Ihr ebenfalls, Mylord.«

Waringham schnitt eine Grimasse und warf einen sehnsüchtigen Blick auf eine der Hafenschenken. »Mir bleibt wirklich nichts erspart«, murmelte er seufzend.

Jonah grinste Crispin verstohlen zu und bat: »Dann besorg mir ein Pferd. Und eine Sänfte für den Earl of Waringham.«

Waringham richtete sich empört auf und legte die Rechte ans Heft seines Schwertes. »Pass auf, was du redest, Pfeffersack«, knurrte er.

Crispin lachte und wies auf den Stall neben der Schenke. »Dort warten Grigolet und Euer Knappe mit Eurem prachtvollen Rappen, Mylord.«

Waringhams Miene hellte sich merklich auf. »Wie umsichtig von Euch, Master Lacy. An Bord der *Philippa* ist eine Fuchsstute, die ich in Flandern gekauft habe. Würdet Ihr sie wohl von Bord bringen und in Jonahs Stall unterstellen? Ich lasse sie morgen abholen.«

»Natürlich, Mylord.«

Waringham verabschiedete sich mit einem matten Wink und ging auf etwas unsicheren Beinen zum Stall hinüber.

Crispin wandte sich an Jonah. »Mach dich ruhig auf den Weg, ich warte hier auf Elia. Er verspätet sich offenbar. Wie üblich.«

»Wenn man vom Teufel spricht …«, raunte eine Stimme in Jonahs Ohr.

Sie drehten sich um. Elia Stephens war mit vier Bütteln des Sheriffs zum Hafen gekommen. Er war über die letzten Jahre ein wenig in die Breite gegangen, aber er wirkte immer noch wie ein jugendlicher Flegel. Was wohl vornehmlich daran lag, dass er das nach wie vor war. Elia war so unbekümmert und verantwortungslos wie vor zehn Jahren, und wäre er nicht auf Jonahs Drängen hin in das lukrative Geschäft mit den flämischen Handwerkern eingestiegen, wäre er längst ruiniert gewesen.

Er legte jedem seiner Freunde einen Arm um die Schultern und sah mit zusammengekniffenen Augen zur *Philippa* hinüber. »Ein ganzer Kahn voller Flamen«, bemerkte er kopfschüttelnd.

Jonah befreite sich unwillig. »Bist du nüchtern genug, um sie sicher nach Cheapside zu bringen?«

Elia lächelte entwaffnend. »Ich bin praktisch für alles nüchtern genug. Sei nicht so streng mit mir, Jonah. Meine süße Mary hat letzte Nacht einen Sohn geboren.«

Jonah seufzte. »Glückwunsch, Elia. Aber das ist mindestens der fünfte. Du solltest dich langsam daran gewöhnt haben.«

Stephens winkte mit einer unnötig weit ausholenden Geste ab. »Davon verstehst du nichts, mein junger Freund. Warte nur, bis du mal so weit bist. Außerdem ist es erst mein vierter Sohn. Er heißt Adam. Adam Burnell ist sein Pate.«

»Großartig«, murmelte Jonah. »Möge Gott dein unschuldiges Kind dennoch segnen. Und jetzt tu zur Abwechslung mal was für dein Geld; diese Leute an Bord sind durchfroren und hungrig. Hier ist die Liste mit den Namen für die Urkunden.«

Seit der hinterhältigen Intrige, die die Flemings nach ihrer Ankunft in London beinah ins Unglück gestürzt hätte, bekam jeder flämische Handwerker, den Jonah nach England brachte, eine Urkunde mit dem Siegel des Königs, die ihm Sicherheit und Schutz garantierte. Das hatte die Königin sich ausgedacht, und es erfüllte seinen Zweck. Die Einwanderer betraten ihre neue Heimat mit mehr Zuversicht, und auch wenn mancher Londoner auf die Straße spuckte, wenn er die Fremdlinge sah, wagte doch keiner, sich an ihnen zu vergreifen. Die Büttel waren eine reine Vorsichtsmaßnahme, die sich bislang immer als überflüssig erwiesen hatte.

Elia warf einen nachlässigen Blick auf die Liste. »Du meine Güte, diese Namen kann ja kein Mensch lesen«, murmelte er seufzend und fragte dann: »Wie viele sind es?«

»Zwanzig.«

»Ha. Fabelhaft. Wir werden steinreich damit. Es lebe das Embargo.« Er winkte den Bütteln, ihm zu folgen, und schlenderte zum Schiff hinüber.

Jonah erinnerte sich genau, dass die Königin damals beim Hoffest in Woodstock zu ihm gesagt hatte, sie müssten einen Anreiz schaffen, um flämische Handwerker zur Tuchherstellung nach England zu holen. Sie hatten auch in den Jahren darauf hin und wieder darüber geredet, aber es war ihnen nie etwas Rechtes eingefallen. Nun hatte der König – völlig unbeabsichtigt – den denkbar besten Anreiz geschaffen: Auf William de la Poles Rat hin hatte Edward vor einem guten halben Jahr den Export von Rohwolle und den Import von ausländischem Tuch verboten. Natürlich nicht, um flämische Weber nach England zu locken, sondern um die Niederlande unter Druck zu setzen, damit sie sich in dem lange schwelenden Konflikt zwischen England und Frankreich, der sich immer weiter zuspitzte, auf die englische Seite schlugen. Tuchherstellung war die Lebensgrundlage der Menschen in den Niederlanden, englische Wolle die Quelle ihres Reichtums. Von Utrecht bis Cambrai, von Ypern bis Jülich sahen sich Herzöge, Grafen, Kaufherren und Weber in ihrer Existenz bedroht. Für Letztere gab es einen relativ einfachen Ausweg: Wenn die Wolle nicht zu ihnen kam, mussten sie eben dorthin gehen, wo die Wolle war. In Scharen wanderten Weber nach England aus. Natürlich dauerte es ein Weilchen, bis die ersten kamen und die Produktion aufnahmen. Eine Zeit lang waren Jonah und Elia die einzigen Londoner Händler gewesen, die flämisches Tuch zu bieten hatten, weil sie die Einzigen waren, die bereits flämische Handwerker beschäftigten. In manchen Monaten hatten sie mehr Geld verdient als früher in einem ganzen Jahr. Dann hatte Jonah den Gildebrüdern angeboten, ihnen die begehrten Arbeiter aus Hainault, aus Geldern, aus Flandern und Brabant herzuholen. Gegen ein bescheidenes Entgelt. Jonah übernahm die Rekrutierung der Leute auf dem Kontinent, Elia die Verteilung innerhalb Londons und darüber hinaus. Den Profit teilten sie auf.

Menschenhandel sei es, womit sie sich die Taschen füllten, hatte Vater Gilbert gewettert. Aber Jonah, Crispin und Elia waren anderer Ansicht. Jonah zwang niemanden, seine Kogge zu besteigen – das hatte er auch gar nicht nötig. Im Gegenteil, er konnte des Ansturms kaum Herr werden. Die *Philippa* war ein solides, sicheres Schiff, und er trug Sorge, dass sie niemals überladen wurde. Die Reise war kurz, und die lebende Fracht wurde großzügig verköstigt. Elia Stephens besuchte die flämischen »Enklaven«, die in Cheapside und oben in Norwich entstanden waren, regelmäßig, hörte sich die Sorgen und Nöte der Einwanderer an und tat für sie, was immer er konnte. Schien ein Problem unlösbar, berichtete er Jonah davon. Jonah der Königin. Und Philippa tat, was in ihrer Macht stand, um ihren Landsleuten in England ein neues Zuhause zu schaffen.

»Jonah.« Die Königin lächelte und streckte ihm beide Hände entgegen. »Wohlbehalten zurück, Gott sei Dank.«

Er sank auf ein Knie nieder, nahm die Hände und führte die Rechte für einen winzigen Augenblick an die Lippen. Es war inzwischen ein vertrautes Ritual, und die Königin schien es kaum wahrzunehmen. Für ihn war dieser Moment hingegen jedes Mal ein kleiner Rausch; es fühlte sich immer noch an, als habe er für die Dauer eines Herzschlages das Fliegen gelernt.

Mit einem verstohlenen Lächeln über seine unverbesserliche Torheit erhob er sich. »Wir hatten ausgesprochen gutes Reisewetter.«

»Habt Ihr Gervais mit heimgebracht?«

»Ja, Madame.«

»Gut. Das wird den König freuen. Er hat sehnsüchtig auf ihn gewartet.«

»Waringham ist gleich zu ihm gegangen.«

»Und bringt er gute Neuigkeiten oder schlechte?«

Jonah hob leicht die Schultern. »Ich überlasse es lieber den Diplomaten, seine Nachrichten zu deuten.«

Sie sahen sich einen Moment in die Augen.

Dann schüttelte die Königin den Kopf. »Ich kann mich einfach nicht an diesen Bart gewöhnen, Jonah.«

»Ein Wort von Euch, und ich nehme ihn wieder ab.«

»Nein! Er steht Euch so gut. Er macht Euch nur noch ernster.« Sie unterbrach sich kurz, ehe sie hinzufügte. »Und Ihr seht erschöpft aus.«

»Ihr hingegen seht besser aus als vor meiner Abreise, Madame.«

Die Königin winkte mit einem wissenden Lächeln ab. Doch er hatte durchaus ernst gemeint, was er sagte. Philippa hatte im vergangenen Spätsommer einen Sohn verloren, William, der nur wenige Wochen gelebt hatte. Den ganzen Herbst und den Winter über war sie bleich und melancholisch gewesen. Heute erschien sie ihm zum ersten Mal wieder so lebhaft und heiter wie früher.

Sie führte ihn zum Kamin und forderte ihn mit einer nachlässigen Geste auf, in einem der beiden Sessel Platz zu nehmen. »Der König hat seinen Frohsinn wiedergefunden. Ich glaube, das ist der Grund, warum es mir besser geht. Mein armer Edward ...«

Der König hatte nicht nur den Tod des kleinen Prinzen, sondern beinah gleichzeitig auch noch den Verlust seines Bruders John betrauern müssen, der nach großen Taten im Schottlandfeldzug ganz plötzlich mit kaum einundzwanzig Jahren gestorben war. Und auch wenn Edward nie etwas anzumerken gewesen war, so wusste Jonah doch, dass Philippa sich um die Gemütsverfassung des Königs gesorgt hatte.

Um sie auf andere Gedanken zu bringen, nahm er den Leinenbeutel, den er trug, von der Schulter, und hielt ihn ihr wortlos hin.

Philippas dunkle Augen leuchteten auf. Sie klatschte in die Hände wie ein beschenktes Kind. »Jonah! Habt Ihr etwa schon wieder ...« Sie riss ihm den Beutel förmlich aus den Händen und zerrte voller Ungeduld an der Kordel.

Er lachte, lehnte sich in dem herrlich bequemen Sessel zurück und sah ihr zu. Endlich hatte sie den Knoten gelöst, öffnete den Beutel und förderte eine aus Stroh und Holz gefertigte Puppe zutage. »Oh ... oh, wie herrlich! Das ist vollkommen unwiderstehlich!« Sie legte für einen Augenblick die Hände auf die Wangen und strahlte.

Natürlich war es nicht die etwas plump gearbeitete Puppe, die die Königin in solche Verzückung versetzte, sondern deren Garderobe. Es waren die feinsten der feinen Pariser Schneider, die diese Modepuppen herstellten und in Umlauf brachten, damit die Damen des französischen Adels sich rechtzeitig ein Bild davon machen konnten, was die Mode in der kommenden Saison vorschrieb.

»Aber ... wie in aller Welt stellt man eine solche Farbe her?«, fragte sie atemlos.

»Aus Veilchenblüten«, wusste Jonah zu berichten.

Sie warf ihm einen kurzen Blick zu, ehe sie das kleine Modell in ihrem Schoß wieder anstarrte. »Was für ein Blau. Wie ... *gewagt*! Und seht nur, wie weit die Ärmel sind. Wenn die Dame den Arm hebt, kann man ja hineinschauen! Oh, ich sehe schon den Ausdruck des ehrwürdigen Erzbischofs Stratford, er wird schockiert sein.«

Sie teilten ein kleines Verschwörerlachen auf Kosten des alten Lord Chancellor.

»Und *das* tragen die Damen in Paris, Jonah?«

»Im kommenden Frühjahr, Madame.«

Die Königin seufzte tief. »Wie schade, dass wir kein ausländisches Tuch kaufen können.«

Er antwortete nicht.

Sie sah auf. »Glaubt Ihr ... einer Eurer flämischen Weber könnte ...«

»Selbstverständlich. Ihr braucht es nur zu bestellen.«

Sie biss sich auf die Unterlippe. »Was für ein gerissenes Schlitzohr Ihr seid, Jonah. Ihr wisst genau, dass ich der Pariser Mode nie widerstehen kann. Und die Damen des Hofes tragen, was ich trage. Aber Ihr werdet wieder einmal der Einzige sein, der das dazu nötige Tuch liefern kann.«

Er nickte. »Ihr habt Recht, Madame. Aus purem Eigennutz habe ich Euch diese Puppe mitgebracht. Weil ich Euch das Tuch liefern will und weil ich Euch in diesem Blau sehen will. Wenn es je eine Farbe gab, die für Euch ersonnen wurde, dann diese.«

Philippa errötete ein klein wenig, sah ihn für einen Moment an und schlug dann die Augen nieder. »Ihr solltet Euch wirklich schämen, mir so zu schmeicheln«, murmelte sie.

Und du solltest dich schämen, so mit mir zu tändeln, dachte er flüchtig, aber es erschütterte ihn nicht mehr so wie früher. Es war eben einfach ihre Art, in gewisser Weise Ausdruck ihrer Unschuld, hatte er vor langer Zeit erkannt. Wie keine andere Frau konnte sie sich in Komplimenten und männlicher Bewunderung sonnen. Sobald sie ihr zuteil wurden, lebte sie auf wie eine durstige Pflanze, die endlich begossen wird. Aber das war nichts weiter als ein höfisches Spiel; in Wahrheit gab es für sie keinen anderen Mann als den König.

Mit einem sehnsuchtsvollen Seufzer legte sie die Puppe zurück in den Schoß. »Du meine Güte, Jonah, ich vergesse all meine Manieren. Ihr müsst müde, kalt und hungrig sein. Janet?«

Eine ihrer Damen, die sich diskret im Hintergrund gehalten hatte, trat näher und knickste anmutig. »Madame?«

»Schickt nach heißem Ipogras und ein wenig Fleisch und Brot.«

Das Mädchen huschte zur Tür.

»Arundels Schwester«, raunte Philippa Jonah zu. »Und sie erzählt ihm alles, was sie hier erfährt. Lasst uns lieber französisch sprechen, das versteht sie nicht.«

Er nickte. »Wo ist Giselle?«, fragte er beiläufig. Er hatte die Königin selten besucht, ohne de la Poles Tochter bei ihr vorzufinden.

»Sie hat mich gebeten, sie für ein paar Wochen zu beurlauben. Erst wollte sie ihre Schwester Elena in Havering im Kloster besuchen und dann zu ihrer Mutter nach Hull, die in diesen Tagen ein Kind erwartet. Ganz unter uns, Jonah, ich bete, dass es ein Mädchen wird. William de la Pole hat schon drei Söhne, und das ist mehr als genug. Jedenfalls hoffe ich, Giselle kehrt bald zurück, denn sie fehlt mir. Aber vermutlich zieht sie ihre Abwesenheit absichtlich in die Länge. Ihr Vater hat endlich einen adeligen, aber greisen Bräutigam für sie gefunden, und vor ihm hat sie die Flucht ergriffen.«

»Wer ist es?«

»Bertrand de Vere, der Onkel des Earl of Oxford.«

Jonah hob ungläubig die Brauen. Bertrand de Vere war ein griesgrämiger alter Gentleman und beinah völlig taub. Er sprach nie von etwas anderem als seinem Hass auf die Schotten. Da er beschlossen hatte, seinen Lebensabend bei Hofe zu verbringen, teilte Edward die jungen Ritter seines Gefolges turnusmäßig dazu ein, de Vere abends in der Halle Gesellschaft zu leisten. Es war eine allseits verhasste Pflicht und die Befreiung davon nicht selten ein inoffizieller Turnierpreis oder Wetteinsatz. Was für ein Gemahl für ein siebzehnjähriges Mädchen …

Philippa schien seine Gedanken zu erraten und hob seufzend die Schultern. »Das ist das Schicksal aller Töchter, Jonah, ganz gleich welchen Standes. Sie werden den Absichten ihrer Väter geopfert. Gott weiß, mir ist es nicht anders ergangen. Nur hatte ich dabei mehr Glück als die meisten«, fügte sie mit einem Lächeln hinzu, das verriet, wie verliebt sie nach wie vor in ihren Edward war. »Und nun erzählt. Habt Ihr meinen Vater gesprochen? Wie geht es ihm?«

Er machte ihr nichts vor. »Schlecht, Madame. Die Gicht ist so schlimm geworden, dass er das Bett nicht mehr verlassen kann.«

Er unterbrach sich, als Lady Janet einen Pagen hereinführte, der zwei dampfende Becher Ipogras – mit Zimt, Nelken und anderen Gewürzen erhitzter Rotwein – und einen Silberteller mit kleinen Köstlichkeiten auf den Tisch stellte, sich artig verbeugte und wieder verschwand.

Lady Janet wollte der Königin und ihrem Gast die Becher reichen, aber Philippa sagte kühl: »Vielen Dank, meine Liebe, das machen wir selbst. Seid so gut und seht nach, wie es den Prinzessinnen geht. Sie waren heute früh beide ein wenig fiebrig, und ich bin in Sorge.«

»Ich soll Euch allein lassen, Madame?«, fragte die junge Hofdame pikiert.

Die dunklen Augen der Königin funkelten warnend. »Ganz recht. Lasst die Tür auf, wenn Ihr glaubt, mir sei allein mit Master Durham nicht zu trauen. Und Janet, ich wäre dankbar, wenn ich mich nicht für jede Bitte, die ich an Euch richte, rechtfertigen müsste.«

Erschrocken huschte Lady Janet hinaus. Jonah beobachtete amüsiert, dass sie die Tür zwar zuzog, aber nur anlehnte. Er tauschte einen Blick mit der Königin, und sie lachten.

Doch Philippa wurde gleich wieder ernst. »Glaubt Ihr … mein Vater wird bald sterben?«

»Die Ärzte wollten keine Prognose abgeben. Aber ich denke, Ihr solltet Euch zumindest darauf gefasst machen.«

Philippa sah ins Feuer. Jonah stand auf, holte die Becher vom Tisch und reichte ihr einen davon. »Hier, Madame, trinkt einen Schluck. Ihr seht ein bisschen verfroren aus.«

Sie nahm den heißen Würzwein mit einem dankbaren Nicken. »Ja, hier ist es im Winter immer eisig, egal, wie viel man heizt. Kein Wunder, dass die Prinzessinnen sich erkältet haben. Was für grässliche Kästen diese Burgen und Paläste doch sind, Jonah. Hätte mein Vater sein Leben in einer anständigen Kaufmannsvilla verbringen können, hätte er gewiss keine Gicht bekommen.«

Gut möglich, dachte er.

Die Königin trank, hielt den kostbaren Pokal dann zwischen den Händen und blickte hinein. »Es wird mich bekümmern, wenn mein Vater diese Welt verlässt. Auch wenn wir uns nicht nahe stehen, ist und bleibt er mein Vater. Doch vor allem sorge ich mich darum, welche Folgen sein Tod für unsere Bündnispläne hätte.«

Jonah gab ihr Recht. »Euer Bruder ist ein kühler Kopf. Er wird ein Bündnis mit England nur dann eingehen, wenn es Hainaults Interessen dient. Nicht aus persönlicher Loyalität.«

»Dann werden wir dafür sorgen müssen, dass ein solches Bündnis Hainaults Interessen dient, nicht wahr? Wir werden meinen Bruder kaufen ...«

Jonah wollte vor dem abendlichen Bankett nach London zurückkehren. Er war müde nach der schlaflosen Nacht auf dem Ärmelkanal, außerdem war er zwei Wochen fort gewesen, und es gab tausend Dinge, um die er sich dringend kümmern musste.

Doch die Königin wollte nichts davon hören. Er müsse zum Essen und über Nacht bleiben, denn der König habe für den nächsten Morgen seine Finanzberater zusammengerufen und wolle vorher gewiss Jonahs Neuigkeiten hören.

»Aber überall, wo ich war, war Waringham auch«, versuchte Jonah abzuwehren. »Er kann dem König ebenso berichten wie ich.«

Philippa schüttelte den Kopf. »Ihr mögt an denselben Orten

gewesen sein, aber ihr seht immer völlig verschiedene Dinge. Gervais ist Soldat. Er zählt Schwerter und Pferde und kennt die Höhe der Stadtmauern oder die Brücken und Furten der Flüsse. Ihr hingegen ...«

»Ich hingegen bin ein Pfeffersack und sehe Geld oder die Gier danach«, beendete er den Satz für sie, aber es klang eher selbstironisch als bitter.

Sie legte ihm für einen Augenblick die Hand auf den Arm. »Ihr seid ein kluger Geschäftsmann, der sich weder von Titeln noch von schönen Worten blenden lässt, sondern die wahren Absichten dahinter erkennt.«

Er verzog spöttisch einen Mundwinkel. »Das wäre besser wahr ...«

Er fand es liebenswert, dass sie ihm schmeichelte, um ihn zum Bleiben zu bewegen. Dabei hätte sie es ja nur befehlen müssen – als Ritter ihres Haushaltes war er schließlich verpflichtet, sich nach ihren Wünschen zu richten.

Er vermied es nach Möglichkeit, in Westminster zu übernachten, weil es im Palast meistens so voll war, dass ihm nichts anderes übrig blieb, als sich zum Schlafen irgendwo in seinen Mantel gewickelt auf den Boden zu legen, während sein komfortables Bett daheim in der Ropery leer stand. Aber nach einem abendlichen Bankett konnte er nicht heimreiten, weil die Stadttore bereits geschlossen waren.

Im Gefolge der Königin ging er zur Vesper in die Abteikirche, und als sie nach der Andacht wieder ins Freie traten, war es finster geworden. Die Februarnacht war schneidend kalt. Ein eisiger Wind pfiff um die verwinkelten Gebäude, und es hatte zu schneien begonnen. Alle beeilten sich auf dem Rückweg zum Palast, alle außer dem knapp siebenjährigen Prinz Edward, der allenthalben stehen blieb, um Schneebälle zu formen und die Ritter seines Vaters damit zu bewerfen.

»Gervais, kommt und baut einen Schneemann mit mir!«

Waringham bewaffnete sich seinerseits mit einem Schneeball, der den kleinen Prinzen hart an der Brust traf. »Morgen früh vielleicht, Edward. Jetzt ist Zeit zum Essen.«

Der Junge rieb die getroffene Stelle abwesend, aber er blinzelte nicht einmal. »Och, bitte, Gervais!«

Lachend packte der Earl ihn bei den Armen, schwang ihn in die Höhe und setzte ihn sich auf die Schultern.

Edward jauchzte. »Schneller, schneller!« Er knuffte den Ritter mit seiner kleinen Faust auf den Kopf, um ihn anzutreiben.

Waringham sprang im Hof umher, bockte, schnaubte und wieherte wie ein wildes Pferd und machte gänzlich unbekümmert einen Narren aus sich. Der Prinz war im siebten Himmel; je rauer das Spiel wurde, desto besser schien es ihm zu gefallen.

Schließlich verschwanden sie hinter dem Backhaus. Jonah sah ihnen grinsend nach und machte einen kurzen Abstecher zum Pferdestall nahe des Torhauses, um die kleinen Geschenke, die er für den Prinzen und seine beiden Schwestern aus Flandern mitgebracht hatte, aus Grigolets Satteltaschen zu holen.

Es dauerte ein Weilchen, bis er seinen Sattel im schwachen Licht, das die Fackel draußen an der Tür spendete, gefunden hatte. Gerade als er sich darüber beugte, legten sich von hinten zwei Hände auf seine Augen.

Jonah erstarrte.

»Wer mag ich wohl sein?« Es war ein schauriges, heiseres Flüstern.

»Juliana die Hexe, der Stimme nach«, antwortete er.

Eine der Hände glitt von seinem Auge und zog an seinem kurzen Bart. »Dummkopf. Juliana ist seit über zweihundert Jahren tot und ein Geist und kann dich nicht anfassen. Rate noch einmal.«

»Dann Lady Ermingarde, die hässliche Priorin von St. Ursula mit der Warze an der Nase. Ihre Stimme klingt auch so.«

Wieder wurde er am Bart gezupft, dieses Mal fester. »Flegel. Dies ist deine letzte Gelegenheit. Rate richtig oder stirb!«

Er befreite seinen Bart mit einem etwas schmerzhaften Ruck, packte die Hand, die ihn gepiesackt hatte, und zog das dazugehörige Mädchen in seine Arme. »Giselle de la Pole. Natürlich. Welch andere Frau würde eine Situation wie diese schamlos ausnutzen und einen wehrlosen Mann überfallen?«

Sie lachte. Jonah zog sie näher und küsste sie, gierig und nicht gerade sanft, wie es seine Art war und wie sie es gern hatte. Er spürte ihre Lippen, die Zähne und ihre flinke, freche Zunge, fühlte den schlanken Mädchenkörper, der sich an ihn presste, atmete ihren unverwechselbaren Duft ein und konnte doch nicht aufhören, sich vornehmlich auf sein Gehör zu konzentrieren und auf das warnende Geräusch herannahender Schritte zu lauschen.

Schließlich löste sie sich von ihm. Er ließ sie los und brachte ein wenig Abstand zwischen sie, aber sie sahen sich unverwandt an. Selbst an diesem Hof voller Schönheiten war Giselle herausragend, fand Jonah. Und er war nicht der Einzige. Jeder Mann hier pries die tiefblauen Augen, die fein geschwungenen Wangenknochen, die zierliche Nase und perfekt geformten Lippen, nicht zuletzt die glänzend kastanienbraune Lockenflut, die ihr offen bis auf die Hüften fiel. Viele hatten um sie angehalten, landlose, aber angesehene Ritter wie Geoffrey Dermond, die de la Pole ihren guten Namen boten und sich im Gegenzug eine Mitgift erhofften, von der sie sich ein Stück Land kaufen konnten. Ein ehrbares und zweckdienliches Arrangement, wie es alle Tage getroffen wurde. Aber de la Pole hatte alle Kandidaten abgewiesen, denn er wollte eine Verbindung zum Hochadel.

»Ich sehe, du hast von meiner bevorstehenden Verlobung gehört«, sagte sie.

Jonah nickte.

Als sie den Blick senkte, erkannte er, wie niedergeschlagen sie war. Er legte die Hand auf ihre Schläfe, die Stelle, wo ihre Haut fast durchsichtig schimmerte. »Erzähl mir von deiner Mutter und deiner Schwester.«

»Elena geht es wie immer. Ich bewundere die Geduld, mit der sie ihr schreckliches Los hinnimmt. Sie ist stets heiter und zufrieden. Ich wünschte, ich könnte genauso sein. Und meine Mutter ist wohlauf. Ich habe einen kleinen Bruder bekommen: Edmund. Gott, wie ich ihn beneide«, stieß sie plötzlich wütend hervor. »Ihn wird Vater niemals zwingen, eine Frau zu heiraten, die seine Großmutter sein könnte!«

Da war Jonah nicht so sicher. Ihr Bruder Michael, der erst sechs Jahre alt war, war schon mit der altjüngferlichen Schwester eines Landjunkers aus Yorkshire verlobt, sagte ein Gerücht ...

»Herrgott noch mal, Jonah, würdest du bitte etwas sagen? Was gedenkst du zu tun, um es zu verhindern?«

»Das weiß ich noch nicht«, gestand er.

»Du musst mit Vater reden. Auf dich hört er doch manchmal.«

»Nicht in diesem Punkt. Ich habe ihn zweimal gefragt, und er hat mich zweimal abgewiesen. In aller Deutlichkeit.«

»Dann erpress ihn eben! Du weißt so viel über ihn, und ich bin sicher, es ließe sich ein dunkles Geheimnis finden.«

Er hätte nicht lange suchen müssen. Seit vier Jahren hatte Jonah gelegentlich als de la Poles Agent und Strohmann, dann als sein Geschäftspartner bei riskanten Unternehmungen fungiert, und in all der Zeit hatte er genug dunkle Geheimnisse erfahren, um ein dickes Buch damit zu füllen. Aber er schüttelte den Kopf. »Das sind seine Methoden, nicht meine.« Außerdem hatten das andere vor ihm auch schon versucht, und ein jeder war früher oder später Opfer eines tragischen, rätselhaften Unfalls geworden. Jonah machte sich nichts vor; er wusste, in der Kunst schmutziger Geschäfte konnte er Giselles Vater nicht das Wasser reichen.

»Dann ... dann lass uns durchbrennen! Es ist der einfachste Weg, der einzige, der uns bleibt, und das weißt du ganz genau. Wenn du mich verführst und kompromittierst, wird de Vere mich nicht mehr haben wollen, und Vater kann froh sein, wenn du mich heiratest.«

»Ich habe dir gesagt, das kommt nicht in Frage.«

»Weil deine kostbare Ehre dir wichtiger ist als ich!«, fauchte sie. Im Halbdunkel funkelten ihre Augen. Wie immer erregte ihr Zorn ihn und brachte ihn gefährlich nahe daran, zu tun, was sie so unbedingt wollte. Oder zu wollen glaubte. Er wandte sich für einen Moment ab, bis er sich wieder unter Kontrolle hatte.

»Bei dieser Frage geht es um *deine* Ehre, Giselle, nicht um meine. Ich glaube, du hast zu viele Ritterromanzen gelesen. Du denkst gar nicht darüber nach, was es für dich bedeuten würde.«

Sie machte einen langen Schritt auf ihn zu und warf die Arme in die Höhe. »Das ist mir gleich!«

»Schsch, nicht so laut.«

»Das ist mir gleich«, wiederholte sie trotzig, aber leiser. »Und wenn du mich wirklich wolltest, wär's dir auch gleich.«

Er starrte sie einen Moment an. Dann packte er plötzlich ihre Hand und legte sie an seinen Schritt. »Hier, fühlst du das? Fühlst du, wie kalt du mich in Wahrheit lässt?«, fragte er leise.

Giselle zuckte zurück, vor der Bitterkeit in seiner Stimme ebenso wie vor dem, was ihre Finger ertastet hatten, der ungewohnten Intimität, mit der er sie so unvermittelt überfallen hatte.

Jonah schämte sich für seine Rohheit. »Entschuldige ... Vergib mir, Giselle. Ich wollte dich nicht beleidigen oder dir Angst machen.«

»Schon gut.« Aber es klang dünn und hohl.

»Ich ... ich wollte dir nur vor Augen führen, wie wenig ernst dir ist, was du da von mir verlangst.«

»Nein, Jonah, du wolltest mich einschüchtern. Und das ist dir auch gelungen. Aber wenn du gestattest, ich weiß selber immer noch am besten, wie ernst mir ist, was ich sage.«

Sein erster Sieg in einem Wortgefecht mit ihr stand noch aus. Manchmal stellte er sich vor, wie es wohl wäre, wenn er sie als Braut in sein Haus in der Ropery brächte, und dann fragte er sich, ob ein maulfauler Eigenbrötler wie er und ein so lebhaft sprudelnder Wortquell wie sie denn überhaupt zusammenpassen konnten. Manchmal fragte er sich gar, ob sie nicht vielleicht gescheiter war als er, und der Gedanke erschreckte ihn. Aber letztlich war das alles gleich. Er wollte Giselle. Er wollte sie halten und ehren, in guten wie in schlechten Tagen. Er wusste genau, dass sie das bezweifelte, dass sie schon lange ahnte, wie er zur Königin stand. Dabei waren ihre Zweifel völlig unbegründet. Er war sicher, er hätte Giselle nicht mehr lieben können – und nicht verrückter nach ihr sein können –, wenn es die Königin nicht gegeben hätte. Welcher Narr wollte behaupten, es sei unmöglich, zwei Frauen zu lieben, noch dazu auf so unterschiedliche Weise? Er jedenfalls hatte damit keine Probleme. Aber natürlich wäre er unfähig gewesen, Giselle das zu erklären, selbst wenn das Thema nicht gänzlich tabu gewesen wäre.

»Ich muss gehen, Jonah. Meine Eskorte wird sich wundern, wo ich bleibe.«

»Warte...« Er nahm wieder ihre Hand, ganz behutsam dieses Mal, und führte sie beinah schüchtern an die Lippen.

»Worauf?«, fragte sie mit unverhohlener Ungeduld.

»Wann will dein Vater die Verlobung bekannt geben?«

»In zehn Tagen.«

Verflucht, das war wenig Zeit. Aber er ließ sich seinen Schrecken nicht anmerken. »Ich weiß, es fällt dir schwer, untätig abzuwarten. Aber ich finde einen Weg. Glaub mir.«

Sie lächelte schwach. »Ich höre, dass zumindest du es glaubst. Das wird mir als Trost reichen müssen.«

König Edwards Privatgemach, in welchem sich am nächsten Vormittag die Finanzberater der Krone versammelten, unterschied sich grundlegend von dem der Königin. Zum einen war es immer voller und unordentlicher. Zwei schlanke graue Jagdhunde balgten vor dem großen Kamin, ein dritter, noch ein Welpe, schlief zusammengerollt auf dem massiven Tisch inmitten eines Wirrwarrs aus Pergament- und Papierbogen. Überall entlang der Wände lehnten oder hingen Waffen: Lang- und Breitschwerter, eine uralte Streitaxt, Keulen, sogar ein gekrümmtes Schwert, wie die Sarazenen es führten. Läge der Raum nicht im zweiten Stockwerk, würde der König vermutlich auch noch seine Pferde mit herbringen, fuhr es Jonah durch den Kopf, während er unbeachtet am Fenster stand und sich umschaute. Unten im verschneiten Innenhof bauten Prinz Edward und Gervais of Waringham ihren Schneemann.

Neun Männer hatten sich mit dem König um den Tisch versammelt: der Lord Treasurer, Giuseppe Bardis Vater und Onkel, ein weiterer Italiener mit Namen Peruzzi, den Jonah nur vom Sehen kannte und der das zweite große florentinische Bankhaus in London vertrat, William de la Pole, dessen Bruder Richard,

John Pulteney, der wieder einmal Mayor von London war, und zwei weitere Londoner Kaufherrn.

Edward wandte sich zu Jonah um und winkte ihn näher. »Kommt, Master Durham, setzt Euch zu uns und berichtet uns, was Ihr in Hainault und in Brabant erfahren habt.«

Die Einladung, in dieser illustren Runde Platz zu nehmen, verblüffte Jonah, obgleich sie dem König ähnlich sah. Er setzte sich also auf einen freien Schemel am unteren Ende, verschränkte die Finger auf der Tischplatte, ermahnte sich, den Blick nicht zu senken, nicht zu leise und vor allem nicht zu unwillig zu sprechen. Er berichtete vom bedenklichen Gesundheitszustand des Grafen von Hainault, von der Schreckensherrschaft des Kaufmanns Jakob van Artevelde in Flandern, der den rechtmäßigen Grafen vertrieben hatte, von der Angst, die in den ganzen Niederlanden umging, weil die englische Wolle ausblieb, und allen anderen Beobachtungen, die er gemacht hatte.

Als er geendet hatte, nickte der König und schwieg einen Moment versonnen, ehe er sagte: »Habt vielen Dank, mein Freund. Das war sehr aufschlussreich.«

Jonah stand auf und verneigte sich vor dem König, der jedoch forderte: »Nein, nein, bleibt sitzen und nehmt teil an unserer Beratung, seid so gut.«

Verdattert sank Jonah zurück auf den Schemel.

Der Treasurer und Richard de la Pole waren befremdet, die italienischen Bankiers tauschten wortlose Botschaften, John Pulteney lächelte amüsiert, und William de la Pole saß reglos auf seinem Platz, hatte die Hände vor dem flachen Bauch gefaltet und beobachtete Jonah aus dem Augenwinkel und unter halb geschlossenen Lidern hervor. Jonah nahm das sehr wohl wahr, und ihm wurde unbehaglich.

»Wenn mir die Frage gestattet ist, Sire, warum seid Ihr so sicher, dass es bald Krieg mit Frankreich gibt?«, fragte Reginald Conduit, ein Londoner Tuchhändler und Alderman, den man in letzter Zeit ständig in William de la Poles Gesellschaft sah. »Es hat doch immer geheißen, Philip von Frankreich sei im Begriff, das Kreuz zu nehmen.«

König Edward verdrehte ungeduldig die Augen. »Der Papst hat dieses fromme Unterfangen kurzfristig abgesagt. Philip hat die Kreuzfahrerflotte stattdessen in seine Häfen in der Normandie befohlen. Außerdem ist er in Aquitanien einmarschiert und beschlagnahmt meine Burgen. Ihr seht also, dieser Krieg hat eigentlich schon begonnen, und wir alle sind gut beraten, uns das zu vergegenwärtigen, ehe mein geliebter Cousin Philip die Themse hinaufgesegelt kommt. Da wir derzeit leider keine nennenswerte Flotte besitzen, können wir keinen Seekrieg führen. Für einen Landkrieg aber brauchen wir Verbündete auf dem Kontinent.« Er zählte die offensichtlichen Kandidaten an den Fingern ab: »Der Herzog von Brabant ist mein Vetter – seine Mutter war die Schwester meines Vaters. Der Graf von Geldern ist mit meiner Schwester Eleanor verheiratet. Der Markgraf von Jülich ist mit einer Schwester der Königin verheiratet. Der Graf von Hainault ist mein Schwiegervater. Und der deutsche Kaiser Ludwig, der ihrer aller Lehnsherr ist, ist ebenfalls mit einer von Philippas Schwestern verheiratet und somit mein Schwager. Nur Flandern ist französisches Lehen, und der Graf frisst Philip aus der Hand. Aber wie der Zufall es will und Master Durham uns gerade berichtet hat, ist der Graf derzeit entmachtet, und in Flandern herrscht Anarchie. Man kann also sagen, wir haben die Niederlande im Sack – die uns sehr bald verzweifelt um unsere Wolle anflehen werden –, und das deutsche Reich stärkt uns den Rücken. Die Frage, die Ihr mir beantworten sollt, Sirs, ist: Woher bekomme ich das Geld, um all diese Verbündeten zu kaufen und bei der Stange zu halten?«

Es folgte eine lange, zähe Debatte. Steuererhöhung, meinten die Londoner. Eine Zusatzabgabe auf zukünftige Wollexporte, schlugen die Italiener vor. Ein Wollexportmonopol der Krone, regte Richard de la Pole an, zweifellos, um sich an seinem Bruder William für all die Schmach der vergangenen Jahre zu rächen.

Schweigend lauschte Jonah einem Vorschlag nach dem anderen, der ihn in der einen oder anderen Weise in seiner Existenz bedrohte.

Als endlich Stille einkehrte, ergriff William de la Pole zum ersten Mal das Wort. »Vielleicht sollten wir erst einmal ermitteln, wie viel uns dieser Krieg voraussichtlich kosten wird.«

Der König machte eine lapidare Handbewegung. »Ein guter, aber unrealistischer Vorschlag. Ich werde nach dem Osterparlament eine Gesandtschaft auf den Kontinent schicken, um mit unseren potenziellen Verbündeten zu verhandeln, aber die Summen, die nötig sein werden, sind derzeit unmöglich abzuschätzen. Gehen wir davon aus, dass es teuer wird. Unser Wollembargo war genau der richtige erste Schritt. Es verschafft uns einen Verhandlungsvorteil, und wenn wir die Lieferungen wieder aufnehmen, können wir praktisch jeden Preis fordern.« Er schenkte de la Pole sein breites, unkompliziertes Lächeln. »Ein genialer Winkelzug, William, wie man sie von Euch gewöhnt ist.«

De la Pole nahm das zweischneidige Kompliment mit einer sparsamen Verbeugung auf.

An die ganze Versammlung gerichtet, fuhr Edward fort: »Ich weiß, dass es eine große Anstrengung wird, die Euch allen viel abverlangt, Gentlemen. Denn nicht aus üblichen Steuereinnahmen kann das nötige Geld kommen, sondern nur aus der Wolle. Wolle ist Englands Gold, wie ihr alle wisst. Wir müssen neue Wege finden, es auszubeuten. Wenn ich die Zölle für den Wollexport erhöhe, schade ich dem Wollhandel, also Euch, und Ihr werdet mir keine Kredite in der gewünschten Höhe geben können. Verhänge ich aber ein Wollmonopol, dränge ich Euch aus dem Handel und bekomme keine Exportzölle mehr von Euch. Gibt es denn keine Möglichkeit, diese beiden Einnahmequellen zu verbinden?«

»Nein, natürlich nicht, Sire«, antwortete Reginald Conduit. Als er sein eigenes gönnerhaftes Lächeln bemerkte, fuhr er sich hastig mit der Hand über die Lippen, wischte es förmlich weg, aber er fuhr unbeirrt fort: »Ihr könnt nur eins haben: hohe Ausfuhrzölle oder hohe Profite aus Wollverkäufen der Krone, denn sie schließen sich gegenseitig aus. Die Chancen, diese beiden Einnahmequellen zu verbinden, sind etwa ebenso groß wie die, den Stein der Weisen zu finden, mit dem Ihr das Gold dann selber machen könntet.«

Der König fand Conduits Blasiertheit offenbar genauso widerlich wie Jonah. Mit einem frostigen Blick antwortete Edward: »Dann macht Euch auf die Suche nach dem Stein der Weisen, Sir, denn eins sollte Euch klar sein: Ich bekomme das Geld für meinen Krieg. Ich muss ihn führen, um Schaden vom englischen Volk abzuwenden und seinen Frieden zu sichern, wie ich es geschworen habe. Also werde ich ihn führen und gewinnen. Ich werde die Franzosen bezwingen, wie ich die Schotten bezwungen habe. Und wer sich für diese heilige nationale Sache nicht melken lässt, Conduit...«, plötzlich lächelte der König wieder strahlend, »der wird geschlachtet.«

Durchfroren, müde und niedergeschlagen kam Jonah am Nachmittag heim. Er hatte Giselle nicht mehr gesehen. Sie sei gegangen, den Prinzessinnen die Zeit zu vertreiben, hatte die Königin ihm gesagt, als er sie aufsuchte, um sich zu verabschieden. Doch als er in die überheizte Kinderstube gekommen war, wo die knapp fünfjährige Isabella und ihre zweijährige Schwester Joanna das Bett hüteten, hatte er nur die Amme bei ihnen gefunden. Isabella, die ihrer Mutter wie aus dem Gesicht geschnitten war, hatte ebenso eine Schwäche für Jonah wie die Königin, seit irgendein geschwätziger Dummkopf ihr erzählt hatte, Jonah habe ihr schon vor ihrer Geburt das Leben gerettet. Sie verehrte ihn als ihren ganz persönlichen Helden, war ihm unerschütterlich ergeben und hatte ihm im flüsternden Verschwörerton und mit großen, fiebrigen Augen anvertraut, Giselle verstecke sich in der Kapelle, bis er aufbreche. Das habe sie der Amme gesagt, Isabella hatte es genau gehört, denn die Amme war Giselles Freundin. Er hatte der Prinzessin gedankt und dann die Flucht ergriffen.

Wenn er so wie heute nach längerer Abwesenheit heimkam, konnte es immer noch passieren, dass der Anblick seines eigenen Hofes ihn überraschte. Der Schnee, der seit dem gestrigen Abend beinah unaufhörlich fiel und den Heimweg von Westminster beschwerlich gemacht hatte, bedeckte keine Gemüsebeete mehr, sondern ein halbes Dutzend hölzerner Bauwerke. Bis auf den kleinen Kräutergarten vor der Küche, den Rachel mit Klauen und Zähnen verteidigt hatte, war die heimische Gemüsezucht den unterschiedlichsten Betrieben der Textilherstellung gewichen: Außer den Flemings nannte Jonah inzwischen eine zweite Weberfamilie und einen Färber aus Flandern sowie einen florentinischen Seidenweber seine Pächter. Eine weitere Kate gleich neben dem Tor beherbergte Rachel, Meurig und ihre beiden Söhne, und an das ursprüngliche Tuchlager und den Stall auf der linken Hofseite schloss sich jetzt ein großes Gebäude an, in dem Jonah die Rohwolle und das Garn lagerte, welches er immer noch auf dem Land spinnen ließ und das seine Weber verarbeiteten. Er hatte die Anlage sorgfältig geplant und durchdacht, sodass der begrenzte Platz im Hof ideal ausgenutzt war und das Gesamtbild ordentlich wirkte.

Jonah drückte Grigolet sacht die Fersen in die Seiten, und sein treuer Wallach trottete zum Stall hinüber, vorbei an Master Ypres' Färberwerkstatt, der ein beizender Geruch nach Alaun entströmte, jenem grobkörnigen, schwefelhaltigen Salz, das zum Fixieren vieler Farbstoffe benötigt wurde. Jonah rümpfte die Nase und hoffte, dass es hier besser riechen würde, wenn Master Ypres demnächst mit Veilchenblüten färbte.

Angelockt vom schneegedämpften, aber dennoch hörbaren Hufschlag im Hof, steckte David Pulteney den Kopf aus der Tür des Kontors. »Master Jonah!« Er kam hastig zum Stalltor herüber und hielt ihm den Steigbügel. »Willkommen daheim! Wie war die Reise?«

»Profitabel.«

Einsilbige Antworten konnten David schon lange nicht mehr erschüttern, aber wie so viele Lehrlinge hatte er ein unfehlbares Gespür für die Gemütsverfassung seines Meisters, und er sah auf einen Blick, dass es damit nicht zum Besten stand. Er nahm Grigolets Zügel. »Dann will ich mal den Gaul versorgen.«

Jonah schüttelte den Kopf. »Meurig soll sich darum kümmern, du zeigst mir die Auftragsbücher. Du bist der Lehrjunge, er der Knecht, David. Wann wirst du das begreifen?«

»Oh, keine Ahnung, Sir«, bekannte der Junge grinsend, wandte sich ab, steckte zwei Finger in den Mund und pfiff ohrenbetäubend. Meurigs Kopf erschien an einem der oberen Fenster des Wohnhauses, und David bedeutete ihm, sich herunterzubemühen. Dann folgte er Jonah ins Kontor.

Der inzwischen achtzehnjährige David Pulteney hatte die breiten Schultern und die untersetzte Statur seines Vaters entwickelt. Seine schulterlangen glatten Haare waren noch so hellblond wie am Tag seiner Ankunft hier, aber ansonsten war von dem verängstigten, schüchternen Jungen nichts geblieben. Als die vier Lehrjahre um waren, hatte Jonah vom Vater des Jungen vereinbarungsgemäß einen Falken bekommen, hatte sich aber gleichzeitig erboten, David drei weitere Jahre zu behalten. Der Mayor hatte nur zu gern zugestimmt und Jonahs christliche Nächstenliebe gepriesen, die er bewies, indem er einen so vertrottelten Taugenichts länger als ausgehandelt ausbilden wollte. Jonah hatte ihm nicht widersprochen – dazu hatte ein Lob seiner christlichen Nächstenliebe einen zu großen Seltenheitswert, und außerdem hatte er längst erkannt, dass es sinnlos war, Pulteney die schlechte Meinung von seinem Jüngsten ausreden zu wollen. Doch Jonah wusste es besser. Es war alles andere als ein Opfer, den Jungen zu behalten. David würde vielleicht nie ein erfolgreicher Kaufmann werden, dazu lag ihm zu wenig am Geld, und er hatte keinen Kopf für Zahlen. Doch er teilte Jonahs Leidenschaft für Wolle und edle Tuche und wurde schnell ein Experte in allen Künsten ihrer Herstellung. Er konnte spinnen – was eigentlich ausschließlich Frauensache war –, weben und färben, und zusammen mit Jonahs Pächtern entwarf er die wunderbarsten Web- und Farbmuster. Von den schönsten stellten sie nur einen einzigen Ballen her und verkauften diese Unikate zu horrenden Preisen.

Auch das Beschaffen und die Verwaltung der einfachen Ware zur Erfüllung der Kontrakte mit der Krone gehörten zu Davids Aufgaben, und das, stellte Jonah nach einem kurzen Blick in die Bücher fest, hatte der Lehrjunge wieder einmal schleifen lassen.

Jonah verschränkte die Arme auf dem Schreibpult und sah David finster an.

»Ich weiß, ich weiß, Sir«, antwortete dieser auf die unausgesprochenen Vorwürfe. »Ich sollte die Lieferung längst beisammen haben, und es fehlen noch zehn Ballen. Aber die Weber in Farnbridge haben alle das Fieber und kommen mit der Arbeit nicht nach.«

»Dann hättest du das Tuch in Barton beschaffen müssen. Es gibt doch genug Weber in Essex.«

»Aber ... aber wir können die Leute in Farnbridge doch nicht einfach im Stich lassen. Sie arbeiten seit Jahren zuverlässig für uns. Und der Winter ist so hart und das Brot so teuer...«

Jonah schnitt ihm mit einer Geste das Wort ab. »David, wir sind kein Orden der Barmherzigkeit, sondern ein Unternehmen, wann wirst du das begreifen?«

Der Lehrling ließ unglücklich den Kopf hängen. »Das ist mir bewusst, Master Jonah. Wirklich. Und die Weber haben mir hoch und heilig versprochen, bis nächste Woche zu liefern.«

»Oh, ich bin sicher, es wird den Lord Treasurer zu Tränen rühren, wenn du ihm diese bewegende Geschichte am Monatsende erzählst, um zu erklären, warum wir nicht liefern können«, bemerkte Crispin sarkastisch, der mit einem weiteren Buch unterm Arm hereingekommen war. »Ich habe gesagt, komm zu mir, wenn du in Schwierigkeiten gerätst, richtig?«

David nickte, wandte jedoch den Blick zur Balkendecke und murmelte: »Gott, was habe ich verbrochen, dass du mich gleich mit zwei Meistern geschlagen hast?«

Crispin fuhr wütend zu ihm herum und hob die Hand. »Wenn du nur halb so emsig wärest wie dein freches Mundwerk...«

David wich sicherheitshalber einen Schritt zurück und sah verdattert zu Jonah, der leise fragte: »Was ist es, Crispin?«

Sein Gehilfe stieß hörbar die Luft aus, rang einen Moment mit sich und legte dann das Buch aufgeschlagen vor Jonah hin. »Hier. Wo wir gerade bei den schlechten Nachrichten sind: Rupert hat die Pacht nicht bezahlt. Ich war eben dort. Ihn habe ich nicht gesprochen. Er sei krank, sagte Elizabeth. Ich nehme an, das heißt, er ist betrunken. Sie habe keinen Penny, hat sie behauptet. Er trage wieder alles, was er verdiene, in das Hurenhaus in East Cheap.« Crispin unterbrach sich kurz und strich sich nervös die Haare zurück. »So hab ich Elizabeth noch nie gesehen. Sie hat geweint. Hemmungslos, verzweifelt. Wie ein Kind.«

Jonah zog die Brauen in die Höhe. »Und du hast ihr Trost zugesprochen, nehme ich an.« Diesmal wandte er den Blick zur Decke. »Mir scheint, wir sind doch ein Orden der Barmherzigkeit.«

Crispin zeigte keine Reue. »Du müsstest sie sehen, Jonah.«

Jonah lächelte freudlos. »Nein, ich verzichte.« Die Maske der duldsam Leidenden würde so schnell fallen, dass es einem den Atem verschlüge, und Elizabeth würde mit den Fäusten auf ihn losgehen und keifen, alles sei seine Schuld. Daran hatte er keinerlei Interesse.

Er wandte sich an seinen Lehrling. »Geh nach Cheapside zu Hillocks Laden und bestell die zehn fehlenden Ballen dort. Gegen Vorkasse, Lieferung in zehn Tagen. Gib das Geld der Mistress, niemand sonst. Und lass es dir quittieren.«

»Ja, Master.«

»Gib ihr fünfundzwanzig Shilling pro Ballen. Macht wie viel?«

David rechnete. Seine Augen verengten sich vor Anstrengung, die Lippen bewegten sich, und er nahm verstohlen die Finger zur Hilfe. »Zwölf Pfund, zehn Shilling?«, antwortete er ohne viel Hoffnung.

Jonah musste unwillkürlich grinsen. »Stimmt ausnahmsweise. Sag ihr, wenn sie es billiger bekommt, kann sie die Differenz meinetwegen behalten, aber ich will brauchbare Qualität. Ich ziehe ihr die Pacht vom Verkaufserlös ab. Und sag ihr, sie soll jeden Penny, den sie in die Finger kriegt, in veilchenblaues Tuch investieren.«

»In Ordnung, Sir.« Davids Erleichterung über diese Lösung war nicht zu übersehen.

»Wiederhole noch einmal, was du tun und sagen sollst.«

Getreulich und korrekt fasste David seinen Auftrag zusammen. Jonah nickte zufrieden. Er wusste, der Junge war nicht zu dumm, um sich solcherlei Dinge zu merken, nur oft zu unaufmerksam. Er fand Details dieser Art einfach unwichtig.

Crispins Miene hatte sich ebenfalls merklich aufgehellt, als er dem Lehrling die zwölfeinhalb Pfund überreichte. An Jonah gewandt fragte er: »Veilchenblau? Ist das dein Ernst?«

Jonah nickte. »Paris schwört darauf. David, mach dir gelegentlich ein paar Gedanken über diese Farbe und ihre Möglichkeiten.«

Der Junge ließ die Münzen in seinem Beutel klimpern. »Darauf könnt Ihr wetten, Master.«

»Und noch etwas: Wenn deine Weber in Farnbridge das nächste Mal in Schwierigkeiten geraten, mach nicht einfach die Augen zu. Unser Kontrakt muss deine oberste Priorität sein, sonst bekommt ihn in Zukunft ein Konkurrent. Aber wenn es verlässliche Handwerker sind, spricht nichts dagegen, ihnen Geld zu leihen, damit sie über den Winter kommen. Die Tilgung können sie dann im Frühjahr in Form von fertiger Ware leisten und zum Beweis ihrer Dankbarkeit noch einen Ballen mehr liefern, für den sie keine Lohnkosten berechnen. Das nennt man verdeckte Verzinsung. Weißt du, warum wir die Zinsen verstecken müssen, wenn wir Geld verleihen?«

David zuckte grinsend die Schultern. »Damit Gott es nicht sieht und wir nicht in die Hölle kommen?«

Jonah und Crispin lachten, und Jonah erklärte: »Weil unsere Gilde ihren Mitgliedern nicht erlaubt, Geld gegen Zinsen zu verleihen.«

»Und ich nehme an, es sind Liverymen wie Ihr, die solche Regeln schaffen, um dann auf Wege zu sinnen, sie zu umgehen?«

Jonah musste ein Grinsen unterdrücken, schüttelte aber vorwurfsvoll den Kopf. »Crispin hat Recht, Junge, du hast ein gar zu loses Mundwerk.« Er scheuchte ihn hinaus.

Crispin stand am Schreibpult, spitzte sich einen Federkiel, tauchte ihn ins Tintenhorn und machte in seiner fließenden, geübten Handschrift ein paar Einträge. »Das Lagerhaus am Wool Quay ist schon wieder teurer geworden«, bemerkte er, ohne aufzusehen. »Burnells Verwalter hat erklärt, Lagerflächen seien

Mangelware, und wenn es uns zu teuer wäre, könnten wir unsere Wollsäcke ja abholen. Er könne den Platz morgen für das Doppelte neu verpachten.«

Jonah nickte gleichgültig. »Er hat Recht.« Ihm gefiel es auch nicht sonderlich, dass er mit der Lagermiete ausgerechnet seinem alten Widersacher in der Tuchhändlergilde die Taschen füllte, aber seit Beginn des Exportverbots im Herbst gab es in London eben einen Wollstau.

»Wir sollten uns gut überlegen, ob wir die diesjährige Winterwolle überhaupt kaufen wollen«, fuhr Crispin fort. »Wer kann schon wissen, wie lange es mit dem Embargo noch weitergeht…«

Vielleicht noch ein halbes Jahr, schätzte Jonah. Vielleicht weniger. Wenn der König den Konflikt mit Philip von Frankreich im kommenden Sommer austragen wollte, musste er seine Bündnispartner vor Juni gefunden haben, damit die englischen Truppen und die der Verbündeten noch etwas ausrichten konnten, ehe die Kriegssaison im Herbst endete. Das hieß vermutlich, dass das Exportverbot im Frühsommer aufgehoben würde.

»Jonah, kann es sein, dass du mir überhaupt nicht zuhörst?«, fragte Crispin gereizt.

Er hob den Kopf. »Entschuldige.«

Crispin kam hinter dem Pult hervor und betrachtete ihn eingehend. »Könntest du dich vielleicht ausnahmsweise einmal dazu überwinden, mir zu sagen, was mit dir los ist?«

Jonah wurde höchst unbehaglich unter diesem Inquisitorenblick. Es ist nichts Geschäftliches, wollte er sagen und besann sich im letzten Moment. »Lass uns ins Haus hinübergehen. Kalt hier. Der König will, dass wir ihm seinen neuen Krieg bezahlen, und wir sollten ein bisschen rechnen.«

»Einverstanden.« Crispin klemmte sich seine Bücher wieder unter den Arm, folgte Jonah in den Hof und sperrte die Tür zum Kontor ab.

»Ich weiß nicht, was er hat«, gestand Crispin Annot ein paar Tage später. »Irgendetwas quält ihn, und mir macht er nicht weis, dass es mit drohenden Steuererhöhungen zu tun hat. Der

König wird sich hüten, uns zu ruinieren, denn niemand schlachtet die Gans, die goldene Eier legt. Und das weiß Jonah ganz genau. Wenn es nicht gerade unser Jonah wäre, würde ich sagen, er hat Liebeskummer.«

Annot zog die perfekt gezupften Brauen in die Höhe. »Das wäre nichts Neues«, bemerkte sie.

Er wandte den Kopf, um sie anzusehen. Sie lehnten nebeneinander am Kopfteil des Bettes, jeder ein dickes Kissen im Rücken. »Was redest du da?«

Sie hob leicht die Schultern. »Es gibt schon lange irgendeine geheimnisvolle Angebetete. Aber ich habe keine Ahnung, wer sie ist.«

Crispin seufzte. Er fragte sich, warum er eigentlich davon angefangen hatte. Er sprach überhaupt nicht gern mit Annot über Jonah, denn sobald dessen Name fiel, nahm ihr Gesicht einen Ausdruck an, der ihn schier wahnsinnig machte, und um das zu sehen, trug er sein schwer verdientes Geld weiß Gott nicht hierher.

Er ergriff ihre Hand und küsste die Fingerspitzen. Annot war jetzt über zwanzig. Aber er hätte geschworen, dass sie noch aufs Haar genauso aussah wie das schüchterne Lehrmädchen von damals. Ihre Haut war noch ebenso zart und rosig, die dunkelblonden Locken hatten immer noch den gleichen Glanz, ihre Figur die gleiche Festigkeit und die wundervollen, üppigen Rundungen. Seit der fürchterlichen Totgeburt vor ein paar Jahren war sie nicht wieder schwanger geworden. Vielleicht war das einer der Gründe, warum sie so wenig verändert schien. Doch das konnte nicht alles sein. Er hatte Huren von zwanzig gesehen, die verbraucht und alt und zahnlos waren. Annot hingegen verkaufte sich reichen, einfältigen Gentlemen vom Lande immer noch als fünfzehnjährige Jungfrau …

»Wie steht es denn eigentlich mit dir, Crispin?«, fragte sie lächelnd. »Warum heiratest du nicht?«

Er hob abwehrend die Linke. »Das hat keine Eile. Und ich will keine Familie in Jonahs Haus gründen. Ganz sicher jedenfalls nicht, solange er Junggeselle ist. Das gibt nichts als Scherereien.«

Sie dachte einen Augenblick darüber nach und erwiderte dann stirnrunzelnd: »Wenn du weiterhin immer so viel Rücksicht auf ihn nimmst, wirst du irgendwann feststellen, dass es für viele Dinge zu spät ist und du dein Leben an einen undankbaren Hurensohn verschwendet hast.«

»Ich weiß.« Es fing ja schon damit an, dass er nur herkam, wenn er Jonah sicher auf der anderen Seite des Ärmelkanals wusste oder doch wenigstens bei einer Versammlung im Gildehaus, wie heute Abend. »Jonah ist eben, wie er ist. Was soll ich machen? Er ist mein Freund, und ich arbeite für ihn. Ihm verdanke ich so ziemlich alles, was ich weiß, und dass ich nicht im öden Westminster meines Vaters Weinfässer schleppen muss. Obendrein bezahlt er mich großzügig für meine Dienste, das muss man wirklich sagen. Ich kann mich eigentlich nicht beklagen.«

Annot seufzte. »Ja, red dir die Sache nur schön.«

»Das tust du schließlich auch.«

Sie lachte. »Das ist wahr.«

»Da fällt mir ein, Annot, du musst dich vorsehen, Elizabeth hat mir gesagt, Rupert kommt wieder her.«

»Ja, ich weiß. Das tut er schon lange. Nicht oft, weil er meistens kein Geld hat, aber er kommt zu Lilian, wann immer er kann. Cupido sorgt dafür, dass wir uns nie begegnen.« Unbewusst zog sie die Schultern hoch. Nach beinah sechs Jahren in diesem Gewerbe gab es nicht viel, das sie noch schrecken konnte. Doch wenn sie an Rupert Hillock auch nur dachte, überlief es sie eiskalt.

»Es könnte trotzdem irgendwann passieren«, gab Crispin zu bedenken. »Vielleicht wäre es besser, du gingest fort von hier. Ich bin sicher, wenn du Jonah bätest, würde er dir helfen, irgendwo ein kleines Haus zu kaufen. Du hast doch Geld genug.«

Sie musste lächeln. »Crispin, Crispin. Wann wirst du endlich damit aufhören, ein anständiges Mädchen aus mir machen zu wollen? Nein. Jonah hat genug für mich getan.« Das hatte er wirklich. Er hatte ihr geholfen, ihr Geld anzulegen, und brachte ihr alle halbe Jahre eine Abrechnung, die ihr zeigte, dass sie wieder reicher geworden war. »Und was sollte aus mir werden? Vermutlich könnte ich mir ein Haus kaufen, aber was dann? Alleine zu arbeiten ist in dieser Stadt viel zu gefährlich. Im Handumdrehen hätte ich jeden Ordnungshüter und jeden Schlitzer von London am Hals. Und außerdem ist das hier mein Zuhause. Du kannst es vielleicht nicht verstehen, aber Cupido, Lilian und die anderen Mädchen ... sie sind meine Familie.«

»Doch. Ich denke, das kann ich verstehen. Ich mache mir Sorgen um dich, das ist alles.«

Annot legte die Arme um seinen Hals und schmiegte sich an ihn. »Ach, Crispin ...« Sie seufzte. »Von allen Männern, die ich kenne, bist du der beste. Warum nur habe ich das früher nicht erkannt?«

Er lächelte wehmütig. Er wusste genau, wenn sie sich heute noch einmal vor die Wahl gestellt fänden, würden sie alle wieder das Gleiche tun wie damals, auch Annot. Er sah auf die teure Stundenkerze in der Ecke des Zimmers. »Ich muss gehen«, murmelte er bedauernd.

»Nimm die Hintertreppe«, riet sie. »Rupert kommt manchmal her, statt zur Gilde zu gehen. Und du bist sicher auch nicht versessen darauf, ihm hier zu begegnen.«

Doch Rupert Hillock war an diesem Abend zur wöchentlichen Versammlung der Gilde gekommen. Martin Greene, der derzeit wieder Warden der Tuchhändler war und es zu seinen Pflichten zählte, sich um Unglücksraben wie Rupert Hillock besonders zu kümmern, war nachmittags vorbeigekommen und hatte ihm geraten, heute ins Gildehaus zu gehen, denn es stünden wichtige Entscheidungen an, die jeden Tuchhändler beträfen.

Also saß Rupert auf seinem Platz an dem langen Tisch in der Halle, die Arme vor der breiten Brust gekreuzt, und gab vor, der hitzigen Debatte über eine Preisbindung des von flämischen Webern in London gefertigten Tuchs zu lauschen, doch wie immer hatte er Mühe, sich auf den Gegenstand der lebhaften Auseinandersetzung zu konzentrieren. Als werde er magisch angezogen, wanderte sein Blick immer wieder zu Jonah, der, angetan mit der himmelblauen Tracht der Gilde, an der hohen Tafel saß. Ein Liveryman – Mitglied der handverlesenen Oberschicht der Tuchhändlergilde –, ein reicher Mann und angesehener Kaufherr. Wieder einmal der Jüngste, der es in der Geschichte der Gilde dorthin gebracht hatte, wie in allen anderen Dingen auch. Schiffseigner, Protegé des Mayor von London, Ritter der Königin, Hoflieferant. Es konnte einem schlecht davon werden. Rupert brauchte seinen Vetter nur anzusehen, und schon spürte er, wie ihm die Galle überkochte.

Der Warden, Martin Greene, hatte Rupert vor ein paar Monaten die Nachricht überbracht, dass Jonah zum Liveryman ernannt worden war. Und weder Elizabeths hasserfüllte Tiraden noch Ruperts sprachloser Zorn hatten den Gildewächter befremdet oder gar aus dem Haus getrieben. Als Erster und Einziger hatte er Verständnis dafür gezeigt, dass Rupert es müde war, der ewige Verlierer zu sein, das Gespött der Gildebrüder und -schwestern, der krasse Gegenpart zu seinem erfolgsverwöhnten Cousin, dessen armseliger Pächter er obendrein auch noch war. Doch Martin Greene war ein Mann mit einem ausgeprägten Gerechtigkeitssinn, dem vor allem daran lag, den Frieden innerhalb der Gilde, dieser komplizierten Zweckgemeinschaft von Konkurrenten, zu wahren. Nur deshalb wurde er ja immer wieder in dieses schwere, undankbare und unentlohnte Amt gewählt. Und so hatte Greene Rupert nicht verschwiegen, dass Jonah sich mit allen Mitteln gegen die Ernennung zum Liveryman gewehrt und eindringlich darauf hingewiesen hatte, dass er zu unerfahren für diese Ehre oder gar ein Amt in der Gilde sei. Rupert fand, das setzte dem Ganzen die Krone auf. Er selbst hätte freudestrahlend einen Arm dafür gegeben, Liveryman der Tuchhändler zu werden. Aber er war ein trunksüchtiger Habenichts und wurde in der Gilde eher geduldet als geachtet. Statt seiner saß sein Vetter Jonah nun dort oben zwischen ehemaligen, derzeitigen und zukünftigen Stadträten, Sheriffs und Bürgermeistern. Rupert bekam Kopfschmerzen davon, ihn anzusehen. Mit ernster Miene verfolgte der junge Kaufherr die Debatte in der Halle. Er wirkte gar ein wenig bleich und übernächtigt, so als habe er Sorgen, die ihm den Schlaf raubten, doch seine Haltung war gelassen; geradezu herausfordernd ließ er einen Arm über die Rückenlehne seines Sessels baumeln. Nein, Rupert wollte sich lieber nichts vormachen. Jonah hatte gewiss keine Sorgen. Wieso auch? Er wurde von Tag zu Tag reicher, und die weisen Graubärte der Gilde suchten seinen Rat oder machten ihn mit ihren Töchtern bekannt. Martin Greene hatte Rupert gesagt, er habe doch allen Grund, stolz zu sein, denn schließlich sei es sein Lehrling, der diese steile Karriere gemacht habe. Er, Rupert, müsse ein hervorragender Lehrmeister gewesen sein. Der Gedanke war zumindest neu und hatte sogar etwas Tröstliches. Aber Elizabeth hatte natürlich nicht lange gezögert, darauf hinzuweisen, wie Jonah ihnen für all die Jahre der Fürsorge und die freigiebige Vermittlung ihres Wissens gedankt hatte. Elizabeth. Welch ein Fluch sie war. Er wusste natürlich, dass er ihr nicht allein die Schuld an allem geben konnte, dass er ihr ein miserabler Ehemann und Gefährte war, aber bei Gott, wie er wünschte, sie würde ihre viel bemühte Drohung endlich wahr machen und sich mitsamt ihrem ewigen Gezeter in der Themse ersäufen …

»… halte es für dringend angezeigt, die Preise für das flämische Tuch festzuschreiben, ehe sie ins Unermessliche steigen«, bekundete Adam Burnell. Sein feistes Gesicht zeigte eine bedenklich dunkelrote Farbe; offenbar ging ihm das Thema zu Herzen. Und das war kein Wunder. Burnell hatte sich bislang immer störrisch geweigert, ausländische Weber zu beschäftigen. Er hatte daher kein flämisches Tuch anzubieten, das eine bedrohliche Konkurrenz für sein einheimisches, hochwertiges Tuch darstellte.

»Ich bin ganz Eurer Meinung, Master Burnell«, hörte Rupert sich sagen. »Das Importverbot für ausländisches Tuch sollte die große Chance der englischen Weber sein. Aber diejenigen unter uns, die das Embargo unterlaufen, indem sie das ausländische Weberpack herbringen, nehmen ihnen den Markt. Wenn Ihr mich fragt, sie sind verflucht schlechte Patrioten, die die Maßnahmen des Königs zur Stärkung des inländischen Tuchmarkts unterwandern.«

»Ich für meinen Teil frage dich aber nicht, Rupert«, erwiderte die streitbare Mistress Cross aus East Cheap unverblümt. »Ich kann mir ohne große Mühe vorstellen, welche Gründe du für deine Meinung hast, aber ich sage: Es hat immer einen Markt für gutes, einheimisches Tuch gegeben, und den gibt es auch jetzt noch.«

»Und ich glaube nicht, dass der König wirklich Einwände gegen unser Vorgehen hat«, meldete Elia Stephens sich zu Wort, »denn er trägt das Tuch unserer flämischen Weber ja selbst.«

Das erntete hier und da leises Gelächter. Elia Stephens' treffende, aber nie beleidigende Bemerkungen wirkten auf die Debatten im Gildehaus immer wie ein Krug kühles Bier an einem schwülen Augusttag. Es war eine Gabe, für die viele in der Gilde ihn schätzten.

John Pulteney, der Mayor von London, der auch der diesjährige Gildemeister der Tuchhändler war, beugte sich ein wenig vor und sah zu Jonah. »Ihr verdient an den unkontrollierten Preisen und könnt deswegen nicht unvoreingenommen sein, Master Durham. Aber niemand setzt so viel flämisches Tuch um wie Ihr, und ich wüsste gern Eure Meinung.«

»Dieses Embargo schafft eine Ausnahmesituation, die nicht lange anhalten wird«, antwortete Jonah. »Darum halte ich die ganze Aufregung für übertrieben. In ein paar Monaten wird die Produktion auf dem Kontinent wieder aufgenommen, und der Markt reguliert sich von selbst. Wenn wir die Preise aber jetzt hier in der Stadt künstlich drücken, werden unsere Weber nach Norwich abwandern. Dann fehlen sie uns, wenn die Konkurrenz in Flandern wieder ins Spiel kommt.«

Der Antrag auf eine Regulierung der Preise wurde abgelehnt.

Als die Versammlung sich auflöste, war es schon dunkel. Elia und Jonah gingen das gemeinsame Stück ihres Heimweges zusammen, Elia hatte eine Fackel. Er lud Jonah auf einen Becher Ipogras ein, aber Jonah entschuldigte sich. Ihm war nicht nach Gesellschaft zumute, und Elias heimisches Familienglück war das Letzte, was er heute Abend sehen wollte.

Allein ging er die Drapers Lane hinab Richtung Ropery. Vor einer unscheinbaren kleinen Schenke hatten sich im Licht zweier Fackeln ein paar Handwerksburschen eingefunden, die ein kleines Schauspiel probten. Jonah blieb außerhalb des Lichtkreises stehen und schaute ihnen zu. Es war ein recht derber Schwank, der vermutlich am kommenden Dienstag zur Fastnacht aufgeführt werden sollte. Diese Fastnachtsspiele fanden weder die Billigung der Kirche noch die des Stadtrats und hatten deswegen nichts mit der Pracht der Weihnachts- oder Fronleichnamsspiele gemein, aber sie erfreuten sich großer Beliebtheit vor allem bei den einfachen Leuten und gehörten zu dem allgemeinen Schabernack, der alljährlich am Tag vor Aschermittwoch getrieben wurde. Die Handwerksburschen spielten mit Hingabe und machten den Mangel an Bühnenbild und Kostümen durch ihren Enthusiasmus wett. Eine Unschuld vom Lande erlag den Schmeicheleien eines fremden Ritters, der ihr ein Leben mit Dienern und feinen Kleidern auf seinem Gut versprach und sich letztlich als bettelarmer Schweinehirt entpuppte. Jonah verfolgte das Geschehen mit leuchtenden Augen und lachte leise über das Nonsens-Französisch des vermeintlichen Ritters, über die frechen Pointen und die unerwarteten Wendungen der Geschichte. Diese Jungen waren gut. Vor allem der Filou, der das Mädchen spielte. Er war fantastisch. Und Jonah ertappte sich bei dem Gedanken, dass er all sein Hab und Gut dafür hergeben würde, um die Rolle dieses Jungen in seinem albernen, zotigen Fastnachtsspiel zu bekommen.

Er blieb unbemerkt im Schatten der benachbarten Toreinfahrt stehen, bis die Probe beendet und er selbst bis auf die Knochen durchgefroren war. Erst dann wandte er sich ab, immer noch zögernd. Seine Sehnsucht nach der Verwandlung, dem Eintauchen in eine andere Welt und ein anderes Sein, war so gewaltig, dass es ihm fast vorkam, als werde er an einem unsichtbaren Band zu der sich auflösenden Szene vor der Taverne gezogen. Aber er ging nicht näher. Er hatte dort nichts zu suchen. Das Auftauchen eines fein gekleideten Kaufmannes hätte die jungen Schauspieler nur erschreckt. Jonah wusste, dass dieser

Weg ihm endgültig versperrt war. Selbst wenn Vater Gilbert ihn je wieder in die Schar seiner Darsteller aufgenommen hätte – was nie geschehen war –, heute war es zu spät. Jonah war zu alt und zu … er war nicht sicher. Zu angesehen? Reich? Wichtig? Behäbig? Lieber Gott im Himmel, er war erst fünfundzwanzig Jahre alt …

Seufzend setzte er seinen Heimweg fort und stellte nach wenigen Schritten fest, dass zwei dunkle Gestalten das Ende der Gasse versperrten. Er konnte sie nicht richtig erkennen, es war zu dunkel. Die Fackeln vor der Schenke waren verschwunden, und das schummerige Licht, das aus der Tür schien, leuchtete nicht bis hierher. Jonah wurde nicht langsamer und legte die Rechte verstohlen an das Heft seines Schwertes, das er seit einiger Zeit fast immer trug, mit dem er jedoch kaum umgehen konnte. Als er die beiden Männer erreicht hatte und sich zwischen ihnen hindurchdrängen wollte, schlossen sie die Lücke.

Jonah trat einen Schritt zurück und zog seine Waffe. »Nicht mit mir, Freunde.«

Der Linke griff ihn an, und Jonah führte einen ungeschickten Stoß auf den Arm, der sich gegen ihn erhoben hatte. Er spürte, dass seine schwere Waffe auf einen Widerstand stieß, und hörte im selben Moment einen gedämpften Schmerzensschrei. Sein Angreifer wich zurück und hielt den verletzten Arm umklammert. Jonah fuhr zu dem zweiten herum. Er hörte ein warnendes Surren, riss den Kopf zur Seite und spürte etwas an seinem Ohr vorbeiwirbeln – vermutlich ein Wurfmesser. Warum zum Henker war er nicht zum Gildehaus geritten? Hoch zu Ross war man vor den meisten Straßenräubern gefeit, weil man außerhalb ihrer Reichweite oder einfach auch schneller war als sie.

Mit erhobenem Schwert trat er der Gestalt entgegen. Der Mann wich zurück, stieß an eine Hauswand, und gerade als Jonah ihm triumphal die Schwertspitze an die Kehle setzen wollte, krachte ein Knüppel auf seine Schultern nieder. Er erstarrte für einen Augenblick, taumelte, und die Waffe glitt ihm aus kraftlos gewordenen Fingern. Er bückte sich hastig, ertastete das Heft, und in dem Moment, da er sich wieder aufrichtete, flog eine

Faust an seine Schläfe. Jonahs Augen klappten zu, und er ging langsam zu Boden.

Er lag auf dem Rücken. Und auf seinen Händen. Er spürte Stroh unter den Fingern. Seine Lage war furchtbar unbequem, und er wollte sich aufrichten. Doch kaum hatte er sich geregt, stellte sich ein schwerer Schuh auf seine Schulter. Er blieb still liegen und blinzelte. Nichts. Vor seinen Augen war nur Schwärze. Sein Kopf hämmerte. Und seine Schultern schmerzten. Mit einem Mal fiel ihm wieder ein, was passiert war, und seine plötzliche Furcht vertrieb den Nebel um seinen Verstand. Er lag in einem beheizten Raum nicht weit vom Feuer, dessen Hitze er auf der linken Wange spürte. Seine Augen waren verbunden. Hinter ihm standen mindestens zwei Männer – er hörte sie atmen. Und man hatte ihm die Hände auf den Rücken gebunden. Worum es hier auch immer gehen mochte, seine Börse war es offenbar nicht.

Bis auf das Knistern des Feuers und das leise Atemgeräusch seiner Wächter war es vollkommen still. Jonah wartete und lauschte. Vielleicht eine Viertelstunde lang. Dann hörte er Schritte. Sie klangen leise, verstohlen raschelten feine Ledersohlen im Stroh.

»Bringt ihn auf die Füße.«

Jonah hatte das merkwürdige Gefühl, als kräusele sich seine Kopfhaut. Seine schlimmsten Befürchtungen hatten ihn wieder einmal nicht getrogen. Kräftige Hände packten ihn an den Armen und zerrten ihn hoch.

Er fuhr mit der Zunge seine Zähne entlang. »Wozu die lächerliche Augenbinde, de la Pole? Eure Stimme ist ebenso unverkennbar wie Euer drolliger Akzent.«

Ohne Vorwarnung landete eine Faust in seinem Magen. Keuchend brach Jonah in die Knie, krümmte sich zusammen und hustete erstickt. Es war ein mörderischer Schlag gewesen. Er fragte sich flüchtig, ob die Faust vielleicht einen Kettenhandschuh trug. Und er fing an, sich wirklich zu fürchten.

»Ich möchte Euch etwas klar machen, Durham, und ich

dachte, vielleicht begreift Ihr es endlich, wenn keine andere Wahrnehmung die Eurer Ohren trübt.«

Jonah stand wieder auf. Er hoffte, dass niemand sah, wie seine Knie zitterten.

William de la Pole ließ ein paar Herzschläge verstreichen, ehe er weitersprach: »Ich habe Euch bereits mehrfach ersucht, Euch von meiner Tochter fern zu halten. Trotzdem habt Ihr ihr in Westminster schon wieder nachgestellt. Man hat Euch gesehen.«

Wer immer uns gesehen hat, kann nicht richtig hingeschaut haben, sonst hätte er bemerkt, dass sie mir nachgestellt hat, nicht umgekehrt, dachte Jonah flüchtig.

»Ich kann das nicht dulden«, fuhr de la Pole fort. »Und darum ersuche ich Euch heute zum letzten Mal.«

Jonah hob den Kopf. »Andernfalls?«

»Ach, Durham, ich bitte Euch. Erspart uns doch diese Albernheiten. Ich weiß, Ihr seid es gewohnt, zu bekommen, was Ihr wollt, aber nicht in diesem Fall. Gebt mir Euer Wort, dass Ihr die Finger von ihr lasst, und wir können uns in alter Freundschaft trennen.«

»Wenn Ihr eine Antwort wollt, nehmt mir die Augenbinde ab.«

Nach einem kurzen Zögern verschwand das Tuch von seinen Augen. Jonah drückte für einen Moment das Kinn an die Schulter und blinzelte ein paar Mal. Dann sah er auf.

De la Pole stand einen Schritt vor ihm, die Hände auf dem Rücken verschränkt, so als versuche er, Jonahs Spiegelbild zu sein. Aus den Augenwinkeln sah Jonah links und rechts von sich zwei finstere Gesellen. Der Linke trug tatsächlich einen Kettenhandschuh.

Jonah würdigte sie keines Blickes, ließ de la Pole nicht aus den Augen.

»Also?«, fragte der mächtigste Kaufmann Englands mit unverhohlener Ungeduld. »Ich warte.«

Jonah verzog einen Mundwinkel. »Ich muss feststellen, dass ich es alles in allem doch bedaure, dem König nicht gesagt zu haben, dass Ihr in den letzten fünf Monaten achthundert Säcke Rohwolle nach Flandern geschmuggelt habt.«

Die hellen Augen weiteten sich für einen Moment erschrocken, ehe ihr Blick wieder ausdruckslos wurde. »Das ist ein ungeeigneter Zeitpunkt, um zu bluffen. Ich fürchte, Ihr verkennt den Ernst der Lage. Ich schätze Euch, Durham, das wisst Ihr, und wir haben das eine oder andere profitable Geschäft gemacht in den vergangenen Jahren, aber Ihr seid alles andere als unersetzlich. Glaubt lieber nicht, dass es mir auch nur für eine Nacht den Schlaf rauben würde, wenn Ihr den Abend mit einem Bleigewicht an den Füßen am Grund der Themse beschließt.«

Die Themse. Verschwiegenes Grab zahlloser Unglückseliger. Jonah unterdrückte mit Mühe ein Schaudern. »Ich glaube nicht, Sir. Jedenfalls nicht heute.«

»Dann gebt mir Euer Wort. Schwört!«

Jonah schüttelte kurz den Kopf. »Ich gebe Euch etwas Besseres.«

»Was?«

»Ich schlage Euch ein Geschäft vor.«

De la Pole winkte ungeduldig ab. »Ich habe kein Interesse. Nicht heute Abend.«

»Das würde ich mir an Eurer Stelle noch einmal überlegen. Ich kann mit meinem Vorschlag auch zu Eurem Bruder gehen.«

Der große Kaufmann kam einen halben Schritt näher. »Wenn Ihr mir nicht bald Euer Wort gebt, Euch von Giselle ein für alle Mal fern zu halten, dann geht Ihr nirgendwo mehr hin«, zischte er. »Ihr solltet mir lieber glauben, mein Freund.«

»Ich bin nicht Euer Freund. Sagt Euren Finstermännern, sie sollen mich losbinden und verschwinden. Dann hört mich an. Wenn Euch nicht gefällt, was ich zu sagen habe, könnt Ihr sie ja zurückrufen.«

Auch wenn es auf den ersten Blick vielleicht nicht so aussah, ging es auch bei dieser Morddrohung letztlich nur ums Geschäft. Jonah hatte gelernt, dass jedes Geschäft etwas mit Macht zu tun hatte. Und er musste sich aus dieser benachteiligten, gänzlich machtlosen Position befreien, wenn er diese brisante Situation zu einem glücklichen Ende bringen wollte.

De la Pole rang mit sich. Aber sein Instinkt siegte letztlich, wie Jonah gehofft hatte. Auf einen Blick von ihm durchschnitten seine Diener Jonahs Fesseln und gingen zur Tür.

Jonah ließ die Hände sinken und bewegte unauffällig die gefühllosen Finger, die augenblicklich zu kribbeln begannen.

»Ich hoffe für Euch, dass Ihr mir wirklich etwas zu bieten habt«, sagte de la Pole leise.

Jonah sah ihm in die Augen und nickte. Dann gestattete er sich ein kleines, kühles Lächeln. »Ich habe den Stein der Weisen gefunden. Und ich schenke ihn Euch.«

»Was?« De la Pole wirkte gänzlich verwirrt. Damit hatte er offensichtlich nicht gerechnet.

Jonah seufzte. »Seid so gut und erinnert Euch an die Zusammenkunft bei Hofe vor zehn Tagen.«

»Ich weiß, wovon Ihr redet!«, brauste de la Pole auf. »Aber es ist nicht machbar. Es gibt keine Möglichkeit, die Zolleinnahmen und die direkten Gewinne der Krone aus Wollexporten zu steigern, Conduit hatte Recht. Es heißt entweder – oder.«

Jonah schüttelte den Kopf. »Es *gibt* eine Möglichkeit.«

Der ältere Kaufmann lächelte, halb nachsichtig, halb ungläubig. »Jetzt bin ich aber wirklich gespannt. Lasst hören.«

Jonah verschränkte die Arme. »Augenblick. Reden wir über Eure Gegenleistung.«

De la Pole lachte wider Willen. »Ihr stellt wieder einmal Forderungen, obwohl Ihr mit leeren Händen dasteht. Das war immer schon eine Eurer Stärken.«

»Ihr irrt Euch. Aber bitte. Ich entbinde Euch von jedem Risiko. Ich werde Euch jetzt erklären, was ich mir überlegt habe. Wenn Ihr denkt, dass die Idee etwas taugt, dass es das ist, was der König wollte, dann schenke ich sie Euch. Ihr könnt damit tun, was immer Euch beliebt, sie dem König als Euren Einfall verkaufen, auf dass er Euch dafür mit seiner Gunst und dem Adelstitel belohne, nach dem Ihr Euch so sehnt. Und ich bekomme Giselle.«

Sein Gegenüber schnaubte verächtlich. »Träumt nur weiter.

Doch ich gestehe, Ihr habt mich neugierig gemacht. Ich brenne darauf, Eure angeblich so geniale Idee zu hören.«

Jonah trat an den kostbaren, dunkel gebeizten Tisch der Halle. »Habt Ihr etwas zu schreiben?«

De la Pole schnitt eine Grimasse, die besagte, dass seine Geduld hier über das erträgliche Maß strapaziert werde, trat aber an die Truhe unter dem Fenster und holte Papier, Feder und Tinte heraus. Von der Anrichte neben dem Kamin brachte er gar einen Krug und zwei Becher zum Tisch. Sie setzten sich gegenüber. De la Pole füllte die Becher, Jonah begann ein paar Zahlen zu notieren. Dann steckten sie die Köpfe zusammen wie so viele Male zuvor in den vergangenen Jahren, und Jonah begann zu reden. Es wurde ein ungewohnt langer Vortrag, und er hob gelegentlich den Becher an die Lippen, um seine Stimme zu ölen. Es war, als wäre die bizarre Morddrohung niemals ausgesprochen worden, als sei Jonah völlig freiwillig hergekommen, um einen brisanten Coup zu planen.

William de la Pole hing förmlich an seinen Lippen. Er hatte den Becher vor sich vollkommen vergessen und lauschte ebenso fasziniert wie ungläubig, den Mund ein wenig geöffnet. Dann begannen die Falkenaugen allmählich zu funkeln.

Als Jonah zum Ende kam, herrschte ein paar Augenblicke Stille. Ein Scheit zischte im Kamin, und der Wind rüttelte leise am Fensterladen, aber nichts sonst war zu hören.

Dann endlich streckte de la Pole die Beine vor sich aus, verschränkte die Hände im Nacken und sah zur Decke. »Bildet Euch ja nicht ein, ich würde die Hochzeit bezahlen ...«

London, März 1337

Die St.-Pauls-Kathedrale war bis auf den letzten Platz gefüllt. Kirchliche und weltliche Lords des Parlaments hatten sich ebenso eingefunden wie die aus dem ganzen Land angereisten Commons, und vorn am Altar stand der Bischof von London und zelebrierte gemeinsam mit Erzbischof Stratford das feierliche Osterhochamt. Seit wenigstens einer Stunde.

Giselle langweilte sich. Sie war die Rückansicht der beiden Bischöfe leid und verstand kaum ein Wort von ihrem lateinischen Gemurmel, das sich wie Verschwörergetuschel anhörte. Verstohlen linste sie zu Jonah hinüber, der drei Plätze von ihr entfernt im Gefolge der Königin stand. Er spürte ihren Blick, schaute kurz zu ihr herüber und lächelte.

Giselle fühlte, wie ihr Herz seinen angestammten Platz verließ und vorübergehend in ihrer Kehle weiterpochte. Dieses Lächeln verfehlte seine Wirkung nie. Das lag vor allem an den Grübchen, die es in seine Mundwinkel zauberte, hatte sie inzwischen herausgefunden. Regelmäßig verpflanzte dieses Lächeln ihr das Herz an die falsche Stelle, was immer mit seltsamen Stichen im Bauch und einem eigentümlichen Schwächegefühl in den Beinen einherging.

Sie fragte sich, ob das wohl aufhören würde, wenn sie erst verheiratet waren. Vermutlich. Nach allem, was sie über die Ehe gehört und bei anderen Paaren beobachtet hatte, wurde nach dem Tag der Hochzeit auch deutlich weniger gelächelt als vorher. Was zweifellos seine Vorzüge hatte, schließlich konnte sie ihren Pflichten als Jonahs Frau und Verwalterin seines Haushaltes kaum nachkommen, wenn sie ständig so butterweiche Knie hatte. »Giselle Durham«, flüsterte sie, während die Gemeinde das *Agnus Dei* betete, und »Mistress Durham«. Dann gar »Lady Durham«.

Die Königin neben ihr wandte den Kopf, sah sie vielsagend an und zog eine Braue in die Höhe.

Hastig senkte Giselle den Blick, faltete die Hände und errötete. »Agnus Dei, qui tollis peccata mundi, miserere nobis...«, betete sie in scheinbarer Inbrunst, doch in Gedanken wiederholte sie immerzu: *Giselle Durham... Mistress Durham...*

Als das Hochamt endlich vorüber war und die Gläubigen aus der Kirche strömten, entstand draußen ein großes Durcheinander. Knappen und Diener führten Pferde herbei, der König, die Königin und ihr Gefolge saßen auf und ritten Richtung Ludgate, um nach Westminster zurückzukehren. Viel Volk säumte die Straße, um sie zu sehen und ihnen zuzujubeln, und sie kamen nur langsam voran. Der König hatte Prinz Edward vor sich in den Sattel gesetzt. Der Junge wandte den Kopf aufgeregt bald nach links, bald nach rechts und winkte der Menge zu, und der Ruf »Lang lebe Edward, lang lebe der Prince of Wales«, war nahezu ohrenbetäubend.

Das Gedränge auf dem Platz vor der Kirche lichtete sich nur allmählich, und Jonah nutzte das allgemeine Durcheinander, um seine Braut verstohlen zu umarmen.

Giselle zog erschrocken die Luft ein, dann lachte sie atemlos. »Ich kann mich einfach noch nicht daran gewöhnen, dass die Heimlichkeiten ein Ende haben.«

Er küsste sie flüchtig auf die Stirn. »Ja, ein Jammer. Es hatte doch einen gewissen Reiz.«

»Mir ist es so lieber«, entgegnete sie entschieden.

Er nickte, nahm einem Diener ihr Pferd ab und verschränkte die Hände ineinander, um ihr beim Aufsitzen behilflich zu sein. Giselle stellte ihren kleinen Seidenschuh auf diese Räuberleiter, und Jonah beförderte sie mit einem Ruck in den Damensattel hinauf.

Sie nahm die Zügel und sah zu, wie er sich ohne Hilfe in Grigolets Sattel schwang.

»Was meinst du, können wir uns nicht davonstehlen?«, fragte sie sehnsüchtig. »Ich bin überzeugt, niemand würde es merken. Du könntest mir dein Haus zeigen. Ich würde es so gern sehen.«

Ehe Jonah erwidern konnte, dass er das lieber bis nach der Hochzeit aufschieben wolle, damit sie es sich beim Anblick der schäbigen Möbel und bescheidenen Zinnteller nicht mehr anders überlegen konnte, sagte de la Pole scharf: »Das kannst du dir aus dem Kopf schlagen!« Er hatte sich unbemerkt angeschlichen, wie er es sich in den letzten Wochen zur Gewohnheit gemacht hatte, und mit finsterer Miene wandte er sich an Jonah: »Ich wäre Euch dankbar, Sir, wenn Ihr Euch diese eine Woche bis zur Hochzeit noch beherrschen und nicht ständig unter den Augen der vollzählig versammelten Bischöfe und Äbte mit ihr turteln wolltet! Ihr habt weiß Gott genug Kopfschütteln erregt.«

»Das ist überhaupt nicht wahr!«, entgegnete Giselle entrüstet. »Wie könnt Ihr so etwas sagen? Wir ... wir waren doch niemals irgendwo allein.«

Der Vater der Braut nickte grimmig. »Es hat mich weiß Gott Mühe gekostet, das zu verhindern.«

Giselle war hin- und hergerissen zwischen Zorn und Verlegenheit, aber wie Jonah nicht anders erwartet hatte, gewann der Zorn die Oberhand. Sie holte tief Luft – anscheinend hatte sie eine Menge zu sagen.

Jonah kam ihr im letzten Moment zuvor. »Hier kommt Lady Janet Fitzalan. Ich nehme an, Ihr gestattet, dass ich die beiden Damen nach Westminster begleite, Sir?«

De la Pole lächelte frostig. »Selbstverständlich. Wie galant Ihr seid, Durham.« Und wie so oft konnte er sich eine kleine Gehässigkeit zum Abschied nicht verkneifen. »Kein Wunder, dass Ihr es zum Ritter der Königin gebracht habt.«

Mit einem kühlen Nicken wendete er sein Pferd und schlug selber den Weg nach Westminster ein.

Jonah bedachte ihn mit einem Kopfschütteln, ehe er Lady Janet, die allseits unbeliebte Spionin ihres Bruders Arundel am Hofe, mit einer sparsamen Verbeugung begrüßte. Sie nickte mit dem gleichen Mangel an Wärme zurück. Es war kein Geheimnis, dass Janet Kaufleute verachtete und über all das »bürgerliche Pack«, wie sie sie zu bezeichnen beliebte, das bei Hofe verkehrte, die Nase rümpfte.

»Gott, mein Vater hasst dich«, murmelte Giselle beklommen. Sie sprach Französisch, damit Janet sie nicht verstand. »Das war früher nicht so. Ich wünschte, du würdest mir sagen, was zwischen euch vorgefallen ist. Wie du ihn umgestimmt hast.«

Jonah antwortete nicht gleich. Sie ließen einer großen Gruppe Adliger den Vortritt, ehe auch sie sich in den Strom nach Westen einreihten. Nein, er glaubte nicht, dass de la Pole ihn hasste. Vermutlich konnte man ihr Verhältnis nicht als ungetrübt bezeichnen, was nach einer durchaus ernst gemeinten

Morddrohung ja auch schwerlich möglich war. Aber sie waren einander auch früher nicht freundschaftlich verbunden gewesen. Sie hatten sich seit jeher misstraut. Erschwerend kam jetzt nur hinzu, dass de la Pole eifersüchtig war. Wer hätte gedacht, dass dieser eiskalte Rechner, der seine Tochter an den Meistbietenden versteigert hatte, zu einer solchen Regung fähig war? Es ließ ihn beinah menschlich wirken.

»Sei unbesorgt, Giselle. Er wird uns zufrieden lassen.«

»Ja, da bin ich sicher. Aber glaube ja nicht, ich hätte nicht gemerkt, dass du meiner Frage ausgewichen bist.«

Er lächelte schuldbewusst. »Absolutes Stillschweigen war Teil unserer Abmachung.«

»Aber Mann und Frau dürfen keine Geheimnisse voreinander haben.«

Wo hat sie diesen Unsinn nur wieder her?, fragte er sich. Er dachte an Rupert, an Elia und an Lady Prescote, für die Annot arbeitete. Sie alle hatten säckeweise Geheimnisse vor ihren Ehegatten. »Nun, das sind wir ja noch nicht«, wandte er ein.

Sie hob das Kinn. »Dann sagst du 's mir also nächsten Sonnabend? Wenn wir ... allein sind?«

Er musste lachen. Das gäbe sicher eine ungewöhnliche Hochzeitsnacht. »Nein.«

Sie sah ihn an, ein scheues, unsicheres Lächeln lauerte in ihren Mundwinkeln, und wieder hatte eine hauchfeine Röte ihr Gesicht überzogen. Aber ihr Blick war offen, voller Neugierde und voller Vertrauen. Seine Brust zog sich ein wenig zusammen unter diesem Blick. Er hatte den Verdacht, dass er all das überhaupt nicht verdient hatte, weder diese Frau noch ihr Vertrauen, aber er schwor sich, dass er wenigstens versuchen wollte, sie nicht zu enttäuschen.

»Hier!« Rachel stellte den Lammbraten mit solcher Wucht auf dem Tisch ab, dass die Platte laut schepperte und Ginger, der zusammengerollt im Sessel am Kamin lag, aus dem Schlaf hochschreckte. »Ich hoffe, ihr seid hungrig genug, es herunterzuwürgen, obwohl nur ich es gekocht habe.«

Crispin und Meurig wechselten einen Blick, und da der Herr des Hauses selbst heute, am höchsten Feiertag des Jahres, nicht daheim war, stand Crispin auf, nahm das große Tranchiermesser in die Rechte und schnitt den Braten auf. »Hm. Duftet wunderbar …«, murmelte er. »Reicht mir die Teller.«

Meurig hielt ihm Davids Teller hin und sagte über die Schulter: »Nun setz dich schon und zeig uns ein Lächeln, Frau. Niemand hat je behauptet, dass an deinen Kochkünsten irgendetwas auszusetzen ist.«

Rachel nahm Platz und rückte ungeduldig ihren Stuhl zurecht. Jocelyn und James, ihre Söhne, tauschten nervöse Blicke.

»Wie sonst darf ich es verstehen, dass hier plötzlich ein Koch eingestellt wird?«, fragte Rachel bitter.

David und Meurig verteilten die Teller, und Berit, das junge Mädchen, das als persönliche Dienerin der zukünftigen Dame des Hauses eingestellt worden war, reichte das Brot herum. Sie hielt den Blick gesenkt und setzte offenbar alles daran, sich unsichtbar zu machen. Berit hatte Angst vor Rachel.

»Es ist üblich, Rachel«, sagte Crispin beschwichtigend. »Andere Kaufherren haben viel mehr Diener als er. Bislang hat es ihn nie geschert, aber jetzt heiratet er. Du musst doch verstehen, dass das allerhand ändert. Und seit Jahren hast du dich beklagt, dass du mit der Arbeit allein nicht mehr fertig wirst. Also warum bist du nicht froh?«

Sie schnaubte unversöhnlich und gab keine Antwort.

Crispin faltete die Hände und senkte den Kopf. Alle folgten seinem Beispiel.

»Komm, Herr Jesus, sei unser Gast, und segne, was du uns bescheret hast. Lass Rachel uns nicht länger grollen, weil wir doch Ostern feiern wollen. Erbarm dich ihrer armen Brut, mach unsre Rachel wieder gut. Stimm sie sanftmütig wie ein Lamm, vor allem mit dem Bräutigam. Sonst ziehen Zwist und Hader ein, keinen Tag wird hier mehr Frieden sein. Stimm milde sie dem jungen Glück, bring Demut in ihr Herz zurück. Und gib, o Herr, dass sie verrät dem Koch, wie sie den Braten brät. Amen.«

Alle hatten längst die fromm gesenkten Häupter gehoben und starrten ihn entgeistert an. Rachel fing als Erste an zu kichern. Man konnte sehen, dass sie nicht wollte. Sie biss sich auf die Lippen und rang um eine finstere Miene. Aber es war aussichtslos. Das Lachen brach sich Bahn, und alle am Tisch stimmten erleichtert mit ein. Sogar die kleine Berit wagte, kurz aufzuschauen und zu lächeln.

»Also ehrlich, Master Crispin, Ihr seid unglaublich«, bekundete Meurig. »Wann habt Ihr das gedichtet?«

Crispin schob sich ein Stück Braten in den Mund und hob die Schultern. »Gerade eben. O Gott, Rachel, das ist wirklich köstlich, weißt du.«

»Danke.«

»Kann ich noch ein Tröpfchen von der Sauce bekommen?«, fragte David hoffnungsvoll.

Sie löffelte großzügig Sauce auf seinen Teller.

»Das reicht, das reicht«, protestierte Crispin. »Er soll uns ja nicht fett werden.«

»Er wächst. Jungen im Wachstum müssen tüchtig essen. Das ist wichtig, sonst kriegen sie das Fieber. Seht Euch an, Master Crispin, Ihr verdankt es nur mir, dass Ihr so groß und stark geworden seid.«

»Ganz bestimmt«, räumte Crispin bereitwillig ein. Er hatte nicht vergessen, wie karg die Kost an Ruperts Tafel gewesen war, wo die Lehrlinge meist nicht einmal sonntags Fleisch bekamen, und dass er geglaubt hatte, er sei im Paradies, als er herkam und Rachel ihn unermüdlich fütterte. »Trotzdem. Pulteneys neigen dazu, in die Breite zu wachsen, und das muss man frühzeitig bekämpfen. Außerdem wäre es doch eine nette Geste, Jonah eine Portion übrig zu lassen. Wenn er heute Abend heimkommt, ist er sicher ausgehungert.«

»*Falls* er heimkommt«, verbesserte Rachel. »Und wenn er essen will, soll er pünktlich zu den Mahlzeiten kommen.«

»Herrgott noch mal, Rachel, es ist *sein* Haus«, sagte Meurig. »Du scheinst das ständig zu vergessen.«

Sie seufzte. »Ich schätze, ich könnte all dem gelassener entgegensehen, wenn wir die feine Braut wenigstens schon mal zu Gesicht bekommen hätten. William de la Poles Tochter, Gott steh uns bei. Martin Greenes Kammerdiener hat mir erzählt, sein Herr sei ganz außer sich vor Wut gewesen, als er davon gehört hat. Alle in der Gilde zerreißen sich die Mäuler, sagt er. Was denkt unser Master Jonah sich nur dabei? Schlimm genug, dass er mit einem Teufel wie de la Pole Geschäfte macht, aber warum muss er seine Tochter heiraten?«

Crispin zuckte gleichgültig mit den Schultern. »Ihm war seit jeher egal, was über ihn geredet wird. Und Recht hat er.«

»Sie ist … wunderbar«, sagte David mit einem träumerischen Lächeln. »Ich hätte sie auch genommen, selbst wenn ihr Vater ein Ketzer oder ein Gesetzloser wäre.«

Alle sahen ihn verwundert an.

»Du kennst sie?«, fragte Meurig ungläubig.

David nickte. Dann schüttelte er den Kopf. »Von früher. Mein Vater nahm mich hin und wieder mit, wenn er den König in Windsor besuchte oder in Sheen. Damit ich mal aus der Stadt rauskam, weil ich so oft krank war als Junge. Ich hab mit ihr und den anderen Kindern Ball oder Blindekuh gespielt.« Er grinste verlegen. »Ich hab sie seit Jahren nicht mehr gesehen, aber sie ist bestimmt eine Schönheit geworden.«

»Das muss nicht unbedingt gut sein«, bemerkte Rachel mit unverminderter Skepsis. »Schönheit und Eitelkeit bringen nichts als Verdruss. Hast du nichts Besseres über sie zu sagen? Ist sie fromm? Bescheiden? Sanftmütig?«

David verbiss sich ein Lachen. »Ähm … nein. Ich glaube, man kann nicht behaupten, dass sie besonders sanftmütig ist. Aber sie hat ein gutes Herz.«

»Woher willst du das wissen?«, fragte sie.

Bei einem wilden Spiel war er einmal im schlammigen Innenhof des Palasts von Windsor gestürzt. Seine Nase hatte geblutet, und er hatte geweint, weil sein Vater böse werden würde, wenn er die blut- und schlammbesudelte Kleidung des Sohnes sah. David war schon dreizehn gewesen, und er schämte sich seiner Tränen. Die anderen Kinder, Söhne und Töchter von Adligen oder königliche Mündel, hatten ihn ausgelacht und gehänselt. Aber Giselle hatte die anderen gescholten und ihm das Blut vom Gesicht gewischt. Sie hatte seine Hand gehalten, bis das Nasenbluten versiegte. Doch war dies eine viel zu persönliche und kostbare Erinnerung, um sie mit irgendwem zu teilen. »Es ist so, glaub mir«, sagte er lediglich.

»Wie sieht sie aus?«, fragte Crispin neugierig.

»Sie hat blaue Augen«, berichtete der Lehrling getreulich. »Und ihr Haar ... stellt Euch eine Kastanie vor, die gerade erst aus der Schale kommt und so glänzt, dass Ihr euch darin spiegeln könnt. So sind ihre Haare.«

»Also rot«, stellte Rachel klar. »Gott bewahre ...«

»Nein, eigentlich nicht rot«, widersprach David stirnrunzelnd. Dann seufzte er. »Ach, Rachel, du bist hoffnungslos. Aber du wirst deine Meinung noch ändern, dessen bin ich sicher.«

Crispin betrachtete den Lehrjungen versonnen. Er konnte nur hoffen, dass Giselle de la Pole keine Frau war, die sich gern in Anbetung und Bewunderung sonnte, sonst sah er schwere Zeiten auf sie alle zukommen.

»Lasst uns Jonahs Abwesenheit nutzen, um ein paar Details für nächsten Samstag zu besprechen«, schlug er vor. »Der Koch kommt morgen, wie du weißt, Rachel. Ich verstehe, dass du nicht als sein Handlanger arbeiten willst, also zeig ihm die Küche und die Vorratskammer und räume das Feld. Aber wenn du klug bist, verfeinde dich nicht gleich mit ihm, denn er wird in Zukunft zum Haushalt gehören, ob es uns passt oder nicht. Seine Gehilfen für die Hochzeitsfeier besorgt er sich selbst, hat er mir gesagt, und er bezieht eure alte Kammer hinter der Küche.«

Rachel nickte mit einem verhältnismäßig verstohlenen Seufzer.

»Wir werden fünfzig Gäste haben«, fuhr Crispin an Meurig gewandt fort. »Die meisten Pferde werden im Hof stehen müssen – lass uns beten, dass es nicht schüttet. Bring ein paar Ringe an der Wand zum Wolllager an oder Ähnliches. Tische und Bänke bekommen wir hier in der Ropery«, er zählte die Namen der Nachbarn auf, die ihre Hilfe angeboten hatten. »Aber sie müssen abgeholt und hier heraufgebracht und so aufgestellt werden, dass man sich noch bewegen kann. Fang am besten morgen damit an. Du kannst David mitnehmen.«

»In Ordnung, Master.«

»David, du wirst mit Stephens' und Aldgates Lehrjungen und Meurig zusammen aufwarten. Ihr werdet mit den Spielleuten in der Küche essen, bevor das Fest beginnt. Rachel und Berit werden mit den Hilfsköchen zusammen die Speisen auftragen. Rachel, die neuen Vorhänge für Jonahs Bett sind gestern vom Schneider gekommen, vergiss nicht, sie aufzuhängen. Und vergewissere dich, dass wir genügend Kerzen haben. Es wäre peinlich, wenn uns an dem Abend das Licht ausginge. Die neuen Kleider, die Master Jonah uns allen anlässlich seiner Hochzeit schenkt, kommen am Donnerstag. Jeder sollte seine Sachen anprobieren, damit es am Sonnabend keine unliebsamen Überraschungen gibt, aber anschließend legt sie ordentlich beiseite. Hab ich was vergessen?«

Alle überlegten einen Moment. Dann fragte Rachel: »Haben wir Gäste, die über Nacht bleiben?«

»Planmäßig nicht.« Die meisten der Geladenen waren Londoner Kaufleute und ihre Gemahlinnen, die nach der Feier heimreiten würden. Die beiden Ritter, Waringham und Dermond, die ihr Kommen angekündigt hatten, ohne eine Einladung abzuwarten, hatten die Absicht, im nahen Pountney's Inn zu logieren. »Aber für den Fall, dass irgendwer zu betrunken ist, um aufs Pferd zu steigen, werde ich meine Kammer räumen und mein Lager in der Färberei aufschlagen. Genau wie David.«

Seit Crispin Jonahs Gehilfe und nicht mehr der Lehrjunge war, hatte er sein Reich wieder für sich, und David schlief im Kontor. Aus unbekannten Gründen hatte Jonah jedoch verkündet, dass er das Kontor am Tag seiner Hochzeit für sich beanspruche und niemand dort nächtigen könne. Somit war David vorübergehend obdachlos.

»Was ist mit den Pächtern?«, wollte Meurig wissen. »Sind sie zur Feier geladen?«

Crispin schüttelte den Kopf. »Ich habe sie gefragt, ob sie

kommen wollen, aber sie haben alle gesagt, die Gesellschaft sei ihnen zu fein. Die Vorstellung, mit dem Mayor von London an einer Tafel zu sitzen, macht sie nervös. Und außerdem haben sie alle Angst vor dem Vater der Braut.«

»Da sind sie nicht allein«, murmelte David.

Crispin ging nicht darauf ein. Er missbilligte Jonahs Umgang mit William de la Pole seit jeher, aber keinem hier am Tisch stand ein Urteil zu, fand er.

»Die Kinder der Flemings würden wohl furchtbar gern die vornehmen Herrschaften und deren Pferde anschauen, darum hab ich ihnen gesagt, sie dürften dir vielleicht helfen, die Pferde zu versorgen, Meurig. Aber entscheiden musst du.«

Der Knecht nickte willig. »Natürlich. Ich kann jedes Paar Hände gebrauchen.«

»Meins auch, Vater?«, fragte der viereinhalbjährige Jocelyn eifrig.

Meurig hob ihn lachend auf seinen Schoß. »Vielleicht beim nächsten Fest. Du bist noch zu klein, Söhnchen. Du wirst mit James in der Weberei schlafen. Vielleicht dürft ihr Maria helfen, das Garn aufzuspulen, he?«

»Ich bin sicher, sie wird hingerissen sein«, meinte David. »Alle paar Ellen eine unerwartete Schlaufe auf dem Schiffchen zu haben macht das Weben doch gleich viel abwechslungsreicher.«

»Sie wird es mit einem Lächeln erdulden, wenn sie erst hört, dass Jonah allen für einen Monat die Pacht erlässt«, mutmaßte Crispin.

»All seinen Pächtern?«, fragte Rachel. »Etwa auch Rupert Hillock?«

Crispin nickte. »Auch Rupert, ja.«

»Junge, Junge«, murmelte Meurig. »Unser Master Jonah muss mächtig verliebt sein.«

»Sieht die Königin nicht hinreißend aus in diesem Veilchenblau?«, raunte Beatrice, Giuseppe Bardis Frau, Jonah zu.

Jonah nickte.

Beatrice, die, so wurde gemunkelt, ihren sparsamen Mann mit ihrer Vorliebe für kostbare Tuche und ausgefallenen Schmuck in die Verzweiflung trieb, seufzte sehnsüchtig. »Wenn ich nur wüsste, woher sie dieses Tuch hat ...«

Jonah fing Giuseppes flehentlichen Blick auf und hielt den Mund. Aber das nützte nichts. Giselle klärte ihre italienische Freundin bereitwillig auf. »Von Jonah natürlich. Er lässt es in seinen Werkstätten herstellen. Der Kettfaden ist Seide, darum schillert es so.«

Beatrice schaute Jonah tief in die Augen. »Lasst Ihr größere Mengen davon anfertigen?«

»So viel wie möglich«, antwortete er. Es war *die* Modefarbe dieses Frühjahrs geworden. Das wurde praktisch jeder Stoff, den die Königin trug. Jonah hatte schon manches Mal gedacht, sollte Philippa sich aus irgendeinem Grunde plötzlich entschließen, im härenen Gewand einherzugehen, dann würde auch das Mode werden.

»Nun, wenn Ihr es in großen Mengen herstellt, wird es so teuer ja nicht sein, oder?«

Er lächelte schwach. »Madam, ich muss Euch bitten, mir die Antwort zu erlassen. Giselles Hochzeitskleid ist aus diesem Tuch.«

Beatrice machte große Augen. »Oh, Giselle. Ich kann es nicht erwarten, dich darin zu sehen. Es passt perfekt zu deinen Augen! Ich habe eine Idee, *cara*. Ich besitze einen wundervollen Smaragd, den ich dir leihen könnte, dann würdest du ...«

»Der König erhebt sich«, fiel Giuseppe ihr ins Wort. »Wir sollten gehen, Jonah.«

Edward und Philippa verließen die Tafel Hand in Hand. Hier und da erhoben sich einzelne Männer an den langen Tafeln, um dem König in gebührlichem Abstand zu folgen. Die große Halle war zum Bersten voll; das Osterparlament war in vollem Gange. Lords und kirchliche Herren aus dem ganzen Land waren zugegen, hinzu kamen die Ritter und Damen des Haushaltes und diejenigen der Commons und Londoner Kaufherren, die man von einem Osterfest nicht ausschließen konnte.

Jonah und Giuseppe entschuldigten sich bei den Damen und begaben sich hinauf ins Privatgemach des Königs, wo der Chancellor, der Treasurer, eine Hand voll mächtiger Lords und der Jonah bereits bekannte Finanzrat des Königs sich nach und nach einfanden. Es wurde voll in dem vergleichsweise kleinen Raum. Earls, Bischöfe, der Mayor von London und ein paar höchst ehrwürdige Kaufherren nahmen die Sitzplätze am Tisch ein. Jonah und Giuseppe standen mit anderen an der Wand zwischen den beiden Fenstern. Jonah wollte sich verstohlen mit der Schulter anlehnen, richtete sich aber schleunigst wieder auf, als er die messerscharfe Spitze eines Armbrustbolzens im Rücken spürte.

König Edward stand mit seinem Freund Montagu und seinem Vetter Grosmont, den frisch gebackenen Earls of Salisbury und Derby, zusammen vor dem höhlenartig großen, jetzt aber leeren Kamin, und sie tuschelten. Plötzlich warf Edward den Kopf zurück und lachte sein ansteckendes, jungenhaftes Lachen. Die beiden Adligen stimmten ein, Edward legte jedem kurz eine Hand auf den Arm, und auch sie nahmen ihre Plätze ein. Der König streckte die langen Beine vor sich aus und verschränkte die Arme vor der Brust. Doch seine sonst so natürliche Unbekümmertheit kam Jonah heute plötzlich aufgesetzt vor. Edwards Augen waren gerötet, sein Gesicht blass. Sah man hinter das Blendwerk des gut gelaunten Lächelns, erkannte man, dass der junge König todmüde und tief besorgt wirkte.

»Ich bedaure, dass ich Eure Zeit an einem Tag wie heute für Staatsgeschäfte in Anspruch nehmen muss, Gentlemen«, begann er. »Und ich danke Euch, dass Ihr alle gekommen seid.« Er wechselte einen kurzen Blick mit Grosmont, ehe er tief durchatmete und fortfuhr: »Wie es scheint, bleibt uns weniger Zeit, als wir gehofft hatten. Mein geliebter Vetter Philip von Frankreich hat die Absicht, unser Herzogtum Aquitanien in Südfrankreich zu annektieren und unmittelbar seiner Herrschaft zu unterstellen, weil ich angeblich meinen ihm geleisteten Lehnseid nicht erfülle.«

Die Versammelten murrten entrüstet.

»Wann?«, fragte der Earl of Arundel.

»Sobald es trocken genug ist für lange Märsche. Vermutlich im Mai. Einer unserer verlässlichsten Spione brachte die Nachricht heute früh«, antwortete der König. Dann hob er mit einem schwachen Lächeln die Schultern. »Es ist im Grunde keine Katastrophe. Ihr alle wisst so gut wie Philip, dass ich diesen Krieg will, und wenn er glaubt, es rette sein angeschlagenes Ansehen, wenn er ihn beginnt und nicht ich, dann sei ihm dieser kleine Triumph vergönnt, denn es wird sein einziger sein.«

Die Männer im Raum lachten leise, aber ihre Beunruhigung war unübersehbar.

Edward stützte die Ellbogen auf den Tisch und lehnte sich vor. »Das Problem an seinem Schachzug und auch zweifellos dessen Zweck ist, dass er uns unter Zeitdruck setzt.« Er nickte Bischof Burghersh von Lincoln, der der Lord Treasurer war, zu. »Unser vertrauter Treasurer ist einer unserer erfahrensten Diplomaten. Er ist gewillt, mit einer Gesandtschaft in die Niederlande aufzubrechen und in die Verhandlungen mit unseren zukünftigen Verbündeten einzutreten. Sagt uns, Mylord Bischof, wie Ihr die Lage dort einschätzt.«

»Ich bin sicher, Eure Verwandten auf dem Kontinent, auch der deutsche Kaiser, werden uns gegen Philip unterstützen, Sire, denn sie alle fürchten seine Machtgier«, erklärte der Bischof, ein alter Mann mit silberweißen Locken und einer tiefen Reibeisenstimme. »Aber wenn wir sie drängen müssen, werden sie ihre Unterstützung teuer machen. Teurer als erwartet.«

Es war einen Moment still.

Der König rieb sich mit der flachen Hand die Stirn und murmelte: »Englands Ehre und Ruhm hängen also letztlich von der Frage ab, ob wir sie uns leisten können.« Dann hob er den Kopf und sah in die Runde: »Sirs, wir brauchen Geld. Viel Geld. Ich bitte um Vorschläge.«

William de la Pole wartete seelenruhig ab, bis das Schweigen peinlich wurde. Jonah sah die mächtigen Lords und Kaufherren in der Runde ihre Fingernägel studieren, die Tischplatte anstarren und unsichtbare Flusen von ihren feinen Kleidern schnipsen.

Die königliche Stirn umwölkte sich unheilvoll. Und als sich

alle schon für das gewaltige Donnerwetter wappneten, erhob sich de la Pole, neigte ehrerbietig das Haupt vor Edward und den Lords und sagte: »Sire, wenn Euch und England damit gedient wäre, schätze ich, dass die Wollkaufleute der Krone einen Kredit von zweihunderttausend Pfund zur Verfügung stellen könnten.«

Aus dem Augenwinkel sah Jonah Giuseppe Bardi zusammenzucken. Und die Männer am Tisch sahen aus, als wären sie zu Salzsäulen erstarrt. Es war so still, dass man de la Poles Seidengewand knistern hörte, als er einen Schritt weiter vortrat.

Der König regte sich als Erster. »Sagtet Ihr … zweihunderttausend Pfund, Sir?«

De la Pole nickte und wartete noch einen Moment, um die gewaltige Summe auf die Versammlung wirken zu lassen. Niemand hatte je zuvor von einem Darlehen in einer solchen Höhe gehört. Es war ungeheuerlich, schier unvorstellbar.

»Und wie soll das möglich werden?«, fragte der König.

»Angenommen, Sire, ihr würdet einer Gruppe führender Wollkaufleute das alleinige Recht einräumen, Wolle ins Ausland zu exportieren. Ein Monopol. Und weiter angenommen, Ihr würdet diesen Kaufleuten das Recht einräumen, Wolle in England von den Schafzüchtern zu festgeschriebenen Preisen zwangsweise aufzukaufen. Diese Gruppe von Kaufleuten – nennen wir sie der Einfachheit halber die Monopolisten. Die Monopolisten würden, sagen wir, dreißigtausend Sack Wolle in die Niederlande exportieren – ein Kinderspiel nach dem Embargo. Schon aus dem Verkauf dieser Menge wäre der Kredit gedeckt. Zusätzlich, Sire, wären wir für ein solches Monopol aber auch noch bereit, den Profit aus dem Verkauf der dreißigtausend Sack Wolle mit der Krone zu teilen, denn dieser Profit wird gewaltig sein. Der Kontinent lechzt nach englischer Wolle, und weil wir das Monopol hätten, könnten wir die Preise diktieren.«

Ein beinah seliges Lächeln hatte sich nach und nach auf dem Gesicht des Königs ausgebreitet, doch als de la Pole eine Pause einlegte, knurrte der Earl of Northampton: »Ich nehme an, diesen hälftigen Anteil, den Ihr der Krone so großmütig überlasst, wollt Ihr dann sogleich zur Rückzahlung des Kredits wieder einstreichen.«

De la Pole schüttelte den Kopf. »Ihr irrt Euch, Mylord. Die Rückzahlung des Darlehens erfolgt aus den Exportzöllen, die auf ein Pfund pro Sack erhöht werden.«

Die anwesenden Kaufherren stöhnten vernehmlich. »Seid Ihr von Sinnen, Mann?«, fragte der Mayor von London mit mühsam verborgenem Entsetzen. »Ihr schlagt vor, die Zölle zu *verdreifachen?*«

»Natürlich«, gab de la Pole ungerührt zurück. »Und das wird uns nicht einen Penny kosten, weil wir den höheren Zoll ebenfalls auf die Preise aufschlagen. Versteht doch, die Zollerhöhung liegt in unserem Interesse, Pulteney, denn je höher die Zölle, umso rascher haben wir unser Geld zurück.« Er wandte sich wieder an den König. »Sire, der Plan sieht vor, dass die Krone die Einnahmen aus den Exportzöllen an die Monopolisten abtritt, bis das Darlehen getilgt ist. Und so wird es möglich, Eure direkte Beteiligung am Wollexport *und* einen erhöhten Exportzoll zum Wohle der Krone, zum Ruhme Englands und zur Vernichtung seiner Feinde zu kombinieren.«

Jonah betrachtete die Gesichter. Kein verwundertes Blinzeln, kein fassungsloses Kopfschütteln, kein erleichtertes Aufatmen entging ihm. Und sie alle starrten William de la Pole verklärten Blickes an, so als hätte er das Wort Gottes offenbart. Oder den Stein der Weisen gefunden.

Dann fingen plötzlich alle gleichzeitig an zu reden, Sitznachbarn wandten sich einander zu und taten ihre Meinung kund, und selbst der sonst so zurückhaltende Erzbischof Stratford schien seine große Skepsis gegenüber de la Pole vergessen zu haben und entwickelte mit einem Mal eine untypische Neigung zu beredten Gesten.

Als der König sich erhob und vor den mächtigen Kaufmann trat, verstummten alle wieder nach und nach.

»Doch es muss einen Haken geben«, sagte Edward.

De la Pole hob mit einem milden Lächeln die Schultern.

»Conduit und ich haben es von allen Seiten betrachtet und geprüft. Wir sind sicher, es gibt keinen Haken.«

»Aber warum ist dann mein Großvater nicht darauf gekommen? Ich kann nicht glauben, dass es einen gerissenen Plan geben soll, der ihm nicht eingefallen wäre, und Gott weiß, er brauchte auch viel Geld für seine Kriege.«

»Euer Großvater war ein Mann einer ganz anderen Zeit, Sire«, gab der Erzbischof zu bedenken. »Er wusste um die große Bedeutung der Wolle für die Kriegskassen, aber er wäre nie auf den Gedanken gekommen, sich mit den Kaufleuten zu verbünden.«

Der König dachte einen Augenblick nach, die sonst so glatte Stirn tief gerunzelt. Dann schüttelte er den Kopf und lachte leise. »Nun, mir scheint, das war untypisch unklug von ihm.« Er sah de la Pole in die Augen und legte ihm für einen Moment die Hand auf die Schulter. »Ich danke Euch für diesen großartigen Plan, mein Freund. Er ist so schlau, dass man beinah fürchten muss, der Teufel selbst habe ihn Euch eingegeben.«

Zum ersten und einzigen Mal während dieser ganzen Besprechung glitt de la Poles Blick in Jonahs Richtung. Kein Zweifel, sein angehender Schwiegersohn hatte die Worte des Königs sehr wohl gehört. Er lächelte amüsiert vor sich hin, hob dann plötzlich den Kopf und erwiderte den Blick. Herausfordernd, so schien es de la Pole.

»Das wollen wir doch nicht hoffen, Sire«, antwortete der dem König. »Wo der Plan doch einer heiligen Sache dient.«

»Das tut er«, stimmte Edward überzeugt zu. »Und ich werde niemanden vergessen, der seinen Beitrag dazu geleistet hat. Macht Euch an die Arbeit und stellt eine Liste der Kaufleute zusammen, die an diesem Monopol beteiligt werden sollten. Erörtert Eure Liste dann mit dem Lord Chancellor. Aber wir wollen uns mit den Details nicht zu lange aufhalten, und Ihr sollt bei der Auswahl weitgehend freie Hand haben. Mir liegt vor allem daran, dass ich mein Geld möglichst schnell bekomme.« Alle Müdigkeit war von ihm abgefallen, mit einem Mal waren die schier unerschöpfliche Energie des Königs und sein unstillbarer

Tatendurst wieder in jeder Geste sichtbar. Er sah aus, als würde er am liebsten auf der Stelle nach Paris ziehen, das blanke Schwert in der Rechten. Seine Augen hatten wieder Glanz, als er zu de la Pole sagte: »Gott hat mich wahrhaftig mit guten Freunden und listigen Ratgebern gesegnet. Und wer mir hilft, meine Träume zu erfüllen, dessen Wünsche sollen nicht unerfüllt bleiben, William.«

Es dämmerte schon, als Jonah in die Stadt zurückkam, aber er ritt nicht nach Hause. Er hatte so eine Ahnung, dass dort die Hochzeitsvorbereitungen in vollem Gange waren, und dabei wollte er lieber nicht im Wege sein. Er dachte mit äußerst gemischten Gefühlen an den kommenden Sonnabend, das große Fest mit den vielen Gästen. Er hätte alle Seide Indiens darum gegeben, wenn er Giselle in aller Stille hätte heiraten können. Aber das war völlig undenkbar, hätte die halbe Stadt und nicht zuletzt auch seine Braut beleidigt. Also würde er das große Spektakel erdulden. Aber er wollte nicht schon sechs Tage vorher immerzu daran denken müssen. Außerdem hatte er zuvor noch etwas Dringendes in East Cheap zu erledigen.

Alle Glocken der Stadt läuteten zum *Angelus*. Es war ein milder, wenn auch verhangener Frühlingsabend, und in den Straßen herrschte feiertägliche Stille. Wer ein Zuhause hatte, und sei es nur eine erbärmliche Bretterhütte im Schatten der Stadtmauer, der war dort, um im Kreise seiner Familie die Auferstehung des Herrn und das Ende der Fastenzeit zu begehen. Kaum jemand begegnete ihm auf der sonst so lebhaften Candlewick Street, und selbst auf der Bridge Street, die er kreuzte, war kein Betrieb.

Das Haus der Freuden blieb während der Fastenzeit und über die Ostertage geschlossen – aus Gründen der Pietät, ließ Lady Prescote den Kunden erklären, in Wahrheit jedoch auf strikte Anordnung des Stadtrates, wusste Jonah. Für besonders betuchte oder gern gesehene Freier drückte Cupido jedoch ein Auge zu. Wer ein bestimmtes Klopfzeichen kannte, stand hier niemals vor verschlossener Tür.

»Einen guten Abend und frohe Ostern, Sir«, grüßte der Diener höflich.

Jonah trat über die Schwelle und streifte die Kapuze zurück. Dann ließ er beiläufig ein paar Münzen in Cupidos allzeit bereite Hand klimpern. »Bring den Gaul in den Stall. Ich bleibe über Nacht.«

»Gewiss, Sir. Annot ist in der Halle.«

Jonah wandte sich zur Treppe. »Ich warte oben.«

»Ich nehme an, du bist gekommen, um dich zu verabschieden«, begrüßte sie ihn, als sie ihr Zimmer betrat. Einen Augenblick blieb sie mit der Hand am Riegel stehen, dann schloss sie die Tür und kam näher. »Ich habe gerätselt, ob du das wohl tun würdest.«

Jonah saß seitlich auf der gepolsterten Fensterbank, das Gesicht ihr zugewandt. Sie wusste es also schon. Wie hatte er daran zweifeln können? Annot wusste immer alles. Über ihn ebenso wie über jeden wichtigen Mann dieser Stadt, vom Lord Mayor bis hinab zu den Meistern der dunklen Bruderschaften. Er betrachtete sie ernst. »Könntest du dich entschließen, mir eine Szene zu ersparen? Um der alten Freundschaft willen?«

»Oh, aber gewiss doch, Master Durham. Ihr bezahlt schließlich nicht dafür, dass ich Euch eine Szene mache.«

Er winkte ab. »Immer wenn du wütend auf mich bist, wirfst du mir die Tatsache deiner Käuflichkeit vor, weißt du das eigentlich?«

»Nein«, gestand sie verblüfft. Sie dachte über die vielen Gelegenheiten nach, da sie wütend auf Jonah gewesen war, und fügte hinzu: »Und vermutlich stimmt das überhaupt nicht.«

Jonah musste unwillkürlich lächeln. Annot wandte sich hastig ab unter dem Vorwand, ihm einen Becher Wein einzuschenken. Sie wusste nicht, wie sie es aushalten sollte, dieses Lächeln nicht mehr zu sehen. Genau genommen wusste sie überhaupt nicht, wie sie weitermachen sollte.

Sie reichte ihm den Becher, hielt aber den Kopf abgewandt und sorgte dafür, dass die Haare ihr Profil verdeckten. »Hier.«

»Danke.« Er nahm den Wein mit der Linken, ihre Hand mit der Rechten und zog sie näher. »Komm her. Komm schon. Es ist doch nicht so, als würden wir uns nie mehr sehen. Ich werde nicht beerdigt, Annot, ich heirate nur.«

»Sei nicht so nett zu mir«, sagte sie tonlos. »Sonst fang ich an zu heulen.«

Er erwiderte nichts, zog sie aber zu sich auf den breiten, bequemen Fenstersitz hinab. Sie saß mit angewinkelten Knien zwischen seinen Beinen, den Rücken an seine Brust gelehnt. Ungezählte Male hatten sie in dieser unkomplizierten körperlichen Vertrautheit so an diesem Platz gesessen und geredet. Über Geschäfte oder Geheimnisse oder Belanglosigkeiten.

»Ich hätte es vorgezogen, es dir selbst zu sagen«, bemerkte er schließlich.

»Dann hättest du kommen müssen, ehe es die Spatzen von den Londoner Dächern pfeifen, dass Jonah Durham William de la Poles Tochter zur Frau nimmt. Ich hoffe, ihre Mitgift ist eine ausreichende Entschädigung dafür, dieses Ungeheuer zum Schwiegervater zu haben.«

Jonah seufzte leise. »Das Gold aller Kalifen wäre nicht genug, um einen Mann dafür zu entschädigen.« Doch die Mitgift war alles andere als bescheiden: fünfzig Pfund in Haushaltsgegenständen aus Gold und Silber, wie etwa Trinkbecher, Teller und Kerzenhalter. Wertstücke dieser Art galten als sichere Kapitalanlage und ermöglichten es einem Kaufmann außerdem, vor Freunden und Nachbarn von seinem Wohlstand zu künden, ohne aufzuschneiden. Doch das Beste und Kostbarste an Giselles Mitgift war ein kleines Gut in Kent mit einer Herde von etwa tausend Schafen. Das bedeutete vier Sack Wolle pro Jahr, die er nicht kaufen musste. Und obendrein würde er ein Haus auf dem Lande besitzen, wohin er fliehen konnte, wenn London im Hochsommer unerträglich wurde. Davon hatte er geträumt, seit er vor all den Jahren durch Epping Forest geritten war an dem Tag, als König Edward ihm das Leben gerettet hatte. Der Tag, an dem er Philippa begegnet war …

»Und wirst du zu den Monopolisten gehören, die sich fortan

mit dem König den Wollkuchen teilen, während das gemeine Volk neidisch zuschaut?«, fragte sie scheinbar beiläufig.

Er ließ sie los, als habe er sich die Finger verbrannt. Manchmal war sie ihm wirklich unheimlich. »Annot! Heute Nachmittag erst hat de la Pole dem König den Vorschlag unterbreitet. Woher zum Teufel …?«

Sie wandte den Kopf, um ihn mit großen Unschuldsaugen anzusehen. Sie liebte es, ihn zu verblüffen. Ein paar Herzschläge lang ließ sie ihn zappeln, ehe sie sagte: »Der hochehrwürdige Alderman Reginald Conduit gehört zu meinen glühendsten Verehrern, Jonah.«

Jonah dachte an den beleibten, kahlköpfigen und ewig kurzatmigen und schwitzenden Conduit und unterdrückte mit Mühe ein Schaudern. Was für ein Dasein, dachte er zum tausendsten Mal. Was hast du ihr nur eingebrockt, Rupert, du verfluchter Drecksack.

»Conduit hat diesen Plan gemeinsam mit de la Pole ausgedacht – jedenfalls behauptet er das – und beabsichtigt, die Monopolisten zusammen mit ihm zu führen«, erklärte sie. »Aber er hat eine solche Angst vor de la Pole, davor, dass der ihn verraten und betrügen wird, schlachten und ausnehmen wie das fette kleine Schweinchen, das er ist, dass dem armen Reginald bei seinem letzten Besuch hier die Manneskraft abhanden kam. Also hat er mir stattdessen sein Leid geklagt. Und es war ganz einfach, ihm die Einzelheiten zu entlocken, weil er so stolz auf ihren Plan war, dass er schier platzen wollte, und gleichzeitig so von Furcht und Misstrauen zerfressen, dass er es sich dringend von der gequälten Seele reden musste.«

»Misstrauen ist sicher nicht unangebracht, wenn man mit de la Pole Geschäfte macht«, bemerkte Jonah.

»Du solltest es wissen. Also wirst du zu diesem erlauchten Kreis gehören?«, bohrte sie weiter.

Er nickte. »O ja.«

»Teil der Mitgift?«, tippte Annot.

Er schüttelte den Kopf. Er hatte de la Pole seine Idee im Austausch gegen Giselles Hand geboten und keine weiteren Bedingungen gestellt. Aber er hatte Kapital, und er hatte ein Schiff. Zwei Dinge, die das Wollmonopol dringend benötigte. Außerdem war es unwahrscheinlich, dass einer der Kaufleute, die heute bei der Versammlung zugegen gewesen waren, nicht zum Monopol gehören würde. Für einen Außenstehenden wusste er schon jetzt zu viel.

»Du musst vorsichtig sein, Annot«, warnte er leise, aber eindringlich. »Sonst wird dir eines Tages irgendwer die Kehle durchschneiden. Zu viel Wissen kann sehr gefährlich sein.«

Sie lehnte den Kopf an seine Schulter und lächelte. Es war wunderbar, dass er sich um sie sorgte; ihr wurde ganz warm davon. »Darum lasse ich außer dir ja auch nie jemanden merken, was ich alles weiß. Nur häppchenweise.«

»Und nur gegen gutes Geld, das hast du mir schon Dutzende Male erklärt. Trotzdem. Lass die Finger von diesem Wollmonopol.« Er drückte das Gesicht in ihr Haar. Es duftete wundervoll, wie alles an ihr. »Würdest du mir das versprechen?«

Sie sagte weder ja noch nein. »Das heißt, du hast nicht die Absicht, mich an diesem Geschäft zu beteiligen?«

Jonah dachte einen Moment nach. Natürlich konnte er ihre Ersparnisse nehmen und sie, sozusagen als stille Teilhaberin, ins Monopol einschmuggeln. Aber sein Instinkt warnte ihn. »Nein. Wenn dein Geld in dieser Sache steckt, wirst du das zum Anlass nehmen, mir jedes Geheimnis darüber zu entlocken. Und das will ich nicht.«

»Na schön«, entgegnete sie kühl, aber scheinbar gelassen. Er sollte nur ja nicht merken, dass sie gekränkt war. »Zurück zur Sache. Deine Heirat mit de la Poles Töchterchen hat also nichts mit deiner Beteiligung am Monopol zu tun. Womit dann? Was in aller Welt versprichst du dir von einer familiären Verbindung mit diesem Mann?«

»Gar nichts«, antwortete Jonah unwirsch. »Ich heirate Giselle nicht, weil sie de la Poles Tochter ist, sondern trotzdem.«

So, Giselle hieß sie also. Sie sei eine Schönheit, hatte man Annot berichtet, klug, gebildet, perfekt erzogen – Ritter, gar Adlige hätten sich um sie bemüht. Wieso musste ausgerechnet Jonah sie bekommen? Warum hatte nicht alles so bleiben können, wie es war? Es machte Annot zu schaffen, mit welcher Leidenschaft sie diese Fremde beneidete, die alles hatte, alles bekam und die ihr alles wegnahm. Dieser Neid war ein abscheuliches Gefühl, als trage sie einen schweren, kalten Stein in der Seele. Obendrein war Neid eine Todsünde, das wusste sie. Doch sie konnte nichts dagegen tun. Trotz allem, was Annot passiert war und was sie erlebt hatte, war es ihr nie gelungen, zynisch zu werden. Sie glaube immer noch, dass sie im Grunde ein anständiges Mädchen sei und all dies hier nur ein Missverständnis, warf ihre Freundin Lilian ihr vor. Sie träume nach wie vor von einem normalen Leben mit ihrem Jonah, obwohl der doch seit fünf Jahren herkam und sie sich kaufte wie jeder andere Freier auch – reichlich Zeit, um es sie merken zu lassen, wenn er die Absicht gehabt hätte, sie von ihrem sündigen Leben zu erretten, meinte Lilian. Das sei genauso absurd wie die Träume von gesunden Kindern, wo doch jedem außer Annot klar war, dass die Totgeburt, die sie beinah umgebracht hätte, ihrer Fruchtbarkeit ein Ende gemacht hatte. Und froh solle sie verdammt noch mal sein, hielt Lilian ihr vor, die eine Hand dafür gegeben hätte, nicht ständig schwanger zu werden.

»Du steckst voller Überraschungen, Jonah. Ich war sicher, du hättest dein Herz längst verloren.«

Er stöhnte und stützte die Stirn in die Hand. »Du meine Güte ... wie blumig.«

»Ist es etwa nicht so?«, beharrte sie.

Er stand rastlos von der Fensterbank auf und ging zum Bett hinüber. Dann wandte er sich wieder um und verschränkte die Arme. »Und wenn schon!«, stieß er unerwartet heftig hervor. »Ich kann nicht mein Leben damit verschwenden, ein Traumbild anzubeten.«

Ich schon, dachte Annot.

»Ich will eine Frau, und ich will Söhne, denen ich hinterlassen kann, was ich schaffe. Und ich will nicht irgendeine Frau, ich will Giselle.«

Annot hatte die Arme um die Knie gelegt und sah zu ihm hinüber. »Warum?«, fragte sie neugierig.

Weil Giselle wusste, wie er war, und ihn trotzdem liebte. Weil sie die Bollwerke, die er um sich errichtet hatte, einriss, ohne sie auch nur zur Kenntnis zu nehmen. Weil sie ihm vom Augenblick ihrer ersten Begegnung an mit der größten Selbstverständlichkeit vertraut hatte, während er die meisten anderen Menschen mit Argwohn erfüllte. Aber das konnte er nicht sagen. »Sie ... sie hat überhaupt nichts von ihrem Vater. Na ja, den Dickschädel vielleicht. Aber sie ist nicht wie er. Sie ...« Er brach ab, trank aus seinem Becher und stellte ihn beiseite. Dann ging er zum Fenster zurück und zog Annot auf die Füße. »Du hattest Recht. Ich bin hier, um mich zu verabschieden. Also lass uns ins Bett gehen.«

»Treueschwüre, he?«, murmelte sie, während sie langsam seinen Gürtel öffnete. »Ich bin gespannt. Ich will die Reize deiner Giselle nicht in Abrede stellen, aber ich wette mit dir, spätestens wenn euer erstes Balg unterwegs ist und sie die Beine zusammenkneift, wirst du wieder herkommen.«

Er verzog einen Mundwinkel, sah kopfschüttelnd auf sie hinab und öffnete die Schleife in ihrem Rücken. »Du bist nie richtig mit dem Herzen dabei, wenn du vulgär wirst, darum wirkt es nicht.«

Sie zog ihn aufs Bett. »Ja, mach dich nur lustig über mich. Aber wir sprechen uns wieder, wenn es so weit ist.«

Er legte sich neben sie, stützte den Kopf auf die Faust und betrachtete sie eingehend. Annot war so begehrenswert wie eh und je. Er würde sie vermissen, keine Frage. Aber er glaubte wirklich nicht, dass er wieder in ihr Bett kommen würde. Er hatte die größten Zweifel, was seine Qualitäten als Ehemann betraf. Aber Treue, glaubte er, konnte so schwierig nicht sein.

Er rollte sich auf den Rücken und zog sie auf sich. »Dann lass uns wenigstens so tun, als wäre heute das letzte Mal.«

Als das schlichte Westportal der großen Kirche von All Hallows sich quietschend öffnete und Vater Rufus heraustrat, nahm Jonah seine Braut bei der Hand und führte sie zur Kirchentür. Vor dem Priester blieben sie stehen. Giselles Hand war eiskalt und ein wenig feucht, genau wie Jonahs. Er schaute zur Seite, und ihre Blicke trafen sich. Flüchtig lächelten sie sich zu, ehe sie die Köpfe wieder senkten. Ein scharfer Wind fegte durch die Ropery und bauschte die Mäntel der Versammelten auf. Dunkle Wolken schoben sich über den Himmel und hatten die trügerische Frühjahrssonne verschluckt. Plötzlich war es kühl.

»Ich denke, wir sollten uns sputen, wenn wir euch trockenen Fußes in den Hafen der Ehe führen wollen«, murmelte der Priester und zwinkerte ihnen zu.

Jonah nickte und räusperte sich nervös. »Keine Einwände, Pater.«

Vater Rufus hob die Hände, und es wurde still auf dem Platz vor der Kirche.

»Wir haben uns hier zusammengefunden, weil Jonah Durham und Giselle de la Pole den heiligen Bund der Ehe schließen wollen«, begann der Priester ohne große Feierlichkeit. »Sollte einem von euch ein Hindernis bekannt sein, das diesen Bund verbietet, wie etwa ein früheres Verlöbnis, eine Eheschließung oder die Exkommunizierung der Braut oder des Bräutigams, dann möge er jetzt sprechen oder für immer schweigen.« Er machte die obligatorische Pause, und obwohl weder Giselle noch Jonah verlobt, verheiratet oder exkommuniziert waren, fühlten sie doch beide ungeheure Erleichterung, als niemand sprach und Rufus endlich fortfuhr: »Dann möge der Vater oder Vormund der Braut nun hier vor Zeugen erklären, welche Mitgift sie in die Ehe bringt.«

»Die Mitgift ist in einem schriftlichen Vertrag geregelt und soll auf meinen Wunsch und den des Bräutigams nicht öffentlich gemacht werden, Vater«, erklärte de la Pole, der wenige Schritte hinter seiner Tochter stand.

Vater Rufus nickte ohne Überraschung. Viele machten es heute so, vor allem die reicheren Kaufleute, bei denen es um größere Werte ging. »Nun denn: Willst du, Jonah Durham, diese Jungfrau zu deinem dir angetrauten Eheweib nehmen, sie lieben und ehren, in Gesundheit und Krankheit, in guten wie in schlechten Tagen, bis dass der Tod euch scheidet?«

»Ich will.«

»Und willst du, Giselle de la Pole, diesen Mann zu deinem dir angetrauten Ehemann nehmen, ihm gehorchen und angehören, ihn lieben und ehren, in Gesundheit und Krankheit, in guten wie in schlechten Tagen, bis dass der Tod euch scheidet?«

»Ich will, Vater.«

»Gibst du diese Antwort aus freien Stücken?«

»O ja, Vater.« Ihre Inbrunst entlockte dem ein oder anderen der Gäste ein leises Lachen.

Vater Rufus unterdrückte ein Schmunzeln und wandte sich an Jonah. »Dann lasst uns einmal den Ring ansehen.«

Jonah öffnete die rechte Hand. Alle reckten die Hälse, aber niemand außer Giselle und Vater Rufus konnte einen Blick erhaschen. Der Priester nickte anerkennend und machte eine einladende Geste. Jonah wandte sich seiner Braut zu, nahm ihre Linke und steckte ihr den Ring an den Finger. Über ihre gesenkten Köpfe hinweg verkündete Vater Rufus: »Gold mit einem dieser neumodischen geschliffenen Steine, wie sie jetzt aus Venedig kommen.«

Das Wort »Diamant« machte als ehrfurchtsvolles Raunen die Runde.

Jonahs Magen krampfte sich zusammen. Er wusste, eine Hochzeit war ein öffentliches Ereignis, an dem jeder, geladener Gast oder zufälliger Passant, teilhaben und Interesse bekunden durfte. Kein noch so persönliches Detail galt als Privatsache. Aber er hasste jede Minute dieses Spektakels, und er litt. Nur als er in Giselles leuchtende Augen schaute, konnte er die Jahrmarktatmosphäre für einen Moment vergessen, und er versenkte sich in diesen Blick.

Erst mit einiger Verspätung wurde er gewahr, dass Vater Rufus wieder sprach. Seine Stimme und sein Ausdruck hatten sich völlig verändert. Segnend hatte er die Hände über ihnen ausgebreitet und sprach mit feierlichem Ernst: »Matrimonium inter vos contractum secundum ordinem sanctae matris Ecclesiae, ego auctoritate, qua in hac parte fungor, ratefico, confirmo et benedico in nomine Patris et Filii et Spiritus Sancti. Amen.«

»Amen«, wiederholte die Gemeinde und folgte Priester und Brautpaar in die Kirche.

Crispins Arrangements waren perfekt, und alles lief reibungslos. Die Becher wurden niemals leer, das Essen war superb, und die beiden Spielleute, die er ausfindig gemacht hatte, waren so gut, dass die jüngeren Gäste ausgelassen tanzten, obwohl dazu kaum genug Platz in der Halle war.

In der Mitte der etwas erhöhten Haupttafel saßen Jonah und seine Braut und schauten dem bunten Treiben zu. Giselle strahlte. Crispin war sicher, er hatte noch nie eine glücklichere, selten eine schönere Braut gesehen. Das modische blaue Kleid unterstrich die Farbe ihrer wundervollen Augen, und David hatte bei der Beschreibung ihrer Haarpracht nicht übertrieben. »Schau sie dir noch mal genau an, diese Locken von der Farbe frischer Kastanien«, raunte Crispin dem Lehrling zu, als der seinen Becher füllte. »Heute ist das letzte Mal, dass irgendwer sie zu Gesicht bekommt.«

David lächelte gequält und nickte.

Wie Crispin erwartet hatte, strahlte Jonah eher Ergebenheit als Glückseligkeit aus und sehnte vermutlich den Moment herbei, da das Fest vorüber war. Aber, stellte Crispin anerkennend fest, der Bräutigam gab sich große Mühe, vorzutäuschen, er habe Freude an der Feier, plauderte anscheinend einvernehmlich mit seinem Schwiegervater und dessen Gemahlin, die zur Hochzeit ihrer Tochter die weite Reise von Hull nach London unternommen hatte, und wann immer Jonah einen verstohlenen Blick mit seiner Braut tauschte, zeigte sich ein Ausdruck auf seinem Gesicht, wie Crispin ihn noch nie gesehen hatte. Er war schwer zu deuten, eine Mischung aus Sanftmut, Belustigung und Stolz vielleicht.

Neben den Brauteltern saßen Giselles Geschwister, selbst die gelähmte Elena war zu dem Anlass aus ihrem Kloster im nahen Havering gekommen. Sie verließ es nur selten, denn jeder Ausflug war mit Mühen und Aufwand verbunden, und außerhalb der Klostermauern fühlte sie sich entblößt. Doch heute hatte sie eine Ausnahme gemacht, und ihr Vater selbst hatte sie vom Wagen gehoben und die Treppe zu Jonahs Halle hinaufgetragen. Die jungen Ritter, die sie aus der Zeit vor dem Unfall kannten, hofierten Elena, bis ihre Wangen sich mit einer feinen Röte überzogen und ihre Augen leuchteten.

An Giselles Seite, wo Jonahs Familie hätte sitzen sollen, befanden sich der Mayor und die übrigen Gildeoberen mit ihren Damen.

»Nicht ein einziger Gast, der mit dir verwandt ist«, sagte Giselle bekümmert.

Jonah nahm unter dem Tischtusch verstohlen ihre Hand und hob lächelnd die Schultern. »Ich bin ein armer Waisenknabe. Andere Frauen, die zu Feiertagen immer von der ganzen Verwandtschaft heimgesucht werden, beneiden dich sicher.«

»Aber was ist mit deinem Vetter? Ich weiß, dass du einen Vetter hast, ich bin ihm einmal begegnet. Sag nicht, du hast ihn nicht eingeladen.«

Jonah hob den Becher und trank. »Doch. Er wollte nicht kommen.«

Auf Crispins unerbittliches Drängen hin hatte Jonah seinen Lehrjungen mit einer Einladung zu den Hillocks geschickt. Bleich und verstört war David zurückgekommen und hatte die Absage überbracht. Er weigerte sich, zu wiederholen, was genau Rupert und Elizabeth gesagt hatten. Jonah wollte es auch gar nicht hören.

William de la Poles Geschäftsfreunde, Nachbarn aus der Ropery, Gildebrüder und -schwestern, Giuseppe Bardi mit seiner Frau und einige Freunde aus dem Haushalt der Königin bildeten die übrige Hochzeitsgesellschaft. Niemand feierte ausgelassener als Gervais of Waringham und Geoffrey Dermond. Sie aßen und tranken, als gäbe es am Tag darauf nichts mehr, sie führten junge Damen und ehrwürdige Matronen zum Tanz, brachten zunehmend anzügliche Trinksprüche auf das Brautpaar aus und erregten mit ihrer Zügellosigkeit unter den gesetzten Kaufherren Kopfschütteln und Missfallen, was sie freilich überhaupt nicht bekümmerte. Wie üblich erheiterten sie Jonah mit ihrem Übermut. Er wusste genau, dass sie sich mit Elia Stephens verschworen hatten, um Zutritt zum Brautgemach zu erlangen und dort irgendetwas anzustellen, was den reibungslosen Ablauf der Hochzeitsnacht verhindern sollte: Ein Eimer Wasser auf dem Baldachin des Bettes etwa, der umkippte und seinen Inhalt über das Brautpaar ergoss, sobald das Bett ein wenig wackelte, gehörte noch zu den harmloseren Scherzen. Elia Stephens und die »süße Mary« hatten in ihrer Hochzeitsnacht mehr als ein Dutzend riesiger, langbeiniger Spinnen im Bett vorgefunden, und weil die Braut eine Todesangst vor diesen harmlosen Geschöpfen hatte, verbrachte Elia einen guten Teil der Nacht mit einem Schuh in der Hand auf Spinnenjagd und richtete im Brautbett ein wahres Gemetzel an, während Mary zusammengekauert und wimmernd in der Zimmerecke hockte. Martin Aldgates Freunde hatten sich in seiner Hochzeitsnacht auf dem Dachboden versteckt und mit den Ohren an die Dielenbretter gepresst jedes Wort belauscht und mitgeschrieben, das während dieser ersten Stunden ehelicher Vertrautheit gefallen war. Der Papierbogen mit dem schriftlichen Protokoll steckte am nächsten Morgen unter der Tür zum Brautgemach, und es hatte zwei Monate gedauert, ehe Martin Aldgate sich wieder zu einem Treffen der Gilde gewagt hatte.

Jonah hatte keine Ahnung, was seine Freunde sich für ihn und Giselle ausgedacht hatten. Er wusste nur, dass daraus nichts werden würde.

Bald nach Einbruch der Dunkelheit zeigten die älteren Gäste deutliche Ermüdungserscheinungen, und die jüngeren waren so betrunken, dass nur sie selbst noch ihre Späße verstanden.

Jonah beugte sich zu Giselle hinüber und sagte: »Lass uns verschwinden.«

Sie nickte.

Als sie sich erhoben, stimmten die Feiernden ein schauderhaftes Gegröle an. Sie johlten und klatschten, und die Blicke, denen Giselle sich ausgesetzt fand, trieben ihr die Schamesröte ins Gesicht. Jonah sah zu Crispin, der ihm verstohlen zuzwinkerte. Der Bräutigam hielt an der Tür kurz an und bedankte sich mit sparsamen Worten bei seinen Gästen, ehe er Giselle wieder bei der Hand nahm und hinausführte.

Crispin nahm auf der Stelle seinen Platz ein, postierte sich mit verschränkten Armen vor der Tür und sagte beschwichtigend: »Nur die Ruhe, Freunde, lasst ihnen einen kleinen Vorsprung …«

Jonah führte Giselle die Treppe hinunter. »Schnell. Wir haben nicht viel Zeit.«

»Aber … wo gehen wir hin, Jonah?«

Draußen war es stockfinster, und es regnete. Dicke Tropfen prasselten auf die Erde nieder und verwandelten die Freiflächen des Hofes in schlammige kleine Tümpel.

Jonah ergriff seinen Mantel, der unten über dem Treppengeländer hing, und legte ihn Giselle um die Schultern. »Das Kontor liegt genau gegenüber.«

Er nahm sie bei der Hand, und sie rannten los. Ein wenig Licht schien noch aus dem Fenster der Weberei und wies ihnen den Weg. Lachend, außer Atem und mit feuchten Haaren kamen sie am Kontor an. Jonah hatte den richtigen Schlüssel schon griffbereit. Er sperrte auf, zog seine Frau über die Schwelle und warf die Tür zu. Sorgsam schloss er ab.

Ein einsames Öllämpchen brannte auf dem Schreibpult. Es erzitterte in der Zugluft und warf bizarre Schatten an die rohen Holzwände. Jonah erahnte einen Halter mit drei Kerzen auf dem Tisch, holte ihn und machte Licht.

»Es ist nicht besonders komfortabel«, sagte er verlegen. »Aber ich dachte, wir wollen vielleicht lieber ungestört sein.«

Giselle stand an der Wand neben der Tür, hatte die Hände auf dem Rücken verschränkt und sah sich aufmerksam um. An der Wand gegenüber war ein breites Lager hergerichtet worden, vermutlich aus Stroh, mit zahllosen Decken, Kissen und Laken. Auf dem groben Tisch standen ein Krug und ein Becher. Frisches, duftendes Stroh bedeckte den Boden.

»Es ist ein bisschen wie in Woodstock«, sagte Giselle. »Wie auf dem Land.«

Er musste ihr Recht geben. Crispin hatte hier Wunder ge-

435

wirkt. Das nüchterne Kontor, wo Jonah den langweiligen, verhassten Teil seiner Arbeit verrichtete, war nicht wiederzuerkennen. Alle Bücher und Papiere waren fortgeräumt. Das üppig gedeckte Bett und das Kerzenlicht gaben dem Raum eine ungewohnte Behaglichkeit. Jonahs Nervosität verschwand.

Behutsam nahm er Giselles Arm und führte sie zum Bett hinüber. Das Licht der Kerzen ließ ihre Haare dunkel schimmern und die vornehm blasse Haut schwach leuchten.

»Was für eine wunderschöne Braut du bist, Giselle«, murmelte er.

Sie lächelte scheu. »Welches Mädchen wäre das nicht in einem Kleid wie diesem? Mit einem Ring wie diesem?«

Sie standen nur einen halben Schritt voneinander entfernt, spürten den Atem des anderen auf dem Gesicht.

»Fürchtest du dich?«, fragte er.

»Nein.«

Es kam zu schnell. Er hatte den Verdacht, dass sie log. Und er fragte sich, was sie über die Dinge wusste, die zwischen Eheleuten vorgingen. Giselle war nicht auf dem Land aufgewachsen, wo diese schlichten Tatsachen des Lebens sich jedem ganz von selbst erschlossen, sondern erst in einem Kloster in Nordengland und dann in Philippas Obhut. Mancher mochte behaupten, dass die schlichten Tatsachen des Lebens nirgendwo so offenkundig zutage traten wie bei Hofe, aber das galt ganz sicher nicht für unverheiratete junge Mädchen im Gefolge der Königin. Philippa hielt ein wachsames Auge auf die Ihren, das wusste Jonah.

Er zog seine Braut aufs Bett. Fast beiläufig streifte er Schuhe, Surkot und Wams ab. Nur noch mit seinen Hosen bekleidet, kniete er sich vor sie. Mit sicheren Händen löste er die Kordel, die ihr Überkleid seitlich schürte, dann die unsichtbaren Häkchen am Halsausschnitt der Kotte darunter und schob beides zusammen über ihre Schultern abwärts. Giselle hielt den Kopf gesenkt. Jonah ahnte mehr, als er sah, dass sie errötet war. Und sie zitterte ein wenig.

Sanft drückte er sie in die Kissen, legte sich neben sie und deckte sie beide zu. Im diskreten Schutz der Decken zog er erst sich und dann sie ganz aus. Als seine Hand ihren Oberschenkel streifte, zuckte sie zusammen.

»Schsch. Hab keine Angst«, flüsterte er.

»Nein, nein. Aber deine Hand ist so kalt«, erklärte sie.

Er lachte leise. »Entschuldige.«

Sie drehte den Kopf und sah ihn an. »Du musst mir sagen, was ich tun soll, Jonah.«

»Gar nichts. Es kommt alles von selbst. Du musst mir nur vertrauen.«

»Das ist leicht.«

Und das war es. Sie überließ sich ihm einfach. Er beugte sich über sie und küsste sie. Darin hatten sie schon einige Übung – es war vertrautes Terrain. Er spürte, wie sie sich entspannte, und legte die Hand – inzwischen warm geworden – auf ihre Schulter. Ihre Haut war warm und glatt wie venezianische Seide, die in der Sonne gelegen hatte. Dann fühlte er den hauchfeinen Flaum auf ihrem Oberarm und fand sich an Samt erinnert. Gleichzeitig schalt er sich einen Narren, weil ihm nichts Besseres einfiel, als seine Braut mit dem alltäglichen Gegenstand seiner Handelsgeschäfte zu vergleichen. Er beneidete die Ritter von einst, die ihren Angebeteten so wundervolle Gedichte zu schreiben vermocht hatten, und versuchte an gar nichts zu denken und nur das wahrzunehmen, was seine Hände fühlten.

Ihre Brust war apfelrund und herrlich fest. Als er die Spitze berührte, sog Giselle hörbar die Luft ein, doch ehe er die Hand noch zurückziehen konnte, legte sich ihre darauf. »Mach weiter.«

Giselle war so erstaunt über diese neuartigen Empfindungen, dass sie vollkommen vergaß, sich zu genieren. Nach all den rätselhaften Andeutungen, die sie bei Hofe gehört hatte, war sie davon ausgegangen, dass der Vollzug der Ehe irgendetwas Widerwärtiges war, ein Akt der Unterwerfung und Erniedrigung, mit dem die Frau das Versprechen ihres Gehorsams erfüllen musste. Sie hatte dem gelassen entgegengesehen, weil sie kein Feigling war, aber sie hatte wirklich nicht damit gerechnet, dass Jonahs Hände ein so himmlisches Prickeln auf ihrer Haut hervorrufen könnten, dass ihr ganzer Körper sich mit Wärme und dieser eigentümlichen Spannung füllen würde. Und sie hatte auch nicht geahnt, dass es eine solche Vertrautheit und Nähe zu einem anderen Menschen geben konnte. Als er ein Knie zwischen ihre Beine schob und sich dann auf sie legte, war er ihr willkommen. Besitzergreifend verschränkte sie die Arme in seinem Nacken und drängte sich ihm entgegen. Er tat ihr nicht einmal richtig weh, so behutsam war er, geradezu zaghaft. Es war ein Jonah, den sie noch nicht kannte. Er studierte ihr Gesicht, strich mit den Daumen über ihre Schläfen, und seine schwarzen Augen funkelten im Halbdunkel. Dann ging auf einmal alles ganz schnell. Er bewegte sich in ihr, erschauerte mit einem erstickten Keuchen und lag still. Verwirrt fragte sie sich, was das zu bedeuten habe, als sie ihn leise seufzen hörte: »Entschuldige, Giselle. Was für ein Malheur ...«

»Wieso? Was ist passiert?«

Er lachte leise, und mit einem eigenartigen Gefühl des Bedauerns spürte sie, wie er sich zurückzog. »Deine Reize haben mich überwältigt, das ist passiert.«

Er rollte sich auf den Rücken, legte einen Unterarm über die Augen, und sie lauschte, bis sein Atem sich wieder beruhigt hatte.

»Und das war alles?«, fragte sie, hin- und hergerissen zwischen Enttäuschung und Erleichterung.

»Für den Augenblick ja, fürchte ich.« Er nahm den Arm vom Gesicht und streckte ihr die Hand entgegen. »Komm her. Leg den Kopf auf meine Schulter. Ja, so ist gut.«

Sie schmiegte sich an ihn und strich mit den Fingern über die kleinen, schwarzen Locken auf seiner Brust. Schon wieder eine Überraschung. Sie hätte nie damit gerechnet, etwas an Jonah zu entdecken, das sie mit dem Wort »niedlich« bezeichnen würde, aber bei diesen Löckchen kam sie nicht umhin. Seine Haut war warm und glatt. Ihr Kopf und seine Schulter schienen wie füreinander geformt. Er legte die Arme um sie, und sie fühlte sich unsagbar gut aufgehoben. Der kostbare Stein ihres Rings funkelte im schwachen Kerzenschimmer, und sie hob die Hand und betrachtete ihn einen Augenblick mit einem stolzen Lächeln. »Mistress Durham…«, murmelte sie und schlief ein.

Er betrachtete seine Braut im Schlaf und dachte, dass er selten ein kurzweiligeres Schauspiel gesehen hatte. Dabei lag sie meist völlig still, ihr Gesicht entspannt und friedvoll. Dann und wann lächelte ihr Mund. Er hätte zu gern gewusst, ob sie von ihm träumte. Über diese Frage schlief er schließlich selbst ein, wachte aber bald wieder davon auf, dass sie sich in seinen Armen bewegte. Es war noch dunkel. Kein Schimmer fiel durch die Ritzen am Fensterladen, kein Windhauch regte sich. Die Welt war so still, als habe sie den Atem angehalten.

Jonah weckte seine Frau.

Lange nachdem der Hahn gekräht hatte, erwachte der Hof an diesem Sonntagmorgen zu Leben. Türen knarrten, Schritte knirschten auf den Kieswegen, im nahen Stall muhte die Kuh.

Giselle setzte sich auf. »Wir sollten uns lieber sputen. Was wird Vater Rufus sagen, wenn wir zu spät zur Kirche kommen? Ach du meine Güte, Jonah, ich habe hier nichts, um meine Haare zu bedecken! Nur mein Hochzeitskleid. Was mache ich denn jetzt?«

Er winkte ab. »Vater Rufus wird heute auf uns verzichten müssen. Wir warten, bis alle in der Kirche sind, dann schleichen wir hinüber ins Haus und sehen, ob wir eine Haube für dein ehrwürdiges Matronenhaupt finden.«

Sie kicherte. »Aber wird Vater Rufus nicht böse sein?«

»Bestimmt. Doch er wird sich hüten, uns das merken zu lassen. Er spekuliert auf meine großzügige Spende für die Anschaffung einer neuen Glocke.«

Zufrieden ließ Giselle sich wieder zurücksinken und räkelte sich ausgiebig. Jonah hatte das Kinn auf die Faust gestützt und sah ihr zu.

Kurz darauf riefen die Glocken von All Hallows und allen umliegenden Kirchen die Gläubigen zur Messe, und als es im Hof still geworden war, erhoben sie sich bedauernd von ihrem Brautlager und zogen sich an.

Jonah öffnete die Tür und spähte hinaus. Dann winkte er. »Die Luft ist rein.«

Warm schien die Frühlingssonne von einem makellos blauen Himmel und begann bereits, die Pfützen im Hof zu trocknen. Jonah und Giselle gingen zum Haus hinüber und machten einen gemächlichen Rundgang. Wie erwartet hatten sie das Haus für sich. Sie wuschen sich in der Küche, schnupperten an den Schinken, die an dicken Haken von der Decke der Vorratskammer hingen, und stiegen dann die Treppe hinauf. Die Halle glich einem verlassenen Schlachtfeld. Tische, Stühle und Bänke standen kreuz und quer, noch nicht alle Becher, Krüge und Platten waren abgeräumt. Hastig traten sie den Rückzug an, um die Beseitigung dieses Durcheinanders anderen zu überlassen. Schließlich kamen sie zu Jonahs Schlafkammer – die jetzt ihre war –, und er ließ sie an der Tür zurück.

»Lass mich erst nachsehen, was sie ausgeheckt haben. Gibt es irgendwelches Getier, das du besonders verabscheust?«

Sie nickte heftig. »Ratten.«

»Wenn Gervais und Geoffrey mir Ratten ins Haus geschafft haben, wird dieser Tag das Ende einer langen Freundschaft sein«, knurrte er.

Aber nichts huschte fiepend davon, als er die Tür öffnete. Der Raum wirkte völlig unverändert: sauber, ordentlich und nüchtern. Bis auf die neuen Bettvorhänge aus schwerer, mitternachtsblauer Wolle, die mit Blätterranken aus Silbergarn bestickt waren. Jonah kletterte auf die Leinentruhe, um auf den Baldachin zu spähen. Nichts. Er schaute unter dem Bett nach. Harmlose Staubflocken. Als er die Decke zurückschlug, hörte er ein wütenden Fauchen und fuhr zurück. Dann lachte er. »Ginger! Hast du die Stellung für uns gehalten? Sehr tapfer.« Über die Schulter sagte er zu Giselle: »Alles in Ordnung. Ich habe ja gleich gesagt, sie würden es niemals schaffen, hier einzudringen. Niemand außer mir hat einen Schlüssel.«

Erleichtert trat Giselle über die Schwelle und ans Bett. Sie fuhr bewundernd mit den Fingerspitzen das Rankenmuster auf den neuen Vorhängen nach und setzte sich dann auf die hohe

Bettkante. Kaum mit ihrem Federgewicht belastet, knickte der angesägte Bettpfosten ein, und aus den geschickt gelegten Falten im Baldachin regnete es tote Ratten. Giselle erstarrte.

Jonah packte ihren Arm und riss sie vom Bett. »Diese gottverfluchten Schurken ...«, schimpfte er leise.

Giselle hatte das Gesicht an seine Schulter gepresst. »Schaff sie weg ... bitte, schaff sie weg.«

Er führte sie auf den Flur hinaus, ging dann allein zurück, hob die Kadaver mit spitzen Fingern an den Schwänzen auf und warf einen nach dem anderen aus dem Fenster. Meurig sollte sich später darum kümmern, denn Jonah war einigermaßen sicher, dass es der listenreiche Knecht gewesen war, der ihm den Schlüssel unbemerkt entwendet und ihn dann zurückgeschmuggelt hatte. Ginger saß reglos auf dem Tisch und verfolgte jeden seiner Schritte. Er hatte den Schwanz ordentlich um die Vorderpfoten gelegt, aber die Spitze zuckte nervös. Jetzt verstand Jonah, warum sein Kater ihn so wütend begrüßt hatte; dass Menschen tote Ratten ins Haus brachten und außerhalb seiner Reichweite versteckten, hatte ihn gewiss tief getroffen. Jonah strich ihm mitfühlend über den Kopf, ehe er Giselle wieder hereinrief.

Sie hatte sich von ihrem Schrecken erholt. »Hier, ich habe noch etwas gefunden, Jonah.« Sie brachte ihn zu einem Astloch in der Bretterwand, das dem Bett genau gegenüberlag und das irgendwer mit einer Feile vergrößert hatte. »Sie wollten spionieren«, sagte sie wütend. »Das war Gervais' Idee, ich schwör's. Er hat nicht einen Funken Anstand in diesen Dingen. Hinter jedem Rock ist er her, genau wie ...« Sie verstummte abrupt.

Jonah befühlte versonnen den glatt gefeilten Rand des Astlochs, ehe er sich zu ihr umwandte und sie mit einem Achselzucken an sich zog. »Ja, ich bin sicher, er war schwer enttäuscht, dass wir ihm einen Strich durch die Rechnung gemacht haben.« Lächelnd fuhr er mit den Lippen über ihr kleines Ohr und flüsterte: »Denk nur, was er alles versäumt hat ...«

Giselle lachte, ein wenig verlegen, aber auch verschwörerisch. Jonah führte sie zur Kleidertruhe, klappte den Deckel auf und machte eine einladende Geste. »Hier. Berit hat deine Sachen schon eingeräumt, und ich habe dir ein paar neue bestellt.«

Neugierig, mit leuchtenden Kinderaugen begutachtete sie ihre neue Garderobe. Jonah setzte sich auf den Schemel am Tisch und sah ihr zu, lauschte amüsiert den selbstvergessenen Lauten ihres Erstaunens und Entzückens. Schließlich wählte sie eine Kotte und ein Überkleid in hellem Rehbraun. Dann ergriff sie ihre Haarbürste und bändigte geschickt die langen Locken, ehe sie sie zusammenfasste, teilte und flocht. Den fertigen Zopf steckte sie im Nacken zu einem Knoten zusammen. Dann setzte sie sich zum ersten Mal in ihrem Leben eine Haube auf. Diese war aus weißem Leinen und wie ein kleiner, runder Hut geformt, der von einem gleichfarbigen Band gehalten wurde, das wenigstens einen Spann breit war und sich nur unter dem Kinn verjüngte. Als sie fertig war, wandte sie sich zu Jonah um und sah ihn fragend an.

Er neigte den Kopf zur Seite und nickte schließlich. »Perfekt.«

Sie lächelte zufrieden, wandte aber ein: »Das Lob gebührt dir, nicht mir. Du hast wirklich ein Auge dafür, was einer Frau steht. Kein Wunder, dass sie in London sagen, Jonah Durham sei der Mann, der die Hofdamen anzieht.«

Und wieder aus, dachte Jonah unwillkürlich und musste grinsen. Seit letzter Nacht war endlich auch dieser Zusatz des inzwischen beinah schon geflügelten Wortes wahr.

Er stand auf. »Komm. Ich höre Tischerücken in der Halle. Mein frommer Haushalt ist vom Kirchgang zurück, und gleich wird es Frühstück geben.«

Crispin, Meurig und David hatten die geliehenen Möbel an der Wand neben der Tür zusammengeschoben und aufgestapelt, Rachel und Berit das restliche Geschirr von der Hochzeitsfeier weggeräumt. Die Halle sah beinah wieder aus wie gewohnt, und das Frühstück stand auf dem Tisch.

Crispin sah sie als Erster. Er trat ihnen entgegen und verneigte sich lächelnd vor der Braut. »Guten Morgen, Mistress Durham.«

Giselle strahlte. Es war passiert. Jemand hatte es tatsächlich gesagt. »Guten Morgen … Crispin, richtig?«

»So ist es. Es sind ein bisschen viele neue Gesichter auf einmal, nicht wahr? Hier, das sind Rachel und Meurig mit Jocelyn und James. Und Berit, die von heute an für Euer persönliches Wohl zuständig ist. Und hier haben wir unseren Lehrjungen David, König aller Taugenichtse.«

Das Gesinde verneigte sich oder knickste vor der Dame des Hauses.

Sie lächelte. »Ich erinnere mich an dich, David.«

Er senkte errötend den Kopf und fand nichts zu sagen, während Rachel Giselle einen kurzen, kritischen Seitenblick zuwarf. Jonah führte Giselle an ihren Platz, setzte sich neben sie, und auch die anderen nahmen ihre Plätze ein.

Jonah erinnerte sich plötzlich, dass sein Haushalt ja noch ein neues Mitglied hatte. »Wo steckt der Koch? Jasper?«

Rachel reichte ihm eine Schale mit Porridge und schüttelte den Kopf. »Isst nicht mit der Herrschaft in der Halle, sagt er.«

»Verstehe. Ich wette, das hat dir geschmeichelt, was, Rachel?«

Alle lachten, aber Meurig dachte bei sich, dass der Koch nicht Unrecht hatte und es vielleicht besser wäre, wenn er, Rachel, die Kinder und Berit in Zukunft unten mit ihm in der Küche essen würden.

Giselle löffelte ihre Hafergrütze und lauschte dem lebhaften Tischgespräch, um die Menschen kennen zu lernen, mit denen sie fortan zusammenleben sollte, und zu ergründen, wie sie zueinander, zu Jonah und nun auch zu ihr standen. Erleichtert kam sie zu dem Schluss, dass es hier keine Feindseligkeiten gab. Diese Menschen gingen ungezwungen miteinander um, weil jeder genau wusste, wo er stand.

»Meurig, unter meinem Fenster liegen ein paar tote Ratten«, bemerkte Jonah irgendwann beiläufig. »Schaff sie weg.«

Meurig nickte. »Natürlich, Master.« Doch er konnte sich nicht verkneifen, mit Unschuldsmiene zu fragen: »Aber wie kommen sie nur dorthin?«

Jonah sah ihm tief in die Augen und aß einen Löffel voll, ehe er erwiderte: »Sie müssen unter der Tür durchgekrochen sein und sich dann aus dem Fenster gestürzt haben.«

»Vielleicht haben sie geglaubt, sie seien Lemminge«, sagte Crispin zu seinem Becher.

Giselle glucktse unwillkürlich, und dann lachten sie alle.

»Jonah, ich habe alle Hochzeitsgeschenke in meiner Kammer in Sicherheit gebracht. Wenn du mir deinen Schlüssel gibst, schaff ich sie rüber.«

Nicht Jonah, sondern Giselle löste den Schlüsselring, den ihr Mann ihr vorhin feierlich überreicht hatte, vom Gürtel und gab Crispin den richtigen Schlüssel. Jonah trug jetzt nur noch die zum Hoftor, zum Kontor und zu der Geldschatulle in ihrer Schlafkammer.

Sie setzten das Frühstück mit dunklem Brot und Rühreiern fort, und selbst Rachel erwärmte sich langsam für den neuen Koch.

Als sie sich nach dem Dankgebet erhoben, die Mägde das Geschirr einsammelten und alle hinausgingen, wartete Jonah an der Tür auf Meurig, der die Nachhut bildete, packte ihn unsanft am Arm, zog ihn zurück in die Halle und stieß ihn hart gegen die Wand.

»Ich könnte mich entschließen, Gervais of Waringham zu fragen, was er dir für deine Verräterdienste gezahlt hat, und es dir vom Lohn abziehen«, grollte er leise.

Meurig wollte seinen Arm befreien, aber der Griff war unnachgiebig wie eine Eisenschelle. Verblüfft fragte sich der Knecht, wie ein Tuchhändler zu solchen Kräften kam. Ergeben ließ er den Kopf gegen die Wand sinken und schaute zur Decke. »Aber ich kann mir kaum vorstellen, dass Ihr das tun werdet, denn Ihr wisst so gut wie jeder, dass mit Brautpaaren Schabernack getrieben wird.«

»Es gibt Scherze von gutem und von miserablem Geschmack«, entgegnete Jonah. »Mach dich an die Arbeit und reparier den Bettpfosten. Dann stopfst du das verdammte Astloch zu.«

»Heute ist Sonntag, Sir.«

»Ich bin über den Wochentag im Bilde, Meurig, aber du verkennst den Ernst der Lage. Tu lieber, was ich sage. Richte Rachel aus, sie soll das Bett frisch beziehen. Und sie soll sich hüten, meine Frau noch einmal so anzusehen wie vorhin.« Er ließ ihn los, trat einen Schritt zurück und ruckte das Kinn zur Tür.

Meurig sah ihm einen Moment in die Augen und senkte dann schuldbewusst den Blick. »In Ordnung, Sir.«

London, Juni 1337

So kam es, dass Meurig seinen Überlegungen viel schneller als beabsichtigt Taten folgen ließ. Er redete seiner Rachel wieder einmal eindringlich ins Gewissen, und fortan nahmen er, seine Familie und Berit die Mahlzeiten mit dem Koch Jasper in der Küche ein. Jasper stammte aus einem Dorf in der Nähe von Southampton. Er sagte nicht viel über seine Herkunft, aber sie hatten keine Mühe, sich zusammenzureimen, dass er als junger Bursche aus der bäuerlichen Leibeigenschaft geflohen und nach London gekommen war. Ein Jahr und einen Tag lang hatte er sich im Bettlerheer versteckt, denn so lange dauerte es nach dem Gesetz, bis die Stadtluft ihn frei machte. Dann hatte er im großen Franziskanerkloster Greyfriars als Küchenjunge angefangen und dort sein Handwerk, diese hohe Kunst, erlernt. Er hatte keinerlei Aussichten, je in die Zunft der Londoner Köche aufgenommen zu werden, doch Königin Philippa, die häufig in Greyfriars zu Gast war und eine der freigiebigsten Gönnerinnen des Klosters, war durch Jaspers viel gerühmte Blaubeerpastete auf ihn aufmerksam geworden. Und wenig später war Master Durhams Gehilfe erschienen und hatte ihm eine Stellung angeboten.

Meurig und Jasper entdeckten bald ihre Seelenverwandtschaft, und Jaspers nicht unbeträchtlicher Charme versöhnte Rachel ebenso mühelos, wie er die kleine Berit entflammte. Bei den Mahlzeiten in der Küche ging es recht lebhaft zu.

Crispin war sicher, Giselle hatte bemerkt, dass sie das Gleichgewicht dieses Haushalts verändert hatte, aber sie äußerte sich zumindest ihm gegenüber nicht dazu. Er vermisste Meurigs unverwüstliche gute Laune bei Tisch ebenso wie Rachels mütterliche Großzügigkeit, die sie seit jeher jedem angedeihen ließ, der unter diesem Dach lebte, aber er kam dennoch zu dem Schluss, dass Giselle ein Gewinn für sie alle war.

Crispin hatte der Tochter des berüchtigten Kaufmannes äußerst skeptisch gegenübergestanden, auch wenn er sich gehütet hatte, Jonah das merken zu lassen. Doch er stellte bald fest, dass seine Besorgnis unbegründet war. Giselle war impulsiv, aber nicht zänkisch, vornehm, aber nicht hochnäsig, und auf eine Weise warmherzig, die ihn an Annot erinnerte. Jonah hatte den Bettlern von All Hallows immer Almosen gegeben, aber Giselle bewog ihn, ein wenig großzügiger zu werden, überredete ihn gar, den Brüdern in einem schäbigen, baufälligen Kloster oben an der Old Fish Street eine kleine monatliche Summe zuzusagen, damit sie eine Suppenküche für die Ärmsten der Armen eröffnen konnten. Jonah, stellte Crispin verblüfft fest, war Wachs in den Händen seiner jungen Frau.

Man konnte an hundert Kleinigkeiten erkennen, dass sie viele Jahre bei Hofe gelebt hatte. An ihren makellosen Manieren ebenso wie der Selbstverständlichkeit, mit der sie den Luxus hinnahm, den Jonah ihr zu Füßen legte. Vor allem aber an ihrem großen Geschick im Umgang mit Menschen, das sie gewiss von der Königin erlernt hatte. Sie verstand es, ihnen die Scheu zu nehmen und sie gar aus der Reserve zu locken, und wahrte doch immer mühelos ihre Stellung. So hatte sie die Herzen der Pächter im Sturm erobert, als Jonah sie am Tag nach ihrer Hochzeit in seinem Hof von Haus zu Haus geführt hatte, und, was noch wesentlich wichtiger war, sie hatte den Respekt der Dienerschaft gewonnen, Rachel eingeschlossen, die schwer umzustimmen war, wenn sie einmal eine Meinung gefasst hatte. Keine geringe Leistung für eine so junge Frau, fand Crispin. David begegnete sie mit Freundlichkeit, aber auch einer fast unmerklichen Überlegenheit, so als wäre er ihr jüngerer Bruder. Ihm selbst, stellte

Crispin fest, bot Giselle mit größter Selbstverständlichkeit ihre Freundschaft, und er ließ sich nicht lange bitten. Wenn Nachbarn, Gildebrüder oder Freunde zum Essen kamen, was jetzt häufiger geschah, bestand sie darauf, dass Crispin mit von der Partie war. Und sie sorgte immer dafür, stellte er halb amüsiert und halb erschrocken fest, dass einer der Gäste eine unverheiratete Schwester oder Tochter mitbrachte.

»Ich wünschte, du würdest damit aufhören, Giselle«, gestand er ihr offen, als sie ihm an einem Vormittag Mitte Juni mitteilte, Giuseppe Bardi werde sie am folgenden Abend mit seiner Frau Beatrice und seiner Schwester Anna besuchen. »Ich glaube, du willst mich verkuppeln. Das macht mir Angst.«

»Unsinn«, entgegnete sie ungerührt. »Man geht schließlich auch auf den Markt, um sich ein bisschen umzuschauen, ohne unbedingt etwas zu kaufen, oder?«

Crispin schüttelte den Kopf. »Das tu ich nie.«

»Da siehst du 's. Du bist viel zu ernst. Anna wird dich amüsieren, sie macht die komischsten Grammatikfehler und benutzt ständig Wörter, die keine Dame in den Mund nehmen sollte, weil sie es nicht besser weiß. Aber ich würde im Traum nicht darauf kommen, dich mit ihr verkuppeln zu wollen. Florentinische Frauen sind einfach zu teuer im Unterhalt, davon kann Giuseppe ein trauriges Lied singen. Außerdem habe ich keinerlei Interesse daran, eine Frau in dieses Haus zu holen, die immer eleganter wäre als ich.«

Crispin schüttelte grinsend den Kopf. »Das wäre wohl kaum möglich. Jedenfalls hoffe ich, dass Jonah rechtzeitig zurückkommt, um eure Gäste zu begrüßen.«

Jonah war seit drei Tagen in Kent, um die Wolle ihres kleinen Guts zu prüfen und weitere zu kaufen. Seit dem Ende der Schurzeit war Jonah praktisch ständig unterwegs, um Wolle zu besorgen, und er hatte seine Agenten bis hinauf nach Lincolnshire angewiesen, das Gleiche zu tun. Jonah kaufte Wolle in solchen Mengen, dass einem unheimlich davon werden konnte.

»Ja, das hoffe ich auch«, stimmte Giselle zu, aber sie klang unbekümmert. »Ich habe mich gefragt, Crispin, ob es wohl eine gute Idee wäre, Jonahs Cousin und dessen Gemahlin dazuzubitten und Jonah damit zu überraschen. Es wird Zeit, das Eis zu brechen, denkst du nicht?«

Crispin erstarrte förmlich mit dem Tuchballen in Händen, den er gerade vom Regal genommen hatte. Er legte das leichte purpurne Kammgarn aus Master Flemings Weberei zurück an seinen Platz und wandte sich langsam zu Giselle um. »Nein, das wäre überhaupt keine gute Idee, glaub mir.«

Sie sah ihn abwartend an.

Crispin lehnte sich ans Schreibpult und verschränkte die Arme. »Sag nicht, er hat dir nicht davon erzählt, Giselle.«

»Kein Wort. Ich habe ihn ein- oder zweimal gefragt, aber er weicht mir aus.«

Also setzte Crispin sie ins Bild. Er tat es ohne Gewissensbisse, denn sie war Jonahs Frau und hatte ein Anrecht darauf, es zu wissen. Er schonte weder Rupert noch Jonah, sondern versuchte, die Dinge so zu schildern, wie sie sich eben zugetragen hatten. Nur Annot verschwieg er. »Und jetzt ist Master Rupert Jonahs Pächter, und seine Geschäfte kränkeln vor sich hin. Wenn Jonah mildtätiger Stimmung ist, verschafft er ihnen ein paar Aufträge. Und wenn Rupert dahinter kommt, fühlt er sich noch mehr gedemütigt. Es wird immer nur schlimmer, niemals besser.«

»Aber Rupert ist Jonahs einziger lebender Verwandter«, entgegnete sie verständnislos. »Das Gleiche gilt umgekehrt. Wie können sie nur so miteinander umgehen? Das ist Sünde.«

Crispin nickte zustimmend, gab aber zu bedenken: »Sieh dir deinen Vater und deinen Onkel Richard an. Sie sind nicht viel besser.«

»Das ist wahr. Doch wenn mein Vater und Onkel Richard sich gegenseitig das Leben bitter machen, ist mir das völlig gleich. Sie haben wohl auch nichts Besseres verdient. Jonah hingegen ...«

»Liegt so, wie er sich gebettet hat«, fiel Crispin ihr ins Wort. »Und ich glaube nicht, dass du ihn umstimmen wirst, aber versuch es nur. Man weiß schließlich nie. Doch wenn du meinen Rat willst, versuche nicht, irgendetwas ohne sein Wissen einzufädeln. Und Giselle, gehe niemals, *niemals* allein zu Rupert und Elizabeth. Sie sind gefährlich, alle beide.«

»Gott, du machst mir ja Angst.« Sie lächelte unsicher.

»Genau das war meine Absicht. Und wenn du... Ah, hier kommt David.«

Der Lehrjunge trat aus dem sonnigen Hof ins Kontor. Als er Giselle entdeckte, lächelte er scheu und strich sich nervös eine Haarsträhne hinters Ohr, wandte sich aber gleich an Crispin. »Hier, Master Crispin, was haltet Ihr davon? Fleming und Ypres meinen, es taugt vielleicht etwas.«

Er hatte seit gestern Nachmittag mit dem Färber und dem Weber zusammen in deren Werkstätten gehockt. Das Ergebnis ihrer Mühen war ein Stoffmuster von etwa zwei Ellen Länge und der Breite eines Webstuhls. Ein dicht gewebtes Gemisch aus Seide und Leinen, das wie ein Schachbrett gemustert war.

Crispin zog erschrocken die Luft ein. »Grün und rot? Seid ihr von Sinnen? Der Kontrast macht einen ja ganz schwindelig! Wer soll das tragen, des Königs Narr?«

Aber Giselle war anderer Ansicht. Sie nahm das Muster in die Hände, hielt es hoch und bewegte es mit ausgestreckten Armen vor den Augen hin und her. »Es ist sehr gewagt. Aber die Königin wird es lieben. Erst vor ein paar Tagen hat sie gesagt, wenn nicht bald irgendwer Farbe in die Mode bringe, werde sie vor Schwermut eingehen.« Giselle verbrachte immer noch viel Zeit in Westminster, vor allem dann, wenn Jonah auf Reisen war. »Ich will morgen früh zu ihr, ich könnte es mitnehmen und ihr zeigen.«

Ihr Lob für seine neueste Kreation ließ Davids Augen leuchten, aber er zögerte. »Besser nicht, Mistress. Master Jonah hat gesagt, kein Muster dürfe dieses Haus verlassen, ehe er es gesehen hat.«

»Ach, papperlapapp! Er ist nicht hier, oder? Und was kann es schon schaden? Ich weiß genau, dass es ihr gefallen wird. Ich habe eine Idee, David: Ich reite jetzt gleich zu ihr und bring es ihr. Und du wirst mich begleiten. Ich kann ja unmöglich allein durch die Stadt reiten.«

Von der Aussicht, Giselle nach Westminster zu eskortieren, bekam David weiche Knie, doch er wandte ein: »Wir haben nur ein Pferd hier.«

Giselle faltete das Muster entschlossen zusammen und klemmte es sich unter den Arm. »Dann mieten wir dir eben eins. Crispin, wir müssen Jonah sagen, dass er ein weiteres Pferd kaufen soll. Ständig ist er mit Grigolet unterwegs, und dann haben wir nur noch meine Belle. Das reicht einfach nicht.«

Sie ging zur Tür, ohne eine Antwort abzuwarten. David wollte ihr folgen, aber Crispin hielt ihn am Arm zurück. »Du weißt, dass das Ärger gibt, oder?«

Der Lehrjunge nickte unwillig, machte sich los und folgte Giselle zum Haus hinüber.

»*Drei* Pfund?«, wiederholte der Schafzüchter ungläubig und fing an zu lachen. »Drei Pfund für einen Sack Wolle? Ihr beliebt zu scherzen, Master Durham. In Flandern wäre sie das Dreifache wert.«

Das will ich doch hoffen, dachte Jonah. »Sie ist aber hier, nicht in Flandern.« Er zog ein zusammengefaltetes Stück Pergament aus dem Ärmel und hielt es ihm hin. »Hier. Eine Urkunde mit dem Großen Siegel des Königs, die mich ermächtigt, kentische Wolle bester Qualität zu diesem Preis aufzukaufen.«

Die sonst so apfelroten Wangen des Bauern wurden fahl. Nervös ließ er den Blick über das Schriftstück mit dem beeindruckenden Siegel gleiten, schüttelte aber den Kopf. »Ich muss auf Euer Wort vertrauen, Sir, ich kann nicht lesen.«

Jonah steckte seine Urkunde weg. »Dann glaubt mir eben, Wilson. Ich will fünf Säcke.«

»Aber … aber das ist alles, was ich in der Qualität habe!«, protestierte Wilson und raufte sich die Haare. Dann kam ihm ein Gedanke. »Master Durham … Ihr seid seit Jahren einer meiner verlässlichsten Abnehmer, und es war immer eine Freude, mit Euch Geschäfte zu machen. Eingedenk dieser alten Freundschaft, was würde es mich kosten, Euch zu überreden, mich zu verschonen und meinen Nachbarn heimzusuchen?«

Jonah lächelte schwach. »Um der alten Freundschaft willen bin ich bereit, das zu überhören. Bei Eurem Nachbarn war ich schon. Und noch eins, Wilson: Diese Urkunde ermächtigt mich ebenso, Euch die Wolle auf Kredit abzunehmen. Zu dreieinhalb Pfund, zahlbar in zwölf Monaten. Wäre Euch das lieber?«

»Das ... das wäre mein Untergang«, stotterte der Mann entsetzt.

Jonah nickte knapp und zeigte auf seinen Wagen. »Dann weist Eure Knechte an, meine Wolle aufzuladen. Und sie sollen sich beeilen.«

Resigniert gab der Schafzüchter seinen Leuten ein Zeichen, fragte aber rebellisch: »Was hättet Ihr getan, wenn ich mich geweigert hätte?«

»Ich wäre mit dem Sheriff wiedergekommen«, antwortete Jonah prompt.

In Shropshire und Lincolnshire, hatte er gehört, hatten die Monopolisten längst die Hilfe der Sheriffs in Anspruch nehmen müssen, um den Züchtern die Wolle zu den extrem günstigen, festgeschriebenen Preisen zu entlocken. Er war froh, dass das hier nicht nötig geworden war, aber sein Mitgefühl mit den jammernden Wolllieferanten hielt sich in Grenzen. Wären die Monopolisten nicht gewesen, hätte es dieses Jahr wieder keine Exporte in die Niederlande gegeben, und die Züchter wären auf ihrer guten Wolle sitzen geblieben. Es stimmte, die Preise waren sehr niedrig, aber all dies diente schließlich den Absichten des Königs, und dafür, fand Jonah, musste jeder Engländer gewillt sein, Opfer zu bringen.

Er begleitete Wilson in dessen Haus, zählte ihm fünfzehn Pfund in florentinischen Goldmünzen ab und verabschiedete sich. Draußen saß er auf und ritt zu seinem Fuhrwerk hinüber. »Bringt diese Wolle in das kleinere Lagerhaus, da regnet es nicht hinein«, wies er die beiden Knechte an, die er von seinem Gut, Sevenelms Manor, mitgebracht hatte. Dort sammelte er seine kentische Wolle, denn sie in London zu lagern wäre viel teurer gewesen.

»Wird gemacht, Sir«, versprach der stämmige Ron, der in Jonahs Augen der Verlässlichste seiner Leute in Sevenelms war. »Ihr kommt nicht mit uns?«

Jonah schüttelte den Kopf. »Ich reite zurück nach London. Ich denke, nächsten, spätestens übernächsten Monat wird die ganze Wolle verschifft. Ich schicke euch Nachricht.«

Ron schwang sich auf den Bock und tippte an seine Kappe. »Geht mit Gott, Sir.« Er ließ die Zügel knallen, und die Ochsen setzten sich träge in Bewegung. Jonah stieß Grigolet die Fersen in die Seiten, trabte an dem langsamen Gefährt vorbei und kam nach etwa einer Meile auf die Straße. Im Galopp ritt er nach Westen, Richtung London.

Es war ein herrlicher Tag, warm, aber nicht heiß, und eine leichte Brise machte das Reiten angenehm. Ritter, Kaufleute, fahrende Handwerksgesellen und Bauern, die von den Marktflecken heimkehrten, bevölkerten die Straße, und wie immer verdichtete sich der Verkehr, je näher man der Stadt kam. Er ritt durch das Aldgate. Die Fuhrwerke, die einem hier vom Cornhill stadtauswärts entgegenkamen, machten ein Fortkommen beinah unmöglich, und Jonah wandte sich nach Süden Richtung Fluss, kam am Wool Quay mit dem Zollhaus vorbei, wo jeder Sack Wolle, der das Land verließ, gewogen und verzollt werden musste. Jonah wurde heiß und kalt bei dem Gedanken, dass allein die Exportsteuer auf seine Wolle zweihundert Pfund betragen würde. Was für eine Summe! Früher hatte er Wolle in diesem Wert exportiert, jetzt machte allein der Zoll diesen Betrag aus. Denn von den zehntausend Sack, die die Monopolisten als erste Lieferung nach Dordrecht bringen sollten, hatte Jonah zweihundert übernommen. Damit lag er im guten Mittelfeld. Manche der beteiligten Kaufleute wollten nur zwanzig Sack beisteuern, und William de la Pole hatte mit dreihundertfünfzig das höchste Einzelkontingent übernommen. Das hatte niemanden verwundert. Conduit und Pulteney hatten sich ebenfalls zur Lieferung von je zweihundert verpflichtet, aber selbst ein so wohlhabender Mann wie Gabriel Prescote, der ahnungslose Ehemann der Besitzerin des teuersten Hurenhauses der Stadt, steuerte kein größeres Kontingent als achtzig Sack bei.

Ob er sich da nicht ein bisschen übernehme, hatte sein Schwiegervater Jonah höhnisch gefragt. Betretenes Schweigen hatte sich in der Guildhall ausgebreitet, wo die Monopolisten sich zur Aufteilung der Quoten getroffen hatten. Jonah hatte de la Pole lange in die Augen gesehen, ehe er antwortete: »Wie könnte ich, Sir? Habt Ihr nicht gesagt, der Plan sei so genial, dass wir gar nicht anders können, als damit reich zu werden?«

Die Falkenaugen hatten gefährlich gefunkelt. De la Pole schätzte es nicht, daran erinnert zu werden, dass dieser Plan, für den die übrigen Monopolisten ihm praktisch tagtäglich die Füße küssten, in Wahrheit nicht sein Verdienst war …

Jonah ritt am Liegeplatz der *Philippa* vorbei, weil er nie widerstehen konnte, einen kurzen Blick auf sein Schiff zu werfen, wenn er in der Nähe war. Als er auf die untere Thames Street einbog, sah er, dass überall, wo sich ein Plätzchen fand, große und kleine Scheiterhaufen errichtet worden waren. Ein Mädchen, das eine Girlande am Fensterladen einer schäbigen Taverne anbrachte, rief ihm nach: »Wohin so eilig, edler Herr? Willst du Mittsommer nicht mit mir feiern?« Sie riss eine weiße Lilie aus ihrer Girlande und warf sie ihm zu.

Jonah fing sie lachend auf. »Das würde deinem Liebsten sicher nicht gefallen.«

Sie winkte ihm nach. Überall auf den Straßen wirkten die Leute fröhlich, die gespannte Erwartung des Festes war deutlich spürbar.

Nirgendwo war der Holzhaufen für das Mittsommerfeuer größer als in der Ropery, und entlang der Straße wurden schon Tische aufgestellt, die sich später unter gefüllten Schüsseln, Platten und Krügen nur so biegen würden. An hohen Feiertagen wie diesem war es üblich, dass die besser betuchten Bewohner eines Viertels für die Bewirtung des Volks auf den Straßen aufkamen. In der Ropery war es die Frau des reichen Schneiders Radcliffe, die diese Straßenfeste vorbereitete, und auch Jonah hatte seinen Obolus entrichtet.

Endlich ritt er durch sein Tor. Der Hof lag im hellen, nachmittäglichen Sonnenschein. Ein würziger Duft wehte von Rachels Kräuterbeet herüber, vornehmlich Rosmarin, so schien es Jonah. Auch an seiner Tür und der der Pächterhütten hingen Girlanden aus Birkenzweigen, Lilien und Steinkraut. Wie immer erfreute der Anblick der wohl geordneten Anlage sein Herz.

Er hatte kaum den halben Weg zum Stall zurückgelegt, als seine Frau aus dem Haus kam. In undamenhafter Eile, gar mit leicht gerafften Röcken, überquerte sie den Hof.

Jonah hielt an, glitt aus dem Sattel und sah ihr lachend und kopfschüttelnd zugleich entgegen.

»Oh, Jonah, Jonah, Jonah ... Ich hab dich so vermisst!«

Er hob sie hoch und wirbelte sie einmal herum. »Wirklich?«

Er stellte sie wieder auf die Füße, zog sie mit sich in den Stall – wohin Grigolet schon von allein gefunden hatte –, legte die Arme um sie und küsste sie gierig.

»Es ist schrecklich, wenn du so lange fort bist«, gestand sie ihm und presste das Gesicht an seine Schulter.

Er hob ihr Kinn mit Daumen und Zeigefinger. »Aber es waren nur vier Tage, Giselle.«

»Trotzdem. Das ist viel zu lang. Wie war Sevenelms? Nimmst du mich bald einmal mit hin?«

Er nickte. »Das sollte ich wirklich, nicht wahr? Schließlich gehört es dir.« Der Mitgiftvertrag sah vor, dass Jonah das alleinige Verfügungsrecht über das kleine Gut und all seine Erträge hatte, aber er durfte es nicht veräußern. Und in dem Fall, dass er vor seiner Frau starb, gehörte es allein ihr und ihren Kindern, und kein etwaiger zukünftiger Ehemann konnte Ansprüche darauf erheben. De la Pole hatte auf dieser Klausel bestanden, um seine Tochter und Enkel abzusichern, und Jonah fand eine solche Vorsichtsmaßnahme nur vernünftig. Jeder von ihnen konnte schließlich morgen sterben. »Mal sehen, wenn ich nächsten Monat nicht nach Dordrecht muss, können wir vielleicht für ein paar Tage aufs Land, was hältst du davon?«

Ihre Augen leuchteten. »Das wäre herrlich. Vater sagt, die erste Ladung soll frühestens im August nach Dordrecht gebracht werden.«

Sie verließen den Stall und gingen Hand in Hand Richtung Kontor. »Du hast ihn gesprochen?«, fragte Jonah neugierig.

»Ich war in Westminster und traf ihn dort. Er hat sich zu stundenlangen Unterredungen mit dem König und dem Lord Chancellor eingeschlossen und sich mal wieder furchtbar wichtig gemacht. Heute ist er heim nach Hull geritten. Er müsse auch zusehen, dass er seine Wolle zusammenbekomme, sagt er und … Was hast du denn, Jonah? Wieso schaust du mich so an?«

Er schüttelte den Kopf und winkte ab. »Mir ist nicht wohl dabei, wenn du allein bei Hofe bist, das weißt du ja.« Galten unverheiratete Mädchen dort auch als unantastbar, waren verheiratete Frauen nie vor Verfolgung sicher. Zu viele ritterliche Junggesellen und sonstige Heißsporne waren im Gefolge des Königs. Und Giselle, fürchtete er, war zu arglos, um sich zu wehren.

»Traust du mir nicht?«, fragte sie gekränkt.

»Dir schon. Gervais of Waringham nicht so weit, wie ich einen Sack Wolle werfen könnte.«

Giselle küsste ihn auf die Wange. »Sei unbesorgt, Liebster. Gervais ist durchaus in der Lage, ein ›Nein‹ zu verstehen.« Was für den König nicht unbedingt galt, aber sie gedachte nicht, Jonah ihre diesbezüglichen Sorgen anzuvertrauen. Nicht, ehe es unumgänglich wurde und sie sich von den Aufmerksamkeiten, mit denen Edward sie plötzlich überhäufte, wirklich bedroht fühlte.

»Was hast du sonst noch gemacht?«, erkundigte er sich, weil es so wunderbar war, ihre Stimme zu hören.

Sie hängte sich bei ihm ein und ging neben ihm her. »Ich habe Mistress Radcliffe geholfen, das Straßenfest vorzubereiten, sie wird mir ewig dankbar sein. Dann war ich, wie gesagt, bei Hofe und bin erst heute früh zurückgekommen. Prinz Edward hat mir erzählt, dass sein Vater ihn zum Duke of Cornwall ernannt hat und dass er der einzige Duke in ganz England sei und es vor ihm nie einen gegeben hat. Aber er konnte mir leider nicht erklären, was genau ein Duke ist. Weißt du es?«

Jonah machte eine vage Handbewegung. »Ein Herzog. Ich glaube, es ist der Rang, der dem eines Königs am nächsten steht, aber mit dergleichen kenne ich mich wirklich nicht gut aus.«

»Die Königin sendet dir Grüße«, fuhr Giselle fort. »Sie hat sich so gefreut, als ich kam, und lässt dir ausrichten, dass sie dich bald zu sehen hofft. Davids Muster hat sie unendlich aufgeheitert. Sie hat es wirklich nicht leicht im Moment, der König ist so oft wütend auf den König von Frankreich und …«

»Augenblick.« Jonah blieb stehen. »Welches Muster?«

»David hat mit dem Färber und dem Webermeister zusammen ein wirklich außergewöhnliches Tuch entworfen. Ich habe ihn mitsamt seinem Muster mit nach Westminster genommen, und wir haben es der Königin gezeigt.«

»Verstehe.«

»Sie war hingerissen. Sie will mit dir darüber sprechen, wenn ihr euch das nächste Mal seht.«

Jonah zwang ein Lächeln auf seine Lippen. »Gut.« Sie hielten vor der Tür zum Kontor, und Jonah legte die Hand an den Riegel. »Sag, erinnere ich mich recht, dass wir heute Gäste haben?«

Sie nickte. »Die Bardi.« Mit einem Augenzwinkern fügte sie hinzu: »Diese armen Fremdlinge brauchen Obdach und Zuspruch in dieser Nacht, da wir Engländer uns auf unser heidnisches Erbe besinnen.«

Er nickte. »Dann geh nur hinüber; sicher hast du noch allerhand vorzubereiten. Ich rede kurz mit Crispin und David und seh mir die Bücher an, dann komme ich nach.«

Sie seufzte. »Das kenne ich, wenn du sagst, ›Ich seh mir kurz die Bücher an‹. Aber meinetwegen, ich gehe voraus. Bis gleich.«

Jonah schaute ihr nach, bis sie hinter der Färberei verschwunden war, dann stieß er die Tür auf und trat ins Kontor. Crispin war nicht dort. Aber David kam aus dem angrenzenden Tuchlager, als er die Schritte hörte. »Master Jonah! Willkommen daheim.«

Zur Antwort bekam David eine so gewaltige Ohrfeige, dass er das Gleichgewicht verlor und gegen das Schreibpult taumelte, das unter dem plötzlichen Ansturm bedenklich ins Wanken geriet und dann doch nicht umfiel.

Der Junge richtete sich vorsichtig wieder auf und schüttelte kurz den Kopf. Als er aufsah, war sein Blick verstört und vorwurfsvoll, und das brachte Jonah um den letzten Rest seiner Beherrschung. Er schlug ihn noch einmal ins Gesicht, und dieses Mal ging David zu Boden.

»Pack deine Sachen«, befahl Jonah leise. »Ich schreibe deinem Vater einen Brief, den du ihm übergeben wirst. Du verlässt noch heute mein Haus.«

»O mein Gott«, flüsterte der Junge. »Bitte, Sir, tut das nicht.«

Jonah hatte keine Mühe, die Verzweiflung in diesem Flüstern zu hören, aber er hatte nicht die Absicht, sich erweichen zu lassen. »Du. Du allein hast das getan, nicht ich.«

David stand wieder auf, hielt den Kopf jedoch tief gesenkt. »Aber was war so schlimm daran? Eure Frau wollte es so gern, und Ihr hättet es der Königin doch ohnehin gebracht. Es war ... mein Entwurf, ich hab ihn mir ausgedacht. Warum durfte nicht ein einziges Mal ich derjenige sein, der ihn ihr zeigt?«

»Solange du in meinen Diensten standest, gehörten deine Entwürfe mir«, erklärte Jonah mit trügerischer Geduld. »Ich habe nie vorgegeben, es wären meine, aber mir oblag die Entscheidung, ob und wann sie auf den Markt kommen. Sie waren mein Geschäftsgeheimnis. Und du kanntest meine Wünsche ganz genau. Du hast sie wissentlich missachtet. Ich kann niemanden gebrauchen, der mit meinen Geschäftsgeheimnissen hausieren geht, wenn es ihn gut dünkt, David. Dafür ist die Konkurrenz in dieser Stadt zu gnadenlos. Und jetzt wäre es wohl besser für uns beide, du gehst.«

David drückte die geballten Fäuste gegen die Oberschenkel. Die glatten, hellblonden Haare versteckten sein Gesicht, aber dann hob er plötzlich den Kopf und fragte: »Wie könnt Ihr das tun? Ich habe einen Fehler gemacht, und wahrscheinlich muss ich dafür bezahlen, aber ... wie könnt Ihr mich einfach verstoßen? Mein Vater ...« Er blinzelte und atmete tief durch, kämpfte verbissen um Haltung. »Mein Vater hasst mich! Er ... Gott, er wird mich in ein verdammtes Kloster stecken oder sonst irgendwas Furchtbares tun. Ich kann nicht mal frei atmen, wenn ich im selben Raum mit ihm bin. Hier ... hier ist mein Zuhause! Ihr könnt mich nicht einfach so wegschicken!«

»Jonah, er hat Recht«, sagte Giselle leise von der Tür. »Sag, dass du ihn nicht fortschickst.«

Meister und Lehrling zuckten erschrocken zusammen. David machte eine abwehrende, hoffnungslose Geste, ehe er sich abwandte, während Jonah sich langsam umdrehte.

Kopfschüttelnd betrachtete er seine Frau. »Ich sollte es inzwischen besser wissen, als dir zu trauen, wenn du sagst, ›Ich geh schon mal voraus‹.«

Sie lächelte traurig und trat unsicher über die Schwelle. Dann nahm sie ihren Mut zusammen und ergriff seine Hand. »Sei ihm nicht so böse, Jonah, bitte. Er konnte doch gar nichts dafür. Ich habe ihm keine Wahl gelassen.«

Jonah hob ablehnend die freie Hand. »Trotzdem. Er hätte es besser wissen müssen.«

Sie zuckte leicht mit den Schultern. »Vielleicht. Trotzdem war es meine Schuld.«

»Nein, Mistress, bitte«, wehrte David unglücklich ab.

Jonah wandte den Kopf und sah ihn finster an. »Halt lieber den Mund und sei dankbar für die Fürsprache. Also meinetwegen. Du kannst bleiben.«

David schloss die Augen und bedeckte den Mund mit der Hand. Er wusste seine Erleichterung kaum im Zaum zu halten.

»Aber glaub lieber nicht, diese Sache wäre schon ausgestanden«, fügte Jonah drohend hinzu. »Und denk ja nicht, du könntest heute Abend zur Mittsommerfeier.«

David ließ die Hand sinken und nickte. Das war ihm völlig gleich.

Er sah Jonah und Giselle zum Haus hinübergehen, ihr Arm um seine Taille, der seine um ihre Schultern gelegt. Sie hatten die Köpfe zusammengesteckt und redeten. Die Eifersucht war ein vertrauter Schmerz für David, sie war ihm beinah lieb geworden. An der Haustür hielt Jonah kurz an und sprach einen Moment mit Meurig, ehe er Giselle ins Haus folgte, dessen Fenster in der Dämmerung behaglich zu leuchten begannen. David stellte sich vor, dass der Meister und seine Gemahlin ihr geräumiges Gemach aufsuchten, um sich nach der viertägigen Trennung vielleicht kurz in ihrem nachtblau und silberfarben beschirmten Bett in die Arme zu sinken, ehe sie sich für den Abend mit ihren geistreichen italienischen Freunden zurechtmachten. All das stellte David sich vor, beneidete sie um ihr Leben und bedauerte sich ein wenig – er fand, wenigstens das musste ihm zustehen.

Dann ging er in den Stall hinüber, sattelte Grigolet ab, brachte ihm Wasser und Futter und hob ohne Überraschung den Kopf, als er Meurigs Schritt hörte.

Der Knecht lehnte am Stalltor, tippte rhythmisch mit der Gerte gegen sein Knie und sagte mit einem schwachen Lächeln: »Tja, Davie, mein Junge … du und ich haben was zu erledigen.«

David Pulteney richtete sich auf und zeigte ein Grinsen, dessen Verwegenheit Meurig imponierte. Er legte den Kittel und das feine Wams ab, wandte dem Knecht den Rücken zu, verschränkte die Hände um den nächstbesten Stützbalken und sagte über die Schulter: »Dann lass es uns nicht auf die lange Bank schieben.«

»Also, diese Blaubeerpastete …« Anna Bardi wedelte emphatisch mit ihrem Löffel. »Sie ist verdammt köstlich.«

Giselle fuhr fast unmerklich zusammen, biss sich auf die Lippen, um ein Kichern zu unterdrücken, und Beatrice legte eine Hand über die Augen. »Anna, *ma ti prego* …«

»Was?«, fragte ihre Schwägerin unschuldig, ehe sie sich mit einem geradezu erschütternden Wimpernschlag an Crispin wandte. »Hab ich schon wieder was Falsches gesagt? So ein verfluchter Mist, das willste ich nicht.«

Crispin räusperte sich. »Seid unbesorgt, Madam. Eure kleinen Fehler sind höchst charmant, und Euer Englisch ist hervorragend, wenn man bedenkt, dass Ihr erst wenige Monate hier seid. Wie habt Ihr das nur so schnell gelernt?«

»Oh, schon bevor ich hergekommen sein«, erklärte Anna. »Ich war auf der Klosterschule in Livorno, das ist eine kleine Hafenstädtchen unweit von Florenz. Als mein Bruder der Mutter Oberin schriebet, ich soll nun bald nach London kommen und sie soll mir einen Englischlehrer besorgen, fand sich nur dieser alte englische Matrose, der in Livorno gestrandet war und am Hafen ein Hurenhaus eröffnet hatte.«

Beatrice räusperte sich vielsagend. »Hafenschenke«, verbesserte sie.

Anna nickte ungeduldig. »Von mir aus auch das. Die Mutter Oberin war verzweifelt, aber es nützztete ja alles nichts, es gab niemanden sonst. Also kam er jeden Tag für zwei Stunden herauf und unterrichtete mich. Die vier furchteinflößendsten Schwestern waren immer dabei, um zu verteidigen meine Unschuld. Der gute alte Jack, er hat sich wirklich Mühe gegeben, aber bei St. Georgs Eiern, woher sollte er wissen, wie eine Dame spricht?«

Jonah hatte das Kinn auf die Faust gestützt und hing an ihren Lippen. »Ich bin überzeugt, er hat sein Bestes getan«, murmelte er, und Anna schenkte ihm ein strahlendes Lächeln, weil sie seine Ironie nicht verstand.

Crispin warf Jonah einen strafenden Blick zu und versicherte Anna: »Er hat Beachtliches geleistet und hatte offensichtlich eine begabte Schülerin. Die letzten Hürden werdet Ihr im Handumdrehen meistern.«

»Falls wir nicht vorher alle unsere Truhen packen müssen und heimkehren«, bemerkte Giuseppe düster.

»Wenn ich ehrlich sein soll, ich würde es nicht bedauern«, gestand Beatrice. »Ah, *Firenze* ... Jedes Jahr im Frühling denke ich, ich sterbe vor Heimweh.«

Giselle nickte mitfühlend. Sie hatte England noch nie verlassen, aber sie hatte von der Schönheit, der Pracht, den Dichtern und Künstlern der italienischen Städte gehört. »Ja, ich kann mir vorstellen, dass England euch wie die Verbannung vorkommen muss.«

Ihre Freundin seufzte. »Nun, England hat zweifellos seine Reize«, behauptete sie aus purer Höflichkeit, »aber ich sage euch ehrlich, lieber lebte ich in Armut daheim als hier im Luxus.«

Alle lachten, weil sie Mühe hatten, dieses Bekenntnis zu glauben. Nur Giuseppe blieb ernst, warf einen kurzen, besorgten

Blick auf den leicht gewölbten Bauch seiner Frau und sagte kopfschüttelnd: »Bedenke, worum du bittest, *cara*. Im Gegensatz zu meiner heimwehkranken Frau liebe ich England. London ist meine Heimat. Keine andere Stadt ist mit ihr zu vergleichen. Aber wenn der König uns weiter so ausnimmt, werden wir unsere Pforten hier schließen müssen und arm wie Kirchenmäuse und in Schande nach Florenz zurückkehren. Ich sehe schon, wie unsere Konkurrenten sich die Hände reiben. Entschuldige, Jonah, ich weiß, du hörst es nicht gern, wenn man schlecht von König Edward spricht, aber seine Prunksucht und seine ehrgeizigen Pläne auf dem Kontinent sind unbezahlbar. Er verlangt das Unmögliche von uns.« Und nie hielt er sich an seine Zinsversprechen. Doch das war ein delikates Geschäftsgeheimnis, das Giuseppe niemals ausgeplaudert hätte.

Jonah bedeutete ihm mit einer Geste, fortzufahren. »Du kannst offen reden, Giuseppe.«

Aber statt seiner sprach Beatrice. »Die Gerüchte aus Valenciennes verschlagen einem den Atem. Giuseppe ziert sich immer, Zahlen zu nennen, aber da es nur Gerüchte sind, sage ich euch, was wir gehört haben.«

»Valenciennes?«, fragte Crispin verständnislos.

»Die Hauptstadt von Hainault«, erklärte Giselle ihm. »Dorthin ist der Lord Treasurer gereist, um mit den Grafen und Herzögen der Niederlande zu verhandeln.«

Beatrice nickte. »In seinem Gefolge reisen vierzig junge Ritter, die alle eine Seidenbinde über dem linken Auge tragen. Sie haben geschworen, dass sie so lange nur mit einem Auge sehen werden, bis sie auf einem französischen Schlachtfeld Ruhmestaten vollbracht haben. Die Damen der feinen Gesellschaft in Hainault sind hingerissen von diesen tollkühnen jungen Gentlemen, und jeden Abend gibt es irgendwo ein Fest. Sie tanzen, sie schlemmen, sie reiten zur Jagd. Dieser Spaß, hat Giuseppe ausgerechnet, kostet die Krone ungefähr hundert Pfund die Woche.«

»Beatrice ...«, mahnte Giuseppe und warf einen verzweifelten Blick zur Decke.

Sie tat, als habe sie ihn nicht gehört. »Aber das ist ja nicht das eigentlich Schlimme«, fuhr sie mit gesenkter Stimme fort. »Der Treasurer hat ein Bündnis mit dem Herzog von Brabant geschlossen: Für seine Truppen und die Unterstützung gegen Frankreich bekommt Brabant eine Summe von sechzigtausend Pfund. Und der deutsche Kaiser, ohne dessen Unterstützung die Niederlande keinen Finger für König Edward rühren werden, verlangt fünfundvierzigtausend Pfund.«

»Macht einhundertfünftausend«, sagte Giuseppe unnötigerweise. Offenbar hatte er sich plötzlich entschlossen, seine Zurückhaltung aufzugeben. »Das ist mehr als das Dreifache der jährlichen Einnahmen der Krone.«

Crispin und die Damen schwiegen betroffen, während Jonah rechnete. »Es ist machbar«, sagte er langsam. »Vorausgesetzt, sie wollen nicht das ganze Geld auf einmal.« Wenn das Wollmonopol die ersten zehntausend Sack Wolle nach Dordrecht lieferte und verkaufte, bekam der König das erste Drittel seines Kredits, sechsundsechzigtausend Pfund. Das sollte als Anzahlung an die Verbündeten doch wohl genügen.

Aber Giuseppe blieb skeptisch. »Ich weiß, du denkst an euer Monopol. Ich fürchte nur, das Geld wird nicht reichen. Was ist mit Geldern, mit Jülich und vor allem mit Flandern und Hainault? Wie viel wird der Treasurer ihnen versprechen? Wir kennen ja noch gar nicht alle Zahlen. Und wann wird dieser Krieg endlich beginnen, auf dessen Beute der König angewiesen ist, um seine Gläubiger zu befriedigen? Dieses Jahr sicher nicht mehr. Nächsten Sommer? Vielleicht. Hast du eine Vorstellung, was bis dahin allein an Zinsen aufläuft? Irgendwer muss dem König klar machen, dass Geld ein begrenztes Gut ist, auch für den ruhmreichen Edward.«

Jonah wollte entgegnen, dass eben jeder kühne Plan mit Risiken verbunden sei und nach Schottland ja wohl kein Zweifel daran bestehen könne, dass Edward die Franzosen innerhalb kürzester Zeit bezwingen werde, doch er sagte nichts, weil Rachel hereinkam, um die Teller abzuräumen und eine Schale mit kandierten Früchten und gerösteten Nüssen auf den Tisch zu stellen. Meurig folgte ihr und brachte einen Krug Wein. Er machte einen unnötig tiefen Diener vor Jonah. »Habt Ihr sonst noch einen Wunsch, Master?«, fragte er.

Jonah hatte keine Mühe, die Botschaft zu verstehen. Mit einem Wink scheuchte er das Dienerpaar hinaus. »Seht zu, dass ihr auf die Straße kommt. Das Weinfass finde ich notfalls selbst.«

Mit strahlenden Gesichtern eilten Rachel und Meurig davon.

Anna schauderte. »Was finden die Menschen nur daran, dieses grauenvolle Schauspiel anzuschauen? Ich habe noch nie gesehen so viele Scheiterhaufen. Wird denn heute vor jeder Londoner Kirche ein Ketzer verbrannt?«

Crispin und Jonah wahrten mit Mühe ein ernstes Gesicht, aber Giselle brach in hemmungsloses Gelächter aus. »Nein, nein, Anna. Niemand wird heute verbrannt. Es sind Mittsommerfeuer. Ein alter Brauch. Die Leute versammeln sich auf den Straßen und tanzen im Feuerschein und trinken ein bisschen zu viel. Es ist harmlos.«

Anna stieß erleichtert die Luft aus. »Ach, Teufel noch mal. Die ganze Zeit sitze ich schon hier und frage mich, wann die verdamm… *scusi*, wann die Schreie anfangen.«

Crispin reichte ihr die Schale mit den Leckereien. »Nun, es findet sich immer ein Tölpel, der ins Feuer fällt, aber die meisten werden wieder herausgezogen, ehe sie großen Schaden nehmen.«

Sie wählte eine Walnuss und biss die Hälfte ab. »Und was hat es auf sich mit diese Brauch?«

Crispin bewunderte ihre herrlich weißen Zähne und antwortete lächelnd. »Ich fürchte, es wäre unschicklich, Euch das zu erklären, Madam.«

Giuseppe teilte seine Bedenken nicht. »Die Mittsommerfeuer sind Überbleibsel eines heidnischen Fruchtbarkeitsritus. Er sollte die Fruchtbarkeit der Erde ebenso gewährleisten wie die von Mensch und Tier. In London merkt man heute nicht mehr viel davon, aber ich habe einmal ein Mittsommerfest auf dem Land erlebt…« Sein Blick verklärte sich in Nostalgie.

»Giuseppe, ich bin schockiert«, behauptete Beatrice, doch sogleich strafte ihr Lachen sie Lügen, und sie legte die Hand auf seinen Arm. »Vielleicht nimmst du mich einmal mit aufs Land zu einem solchen Fest?«

»Ich glaube, lieber nicht«, entgegnete er mit einem nachsichtigen Lächeln.

Giselle stand im Hemd am offenen Fenster und blickte in die laue Juninacht hinaus. Hier und da entdeckte man noch Feuerschein, aber es war spät geworden, bis ihre Gäste heimritten, und die meisten Feuer waren erloschen. Der Himmel über London war rauchverhangen, man sah keine Sterne, und der Mond war eine grau verschleierte Sichel.

»Giuseppe war sehr besorgt«, bemerkte sie nachdenklich.

»Giuseppe fürchtet immer um das Geld der Bardi, das ist nichts Neues«, entgegnete Jonah. Er saß auf der Bettkante und wartete auf sie. »Jetzt bekommt Beatrice ein Kind, und das macht ihn nicht risikofreudiger.«

Giselle legte den Kopf in den Nacken und raunte dem Mond zu: »Beatrice ist nicht die Einzige.«

»Ah«, machte Jonah. »Ich habe mich schon gefragt, wann du es endlich merkst.«

Sie fuhr zu ihm herum und schlug mit der Faust gegen den Fensterrahmen. Der Laden scheppert. »Herrgott noch mal, Jonah, du bist unausstehlich! Wie kannst du das wissen?«

Er stand auf, trat zu ihr und wollte sie in die Arme schließen, aber sie sträubte sich. »Entschuldige, liebste Giselle«, bat er zerknirscht. »Entschuldige, dass ich rechnen kann und weiß, wann vier Wochen um sind, wann sechs und wann acht.« Tatsächlich war er zu dem Schluss gekommen, dass es in ihrer Hochzeitsnacht passiert sein musste. So was kam schließlich vor.

»Trotzdem! Andere Männer fallen aus allen Wolken und sagen ›Ist das wahr?‹ oder ›Bist du sicher?‹ oder irgendetwas in der Art. Aber bei dem allwissenden Master Durham ist das natürlich etwas ganz anderes.«

Sie lächelte, doch ihre Stirn war gerunzelt; offenbar hatte sie sich noch nicht ganz entschieden, wie ernst es ihr mit ihrem Zorn war. Doch er spürte, dass sie enttäuscht war, weil ihre große Überraschung sich als ein solcher Reinfall entpuppt hatte.

Jonah zog sie an sich. »Schsch. Es tut mir Leid. Wär es dir lieber gewesen, ich hätte geheuchelt?«

»Ja!«

Mit einem leisen Lachen hob er sie hoch und trug sie zum Bett. Behutsam setzte er sie ab und kniete sich neben sie. »Dass ich es wusste, ändert nichts an meiner Freude.«

»Tatsächlich? Du verstehst es wieder einmal in bewundernswerter Weise, deine Gefühle zu verbergen«, gab sie verdrossen zurück. »Und spar dir deine Freude bis zu dem Tag, da wir sehen, ob es ein Junge geworden ist.«

»Das ist mir gleich. Von mir aus können wir auch mit einem Mädchen anfangen.«

»Ist das dein Ernst?«

Er hob die Schultern. »Was für eine alberne Frage. Das liegt in Gottes Hand, und was immer er entscheidet, soll mir recht sein. Jungen machen ohnehin nichts als Verdruss; an einem Mädchen hat man sicher mehr Freude.«

Damit hatte sich ihre größte Sorge als unbegründet erwiesen. Plötzlich schenkte sie ihm ein befreites Lächeln und streckte ihm die Hand entgegen. »Komm her.«

»Was denn, hast du mir schon verziehen?«

Sie nickte.

Gott sei Dank, dachte er und schob den Träger über ihre linke Schulter.

Havering, Oktober 1337

Das Benediktinerinnenkloster lag am Ufer eines eiligen Baches am Rande des Städtchens Havering, wenige Meilen südlich von London. Für ein Nonnenkloster war es ungewöhnlich abgelegen, doch schützte eine fünfzehn Fuß hohe Mauer die großzügige Anlage, und selbst in Zeiten von Bürgerkrieg und mordgierigen, raubenden Ritterbanden war dieser heilige Ort niemals entweiht worden.

Dabei hätte es hier allerhand zu rauben gegeben. Havering war ein reiches Kloster. Berufene wie auch Dauergäste entstammten dem Adel oder wohlhabenden Rittergeschlechtern. Witwen verbrachten hier ihren Lebensabend, junge Mädchen von Stand erhielten Bildung und Erziehung. Jede konnte hier Ruhe und Einkehr finden; Askese und Armut suchte man allerdings vergebens. Die Äbtissin war eine Schwester des Erzbischofs von Canterbury, eine hoch geachtete, fromme und sehr belesene Dame, doch die Freuden ihrer Tafel waren bis hinauf an die schottische Grenze berühmt.

»Immer wenn ich dich hier besuche, packt mich die Sehnsucht nach dem Land«, gestand Giselle ihrer Schwester Elena. »Es ist so wunderschön. Wie ein Stück vom Garten Eden.«

Elena saß, in viele Decken gehüllt, in der milden Oktobersonne am Fuße der Klostermauer. Einer der zahlreichen Diener des Klosters hatte erst ihren hohen Lehnstuhl und dann sie selbst in den Garten hinausgetragen. Sie folgte dem Blick ihrer Schwester. »Ja, du hast Recht«, räumte sie ein. »Ich bin froh, dass ich mich für diesen Ort entschieden habe und gegen das Kloster in London. Sicher hätte ich dort mehr Besuch, aber hier herrscht ein tiefer Frieden, der Balsam für die Seele ist.«

Giselle bekam ein schlechtes Gewissen. »Es tut mir Leid, dass ich diesen Sommer nicht öfter bei dir war, Elena. Ich ...«

Ihre Schwester hob eine der schmalen, weißen Hände. »Nein, mach dir keine Vorwürfe. Du hast jetzt so viele Pflichten und bist obendrein schwanger. Aber du sagst, du habest Sehnsucht nach dem Land; wart ihr denn nicht in Sevenelms diesen Sommer?«

Giselle nickte und verzog den Mund. »O doch. Im Juli brach in London eine schlimme Fieberepidemie aus, und da hat Jonah mich hingebracht. Wir hatten eine herrliche Woche zusammen, dann ist er verschwunden und hat mich geschlagene sechs Wochen dort allein gelassen.«

»Du musst ihn verstehen, er ist gewiss besorgt um dich und um euer Kind.«

»Natürlich ist er das.« Giselle lächelte zerknirscht. »Da, ich tu es schon wieder. Jammere dir die Ohren voll, weil ich ein paar Wochen allein in Sevenelms ausharren musste, und du bist seit sechs Jahren hier.«

Elena verdrehte ungeduldig die Augen. »Ja, Giselle. Seit sechs Jahren, völlig richtig. Aber ich habe mich damit abgefunden. Wann wirst du das endlich? Wann wirst du aufhören, dir vorzuwerfen, dass du unversehrt geblieben bist an dem Tag damals und ich nicht? Es war Gottes Wille, nicht deiner. Und du würdest mein Los erleichtern, wenn du mich nicht ständig so behandeln wolltest, als wäre ich ein Trauerfall, sondern mir erzählst, was dich bedrückt. Tu an uns beiden ein gutes Werk: Vertreibe mir die Langeweile, indem du mich an deinem Leben Anteil nehmen lässt, und rede dir deinen Kummer von der Seele. Dazu hat man Schwestern.«

Giselle nickte. »Ja, du hast Recht.« Sie setzte sich auf die Steinbank neben Elenas Sessel und drückte unbewusst die Hände ins Kreuz. Sie war schon ziemlich rund, aber noch nicht schwerfällig.

»Hast du eine schlimme Schwangerschaft?«, fragte Elena.

»Nein. Ich glaube, das kann man wirklich nicht sagen. Im Gegenteil. Mir ist nicht übel, ich bin nie müde, habe keine geschwollenen Füße oder Ähnliches. Aber ich wünschte, ich wäre nicht so bald schwanger geworden.«

Ihre Schwester sah sie verwundert an. »Aber ist es nicht das, was jede Ehefrau sich wünscht?«

Giselle machte eine ratlose Geste. »Ja. Wahrscheinlich sollte ich mich glücklich schätzen und mich nicht versündigen, indem ich so etwas sage. Meine Freundin Beatrice hat letzte Woche einen Sohn geboren. Es hat über zwei Jahre gedauert, bis sie schwanger wurde, sie war schon ganz verzweifelt. Aber ich kann nicht ändern, was ich empfinde. Ich wünschte, mir wäre mehr Zeit mit Jonah allein geblieben, um mir einen Platz in seinem Leben zu erkämpfen.«

»Das klingt sehr eigenartig«, bemerkte Elena mit leisem Vorwurf. »Du bist seine Frau. Und ich habe ihn bei eurer Hochzeit gesehen, er war so stolz.«

»Stolz.« Giselle dachte über dieses Wort nach. »Ja, ich nehme an, das war er. Ist es noch. Er hat mich sogar gern, aber wir ... sind nicht vertraut miteinander.«

Elena sah vielsagend auf Giselles Bauch. »Das scheint mir aber doch so.«

Giselle lachte. »Ja, was das angeht, ist alles in bester Ordnung. Aber er lässt mich keinen Anteil an seinem Leben nehmen. Ich weiß nicht, was er in den sechs Wochen getan hat, während ich allein in Sevenelms war. Er erzählt mir nichts von seinen Geschäften. Und Anfang letzter Woche hat er mir zwar gesagt, dass er zu Vater nach Hull reitet, aber Crispin war es, der mir erklärt hat, warum.« Jonah hatte herausgefunden, dass viele der Monopolisten, auch de la Pole, Wolle in unbescheidenen Mengen nach Flandern schmuggelten. Das verzögerte das Sammeln der Wolle für das Monopol und drückte die Preise auf dem Kontinent. Kurzum, es schadete den Interessen des Königs. Jonah war zu de la Pole geritten, um ihn mit diesen Tatsachen zu konfrontieren, und Giselle fürchtete sich vor den Folgen. »Jonah sieht mich wohl immer noch so, wie ich an diesem folgenschweren Tag vor sechs Jahren war. Ich ... ich amüsiere ihn. Vertreibe seine düsteren Gedanken – und davon hat er reichlich. Ich bin sein Spielzeug. Als Nächstes bin ich die Mutter seines Kindes. Aber eine Gefährtin braucht er nicht.«

Elena legte den Kopf schräg und betrachtete ihre blutjunge, temperamentvolle Schwester, die vom Leben immer so verwöhnt und von allen Seiten mit Liebe überschüttet worden war. Man sollte es nicht für möglich halten, aber sogar ihr Vater liebte Giselle, und jahrelang war sie das allseits verhätschelte Nesthäkchen im Gefolge der Königin gewesen.

»Vielleicht erwartest du einfach ein bisschen zu viel.«

Giselle senkte den Kopf und stieß hörbar die Luft aus. »Ich wusste, dass du das sagen würdest.«

»Nun sei nicht gleich beleidigt, Schwester. Ich meine, vielleicht solltest du dich nicht zurücklehnen und warten, dass dein Mann von sich aus erkennt, was du für ihn sein könntest. Möglicherweise musst du ihm ein bisschen auf die Sprünge helfen.«

Giselle dachte darüber nach. Unruhig strichen ihre Hände über den Rock. Natürlich hatte Elena Recht. Aber die wirklich quälende Frage war doch die: Wenn sie sich weigerte, fortan Jonahs *Caprice* zu sein, und ihn zwang, sie als erwachsene Frau zu sehen, wie sollte sie dann dem Vergleich mit Philippa standhalten, dieser unerreichbaren Konkurrentin? Was, wenn er jedes Interesse verlor und sich gelangweilt von ihr abwandte?

Ein kleiner Junge löste sich plötzlich aus dem Schatten des Kreuzgangs an der anderen Seite des großen Gartens und kam auf sie zugelaufen. Giselle stockte der Atem. Für einen Moment glaubte sie, Gott habe ihr eine Vision ihres Kindes geschickt. Der Knabe hatte einen wilden Schopf pechschwarzer Locken und war Jonah wie aus dem Gesicht geschnitten.

Elena stöhnte. »Gott, das hat gerade noch gefehlt«, murmelte sie, aber da es nun einmal passiert war, rief sie: »Cecil! Komm her, du kleiner Kobold!«

Giselle starrte ihre Schwester an. »Wer ... ist das?«

Ehe Elena antworten konnte, purzelte der kleine Kobold hin und landete zu ihren Füßen. Mit zunehmendem Entsetzen registrierte Giselle, dass der Junge einen verkrüppelten Arm hatte. Dennoch behände sprang er wieder auf die Füße, legte die gesunde, nicht gerade saubere Hand um eine Falte in Elenas Rock und strahlte Giselles Schwester vertrauensvoll an.

Dicht auf seinen Fersen folgte eine junge Frau in einem eleganten, wenn auch für die Tageszeit etwas gewagten Kleid. Sie hatte herrliche dunkelblonde Locken und wäre vermutlich hübsch gewesen, hätte sie nicht so bitterlich geweint.

Sie hob den Jungen auf den Arm. »Seid ihm nicht böse, Lady Elena«, bat sie erstickt.

»Ich bin ihm niemals böse, Annot«, erwiderte diese. »Er ist so ein Sonnenschein.«

Annot verfrachtete ihren Sohn auf den linken Arm und wischte sich mit dem rechten Handgelenk die Augen. »Schwester Jeanne ist offenbar anderer Ansicht«, sagte sie bitter. »Sie hat ihn wieder so furchtbar geschlagen. Sie ... sie versteht einfach nicht, dass er es nicht mit Absicht tut, wenn er den Gottesdienst stört oder etwas zerbricht.«

Elena nickte ernst. »Ich weiß.«

Der kleine Cecil sah seine Mutter mit großen Augen an, hob die rechte Hand und legte den Finger zögernd auf die Träne, die über ihre Wange rann. Es war eine anrührende Geste. Giselle spürte ihre Kehle eng werden.

Annot nahm die kleine Hand in ihre und küsste sie. Nur flüchtig glitt ihr Blick in Giselles Richtung, dann sagte sie zu Elena: »Er ist alles, was ich habe.«

»Ich tue, was ich kann, Annot.«

»Ich weiß, Madam. Gott segne Euch dafür.« Aber sie war nicht getröstet. Sie drückte ihren Sohn so vorsichtig an sich, als wäre er zerbrechlich, und trug ihn davon.

Giselle sah ihre Schwester wortlos an.

Elena hob beide Hände, Handflächen nach außen, als wolle sie den Schwall von Vorwürfen abwehren, der gar nicht kam.

»Wer ist sie?«, fragte Giselle.

»Du darfst dreimal raten.«

»Ist sie eine ...« Giselle brach hilflos ab.

Elena nickte. »Sie ist bedauernswert. Viele dieser Frauen sind das, weißt du. Sie sind so wenig schuld an dem, was aus ihnen geworden ist, wie ich.«

»Jonah hat einen kleinen Bastard«, murmelte Giselle ungläubig. Es erschütterte sie, ohne dass sie so recht sagen konnte, wieso.

Elena konstatierte das Offensichtliche: »Cecil ist wenigstens fünf. Du kannst deinem Mann nicht vorwerfen, was er vor eurer Ehe getan hat.«

Giselle ging nicht darauf ein. »Aber wie kommt ein solches Kind ausgerechnet in ein feines Kloster wie dieses?«

»Oh, die Mutter Oberin ist sehr geschäftstüchtig«, erklärte Elena. »Sie lässt sich diesen Dienst der Barmherzigkeit teuer bezahlen.«

»Ich hätte nicht gedacht, dass eine ... Hure sich das leisten kann.«

»Ja, darüber habe ich auch schon des Öfteren nachgedacht. Aber es gibt mehrere solcher Kinder hier. Die Jungen kommen auf die Klosterschule von St. Thomas, wenn sie sieben oder acht sind, die Mädchen bleiben hier. Aber was einmal aus Cecil werden soll ...«

»Was ist mit ihm? Ist er schwachsinnig?«

»Schwer zu sagen. Er spricht niemals. Obwohl er es kann. Er hat einmal meinen Namen gesagt. Aber für gewöhnlich macht er den Mund nicht auf.«

»Ich weiß, von wem er das hat«, bemerkte Giselle spitz.

Sie hatte die Halle kaum betreten, als Jonah sie anfuhr: »Wo bist du gewesen?«

Giselle schlug die Kapuze zurück, nahm den Mantel ab, drückte ihn Berit in die Hände und wartete, bis das Mädchen verschwunden war. »Bei Elena. Willkommen daheim, Jonah. Ich hoffe, du hattest eine gute Reise. Waren meine Eltern wohlauf?«

Er ging nicht darauf ein, kam einen Schritt näher und sah sie ungläubig an. »Du bist mutterseelenallein nach Havering geritten? In deinem Zustand?«

Sie atmete tief durch und ließ sich auf ihren Stuhl sinken. Ihr Kreuz schmerzte, und sie war müde. »In meinem Zustand, ja, aber nicht allein. Ich habe Berit mitgenommen.«

»Das ist ... großartig. Ein fünfzehnjähriges Kind, das sich vor jedem Schatten fürchtet. Bist du eigentlich noch bei Verstand?«

Sie hob das Kinn. »Jonah, würdest du gütigerweise aufhören, mich anzuschreien? Warum setzt du dich nicht und erzählst mir, was dich quält?«

Er nahm sich zusammen, setzte sich ihr gegenüber und bedeckte ihre Hand mit seinen beiden. Dann ließ er sie wieder los, lehnte sich zurück, verschränkte unruhig die Finger ineinander. »Du quälst mich. Ich war außer mir vor Sorge.«

»Das tut mir Leid. Wirklich. Ich hatte keine Ahnung, dass du heute heimkommst. Aber es wurde höchste Zeit, dass ich meine

Schwester besuche. Du hast David verboten, mich zu eskortieren. Meurig und Crispin hatten zu tun. Also sag du mir, was ich hätte machen sollen.«

»Warten, bis ich wieder da bin. Du weißt ganz genau, dass ich nicht will, dass du allein irgendwohin reitest, nicht nach Westminster, nicht nach Havering, auch nicht in die Stadt. Ist das jetzt ein für alle Mal klar?«

Unglücklich sah sie zu ihm auf. Dieses Wiedersehen verlief so ganz anders, als sie es sich vorgestellt hatte. Jonah wirkte übernächtigt und sorgenvoll. Sie bedauerte, dass sie ihm zusätzlichen Kummer bereitet hatte, und entgegnete zaghaft: »Was ist denn nur geschehen, Jonah? Was hat mein Vater wieder Furchtbares getan?«

Er machte eine wegwerfende Handbewegung. »Nichts Schlimmeres als sonst. Und ich hätte gern eine Antwort.«

Sie erhob sich abrupt, alle guten Vorsätze vergessen. »Ja, Master Durham, ich habe verstanden: Ich habe hier zu sitzen und zu warten, bis du dich meiner anzunehmen beliebst!«

Er nickte knapp. »Ich bedaure, wenn dir das nicht genügt, aber genau so ist es.«

»Du hingegen bist frei, zu tun, was dir beliebt, und Bastarde in die Welt zu setzen!«

Er saß wie vom Donner gerührt und starrte sie einen Moment sprachlos an, ehe er fragte: »Wie war das?«

»Muss ich das wirklich wiederholen?«

»Das würde wohl wenig nützen, denn ich wüsste beim zweiten Mal ebenso wenig, wovon du sprichst.« Er klang tatsächlich mehr verdutzt als wütend.

Giselle kam der Gedanke, dass er von dem Kind möglicherweise gar nichts wusste. Sie setzte sich wieder und seufzte kopfschüttelnd. »Gott, ich hatte mir geschworen, nicht gleich bei unserem Wiedersehen davon anzufangen. Jetzt ist es doch passiert. Du hast ein Kind, Jonah. Einen Sohn. In Havering, ich habe ihn gesehen. Er ist ein süßer Junge, aber verkrüppelt.«

Jonah ging ein Licht auf. »Cecil? Er ist in Havering?«, fragte er ungläubig. Was für ein eigenartiger Zufall.

Giselle biss hart die Zähne zusammen. Er hatte also von diesem Kind gewusst. Sorgsam hielt sie jeden Vorwurf aus ihrer Stimme. »Seine Mutter war auch dort. Sie war kreuzunglücklich, weil die Nonnen ihn so abscheulich behandeln.«

»Arme Annot«, murmelte Jonah, ehe ihm aufging, was er hier eigentlich anrichtete. »Aber du irrst dich, Giselle. Der Junge ist nicht mein Sohn.«

Sie lachte unglücklich. »Jonah, er ist dein Ebenbild.«

Er schüttelte den Kopf. »Ruperts Ebenbild. Mein Vetter sieht mir ähnlich, Gott sei's geklagt.«

Jonah nahm wieder ihre Hand, rieb sie sacht, weil sie so kalt war, sah seiner Frau in die Augen und erzählte ihr alles. Manches hatte sie schon von Crispin gehört, vieles noch nicht, und so traurig die Geschichte auch war, verspürte sie doch einen kleinen Triumph, weil ihr Mann ihr zum ersten Mal etwas wirklich Persönliches anvertraute. Er sprach kühl und nüchtern und beschränkte sich auf die Tatsachen, aber seine Augen sagten etwas völlig anderes, und er wich ihrem Blick kein einziges Mal aus.

»Jetzt weißt du das Schlimmste von mir«, schloss er mit einem selbstironischen Lächeln, aber Giselle ließ sich nichts vormachen. Sie wusste, dass das stimmte. Sie stand auf, umrundete den Tisch, stellte sich vor ihn und verschränkte die Hände in seinem Nacken.

Jonah lehnte den Kopf an ihren runden Bauch. »Da. Es strampelt wieder«, murmelte er.

Sie lächelte. »Was du nicht sagst.«

»Es tut mir Leid, wenn ich tyrannisch bin, Giselle. Es ist abscheulich. Ich will dich nicht einsperren. Aber die Welt dort draußen ist voller Menschen wie Rupert.«

Sie hatte Mühe, nicht weich zu werden, doch sie wusste, sie musste die Gunst des Augenblicks nutzen und ihre Bedingungen stellen. Aber noch ehe sie entschieden hatte, was genau sie sagen sollte, erklangen polternde Schritte auf der Treppe.

Jonah ließ sie los und richtete sich auf.

Gervais of Waringham erstürmte die Halle. Über dem linken

Auge trug er eine Seidenbinde, denn er war einer der vierzig Ritter, die Bischof Burghersh auf den Kontinent begleitet hatten.

Er verneigte sich vor Giselle und wandte sich dann an Jonah. »Dein Diener sagt, es sei ein ungünstiger Moment, dich zu stören, aber ich dachte, du willst es sicher hören: Das Bündnis mit dem Kaiser und den Niederlanden ist perfekt. König Edward erhebt mit dem heutigen Tage Anspruch auf die französische Krone. – Wir haben Krieg, Jonah!« Das sichtbare Auge leuchtete erwartungsvoll.

London, Dezember 1337

Es hatte geschneit. Jocelyn, James und die jüngeren Kinder der Pächter, die noch nicht in der väterlichen Werkstatt helfen mussten, tollten im Hof umher. Der Herr des Hauses war wieder einmal auf Reisen, darum waren sie ausgelassener und vor allem lauter als sonst. Bald war eine turbulente Schneeballschlacht im Gange, und obwohl Cecil nur eine Hand richtig gebrauchen konnte und seine Schneebälle kleiner waren als die der anderen, machte er diesen Mangel doch durch Schnelligkeit und Geschick wett, und er teilte mehr aus, als er einsteckte.

Eins seiner Geschosse traf Jocelyn mitten ins Gesicht, der erschrocken prustete und dann brüllte: »Na warte, das wirst du mir büßen, Krüppel!«

Cecil schien nicht im Mindesten beleidigt, sondern lachte und tauchte mühelos unter Jocelyns Vergeltungsschneeball weg. Doch Crispin, der sie heimlich vom kleinen Fenster des Kontors aus beobachtet hatte, trat heraus und rief: »Jocelyn, ich habe dir schon hundert Mal gesagt, du sollst ihn nicht so nennen!«

Meurig stand mit nacktem Oberkörper vor dem Stalltor und hackte Brennholz. Er richtete sich auf, wischte sich mit dem Arm über die Stirn und riet: »Hör endlich auf Master Crispin, Söhnchen.«

»Ja, Vater«, antwortete der kleine Kerl eher abwesend als zerknirscht, bückte sich und formte einen neuen Schneeball.

Crispin hatte wenig Hoffnung, dass seine Ermahnung dieses Mal Früchte tragen würde. »Cecil, komm einen Moment ins Kontor«, sagte er.

Unglücklich sah der Junge zu ihm herüber, offenbar sehr unwillig, das Schlachtfeld schon zu verlassen.

Crispin schüttelte lachend den Kopf. »Es dauert nicht lange. Du wirst es nicht bereuen, glaub mir.« Er streckte ihm die Hand entgegen.

Cecil kam angerannt und legte seine kleine Hand zutraulich in Crispins. Der junge Kaufmann führte seinen Schützling ins Kontor, wo ein Kohlebecken die scharfe Vorweihnachtskälte vertrieb, setzte ihn auf den Tisch und hielt ihm einen Apfel hin. Mit leuchtenden Augen streckte der Junge die Hand aus, aber Crispin zog die duftende Frucht kopfschüttelnd zurück.

»Weißt du, was das ist?«

Cecil nickte.

»Ist es eine Birne?«

Er schüttelte den Kopf.

»Ein Apfel?«

Nicken.

»Willst du ihn haben?«

Heftiges Nicken.

»Gut. Du bekommst ihn. Aber erst musst du das Wort sagen. Apfel. Na los, sag es.«

Cecil ließ die Hand sinken, und seine Miene war eine Mischung aus Flehen und Traurigkeit. Crispin hatte Mühe, ihr standzuhalten.

Er war vollkommen vernarrt in dieses Kind. Von dem Tag an, als Jonah es ins Haus gebracht hatte, hatte Crispin Vaterstelle vertreten. Weil Cecil so ein pfiffiger, verlorener kleiner Kerl war. Weil das Leben ihm so übel mitgespielt hatte. Weil er Annots Sohn war – und weil Crispin das Kind in ihm sah, das Rupert und Elizabeth hätten haben können. Wie anders wäre ihr Leben dann wohl verlaufen. Gewiss besser.

Es war Giselles Idee gewesen, Cecil aufzunehmen. Da der Vater des Jungen sich seiner nicht annahm, sei es Jonahs Pflicht, fand sie, denn Cecil war sein Verwandter und hatte Anrecht auf seine Fürsorge. Jonah war alles andere als begeistert. Sie bekomme selbst ein Kind, hatte er eingewandt, da sei seines Vetters Bastard doch wohl das Letzte, was ihr fehle. Schließlich hatte er sich umstimmen lassen. Nicht um Cecils Willen, das wusste Crispin genau, sondern wegen Annot.

Crispin war es zugefallen, zu ihr zu gehen und ihr den Vorschlag zu unterbreiten.

»Das kommt nicht in Frage«, war ihre erste Reaktion gewesen. Sie war außer sich. »Ist das zu fassen? Jetzt will Giselle de la Pole auch noch meinen Sohn. Manchmal denke ich, der Himmel hat diese Frau geschickt, um mich zu prüfen. Oder für meine zahllosen Sünden zu strafen.«

»Annot, sei vernünftig. Denk an deinen Sohn. Giselle hat ein gutes Herz, glaub mir, sie will nur sein Bestes.«

»Ich möchte nicht wissen, wie sie darüber denken würde, wenn er Jonahs Bastard wäre«, versetzte sie.

Crispin hob leicht die Schultern. »Dann würde sie ihn wohl nicht aufnehmen wollen. Ich habe nicht gesagt, Giselle sei eine Heilige. Aber das ist nicht der Punkt, oder? Sie wird gut zu ihm sein, und ich werde mich um ihn kümmern, du hast mein Wort. Was hat er dort, wo er jetzt ist? Und denk an die Zukunft. Wenn er bleibt, wo er ist, wird bestenfalls ein Schäfer aus ihm, vielleicht auch ein Bettler. Wenn er zu uns kommt, kann ein Kaufmann aus ihm werden.«

»Falls er nicht doch schwachsinnig ist und das Sprechen noch lernt.« Sie sah, dass er etwas einwenden wollte, aber hob abwehrend die Hand. »Du hast ja Recht, Crispin. Aber dort, wo er jetzt ist, kann ich ihn wenigstens besuchen. Willst du mir weismachen, die ehrbare Giselle würde mich in ihrem Haus dulden?«

Das war undenkbar. Niemand hatte es auch nur vorgeschlagen. Aber auch für dieses Problem hatten Crispin und Jonah eine Lösung gefunden. »An der Old Fish Street gibt es ein kleines

Franziskanerkloster. Die Brüder sind Jonah zu Dank verpflichtet und gern bereit, ihm einen Gefallen zu erweisen. Ich werde Cecil jeden Sonntag nach der Kirche hinbringen. Du kannst ihn dort besuchen und so lange bleiben, wie deine Zeit es erlaubt. Abends hole ich ihn wieder ab.«

Annot hatte sich nicht länger gesträubt. Auf diese Weise würde sie ihr Kind öfter zu sehen bekommen als bisher, denn sie hatte nicht wöchentlich nach Havering reiten können. Mit einem Mal wirkte sie wie erlöst und fiel ihm um den Hals. »Ich kann mir vorstellen, dass es ein hartes Stück Arbeit war, Jonah zu überreden. Ich danke dir, Crispin.«

»Ehrlich gesagt, es war leichter, als ich gedacht hätte.«

»Sag ihm, das werde ich ihm nie vergessen. Und von mir aus dank auch der beinah heiligen Giselle …«

»Also, wie sieht es aus, Junge? Willst du den Apfel, oder soll ich ihn selber essen?«

Cecil verfolgte jede seiner Bewegungen mit bangen Blicken.

Crispin schnupperte an der rotwangigen, leicht verschrumpelten Frucht. »Hm, gut.« Dann biss er ein kleines Stück ab. »Oh, Junge, du glaubst einfach nicht, wie der schmeckt«, schwärmte er kauend.

»Apfel!«, stieß Cecil wütend hervor.

Lachend drückte Crispin ihm seine angenagte Belohnung in die Hand. »Gut gemacht.«

David, der müßig am Türrahmen zum Tuchlager gelehnt und ihnen zugeschaut hatte, klatschte in die Hände. »Großartig, Cecil. Das war richtig gut!«

Der Junge wandte den Kopf und strahlte ihn an. Dann machte er sich über seinen Apfel her, ließ die Füße baumeln und wirkte sehr zufrieden mit sich und der Welt.

Crispin zwinkerte dem Lehrjungen zu, schalt ihn aber gleich darauf schon wieder: »Wie steht es, Master Pulteney, solltest du nicht unterwegs sein und ausliefern?«

»Ich bin schon zurück«, erwiderte David triumphierend.

»Tatsächlich? Dann nehme ich an, du hast den Ballen Seidenbrokat für Master Bolton in Sheen vergessen. Oder bist du geflogen?«

»O nein, so ein verdammter Mist ...«

»Verdammter Mist«, murmelte Cecil vor sich hin.

Crispin und David starrten ihn verblüfft an, und während der Lehrling ohne großen Erfolg gegen unangebrachte Heiterkeit ankämpfte, schüttelte Crispin seufzend den Kopf. »Glückwunsch, David. Zu deiner Gedächtnisleistung ebenso wie zu dem leuchtenden Beispiel, das du dem Jungen gibst.«

David sparte sich eine Antwort und holte das kostbare Tuch aus dem Lager, um sich ein zweites Mal in die eisige Kälte hinaus zu begeben und den Schneider des Königs in Sheen zu beliefern.

Als er die Tür zum Hof öffnete, wäre er um ein Haar mit Rachel zusammengestoßen.

»Wer immer der Kunde ist, er wird warten müssen«, eröffnete sie ihm. »Lauf, hol die Hebamme, David. Es ist so weit.«

»Das Kind kommt?«, fragte er mit schreckgeweiteten Augen.

Rachel sah zu Crispin. »Ein heller Kopf, unser David.«

»Sollen wir ... sollen wir nicht lieber einen Arzt holen?«, schlug der Lehrjunge vor.

»Wozu?«, fragte sie verblüfft. »Die Mistress ist nicht krank, Junge, sie kriegt nur ein Kind. Und jetzt mach dich auf den Weg. Master Crispin, wenn Ihr mir einen Gefallen tun wollt, jagt die Kinderschar aus dem Hof. Die Mistress hat ein paar schwere Stunden vor sich und kann diesen Lärm nicht gebrauchen.« Ohne eine Antwort abzuwarten, machte sie kehrt und ging zum Haus zurück.

Crispin nahm David den Ballen aus der Hand. »Du verteilst die Kinder auf die Pächterhäuser und kümmerst dich um Cecil. Ich hole die Hebamme und einen Arzt.« In Jonahs Abwesenheit trug Crispin die Verantwortung für jedes Mitglied des Haushaltes, und wenn es Schwierigkeiten bei dieser Geburt gab, wollte er sich nicht vorwerfen müssen, etwas versäumt zu haben. »Wenn ich wieder da bin, reitest du nach Sheen. Und jetzt nimm dich ein bisschen zusammen, Junge. Wenn man dich anschaut, könnte man meinen, es wäre deine Frau.«

Die erste Wehe hatte Giselle am frühen Morgen geweckt. Sie war aufgestanden und ihren Pflichten im Haus nachgegangen, als wäre nichts, aber am späten Vormittag kam Berit ihr auf die Schliche. Aufgeschreckt alarmierte die kleine Magd Rachel, die mit Ruhe und Bedacht alles Notwendige in die Wege leitete. Rachels Besonnenheit beschwichtigte Giselles Angst, die sie so verbissen zu verbergen suchte. Und die Hebamme mit dem runzligen Gesicht und den alten Händen, die gegen Mittag kam, strahlte eine solche Ruhe aus, dass die Wöchnerin Zuversicht schöpfte. Sogar einen Arzt hatte Crispin ins Haus gebracht, den die Hebamme allerdings aus der Kammer geworfen und angewiesen hatte, in der Halle zu warten. Sie werde ihn rufen, falls sie ihn brauche.

Im Laufe des Nachmittags wurden die Schmerzen so furchtbar, dass Giselles Angst zurückkehrte. Sie schrie, obwohl sie sich so fest vorgenommen hatte, alles stumm zu ertragen. Sie verfluchte Jonah, der ihr das angetan hatte und jetzt nicht hier war, um ihr beizustehen. Sie verfluchte auch sein Balg, das sich offenbar entschlossen hatte, sie auf seinem Weg in die Welt in Stücke zu reißen. Als sie am Gemurmel der Hebamme und Rachels bangen Blicken endlich erkannte, dass etwas nicht stimmte, wünschte sie verzweifelt, sie könnte die Worte zurücknehmen. Sie fing an zu beten.

Dordrecht, Dezember 1337

Hier, Jonah, koste diesen Wein. Der wird selbst dich aufheitern«, versprach Geoffrey Dermond. Das eine sichtbare Auge zwinkerte. Geoffrey war schon ziemlich angeheitert, dabei war noch nicht einmal Mittag.

Jonah hob abwehrend die Hand. »Mir ist nicht zum Feiern zumute.«

»Nein, das kann ich verstehen«, sagte Gervais of Waringham beklommen.

Seine beiden Freunde setzten sich links und rechts von Jonah auf den gepolsterten Fenstersitz und zogen untypisch lange Gesichter, als wollten sie ihm damit ihre Solidarität bekunden.

Das pergamentbespannte Fenster in Jonahs Rücken strahlte eisige Kälte ab. Draußen auf dem Sims lag eine Schneeschicht, die wenigstens fünf Zoll hoch war. Ein Wintersturm, der neuen Schnee mitbrachte, heulte um die Türme der Burg unweit der Stadt Dordrecht im Rheindelta, wo Jonah und alle anderen Kauffahrer, die die ersten zehntausend Sack Wolle hergebracht hatten, seit beinah zehn Tagen ausharrten.

»Selbst wenn ihr heute zu einer Einigung kommt, könntest du bei dem Wetter nicht nach Hause segeln«, bemerkte Geoffrey.

Jonah nickte. Er hatte zunehmend Mühe, sich zu beherrschen. Seine Ungeduld war mit jedem Tag gestiegen, der nutzlos verstrich. Die Männer des Lord Treasurer hatten die englische Wollflotte am Hafen in Empfang genommen und das Löschen der Ladung ebenso argwöhnisch überwacht wie den Transport in die Lagerhäuser. Dann hatten sie den Kaufleuten einen Brief des Treasurer überreicht, der ihnen untersagte, die Wolle zu verkaufen, und sie aufforderte, hier auf dieser Burg Quartier zu nehmen, bis der ehrwürdige Bischof und Lord Treasurer Burghersh von den neuerlichen Verhandlungen mit den Verbündeten in Malines zurückkehrte.

Die Kaufleute waren empört, dass man sie wie Laufburschen behandelte und herumkommandierte, ihnen gar die Schlüssel zu den Lagern abnahm, als wäre ihnen nicht zu trauen. Aber es gab nicht viel, was sie dagegen hätten tun können, denn Burghersh handelte im Auftrag und mit Vollmacht des Königs. Jonah hatte sogar in gewissem Maße Verständnis für das Misstrauen und den Mangel an Höflichkeit, mit denen man ihnen begegnete. De la Pole, Conduit, Prescote, sogar der Bürgermeister Pulteney hatten gegen das Embargo verstoßen und Wolle nach Brabant und Hainault geschmuggelt und somit nicht nur den Preisen für die Monopolwolle geschadet, sondern die Krone obendrein um die Exportzölle geprellt. Jonah schätzte, dass die geschmuggelte

Ware an die dreitausend Sack Wolle betrug. Und er fragte sich langsam, ob es einen ehrbaren Kaufmann aus ihm machte, sich nicht am Schmuggel beteiligt zu haben, oder nur einen Narren. Und während er hier im winterlichen Holland die Zeit vertat und langsam einschneite, lag vielleicht daheim seine Frau in den Wehen …

»Jonah, komm heute Abend mit zum Bankett beim Onkel der Königin«, drängte Gervais zum wiederholten Male. »Du kannst hier nicht immerzu sitzen und dich grämen – das führt doch zu nichts.«

»Mal sehen.« Aber er würde nicht hingehen. Die andauernde Feierlaune der einäugigen Ritter zerrte zusätzlich an seinen Nerven.

Gervais stieß hörbar die Luft aus. »Du bist stur wie ein Esel, hat dir das schon mal jemand gesagt?«

»Dann und wann.«

»Aber du musst doch …«

»Da kommt der Treasurer«, unterbrach Geoffrey Dermond.

Gespannt sahen sie dem ehrwürdigen Bischof entgegen, der mit seinem Gefolge die zugige Halle betrat. Schnee pappte an seinen Schuhen, und ein junger Kaplan eilte herbei und nahm ihm den tropfnassen Mantel ab.

Die gut drei Dutzend Kaufleute erhoben sich von den Tischen und Fenstersitzen. Nur Jonah blieb, wo er war, studierte die Miene des Bischofs und versuchte vergeblich, sie zu deuten. Der erfahrene Diplomat gab durch nichts zu erkennen, was in seinem Kopf vorging.

»Gentlemen, ich bedaure, dass ich Euch warten lassen musste«, begann Burghersh mit einem schmallippigen Lächeln. Seine tiefe Reibeisenstimme drang mühelos bis in jeden Winkel des großen Saales. »Aber die Verhandlungen haben sich verzögert. Jetzt sind sie abgeschlossen, und wir haben den ungefähren Geldbedarf zur Honorierung unserer Verbündeten ermittelt: Er beträgt rund zweihundertsiebzigtausend Pfund. Also in etwa die Summe, die Ihr der Krone zugesagt habt. Und ich brauche dieses Geld vor Beginn der Fastenzeit.«

Die Kaufherren wechselten verwunderte Blicke.

»Mylord«, begann der fette Conduit höflich. »Die Kreditzusage belief sich auf zweihunderttausend. Und zwar in drei Raten.«

Burghersh betrachtete ihn kühl. »Zweihunderttausend Kredit plus die Hälfte des Profits aus dem Wollverkauf. Solltet Ihr das vergessen haben?«

»Keineswegs. Aber Ihr werdet doch sicher verstehen, dass wir die Profitbeteiligung erst auszahlen können, nachdem dieser Profit entstanden ist. Nach dem Verkauf der Wolle also. Und auch die erste Teilauszahlung des Kredits ist dann erst fällig. Ein Drittel, Mylord. Sechsundsechzigtausend.«

Der Blick des Bischofs wurde verächtlich. »Wollt Ihr allen Ernstes auf diesen kleinlichen Klauseln bestehen? In dieser Stunde der Not, da das Wohl Englands und das Ansehen des Königs auf dem Spiel stehen?«

»Nicht aus Kleinlichkeit, sondern aus Notwendigkeit«, erklärte Conduit. Jonah stellte überrascht fest, dass der feiste Londoner seine Sache gut machte: Er blieb sachlich und sprach mit der Stimme der Vernunft. »Wir können nicht auszahlen, was wir nicht haben. Lasst uns unsere Wolle verkaufen. Gebt uns Zeit dafür bis Ostern. Dann werden wir vereinbarungsgemäß die erste Teilzahlung leisten, von mir aus auch hunderttausend. Wir sind bereit, unser Möglichstes zu tun, aber jede Leistungsfähigkeit hat Grenzen.«

»Ostern?«, wiederholte der Bischof fassungslos. Und als Jonah erkannte, dass Panik in den Augen dieses hart gesottenen Staatsmannes lauerte, beschlich ihn eine böse Ahnung. »Was nützen mir hunderttausend Pfund zu Ostern? Ich verlange, dass die Wolle vor der Jahreswende verkauft wird!«

Ein empörtes Zischen erhob sich unter den Kaufleuten.

»Wenn wir das tun, werden die Preise weit unter den Erwartungen bleiben«, wandte Conduit ein.

Der Bischof winkte ab. »Der Markt hier gleicht einem trockenen Schwamm. Er wird jeden Sack Wolle gierig aufsaugen wie der Schwamm den Wassertropfen.«

»Nicht, wenn die Käufer merken, dass wir es eilig haben. Dazu sind die Kaufleute hier zu klug.«

»Verschont mich mit Fachsimpeleien. Ich sage, ich brauche hunderttausend bis zum Ende der Feiertage und den Rest vor der Fastenzeit.«

Kopfschütteln unter den Kaufleuten.

»Das ist ausgeschlossen, Mylord.«

»Wollt Ihr damit sagen, dass Ihr Euch weigert?«

»Ich will damit sagen, dass wir das Unmögliche nicht möglich machen können, sosehr wir es uns auch wünschen. Wir halten uns an die Abmachungen und dürfen wohl erwarten…«

»Abmachungen?«, donnerte der Bischof. »Ihr, der Ihr in drei Monaten zweihundert Sack Wolle nach Antwerpen geschmuggelt habt, wagt es, auf Abmachungen zu pochen? Ach, nun werdet Ihr bleich, Conduit? Auf einmal so stumm? Ich weiß alles!« Er warf drohende Blicke in die Runde. »Über jeden von Euch! Und jetzt hätte ich gern Eure Zusage. Ich bin es müde, darum zu betteln!«

Wie immer wartete William de la Pole bis zum entscheidenden Moment, ehe er das Wort ergriff. Er trat neben den kleinlauten Conduit, den er mindestens um Haupteslänge überragte, und verneigte sich knapp, aber höflich vor dem Bischof. »Wenn Ihr tatsächlich alles wisst, Mylord, seid Ihr gewiss auch darüber im Bilde, dass es unter uns viele Männer gibt, die sich strikt an die vereinbarten Regeln gehalten haben. Ich spreche als einer von ihnen«, sagte er im Brustton der Aufrichtigkeit.

Jonah kam nicht umhin, ihn für seine Kaltblütigkeit zu bewundern. De la Pole war seit Beginn des Embargos der König aller Wollschmuggler. Aber er stellte es eben klüger an als die anderen, versteckte seine Schandtaten in dem unentwirrbaren Geflecht seiner zahllosen Handelsgeschäfte. Niemand konnte ihm je etwas nachweisen.

»Wir haben uns im Dienste des Königs zu diesem Monopol zusammengeschlossen; die Finanzierung seines Krieges war unser Ziel. Wir sind in Vorleistung getreten und haben das Risiko getragen. Ihr müsst verstehen, dass wir die Gesamtsumme jetzt einfach nicht zur Verfügung haben, ganz gleich, wie oft Ihr sie verlangt.«

Der Bischof machte keinen Hehl daraus, wie sehr er de la Pole verabscheute. Sein Mund verzog sich zu einer hämischen Grimasse, als er antwortete: »Ich gestehe, Eure Selbstlosigkeit rührt mein Herz, Sir. Aber ich fürchte, im Interesse der Krone muss ich eine andere Lösung finden.« Er zog ein Schriftstück hervor, mit einem triumphalen Lächeln, wie ein Gaukler, der ein Ei aus dem Dekolleté einer Dame zaubert. »Im Namen des Königs beschlagnahme ich die gesamte Wolle, die Ihr nach Dordrecht gebracht habt. Jeder von Euch bekommt eine Urkunde, die den Erhalt der jeweiligen Menge quittiert und die Zahlung aus dem Staatshaushalt zu einem späteren Zeitpunkt in Aussicht stellt. Zu einem sehr viel späteren Zeitpunkt, schätze ich nach Lage der Dinge.«

Unter den Kaufleuten brach ein Tumult aus. Alle redeten durcheinander und machten ihrer Entrüstung lautstark Luft.

Jonah erhob sich abrupt von seinem Platz am Fenster und ging mit gesenktem Kopf zur Tür.

Gervais wollte ihm folgen, aber sein Freund hielt ihn am Ärmel zurück. »Lass ihn. Er war ganz grün im Gesicht. Ich schätze, er muss kotzen.«

Gervais nickte bedrückt. »Mann, das ist sicher ein harter Schlag für ihn. Von dem Geld wird er lange nichts sehen.«

Geoffrey führte den Becher an die Lippen und nahm einen tiefen Zug. »Er ist ruiniert, Gervais.«

»Was redest du da?«

»Er hat alles, was er besitzt, verpfändet, um diese Wolle zu kaufen«, vertraute Geoffrey ihm flüsternd an.

Gervais' Augen hatten sich entsetzt geweitet. »Woher willst du das wissen?«

»Hab ich 's dir nicht erzählt? Ich habe ein Techtelmechtel mit Anna Bardi.«

»Du … *was*?«

»Hm.« Geoffrey konnte sich ein selbstgefälliges Lächeln nicht ganz verkneifen. »Sie hat behauptet, ich hätte sie entjungfert, aber das habe ich inzwischen schon von wenigstens fünf anderen Kerlen gehört.«

Gervais seufzte. »Oh, Geoffrey, du bist ein richtiger Gentleman. Weiter. Was hat das mit Jonah zu tun?«

»Anna studiert die Geschäftsbücher, wann immer sie Gelegenheit findet, und betreibt einen schwunghaften Handel mit dem, was sie rausfindet. Das von Jonah hat sie mir allerdings kostenlos erzählt. Junge, ich sag dir, sie ist ein richtiges Luder...«

Geoffrey erging sich in einer ausführlichen Beschreibung von Annas ausgefallenen Wünschen und Vorlieben. Gervais hörte nicht hin. Er dachte an Jonah. Geoffrey verstand vielleicht nicht, was es für einen Mann bedeutete, Hab und Gut zu verlieren, denn Geoffrey war immer abgebrannt. Doch Gervais trug seit einigen Jahren die Verantwortung für eine ganze Baronie, und er wusste, was richtige Geldsorgen waren. Staunend beobachtete er, wie der Sekretär des Bischofs die versprochenen Schuldscheine an die wutentbrannten Kaufleute verteilte. Sie waren offenbar schon vor dieser Unterredung ausgestellt worden. Burghersh hatte seinen Coup also von vornherein geplant.

De la Pole kam als Letzter an die Reihe. Mit einem höflichen kleinen Lächeln nahm er seinen Schuldschein in Empfang. Ihn schien die Beschlagnahmung seiner Wolle nicht sonderlich zu erschüttern.

Gervais löste sich aus dem Schatten am Fenster und ging auf die Gruppe der Kaufleute zu.

»Ich habe hier noch eine Urkunde für einen gewissen Jonah Durham«, sagte der Sekretarius. »Zweihundert Sack.«

De la Pole streckte die Hand aus. »Er ist mein Schwiegersohn. Ich lasse sie ihm zukommen.«

Gervais ging dazwischen, stahl ihm das Dokument förmlich aus den Fingern. »Wenn Ihr erlaubt, Sir... Ich schätze, ich sehe Jonah heute noch. Ich kann ihm seine Urkunde geben.«

Die hellen Raubvogelaugen funkelten für einen Moment zornig auf, aber de la Pole hatte sich sogleich wieder unter Kontrolle. Er verneigte sich höflich vor Gervais. »Das ist sehr freundlich von Euch, Mylord.«

»Fröhliche Weihnachten, Master Durham«, wünschte der Kapitän der *Philippa* zum Abschied, nachdem sie am Wool Quay festgemacht hatten. »Was soll ich der Mannschaft sagen? Sollen sie gleich nach Dreikönige wieder an Bord kommen?«

Jonah räusperte sich. »Ich ... weiß noch nicht, Hamo. Ich schicke Euch Nachricht.«

Langsam überquerte er die Laufplanke, legte noch einen Moment die Hand auf das Tau, mit dem die *Philippa* gesichert war.

Wann immer sie wieder hinausfuhr, auf jeden Fall würde sie die Fracht eines anderen tragen. So unvorstellbar es auch schien. Dies war sein Schiff. Er hatte mit dem Schiffsbauer zusammen über den Plänen gehockt, hatte genaue Anweisungen gegeben, wie der Namenszug auszusehen hatte. Aber es war nur noch eine Frage von Tagen, bis sie der Bardi-Flotte einverleibt würde ...

Er stand am Hafen und wusste nicht, wohin er sich wenden sollte. Nur die verwunderten Blicke von Deck trieben ihn schließlich fort. Seit drei Tagen wusste er es jetzt. Er hatte drei Tage Zeit gehabt, sich mit seinem Ruin zu befassen, sich mit dem Gedanken vertraut zu machen. Aber er hatte noch keine großen Fortschritte gemacht. Er stand immer noch unter Schock, und bei jedem seiner ziellosen Schritte kam es ihm vor, als wate er durch ein trübes, schlammiges Gewässer.

Der Besitzer des Mietstalls gegenüber dem Liegeplatz sah ihn kommen. »Wollt Ihr den Fuchs wie üblich, Master Durham?«

Jonah schüttelte den Kopf. »Danke, heute geh ich zu Fuß.«

Der Mann sah ihm erstaunt nach.

Jonah ging die Thames Street entlang, hatte die Kapuze tief ins Gesicht gezogen und achtete nicht auf die Festtagsstimmung, die Kirchenglocken, die Mistelzweige an den Türen, die fröhlichen Menschen. Er sah nichts, und er hörte nichts. In den Gassen der Ropery lag der Schnee beinah knöchelhoch. Jonah kämpfte sich mechanisch vorwärts. Als er den Kirchhof von All Hallows überquerte, hörte er eine Tür quietschen, und jemand rief seinen Namen. Jonah erkannte Vater Rufus' Stimme, aber er gab vor, ihn nicht zu hören, und stapfte weiter.

Er trat durch die Pforte, schloss sie hinter sich und ließ den Blick kurz über den stillen, verschneiten Hof schweifen. Mit einem Mal packte ihn der Schmerz über den unausweichlichen Verlust. Er war unerwartet scharf, dieser Schmerz. Bislang hatte Jonah sich in seinem dumpfen Schockzustand nur mit abstrakten Dingen befasst, mit Schande, Hohn und mit Armut. Doch als er jetzt hier stand und seinen Hof betrachtete, bekam er einen bitteren Vorgeschmack auf das Heimweh, das er empfinden würde.

Er setzte sich wieder in Bewegung und ging zum Haus hinüber. Kleine Zipfelmützen aus Schnee bedeckten Rachels Lavendel. So geräuschlos wie möglich öffnete er die Tür. Aus der Küche hörte er Stimmen und Lachen. Er schlich die Treppe hinauf und fand Crispin und David allein mit Cecil in der Halle.

Der kleine Junge bemerkte ihn als Erster, und sein Koboldgesicht erstrahlte in einem vertrauensvollen Lächeln. Dann zupfte er Crispin am Ärmel und zeigte mit dem Finger zur Tür.

Crispin wandte sich um. »Jonah! Willkommen daheim.«

David blickte erschrocken auf und murmelte einen Gruß.

Selbst in seiner Düsternis erkannte Jonah, dass hier etwas nicht stimmte. Es war keine klare Wahrnehmung, eher ein Gefühl, als senke sich ein zusätzliches Gewicht auf seine Schultern, und seine Knie drohten plötzlich einzubrechen. Er lehnte sich an den Türrahmen. »Was? Ist sie im Kindbett gestorben?«

»Nein«, versicherte Crispin hastig. »Sie ist auf dem Wege der Besserung. Und du hast einen kerngesunden Sohn, Jonah.«

Er wandte sich wortlos ab, ehe sie ihm gratulieren konnten, und durchschritt den kurzen Flur zu seiner Tür. Flüchtig erinnerte er sich daran, dass er Giuseppe Bardi belächelt hatte, weil Beatrices Schwangerschaft seine Zukunftssorgen mehrte. Jetzt würde es Giuseppes kleiner Sohn sein, der in seidene Windeln gewickelt wurde, und Jonahs, der in Armut aufwuchs.

Er trat leise ein, schlich ans Bett und schob langsam den Vorhang zurück. Giselle schlief. Ihr zartes Gesicht wirkte ausgemergelt; er konnte sehen, dass sie krank war. Das Kind lag in ihren Armen. Es war winzig. Jonahs Brust zog sich zusammen, als er die unglaublich kleinen Finger sah, die Nase von der Größe eines Pfefferkorns. Aber alles war da: Wimpern, Augenbrauen, Ohren, sogar ein flaumweicher Schopf dunkler Haare. Behutsam legte er einen Finger darauf. Der Säugling regte sich und wachte auf. Hastig zog Jonah die Hand zurück.

Blinzelnd schlug Giselle die Augen auf. »Jonah ...?«

Er streifte Mantel und Kapuze ab und setzte sich auf die Bettkante, nahm ihre Hand und legte sie an seine Wange. Die Hand glühte. Giselle hatte Fieber.

»Es tut mir Leid, Giselle.«

»Was?«, fragte sie schlaftrunken.

»Dass ich nicht hier war.« Und dass ich uns an den Bettelstab gebracht habe, fügte er in Gedanken hinzu und fragte sich, wie er ihr das jemals sagen sollte.

Sie lächelte zu ihm auf. Ein unnatürlicher Glanz lag in ihren Augen. Dann sah sie auf ihren Sohn hinab, der in ihren Armen zu strampeln begonnen hatte und zunehmend missfällige Laute von sich gab. »Ist er nicht wunderbar?«

»Das ist er.«

»Wir haben ihn Lucas genannt, nach deinem Vater. Ich hoffe, du bist einverstanden. Crispin hat es vorgeschlagen, und ich dachte, da er der Pate ist, sollte ich auf ihn hören ...«

»Schsch. Sprich nicht so viel. Ihr habt es ganz richtig gemacht. Es ist ein guter Name.«

Lucas fing ernstlich an zu brüllen. Sein Gesicht wurde krebsrot, und seine Fäuste reckten sich der bösen Welt, die ihn nicht fütterte, kämpferisch entgegen.

Ohne Vorwarnung öffnete sich die Tür, und eine fremde, vielleicht zwanzigjährige Dienstmagd trat ein. Als sie Jonah entdeckte, schrak sie zusammen und knickste schüchtern.

»Das ist Marion, die Amme, Jonah«, erklärte Giselle. »Es ist gut, Marion. Nimm ihn nur mit.«

Das Mädchen nahm den Säugling fachkundig auf und trug ihn hinaus.

»Eine Amme?«, fragte Jonah und bemühte sich, jeden Vorwurf aus seiner Stimme zu halten.

»Ich habe keine Milch«, gestand Giselle beschämt. Jetzt, da das Kind fort war, wirkte sie auf einmal viel schwächer. Zerbrechlich und elend.

Jonah legte sich neben sie und zog sie behutsam an sich. Sie lehnte den Kopf an seine Schulter und schloss die Augen. »Gott sei Dank, dass du wieder da bist«, murmelte sie mit einem tiefen Seufzen.

Jonah überlegte derweil, ob es irgendeine Möglichkeit gab, die Amme zu behalten, wenn er alle anderen Dienstboten und natürlich auch Crispin und David entließ, oder ob sein Sohn würde verhungern müssen.

Er lauschte Giselles Atem. Die Züge wurden länger und tiefer. Sie hatte sich an ihn geschmiegt, als müsse sie sich mit ihrem Tastsinn vergewissern, dass er wirklich wieder da war. Ihre Hand lag auf seiner Brust, als wolle sie verhindern, dass er sich wieder davonstahl.

Als sie fest schlief, erhob er sich trotzdem, ganz vorsichtig, um sie nur ja nicht wieder aufzuwecken. Ihre Nähe und die Geborgenheit, die sie offensichtlich in seiner Gegenwart empfand, verursachten ihm Beklemmung. Es führte ihm unerbittlich vor Augen, was für einen Verrat er an ihr begangen hatte, mit so hohen Einsätzen zu spielen, wie sehr er sich an seiner Frau und seinem Sohn versündigt hatte. An allen, die ihm anvertraut waren.

Er ging hinüber in die Halle, wo, wie ihm jetzt auffiel, jeder Weihnachtsschmuck fehlte. Es dämmerte bereits. Crispin hatte eine Kerze angezündet und las in seinen Heiligengeschichten. Als er Jonahs Schritt hörte, sah er auf.

»David ist mit Cecil zu den Weihnachtsspielen gegangen. Ich hoffe, du hast nichts dagegen.«

Jonah schüttelte den Kopf und setzte sich ihm gegenüber an den Tisch.

Crispin klappte sein Buch zu und verschränkte die Hände darauf. »Jonah, es besteht kein Grund, so erschüttert zu sein. Deine Frau wird wieder gesund. Sie hatte eine sehr schwere Geburt. Das Kind lag nicht richtig, hat der Arzt mir erklärt, und sie hat viel Blut verloren. Als sie Fieber bekam, fürchteten wir das Schlimmste. Aber das Fieber fällt bereits wieder, und sie wird schon kräftiger. Es spricht überhaupt nichts dagegen, dass sie weitere Kinder bekommt, sagen sowohl der Arzt als auch die Hebamme. Und dein Sohn ist ein kräftiger, bildhübscher Junge. Du hättest allen Grund, glücklich zu sein.«

Jonah nickte. Crispin hatte Recht. Die Gesundheit seiner Frau und seines Sohnes waren mehr wert als alle Wolle Englands, wichtiger als Ansehen und Wohlstand. Trotzdem wollte die Düsternis nicht weichen.

»Mach dir keine Vorwürfe, dass du nicht hier warst«, fuhr Crispin fort. »Es hat weiß Gott nicht an dir gelegen, dass das Auslaufen der Wollflotte sich so lange verzögert hat. Und du hättest ja doch nichts tun können und dich nur gegrämt. Jetzt ist doch alles wieder in Ordnung.«

Jonah stützte die Stirn in die Hand und lachte tonlos. Alles in Ordnung. Was für ein Hohn. Er nahm sich zusammen und schaute wieder auf. Er musste es Crispin sagen. Sein Gehilfe hatte ein Recht, es zu erfahren, ehe alles um sie herum zusammenbrach, damit er in Ruhe entscheiden konnte, was er tun wollte: in den Dienst eines anderen Londoner Tuchhändlers treten oder vielleicht doch lieber den Weinhandel seines Vaters übernehmen. Jedenfalls sollte er weit weg sein, ehe es bekannt wurde, damit der Makel von Jonahs Ruin seinen Ruf nicht belastete.

»Crispin ...«

»Ja?«

Die Worte wollten nicht heraus. Er konnte es einfach nicht sagen. Er verfluchte sich und schalt sich einen verdammten Feigling, aber es nützte nichts. »Ich glaube, ich will in die Kirche.«

Crispin nickte. Sein Verständnis und Mitgefühl waren Jonah unerträglich. Warte nur, dachte er, warte nur, bis du hörst, was ich über uns gebracht habe. »Sollte Giselle aufwachen, ehe ich zurück bin, sag ihr, ich bleibe nicht lange.«

»Ist gut.«

An der Tür hielt Jonah noch einmal an. »Warum bist du eigentlich nicht bei den Weihnachtsspielen?«

Crispin hob die Schultern. »Seit du nicht mehr dabei bist, gehe ich nicht mehr hin. Es ist… einfach nicht mehr das Gleiche.«

»Das hast du mir nie erzählt.«

»Ich hatte immer das Gefühl, es ist ein Thema, das du lieber meidest. Wie so vieles, Jonah.«

Einen Moment sahen sie sich noch an, dann wandte Jonah sich ab, holte seinen Mantel und verließ das Haus.

Er suchte sich eine fremde Kirche, ein bescheidenes, hölzernes Gotteshaus an der Fishmonger Lane, und kniete sich außerhalb des Lichtkreises der einzelnen Altarkerze ins Stroh. Niemand war dort; er war allein mit Gott. Das war gut. Er wollte Dank sagen für das Leben seiner Frau und seines Sohnes. Und er wollte Gott bitten, ihn Demut zu lehren, damit er ertragen konnte, was kommen würde. Aber er fand keine Worte. Seine Seele war vollkommen leer, genau wie sein Kopf. Ihm war ein wenig schwindelig von dieser Leere. Dass er seit drei Tagen nichts gegessen hatte, war ihm überhaupt nicht bewusst, und so hielt er den Schwindel und das Schwächegefühl in den Beinen für eine Folge dieser inneren Ödnis.

Da er nicht beten konnte, fing er an zu überlegen, was er nach den Feiertagen tun musste. Er würde Giuseppe einen Brief schreiben, um ihnen beiden die Peinlichkeit einer persönlichen Begegnung zu ersparen. Er würde ihm in aller Höflichkeit mitteilen, bis wann er sein Haus voraussichtlich räumen werde. Er besaß noch etwa zehn Pfund in Bargeld. Die würde er seinen Gläubigern unterschlagen, damit ihm und Giselle und Lucas die Chance zum Überleben blieb. Immerhin war Winter, und er musste für Frau und Kind ein Dach über dem Kopf finden. Sevenelms, schoss es ihm durch den Kopf. Natürlich. Dort konnten sie erst einmal hin. Das kleine Gut hatte er nicht beliehen, weil es ihm ja nicht gehörte. Dort wäre Giselle auch vor den höhnischen Blicken seiner schadenfrohen Konkurrenten sicher. Und im

Frühling würde ihm nichts anderes übrig bleiben, als einen Tuchhändler zu finden, der ihn als Gehilfen einstellte. Der Gedanke bereitete ihm Übelkeit.

Er war so in seiner Düsternis versunken, dass er völlig die Zeit vergaß. Als er wieder ins Freie trat, war die Winternacht längst hereingebrochen. Er fühlte sich steif vor Kälte, denn natürlich war das bescheidene Kirchlein unbeheizt, und er hatte wer weiß wie lange reglos am Boden gekniet. Jegliches Gefühl war aus seinen Beinen gewichen, und er torkelte über die Straße. An der ersten Kreuzung blieb er stehen und sah sich verwirrt um. Er hatte plötzlich keine Ahnung mehr, wo er sich befand. Verblüfft lachte er vor sich hin. Verlaufen in London, was für ein Irrsinn. Er kannte jede Gasse, jedes Haus, jeden Stein in dieser Stadt. Aber für den Moment, musste er erkennen, hatte er die Orientierung verloren. Vielleicht lag es an der Dunkelheit oder auch daran, dass sein Blick so merkwürdig verschwommen war. Er legte den Kopf in den Nacken. Die Mondsichel schien von einem nebeligen Strahlenkranz umgeben und floss dann auseinander, bis es zwei wurden. Jonah schüttelte ungläubig den Kopf, drehte sich einmal langsam um die eigene Achse, um endlich zu ergründen, wo er sich befand, und fiel in den Schnee, wo er reglos liegen blieb.

Die beiden Männer der Stadtwache, ein Schmied und ein Tischler aus Cheapside, die seinen langsamen Zickzackkurs von der Kirche zur Straßenecke interessiert verfolgt hatten, wechselten einen Blick.

»Eine Schande ist das«, grollte der Tischler. »Wie kann ein Mann sich zu Weihnachten so sinnlos besaufen?« Sie traten näher und stupsten den vermeintlichen Zecher nicht gerade sanft mit den Füßen an. Er rührte sich nicht.

Der Schmied spuckte in die Hände, packte den Besinnungslosen bei den Armen, zog ihn hoch und warf ihn sich über die Schulter, als wäre er eine Strohpuppe. »Ich weiß ein warmes Plätzchen, wo er seinen Rausch ausschlafen kann.«

Als Winfred von der Tonne sah, wen sie ihm gebracht hatten, traute er seinen Augen kaum.

»Ja du meine Güte, wie komme ich denn zu der Ehre?« Er rieb sich das Kinn und sah mit einem zufriedenen Grinsen auf die reglose Gestalt zu seinen Füßen hinab: Der Bart war neu. Die Schultern ein Stück breiter als früher. Aber es konnte keinen Zweifel geben. Das war der Mann, dem er vierzig Tage Kerkerhaft und eine Geldbuße, die ihn seine gesamten Ersparnisse gekostet hatte, verdankte.

»Du kennst den Kerl?«, fragte der Tischler.

»Aber ja.«

»Wer ist es?«

Winfred riss sich im letzten Moment am Riemen, ehe der Name heraus war. Das durfte er nicht riskieren. Jonah Durham war ein angesehener Mann, Liveryman seiner Gilde und Freund des Bürgermeisters. Man raunte gar, er sei ein Vertrauter der Königin. Er hatte heute noch weniger in der Tonne zu suchen als damals, und die Männer der Stadtwache könnten auf die Idee verfallen, ihn nach Hause zu tragen und ins Bettchen zu bringen, wenn sie hörten, wer er war. Wenn Winfred sie aber loswurde, ohne dass sie Verdacht schöpften, dann würde es lange dauern, ehe irgendwer Jonah Durham hier suchte …

»Ich kenne seinen Namen nicht. Irgendein Krämer. Aber er ist nicht zum ersten Mal hier.«

»Feine Kleider für einen Krämer«, bemerkte der Schmied, jetzt da sie den Mann im Licht zweier Fackeln sahen.

Winfred schniefte vielsagend. »Ich würde nicht meinen letzten Penny drauf wetten, dass er die ehrlich erworben hat.«

Ach, so einer ist das, sagten die Gesichter. Angewidert wandten die Nachtwächter sich ab. Für Schwindler und Hochstapler hatten die schwer arbeitenden, redlichen Londoner Handwerker nichts übrig.

Winfred brachte sie zur Tür, sperrte hinter ihnen ab und kehrte zu seiner Neuerwerbung zurück.

Jonah erwachte mit einem Gefühl, als werde er aus einem tiefen Wasser gezogen. Blinzelnd schaute er sich um. Er war an einem fremden Ort: ein großer Raum mit seltsam gerundeten Bretterwänden. Fackeln brannten in Wandhaltern, die in regelmäßigen Abständen entlang des Runds angebracht waren. In ihrem gelblichen Licht erahnte er eine unordentliche Schlafstatt, einen Tisch, eine Truhe, eine Kochstelle im festgestampften Lehmboden.

Langsam dämmerte ihm, dass mit seinen Händen etwas nicht stimmte; sie schienen über dem Kopf zusammengewachsen zu sein. Er wandte den Blick nach oben. Seine Handgelenke steckten in eisernen Schellen, und die Kette dazwischen war an einem dicken Haken in der Decke befestigt. Der Schreck fuhr ihm mächtig in die Glieder und machte seinen Kopf klar.

Er hörte ein leises, brummiges Lachen. »Na, Söhnchen? Weißt du, wo du bist?«

Jonah erkannte den Mann wieder, und plötzlich konnte er sich einen Reim auf die seltsam runden Wände machen. »In der Tonne. Und sag nicht Söhnchen zu mir.«

Winfred lehnte bequem auf einem Wanderstab, einem kräftigen Stecken von der Dicke eines Kinderarms, der ihn ein gutes Stück überragte. »Ich kann zu dir sagen, was immer mir Spaß macht. Du glaubst ja nicht, was für eine Freude es ist, dich hier zu haben.«

Jonah hätte zu gerne gewusst, wie er hierher kam, aber er fragte nicht.

Winfred sagte es ihm trotzdem: »Die Stadtwache hat dich von der Straße aufgelesen. Sie hatten keine Ahnung, wer du bist. Was glaubst du, wie lange es dauert, bis irgendwer dich hier findet?«

Als Jonah seine kranke Frau und seinen schutzlosen, winzigen Sohn gesehen hatte, glaubte er, die Talsohle sei erreicht, schlimmer könne es nicht mehr werden. Er hatte sich getäuscht, erkannte er jetzt.

Der Stock sauste pfeifend durch die Luft, traf ihn in der linken Seite und brach ihm eine Rippe.

»Wir werden keine Langeweile miteinander haben, was, Söhnchen?«

David führte einen schäbig gekleideten Ritter in die Halle. »Sir Matthew Fitzwalter, Mistress«, meldete er und blieb an der Tür stehen, unsicher, ob er sich setzen oder mit Cecil verschwinden sollte.

Giselle bemühte sich um ein warmes Lächeln. »Matthew! Wie schön, Euch zu sehen. Nehmt Platz. David, hole Sir Matthew einen Becher heißen Würzwein.«

Fitzwalter, ein bettelarmer Mann aus Cheshire, gehörte schon länger zum Haushalt der Königin als Giselle. Er war Philippa gänzlich ergeben, und für zwei kostenlose Mahlzeiten am Tag und ein Strohlager fungierte er willig als ihr Bote, Leibwächter, Spion oder Stiefelknecht, je nachdem, was sie gerade brauchte.

Er nahm den angebotenen Platz ein und sah Giselle besorgt an. »Du meine Güte, Ihr seht ja furchtbar aus.«

»Euer Charme war schon immer bestechend«, erwiderte sie trocken.

»Es tut mir Leid, Giselle.« Fitzwalter senkte zerknirscht den Blick. »Aber es stimmt. Ich hoffe, Ihr seid wohl?« Er war zu verlegen, um genauer zu fragen, obgleich natürlich jeder bei Hof wusste, dass sie schwanger gewesen war.

»Danke, ich kann nicht klagen. Und wir haben einen Sohn.«

Ein kurzes Lächeln erhellte das wettergegerbte Gesicht. »Meinen Glückwunsch. Das zu erfahren war einer der Gründe, warum die Königin mich schickt. Es wird sie sehr freuen, das weiß ich. Der zweite Grund war, Euch und Sir Jonah die Einladung zum morgigen Neujahrsfest zu überbringen.«

Giselle wechselte einen verstohlenen Blick mit Crispin, überlegte einen Augenblick und erwiderte dann: »Sagt der Königin unseren aufrichtigen Dank, aber ich fürchte, sie wird uns entschuldigen müssen.«

Fitzwalter starrte sie ungläubig an. Giselle wusste doch ebenso gut wie er, dass es undenkbar war, eine solche Einladung auszuschlagen.

»Ich habe heute zum ersten Mal das Bett verlassen«, versuchte sie zu erklären. »Und Jonah ist noch nicht aus den Niederlanden zurück.«

David kam wieder in die Halle und brachte dem Gast einen dampfenden Becher. Dann kehrte er auf ein fast unmerkliches Nicken von Crispin hin an seinen Platz zurück.

»Giselle, könnte ich Euch unter vier Augen sprechen?«, bat Fitzwalter leise.

Sie war überrascht, schüttelte aber trotzig den Kopf, als Crispin aufstehen wollte. Dies war ihre Halle, und sie fand es anmaßend, dass der Besucher die Mitglieder ihres Haushaltes einfach so vor die Tür schicken wollte. »Das wird nicht nötig sein. Sprecht nur ganz offen, Matthew.«

»Na schön, wie Ihr wollt. Natürlich kann ich gehen und der Königin Eure Entschuldigung überbringen, aber sie wird wissen, dass es eine Lüge ist. Sie… die Königin ist sehr niedergeschlagen, Giselle. Habt Ihr gehört, dass ihr Vater gestorben ist?«

Giselle schüttelte den Kopf. »Arme Philippa. Ich bin sicher, das hat sie schwer getroffen.«

Fitzwalter nickte. »Und jetzt ist ihr Bruder William der Graf von Hainault. Das macht ihr Sorgen. Sie zweifelt an seiner Zuverlässigkeit. Die Königin hat derzeit überhaupt viele Sorgen. Und weil Ihr und ich alte Freunde sind, rate ich Euch, Euch zu besinnen und sie nicht zu kränken, ganz gleich, wie erzürnt Ihr seid.«

»Erzürnt?«, fragte Giselle verwirrt. »Warum sollte ich das sein? Nein, Matthew, es ist nicht gelogen. Ich bin noch zu schwach, um nach Westminster zu reiten.«

»O ja, das glaube ich. Aber Jonah ist seit St. Stephanus zurück, wie ich zufällig weiß, und seine Kogge liegt ja auch für jeden, der Augen hat zu sehen, am Wool Quay. Wenn er wütend darüber ist, dass die Monopolisten ein Fiasko erlitten haben, dann kann ich das verstehen, aber glaubt mir, niemand ist wütender als der König, darum ist jeder gut beraten, ihn im Moment nicht auch noch zu beleidigen.«

Giselle sah ihn sprachlos an.

Crispin räusperte sich. »Ein Fiasko, Sir?«

Fitzwalter sah der Reihe nach in die verständnislosen Gesichter am Tisch, und ihm schwante plötzlich, dass ihm hier eine sehr undankbare Aufgabe zugefallen war. »Ihr ... wisst es nicht? Er hat nichts gesagt? Burghersh hat die ganze Wolle im Auftrag des Königs beschlagnahmt. Die Monopolisten sind mit einem wertlosen Schuldschein abgespeist worden.«

Crispin hatte das seltsame Gefühl, als werde ihm plötzlich der Boden unter den Füßen weggezogen.

Giselle, die seit drei Tagen in Angst lebte, kam es vor, als senke eine schwarze Wolke sich auf sie herab. Sie hatte keine Ahnung, welche wirtschaftlichen Folgen diese Entwicklung für sie alle haben mochte. Sie wusste nur, dass Jonah ihr nichts davon gesagt hatte, dass er es vorgezogen hatte, wieder zu verschwinden und seinen Zorn oder Kummer oder was immer es war, das ihn quälte, mit sich allein abzumachen.

Crispin sprang auf und stützte ihre Schultern. »Schnell, reicht mir Euren Becher, Sir, sie wird ohnmächtig.«

Aber Giselle kämpfte sich aus eigener Kraft aus der drohenden Ohnmacht. »Danke, Crispin. Aber es geht schon.«

Fitzwalter sah sie beunruhigt an. »Trinkt trotzdem lieber einen kräftigen Schluck. Tut Euch gut.«

Sie folgte seinem Rat, stellte den Becher dann auf den Tisch und schob ihn von sich. Zögernd ließ Crispin ihre Schultern wieder los, wandte ihnen den Rücken zu und starrte ins Feuer.

»Ich sehe, Matthew, es bleibt mir nichts anderes übrig, als Euch reinen Wein einzuschenken«, sagte Giselle schließlich und sah dem Ritter der Königin in die Augen. »Jonah ist aufs Land geritten, auf unser Gut in Kent. Jetzt verstehe ich auch, wieso. Er zieht sich dorthin zurück, wenn er in Ruhe über einen Plan oder ein geschäftliches Problem nachdenken muss. Die Straßen sind sehr schlecht, aber unser Lehrjunge wird morgen früh losreiten, um ihm die Einladung der Königin zu überbringen. Wenn mein Mann zeitig zurück ist, werden wir natürlich kommen. Derweil muss ich Euch ersuchen, die Königin unserer unverminderten Ergebenheit zu versichern.«

Fitzwalter erhob sich erleichtert und verneigte sich vor ihr. »Selbstverständlich, Giselle. Ich werde es ihr ausrichten, und sie wird es verstehen. Gott schütze Euch und segne Euren Sohn, mein Kind.«

Sie lächelte, bis er zur Tür hinaus war. Dann sank sie in sich zusammen, lehnte den Kopf gegen das hohe Rückenteil ihres Sessels und schloss erschöpft die Augen.

»Wie Ihr lügen könnt, Mistress«, sagte David ebenso verwundert wie anerkennend.

Sie hob die Schultern. »Was blieb mir anderes übrig? Hätte ich sagen sollen, dass mein Gemahl spurlos verschwunden ist, um in irgendeiner finsteren Spelunke seinen Kummer zu ersäufen?«

David kam in den Sinn, dass nicht nur Master Jonah, sondern auch sein Vater einen herben Verlust erlitten hatte, und war dankbar, dass niemand es für nötig befunden hatte, ihn über die Feiertage nach Hause zu bitten.

»Nein, ich kann mir nicht vorstellen, dass er das getan hat«, sagte Crispin langsam. Er erinnerte sich an Jonahs dreitägigen Zug durch The Stews, aber was immer es damit auf sich gehabt hatte, es war nichts Geschäftliches gewesen. Wenn Jonah vor einem bedrohlichen geschäftlichen Problem stand, was ja schließlich auch schon vorgekommen war, dann resignierte er nicht, sondern lief zu Hochform auf und ersann irgendeinen Plan, manchmal kühn, manchmal riskant und immer unorthodox, um das Ruder herumzureißen.

»Aber wo sonst soll er sein?«, fragte sie.

Crispin, David und Meurig hatten in Hospitälern und Klöstern gesucht, weil sie glaubten, Jonah sei verunglückt oder überfallen und niedergeschlagen worden. Als sie ihn nicht fanden, hatte Crispin den Lord Coroner der Stadt aufgesucht, der verdächtige Todesfälle zu untersuchen hatte. Zu seiner Erleichterung war er aber auch dort nicht fündig geworden. Jetzt sah er Jonahs Verschwinden in einem anderen Licht, das ihn mit neuer Sorge, gleichzeitig aber auch mit neuer Zuversicht erfüllte.

»Ich weiß es nicht, Giselle«, gestand er. »Was ich hingegen

weiß, ist, dass er seine kranke Frau und seinen neugeborenen Sohn nicht einfach tagelang allein lassen würde, um sich seinem Jammer zu ergeben.«

»Dann glaubst du also, er ist tot«, sagte sie.

»Nein, ich denke, noch besteht Hoffnung. Ich werde mich noch einmal auf die Suche machen.« Und ihm war eingefallen, wer ihm vielleicht helfen könnte.

»Nehmt mich mit, Master Crispin«, bat David.

Aber Crispin schüttelte den Kopf. »Du bleibst bei der Mistress und kümmerst dich um sie. Aber ich denke, dich werde ich mitnehmen, Cecil«, verkündete er, hob den kleinen Jungen auf den Arm und eilte aus der Halle, ehe Giselle ihm weitere Fragen stellen konnte.

Ein magerer, halbwüchsiger Knabe kniete im schmutzigen Stroh und versuchte, dem Bewusstlosen Wasser einzuflößen, aber ohne großen Erfolg. Es rann von den aufgeplatzten Lippen in den dunklen Bart und dann weiter am Hals hinab.

»Pass auf, dass du ihn nicht ersäufst, Jacky. Lass ihn besser zufrieden und warte, bis er aufwacht«, riet ein älterer Mann mit einem Kranz grauweißer Zotteln um einen kahlen, blanken Schädel.

Jacky gehorchte, stellte den Krug ab und sah mit bangen Blicken in das bleiche, geschwollene Gesicht hinab. Er gehörte noch nicht lange zur Bruderschaft der Londoner Diebe und hatte sich an einen solchen Anblick noch nicht gewöhnt. Vor allem das Blut machte ihm zu schaffen. Immer wenn er auf den Fremden hinabsah, wurde ihm ein bisschen flau.

»Ich hoffe, er stirbt nicht«, murmelte der Junge beklommen.

Der Alte zog langsam die massigen Schultern hoch. »Das kommt wohl darauf an, wie oft Winfred ihn sich noch holen will. Aber dieser Kerl hier ist zäh, das muss man ihm wirklich lassen. Jedenfalls für einen Gentleman. Da, tu was Nützliches, schien ihm den Arm, ehe er zu sich kommt.«

Jacky nahm die ausgebrannte Fackel, die der Mann ihm hinhielt. »Womit? Soll ich sein Gewand zerreißen?«

»Bist du noch zu retten? Das ist kostbar, Junge. Ich wette, das hat mehr gekostet, als du in deinem Leben je zusammenstehlen wirst. Da vorn liegt der einäugige Humphrey und schläft seinen Rausch aus. Nimm seinen Gürtel, er wird's nicht merken.«

Jacky hatte schon einiges Geschick als Langfinger entwickelt und meisterte seine Aufgabe, ohne den berüchtigten Humphrey zu wecken.

Als er zurückkam und sich wieder ins Stroh kniete, fragte er verständnislos: »Wie kann Winfred ihn nur so zurichten?«

»Tja, weiß der Teufel, Junge. Das sieht dem alten Winfred gar nicht ähnlich. Er muss einen ordentlichen Zorn auf unseren feinen Master Durham hier haben.«

»Glaubst du wirklich, dass er das ist?«

Der Alte nickte. »Jim Dip hat es gesagt, und der kennt die Tuchhändler alle, weil er an ihrer Kirche bettelt und ihnen zum Dank für ihre Mildtätigkeit die Ringe von den Fingern klaut. Doch, doch, das glaub mal.«

»Aber wird Winfred nicht einen Riesenärger kriegen, wenn es rauskommt? Selbst wenn der Kerl nicht krepiert?«

Sein Lehrmeister stieß ein leises, gackerndes Lachen aus. »Nein, Bürschchen. Den Ärger kriegen wir. Winfred wird behaupten, er hätte nicht gewusst, wer der Mann ist, und ihn auch nicht fragen können, weil wir ihn so zugerichtet hätten. Also lass uns besser dafür sorgen, dass er nicht krepiert, sonst baumeln wir nächste Woche alle in Tyburn.«

Aus diesem Grund, doch ebenso aus brüderlichem Mitgefühl für einen Leidensgenossen, vor allem aber aus Faszination darüber, einen so exotischen Mitgefangenen zu haben, taten die Diebe, die falschen Krüppel und kleinen Betrüger in der Tonne für Jonah, was sie konnten. Sie gaben ihm zu trinken und wiesen ihre Huren, die kamen und ihnen das Essen brachten, an, Brei und weiches Brot mitzubringen, die er essen konnte, und Öl, das sie auf seine Wunden und Striemen strichen. Ihre gut gemeinten Aufmerksamkeiten waren Jonah ein Gräuel. Sie hielten es für Herablassung, dass er sie wegscheuchte, wann immer er dazu imstande war, und praktisch nie ein Wort mit ihnen sprach, aber das beleidigte sie nicht. Es war schließlich nur natürlich, dass ein feiner Gentleman stolz war und mit Gesindel wie ihnen nichts zu schaffen haben wollte. Und sie bewunderten die eiserne Gelassenheit, mit der er alles hinnahm, was Winfred ihm antat.

Jonah hingegen wusste, dass es mit seiner Gelassenheit nicht weit her war und dass die Maske immer brüchiger wurde. Er hatte inzwischen eine Todesangst vor dem scheinbar so umgänglichen Winfred mit seinen geistlosen Späßen und seinen riesigen Händen. Es war ihm unerträglich, so ausgeliefert und hilflos zu sein, und vor allem wollte er hier nicht sterben. Anfangs hatte er gedacht, dass das alles in allem vielleicht keine schlechte Lösung wäre: Giselle hätte sich hoch erhobenen Hauptes nach Sevenelms zurückziehen, ihn betrauern und in ein, zwei Jahren wieder heiraten können. Der Verlust seiner Ehre, das Mitleid und die Häme, all das, was er fürchtete, wäre ihm erspart geblieben. Dann war ihm aufgegangen, dass Winfred ihn spurlos verschwinden lassen würde, und alle Welt, auch Giselle, auch Crispin, auch die Königin würden glauben, er habe gekniffen und sei vor der Schande und seinen Gläubigern geflüchtet, auf den Kontinent oder in den Freitod, das spielte keine Rolle. Und das wollte er auf keinen Fall. Darum musste er durchhalten, bis Winfred seine Rache genommen hatte und ihn laufen ließ.

Als der Wärter der Tonne aber am Abend des dritten Tages wieder kam, um ihn zu holen, wusste Jonah nicht, wie er der Tortur noch einmal ins Auge sehen sollte.

Winfred trat ihm in die Seite, um ihn munter zu machen. »Komm auf die Füße, Söhnchen.«

Jonah stöhnte und krümmte sich zusammen. Dann richtete er sich mühsam auf ein Knie auf und zog sich mit der unverletzten Hand an einem der hölzernen Pfeiler in die Höhe. Die Ketten klirrten leise. Winfred stieß ihn Richtung Tür. »Na los, nicht so müde!«

Der alte Dieb, der mit dem Rücken an der Wand lehnte und die Beine bequem vor sich ausgestreckt hatte, sagte: »Winfred, alter Junge, was ist nur in dich gefahren?«

Der Wärter fuhr ärgerlich zu ihm herum. »Kümmre dich um deinen eigenen Dreck, Mick. Der Kerl schuldet mir was.«

»Ich denke, was immer es war, er hat es abgegolten. Du bist besoffen, Mann. Schlaf dich lieber aus und lass dir die Sache noch mal in Ruhe durch den Kopf gehen. Wenn du ihn umbringst, dann wird der Coroner herkommen und dir unangenehme Fragen stellen. Du wirst nicht alles auf uns abwälzen können, nicht wenn es ein Freund des Mayor ist, den sie hier mit den Füßen zuerst raustragen.«

Winfred wusste genau, dass der alte Mick Recht hatte, aber er konnte einfach nicht von Jonah Durham lassen. Er hatte sich in den Kopf gesetzt, dass er ihn einmal betteln hören wollte. Nur ein einziges Mal, das hätte ihm ja schon gereicht. Er war schließlich kein Unmensch. Aber feine Kaufleute waren eben nicht die Einzigen, die es übel nahmen, wenn man ihre Ehre verletzte. Und hier bot sich ihm die einmalige Gelegenheit, das einem dieser hochmütigen Pfeffersäcke, die glaubten, diese Stadt gehöre ihnen, mal in aller Deutlichkeit klar zu machen …

Er erwiderte nichts auf den guten Rat des alten Halunken, sondern packte Jonahs Arm und zog ihn hinaus, verriegelte die Tür und stieß ihn dann rüde die Treppe hinab. Jonah stolperte vor ihm her, und hätte Winfred ihn nicht festgehalten, wäre er gestürzt.

Unten angekommen, packte der vierschrötige Wärter die Kette der Handfesseln, um sie über den eigens zu diesem Zweck angebrachten Haken zu hängen. Der gebrochene Arm und die Rippen protestierten gleichermaßen gegen die ruckartige Bewegung, und Jonah schrie entsetzt auf.

»Langsam wirst du mürbe, was, Söhnchen?«

Jonah zwang sich, die zugekniffenen Augen zu öffnen. »Du sollst mich nicht so nennen, du gottverfluchter Hurensohn …«

Winfred stieß ihm fast beiläufig das Knie in den Unterleib. »So redet ein feiner Junge aber nicht.«

Jonahs Beine drohten wegzuknicken. Er spürte, wie ihm am ganzen Körper der Schweiß ausbrach, aber er rang verbissen um Gleichgewicht, denn er wusste, wenn er den gebrochenen Arm mit seinem ganzen Körpergewicht belastete, dann würde es noch grauenvoller werden.

Winfred überlegte gerade, ob er ihm einen kleinen Schubs verpassen sollte, um genau das herbeizuführen, als es vernehmlich klopfte.

Unwillig sah der Wärter der Tonne zu der massiven Eingangstür. »Wer zum Teufel ist da?«, brummte er.

»Ich«, rief eine kräftige, fröhliche Männerstimme. »Mach die Tür auf, wenn du die Sonne noch mal wiedersehen willst.«

Trotz des gut gelaunten Tonfalls erstarrte Winfred vor Schreck. Er warf einen blitzschnellen Blick auf Jonah und hastete dann zur Tür, so eilig, dass er um ein Haar über die eigenen Füße gestolpert wäre. Im Nu war der Riegel zurückgezogen, die Tür wurde aufgerissen, und unter der ehrerbietigen Verbeugung des Wärters trat ein großer, dunkel gekleideter Mann über die Schwelle.

»Was wünscht Ihr, Sir?«, fragte Winfred unterwürfig. Seine Stimme klang plötzlich dünn. Er hatte Angst.

Die finstere Gestalt schlug die Kapuze zurück und enthüllte ein vielleicht vierzigjähriges Gesicht mit einem gepflegten, feuerroten Bart, schulterlangen, ordentlich gekämmten Haaren der gleichen Farbe und hellblauen, scharfen Augen, die einen Blick über den Raum schweifen ließen und dann auf Jonah ruhten.

»Ich suche jemanden«, antwortete er mit einem trügerisch leutseligen Lächeln. »Und ich glaube, ich habe ihn schon gefunden.«

Winfred starrte ihn fassungslos an.

Der Rotschopf wandte den undurchschaubaren Blick von Jonah ab, sah über die Schulter zu Winfred, und das Lächeln verschwand mit schwindelerregender Plötzlichkeit. »Worauf wartest du, du verlauster, verwanzter, dreckiger, stinkender Haufen Rattenscheiße? Hol ihn da runter und nimm ihm die Ketten ab. Vorsichtig. Wenn auch nur sein Augenlid zuckt, schneide ich dir deines ab!«

Bebend trat Winfred zu Jonah und löste die Kette vom Haken. Jonah liebäugelte einen Moment damit, als kleines Dankeschön an den Wärter der Tonne mit dem Lid zu zucken. Aber dann erkannte er, dass er überzeugt war, dieser unheimliche Fremde werde sein Versprechen in die Tat umsetzen, und das wollte Jonah nicht mit ansehen müssen. Schwankend stand er in der Mitte des verwahrlosten, kreisrunden Raumes, während Winfred die Schlüssel hervorkramte und die Ketten aufschloss, behutsam wie ein zartfühlender Liebhaber. Jonah wollte ihm in die Augen schauen, aber Winfred hielt den Kopf gesenkt und wich seinem Blick aus.

Der Fremde streckte Jonah einladend den Arm entgegen. »Kommt, mein Freund. Wir wollen an diesem Ort der Finsternis nicht unsere Zeit vertrödeln.«

Jonah hinkte auf ihn zu, stolperte über die Schwelle und landete mit dem Gesicht im Schnee, der ihm in Mund und Nase drang. Er spürte den Schatten des Fremden über sich, hob aber die gesunde Hand zu einer abwehrenden Geste. Er hatte das Gefühl, er hätte ein Jahr lang in diesem himmlisch weichen, sauberen Schneebett schlafen können, oder doch wenigstens so lange, bis ihm nicht mehr alles wehtat. Doch da er die helfende Hand so großspurig verschmäht hatte, blieb ihm nun nichts anderes übrig, als aus eigener Kraft wieder auf die Beine zu kommen. Es ging, selbst wenn es ein Weilchen dauerte. Schließlich standen sie Auge in Auge.

»Kommt, Master Durham«, sagte der Rotschopf. Es war zu dunkel, um sein Gesicht zu erkennen, aber Jonah sah die Zähne aufblitzen. »Ich habe einen Wagen.«

Jonah rührte sich nicht. »Haltet mich nicht für undankbar, Sir, aber ... wer seid Ihr? Und wo gedenkt Ihr mich hinzubringen?«

»Oh, ich bitte um Vergebung.« Der Rotschopf kam zu ihm zurück und verneigte sich sparsam. »Mein Name ist Francis Willcox. Manchem besser bekannt als Francis der Fuchs. Und ich bin – in aller Bescheidenheit – der König der Diebe.« Jonah sah das Grinsen, hörte aber auch den Stolz, mit dem er das sagte. »Ich bringe Euch erst einmal an einen sicheren Ort. Gewiss wollt

Ihr heim zu Frau und Sohn, aber nur Geduld, mein Freund. Alles zu seiner Zeit. Und wenn ich nun bitten darf ...«

Jonah hatte schon von Francis dem Fuchs gehört. Jeder Londoner hatte das. Er galt als der schlimmste aller Schurken, der trickreichste aller Diebe und schamloseste aller Betrüger. Francis war der Meister der gefährlichsten der dunklen Bruderschaften, und jeder neu ernannte Sheriff von London träumte davon, ihn zur Strecke zu bringen. Bislang träumten alle vergebens. Jonah hätte es niemals für möglich gehalten, dass dieser Mann ihm sympathisch sein oder gar Vertrauen einflößen könnte, aber dennoch war es so. Beinah bedenkenlos folgte er ihm zu seinem Wagen, vor den zwei kräftige, schlichte Pferde gespannt waren, und kletterte mühsam auf die Ladefläche.

Francis schwang sich elegant auf den Bock, nahm die Zügel auf, und das Fuhrwerk setzte sich in Bewegung.

Der Wagen ruckelte über die ausgefahrenen, verschneiten Straßen. Jonah ertastete eine raue Wolldecke, breitete sie unordentlich aus und legte sich darauf, um die schlimmsten Stöße abzufedern. Seine gebrochenen Rippen pochten und hämmerten. Er legte behutsam die Hand darauf und sah in den wolkenlosen, sternklaren Himmel hinauf. Die Nacht war eisig.

»Wie komme ich zu dieser Ehre?«, fragte er nach einer Weile.

Francis lachte vergnügt vor sich hin. »Ihr habt einen Schutzengel, Sir. Einen wunderbaren, blonden Schutzengel.«

»Aber wie ...«

»Nein, nein«, unterbrach Francis entschieden. »Keine Fragen mehr. Macht die Augen zu, seid so gut. Eigentlich müsste ich sie Euch verbinden; niemand, der nicht einer von uns ist, darf den Weg sehen. Aber ich schätze, Ihr seid zu elend, um Euch den Weg zu merken, nicht wahr. Es ist nicht weit. Wir haben Euch im Handumdrehen im Warmen, und dann bringen wir Euch wieder auf die Beine. Seid guten Mutes.«

Die fröhliche Stimme beruhigte Jonah. Er schlief nicht ein, sank aber in einen friedvollen Dämmerzustand, und bald spürte er die eisige Kälte nicht mehr.

Er erwachte mit einem erstickten Protestlaut, weil jemand seinen gebrochenen Unterarm gepackt hielt und irgendetwas Furchtbares damit tat. Er erwartete, sich im dreckigen Stroh am Boden inmitten einer Horde verlauster Strolche wiederzufinden oder schlimmer noch, in Winfreds Behausung unter dem Gefängnis, wo ihn neue Schrecken erwarteten. Stattdessen stellte er fest, dass er in einem breiten, sauberen Bett lag.

Ein altes Weib stand über ihn gebeugt. Sie trug Lumpen, aber ihre Hände waren bemerkenswert sauber, und ihre klugen Augen studierten eindringlich sein Gesicht.

»Es tut mir Leid, Master, aber der Arm war so miserabel geschient, dass er steif geworden wäre. Ich musste ihn neu richten. Jetzt wird er sauber verheilen.«

Jonah sah staunend auf seinen linken Arm und seine Brust hinab, die fachmännisch bandagiert waren.

»Ein paar Rippen sind auch gebrochen«, erklärte die Alte.

»Du erzählst mir nichts Neues, Mütterchen. Hab vielen Dank. Wo bin ich?«

Er wollte sich aufrichten, aber sie drückte ihn energisch zurück in die Kissen. »Sachte. Ihr bleibt schön liegen, und hier ist jemand, der sich um Euch kümmern wird.« Sie lachte leise, wandte sich schlurfend ab, und ein vertrautes Gesicht nahm ihren Platz ein.

»Annot …«

Sie setzte sich auf die Bettkante und strich ihm die Haare aus der Stirn. »In was bist du da nur wieder hineingeraten, Jonah Durham?«, schalt sie leise. »Als ich dich gesehen habe, dachte ich, mir bleibt das Herz stehen.«

»Ich bin sicher, es ist nicht so schlimm, wie es aussieht. Und ich muss auf der Stelle nach Hause.«

Sie schüttelte den Kopf. »Niemand verlässt oder betritt dieses Haus bei Tageslicht, das ist ein Gesetz. Aber ich habe Crispin Nachricht geschickt, dass du in Sicherheit bist, und heute Abend kannst du gehen, wenn du kein Fieber bekommst.«

Er fragte nicht noch einmal, wo er sich befand. Seine Nase sagte ihm, dass er irgendwo in Billingsgate sein musste, denn der

Geruch des Londoner Fischereihafens war einfach unverwechselbar. Und Jonah wusste, die Schenken, Kais und Gassen von Billingsgate waren ein einziges Diebesnest. Er hatte gar gehört, es gebe hier ein großes Gasthaus, das in Wirklichkeit eine Schule für angehende Langfinger war, wo die alten Halunken dem Nachwuchs in regelmäßigen Unterrichtsstunden beibrachten, wie man einen Mann auf der Straße unbemerkt bestiehlt oder in ein Haus einbricht. Halb belustigt, halb entsetzt fragte er sich, ob er vielleicht in genau diesem ehrbaren Gasthaus gelandet war.

»Aber wie …«

Annot legte einen Finger auf seine Lippen. »Crispin kam zu mir, als du drei Tage verschwunden warst. Er fürchtete, du hättest vielleicht wieder einmal irgendein unheiliges Abkommen mit deinem Schwiegervater geschlossen und wärest dabei irgendwie unter die Räder gekommen. Ich habe hier und da nach dir geforscht. Die Diebe in der Tonne wussten, wer du bist, und der Erste, der herauskam, hat es seinem Meister erzählt. Francis gab mir Bescheid, und weil er mir einen Gefallen schuldete, habe ich ihn gebeten, dich aus der Tonne zu holen. Ich dachte, so geht es gewiss schneller, als wenn Crispin über die Feiertage versucht, den Mayor oder einen der Sheriffs zu erreichen.«

Jonah schüttelte ungläubig den Kopf. »Ich werde dir ewig dankbar sein, Annot.« Es klang ironisch, doch sie sah an seinem Blick, dass er es durchaus ernst meinte.

»Das darfst du halten, wie du willst. Aber ich kann dir nie vergelten, was du für meinen Sohn getan hast.«

Er machte eine wegwerfende Geste. Es war ihm peinlich, wenn ihm jemand unterstellte, er habe ein weiches Herz, und so wechselte er rasch das Thema. »Es ist gut, dass wir uns treffen, auch wenn die Umstände ein wenig bizarr sind. Ich hätte dich in den nächsten Tagen ohnehin aufgesucht.«

Sie zog ungläubig die Brauen in die Höhe. »Tatsächlich? Nachdem du mich seit Ostern gemieden hast, als hätte ich die Pocken?«

Er ging nicht darauf ein, sondern führte die rechte Hand zum Mund und zog mit den Zähnen den Ring seines Großvaters vom

Mittelfinger. Flüchtig dachte er daran, dass er das schon einmal getan hatte. Offenbar gingen einschneidende Veränderungen in seinem Leben immer mit Knochenbrüchen einher...

»Hier.« Er hielt ihr den Ring hin. »Ich nehme an, du erinnerst dich an unsere Wette? Du hast sie gewonnen. Entschuldige, dass ich meine Schuld nicht in bar entrichte, aber dieser Ring ist ungefähr alles, was ich noch besitze, und er wird wohl ein Pfund wert sein.«

Mechanisch nahm sie den Goldreif mit dem Siegel der Tuchhändlergilde, aber sie zeigte keine Überraschung. »Ist es so schlimm?«, fragte sie leise.

»Du weißt es?«

»Crispin hat es mir erzählt.«

»*Crispin?*« Er setzte sich ruckartig auf, kniff gequält die Augen zu, wandte den Kopf ab und fluchte leise. »Woher zum Teufel weiß er davon?«

»Es ist nicht gerade ein Geheimnis in London, dass der König die Monopolisten geprellt hat. Was Crispin hingegen nicht weiß, ist, wie schlimm es um euch steht.«

»Ich bin am Ende, Annot«, sagte er scheinbar gelassen, aber er konnte ihr dabei nicht in die Augen sehen. »Alles, was ich hatte, ist beliehen und wird in wenigen Tagen den Bardi gehören.«

»Aber Giuseppe Bardi ist dein Freund!«, wandte sie verständnislos ein. »Er würde doch niemals dein Hab und Gut pfänden.«

»Es bleibt ihm keine Wahl. Die Bardi stecken selbst in der Klemme. Und beim Geld endet bekanntlich die Freundschaft. Ich würde ihn nie darum bitten.«

»Er müsste dir ja nichts erlassen. Nur stunden.«

»Gott, hör auf damit!«, fuhr er sie plötzlich an. »Es würde Jahre dauern, bis ich mich von diesem Verlust erholt habe, und ich kann nicht erwarten, dass er sich so lange geduldet. Es ist... aussichtslos. Ich habe es gedreht und gewendet und von allen Seiten betrachtet. Wenn es eine Lösung gäbe, hätte ich sie gefunden, glaub mir.«

Es machte ihr zu schaffen, ihn so zu sehen, in jeder Hinsicht verletzt und blutend. Er schien ihr geschwunden, weniger präsent, gar weniger lebendig als früher. Das schmerzte sie, weil sie ihn liebte, aber es ängstigte sie auch, weil Jonah ihr Fels in der Brandung war.

»Ich möchte, dass du deinen Ring behältst«, sagte sie.

»Ich will ihn aber nicht mehr«, antwortete er müde.

»Es ist ein ungeeigneter Zeitpunkt, um die Wette verloren zu geben. Lass uns Bilanz ziehen, wenn wir uns beide zur Ruhe setzen.«

»Ich schätze, das tue ich gerade.«

»Ich habe noch nie gesehen, dass du dich geschlagen gibst, Jonah.«

»Alles hat irgendwann ein erstes Mal. Ich *bin* geschlagen. Behalt den Ring, Annot. Du hast gewettet, dass du eines Tages reicher sein würdest als ich, und das bist du, egal wie viel du hast, denn ich habe nichts mehr.«

Annot betrachtete ihn einen Moment versonnen und versuchte zu ermessen, was das für ihn bedeutete. Dann fragte sie: »Was würdest du schätzen, Jonah, wie reich ich bin, he? Was glaubst du, wie viel bin ich wert?«

Er überlegte. Nicht dass die Frage ihn sonderlich interessierte, aber als Denksportaufgabe war sie so gut wie jede andere, um ihn von seinem jammervollen Zustand abzulenken. Er wusste, Isabel Prescote bezahlte ihren Mädchen nur einen Bruchteil dessen, was sie den Freiern abnahm. Aber Annot hatte hinter ihrem Rücken immer auf eigene Rechnung gearbeitet, und er hatte hin und wieder Geld für sie angelegt und sich öfter gewundert, welche Summen sie ihm anvertraute. »Sagen wir, vierzig Pfund?«, schätzte er. Das wäre immerhin in etwa so viel, wie ein Weber in zehn Jahren verdiente.

Sie lächelte mitleidig. »Es sind über einhundertfünfzig, Jonah. Wäre dir damit gedient, wenn ich sie dir leihe?«

Nichts regte sich in seinem Gesicht, aber sie konnte zusehen, wie der Glanz in seine Augen zurückkehrte, selbst in das linke, das fast völlig zugeschwollen und dunkelviolett umrandet war. Dann lächelte er plötzlich, und sie weidete sich wie eh und je an den Grübchen. Dieser Anblick, fand sie, war jeden Penny ihrer hundertfünfzig Pfund wert.

Jonah richtete sich behutsam auf und ergriff ihre Hand. »Ja, Annot. Damit wäre mir in der Tat gedient.«

Es machte seinen Verlust bei weitem nicht wett und bedeutete nicht das Ende seiner Sorgen, aber mit ein bisschen Glück und viel harter Arbeit könnte es möglicherweise reichen, um die Katastrophe abzuwenden.

Sie steckte den Ring wieder an seinen Finger. »Dann nimm es.«

»Aber es ist Cecils Zukunft, die du mir hier in den Schoß legst. Wirst du dich nicht jede schlaflose Nacht fragen, ob ich dein Geld vielleicht ebenso leichtfertig durchbringe wie meines?«

Es bekümmerte sie, wie tief sein Selbstvertrauen erschüttert war. Das sah ihm überhaupt nicht ähnlich. Sie küsste ihn vorsichtig auf die Stirn. »Nein, ich mache mir keine Sorgen um mein Geld. Und um Cecils Zukunft auch nicht mehr, seit du ihm ein Zuhause gegeben hast.«

»Dann lass hören, was du an Zinsen haben willst. Oder denkst du, ich sei zu geschwächt, um den Schock zu verkraften?«

Annot hob das Kinn. »Zinsen? Wofür hältst du mich eigentlich, Jonah Durham? Ich bin eine Hure, kein Wucherer.«

Er grinste über ihre scheinheilige Entrüstung und fragte dann: »Denkst du, hier gibt es irgendwas zu essen? Ich sterbe vor Hunger.«

Kurz vor Mitternacht brachte Francis der Fuchs Jonah nach Hause. Der meistgesuchte Dieb der Stadt bewegte sich furchtlos durch sein Revier, denn die Neujahrsnacht war finster, die Straßen ruhig, und außerdem gab es unter den ehrbaren Leuten in der Ropery niemanden, der wusste, wie er aussah.

Der Wagen hielt vor dem Tor, und sie kletterten beide herunter.

»Alsdann, Master Durham. Lebt wohl. Und wenn Ihr Sheriff von London werdet, jagt einen anderen als ausgerechnet Francis den Fuchs, he? Das wäre eine hübsche Abwechslung.«

Jonah musste lachen. »Das kann ich nicht versprechen. Aber

seid unbesorgt, die Chancen, dass ich je Sheriff von London werde, standen nie schlechter als jetzt.«

Er legte die Hand an den Gürtel und stöhnte. »Verdammt … ich habe keinen Schlüssel.«

Als er das Haus verlassen hatte, um in die Kirche zu gehen – vor etwa zehn Jahren, so kam es ihm vor –, hatte er seinen Schlüsselring zurückgelassen, weil er nicht die Absicht gehabt hatte, lange fortzubleiben.

Im flackernden Licht der Fackel, die am Kutschbock angebracht war, sah er Francis eine komische Grimasse schneiden. Dann sagte der König der Diebe: »Dreht Euch um, Sir, und schaut Euch die Sterne an.«

»Es gibt keine Sterne heute Nacht, Master Willcox.«

»Seid trotzdem so gut.«

Jonah wandte sich folgsam ab. Es dauerte keine zehn Herzschläge, bis er das vertraute Quietschen hörte. Verwundert fuhr er herum und sah gerade noch einen länglichen, silbrigen Gegenstand unter dem schwarzen Mantel des Diebs verschwinden.

Francis machte eine übertriebene einladende Geste. »Tretet ein, Sir. Und wenn Ihr ein kluger Mann seid, lasst in absehbarer Zeit das Schloss auswechseln. Es ist eine Einladung an jeden Dieb, und in Vollmondnächten treibt es mich immer zu den Toren zurück, die sich mir schon einmal geöffnet haben. Es wäre bedauerlich, wenn unsere Wege sich auf solche Weise wieder kreuzten, nicht wahr?«

Jonah nickte. »Die Beute würde Euch schwer enttäuschen, aber ich werd dran denken.« Er überraschte sich selbst, als er dem Dieb die Hand reichte. »Ich bin Euch sehr dankbar für alles, was Ihr für mich getan habt. Ich will Euch nicht beleidigen, aber ich bitte Euch, sagt mir, was ich Euch schulde.«

Francis schlug ein, lächelte flüchtig und schwang sich dann auf den Bock. »Einen Gefallen, Master Durham. In meiner Welt ist das eine sehr beliebte Währung.« Gedämpft schnalzte er den Pferden zu, und der Wagen rollte davon.

Jonah sah ihm nach, bis er in eine Gasse einbog und das Licht der Fackel plötzlich verschwand. Dann trat er in den Hof.

»Master Jonah? Seid Ihr's?«

»Ja, Meurig.«

»Gott sei Dank.« Der Knecht stieß hörbar die Luft aus. »Wie in aller Welt seid Ihr reingekommen? Master Crispin sagt, er hat Eure Schlüssel.«

»Das ist eine lange Geschichte. Ich möchte, dass du morgen einen Balken besorgst und eine Aufhängung anbringst, sodass wir das Tor nachts von innen verriegeln können.«

Meurig sah ihm verdutzt nach. »Meine Rede seit Jahren«, brummte er vor sich hin, kehrte in sein kleines Haus neben dem Tor zurück und legte sich wieder schlafen.

London, Januar 1338

Giselle saß mit Lucas auf dem Arm am Feuer, und Cecil spielte zu ihren Füßen mit ein paar kleinen Soldatenfiguren, die Crispin bei einem Hornschnitzer in Cheapside entdeckt und ihm gekauft hatte. Das Trio bot ein friedvolles Bild. Lucas schlief, Giselle betrachtete ihren Sohn verliebt, und Cecil murmelte selbstvergessen vor sich hin. Er sprach, wenn er sich unbeobachtet glaubte, hatte Crispin herausgefunden.

Zusammen mit Jonah betrat er die Halle.

Giselle hob den Kopf und lächelte. Ihre Wangen hatten wieder Farbe, sie schien vollkommen genesen.

Jonah beugte sich über sie und küsste sie auf die Stirn.

»Sieh nur, wie brav er schläft«, flüsterte sie.

Er sah kaum weniger verliebt auf seinen Sohn hinab. »Das hat er gewiss nicht von mir«, antwortete er ebenso leise.

Giselle erhob sich langsam. »Ich bring ihn Marion, ehe wir ihn aufwecken.«

Jonah nickte bedauernd und folgte ihr hinauf in die Dachkammer, die sein Sohn vorläufig mit der Amme teilte. In dem zweiten winzigen Kämmerlein daneben wohnte Berit mit Cecil. Es wurde eng im Haus. Jonah hatte beabsichtigt, einen Flügel anzubauen, vielleicht gar aus Stein, mit zusätzlichen Lager- und Schlafräumen. Aber all das war in weite Ferne gerückt.

Als sie in die warme Halle zurückkamen, brachte Rachel gerade heißen Wein.

»Hier, Master. Mit ordentlich Zimt, wie Ihr's gern habt.«

»Danke. Und sei so gut, bring neue Kohlen nach oben, Rachel. Es ist zu kalt unterm Dach.«

Sie verdrehte ungeduldig die Augen und vergewisserte sich, dass er es sah, denn ihre Kinder hatten ihr Leben lang in unbeheizten Räumen geschlafen und waren nicht daran gestorben, aber sie sagte folgsam: »Natürlich, Master Jonah.«

Er grinste beschämt. Er wusste selbst, dass er ein zu großes Gewese um seinen Sohn machte. Aber nachdem er so nahe daran gewesen war, Lucas' Zukunft zu verspielen, wollte er jetzt nichts versäumen, um sie so sicher wie möglich zu machen, als könne er seinen Leichtsinn damit wieder aufwiegen.

Crispin beobachtete ihn mit Nachsicht. Er hatte eine Theorie, nach welcher die Liebe zu seinem Kind förderlich für Jonahs Seelenheil war, um das er manchmal fürchtete.

Im Vorbeigehen fuhr Giselle Cecil über den Schopf und setzte sich dann zu Crispin an den Tisch. »Und?«, fragte sie gespannt. »Was hat Giuseppe gesagt?«

Jonah schloss sich ihnen an. »Er war erleichtert, dass ich nicht gekommen bin, um ihn um neue Kredite zu bitten, wie andere Monopolisten es wohl getan haben. Er ist mir so weit entgegengekommen, wie er konnte.«

»Ein sehr vernünftiger Mann«, bestätigte Crispin. »Ein geradezu angenehmer Gläubiger, falls es so etwas geben kann. Er weiß, dass wir das Geld, das Jonah für seine Wolle zugestanden hätte, nicht herbeizaubern können, aber er ist bereit, die Tilgung zu strecken, wenn die Zinszahlungen pünktlich kommen.«

Jonahs Instinkte warnten ihn nach wie vor, seiner Frau all dies zu erzählen. Vermutlich war sie viel zu jung und weltfremd, um seine Geschäfte zu begreifen und seine Geheimnisse zu hüten. Aber er hatte ihr ein Versprechen gegeben in jener Nacht, als er heimgekommen war und sie ihm keine Szene gemacht hatte, nicht in lautes Wehklagen ausgebrochen war über sein blaues Auge, seine gebrochenen Knochen und den geschundenen Rest von ihm. Mit geschickten, entschlossenen Händen hatte sie ihm aus den Kleidern geholfen, ihn ins Bett gesteckt und ihn in aller Ruhe, aber sehr eindringlich gebeten, endlich die Augen aufzumachen und zur Kenntnis zu nehmen, wer sie war: kein Kind, kein Schmetterling, sondern seine Frau. Sie führte nicht einmal die offensichtliche, aber ebenso bestechende Tatsache ins Feld, dass sie die Mutter seines Sohnes sei. Sie bat ihn lediglich, ihr endlich Einlass in sein Leben zu gewähren. Mit ihr zu teilen, was er tat. Ihr solche Tage banger Ungewissheit und so böse Überraschungen in Zukunft zu ersparen.

Und Jonah hatte es versprochen.

»Die Umstände begrenzen Giuseppes Großmut«, erklärte er. »Als sein Vater vom Scheitern des Monopols gehört hat, erlitt er einen furchtbaren Herzanfall. Sie dachten, er stirbt. Die Bardi fürchten, dass der König fortan wieder sie und die anderen florentinischen Bankhäuser allein mit seinen Kreditwünschen beehren wird, und sie können ihn nicht abweisen, weil sie ihm schon so viel geliehen haben, dass sie untergehen, sollte er zahlungsunfähig werden. Aber nach allen kaufmännischen Gesetzen dürften sie ihm keinen Penny mehr leihen.«

Giselle schüttelte missbilligend den Kopf. »Arme Philippa«, murmelte sie. »Wo soll das alles hinführen?«

Jonah teilte ihre Besorgnis um die Königin, dachte aber gleichzeitig, dass Philippas kostspieliger Haushalt und ihre unstillbare Gier nach neuen Kleidern die Situation nicht gerade vereinfachten.

»Weil wir nun länger für die Rückzahlung unserer Kredite brauchen, musste Giuseppe den Zinssatz erhöhen«, fuhr er fort. Er ließ seinen Becher los und legte die Rechte über Giselles Hand. Den linken Arm trug er noch in einer Schlinge. Er blickte seiner Frau in die Augen. »Wir werden es schaffen. Aber es wird nicht einfach. Ich musste mich weiter verschulden, um zahlungsfähig zu bleiben. Cecils Mutter hat uns Geld geliehen und Crispin ebenfalls, wie du weißt.«

Als Crispin die unschönen Tatsachen erfahren hatte, hatte er Jonah ebenso bedenkenlos wie Annot seine Ersparnisse geliehen. Es waren zwar nur zwanzig Pfund, aber es brachte Jonah wieder ein Stück weiter. Er hatte Crispin dafür zum stillen Teilhaber seiner Geschäfte gemacht und ihm versprochen, ihn als offiziellen Kompagnon zu beteiligen, sobald sie wieder flott waren und Crispins Aufnahme in die Gilde bezahlen konnten.

Giselle dankte dem Gehilfen mit großer Wärme, aber Crispin winkte verlegen ab. »Überschätze mich nicht. Ich bin überzeugt, dass ich ein blendendes Geschäft dabei mache.«

Auch Jonah war Crispin dankbar, für sein Vertrauen in ihre geschäftliche Zukunft noch mehr als für sein Geld. Er wandte sich wieder an seine Frau. »Aber wir haben einen schweren Rückschlag erlitten, und es wäre falsch zu glauben, dass er spurlos an uns vorübergeht.«

»Was heißt das?«, wollte sie wissen.

Jetzt kamen sie zum schwierigen Teil. Jonah atmete tief durch und ließ Giselle nicht aus den Augen. »Wir müssen sparen. Eisern. Das bedeutet: keine neuen Kleider, eine bescheidenere Tafel und ganz sicher kein zusätzliches Pferd, neue Möbel oder sonstige Anschaffungen. Wir können auch nicht anbauen.«

Sie blinzelte nicht einmal. »Müssen wir Dienstboten fortschicken?«

»Vorerst nicht. Sie sind kein wirklicher Kostenfaktor. Höchstens den Koch könnten wir entlassen, was meinst du?«

Giselle schüttelte den Kopf. »Berit bekommt ein Kind von ihm. Sie heiraten nächste Woche. Wenn wir ihn verlieren, dann auch sie. Und wo sollten sie etwas Neues finden mit Berit in ihrem Zustand?«

Damit war die Frage entschieden. Jonah nickte. »Sie bleiben. Aber wir werden ein paar unserer Silberplatten verkaufen müssen. Deine Mitgift.«

Sie winkte ab. »Das macht nichts.«

»Und das Haus meines Vetters«, schloss er. Das war für ihn persönlich der bitterste Verlust.

Sie sah unsicher von ihm zu Crispin und wieder zurück.

»Aber wenn du sein Haus hergibst, hast du kein Druckmittel mehr gegen Rupert. Er wird wieder anfangen, dir zu schaden, wo er nur kann.«

Jonah nickte. »Ich darf ihm einfach keine Angriffsfläche bieten.«

»Wir haben die ganze Sache mit Giuseppe zusammen durchgerechnet«, berichtete Crispin. »Es ist die einzige Möglichkeit, genügend Kapital zu bekommen, um die Kredite zu bedienen. Die Alternative wäre gewesen, die *Philippa* zu verkaufen, und das wollte Jonah unter keinen Umständen.«

»Der Wollhandel wird weitergehen, so oder so«, erklärte Jonah ihr. »Um wirklich gut daran zu verdienen, brauche ich … brauchen wir ein eigenes Schiff. Die *Philippa* zu verkaufen wäre kurzsichtig. Ruperts Haus hingegen ist totes Kapital.« Es abzugeben verletzte seinen Stolz. Aber Stolz, hatte er erkannt, konnte er sich derzeit nur sehr begrenzt leisten.

»Giuseppe regelt den Verkauf des Hauses«, sagte Crispin. »Und er hat versprochen, einen Käufer zu finden, der es nur als Anlage will und die Hillocks nicht auf die Straße setzt.« Crispin hatte seinen Ohren kaum getraut, als er hörte, wie Jonah Giuseppe darum bat.

Giselle zog Jonahs Hand für einen Augenblick an ihre Wange. Was er und Crispin ihr berichtet hatten, machte ihr keine Angst. Obwohl sie die Tochter eines steinreichen Mannes war, wusste sie doch, was Einschränkungen bedeuteten, denn ihr Vater war sparsam, wie viele Männer, die ihren Reichtum selbst erworben hatten. Vor allem in seiner Abwesenheit war die Haushaltsführung in seinem Heim in Hull eher schlicht; er hatte keinem seiner Kinder eine kostspielige Garderobe zugestanden und Giselle und ihre Schwestern zur Erziehung in ein nicht sehr wohlhabendes Kloster geschickt, wo sie Bescheidenheit lernen sollten. Jetzt würde sich zeigen, was es gefruchtet hatte.

»Trink deinen Wein aus, solange er heiß ist, Liebster«, sagte sie. »Ab morgen gibt es hier nur noch Bier.«

Jonah verspürte das altvertraute Herzklopfen beim Anblick der Königin. Er senkte den Kopf, als er vor ihr niederkniete. Nicht nur Philippa war es, vor der er seine Empfindungen verbergen musste, sondern ebenso seine Frau. Er hatte nicht die Absicht, Giselle je wieder zu unterschätzen.

»Wie lange habt Ihr Euch von uns fern gehalten«, schalt die Königin. »Ihr solltet Euch wirklich schämen.«

Er erhob sich und nickte zerknirscht. »Das tue ich, Madame. Ich denke, das tun wir beide. Wundervoll übrigens, dieses Blau.«

Natürlich trug Philippa nicht dasselbe Kleid wie vergangenes Frühjahr. Dieses Jahr war der Farbton zwei, drei Nuancen dunkler, und die Pariser Schneider hatten ihre Vorliebe für Zierknöpfe wiederentdeckt.

Sie lächelte zufrieden. »Leider stammt das Tuch dieses Mal nicht aus Euren Werkstätten. Ich musste wohl oder übel einen Eurer Konkurrenten bemühen, weil Ihr mich so sträflich vernachlässigt habt. Mich verwundert, dass Ihr Euch das leisten könnt.«

Sie wollte ihn nur necken, aber Jonah antwortete ernst: »Ich habe im letzten Jahr eine Menge Dinge getan, die ich mir nicht leisten konnte. Ich hoffe, Ihr vergebt meine Treulosigkeit und erlaubt mir, Euch meine schönsten Tuche zukünftig wieder zu Füßen zu legen.«

Die Königin nickte nachsichtig und schloss Giselle in die Arme. »Wie du mir gefehlt hast, mein Lämmchen. Und euch beiden meinen aufrichtigen Glückwunsch. Möge euer Sohn euch so viel Freude machen wie der Prinz mir.«

»Danke, Madame.«

Eine Spur ratlos standen sie alle einen Moment da, nicht mehr so ungezwungen wie früher.

Philippa machte eine einladende Geste zum Tisch am Feuer. »Kommt. Ich merke, wir haben viel zu bereden. Seid Ihr sehr zornig auf den König, Jonah?«

Sie zog Giselle mit auf ihre Seite des Tisches und wies Jonah einen Platz ihr gegenüber. Aber er setzte sich nicht. »Ihr bringt mich in Verlegenheit, Madame.«

Sie hob fast unmerklich die Brauen. »Dennoch erwarte ich eine Antwort, wenn ich Euch eine Frage stelle, Sir.«

Jonah strich sich nervös mit dem Daumen übers Kinn, wandte sich mit verschränkten Armen zum Fenster und starrte zu der großen, turmlosen Abteikirche hinüber. »Nein«, gestand er dann. »Ich sollte eigentlich. Aber ich kann nicht.«

»Oh, das ist überaus gütig«, ertönte die Stimme des Königs sarkastisch von der Tür. »Fortan werde ich wieder ruhiger schlafen.«

Entsetzt fuhr Jonah herum, und die Königin schalt: »Sire, es ist nicht recht, dass Ihr Euch immer so klammheimlich anschleicht.«

Mit entrüsteter Miene wandte sich der König an seinen Sohn, den er an der Hand hielt. »Edward, haben wir uns angeschlichen? Denk daran, dass ein Ritter niemals lügen darf. Also?«

Der siebenjährige Prinz schüttelte entschieden den Kopf. »Wir haben einfach die Tür geöffnet und sind hereingekommen. Wir haben höchstens vergessen anzuklopfen.«

Der König warf Philippa einen »Da-hörst-du's«-Blick zu, ehe er Jonah fixierte. Ohne ihn aus den Augen zu lassen, hieß er den Prinzen: »Begrüße den Ritter und die Dame deiner Mutter, Edward, dann darfst du dich zurückziehen. Du bist ausgezeichnet geritten, ich bin sehr zufrieden mit dir.«

Edwards Gesicht strahlte vor Stolz, die Wangen waren vom Ausritt in der Winterkälte gerötet, und folgsam tat der Junge, was sein Vater sagte.

»Lauf nicht wieder stundenlang allein durch den Palast, Edward«, rief seine Mutter ihm nach. »Geh zu Gervais und Geoffrey, hörst du?«

Edward seufzte, als stelle sie seine Geduld auf eine harte Probe. »Gervais und Geoffrey sind in Hainault, *ma mère.*«

»Ach richtig. Ich weiß, ich vergesse das ständig. Das heißt aber nicht, dass du immerzu unbeaufsichtigt sein darfst. Wenn es an diesem Hof eins im Überfluss gibt, dann Ritter von kindlichem Gemüt, die gewillt sind, dir die Zeit zu vertreiben. Und ich glaube auch nicht, dass es unmittelbar tödliche Folgen hätte, wenn du deine beiden Schwestern einmal in der Kinderstube besuchen würdest. Was hältst du davon?«

Der Prinz verneigte sich mit der Hand auf der Brust. »Ich bin entzückt, Madame«, beteuerte er mit unschwer durchschaubarer Scheinheiligkeit und ergriff die Flucht, ehe sie ihm weitere Vorhaltungen machen konnte.

Sowohl der König als auch Jonah, die immer noch Blickkontakt hielten, hatten Mühe, ihre finsteren Mienen zu wahren.

Als die Tür sich schloss, sagte der König: »Also dann, Master Durham, lasst Uns hören, warum Ihr Euch vergeblich bemüht habt, zornig auf Uns zu sein.«

Der Pluralis Majestatis, den er sonst nur zu höchst offiziellen Anlässen oder bei Proklamationen führte, entging Jonah nicht. Er wusste, dass Edward ihn einschüchtern wollte, und das machte ihn rebellisch. »Ihr habt den Vertrag mit den Monopolisten gebrochen, Sire.«

»Ihr wagt es tatsächlich, mir das vorzuwerfen?«, brauste der König auf. »Nachdem die Monopolisten Tausende Säcke Wolle ins Ausland geschmuggelt und das Auslaufen der Wollflotte willkürlich verzögert haben? Wisst Ihr eigentlich, was das für mich bedeutet? Wenn Ihr einmal ganz genau hinhört, könnt Ihr das wiehernde Gelächter aus Frankreich bis hierher vernehmen! Ich habe Philip einen Krieg erklärt, den ich nicht ausfechten kann, weil die Pfeffersäcke meines Reiches an nichts anderes denken können, als ihre eigenen Taschen zu füllen!«

»Ich habe nicht für einen Penny Wolle geschmuggelt, und meine Lieferung war im Juni beisammen!«, konterte Jonah. »Und die meisten Monopolisten haben so gehandelt wie ich, in aufrichtigem Patriotismus. Aber Ihr ... Ihr bestraft die Frevler und die Gerechten zugleich – und mit welchem Erfolg? Viele der Monopolisten stehen vor dem Nichts. Sie werden lange überlegen, ehe sie der Krone noch einmal freiwillig Geld leihen, selbst wenn sie nicht untergehen!«

Der König stützte eine Hand in die Seite und legte die andere ans Kinn. An Giselle gewandt fragte er: »Wie ist er, *wenn* er zornig auf jemanden ist?«

Giselle lächelte unschuldig. »Woher sollte ich das wissen, Sire?«

Edward sah ihr noch einen Moment in die Augen, schmunzelte und wandte sich dann wieder an Jonah. »Ihr müsst verstehen, dass dem Treasurer keine andere Wahl blieb.«

»Ihm blieb keine Wahl, als uns alle wie Schurken zu behandeln?«

»Es waren genug Schurken darunter.«

»Und genug aufrechte Kaufleute. Sie alle fühlen sich betrogen, und der Treasurer sitzt in Dordrecht auf seinen beschlagnahmten zehntausend Sack Wolle und wird sein blaues Wunder erleben, wenn er versucht, sie zu verkaufen.«

»Wieso glaubt Ihr das?«, fragte Edward neugierig.

Seine Ahnungslosigkeit machte Jonah für einen Moment sprachlos. Dann erwiderte er: »Weil er überhaupt nicht weiß, wie man das anstellt. Dazu braucht man Erfahrung und Kenntnisse und ein Gespür für den Markt, die kein Bischof besitzt. Und darum wird der Verkaufserlös weit hinter den Erwartungen zurückbleiben und nicht annähernd die sechsundsechzigtausend Pfund erreichen, die die Monopolisten Euch bereitwillig noch vor Weihnachten gezahlt hätten. Darauf würde ich meinen letzten Ballen venezianischer Seide wetten, Sire.«

Der König verzichtete darauf, ihm zu eröffnen, dass die Wette hinfällig wäre, da Jonahs Prophezeiung sich bereits erfüllt hatte. Burghersh, der Treasurer, und die übrigen Gesandten hatten die Wolle auf eigene Faust verkauft, und das Ergebnis war eine Katastrophe. Die Verbündeten in den Niederlanden wurden misstrauisch und ungeduldig.

»Master Durham …« Der König gab endlich seinen Platz an der Tür auf, ging zum Feuer hinüber, setzte sich verkehrt herum auf einen Schemel, lehnte sich zurück und stützte die Ellbogen auf den Tisch. Vielleicht spürte er, dass Jonah zu rastlos war, um Platz zu nehmen, jedenfalls forderte er ihn nicht dazu auf, sondern legte den Kopf ein wenig nach hinten und schaute zu ihm hoch. »Glaubt Ihr, der Plan als solcher, wie de la Pole ihn vorgeschlagen hat, war praktikabel? Ich weiß, er ist Euer Schwiegervater, aber ich ersuche Euch um eine aufrichtige Antwort.«

»Der Plan war genial, Sire«, behauptete Jonah unbescheiden.

»Woran ist er gescheitert?«

»An der kurzsichtigen, dummen Selbstsucht einiger Monopolisten. Daran, dass beide Seiten Abmachungen nicht eingehalten haben. Daran, dass der Lord Treasurer seine Forderungen danach bemessen hat, was er für notwendig hielt, nicht danach, was tatsächlich machbar war. An Misstrauen und Habgier auf beiden Seiten.«

»Ihr meint also, dass es zwischen meinen Lords und den Kaufleuten, in diesem Falle zwischen meinem Treasurer und den Monopolisten, an Verständnis mangelt?«

Jonah nickte. »So ist es.«

»Und wäret Ihr bereit, Sir, mich im kommenden Sommer auf den Kontinent zu begleiten und Euch dort darum zu bemühen, dieses Verständnis herzustellen? Und dafür Sorge zu tragen, dass der Verkauf englischer Wolle bei unseren Verbündeten fortan fachmännischer betrieben wird?«

Jonah hatte Mühe, sein Entsetzen zu verbergen. Sprachlos starrte er den König an, und es war Giselle, die sagte: »Sire, Jonah braucht all seine Zeit und Kraft dafür, sein Geschäft zu retten. Er kann jetzt nicht fort.«

Edward warf ihr über die Schulter einen kurzen Blick zu und lächelte entwaffnend. Aber dann sah er gleich wieder zu Jonah. »Von ›jetzt‹ ist ja auch keine Rede. Ich bitte Euch inständig, Sir. Ich weiß, Ihr wäret der richtige Mann dafür, denn Ihr genießt unter Kaufleuten einen hervorragenden Ruf und habt Freunde unter Lords und Rittern. Ihr seid jung. So wie ich. Anders als Burghersh, als Philip von Frankreich und als viele der reichen Kaufherren. Unsere Jugend ist unsere Stärke, Sir Jonah, denn sie macht uns furchtlos und neuen Ideen gegenüber aufgeschlossen.« Er schwieg einen Moment, um Jonah Gelegenheit zur Antwort zu geben. Aber Jonah fiel nichts ein bis auf: *Verschone mich mit deinem Vertrauen und lass mich in Ruhe, damit ich wieder auf die Füße kommen kann.* Also sagte er lieber nichts.

»Glaubt Ihr, dass dieser Krieg gegen Frankreich eine gerechte Sache ist, die England dient?«, fragte der König.

»Ja, Sire.«

»Glaubt Ihr, dass jeder Engländer bereit sein muss, dafür Opfer zu bringen?«

Jonah erinnerte sich daran, dass genau das sein Argument gegenüber den jammernden Schafzüchtern gewesen war, und unterdrückte ein Seufzen. Es fühlte sich anders an, wenn man selbst aufgerufen war, das Opfer zu bringen, musste er feststellen. »Ja.«

Edward nickte. »Das glaube ich auch. Und niemand darf ausgenommen werden. Ich beispielsweise opfere meine Krone.«

Jonah starrte ihn entsetzt an. »Sire?«

Edward grinste und zuckte mit den Schultern. »Nicht meine Königswürde, die Gott mir verliehen und die er allein mir wieder nehmen kann. Nicht mein Geburtsrecht. Nein, nein, ich meine dieses grauenvoll schwere Ding aus Gold und Edelsteinen. Ich habe sie verpfändet. Dem Erzbischof von Trier. Er zahlt siebentausendfünfhundert Pfund dafür, stellt Euch das vor.«

»Ihr ... Ihr verpfändet Eure Krone?«

Edward nickte, und für einen Moment huschte ein Schatten über sein Gesicht. »Und ich glaube langsam, sie wird nicht das letzte Opfer sein, das dieser Krieg mir abverlangt. Also, Sir Jonah, wie steht es? Wollt Ihr mich begleiten? Ihr könnt selbstverständlich jederzeit zwischendurch nach London zurückkehren, um Eure Geschäfte zu betreiben. Ihr habt ein schnelles Schiff, sagt Gervais, und es ist doch im Grunde keine Entfernung.«

Jonah tauschte wieder einen Blick mit Giselle, und ihre winzige Geste sagte: »Was bleibt uns übrig?«

Jonah verneigte sich vor dem König. »Es wird mir eine Ehre sein, Sire.«

Jonah saß in einem kleinen Kämmerchen mit nackten Steinwänden über ein paar Bücher und Schriftstücke gebeugt. Die alten Mauern der Abtei von St. Bernard, wo der König nach seiner Ankunft auf dem Kontinent mit seinem gesamten Gefolge Quartier bezogen hatte, hielten die schlimmste Spätsommerhitze ab, doch war es stickig in der Kammer, und das winzige Fenster ließ fast kein Licht herein. Jonah arbeitete beim Licht zweier Kerzen, trotzdem war es dämmrig, und seine Augen tränten. Er hockte jetzt seit drei Stunden hier und rechnete. Aber er wusste, auch wenn er die nächsten drei Jahre weiterrechnete, würde es nicht besser aussehen. Ganz gleich, wie gut Jonah des Königs Wolle verkaufte, für jedes Pfund, das er einnahm, gab Edward mindestens zwei aus.

Er erhob sich seufzend und trat ans Fenster. Von dieser Seite der Klosteranlage war die große, reiche Hansestadt nicht zu sehen, sondern nur Wiesen und Felder, ein Gehölz hier und da, aber kein Hügel, so weit das Auge reichte. Es war unglaublich, wie flach dieses Land war. Die Weite und die Gleichförmigkeit hatten gewiss etwas Beruhigendes, wenn man in der richtigen Stimmung war, sie auf sich wirken zu lassen, doch für Jonah waren sie nichts weiter als eben weit und gleichförmig. Müßig sann er darüber nach, warum er nicht bis zum Meer sehen konnte, wo doch nichts den Blick versperrte. Seine Gedanken schweiften wie so oft in letzter Zeit übers Meer bis zur englischen Küste und weiter nach London, wohin er sich sehnte. Auch früher, wenn er auf längeren Reisen gewesen war, hatte er seine Heimatstadt vermisst, aber jetzt erfuhr er zum ersten Mal, was wirkliches Heimweh bedeutete. Dabei war er nicht einmal einsam. Gervais of Waringham und Geoffrey Dermond sah er beinah täglich, wenn sie nicht gerade kreuz und quer durchs Land reisten, um mit ihren achtunddreißig einäugigen Gefährten irgendein rauschendes Fest zu schmücken, und erst letzte Woche war Giuseppe Bardi hier gewesen und hatte dem König neues Geld und neue Wolle gebracht. Aber Jonah vermisste seine geliebte Stadt, sein Zuhause. Und seine Frau vermisste er mehr, als er es je für möglich gehalten hätte.

»Was für ein herzerweichender Seufzer«, bemerkte eine spöttische Stimme von der Tür. »Ich hätte nicht gedacht, dass so etwas in Euch steckt.«

Jonah wandte sich um, die Hand auf der steinernen Fensterbank. »Was für eine unerwartete … Freude, Sir. Ihr in Antwerpen? Sind die Schotten in Hull eingefallen, oder was hat Euch von zu Hause fortgetrieben?«

Sein Schwiegervater trat näher, ließ den Blick desinteressiert über die Papiere auf dem Tisch schweifen und gesellte sich zu Jonah ans Fenster. Mit verschränkten Armen lehnte er sich an die Wand. »Wenn Ihr andeuten wollt, ich hätte mich daheim in Hull verkrochen, seit das Wollmonopol gescheitert ist, so irrt Ihr Euch. Ich war dort, um im Norden neue Wolle aufzukaufen und ein paar Außenstände einzutreiben. Die ich nun dem König bringe.«

Jonah nickte. »Und keine Stunde zu früh. Seit zehn Tagen leben wir hier von der Mildtätigkeit der Brüder. Zumindest diejenigen unter uns, die nicht umherreisen und sich vom Adel und den Bürgern durchfüttern lassen.«

De la Pole schien nicht überrascht. »Wo ist der König?«

»In Koblenz«, berichtete Jonah. »Dort trifft er sich mit dem deutschen Kaiser Ludwig, der ihn in einer feierlichen Zeremonie zu seinem Statthalter und Befehlshaber über all seine Vasallen westlich des Rheins erheben wird. Für eine entsprechende Vergütung, versteht sich.«

Sein Schwiegervater hob kurz die Schultern. »Eine lohnende Investition, scheint mir. Ohne Sanktionierung durch den Kaiser wären die Grafen und Herzöge hier doch immer nur wankelmütige Verbündete.«

Jonah gab ihm Recht. Trotzdem hatte es ihn entsetzt, als der König sich von den Brabantern einhunderttausend Pfund geliehen hatte, um für diesen neuerlichen diplomatischen Schachzug und die damit einhergehende Verzögerung zu bezahlen. Für die Zeremonie in Koblenz hatte Edward sich eine Krone anfertigen lassen, die weitaus kostbarer war als die, welche er im Winter verpfändet hatte. Jonah hatte versucht, ihm vor Augen zu führen, wie widersinnig sein Handeln war, doch der König hatte kategorisch erklärt, dass es gerade im Umgang mit dem Kaiserreich unverzichtbar sei, seine Stellung zu wahren und höfische Großzügigkeit zu beweisen. Er hatte ihre letzten Barmittel mitgenommen, um beispielsweise unterwegs in Köln eine großzügige Spende für den dortigen Dombau zu tätigen. Jonah war überzeugt, die Kölner hatten die Straßen gesäumt und dem fremden König zugejubelt. Doch unterdessen stand ihnen hier das Wasser bis zum Halse, und die Verbündeten fragten mit zunehmendem Nachdruck, wann sie mit den versprochenen Summen rechnen könnten.

»Das Spiel des Königs wird immer riskanter«, sagte er und wies mit einer ungeduldigen Handbewegung zum Tisch hinüber. »Die Schulden steigen von Tag zu Tag. Die Wolle, die aus England kommt, ist immer weniger als erwartet. Selbst wenn wir sie gut verkaufen, ist es stets nur ein Tropfen auf dem heißen Stein. Die einzige Möglichkeit, all das zu bezahlen, wäre, nach Frankreich zu ziehen und das reiche Paris auf einen Schlag zu nehmen.«

»Doch jetzt haben wir schon September, also wird daraus dieses Jahr gewiss nichts mehr«, entgegnete de la Pole. »Aber auf ein paar Monate kommt es nun auch nicht mehr an, nicht wahr? Ein großer Krieg, schätze ich, ist wie ein guter Wein: Er muss reifen.«

Jonah verzog spöttisch einen Mundwinkel. »Und beide werden mit zunehmendem Reifegrad immer teurer.«

De la Pole lachte leise. »Und immer lukrativer für Kaufleute mit guten Nerven und Weitsicht, wie Ihr und ich zum Beispiel.«

Jonah betrachtete ihn argwöhnisch. »In der Disziplin kann ich mich kaum mit Euch messen, Sir. Da Ihr mir schmeichelt, nehme ich an, Ihr wollt irgendetwas. Also?«

Ehe sein Schwiegervater antworten konnte, trat der junge Waringham ein. »Jonah, du wirst es nicht glauben …« Dann entdeckte er de la Pole. Seine Miene wurde verschlossen, und er nickte knapp. »Seid willkommen, Sir. Was verschlägt Euch nach Antwerpen?«

»Geschäfte, Mylord. Ich habe dem König bis Ende des Sommers fünfhundert Sack Wolle versprochen, die ich ihm jetzt bringe. Im Gegensatz zu meinen florentinischen Konkurrenten halte ich mich an Termine und abgesprochene Mengen.«

Waringham nickte unverbindlich und wandte sich wieder an Jonah. »Der König ist aus Koblenz zurückgekehrt und bittet uns alle, ihn in Louvain zu treffen. Pack deine Schriftrollen ein. Wir reiten in einer Stunde.«

Jonah sah ihn ungläubig an. »Ich kann jetzt nicht nach Louvain, Gervais. Ich treffe mich heute Mittag mit den Hansekaufleuten, die unsere Wolle übernehmen wollen.«

»Du wirst sie vertrösten müssen«, entgegnete der junge Earl unbekümmert. Dann fügte er lachend hinzu: »Mach kein solches Gesicht. Du wirst es nicht bereuen. Eine Überraschung wartet auf dich in Louvain.«

Jonah brummte verstimmt. »Ich hasse Überraschungen. Was ist es?«

Aber Gervais ließ sich keine Einzelheiten entlocken.

Louvain war eine Burg, die etwa fünfundzwanzig Meilen südöstlich von Antwerpen lag und die der Herzog von Brabant König Edward für seine Zwecke zur Verfügung gestellt hatte. Weil sie vormittags aufgebrochen waren und zügig ritten, kamen sie bei Dämmerung an. Es war eine Gruppe von etwa zwanzig Rittern, die der König nach Louvain bestellt hatte – die meisten davon einäugig –, und de la Pole hatte sich ihnen ungebeten angeschlossen.

Im Innenhof der alten, von einer grauen Steinmauer umfriedeten Anlage übergaben sie die Pferde den Knappen und herbeigeeilten Knechten, betraten dann den alten Burgturm und stiegen die Treppe zur Halle hinauf. Im zuckenden Licht einer Fackel sah Jonah unten an der Wand einen großen, grünlichweißen Schimmelfleck. Was für ein finsteres Gemäuer, dachte er flüchtig.

Als hätte er laut gesprochen, bemerkte Gervais: »Böse Zungen könnten behaupten, der Herzog habe uns diese Burg geliehen, weil man sie niemandem sonst zumuten kann.«

Die Halle war voller Menschen, bei denen es sich, so stellte Jonah verblüfft fest, zum großen Teil um Frauen handelte. Als sie eintraten, brach ein wildes Durcheinander aus, Geschwister-, Liebes- und Ehepaare begrüßten einander nach langen Monaten der Trennung.

Fast rüde drängte Jonah sich nach vorn. »Giselle ...«

Sie strahlte und streckte ihm die Hände entgegen. Er ergriff sie und führte sie nacheinander an die Lippen. Aber das reichte nicht. Beinah stürmisch zog er seine Frau an sich.

Sie lachte atemlos und schlang die Arme um seinen Hals. »Oh, Jonah. Das waren die längsten, grässlichsten zwei Monate meines Lebens«, flüsterte sie.

Er trat einen halben Schritt zurück und sah ihr ins Gesicht. Ihr Mund war so verführerisch, dass er einen Moment nicht wusste, wie er es fertig bringen sollte, nicht die Lippen darauf zu drücken. Aber sie waren nicht allein, obendrein war ihr Vater hier, also beschränkte er sich bedauernd darauf, sie sittsam auf die Stirn zu küssen. »Welcher Zauber bringt dich hierher?«, fragte er lächelnd.

»Ich war der Zauberer«, erklärte Philippa stolz, die unbemerkt zu ihnen getreten war.

Jonah ließ Giselle los und verneigte sich vor der Königin. »Und habt Euch wieder einmal als meine Wohltäterin erwiesen, Madame. Willkommen in Brabant. Ich hoffe, Ihr hattet keine allzu beschwerliche Reise.«

»›In meinem Zustand‹, meint Ihr wohl.« Was er bei ihrem Aufbruch im Juli schon geahnt hatte, war jetzt unübersehbar: Philippa war wieder guter Hoffnung. Sie winkte mit einem leisen Seufzer ab. »Nein, nein. Wir hatten gutes Wetter. Ich gestehe, ich hätte mein Kind lieber in England bekommen, aber eine Königin sollte da sein, wo der König ist, vor allem in schweren Zeiten. Und viele meiner Damen litten so sehr unter der Trennung von ihren Rittern oder auch ihren Ehemännern, dass der allgemeine Jammer kaum mehr zu ertragen war. Also haben wir kurzerhand beschlossen, Euch alle zu überraschen. Ich muss dringend mit Euch sprechen, Jonah, aber jetzt ist nicht der geeignete Zeitpunkt«, fuhr sie mit gesenkter Stimme fort. »Kommt morgen früh zu mir.«

Er nickte, und kaum hatte die Königin sich abgewandt, ergriff Giselle seine Hand und zog ihn durch eine schmale Seitentür aus der Halle. »Noch wenigstens eine Stunde bis zum Essen«, raunte sie.

Sie führte ihn einen kurzen Korridor entlang und eine Treppe hinauf. Jonah hätte gerne gewusst, wie lange sie schon hier war, dass sie sich so gut auskannte, aber für all diese Fragen war später noch genug Zeit. Er wusste genau, was sie im Schilde führte, und seine Kehle wurde eng. Er hoffte inständig, dass es nicht allzu weit war bis zu der Tür, hinter der sie endlich allein sein würden.

Es war eine kleine, düstere Kammer, die nicht einmal ein Bett vorzuweisen hatte. Aber das war ihm völlig gleich. Während Giselle den Riegel vorschob, riss Jonah sich den Mantel herunter, breitete ihn ohne alle Sorgfalt auf dem strohbedeckten Boden aus und zog seine Frau darauf hinab.

Es war nicht das Ende der Überraschungen. Als sie eine Stunde später erfolglos versuchten, sich unbemerkt zurück in die Halle zu stehlen, ging es dort wesentlich geordneter zu. Tische und Bänke waren aufgestellt worden, an denen die Ankömmlinge saßen und redeten, und einer der Ersten, den Jonah entdeckte, war sein Schwiegervater, der ein Kleinkind auf dem Arm hielt.

Jonah trat zu ihm. »Seid so gut und leiht mir Euren Enkel einen Augenblick, Sir.«

De la Pole sah stirnrunzelnd auf und folgte der Bitte zögerlich. »Nun, das ist wohl Euer Recht«, räumte er ein. »Ein strammer Bursche, Durham, das muss man wirklich sagen.«

Jonah nickte stolz, hielt Lucas mit der gleichen Ungeschicklichkeit wie sein Schwiegervater vor ihm und küsste den Jungen auf die Stirn. »Weißt du überhaupt noch, wer ich bin, mein Sohn?«, fragte er leise.

Der kritische Ausdruck auf dem kleinen Gesicht sprach eher dagegen, und Lucas schien zu erwägen, ob er nicht sicherheitshalber ein großes Geschrei anstimmen sollte.

»Kann er schon sitzen?«, fragte de la Pole interessiert. »Dein kleiner Bruder läuft, Giselle«, fügte er stolz hinzu.

»Er ist ja auch fast ein Jahr älter als Lucas, der *natürlich* schon sitzen kann«, erwiderte sie gereizt. »Gib ihn mir, Jonah.«

Jonah strich mit dem Daumen über die schwarzen Kinderlöckchen und sagte kopfschüttelnd: »Nun lass ihn mir doch noch eine Minute.«

»Aber er fürchtet sich vor dir. Außerdem sieht es immer so aus, als würdest du ihn jeden Moment fallen lassen.«

Jonah warf seiner Frau einen entrüsteten Blick zu, und wie um sie Lügen zu strafen, änderte Lucas plötzlich seine Meinung, strahlte seinen Vater an und schloss die Faust um den Finger, den dieser ihm hinhielt.

»Ich wusste doch, dass du ein kluger Junge bist«, murmelte Jonah. »Marion hast du auch mitgebracht?«, fragte er Giselle.

Sie nickte. »Natürlich. Aber niemanden sonst. Berit konnte ich kaum mitnehmen, das Kind kann jetzt jeden Tag kommen.«

»Deine Dienerin ist schwanger?«, fragte ihr Vater verwundert. »Warum in aller Welt wirfst du sie nicht hinaus?«

»Ich wäre Euch dankbar, wenn Ihr Euch aus unseren häuslichen Angelegenheiten heraushalten wolltet, Sir«, entgegnete Jonah scharf.

De la Pole schnaubte verächtlich. »Verstehe. Sie brütet Euren kleinen Bastard aus. Arme Giselle. Aber du kannst nicht sagen, ich hätte dich nicht gewarnt.«

Giselles Augen funkelten wütend. »Ihr zieht die falschen Schlüsse.«

Ihr Vater nickte mit einem Ausdruck, der besagte, dass er ihr kein Wort glaubte, erhob sich ohne Eile und schlenderte davon, um ein paar Worte mit dem Lord Chancellor und dem Lord Treasurer zu wechseln.

Giselle sah ihm verstohlen nach. »Was tut er eigentlich hier?«, fragte sie stirnrunzelnd.

Jonah stieg über die Bank und setzte sich auf den frei gewordenen Platz neben ihr. Während dieses akrobatischen Manövers hielt er Lucas weitaus geschickter, als sie für möglich gehalten hätte. Trotzdem war sie erleichtert, als er ihr ihren Sohn zurückgab.

»Ich habe keine Ahnung«, antwortete er auf ihre Frage. »Und Mühe zu glauben, dass seine Anwesenheit uns Grund zur Freude geben wird. Aber das soll uns heute Abend nicht kümmern. Erzähl mir von zu Hause.«

Und Giselle erzählte. Allen daheim ging es gut, nur die Frau des Färbermeisters Ypres war im August im Kindbett gestorben. Der kleine Cecil sprach von Tag zu Tag mehr, und Crispin war entschlossen, ihn im folgenden Jahr auf die Schule zu schicken. David verbrachte mehr Zeit denn je in der Werkstatt von Master Fleming, dessen älteste Tochter Grit sich unsterblich in Jonahs Lehrjungen verliebt hatte. Grit würde jedoch den verwitweten Färbermeister heiraten müssen; es war beschlossene Sache.

Giselle erzählte Jonah noch mehr große und kleine Neuigkeiten von den Leuten daheim, ehe sie endlich auf das Thema kam, das ihn am meisten interessierte: »Crispin lässt dir ausrichten, es gehe bergauf. Wir haben gute Umsätze im Tuchhandel gemacht. Alle Damen, die mit der Königin hergekommen sind, wollten eine neue Garderobe; alle haben ihr Tuch bei uns gekauft. Der Earl of Derby und der Vertreter des Treasurer haben wieder große Mengen preiswertes Tuch bestellt.« Sie flüsterte, damit ja niemand ihre Geschäftsgeheimnisse belauschte.

»Ich hoffe, Crispin steckt nicht alles unseren Gläubigern in die Taschen, sondern kauft auch ein bisschen Rohwolle. Die Preise werden nicht ewig so niedrig festgeschrieben bleiben«, bemerkte Jonah leise.

Giselle nickte. »Bis zum Herbst werden es zehn Sack sein. Er lagert sie in Sevenelms und hat unser Wolllager zu Hause an Master Greene vermietet.«

Jonah runzelte die Stirn. »Mir gefällt nicht, wenn sich in der Gilde herumspricht, dass Jonah Durham so abgebrannt ist, dass er seine Lagerräume vermieten muss.«

Sie winkte beruhigend ab. »Du weißt doch, wie diskret Martin Greene ist. Ich glaube, er hält große Stücke auf Crispin und will ihm helfen, in die Gilde aufgenommen zu werden.«

Jonah brummte. Er hatte sich nie darum bemüht, sich mit dem Warden der Tuchhändler auszusöhnen, und es missfiel ihm, dass Crispin die Verbindung wiederzubeleben suchte. Doch ehe er noch etwas dazu sagen konnte, betraten der König und die Königin mit ihren Kindern die Halle und nahmen ihre Plätze an der hohen Tafel ein. Jonah staunte, wie groß Prinz Edward geworden war. Mit ernster Miene, beinah würdevoll, saß der Junge neben seinem Vater, dessen Abbild er war, und hin und wieder steckten König und Prinz die Köpfe zusammen und sprachen leise miteinander.

Es wurde ein lebhafter, fröhlicher Abend. Herzlich begrüßte König Edward die Königin und ihre Damen und dankte ihnen, dass sie die weite Reise gemacht hatten, um seinen kleinen Hof in der Fremde zu bereichern und zu zieren. Nach dem Essen wurde die Musik der Spielleute lauter, und die einäugigen Kavaliere führten die Damen zum Tanz.

»Man könnte beinah denken, wir wären daheim in Westminster«, bemerkte Giselle lächelnd.

Jonah nickte. »Wenn man sich nicht allzu genau umschaut.«

Ehe Jonah und Giselle am nächsten Morgen das Gemach der Königin betraten, kam ein Knappe die Treppe heraufgeeilt und richtete Jonah aus, dass der König ihn zu sprechen wünsche.

Ich kann nicht glauben, wie begehrt ich heute früh bin, dachte er verwundert – und trug dem Jungen auf, er solle ihn für ein paar Minuten beim König entschuldigen, da auch die Königin nach ihm geschickt habe.

»Ich hoffe, das war richtig«, raunte er Giselle zu. »In Hofetikette werde ich mich nie wirklich auskennen.«

»Es gibt für diesen Fall keine richtige Entscheidung«, antwortete sie. »Edward ist der König und seinem Befehl zu folgen die oberste Pflicht eines jeden Untertanen. Aber du bist Ritter in Philippas Haushalt und darfst sie daher nicht warten lassen.«

Er schüttelte den Kopf. »Großartig…« Dann klopfte er und öffnete die Tür.

Im Quartier der Königin wimmelte es von Damen, Kindern und Dienerinnen. Philippa saß in einem Sessel am kalten Kamin, die Hände auf ihrem gewölbten Bauch gefaltet, und unterhielt sich mit ihrer sechsjährigen Tochter Isabella. Als die Prinzessin die Ankömmlinge entdeckte, sprang sie auf und kam zu ihnen herüber. »Sir Jonah! Und Giselle!«

Jonah verneigte sich mit der Hand auf der Brust. »Lady Isabella.«

»Ich wollte Euch gestern Abend schon begrüßen, aber zuerst durfte ich nicht von der Tafel aufstehen, und dann musste ich schlafen gehen«, erklärte sie entrüstet. »Dabei habe ich versucht, Mutter zu sagen…«

»Isabella«, kam der mahnende Ruf von der anderen Seite des Raumes. »Es ist sehr huldreich von dir, meinen Ritter so stürmisch zu begrüßen, aber ich muss ihn dir leider entführen. Geh mit der Amme. Ihr alle dürft euch entfernen«, sagte sie in den Raum hinein. Sie lächelte, aber ihre Hände vollführten eine Geste, als wolle sie eine Schar Gänse verscheuchen.

Als die Tür sich schloss und sie mit Jonah und Giselle allein war, verschwand das Lächeln, und sie seufzte tief. »Diese Burg ist viel zu klein für uns alle. Wir kehren so schnell wie möglich nach Antwerpen zurück.«

Giselle trat besorgt näher, kniete sich vor der Königin ins Stroh, wie sie es als Kind so oft getan hatte, und sah besorgt zu ihr auf. »Fühlt Ihr Euch nicht wohl, Madame? Ihr seid sehr blass.«

Philippa strich ihr liebevoll die Wange. »Mach dir um mich keine Sorgen. Wie steht es, Jonah, wollt Ihr Wurzeln schlagen dort an der Tür?«

Er trat näher.

»Ich denke, es ist besser, Ihr setzt Euch, mein Freund. Was ich Euch zu sagen habe, ist eher unangenehm, fürchte ich.«

Jonah nahm ihr gegenüber Platz und sah sie wortlos an.

»Der König wird heute nach Euch schicken, Euch für Eure

Dienste danken und Euch dann die Kontrolle über das zentrale englische Wolllager in Antwerpen entziehen.«

Jonah lehnte sich bequem zurück, schlug die Beine übereinander und lächelte.

Doch Philippa hob drohend den Zeigefinger. »Freut Euch nicht zu früh. Ihr denkt, Ihr dürft nach Hause, ja? Daraus wird nichts.«

Das Lächeln verschwand wie fortgewischt. Ehe Jonah jedoch irgendetwas sagen konnte, fragte Giselle mit sorgsam verborgener Empörung: »Wieso will der König das tun? Ich kann mir nicht vorstellen, dass irgendwer diese Aufgabe besser erfüllen könnte als Jonah.«

»Das kann ich mir auch nicht vorstellen«, stimmte Philippa ihr zu. »Aber dein Vater hat sich erboten, fortan den Verkauf der Wolle für die Krone hier in Antwerpen zu überwachen.«

Weder Jonah noch Giselle erwiderten etwas auf diese merkwürdige Neuigkeit, und die Königin sagte selbst, was sie beide dachten: »Er hat dem König ein weiteres Darlehen von zwanzigtausend Pfund gewährt. Und er hat angedeutet, dass dort, wo dieses Geld herstammt, noch mehr ist. Ihr wisst selbst, wie düster die Lage ist: Die Bardi sind nahezu bis auf den letzten Tropfen gemolken, von den übrigen Florentinern ganz zu schweigen. Das Wollmonopol ist an der Raffgier seiner Mitglieder gescheitert. Wäre noch das Parlament, das neue Steuern gewähren könnte, aber das dauert. Ansonsten bleibt nur William de la Pole, der anscheinend über unbegrenzte Geldmittel verfügt und gewillt ist, sie dem König zu leihen. Wir alle wissen, was er dafür als Gegenleistung will: mehr oder weniger ganz Yorkshire als königliches Lehen und einen Adelstitel. Der König belehnt ihn mit Holderness, das praktisch das gesamte Umland seiner Heimatstadt Hull umfasst. Und er erhebt ihn zum Baron. Aber das reicht de la Pole noch nicht. Zusätzlich will er die Kontrolle über die Wollverkäufe der Krone. Und der König ist nicht in der Position, ihm etwas abzuschlagen, nicht wahr?«

Es war einen Moment still. Dann fragte Jonah: »Aber wozu?

Was in aller Welt will de la Pole mit dieser undankbaren Aufgabe?«

Philippa zeigte mit dem Finger in seine Richtung. »Das werdet Ihr herausfinden. Ihr bleibt in Antwerpen als seine rechte Hand und habt ein Auge auf das, was er tut ... wieso erhebt Ihr Euch, Jonah? Wir sind noch nicht fertig.«

Jonah atmete tief durch, sah sie stumm an und trat ans Fenster. Dann wandte er sich wieder zu ihr um. »Madame, bei allem Respekt, aber das kann ich nicht.«

»Was in aller Welt soll so schwierig daran sein?«

Er schaute sie ungläubig an und schüttelte dann den Kopf. »Er ist mein Schwiegervater.«

»Und? Deswegen wissen wir trotzdem alle, was für ein Mann er ist. Schaut Giselle an, sie ist seine Tochter und zuckt nicht mit der Wimper bei all den hässlichen Dingen, die ich über ihn sage.«

»Trotzdem kann ich ihn nicht bespitzeln. Es wäre ganz und gar ehrlos.«

Philippa stöhnte und legte theatralisch die Hand an die Stirn. »Jetzt kommt das wieder. Dieses Wort führt ihr Männer immer ins Feld, wenn alle anderen Argumente euch ausgegangen sind. Ehrlos, Sir, ist es, die Notlage seines Königs auszunutzen, um sich selbst die Taschen zu füllen. Wer das vereitelt, ist ein Patriot und treuer Untertan der Krone. Wer es deckt, ist ein Komplize.«

Jonahs Miene wurde verschlossen. »War das alles, Madame?«, fragte er kühl.

»Jonah ...«, bat Giselle zaghaft, aber Philippa fiel ihr ins Wort. Sie stand abrupt auf, verblüffend beweglich für eine hochschwangere Frau, und trat Jonah einen Schritt entgegen. Sie war mehr als einen Kopf kleiner als er, aber mindestens genauso wütend. »Nein, das war noch nicht alles, Master Durham. Mir scheint, Ihr verkennt die Situation. Ich, die Königin, habe Euch, meinen Ritter, um etwas gebeten. Ihr könnt nicht ablehnen!«

Ihr Zorn vermischte sich mit schierer Fassungslosigkeit ob seines beispiellosen Fehlverhaltens, und Jonah unterdrückte nur mit Mühe ein Lächeln. »Ich darf Euch daran erinnern, dass Ihr diejenige wart, die darauf bestanden hat, einen Ritter aus mir zu machen. Ich wollte nicht. Ihr solltet Euch daher nicht allzu sehr wundern, wenn ich gegen diesen seltsamen Kodex verstoße, den ich nie so recht begriffen und mir nie zu Eigen gemacht habe.«

»Jonah, ich bin nur mäßig an einer Debatte über Rittertum interessiert. Ihr schuldet mir Gehorsam, Ihr Flegel, und wenn ich Euch ein paar Wochen einsperren lassen muss, um ihn Euch beizubringen, dann wird mir das nicht den Schlaf rauben!«

Mir Gehorsam beizubringen haben schon ganz andere vor dir versucht, wollte er erwidern. Stattdessen breitete er einladend die Arme aus. »Bitte, nur zu. Aber bevor Ihr die Wache ruft und mich in die finsterste Oubliette von Louvain werfen lasst, erweist mir eine letzte Gunst und erklärt mir eines, Madame: Wenn es der Wunsch des Königs ist, dass ich diese … anrüchige Aufgabe übernehme, warum streite ich dann mit Euch und nicht mit ihm?«

Sie lachte unfroh. »Ihr würdet so nie mit dem König reden. Ihr wagt es nur, meinem Befehl zu widersprechen, weil ich eine Frau bin. Eine schwerfällige, schwangere Frau obendrein.«

»Das ist nicht fair, und es ist auch nicht wahr«, widersprach er kopfschüttelnd.

Giselle hatte mit großen, unruhigen Augen von einem zu anderen gesehen. In der kurzen Stille wandte sie sich an die Königin. »Ihr müsst doch wissen, dass es praktisch nichts gibt, was Jonah nicht für Euch täte.«

Philippa hob abwehrend die Linke. »Nun, er beweist mir gerade das Gegenteil, nicht wahr?« Sie dachte einen Moment nach, die sonst so glatte Stirn tief gerunzelt. Dann sagte sie: »Kommt, Jonah, wir wollen uns wieder setzen, ja?«

Mehr um seinen guten Willen zu beweisen, setzte er sich wieder auf die Kante seines Sessels, nachdem sie in den ihren gesunken war.

»Die Wahrheit ist, der König war von der Idee genauso wenig angetan wie Ihr. Ich habe ihm dieses Zugeständnis nur mit Mühe abgerungen. Dabei weiß er selber, was für ein Mann de la Pole ist, aber er will sich einreden, sein neuer Großbankier handele aus purem Patriotismus. Edward glaubt so gern an das Gute in den Menschen. Vor allem das Gute in denen, auf die er angewiesen ist.«

»Und Ihr wollt ihn vor den Folgen seines unangebrachten Vertrauens schützen?« Jonah zweifelte insgeheim, dass der König dieser Fürsorge bedurfte. Er hatte den Verdacht, dass Philippa die Schläue ihres Gemahls unterschätzte.

»Aber selbst wenn Jonah sich bereit fände, zu tun, was Ihr wünscht, Madame, mein Vater würde es doch sofort durchschauen«, warf Giselle ein.

Die Königin sah sie überrascht an. »Glaubst du wirklich?«

Giselle musste lachen. »Aber natürlich. Mein Vater und Jonah umschleichen einander, seit sie sich kennen, wie zwei misstrauische Kater und sichern sich doppelt und dreifach ab, wenn sie ein Geschäft miteinander vereinbaren, weil sie sich nicht trauen. Und ein Grund, warum mein Vater so reich geworden ist, ist, dass er immer genau weiß, was seine Feinde planen. Seid versichert, er lässt sich niemals Sand in die Augen streuen.«

Philippa lächelte befreit. »Nun, wenn das so ist, wird er kaum wagen, den König zu übervorteilen, solange Jonah in der Nähe ist, nicht wahr?«

Antwerpen, November 1338

Ein Schreiber betrat das großzügige, gut beheizte Kontor des englischen Wolllagers am Antwerpener Hafen. »Master Durham, ein Hamo Johnson ist draußen und wünscht Euch zu sprechen.«

Jonah nickte zerstreut und sah von seinen Papierbergen auf. »Lass ihn herein.«

William de la Pole saß in einem bequemen Sessel am Feuer, hatte die langen Beine vor sich ausgestreckt und trank genüsslich einen Becher Wein. Jonah hatte sich schon manches Mal verdrossen gefragt, wie dieser Mann sein Geld verdiente – man sah ihn niemals arbeiten.

»Hamo Johnson?«, fragte de la Pole träge. »Wer mag das sein?«

»Der Kapitän der *Philippa*.«

»Ach, natürlich. Ihr habt Euren Menschenhandel wieder aufgenommen, nicht wahr? Weiß die Königin eigentlich davon, dass Ihr flämische Weber nach England verschifft und somit das Embargo aushebelt? Kaum besser als Wollschmuggel, würde ich meinen. Sie wäre sicher erschüttert, he? Wo sie Euch doch für einen solchen Ausbund an Tugend hält, dass sie Euch zu meinem Wachhund erkoren hat.«

Jonah warf den Federkiel ärgerlich beiseite, und prompt spritzten einige dicke Tropfen und machten ein paar Zeilen seiner Aufstellung unleserlich. Er schluckte einen lästerlichen Fluch herunter und rang um Geduld. »Natürlich weiß die Königin von der Ansiedlung flämischer Handwerker in England; das ganze Projekt steht unter ihrem persönlichen Schutz. Und zum hundertsten Mal: Ich bin *nicht* hier, um Euch nachzuspionieren, Sir.«

De la Pole winkte gelangweilt ab. »Wem wollt Ihr das weismachen? Aber es spielt ja keine Rolle, ich habe nicht das Geringste zu verbergen. Im Übrigen, Durham, und das sage *ich Euch* nun zum hundertsten Mal: Ich wüsste es wirklich zu schätzen, wenn Ihr Euch angewöhnen wolltet, ›Mylord‹ zu mir zu sagen.«

Jonah gab sich keine Mühe, sein Hohnlächeln zu verbergen. »Ich bitte um Vergebung, *Euer Gnaden* ...«

De la Pole richtete sich wütend auf, aber ehe er etwas erwidern konnte, trat der stämmige Kapitän der *Philippa* ein und verneigte sich linkisch vor Jonah. »Gott zum Gruße, Master Durham.« Er nickte de la Pole zu. »Sir.«

Jonah lag auf der Zunge, seinem Kapitän zu erklären, dass er den arbeitsscheuen Verwalter der königlichen Wolle mit »Mylord« ansprechen müsse, aber ein Blick in Hamos Gesicht reichte, um jeden Spott vergehen zu lassen. »Was ist geschehen?«, fragte er. Bitte, Gott, kein Schiffbruch, flehte er. Und wenn doch, dann bitte, bitte ohne menschliche Fracht. »Ist die *Philippa* ...«

»Die *Philippa* liegt unten am Kai, so schön und heil wie gestern, Sir«, versicherte Hamo eilig.

Danke, Gott. »Aber Ihr bringt dennoch schlechte Nachrichten?«

Der Kapitän nickte. »Es ist ... es ist die *Christopher*, Sir.«

De la Pole stemmte sich langsam aus seinem Sessel hoch. »Was ist damit?«, fragte er. Die *Christopher* war ein Schiff der kleinen englischen Kriegsflotte, das mit einer Ladung Silber aus England für die neu eröffnete königliche Münze in Antwerpen erwartet wurde.

»Die verfluchten Franzosen haben sie gekapert«, antwortete Hamo. »Sie und jedes Schiff ihrer Eskorte: die *St George*, die *Black Cock* und ... und die *Edward* auch.« Er ließ erschüttert den Kopf hängen. Die *Edward* war das schönste und schnellste Schiff des Königs gewesen, der Stolz seiner Flotte.

De la Pole pfiff leise vor sich hin. »Leider muss ich es Euch überlassen, dem König die Nachricht zu bringen, Durham«, sagte er, nahm seinen pelzgefütterten Mantel von einer Stuhllehne und ging zur Tür. »Erzbischof Stratford erwartet mich, Ihr versteht gewiss, dass ich ihn nicht versetzen will.«

Hamo schaute ihm finster nach, wartete, bis die Tür sich geschlossen hatte, und fragte dann: »Wer ist dieser eingebildete Fatzke?«

Jonah antwortete nicht. »Wie sicher ist das, Hamo?«, fragte er stattdessen.

»Sicher. Es passierte vor Middelburg. Wir müssen das nächste Schiff gewesen sein, das vorbeikam, und haben die wenigen aufgenommen, die von Bord der gekaperten Schiffe gesprungen und noch nicht ertrunken waren.«

Damit war die schwache Hoffnung, dass es sich nur um eins der vielen bösen Gerüchte handelte, dahin. Jonah griff ebenfalls nach seinem Mantel. »Lasst uns einen der Überlebenden holen und zum König bringen. Er muss es sofort erfahren.« Hamo schaute ihn furchtsam an, aber Jonah schüttelte den Kopf. »Seid unbesorgt. Es ist wahrscheinlicher, dass er Euch für die Rettung der Seeleute belohnt, als dass er Euch für die schlechte Nachricht büßen lässt.«

Die reiche Abtei von St. Bernard verfügte über mehrere geräumige Gästehäuser. Der König bewohnte das größte am Ostrand der Anlage, welches der Klosterkirche am nächsten lag und darüber hinaus eine eigene kleine Kapelle hatte, in welcher der Kaplan des Königs die Messe für ihn las und ihm in aller Diskretion die Beichte abnehmen konnte.

Als Giselle eintrat, glaubte sie zuerst, sie habe die Kapelle für sich, doch dann entdeckte sie den König, der im Schatten vor einer kleinen Gebetsbank seitlich des Altars kniete. Er hielt den Kopf tief gesenkt und schien fast in sich zusammengesunken, so als sei er vor Gram gebeugt. Eine Hand lag an seinem bärtigen Kinn, der Daumen strich langsam über die Lippen. Der König wirkte eher tief in Gedanken als im Gebet versunken.

Giselle wollte sich wieder zurückziehen, doch er hatte ihre leisen Schritte auf den Steinfliesen gehört, hob den Kopf und sah ihr entgegen. »Gibt es etwas Neues?«, fragte er ruhig.

»Nein, Sire. Es wird wohl noch ein wenig dauern. Aber es besteht kein Grund zur Sorge, sagt der Medicus.«

Edward nickte und zeigte ein kleines, mattes Lächeln. Plötzlich tat er ihr Leid. Die Königin lag in den Wehen, und sicher war der König in Sorge, denn mit dem letzten Prinzen, der nur so kurz gelebt hatte, hatte Philippa eine schwere Geburt gehabt. Was für ein bedauernswerter Mensch war doch ein König, dass er sich seine Furcht, so menschlich und begründet sie auch sein mochte, niemals anmerken lassen durfte. Mit einem Mal schien er ihr furchtbar einsam. Sie wusste, es wäre weiser gewesen, sich zurückzuziehen, doch als er leise bat: »Kommt und betet ein paar Minuten mit mir, Madame, seid so gut«, war sie außerstande, irgendeine fadenscheinige Ausrede vorzubringen. Er machte Platz auf der schmalen Bank, und sie kniete sich neben ihn. Ehe sie die Hände falten konnte, ergriff er ihre Linke. Erschrocken sah sie ihn an, doch Edward hatte den Kopf bereits wieder gesenkt und die Augen geschlossen.

Im Vorraum zu Edwards Privatgemach traf Jonah auf William Montagu, den Earl of Salisbury. »Nanu, Master Durham, was führt Euch zu dieser Stunde her?«, fragte er nicht unfreundlich.

»Sehr schlechte Neuigkeiten, fürchte ich, Mylord.« Jonah berichtete kurz.

Montagu lauschte mit wachsendem Entsetzen. »Man könnte beinah glauben, der Papst habe Recht, wenn er sagt, dieser Krieg sei Gott nicht gefällig«, murmelte er. »Wieso schaut Ihr mich so an, Sir? Denkt Ihr, es sei Verrat, so etwas zu sagen?«

Jonah schüttelte den Kopf. »Ich finde den Gedanken beunruhigend, das ist alles.«

»Beunruhigend?« Der Earl lachte leise. »Welch ein harmloses Wort für diese Serie von Rückschlägen. Doch ich will Euch nichts vorjammern. Wenn alle, die ihm Treue schuldig sind, unverrückbar zum König stehen, werden wir auch den Verlust der *Christopher* und der anderen Schiffe verkraften. Aber ich sage Euch offen, Sir, mir graut davor, es ihm zu sagen. Der Graf von Hainault hat heute früh einen Boten geschickt, der in unverschämter Weise auf Zahlung drängt. Der König war außer sich vor Zorn. Obendrein liegt die Königin in den Wehen. Auch für einen König kann die Last seiner Sorgen erdrückend werden.«

Jonah spürte einen kurzen Stich im Magen. Er hoffte inständig, dass Montagu nicht andeuten wollte, bei der Niederkunft gebe es Komplikationen, aber er wagte nicht zu fragen.

Montagu erhob sich unwillig. »Ich gehe ihn holen, Master Durham. So unglücklich der Zeitpunkt für diese Hiobsbotschaft auch sein mag, er muss sie umgehend hören. Bringt Euren Kapitän und den Augenzeugen herein.«

König Edward stand stockstill und sah mit unbewegter Miene auf den Kapitän der *Philippa* und den überlebenden Matrosen der *Black Cock* hinab, die vor ihm knieten und ihm kleinlaut Bericht erstatteten.

»Wie viele französische Schiffe waren es, die euch angriffen?«, fragte er schließlich.

Der junge Seemann blickte für einen winzigen Moment furchtsam zu ihm auf und antwortete: »Ich weiß es nicht genau, Euer Gnaden. Aber wenigstens ein Dutzend.« Die Worte sprudelten mit übergroßer Hast heraus.

Hamo warf dem Matrosen unwillkürlich einen verdutzten Seitenblick zu, senkte aber gleich wieder den Kopf. Doch Edward hatte es gesehen. »Ich will die Wahrheit, kein Seemannsgarn«, sagte er streng, wenn auch nicht drohend. »Wie ist dein Name, Junge?«

»Fulk Swanson, Euer Gnaden«, antwortete der Matrose und schluckte mühsam. Man sah den Adamsapfel in seinem mageren Hals auf- und abgleiten.

»Also, Fulk. Es ist nicht meine Absicht, dich und deine Kameraden für diesen Verlust zu bestrafen, so bitter er auch sei. Aber ich muss genau wissen, was vorgefallen ist.«

Es schien Fulk ein wenig zu beruhigen, den König seinen Namen sagen zu hören, was zweifellos dessen Absicht gewesen war. Er überwand seine Furcht und erzählte, was er gesehen hatte: »Es waren vier französische Galeeren. Sie waren riesig, Euer Gnaden, und der Kapitän der *Christopher* signalisierte uns, zu wenden und ihnen einfach davonzusegeln, denn unsere Schiffe sind viel wendiger. Aber zwei der Galeeren hatten diese neumodischen Höllenmaschinen, die Rauch und Feuer spucken und riesige Steinkugeln schleudern.«

»Kanonen?«, fragte Montagu überrascht.

»Ja, Kanonen nannte der Kapitän sie auch. Eine der Steinkugeln streifte die *Christopher* am Bug, eine zweite zerfetzte das Segel der *St George*. Beide waren manövrierunfähig und ... und ...« Er senkte beschämt den Blick. »Wir waren alle kopflos vor Angst, mein König.«

»Und wurdet leichte Beute«, schloss Edward bitter.

Fulk nickte unglücklich.

Jonah beobachtete den König verstohlen. Es war unschwer zu erkennen, dass Edward Mühe hatte, Wort zu halten und den

Matrosen nicht für diesen schweren Verlust und das stümperhafte Verhalten seiner Offiziere büßen zu lassen. Aber er beherrschte sich. Mit einem etwas schroffen Wink entließ er die beiden Männer. »Es ist gut. Ihr dürft gehen.«

Das ließen Hamo und Fulk sich nicht zweimal sagen. Sie erhoben sich, verneigten sich tief und flohen.

Eine bleierne Stille senkte sich herab, nachdem die Tür sich hinter ihnen geschlossen hatte. Dann fragte Edward: »Wie viele Seeleute hat Euer Kapitän aus dem Meer gefischt, Sir Jonah?«

»Neun, Sire.«

Der König nickte abwesend. »Gebt ihm für jedes gerettete Leben ein Pfund, seid so gut. Ich zahle es Euch irgendwann zurück.«

Oh, wunderbar, dachte Jonah. Du hast gerade eine Schiffsladung Silber verloren, von vier erstklassigen Schiffen ganz zu schweigen, und dir fällt nichts Besseres ein, als mich anzupumpen. Doch er sagte nur: »Natürlich, Sire.«

Es klopfte leise, und auf ein aufforderndes Brummen des Königs trat Montagus Frau Catherine ein, die zu den Damen der Königin zählte. Sie bemühte sich erfolglos um eine feierliche Miene, erwiderte Edwards bangen Blick mit einem strahlenden Lächeln und verkündete stolz: »Es ist ein Prinz, Sire. Ein perfekter, wunderschöner Prinz, und die Königin ist wohl und überglücklich.«

Edwards Augen leuchteten auf. Mit einem großen Schritt trat er auf die Hofdame zu, umfasste entgegen aller geltenden Etikette ihre Taille, hob sie hoch, wirbelte sie einmal herum und küsste sie auf die Stirn, ehe er sie wieder absetzte. Dann stürzte er mit einem Jubelschrei hinaus.

Montagu legte seiner verdatterten Frau einen Arm um die Schultern und tauschte ein Lächeln mit Jonah. »Gott sei gepriesen«, sagte er. »Gott sei gepriesen für dieses Licht in all der Finsternis und schenke dem Prinzen Glück und ein langes Leben.«

»Amen«, murmelte Jonah.

William de la Pole stand am Kai vor einem armseligen Häuflein eingeschüchterter Seeleute und tobte. In regelmäßigen Abständen packte er eines der armen Sünderlein und schüttelte es, hin und wieder schickte er auch einen der Matrosen mit einem beachtlichen Fausthieb zu Boden.

Giuseppe Bardi, der mit Jonah am Fenster des Kontors stand und ihn beobachtete, schnalzte missbilligend. »Was für ein Bauer er ist«, sagte er mit herablassender Verächtlichkeit, die, so fuhr es Jonah durch den Kopf, Giuseppes uralten florentinischen Adel ebenso verriet wie seinen Neid auf diesen phänomenalen Kaufmann, der der Krone immer mehr Geld lieh, dem das Wasser aber nie bis zum Halse zu stehen schien – im Gegensatz zu den Bardi. »Wie kann man sich nur so aufführen?«

Jonah hob leicht die Schultern. »Giselle behauptet, alle Menschen aus Yorkshire hätten ein solches Temperament. Was mag es sein, das ihn so erzürnt hat?« Sie konnten de la Poles Stimme zwar hören, aber keine Worte unterscheiden.

»Zehn Säcke seiner Lieferung sind nass geworden«, berichtete sein Freund mit unverhohlener Schadenfreude. »Und zwar richtig nass. Wenn Gott gerecht ist, lässt er de la Poles Wolle verschimmeln.«

Jonah warf ihm über die Schulter einen verwunderten Blick zu. »So kenne ich dich gar nicht.«

Giuseppe sank in den bequemen Sessel, den sonst meist de la Pole mit Beschlag belegte, und winkte seufzend ab. Der König hatte alle weiteren Rückzahlungen an die Bardi um zwölf Monate aufgeschoben und die dafür vorgesehenen Einnahmen aus den Exportzöllen stattdessen de la Pole zugesprochen. Aber das war noch nicht einmal das Schlimmste. »Unsere florentinischen Geldgeber haben Gerüchte gehört, der König von England sei praktisch zahlungsunfähig. Da sie natürlich wissen, dass wir Edward Geld geliehen haben, drohen sie nun, ihre Einlagen zurückzufordern.«

Verdammt, das ist übel, dachte Jonah. Er hatte gewusst, dass es um die Londoner Niederlassung der Bardi nicht rosig stand. Doch jetzt hörte es sich so an, als sei das bedeutendste Bank- und Handelshaus der ganzen Christenheit in seiner Existenz bedroht.

»Tja, Jonah, es ist eine ungerechte Welt«, fuhr der junge Italiener mit untypischer Bitterkeit fort. »Niemand hat auch nur einen Funken Mitgefühl für einen bedrängten Geldverleiher. Geschieht den raffgierigen Wucherern recht, denken alle. Niemand findet es besonders ehrlos, sein Zahlungsversprechen zu brechen. Das heißt, es gibt Ausnahmen«, räumte er mit einem müden Lächeln ein. »Dein Gehilfe Crispin kommt an jedem Monatsersten und zahlt eure Rate. Er tut es sogar mit einem Lächeln… Da fällt mir ein, ich habe dir einen Brief von ihm mitgebracht.« Giuseppe öffnete die Ledertasche, die er über der Schulter getragen hatte, und zog einen zusammengefalteten, versiegelten Bogen heraus.

»Danke.« Jonah nahm den Brief, öffnete ihn aber nicht. Crispins Briefe las er lieber in Ruhe, wenn er allein und ungestört war. Sein Gehilfe schrieb ihm einmal im Monat, um zu berichten, wie die Geschäfte liefen, und Jonah um Rat oder Weisungen zu bitten. Meistens schlug er das vor, was Jonah selbst auch getan hätte, aber offenbar fühlte er sich wohler, wenn er zuvor dessen Einverständnis einholen konnte.

Giuseppe sagte, was Jonah dachte: »Er ist ein wirklich guter Mann. Ein verlässlicher Statthalter. Er würde für dich durchs Feuer gehen.«

Jonah nickte. »Ich weiß. Und er hat mein vollstes Vertrauen. Trotzdem wünschte ich, ich könnte endlich wieder nach Hause.«

Giuseppe lächelte. »Du bist wie Beatrice. Im Frühling packt dich das Heimweh.«

»So ist es.«

»Aber wenigstens hast du deine Frau und deinen Sohn hier. Wie geht es ihnen?«

Jonah schenkte zwei Becher voll und reichte einen dem Freund. »Lucas läuft«, berichtete er stolz. »Und Giselle… ist wohlauf.« Das hoffte er jedenfalls. Der lange, regenreiche Winter hatte sie manchmal melancholisch gestimmt, aber jetzt, da man wieder ausreiten konnte, hoffte er, dass sie den Gefallen am höfischen Leben wiederfinden würde. »Ich sehe sie nicht häufig«, gestand er. »Sie verbringt ihre Tage mit der Königin und den Prinzen und Prinzessinnen, während ich in diesem elenden Kontor festsitze, um ihren Vater daran zu hindern, irgendwelche Teufeleien auszuhecken.«

Wie aufs Stichwort stürmte de la Pole herein. Seine Miene war immer noch sturmumwölkt, aber er hatte sich zumindest wieder so weit beruhigt, dass er einigermaßen höflich sein konnte. »Wenn Ihr so gut sein wollt, Durham, ich muss das Gesindel bezahlen, das meine Wolle hergebracht hat.«

Jonah erhob sich wortlos und trat mit ihm zusammen zu einer Schatulle mittlerer Größe neben der Tür. Sie hatte zwei Schlösser, und jeder von ihnen verwahrte einen Schlüssel. Sie öffneten die Truhe, und de la Pole ergriff einen der kleinen Geldsäcke. »Nun, Bardi?«, sagte er über die Schulter. »Wollt Ihr noch einmal eine Schatulle voller florentinischer Gulden sehen? Dann kommt her.«

Giuseppe winkte gelangweilt ab. »Da Ihr Eure Gulden bei uns einzutauschen pflegt und uns für jeden mit vier Shilling in englischem Silbergeld beglückt, bin ich den Anblick durchaus gewohnt.«

De la Pole grinste humorlos, wog das Säckchen in der Hand und sagte zu Jonah: »Vergesst nicht, es aufzuschreiben.« Dann stolzierte er wieder hinaus.

»Wenn man ihn hört, könnte man glauben, du wärest sein Lehrjunge«, bemerkte Giuseppe missfällig.

Jonah hörte nicht zu. »Giuseppe, sagtest du, er zahlt bei euch vier Shilling für einen Gulden?«

»Natürlich. Wieso?«

Jonah sank auf die Geldtruhe und starrte einen Moment ins Leere. Einen Großteil des Geldes, das de la Pole der Krone lieh, brachte er in den in aller Welt begehrten florentinischen Goldmünzen her, denn sie waren leichter und preiswerter zu transportieren als das englische Silbergeld. Doch hatte er behauptet, der Kurs sei gestiegen, und dem König jeden Gulden mit viereinhalb Shilling berechnet. Jonah hätte die Bücher befragen müssen, um die genauen Summen zu ermitteln, aber über den Daumen schätzte er, dass sein Schwiegervater die Krone mit diesem kleinen Kursschwindel um etwa zwölftausend Pfund betrogen hatte.

Jonah stützte die Stirn auf die Faust. »Ich sage dir, dieser Mann ist einfach zu gerissen für mich. Er ist mir immer einen Schritt voraus.«

Giuseppe fragte nicht noch einmal, worum es gehe, er ahnte, dass Jonah seinen Schwiegervater bei einem Betrug ertappt hatte, über den er nicht sprechen konnte. Er beschränkte sich auf ein mitfühlendes Seufzen. »Wenn es dich tröstet, Jonah: Das gilt für dich und für mich und für jeden anderen Kaufmann in England.«

Es war ein herrlich warmer Tag gewesen, eher schon sommerlich als frühlingshaft. Giselle hatte ihn mit Catherine Montagu, der Königin und den Kindern draußen am Ufer des kleinen Flüsschens nahe der Abtei verbracht. Die Prinzessinnen, Isabella und Joanna, hatten mit ihrer Cousine Joan of Kent, die Waise und ein Mündel der Königin war, Ball gespielt, während der wenige Monate alte Prinz Lionel auf einer Decke im Gras friedlich schlief. Sogar Prinz Edward, der eigentlich schon zu groß war, um die Zeit mit seinen Schwestern, der Mutter und deren Damen zu verbringen, hatte sich ihnen eine Weile angeschlossen und Lucas auf seinem Rücken reiten lassen. Lucas war entzückt gewesen.

Sie hatten Pasteten und Hühnerschenkel und weiches Brot gegessen, Wein getrunken und viel gelacht. Für ein paar Stunden war es Giselle gelungen, die Furcht abzuschütteln, die sie quälte, seit sie nach Brabant gekommen war, und zum ersten Mal seit dem endlosen dunklen Winter fühlte sie sich unbeschwert. Bis sie hinter die hohen, düsteren Klostermauern zurückkehrte, die sie einsperrten. Kaum hatte sie das Tor durchschritten, spürte sie die Angst wieder, als habe ihr jemand ein

Bleigewicht auf die Schultern gelegt. Sie musste mit Jonah reden. Sie musste fort von hier.

Verstohlen ließ sie den Blick über den Innenhof schweifen, dann reichte sie ihren Sohn der Amme. »Hier, Marion. Bring ihn hinein. Ich komme gleich nach, ich will einen Moment in die Kirche.«

»Natürlich, Mistress.« Marion drückte ihren kleinen Liebling behutsam an sich, der vertrauensvoll einen Arm um ihren Hals und den Kopf an die Schulter legte, den Daumen im Mund. »Er ist todmüde«, sagte sie lächelnd.

Giselle nickte und wandte sich ab. Sie betrat die große, alte Klosterkirche durch eine Seitenpforte. Im Innern war es kühl und dämmrig; die kleinen Rundbogenfenster ließen nicht viel Licht ein. Die stille Luft war erfüllt von einem Gemisch aus Weihrauch und Feuchtigkeit. Sie liebte diesen Geruch alter Steinkirchen. Er hatte etwas Tröstliches und Sicheres. Sie schloss die Augen und atmete langsam tief durch, und als sich plötzlich zwei starke Arme von hinten um sie legten, schrie sie unwillkürlich auf. Es war nur ein kleiner, hoffnungsloser Schrei, aber er hallte unheimlich in der leeren Kirche.

»Schsch. Hab keine Angst, ich bin es nur.«

»Aber Ihr seid ja der, den ich fürchte, Sire«, sagte sie, in ihrer Not plötzlich um die höflichen Lügen verlegen, die sie sonst so virtuos beherrschte.

Er fuhr mit den Lippen über ihren Hals und ihr Ohr. Sein Atem strich heiß über ihre Wange, der Bart kitzelte sie ein wenig. »Das brauchst du nicht, ich schwöre es. Keine Frau hat Grund, sich vor mir zu fürchten.« Mit sanften Händen, aber ebenso bestimmt drehte er sie zu sich um, sah ihr in die Augen und strich mit dem Daumen über ihre Lippen, während er sie mit dem anderen Arm näher an sich presste. »Wenn ich noch eine Stunde länger auf dich warten muss, Giselle, werde ich den Verstand verlieren. Und das willst du doch gewiss nicht, oder? Ich warte jetzt schon zwei Jahre. Lässt man seinen König so lange darben?« Er zeigte sein unwiderstehliches Lächeln.

Giselle schlug den Blick nieder. »Jeden Moment kann jemand

hereinkommen und uns sehen, Sire. Lasst mich gehen, ich bitte Euch aufrichtig.« Sie sah ihm wieder in die Augen. »Und ich meine, was ich sage.«

Er hörte ihr überhaupt nicht zu. »Niemand wird uns sehen«, versprach er spitzbübisch, nahm ihre Hand und führte sie durch eine kleine Pforte in die Sakristei. *Hier?*, fragte sie sich fassungslos, und eine Gänsehaut kroch ihr über Arme und Rücken. *Wo der Leib und das Blut Christi aufbewahrt werden, willst du die Ehe brechen?*

Aber er brachte sie zu einer weiteren Tür, die eine Kellertreppe verbarg, hinter welcher ein Gang begann. Schweigend zog er sie hinab und durch den niedrigen Korridor. Es war stockfinster, aber der unterirdische Gang war eben und so gerade wie die Flugbahn eines Pfeils. Am Ende kamen sie wieder an eine Treppe. »Gib Acht, dass du nicht fällst«, murmelte der König fürsorglich, und Giselle spürte ein Lachen in der Brust zittern, das zu einem guten Teil Hysterie war. Er zeigte sich besorgt, dass sie sich das Knie anstoßen oder den Knöchel umknicken könnte, während ihre Ehre ihm vollkommen gleichgültig war. Das war wirklich grotesk.

Die Tür führte direkt in sein Privatgemach. Kein Geheimgang, erkannte sie, sondern eine Annehmlichkeit für hohe Gäste, die die Kirche bei schlechtem Wetter so trockenen Fußes erreichen konnten.

Ein prunkvolles, breites Bett stand an der Wand gegenüber der Tür. Edward schob den Vorhang aus schwerem Brokat zurück, ohne Giselle loszulassen, dann wandte er sich ihr zu, nahm auch ihre linke Hand und zog sie auf die Bettkante hinab.

Edwards Lippen waren leicht geöffnet und sehr rot. Giselle starrte darauf, sah sie näher kommen und schloss die Augen. Sein Kuss war gierig und sein Atem rau. Mit kundigen Händen streifte er ihr die Haube vom Kopf, löste den Haarknoten und breitete die ganze kupferfarbene Pracht um ihre Schultern aus. Giselle fühlte sich schon nackt.

Sie hörte ein Knarren, spürte einen Luftzug und riss die Augen auf. Gervais of Waringham stand wie versteinert in der Tür und starrte zu ihnen hinüber. Für einen Moment trafen sich ihre Blicke. Dann presste er kurz die Lippen zusammen, deutete ein bedauerndes Kopfschütteln an und zog sich lautlos zurück.

Der König hatte ihn nicht bemerkt. Er hatte das Gesicht in ihren Haaren vergraben und schnürte ihr Kleid auf, keuchte leise, und als er ihre Brüste entblößt hatte und sacht die Hände darauf legte, gab er einen sanften Laut des Wohlbehagens von sich.

Er drängte sie zurück, bis sie in den Kissen lag, schob ihre Röcke hoch und kniete sich zwischen ihre Beine. Das Lächeln, mit dem er auf sie hinabsah, während er seinen Gürtel löste, erinnerte sie an den Prinzen, wenn der sich nach einem langen Tag im Sattel abends an die Tafel setzte und die Diener die dampfenden Platten auftrugen: Vorfreude, Gier und die ebenso unschuldige wie gewissenlose Lust an den schönen Dingen des Lebens sprachen daraus. Sie drehte den Kopf weg, damit sie es nicht länger sehen musste.

»Giselle, Giselle«, seufzte er leise. »Wieso willst du es nicht genießen, da du es doch nicht verhindern kannst?«

Sie schaute ihn wieder an. »Ich … ich liebe meinen Mann, Sire.«

Er beugte sich über sie und küsste ihre Wangen, ihre kecke Nasenspitze, ihren Hals, während seine Hand die Innenseite ihres Oberschenkels hinaufwanderte. »Daran zweifle ich nicht. Und ich vergöttere die Königin, wie du sicher weißt. Aber lass sie uns für den Moment vergessen.« Er flüsterte, und jetzt war er derjenige, der die Augen geschlossen hatte. »Lass uns … alles vergessen. Nur für diesen einen Moment.«

Sein Mund zuckte, als er in sie eindrang, und Giselle legte die Arme um seinen Nacken und hielt ihn.

Edward war ein ungestümer, aber kein ganz und gar selbstsüchtiger Liebhaber. Giselle konnte natürlich nicht ahnen, dass er sich vor seinen Freunden gelegentlich damit brüstete, keine Frau habe je unbefriedigt sein Bett verlassen, aber sie merkte, dass er auf irgendetwas wartete. Als ihr aufging, was es war, täuschte sie ihm vor, was er hören wollte, damit er endlich fertig wurde.

Er blieb im Bett liegen und sah ihr schläfrig blinzelnd zu, als sie ihre Kleidung in Ordnung brachte und vor dem Handspiegel auf seiner Truhe Haar und Haube richtete. Dann wandte sie sich zu ihm um. »Darf ich jetzt gehen, Sire?«

Seine beringte Hand kam unter der Decke hervor, ergriff die ihre und führte sie kurz an die Lippen. »Ich wünschte, du wärest geblieben, bis ich eingeschlafen bin, aber nicht alle Wünsche können erfüllt werden. Natürlich darfst du gehen.«

Sie neigte leicht den Kopf und trat an die Tür zu dem unterirdischen Gang.

»Bist du sehr zornig auf mich, Giselle?«, fragte er.

Sie wandte sich noch einmal zu ihm um. Er hatte sich auf einen Ellbogen aufgerichtet und sah sie stirnrunzelnd und lauernd zugleich an.

Sie war sich im Augenblick noch nicht völlig im Klaren über ihre Gefühle. Ja, sie war wütend auf ihn, sie hätte mit den Fäusten auf ihn losgehen und ihm die Augen auskratzen können, aber mehr um Philippas als um ihrer selbst willen. Das kam ihr seltsam und höchst verdächtig vor. Sie antwortete mit einer Gegenfrage. »Sire, darf ich davon ausgehen, dass dies das erste und einzige Mal bleibt?«

Er hob langsam die Schultern und schüttelte mit einem leisen Lachen den Kopf. »Darauf rechne lieber nicht.«

In dem dunklen Gang setzte sie sich auf den kalten Steinfußboden, lehnte Schultern und Kopf an die glatte Wand, spürte seinen Samen aus sich herausrinnen und in ihren Unterröcken versickern und weinte und fragte sich, was jetzt zu tun sei.

Als ihre Tränen getrocknet waren, stand sie auf, ging zurück in die Kirche und weiter zur Pforte, ohne auch nur einen Blick Richtung Altar zu werfen. Sie hatte so eine Ahnung, dass Gott ihr die Schuld an dieser Sünde zuschreiben würde, und dem konnte sie jetzt nicht ins Auge sehen.

Sie fand Gervais of Waringham dort, wo er sich in seinen Mußestunden meistens aufhielt: im Pferdestall. Er war dabei, sich die prächtigen Pferde des Königs anzusehen, hob hier einen

Huf an, um ihn zu begutachten, fühlte dort eine Vorderhand, schaute hin und wieder in ein Maul.

Als er Giselle entdeckte, wurde ihm sichtlich unbehaglich, aber er trat tapfer aus der Box und stellte sich ihr scheinbar unerschrocken.

Mit verengten Augen starrte sie in sein hübsches Gesicht mit dieser unendlich albernen Augenbinde und tat, was sie nie für möglich gehalten hätte: Sie hob die Hand und ohrfeigte ihn so hart, dass sein Kopf zur Seite geschleudert wurde und dröhnend gegen einen hölzernen Pfeiler stieß. Ihre Handfläche prickelte schmerzhaft.

Gervais rieb sich kurz mit dem Handrücken über die getroffene Wange, auf der sich augenblicklich ein rötlicher Abdruck abzuzeichnen begann.

»Was … was hätte ich tun sollen, Giselle?«

»Wärst du der Gentleman, für den du dich hältst, wäre dir bestimmt etwas eingefallen.«

Er wandte den Blick ab und stieß hörbar die Luft aus. »Da hätte ich weiß Gott alle Hände voll zu tun. Du bist nicht die Erste, der das passiert ist, weißt du. Was soll ich machen? Ich meine, immerhin ist er der König. Es steht mir nicht an, ihm moralische Vorträge zu halten.«

»Nein, ich kann mir unschwer vorstellen, dass du dich damit unbeliebt machen würdest. Darüber hinaus hieße es, den Bock zum Gärtner zu machen, nicht wahr?« Sie lachte bitter, als ihre Worte ihr bewusst wurden. »Im wahrsten Sinne. Du lässt doch selbst keine Gelegenheit ungenutzt verstreichen, stimmt's nicht, Gervais?« Seine Verlegenheit machte ihn sprachlos, und ehe ihm eine Erwiderung eingefallen war, fuhr sie fort: »Bei uns zu Hause oben in Yorkshire erzählt man sich, dass du Anne of Yafforth den Hof machst. Willst du sie heiraten? Dann hoffe ich für dich, sie ist hässlich. Sonst wird ihr das Gleiche passieren wie mir.«

Er starrte sie mit seinem sichtbaren Auge betroffen an.

Giselle lächelte höhnisch. »Darauf bist du noch nicht gekommen, was?«

»Nein«, gestand er kleinlaut.

Sie nickte verächtlich. »Da siehst du, was für ein Narr du bist. Ich will, dass du mir schwörst, dass du niemals einer Menschenseele erzählen wirst, was du gesehen hast. Egal wann, egal wo, egal wie betrunken du bist.«

Ohne zu zögern legte er die linke Hand an das Heft seines Schwerts, das ein altes Familienerbstück war, und hob die Rechte. »Ich schwöre bei der Ehre meines Namens, und Gott soll mein Geschlecht aussterben lassen, wenn ich mein Wort breche.«

Das war mehr, als sie erwartet hatte. Ganz plötzlich war ihr Zorn verraucht, und sie wusste nicht, wie sie fortfahren sollte. Sie senkte den Blick, nickte wortlos und wandte sich ab.

»Giselle ...«

»Was?«

»Du kannst auf meine Verschwiegenheit rechnen, aber wie steht es mit deiner eigenen? Nimm dich ein bisschen zusammen und lass deinen Mann nicht merken, was passiert ist, he? Es ist ja schließlich nicht das Ende der Welt.«

Sie ging weiter zur Tür. »Spar dir deine weisen Ratschläge für deine Braut, Gervais.«

In der etwas beengten Halle des Gästehauses wurde bereits gespeist, als Jonah und de la Pole eintraten. Sie stritten. Das war durchaus nicht ungewöhnlich, nur war das Wortgefecht heute heftiger als sonst.

»Ich bestehe darauf, dass Ihr den Wechselkurs in allen Abrechnungen um einen halben Shilling korrigiert«, sagte Jonah gedämpft.

»Das fällt mir im Traum nicht ein«, entgegnete sein Schwiegervater. »Dieser halbe Shilling pro Gulden ist meine Vergütung für den Transport der Münzen. Nennt es Geldbeschaffungskosten, wenn Ihr Euch dann besser fühlt.«

Jonah schüttelte den Kopf. Sie waren an der Tür zur Halle stehengeblieben und konnten nur noch flüstern. »Wenn Ihr glaubt, der Krone Geldbeschaffungskosten in Rechnung stellen zu können, dann tut es offen. So ist es Betrug.«

»Ihr solltet ein bisschen sorgsamer in der Wahl Eurer Worte sein«, drohte de la Pole leise.

Jonah verschränkte die Arme. »Weil sonst was passiert? Neue Morddrohungen, Mylord? Das ist unter der Würde eines geadelten Ehrenmannes, denkt Ihr nicht?«

»Ich kann Euch nur raten, Euch nicht über mich lustig zu machen«, zischte sein Schwiegervater. »Diese Debatte ist beendet. Der halbe Shilling steht mir zu. Und Ihr werdet den Mund halten, sonst steht Euer Vetter nächsten Monat auf der Straße und kann mit einem Bauchladen durch Cheapside spazieren, ich schwör's.«

Jonah starrte ihn betroffen an. Giuseppe hatte ihm nie gesagt, wer Ruperts Haus gekauft hatte, und Jonah hatte nie danach gefragt.

De la Pole lächelte triumphierend. »Überrascht? Wie viele Leute, glaubt Ihr, gab es nach dem Zusammenbruch des Monopols in London, die Kapital hatten, um ein Grundstück in Cheapside zu kaufen?«

Nicht viele, musste Jonah gestehen. »Das Wohlergehen meiner Schafe in Sevenelms bedeutet mir mehr als das meines Vetters«, behauptete er. »Sucht Euch ein besseres Druckmittel oder korrigiert die Abrechnung. Ihr habt zehn Tage Zeit, ehe ich dem Treasurer die Unregelmäßigkeit zur Kenntnis bringe.«

Er wandte sich ab und ließ sich nicht anmerken, dass er de la Poles »Das würde ich mir an Eurer Stelle gut überlegen« noch hörte.

Während sein Schwiegervater davonstolzierte und seinen Platz an der hohen Tafel einnahm, trat Jonah zu seiner Frau, die ihm lächelnd entgegensah. Wie immer wurde ihm allein von ihrem Anblick leicht ums Herz.

Er beugte sich zu ihr hinunter und küsste sie auf die Stirn. Sie duftete schwach nach ihrer mit Lavendel parfümierten Seife. Die Haare, die sich in der Stirn aus der kleinen Haube gestohlen hatten, kräuselten sich feucht. Sie trug das rehbraune Kleid aus feinstem Kammgarn, das er so liebte. »Darin hab ich dich seit Ewigkeiten nicht gesehen«, bemerkte er. »Ihr seid ein sehr erbaulicher Anblick, Mistress.«

»Oh, vielen Dank, Sir.« Sie lächelte mit einem Wimpernschlag, der es mühelos mit dem von Anna Bardi hätte aufnehmen können.

Aber Jonah war der Mime in der Familie, und er durchschaute sie sofort. Er nahm neben ihr Platz und fragte leise: »Stimmt etwas nicht?«

Verdammt, zu dick aufgetragen, erkannte Giselle erschrocken. Sie biss sich auf die Lippen und senkte den Blick. Heilige Jungfrau, wende dich nicht von mir ab, betete sie stumm. Ich konnte doch nichts dafür. Streu ihm nur ein bisschen Sand in die Augen, das ist alles, worum ich dich bitte. »Nein, es ist alles in Ordnung«, antwortete sie und improvisierte: »Lucas hat sich ein wenig erkältet, das ist es vielleicht.«

Ein Page trat zu ihnen und schenkte Wein in den Becher, den sie teilten. Jonah bedeutete Giselle mit einer Geste, als Erste zu trinken. »Mach dir keine Sorgen. Er ist ein robuster Junge.«

Sie nickte. »Was hast du heute gemacht?«, erkundigte sie sich.

»Mit deinem Vater gestritten, wie üblich. Oh, und Giuseppe empfangen. Er sendet dir Grüße.«

Sie sah sich um. »Warum ist er nicht hier?«, fragte sie verwundert.

»Weil die Bardi auch in Antwerpen eine Niederlassung haben. Er schien nicht begeistert von der Aussicht, bei seiner Tante zu logieren. Sie sei ein Drachen, sagt er. Aber natürlich blieb ihm keine Wahl.«

»Armer Giuseppe.«

»Und was hast du heute gemacht?«

»Oh, wir … wir hatten einen wunderbaren Tag draußen. Die Königin hatte ein Buch dabei und hat uns kleine Geschichten von Rittern und Fabelwesen vorgelesen. Eine Frau hat sie geschrieben, ist das zu glauben?« Sie malte sich aus, was passieren würde, wenn sie im gleichen Plauderton fortführe: Dann habe ich mit dem König geschlafen, Jonah, stell dir das vor. Und sie fragte sich, ob sie vielleicht dabei war, den Verstand zu verlieren.

»Warum isst du nichts, Jonah?«

»Aus dem naheliegendsten Grund: Ich habe keinen Hunger. Im Übrigen isst du auch nicht.«

»Nein.«

Der Narr des Königs ersparte ihr die Fortsetzung dieser mühsamen Unterhaltung. Er stolperte durch eine Seitentür herein, gab vor zu strauchen und landete mit einem Purzelbaum vor der hohen Tafel. Der Prinz und seine Schwestern waren nicht die Einzigen, die das komisch fanden. Raven der Narr war ein kleiner, zierlicher Mann aus dem Süden, aber niemand wusste, woher genau er stammte. Er hatte seinen Namen von seinem rabenschwarzen Fellumhang und der übergroßen, hässlichen Kapuze, die an einen Vogelkopf erinnerte. Giselle konnte ihn nicht ausstehen. Seine Erscheinung war ihr unheimlich, und sie fand seine Späße oft derb und gemein. Sie musste allerdings zugeben, dass er der verblüffendste Akrobat war, den sie je gesehen hatte.

Er lief ein Stück auf den Händen, wobei er ein Spottgedicht auf den König von Frankreich aufsagte. Niemand lachte lauter als der Erzbischof von Canterbury, bis Raven plötzlich wieder auf die Füße sprang, seine Kapuze an den Seiten andrückte, sodass sie wie eine Bischofsmütze aussah, und den höchsten Kirchenfürsten von England in treffender und unverschämter Weise imitierte. Das erzbischöfliche Lächeln wurde frostig. Aber Raven genoss Narrenfreiheit, und bislang war der König noch immer eingeschritten, wenn sich gelegentlich ein verspottetes Opfer an dem Narren vergreifen wollte. Als der Vortrag beendet war, verneigte Raven sich vor der hohen Tafel, ließ sich dann auf alle viere nieder und sprang kläffend umher, bis der König ihm lachend ein Stück Fleisch hinwarf. Raven fing es mit den Zähnen auf, schüttelte es hin und her und verließ den Saal unter lautem Gebell.

»Er ist widerlich«, stieß Giselle hervor.

Jonah gab ihr Recht. »Aber der König liebt ihn. Komm. Lass uns verschwinden und nach Lucas sehen.«

Sie verließen die Halle und das große Gästehaus unbemerkt, gingen ein paar Schritte durch die laue Abendluft und betraten das Gebäude, in welchem man ihnen zwei nebeneinanderliegende kleine Räume zugeteilt hatte. Marion und Lucas bewohnten den einen, Jonah und Giselle den etwas geräumigeren, der sogar ein richtiges Bett hatte. Ihr Sohn schlief nach dem ereignisreichen Tag am Fluss, und auf Jonahs Nachfrage versicherte die Amme ein wenig verwundert, dass sie keine Anzeichen einer Erkältung habe feststellen können.

Beruhigt traten sie durch die Verbindungstür in ihre Kammer, und Jonah schob den Riegel vor.

Giselle ließ sich auf die Bettkante sinken. »Worüber hast du mit meinem Vater gestritten?«, fragte sie.

Er erzählte es ihr, ohne zu zögern. Er setzte sich aufs Bett und zog sie näher, bis sie mit dem Rücken an seiner Brust lehnte. Inzwischen hatte er diese vertrauten Gespräche mit seiner Frau schätzen gelernt. Es half ihm, seine Gedanken zu ordnen oder zu einer Entscheidung zu kommen, wenn er die Dinge mit ihr erörterte, und nicht selten brachte sie ihn mit ihren klugen Fragen auf eine Idee. Sie bekundete ihre Entrüstung über diesen neuerlichen Betrug ihres Vaters und redete Jonah zu, nach Ablauf der Frist auch wirklich zum Treasurer zu gehen. Und die ganze Zeit hatte er das merkwürdige Gefühl, es sei eine Fremde in Giselles Gestalt, mit der er hier auf dem Bett saß und redete. Als er das Gespräch versiegen ließ, setzte sie es von sich aus nicht fort, und das schien diesen blödsinnigen Verdacht noch zu untermauern.

Erst nach längerer Zeit wurde ihr das verräterische Schweigen bewusst, und sie regte sich nervös in seinen Armen. »Jonah?«

»Hm?«

»Ich möchte nach Hause.«

»Du bist nicht die Einzige. Bedauerlicherweise wird der König wenig Verständnis für unsere Wünsche haben. Und die Königin auch nicht.«

Die Königin. Giselle hatte keine Vorstellung, wie sie Philippa je wieder in die Augen sehen sollte. Einmal mehr schnürte die Angst ihr die Luft ab. »Dann ... dann lass mich alleine nach Hause, Jonah. Bitte.«

»Allein?«, fragte er verwundert. Eine Spur kühl sogar.

»Ich weiß, es klingt selbstsüchtig«, fuhr sie hastig fort. »Und mir graut davor, wieder von dir getrennt zu sein. Aber... aber ich werde wahnsinnig in diesem überfüllten Kloster.«

»Ich fürchte, du wirst dich ein bisschen zusammennehmen müssen«, bekundete er ohne jedes Mitgefühl. »Du kannst unmöglich alleine reisen. Selbst für bewaffnete Schiffe ist jede Kanalüberquerung derzeit ein Risiko. Du weißt sehr gut, dass Philip von Frankreich seine ganze Flotte in die Häfen der Normandie verlegt hat, die jedes englische Schiff aufbringt, das sie erwischt.« Die Franzosen hatten gar die Kanalinseln und Southampton überfallen und, so wurde berichtet, grauenvoll gewütet. Die Bevölkerung von Southampton hatte begonnen, eine Stadtmauer zu errichten, um einen solchen Tag und eine solche Nacht des Grauens nicht noch einmal erleben zu müssen.

Giselle sagte nichts mehr. Sie wusste, wenn sie ihn weiter bedrängte, ohne einen triftigen Grund nennen zu können, würde er Verdacht schöpfen. Sie saß in der Falle.

»In spätestens zwei Monaten zieht der König mit all seinen Lords und Rittern in den Krieg«, fuhr Jonah versöhnlicher fort. »Dann wird es hier erträglicher.«

Sie nickte.

Aber zwei Monate waren eine Ewigkeit.

Einige Tage später erreichte Giselle nachmittags ein Bote ihres Mannes. Er ließ ihr ausrichten, es seien fünf englische Schiffe mit Wolle eingetroffen, die aus bestimmten Gründen am nächsten Morgen wieder auslaufen müssten. Ihm bleibe daher nichts anderes übrig, als die Ladung noch an diesem Abend löschen zu lassen und zu prüfen, was gut und gerne die ganze Nacht dauern könnte. Der König, der gerade mit einer Hand voll Getreuer von der Jagd zurückgekehrt war, hörte die Nachricht zufällig, und als der Bote sich verabschiedet hatte, raunte er Giselle im Vorbeigehen zu: »Manche Gelegenheiten sind einfach zu gut, um sie zu versäumen...«

Und mit einem Mal war ihr klar, was sie zu tun hatte. Sie ging zu ihrem Quartier und wies Marion an, ihre Sachen zu packen und in einer halben Stunde reisefertig zu sein. Dann machte sie Waringham ausfindig.

»Würdest du sagen, dass du mir einen Gefallen schuldest, Gervais?«

»Ja. Ja, ich denke schon«, räumte er unbehaglich ein.

Giselle nickte grimmig. »Besorge drei Pferde und bring sie zum Tor. Unauffällig. Und einen Wagen für das Gepäck. Ein kleiner Karren reicht, es ist nicht viel. Wir treffen uns draußen in einer halben Stunde, und du wirst mich, meine Magd und meinen Sohn zum Hafen begleiten. Giuseppe Bardi kehrt heute Abend nach London zurück, und ich fahre mit ihm.«

Waringhams Miene wurde besorgt. »Bist du noch bei Trost? Du kannst doch nicht einfach so verschwinden, ohne Jonahs Erlaubnis und die der Königin.«

»Das wirst du ja sehen.«

»Aber Giuseppe wird dich niemals an Bord nehmen.«

»Doch. Wenn du ihm sagst, Jonah hätte dich gebeten, mich zu ihm zu bringen.«

»Ich soll ihn *anlügen*?«

»Herrgott noch mal, tu nicht so scheinheilig!«, fauchte sie. »Ich bin eine verzweifelte Frau, Gervais. Wenn du ein Ritter bist, wie du so gern behauptest, musst du mir helfen.«

Er fuhr sich nervös über die Stirn. »Das... das ist Erpressung.«

»Ich würde dich auch mit der Waffe bedrohen, wenn ich eine hätte. Ich kann mir nicht leisten, wählerisch in meinen Mitteln zu sein.«

Gervais seufzte und wollte die Hände auf ihre Schultern legen, aber sie schlug sie wütend weg. Er machte eine begütigende Geste. »Also gut. Ich werde es tun. Aber denk nur einen Moment über die Folgen nach. Wird Jonah nicht furchtbar wütend sein, wenn du einfach abreist?«

»Doch, ganz bestimmt. Das muss ich in Kauf nehmen.«

»Und was ist, wenn er die richtigen Schlüsse zieht? Er ist alles andere als ein Dummkopf, weißt du.«

Sie schüttelte den Kopf. »Aber er hält den König für einen Heiligen.«

Als Jonah im Morgengrauen todmüde ihre Kammer betrat, sah er es sofort. Ihr Mantel war ebenso verschwunden wie ihre kleine Reisetruhe. Ungläubig trat er ans Bett und riss den Vorhang zurück. Das Bett war leer, Kissen und Decken unberührt. Dumpf vor Fassungslosigkeit und Erschöpfung starrte er eine Weile darauf hinab, dann machte er auf dem Absatz kehrt und stürmte ins Nebenzimmer. Der Raum war kahl, die kleine Wiege leer. Jonahs Kehle wurde eng.

Ohne zu wissen, was er tun sollte, vor allem ohne zu begreifen, was hier passiert war, ging er zurück in den Hauptraum, und erst jetzt entdeckte er den zusammengefalteten Papierbogen auf dem Tisch. Die Hand, die ihn aufhob, war nicht ganz ruhig.

Mein geliebter Jonah, bitte verzeih mir, dass ich dies tue, aber ich habe es einfach nicht länger ausgehalten. Sei unbesorgt um unsere Sicherheit. Wir reisen mit Giuseppe, dessen Schiff ja stets von einer kleinen Flotte eskortiert wird. Natürlich werde ich ihm sagen, ich führe mit deinem Einverständnis. Wenn es diesen Sommer endlich zur Schlacht kommt, wird der Krieg im Herbst vorüber sein, und dann sehen wir uns wieder. Ich sehne mich jetzt schon nach dir. In Liebe, Giselle

Mechanisch riss er die Nachricht in winzig kleine Fetzen, ließ sie zu Boden fallen und trat sie mit dem Fuß ins Stroh. Seine Bewegungen waren ruckartig, seltsam heftig. Als nichts mehr von ihrem Brief übrig war, hielt er inne, ging ans Fenster, starrte in den Morgennebel hinaus und schlug mit der Faust gegen die Mauer. Aber der Schmerz in der Hand und der Anblick der blutenden Knöchel brachten ihm wenig Trost.

Mein geliebter Jonah, bitte verzeih mir, dass ich dies tue ...

»Darauf kannst du lange warten«, sagte er.

Es war eigentümlich still in der Stadt. Die Straßen in Cheapside und in der Ropery waren voller Menschen, die nach der Sonntagsmesse heimgingen, und man hörte hier und da ein Kinderlachen, doch die Stimmen der Erwachsenen waren eher gedämpft. Das Fehlen von jedwedem Glockengeläut war so auffällig und fühlte sich so grundfalsch an, dass es die Ruhe unheilschwanger scheinen ließ. Die brütende Hitze tat ein Übriges. Es war, als wäre London in ein dickes Leichentuch gehüllt.

Begleitet von Berit und David ritt Giselle nach dem Kirchgang in die Old Jewry zum Haus ihres Vaters. Die Pferde und ihre Eskorte ließ sie in der Obhut des Dieners zurück und betrat unangemeldet die Halle.

William de la Pole saß auf der gepolsterten Fensterbank und studierte einen Brief. Was immer der Inhalt sein mochte, schien ihn zu erfreuen, denn sein Mund war zu einem schwachen Lächeln geformt, und in den Falkenaugen lag ein mutwilliges Leuchten, das Giselle auf den Gedanken brachte, dass dieser Brief vielleicht den Niedergang irgendeines Widersachers oder ein lukratives, aber unseriöses Geschäft betraf.

Sie räusperte sich leise. »Verzeiht, dass ich Euch so ungebeten aufsuche, Vater.«

Er sah auf, und für einen Moment lag ein Hauch von Wärme in seinem Blick. »Giselle! Ungebeten vielleicht, aber nicht unerwünscht. Woher weißt du, dass ich zurück bin?«

»Ein... Freund hat es Crispin erzählt.« Bei dem »Freund« handelte es sich natürlich um Annot, die eine Stunde nach der Landung des Schiffes von de la Poles Rückkehr aus Antwerpen gewusst hatte. »Ihr seid gestern angekommen? Hattet Ihr eine gute Reise?«

»Ja und ja«, antwortete er. »Sag mir, Giselle, was in aller Welt ist mit dieser Stadt passiert? Hat der Stadtrat eine Lärmsteuer eingeführt? Oder sind alle Glocken eingeschmolzen worden, um diese lächerlichen neumodischen Kriegsmaschinen daraus zu gießen?«

Sie schüttelte den Kopf. »Der Stadtrat fürchtet eine französische Invasion. Die Glocken dürfen nur noch geläutet werden, um die Bevölkerung zu warnen, wenn feindliche Schiffe auf der Themse gesichtet werden.«

»Klug«, räumte er mit einem Nicken ein. »Vor allem wenn man bedenkt, dass die Franzosen sonntags in Southampton eingefallen sind, als alle in der Kirche waren. Aber die Stille ist unheimlich.«

»Ja.«

Er trat zu ihr und sah, was das Dämmerlicht seiner Halle bislang verborgen hatte. »Du bist guter Hoffnung? Und krank?«

»Nein, nicht krank. Vater, ich bin gekommen, weil ich hoffte, Ihr könnt mir sagen, was auf dem Kontinent vorgeht. Wir hören nur Gerüchte. Wie steht es mit dem Krieg? Wann ... wann kommen alle wieder nach Hause?«

Er betrachtete seine Tochter eingehend, nahm wortlos ihre Hand und führte sie zu einem Sessel, der in einem Fleck aus Sonnenlicht am offenen Fenster stand. Dann stellte er einen Fuß auf den nächststehenden Stuhl, verschränkte die Arme auf dem angewinkelten Bein und sah ihr ins Gesicht. »Willst du mir nicht sagen, was dich bedrückt?«

Diese väterliche Fürsorge, die der ehrgeizige Kaufmann so selten an den Tag legte, war eine beinah unwiderstehliche Versuchung. Sie hätte dringend jemanden gebraucht, dem sie ihr Herz ausschütten konnte. Aber natürlich wusste sie, dass ihr Vater der Letzte war, bei dem sie das wagen durfte, denn auch wenn es manchmal so aussah, als wäre er ihr zugetan, war er Jonah doch alles andere als freundlich gesinnt. Und das durfte sie unter keinen Umständen vergessen.

Sie winkte matt ab. »Es ist nichts. In dieser Hitze ist es nicht die angenehmste Sache der Welt, ein Kind zu tragen.« Schon gar nicht, wenn man nicht weiß, wer der Vater ist, fügte sie in Gedanken hinzu. »Und ich vermisse meinen Mann, wie Ihr sicher verstehen werdet.«

»Nein«, brummte er. »Um ehrlich zu sein, verstehe ich das ganz und gar nicht. Ich habe nie zuvor einen so maulfaulen Finsterling gekannt. Den ganzen Sommer über kam es mir vor, als arbeite ich tagein, tagaus Seite an Seite mit einem schlecht gelaunten Gespenst und ... ach, entschuldige, Giselle. Ich weiß ja, dass dir an ihm liegt. Komm schon, schau mich nicht so an. Aber er hat mich zweimal beim Treasurer angeschwärzt, du musst verstehen, dass ich nicht gut auf ihn zu sprechen bin.«

»Ich bin sicher, er hat Euch zuvor Gelegenheit gegeben, Eure Betrügereien zu bereinigen«, entgegnete sie hitzig.

»Das ist wahr«, räumte er ein.

»Er schützt sich nur gegen Euch«, fuhr sie fort. »Denn wenn die Unregelmäßigkeiten auffielen und er hätte sie nicht bemängelt, dann würdet Ihr ihm die Schuld zuschieben, nicht wahr?«

Er hob mit einem entwaffnenden Lächeln die Schultern. »Natürlich. Nun, es spielt keine Rolle, denn der Treasurer und der Erzbischof drücken bei meinen kleinen ›Unregelmäßigkeiten‹ beide Augen zu. Sie würden mir auch die Stiefel lecken, wenn ich sie darum ersuchte. Denn ohne mich wäre der König ruiniert, das wissen sie genau. Du siehst, mein Kind, ich bin der mächtigste Mann in England, denn es liegt allein in meiner Hand, ob dieser Krieg weitergeführt wird oder Edward Plantagenets Krone in der Gosse landet.«

Sie sah ihn kopfschüttelnd an. »Es ist Verrat, was Ihr da redet.«

»Es ist die Wahrheit.«

»Also? Werdet Ihr mir sagen, wie es steht? Warum ist es nicht längst zur Schlacht gekommen?«

Er drehte seinen Stuhl zu ihr um und setzte sich ihr gegenüber. »Nun, ich nehme doch an, dein teurer Gemahl hat dir alles geschrieben, oder?«

Sie biss sich auf die Lippen und schüttelte den Kopf.

»Lump«, knurrte ihr Vater.

»Nein, es ist meine Schuld«, widersprach sie. »Wir ... wir sind nicht einvernehmlich auseinander gegangen, Vater.« Sie sah ihm in die Augen. »Wenn Ihr es genau wissen wollt, ich bin ohne sein Einverständnis aus Antwerpen zurückgekehrt.«

Seine Miene wurde verschlossen. Sie konnte förmlich zusehen, wie er sich auf die andere Seite schlug. Befremdet schüttelte er den Kopf. »Jetzt wird mir so einiges klar. Wie konntest du das nur tun, Giselle? Du machst deinen Mann zum Gespött, wenn das herauskommt, und es wirft ein schlechtes Licht auf deinen Vater.«

Sie schnaubte ungeduldig. »Da keiner von uns ein Interesse daran haben kann, dass es herauskommt, ist diese Gefahr wohl kaum gegeben, oder?«

»Trotzdem. Das hättest du niemals tun dürfen, egal, was deine Gründe waren. Ich nehme an, inzwischen plagt dich dein Gewissen, und er hat keinen deiner herzerweichenden Briefe beantwortet?«

Sie senkte den Blick und nickte.

»Das hätte ich auch nicht«, erklärte er mitleidlos. »Und nun willst du wissen, wann der König endlich seinen Krieg gewinnt und dein Jonah nach Hause kommt, um dir die Prügel zu verabreichen, die dir zustehen?«

Giselle dachte manchmal, dass sie die Männer nicht um ihre Macht und ihre Freiheit am meisten beneidete, sondern darum, wie wunderbar einfach und klar die Dinge stets für sie waren. Zu gerne hätte sie ihrem Vater ihren geballten Zorn entgegengeschleudert und mit ihm gestritten, wie sie eben nur mit ihm streiten konnte, aber sie wusste, ein solches Wortgefecht wäre viel zu gefährlich, würde zu nahe an Rechtfertigungen und die wahren Gründe für ihren scheinbar so sträflichen Ungehorsam führen. Also täuschte sie Demut vor und nickte wortlos. Aber für einen Moment wünschte sie, ihr Kind käme mit braunen, goldgefleckten Augen und dem unverwechselbaren Plantagenet-Kinn auf die Welt, und dann wollte sie das Gesicht ihres Vaters anschauen und zusehen, wie seine selbstgerechte Empörung sich in Schrecken verwandelte …

»Nun, ich fürchte, du wirst dich noch ein wenig länger gedulden müssen«, eröffnete er ihr. »Die Verbündeten versammelten sich, wie vereinbart, in der Nähe von Brüssel. Aber sie haben sich wochenlang Zeit damit gelassen, und der Herzog von Brabant erschien überhaupt nicht, sondern ließ ausrichten, er wolle nachkommen, wenn die Schlacht tatsächlich bevorstünde. Edward zog Anfang September über Valenciennes Richtung Grenze. Der wackere Sir Walter Manny, Kommandeur unserer nicht vorhandenen Flotte, machte das Rennen und erreichte als Erster französischen Boden. Nur wenige Stunden später kam es zu ersten Scharmützeln mit dem Feind, und Gervais of Waringham und all die anderen jungen Narren legten erleichtert ihre Augenbinden ab. Ob es tatsächlich Ruhmestaten waren, die sie vollbrachten, bin ich nicht in der Lage zu beurteilen, jedenfalls erschlugen sie ein paar Franzosen.

Philip von Frankreich zog derweil mit seinem gewaltigen Heer nach Péronne und wartete ab. Ich fürchte, der König von Frankreich ist ein klügerer Mann, als viele geglaubt haben. Er wird sich überlegt haben, dass Edwards wankelmütige, teuer erkaufte Verbündete den Geschmack an diesem Krieg mit ihrem mächtigen Nachbarn verlieren dürften, je mehr Zeit sie haben, über die Folgen nachzudenken. Außerdem weiß er natürlich, dass Edwards finanzielle Situation mit jedem Tag, der ergebnislos verstreicht, katastrophaler wird. Edward kann sich nur noch mit einer gewaltigen Schlacht und einem großen Sieg aus der Affäre ziehen, einem Sieg, der ihm die Herrschaft über Frankreich einbringt. Philip hingegen zeigte bis zum Tag meines Aufbruchs wenig Neigung, sich auf diese Schlacht einzulassen, bei der er nicht das Geringste zu gewinnen, aber sein Reich zu verlieren hat. Die letzten Nachrichten, die ich gehört habe, besagten, dass der Graf von Hainault, der Bruder der Königin, das Bündnis mit Edward aufgekündigt und sich Philips Truppen angeschlossen hat.« Er unterbrach sich kurz und sah in Giselles schreckgeweitete Augen. Achselzuckend schloss er: »Ich nehme an, Edwards Truppen werden sich jetzt nach Osten wenden und ein paar französische Dörfer niederbrennen, ein paar Bauern abschlachten, ein paar Nonnen schänden und was edle Ritter sonst noch so tun, um eine Schlacht zu provozieren. Aber das kann dauern.«

Giselle hatte das Kinn auf die Faust gestützt, während sie ihm lauschte. Jetzt ließ sie die Hand sinken und seufzte. »Arme Philippa. Wie furchtbar muss all das für sie sein. Der König in solcher Bedrängnis und ihr eigener Bruder ein Verräter.«

De la Pole nickte feierlich, wenngleich die Gemütslage der Königin ihm von Herzen gleichgültig war. »Der König hat mich, Erzbischof Stratford und seinen alten Lehrer Bury hergeschickt, um das Parlament zu überzeugen, dass es ihm neue Mittel bewilligen muss.«

»Und? Wird es das?«

»Ich will es hoffen. Sonst wird deine geliebte Königin sich in diesem Winter nicht einmal Feuerholz leisten können, und auch sie erwartet wieder ein Kind.«

»Und nach dem Parlament? Fahrt Ihr zurück nach Antwerpen?«

»Ich nehme es an.«

»Würdet Ihr...«

»Nein, Giselle.« Er schüttelte entschieden den Kopf. »Ich werde deinem Mann keinen Brief von dir bringen und ihn anflehen, dir zu antworten. Abgesehen davon, dass es mehr schaden als nützen würde, da er noch schlechter auf mich zu sprechen ist als ich auf ihn, kann ich dich in dieser Sache nicht unterstützen.«

»Aber Ihr seid mein Vater!«, wandte sie ärgerlich ein.

»Eben.«

Antwerpen, Oktober 1339

Es war ein abscheulicher grauer Herbsttag. Ein kalter Wind blies über das flache Land, dichter Regen fiel unablässig seit dem Morgen und prasselte gegen die Pergamentbespannung der Fenster. Im Gemach der Königin war ein Feuer entzündet worden, und beinah der ganze Haushalt hielt sich dort auf, damit keine weiteren Räume beheizt werden mussten. Auch Jonah saß untätig am Tisch, denn in Antwerpen gab es derzeit keine englische Wolle zu verwalten, geschweige denn zu verkaufen. Das nutzlose Herumsitzen war ihm zuwider, aber er konnte sich nicht dazu entschließen, den Bibliothekar des Klosters aufzusuchen und eins der Bücher zu borgen. Also lauschte er stattdessen Bischof Burghersh, der den neunjährigen Prinz Edward unterrichtete und vergeblich versuchte, das Interesse des Jungen an lateinischen Verbklassen zu wecken.

»Ihr solltet mir besser zuhören, mein Prinz«, schalt der alte Bischof ein wenig gekränkt. »Keine andere Sprache hat Gott so wunderbar geordnet wie diese, und sie ist der Schlüssel zu allem, was ein junger Edelmann lernen muss.«

Der Junge legte den Kopf schräg und schaute seinen Lehrer versonnen an. »Muss ein junger Edelmann nicht vor allem lernen, ein Schwert zu führen?«

»Ich würde sagen, dieser Art von Unterricht widmet Ihr Zeit genug.«

Edward seufzte. »Ihr habt Recht.« Dann lächelte er ein wenig zerknirscht. »Ich hoffe, Ihr könnt mir meine Unaufmerksamkeit noch einmal vergeben, Mylord. Ich kann einfach an nichts anderes denken als an meinen Vater und die Schlacht. Ob sie schon geschlagen ist, meine ich.«

»Ich glaube, das geht uns allen so«, räumte Burghersh ein.

Edward erkannte seine Chance, dem Grammatikunterricht zu entkommen. »Sagt mir, Mylord, wenn mein Vater die Schlacht nun gewinnt, ist er dann König von Frankreich?«

»Gewiss. Darum schlägt er sie ja.«

Philippa sah mit gerunzelter Stirn von ihrem Stickrahmen auf. »Verzeiht die Einmischung, Mylord, aber ich finde es nicht recht, dass Ihr dem Jungen Flausen in den Kopf setzt.«

»Aber Madame …«, begann der Bischof entrüstet.

»Komm her, Edward«, fiel sie ihm ins Wort und winkte ihren Sohn näher. »Ich werde es dir erklären.«

Der Prinz rutschte von seinem Stuhl, durchschritt den Raum, verneigte sich formvollendet vor seiner Mutter und setzte sich vor ihr ins Stroh. Der Bischof verließ beleidigt den Raum, doch sie gab vor, es nicht zu bemerken.

»Dein Vater hat einen berechtigten Anspruch auf den französischen Thron, Edward. Einen Erbanspruch.«

»Durch Großmutter Isabella?«, fragte er. »Sie war eine französische Prinzessin, stimmt's?«

Sie nickte ernst. »Ganz recht. Ihr Vater, der übrigens mein Großonkel war, war König Philip IV. von Frankreich, den sie den Schönen nannten. Von ihm habt ihr, dein Vater und du, das hübsche Gesicht geerbt und ich leider gar nichts. Also, Philip der Schöne war deines Vaters Großvater. Außer seiner Tochter Isabella hatte er noch drei Söhne. Doch König Philip beging eine schreckliche Sünde, und ein sehr frommer Mann, den er auf dem Scheiterhaufen verbrennen ließ, verfluchte ihn.«

Edward presste aufgeregt die Hände vor den Mund und sah sie mit großen Augen an. Jonah musste lächeln, obwohl an der Geschichte weiß Gott nichts Erheiterndes war. Aber die Königin verstand es im Gegensatz zu Bischof Burghersh, einen komplizierten Sachverhalt für ein Kind verständlich und interessant zu machen.

»Wie lautete der Fluch?«, wollte der Junge wissen.

»Dass König Philip innerhalb der nächsten zwölf Monate vor Gottes Richterstuhl stehen und sein Geschlecht aussterben solle.«

»Und er erfüllte sich?«

Sie nickte. »So war es. Philip starb wenig später, und innerhalb der nächsten zwölf Jahre starben all seine Söhne und auch deren Söhne. Darum ist sein einziger direkter Erbe dein Vater.«

»Warum sitzt er dann nicht längst in Paris auf dem Thron?«, fragte die siebenjährige Isabella, die sich unbemerkt dazugesellt hatte.

Ihr Bruder knuffte sie nicht gerade sanft. »Verschwinde. Das verstehst du nicht; du bist ein Mädchen und zu klein.«

Die Königin ohrfeigte ihn. »Deine Schwester ist eine Dame, und du wirst gefälligst höflich zu ihr sein. Wenn sie die Geschichte bis hierher verstanden hat, ist sie offenbar nicht zu klein, und es sind ihre Vorfahren ebenso wie deine, sie hat das gleiche Recht, sie zu hören, wie du.«

Der Prinz war vollkommen unbeeindruckt von der Ohrfeige, nicht aber den Argumenten. Er nickte reumütig. »Entschuldigt, Mutter.«

Philippa zog die Brauen hoch.

»Entschuldige, Isabella«, besserte der Junge nach.

Die Prinzessin nickte huldvoll und ließ sich neben ihm nieder.

»Also«, hob die Königin wieder an. »Als der letzte von Philips Söhnen starb, war euer Vater zwar schon König, hatte aber noch keine Macht. Es geschah zwei Jahre vor deiner Geburt, Edward. Da die Franzosen keinen Engländer auf ihrem Thron wollten, krönten sie eilig einen Neffen von Philip dem Schönen, nämlich Philip von Valois, der heute immer noch herrscht und der euren Vater hasst, weil er ihn fürchtet.«

»Er fürchtet ihn, weil Vaters Thronanspruch besser ist als seiner?«, fragte der Junge.

Philippa lächelte stolz. »Du bist ein wirklich kluger Kopf, mein Sohn. Ja, genau so ist es. Seit euer Vater in England regiert, hat Philip alles getan, um ihm das Leben schwer zu machen. Er hat verlangt, dass der König ihm einen Lehnseid leistet, weil er meint, als Herzog von Aquitanien sei euer Vater sein Vasall. Er hat bei jeder Gelegenheit versucht, uns zu demütigen. Und er hat die Schotten gegen uns aufgewiegelt und unterstützt. Jetzt hat er obendrein auch noch Aquitanien besetzt, das uns gehört. Er will uns schwächen und unterjochen, damit euer Vater ihm nicht gefährlich werden kann. Und das können wir auf keinen Fall zulassen, nicht wahr?«

Edward und Isabella schüttelten emsig die Köpfe.

»Darum müssen wir diesen Krieg führen. Um England zu schützen und Aquitanien zurückzubekommen. Wenn eurem Vater dabei die französische Krone zufällt, dann wäre das nur recht, aber das ist nicht der eigentliche Grund dieses Krieges. Ist deine Frage damit beantwortet, mein Prinz?«, erkundigte sie sich lächelnd.

Er nickte. »Aber ich fürchte, ich habe schon eine neue.«

»Dann raus damit.«

»Was war die schreckliche Sünde, die Philip der Schöne begangen hat, und wer war der Mann, der ihn verfluchte?«

»Es war der Großmeister der Templer. Weißt du, wer die Templer waren?«

»Ein Ritterorden?«, tippte er unsicher. »Wie die Johanniter?«

»Sehr gut, Edward. Ja, sie waren ein sehr reicher, mächtiger Ritterorden. Euer Urgroßvater fürchtete ihre Macht und gierte nach ihrem Reichtum, darum paktierte er mit dem Papst und plante ihre Zerschlagung. Alle Templer wurden der Ketzerei und anderer schrecklicher Verbrechen bezichtigt. Sie wurden gejagt und eingefangen, gefoltert und verbrannt. Als ihr Großmeister den Scheiterhaufen bestieg, sprach er seinen Fluch aus. Übrigens auch gegen den Papst, der sich von Philip hatte kaufen lassen, und dieser unheilige Papst starb ebenfalls vor Jahresfrist. Was, denkst du, Edward, kannst du aus dieser Geschichte lernen?«

Der Prinz stützte das Kinn in die Hand und dachte nach, nicht lange, aber offensichtlich sehr angestrengt. Dann antwortete er: »Dass ich einen Feind, der die Macht hat, mich zu verfluchen, knebeln lassen sollte, ehe ich ihn hinrichte.«

Jonah wurde von einem ebenso plötzlichen wie heftigen Hustenreiz übermannt.

Die Königin warf ihm einen strafenden Blick zu und bedachte auch ihren Sohn mit einem Kopfschütteln. »Deine Schlussfolgerung ist nicht völlig unzulässig, Edward, aber es steckt mehr Weisheit in dieser Geschichte.«

Er lächelte spitzbübisch. Natürlich wusste er ganz genau, was sie meinte, aber wie sein Vater glaubte auch er, dass er es sich erlauben konnte, gelegentlich über die Stränge zu schlagen, weil ihm ja doch immer verziehen wurde.

Man war dazu übergegangen, bei Dämmerung zu essen und schlafen zu gehen, wenn es dunkel wurde, um Kerzen zu sparen. Nachdem die Tafel in der freudlosen, unbeheizten Halle aufgehoben wurde und alle sich zu ihren Quartieren begaben, verließ Jonah das Gästehaus und wanderte langsam durch den Kreuzgang. Unter der Arkade wurde er nicht nass, aber der Wind war hier besonders schneidend. Fröstelnd zog er den Mantel enger um sich. In der Klosterkirche, die den Kreuzgang an der Nordseite begrenzte, sangen die Brüder das Komplet. Jonah lauschte den geschulten, reinen Stimmen, die gelegentlich vom Prasseln des Regens und dem Heulen des Windes übertönt wurden. Es gab wohl nichts, wovon einem so einsam und elend zumute werden konnte wie vom Gesang eines Benediktinerchors in einer unwirtlichen Nacht.

Kurz vor Michaelis hatte die *Philippa* zuletzt den Hafen von Antwerpen angelaufen, und Hamo hatte Jonah wie üblich einen Brief von Crispin und einen von Giselle überbracht. Die Preise für Rohwolle seien wieder gestiegen, hatte Crispin geschrieben, und es werde immer schwieriger, hochwertige Wolle zu bekommen, weil immer größere Mengen für die Krone beschlagnahmt wurden. Rachel habe sich von einem Bader einen Zahn ziehen lassen, und danach sei es ihr tagelang schlechter gegangen als vorher, nun befinde sie sich aber auf dem Wege der Besserung. *Und weil ich langsam den Verdacht habe, Jonah, dass du die Briefe deiner Frau überhaupt nicht liest, sage ich dir dies: Giselle erwartet ein Kind, und ich bin in Sorge um sie. Sie ist in keiner guten Verfassung. Jedes Mal, wenn Hamo herkommt und ihr wieder keinen Brief von dir bringt, wird sie ein bisschen verzweifelter. Natürlich weiß ich nicht, was vorgefallen ist und warum du sie heimgeschickt hast. Aber ich kann mir einfach nicht vorstellen, dass sie verdient hat, wie du sie behandelst. Schreib ihr, Jonah, ich bitte dich inständig. Oder noch besser: Komm nach Hause. In Freundschaft und Ergebenheit, Crispin Lacy*

Crispin hatte vollkommen Recht mit seinem Verdacht. Als Giselles erster Brief angekommen war, war Jonah erleichtert gewesen, da er an ihrer sicheren Heimkehr gezweifelt hatte, aber er hatte ihn genauso ungelesen verbrannt wie alle späteren. Er konnte keinen Sinn darin sehen, sie zu lesen. Sie hatte ihn im Stich gelassen, hatte die Bequemlichkeiten ihres Heims den Unannehmlichkeiten hier und seiner Gesellschaft vorgezogen. Das sagte doch wohl alles, fand er. Sie war ein verwöhntes, selbstsüchtiges, oberflächliches Kind, und er hatte seine Empfindungen, zu denen er sich so mühsam, so voller Bedenken durchgerungen hatte, verschwendet. Darüber hinaus hatte sie ihr Eheversprechen gebrochen, und darum schuldete er ihr gar nichts. Umso wütender war er auf Crispin, der mit wenigen Sätzen seine Taktik zunichte gemacht hatte. Jonah hatte schon gewusst, warum er ihre Briefe nicht las. Er wollte sich nicht einwickeln und weich kochen lassen. Aber jetzt ließ ihn das Bild seiner schwangeren, unglücklichen Frau nicht mehr los und trieb ihn nachts in den Kreuzgang, wo er in stundenlangen Wanderungen vergeblich versuchte, sich müde zu laufen. Jetzt hatte er ein schlechtes Gewissen, dabei war sie doch diejenige …

Ein Poltern riss ihn aus seinen düsteren Gedanken. Er horchte. Die Gesänge in der Kirche waren längst verstummt und die Brüder zu Bett gegangen, nur Wind und Regen waren noch zu hören. Er hatte keine Ahnung, wie lange er hier war, aber es war gewiss schon spät. Da war es wieder. Ein dumpfes Donnern. Jemand klopfte mit einem schweren Gegenstand an die Klosterpforte, ging ihm auf, einem Schwertgriff vielleicht.

Zögernd ging er durch den schmalen Torbogen in den Innenhof der Klosteranlage und sah sich um. Nichts regte sich, niemand kam mit einem Licht, um den nächtlichen Besucher einzulassen. Das Dröhnen ertönte wieder, diesmal laut genug, um die Toten aufzuwecken.

Unsicher trat Jonah ans Tor. »Wer ist da?«

»Ein Bote des Königs! Lasst mich rein, ich bringe eine Nachricht für die Königin!«

Das konnte natürlich jeder behaupten. Jonah ließ lieber Vorsicht walten. In diesen unruhigen Zeiten war alles möglich, und er wollte keine französischen Besatzer einlassen, die Philippa und ihre Kinder vielleicht als Geiseln nahmen.

»Sagt mir Euren Namen.«

»George Finley! Und jetzt macht die Pforte auf! Ich weiß nicht, wie es auf Eurer Seite des Tores ist, aber hier draußen gießt es!«

Erleichtert zog Jonah den Riegel zurück. Er kannte Finley kaum, aber der bettelarme Ritter aus dem Norden hatte den gleichen unverwechselbaren Akzent wie Jonahs Schwiegervater. Zwei tropfende Schatten, einer in Menschen- und einer in Pferdegestalt, kamen durch die Pforte.

»Die Königin schläft, Sir«, bemerkte Jonah.

»Dann weckt sie.« Finley drückte ihm einen zusammengerollten, versiegelten Bogen in die Hand, nahm sein Pferd am Zügel und führte es Richtung Stall. Jonah fragte ihn nicht, was er für Nachrichten bringe. Wie schlecht sie auch waren, die Königin musste sie als Erste erfahren.

Es tröpfelte aus seinen Haaren, als er das Gästehaus betrat. Den Brief hatte er schützend unter seinem Mantel verborgen. Unentschlossen schlug er den Weg zum Gemach der Königin ein. Es war äußerst heikel, sie allein und zu dieser Stunde aufzusuchen. Aber er nahm an, dass außergewöhnliche Situationen Verstöße gegen die Etikette rechtfertigten.

Auf dem Gang draußen standen zwei Wachen. Im Licht der Wandfackel zeigte er ihnen wortlos das Siegel. Sie nickten und tauschten furchtsame Blicke.

Jonah musste mehrmals an die Tür klopfen, ehe ihre Stimme verschlafen fragte: »Wer ist da?«

»Jonah. Es tut mir Leid, Madame. Ein Bote ist gekommen.«

»Augenblick.«

Er musste sich ein paar Minuten gedulden. Als sie ihm öffnete, war sie vollständig, wenn auch ein wenig unordentlich gekleidet.

Er reichte ihr die Schriftrolle.

Ihr Blick wanderte von der Botschaft zu Jonahs Gesicht und wieder zurück. Dann straffte sie die schmalen Schultern und nahm den Brief, sagte aber: »Würdet Ihr mir Gesellschaft leisten?« Sie lächelte ein wenig beschämt. »Ich fürchte mich so sehr vor diesen Neuigkeiten, Jonah. Ich wäre dankbar, wenn ich sie nicht allein lesen müsste.«

»Natürlich.« Er trat über die Schwelle, ohne zu den Wachen zurückzublicken. Sie würden sich vermutlich wundern, aber was immer sie auch denken mochten, sie würden nicht reden, denn sie waren Philippas Ritter.

Im Kamin war noch Glut. Jonah entzündete eine Kerze und trug sie zum Tisch hinüber, wo die Königin saß. Dann holte er eine Decke vom Bett, legte sie ihr um die Schultern und setzte sich neben sie.

Das Siegel knackte trocken, als sie es erbrach. Dann atmete sie tief durch und rollte das Schriftstück auseinander. Sie überflog die ersten Zeilen und murmelte: »O mein Gott ...«

Jonah schaute sie furchtsam an.

Ohne aufzusehen, las sie vor: »*Meine geliebte Freundin und Königin, ich schreibe dir in meiner finstersten Stunde. Wir haben keine Schlacht geschlagen und deshalb verloren. Philip, der schändlichste Feigling, der je einen Thron bestiegen hat, ist einfach davongelaufen. Zwei Monate lang sind wir wie die Barbaren durch Frankreich gezogen, um ihn zu zwingen, sich zu stellen. Schließlich war der Zorn unter seinen Adligen so groß, dass er aus seinem Mauseloch gekrochen kam. Ein gewaltiges Heer führe er an, berichteten unsere Späher, allein drei Könige zierten seine Reihen: sein trunksüchtiger Vetter Philip von Navarra, mein junger Schwager David von Schottland und der blinde Johann von Böhmen. Als uns unweit von Buironfosse nur noch wenige Meilen trennten, nahmen wir Aufstellung. Oh, ich wünschte, du hättest uns sehen können. Welch ein stolzer Anblick. Englands Adel, Ritter und Bogenschützen wie auch die Truppen unserer Verbündeten unter ihren wehenden Bannern, jeder einzelne Mann voll Kampfeswut und Tatendrang. Doch in der Nacht nahm Philip einen unserer Späher gefangen und entlockte ihm alles über unsere Stärke, Taktik und Schlachtaufstellung. Da wurde Philip, der König der Hasenfüße, von solcher Angst gepackt, dass er kehrtmachte und hinter die sicheren Mauern von Paris flüchtete.*

Gälte das Gesetz der Ehre, so müsste mir Frankreich nun wohl zufallen. Doch ich habe gelernt, dass nichts als Gold mehr diese Welt beherrscht: Um ihre Beute betrogen, jeden ihrer Eide vergessend, haben all meine Verbündeten mich verlassen. Und während ich dies schreibe, höre ich den Herbstregen aufs Zeltdach trommeln, der mir sagt, dass wir dieses Jahr nichts mehr ausrichten werden. So kehren wir also in den nächsten Tagen unverrichteter Dinge nach Antwerpen zurück, und ich hoffe inständig, dass du mir einen klugen Rat geben kannst wie so oft in der Vergangenheit, denn ich bin am Ende meiner Weisheit. In Liebe und Ergebenheit, Eduardus Rex.«

Philippa stützte die Ellbogen auf den Tisch und das Kinn auf die ineinander verschränkten Hände. »Ach, mein armer Edward«, sagte sie leise. »Wie bitter deine Enttäuschung sein muss. Aber ich habe es dir gesagt. Du kannst nicht erwarten, dass Gott immer so nachsichtig über deine Fehltritte hinwegsieht, wie Philippa es tut …«

Jonah regte sich und sah sie verdutzt an. »Madame?«

Sie warf ihm einen kurzen Blick zu, eine Spur verwirrt vielleicht. Mit einem matten Lächeln winkte sie ab. »Ihr müsst mir verzeihen, mein Freund. Ich bin müde und niedergeschlagen und erschüttert von diesen Nachrichten, darum rede ich Unsinn.«

Er hatte eher den Verdacht, dass sie seine Anwesenheit vorübergehend vergessen hatte und nun von der eigenartigen Bemerkung ablenken wollte. »Wünscht Ihr, dass ich gehe?«, fragte er.

Sie schüttelte den Kopf. »Es sei denn, Ihr könnt es nicht aushalten, Eure Königin weinen zu sehen.«

Es behagte ihm nicht gerade, aber er konnte es aushalten. Sie weinte auch nicht besonders herzzerreißend, sondern ohne einen Laut, dafür aber lange. Reglos saß sie neben ihm, starrte in die Kerze, und unablässig rannen Tränen über ihr Gesicht. Ihre Nase wurde nicht gerade kleiner davon, und ein paar braune Strähnen lösten sich aus der hastig übergestülpten Haube. Jonah wusste genau, dass es ihr nicht recht wäre, wenn sie wüsste, dass ihre Erscheinung nicht tadellos war, und ohne jeden bewussten Entschluss hob er die Linke, strich die Haare hinter ihr Ohr und unter den festen Stoff der Kopfbedeckung. Ehe er die Hand zurückziehen konnte, hatte sich ihre Rechte darum geschlossen. Zögernd, beinah verstohlen sahen sie sich an, und als ihre Blicke sich trafen, zog er sie an sich. Philippa vergoss den Rest ihrer Tränen an seinem ohnehin schon feuchten Mantel. Jonah hielt sie fest, strich ihr über den Rücken, fuhr mit den Lippen über ihre Schläfe und hüllte sich in ihren Duft, während er den Druck ihrer Brust spürte. Er versuchte, jeden Moment auszukosten und nichts zu tun, das sie veranlassen konnte, sich aus dieser Umarmung zu lösen, weil er genau wusste, dass es weiter nicht gehen würde.

Schließlich richtete sie sich auf, drückte seine Hand noch für einen Moment an ihre Wange und ließ sie dann los.

»Ich weiß nicht, was ich dem König raten soll, wenn er zurückkommt, Jonah«, gestand sie. »Ich bin selbst ratlos.«

»Jetzt aufzugeben wäre eine Katastrophe«, warnte er. »Er kann nicht mehr zurück. Die Krone hat nichts als Schulden vorzuweisen. Wir müssen zusehen, wie wir über den Winter kommen, und es nächstes Jahr noch einmal versuchen.«

»Ohne Verbündete?«

Er stellte die offensichtliche Frage: »Was ist mit Flandern?«

Philippa warf ihm einen pikierten Seitenblick zu. »In Flandern steht die von Gott gewollte Ordnung auf dem Kopf, Jonah. Die aufsässigen Kaufleute haben gegen ihren rechtmäßigen Grafen rebelliert und ihn vertrieben, und jetzt herrscht dieser grässliche Jakob van Artevelde, ein Niemand, ein Emporkömmling…«

»Ein Pfeffersack«, warf Jonah ein.

Philippa seufzte. »Ich wollte Euch nicht beleidigen. Aber der König kann sich unmöglich mit dem Mann verbünden. Es hieße, diese ungehörige Machtergreifung stillschweigend zu sanktionieren.«

»Ich bin nicht beleidigt«, stellte Jonah klar. Was in Gent passiert war, war ungefähr so, als hätte sein Schwiegervater den König von England gestürzt und die Macht ergriffen, und bei dem Gedanken überlief es ihn eiskalt. »Ich billige nicht, was in Flandern geschehen ist. Aber da Englands Situation verzweifelt ist, wird der König außergewöhnliche Maßnahmen erwägen müssen. Und Flandern wird alles, einfach alles tun, um wieder englische Wolle zu bekommen.«

»Was soll ich unter ›außergewöhnliche Maßnahmen‹ verstehen, Madame?«, fragte der König einige Tage später, als er am Morgen nach seiner Rückkehr seine Berater zusammengerufen hatte. Der ungewohnt barsche Tonfall war das Einzige, was seine grenzenlose Enttäuschung über das schmähliche Scheitern seines Feldzuges verriet. Ansonsten wirkte er aufgeräumt und zuversichtlich wie immer und hatte für den nächsten Tag eine große Falkenjagd angesetzt, um der Welt seine Gelassenheit und Unbekümmertheit zu beweisen. Jonah bewunderte seine Haltung. Zuversicht und Gelassenheit war gewiss nicht das, was der König empfand.

Zur Antwort wiederholte Philippa getreulich alle Argumente, die Jonah während ihrer langen nächtlichen Unterredung vorgebracht hatte: »Flandern ist reicher und mächtiger als all unsere bisherigen Verbündeten in den Niederlanden zusammen, Sire. Es könnte ohne Mühe eine schlagkräftige Armee aufstellen. Keine andere Grafschaft hier ist so abhängig von englischer Wolle und hat mehr unter dem Embargo gelitten. Die Spinner, Weber und Färber von Flandern hungern. Und auch wenn das die Kaufherren in Gent sicher wenig bekümmert, setzt es sie doch unter Druck, und auch ihre Profite aus dem Tuchhandel bleiben ja aus. Wenn Ihr erwägen wolltet, den englischen Wollstapel aus dem treulosen Brabant beispielsweise nach Brügge zu verlegen, wäre Flandern gewiss zu erheblichen Gegenleistungen bereit. Und noch eines, Sire: Flandern hasst Philip von Frankreich.«

»Ja, Madame, alles, was Ihr sagt, ist wahr. Ihr vergesst nur eines. Flandern ist dem König von Frankreich lehnspflichtig und schuldet ihm Gehorsam«, entgegnete der König. Was er meinte, war offensichtlich: Wie kannst du auch nur annehmen, dass ich mit jenen gemeinsame Sache machen könnte, die dieses altehrwürdige Herrschaftsprinzip der Lehnsordnung, auf der doch auch meine eigene Macht fußt, in Frage stellen und missachten?

Die Earls und Bischöfe des kleinen Kronrates nickten und murmelten zustimmend. Jonah war für gewöhnlich nicht bei Beratungen zugegen, bei denen es nicht um Geld und Wolle ging, und er hätte niemals geglaubt, dass er in diesem Kreis mächtiger Magnaten den Mund aufmachen würde. Da aber offenbar niemand sonst auf die naheliegendste Lösung dieses Problems kam, fragte er: »Aber Sire, seid denn nicht *Ihr* der rechtmäßige König von Frankreich?«

Keiner weinte St. Bernard und Antwerpen eine Träne nach, als der kleine Hof nach Gent und der englische Wollstapel nach Brügge verlegt wurden.

In einer feierlichen Zeremonie auf dem Marktplatz von Gent, an einem kalten, sonnigen Tag im Januar 1340 ernannte Edward sich selbst zum König von England und Frankreich und ließ unter dem Jubel der Menge sein neues Wappen entrollen: Es war geviertelt und zeigte neben den goldenen englischen Löwen auf rotem Grund nun auch die französische Lilie. Mit großer Feierlichkeit leisteten die führenden flandrischen Kaufherren Edward, ihrem rechtmäßigen König, Gefolgschaft.

Wie Jonah und die Königin prophezeit hatten, war Flandern erpicht auf ein Bündnis mit England und vor allem auf seine Wolle. Bereitwillig versprach Jakob van Artevelde militärische Unterstützung. Aber van Artevelde war Kaufmann. Er wusste, dass Edward ebenso verzweifelt war wie das wollhungrige Flandern, und er verhandelte hart. Schließlich sicherte der König ihm die Rückgabe der drei Grenzstädte zu, die Frankreich besetzt hatte, und die Zahlung von hundertvierzigtausend Livre, sechzigtausend vor Pfingsten.

»Sechzigtausend Livre?«, fragte Montagu besorgt, als sie abends in der Halle des Gästehauses ihres neuen Quartiers, der Abtei Saint-Bavon in Gent, über die Konditionen sprachen. »Wie viel ist das in richtigem Geld?« Automatisch wandte er sich an Jonah.

»Zwölftausend Pfund, Mylord.«

Montagu war hin- und hergerissen zwischen Erleichterung und Schrecken. Zwölftausend war weniger, als er befürchtet hatte, aber eben doch zwölftausend mehr, als sie besaßen. Er sah Jonah immer noch an und formte mit den Lippen das Wort: *Wie?*

Jonah deutete ein Achselzucken an. Im Großen und Ganzen war er froh, dass sein Schwiegervater seit September verschwunden und nicht zurückgekommen war, aber da er jetzt der Einzige an diesem Hof in der Fremde war, der etwas von Geld verstand, schienen immer alle von ihm zu erwarten, dass er Wunder vollbrachte. Er kam sich manchmal vor wie die bedauernswerte Müllerstochter im Märchen, die Stroh zu Gold spinnen sollte...

»Wir... wir brauchen Wolle aus England«, war der einzige, wenig originelle Vorschlag, der ihm einfiel.

Der König, der tief in Gedanken gewesen war, schaute auf. »Aber es dauert noch Monate, ehe die Schur beginnt. So lange können wir nicht warten. Gentlemen, wir brauchen *Geld* aus England. Und da der Erzbischof und de la Pole offenbar nicht in der Lage sind, es zu beschaffen, muss ich es selbst tun.«

In das verdutzte Schweigen hinein fragte Peter van Grothuis, ein Antwerpener Kaufherr: »Ihr... Ihr wollt nach England zurückkehren?« Er vertrat die Brabanter Kaufleute, denen Edward Unsummen an Geld schuldete, und der Gedanke, dass ihr Schuldner die Niederlande verlassen wollte, gefiel ihm offenbar nicht.

»Das sagte ich doch«, antwortete Edward mit einem Lächeln, das Grothuis warnte, seine nächsten Worte sorgsam zu wählen.

Doch Guillaume de Cambrai, ein Ritter, der sich als Spion für den Grafen von Hainault, Philippas Bruder, hier eingeschlichen hatte, sprach unumwunden aus, was Grothuis dachte: »Ihr könnt die Niederlande nicht verlassen, Sire, solange Ihr Eure Zahlungsversprechen nicht eingelöst und Eure Schulden nicht beglichen habt.«

Der König erhob sich und trat ohne Eile vor ihn. In die betretene Stille hinein fragte er: »Wie darf ich das verstehen?«

»Ich glaube, ich habe mich unmissverständlich ausgedrückt«, antwortete de Cambrai scheinbar furchtlos. »Ihr habt Euren Verbündeten bislang kaum eine Anzahlung auf die versprochenen Summen gezahlt.«

»Welch ein Glück«, konterte Edward. »Denn wie sich herausgestellt hat, waren diese Bündnisse das Wachs nicht wert, mit dem sie besiegelt wurden.«

Der Ritter sah seinen Verdacht bestätigt und wurde noch eine Spur arroganter. »Darüber ließe sich trefflich streiten, Sire. Aber es bleibt die Tatsache, dass Ihr dem Adel und der Kaufmannschaft der Niederlande rund dreihunderttausend Pfund schuldet.

Ihr werdet wohl verstehen, dass wir Euch unter diesen Umständen nur ungern scheiden sähen.«

Edward zog sein Schwert. »Und wie gedenkt Ihr, mich zu hindern?«

Montagu war aufgesprungen und stellte sich an Edwards Seite. »Nein, mein König, ich bitte Euch. Für seine Unverschämtheit hätte dieser Flegel wahrlich verdient, den Kopf zu verlieren, aber ...« *Wir können es uns weiß Gott nicht leisten, uns zu diesem Zeitpunkt mit Hainault zu verfeinden,* lag ihm auf der Zunge, doch er schwieg. Sie alle konnten hier im Handumdrehen zu Geiseln werden. William von Hainault, der sie im Herbst so schändlich verraten hatte, mochte sich gar entschließen, Edward an Philip von Frankreich zu verkaufen. An den Ritter gewandt sagte er: »Eure Unterstellungen sind ein Beweis Eurer eigenen Ehrlosigkeit, Sir. Doch da Ihr glaubt, Euch anmaßen zu können, das Wort des Königs anzuzweifeln, stelle ich mich als Bürge zu Verfügung.« Er verneigte sich sparsam. »Ich bin der Earl of Salisbury und der Lord Marshal von England. Und ich bin bereit, hier zu bleiben, bis der König zurückkehrt und mich auslöst. Ist das gut genug für Euch?«

Nein, war die Antwort, die eindeutig auf den Gesichtern der Gläubiger zu lesen war.

Robert Ufford, der Earl of Suffolk, erhob sich ebenfalls und sagte seufzend: »Ich kann zwar kaum fassen, was hier geschieht, aber auch ich bürge für den König.« Mit Leib und Leben, hätte er um ein Haar hinzugefügt.

Peter van Grothuis' Miene hatte sich ein wenig aufgehellt. Aber zufrieden war er noch nicht. Vielsagend und im höchsten Maße unverschämt sah er auf den Bauch der schwangeren Königin. »Ich nehme doch nicht an, dass Ihr Euch derzeit die Strapazen einer Schiffsreise zumuten wollt, Madame?«

Die Königin ignorierte ihn vollkommen, aß scheinbar gelassen weiter und sagte beiläufig zu zweien ihrer Ritter: »Ich glaube, die Brabanter Kaufherren möchten uns nun verlassen.«

Mit grimmiger Miene traten der treue Matthew Fitzwalter und sein Gefährte zu der Brabanter Delegation. Grothuis erkannte, dass er den Bogen überspannt hatte. Ehe einer der Bewaffneten Hand an ihn legen konnte, nickte er seinen Begleitern zu. Sie alle erhoben sich, verneigten sich vor der hohen Tafel und gingen grußlos hinaus.

Auf einen stummen, aber unmissverständlich verächtlichen Blick der Königin verabschiedeten sich auch de Cambrai und seine Leute. Erst als die Tür der kleinen Halle sich geschlossen hatte und Edward und Philippa allein mit ihrem engsten Gefolge waren, sagte die Königin: »Ich fürchte, Grothuis hat Recht, Edward. Es kann jetzt jeden Tag soweit sein, eine Reise wäre im Moment sehr beschwerlich und auch nicht ungefährlich für unser Kind. Vielleicht wäre es wirklich das Beste, ich bliebe hier. Es wird die Gläubiger besänftigen, und ich kann diesem grässlichen Jakob van Artevelde weiterhin Honig um den Bart schmieren. Das hält ihn bei Laune.«

Jeder konnte sehen, wie wenig sie selbst sich für den Gedanken erwärmen konnte.

Edward setzte sich wieder zu ihr und nahm ihre Hand. »Ich weiß nicht... Es ist ein entsetzlicher Gedanke, dich allein hier zurückzulassen.«

»Ich werde ja nicht allein sein. Montagu und Ufford haben sich so leichtsinnig erboten, also werden sie mir Gesellschaft leisten müssen. Und gewiss wollen meine Damen und der ein oder andere meiner Ritter bei mir bleiben. Lass mir unsere Kleinen hier, was solltest du jetzt mit ihnen in England? Nimm nur Edward und die Prinzessinnen mit.« Er wusste, dass ihr Vorschlag vernünftig war, aber sie sah, dass seine Zweifel immer noch überwogen. Darum rang sie sich ein strahlendes Lächeln ab, das einer glatten Lüge gleichkam. »Fahr nach Hause, mein König. Sobald es geht. Je eher du fährst, umso schneller bist du wieder hier.«

Edward stützte das Kinn in die Hand und seufzte tief. »Herrgott, was für eine Misere. Was für ein Leben. Warum konnte nicht mein armer toter Bruder der Ältere sein und ich der Jüngere? Was habe ich nur verbrochen, dass ich diese Bürde tragen muss?«

Alle, die ihn hörten, waren verwundert und bestürzt. Man hörte den König sonst nie über die Last klagen, die ihm von Geburt an auferlegt war. Im Gegenteil, man hatte für gewöhnlich eher den Eindruck, dass er seine Macht und seine Rolle in vollen Zügen genoss.

Sein Freund Montagu war der Einzige, der zu sagen wagte, was viele dachten: »Dann wäre nicht der richtige Mann König geworden, Sire, so sehr ich Euren Bruder auch geschätzt habe. Die Bürde ist Eure. Aber jeder hier ist gewillt, daran mitzutragen, soweit es in seiner Macht steht.«

Edward richtete sich auf und atmete tief durch. »Und es vergeht kein Tag, da ich Gott nicht dafür danke. Ihr beschämt mich, William. Und die Königin hat Recht.« Er strich seinem Ältesten, der neben ihm saß und ihn bekümmert betrachtete, über den braunen Schopf und zwinkerte ihm zu. »Du und ich fahren nach England, Edward. Und die knauserigen Zauderer daheim sollen sich auf einiges gefasst machen, he?«

Der Junge grinste erleichtert. »Was immer Ihr sagt, Vater.«

»Haben wir irgendein englisches Schiff in einem der verbündeten Häfen, oder muss ich als armer Ritter getarnt mit einem flämischen Tuchhändler fahren?«

»Die *Philippa* liegt in Antwerpen, Sire«, antwortete sein Mundschenk. »Und Gott sei gepriesen dafür, denn sie hat den Wein gebracht, den wir heute Abend trinken.«

Edward wandte sich an Jonah. »Dann erweist mir die Freundlichkeit und bringt mich und meinen Sohn mit Eurem Schiff nach Hause, Sir Jonah.«

Jonah wollte nicht nach Hause. Und er wollte die Königin hier nicht im Stich lassen. Er warf ihr einen verstohlenen, flehentlichen Blick zu, aber sie zog lediglich die Brauen hoch und nickte fast unmerklich.

Bitterlich enttäuscht, dass sie so kampflos auf seine Gesellschaft verzichtete, verneigte er sich vor Edward. »Es wird mir eine Ehre sein, Sire.«

London, Februar 1340

Die Überfahrt war schauderhaft gewesen. Es hatte fast die ganze Zeit geregnet, und der Wind war so stürmisch, dass Hamo, der Kapitän, auch dann nervös geworden wäre, hätte er keine so kostbare lebende Fracht an Bord gehabt. Gervais of Waringham, der seinen König und den Prinzen natürlich begleitete, wurde so sterbenskrank, dass er seinen Freund Dermond anflehte, ihm das Schwert in die Brust zu stoßen, und es hörte sich beinah so an, als meine er es ernst. Auch der König wurde seekrank. Doch sie landeten wohlbehalten in Orwell, wo der König mit seinem Gefolge von Bord ging, nachdem er sich bei Jonah bedankt hatte.

Als die *Philippa* gegen Mittag am Londoner Wool Quay eintraf, regnete es immer noch. Der Liegeplatz, den Hamo bevorzugte, war besetzt, und sie mussten ein Stück weiter flussaufwärts festmachen. Jonah dachte seufzend, dass er völlig durchweicht sein würde, bis er den Mietstall am Kai erreichte, und was für ein Komfort es doch wäre, endlich einen eigenen Liegeplatz an seinem Haus zu haben. Doch davon würde er noch lange träumen müssen. Sein Vermögen bestand derzeit hauptsächlich aus Schuldscheinen, die das königliche Privatsiegel trugen …

»Fahren wir morgen wieder zurück, Sir?«, fragte Hamo. Er gab sich keine große Mühe, sein Unbehagen ob dieser Vorstellung zu verbergen. Vermutlich dachte er, dass sie kaum zweimal hintereinander das Glück haben würden, der französischen Flotte zu entgehen.

Jonah teilte seine Bedenken und schüttelte den Kopf. »Wir warten erst einmal, bis der König uns seine Wünsche wissen lässt.«

Mit einem knappen Gruß ging er von Bord, zog sich die Kapuze tief ins Gesicht und kämpfte sich gegen den schneidenden Wind am Kai entlang. Da es von hier aus nicht viel weiter zur Ropery als bis zum Mietstall war, konnte er ebenso gut zu Fuß heimgehen, denn im Sattel wurde man schließlich genauso nass.

Trotz der ständigen Bedrohung durch die feindliche Flotte war viel Betrieb im Hafen; Schiffe aus Florenz und Genua und vielen Hansestädten lagen am Kai. Krieg oder kein Krieg, der Handel musste schließlich weitergehen. An einem fremdländischen, ungewöhnlich lang gezogenen Schiff blieb Jonah stehen und schaute zusammen mit anderen Neugierigen zu, was entladen wurde: hauptsächlich kleine Holzkisten, die gewiss Gewürze aus dem Osten enthielten. Dann kamen wenigstens ein Dutzend kräftiger Londoner Hafenarbeiter von Bord, die unter ihrer Last aus riesigen, seltsam gekrümmten weißen Balken wankten. Jonah brauchte einen Moment, ehe er begriff, was sie trugen.

»Elfenbein«, raunte eine alte Frau ehrfurchtsvoll.

»Woher kommt dieses seltsame Schiff?«, fragte ein junger Bursche neben ihr.

»Aus Sizilien«, erklärte ein magerer Kerl in Lumpen.

»Und daher ist dieses Elfenbein?«, wollte der Junge wissen.

»Nein, aus Afrika«, wusste die Alte zu berichten. »Die Mauren holen es dort und schaffen es nach Byzanz oder Sizilien. Es sind die Zähne von riesigen Ungeheuern, die in den Wäldern von Afrika hausen. Stell dir ein ganzes Maul voll mit diesen Zähnen vor, und du weißt, wovon ich rede.«

Jonah, der in der Klosterschule in einem Buch einmal ein Bild von einem Elefanten gesehen hatte, wusste, dass sie ein bisschen übertrieb, aber er mischte sich nicht ein. Er hatte an Bord des fremden Schiffes etwas entdeckt, das ihn weit mehr faszinierte als die Stoßzähne, die von kunstfertigen Schnitzern zu Amuletten, Reliquienschreinen und Ähnlichem mehr verarbeitet wurden, ehe sie die Reste zu Pulver zerstießen und als unfehlbares Mittel zur Steigerung der Manneskraft verkauften. Was Jonah am spitzen Bug erspäht hatte, war ein pechschwarzes Gesicht. Als er noch in der Lehre gewesen war, hatte er auf dem Lammas-Jahrmarkt in Peckham schon einmal einen Mohr gesehen, der von einem Goliath an einer Kette herumgezerrt wurde und so furchtbar mit den Augen rollte und Grimassen schnitt, dass die Kinder weinten und die jungen Mädchen kreischten. Jonah hatte nächtelang von ihm geträumt, hin- und hergerissen zwischen

Abscheu und Mitgefühl. Dieser schwarzhäutige Fremdling dort oben hatte hingegen nichts Furchteinflößendes an sich. Sein Gesicht mit den hohen Wangenknochen wirkte auf unbestimmte Weise vornehm. Er schien sehr jung, und trotz des scheußlichen Wetters stand er mit unbedecktem Kopf an Deck, hatte die Arme auf der Reling verschränkt und blickte neugierig auf die fremde Stadt.

Zögernd wandte Jonah sich ab und setzte seinen Heimweg fort. Er konnte an jeder der ungezählten Londoner Sehenswürdigkeiten stehen bleiben und Maulaffen feilhalten wie all die Tagediebe, aber irgendwann musste er schließlich nach Hause, sosehr ihm auch davor graute. Seit sie in Antwerpen in See gestochen waren, hatte er sich gefragt, was er zu seiner Frau sagen sollte. Er hatte versucht, sich ihr Wiedersehen auszumalen, sich Giselles Gesicht vorzustellen. Aber er war nicht weit gediehen. Vielleicht wollte er sie überhaupt nicht wiedersehen, hatte er sich überlegt. Sollte er ein paar Tage in ein Gasthaus ziehen und Crispin einen Boten schicken, der ihm sagte, er solle dafür sorgen, dass Giselle aus dem Haus war, wenn er heimkam? Aber der Gedanke gefiel ihm auch nicht, hatte er schnell festgestellt.

Es war ein Montag oder Dienstag, Jonah wusste es nicht ganz genau. Das Tor zum Hof stand jedenfalls weit offen, und vor dem Lager hatte ein Fuhrwerk Halt gemacht, das hoch mit Wollsäcken beladen war. Niemand kümmerte sich darum. Jonah runzelte missfällig die Stirn. Er hoffte, die Säcke waren gut abgedeckt. Warum sorgte keiner dafür, dass sie ins Trockene kamen?

Die schweren Wolken machten den Nachmittag trüb. Aus den kleinen Fenstern der Pächterhäuser wie auch aus seiner Halle schien Licht. Er betrat das Haus und stieß um ein Haar mit Meurig zusammen, der mit einem Krug aus der Vorratskammer kam.

Der Knecht starrte ihn einen Augenblick an, lächelte dann breit und öffnete den Mund.

Jonah legte einen Finger an die Lippen und warf einen Blick zur Halle hinauf. Er konnte nicht weiter als bis zur Tür sehen, aber er hörte Stimmen. Erhobene, zornige Stimmen.

»Willkommen daheim, Master«, raunte Meurig. »Und nicht einen Tag zu früh.«

Jonah klopfte ihm kurz die Schulter und machte eine auffordernde Geste. »Geh nur. Aber kein Wort«, flüsterte er.

Meurig schaute ihn unsicher an, tat aber, was sein Herr gesagt hatte. Er stieg die Treppe hinauf und brachte den Krug in die Halle.

Jonah folgte ihm lautlos und blieb im dämmrigen Flur stehen, gleich an der Tür, aber außerhalb des Lichts, das aus der Halle fiel.

»Ich sage Euch nochmals in aller Höflichkeit, Sir: Euch steht kein Mitspracherecht in geschäftlichen Entscheidungen zu«, hörte er Giselle mit mühsam erzwungener Geduld sagen. Jonah konnte sie von seinem Lauerposten aus sehen, und ihr Anblick machte es ihm beinah unmöglich, ihren Ausführungen zu folgen oder angemessen schockiert über ihre Besucher zu sein. Sie war wütend, und ihre blauen Augen funkelten wie immer in diesem Zustand. Und wie stets, wenn sie ernstlich in Rage geriet, war ihr Gesicht fast so weiß wie ihre Haube. Darüber hinaus stand sie stolz und kerzengerade an ihrem Platz wie eine Märtyrerin vor ihren heidnischen Peinigern, ihr Bauch so geschwollen, als hätte das Kind vor zwei Wochen kommen müssen, und sie war furchteinflößend in ihrem Zorn. Jonah konnte den Blick nicht von diesem Gesicht wenden.

»Die Wolle bleibt hier, wie Crispin gesagt hat, bis zu dem Tag, da Jonah uns wissen lässt, wohin wir sie schicken sollen. David, Meurig, ich möchte, dass ihr auf der Stelle hinuntergeht und das Entladen beaufsichtigt.«

Der Lehrling und der Knecht erhoben sich willig, als der Gast, den Jonah schon längst von hinten erkannt hatte, mit verblüffender Schnelligkeit von seinem Schemel aufsprang und polterte: »Das werdet ihr nicht tun! Ich habe diese Wolle verkauft, und sie wird noch heute Abend zum Hafen gebracht.«

»Heute Nacht, meint Ihr wohl«, versetzte Giselle verächtlich. »Verstohlen und bei Dunkelheit, wie es sich für Schmuggelware gehört.«

»Master Rupert, seid doch vernünftig«, fuhr Crispin beschwörend dazwischen. »Ihr könnt nicht einfach so über Jonahs Wolle verfügen, ich kann das nicht zulassen.«

»Du … du bist das schändlichste Beispiel an Undankbarkeit, das ich je gesehen habe«, keifte Elizabeth. »Wie viele Jahre hast du an unserem Tisch gegessen? Unter unserem Dach geschlafen? Und nun …«

»Ich hab genug«, knurrte Rupert. »Wenn niemand mir helfen will, bringe ich das Zeug eben selber runter zum Fluss.«

Er wollte sich abwenden, aber Giselle versperrte ihm den Weg. Offenbar völlig unerschrocken sah dieses zierliche Persönchen dem Koloss mit den Keulenarmen entgegen. »Das werdet Ihr nicht tun, Sir.«

Rupert lachte leise. »Nein? Und du willst mich hindern?«

Sie nickte. »Wenn Ihr das Fuhrwerk aus dem Hof fahrt, schicke ich nach dem Sheriff. Denn dann seid Ihr ein Dieb, nichts weiter.«

Jonah bewegte sich, aber zu langsam. Rupert hatte Giselle am Oberarm gepackt und holte aus, um sie zu schlagen. David, der am nächsten stand, warf sich dazwischen, und die berüchtigte Hammerfaust streifte ihn an der Schläfe. Er wurde zurückgeschleudert, riss Giselle mit sich, und sie stürzten zu Boden. Rupert machte einen Schritt auf sie zu, als das schleifende Geräusch eines Schwertes, das aus der Scheide fuhr, ihn abrupt innehalten ließ.

»Dreh dich um, Rupert. Langsam.«

»Jonah …« Giselle kam mit Davids Hilfe schwerfällig auf die Füße. Jonah warf ihr einen blitzschnellen Blick zu. Sie hatte die Hände vor den Mund geschlagen, und ihr ganzes Gesicht schien nur noch aus Augen zu bestehen. Sie leuchteten kornblumenblau und sahen ihn an, als wäre niemand sonst im Raum.

Wenn das so ist, warum bist du dann einfach verschwunden?, fuhr es ihm durch den Kopf. Gleich darauf wandte er den Blick ab und konzentrierte sich auf seinen hünenhaften Vetter, der leicht schwankend vor ihm stand und ihn dümmlich anstarrte.

»Jonah … Wo zum Teufel kommst du so plötzlich her?«

Jonah setzte ihm die Schwertspitze auf die fassrunde Brust. »Aus Flandern. Aber was verschlägt euch in mein Haus? Das wüsste ich zu gern.«

»Wir wohnen hier.«

»Ah ja? Von dieser Stunde an nicht mehr.«

Rupert sah unbeeindruckt auf die Schwertspitze hinab und wollte sie wegschieben, aber Jonah verstärkte den Druck mit einem kleinen Ruck. »Finger weg.«

»Willst du uns den Ritter vorspielen?«, fragte Rupert höhnisch. »Erwartest du, dass ich mich fürchte? Du kannst mit diesem Ding doch gar nicht umgehen.«

Rupert täuschte sich. Jonah hatte während der langen Monate in der Fremde viele endlose Mußestunden verlebt. Er hatte beobachtet, dass die Ritter, die ebensolche Langeweile hatten wie er, sich die Zeit mit stundenlangen Waffenübungen vertrieben, und irgendwann hatte er sich ein Herz gefasst und Gervais gebeten, ihm beizubringen, wie man ein Schwert führt. Waringham hatte bereitwillig zugestimmt, und fortan hatten sie sich beinah täglich in einen unbeobachteten Winkel der Klosteranlage verzogen, wo Gervais ihn unterrichtete. Natürlich konnte Jonah nicht so virtuos mit der Waffe umgehen wie die Ritter, die diese Kunst von klein auf erlernten und sich Tag um Tag viele Stunden übten. Aber Gervais hatte Jonah Talent bescheinigt und ihm ein paar grundlegende Techniken und gemeine Tricks beigebracht, sodass Jonah jetzt durchaus in der Lage war, einen mittelmäßigen Gegner zu schlagen.

»Um einen unbewaffneten Trunkenbold abzustechen, reicht es allemal«, erwiderte er.

»Lass ihn zufrieden, du Ungeheuer!«, befahl Elizabeth.

Jonah beachtete sie nicht. Immer noch an Rupert gewandt, sagte er ruhig: »Packt euer Zeug und verschwindet. Ich will euch hier nicht haben.«

Rupert lächelte breit. »Du kannst uns nicht vor die Tür setzen, werter Vetter, denn…«

»Jonah«, unterbrach Giselle scharf.

Er wandte den Kopf und sah sie an.

»Sei so gut ... hilf mir nach nebenan. Schick nach der Hebamme.« Ganz plötzlich sackte sie in sich zusammen. Jonah ließ sein Schwert achtlos fallen und fing sie auf, ehe sie zu Boden ging. Ihre Augen waren geschlossen. Sie war ohnmächtig.

Jonah hob sie hoch und trug sie zur Tür. »Ich habe genau gesehen, was du getan hast, Rupert. Wenn du meiner Frau oder meinem Kind Schaden zugefügt hast, dann gnade dir Gott.«

»David, lauf zur Hebamme«, sagte Crispin. »Und schick Rachel und Berit herauf, schnell.«

Elizabeth war Jonah zur Tür gefolgt. »Kann ich irgendetwas tun?«, fragte sie unsicher.

»Ja«, antwortete Jonah über die Schulter. »Halt dich von ihr fern.«

Er saß allein in der Halle, das Feuer im Kamin die einzige Lichtquelle. Er starrte in die Flammen, die Hände um die Armlehnen seines Sessels gelegt, und jedes Mal, wenn er seine Frau schreien hörte, fuhr er leicht zusammen. Er wusste, es war ganz normal. Wenn man durch die Straßen der Stadt ging, hörte man ständig die Schreie einer Wöchnerin aus irgendeinem Haus dringen. Aber ihm war trotzdem sterbenselend, und er schwitzte.

Als er leise, tapsende Schritte hörte, hob er unwillig den Kopf. Der gut zweijährige Lucas stand im knöchellangen Hemd vor ihm, ein Kissen im Schlepptau, und sah mit bangen, aber trockenen Augen zu ihm auf.

Beide keine Freunde großer Worte, blickten sie sich stumm an. Vermutlich hatten die Schreie den Jungen geweckt, seine Kammer lag schließlich gleich über der ihren. Weißt du, dass das deine Mutter ist, die sich so quält?, überlegte Jonah. Vermutlich ja. Und hast du eine Ahnung, wer ich bin? Eher nicht. Ein Dreivierteljahr ist eine lange Trennung für einen kleinen Kerl wie dich. Trotzdem nahm Lucas die Hand, die sein Vater ihm entgegenstreckte, und protestierte nicht, als Jonah ihn auf seinen Schoß hob. Im Gegenteil, Lucas kuschelte sich umständlich zurecht, steckte den Daumen in den Mund und schlief in beispiellos kurzer Zeit ein.

Jonah hielt seinen Sohn in den Armen, wagte nicht mehr, sich zu rühren, wartete, betete und wünschte sich, er hätte auf Crispin gehört und wäre mit ihm und dem restlichen Haushalt ins Kontor hinübergegangen. Aber er konnte nicht gleichzeitig Vater werden und sich mit der Ungeheuerlichkeit befassen, dass Rupert und Elizabeth sich irgendwie in sein Haus eingeschlichen hatten, das war einfach zu viel.

Nach Stunden endlich vernahm er das kräftige, wütende Gebrüll eines Säuglings, und einige Zeit später trat Berit lächelnd in die Halle. »Kommt, Master«, forderte sie ihn auf und winkte.

Jonah erhob sich, trug Lucas zur Tür und legte ihn ihr in die Arme. »Bring ihn ins Bett«, bat er und eilte dann mit langen Schritten zu seiner Kammer.

»Noch ein Junge, Jonah«, eröffnete Giselle ihm mit einem erschöpften kleinen Lächeln.

»Und was für ein Prachtkerl«, bemerkte Rachel, als sie das kleine Bündel zum Bett brachte. »Hier, Master. Ist er nicht ein wunderhübscher kleiner Bursche?«

Nein, dachte Jonah, wirklich nicht. Lucas war schon fast eine Woche alt gewesen, als er ihn zum ersten Mal gesehen hatte. Daher war er auf dieses krebsrote, faltige Gesicht mit den verklebten Haaren nicht gefasst gewesen.

Rachel legte Giselle ihren Sohn in die Arme und blickte einen Moment gerührt auf beide hinab. Giselle umschloss den winzigen Kopf sacht mit der Hand und ließ sich zurücksinken. Die Arme des Säuglings ruderten langsam.

Jonah bedankte sich bei der jungen Hebamme mit einem Nicken und sagte zu Rachel: »Wenn alles getan ist, dann lasst uns allein.«

»Wünscht Ihr noch irgendetwas, Mistress?«, fragte die Magd Giselle.

»Nein, geh nur.«

Mit einem gewaltigen Berg schmutziger Wäsche unter dem Arm und in Begleitung der Hebamme verließ Rachel den Raum. Als die Tür sich geschlossen hatte, schob Giselle die Decke zurück, zog das frische Hemd herab und legte ihren Sohn an. Augenblicklich verstummte das leise Jammern.

»Dieses Mal ist alles richtig«, murmelte sie zufrieden. »Und wie schnell es gegangen ist.«

Jonah schätzte, dass es zwei Stunden vor Mitternacht war und die Geburt wenigstens sechs Stunden gedauert hatte. Das fand er alles andere als schnell. Er fragte sich unbehaglich, wie lange Lucas gebraucht hatte, um auf die Welt zu kommen.

»Geht es dir gut?«, fragte er.

Sie sah lächelnd zu ihm auf und nickte.

»Der Sturz hat keinen Schaden angerichtet?«

»Nein. Er hat nur beschleunigt, was längst fällig war. Mach dir keine Gedanken, Liebster. Komm her, setz dich zu uns.«

Aber Jonah zog es vor, stehen zu bleiben. »Ich bin froh, dass du wohlauf bist«, sagte er förmlich. »Und vermutlich sollte ich dir für dieses kräftige, gesunde Kind danken. Aber bei aller Erleichterung und Dankbarkeit kann ich nicht so tun, als wäre nichts geschehen, Giselle.«

»Nein.« Sie schloss die Augen und ließ den Kopf erschöpft in die Kissen sinken. »Ich habe geahnt, dass du das nicht kannst.« Tränen rannen unter ihren geschlossenen Lidern hervor, aber sie sagte nichts mehr, und es dauerte nur Minuten, bis sie sich in den Schlaf geweint hatte. Als Jonah sicher war, dass sie es nicht merken würde, beugte er sich über sie, küsste sie auf die Stirn und fuhr mit dem Finger die feuchte Spur auf ihrer Wange nach. Dann schlich er leise hinaus.

In der Halle hatten die Mitglieder seines Haushalts sich vollzählig versammelt – einschließlich der unwillkommenen Gäste. Jonah nahm die Glückwünsche seiner Bediensteten mit dem Lächeln entgegen, das sie von ihm erwarteten, ließ sich von Meurig einen Becher Wein in die Hand drücken und trank mit allen auf seine Heimkehr und vor allem auf das Wohl seines zweiten Sohnes. Rupert und Elizabeth standen eng beieinander am Fenster, unbeachtet und ausgeschlossen, und Rupert stierte mit finsterer Miene auf den Bierkrug, aus dem ihm niemand etwas anbieten wollte.

Schließlich sagte Jonah: »Es ist spät geworden. Für Neuigkeiten ist morgen Zeit genug. Ich wünsche euch allen eine gute Nacht.«

Er tauschte einen Blick mit Crispin, der ein Nicken andeutete, den anderen nur zum Schein zur Tür folgte und dann doch in der Halle blieb. Er kam zum Tisch zurück, auf dem eine einzelne Kerze brannte, und setzte sich Jonah gegenüber. Sie schwiegen, bis das Knarren der Treppe zur Haustür und auch der zum Dachgeschoss verstummt war. Jonah hörte Rachel noch die leeren Becher in die Küche bringen, dem Koch Jasper und Berit eine gute Nacht wünschen und Meurig dann in den Hof hinaus folgen. Vertraute Geräusche, auch wenn er sie eineinhalb Jahre lang nicht gehört hatte. Selbst Ginger tat so, als habe sein Herr das Haus erst gestern verlassen, und sprang wie eh und je auf dessen Schoß. Der Kater war fett und schwerfällig geworden, er kam in die Jahre. Aber überall im Hof und im Lager traf man auf seine Nachkommen, zwei rotweiß getupfte residierten mit ihm hier im Haus. Giselle sorgte dafür, dass sie regelmäßig Milch bekamen und so ans Haus gebunden wurden, denn viele Katzen waren das einzig sichere Mittel gegen Ratten. Der alte Kater rieb seinen Kopf an Jonahs Hand und schnurrte. Das Geräusch klang verblüffend laut in der stillen Halle.

Schließlich räusperte sich Crispin und beantwortete Jonahs ungestellte Frage: »Dein Schwiegervater hat offenbar Ruperts Haus gekauft. Er kam kurz nach den Feiertagen und teilte seiner Tochter höflich mit, dass sie damit rechnen müsse, unliebsamen Zuwachs im Haushalt zu bekommen, da er deinen Vetter vor die Tür gesetzt habe. Und auf ihre Frage, wieso er das getan habe, sagte er, du wüsstest, warum.«

Jonah stieß ärgerlich die Luft aus. »Und ich war so sicher, ich hätte ihm glaubhaft vorgegaukelt, dass mir völlig gleich ist, was aus Rupert und Elizabeth wird. Anscheinend bin ich nicht mehr der Mime, der ich einmal war ...«

Crispin lächelte ein bisschen wehmütig. »Das kann ich nicht glauben.«

Jonah rieb sich die Stirn. Er war todmüde. Es fühlte sich so seltsam an, wieder zu Hause zu sein, gut und falsch zugleich. »Wieso hast du sie ins Haus gelassen, Crispin?«

Sein Gehilfe schüttelte den Kopf. »Deine Frau hat das entschieden. Und was konnte sie anderes tun? Rupert ist und bleibt dein Vetter. Sie kamen vor drei Wochen bei eisiger Kälte und strömendem Regen mit einem kleinen Karren, der alles enthielt, was de la Pole ihnen erlaubt hatte mitzunehmen. Elizabeth weinte bitterlich. Rupert gab sich unterwürfig und verlegen. Was hätte Giselle tun sollen?«

»Auf dich hören und ihnen die Tür weisen. Elizabeth hat eine Schwester und einen Bruder in Smithfield. Dorthin hätten sie genauso gut gehen können.«

Crispin nickte. »Aber Rupert gab Giselle sehr geschickt zu verstehen, dass du derjenige warst, der ihnen das eingebrockt hat. Du kennst deine Frau – sie hat ein gutes Herz. Sie war Wachs in Ruperts Pranken. Er hat es etwa zehn Tage lang geschafft, sich zusammenzunehmen. Dann fing er an, sich von seiner weniger angenehmen Seite zu zeigen: Er ließ sich schon morgens mit deinem Bier voll laufen und hat Berit und Marion nachgestellt. Meurig ging irgendwann dazwischen, und Rupert hat ihn verprügelt und wollte ihn gerade die Treppe hinunterstoßen, als ich zufällig dazukam.«

»Warum hast du ihn nicht rausgeworfen?«, fragte Jonah verständnislos.

Crispin nickte. »Hm, ich hab's versucht. Rupert hat sich bei der Gilde beschwert. Davids Vater hat mich vorgeladen und mir mit sehr deutlichen Worten erklärt, dass ich keine Befugnis hätte, in deiner Abwesenheit deinem Vetter und Gildebruder die geschuldete Hilfe zu verweigern.«

»Ich werde mit Pulteney reden. Morgen gehe ich zu ihm.«

»Das kannst du dir sparen. Rupert hat Vater Gilberts Unterstützung und Martin Greenes.«

»Auch dann noch, wenn sie hören, dass Rupert versucht hat, meine Wolle zu stehlen und ins Ausland zu schmuggeln?«

Sein Gehilfe hob vielsagend die Schultern. »Ich weiß nicht, ob sie das umstimmen wird. Greene und Vater Gilbert glauben, du habest Rupert sein Haus abgegaunert und es dann absichtlich de la Pole in die Hände gespielt, damit der Rupert und Elizabeth vor die Tür setzt. Sie sind der Ansicht, du schuldest Rupert etwas und solltest dich nicht wundern, wenn er sich schlecht benimmt, nach allem, was du ihm angetan hast. Vater Gilberts Worte, nicht meine. Ich fürchte, Rupert muss erst jemanden umbringen, ehe ihnen die Augen aufgehen.«

Jonah war fassungslos. Es konnte einfach nicht sein, dass er Rupert und Elizabeth Obdach gewähren musste. Nicht er, sondern allein Rupert hatte sie dorthin gebracht, wo sie waren, und Jonah schuldete ihnen nichts. Nicht das Geringste.

Ein ganz anderer Gedanke schoss ihm durch den Kopf. »Was ist mit Cecil?«

»Er ist nicht hier«, beruhigte ihn Crispin. »Ich habe ihn schon im Herbst nach Bermondsey Abbey in die Klosterschule gebracht. Annot hat darauf bestanden, dass er die gleiche Schulbildung bekommt wie du. Sonntags hole ich ihn für ein paar Stunden, damit er seine Mutter sehen kann. Aber eigentlich tu ich's genauso für mich. Ich vermisse ihn schrecklich. Doch natürlich war es ein Glücksfall, dass er aus dem Haus war, ehe Rupert und Elizabeth herkamen.«

»Und wo habt ihr sie untergebracht?«

Crispin senkte den Blick. »In meiner Kammer. Fahr nicht aus der Haut, Jonah«, fügte er hastig hinzu. »Es war die einzige Möglichkeit.« Seit Cecil auf der Klosterschule war und Berit ihren Jasper geheiratet hatte und mit ihm und der kleinen Tochter in dem Alkoven hinter der Küche schlief, war unter dem Dach eine Kammer frei. Dort hatte Crispin sein Lager aufgeschlagen. »Ich konnte Rupert schlecht im Kontor einquartieren, nicht wahr? Er würde in unseren Büchern spionieren und alles ausplaudern.«

Jonah drehte den Becher zwischen den Händen und starrte kopfschüttelnd hinein. »Sie können nicht bleiben. Das kann kein gutes Ende nehmen.«

Als er am nächsten Morgen mit dem Hahnenschrei steif und unausgeschlafen in seinem Sessel am Kamin erwachte, war er der Lösung dieses Problems noch keinen Schritt näher gekommen.

Es war noch fast dunkel, doch im Hof ging es schon geschäftig zu: Jocelyn, Meurigs Ältester, kam vom Melken aus dem Stall, Rachel und die Pächterfrauen gingen mit ihren Eimern zum Tor, um an der öffentlichen Wasserleitung der Ropery zu schöpfen. Als Jonah zurück ins Haus kam und die Küche betrat, fand er dort Berit, die Amme Marion und Jasper, der die Hafergrütze fürs Frühstück aufsetzte.

Für mich ist kein Platz mehr in meinem eigenen Haus, dachte Jonah wütend. Barsch wies er Berit an, ihm eine Schüssel warmes Wasser nach oben zu bringen.

Er hatte nicht die Absicht gehabt, Giselle so früh zu stören oder gar zu dieser unchristlichen Zeit die Auseinandersetzung zu führen, die unausweichlich war, aber irgendwo musste er schließlich hin. Seine Frau war jedoch schon wach, als er eintrat, saß aufrecht im Bett, sah ihm mit einem nervösen Lächeln entgegen und wünschte ihm einen guten Morgen.

Er erwiderte den Gruß, nicht aber das Lächeln, und weiter fanden sie nichts zu sagen. Giselle sah auf das winzige schlafende Baby an ihrer Seite hinab und strich ihm sacht über die unverändert krebsrote Wange.

Berit kam herein, stellte das Wasser auf die Kommode unter dem Fenster und hielt sich einen Moment auf, um das Neugeborene nochmals gebührend zu bewundern und Giselle nach ihrem Befinden zu fragen.

Jonah gelang es nicht, sich zu beherrschen. »Lass dich nicht aufhalten, Berit, ich bin sicher, du hast zu tun.«

Sie sah ihn vorwurfsvoll an. »Aber der Kleine muss gewickelt werden, Master.«

»Nicht jetzt«, fuhr er sie an, und Berit ergriff die Flucht.

Er wartete stirnrunzelnd, bis die Tür sich geschlossen hatte, holte sich dann ein Handtuch, wusch sich Gesicht und Hände, putzte sich die Zähne mit grobkörnigem Salz, kontrollierte seine Fingernägel und stutzte sich den Bart.

Giselle schwieg geduldig, bis er fertig war. Dann fragte sie: »Jonah, bist du so zornig auf mich, dass du dich über das Kind überhaupt nicht freust?«

Er dachte einen Moment darüber nach und schüttelte dann den Kopf.

»Warum siehst du ihn dann nicht an? Du hast ihn noch nicht einmal angefasst.« Sie hatte eine Todesangst, dass er irgendeinen Verdacht geschöpft hatte und bezweifelte, der Vater des Kindes zu sein. Sie wusste nicht, ob er Gerüchte gehört hatte. Ob Gervais vielleicht sein Wort gebrochen hatte. Oder ob Jonah gar von allein ergründet hatte, warum sie aus Antwerpen geflüchtet war. Schließlich war alles möglich.

Er trat ans Bett, hob das schlafende Baby hoch und küsste es auf die Stirn. Behutsam legte er es wieder neben sie, sodass es nicht aufwachte. »Zufrieden?«

Sie sagte weder ja noch nein. »Und ... und hast du dir schon überlegt, wie er heißen soll?«

»Philip«, beschied Jonah. »Die Königin hat den Wunsch geäußert, Patin zu stehen, egal ob es ein Junge oder Mädchen wird. Darum sollten wir ihn nach ihr benennen.«

Giselle erkannte ihre Gelegenheit und griff zu. Eine bessere Eröffnung für die Verteidigung, die sie sich zurechtgelegt hatte, würde sich kaum bieten. »Natürlich«, sagte sie bitter. »Darauf hätte ich kommen sollen.«

»Wie darf ich das verstehen?«, fragte er argwöhnisch.

Sie erwiderte seinen Blick scheinbar unerschrocken. »Du weißt, dass ich die Königin sehr liebe. Und ich liebe dich. Kannst du dir eigentlich vorstellen, wie ich mich gefühlt habe bei den verstohlenen Blicken, die ihr allenthalben getauscht habt? Bei eurem ewigen Getuschel in dunklen Ecken? Es ist doch kein Tag vergangen, da sie nicht nach dir geschickt hat. Ich weiß, dass sie deinen Rat gesucht hat wegen der vertrackten finanziellen Lage, aber wir wollen uns doch nichts vormachen, nicht wahr? Du bist noch genauso verliebt in Philippa wie am Tag des Michaelis-Turniers damals. Und je mehr der König sie vernachlässigt, desto abhängiger macht sie sich von deiner Bewunderung. Es wurde mit jedem Tag schlimmer und offensichtlicher. Und wenn wir uns nachts geliebt haben und es dunkel war, habe ich mich immer gefragt, ob du dir vielleicht vorstellst, dass du in ihrem Bett liegst. Ich konnte das nicht länger aushalten, Jonah. Darum habe ich dich gebeten, mich nach Hause fahren zu lassen. Und als du nein gesagt hast, wusste ich keinen anderen Ausweg, als ohne dein Einverständnis zu gehen.«

Er hatte ihr schweigend und mit zunehmender Fassungslosigkeit gelauscht. Als sie geendet hatte, fragte er: »Hörst du eigentlich nicht selbst, wie albern das klingt? Wie fadenscheinig? Du warst eifersüchtig? Und wegen dieser Lappalie läufst du einfach davon und lässt mich allein? Und du erwartest, dass ich das akzeptiere?«

»Eine Lappalie?«, wiederholte sie empört. »Sie hätte nur mit den Fingern schnippen müssen, und du wärst nachts zu ihr geschlichen!«

»Um anschließend auf dem Marktplatz von Antwerpen geviertelt zu werden? Ist dir eigentlich klar, dass es Hochverrat ist, was du mir da unterstellst?«

»So, die Angst vor den Folgen war es also, die dich abgehalten hat, ja?« Giselle musste feststellen, dass sie hier Dinge erfuhr, die sie nie hatte wissen wollen. Vermutlich war das die Strafe für ihre Sünden, ihre unerhörte Flucht und ihre Untreue, die, wenn man die Tatsachen nur lange genug verdrehte, gewiss auch irgendwie ihre Schuld war.

Als Jonah aufging, was sie tat, mit welch billigem Trick sie ihn vorführte, schüttelte er ungläubig, fast ein bisschen amüsiert den Kopf. »Du glaubst, Angriff sei die beste Verteidigung, nicht wahr? Ich könnte wetten, das hat dir dein Vater beigebracht.«

Sie senkte den Blick. »Er war mindestens so wütend auf mich wie du, als ich ihm gestanden habe, was passiert ist. Er hat sich geweigert, sich meine Geschichte anzuhören oder gar Partei für mich zu ergreifen. Er hätte dir nicht einmal einen Brief gebracht.«

Jonah musste sich auf die Zunge beißen, um seine Entrüstung über diese väterliche Zurückweisung für sich zu behalten. Er wehrte sich heftig dagegen, auf der Stelle alles zu vergeben und zu vergessen. Denn das wollte er nicht. Aber er kam nicht umhin, sich auf die Bettkante zu setzen und ihre Hand zu nehmen. »Ich schätze, du hast dich verraten und verlassen gefühlt, als er das gesagt hat, hm?«

Sie nickte. »Und jetzt wirst du erklären, dass mir das recht geschah, weil du dich ebenso verraten und verlassen gefühlt hast.«

»Wie gescheit du bist, Mistress Durham.«

War es ein gutes Zeichen, dass er sie so nannte? Unmöglich zu sagen. Sie wurde nicht klug aus seiner Miene.

»Warum hast du 's wirklich getan?«, fragte er. »Ich will den wahren Grund wissen.«

Nein, Jonah, das willst du todsicher nicht. »Ich kann dir keine andere Erklärung geben.« Sie sah ihm in die Augen. Das war nicht schwierig, denn es war ja die Wahrheit. »Ich bedaure, wenn du sie nicht akzeptieren kannst. Mir ist bekannt, dass Frauen Eifersucht im Allgemeinen nicht zugebilligt wird. Aber du hast auch schon gelegentlich Dinge getan, die gegen geltende Regeln verstoßen. Nicht immer ist nur Gutes dabei herausgekommen. Deswegen erfreut uns dein Vetter ja jetzt mit seinem Besuch, nicht wahr?«

»Was für ein treffsicher platzierter Gegenschlag«, bemerkte er sarkastisch.

Giselle erkannte erschrocken, dass sie ihn längst noch nicht da hatte, wo sie ihn wollte. Aber sie behielt den einmal eingeschlagenen Kurs bei. »Was immer du getan hast, hast du getan, weil es dir in dem Moment der richtige Schritt zu sein schien.« Sie hob vielsagend die Schultern. »Genauso war es bei meiner Entscheidung auch.«

»Die du nicht im Mindesten bereust«, stellte er bitter fest. Er ließ ihre Hand los und stand auf. »Der Unterschied ist nur, dass du ein Versprechen gebrochen hast.« Von geschuldetem Gehorsam und all diesen Dingen sagte er lieber nichts, weil sie darauf zu Recht erwidert hätte, dass das auch nie seine Stärke gewesen sei.

»Ach, Jonah …« Sie hätte heulen können, aus Kummer über diese verfahrene Situation, vor allem aber aus Wut auf den König, der ihr all dies beschert hatte. Und wer konnte wissen, wie schlimm es noch werden würde, wenn dieses winzige Gesicht begann, seine ganz eigenen Züge zu entwickeln, und das strahlende Blau seiner Augen, das ihm eine trügerische Ähnlichkeit mit ihr verlieh, sich langsam veränderte? Unglücklich sah sie auf ihren unschuldigen Sohn hinab. Was mochte Gott mit ihm vorhaben in seinem rätselhaften Plan? »Da, er wird wach«, bemerkte sie. »Gleich fängt er an zu schreien.«

Jonah beschloss einen geordneten Rückzug und ging zur Tür. »Und ich sehe, du bist noch erschöpft. Ich schicke dir Berit.«

Sie hatten mit dem Frühstück auf ihn gewartet, und das Porridge war noch heiß. Jonah setzte sich auf seinen Platz an der Mitte des Tisches, bekreuzigte sich und sprach ein kurzes Gebet. Dann griff er zu seinem Löffel, und alle folgten seinem Beispiel.

»Mutter und Sohn wohlauf?«, fragte Crispin.

Jonah nickte. »Könnte nicht besser sein.« Er wollte Crispin und David tausend verschiedene Dinge fragen. Nach der Wolle, nach den Verkäufen an feinem und an schlichtem Tuch, nach neuen Kontrakten, nach dem Stand ihrer Schulden. Aber vor Rupert und Elizabeth, die mit gesenkten Köpfen am unteren Ende des Tisches hockten und lustlos aßen, war all das unmöglich. So kam es, dass es an seiner Tafel so still war wie früher an ihrer, und das ärgerte ihn. Dann fiel ihm ein, dass es ein sehr wichtiges Thema zu erörtern gab, und er wandte sich an seinen Lehrjungen. »Ist dein Vater in der Stadt, David?«

»Ich denke schon, Sir.«

»Gut. Ich nehme an, du willst gleich ausliefern?«

David nickte.

»Dann geh anschließend bei ihm vorbei und bitte ihn, heute oder morgen mein Gast zu sein und meinen Sohn aus der Taufe zu heben; er hat sich in einem unbedachten Moment einmal erboten. Und frage deine Mutter, ob sie bereit ist, die Patin zu vertreten, die leider nicht hier sein kann.«

Crispin musste nicht lange rätseln. »Die Königin wird seine Patin?«, fragte er stolz.

Jonah nickte. »Wir nennen ihn Philip.«

Elizabeth und Rupert tauschten einen ungläubigen Blick.

»Ich bin sicher, meine Eltern werden sehr geehrt sein, Sir«, sagte David untypisch förmlich, was Jonah verriet, dass der Lehrling wie üblich wenig Neigung verspürte, seinen Vater aufzusuchen.

»Stell fest, wann es ihnen passt, dein Vater ist ein viel beschäftigter Mann. Aber je eher, desto besser. Anschließend gehst du bei Vater Rufus vorbei und machst den Termin mit ihm fest. Wenn das alles geregelt ist, schickst du mir Jasper, damit wir überlegen können, was es zur Tauffeier geben soll. Denkst du, du bist in der Lage, dir das alles zu merken?«

David grinste träge. »Ich werd mir Mühe geben, Master.«

»Flegel«, murmelte Elizabeth vor sich hin. »Keine Manieren. Aber wen wundert's?«

»Ich wäre dir dankbar, wenn du dein Gift bei dir behieltest, liebste Cousine«, sagte Jonah beiläufig und mit einem frostigen kleinen Lächeln, das sofort wieder verschwand, als sie ihn ansah. »Ihr seid in meinem Haus nicht willkommen, sondern nur geduldet. Und wenn mir eure Gesellschaft hier in der Halle lästig wird, werdet ihr in Zukunft mit dem Gesinde in der Küche essen.«

»Du verfluchter, undankbarer ...«, begann Rupert.

»In meiner Halle wird auch nicht geflucht, Rupert«, fiel Jonah ihm ins Wort. Jedenfalls nicht oft, und wenn, dann ausschließlich von mir, fügte er in Gedanken hinzu. Er legte den Löffel beiseite und schob seinem Vetter den unberührten Becher Ale zu. »Hier. Vielleicht bessert das deine Laune. Ich denke, wir sollten miteinander reden über das, was geschehen ist, und wie es weitergehen soll. Aber ich war sehr lange fort, ihr werdet verstehen, dass ich mich heute zuerst um mein Geschäft kümmern muss. Ich werde nach euch schicken, wenn ich die Zeit finde.« Und damit verließ er die Tafel.

Crispin war so still, als sie gemeinsam den Hof überquerten, dass Jonah nicht umhin kam zu fragen: »Willst du mir nicht vorhalten, dass ich mich schlecht benommen habe?«

Sein Gehilfe warf ihm einen höchst verblüfften Blick zu und schüttelte dann den Kopf. »Nein, Jonah. Wirklich nicht. Du bist noch keinen Tag zurück, und seither hast du entdecken müssen, dass Rupert und Elizabeth hier untergekrochen sind, und ehe du das verdauen konntest, hat deine Frau ein Kind bekommen. Ich finde, du hältst dich hervorragend.«

Grinsend stieß Jonah die Tür zum Kontor auf. »Welch denkwürdige Gelegenheit. Es passiert nicht gerade oft, dass ich ein Lob von dir ernte ...«

Er blieb an der Tür stehen und schaute sich aufmerksam in dem nüchternen Arbeitsraum um. Alles sah so aus wie an dem Tag, da er mit dem König nach Antwerpen aufgebrochen war: das Schreibpult mit Tintenhorn und Federn, der Tisch mit seinen Stoffmustern und zwei aufgeschlagenen Tuchballen, die Truhe mit den Büchern, das trübe Winterlicht, das durch das kleine Fenster fiel, das frische, aber ewig staubige Stroh am Boden und das Kohlebecken, das nur denjenigen wärmte, der direkt davor stand. Er war sich nicht bewusst gewesen, wie sehr all dies ihm gefehlt hatte.

Versonnen strich er mit dem Finger über die Kante des Schreibpults und sagte: »Wenn wir irgendwann einmal Geld haben, bauen wir ein neues Haus, Crispin. Mit genügend Zimmern für alle und einer Kapelle und einem Kontor mit einem Kamin und Blick auf den Fluss. Warum soll der Raum, in dem man so viel Zeit verbringt, nicht ein bisschen behaglicher sein?«

Crispin nickte mit einem seelenvollen Seufzer. »Ach ja. Ein Kontor, in dem einem im Winter nicht die Finger absterben und wo man reiche Kunden empfangen kann, ohne sich ewig entschuldigen zu müssen. Vielleicht gar mit Wandbehängen.«

»Und Glasfenstern.«

Crispin lachte leise, holte die Bücher herbei und breitete sie auf dem Tisch aus. Mit einer einladenden Geste sagte er: »Sieh selbst, wie weit wir von diesen Träumen noch entfernt sind. Ich habe getan, was ich konnte, Jonah, Gott helfe mir. Aber außer Schulden und Schuldscheinen haben wir nicht viel vorzuweisen. Die Kontrakte für die Krone sind weitergelaufen, und David hat sie gut verwaltet. Aber das deckt gerade einmal die Zinsen. Der Handel mit feinem Tuch lief nur schleppend, weil der Hof ja in Flandern war. Und die Wolle ...«

»Ja, ich weiß. Aber der Wollhandel kommt wieder in Schwung, glaub mir. Der König braucht Flandern, und Flandern braucht unsere Wolle. Wie stehen wir da? Haben wir überhaupt Geld?«

»Ein bisschen«, antwortete Crispin. »Eigentlich müsste ich es Annot bringen, damit wir wenigstens einen Teil unserer Schulden bei ihr tilgen. Aber ich wollte erst deine Meinung hören.«

Jonah nickte. »Dann lass uns Holz davon kaufen. Am besten noch heute.«

»Holz?«, vergewisserte Crispin sich, nicht sicher, ob er sich vielleicht verhört hatte.

Jonah nickte. »Der König will Schiffe.«

»Aber wird er das Holz dafür nicht in seinen eigenen Wäldern schlagen lassen? Wenn er eins im Überfluss besitzt, sind es Bäume.«

»Das ist wahr. Aber es gibt Städte und Grafschaften an der Küste, die dem König von alters her bei Bedarf Schiffe liefern müssen. Er wird dieses Recht einfordern, er hat es gesagt. Glaub mir, der Preis für Holz wird steigen.«

Crispin hatte noch nie Anlass gehabt, an Jonahs Geschäftssinn zu zweifeln. Holz war ein ungewöhnliches Handelsgut für sie, aber ein wirklicher Kaufherr, so wusste Crispin, handelte mit allem, was lukrativ war. Also steckten sie die Köpfe zusammen und studierten die Bücher.

Kurz nach Mittag kam David zurück und berichtete, dass seine Eltern am folgenden Tag gern kommen würden, um die Taufe des kleinen Philip vorzunehmen.

Jonah nickte zerstreut. »In Ordnung.« Er drückte abwesend eine Hand ins Kreuz. Seit einiger Zeit machte sein Rücken ihm zu schaffen, wenn er zu lange über den Büchern gehockt hatte. Ich komme in die Jahre, stellte er erschüttert fest.

»Geh in die Küche und iss etwas, David«, sagte er.

Der Lehrling trat nervös von einem Fuß auf den anderen. »Kann ich Euch kurz sprechen, Master Jonah?«

Jonah wechselte einen kurzen, verwunderten Blick mit Crispin, antwortete aber: »Was gibt es denn?«

»Vermutlich ist es Euch entgangen bei allem, was passiert ist, aber Ende des Monats endet meine Lehrzeit.«

Jonah war so verblüfft, dass er sich setzen musste. Sieben Jahre sollten schon um sein? Er rieb sich die Stirn und lud David mit einer Geste ein, ihm gegenüber Platz zu nehmen.

Crispin warf sich den Mantel über die Schultern und ging zur Tür. »Ich mache mich dann auf den Weg.«

Jonah wartete, bis die Tür sich geschlossen hatte, ehe er zu David sagte: »Es tut mir Leid. Ich lasse dich nur ungern gehen. Aber ich nehme an, du weißt, wie es um uns steht. Ich kann mir keinen zusätzlichen Gehilfen leisten.«

David nickte betrübt. »Ihr ... Ihr wisst natürlich, Sir, dass manche zehn Jahre in der Lehre bleiben?«

Jonah hörte die bange Hoffnung in der Stimme des jungen Mannes, winkte jedoch ab. »Davon halte ich nichts. Es ist Ausbeutung. Wer nach sieben Jahren nicht gelernt hat, was ein Kaufmann wissen muss, ist ein hoffnungsloser Fall.«

David schnitt eine kleine Grimasse. »Das trifft auf mich wohl zu, nicht wahr?«

Jonah musste lächeln, schüttelte aber den Kopf. »Ich würde nicht gerade behaupten, dass du zum Kaufmann geboren bist, aber du wirst zurechtkommen, wenn du deine Talente richtig nutzt.«

»Nicht im Geschäft meines Vaters.«

»Du wirst bald einundzwanzig, richtig?« Jonah hob vielsagend die Schultern. »Dann bist du frei zu gehen, wohin es dir gefällt. Es ist der beste Rat, den ich dir geben kann. So gern ich dich behielte, aber du wirst zu alt, um mein Lehrling zu sein.«

David nahm seinen Mut zusammen und machte den Vorschlag, der seit Monaten seine Gedanken beschäftigte. »Und wenn ich Euer Gehilfe würde, Ihr mir aber nichts bezahlen müsstet?«

Jonah schüttelte den Kopf. »Du weißt, dass die Gilde das nicht zulässt. Und sie hat Recht. Darüber hinaus muss ich mir einen neuen Lehrling suchen, und in diesem Haus ist einfach nicht genug Platz.«

»Ich meine ja nicht, dass ich unentlohnt für Euch arbeite. Und ich wäre auch nicht hier, Sir.«

»Würdest du mir verraten, wovon du sprichst?«

»Von Sevenelms. Eurem Gut in Kent.«

»Genau genommen das Gut meiner Frau«, verbesserte Jonah.

»Das macht keinen Unterschied. Es liegt praktisch brach. Ihr bekommt die Wolle, die es abwirft, und ein bisschen Pacht, aber es könnte viel mehr einbringen, wenn jemand sich darum kümmern würde.« Er brach unsicher ab.

»Weiter, David. Du hast mich neugierig gemacht.«

David fuhr sich nervös mit der Zunge über die Lippen und lehnte sich ein Stück weiter vor. »Man könnte den Landwirtschaftsbetrieb verkleinern und die Schafherde vergrößern. Die geschuldete Fronarbeit, die die Bauern bislang auf den Feldern des Guts geleistet haben, könnte man anders nutzen: zum Bau einer Walkmühle und neuer Häuser für zusätzliche Pächter aus Flandern. Man könnte aus dem verschlafenen, ertragsarmen Sevenelms ein blühendes Zentrum der Tuchherstellung machen, Master Jonah, und das, ohne einen Penny zu investieren. Bauholz wächst reichlich auf dem Gut. Ein Flüsschen, das die Mühle antreiben könnte, gibt es auch. Ihr müsstet nur die Handwerker aus den Niederlanden holen. Den Rest ... den Rest erledige ich.« Er stieß hörbar die Luft aus. »Sir, ich weiß, dass Master Crispin mich einen vertrottelten Träumer nennt, aber ...«

»Das hast du dir alles allein ausgedacht?«, unterbrach Jonah in größtem Erstaunen.

David nickte mit gesenktem Blick. In mancher Hinsicht war er immer noch der verschüchterte Junge von einst, und er konnte Tadel weitaus besser verkraften als offenkundige Bewunderung, denn an Tadel war er gewöhnt.

»Und du schlägst mir vor, dich zum Steward von Sevenelms zu machen und dir die Oberaufsicht und Durchführung dieses ehrgeizigen Projekts zu übertragen?«

David hörte selbst, wie vermessen es klang, aber er war so überzeugt von seinem Plan, dass er noch einen letzten Versuch unternahm. »Mir ist bewusst, dass ich kein Organisationstalent und weiß Gott kein Rechenkünstler bin, Sir. Aber es gibt nicht viel über Tuchherstellung, das ich nicht weiß. Ich bin überzeugt, ich könnte es schaffen. Sagt mir … haltet Ihr die Idee grundsätzlich für gut? Für durchführbar?«

Jonah nickte. »O ja.«

»Dann … riskiert Ihr nicht viel, wenn Ihr es mich versuchen lasst, oder? Ich will auch keinen Lohn, bis die Sache anfängt, etwas abzuwerfen. Wenn es so weit ist, könnt Ihr immer noch entscheiden, was Ihr mir bezahlen wollt, das ist mir völlig gleich. Und wenn ich kläglich versage, braucht Ihr nur Master Crispin hinzuschicken, der mich davonjagen und die Sache selbst in die Hand nehmen kann.«

»Abgemacht, David. Aber ich glaube nicht, dass du versagen wirst.«

»Ihr … Ihr seid einverstanden? Ihr lasst es mich versuchen?«

Jonah erhob sich und streckte die Hand aus.

Ein wenig benommen, aber mit leuchtenden Augen kam David langsam auf die Füße und schlug ein. Seine Hand war ein bisschen feucht vor Aufregung, doch ihr Druck fester, als Jonah erwartet hatte.

»Wir werden einen Vertrag aufsetzen«, sagte Jonah, als sie wieder Platz genommen hatten. »Du bekommst zwei Zehntel von allem, was du erwirtschaftest. Dir mag es gleich sein, aber deinem Vater bestimmt nicht. Er wird ohnehin enttäuscht sein, dass du nicht in die Gilde eintrittst.«

David schüttelte grinsend den Kopf. »Er wird erleichtert sein, dass ihm diese Peinlichkeit erspart bleibt. Ihr wisst doch genau, wie er über mich denkt.«

»Vielleicht unterschätzt du ihn.«

Der junge Mann winkte ab. »Wie auch immer. Ich wollte nie

ein Mitglied der Tuchhändlergilde werden. Ich hätte überhaupt nicht gedacht, dass es irgendetwas gibt, das ich wirklich will, aber Ihr habt es mir gerade in den Schoß gelegt.«

Jonah musste über so viel jugendliche Begeisterung lächeln. »Wann willst du nach Sevenelms?«

David grinste. »Morgen nach dem Frühstück?«

»Noch vor Ostern«, versprach Jonah. »Fang möglichst schnell an zu bauen, und im Sommer hole ich dir deine Weber.«

Jonah suchte seine Pächter auf, lauschte ihren Klagen ebenso wie den guten Neuigkeiten, besprach mit ihnen die Produktion für die kommenden Monate und schenkte jedem ihrer Kinder einen Farthing anlässlich seiner Heimkehr. Die rückläufige Entwicklung beim Verkauf kostbarer Tuche machte ihm die meisten Sorgen, aber in wenigen Wochen würde in Westminster ein Parlament stattfinden. Alle Lords würden kommen – soweit sie nicht als Bürgen für die Schulden der Krone auf dem Kontinent ausharren mussten – und viele reiche Ritter und Bürger aus dem ganzen Land, und wer es sich nur irgendwie leisten konnte, ließ sich zu dem Anlass neu einkleiden. Jonah stellte einen Plan auf, nach dem er und Crispin systematisch jeden Londoner Schneider besuchen und aufs Neue von der Überlegenheit ihrer Ware überzeugen würden.

Als er ins Haus zurückkam, war es längst Zeit zum Essen, aber er bat Crispin und David um ein paar Minuten allein in der Halle. Er wusste genau, dass er sich den ganzen Tag vor der Konfrontation mit Rupert und Elizabeth gedrückt hatte, doch inzwischen hatte er entschieden, was er ihnen sagen wollte, und sah keinen Sinn darin, es länger aufzuschieben.

Er schickte Rachel zu ihnen, die einzige seiner Mägde, die sich nicht vor Rupert fürchtete, und ging in die Halle, um dort auf sie zu warten. Zu seiner Überraschung fand er hier seine Frau vor. Sie saß auf der gepolsterten Fensterbank und beobachtete Lucas, der mit einer der jungen Katzen spielte.

Jonah beugte sich zu Giselle herunter und küsste sie auf die

Wange, ehe ihm einfiel, dass er ihr ja immer noch grollte. »Du bist schon aufgestanden?«

»Ich bin nicht krank, weißt du. Ich habe nur ein Kind bekommen.«

Er nickte. »Und wo ist es?«

»Er liegt in seiner Wiege und schläft. Berit hütet die Wiege und wird ihn stillen, wenn er aufwacht. Ich habe mit ihr ausgemacht, dass sie seine Amme wird; sie hat Milch genug.«

Jonah war erleichtert, dass Giselle das Kind nicht selbst stillen wollte. Er legte keinen Wert darauf, Nacht für Nacht von einem plärrenden Balg aus dem Schlaf gerissen zu werden.

Lucas zog seinen unfreiwilligen Spielgefährten am Schwanz und bekam prompt die Rechnung präsentiert. Fauchend fuhr der kleine Kater zu ihm herum und schlug die Krallen in die rundliche Kinderhand. Lucas zuckte zurück und fing an zu heulen.

Ehe Giselle aufstehen konnte, hatte Jonah sich zu seinem Sohn heruntergehockt. »Schsch. Das ist kein Grund, ein solches Gebrüll anzustimmen. Du darfst dich nicht wundern, dass er sich wehrt, wenn du ihn piesackst.«

»Oh, Jonah«, schalt Giselle mit einem leisen Lachen. »Er ist erst zwei Jahre alt, das kann er noch nicht verstehen.«

Lucas strafte sie Lügen, indem er so abrupt aufhörte zu schreien, wie er angefangen hatte, und seinen Vater mit großen, tränenfeuchten Augen kläglich anschaute.

Jonah nickte und strich ihm über die weichen, rabenschwarzen Locken. »Du verstehst genau, was ich sage, nicht wahr? Zeig mir die Hand.«

Lucas streckte ihm die blutende Rechte entgegen.

Jonah nahm sie, begutachtete sie ernst und pustete dann sorgsam. »Besser?«

»Ja.« Es war das erste Wort, das Jonah seinen Sohn sprechen hörte. Es war ein eigentümlich ergreifender Moment, und er zog Lucas behutsam an sich.

»Hat dein Vater das getan?«, fragte Giselle neugierig. »Deine kleinen Blessuren weggepustet, als du ein Junge warst?«

Er hob leicht die Schultern. »Ich kann mich nicht erinnern.«

Es war wohl kein besonders glücklicher Zufall, dass Rupert und Elizabeth auf dieses Familienidyll stießen. Elizabeth hatte den Schmerz über ihre Kinderlosigkeit nie verwunden. Er war die Wurzel all ihrer Bitterkeit, und als sie Jonah mit seinem Sohn in den Armen zu Füßen seiner bildschönen Frau sah, hasste sie ihn so sehr, dass all ihre guten Vorsätze wie weggewischt waren.

»Als ob du nicht wüsstest, dass dein Taugenichts von Vater sich einen Dreck um dich gekümmert hat«, versetzte sie. »Er war viel zu sehr damit beschäftigt, weitere kleine Bastarde wie dich in die Welt zu setzen.«

Aus dem Augenwinkel sah Jonah Giselle leicht zusammenfahren. Nur um ihretwillen schluckte er die Antwort hinunter, die ihm auf der Zunge lag, hob Lucas hoch und reichte ihn ihr. »Willst du ihn zu Marion bringen? Er muss das ja nicht hören. Und vielleicht willst du es dir ja auch lieber ersparen.«

Sie nahm das Kind und trug es mit einem bitterbösen Blick in Elizabeths Richtung aus der Halle. Doch sie kam zurück, sobald sie Lucas bei Marion abgeliefert hatte. Sie wusste, dass es eine Katastrophe geben würde, wenn sie Jonah mit den Hillocks allein ließ.

»... wenigstens die gleiche Gastfreundschaft gewähren, die wir dir jahrelang haben angedeihen lassen, du undankbarer Lump«, hörte sie Rupert knurren, als sie wieder hereinkam. Er klang wie ein wütender, großer Hund.

Jonah stand mit verschränkten Armen am Fenster, seine ganze Haltung drückte Ablehnung aus. Mit einem höhnischen kleinen Lächeln erwiderte er: »Bestehe lieber nicht darauf, Rupert. Jeden Abend, da du nur hungrig zu Bett gingest, müsstest du Gott für diesen außergewöhnlich glücklichen Tag danken.«

»Lügner«, zischte Elizabeth. »Du drehst einem das Wort im Munde herum. Du bist genau wie deine Großmutter!«

Jonah verneigte sich knapp. »Ich hätte nie gedacht, dass du mir einmal ein Kompliment machen würdest.«

»Es war nicht so gemeint«, beschied sie verdrossen.

»Das tut mir Leid.«

Giselle stellte sich an seine Seite und legte federleicht die Hand auf seinen Arm. Sie wollte ihn ermahnen, diese sinnlose Streiterei zu beenden, aber vor allem wollte sie ihm zeigen, dass sie zu ihm stand.

Er verstand sie offenbar richtig, denn er zog den Arm nicht mit einem ungehaltenen Ruck weg, sondern tauschte einen kurzen Blick mit seiner Frau und sagte seufzend: »Wir wollen uns setzen und ausnahmsweise einmal versuchen, wie vernünftige Menschen miteinander zu reden.«

Er geleitete Giselle an ihren Platz, und nach einem kurzen Zögern folgten Rupert und Elizabeth ihrem Beispiel.

»Ich habe das Haus nicht verkauft, um euch in Schwierigkeiten zu bringen, sondern weil ich in einer Notlage war«, erklärte Jonah und versuchte, ruhig und sachlich zu sprechen. »Ein … Freund hat den Verkauf geregelt und einen Käufer gesucht, der euch nicht hinauswerfen würde. Dass de la Pole dieser Käufer war, habe ich erst kürzlich erfahren. Er hat euch auf die Straße gesetzt, um mir eins auszuwischen, nicht weil er andere Pläne mit dem Haus hat. Und ich werde dafür sorgen, dass er es euch zurückgibt.«

»Ich glaube dir kein Wort«, eröffnete Elizabeth ihm.

»Ich schon«, widersprach Rupert und warf ihr einen warnenden Blick zu. »Ich habe nur Zweifel, dass du das fertig bringst.«

Ich auch, dachte Jonah flüchtig, doch er sagte: »Bislang habe ich noch immer von ihm bekommen, was ich wollte. Es kann nur ein Weilchen dauern. Wir müssen überlegen, was in der Zwischenzeit geschehen soll. Denkst du nicht, es wäre für uns alle leichter, ihr ginget zu Elizabeths Geschwistern nach Smithfield?«, fragte er seinen Vetter.

Rupert schüttelte missmutig den Kopf. »Es geht nicht. Im Haus ihrer Schwester ist kein Platz, und ihr Bruder hat alles, was er besaß, bei diesem Wollmonopol verloren.«

»Nun, Platz ist hier auch nicht, und das Wollmonopol …« Jonah besann sich im letzten Moment. Das wollte er Rupert nun wirklich nicht auf die Nase binden.

Aber sein Vetter ahnte es schon. Mit unverhohlener Schadenfreude fragte er: »Hast du dir etwa auch eine blutige Nase geholt, Jonah?« Doch gleich darauf wurde er wieder ernst. »Wenn es so ist, bist du jedenfalls glimpflicher davongekommen als Elizabeths Bruder. Er und seine Familie hungern. Seine Kinder betteln an der Kirche in Smithfield. Zwei haben die Schwindsucht.«

Giselle zog die Schultern hoch, als wäre ihr plötzlich kalt. Vielleicht wurde ihr in diesem Moment erst wirklich bewusst, welchem Schicksal sie mit knapper Not entronnen waren. Und wenn du wüsstest, Rupert, wer mich gerettet hat, dann würde dich vermutlich der Schlag treffen, dachte Jonah flüchtig.

»Hast du wirklich geglaubt, wir wären zu dir gekommen, wenn es einen anderen Ausweg gegeben hätte?«, fragte Elizabeth.

Jonah schüttelte den Kopf, schwieg einen Moment und dachte nach. »Dann wird uns allen wohl nichts übrig bleiben, als uns vorläufig damit abzufinden, nicht wahr?«

»Und jetzt kommen die Bedingungen«, brummte Rupert sarkastisch. »Hör gut zu, Frau, nun zählt er auf, was wir tun dürfen und was nicht.«

»Du irrst dich«, entgegnete Jonah. »Das hätte ja doch keinen Sinn. Ich nehme an, de la Pole hat euren Lagerbestand behalten und behauptet, er gehöre zum Inventar des Hauses, nicht wahr?«

»Woher weißt du das?«, fragte Rupert misstrauisch.

Weil Jonah zögerte, antwortete Giselle: »Es sieht ihm ähnlich. Die Chance auf einen Profit ungenutzt verstreichen zu lassen ist für ihn die einzige unverzeihliche Sünde«, erklärte sie leidenschaftslos. Sie stellte lediglich eine Tatsache fest.

»Ein feiner Gentleman, dein Vater«, bemerkte Elizabeth.

Giselle schenkte ihr ein strahlendes Lächeln. »Verwandtschaft kann man sich leider nicht aussuchen, nicht wahr, Cousine?«

Jonah lachte in sich hinein und riet Elizabeth: »Leg dich nicht mit ihr an. Verglichen mit meiner Giselle war Großmutter ein Lamm.«

Elizabeth verzog das Gesicht, als hätte sie in einen faulen

Apfel gebissen. Aber Giselle hörte den unverhohlenen Stolz in Jonahs Stimme, und sie jubilierte innerlich. Das hätte er nicht gesagt, wenn er ihr noch ernstlich gram wäre.

»Also hör zu, Rupert. Wenn ihr in das Haus zurückkehrt, werde ich dir Geld für einen kleinen Warenbestand leihen, damit du wieder auf die Füße kommen kannst. Aber ich tue es nur, wenn ihr mir und den Meinen bis dahin nicht das Leben schwer macht. Du wirst dich nicht betrinken, und du wirst meine Mägde zufrieden lassen. Und du wirst nicht von früh bis spät zetern und mein Gesinde scheuchen, Elizabeth. Wenn du glaubst, du musst weiterhin so viel Wasser verbrauchen, dass die Mägde morgens zweimal schöpfen gehen müssen, muss ich dich bitten, ihnen in Zukunft dabei zu helfen. Wir haben wie die meisten Londoner keinen eigenen Brunnen, und Wasserholen ist harte Arbeit. Ich will dich nicht demütigen«, kam er ihrem wütenden Einwand zuvor. »Aber ich erwarte, dass ihr einen Beitrag zum Haushalt leistet. Rupert, du bist kein schlechter Kaufmann, wenn du nüchtern bist. Ich will dich in meinem Geschäft nicht haben, aber warum fragst du nicht Martin Greene, ob er dich vorübergehend als Gehilfen nimmt? Du würdest dich nicht von früh bis spät langweilen müssen und ein bisschen Geld verdienen.«

Rupert starrte ihn an, als wollte er ihm die Kehle durchschneiden, fing aber gleichzeitig an, zu überlegen, wann der günstigste Zeitpunkt wäre, den Gildewächter auf diesen Vorschlag anzusprechen.

»Also, es liegt allein in eurer Hand, ob ich euch das Darlehen gebe oder nicht. Und jetzt sei so gut, Elizabeth, erspar meiner Frau den Weg, geh in die Küche hinunter, schick nach Crispin und David und sag Rachel, sie kann auftragen.«

Einen Moment saß sie stockstill. Jonah bemühte sich um ein völlig ausdrucksloses Gesicht, während er ihren Blick erwiderte. Als sie sich schließlich erhob und zur Tür wandte, war es ein köstlicher, kleiner Triumph, der ihn für vieles entschädigte.

»Wie kommt dieses zänkische Weibsstück dazu, dich einen Bastard zu nennen?«, fragte Giselle aufgebracht, als sie nebeneinan-

der im Bett lagen. Sie hatten die Bettvorhänge gegen die Februar-
kälte geschlossen, und es war sehr dunkel.

»Weil mein Vater meine Mutter erst kurz vor meiner Geburt
geheiratet hat. Ich bin, wie es heißt, in Sünde gezeugt. Jetzt wird
dir vermutlich so einiges klar, nicht wahr?«, spöttelte er.

Sie kicherte höchst undamenhaft, antwortete aber: »Nein, eigentlich nicht. Du gibst mir immer neue Rätsel auf.«

»Gut«, murmelte er zufrieden.

Unruhig zerrte sie an ihrem Kissen, bis dessen Lage ihr genehm war. »Ich hätte nicht gedacht, dass du so sein kannst wie
vorhin mit Rupert. Es schien fast, als wärst du der ältere von
euch beiden. So streng und weise und ... souverän.«

Er musste lächeln. »Ich bin alles andere. Wärst du nicht dort
gewesen, um mich zu beschämen, hätte ich immer weiter mit
ihm gestritten, bis es wieder einmal zu Handgreiflichkeiten gekommen wäre.«

»Nein, das glaube ich nicht. Es hatte überhaupt nichts mit
mir zu tun. Du hast einfach beschlossen, so zu sein.«

Er dachte darüber nach. »Vielleicht habe ich beschlossen,
mich so zu *geben*«, schränkte er ein. »Ich weiß nicht, ob ich dir
erzählt habe, dass ich früher einmal Schauspieler war.«

»Natürlich nicht. Aber Crispin hat es mir erzählt.«

Das hätt ich mir denken können, erkannte er verdrossen. Die
Verschwörergemeinschaft der Schwätzer in meinem Haus
wächst und wächst ...

Sie legte den Kopf auf seine Schulter, wie sie es immer getan
hatte, und seine Arme schlossen sich wie aus eigenem Antrieb
um ihren Oberkörper.

»Warum hast du damit aufgehört?«

»Vater Gilbert wollte mich nicht mehr haben. Weil meine Taten Gott nicht gefällig seien, sagte er.«

Sie hatte keine Mühe, das zu glauben. »Und fehlt es dir
nicht?«

In der Dunkelheit gestattete er sich eine schmerzliche Grimasse. Er erinnerte sich noch, wie es sich angefühlt hatte, als
wäre es gestern passiert. Als hätte Vater Gilbert ihm die Hand in

die Brust gestoßen und ihm ein Stück von seinem Herzen herausgerissen. Es tat nicht mehr so weh wie zu Anfang; die Wunde war verheilt. Aber das fehlende Stück war nie nachgewachsen.

»Doch.«

Es war dunkel, sie waren sich nach langer Trennung zum ersten Mal wieder nahe, und Giselle wollte nichts so sehr, wie die Enttäuschung wieder gutmachen, die sie ihm bereitet hatte. Darum hörte sie aus diesem einen Wort auch all das heraus, was er nicht sagte. Und sie merkte sich genau, was sie gehört hatte.

London, Mai 1340

Kurz nach Ostern war die Nachricht aus Gent gekommen, dass Königin Philippa wiederum einen Sohn zur Welt gebracht hatte. Dieser war der zweite kleine Prinz in Folge, der in der Fremde geboren wurde, und er wurde auf den Namen John getauft. Das war aber auch schon alles, was dieses Frühjahr an freudigen Botschaften bescherte.

Das Parlament war nicht so verlaufen, wie der König und all jene, die die verzweifelte Lage auf dem Kontinent aus erster Hand kannten, gehofft und erwartet hatten. Die Mehrheit der Lords und Commons hatte sich äußerst zögerlich gezeigt, neue Steuern zu bewilligen. Auch als sie erfuhren, dass ihr König sich nunmehr König von England und Frankreich nannte, waren sie nicht übermäßig begeistert. Offenbar ging die Angst um, dass, falls Edward diesen Krieg verlöre, der Spieß umgedreht und Philip König von Frankreich und England würde. Erst als König Edward das Parlament mit der Drohung erpresste, er werde in Schimpf und Schande nach Gent zurückkehren müssen und sich seinen Gläubigern als Geisel zur Verfügung stellen, bis die Engländer sich dazu herabließen, ihn freizukaufen, bewilligten sie eine neue Sondersteuer, doch bei weitem nicht genug, um die prekäre Situation des Königs entscheidend zu verbessern.

»Ich weiß nicht, wohin das alles führen soll«, murmelte Martin Greene düster. »Es wäre besser gewesen, eine Kriegskasse anzulegen, ehe man diesen Krieg beginnt.«

Welch hilfreicher Vorschlag, dachte Jonah verächtlich und tauchte die Rechte gelangweilt ins klare Wasser des Springbrunnens, auf dessen Rand er saß.

Sie waren an diesem herrlichen Maisonntag zu Gast im Hause des Gildemeisters und einstigen Bürgermeisters Pulteney, der einige der führenden Mitglieder der Gilde zum Essen geladen hatte. Die vierteljährlichen offiziellen Bankette, zu denen die Liverymen sich im Gildehaus versammelten, reichten nicht aus, fand Pulteney, um einen regen Gedankenaustausch und wirklichen Zusammenhalt unter den maßgeblichen Mitgliedern zu gewährleisten.

Nach dem mehrstündigen Mahl in seiner Halle hatte man sich in den wundervollen Garten der prachtvollen Kaufmannsvilla begeben, der schon den Neid manch adliger Lords erregt hatte. Diener hatten ein paar Stühle und einen Tisch im Freien aufgestellt, gleich neben dem Springbrunnen, der das Herzstück der Grünanlage bildete. Pulteney saß entspannt zurückgelehnt und kraulte einen seiner schönsten Jagdhunde, der frei herumlaufen durfte und den Kopf in den Schoß seines Herrn gelegt hatte. Jonah ergötzte sich am Lichtspiel auf dem rieselnden Wasser des kunstvollen Brunnens. Die übrigen Kaufherren jedoch wirkten mehrheitlich unbehaglich und fehl am Platze, so als sei ihnen diese Sitte des Müßiggangs unter freiem Himmel, bei Hof und Adel so beliebt, äußerst suspekt.

»Jetzt ist ein ungünstiger Zeitpunkt, um kalte Füße zu bekommen«, warnte Pulteney. »Diesen Sommer muss der König in Frankreich einen Erfolg erzielen, und dafür braucht er Hilfe von zu Hause. Wir haben ja gesehen, was gekaufte Verbündete wert sind. Es kann nur funktionieren, wenn dieser Krieg ein nationales Anliegen wird. Wenn jeder einzelne Mann in England seinen Beitrag leistet. Der halbherzige Patriotismus, den das Parlament bewiesen hat, reicht nicht aus. Und er hat den König zutiefst verbittert. Er ist sehr zornig, und manch einer wird sich noch umschauen, wenn er diesen Zorn zu spüren bekommt.«

»Wen meint Ihr?«, fragte Adam Burnell nervös.

Pulteney hob vielsagend die Hände. »Lords und Bischöfe, die sich nicht genug engagieren, wie Erzbischof Stratford zum Beispiel. Ich kann nicht begreifen, wieso der König ihn wieder zum Chancellor ernannt hat. Stratford ist alt geworden und ein Zauderer. Plötzlich behauptet er, seine erste Verpflichtung sei die gegenüber der heiligen Mutter Kirche. Soll heißen: Die Besteuerung der Diözesen und Klöster ist ihm ein Dorn im Auge. Und ich meine Leute wie de la Pole und Conduit und die Bardi, die die Geldnot des Königs ausnutzen, um sich durch Wucher zu bereichern.«

»Böse Zungen könnten behaupten, dass du ebenfalls dazu zählst, Pulteney«, hielt Greene seinem alten Freund unverblümt vor. Er selbst war ein sehr konservativer Kaufmann. Er hatte sich nicht am Wollmonopol beteiligt, erst recht nicht am Schmuggel.

Pulteney war nicht beleidigt. Er seufzte lediglich und sagte: »Böse Zungen behaupten genau das und Schlimmeres. Ich hoffe, wenn die Stunde der Abrechnung kommt, wird der König unterscheiden können zwischen jenen, die versucht haben, ihm aus seinen Geldnöten zu helfen, ohne selbst unterzugehen, und denen, die die Lage ausgenutzt haben, um große Ländereien an sich zu bringen und sich feine Titel zu erschleichen, wenn Ihr meine offenen Worte verzeihen wollt, Durham.«

Jonah winkte ab. »Anschuldigungen gegen meinen Schwiegervater erschüttern mich nicht, zumal sie immer berechtigt sind.«

»Was Euch freilich nicht davon abhält, Geschäfte mit ihm zu machen«, konnte Greene sich nicht verkneifen zu sagen.

Die kritischen Bemerkungen des Warden brachten Jonah heute nicht mehr so in Rage wie früher. Meist nahm er sie unkommentiert zur Kenntnis. Jetzt sagte er lediglich: »Nun, vielleicht würde ich das gerne, aber er hat sich gleich nach dem Parlament auf seine neuen Güter im Norden zurückgezogen.« Jonah hatte wochenlang vergeblich versucht, de la Pole zu erreichen, um die drängende Frage mit ihm zu erörtern, unter welchen Umständen – oder zu welchem Preis – Rupert und Elizabeth in ihr Haus zurückkehren könnten. Er hatte gar einen Boten nach Yorkshire geschickt, aber auf seinen Brief keine Antwort erhalten. De la Pole hielt ihn hin und lachte sich ins Fäustchen.

»Man muss seine Nerven bewundern«, gestand Burnell widerwillig. »Wenn das Parlament eine Prüfung meiner Bücher angeordnet hätte, hätte ich keine Ruhe, mich aufs Land zurückzuziehen. Auch wenn ich natürlich ganz und gar nichts zu verbergen habe«, fügte er eilig hinzu.

»Natürlich nicht«, kam Jonah nicht umhin zu murmeln und erntete einen ebenso strafenden wie amüsierten Blick ihres Gastgebers.

Ehe Burnell seinen ermüdenden Vortrag über den mangelnden Respekt jüngerer Liverymen gegenüber älteren anstimmen konnte, kehrten die Damen von ihrem Rundgang durch den Garten zurück. Jonah erhob sich vom Brunnenrand, um Giselle den Stuhl zurechtzurücken, aber einer von Pulteneys zahlreichen Dienern sprang herbei, um das zu tun, und brachte gleich darauf neuen Wein.

»Und, was macht mein Patenkind?«, fragte Pulteney Giselle, die neben ihm Platz genommen hatte.

»Er schläft, er schreit, und er trinkt«, berichtete sie getreulich. »Das wiederholt sich in endloser Folge, und dabei wächst er so schnell, dass man zuschauen kann.« Darüber hinaus waren seine Augen unverändert blau, und sein brauner Schopf hatte einen rötlichen Schimmer angenommen. Jonah behauptete, Philip sei ihr wie aus dem Gesicht geschnitten. Die quälende Frage nach der Vaterschaft, die sie die ganze Schwangerschaft hindurch so oft um den Schlaf gebracht hatte, würde demnach wohl unbeantwortet bleiben. Es hätte schlimmer kommen können, fand Giselle, und sie hatte beschlossen, sich auch nicht mehr mit diesem unlösbaren Rätsel zu befassen. Wenn sie überhaupt noch daran dachte, was letztes Jahr um diese Zeit in Antwerpen passiert war, dann nur, um auf Wege zu sinnen, wie sie vermeiden konnte, dass es sich je wiederholte.

Sie wechselte das Thema. »Hat Jonah Euch erzählt, dass wir

Nachricht von David aus Sevenelms bekommen haben? Seine Baumaßnahmen gehen gut voran. In zwei, drei Monaten ist alles fertig. Es ist wirklich unglaublich, was er dort in so kurzer Zeit geleistet hat.«

Der Gildemeister verzog missfällig das Gesicht. »Ich muss zugeben, ich bin erleichtert, dass Ihr ihn behalten habt. Ich hoffe nur, er richtet keinen allzu großen Schaden an. Aber ein kleines Gut mit ein paar Schafen zu hüten sollte selbst er fertig bringen.«

Giselle wollte ihm erklären, dass es sehr viel mehr war, was David in Sevenelms tat. Sie hatte den Versuch immer noch nicht aufgegeben, Pulteney von den Qualitäten seines Jüngsten zu überzeugen. Doch sie fing Jonahs Blick auf. Er schüttelte fast unmerklich den Kopf, als wolle er sagen: Spar dir die Mühe.

»Ich hörte ein Gerücht, Ihr hättet größere Mengen Holz zum Schiffsbau gekauft, Durham?«, erkundigte Pulteney sich interessiert. »Wollt Ihr Euch eine Handelsflotte zulegen?«

Warum eigentlich nicht, dachte Jonah, sagte jedoch: »Nein, es ist schon wieder verkauft. In Hastings, Dover und Sandwich.« Dort hatte sein Holz so reißenden Absatz gefunden, dass er sich geärgert hatte, nicht doppelt so viel gekauft zu haben. Diese wie auch einige andere Küstenstädte waren aufgerufen worden, dem König bis Pfingsten insgesamt einundzwanzig neue Schiffe zu bauen. Die Holzpreise an der Südküste waren sprunghaft angestiegen. Jonah hatte Annot die ersten fünfzig Pfund ihres Darlehens zurückgezahlt. Er wusste, es wäre klüger gewesen, erst seine Schulden bei den Bardi zu tilgen, die ihn Zinsen kosteten, aber Annot, die ihm ihre gesamten Ersparnisse anvertraut hatte, ging einfach vor.

»Warum bin ich nicht auf diese Idee gekommen?«, seufzte Pulteney.

»Vielleicht weil du dich darauf besonnen hast, dass du *Tuchhändler* bist«, brummte Greene mit einem vorwurfsvollen Blick in Jonahs Richtung.

Jonah deutete ein Schulterzucken an. »Der Tuch- und Wollhandel hat sich in den letzten Jahren nicht immer als besonders lukrativ erwiesen. Ich denke, es kann nicht schaden, das Risiko ein bisschen zu streuen.«

»Das ist wieder eine von Euren seltsamen neumodischen Ideen«, bemängelte Greene. »Ein kluger Kopf wie Ihr kann es im Tuchhandel weit bringen, wenn er ein bisschen Geduld hat und nicht zu gierig wird.«

»Da, er hat es schon wieder getan«, sagte Jonah zu Giselle. »Master Greene kann keine halbe Stunde an einem Tisch mit mir sitzen, ohne mich zu belehren.«

Giselle lachte über Greenes sauertöpfische Miene. »Oh, ich bitte Euch, Master Greene, nehmt es ihm nicht übel. In Wirklichkeit ist er Euch zutiefst dankbar und singt von früh bis spät Euer Loblied, weil Ihr seinen Vetter eingestellt habt.«

Greene war nicht imstande, ihrem Charme zu widerstehen. Statt missgelaunt zu erwidern, dass das auch wohl das Mindeste sei, hörte er sich sagen: »Das war kein besonderes Opfer, Madam. Hillock ist ja gar kein übler Kaufmann. Und da es meine Aufgabe ist, den Frieden innerhalb der Gilde zu bewahren, hielt ich es für angezeigt, dafür zu sorgen, dass Master Hillock und Euer Gemahl nicht zu viel Zeit miteinander verbringen.«

»Sie hat Recht, Sir, dafür bin ich Euch wirklich dankbar«, gestand Jonah freimütig. »Und wenn Ihr nun auch noch Crispin Lacys Antrag auf Aufnahme in die Gilde unterstützen wolltet, dann wäre meine Dankbarkeit schier grenzenlos.«

Greene hob seinen Becher an die Lippen. Die Maisonne ließ seinen kostbaren Siegelring funkeln. »Nun, seine dreißig Pfund würde er bezahlen müssen, ganz gleich, wie dankbar Ihr mir wäret.«

»Er hat das Geld«, sagte Jonah. Jedenfalls das meiste.

»Aber keine sechs Liverymen, die seine Aufnahme unterstützen, darum wird nichts daraus, egal, wie viel er zahlt«, mischte Adam Burnell sich unaufgefordert ein. »Es gibt genug Tuchhändler in London. Auch genug Nachwuchs. Wir brauchen keine Krämersöhne aus Westminster. Darüber hinaus ist es schändlich, all diese geschäftlichen Fragen in Anwesenheit der Damen zu erörtern.«

»Das ist wahr, Adam«, räumte Greene ein, »aber wenn du mir erlauben willst, noch einen Satz zu dem Thema zu sagen: London wächst viel schneller als unsere Gilde. Crispin Lacy ist ein ehrbarer, frommer und kluger Mann. Er wäre eine Bereicherung. Ich verstehe nicht, wieso du so entschieden dagegen bist.«

»Ihr braucht gar nicht zu antworten, Master Burnell, denn es waren vier Sätze«, bemerkte Giselle, als offensichtlich wurde, dass Burnell um eine Erklärung verlegen war.

Jonah bedachte sie mit einem Stirnrunzeln, denn er hätte Burnells Antwort wirklich gern gehört.

Zu den Dingen, die Adam Burnell auf der Welt am meisten verabscheute, gehörten neben Fastentagen und Aderlässen vorlaute Frauen, höfische Sitten, William de la Pole und dessen Schwiegersohn. Aber gegen Giselles spitzbübisches Lächeln und den Blick ihrer blauen Augen war auch er eigentümlich wehrlos. »Nun, mein Kind, ich will nur verhindern, dass Euer Gemahl sich selbst und uns allen einen unliebsamen Konkurrenten schafft.«

Sie nickte versonnen. »Ich bin sicher, das wäre Master Lacy, denn er ist ein wirklich guter Kaufmann. Doch er soll ja Jonahs Kompagnon werden, nicht sein Konkurrent.«

»Es fragt sich nur, für wie lange«, gab Burnell zu bedenken. »Wenn er einmal in der Gilde ist, kann nichts ihn hindern, sein eigenes Geschäft zu eröffnen.«

Giselle lachte und machte eine Handbewegung, als wolle sie eine lästige Mücke verscheuchen. »Das ist natürlich wahr. Ach, Ihr habt schon Recht, Gentlemen, dass Ihr Eure Geschäfte lieber unter Euch ausmacht, ich muss gestehen, dass ich davon rein gar nichts verstehe. Zu viele Zahlen machen mir Angst, wahrhaftig, Master Burnell, ein Blick in Jonahs Abrechnungsbuch reicht, dass mir ganz schwindelig wird. Aber eins müsst Ihr mir noch erklären, wenn Ihr so gut sein wollt: Wenn mein Gemahl und Master Lacy als Kompagnons zusammengehen, müssen sie genug verdienen, um sie beide und ihre Familien über die Runden zu bringen. Wäre jeder allein, müssten beide doch nur noch halb so viel verdienen, richtig? Wenn also die Aufnahme in die Gilde für einen Kompagnon zulässig wäre, warum dann nicht für einen selbstständigen Kaufmann? Wo liegt der Unterschied? Müsst Ihr nach Euren Preisabsprachen nicht ohnehin die gleiche Ware alle zum gleichen Preis anbieten?«

Burnell lächelte gequält und wandte sich an den Gildemeister: »Da fällt mir ein, Pulteney, dass es höchste Zeit wird, die Preise für das in London hergestellte flämische Tuch zu regeln. Vor Jahren hat es geheißen ...«

»Sir, ich wüsste es wirklich zu schätzen, wenn Ihr die Frage meiner Frau beantworten wolltet«, fiel Jonah ihm ins Wort.

Burnell saß wie eine flügellahme Krähe in seinen altmodischen, dunklen Kleidern auf seinem Schemel im Gras, den Kopf leicht zwischen die Schultern gezogen, und sah sich hilfesuchend um. Aber Pulteney und Greene und die Übrigen, die das Gespräch verfolgt hatten, schauten ihn nur abwartend an.

»Nun, Mistress ... Im Grunde genommen habt Ihr Recht.«

Giselle hob das Kinn und lächelte, als wäre sie stolz über dieses Lob ihrer Verstandesleistung. »Wirklich? Das heißt, Ihr werdet dafür stimmen, unseren Crispin in die Gilde aufzunehmen?«

»Ich ...« Er kapitulierte mit einem resignierenden Lächeln. »Nun, wenn ich es mir recht überlege, werde ich zumindest nicht mehr dagegen stimmen ...«

»Das war ein meisterhafter Streich, Mistress Durham«, bekundete Jonah, als sie in der Dämmerung heimritten. »Der arme Burnell fragt sich vermutlich jetzt noch, wie es dazu kommen konnte.«

Giselle nahm das Lob mit einem huldvollen Nicken entgegen. Sie wirkte ebenso elegant wie graziös in ihrem Damensattel. Belle war eine hübsche, temperamentvolle Fuchsstute, die hervorragend zu ihr passte. Giselles Haltung war makellos; sie ritt mit müheloser Selbstsicherheit. Sie trug ein altes Kleid, denn die eisernen Sparmaßnahmen, die sie vor zwei Jahren im Winter gemeinsam beschlossen hatten, waren immer noch in Kraft und würden es bleiben, bis sie wieder schuldenfrei waren. Doch Master Ypres hatte das leichte Wolltuch neu eingefärbt, in einem

Grünton, der so satt und dunkel war, dass er mit dem Blau ihrer Augen harmonierte. Die Haube war von gleicher Farbe und betonte das leuchtende Kastanienbraun ihrer geflochtenen Haare. Männer jeden Standes in der Ropery drehten sich nach ihr um.

»Glaubst du, Burnell hält Wort?«, fragte sie skeptisch.

Jonah nickte. »Jetzt bleibt ihm nichts anderes übrig.«

»Gut. Das wäre also geregelt. Bleibt die Frage, wen wir als Lehrling nehmen.«

Anders als vor sieben Jahren hatten dieses Mal viele Gildebrüder und andere Kaufleute Jonah ihre Söhne angeboten, als sich herumsprach, dass er einen neuen Lehrling suchte.

»Ich bin geneigt, den Sohn von Ross dem Schneider zu nehmen. Wie heißt er doch gleich?«

»Edmund.« Sie sagte es nicht gerade mit Begeisterung. Edmund Ross war ein mürrischer Bursche ohne alle Manieren.

»Es könnte nicht schaden, seinen Vater dauerhaft an uns zu binden. Du wirst Edmund schon beibringen, sich zu benehmen.«

Giselle nickte unwillig, gab die Schlacht aber noch nicht verloren. »Wir müssen es ja nicht heute entscheiden.«

»Nein«, räumte er ein. Sie hielten vor ihrem Tor, Jonah glitt aus dem Sattel und sperrte auf. Als sie in den Hof kamen, sahen sie einen prachtvollen, edlen Rappen mit aufwendiger Schabracke, der vor dem Stall angebunden war. Beide erkannten das Wappen ebenso wie das Pferd.

»Nanu?«, murmelte Jonah.

Giselle wurde unbehaglich.

Er half ihr absitzen. Jocelyn kam mit Master Flemings Sohn zusammen aus der Weberei, und Jonah bedeutete den Jungen mit einer Geste, die Pferde zu versorgen.

Ihr Besucher war mit Crispin in der Halle. Als Jonah und Giselle eintraten, erhoben sich beide.

Gervais of Waringham verneigte sich formvollendet vor Giselle. »Du siehst wundervoll aus«, bekundete er mit seinem berüchtigten Verführerlächeln, über das er einfach keine Kontrolle zu haben schien. »Master Lacy hat mir eure Söhne vorgestellt. Ich beneide euch.«

Giselle winkte stirnrunzelnd ab. »Übernimm dich nur nicht, Gervais. Wenn du so dick aufträgst, darf man wohl davon ausgehen, dass du unangenehme Nachrichten bringst?«

Er antwortete nicht.

Jonah setzte sich an seinen Platz. »Wo sind Rupert und Elizabeth?«, fragte er Crispin.

»In Smithfield. Sie bringen ihrem Bruder ein bisschen Brot, Bier und Eier«, antwortete er. Das tun sie seit einiger Zeit praktisch jeden Sonntag, Jonah, hätte er hinzufügen können, aber er ließ es sein.

Jonah tauschte einen Blick mit seiner Frau. »Wärst du so gut, Crispin mit nach unten zu nehmen und ihm die frohe Botschaft zu verkünden?«, bat er.

Sie erkannte sehr wohl, dass er sie und Crispin höflich aus der Halle warf, aber sie erhob keine Einwände. Mit einem letzten Blick auf Gervais folgte sie Crispin zur Tür.

»Also?«, fragte Jonah, als er mit dem Ritter des Königs allein war. »Ich bin ganz Ohr.«

»Schlechte Neuigkeiten, Jonah«, begann Waringham unverbrämt. »Philip von Frankreich hat gehört, dass der König gleich nach Pfingsten nach Gent zurückkehren will, und hat seine ganze Flotte unweit von Sluys zusammengezogen, um ihn abzufangen. Geoffrey ist als Priester verkleidet hinübergefahren und hat sie sich angesehen.«

»Ist er heil zurück?«, fragte Jonah. Jedermann wusste, was die Franzosen mit englischen Spionen taten, die sie erwischten.

Gervais winkte beruhigend ab. »Natürlich. Aber er hatte wenig Erfreuliches zu berichten. Sie haben vierhundert Schiffe. Alle mit Kastellen an Bug und Heck ausgestattet. Große Schiffe – Galeeren, Koggen und Galeonen. Und viele haben Kanonen.« Er brach ab.

Jonah schwante nichts Gutes. »Und König Edward hat?«

»Zweihundert Schiffe«, gestand Gervais niedergeschlagen. »Erzbischof Stratford hat gesagt, der König dürfe unter keinen Umständen segeln. Entweder würde er gefangen genommen, und das Lösegeld, das Philip fordern würde, werde England endgültig in den Ruin treiben, oder er würde getötet und England unter der Regentschaft eines Zehnjährigen ins Chaos stürzen lassen.«

Jonah nickte. »Der Erzbischof hat Recht.«

»Ja, Jonah, auf den ersten Blick vielleicht.« Gervais beugte sich leicht vor. »Aber in Gent sitzt die Königin mit zwei Prinzen und wartet darauf, dass der König zurückkommt, um sie zu holen. Ich nehme nicht an, dass du sie vergessen hast, oder?«

Jonahs vernichtender Blick war eine deutliche Antwort.

Gervais lächelte freudlos. »Also. Edward kann nicht untätig hier sitzen. Er muss auf den Kontinent zurückkehren, und wenn die französische Flotte sich ihm in den Weg stellt, dann hat Gott vielleicht entschieden, dass es Zeit wird, sie zu vernichten.«

»Gegen eine Übermacht von zwei zu eins?«

»Deswegen bin ich hier. Wir brauchen zusätzliche Schiffe. Der König selbst ist nach Yarmouth geritten, um die Hering-fischer zu bitten, sich seiner Flotte anzuschließen.«

Jonah musste lachen. »Aber sie hassen ihre Konkurrenten von den Häfen der Südküste mehr als die Franzosen.«

»Mag sein. Doch sie werden kommen. Denn das hier ist die Stunde der Entscheidung. König Edward braucht jedes Schiff und jeden Mann.«

»Die *Philippa* und mich, meinst du.«

»Ja.«

Ich bin kein Soldat, die *Philippa* kein Kriegsschiff, hätte er einwenden können. Die Vorstellung, gegen eine überlegene französische Flotte zu segeln, machte ihm eine Heidenangst. Aber er wusste, der König hätte weder die Heringfischer von der Ostküste noch die Pfeffersäcke von London zu Hilfe gerufen, wenn seine Lage nicht verzweifelt gewesen wäre. Und Jonah wollte nicht, dass die Königin abgeschnitten von England allein und in Ungewissheit auf dem Kontinent ausharren musste.

»Wann und wo?«

Waringham stieß erleichtert die Luft aus. »Am Tag nach Pfingsten in Winchelsea.«

»Muss ich meine Matrosen bewaffnen?«

»Nein. Du bekommst Fußsoldaten oder Bogenschützen, ich weiß noch nicht, was von beiden. Aber du kannst versichert sein, dass ich selbst sie für dich aussuchen werde.«

Jonah war ein wenig beruhigt. »Das weiß ich zu schätzen, Gervais.«

»Willst du, dass ich auch einen Ritter finde, der sie befehligt?«, fragte Waringham.

»Nein. Auf meinem Schiff führe ich das Kommando. Aber es kann nicht schaden, wenn du mir erklärst, was man in einer Seeschlacht tut.«

»Tja, Jonah.« Waringham hob langsam die Schultern. »Ich habe nicht die geringste Ahnung. Das hat praktisch niemand von uns.«

Sluys, Juni 1340

J esus Christus, erbarme dich unser«, murmelte Hamo Johnson. »Man könnte meinen, im Hafen sei über Nacht ein Wald gewachsen.«

Jonah musste ihm Recht geben. Sluys, der Hafen von Brügge, lag in einer Flussmündung, die sich landeinwärts rasch verengte. In diesem natürlichen Hafenbecken ankerten die Schiffe der französischen Flotte dicht an dicht in drei Reihen, und die Masten erinnerten in der Tat an einen winterlich kahlen Wald.

»Da, seht nur, Sir«, Hamo wies auf das Zentrum der vorderen feindlichen Linie. »Da sind die *Christopher*, die *Edward* und die *St George*, die die verdammten französischen Piraten damals gekapert haben. Sie wollen den König demütigen, bevor sie ihn töten.« Er kniff für einen Moment die Augen zu. »Ich sage Euch, wenn sie morgen Abend daheim die Mittsommerfeuer entzünden, werden wir alle auf dem Grund des Meeres liegen.«

Jonah hatte langsam genug. »Nehmt Euch zusammen, Mann«, knurrte er. Auch er fürchtete sich, aber wenn die Mannschaft und die hundert Fußsoldaten an Bord merkten, dass der

Kapitän und der Schiffseigner den Mut verloren, würden sie in Panik geraten, und jede noch so kleine Überlebenschance, die sie alle hatten, wäre endgültig dahin.

Die Deckwache trat zu ihnen und meldete, John Chandos bitte um Erlaubnis, an Bord kommen zu dürfen.

Chandos war noch keine zwanzig, aber er hatte sich auf dem unglückseligen Feldzug vergangenen Sommer durch so große Tapferkeit ausgezeichnet, dass der König ihn zum Ritter geschlagen hatte. Seither zählte er zu Edwards engstem Gefolge, und man hörte ständig von neuen Heldentaten. Jonah empfing ihn in seiner kleinen Kajüte am Heck.

»Einen Schluck Wein?« Er wies einladend auf den Krug, der auf dem Tisch stand.

Chandos schüttelte den Kopf. »Alle an Bord der *Thomas* haben geschworen zu fasten, bis die Schlacht geschlagen ist, Sir.« Die *Thomas* war das Flaggschiff der englischen Flotte, das beste, was dem König in Ermangelung der *Christopher* und der *Edward* zur Verfügung stand. »Das liegt vor allem daran, dass alle an Bord der *Thomas* zu Seekrankheit neigen«, fügte der junge Ritter grinsend hinzu.

Jonah nickte mit einem matten Lächeln. Ihm war unbegreiflich, wie irgendjemand in dieser Situation scherzen konnte. »Bringt Ihr Befehle des Königs?«, fragte er hoffnungsvoll. Er wünschte, dass irgendwer ihm sagte, was er tun sollte.

Chandos bejahte. »Ich war an Land und habe mich umgesehen und umgehört. Die französischen Admiräle streiten, denn einige glauben, dass sie im Hafen viel zu dicht liegen, um manövrieren zu können, und plädieren dafür, uns auf offener See zu treffen. Aber die anderen sagen, nur im Hafen sei gewährleistet, dass König Edward ihnen nicht entwischen kann. Es heißt, Philip von Frankreich habe den beiden Oberbefehlshabern den Schwur abgenommen, dass sie Edward tot oder in Ketten nach Paris bringen werden und im Falle ihres Versagens mit dem Leben bezahlen.«

»Dann werden sie wild entschlossen sein«, bemerkte Jonah scheinbar gelassen.

Chandos gab ihm Recht. »Sie werden all ihr Augenmerk auf die *Thomas* richten. Darum befiehlt der König Folgendes: Morgen früh bei Sonnenaufgang formieren wir uns. Immer ein Schiff mit Bogenschützen und eines mit Fußsoldaten abwechselnd nebeneinander in drei Reihen. Dann segeln wir Richtung Hafen, als wollten wir angreifen. Im letzten Moment werden die *Thomas* und ihre Eskorte abdrehen, als wollten wir fliehen. Und dann können wir nur noch hoffen, dass die Franzosen dumm genug sind, den Köder zu schlucken.«

»Und wer hat die zweifelhafte Ehre, die Eskorte zu bilden und sich mitsamt dem König den Franzosen als Köder vorzuwerfen?«, fragte Jonah sarkastisch.

Chandos nickte grinsend. »Ihr, Sir. Die *Philippa* und die *Nicholas*. Es sind die einzigen beiden Schiffe, die schnell genug sind, um mit der *Thomas* zu segeln.«

Jonah verbrachte eine schlaflose Nacht. Er nahm an, er war nicht der Einzige. An Bord der *Philippa* war es still. Man hörte das Knarren der Taue und das leise Plätschern der Wellen am Rumpf. Das sanfte Schaukeln wiegte ihn sonst immer schnell in den Schlaf, aber nicht heute.

In der Finsternis stellte er sich vor, wie es sich wohl anfühlte, von einem Schwert durchbohrt, von einem Armbrustbolzen getroffen zu werden. Oder zu ertrinken. Davor fürchtete er sich am meisten. Und er dachte an seine Frau und seine Söhne daheim in London. Er hatte sich nicht gerade im Streit von Giselle getrennt – das hatte sie nicht zugelassen, weil sie genau wie er fürchtete, sie könnten sich nie wiedersehen. Aber einvernehmlich war ihr Abschied nicht gewesen. In der Flotte segelte ein Schiff voller Damen, die sich der Königin in Gent anschließen wollten. Es wurde von drei schwer bewaffneten Schiffen eskortiert, und selbst wenn England die Schlacht verlor, würden die Franzosen kein Schiff voller Frauen und Kinder angreifen. Trotzdem hatte Giselle sich strikt geweigert mitzukommen. Er hatte erklärt, dass ihr wohl kaum etwas anderes übrig bliebe, da es sein Wunsch sei und der der Königin. Dann werde er sie in

Ketten legen und an Bord schleifen müssen, hatte Giselle erwidert. Er hatte den Vorschlag erwogen – und verworfen. Aber es enttäuschte ihn, dass seine Frau sich ihm ständig widersetzte und er offenbar unfähig war, irgendetwas dagegen zu tun. Also zeigte er ihr die kalte Schulter, wie es seine Art war. Es machte die Dinge nicht leichter, zu sehen, wie sie darunter litt. In der Nacht vor seiner Abreise hatte sie seine Wälle auf bewährte Weise gestürmt, indem sie sie einfach ignorierte, und sie hatten sich mit der Gier und Hemmungslosigkeit geliebt, die ein Aufbruch ins Ungewisse mit sich brachte. Bei der Erinnerung wurde ihm heiß, und er fühlte sich weniger denn je bereit zu sterben. Was er darum gegeben hätte, jetzt bei Giselle zu sein. Aber versöhnt hatten sie sich nicht, geschweige denn verstanden.

Irgendwann hatte er die Hoffnung fast aufgegeben, dass diese Nacht je ein Ende nehmen werde. Doch schließlich drang der erste graue Schimmer durch das kleine Fenster der Kajüte. Jonah stand auf und sah hinaus auf den Wald französischer Masten.

Es dauerte beinah zwei Stunden, die knapp zweihundertsechzig Schiffe der englischen Flotte zu formieren. Es war längst hell, als die *Thomas*, die *Philippa* und die *Nicholas* dem Feind entgegensegelten und dann im letzten Moment abdrehten.

Die französischen Befehlshaber sahen ihre schlimmste Befürchtung wahr werden: Edward von England hatte es sich anders überlegt und suchte sein Heil in der Flucht. In fieberhafter Eile ließen sie Segel setzen, um die Verfolgung aufzunehmen, und nun rächte es sich, dass sie dicht an dicht im Hafen lagen. Die großen, schwerfälligen Galeeren behinderten einander und kollidierten gar. Bald hatte die vordere Reihe sich rettungslos verkeilt.

Noch während die Franzosen versuchten, das Durcheinander zu entwirren, machten die schnellen englischen Koggen kehrt, formierten sich wieder mit der übrigen Flotte und hielten auf den Hafen von Sluys zu, den Wind und die Flut im Rücken.

Lange bevor die Engländer nahe genug kamen, um in Reichweite der französischen Armbrustschützen zu sein, ging

Schauer um Schauer von englischen Langbogenpfeilen auf die Feinde nieder. Unter ihrer Deckung griffen die Schiffe, die mit Fußsoldaten bemannt waren, die französische Flotte an. Mit der Sonne im Gesicht und unter dieser völlig neuartigen Attacke, vor allem jedoch durch ihre viel zu dichte Formation, war es den Franzosen unmöglich, die Überlegenheit ihrer Schiffe zu nutzen und ihre Kanonen oder die Katapulte auf den Vorder- und Achterkastellen, die Feuerbälle schleudern sollten, zum Einsatz zu bringen.

Zu seiner Linken sah Jonah, wie die *Christopher* und die *St George* zurückerobert wurden. Er lauschte dem Jubel seiner Männer und verfolgte konzentriert, was um ihn herum geschah, bis er verstanden hatte, wie man ein Schiff eroberte und worauf es ankam. Krieg zu führen, stellte er fest, war wesentlich leichter zu erlernen als Tuchhandel.

Der Warnruf französischer Hörner sprang von Schiff zu Schiff, die englischen Soldaten und Ritter antworteten mit einem furchtbaren Kriegsgeschrei, ein ohrenbetäubender Lärm erhob sich im Hafenbecken. Die vordere Linie der französischen Schiffe war durchbrochen. Stolz folgte die *Philippa* der *Thomas* ins Getümmel. Hamo selbst führte das Steuer, ließ die feindliche Galeere zu ihrer Rechten nicht aus den Augen und rasierte die Ruder an deren Steuerbordseite ab, ehe sie eingezogen werden konnten. Jonah stand mit der blanken Klinge in der Faust an der Reling und dachte: Ich kann nicht glauben, dass ich dies tue. Dann schlugen die Soldaten die Eisenhaken, die an langen Stangen befestigt waren, ins Deck der Galeere und zogen die *Philippa* näher heran. Als die erste Laufplanke schon lag, hörte Jonah plötzlich ein Prasseln und spürte, dass ihn etwas am Kopf traf. Er fuhr leicht zusammen, stellte aber sogleich fest, dass er unverletzt war.

Er starrte ungläubig auf die Planken seines Schiffes. »Erbsen…«, murmelte er fassungslos.

Der Sergeant, den Waringham Jonah ausgesucht hatte, nickte mit einem grimmigen Lächeln und wies auf das kleine Ruderboot, das hoch in der Takelage des feindlichen Schiffes hing. »Da oben sitzt der Schiffsjunge und schmeißt Erbsen auf unser Deck, damit wir uns auf die Nase legen, Sir.«

Jonah verstand und wies mit dem Schwert auf die Galeere. »Dann nichts wie hinüber.«

An Deck des feindlichen Schiffes hatten sich Soldaten und Ritter in schwerer Rüstung formiert. Jonah wartete, bis ein neuerlicher Pfeilhagel prasselte, der teilweise auch auf sein eigenes Deck niederging, und als die Franzosen sich duckten, gab er den Befehl zum Entern. Über wenigstens zehn Laufplanken, die alle gleichzeitig niederkrachten, stürmten die Engländer hinüber, und sofort kam es zu erbitterten Zweikämpfen. Jonah stellte schnell fest, dass die Ritter in ihren unbeweglichen Stahlkleidern ohne Pferd nicht so gefährlich waren, wie sie aussahen. Die Rüstung machte sie schwerfällig, sodass selbst er mit seinen begrenzten Schwertkünsten schneller war. Er entwaffnete vielleicht ein Dutzend und brachte sie zu Fall. Danach waren sie harmlos, denn aus eigener Kraft konnten sie nicht wieder aufstehen und lagen hilflos wie Käfer auf dem Rücken. Jonah erkannte erleichtert, dass er sie nicht töten musste, um sie unschädlich zu machen.

Doch plötzlich stand eine schlanke Gestalt in Helm und Kettenhemd vor ihm, und als ihre Schwerter sich kreuzten, wusste Jonah, er war in Schwierigkeiten. Der Franzose führte seine Waffe, als habe sie kein Gewicht, und seine Stöße kamen mit solcher Schnelligkeit, dass Jonah nur zurückweichen und das Beste hoffen konnte. Wenigstens darin war er geschickt – dank der vielen Ringkämpfe, die Vater Gilbert ihn als Lehrling hatte austragen lassen und die seine Reaktionen schnell und seinen Körper geschmeidig gemacht hatten. Doch der Franzose war ebenso flink und schien unermüdlich. Er drängte Jonah bis zum Achterkastell zurück, täuschte einen geraden Stoß an, wechselte das Schwert dann blitzschnell in die Linke und hieb auf Jonahs Schwertarm. Jonah glitt im letzten Moment zur Seite, sodass die Waffe ihn nur streifte. Blut schoss aus der Fleischwunde, und er dachte benommen: Du verfluchter französischer Hund hast mein Wams aus florentinischem Kammgarn ruiniert …

Nicht sein Verstand, sondern sein Überlebensinstinkt rettete ihn vor dem tödlichen Stoß. Er ließ sich zu Boden fallen, verschränkte die Füße um die Knöchel seines Gegners und brachte diesen durch eine abrupte Bewegung aus dem Gleichgewicht. Noch während der Franzose fiel, stürzten sich zwei englische Soldaten auf ihn, zerrten ihn rüde wieder hoch und zur Reling, um ihn über Bord zu werfen.

Jonah war aufgesprungen. »Halt.«

Die beiden Engländer zögerten unsicher. Jonah sah sich blitzschnell um und erkannte, dass sie zumindest diesen Teil der Schlacht gewonnen hatten: Die Galeere war in ihrer Hand. Und er sah mit Entsetzen, dass seine Soldaten die hilflosen französischen Ritter zur Reling schleiften und über Bord warfen. Schreiend tauchten sie in die Fluten und wurden von den schweren Rüstungen in die Tiefe gezogen. »Hört auf damit!«, befahl Jonah.

Der Sergeant tat, als hätte er ihn nicht gehört, und wies die beiden Soldaten, die Jonahs Gegner an den Armen gepackt hielten, mit einer Geste an, fortzufahren. Jonah stellte sich ihnen in den Weg. »Ich sagte, hört auf damit. An Bord meines Schiffes wird niemand getötet, der entwaffnet ist.«

»Aber Sir, es sind Franzosen«, wandte der Sergeant entrüstet ein.

Jonah sah ihm in die Augen. »Es wäre trotzdem Mord.«

Der Sergeant wollte widersprechen, aber irgendetwas im Blick der schwarzen Augen bewog ihn, sich zu besinnen. Er nickte unwillig. »Na schön, meinetwegen«, murmelte er, ehe er mit tragender Stimme befahl: »Nehmt sie gefangen und bindet sie! Beeilt euch, da draußen warten noch ein paar mehr feindliche Schiffe auf uns!«

Jonah schaute zu, während die Soldaten seinen Gegner fesselten. Als der Franzose sicher verschnürt war, sagte er: »Nehmt ihm den Helm ab.«

Die Männer gehorchten und enthüllten einen blonden, verschwitzten Schopf und ein fast noch bartloses Gesicht. Jonah sah in schreckgeweitete blaue Augen. »Wie ist Euer Name?«, fragte er auf Französisch.

»Justin de Beauchamp«, antwortete der junge Mann mit trotzigem Stolz, und weil die erwartete Reaktion ausblieb, fügte er hinzu: »Mein Vater ist der Vicomte de Laon.«

»Ah ja? Dann wird es ihm gewiss allerhand wert sein, Euch lebendig zurückzubekommen, nicht wahr?« Jonah wandte sich an seinen Kapitän. »Hamo, es sieht so aus, als würden die eroberten feindlichen Schiffe dort hinter den unseren gesammelt. Lasst die Galeere dorthin bringen und bewachen. Alle anderen gehen zurück auf die *Philippa*.«

Die Seeschlacht von Sluys währte neun Stunden, und lange vor Mittag verfärbte das Wasser des Hafenbeckens sich rot von französischem Blut. Die zweite Reihe der feindlichen Flotte leistete schon merklich weniger Widerstand als die erste. Die Besatzungen der dritten versuchten zu wenden und an Land zurückzukehren, aber dort warteten die Männer von Brügge und machten jeden nieder, der einen Fuß auf die Kais setzte. Die Engländer schlugen die feindliche Übermacht Schiff um Schiff. Der tödliche Pfeilhagel der unermüdlichen Langbogenschützen nahm kein Ende. Die Männer der *Philippa* gehörten zu den wenigen, die Gefangene machten. Als die Sonne zu sinken begann, waren so viele Franzosen im Hafenbecken versunken, dass man später in Brügge sagte, die Fische des Meeres hätten Französisch gelernt, wenn sie denn sprechen könnten.

Als der Kampfeslärm verebbte und die letzten französischen Schiffe sich ergaben, lehnte Jonah erschöpft an der Reling der *Philippa* und schaute zu der langen Kette eroberter Schiffe hinüber. Drei davon gingen auf sein Konto, und er hatte nur ein paar Kratzer abbekommen, genau wie sein Schiff.

»Wer hätte das gedacht, Sir«, sagte Hamo versonnen an seiner Seite. »Dass wir mit der *Philippa* einmal eine Schlacht schlagen würden.«

Jonah wandte den Kopf und sah seinen Kapitän an. »Tja. Und vor allem mit solchem Erfolg.«

Zwei Reihen gelber Zähne zeigten sich für einen Moment in

Hamos struppigem braunen Bart, als er lächelte. »Das kann man wohl sagen. Seid so gut und begleitet mich, Master Durham. Ich würde Euch gern etwas zeigen.«

Neugierig folgte Jonah ihm zu seiner eigenen Kajüte. Der Kapitän ließ dem Schiffseigner höflich den Vortritt und ging dann zu dem kleinen, wackeligen Tisch, auf welchem ein prall gefüllter Beutel lag.

»Da«, sagte Hamo mit einer einladenden Geste. »Das haben wir an Bord der Galeere dieses Justin Wie-heißt-er-doch-gleich gefunden. Dieser arrogante französische Junge, dem Ihr das Leben gerettet habt.«

Jonah öffnete den Beutel und schüttete einen kleinen Teil des Inhalts in seine Hand. Es waren Edelsteine. Jonah verstand nicht viel davon, aber er erkannte Smaragde und Rubine von beachtlicher Größe. Der Anblick verschlug ihm den Atem. »Du meine Güte ... Wieso nimmt ein Mann ein solches Vermögen mit in den Krieg?«

Hamo hob die Schultern. »Das tun viele. Wenn sie glauben, dass es daheim niemanden gibt, dem sie diese Dinge anvertrauen können. Ich habe sie an mich genommen und hier in Sicherheit gebracht, Sir, denn sie sind Eure Prise. Ihr habt sein Schiff genommen und ihn besiegt.«

Jonah ließ die Steine zurück in den Beutel gleiten, legte ihn wieder auf den Tisch und machte eine einladende Geste. »Nehmt, was Ihr als Anteil für angemessen haltet, Hamo.« Den Rest würde er dem König bringen, denn es war Edwards Schlacht gewesen und auch sein Sieg.

Am Mittsommerabend feierte der König an Bord der *Thomas*. Nicht Kriegshörner waren es, die jetzt über den Hafen schallten, sondern schmetternde, glockenhelle Trompetenklänge kündeten von seinem Triumph.

Das geräumige Deck erstrahlte im Glanz ungezählter Lichter wie ein Spiegel des wolkenlosen, tiefblauen Sommernachtshimmels. Von der Reling aus konnte Jonah die Freudenfeuer sehen, die die Leute von Brügge an Land entzündet hatten.

Eine Pranke landete auf seiner Schulter, sodass ein paar Spritzer des tiefroten Weins, den er in der Hand hielt, auf sein Surkot niedergingen. Er wandte stirnrunzelnd den Kopf.

»Hier versteckst du dich wieder mal im Schatten«, lachte Geoffrey Dermond kopfschüttelnd. »Komm mit ins Licht, damit wir dich feiern können.«

Jonah ließ sich notgedrungen mit an die improvisierte Tafel zerren, die auf Deck errichtet worden war.

König Edward war mehr vor Glückseligkeit als vom Weingenuss trunken. Seine Augen strahlten, sein Mund konnte nicht aufhören zu lächeln. »Sir Jonah!«, rief er mit seiner volltönenden Stimme, sprang auf und schloss Jonah zu dessen größter Verblüffung in die Arme. »Ich werde niemals vergessen, was Ihr heute für mich getan habt. Männer wie Ihr haben dieses Wunder möglich gemacht.«

Jonah verneigte sich stumm.

Edward klopfte ihm lachend die Schulter. »Da, seht ihn euch an. Eroberer dreier Galeeren, Bezwinger des jungen, aber für seine Schwertkunst gerühmten Justin de Beauchamp, und was sagt er? Nichts.«

»Ihr müsst verstehen, was für ein Schock es für den Ärmsten sein muss, Sire«, entgegnete Gervais of Waringham. »Er wollte nie etwas anderes werden als der Reichste der Londoner Pfeffersäcke. Jetzt droht er sich einen Namen als Ritter zu machen.«

Jonah hatte Mühe, in die allgemeine Heiterkeit mit einzustimmen. Gervais hatte nur scherzen wollen und den Nagel dabei doch genau auf den Kopf getroffen. All diese Männer hier waren Jonah heute fremder denn je. Er trauerte nicht um die ertrunkenen Franzosen; sie waren ihm völlig gleichgültig, und er war dankbar wie jeder andere für den lange überfälligen Sieg. Aber ein Bankett auf dem nassen Grab so vieler Feinde zu feiern fand er trotzdem barbarisch. Er war müde nach seiner ausgestandenen Todesangst und erschüttert von all dem Blut, den zahllosen Toten und Sterbenden, die er gesehen hatte. Er hatte in Sluys heute nichts weiter getan, als was sein König ihm befohlen hatte und was deswegen seine Pflicht war. Aber er hätte es vorgezogen, seinen Beitrag zu diesem Krieg in Zukunft im Wollhandel zu leisten.

Edward bestätigte seine schlimmsten Befürchtungen, als er sagte: »Bei Gott, Gervais hat Recht. Ich habe ja immer geahnt, dass ein richtiger Kerl in Euch steckt. Was denkt Ihr, Sir, wollt Ihr mich begleiten, wenn wir nächste Woche ausziehen, um unser begonnenes Werk auf französischem Boden fortzusetzen?«

Jonah schüttelte den Kopf. »Ich komme mit Euch, wenn es Euer Wunsch ist, Sire. Aber wenn Ihr fragt, ob ich will, ist die ehrliche Antwort nein.«

Ein kurzes, verwundertes Schweigen senkte sich auf die Feiernden herab. Keiner der hier Versammelten konnte sich vorstellen, dass irgendwer nicht davon träumte, auf dem Schlachtfeld Ruhm zu erwerben, und darüber hinaus war es mehr als unüblich, »nein« zu seinem König zu sagen.

Auch Edwards Miene wirkte für einen Augenblick befremdet, ehe er erwiderte: »Nun, mir ist bewusst, dass viele andere Pflichten Eure Aufmerksamkeit erfordern und Aufgaben Euch rufen, die ebenfalls von nationalem Interesse sind, nicht wahr.«

Jonah hatte den Verdacht, dass der König sich über ihn lustig machte, und nickte unbehaglich. Edward schien ihn augenblicklich zu vergessen, hob seinen Pokal und brachte einen ebenso boshaften wie geistreichen Trinkspruch auf seinen »geliebten Cousin Philip von Valois, der sich irrtümlich König von Frankreich nennt«, aus. Unbemerkt zog Jonah sich wieder zurück. Er verschränkte die Arme auf der Reling, sah zu den Freudenfeuern hinüber und fragte sich, ob die frohe Kunde ihres Sieges die Königin schon erreicht hatte.

Zwei Tage später ritt Edward im Triumph in Gent ein, umgeben von seinen Getreuen und gefolgt von einem beachtlichen englischen Heer, jenen Bogenschützen und Soldaten, die die Schiffe seiner Flotte bemannt hatten.

Die Königin erwartete ihn ungeduldig, um ihm zu seinem großen Sieg zu gratulieren und ihm seinen jüngsten Sohn John vorzustellen, der bereits ein Vierteljahr alt war.

Jonah hatte sich in einem Mietstall nahe des großen Marktplatzes der Stadt ein Pferd genommen und war ins flache Land hinausgeritten, zu den kleinen Weilern der flämischen Weber und Färber, die die Genter Tuchhändler bedienten. Als er am späten Nachmittag zum Kloster von Saint-Bavon zurückkehrte, war das große Festmahl bereits im Gange. Jonah war müde und staubig und wollte sich eigentlich drücken, doch die Wache bestellte ihm, dass die Königin ihn an der hohen Tafel erwarte.

Also blieb ihm nichts anderes übrig, als sich kurz frisch zu machen und in den großen Saal des Gästehauses zu gehen, wo gerade der zweite Gang aufgetragen wurde: Kalbslende mit Preiselbeeren, Hasenrücken, sämige Suppen aus jungen Erbsen und Bohnen sowie Taubenbrüstchen. Den mit vernehmlichem Staunen begrüßten Höhepunkt bildete ein Pfau, den man nach dem Braten wieder in sein komplettes Federkleid gesteckt hatte.

Jonah schenkte all dieser kulinarischen Pracht nur einen flüchtigen Blick, ehe er vor der Königin auf ein Knie niedersank.

Sie wies auf den freien Platz an ihrer Seite.

Jonah war nicht wenig verwundert. »Welch große Ehre, Madame.«

Sie zeigte ihr schönes Lächeln. »Die Euch durchaus gebührt. Wie ich höre, habt Ihr England zum Sieg verholfen.«

Sie spottete nicht, aber Jonah winkte trotzdem verlegen ab. Er wollte nichts mehr davon hören. »Glückwunsch zu Eurem Sohn«, murmelte er, während er Platz nahm. Und auch dazu, dass man dir nie etwas ansieht, ganz gleich, wie viele Kinder du zur Welt gebracht hast, fügte er in Gedanken hinzu. Vielleicht hätte er es sogar gesagt, wenn sie allein gewesen wären. Jedenfalls stimmte es. Philippa hatte immer noch die wohlproportionierte Figur des jungen Mädchens, dem er vor beinah zehn Jahren begegnet war. In das er sich so hoffnungslos verliebt hatte …

»Danke. Ich glaube, er wird der gefährlichste all meiner Söhne. Ich habe noch nie ein Kind gesehen, das seine Amme so geschickt tyrannisiert wie unser John«, sagte sie mit unverhohlenem Stolz.

Sie trug ein herrliches, geradezu prachtvolles Kleid aus dunkelgrünem Samt, das so üppig mit Goldfäden bestickt war, dass wahrhaftig nur Philippa es tragen konnte, ohne zu riskieren, mit dem Pfau auf der Tafel verglichen zu werden. Jonah vermutete, der König hatte es ihr anlässlich der Geburt des kleinen John geschenkt.

Ein Diener trat zu Jonah und wollte ihm von dem Kalb auflegen, aber er hob abwehrend die Hand. »Danke, ich bin nicht hungrig.«

Die Königin betrachtete ihn stirnrunzelnd. »Ihr seid doch nicht krank? Ich sehe, Ihr wurdet verwundet in der Schlacht. Kein Fieber, hoffe ich?«

Jonah sah beschämt auf seinen aufgeschlitzten Ärmel und den schmutzigen Verband darunter. Er bedauerte zutiefst, dass er keine anderen Kleider mitgebracht hatte – er hatte einfach nicht weiter als bis zur Schlacht gedacht. »Nein, nein, Madame. Mir geht es gut.«

»Warum wollt Ihr dann nichts essen?«, fragte sie beharrlich.

Er ließ den Blick kurz über die reich gedeckte Tafel schweifen. »Ich … war heute auf dem Land.«

Philippa verstand. »Und die Armut der Weber hat Euch den Appetit verdorben, ja?«

Er nickte. Wer in London lebte, war den Anblick von Armut gewöhnt, auch den der Leichen der Verhungerten und Erfrorenen in der kalten Jahreszeit. Aber die Hoffnungslosigkeit der flämischen Weber, die seit beinah vier Jahren unter dem Ausbleiben der englischen Wolle litten, war damit nicht zu vergleichen. Als er den Leuten zu verstehen gegeben hatte, dass er Handwerker suche, die bereit waren, nach England auszuwandern, hatten die Menschen ihn umringt und bestürmt wie einen Erlöser. Es hatte ihn ebenso erschüttert wie überfordert.

»Ich habe keinen Mann gesehen, der nicht mit mir kommen wollte«, berichtete er leise. »Aber ich weiß kaum, wie ich sie auswählen soll. Mehr als zwanzig Familien passen nicht auf mein Schiff. Und mehr können wir in Sevenelms auch nicht gebrauchen.«

»Warum fahrt Ihr nicht mehrmals?«, fragte die Königin.

»Früher habt Ihr auch für andere Kaufleute flämische Handwerker nach England gebracht.«

»Ich weiß nicht, ob ich kann, Madame«, gestand er. »Es ist möglich, dass der König andere Pläne mit mir hat.«

»Was für Pläne?«, fragte sie verblüfft.

»Edward, Jonah Durham ist *mein* Ritter, und es ist nicht recht, dass du über ihn verfügst, ohne mich zu fragen«, hielt Philippa dem König am nächsten Morgen vor, ehe er mit seinen Rittern zur Jagd aufbrach. Da sie bis auf Gervais und die zwölfjährige Joan of Kent, des Königs Nichte und Mündel der Königin, allein waren, verzichtete sie auf alle Förmlichkeiten und traktierte ihren Gemahl mit einem strengen Blick, wie ihn der Hof noch nie gesehen hatte.

Der König zuckte unbekümmert mit den Schultern. »Was ist so schlimm daran, wenn du ihn mir bis zum Ende des Sommers borgst? Er ist ein fähiger Kommandant, und ich brauche solche Männer. Ich habe nicht genug Soldaten, Philippa, und ich hoffe, du nimmst es mir nicht übel, wenn ich sage, dass ich mich auf dem kommenden Feldzug lieber auf Engländer verlasse als auf deinen Bruder und unsere übrige Verwandtschaft hier.«

Sie lächelte unverbindlich. »Nein, *das* nehme ich dir nicht übel, *mon ami*. Aber zurück zur Sache. Sei so gut und lass Master Durham aus dem Spiel. Was du mindestens so dringend brauchst wie Soldaten, ist Geld. Er wird es beschaffen, wenn du ihm die Chance gibst. Und er wird dich dabei weder übervorteilen noch erpressen, wie gewisse andere Kaufleute es getan haben. Du glaubst wirklich, jeder Mann träumt davon, ein wahrer Ritter zu sein wie du, nicht wahr? Nun, du täuschst dich. Er ist anders. Und du hast dir ohnehin schon mehr von ihm genommen, als irgendein christlicher König von einem seiner Untertanen verlangen sollte, nicht wahr?« Seelenruhig sah sie in seine schreckgeweiteten Augen.

Der König wandte sich an Gervais, der ebenfalls große Augen machte, mit dem Finger auf die eigene Brust wies und inbrünstig den Kopf schüttelte.

»Nein, Sire, ich weiß es von Erzbischof Stratford«, erklärte die Königin kühl. »Einer seiner Spione unter den Mönchen in St. Bernard hat euch gesehen. Aber es spielt im Grunde keine Rolle, woher ich es weiß, nicht wahr? Hast du wirklich geglaubt, du könntest es vor mir verbergen? Du unterschätzt mich, scheint mir. Und ich weiß nicht, welche Beleidigung mich mehr trifft.«

König Edward raufte sich den Bart und sah betreten zu Boden. »Philippa, es hatte nichts zu bedeuten. Gott helfe mir, ich wollte dich nicht kränken. Aber du musst das verstehen, ich …«

Sie hob die Hand, und er verstummte. Mit einem Blick auf Joan, die angstvoll von einem zum anderen blickte, sagte die Königin: »Ich glaube, dafür ist jetzt nicht der geeignete Zeitpunkt. Aber ich wäre dir sehr dankbar, wenn du mir dein Wort gäbest, dass Jonah nach England zurückkehren kann, sobald er es wünscht.«

Edward hatte den Verdacht, dass dies nicht der einzige Preis war, den sie ihm für seine Untreue abverlangen würde, und sein schwelender Groll gegen Erzbischof Stratford verwandelte sich in bitteren, unversöhnlichen Zorn. Er liebte Philippa sehr, und mit jedem Kind, das sie ihm schenkte, vergötterte er sie ein wenig mehr. Er war ihr noch nie treu gewesen, aber er war stets äußerst diskret, um ihre Gefühle nicht zu verletzen. Was bildete dieser Pfaffe sich ein, diese rücksichtsvollen Absichten so zu durchkreuzen?

Zerknirscht ergriff er ihre Rechte, die sie ihm nur unwillig überließ, und führte sie mit beiden Händen an die Lippen. »Natürlich, Philippa. Was immer du willst.«

Als Jonah die Königin einige Zeit später auf deren Bitte hin aufsuchte, fand er sie umgeben von ihren Damen in ihrem sonnendurchfluteten Gemach. Sie hielt ihren Jüngsten in den Armen. Jonah überkam eine plötzliche Sehnsucht nach Giselle und seinen Söhnen, als er sie anschaute.

Die Königin erhob sich von ihrem Sessel am offenen Fenster, überreichte den schlafenden Prinzen einer ihrer Damen und trat an die kleine Truhe neben dem Bett. Sie klappte den Deckel auf und brachte einen Beutel zum Vorschein, der Jonah vage bekannt vorkam.

»Hier.« Die Königin hielt das Säckchen an der Schnur und streckte es ihm entgegen. »Der König hat mich gebeten, Euch dies auszuhändigen.«

»De Beauchamps Edelsteine?«, fragte er.

Sie nickte. »Die Hälfte. Sie steht Euch zu. Genau wie die Hälfte der fünftausend Livre Lösegeld, die der König dem Vicomte de Laon für seinen Sohn abnehmen wird.«

Jonah war erleichtert. Er hatte ernstlich begonnen zu zweifeln, ob Edward ihm seinen Anteil überlassen würde. Versonnen wog er das Säckchen in der Hand. Er konnte nur raten, was der Inhalt wert war. Aber gewiss zwei- oder dreihundert Pfund. Und die Hälfte von fünftausend Livre waren fünfhundert Pfund. Ihm wurde ganz schwindelig bei dem Gedanken. Ein Krieg, musste er feststellen, war ein einträgliches Geschäft. Jedenfalls für den Sieger.

»Ich nehme an, das habe ich wieder einmal nur Euch zu verdanken, Madame?«

Sie nahm seinen Arm, zog ihn zum Fenster und auf die gepolsterte Sitzbank hinab. »Nein, nur Euch selbst«, widersprach sie. »Ihr habt in dieser Schlacht gekämpft und gesiegt, nicht ich.«

Stimmt, dachte er. »Trotzdem sollte der König meinen Anteil des Lösegeldes lieber behalten, bis er die Franzosen auch zu Land besiegt hat und all seine Schulden auf dem Kontinent getilgt sind, Madame.« Er ließ die Steine in dem unscheinbaren Lederbeutel leise klimpern. »Das hier ist genug.« Er würde einen Teil seiner Schulden bezahlen und eine Reihe von Plänen in die Tat umsetzen können, die er vor einer Woche noch für ferne Träume gehalten hatte.

Die Königin schüttelte den Kopf. »Nein, das kommt nicht in Frage. Ich werde dafür sorgen, dass Ihr das Geld bekommt, wenn der Vicomte seinen Sohn zurückkauft. Und das wird er. Ich kenne ihn, er war ein Freund meines Vaters. Ein sehr ehrenhafter Mann.«

Jonah sah aus dem Fenster in den verlassenen Innenhof des Klosters. »Ich könnte … viel mehr Weber nach England holen als geplant«, murmelte er. »Die Handwerker hier sind ihr Elend leid und nur zu bereit, in die Fremde zu gehen, wenn sie dort satt werden. Wir würden so viel flämisches Tuch in England produzieren, dass wir es exportieren könnten.«

Die Königin erwiderte seinen Blick und nickte. »Ich habe nicht vergessen, was Ihr damals zu mir gesagt habt, mein Freund. Noch exportieren wir die vergleichsweise preiswerte Wolle und kaufen das teure Tuch zurück. Macht dem ein Ende. Macht England reich. Damit der König nie wieder in solche Geldnöte gerät wie jetzt und sich von Schurken wie Eurem Schwiegervater abhängig machen muss.«

»Was ich dazu beitragen kann, werde ich tun, Madame.«

Sie lächelte. »Und es wird Euch nicht gerade schaden.«

Nein, dachte er, weiß Gott nicht. Hunderte von Ideen schossen ihm durch den Sinn. Sevenelms konnte viel mehr werden als ein kleines Weberdorf. Und was in Sevenelms ging, war überall in England möglich …

»Sagt mir, Jonah, wie geht es Giselle?«, unterbrach die Königin seine ehrgeizigen Visionen. »Was macht mein Lämmchen?«

Er senkte den Blick. »Es geht ihr gut, Madame. Wir haben einen zweiten Sohn bekommen, der kurz vor Eurem zur Welt kam.«

Ihr Lächeln wurde für einen Augenblick matt, denn die Königin konnte rechnen. Doch sie hatte sich sogleich wieder in der Gewalt und gratulierte ihm von Herzen.

»Ich wollte sie mitbringen«, sagte Jonah. »Damit sie Euch hier ein wenig aufheitert in Eurem Exil.«

Philippa hob leicht die Schultern. »Ja, darauf versteht sie sich wahrhaftig.«

»Aber sie wollte um keinen Preis mitkommen. Es tut mir Leid, Madame. Ich habe mir wenigstens ein Dutzend Ausreden zurechtgelegt, aber ich fürchte, Ihr hättet sie alle durchschaut. Sie wollte nicht. Ich habe nicht verstanden, wieso, aber ich konnte sie einfach nicht umstimmen.«

Philippa tätschelte ihm seufzend die Hand. »Ach, Jonah ...
Ich bin überzeugt, sie hatte gute Gründe. Richtet ihr aus, ich
freue mich auf den Tag, da wir uns in England wiedersehen. Um
ehrlich zu sein, mein Freund, ich wünschte, ich könnte mit Euch
segeln. Dies ist meine Heimat, ich bin hier geboren. Aber wie
froh wäre ich, meine Kinder endlich wieder nach Hause bringen
zu können. Ich bin diesen Krieg so satt. Ich hatte geglaubt, er
wäre schneller vorbei.«

Sevenelms, Juli 1340

Du meine Güte«, murmelte David Pulteney. »Das ist wie der
Auszug aus Ägypten.«
Betroffen betrachtete er die Männer, Frauen und Kinder, die mit
Sack und Pack auf der baumbestandenen Wiese kampierten.

»Dann lass uns hoffen, dass sie hier das Gelobte Land finden«, antwortete Jonah. Es klang nicht so spöttisch, wie er beabsichtigt hatte. Das Schicksal dieser Leute ging ihm näher, als
ihm lieb war.

»Es sind viel mehr, als ich kalkuliert habe«, gestand David
nervös.

Jonah nickte. »Ich weiß. Ich habe mich unfreiwillig als
Glücksritter betätigt und reiche Kriegsbeute gemacht. Daraufhin habe ich umdisponiert und beschlossen, ein bisschen großzügiger zu planen als ursprünglich beabsichtigt.«

Was er tatsächlich getan hatte, war, ein ganzes Dorf umzusie-
deln. Ihm war klar, dass es ein ehrgeiziges und riskantes Unterfangen war, aber er hatte einfach nicht gewusst, wonach er die
Menschen aussuchen sollte, die er mit nach England nehmen
und denen er damit eine Zukunft bieten konnte. Er war nicht
Gott. Er schauderte bei der Vorstellung, über Leben und Tod entscheiden zu müssen. Also hatte er sich einen Weiler ausgesucht,
der von knapp fünfzig Weber-, Färber- und Walkerfamilien bewohnt wurde, und verkündet, sie alle könnten mitkommen. Ei-

gentlich hatte er vorgehabt, die offensichtlich Schwindsüchtigen zurückzulassen, denn es war Verschwendung, Geld in den Import von Arbeitskräften zu stecken, die mit größter Wahrscheinlichkeit starben. Doch als es so weit war, konnte er sein Vorhaben nicht durchführen. Er drückte beide Augen zu, wenn eine Mutter ein todkrankes Kind an Bord trug, und hoffte wider besseres Wissen, dass ein trockenes Haus in gesünderem Klima und vor allem genug zu essen sie alle wieder genesen lassen würde.

Er hatte sich kurzerhand eine der erbeuteten Galeeren geborgt und war mit zwei Schiffsladungen voller Flamen in Dover gelandet. Von dort aus waren sie in zwei anstrengenden Tagesmärschen nach Sevenelms gezogen.

Jonah wies auf die Mitte der Wiese, wo sich eine schlichte Holzkirche erhob, die noch so neu war, dass das Holz buttergelb schimmerte und die Sonne auf dem Harz funkelte. »Bring so viele wie möglich in der Kirche unter. Wie viele Häuser sind fertig?«

»Dreizehn.«

»Gut. Schick unsere Bauern und die Flamen in den Wald und lass sie Holz schlagen. Bau so schnell wie möglich weiter. Vorerst solltest du ein paar Zelte aufstellen.«

»Und hoffen, dass der Sommer trocken bleibt«, fügte David lächelnd hinzu. Nachdem er seinen ersten Schrecken überwunden hatte, sah er hier nichts, womit er nicht fertig werden konnte. Häuser zu bauen ging schneller, als er sich hätte träumen lassen. Vor allem wenn man genug Arbeitskräfte hatte, und das war hier der Fall. Die Bauern von Sevenelms waren anfangs mehr als skeptisch gewesen, als sie hörten, dass Master Durham und Master Pulteney in ihrer unmittelbaren Nachbarschaft eine Schar Ausländer ansiedeln wollten, doch David hatte es verstanden, ihnen klar zu machen, dass sie alle von dem Wohlstand profitieren konnten, den er sich davon erhoffte. Darum hatten sie sich willig an die Arbeit begeben, und er wusste, dass die zusätzlichen Häuser fertig sein würden, ehe der Herbst kam.

»Ich hoffe, du bleibst über Nacht?«, fragte David. »Natürlich kannst du mein Pferd borgen, aber ich bezweifle, dass du vor

Einbruch der Dunkelheit noch in die Stadt kommst. Der Gaul ist willig, aber lahm.«

»Also genau richtig für dich«, bemerkte Jonah trocken. Sein junger Gehilfe hatte nie ein Geheimnis daraus gemacht, dass er sich vor Pferden fürchtete. »Nein, ich bleibe mindestens bis morgen.«

Jonah war verblüfft und nicht wenig erfreut darüber, dass David ihn nicht anflehte, doch wenigstens eine Woche in Sevenelms zu bleiben, bis alles halbwegs geordnet war. Der junge Pulteney hatte in kürzester Zeit Selbstvertrauen entwickelt. Und das zu Recht, stellte Jonah zufrieden fest, als sie einen Rundgang durch die neu angelegte Siedlung machten.

»Ich musste natürlich direkt am Fluss bauen, weil die Walker und Färber Unmengen Wasser brauchen. Und ich habe flussabwärts vom alten Dorf gebaut, damit die Bauern kein verunreinigtes Wasser bekommen. Wer hat schon gerne Fullererde in der Suppe oder heute grünes und morgen rotes Waschwasser?«

Jonah nickte und sah sich gründlich um. Die neuen Häuschen lagen unweit des Ufers und am Rande der großen Wiese, die mit der kleinen Kirche das Zentrum bildete. Alle hatten genug Platz für einen kleinen Garten, um Gemüse zu züchten.

»Da, dieses Feld ist nicht verpachtet und hat ein paar Jahre brach gelegen«, fuhr David fort. »Es ist gute, fette Erde. Der Großteil soll zusätzliches Weideland werden, aber hier vorne sollen die Färber Platz bekommen, um ihre Tuche zu trocknen und zu bleichen.«

»Du hast wirklich an alles gedacht«, bemerkte Jonah.

David schüttelte seufzend den Kopf. »Bestimmt nicht. Zuerst wusste ich überhaupt nicht, wie ich anfangen sollte. Dann habe ich mir eine Hand voll Dörfer in der Umgebung angeschaut und überlegt, was an einer natürlich gewachsenen Ortschaft gut ist, was schlecht. Und danach habe ich meine Pläne gemacht.«

»Wenn es so geht, wie ich will, wird Sevenelms mehr als ein Dorf«, eröffnete Jonah ihm. »Warum keine Stadt? Mit Marktrecht, so dass unsere Bauern und die aus der Gegend den Handwerkern ihre Überschüsse verkaufen können.«

»Wir werden den Pfad verbreitern müssen, der herführt«, sagte der junge Pulteney nachdenklich. »Wenn Rohwolle in größeren Mengen hergeschafft und das ganze Tuch abtransportiert werden muss, brauchen wir eine Straße.«

Jonah warf ihm einen mitleidigen Blick zu und wies auf das Flüsschen. »Das ist der Rhye, David. Was glaubst du wohl, wohin er fließt?«

»In die Themse?«, tippte David.

Jonah nickte. »An der Mündung kaufe ich ein Stück Land und baue ein Lagerhaus. Wolle und Tuch transportieren wir mit Lastkähnen.«

»Entschuldige die indiskrete Frage, Jonah, aber du willst eine Stadt bauen und besiedeln und Land an der Themse kaufen... Wie hoch war deine Kriegsbeute?«

Jonah lächelte geheimnisvoll und antwortete nicht. Er hatte seine Edelsteine in Gent für beinah vierhundert Pfund an Jakob van Artevelde verkauft.

»Glaubst du, ich könnte auch das Dach des Gutshauses neu decken lassen?«, fragte David beharrlich weiter. »Nicht wegen mir«, fügte er hastig hinzu, »aber es regnet auf die Möbel und vor allem auch auf die Bücher.«

»Das ist natürlich unhaltbar. Lass dein Dach decken. – Und jetzt sollten wir überlegen, wie wir unsere Flamen satt kriegen.« Auf der ganzen Überfahrt hatte Jonah die Leute unaufhörlich gefüttert, aber während der Wanderung von Dover hierher hatten sie so gut wie nichts bekommen. Er wollte sich bald überlegen, wie er diesen Teil der Reise besser organisieren konnte.

David hob die Schultern. »Wir haben die Scheunen voller Getreide und könnten ein paar Stück Schlachtvieh kaufen.«

Jonah überlegte einen Moment und nickte dann. »Mach als Erstes eine Inventur unserer Flamen.«

»Wie bitte?«

Jonah verdrehte ungeduldig die Augen. »Eine Bestandsaufnahme.«

»Ja, Master Durham, was eine Inventur ist, habe sogar ich gelernt, aber das hier sind Menschen, keine Tuchballen.«

»Sei so gut und lass mich ausreden, ehe du mir eine Predigt hältst.«

Der junge Gehilfe nickte versöhnlich. »Entschuldige.«

»Wir dürfen nicht den Überblick über diese Leute verlieren. Also, lass dir von jeder Familie einen Namen geben, schreib ihn auf und die Anzahl der Mitglieder. Sieh zu, dass sich nicht jeder zweite ›Fleming‹ nennt. Versuch sie möglichst schnell kennen zu lernen. Dann verteilst du Getreide, und zwar noch heute, und morgen kaufst du das Schlachtvieh. Aber schreibe auf, was jede Familie bekommt.«

»Du willst diesen Menschen nicht ernsthaft vom Stücklohn abziehen, was wir ihnen geben, oder?«

»O doch. Ich habe sie kostenlos hergebracht und unterwegs großzügig bewirtet, und damit hat meine Mildtätigkeit sich erschöpft. Zum hundertsten Mal, David …«

»Wir sind kein Orden der Barmherzigkeit, ich weiß, ich weiß.«

»Gut. Sie sollen nicht darben, um uns das Geld für die Lebensmittel zu erstatten. Sagen wir, wir nehmen einen Penny pro Ballen. Und meinethalben berechne die Preise so, dass wir an Korn und Fleisch keinen Profit machen, wenn das dein Gewissen beruhigt. Mir geht es vor allem darum, dass sie schon Schulden bei mir haben, ehe sie anfangen, für mich zu arbeiten. Damit sie sich an uns gebunden fühlen und nicht auf die Idee kommen, nach London oder Norwich weiterzuziehen, verstehst du.«

»Nur zu gut, Jonah. Wir machen sie unfrei wie Leibeigene.«

Jonah nickte knapp. »Du hast es erfasst.«

Jonah überließ es David, Korn- und Mehlsäcke herbeizuschaffen, ihren Inhalt zu verteilen, darüber Buch zu führen und den Leuten zu helfen, provisorische Lagerküchen einzurichten. Vom Fenster des nahen Gutshauses aus beobachtete er, wie die Flamen auf David reagierten, Männer, Frauen und Kinder vom ersten Moment an Vertrauen zu ihm fassten. Sie lächelten unwillkürlich, wenn er mit ihnen sprach, während sie den Blick stets scheu und angstvoll gesenkt hielten, sobald Jonah das Wort an sie richtete. Das war keine schlechte Aufteilung, fand er. Es war gut, wenn sie jemanden hatten, an den sie sich mit ihren Sorgen und Fragen wenden konnten, aber ebenso wichtig, dass jemand ihnen Respekt einflößte.

Als David endlich ins Gutshaus zurückkam, dämmerte es längst, und die stille junge Magd, die ihm offenbar das Haus führte, hatte die Kerzen angezündet, während Jonah die Bücher durchsah.

Nachdem sie sich zu Tisch gesetzt hatten, trug ein Knecht in Butter gebratene Forellen auf. Sie waren köstlich.

»Hm. Gott sei gepriesen für den Freitag«, sagte David mit einem zufriedenen Seufzer, als er seinen Teller wegschob.

»Du hast eine glückliche Hand bei der Auswahl deiner Dienerschaft«, lobte Jonah.

»Giselle hat sie ins Haus geholt, als sie vor ein paar Jahren einmal den ganzen Sommer hier verbracht hat, weißt du noch? Es sind Bruder und Schwester. Sie versorgen Haus und Vieh, und ihre verwitwete Mutter kocht. Gute Leute, es ist ein Arrangement, das mir sehr entgegenkommt.«

Jonah fragte sich flüchtig, wie es eigentlich mit David Pulteney und den Frauen stand. Aber das ging ihn schließlich nichts an. Wenn die kleine Magd Davids Bett wärmte, dann gewiss freiwillig, und alles andere war Jonah gleich.

»Unsere neuen Flamen sprechen so gut wie kein Französisch, Jonah«, bemerkte der Gehilfe mit gerunzelter Stirn.

»Ja, ich weiß. Unsere Pächter in London stammen aus Hainault, dort ist Französisch die vorherrschende Sprache. Aber diese Leute hier kommen aus der Gegend von Gent.«

»Vermutlich sollte ich mich bemühen, ihre Sprache zu lernen.«

»Besser, sie lernen möglichst schnell Englisch.«

David nickte zögernd. »Trotzdem, es würde ihnen den Neubeginn gewiss erleichtern, wenn sie jemanden haben, an den sie sich in ihrer Sprache wenden können.«

Jonah betrachtete ihn mit halb geschlossenen Lidern. »Ich

merke, du bist entschlossen, ihnen den Himmel auf Erden zu bereiten.«

David errötete leicht und presste ärgerlich die Lippen zusammen. »Menschen, die sich wohl fühlen, leisten bessere Arbeit.«

Das ist vermutlich wahr, dachte Jonah. Was er hingegen sagte, war: »Es gibt die unterschiedlichsten Wege, um Leute dazu zu bewegen, ihr Bestes zu geben.«

»Ich meine mich zu erinnern, du hättest mir freie Hand zugesagt.«

Jonah stützte die Ellbogen auf den Tisch. »Richtig. Du hast freie Hand. Aber ich will nie wieder so schlampig geführte Bücher sehen wie heute, wenn ich dich in Zukunft aufsuche. Ich will nachvollziehen können, was du tust. Und wenn ich je feststelle, dass du mich hintergehst, David, dass du den neuen Pächtern ohne mein Einverständnis auch nur ein Ferkel schenkst, dann möge Gott dir gnädig sein. Ich bin es ganz sicher nicht.«

Er brach am Mittag des folgenden Tages auf, zuversichtlich, dass David Herr der Lage war und sich seine Anweisungen hinter die Ohren geschrieben hatte. Ihr Abschied war ein wenig kühl, aber das bekümmerte Jonah nicht. Er borgte Davids braven Klepper und einen seiner Knechte, der auf einem Maultier hinter ihm her ritt und das Pferd zurück nach Sevenelms bringen sollte. Der Diener geleitete Jonah getreulich bis ans Tor seines Hauses, wollte aber nicht über Nacht bleiben und machte sich gleich wieder auf den Rückweg. Die riesige Stadt mit ihrem Gewühl aus Menschen und Fuhrwerken und dem in der Sonne faulenden Unrat flößte ihm offenbar Entsetzen ein. Jonah war verstimmt über die Geringschätzung, die dieser Bauerntölpel für seine geliebte Stadt bekundete. Er fertigte ihn ohne Lohn und Brot am Tor ab und trat in den Hof, der im kupferfarbenen Licht der Abendsonne schöner wirkte, als er in Wirklichkeit war.

Der Haushalt saß beim Abendessen, als Jonah die Halle betrat. Giselle erhob sich so abrupt, dass ihr schwerer Sessel polternd zurückfuhr, und lief zu ihm. »Jonah! Gott sei gepriesen!«

Er hatte sich geschworen, bei ihrem Wiedersehen Zurückhaltung zu üben, und sah ihr mit einem äußerst sparsamen Lächeln entgegen. Sein Herz ließ sich hingegen keine Vorschriften machen – es vollführte einen kleinen, jubilierenden Satz. Auch sein schwaches Fleisch wurde zum Verräter an seinen Absichten: Wie von selbst legten die Arme sich um ihren Leib und pressten sie an sich, als sie ihm um den Hals fiel. Er kam nicht umhin, sich an die Nacht vor ihrem Abschied zu erinnern, und er war versucht, sie auf der Stelle in ihre Kammer zu führen.

»Schamlos«, murmelte Elizabeth vor sich hin, aber doch laut genug, dass jeder sie hörte.

Jonah hob Giselles Kinn an, und sie tauschten ein kleines Verschwörerlächeln, ehe er seine Frau zum Tisch zurückführte.

»Ich bin auch erfreut, dich wiederzusehen, Cousine«, spöttelte er, speiste Rupert mit einem frostigen Nicken ab und legte Crispin kurz die Hand auf die Schulter, ehe er sich an seinen Platz setzte.

Sein Gehilfe wandte den Kopf zur Tür: »Rachel! Master Jonah ist zurück!«

Im Handumdrehen erschien die Magd und brachte dem Herrn des Hauses einen gut gefüllten Teller und einen Becher Bier. Meurig folgte ihr unter einem Vorwand, um Jonah zu begrüßen und zu begaffen.

»Nun, Meurig?«, fragte Jonah zwischen zwei Bissen. »Sind mir Hörner gewachsen, oder wieso starrst du mich so an?«

Der Knecht senkte grinsend den Blick. »Ich wollte wissen, ob man es Euch ansieht, Master.«

»Was?«, fragte er verständnislos.

»Dass Ihr eigenhändig die französische Flotte versenkt habt.«

Jetzt war Jonah an der Reihe, ihn anzustarren. Dann schüttelte er ungehalten den Kopf. »Du lebst lang genug in dieser Stadt; du solltest wissen, dass man nie glauben darf, was in den Tavernen erzählt wird.«

»Aber Captain Hamo hat uns berichtet …«

Jonah winkte ungeduldig ab. »Seemannsgarn. Tu was Nützliches und stich ein Weinfass an, Meurig, und verschone mich mit diesem Unsinn.«

Meurig nickte willig. Auf dem Weg zur Tür murmelte er vor sich hin: »Ich weiß, was ich weiß ...«

»Deine Bescheidenheit ist beispiellos, Jonah«, brummte Rupert gallig. »Dabei feiert die ganze Gilde dich schon als den Helden von Sluys.«

Ach du meine Güte, dachte Jonah entsetzt und beschloss, sich im Gildehaus nicht blicken zu lassen, ehe dieser lächerliche Wirbel sich gelegt hatte. Um Rupert in die Schranken zu weisen, antwortete er: »Ich möchte euch ungern aus der Halle schicken, aber ich habe Vertrauliches mit Crispin und meiner Frau zu besprechen. Wenn ihr also aufgegessen habt ...« Er machte eine auffordernde, beinah rüde Geste.

Wütend und ohne ein Wort verließen die Hillocks die Halle.

Crispin und Giselle tauschten einen besorgten Blick, sagten aber nichts.

Nachdem Meurig den Wein gebracht hatte und wieder gegangen war, lehnte Jonah sich entspannt zurück, aß dann und wann einen Löffel voll Eintopf, und sie tauschten Neuigkeiten aus. Er war dieses Mal nur sechs Wochen lang fort gewesen, aber es kam ihm viel länger vor. Auf seine Bitte hin berichtete Giselle ihm von Lucas' und Philips kleinen und großen Abenteuern, und dann erzählte Crispin mit leuchtenden Augen und sichtlich bewegt von dem feierlichen Akt, mit welchem er in die Tuchhändlergilde aufgenommen worden war.

»Dir mögen sie nicht gefallen, Jonah, aber mir haben die Geschichten weiß Gott geholfen, die man sich von deinen Taten bei der Seeschlacht erzählt. Plötzlich standen die Liverymen Schlange, die für mich bürgen wollten. Alle waren versessen darauf, dir eine Gefälligkeit zu erweisen.«

»Ich bin überzeugt, das vergeht bald wieder«, erwiderte Jonah. »Aber ich bin froh, dass es wenigstens einen Nutzen hatte. Und in den nächsten Tagen gehen wir zu einem Rechtsgelehrten im Temple und lassen einen Vertrag aufsetzen.«

Crispin sah ihn unverwandt an. »Du willst es also wirklich tun? Mich zum Kompagnon machen?«

Jonah hatte nicht die Absicht, die Kontrolle über seine Geschäfte je aus der Hand zu geben, aber er wusste, dass Crispin das weder wünschte noch erwartete. Mit einer Minderheitsbeteiligung jedoch konnte er diesen fähigen Freund, der ihm unersetzlich war, dauerhaft an sich binden. Aus seiner Sicht war er selbst der größte Gewinner eines solchen Arrangements. Doch er sagte lediglich: »Du zweifelst also an meinem Wort, ja?«

»Ähm … nein.«

»Aha. Wärmsten Dank.« Dann fiel ihm etwas ein. »Wo steckt unser neuer Lehrling? Wie heißt er doch gleich? Ich vergesse es ständig.«

Giselle und Crispin zögerten, und schließlich sagte sie: »Edmund Ross. Aber du brauchst dir seinen Namen nicht mehr zu merken, Jonah. Wir mussten ihn fortschicken.«

Jonah sah abwartend von ihr zu Crispin.

Sein Kompagnon seufzte. »Er hat uns bestohlen. Ich habe Wochen gebraucht, bis ich dahinter gekommen bin, weil ich im Traum nicht daran geglaubt hätte. Er war ein stiller Junge, manchmal gar verdrossen, aber wer wüsste besser als wir, dass sich dahinter ein anständiger Kerl verbergen kann, nicht wahr.« Mit einem traurigen kleinen Lächeln in Jonahs Richtung fuhr er fort: »Anfangs hab ich geglaubt, es seien Buchungsfehler, wenn ein paar Yards hier oder da fehlten. Aber dann waren es fünf Yards florentinischer Brokat, und Giselle meinte, ehe ich in Wehklagen ausbreche, sollten wir das ganze Tuchlager auf den Kopf stellen. Meurig hat uns geholfen und Edmunds Strohlager auseinander genommen. Der Brokat lag darunter versteckt. Ich habe den Jungen zur Rede gestellt, und er hat es sofort zugegeben.«

»Ich will doch hoffen, sein Vater hatte nichts damit zu tun?«, fragte Jonah ein wenig erschüttert.

Crispin schüttelte den Kopf. »Edmund hat seine Beute einem Hehler in Cheapside verkauft, der sie vermutlich für das Doppelte weiterverscherbelt hat. Es gibt genug Leute in dieser Stadt, die nicht fragen, woher ein Stück Tuch stammt, wenn sie es billig angeboten bekommen.«

»Edmund hat uns angefleht, ihn zu behalten, und Besserung

gelobt«, setzte Giselle die unerfreuliche Geschichte fort. »Aber Crispin und ich waren uns einig, dass es keinen Sinn hat. Wir hätten ihm nie wieder trauen können. Crispin hat ihn zu seinem Vater gebracht und Ross die Situation erklärt. Ich hoffe, du bist einverstanden.«

Jonah nickte. »Völlig. Du wolltest ihn von Anfang an nicht haben. Du hattest Recht, ich Unrecht.«

Giselle war geneigt, ihren Ohren zu misstrauen. Sein bereitwilliges Eingeständnis machte sie sprachlos.

»Bitter für Ross«, bemerkte Jonah und trank einen Schluck.

Crispin verzog bei der Erinnerung schmerzlich das Gesicht. »Er war völlig verzweifelt. Unter Tränen hat er mich gebeten, die Geschichte nicht bekannt zu machen, und ich habe ihm mein Wort gegeben.«

»Dann lass uns hoffen, dass er seinen falschen Penny von Sohn nicht nächste Woche einem anderen Gildebruder unterschiebt. Streng genommen wäre es ein Fall für den Sheriff gewesen.«

Crispin schüttelte bekümmert den Kopf. »Edmund wird keine Tuchhändlerlehre machen und früher oder später gewiss ein Fall für den Sheriff werden. Noch in meinem Beisein hat sein Vater ihn verstoßen und aus dem Haus geworfen. Ich habe versucht, ihm das auszureden, aber er war unerbittlich. Es war … scheußlich.«

Jonahs Mitgefühl für Edmund Ross hielt sich in Grenzen. »Das heißt, wir brauchen schon wieder einen neuen Lehrjungen.«

»Eigentlich bräuchten wir zwei«, korrigierte Crispin.

»Einen suchst du aus, ich den anderen«, entschied Jonah.

»Und wie war es nun wirklich?«, fragte Giselle nach einem kurzen Schweigen. »Bei Sluys, meine ich.«

Und so berichtete Jonah zum ersten und einzigen Mal, was er erlebt hatte. Er machte keinen Hehl aus seinem Schrecken und seiner Abscheu und endete mit den Worten: »Ich hoffe wirklich, ich muss so etwas nicht noch einmal tun. Obwohl ich gestehe, dass es ein einfacher Weg zu sein scheint, um reich zu werden.«

»Reich?«, fragten beide wie aus einem Munde.

Nicht ohne Stolz erzählte Jonah von seiner Beute und dem zu erwartenden Anteil an Justin de Beauchamps Lösegeld.

»Damit sind wir unsere Sorgen los«, bemerkte Crispin mit einem ungläubigen Kopfschütteln, das sich sehr schnell in ein breites, zufriedenes Lächeln verwandelte.

Jonah nickte zögernd. »Wir können Annot das restliche Geld zurückzahlen, und ich muss auch Giuseppe anstandshalber anbieten, meine Schulden zu tilgen.«

»Die Bardi brauchen jeden Penny«, bemerkte Giselle. »Beatrice und Anna haben mir erzählt, dass die Bank in arger Bedrängnis ist.«

Jonah hob die Schultern. »Das ist nichts Neues. Ich hoffe, Giuseppe besteht nicht auf Rückzahlung, jedenfalls nicht alles auf einmal. Ich … wir brauchen das Geld für Sevenelms.« Und er schilderte ihnen, was er dort plante. »Ich denke, dass wir übernächstes Jahr anfangen können, Tuch zu exportieren.«

»Gott, wir werden tatsächlich noch reich«, murmelte Crispin, beinah ein wenig unbehaglich.

Hoffentlich, dachte Jonah. Und hoffentlich reich genug, dass wir der Krone Geld leihen können. Denn das ist es, was Philippa erwartet.

Ehe sie die Unterredung fortsetzen konnten, kam Marion und brachte die Kinder herein. Lucas' Augen leuchteten auf, als er seinen Vater entdeckte. Er riss sich von Marions Hand los und lief auf ihn zu, lachte selig, als Jonah ihn hochhob und durch die Luft wirbelte. Eifersüchtig zerrte er am Gewand seines Vaters, als dieser der Amme den schlafenden Säugling aus den Armen nahm, sodass Jonah Philip nur flüchtig auf die Stirn küsste, ehe er ihn zurückgab und sich wieder seinem Ältesten zuwandte.

Er hob ihn hoch und blickte ihn aufmerksam an. »Denkst du, ich hab dir etwas mitgebracht?«

Lucas nickte heftig.

Jonah steckte die freie Hand in seinen Beutel am Gürtel, brachte ein kleines, unförmiges Bündel zum Vorschein, das in ein Stückchen weißes Tuch eingeschlagen war, und drückte es Lucas in die rundlichen Finger.

Der Junge wickelte es ebenso ungeduldig wie ungeschickt aus, enthüllte einen gelblichen Klumpen und biss ohne zu zögern hinein. Dann kaute er mit geschlossenen Augen, schluckte und strahlte seinen Vater an, ehe er einen zweiten herzhaften Bissen nahm.

»Marzipan!«, rief Giselle mit unüberhörbarem Neid aus. »Wie sagt man, Lucas?«

»Danke, Vater.«

Jonah lächelte. »Gut?«

»Ja.«

»Und hast du's verdient? Warst du folgsam?«

Lucas warf ihm einen argwöhnischen Blick zu und stopfte sich mit beiden Händen den Rest seines Marzipans in den Mund, statt zu antworten.

Alle lachten.

Jonah stellte seinen Sohn auf die Füße und schob ihn in Marions Richtung. »Ich fürchte, jetzt klebt er ein wenig.«

»Wasch ihm die Hände, Marion«, bat Giselle.

»Natürlich, Mistress. Sag gute Nacht, Lucas.«

Sie brachte die Kinder hinaus, ohne die Rockfalten zu bemerken, die hinter der weit geöffneten Tür der Halle hervorlugten.

Jonah griff ein zweites Mal in seinen Beutel und brachte eine weitere Marzipankugel zum Vorschein, die er Giselle reichte.

Seine Frau seufzte glücklich. »Und ich fing schon an, das Schlimmste zu befürchten …« Gierig wickelte sie ihr Naschwerk aus, bot es Crispin und Jonah höflich an und war sehr erleichtert, als sie ablehnten. Jonah beobachtete amüsiert aus dem Augenwinkel, wie sie es zwar langsamer als ihr Sohn, aber kaum weniger genüsslich als dieser vertilgte.

Die einzelne Kerze auf dem Tisch ließ das Silbergarn auf dem Bettvorhang funkeln und beleuchtete schwach die Spur eilig abgestreifter Kleidungsstücke, die von der Tür zum Bett führte.

Jonah hatte sich auf den Rücken gerollt und die Augen geschlossen, genoss die wohlige Entspannung und spürte den vielschichtigen Empfindungen dieser stürmischen Wiedervereinigung nach. Je älter er wurde, desto öfter ertappte er sich dabei, dass er versuchte, kostbare Momente in seinem Gedächtnis zu bewahren. Kleinode, wie die Beschaffenheit und Wärme ihrer Haut, den Klang ihrer Stimme, die Spiegelung des schwachen Lichts in ihren Haaren.

Giselle hatte sich auf einen Ellbogen aufgerichtet und betrachtete ihn, hob zaghaft die Hand und strich mit einem Finger über die Narbe an seinem rechten Oberarm. Die Schwertwunde war gut verheilt, aber noch deutlich sichtbar.

»Erzählst du mir, wie das passiert ist?«, fragte sie leise.

»Nein«, brummte er und zog den Arm mit einem ungehaltenen Ruck weg.

»Warum nicht?«, fragte sie verblüfft.

Weil es mir peinlich ist, dachte er, sagte jedoch: »Gönn mir meine kleinen Geheimnisse. Du hast schließlich auch die deinen.«

Die vertraute Angst durchzuckte sie, aber sie ließ sie sich nicht anmerken, als sie ruhig fragte: »Müssen wir wirklich wieder davon anfangen?«

»Nein. Ich bin der Letzte, der ein Interesse an dieser ganz und gar fruchtlosen Debatte hat.« Und das stimmte. Worin sollte der Sinn liegen, wieder und wieder darüber zu reden? Natürlich ärgerte es ihn, wenn sie nicht tat, was er wollte, und ihr Dickschädel brachte ihn oft in Rage. Aber in der einsamen, endlosen Nacht vor der Schlacht war er zu der Erkenntnis gelangt, dass all das von keiner so großen Bedeutung war. Er wollte keine Frau wie Elias »süße Mary« oder all die anderen folgsamen, hohlköpfigen Geschöpfe, die seine Gildebrüder vorzugsweise heirateten. Er wollte auch kein verschrecktes Reh, das gleich nachgab, wenn er nur die Stirn runzelte. Er wollte eine kluge Frau, die ihn nicht langweilte, mit der er reden und lachen und streiten konnte. Kurzum, er wollte seine Giselle nicht anders, als sie war. Höchstens eine Spur fügsamer …

»Worüber lachst du, Jonah Durham?«, fragte sie misstrauisch.

»Über mich.« Er schlug die Augen auf, ergriff ihren Arm und zog sie zu sich herunter.

Als sie ihm in die Augen sah, fiel ihr ein Stein vom Herzen, aber dennoch sträubte sie sich gegen seine unschwer durchschaubaren Absichten und legte die Hände auf seine Brust. »Nein, warte. Ich habe etwas für dich, das ich dir unbedingt heute Abend noch zeigen wollte.«

Er ließ die Hände sinken und setzte sich auf.

Sie stieg von dem hohen Bett und ging zur Kleidertruhe hinüber – splitternackt und vollkommen schamlos wie Eva vor dem Sündenfall. Und genau wie Eva trug auch Giselle ihre Haarflut wie ein Festtagskleid. Er hätte sie stundenlang anschauen können. Als sie die Truhe öffnete und sich darüber beugte, musste er den Blick abwenden, um bei Verstand zu bleiben.

»Hier.«

Er hob den Kopf. »Was ist das?«

Sie drückte ihm einen Stapel arg verknitterter Papierbogen mit ungleichmäßigen Rändern in die Finger, die aussahen, als hätten sie schon allerhand erlebt. Jonah schaute verständnislos darauf hinab, während Giselle zum Tisch ging und die Kerze holte, die sie zwischen ihnen aufs Bett stellte.

»Gib Acht, steck das Haus nicht in Brand«, warnte er automatisch.

»Ach, papperlapapp. Lies!«

»*Beelzebubs Gastmahl*«, las er vor. Ungläubig sah er sie an. »Es ist rührend, dass du um mein Seelenheil besorgt bist, aber es ist beinah Mitternacht, Giselle, und Erbauungsliteratur ist nicht gerade …«

»Du sollst lesen!«, unterbrach sie ungeduldig.

Lustlos überflog er den ersten Absatz. Die Schrift war säuberlich und stammte offenbar von einer geübten Hand; die Tinte war hingegen wässrig und mit wenig Sachverstand gemischt. *Dies Spiel erzählt von der* SEELE *des reichen Mannes, die vom* SATAN *zu einem Festmahl geladen wird, an welchem auch* GEIZ, WUCHER *und die Dame* HABGIER *teilnehmen, und es soll überall dort vor den Kirchen gespielt werden, wo die Kauf-*

leute zahlreich erscheinen, denn ihrer aller Heil ist in Gefahr, und das Spiel soll ihnen helfen, sich zu besinnen, und sie zur Umkehr bewegen, stand dort. Stirnrunzelnd las Jonah weiter und erkannte bald, dass dies der Text eines höchst seltsamen Schauspiels war, wie er es nie zuvor gesehen hatte. Genau wie in den Bildern, die man auf vielen Kirchenwänden sah, waren auch hier die Laster und Tugenden personifiziert. Geiz und Wucher waren zwei verkommene Brüder, die fraßen und soffen und jede Sünde priesen, welche je ersonnen worden war. Habgier war ein liederliches Weibsstück. Nächstenliebe und Hoffnung waren zwei liebreizende Schwestern, die sich ungebeten bei dem Fest einstellten, um die Seele zu retten, nachdem Glaube, ein unerschrockener, edelmütiger Ritter, ihnen den Weg in die von tausend Sünden bewachte Feste des Satans freigekämpft hatte.

Nach wenigen Augenblicken war Jonah in die Geschichte eingetaucht. Die Laster waren so frech und derb, dass sie ihm manch boshaftes Lächeln entlockten, die Tugenden so anrührend und nobel, dass sie sein Herz bewegten, und die Seele, um die gerungen wurde, ein so raffgieriger, eitler und nicht zuletzt geiler Dummkopf, dass Jonah den einen oder anderen Gildebruder darin wiederzuerkennen glaubte. Sie waren allesamt wunderbar, die Dialoge geistreich, wortgewandt und witzig und die Spannung beinah unerträglich. Jonah las wie besessen. Mit feuchten Fingern blätterte er die Seiten um, fahrig vor Eile. Denn bis zuletzt stand auf der Kippe, ob der Dummkopf sich den Versuchungen der Laster ergab oder Einsicht zeigte und umkehrte. In einem furiosen Finale lieferten Glaube, Liebe und Hoffnung ihren Widersachern einen heldenhaften Schwertkampf, um die geläuterte, errettete Seele schließlich siegreich hinauszuführen.

Als er die letzte Seite schließlich verschlungen hatte, sah er auf. »Was ... was ist das?«

Giselle erfreute sich insgeheim an seinen staunenden Kinderaugen, antwortete aber beinah beiläufig: »Ein Schauspiel.«

»Was du nicht sagst.« Er packte ein paar der ohnehin schon

mitgenommenen Blätter und hielt sie ihr vor die Nase. »Ich meine, von wem? Wo wird es gespielt? Wann?«

»Von einem Priester aus Clerkenwell, Pater Samuel Ashe. Er hat ein paar Jahre in Frankreich gelebt und solche Spiele dort gesehen. Aber jetzt ist Frankreich unser Feind und seine Sprache Gift in den Ohren vieler Engländer, meint er, darum sei es an der Zeit, solche Stücke auch auf Englisch zu schreiben.«

Jonah hing an ihren Lippen. Die seinen waren leicht geöffnet, und sie erkannte die Sehnsucht in seinem Blick und die bange Hoffnung, die er so verbissen niederzukämpfen suchte. So hatte sie ihren Mann noch nie gesehen. Sie sparte sich den Rest ihrer Ausführungen und ergriff lächelnd seine Hand. »Pater Samuel hat dich früher bei den Weihnachtsspielen der Gilde gesehen, Jonah. Er hat gesagt, wenn du dich entschließen könntest, bei seinem Spiel mitzuwirken, werde er eine Woche auf den Knien verbringen, um Gott zu danken. Egal welche Rolle. Du kannst sie dir aussuchen.«

Er schlang impulsiv die Arme um seine Frau, vergrub das Gesicht an ihrem Hals und presste sie an sich, bis sie lachend und ein bisschen atemlos rief: »Au, Jonah, willst du mir sämtliche Knochen brechen?«

Reumütig lockerte er seine Umklammerung, aber nur ein wenig. Dann ließ er sich mit ihr in die Kissen fallen.

Giselle verschränkte die Hände in seinem Nacken. »Und? Welche Rolle wird es sein?«

»Rate.«

Sie zog erschrocken die Luft ein und nahm die Unterlippe zwischen die Zähne. »O nein, Jonah. Sag, dass du nicht den Satan spielen wirst ...«

Mit einem wahrhaft diabolischen Lächeln glitt er auf sie.

Die Proben begannen in der zweiten Augustwoche. Pater Samuel Ashe gefiel Jonah auf den ersten Blick: Er war ein kleiner, dunkelhaariger Mann um die dreißig mit haselnussbraunen Augen, die immer ein wenig vor Staunen geweitet schienen. Aus der Art geschlagener Spross einer wohlhabenden Pelzhändlerfamilie, hatte er die geistliche Laufbahn eingeschlagen und mit seinem Scharfsinn schon früh die Aufmerksamkeit des Bischofs von London erregt, der ihn zum Studium erst nach Oxford und dann an die Sorbonne geschickt, dessen Wohlwollen Pater Samuel aber durch seine unablässigen Frauengeschichten letztlich verspielt hatte. So war er heute Pfarrer der unbedeutenden Gemeinde Clerkenwell im Norden Londons, und weil er es nicht ertrug, seinen Geist brachliegen zu lassen, hatte er begonnen, theologische Abhandlungen zu verfassen, die, soweit sie überhaupt zur Kenntnis genommen wurden, große Entrüstung hervorriefen. »Und weil ich es satt war, ständig vom Diakon meines Bischofs besucht und stundenlang ermahnt zu werden, hab ich mir gedacht, ich versuch's mal mit einem Schauspiel«, erklärte er Jonah augenzwinkernd.

»Es ist wunderbar«, bekundete Jonah mit ungewohnter Begeisterung. »Ich habe noch nie etwas gelesen, das so wortgewandt und geistreich war.«

Samuel errötete leicht und senkte verlegen den Blick. »Danke. Ich bin überzeugt, der Bischof wird das ganz anders beurteilen. Aber sei's drum. Er kann die Aufführung nicht verbieten – ich habe sorgsam darauf geachtet, dass der Inhalt dazu keinen Anlass gibt.« Sie saßen auf den Eingangsstufen der kleinen Kirche im Schatten, tranken einen Becher viel zu warmes Bier und warteten auf das Eintreffen der übrigen Schauspieler: Handwerker und Kaufleute, die Samuel bei den Spielen der Gilden und Zünfte entdeckt hatte, und eine Schar professioneller Gaukler.

»Und Ihr seid wirklich sicher, dass Ihr den Satan spielen wollt, ja? Es ist eine Menge Text. Viel Arbeit. Und manche Leute werden es übel nehmen.«

Jonah hob langsam die Schultern und nickte. »Ich bin sicher.« Samuel studierte sein Gesicht eingehend, und Jonah fragte: »Fürchtet Ihr, ich liebäugele mit dem Bösen, Pater?«

Der Priester schnaubte belustigt. »Nein. Aber es gibt Menschen in London, die das glauben.«

»Es wird mir ein besonderes Vergnügen sein, ihren Argwohn zu nähren.«

Samuel grinste. »Warum? Ich meine, es kann Euren Geschäften nicht dienlich sein.«

»Aber auch nicht abträglich. Ich mache beinah all meine Geschäfte mit dem Hof oder im Ausland.«

»Und ist das der Grund, warum Ihr dieses immense Rollenstudium auf Euch nehmen wollt? Um die braven Londoner zu erschrecken?«

Jonah schüttelte den Kopf. »Dazu gäbe es einfachere Wege. Nein, Euer Satan hat es mir angetan. Er ist so... menschlich.« Blieben die übrigen Figuren durch ihre Einseitigkeit starr, so war der Satan mehr als einfach nur böse: Er war gerissen, ein unheimlicher Verführer, doch ebenso verwundbar in seinem Hochmut, verbittert über seine Verbannung aus dem Himmelreich und am Ende der Geschichte, da ihm die Seele durch die Finger schlüpfte, verzweifelt.

Kurz nach dem Angelus-Läuten stellten sich die übrigen Schauspieler ein, und sie begannen mit der Arbeit. Die Gaukler, zwei Männer und drei Frauen aus Mile End, konnten nicht lesen, darum war es anfangs mühsam, doch hatten sie ein erstaunliches Gedächtnis und behielten ihren Text meist schon, nachdem Samuel ihn nur einmal vorgelesen hatte. Ein älterer Schneider mit rosigem Gesicht und einem fassrunden Bauch spielte die gefährdete Kaufmannsseele, und obwohl er ein pfiffiger Kerl war, mimte er den lasterhaften Einfaltspinsel doch mit großer Überzeugung. Als Jonah zum ersten Mal an der Reihe war – der Satan seine Gäste zum Festmahl willkommen hieß und ihnen alle verbotenen Freuden versprach –, stellten Samuel und die übrigen Schauspieler verwundert fest, dass der feine Kaufherr seinen Text schon sicher beherrschte. Und nicht nur das. Der Mann, der bis eben noch so kühl und unnahbar erschienen war und bislang kaum den Mund aufgetan hatte, verwandelte sich plötzlich in einen machtvollen, bedrohlichen Versucher, den Fürsten der Finsternis – das Böse selbst.

Als der lange Monolog endete, kam es Jonah vor, als erwache er aus einem Zustand der Entrückung, und einen Moment lang konnte er sich an kein Wort erinnern, das er gesagt hatte. Er fühlte sich federleicht, beinah schwindelig, im vollkommenen Einklang mit der Welt und ihren Elementen. Und er fragte sich, wie er so viele Jahre lang ohne dieses Gefühl hatte existieren können.

Erst nach und nach wurde ihm bewusst, dass die anderen ihn ungläubig anstarrten. Eine der Frauen aus der Gauklertruppe, ein junges Mädchen, das nicht älter als fünfzehn sein konnte, hatte gar die Hand vor den Mund geschlagen und die Augen aufgerissen. Jonah hob die Schultern und lächelte ihr zu. »Ich kann nicht glauben, dass du so leicht einzuschüchtern bist.«

Sie ließ die Hand sinken und stützte sie stattdessen in die Hüfte. »Ihr habt ja auch nicht gesehen, was ich gesehen hab, Sir.«

Die anderen lachten, und der Vater des Mädchens sagte: »Wenn Ihr einmal genug von Euren Tuchballen habt, könnt Ihr bei mir anfangen, Master Durham.«

»Ich werd dran denken. Und nennt mich Jonah.« Das hier hatte nichts mit der wirklichen Welt zu tun, und er wollte nicht ständig daran erinnert werden, wer er dort war.

»Oder wie wär's mit Luzifer?«, schlug der Schneider verschmitzt vor, was erneute Heiterkeit auslöste.

Pater Samuel hob warnend einen Zeigefinger. »Kommt nicht in Frage.«

Der Leiter der Gaukler rieb sich nachdenklich das stoppelige Kinn. »Sie werden uns in Scharen zulaufen. Wir werden ein Vermögen einnehmen. Die Leute lassen es sich was kosten, wenn sie sich so richtig schön gruseln können.«

Jonah wandte sich schockiert an Pater Samuel. »Ihr wollt Geld fürs Zuschauen nehmen?«

Der Priester zuckte mit den Schultern. »Ihr lebt vom Tuchhandel, Jonah, die Gaukler vom Lohn ihres Publikums. Darum wird Eldred hier nach der Vorstellung für sich und die Seinen einen Hut herumgehen lassen.«

Jonah sah die Notwendigkeit ein, auch wenn der Gedanke ihm nicht behagte.

»Und wo werden wir spielen?«, fragte der Schneider.

»Vor jeder Kirche in London, wo man uns nicht davonjagt. Sonnabends nach der Vesper, wenn die Leute die Arbeit der Woche hinter sich haben und ohnehin viele in der Kirche sind«, erklärte Samuel. »So machen sie es in Paris.«

»Wenn wir vor jeder Londoner Kirche spielen wollen, werden wir gut ein Jahr beschäftigt sein«, meinte Eldred hochzufrieden.

»Eher zwei«, warf Jonah ein. »Es gibt einhundertundzehn Kirchen in London.« Er erntete ungläubige Blicke, aber es stimmte. Crispin hatte bei seinen vielen Botengängen durch die ganze Stadt als Jonahs Lehrling irgendwann angefangen, sie zu zählen, und wenn er an Schlaflosigkeit litt, was, wie er Jonah anvertraut hatte, häufig der Fall war, versuchte er ihre Namen in alphabetischer Reihenfolge aufzuzählen. Meist kam er bis St. Vedast ...

»Nicht an jeder wird man uns haben wollen«, warnte Samuel. »Und natürlich geht es nur bei trockenem Wetter.«

»So oder so werdet Ihr eine zweite Besetzung für meine Rolle finden müssen, Pater, denn ich bin nicht immer in London und muss manchmal wochenlang auf den Kontinent.«

Die anderen machten lange Gesichter, aber schließlich sagte Eldred, was alle dachten: »Das wird nicht gehen, Jonah. Es wird sich in der Stadt herumsprechen, dass bei uns der Teufel selbst mitspielt – was natürlich ein Kompliment sein soll, Sir. Und die Leute werden faules Gemüse werfen, wenn wir sie mit einer zweiten Besetzung abspeisen. Ohne Euch können wir nicht spielen.«

Eldred behielt Recht. Die erste Aufführung von *Beelzebubs Gastmahl* fand am zweiten Sonnabend im September vor St. John The Evangelist statt, und der Zulauf war äußerst zufrieden stellend. Doch eine Woche später waren es schon doppelt so viele Zuschauer. Und sie alle kamen, um den Satan zu sehen, über seine Schläue und frechen Wortspiele zu lachen, vor allem jedoch, um sich zu fürchten. Auch bei den Spielen der Gilden und Zünfte zu Weihnachten und Fronleichnam gab es viel Schauriges zu erleben und zu sehen, aber alle waren sich einig:

Niemand hatte sie je so vortrefflich das Fürchten gelehrt wie der junge Master Durham in diesem unerhörten, neuartigen Schauspiel. Gelegentlich kam es gar vor, dass ein junges Mädchen vor Aufregung in Ohnmacht fiel, was vom Publikum immer mit großem Applaus begrüßt wurde. Bei der Vorstellung am Samstag vor Michaelis warf irgendwer, der das Schauspiel gar zu ernst nahm, Jonah einen Stein an den Kopf, und er ging benommen zu Boden. Erschrocken brachen die anderen ihr Spiel ab und stürzten herbei, aber Jonah winkte sie beiseite, stand wieder auf und fixierte das Publikum. Blut tröpfelte seine Wange hinab, und er fragte lauernd, mit diebischem Vergnügen: »Du Wurm hast wohl bei dir gedacht, dass man so mit Gott Geschäfte macht? Setzt Beelzebub die Hörner schief, so billig kommt kein Ablassbrief! Welch schönes Laster ist der Geiz. Nicht wahr, auch du kennst seinen Reiz. So kriege ich dich also doch, und reu'n soll dieser Stein dich noch!«

Dann spielte er weiter.

Giselle erschrak, als er nach Hause kam, aber sie wusste es besser, als sich das anmerken zu lassen. Sie schickte Berit nach warmem Wasser und reinem Leinen, dann hieß sie Jonah auf der Bettkante Platz nehmen und wusch ihm das getrocknete Blut vom Gesicht.

Er verblüffte sie damit, dass er geduldig still hielt und ihr gar freiwillig berichtete, was passiert war.

»Ich frage mich langsam, ob ich dir wirklich einen solchen Gefallen damit getan habe, Pater Samuel ausfindig zu machen«, sagte sie zweifelnd, strich die Haare an seiner Schläfe zurück und begutachtete die kleine Wunde. Nicht tief, stellte sie erleichtert fest, und es blutete auch nicht mehr.

»Gefallen?«, wiederholte er ungläubig, legte die Arme um ihre Taille und zog sie auf seinen Schoß. »Du hast mir meinen größten Wunsch erfüllt.«

Und er hatte seinen Ohren kaum getraut, als er erfuhr, dass sie monatelang geforscht und gesucht hatte. Jeden Gaukler, den sie auf der Straße sah, hatte sie befragt, jeden Priester aufgesucht, von dem sie hörte, dass er je mit irgendwelchen frommen Schauspielen zu tun gehabt hatte. Ein junger Kaplan aus der Diözesanverwaltung hatte sie schließlich an Pater Samuel verwiesen.

Sie sah ihrem Mann mit einem schwachen Lächeln in die Augen. Giselle wusste sehr genau, was sie für ihn getan hatte. Und die Folge war nicht nur, dass er ihr alles verziehen hatte, was vorgefallen war. Es war ein bisschen mehr als das. Das Kräfteverhältnis ihrer Ehe hatte sich beinah unmerklich zu ihren Gunsten verschoben. Und sosehr sie ihre Gefühle auch erforschte, konnte sie doch nicht entscheiden, was ihre wahren Motive für die monatelange hartnäckige Suche gewesen waren. »Es geschieht nicht alle Tage, dass man Gelegenheit bekommt, jemandem seinen größten Wunsch zu erfüllen«, sagte sie.

»Und dann ausgerechnet einem zweifelhaften Charakter wie mir«, erwiderte er.

Sie seufzte achselzuckend. »Nichts auf dieser Welt ist je vollkommen.«

»Willst du deine Bohnen nicht, Jonah?«, fragte Rupert lauernd, als sie wenig später bei Tisch saßen.

Jonah schob seinem Cousin den Teller hinüber. Er hatte Kopfschmerzen, und ihm war ein wenig flau. Tatsächlich erinnerte das Gefühl ihn an früher, als Rupert so gern und häufig mit den Fäusten auf ihn losgegangen war, und so sagte er gehässiger als beabsichtigt: »Nur zu, Vetter. Aber du brauchst nur die Magd zu rufen, wenn du einen Nachschlag willst. In *meinem* Haus kann sich jeder satt essen.« Kaum war es heraus, bereute er es schon, denn er hatte Giselle versprochen, keinen Streit mit Rupert zu suchen, solange sie unter einem Dach leben mussten.

»Es hat dir wohl die Laune verdorben, dass das Volk dich mit Steinen bewirft, was?«, brummte Rupert. »Du solltest dich nicht wundern, bei der gottlosen Vorstellung, die du gibst.«

Jonah hob den Kopf. »Wie kommt es, dass du davon weißt?«

Rupert zuckte ungeduldig mit den Schultern, schob sich einen gut gefüllten Löffel in den Mund und antwortete kauend: »Wir waren dort.«

»Ah ja? Dann muss ich nicht länger rätseln, wer ihn geworfen hat, nicht wahr?«

»Jonah …«, murmelte Giselle vorwurfsvoll.

»Wie kannst du so etwas sagen?«, polterte Rupert entrüstet. »Ich würde niemals …«

»Dich meinte ich auch nicht«, eröffnete Jonah ihm und warf Elizabeth einen vielsagenden Blick zu. Sie verzog verächtlich einen Mundwinkel und sagte kein Wort. Elizabeth war überhaupt sehr still geworden. Das gefiel Jonah nicht. Ihre Häme und Tiraden war er seit seiner Jugend gewöhnt, aber dieses plötzliche brütende Schweigen war ihm unheimlich.

»Was hört ihr eigentlich Neues vom Kontinent?«, fragte Crispin betont munter.

Jonah wusste genau, dass die Neuigkeiten vom Krieg seinen Kompagnon nicht sonderlich interessierten, antwortete aber willig: »Nichts Gutes. König Edward hat Tournai belagert, aber ohne Erfolg. Und Philip ist nicht gekommen, um die Belagerung aufzuheben. Es ist die gleiche Geschichte wie letztes Jahr: Der König von Frankreich stellt sich einfach nicht zur Schlacht. Er ist eigentlich am Ende; nach der Niederlage von Sluys und der Vernichtung seiner Flotte hat er das Vertrauen seines Adels verloren. Aber König Edward hat einfach nicht die nötigen Mittel, um die Gunst der Stunde zu nutzen und nach Paris zu marschieren. Es wird von Waffenstillstandsverhandlungen gemunkelt.«

Crispin machte große Augen. »Wer sagt das?«

»Der Bote, den der König Prinz Edward geschickt hat, George Finley«, antwortete Giselle bekümmert. »Ich hab ihn zufällig getroffen, als ich den Prinzen und seine Schwestern letzte Woche im Tower besucht habe.«

Crispin seufzte. »Die armen Kinder. Wie furchtbar muss all das für sie sein. Da sitzen sie nun im Tower, und ihre Eltern sind auf dem Kontinent … gestrandet.«

So ist es, dachte Jonah. Und wie anders hätten die Dinge verlaufen können, wenn das verfluchte Wollmonopol nicht gescheitert wäre. Wenn de la Pole nicht so schamlos in die eigenen Taschen gewirtschaftet hätte. Wenn der König nur mehr Geld gehabt hätte. Arme Philippa. Vermutlich war sie halbtot vor Sehnsucht und Sorge um ihren Kronprinzen und dessen Schwestern.

»Ich will nächsten Monat ohnehin nach Flandern und neue Weber für Sevenelms holen«, eröffnete er ihnen. »Ehe die Herbststürme einsetzen. Ich werde in Gent Halt machen und hören, wie es steht.«

Bevor irgendwer antworten konnte, betrat Meurig auf ungewohnt leisen Sohlen die Halle. »Master Jonah, Ihr habt einen Besucher.«

Jonah hob den Kopf. »Wer ist es?«

»Er wollte mir seinen Namen nicht nennen und auch nicht heraufkommen.«

Jonah wechselte einen verwunderten Blick mit seiner Frau, erhob sich und folgte Meurig die Treppe hinunter. Der Knecht führte ihn mit einem Licht in der Linken auf den Hof hinaus. Die Nacht war hereingebrochen, und der Himmel hatte sich teilweise bewölkt. Es war sehr dunkel.

Nahe am Tor blieb Meurig stehen, und eine dunkel gekleidete Gestalt löste sich aus dem Schatten der Mauer. »Master Durham.«

Jonah erkannte ihn an der Stimme. Es dauerte einen Augenblick, bis er seine Überraschung überwunden hatte. Dann fragte er: »Werde ich ein Pferd brauchen?«

»Ich weiß nicht ... wahrscheinlich, ja.«

»Geh satteln, Meurig. Nimm das Licht nur mit.«

»Ja, Master.« Mit einem argwöhnischen Blick auf den geheimnisvollen Besucher, der sein Gesicht immer noch im Schatten seiner Kapuze verbarg, wandte der Diener sich ab.

Jonah wartete, bis er die Stalltür hörte, ehe er leise sagte: »Ihr seid also gekommen, um Euren Gefallen einzufordern, Master Willcox.«

Francis Willcox, den sie den Fuchs nannten, hatte seine großspurige Verwegenheit vorübergehend eingebüßt. Er nickte wortlos. Jonah hatte Mühe, ihn zu erkennen, aber mit jedem Lidschlag stellten seine Augen sich besser auf die Dunkelheit ein.

»Ich muss einen Mann verschwinden lassen. Jetzt gleich«, murmelte Willcox.

Jonah hob verwundert die Brauen. Er hätte nicht gedacht, dass der König der Diebe dabei Hilfe brauchte, und er hoffte inständig, dass Willcox nicht von ihm fordern wollte, sein Komplize bei irgendeinem schauderhaften Verbrechen zu werden. Trotzdem sagte Jonah erst einmal nichts, sondern folgte seinem Besucher auf einen Wink zum Tor, wo ein kleiner Handkarren mit einem einzelnen Wollsack stand. Willcox schnürte ihn auf, wühlte mit beiden Händen in der Wolle, bekam zu fassen, was er suchte, und zog zu Jonahs Erstaunen einen mageren, jungen Kerl heraus, der sich stöhnend den linken Arm hielt.

»Hör auf zu jammern«, herrschte Willcox ihn an, und das Stöhnen verstummte jäh.

»Klärt mich auf, Willcox, seid so gut«, verlangte Jonah.

»Er muss fort aus London. Jetzt gleich«, erklärte der Fuchs drängend. »Und er muss gründlich verschwinden. Aber mein Einfluss reicht kaum über die Stadttore hinaus. Ihr müsst ihn irgendwo verstecken.«

»Einverstanden. Aber ich will wissen, wer er ist und was er ausgefressen hat.«

»Mein Name ist Harry Willcox, Sir«, sagte der Bengel zaghaft.

»Er ist mein Sohn«, fügte Francis unnötigerweise hinzu. »Und er hat nichts ausgefressen. Es ist nicht der Sheriff, der hinter ihm her ist, damit würde ich selber fertig.«

»Wer dann?«, fragte Jonah verständnislos.

»William de la Pole.«

Jonah schwieg verwundert und dachte nach. »De la Pole ist in London?«, fragte er schließlich.

Willcox nickte. »Seit zwei oder drei Tagen. Es scheint, er ist in aller Heimlichkeit zurückgekehrt, weil er dem Treasurer aus dem Weg gehen will, der ein Hühnchen mit ihm zu rupfen hat.« Er unterbrach sich kurz und stieß dann hörbar die Luft aus. »Ich weiß, dass er Euer Schwiegervater ist, Durham, aber ...«

Jonah hob abwehrend die Hand. »Das bedauert niemand so

sehr wie ich. Wir haben uns gründlich überworfen. Seid beruhigt, Master Willcox, ich werde Euren Sohn sicher verwahren.«

Meurig kam mit Grigolet zum Tor. Der Hufschlag klang dumpf und leise im ungepflasterten Hof. Francis der Fuchs zog sich diskret in den Schatten zurück, als der Diener mit dem Licht näher trat, und Meurig sah nur den halbwüchsigen Knaben. Erst jetzt erkannte Jonah, dass der Arm des Jungen heftig blutete.

»Bring den Gaul wieder weg, Meurig. Aber vorher gehst du ins Haus und holst etwas, womit wir den Arm verbinden können. Pass auf, dass dich niemand sieht und niemand herauskommt. Meiner Frau und Crispin sagst du, ich müsse kurzfristig fort und komme morgen Abend zurück. Und morgen früh gehst du zu Master Stephens und richtest aus, ich hätte mir sein Boot geborgt.«

Meurig hatte ein paar Mal genickt. Als Jonah verstummte, wandte er sich ab, band Grigolet an den nächstbesten Ring in der Wand des Kontors und lief zum Haus zurück.

»Wo bringt Ihr ihn hin?«, fragte Willcox.

»Auf mein Gut in Kent. Dort wimmelt es von Fremden, er wird niemandem auffallen. Er kann so lange dort bleiben, wie es Euch gut dünkt. Schickt Annot Nachricht, wenn ich ihn zurückholen soll.«

Willcox atmete erleichtert tief durch. »Ich danke Euch, Sir.« Er streckte die Hand aus, und Jonah schlug ein.

Dann umarmte der König der Diebe seinen Sohn, verabschiedete sich leise und verschwand lautlos wie ein Schatten in der Nacht.

Als sie die Stadt hinter sich gelassen hatten, schnürte Jonah den Wollsack auf und befreite den verwundeten jungen Mann aus seinem ungewöhnlichen Versteck – behutsamer, als dessen Vater es getan hatte.

Harry Willcox keuchte und hustete. Jonah konnte sich vorstellen, dass sein junger Gast Erstickungsängste gelitten hatte. In einem fachmännisch gestopften Sack hätte natürlich kein Mann Platz gehabt, geschweige denn überleben können, aber selbst durch die dünnen Lagen Wolle, die nur der Tarnung gedient hatten, war gewiss nicht viel Luft gedrungen.

Doch Harry beklagte sich nicht. Er ließ sich von Jonah zur Sitzbank im Heck geleiten und sank dankbar darauf nieder. In tiefen Zügen sog er die warme, klare Nachtluft ein.

Jonah nahm die Ruder wieder auf.

»Habt vielen Dank, Master Durham«, sagte der Junge schließlich. »Ich schätze, ich verdanke Euch mein Leben.«

»Willst du mir erzählen, was passiert ist?«, fragte Jonah.

Harry strich sich mit der rechten Hand durch die Haare. Jonah hätte gerne gewusst, ob der Schopf so rot war wie der seines Vaters. »De la Pole ist Euer Schwiegervater?«, fragte der Junge nervös.

»Darum erfreuen mich haarsträubende Geschichten über ihn ganz besonders.«

Harry lachte verblüfft. »Ich … ich habe für ihn gearbeitet. Meist als Lagerarbeiter. Aber weil ich lesen und schreiben kann, hat er mir auch manchmal einen Brief diktiert, wenn gerade niemand anderes zur Hand war. Sein Gehilfe hat mir dies und das über Buchhaltung beigebracht, und auch dabei habe ich manchmal ausgeholfen.«

»Weiß de la Pole, wer dein Vater ist?«, unterbrach Jonah.

»Nein, Sir. Niemand hat mich je gefragt. So viele Leute arbeiten für William de la Pole, sie kommen und gehen. Keiner interessiert sich für ihre Namen. Und ich war dankbar, dass ich eine ehrliche Arbeit hatte. Oder das, was ich dafür hielt. Vor ein paar Wochen beluden wir eins seiner Schiffe mit Wolle. Es war gute Wolle, aber sie war nass geworden. Das machte mich stutzig, denn de la Pole mietet niemals feuchte Lagerräume.« Er rieb sich das Kinn. »Ich dachte, es könne nicht schaden, herauszufinden, woher diese Wolle stammt. Ich fürchtete, einer seiner Agenten betrüge de la Pole vielleicht und treibe irgendein falsches Spiel.« Er lachte humorlos. »Gott, was für ein Dummkopf ich war.«

»Erfahrenere Männer als du sind auf de la Poles ehrliche Fassade hereingefallen«, bemerkte Jonah.

»De la Poles Wollsäcke tragen alle eine Nummer oder ein

Zeichen, worunter sie registriert werden, damit man nachvollziehen kann, woher die Wolle stammt und für welchen Zielhafen sie bestimmt ist«, fuhr der junge Willcox fort. Jonah nickte. So machte er es auch – eins der vielen nützlichen Dinge, die er von seinem Schwiegervater gelernt hatte. »Ich merkte mir also ein paar der Registraturen und habe heimlich in den Büchern geschnüffelt, bis ich sie fand. Die Wolle war angeblich letzten Sommer an Bord der *St. Oswald* nach Antwerpen verschifft worden.«

Jonah horchte auf. Er erinnerte sich. »Die *St. Oswald* sollte dem König fünfhundert Sack Wolle bringen. Die Wolle gehörte der Krone; de la Pole hatte nur den Transport übernommen. Aber das Schiff wurde von den Franzosen aufgebracht und galt als verloren.«

»So sagte man, Sir. In Wahrheit, habe ich herausgefunden, hat die *St. Oswald* vor Guernsey Schiffbruch erlitten. Als de la Poles Leute davon erfuhren, schickten sie eine Bergungsmannschaft los. Das Wrack ist gesunken, aber die Wolle haben sie gerettet.«

»Und de la Pole hat sie behalten und als verloren ausgegeben, um sie dem König zu bringen und als Darlehen zu belasten«, schloss Jonah angewidert.

Harry Willcox nickte unglücklich. »Und weil ich dachte, sein Agent stecke dahinter, bin ich zu ihm gegangen und habe ihm gesagt, was ich entdeckt habe.«

»Dann kannst du in der Tat froh sein, dass du noch lebst, Junge.«

»Es ist nur ein glücklicher Zufall. Er heuchelte Entrüstung und schwor, den Übeltäter zu entlarven. Er versprach mir eine Belohnung und vernünftige Arbeit in seinem Kontor. Erst als seine beiden Finstermänner mir auf dem Heimweg auflauerten, ging mir ein Licht auf. Einer von beiden ist sehr geschickt mit dem Wurfmesser.«

Jonah nickte. »Ich weiß«, murmelte er trocken.

»Er hat mich am Arm verletzt. Ich ... ich wusste sofort, dass sie mich töten wollten. Wer als Sohn meines Vaters aufwächst, kennt diesen Blick. Ich habe mich zu Boden fallen lassen, und als sie über mir waren, hab ich den Kerl mit dem Messer zu Fall gebracht und bin gerannt.«

Sehr besonnen für einen so jungen Kerl, dachte Jonah. Und mutig.

»Wie alt bist du?«, fragte er nach einem längeren Schweigen.

»Fünfzehn, Sir.«

Jonah nickte versonnen. Harry konnte ihn im Licht des Sichelmondes nur schwach erkennen und seinen Ausdruck nicht deuten. Das Schweigen steigerte seine Unruhe, und er erklärte unaufgefordert: »Ich bin eine große Enttäuschung für meinen Vater, wisst Ihr. Ich war nicht einmal sicher, dass er mir helfen würde.«

Jonah verspürte einen seltsamen Drang, sich dieses Knaben anzunehmen. Dabei lag Samaritertum nun wirklich nicht in seiner Natur. Doch war Harry Willcox nach David Pulteney schon sein zweiter Schützling, der im Unfrieden mit seinem Vater lebte, und Jonah kam der Gedanke, ob er vielleicht deshalb Mitgefühl für diese Jungen empfand, weil er so genau wusste, was es bedeutete, das schwarze Schaf einer Familie zu sein.

»Hast du Geschwister?«, fragte Jonah.

Harry nickte. »Wir sind sieben Brüder. Ich bin der Mittlere.«

»Und der Einzige, der kein Dieb werden wollte?«

Der Junge hörte die unterdrückte Heiterkeit in Jonahs Stimme und schloss erschöpft die Augen. »Es … ist nicht so komisch, wie es scheint, Sir.«

»Nein, darauf wette ich. Aber dein Vater ist durchaus ein Mann von Ehre. Vielleicht ist er stolzer auf dich, als du je geahnt hast.«

Harry schnaubte. »Wenn es so ist, hat er es weiß Gott verstanden, ein Geheimnis daraus zu machen. Als Knirps bin ich ständig aus seiner verfluchten Langfingerschule weggelaufen zu einem Pater, der mir das Lesen beibrachte. Jedes Mal hat mein Vater mich zurückgeholt und verprügelt. Er ist ein Schurke, Sir, der andere Menschen bestiehlt und betrügt und manchmal auch tötet. Er kann sehr grausam sein, sonst wäre er heute wohl kaum dort, wo er ist. Trotzdem ist mir der Gedanke unerträglich, dass man ihn eines Tages aufhängen wird, denn ganz egal, was er ist, er ist auf jeden Fall mein Vater. Ich wünsche mir oft, ich wäre der Sohn eines anderen, Master Durham.«

Jonah überlegte, ob William de la Poles Söhne sich das nicht auch eines Tages wünschen würden. Und im nächsten Moment fragte er sich voller Schrecken, wie seine eigenen Söhne einmal über ihn urteilen mochten. »Ein Mann muss kein Dieb sein, um ein Schurke zu sein, Harry.«

Der junge Willcox nickte bedrückt. »Das hat mich der heutige Tag gelehrt, Sir.«

Es war schon nach Mitternacht, als sie an die Mündung des Rhye kamen, und Jonah fühlte sich erschöpft. Sein Kopf begann bedenklich zu hämmern, als er gegen die schwache Strömung des Flüsschens anrudern musste, aber er lehnte Harrys wiederholtes Angebot, ihn abzulösen, rigoros ab. Die Fleischwunde am Oberarm des Jungen war vermutlich nicht gefährlich, aber hässlich und tief. Jonah wollte nicht, dass sie wieder aufbrach und blutete, denn er hatte Francis Willcox schließlich versprochen, seinen Sohn gut zu behüten.

Es war zum Glück nicht mehr sehr weit. Jonah machte das Boot nahe der neuen Walkmühle am Ufer fest und führte seinen Gast zum Gutshaus. Alles war still und dunkel. Die Wachhunde erkannten Jonah wieder und ließen ihn eintreten, ohne anzuschlagen. So blieb es ihm überlassen, David zu wecken, und er war nicht sonderlich überrascht, seinen Gehilfen mit der stillen, hübschen Magd im Bett vorzufinden.

David war die Situation unendlich peinlich, aber Jonah war zu müde, um irgendeinen bissigen Kommentar zu ersinnen. »Hier, David, das ist Harry Willcox. Er wird einige Zeit dein Gast sein. Harry, das ist David Pulteney, mein Steward.«

Dann fiel er zum Entsetzen der Magd mitsamt Schuhen neben ihr aufs Bett und schlief auf der Stelle ein.

Vogelstimmen weckten Jonah bei Tagesanbruch. Er fühlte sich wunderbar, streckte sich genüsslich in dem breiten Bett aus – das er inzwischen für sich allein hatte –, lauschte dem aufgeregten Gezwitscher und sog die süßen Spätsommerdüfte ein, die durch das kleine Fenster hereindrangen. Warum verbrachte er mit Giselle und den Kindern im Sommer nicht mehr Zeit in Sevenelms? Mit dieser oftmals gestellten Frage schlief er wieder ein, und beim nächsten Mal war es der Duft nach gebratenen Eiern und Speck, der ihn weckte. Sein Bärenhunger trieb ihn aus den Federn, und wenig später fand er sich in der kleinen Halle zum Frühstück ein.

David wünschte ihm höflich einen guten Morgen, und die Magd stellte einen gut gefüllten Teller vor Jonah, ohne ihn anzusehen.

Nachdem sie hinausgeschlüpft war, sagte Jonah mit einem untypisch verlegenen Lächeln. »Es tut mir Leid, David. Ich weiß kaum, was mit mir los war …«

David winkte ab. »Was macht der Kopf?«

Jonah tastete unwillkürlich mit den Fingern der Rechten seine Schläfe ab. »Alles in Ordnung. Was weißt du von meinem Kopf?«, fragte er dann voller Argwohn.

»Harry hat's mir erzählt.«

»Und woher weiß er davon?«

David hob kauend die Schultern und schluckte dann. »Es wurde offenbar in der Stadt darüber geredet.«

»Großartig …«, grollte Jonah leise, ehe er sich umsah und fragte: »Wo steckt der Junge?«

»Sieht sich die Siedlung an.«

»Hm.« Jonah widmete all seine Aufmerksamkeit dem Frühstück, und David ließ ihn zufrieden, bis die Teller geleert waren. Dann fragte er: »Wer ist er, Jonah?«

Jonah klärte ihn über Harrys Identität und seine Schwierigkeiten auf. »Behüte ihn ein Weilchen, sei so gut. Bring ihm etwas bei. Sieh zu, ob wir ihn vielleicht gebrauchen können.«

David starrte ihn fassungslos an. »Den Sohn von Francis dem Fuchs? Kaum, Jonah.«

»Niemand kann sich seinen Vater aussuchen. Ich dachte, du wüsstest das.«

David richtete sich kerzengerade auf. »Ich wäre sehr dankbar, wenn du Vergleiche zwischen seinem und meinem Vater unterlassen wolltest.«

Jonah verzog spöttisch den Mund und sah seinem jungen Steward in die Augen, bis David selbst grinsen musste. »Na schön«, räumte er versöhnlicher ein. »Ich werde ihn hüten und sehen, was er taugt.«

»Gut. Und sag deiner Magd, ich habe nicht die Absicht, sie beim Kirchengericht anzuschwärzen.«

David sah mit einem stillen kleinen Lächeln zur Tür. »Ihr Name ist Gail. Wir wollen heiraten.«

Jonah starrte ihn ungläubig an. »Eine Bauernmagd aus Kent? Dein Vater wird begeistert sein.«

»Ja, bestimmt. Aber das braucht mich zum Glück nicht weiter zu kümmern, solange wir deinen Segen haben.«

Jonah machte eine einladende Geste.

David hatte nicht ernsthaft geglaubt, dass Jonah ihm Schwierigkeiten machen würde, aber er war dennoch erleichtert. Er streckte die Beine unter dem Tisch aus und verschränkte die Hände im Nacken. »Warum bleibst du nicht ein paar Tage hier? Du siehst nicht gut aus, wenn du meine Offenheit verzeihen willst. Ein bisschen Ruhe und Landluft werden dir gut tun. Und es gibt so viel, das ich dir hier zeigen will.«

Jonah schüttelte mit ehrlichem Bedauern den Kopf. »Es geht nicht. Ich will nächste Woche nach Flandern und muss mich vorher um tausend Dinge kümmern. Aber wenn ich die neuen Flamen bringe, bleibe ich vielleicht eine Woche hier.«

David seufzte ergeben. »Nun, wenn du gehen musst, musst du gehen. Aber bleib wenigstens bis heute Abend. Einige der Leute, die du hergebracht hast, sind echte Künstler. Du musst dir unbedingt ihre Arbeiten ansehen. Vielleicht ist etwas dabei, das du der Königin mitnehmen willst.«

So kam es, dass Jonah erst gegen Mitternacht heimkehrte. Voller Neugier hatte er David zu den Werkstätten der flämischen Weber und Färber begleitet. David hatte nicht übertrieben, stellte er fest. In Sevenelms entstanden die herrlichsten Tuche, die es mit allem aufnehmen konnten, was auf dem Kontinent produziert wurde. Überall in dem neu entstandenen Dorf wurde noch emsig gebaut. Die armseligen Hungerleider, die Jonah vor zwei Monaten hergebracht hatte, waren kaum wiederzuerkennen. Die Menschen wirkten zufrieden und zuversichtlich. Und sie entboten Jonah ihren ehrerbietigen Gruß auf Englisch.

David hatte ihm gesagt, er müsse vor allem mehr Walker aus den Niederlanden herschaffen, denn die feinsten Tuche, hatten die Flamen ihn gelehrt, wurden immer noch von Hand gewalkt. Jonah sann über die Frage nach, wie er es anstellen sollte, eine Schiffsladung voll erstklassiger Walker zusammenzubringen, als er die Pforte zu seinem Haus in London aufschloss und in den Innenhof trat. Er erinnerte sich später an diesen schlichten, harmlosen Gedankengang und wunderte sich, wie rasant schnell aus einer unspektakulären Spätsommernacht ein Albtraum werden konnte.

Er roch es, bevor er irgendetwas sah. Der Hof lag in tiefer Finsternis unter dem diesigen Nachthimmel, in allen Pächterhäusern waren die Lichter längst erloschen. Jonah stand reglos an der Pforte, den Kopf ein wenig zur Seite geneigt, die Nasenflügel gebläht. Vielleicht war es nichts. Es konnte von überall her kommen. Ein schwelendes Holzfeuer im Nachbarhof, ein nachlässig abgedeckter Herd gegenüber. Aber das lähmende Entsetzen, das seine Beine hinaufkroch, um dann wie ein heißer Stein in seinem Bauch zu liegen, sagte etwas anderes. Im nächsten Moment sah er das schwache Flackern durch eines der Fenster im Obergeschoss. Ein erstickter, unartikulierter Laut entrang sich seiner zugeschnürten Kehle, und er stolperte vorwärts, als habe er einen kräftigen Stoß zwischen die Schultern bekommen. Er riss die Tür zu der kleinen Kate neben dem Tor auf. »Meurig, das Haus brennt.«

Er wartete keine Antwort ab.

Der Weg zur Tür erschien ihm wenigstens doppelt so weit wie gewöhnlich, es war, als hingen Bleigewichte an seinen Füßen. Dann hatte er die Tür endlich erreicht, und als er sie aufstieß, ließ ein grausiges Fauchen ihn zurückzucken. Ginger und zwei seiner rot getigerten Sprösslinge fegten an ihm vorbei und brachten ihn beinah zu Fall. Dann spürte Jonah Meurigs Hand auf dem Arm.

»Hier, Master. Haltet Euch das vor Mund und Nase.« Er drückte ihm einen nassen Lappen in die Hand und presste einen zweiten vor sein eigenes Gesicht.

Beizender Qualmgeruch schlug ihnen entgegen, aber seltsamerweise war kein Rauch zu sehen.

»Es ist oben«, sagte Jonah tonlos.

Vage hörte er hinter sich im Hof ein donnerndes Klopfen und Rachels Stimme: »Master Fleming, wacht auf, das Haus brennt! Master Ypres, Master Bertini, kommt schnell!«

Dann hatte Jonah die Treppe erreicht und hastete hinauf, immer drei Stufen auf einmal. Hier oben war es in der Tat rauchig; dicke Qualmwolken quollen aus der Halle. Das Stroh am Boden brannte. Der schwarze Rauch machte die Dunkelheit undurchdringlich wie Tinte, aber sie fanden den Weg auch im Finstern. Jonah hörte Meurig an die Tür zu Hillocks Kammer klopfen und sie dann aufstoßen. »Master Rupert, Mistress Elizabeth, Ihr müsst aufwachen …«

Jonah versuchte die Tür seiner eigenen Schlafkammer zu öffnen. Sie war verriegelt, und er hämmerte dagegen. »Giselle! Wach auf, das verdammte Haus brennt!«

Hinter ihm wurde es hell – irgendetwas Trockenes, leicht Brennbares hatte Feuer gefangen. Der Tisch oder die abgewetzten Polster der Stühle. Erst jetzt sah er, wie verqualmt das Haus war. »Giselle!«

Vielleicht war sie längst ohnmächtig. Er trat einen Schritt zurück, nahm Anlauf und sprengte die Tür mit einem gezielten Tritt. Ein scharfer Schmerz zuckte bis in die Hüfte hinauf, aber er merkte es kaum.

Giselle lag in einem unnatürlichen Tiefschlaf. Als er sie an der Schulter rüttelte, hustete sie erstickt, wachte jedoch nicht auf. Jonah hob sie auf und brachte sie zur Treppe, wo er mit einem röchelnden Rupert zusammenstieß. Wortlos streckte der bärenhaft große Mann Jonah die Arme entgegen, aber selbst in diesem Moment konnte Jonah Rupert nichts so Kostbares anvertrauen. »Wo ist Elizabeth?«, fragte er hustend und legte Giselle Meurig in die Arme, der dicht hinter Rupert erschien.

»Das Tuch, Master«, mahnte der Waliser.

Jonah drückte sich den nassen Lappen wieder vor Mund und Nase und scheuchte sie zur Haustür hinunter, ehe er selbst sich der schmalen Treppe zuwandte, die ins Dachgeschoss führte.

Mit jeder Stufe, die er erklomm, wurde der Qualm dichter. Jeder Atemzug schmerzte in der Kehle. Die Dielen des engen Treppenabsatzes oben und der hölzerne Pfeiler, der das Dach stützte, brannten lichterloh. Jonah riss die erste Tür auf, stolperte hinein und fiel vor Crispins Bett auf die Knie.

Er packte seinen Freund mit solcher Kraft am Arm, dass Crispin von seinem schmalen Lager gerissen wurde, aber selbst das konnte ihn nicht aus seiner Ohnmacht wecken. Jonah fasste ihn unter den Achseln und schleifte ihn zur Tür. Er hörte ein keuchendes Schluchzen und war sich vage bewusst, dass es seine eigene Stimme war.

»Meine Söhne«, stammelte er heiser. »Crispin, wach auf … meine Söhne …«

Wieder erschien Meurig neben ihm, nahm ihm den schweren, leblosen Körper ab und ruckte das Kinn zur benachbarten Kammer.

Jonah taumelte zur letzten Tür und stieß sie auf. Die Dachkammer der Kinder war weniger verqualmt als Crispins, weil sie nicht direkt über der brennenden Halle lag, und er konnte einen Moment lang klar sehen: Lucas hatte seinen Bruder aus der Wiege geholt und hielt ihn ungeschickt, die kleinen Arme um den Brustkorb des Babys geschlungen. Er hatte sich mitsamt seiner viel zu schweren Last ans Kopfende von Marions Bett verkrochen und dort furchtsam zusammengekauert. Die Amme schlief ebenso unnatürlich tief wie Crispin und Giselle.

Jonah fragte sich einen Moment lang, wie es wohl kam, dass Erwachsene dem beißenden Rauch offenbar leichter erlagen als Kinder, aber es war kein bewusster Gedanke. Schon drangen die dichten Qualmwolken in die kleine Kammer. Mit einem ohrenbetäubenden Dröhnen barst der Pfeiler auf dem Treppenabsatz und stürzte hinab, verwandelte die Treppe in ein Flammenmeer.

Jonah warf sich Marion über die Schulter, schlang den rechten Arm um beide Kinder und hob sie hoch. Für einen bedrohlichen Augenblick gaben seine Knie nach. Er bekam keine Luft mehr, atmete pures Feuer. Seine Augen brannten.

»Gott, hilf mir«, flehte er.

Doch sein Gebet wurde nicht erhört. Vielleicht zürnte Gott ihm, weil er in die Rolle des Satans geschlüpft war. Jedenfalls sandte er ihm keine Hilfe, sondern Elizabeth.

Wie der Engel aus dem Buch der Offenbarung stand sie plötzlich in der Tür, umhüllt von schwarzem Qualm und roten Flammen.

»Du kannst nicht mehr hinaus«, eröffnete sie ihm und hustete krampfartig. Speichel rann ihr übers Kinn, und sie krümmte sich vor Schmerz und Atemnot, aber sie lächelte. Es war das erste wahrhaft glückliche Lächeln, das er je auf ihrem Gesicht gesehen hatte. »Du kannst nicht hinaus«, wiederholte sie. »Du und deine Brut, ihr werdet hier oben sterben. Ich wollte, dass du heimkommst und nur einen Haufen verkohlter Trümmer und Leichen findest. Aber das hier übersteigt ... meine kühnsten Träume ...« Sie rang keuchend um Atem, und Jonah erkannte, dass sie lachte. »Du bist abgeschnitten. Die Treppe brennt lichterloh.«

Jonah starrte sie furchtsam an und antwortete mechanisch: »So wie dein Rock.«

Sie fiel nicht darauf herein. Triumphierend verfolgte ihr Blick die Funken, die auf seine Schultern herabregneten und seine Haare versengten. »Es ist nur ein kleiner Vorgeschmack auf das, was dich in der Hölle erwartet.«

Lucas wimmerte und rang panisch um Atem. Philip drohte

ihm zu entgleiten, und Jonah verstärkte den Druck seines Arms, mit dem er beide Söhne hielt. Der Teil seines Verstandes, der sich inzwischen verselbstständigt hatte, sagte, dass ein paar gebrochene Rippen nicht so schlimm waren wie der sichere Tod, der seine Söhne erwartete, wenn er sie fallen ließ. Die Flammen bedeckten jetzt die gesamte Fläche der Dielen, und Jonah hatte wenig Hoffnung, dass das brennende Holz ihn mitsamt seiner Last noch tragen würde.

Dann endlich spürte Elizabeth die Flammen, die den Rock erfasst hatten, an ihren Beinen lecken, und sie schauderte und schrie. Im nächsten Moment war sie ganz in Feuer gehüllt.

Jonah duckte sich, stahl sich an ihr vorbei und mitten in das Flammenmeer auf der Treppe. Sein nasses Tuch hatte er auf Lucas' Gesicht gelegt. Er atmete nicht mehr. Eine äußere Kraft schien ihn abwärts zu treiben. Er setzte Fuß um Fuß auf die lodernden Stufen. Ein Getöse wie von mahlenden Felsblöcken hüllte ihn ein. Nie zuvor hatte er dergleichen gehört. Hinter ihm krachte und splitterte es. Er sah nicht zurück. Er spürte, wie Marion ihm von der Schulter glitt, und er packte ihr Handgelenk und schleifte sie mit. Auf der halben Treppe zum Erdgeschoss kam Meurig ihm entgegen – mitten durch die Flammen –, hob die Bewusstlose hoch, schlug auf die Flammen ein, die an ihrem Hemd züngelten, und nebeneinander taumelten Jonah und der Knecht die letzten Schritte zur Tür hinab.

Eisige Wassergüsse trafen Jonah bei seiner Ankunft im Hof. Er lief noch ein paar Schritte weg vom Haus, so wie ein kopfloses Huhn rennt, stürzte dann schlitternd zu Boden und hustete, dass er glaubte, er werde in Stücke gerissen. Hilfreiche Hände streckten sich ihm entgegen, aber es dauerte einen Moment, ehe er sich dazu überwinden konnte, seine Kinder herzugeben. Seine Lunge brannte. Das Gesicht fühlte sich an, als habe er zu lange in der sengenden Sonne gestanden, und als ihm jemand die Schuhe auszog, kam es ihm vor, als werde die Haut unter den Füßen gleich mit heruntergeschält. Er wollte schreien, aber er brachte nichts als ein brüchiges Krächzen zustande. Ungläubig starrte er auf die Schuhe, die ein Paar unbekannter Hände neben ihm in den Staub legte: Das rehbraune Wildleder war zu unförmigen schwarzen Klumpen verkohlt.

Er wandte hastig den Kopf ab. Meurig lag gleich neben ihm, auf einen Ellbogen aufgerichtet, das Gesicht vor Schmerz verzerrt. Als er Jonahs Blick auffing, keuchte er hustend: »Jetzt wissen wir, was *wirklich* qualmende Füße sind, nicht wahr, Master?«

Jonah lachte tonlos. »Fehlt noch jemand?«, flüsterte er. Seine Kehle brannte. Er fragte sich, ob irgendwer ihm bald einen Schluck Wasser bringen würde.

Rachel, die zuerst ihren Mann versorgt hatte, kam zu ihm, kniete sich neben ihn und hielt einen Becher an seine Lippen. Jonah trank gierig, hustete dann erstickt, behielt mit Mühe bei sich, was er geschluckt hatte, und genoss mit geschlossenen Augen das Gefühl ihrer weichen Brüste, die sie ihm so großzügig als Kopfkissen bot. Er erkannte, dass er seit Jahren hatte wissen wollen, wie sie sich anfühlten.

»Alle draußen, Master Jonah, außer Mistress Hillock«, sagte Rachel ruhig, ließ Wasser aus dem Becher in ihre Hand rinnen und benetzte damit sein Gesicht. Es war ein himmlisches Gefühl. »Aber das ist wohl so, wie es sein sollte, nicht wahr?«

Er riss die Augen auf. »Wieso sagst du das?«

Rachel erwiderte seinen Blick. Ihr Gesichtsausdruck war erschüttert, doch gleichzeitig gefasst, seltsam ruhig. »Ist sie vielleicht nicht dort, wo sie schon längst hinwollte?«

»Weise Rachel«, murmelte Jonah. »Hilf mir auf die Füße. Ich muss versuchen, mein Haus zu retten.«

Sie strich ihm beiläufig über die Wange. »Nein.«

Er widersprach ihr nicht. Er wusste, das Haus war verloren. Blinzelnd und hustend sah er zu, wie die Pächter und all die Männer, die eilig aus der Nachbarschaft herbeigeströmt waren, eine Eimerkette bildeten, um Werkstätten, Wolllager und Kontor zu retten. Eine zweite Gruppe war mit Ketten, Schaufeln und langen Stangen am Werk, um die einstürzenden Trümmer so zu lenken, dass sie keinen weiteren Schaden anrichten konnten. Doch die Wut des Feuers ließ sich nicht bezähmen. Als die Vorderfront des Hauses zum Hof hin einstürzte, war niemand mehr in der Gefahrenzone, doch alle vier Pächterhäuser und die kleine Kate am Tor fingen Feuer und brannten nieder.

Maria Fleming weinte bitterlich. Es war das zweite Mal in ihrem Leben, dass ihr Webstuhl – ihre Lebensgrundlage – ein Raub der Flammen wurde.

Jonah saß mit dem Rücken an die Tür zum Kontor gelehnt und schaute dem Toben des Feuers zu. Giselle und die Kinder waren zu Nachbarn gebracht worden, deren Haus weit genug entfernt lag, um in Sicherheit zu sein.

Crispin war aufgewacht und machte sich nützlich: Er hatte eine Schüssel voll Wasser organisiert, in der Jonah seine verbrannten Füße kühlen konnte.

Jonah wackelte versuchsweise mit den Zehen. Es fühlte sich grässlich an. Das Wasser plätscherte leise. Er wunderte sich, dass es nicht zischte. Erschöpft lehnte er den Kopf an die rohe Holztür und wandte Crispin das rußverschmierte Gesicht zu. »Das nächste Haus bauen wir aus Stein.«

»Ja, Jonah.«

»Und wir bauen die Pächterwerkstätten nicht wieder auf.«

»Nein? Aber wo sollen die Leute hin?« Crispin tauchte ein Tuch in die Schüssel und tupfte Jonah zaghaft die versengten Brauen ab.

Jonah riss ungehalten den Kopf weg. »Nach Sevenelms. Wir kriegen hier stattdessen einen Garten.«

Er fantasiert, erkannte Crispin, antwortete aber: »Was immer du sagst, Jonah.«

»Wo sind Giselle und die Kinder?«, fragte Jonah mindestens zum dritten Mal.

»In Sicherheit. Sei beruhigt. Ihnen ist nichts geschehen.«

Jonah atmete tief durch. »Nur Elizabeth.«

Crispin nickte.

Jonah sah ihn an. »Sie hat es getan. Das Haus angesteckt.«

Crispins Hand mit dem feuchten Tuch zuckte zurück, und er starrte seinen Kompagnon bestürzt an. »Woher ... woher willst du das wissen?«

»Sie hat es mir gesagt.«

»O Jesus«, flüsterte der Jüngere tonlos, »erbarme dich ihrer armen, gequälten Seele.«

Nein, sie soll brennen, dachte Jonah rachsüchtig. Wie sie es mir vorhin prophezeit hat. Brennen auf immerdar. Aber noch während er es dachte, musste er feststellen, dass er nicht einmal Elizabeth ein solches Schicksal gönnen konnte. Nicht nachdem er gesehen, gehört und gespürt hatte, wie Feuer wirklich war. Zu schrecklich. Niemand hatte das verdient.

Er verschränkte die Arme auf den angewinkelten Knien und bettete den Kopf darauf.

»Alle hast du herausgeholt«, sagte plötzlich eine erstickte Stimme über ihm. »Sogar die Amme, dieses liederliche kleine Luder. Alle gerettet. Nur meine Elizabeth nicht.«

Jonah hob langsam den Kopf. Sein vierschrötiger Vetter stand einen Schritt vor ihm, die Arme baumelten kraftlos herab, und Tränen rannen über sein Gesicht.

Jonah starrte unverwandt zu ihm auf. Nie hatte er Rupert tiefer verabscheut als in diesem Moment. »Brandstifter kommen als Letzte an die Reihe«, sagte er bedächtig. »Sie hätte als Erste draußen sein können, wenn sie gewollt hätte. Aber die Versuchung war zu groß. Sie wollte unbedingt meine Söhne brennen sehen …«

Rupert stieß einen erstickten, gequälten Schrei aus und wollte sich auf ihn stürzen, aber Crispin war blitzschnell auf die Füße gesprungen und hatte Ruperts Arme von hinten gepackt, ehe der die Hand gegen seinen Vetter erheben konnte. »Nehmt euch zusammen, alle beide«, befahl Crispin leise. »Es ist genug Unglück geschehen für eine Nacht.«

Unter anderen Umständen hätte er keine Chance gegen Rupert gehabt, aber Hillock stand wie sie alle unter Schock und kam einfach nicht auf die Idee, sich loszureißen. Als Crispin spürte, dass der massige Körper erschlaffte, ließ er ihn los.

»Du bist ein gottverfluchter Lügner, Jonah«, stieß Rupert hervor. »Niemals hätte sie das getan. Sie … sie *liebte* Kinder!«

Jonah lachte bitter. »Nur meine nicht.«

»Wenn ich je erfahre, dass du diese absurde Anschuldigung in der Öffentlichkeit wiederholst, bring ich dich um!«

Jonah nahm langsam die Füße aus der Wasserschüssel. Dann umklammerte er den Türpfosten mit der Rechten, packte mit der Linken Crispins hilfreich ausgestreckte Hand und stand auf. Das Löschwasser hatte die Erde im Hof in kühlen Morast verwandelt, aber es fühlte sich trotzdem an, als stünde er auf glühenden Kohlen. Er rang darum, zu ignorieren, was er spürte, und sah seinem Cousin in die Augen. »Verschwinde, Rupert. Ich habe kein Kissen mehr, auf das du dein Haupt betten könntest, kein Dach mehr, um dich darunter zu beherbergen. Und das verdanke ich nur dir. Alles, was heute Nacht passiert ist, mein Verlust wie auch der deine, alles hast du verschuldet. Also verschwinde. Vergieß deine Tränen anderswo. Mir wird speiübel von ihrem Anblick.«

Rupert taumelte einen Schritt zurück, als habe ihn ein Schlag getroffen. Dann wandte er sich ab und stolperte zum Tor.

London, November 1340

Es war wohl unvermeidlich, dass man sich im Gildehaus zuraunte, Master Durham dürfe sich nicht wundern, dass Gott ihm das Haus angezündet habe, bei dem lästerlichen Schauspiel, das Jonah den ganzen Spätsommer über vor den Londoner Kirchen geboten hatte. Diejenigen, die ihm wohl gesinnt waren, hielten dagegen, dass es in dem Falle sonderbar sei, dass Gott Durhams Geldtruhe – prall gefüllt, so wurde gemunkelt – und sogar ein paar seiner Weinfässer geschont hatte. Auch die kostbaren Pokale und Teller aus Silber. Das habe nichts mit göttlicher Fügung zu tun, erklärte Edith Cross kategorisch, sondern vielmehr damit, dass das Haus nach dem trockenen Sommer wie Zunder gebrannt habe, schnell, aber nicht besonders heiß, sodass das gute Eichenholz der Fässer und Truhen nur geschwärzt, nicht jedoch verbrannt war. Darüber hinaus verkündete sie, sie würde sich bereitwillig jeden Sonnabend vor eine Kirche stellen und die Hure Babylon spielen, wenn sie dafür so ein schönes neues Haus bekäme wie die Durhams.

Jonah saß an seinem gewohnten Platz an der hohen Tafel der Halle und hörte sie, denn Mistress Cross' Stimme war auch dann noch durchdringend, wenn sie sie senkte. Er lächelte amüsiert vor sich hin, aber Martin Greene, der ihn verstohlen beobachtet hatte, dachte bei sich, dass der junge Durham bleich und sorgenvoll wirkte.

»Wie gehen die Bauarbeiten voran?«, fragte der Gildewärter interessiert.

Jonah sah auf und nickte. »Schneller, als ich für möglich gehalten hätte. Vor Weihnachten können wir einziehen.«

Für Jonah konnte es gar nicht schnell genug gehen. Sein Haushalt hatte sich vorübergehend in alle Winde zerstreut: Rachel und Meurig waren zu Rachels Eltern nach East Cheap gegangen, Jasper und seine Familie ins Gästehaus der Franziskaner von Greyfriars. Sie hatten den kleinen Philip mitgenommen, weil Berit ihn ja stillen musste. Giselle, Lucas und Marion waren in de la Poles Haus an der Old Jewry gezogen. Jonah, Crispin und Crispins neuer Lehrling, Martin Aldgates ältester Sohn, schliefen im Tuchlager und führten die Geschäfte weiter. Jonah verabscheute es, von seiner Frau und den Kindern getrennt zu sein.

»Und Ihr baut das ganze Haus aus Stein?«, fragte Greene neugierig weiter.

Jonah schüttelte den Kopf. »Nur das Erdgeschoss.« Ein komplettes Steinhaus wäre zu teuer und die Bauzeit zu lang gewesen.

»Die Küche aus Stein, das ist vernünftig«, lobte der vorsichtige Warden. »Meist ist es ja doch die Küche, wo Feuer ausbricht, nicht wahr?«

»Meistens, ja.«

»Was ist aus Euren flämischen Pächtern geworden?«

»Sie gehen nach Sevenelms. Alle außer den Flemings; sie sind schon so lange in London, dass sie sich nicht mehr davon trennen wollen. Ich habe ihnen ein kleines Haus in Cheapside gekauft und verpachtet.«

Greene zog die Brauen hoch. Vermutlich rätselte er, woher Jonah das Geld für all diese Investitionen hatte, aber natürlich war er zu höflich, um zu fragen. Er wechselte das Thema. »Rupert ist in sein Haus zurückgekehrt, wusstet Ihr das?«

Jonah schüttelte den Kopf. Er hatte kein Interesse an Neuigkeiten von Rupert, doch sein Blick wanderte wie von selbst zu dem Platz, an dem sein Vetter für gewöhnlich saß. Der Platz war verwaist.

Martin Greene nickte versonnen. »Ich nehme an, Eure wundervolle Frau hat ihren Vater dazu überredet.«

Das wäre ihr glatt zuzutrauen, dachte Jonah.

»Der arme Rupert, die Frau im Feuer verloren«, fuhr der Warden seufzend fort. »Was kann es Schrecklicheres geben? Das hat wohl selbst de la Poles steinernes Herz gerührt.«

»Das würde mich wundern«, murmelte Jonah.

Greene lächelte flüchtig, wurde aber gleich wieder ernst. »Master Durham ... wir hatten nicht immer das beste Verhältnis in den letzten Jahren, und meistens war Euer Vetter Anlass unserer Differenzen. Dennoch möchte ich Euch um Rat bitten in einer Frage, die ihn betrifft.«

Jonah sah den Gildewächter unbehaglich an, erhob aber keine Einwände.

»Rupert hat um meine Tochter Bernice angehalten.«

Dieses Mal war es an Jonah, die Brauen in die Höhe zu ziehen. Nach zwei Monaten Witwerschaft war Rupert schon wieder auf Freiersfüßen? Daran konnte man wohl unschwer erkennen, wie tief der Schmerz über seinen Verlust in Wahrheit gewesen war. Doch Jonah sagte lediglich: »Ich kann nicht glauben, dass Ihr das ernsthaft in Erwägung zieht, Sir. Ich weiß, Ihr nehmt es übel, wenn ich schlecht von meinem Vetter spreche, aber Ihr kennt ihn selbst gut genug.«

Greene nickte und deutete ein Achselzucken an. »Ich weiß, er tut sich schwer im Geschäft, aber solange er für mich gearbeitet hat, war er immer zuverlässig. Und immer nüchtern.«

Jonah unterdrückte ein Seufzen. Im Grunde war ihm gleich, was aus Bernice Greene wurde; sie war ein langweiliges Schaf mit Hasenzähnen und hatte ihn nie interessiert. Trotzdem sagte er: »Sir, ich habe viele Jahre in Ruperts Haus gelebt. Er ist ein Trunkenbold, glaubt mir, und er wird nicht gerade sanftmütiger, wenn er trinkt. Falls Euch am Glück Eurer Tochter gelegen ist, weist ihn ab.«

»Aber Bernice ist dreiundzwanzig!«, stieß der Warden mit unterdrückter Heftigkeit hervor, die Jonah verriet, dass im Hause Greene die Torschlusspanik umging. Eine unverheiratete Frau von dreiundzwanzig war eine alte Jungfer. »Rupert könnte mit ihrer Mitgift einen soliden Neuanfang machen, und Bernice will ihn haben. Sie sagt, selbst Rupert Hillock sei besser als gar kein Mann.«

Sie irrt sich, dachte Jonah. »Ihr wollt keinen Rat, Sir, sondern jemanden, der Eure Bedenken zerstreut.«

Greene ließ sich in seinen Sessel zurücksinken und stieß hörbar die Luft aus. »Ihr habt Recht.«

»Ich fürchte, damit kann ich nicht dienen.«

Der ältere Mann nickte ergeben, die Stirn sorgenvoll gerunzelt. Als er den Kopf wieder hob, hatte sein Ausdruck sich jedoch gänzlich verändert: Er war nachdenklich, aber die Augen funkelten beinah boshaft. »Wisst Ihr, Durham, Ihr wart immer scharfsinnig. Doch allmählich, so scheint es mir, entwickelt Ihr auch so etwas wie Klugheit. Denkt Ihr nicht, es sei bald an der Zeit, der Gilde etwas zurückzugeben und ein Amt als Warden zu übernehmen?«

Jonah stöhnte und stützte die Stirn in die Hand. »Gott... warum habe ich nicht einfach gesagt, was Ihr hören wolltet?«

Martin Greene lachte schadenfroh.

Sonntags holte Crispin Annots Sohn Cecil nach wie vor aus der Klosterschule, damit Mutter und Sohn ein paar Stunden miteinander verbringen konnten. Der junge Aldgate ging nach dem Kirchgang zu seiner Familie nach Hause, und Jonah notgedrungen zu seinem Schwiegervater.

Am ersten Adventssonntag erwartete Giselle ihn wie üblich voller Ungeduld am Tor und hatte die Arme um seinen Hals geschlungen, ehe der Diener das Tor noch ganz geschlossen und sich dezent abgewandt hatte.

»Oh, Jonah«, murmelte sie, als ihre Lippen sich voneinander lösten. »Wann ist unser Haus endlich fertig?«

»Bald«, versprach er und ließ sie los, um Lucas zu begrüßen, der von der Tür des Hauses auf ihn zugelaufen kam. Jonah hob seinen Sohn hoch und wirbelte ihn herum. Lucas jauchzte. In den ersten Tagen nach dem Feuer war der Junge verstört und schreckhaft gewesen, und sie hatten sich um ihn gesorgt. Jonah vor allem. Er fragte sich, was Lucas von dem albtraumhaften letzten Wortgefecht mit Elizabeth auf der brennenden Treppe verstanden und behalten hatte, ob die Erinnerung an die in Flammen stehende, schreiende Wahnsinnige ihn nachts in seinen Träumen verfolgte. Doch was immer der Schaden gewesen sein mochte, Lucas' Seele war schneller geheilt als Jonahs Füße.

Jetzt schlang der Junge die Arme um den Hals seines Vaters wie vor ihm seine Mutter und legte vertrauensvoll den Kopf an seine Schulter, zufrieden, ihn einfach nur anzusehen. Wie so oft verständigten Vater und Sohn sich ohne Worte.

Jonah verfrachtete ihn auf den linken Arm und ging neben Giselle zum Haus. »Die *Philippa* ist heute Vormittag zurückgekommen«, berichtete er, während sie eintraten.

»Aus Flandern?«, fragte sie.

»Ja. Hamo sagt, in Brügge hat es schon geschneit.«

»Du hast dem König Wolle geschickt?«

Jonah nickte. »Auch wenn ich mich langsam frage, worin der Sinn liegen soll. Was machen unsere zwanzig oder auch fünfzig Sack Wolle für einen Unterschied angesichts seiner Schulden?«

Giselle zog fröstelnd ihr Schultertuch um sich. Es war ein scheußlicher Novembertag – kalt und nass. Der Innenhof von de la Poles herrschaftlichem Stadthaus war eine Wüste aus grauem Schlamm. »Komm, lass uns hineingehen.« Sie ging voraus in die Halle und sagte: »Vater, hier ist Jonah.«

William de la Pole hob ohne jede Begeisterung den Kopf und nickte. »Durham.«

Jonah stellte Lucas auf die Füße und deutete eine Verbeugung an. »Mylord.« Er brachte es immer noch nicht ohne einen Hauch von Spott über die Lippen.

De la Pole entging das nicht. Der Blick der hellen Falkenaugen verschleierte sich und richtete sich ins Leere. Jonah war augenblicklich auf der Hut.

Mit einem Lächeln, das so warm war wie der fahle Sonnenschein im Februar, schaute sein Schwiegervater ihn wieder an. »Nehmt Platz. Giselle, gib Hannah Bescheid, sie kann auftragen.«

Giselle ging wortlos hinaus. Jonah setzte sich auf seinen Platz und hielt Lucas auf den Knien. Der Dreijährige warf unruhige Blicke von seinem Vater zu seinem Großvater und zurück.

De la Poles Lächeln wurde eine Spur wärmer. »Aufgeweckter Knabe, nicht wahr?«

Jonah nickte. »Was wollt Ihr?«

Sein Schwiegervater antwortete nicht gleich. Scheinbar aus heiterem Himmel fragte er: »Habt Ihr Interesse, mir Euren Dordrecht-Schuldschein zu verkaufen?«

»Dordrecht-Schuldschein?«, wiederholte Jonah verständnislos.

William de la Pole verdrehte ungeduldig die Augen. »Seid so gut und erinnert Euch an Euer angeblich todsicheres Wollmonopol, Durham.«

Jonah erinnerte sich. »*Ihr* habt gesagt, es sei todsicher.«

De la Pole winkte ungeduldig ab. »Wie dem auch sei. Der König hat unsere Wolle in Dordrecht konfiszieren und uns mit Schuldscheinen abspeisen lassen.«

»Ja, ich war dabei«, bemerkte Jonah sarkastisch.

»Ich biete Euch an, Euren zu kaufen. Ihr solltet nicht lange überlegen. Es ist fraglich, ob wir den Tag noch erleben, da der König die Schulden zurückzahlt.«

»Stimmt. Darum frage ich mich, warum Ihr meinen kaufen wollt. Vorweihnachtsstimmung? Ein gutes Werk?«

Sein Schwiegervater verzog einen Mundwinkel. »Nennt es, wie Ihr wollt.«

Giselle kam in die Halle zurück. Sofort nahm sie die Spannung zwischen ihrem Vater und ihrem Mann wahr, aber ihre Miene zeigte eher Neugier als Besorgnis, als sie sich neben Jonah setzte und ihm das Kind abnahm, das unruhig geworden war.

Jonah verschränkte die Arme auf der Tischplatte. »Wo liegt der Haken?«, fragte er.

De la Pole deutete ein Schulterzucken an. »Ich biete Euch zehn Shilling für das Pfund.«

Jonah schnaubte ungläubig. »Ihr wollt meinen Schuldschein für die *Hälfte* dessen kaufen, was er wert ist? Ich bewundere Euren Optimismus, Mylord.«

»Es wird Euch überraschen zu hören, dass der König mich dazu ermächtigt hat.«

»Das macht das Angebot nicht attraktiver. Ich verzichte dankend.«

Sein Schwiegervater machte eine wegwerfende Geste, als sei das Thema nur von mäßigen Interesse. »Nun, ganz wie Ihr wollt. Ich dachte nur, mit Eurem Hausbau und all Euren ehrgeizigen Plänen in Sevenelms hättet Ihr das Geld vielleicht nötig.«

»Nicht *so* nötig«, beschied Jonah. »Ich warte lieber, bis das Glück sich wendet und der König wieder zahlungsfähig ist. Der Tag wird kommen, da habe ich keinerlei Zweifel. Wann, ist mir gleich.«

»Dann bleibt mir nichts anderes übrig, als Euch zu Eurer Zuversicht zu gratulieren, Sir«, erwiderte de la Pole steif. Er war verärgert. Jonah hätte zu gerne gewusst, warum sein Schwiegervater so versessen auf den wertlosen Schuldschein war. Aber er fragte ihn nicht. Er hatte wenig Hoffnung, dass er eine ehrliche Antwort bekommen würde.

Die Stimmung während des Essens war angespannt, de la Pole missgelaunt und einsilbig. Jonah aß in aller Seelenruhe. Schwelender Unfrieden konnte ihm nicht den Appetit verderben – andernfalls wäre er als Lehrling in Ruperts Haus elend verhungert. Lucas hingegen wurde quengelig, bis de la Pole schließlich ungehalten nach der Amme schickte und sie hieß, den Jungen hinauszubringen.

Giselle wartete, bis Marion mit dem Kind an der Hand gegangen war, ehe sie ihren Vater anfuhr: »Seid so gut und lasst Eure üblen Launen nicht an meinem Sohn aus!«

»Er ist verzogen und unleidlich«, brummte de la Pole. »Er braucht eine feste Hand, sonst wird er ein ungehobelter Finsterling wie sein Vater.«

Jonah versteckte sein Grinsen hinter seinem Weinbecher, aber Giselle schluckte den Köder geradezu dankbar. »Ihr seid derjenige, der unleidlich ist! Was hat Euch die Laune verdorben, liebster Vater? Dass Jonah Euch den Schuldschein nicht gibt? Warum wollt Ihr, dass die Krone Euch immer noch mehr Geld schuldet? Habt Ihr keine Furcht, dass der König Euch an den Rand des Ruins treiben könnte wie die Bardi?«

»Nein«, beschied de la Pole eisig. »Denn ich bin kein dünnblütiger italienischer Wucherer, sondern weiß, was ich tue. Gott, wie ich es hasse, wenn Frauen ihre Nase in meine Geschäfte stecken. Du solltest dich lieber um die Erziehung deines Sohnes kümmern, die du vernachlässigst!«

»Ah ja? Mir gefällt mein Sohn so, wie er ist! Und Ihr lenkt vom Thema ab. Was wollt Ihr mit unserem Schuldschein?«

De la Pole seufzte ungeduldig. »Es ist eine Investition für die Zukunft. Wenn ich diese Schuldscheine jetzt zur Hälfte ihres Nennwertes erwerbe und der König sie eines Tages in voller Höhe zurückzahlt, habe ich ein gutes Geschäft gemacht, falls du in der Lage bist, das zu begreifen.«

»Doch, durchaus. Was ich hingegen nicht begreife, ist Eure Eile. Ihr wollt den König noch abhängiger von Euch machen, als er es ohnehin schon ist, nicht wahr? Warum? Und warum ausgerechnet jetzt?«

De la Pole ließ die Faust auf den Tisch krachen. »Ich habe gesagt, ich bin nicht gewillt, diese Dinge mit dir zu erörtern!«

»Schön. Dann sage ich es Euch: Ihr befürchtet, dass der König hinter Eure Schurkereien kommt und ...«

»Was soll das heißen? Ich hoffe doch sehr, Giselle, dass du nicht alles glaubst, was dein Gemahl dir erzählt.«

Sie winkte ärgerlich ab. »Niemand muss mir irgendetwas erzählen, Vater, denn ich kenne Euch!«

Jonah legte ihr warnend die Hand auf den Arm. Gewöhnlich ließ er Giselle und ihren Vater nach Herzenslust streiten, weil es ihn amüsierte und sie beide es so offensichtlich genossen, aber die Debatte drohte genau die Richtung einzuschlagen, die er hatte vermeiden wollen. »Lass uns in die Ropery reiten und unser Haus ansehen«, schlug er betont leise vor.

»Eine großartige Idee«, stimmte de la Pole zu. Er kochte. »Und du solltest dir lieber überlegen, was du an meiner Tafel sagst, Giselle, sonst kannst du in dein verdammtes neues Haus ziehen, ehe es ein Dach hat!« Mit dieser Drohung stürmte er hinaus.

Jonah nickte anerkennend. »Großartig, Giselle...«

»Ach!«, stieß sie aufgebracht hervor. »Er soll bloß nicht die verleumdete Unschuld mimen, das macht einen ja krank!«

Jonah erkannte die Gefahr, dass ihr Zorn sich plötzlich gegen ihn richten könnte, wie ein Blitz, der, seines ursprünglichen Zieles beraubt, sich zwangsläufig ein neues suchen muss. Darauf konnte er wunderbar verzichten. Er geleitete sie wortlos in den Hof hinaus, hieß den Stallknecht ihre Pferde satteln, und erst als sie den Nordteil der Stadt hinter sich gelassen hatten, Seite an Seite die schlammige Cordwainer Street Richtung Fluss hinabritten und schon gründlich nassgeregnet waren, sagte er: »Vielleicht noch zwei Wochen, Giselle. Dann wird das Haus bewohnbar sein, auch wenn noch nicht alles fertig ist.«

»Am liebsten würde ich zu dir ins Kontor ziehen«, erklärte sie gallig. »Wenn Lucas nicht wäre, würde ich es tun.«

Steine, Balken und Stapel von Holzbrettern übersäten den Hof. Er wirkte verwahrlost und unordentlich, kaum besser als die Stätte der Verwüstung, die er nach dem Brand gewesen war. Die großen Pfützen waren noch schwarz von der Asche und dem Ruß, die die Erde bedeckten.

Kein aufheiternder Anblick, dachte sie düster, bis sie den Blick nach rechts wandte und das neue Haus sah. Das Erdgeschoss aus hellen, ordentlich behauenen Sandsteinquadern war fertig. Auch das Fachwerk des Obergeschosses war vollständig errichtet und zum größten Teil schon verbrettert. Die Arbeiten am Dachstuhl hatten begonnen, und alle hofften, dass das Haus vor dem Frost fertig würde.

Giselle zog hörbar die Luft ein. »Du meine Güte ... So groß!«

Das neue Haus reichte bis an die Grundstücksbegrenzung am Fluss und ragte weiter in den Hof hinein als das alte. Jonah nahm ihre Hand, führte sie durch den noch türlosen Eingang und das Erdgeschoss. Nicht nur Küche und Vorratskammern waren dort angelegt, sondern drei weitere Räume. Jonah wies nacheinander auf die Türdurchbrüche: »Kontor, Tuchlager, Kapelle.«

Giselle schüttelte ungläubig den Kopf. Ihre Augen hatten zu strahlen begonnen.

»Die Gebäude auf der anderen Hofseite werden nur noch Stall und Wolllager sein. Das verdoppelt unsere Lagerkapazitäten hier auf dem Grundstück. Und sobald wir können, bauen wir eine eigene Anlegestelle.«

Ohne eine Antwort abzuwarten, zog er sie die Treppe hinauf. Er wirkte euphorisch, aufgeregt wie ein Kind. Verstohlen beobachtete sie sein Gesicht, seinen federnden Schritt. Es war wunderbar, ihn so glücklich und zuversichtlich zu sehen.

Die neue Halle war mindestens doppelt so groß wie die alte, und zwei ihrer vier Fenster zeigten auf den Fluss. Nicht ein einziger Stützpfeiler unterbrach die gewagte Länge des Raumes. »Und das soll halten?«, fragte sie skeptisch.

»Der Zimmermann hat es beim heiligen Joseph geschworen.«

»Hm«, machte sie. »Trotzdem wird es nicht der Zimmermann sein, den die einstürzende Decke erschlägt, sondern wir.«

Lachend zog er sie an sich. »Sei kein solcher Hasenfuß. Natürlich hält es.«

»Ich bin kein Hasenfuß«, stellte sie entrüstet klar. »Und jetzt zeig mir unsere Kammer.«

»Sehr wohl, Mistress.«

Er führte sie in den Raum, der an die Kaminwand der großen Halle grenzte. Er war großzügig und bot ebenfalls einen Ausblick auf den Fluss und die Felder und Wiesen von Southwark am jenseitigen Ufer.

Giselle blieb mitten in der Kammer stehen, schlang die Arme um Jonahs Hüften und lehnte den Kopf an seine Schulter. »Wir werden es immer ein bisschen warm haben hier drin.«

»Ja.«

»Es ist wundervoll, Jonah.«

Er lächelte auf ihren Scheitel hinab. »Was für Bettvorhänge willst du haben? Dieses Mal sollst du sie aussuchen.«

»Genau die gleichen«, antwortete sie ohne Zögern. »Blau mit silbernen Blättern.«

»Und wo soll das Bett hin?«

Sie hob den Kopf und sah sich aufmerksam im Raum um. Dann wies sie auf die Mitte der Wand, die dem Fenster gegenüberlag. »Dort. Ich will morgens aufwachen und den Fluss sehen können.«

Er führte sie zu der Stelle, auf die sie gezeigt hatte. »Hier ungefähr?«

»Genau hier.«

Er überrumpelte sie mit einer plötzlichen Bewegung, zog sie zu Boden und schob ihre Röcke hoch. »Dann lass es uns ausprobieren.«

»Jonah!«, protestierte sie lachend, aber sein Blick brachte sie augenblicklich in Wallung, und sie zerrte ihn ungeduldig zu sich herab, ehe er den Gürtel noch ganz gelöst hatte. Es wurde ein stürmischer Liebesakt, übermütig und doch ernst. Als sie schließlich still lagen, immer noch ineinander verschlungen, wurde ihnen bewusst, wie laut ihr Keuchen in dem leeren, unfertigen Haus gehallt hatte.

Giselle lachte. »Ich hoffe, die Nachbarn haben uns nicht gehört.«

Dich hat man wahrscheinlich bis nach Cripplegate gehört, dachte Jonah grinsend, aber er sagte es nicht. Im Eifer des Gefechts hatte Giselle die züchtige Haube eingebüßt, und er hatte ihren Zopf gelöst. Jetzt strich er die wirren, kastanienfarbenen Locken mit beiden Händen aus ihrem Gesicht und sah sie an.

Nach einem Moment schlug sie die Augen nieder. »Weißt du, es ist natürlich eine indiskrete Frage, aber manchmal wüsste ich doch zu gern, was du denkst, wenn du mich so anschaust.«

Jonah ging durch den Kopf, dass er sich wohl lieber die Zunge abgebissen hätte, ehe er wie ein liebeskranker Narr daherfaselte. »Na ja, ich dachte gerade an all die vielen Zimmer in diesem neuen Haus«, log er.

»Die alle mit Durham-Bälgern bevölkert werden sollen?«, tippte sie.

Er nickte.

»Nun, ich würde sagen, wir sind auf dem richtigen Weg«, sagte sie.

Er half ihr, die Kleidung in Ordnung zu bringen, legte ihr den Arm um die Schultern und führte sie zurück auf die Galerie, von welcher die Türen zu den übrigen Zimmern abgingen. Er hatte in der Tat optimistisch geplant: eine Kammer für die Söhne, eine für Töchter, beide groß genug, um je ein halbes Dutzend zu beherbergen. Ohne mich, dachte Giselle entsetzt. Crispin hatte ein angemessen geräumiges Gemach. Am Ende des Flurs lagen eine Kammer, in der mühelos drei Lehrjungen Platz finden konnten, und zwei weitere Räume, deren Zweck noch unbestimmt war.

»Es ist wunderbar, Jonah«, urteilte Giselle, als sie ihren Rundgang beendet hatten. »Du hast an alles gedacht.«

»Wir haben einen guten, erfahrenen Baumeister. Ich habe versucht, über meinen Schatten zu springen und auf seinen Rat zu hören.«

Sie nickte anerkennend. Dann zog sie den Mantel fester um sich. »Es wird mir noch besser gefallen, wenn es beheizt ist«, gestand sie. Erst jetzt wurde ihr bewusst, wie eisig der Wind durch die Fensteröffnungen pfiff, welche Kälte das Mauerwerk ausstrahlte.

Er gab ihr Recht. »Ja, lass uns irgendwohin gehen, wo es warm und trocken ist.«

»Aber ich will noch nicht zurück zu meinem Vater«, erklärte sie entschieden. »Es wäre besser gewesen, du hättest uns weiter streiten lassen. Dann wäre jetzt schon alles vergessen. So bin ich immer noch wütend auf ihn. Warum bist du dazwischengegangen? Das tust du doch sonst nie.«

Er führte die Pferde aus dem Hof, sperrte das Tor ab und half Giselle in den Sattel. Nachdem er selbst aufgesessen war, antwortete er: »Erinnerst du dich an meinen geheimnisvollen Besucher am Abend vor dem Feuer?«

»Natürlich.«

»Es war Francis der Fuchs.«

Giselle zog erschrocken die Luft ein und sah unwillkürlich über die Schulter, um sich zu vergewissern, dass niemand sie belauschte. »Was wollte er?«

Sie ritten die Ropery in östlicher Richtung entlang, und Jonah berichtete seiner Frau, was passiert war. »Und darum wollte ich nicht, dass du mit deinem Vater über seine Schurkereien streitest und er das Gefühl bekommt, dass wir mehr darüber wissen, als wir sagen«, schloss er.

»Du fürchtest, er könnte in Sevenelms nach dem jungen Willcox suchen?«

Jonah hob langsam die Schultern. »Es ist immer schwer vorherzusehen, welche Schlüsse er zieht und was er dann tut. Aber es wäre gefährlich, ihn zu unterschätzen. Ich habe Willcox versprochen, seinen Sohn sicher zu verwahren, und würde mein Wort gern halten. Außerdem kann es noch sehr nützlich sein, dass ich die Wahrheit über die *St. Oswald* weiß. Aber nur solange dein Vater nicht weiß, dass ich es weiß.«

Giselle lauschte dieser etwas verworrenen Argumentation nur mit halbem Ohr. »Und du glaubst wirklich, dass er diesen Jungen ermorden lassen wollte?« Sie war offensichtlich erschüttert. »Ich meine, ich weiß, mein Vater ist kein Engel, aber

Harry Willcox ist der Sohn eines Schurken, und wir haben nur sein Wort.«

Jonah sah sie von der Seite an. »Ich weiß, dass der Junge die Wahrheit gesagt hat. Es tut mir Leid, Giselle.«

Sie nickte und fragte nicht, wie er so sicher sein konnte. Ihr Instinkt warnte sie, dass sie darüber nichts Näheres erfahren wollte. »Ich will nicht in sein Haus zurück«, erklärte sie. »Lass uns Lucas und Marion holen und in ein Gasthaus ziehen.«

Jonah erwiderte nichts. Es gab nicht ein einziges Gasthaus in London, wo er seine Frau und seinen Sohn bedenkenlos unterbringen würde.

»Es ist mir ernst, Jonah«, erklärte sie angriffslustig.

»Daran zweifle ich nicht.«

»Aber du willst ... Sag mal, wohin reiten wir eigentlich?«

»Zum Tower.«

Giselle verzog angewidert das Gesicht. »Sagtest du nicht etwas von warm und trocken?« Doch sie fügte sogleich hinzu: »Nein, nein, du hast schon Recht. Lass uns nach diesen bedauernswerten, verwaisten Kindern sehen.«

Sie wusste natürlich ganz genau, dass Jonah das nur für Philippa tat. Es konnte keinen anderen Grund geben, warum er sich freiwillig in den Tower begab, den er verabscheute und wo es dem Prinzen und seinen Schwestern eigentlich doch an nichts mangelte. Giselle verspürte die altvertraute Eifersucht. Aber sie bedauerte die verlassenen Königskinder in der finsteren alten Burg aufrichtig und kam mit einem verstohlenen Seufzer zu dem Schluss, dass Jonahs Liebesopfer an die Königin wirklich einem guten Zweck diente.

Der trübe Novembertag ging schon zur Neige, als sie über die Zugbrücke ritten und vor dem Torhaus hielten. Ein einzelner Soldat kam aus der Wachkammer, gähnte herzhaft und winkte sie grußlos durch.

Jonah bedachte ihn mit einem finsteren Blick. Nebeneinander ritten sie durch den weitläufigen Burghof zum White Tower hinüber, wo ein Knappe ihnen die Pferde abnahm.

Er schlang sich die Zügel über den Arm und rieb sich die eiskalten Finger. »Seid gegrüßt, Sir Jonah, Madam.« Dabei machte er einen höflichen Diener.

Jonah reichte dem Jungen einen halben Penny. »Ziemlich ruhig hier«, bemerkte er.

Der Knappe senkte beschämt den Blick und nickte. »Ich weiß auch nicht, wohin alle verschwunden sind, Sir.« Er tippte dankend an seine Kappe und führte die Pferde eilig fort, als fürchtete er, Jonah wolle ihn einer eingehenderen Befragung unterziehen.

Keine Wachen standen am Eingang des Turms. Jonah und Giselle wechselten einen verwunderten Blick.

»Lieber Gott, jeder Meuchelmörder könnte hier eindringen«, murmelte Giselle.

Jonah gab ihr Recht. Er fand es auch gefährlich, dass der Prinz und die Prinzessinnen so nachlässig bewacht wurden. Immerhin befand England sich im Krieg, auch wenn man hier nicht viel davon merkte. Wenn ein Spion dem rachgierigen König von Frankreich berichtete, wie leicht man hier eindringen konnte … Es war nicht auszudenken.

»Sir Jonah!«, rief die achtjährige Isabella entzückt aus, als sie die Halle betraten, sprang undamenhaft von der Bank am Tisch und stürmte auf sie zu. Jonah wollte sich mit der Hand auf der Brust vor ihr verneigen, aber schon hatte sie die Arme um seine Hüften geschlungen und presste sich an ihn.

»Isabella, wie du dich wieder aufführst!«, schalt der Prince of Wales und verdrehte die Augen.

Jonah hob die Prinzessin auf den Arm, trug sie zum Tisch zurück und verneigte sich vor dem Prinzen, vor dem auch Giselle in einen graziösen höfischen Knicks gesunken war.

Mit einer Geste forderte er sie auf, sich zu erheben. Die Bewegung war weder affektiert noch arrogant, sondern ganz und gar königlich. Prinz Edward war ein guter Beobachter und bemühte sich, seinen Vater in allem zu kopieren.

Es gibt allerdings ein paar Dinge, die du nicht von ihm lernen solltest, mein süßer, kleiner Prinz, dachte Giselle flüchtig, ehe sie fragte: »Wo ist Prinzessin Joanna, Euer Gnaden?«

»Bei der Amme«, antwortete er. »Sie hat Fieber. Joanna, meine ich, nicht die Amme.«

Giselle wechselte einen beunruhigten Blick mit Jonah. »Hat jemand nach einem Arzt geschickt?«

Edward hob die Schultern. »Ich weiß nicht. Zuerst war's nur ein Schnupfen. Aber seit heute früh ... Ich weiß nicht.«

»Wünscht Ihr, dass ich einmal nach der Prinzessin sehe, Mylord?«, fragte sie nur der Form halber. Sie hatte sich schon abgewandt, als der Prinz antwortete: »Das wäre sehr freundlich, Madame.«

Als ihre Schritte auf dem nackten Steinfußboden verhallt waren, blickte Edward wieder zum Ritter seiner Mutter. Er saß kerzengerade auf der Bank und hielt den Kopf hoch. »Nehmt doch Platz, Sir.«

Jonah kannte sich mit Jungen in Edwards Alter nicht sonderlich gut aus, egal ob von königlicher oder niederer Geburt, aber es war unschwer zu erkennen, dass der Prinz hinter den erlesen höflichen Manieren eine erdrückende Furcht verbarg, und Jonah bewunderte seine Haltung. Edward war ganze zehn Jahre alt.

»Danke, Mylord.« Jonah setzte die Prinzessin ihrem Bruder gegenüber auf die Bank und nahm in gebührlichem Abstand neben ihr Platz, doch sofort rückte sie wieder zu ihm, kletterte auf seinen Schoß, steckte den Daumen in den Mund und schloss die Augen.

Über ihren gesenkten Kopf hinweg warf der Prinz Jonah einen Blick zu, als wolle er sagen: *Mädchen. Was will man erwarten?*

Jonah antwortete mit einem verschwörerischen Nicken und bemerkte beiläufig. »Still im Tower heute Abend.«

»Ja, Sir. Habt Ihr ... habt Ihr zufällig Nachricht von der Königin erhalten?« Es sollte nach höflicher Plauderei klingen, aber Jonah sah den bangen Blick.

»Leider nein. Vor sechs Wochen war ich für ein paar Tage auf dem Kontinent und habe sie kurz gesprochen. Der Aufbruch des Königs zu neuen Waffenstillstandsverhandlungen stand unmittelbar bevor, und natürlich hat sie ihn begleitet. Bedauerlicherweise weiß ich nicht, wie die Verhandlungen verlaufen sind oder ob sie bald heimkommen.«

Der Prinz nickte, wandte für einen Moment das Gesicht ab und schluckte. »Waffenstillstand«, brachte er dann gepresst hervor. »Was für eine … Schmach.« Als Jonah nicht antwortete, sah er ihn wieder an und fragte wütend: »Etwa nicht?«

Jonah schüttelte den Kopf. »Die Schmach trägt Philip von Frankreich. Bei Sluys hat er seine Flotte verloren und in seiner feigen Weigerung, sich zur Schlacht zu stellen, die Unterstützung seines Adels und seine Ehre. Weil er aber auf seinem Thron klebt wie eine Spinne im Netz, werden wir einen neuen Anlauf unternehmen müssen, um ihn herunterzuschütteln. Dieser Waffenstillstand ist unsere Atempause, nichts weiter.«

Der Junge dachte einen Moment nach und fuhr sich abwesend mit dem Ärmel über die Nase. Auch er war erkältet, und Isabella hatte ebenfalls schon mehrfach geniest. Kümmerte sich denn hier keiner um das Wohlergehen der Kinder?

»Es ist, wie Ihr sagt, Sir«, räumte der Prinz ein. »Ihr wisst es und ich auch. Aber was denkt der Papst? Der Kaiser? Was denken die Verbündeten?«

»Das ist gleich«, erklärte Jonah entschieden. »Wenn Ihr Euch davon abhängig macht, was andere denken, legt Ihr Euch selbst in Fesseln.«

»Aber was ist mit der Ehre?«, widersprach Edward hitzig.

Jonah erkannte, dass sie so nicht weiterkommen würden. Er hob die Schultern. »Ihr solltet nicht mich fragen, mein Prinz. Ich bin nur ein Pfeffersack. Auch wir halten große Stücke auf Ehre, aber wir verstehen darunter etwas völlig anderes als Ihr Ritter.«

Der Prinz lächelte unwillkürlich. Man konnte ihm keine größere Freude machen, als ihn einen Ritter zu nennen. Und er entspannte sich. Es tat ihm wohl, dass Jonah mit ihm wie mit einem Erwachsenen sprach – er fühlte sich weniger klein und hilflos und verlassen. »Ihr habt wahrscheinlich Recht, Sir.« Er nickte altklug.

Jonah war verblüfft zu erkennen, dass der Prinz sich offenbar besser fühlte, und fragte sich verwundert, wie er das bewerkstelligt hatte.

»Wollen wir eine Partie Schach spielen?«, schlug Edward vor.

»Einverstanden.« Jonah hatte es während der langen, eintönigen Monate in Antwerpen gelernt und war von dem Spiel fasziniert.

Eilig, mit kindlichem Enthusiasmus holte der Prinz Brett und Figuren von der Fensterbank und stellte alles auf. Dann stürzte er sich mit Feuereifer ins Gefecht. Der Junge hatte die größere Erfahrung, konnte aber im Gegensatz zu Jonah nicht weit vorausplanen. Es wurde ein langwieriges, spannendes Spiel, das in einem Remis endete.

Edwards Augen leuchteten, und seine Wangen waren feuerrot. »Noch einmal! Ich kann Euch schlagen, ich weiß es genau! Noch einmal!«

»In Ordnung.«

Während Edward die Figuren neu aufstellte und das Brett umdrehte, kam Giselle zurück.

»Die Prinzessin schläft«, sagte sie leise.

Jonah ruckte das Kinn zu Isabella auf seinem Schoß. »Diese hier auch.«

»Ist meine Schwester sehr krank, Madame?«, fragte der Junge.

»Nein, ich glaube nicht, mein Prinz. Es ist nur eine starke Erkältung. Aber wie steht es mit Euch? Euer Gesicht ist so gerötet, würdet Ihr mir wohl gestatten, Eure Stirn zu fühlen?«

»Wenn's sein muss...«

Lächelnd legte sie die kühle Hand auf sein Gesicht und schüttelte dann den Kopf. »Unbedenklich. Nur Kampffieber«, erklärte sie mit einem Blick auf das Schachbrett.

»Bleib hier und werde Zeuge meiner Niederlage«, forderte Jonah sie auf.

»Nichts lieber als das. Aber zuerst schicke ich nach etwas zu essen.«

Als sie zurückkam, nahm sie Jonah die schlafende Isabella ab, die sich auf ihrem Schoß zurechtkuschelte, ohne aufzuwachen. Wenig später brachte ein Page eine Platte mit kaltem Fleisch und Brot und einen Krug verdünntes Bier. Jonah und Giselle wunderten sich ein wenig über die kärgliche Kost, gaben aber keinen Kommentar ab.

»Ha! Jetzt hab ich Euch! Schachmatt!«, rief Edward eine gute halbe Stunde später schließlich triumphierend. »Ihr seid ein toter Mann, Sir!«

Jonah hatte die Absicht gehabt, ihm den Sieg zu schenken, aber inzwischen war er gar nicht mehr so sicher, ob er die Wahl gehabt hätte. Grinsend stieß er seinen König um, schlug dann beide Hände vor die Brust und ließ sich mit einer schauderhaften Grimasse von der Bank fallen.

Edward lachte so laut, dass seine Schwester aufwachte. »Was ist denn?«, fragte sie verschreckt.

»Gar nichts, Engel.« Giselle strich ihr über den Schopf. »Die Männer treiben Unfug, wie üblich.«

»Spielen wir noch mal?«, fragte Edward mit leuchtenden Augen.

Jonah setzte sich wieder hin und konsultierte seine Frau mit einem Blick. »Ich weiß nicht, Mylord. Es wird spät. Ihr gehört ins Bett. Die Prinzessin schon längst.«

Edwards Schultern sackten herab. Er erhob keine Einwände. Er konnte schließlich nicht eingestehen, wie sehr ihm vor dem Moment graute, da Sir Jonah und Lady Giselle aufbrachen und sie hier allein zurückließen. Wie sehr er sich in diesem finsteren, leeren Kasten fürchtete, wie die Angst und die Verantwortung für seine beiden kleinen Schwestern ihm die Luft abschnürten, wenn er nachts wachlag.

»Würdet ... würdet Ihr Isabella noch eine Geschichte erzählen, ehe Ihr geht? Sie kann dann viel besser schlafen.«

Da Isabella bereits wieder einschlummerte, war der wahre Hintergrund der Bitte unschwer zu durchschauen.

Jonah nickte und stand auf. »Für Geschichten ist Giselle zuständig. Ich rede derweil ein paar Worte mit dem Constable.«

Auch wenn er keine Ahnung hatte, wie er den Befehlshaber des Tower dazu bewegen sollte, die Kinder besser zu bewachen und dafür zu sorgen, dass sie genügend Gesellschaft hatten. Der Constable des Tower, Sir Nicholas de la Bèche, war ein hoher Offizier und musste sich von einem Londoner Kaufmann überhaupt nichts sagen lassen.

Doch die Konfrontation blieb Jonah erspart. An der Tür zur Halle stieß er um ein Haar mit einem großen, in einen dunklen Mantel gehüllten Mann zusammen. Im ersten Moment fürchtete Jonah, er stehe dem besagten Meuchelmörder gegenüber, der im Auftrage Philips von Frankreich, dem jede Niederträchtigkeit zuzutrauen war, den englischen Kronprinzen töten wollte.

Doch dann warf die finstere Gestalt die Kapuze zurück und donnerte: »Wo ist der verfluchte Constable?«

Prinz Edward sprang von der Bank auf. »Vater!«

Mit einem Mal wimmelte es in der Halle von Menschen. Ritter, Edelleute, Diener und Kinder strömten herein. Die Fackeln, die ihnen den Weg hierher beleuchtet hatten, wurden in die Wandhalterungen gesteckt, und die düstere Halle wurde hell. Prinz Edward und seine Schwester begrüßten die Ankömmlinge stürmisch.

Jonah kniete vor der Königin im Stroh, hielt ihre Hand einen Augenblick länger als zwingend notwendig und sah zu ihr auf.

Sie lächelte. »Schaut nicht so genau hin. Ich bin müde und staubig. Und erhebt Euch.«

Er schüttelte langsam den Kopf, während er auf die Füße kam. Ihre Erscheinung war perfekt wie immer, und unter dem hermelingefütterten Mantel trug sie ein solides, aber raffiniert geschnittenes Reisekleid aus einem tiefgrünen Tuch, das Jonah ihr bei seinem kurzen Besuch vor sechs Wochen mitgebracht hatte.

Sie drückte seine Hand noch einmal kurz, ehe sie ihn losließ und Giselle in die Arme schloss. »Ah, mein Lämmchen! Was für eine unverhoffte Freude.«

Giselle spürte ihr Herz so heftig hämmern, dass sie fürchtete, sie habe keine Luft zum Sprechen. »Willkommen daheim, Madame«, brachte sie mühsam hervor.

Der König setzte sich an seinen gewohnten Platz an der ungedeckten, erhöhten Tafel. Seine Ritter folgten ihm. Die Diener brachten das spärliche Gepäck und auch die jüngeren Kinder hinaus, nachdem Edward, Isabella und Giselle die beiden kleinen Prinzen, Lionel und John, gebührend bewundert hatten, die ja bei ihrer Mutter auf dem Kontinent geblieben waren.

Die Königin gab Anweisungen für ein spätes Nachtmahl und ging hinaus, um rasch nach der kranken Joanna zu sehen. Der König fragte Jonah: »Wo steckt der Constable, Sir?«

Jonah hob ratlos die Schultern. »Ich war im Begriff, ihn zu suchen, als Ihr hereinkamt.«

»Findet ihn und bringt ihn her«, befahl der König über die Schulter.

John Chandos und Geoffrey Dermond verließen die Halle. Gervais of Waringham hingegen beschloss, den Befehl des Königs lieber zu überhören, setzte sich stattdessen neben Prinz Edward und plauderte mit ihm.

Es dauerte nicht lange, bis die beiden Ritter mit dem Befehlshaber des Tower in ihrer Mitte in die Halle zurückkehrten.

Vor dem König sank der Constable auf ein Knie nieder. »Mylord! Welch große Freude, Ihr seid wohlbehalten heimgekehrt. Wir hatten keine Nachricht, dass …«

»Wo wart Ihr, Sir?«, unterbrach der König schneidend. In der Halle war es still geworden. Alle hier Versammelten kannten den König gut genug, um zu erkennen, dass er in gefährlicher Stimmung war.

Der Constable blinzelte. »Mein König, ich …« Er brach ab.

Edward sah zu seinen Rittern. »Wo habt ihr ihn gefunden?«

Der blutjunge John Chandos errötete verlegen, trat aber tapfer zu ihm und flüsterte ihm etwas ins Ohr. Jonah verstand die Worte »East Cheap« und »Lasterhöhle« und fragte sich flüchtig, ob es Annot gewesen war, die dem Constable des Tower die Abendstunden vertrieben hatte.

Der König nickte langsam. »Wie viele Männer sollten hier um diese Zeit auf Wache sein?«, fragte er den Constable.

»Dreiundvierzig, Sire«, antwortete de la Bèche prompt. Er gab sich die größte Mühe, nüchtern zu wirken, aber er lallte ein bisschen.

»Und wie viele sind es tatsächlich?«

»Dreiundvierzig, Sire«, wiederholte der Befehlshaber im Brustton der Überzeugung.

König Edward lächelte humorlos und deutete ein Kopfschütteln an. »Es sind genau drei, Sir. Einer davon ist betrunken wie Ihr. Einer schlief. So bewacht, habt Ihr meinen Sohn und meine Töchter hier zurückgelassen.«

Der Constable öffnete den Mund, aber offenbar fiel ihm nichts ein, das er zu seiner Verteidigung hätte vorbringen können.

Angewidert wandte der König den Blick ab und nickte seinen Rittern zu. »Sperrt ihn in eines seiner Verliese. Legt ihn in Ketten. Und werft den Schlüssel meinethalben in die Themse.«

Der Constable senkte den Kopf und erhob keine Einwände. Vermutlich wusste er, dass er verdient hatte, was immer mit ihm geschehen würde.

Geoffrey Dermond packte ihn unsanft am Arm und führte ihn hinaus, Chandos folgte dicht hinter ihnen.

Ein bedrücktes Schweigen blieb zurück. Alle beobachteten den König nervös, und Edward bemühte sich, seinen Zorn zu unterdrücken und fröhlich zu wirken.

»Wenigstens Ihr habt über meine Kinder gewacht«, sagte er lächelnd zu Jonah und Giselle. »Ein tröstlicher Gedanke, dass nicht jeder Mann in England mich im Stich gelassen hat. Wenn auch die meisten.« Bei den letzten Worten brach die Bitterkeit wieder hervor.

Giselle sah, dass Jonah gegen das unverdiente Lob protestieren wollte, und kam ihm eilig zuvor: »Der Prinz hat uns auf das Höfischste unterhalten, Sire. Wir alle hatten einen äußerst kurzweiligen Abend.«

Der König zögerte einen winzigen Moment lang, ehe er sie

ansah. Als er es schließlich tat, leuchteten seine Augen begehrlich auf – er hatte wohl einfach keine Kontrolle über diesen Blick. Hastig sah er weiter zu seinem Sohn. »Gut gemacht, Edward.«

Der Prinz errötete vor Freude und schmuggelte Giselle ein dankbares Lächeln zu.

»Seid Ihr … fertig auf dem Kontinent, Sire?«, fragte der kleine Edward seinen Vater vorsichtig. »Wir … wir hatten gar keine Nachricht von Eurer Heimkehr.«

Der König fuhr ihm kurz über die braunen Locken. »Nein, fertig bin ich noch nicht. Wir haben einen Waffenstillstand bis zum nächsten Sommer geschlossen. Notgedrungen.«

Der Prinz nickte. »Sir Jonah hat es mir erklärt.«

»Ah ja?« Der König streifte Jonah mit einem flüchtigen Blick, den Kopf zur Seite geneigt.

Es war die Königin, die die zweite Frage des Prinzen beantwortete: »Wir sind klammheimlich aus Gent verschwunden, Edward. Das hätte dir bestimmt gefallen. Bei Nacht und Nebel haben wir deine kleinen Brüder eingepackt, sind nach Seeland geritten und von dort aus gestern Morgen vor Sonnenaufgang in See gestochen. Es war ein richtiges Abenteuer.«

»Und … und was geschieht nun?«, fragte der Junge mit leuchtenden Augen.

»Nun sinnen wir auf neue Wege, um unserem Cousin in Frankreich auf die Pelle zu rücken«, antwortete sein Vater. »Aber zuvor muss ich das tun, wofür ich auf so unrühmlichem Wege hergekommen bin.«

»Und was mag das sein?«, wollte der Prinz wissen.

Der König schenkte ihm ein warmes, beruhigendes Lächeln, aber seine Augen hatten sich seltsam verdunkelt.

»Abrechnen«, sagte er leise.

Es wurde fürchterlich. Noch vor dem Mittag wurde der Mayor von London, Andrew Aubrey, verhaftet, ebenso sein Vorgänger, Davids Vater John Pulteney. Die ganze Stadt sei in Ungnade, ließ der König verlautbaren, denn sie hatte nur ein Viertel der

Kreditsumme aufgebracht, die sie der Krone versprochen hatte, und dadurch die schmähliche Situation mitverschuldet. Ein beispielloses Bußgeld wurde in Aussicht gestellt, und in der Guildhall versammelte sich der verbliebene Stadtrat, um zu erörtern, wie in aller Welt man eine Summe zusammenbringen könne, die den König besänftigen würde. Allen war klar: Es hing allein von ihrer Freigiebigkeit ab, wie lange die unglücklichen Stadtväter in Haft blieben. Doch Edwards gewaltiger Zorn beschränkte sich nicht auf London. Die ganze Regierung, die er eingesetzt hatte, um das Reich in seiner Abwesenheit zu verwalten, sei unfähig und korrupt, befand er, und der Chamberlain wurde ebenso eingesperrt wie der Treasurer und der Lord Chancellor, eine Anzahl von Richtern und ein Heer kleiner Regierungsbeamter. Es wurde eng in den schaurigen Kerkern des Tower. Neue Richter wurden eingesetzt und ins ganze Land hinausgeschickt, um zu ergründen, wo all die Wolle und das Geld geblieben waren, die das Parlament dem König zugesprochen, die ihn aber nie erreicht hatten. Reihenweise wurden die Sheriffs, die Vertreter der Krone in den Grafschaften, abgelöst und arretiert.

Zwei Männer hatten sich den Zorn des Königs in ganz besonderem Maße zugezogen: Der eine war Erzbischof Stratford. Er hatte alle Fäden der Regierung in der Hand gehalten und schien mehr als jeder andere für die unhaltbaren Zustände in England verantwortlich. Darüber hinaus, wurde gemunkelt, hatte er der Königin böswillige Geschichten über den König hinterbracht, Geschichten, die Philippa aufs höchste gekränkt und ihrem Gemahl gegenüber äußerst kühl gestimmt hätten. Und das war der wahre Grund, warum Edward dem Erzbischof nach dem Leben trachtete.

Doch Stratford kannte seinen jungen König gut. Er wusste, dass der Plantagenet-Jähzorn rasch entflammt war, sich jedoch ebenso schnell ausbrannte. Also ging er in seiner eigenen Kathedrale in Canterbury ins Asyl, um abzuwarten, bis der Sturm sich gelegt hatte. Niemand wagte, ihn gewaltsam aus gerade dieser Kirche zu holen, nicht einmal Edward. Es war über hundertfünfzig Jahre her, dass dort ein Erzbischof auf Geheiß des Königs erschlagen worden war, doch jeder Mann in England schauderte bei der Erinnerung an diese furchtbare Sünde und ihre Folgen.

»Mich ermorden zu lassen wird dem König hingegen keine öffentliche Geißelung und einen barfüßigen Bußgang im härenen Gewand einbringen«, spottete William de la Pole, der sehr wohl wusste, dass sein Name gleich an zweiter Stelle auf Edwards schwarzer Liste stand. Dann nickte er den vier Rittern zu, die gekommen waren, um ihn zu verhaften. »Gentlemen, ich bin so weit.«

»Vater …«, begann Giselle und brach unsicher wieder ab. Sie hob Lucas auf den Arm, der das Gesicht in ihren Röcken verborgen hatte. Die vier finsteren Gesellen, die so plötzlich in die vornehme Halle des Hauses an der Old Jewry gestürmt waren, machten dem Kind Angst. Giselle erging es nicht anders. Doch sie fragte ruhig: »Soll ich irgendwen benachrichtigen? Was wünscht Ihr, dass ich tue?«

William de la Pole schüttelte den Kopf und warf sich den Mantel über die Schultern. »Gar nichts. Sei unbesorgt, Giselle. Der König mag mir ein Weilchen den wilden Mann vorspielen, aber es hat sich nichts an der Tatsache geändert, dass er von mir abhängig ist. Er weiß es, und ich weiß es auch.«

Einer der jungen Ritter bewegte sich plötzlich, packte den großen Kaufmann am Ärmel und schlug ihm die behandschuhte Faust in den Magen. »Solche Reden solltest du dir lieber abgewöhnen, Pfeffersack«, knurrte er drohend.

De la Pole brach in die Knie und rang um Atem, kippte langsam zur Seite und lag dann keuchend am Boden. Das hielt den Ritter nicht davon ab, noch einmal nachzutreten.

Giselle war starr vor Schreck. Lucas fing an zu weinen. »Was fällt Euch ein, George Finley!«, fuhr sie den Übeltäter an. »Ihr werdet meinen Vater gefälligst wie einen Gentleman behandeln, sonst sorge ich dafür, dass der König davon erfährt.«

Finley hob begütigend die Rechte und ließ von de la Pole ab, konnte sich aber nicht verbeißen zu entgegnen: »Er wird

mir vermutlich den Sold erhöhen, wenn Ihr es tut, Madam.«
Auf seinen Wink brachten zwei seiner Gefährten den Gefangenen rüde auf die Füße und fesselten ihm die Hände auf den Rücken.

»Finley?«, fragte de la Pole kurzatmig, und die Raubvogelaugen funkelten, ob vor Zorn oder Heiterkeit, war schwer zu sagen. »Etwa von den Hungerleider-Finleys oben in Whitfield? Dann seid Ihr mein Pächter, Sir. Wenn Ihr Eure baufällige Bretterbude von Haus behalten wollt, nehmt Euch in Acht.«

Es war kein Geheimnis, dass George Finley ein Bettelritter war, aber er schätzte es nicht besonders, dafür verhöhnt zu werden. Er schenkte de la Pole ein frostiges Lächeln, das nichts Gutes für die Zukunft verhieß.

»Vater, hört doch auf damit«, schalt Giselle ungehalten. »Merkt Ihr denn nicht, dass Ihr in ernstlichen Schwierigkeiten seid?«

»Das ist ein guter Rat«, ertönte eine leise Stimme von der Tür.

Alle wandten die Köpfe. »Jonah!«, rief Giselle erleichtert.

De la Pole stieß verächtlich die Luft aus. »Natürlich. Um keinen Preis hättet Ihr Euch das entgehen lassen, Durham, nicht wahr?«

Jonah betrat die Halle. »Ihr überschätzt Euren Unterhaltungswert. Finley, wäre es wohl möglich, dass Ihr uns einen Moment allein lasst? Es dauert nicht lange.«

Finley schwankte sichtlich. Dann fragte er: »Ihr bürgt dafür, dass er nicht flieht?«

Jonah schüttelte den Kopf. »Ich bin doch nicht verrückt. Vielleicht postiert Ihr Euch vor der Tür und am Fenster?«

»Na schön«, räumte der junge, schäbig gekleidete Ritter nach einem kleinen Zögern ein. »Aber macht es kurz.«

Jonah wartete, bis die vier Männer die Halle verlassen und die Tür geschlossen hatten. Dann wandte er sich an Giselle. »Am besten, du sagst Marion, sie soll packen. Wir ziehen nach Westminster, bis unser Haus fertig ist. Dieses hier wird geschlossen und beschlagnahmt.«

»Wie all meine Besitztümer, nehme ich an«, versetzte de la Pole verdrossen.

Jonah nickte.

Giselle sah von ihrem Mann zu ihrem Vater, trat dann näher, stellte sich auf die Zehenspitzen und küsste de la Pole auf die Wange. »Sag auf Wiedersehen zu Großvater, Lucas.« Ihre Stimme klang dünn.

»Wiedersehen, Großvater«, murmelte der Kleine folgsam.

De la Pole zwinkerte ihm zu. »Es wird nicht lange dauern, mein Junge.«

Giselle trug Lucas hinaus, und erst als er mit seinem Schwiegervater allein war, bemerkte Jonah: »Wenn Ihr Euch da nur nicht täuscht.«

De la Pole richtete sich kerzengerade auf in dem Versuch, trotz der gebundenen Hände seine Würde zu wahren und einen souveränen Eindruck zu machen. Jonah wusste, wie sich das anfühlte; an genau diesem Ort hatte er das erfahren.

»Was wollt Ihr?«, fragte de la Pole schroff. »Außer diesen Triumph auskosten, meine ich.«

»Ein Triumph wäre es nur dann, wenn ich es bewerkstelligt hätte, Euch zu Fall zu bringen, aber das habt Ihr ganz allein zustande gebracht. Ich will eine Zusage von Euch, de la Pole. Der König hat mich angewiesen, zur Vorbereitung der Anklage Eure Bücher zu prüfen.«

Sein Schwiegervater starrte ihn einen Augenblick an, zu entsetzt für Worte. Aber er fasste sich schnell wieder. »Ihr werdet nicht mehr finden als die Stümper, die das Parlament letztes Frühjahr mit der Aufgabe betraut hat.«

»Doch«, widersprach Jonah zuversichtlich. »Ihr habt mich so häufig über Eure dubiosen Methoden der Buchführung belehrt, dass ich sicherlich mehr finden werde. Aber um Giselles willen möchte ich ungern derjenige sein, der Euch den wohlverdienten Strick um den Hals legt. Darum gebe ich Euch die Chance, Eure Haut zu retten: Ihr legt alle unlauteren Geschäfte offen, mit denen Ihr den König betrogen habt, und korrigiert den Schuldsaldo der Krone um jeden ergaunerten Penny. Unter diesen

Umständen wäre ich bereit, Eure größeren Verfehlungen, die Euch den Kopf kosten würden, zu übersehen.«

De la Pole lachte ihn aus. »Ihr blufft doch schon wieder. Ihr wisst nichts von meinen Geschäften und werdet auch nichts finden, das mich den Kopf kosten könnte!«

»Nein? Und was war mit der Wolle auf der *St. Oswald*?«

De la Pole verstummte abrupt und starrte Jonah an, als hätte der sich plötzlich in ein vielköpfiges Ungeheuer verwandelt. »Wie... woher wisst Ihr...?«, stammelte er. Das gut aussehende, immer noch faltenlose Gesicht wirkte grau. Zum ersten Mal kam William de la Pole der Gedanke, dass er nicht unantastbar war, dass all sein Geld und seine Macht ihn vielleicht doch nicht davor bewahren konnten, wie ein gemeiner Dieb in Tyburn am Galgen zu enden. Es war eine erschütternde Erkenntnis, und es dauerte einen Moment, bis es ihm gelang, seine Angst unter Kontrolle zu bringen und sich in seine übliche äußerliche Gelassenheit zu hüllen wie in einen Tarnmantel.

Jonah lehnte mit verschränkten Armen an der Tür und betrachtete ihn mit einem stillen, kleinen Lächeln. Dieser Mann hatte ihn benutzt, erpresst, bedroht und betrogen und ihm bei jeder sich bietenden Gelegenheit das Leben schwer gemacht. Es war eine Genugtuung, ihn einmal gänzlich ratlos und furchtsam zu sehen, vielleicht gar verzweifelt.

De la Pole wusste genau, was seinem Schwiegersohn durch den Kopf ging. »Seid Ihr zufrieden?«, fragte er schneidend. »Erfreut es Euer Herz, dass wir ausnahmsweise einmal die Plätze getauscht haben?«

Jonah deutete ein Schulterzucken an. »Wir haben nicht mehr viel Zeit. Gebt mir Eure Zusage oder vertraut auf meine Dummheit und Eure Unentbehrlichkeit, aber entscheiden müsst Ihr Euch jetzt.«

De la Pole wusste, er hatte keine Wahl. Es wäre Wahnsinn, sein Leben auf Jonahs Unfähigkeit, die dunklen Geheimnisse zu enthüllen, zu verwetten, nachdem sein Schwiegersohn jetzt schon Dinge herausgefunden hatte, die eigentlich niemand wissen konnte. »Ihr habt meine Zusage«, brachte er hinter zusammengebissenen Zähnen hervor.

Jonah machte eine spöttische kleine Verbeugung. »Und Ihr solltet sie lieber nicht brechen. Wenn ich feststelle, dass Ihr mir irgendetwas verschweigt, betrachte ich unser Abkommen als gegenstandslos.«

De la Pole sah ihm in die Augen und nickte langsam. »Ich werde es nicht vergessen. Ich werde überhaupt nichts vergessen.«

Jonah quittierte diese unmissverständliche Drohung mit einem Hohnlächeln und öffnete die Tür. Ohne den Blick von de la Poles Gesicht abzuwenden, sagte er: »Er gehört Euch, Finley.«

Die Königin war bereits für das Festmahl zum Heiligen Abend gekleidet, als Jonah zu ihr kam. Drei Zofen standen um sie herum und zupften ehrfurchtsvoll an ihrem prachtvollen Kleid herum. Es war aus nachtblauem Samt, mit Vögeln aus Goldgarn bestickt, diese wiederum umrahmt von großen Perlen, der Hintergrund mit zerstoßenen kleinen Perlen bestäubt.

Jonah verneigte sich, ohne die Augen von ihr abzuwenden. Selten hatte ihr Anblick ihn mehr erschüttert.

Die Königin entließ ihre Dienerinnen mit einem freundlichen Wink, und als sie mit Jonah allein war, wandte sie sich ihm zu, breitete die Arme aus, dass die weiten Ärmel zur Geltung kamen, und fragte: »Nun?« Ihre Augen strahlten. Philippa konnte sich über ein neues Kleid immer noch freuen wie ein Kind.

Er musste sich räuspern. »Madame, ich bin ... sprachlos.«

»Das ist ja mal etwas ganz Neues«, spöttelte sie.

Jonah lächelte verlegen und fuhr sich verstohlen mit dem Ärmel über die Augen, um die Tränen fortzuwischen, die allerdings nichts mit ihrem Anblick zu tun hatten, sondern schlicht mit der Tatsache, dass er den ganzen Tag lang über de la Poles Büchern gebrütet hatte.

Philippa machte eine einladende Geste. »Ich kann mich nicht setzen, damit es nicht knittert, ehe der Hof mich gesehen hat, aber nehmt nur Platz, Jonah.«

»Nein, danke, Madame.«

»Oh, wir sind verstimmt, ja? Worüber? Den Preis dieses Kleides? Ich weiß, dass Ihr es noch nicht aufgegeben habt, mich zur Sparsamkeit erziehen zu wollen, aber in diesem Falle müsst Ihr den König schelten, nicht mich. Er hat es mir geschenkt.« Sie hielt die Lider gesenkt, damit er nicht sah, was sie dachte: Natürlich wäre es ihr lieber gewesen, Edward hätte sie nicht betrogen, doch dieses Geschenk – dieser Bestechungsversuch – war die Kränkung beinahe wert.

Jonah neigte den Kopf zur Seite. »Er beweist wahrhaft königliche Großzügigkeit. Und ich bin nicht verstimmt.« Auch wenn es ihm den Atem verschlug, wenn er daran dachte, was dieses Kleid gekostet hatte. Jonah hatte Samt und Goldgarn geliefert und mit dem Schneider gesprochen, der dieses Kunstwerk geschaffen hatte, daher wusste er, dass vierhundert große Perlen und achtunddreißig Unzen kleiner Perlen dafür verwendet worden waren. »Ganz gleich, wie sehr Eure Verschwendungssucht meine geizige Krämerseele quälen mag, es ist das wundervollste Kleid, das ich je gesehen habe.«

»Danke.« Sie nickte zufrieden, fügte aber hinzu: »Denkt Ihr nicht, es ist ein wenig unverfroren, Eure Königin verschwendungssüchtig zu nennen?«

Er grinste träge. »Im gleichen Maße unverfroren wie wahr.«

Sie bemühte sich erfolglos um eine empörte Miene, ehe sie in ihr glockenhelles Lachen ausbrach. »Herrje, Ihr habt Recht.« Sie trat einen Schritt näher und legte ihm kurz die Hand auf den Arm. »Ach du meine Güte, Eure Augen sind feuerrot. Ihr erinnert mich in der Tat ein wenig an das Kaninchen, dass die Prinzessinnen in ihrer Kammer halten.«

»Wärmsten Dank, Madame.«

»Ihr seid nicht krank, hoffe ich.«

Er winkte ungeduldig ab. »Meine Augen lassen nach, das ist alles. Es scheint, ich komme in die Jahre.«

»Jonah«, protestierte sie. »Ihr seid noch keine dreißig!«

Er war achtundzwanzig. So alt wie die meisten seiner Gildebrüder, wenn sie ihr eigenes Geschäft gründeten. Jonah hingegen war schon seit zehn Jahren sein eigener Herr, und manchmal fragte er sich, ob ihn das vorzeitig altern ließ.

»Ich hoffe wenigstens, Eure aufopferungsvollen Bemühungen sind den Preis entzündeter Augen wert, und Ihr verschwendet Eure kostbare Zeit nicht«, fuhr sie fort.

»Ihr wollt mir auf den Zahn fühlen, Madame?«

Sie nickte. »Werdet Ihr England und der Krone den großen Dienst erweisen, William de la Pole an den Galgen zu bringen?«

»Nein.«

Sie seufzte. »Ihr zwingt ihn stattdessen, zurückzugeben, was er dem König gestohlen hat, nicht wahr? So späte Reue würde einem gewöhnlichen Dieb nichts nützen.«

»Das ist wahr. Aber er ist kein gewöhnlicher Dieb.«

»Sondern Euer Schwiegervater.«

»Und der reichste Bankier in England. Er hat schon ganz Recht, wenn er sagt, dass der König ihn auch in Zukunft noch brauchen wird.«

»Nicht, wenn Ihr seinen Platz einnähmet!«

Jonah musste über ihre Naivität lächeln. »Ich habe die größten Zweifel, dass ich je so reich sein werde wie de la Pole.«

»Weil Ihr zu viele Skrupel habt?«

»Ein schöner Gedanke, nicht wahr? Aber das ist es nicht. Ich bin einfach nicht so genial wie er.«

»Ihr nennt einen Betrüger genial?«

»Er wäre ebenso reich, wenn er ehrlich wäre, denn er ist ein genialer Kaufmann. Betrug ist nur sein Steckenpferd.«

»Ihr bewundert ihn«, stellte sie angewidert fest.

»Ich verabscheue ihn«, widersprach er ohne besonderen Nachdruck, »aber das hindert mich nicht daran, einzusehen, dass ich ihm nicht das Wasser reichen kann. Niemand kann das.«

»Eure Frau ist anderer Ansicht. Und sie ist nicht die Einzige.«

»Meine Frau?«, fragte er verwundert. Was immer Giselle der Königin gesagt haben mochte, sie hätte bestimmt nicht gewollt, dass es die prekäre Situation verschlimmerte, in der ihr Vater sich befand. »Wo ist sie überhaupt?«, fragte er, um das Thema zu wechseln.

Philippa hob die schmalen Schultern. »Sie wollte nach London und in Eurem neuen Haus nach dem Rechten sehen. Es ist bald fertig, sagt sie.«

Jonah nickte. Alle außer ihm und Giselle waren schon aus ihren Notunterkünften zurückgekehrt und eingezogen. »Mit Eurer Erlaubnis werden wir morgen nach dem Hochamt in St. Paul nicht mit nach Westminster zurückkehren, sondern nach Hause gehen.«

»Ich hätte mir gewünscht, Ihr würdet die Feiertage mit uns verbringen, aber ich weiß, dass Ihr kein Freund von großen Hoffesten seid.« Und ihr war auch bewusst, dass Giselle den Hof lieber heute als morgen verlassen wollte, da sie sich vor dem König fürchtete und der Königin gegenüber Schuldgefühle hatte. Philippa hatte sich sehr bemüht, die ungezwungene Vertrautheit wiederherzustellen, die sie seit Giselles Kindheit miteinander verbunden hatte. Aber da es undenkbar war, offen über das Geschehene zu reden, fand sie keinen Weg, die Befangenheit ihres einstigen Ziehkindes zu lindern, Giselle klar zu machen, dass sie ihr nichts vorwarf. Dafür kannte Philippa ihren Edward zu gut. Sie wusste genau, dass Giselles einziges Vergehen darin bestand, eine schöne junge Frau zu sein, die zur falschen Zeit am falschen Ort gewesen war. Und in dieser Eigenschaft war sie zu austauschbar, um den Groll der Königin zu erwecken. Giselle war nicht Edwards erster Seitensprung gewesen, und ganz gleich, was er heute beteuerte, gewiss auch nicht sein letzter. Das wusste die Königin sehr wohl, wie sie auch wusste, dass sie sich in dieser Hinsicht ein dickeres Fell zulegen musste, um nicht wieder so todunglücklich zu sein, wenn ihr das nächste Mal ein wohlmeinender Sittenwächter Wahrheiten sagte, die sie lieber nicht gehört hätte.

»Geht nur nach Hause, Jonah, und genießt Euer neues Heim. Nach den Feiertagen werde ich Euch wahrscheinlich mehr in Anspruch nehmen müssen, als Euch lieb sein wird.«

»Wofür?«, fragte er, mehr neugierig als argwöhnisch.

Ihr kurzes Zögern allerdings weckte sein Misstrauen. »Der König hat in seinem gerechten Zorn ein paar ungerechte Verhaftungen befohlen, nicht wahr?«, sagte sie schließlich.

Jonah nickte.

»Die Commons zürnen ihm wegen der Verhaftung des Mayor, die Lords wegen der Lage auf dem Kontinent, die Bischöfe wegen seines Rachefeldzugs gegen Erzbischof Stratford. Lords und Bischöfe zu beschwichtigen wird ihm schon gelingen, wenn er erst wieder zu Verstand gekommen ist. Das versteht kein Zweiter so vortrefflich wie der König. Mit den Commons ist es schwieriger. Darum werdet Ihr im Februar für London im Parlament sitzen.«

Jonah sah sie ungläubig an, im gleichen Maße entsetzt wie entrüstet. »Madame, die Londoner wählen ihre Vertreter im Parlament selbst.«

Philippa verdrehte ungeduldig die Augen. »Stellt Euch vor, Jonah, das weiß sogar ich. Aber es gibt Mittel und Wege, diese Wahl zu beeinflussen. Das gedenke ich zu tun, und Ihr werdet dafür sorgen, dass die Commons dem König keine Schwierigkeiten machen.«

»Ihr ... Ihr könntet keinen ungeeigneteren Mann wählen.«

»Ich bin anderer Ansicht.«

»Aber Ihr wisst doch genau, dass mir im entscheidenden Moment immer die Worte fehlen.«

»Ihr seid beredt genug, wenn es darum geht, Euch vor einer unliebsamen Aufgabe zu drücken«, widersprach sie bissig. »Aber Ihr könnt Euch die Mühe sparen. Es ist mein Wunsch.«

Jonah wusste inzwischen, was das hieß: Du bist mein Ritter und hast gefälligst zu tun, was ich will, andernfalls werde ich dir für die nächste Zeit die kalte Schulter zeigen. Er verneigte sich übertrieben tief und ehrerbietig, damit ihr ja nicht entging, dass es impertinent gemeint war. »Dann bleibt mir nur zu hoffen, dass Ihr Eure Wahl nicht bereut.«

Sie lächelte, zufrieden wie eine satte Katze, und reichte ihm huldvoll die Hand, um ihm zu bedeuten, dass ihre Unterredung beendet war.

Giselle fühlte sich fiebrig vor Seligkeit und Aufregung, als sie zusammen mit Jonah am Weihnachtstag heimkam. Seit der

Verhaftung ihres Vaters hatte sie sich vornehmlich um die Fertigstellung des neuen Hauses gekümmert, da Jonah zu viel zu tun hatte und sie außerdem dankbar für den guten Grund war, Westminster häufig zu verlassen. Die eigentlichen Bauarbeiten waren größtenteils abgeschlossen gewesen, sodass es ihr zugefallen war, sich um die Beschaffung der Einrichtung zu kümmern.

Als sie Jonah geheiratet hatte, war sie in seinen funktionierenden Haushalt gekommen und hatte anfangs nicht gewagt, irgendetwas nach ihren Vorstellungen zu ändern. Später hatte die Macht der Gewohnheit sie gehindert. Jetzt bot sich ihr die Chance, von Anfang an alles so zu gestalten, wie sie wollte. Sie hatte mit Jonah den finanziellen Rahmen abgesprochen und dann Tischler, Schneider, Kupferschmiede, Teppichhändler und Dutzende anderer Handwerker und Kaufleute aufgesucht, war von früh bis spät unterwegs und in ihrem Element. Und sie war klug genug, Jonah nicht zu verraten, dass sie wieder ein Kind erwartete, damit er ihr nicht den Spaß verdarb und sie wie bei Lucas zu einem sterbenslangweiligen Brutdasein verurteilte.

Nun war endlich alles nach ihren Wünschen gerichtet, und am Vortag war Vater Rufus gekommen und hatte jeden einzelnen Raum des Hauses wie auch Meurigs und Rachels neue Kate am Tor eingesegnet. Giselle konnte es nicht erwarten, Jonah zu zeigen, was sie vollbracht hatte.

»Was sagst du zu diesem Geländer?«, fragte sie stolz und zeigte auf das reich geschnitzte Kunstwerk, das die Treppe und die zur Eingangshalle hin offene Galerie im Obergeschoss zierte. »Ich habe mir einen Tischler ausgesucht und ihm den Auftrag für alle Betten erteilt, wenn er uns dafür dieses Geländer nur zum Materialpreis anfertigt. Mit den Möbeln der Halle habe ich es bei einem zweiten Schreiner genauso gemacht und zwei herrlich geschnitzte Sessel herausgeschlagen, die jetzt am Kamin stehen. Was sagst du?«

Er sah in ihre leuchtenden Augen. »Du bist die Tochter deines Vaters.«

Sie beschloss, es als Kompliment zu werten. »Danke.« Ungeduldig nahm sie ihn bei der Hand, zerrte ihn nach oben und von Zimmer zu Zimmer, wie er es noch vor wenigen Wochen mit ihr getan hatte. Als sie vor ihrem Bett standen, wechselten sie einen Blick und lachten bei der Erinnerung an ihr »Probeliegen«. Dann gingen sie in die Halle hinüber, wo sich ihr gesamter Haushalt versammelt hatte. Crispin hatte Cecil über die Feiertage nach Hause geholt. Der inzwischen neunjährige Junge war trotz seines verkümmerten Arms ein hübscher Filou geworden, der seinen kleinen Ziehbruder Lucas verstohlen mit einer Feder am Ohr kitzelte und sich unterdessen so angeregt mit Meurig unterhielt, als habe es die Jahre der verstörten Stummheit nie gegeben.

»Ah, Master Jonah, willkommen daheim!«, rief Rachel, als sie ihn entdeckte.

Jonah begrüßte sein Gesinde, ein wenig verwundert darüber, wie sehr es ihn freute, sie alle wiederzusehen. Auf Giselles Bitte hin aßen Rachel, Meurig und ihre Söhne heute mit ihnen in der Halle, und auch der Koch Jasper und Berit setzten sich mit an die Tafel, nachdem sie das üppige Festmahl aufgetragen hatten. Jonah strich seinem jüngsten Sohn, der in Marions Armen schlief, flüchtig über den kastanienbraunen Flaum, ehe er von Giselle das gewaltige Tranchiermesser entgegennahm und geschickt den großen Schwanenbraten anschnitt. Köstlich duftender Dampf wallte auf, und die Maronen und Nüsse der Füllung kullerten heraus. Es ertönte so lautes »Ah« und »Oh«, dass Jasper verlegen murmelte: »Wartet lieber, bis ihr probiert habt ...«

Rachel füllte die Teller, und der vielseitig verwendbare Meurig betätigte sich wieder einmal als Mundschenk und verteilte den leuchtend roten Burgunder in ihre besten Silberpokale.

Nachdem Jonah das Dankgebet gesprochen hatte, sah er sich verstohlen an der großen Tafel um. Crispins Lehrjunge, Martin Aldgate, war über die Feiertage heimgegangen, aber Jonahs neuer Lehrling saß neben Cecil und warf all diesen Menschen, die ihm noch fremd waren, verstohlene Blicke zu. Er war scheu, hatte aber Jonahs Einladung, das Weihnachtsfest bei ihnen zu verbringen, ohne zu zögern angenommen. Gott helfe mir, dachte Jonah mit einem verstohlenen Grinsen, ich habe den Sohn von Francis dem Fuchs in die Lehre genommen. Ich kann nicht recht bei Trost sein … Aber Giselle hatte ihm zugeredet, dem jungen Willcox die Chance zu geben, einen anständigen Beruf zu erlernen. Sie fühlte sich für den Jungen verantwortlich, weil ihr Vater ihm so übel mitgespielt hatte. Niemand im Haus außer ihr und Crispin wusste, wer Harry war.

Giselle erhob ihren glänzenden Silberbecher. »Ihr alle wisst vermutlich, dass wir verhungern müssten, wollten wir darauf warten, dass der Herr des Hauses ein paar passende Worte spricht.« Das erntete Gelächter. Jonah bedachte seine Frau mit einem Kopfschütteln, aber er lächelte. »Darum fällt diese Aufgabe wohl mir zu«, fuhr sie fort. »Ich wünsche euch ein gesegnetes Weihnachtsfest. Und seid alle herzlich willkommen in unserem neuen Heim.« Ihre Stimme klang ungewohnt feierlich, bebte gar ein klein wenig.

Alle an der Tafel erhoben die Becher und erwiderten ihre Segenswünsche, ehe sie sich mit der gebotenen Hingabe dem Schwan widmeten. Sie lachten und schmausten, die Stimmung war ausgelassen. Verstohlen ließ Jonah den Blick über die leuchtenden Gesichter schweifen, verharrte einen Moment auf dem gesenkten Kopf seines Ältesten, der heute zum ersten Mal mit den Erwachsenen zu Tisch sitzen und ohne fremde Hilfe essen durfte. Dann schaute Jonah weiter zu seiner Frau.

Sie erwiderte seinen Blick, lächelte und sagte leise: »Was für ein denkwürdiger Tag: Jonah Durham ist ausnahmsweise einmal zufrieden mit sich und der Welt.«

Und warum auch nicht, dachte er. Welch eine Sünde wäre es, nicht zufrieden zu sein. Doch weil er sich kannte, erwiderte er schulterzuckend: »Ich bin sicher, es währt nicht lange.«

»Dann lass uns die Gunst des Augenblicks nutzen. Ich bin überzeugt, deine Zufriedenheit stimmt dich milde.«

»Was heckst du nun wieder aus?«, fragte er misstrauisch.

»Lass uns morgen Rupert und seine junge Frau besuchen, und schließ endlich Frieden mit deinem Cousin.«

Ohne auch nur einen Augenblick zu zögern schüttelte Jonah

entschieden den Kopf. »Ich denke nicht daran. Aber wenn du das Bedürfnis hast, Rupert zu sehen und dich von seiner frisch verheirateten Glückseligkeit zu überzeugen, kannst du es morgen tun.«

»Wie das?«, fragte sie verwirrt.

Crispin, der an ihrer Seite saß und die Unterhaltung schamlos belauscht hatte, wusste, was Jonah meinte. »Morgen sind die Weihnachtsspiele«, erinnerte er Giselle. »Ich glaube tatsächlich, Jonah hat die Absicht, hinzugehen.«

Jonah nickte und steckte sich eine Marone in den Mund, damit er nichts sagen musste.

1348–1349
PESTJAHRE

London, Mai 1348

E s ist eine Schande«, murmelte Adam Burnell, zu erschüttert
für die selbstgerechte Entrüstung, die er sonst so gern an
den Tag legte, vor allem seit er erneut zum Warden der Tuchhändler gewählt worden war. »Eine Schande für jeden Kaufmann dieser Gemeinschaft. Wenn das bekannt wird ...«

»Ja«, stimmte John Pulteney, der Gildemeister, zu. »Es wird
ein schlechtes Licht auf uns alle werfen.«

Die Wardens, deren Zahl aufgrund des Mitgliederzuwachses
und immer neuer Aufgaben auf vier verdoppelt worden war,
nickten finster, alle bis auf Jonah Durham, der sich darauf beschränkte, den Übeltäter, über den sie zu richten hatten, unverwandt anzusehen.

»Er gehört an den Pranger«, meinte Edward Gisors. Seine
Stimme klang herablassend, fast ein wenig gelangweilt. Gisors
entstammte einem alten, angesehenen Kaufmannsgeschlecht
und hatte das Amt übernommen, um Karriere zu machen, nicht
um der Gilde und ihren Mitgliedern einen Dienst zu erweisen.

»Der Meinung bin ich nicht«, entgegnete Martin Greene.
»Ein Liveryman der Tuchhändler gehört nicht an den Pranger,
ganz gleich, was er getan hat. Es würde dem Pöbel nur zu Kopf
steigen und unsere Autorität untergraben. Oder was denkt Ihr,
Durham?«

»Ich denke, wenn es wahr ist, ist es ein Fall für den Lord
Mayor. Wenn wir das unter uns regeln und es kommt heraus,
wird der Mayor uns vorwerfen, dass wir unser Recht auf Selbst-
verwaltung missbraucht haben.«

Elia Stephens, der wie ein armes Sünderlein vor den fünf Gildeoberen in ihren blauen Trachten und schweren Amtsketten stand, schrumpfte noch ein bisschen weiter in sich zusammen. Er warf Jonah einen kurzen, flehentlichen Blick zu, ehe er den Kopf wieder hängen ließ. »Jonah, um der Liebe Christi willen, hör mich wenigstens an ...«

»Dann äußert Euch zur Sache und erspart uns Eure Ausflüchte, Sir«, entgegnete der Warden.

Elia brach der Schweiß aus, als er die förmliche Anrede hörte. Als ihn die Vorladung vor das Gildegericht erreichte, hatte er gewusst, dass er von keinem der Oberen Gnade zu erwarten hatte, von Jonah am allerwenigsten. Aber all die Nächte, die sie gemeinsam durchzecht hatten. All die Hurenhäuser, die sie unsicher gemacht hatten, erst die billigen, später die vornehmen. All die Pläne, die sie geschmiedet, all die Flamen, die sie nach London geholt hatten. Jonah Durham war sein ältester Freund. Pate von zweien seiner Söhne. Wie konnte er das alles einfach außer Acht lassen und mit einem einzigen Satz einen solchen Graben zwischen ihnen aufreißen?

Elia wollte schlucken und konnte nicht. Dann schaute er plötzlich auf. »Es ist wahr«, räumte er hilflos ein. »Jedes Wort ist wahr.«

Jonah erwiderte den flackernden Blick unverwandt. Seine Miene war verschlossen, aber seine Gedanken rasten. *Wie konntest du, Elia? Wie konntest du so tief sinken? Warum?*

Der etwa fünfundvierzigjährige Stephens zeigte inzwischen deutliche Spuren all der Laster, denen er so gerne frönte. Er hatte eine beachtliche Wampe, das großporige Gesicht war von verräterischen Äderchen durchzogen, und das Haar ging ihm aus. In stumpfen, dünnen Strähnen hing es ihm um die Schultern. Die Lippen, die er fortwährend befeuchtete, wirkten zu weich. Es war schon fast erschütternd, wie deutlich man Elia seine Schwächen heute ansah. Aber das Gleiche galt für seine vielen guten Eigenschaften: Seine friedliebende Natur, seine Großzügigkeit, vor allem seine Ehrlichkeit schienen einen aus den etwas trüben, blauen Augen direkt anzublicken.

»Ihr habt das Gütesiegel der Gilde gefälscht und fünfzehn Ballen Lincoln Green als flämisches Kammgarn verkauft?«, fragte Jonah, nicht in der Lage, seine Fassungslosigkeit gänzlich zu verbergen.

Elia räusperte sich. »So ist es. Sir«, fügte er nach einem winzigen Zögern hinzu.

»Wie konntet Ihr nur glauben, damit durchzukommen?«, fragte Martin Greene ehrlich verwundert. »Ihr mögt ein Gauner sein, aber Ihr wart nie ein Dummkopf.«

»Es waren Mauren, die mein Tuch gekauft haben«, versuchte Elia zu erklären. »Ich dachte, sie bringen es nach Hause ins Morgenland und werden nie ahnen, dass ich ein bisschen gemogelt habe, und...«

»Ein bisschen? Gemogelt?«, fiel Gisors ihm scharf ins Wort. »Es ist nicht zu fassen. Euch ist die Schwere Eures Vergehens überhaupt nicht bewusst, nicht wahr? Ihr habt den Ruf aller Londoner Tuchhändler aufs Spiel gesetzt! Ihren Ruf in der ganzen Welt!«

Pulteney bedachte den empörten Warden mit einem Stirnrunzeln, das ihn hieß, sich zu mäßigen.

»Doch«, räumte Elia freimütig ein. »Ich weiß, wie schwer mein Vergehen ist. Und ich bereue, was ich getan habe, wirklich. Ich dachte, es kann keinen Schaden anrichten, weil die Mauren nie im Leben dahinter kommen.« Er hörte selbst, wie schwach seine Verteidigung klang, und hob mit entwaffnender Ratlosigkeit die Hände. »Es tut mir Leid. Ehrlich. Ich war in Nöten und dachte... In meiner Verzweiflung schien es mir eine gute Idee zu sein. Jetzt weiß ich es besser. Ich weiß, ich habe keine Nachsicht verdient, aber um meiner Söhne willen bitte ich Euch, mir öffentliche Schande zu ersparen. Das... das ist alles, was ich zu sagen habe.«

Die blau gekleideten Gentlemen an der hohen Tafel schwiegen einen Moment, ehe sie begannen, über den Übeltäter zu sprechen, als wäre er gar nicht anwesend.

»Der Betrug an den Fremden ist schlimm genug«, meinte der Gildemeister. »Aber die Fälschung des Siegels ist das eigentlich Ungeheuerliche.«

»Und ein Fälscher gehört an den Pranger, ganz gleich ob er ein hergelaufener Ablassschwindler oder ein Tuchhändler ist«, beharrte Gisors.

»Dem werde ich keinesfalls zustimmen«, beschied Burnell verdrossen.

»Er war bis heute ein anständiger, gottesfürchtiger und königstreuer Kaufmann, und sein Vater war einer unserer Besten«, gab Greene zu bedenken. »Die Fälschung wiegt schwer, ich gebe Euch Recht, aber wir sollten die Sache unter uns ausmachen. Kein Grund, den Mayor und die Aldermen damit zu behelligen. Eine saftige Geldbuße, das ist mein Vorschlag. Zwanzig Pfund.«

Elia konnte einen bissigen Kommentar nur mit Mühe unterdrücken. Wenn er zwanzig Pfund besessen hätte, wäre er gewiss nicht auf den Gedanken gekommen, alles über den Haufen zu werfen, woran er glaubte, und ein so schweres Verbrechen zu begehen.

»Schließlich waren es nur Mauren, die er betrogen hat«, fügte Burnell hinzu.

»Das tut nichts zur Sache«, warf Jonah scharf ein.

»Ja, ich hätte mir denken können, dass Ihr das sagt, bei Eurer Vorliebe für ausländisches Gesindel, aber es macht sehr wohl einen Unterschied«, konterte Burnell. Es dauerte nie lange, bis er seine lang gehegte Abneigung gegen Jonah zeigte.

»Die Mauren kaufen seit Jahrzehnten florentinisches Tuch«, entgegnete Jonah mit unterdrückter Heftigkeit. »Jetzt öffnet sich der Markt auch für uns, und das Erste, was einer der Unseren tut, ist, diese kauffreudigen, reichen Kunden zu vergrellen. Ihr mögt es als minder schweren Verstoß ansehen, ich betrachte es als unverzeihliche Dummheit, deren Folgen wir alle zu tragen haben werden.«

»Gentlemen, es hat keinen Sinn, über Spitzfindigkeiten zu streiten«, sagte der Gildemeister betont leise. »Ihr alle wisst, um welche Frage es hier wirklich geht. Ausschluss, ja oder nein? Und es ist das Schicksal einer großen Familie, über das wir zu entscheiden haben. Ein Fehltritt, ein außerordentlich schwer wiegender Fehltritt gegenüber vielen Jahren untadeligen Gebarens. Ich bitte Euch, gut abzuwägen, wie ihr entscheidet.«

Es war einen Moment still. Die helle Maisonne schien durch die Fenster des Gildehauses, Staubkörner tanzten in den dicken Strahlenbündeln, die auf die grauen Holzdielen fielen. Die Buchen im Hof schimmerten im jungen Grün, und dumpf hörte man das Rumpeln der Fuhrwerke draußen auf der belebten Straße.

»Es ist unvermeidlich«, sagte Gisors schließlich. Seine sonst so durchdringende Stimme klang gedämpft, als er sein furchtbares Urteil fällte: »Er kann nicht in der Gilde bleiben.«

Pulteney nickte beklommen. »Wir müssen ein Exempel statuieren.«

»Ja«, stimmte Burnell zögernd zu. Seine feisten Wangen wirkten fahl. »Ich fürchte, Ihr habt Recht.«

Elia kämpfte verbissen um Haltung. Er hatte geahnt, dass das passieren würde, aber das machte es nicht weniger entsetzlich. Sie hätten ebenso gut beschließen können, ihn an den nächsten Baum zu hängen. Ein Ausschluss aus der Gilde bedeutete, dass er keinen Tuchhandel in London mehr betreiben durfte. Kein ehrbarer Londoner Kaufmann würde ihm Arbeit geben. Natürlich könnte er seine süße Mary und seine fünf Söhne auf einen Wagen setzen und nach Lincoln oder Salisbury oder gar nach York gehen, aber die Gilden dort würden ihn nicht aufnehmen, denn er wäre ein Fremder. Tuchhandel war das Einzige, was er konnte. Wenn sie aufs Land gingen, würden sie verhungern. So wie sie in London verhungern würden. Oder in jeder anderen Stadt. Beschämt wischte er sich die Tränen aus dem Gesicht, ohne den Kopf zu heben. Er konnte es ihnen nicht einmal verübeln. Hätte er an ihrer Stelle gestanden, hätte er vermutlich genauso entschieden.

Nur Greenes und Jonahs Urteil standen noch aus. Doch statt seinen Spruch zu fällen, fragte der jüngere Warden: »Wie ist das vonstatten gegangen? Die Fälschung des Beschausiegels?«

Elia trat nervös von einem Fuß auf den anderen und warf Jonah einen verstohlenen Blick zu. Er wusste nicht, was sein einstiger Freund mit dieser Frage bezweckte, aber er blieb bei seiner Strategie des freimütigen Eingeständnisses, weil ihm ja doch nichts anderes übrig blieb. »Das war nicht weiter schwierig. Ich habe von einem der Gütesiegel in deinem… Eurem Tuchlager einen Wachsabdruck genommen, als wir neulich sonntags bei Euch zu Gast waren, und es bei mir zu Hause in der Küche nachgegossen. Die Ränder sind nicht ganz glatt geworden, aber das ist den Mauren nicht aufgefallen.«

Schockiertes Schweigen breitete sich erneut aus – Elia war es gründlich satt, ihm zu lauschen.

Jonah sah zu Pulteney. »Wir brauchen neue, fälschungssichere Beschausiegel.«

Der Gildemeister nickte. »Ihr sagt das seit Jahren, ich weiß. Und seit heute sehe ich ein, dass Ihr Recht habt.«

»Mag sein, dass wir es ihm zu leicht gemacht haben, aber das ändert nichts an der Schwere des Vergehens«, beharrte Gisors.

Jonah gab ihm Recht. »Es ist ein Fälschungsdelikt der abscheulichsten Sorte. Im Grunde genommen ein Diebstahl. Darum gehört es vor den Mayor und die Aldermen«, wiederholte er.

Greene war geneigt, sich ihm anzuschließen. »Es stimmt, dass wir es wahrscheinlich nicht werden geheim halten können. Und wenn die Aldermen davon hören, können sie in ihren Gilden den Anstoß geben, die Gütezeichen sicherer zu machen. Es ist ein wunder Punkt, der nicht nur uns Tuchhändler angeht.«

Pulteney schaute zu Gisors und Burnell. Sie zögerten noch einen Moment, nickten dann. Der Gildemeister gab dem Schreiber, der ein wenig abseits saß und Protokoll führte, ein Zeichen. »Schick nach den Bütteln.«

Der Schreiber stand auf und ging hinaus.

Elia starrte die Gildeoberen ungläubig an, seine Haut so bleich, dass sie wächsern wirkte. »Ihr… Ihr habt kein Recht, mich einsperren zu lassen!«, brachte er mit Mühe hervor.

»Ich bin Alderman und kann jeden Mann in London einsperren lassen, wenn es mich gut dünkt, Stephens«, antwortete John Pulteney müde.

Elia verlor den Kopf. Mit einer wankenden Bewegung machte er kehrt und floh zum Ausgang.

Jonah und Gisors reagierten als Erste, so schnell, als hätten sie darauf gewartet. Sie sprangen von ihren Sesseln auf, Jonah setzte mühelos über den Tisch, den Gisors doch lieber umrundete, und holten den Flüchtigen noch vor der Tür ein. Kaum hatten sie ihn an den Armen gepackt, kam der Schreiber mit zwei Bütteln zurück. Die beiden Ordnungshüter erfassten die Lage auf einen Blick, nahmen ihnen ihren Gefangenen ab und banden ihm die Hände.

»Wohin?«, fragte der eine Gisors.

Der sah unsicher zu Jonah. »Ich weiß es nicht. Was sagt Ihr?«

Jonah wartete, bis Elia ihm in die Augen schaute, ehe er antwortete: »Nach Newgate. Das ist das Gefängnis für Fälscher und Betrüger.«

»O mein Gott, Jonah«, flüsterte Elia heiser. Angst weitete seine Augen. Newgate war das gefürchtetste aller Londoner Gefängnisse, und wenn nur die Hälfte der Schauergeschichten, die man darüber hörte, der Wahrheit entsprach, dann war es wahrhaftig ein grausiger Ort. Doch Elias Stimme drückte vor allem Unverständnis aus. »Wie ... wie kannst du mir das antun?«

»Du«, widersprach Jonah ruhig. »Du allein hast dir das angetan.«

»Aber wir sind Freunde!«

Jonah schüttelte den Kopf. »Ich bin ein Kaufmann. Du bist ein Betrüger. Es gibt nichts, das wir noch gemeinsam hätten.« Er nickte den Bütteln zu und ruckte das Kinn Richtung Tür. »Schafft ihn weg.«

Die beiden Gildewächter warteten, bis die traurige Gruppe die Halle verlassen hatte, ehe sie zur Tafel zurückkehrten.

»Manchmal kann einem richtig unheimlich vor Euch werden, Durham«, murmelte Gisors unbehaglich, als er wieder Platz nahm.

Der Gildemeister seufzte. Er war zutiefst bekümmert. »Wer sagt es seiner Frau?«, fragte er, und seine Stimme verriet, wie scheußlich er die Vorstellung fand.

Jonah zögerte nur einen Moment. »Ich«, sagte er dann.

Staubig und durstig kam Cecil von seinem Botengang zurück. Er war jetzt im dritten Lehrjahr, und Master Crispin hatte ihm unlängst die Verwaltung der Kontrakte zur Belieferung der königlichen Truppen übertragen. Die Aufgabe war verantwortungsvoller denn je, denn die königlichen Truppen waren zahlreicher geworden, die Bestellungen daher entsprechend umfangreicher. Cecil war stolz, dass seine beiden Meister ihm schon jetzt so viel Vertrauen schenkten, und er hatte sich selbst überrascht, als er feststellte, wie mühelos er seine Aufgabe bewältigte, welch ein sicheres Gespür er dafür entwickelt hatte, wie und wo preiswertes Tuch zu bekommen war.

Er zog den Handkarren mit den zehn Ballen Beverly Brown, die er soeben erstanden hatte, durchs Tor, lenkte ihn erstaunlich geschickt mit seiner einen gesunden Hand über den Kiesweg zum Lager, hielt kurz in der Mitte des Hofs und trank nach einem flüchtigen Blick über die Schulter einen Schluck Wasser aus dem Springbrunnen, ehe er seinen Weg fortsetzte.

»Igitt, Junge, du wirst noch das Bauchgrimmen kriegen, wenn du immer diese Brühe trinkst«, schalt Rachel von der Tür des Wohnhauses. »Warum gehst du nicht in die Küche und holst dir einen Becher Ale wie normale Menschen, wenn du durstig bist?«

Er winkte mit einem beschämten Grinsen ab. »Vielleicht später.« Dann wies er auf die *Isabella*, die stattlichste und größte von Jonahs drei Koggen, die neben der *Philippa* am Kai lag. »Wann ist sie eingelaufen?«

»Heute Mittag. Den ganzen Bauch voller Weinfässer, ist das zu glauben? Was tut ein Tuchhändler mit einer Schiffsladung Wein?«

»Er macht ein Vermögen damit.«

Rachel schüttelte düster den Kopf. Sie brauchte nichts zu sagen, jeder hier wusste, was sie dachte: Kein gottesfürchtiger Mann sollte so unanständig reich sein wie Master Jonah.

Cecil spannte sich wieder vor seinen Karren und brachte seine Ausbeute zu dem alten Holzgebäude an der linken Hofseite, wo minder kostbare Waren gelagert wurden. Er stieß die Tür auf und blieb einen Moment blinzelnd auf der Schwelle stehen, bis seine Augen sich auf das Dämmerlicht eingestellt hatten.

»Ja, komm nur her, du französischer Hasenfuß, ich zeig's dir! Du bist unseren Bogenschützen entkommen? Das wird dich nicht retten!«

Cecil entdeckte bald, woher diese wenig einladende Begrüßung kam: Der knapp elfjährige Lucas hatte sich vor einem Sack Rohwolle aufgebaut und hieb mit seinem Holzschwert darauf ein. »Ich schlitz dir die Kehle bis zum Nabel auf, du Geck!«, drohte er.

Cecil biss sich auf die Unterlippe. »Ich würde sagen, das ist unmöglich. Und pass bloß auf, dass dein Vater dich hier nicht erwischt.«

Lucas fuhr auf dem Absatz herum, die Waffe angriffslustig gehoben. Als er seinen Cousin, der ihm so ähnlich sah wie ein Bruder, entdeckte, ließ er sie sinken und zuckte ein wenig schuldbewusst die Schultern. »Und wenn schon...«, murmelte er, aber es klang eher unbehaglich als kriegerisch.

Cecil klemmte sich den ersten Tuchballen unter den Arm, schob ihn mit der steifen Hand seines zu kurzen linken Arms zurecht und trug ihn zu einem der hohen Regale, die sich in vielen Reihen über die ganze Länge des Lagers erstreckten. »Lass mich raten. Du spielst die Schlacht von Crécy nach, ja?«

Lucas lächelte, und in seinen Mundwinkeln zeigten sich zwei hinreißende Grübchen. »Ich stehe direkt hinter dem Bannerträger des Schwarzen Prinzen«, erklärte er.

Cecil legte seine Last ab. »Dann wirst du Zeuge großer Taten werden«, bemerkte er, und auch seine Augen leuchteten.

Jeder Engländer bekam leuchtende Augen, wenn der Name Crécy fiel. Zwei Jahre war es jetzt her, dass der König dort seinen großen Sieg errungen und dem sich zäh dahinschleppenden Krieg endlich die entscheidende Wendung gegeben hatte. Durch eine neuartige Taktik und ihre unvergleichlichen Bogenschützen hatten die Engländer eine fünffach überlegene Übermacht geschlagen. Der französische Adel war gefallen oder gefangen genommen worden. Etwa zur gleichen Zeit hatte des Königs Cousin Henry Grosmont, inzwischen Earl of Lancaster, das schöne, reiche Aquitanien im Süden Frankreichs für die englische Krone zurückerobert. England kontrollierte die Bretagne und die Normandie, vor wenigen Monaten war endlich auch das störrische Calais nach einjähriger Belagerung gefallen. Philip von Frankreich klammerte sich nach wie vor an seinen Thron in Paris, doch die Île de France, die er noch beherrschte, war heute tatsächlich kaum mehr als eine von England und seinen Verbündeten umlagerte Insel.

Seit Crécy befand ganz England sich in einem kriegslüsternen Freudentaumel und feierte seinen König, den hervorragendsten aller Ritter. Doch mehr noch feierten sie dessen Sohn, Prinz Edward, der als kaum Sechzehnjähriger bei Crécy die unglaublichsten Heldentaten vollbracht hatte und seit jenem Tag, da er in geschwärzter Rüstung ins Feld geritten war, in der ganzen Welt als »der Schwarze Prinz« bekannt und auch gefürchtet war. Vor allem die jungen Engländer verehrten ihn, und keiner glühender als Lucas Durham.

»Komm, hilf mir abladen, ja?«, bat Cecil.

Lucas setzte eine gequälte Miene auf, die besagte, dass sein Schulalltag zermürbend und die eine Stunde Freizeit vor dem Essen ein zu kostbares Gut sei, um sie mit Arbeit zu vergeuden, aber er folgte ohne Widerworte. Dabei war er kein besonders fügsames Kind, denn er glich in vielen Dingen seinem Vater. Aber er liebte Cecil wie den großen Bruder, den er nicht hatte, und tat Dinge für ihn, die er anderen mit einer kühlen Abfuhr verwehrt hätte.

Gemeinsam luden sie die zehn Ballen vom Karren und trugen sie an ihren Platz. Es war schnell erledigt, und Lucas wollte sich wieder in die Schlacht stürzen, doch der Lehrling hielt ihn zurück und wies auf die ordentlichen Reihen, die das Regal füllten. »Was für ein Tuch ist das, weißt du's?«

Lucas warf einen desinteressierten Blick darauf und hob kurz die Schultern. »Braunes«, beschied er.

Der Lehrling verdrehte die Augen. »Nun ja, das ist zumindest nicht falsch. Aber ich weiß, du kannst es besser. Na los.«

»Cecil…«, protestierte der Junge.

»Komm schon. Einmal fühlen und raten, das ist alles, dann bist du erlöst. Na komm. Es wird Zeit, dass du ein bisschen Interesse fürs Geschäft zeigst.«

Mit dem Holzschwert in der Faust trat Lucas ans Regal und schlug einen der Ballen respektlos mit der Spitze seiner Waffe auf, ehe er flüchtig mit den Fingern der Linken darüber fuhr. »Rau«, bekundete er. »Kratzig. Und schlabberig.«

Cecil musste sich ob dieser wenig fachmännischen Ausdrucksweise ein Lachen verkneifen. »Und was schließt du daraus?«, fragte er.

»Keine Ahnung«, gestand der Junge.

»Es ist aus minderwertiger Wolle hergestellt. Nicht das fein gekräuselte Unterhaar, sondern die gröberen äußeren Schichten. Oder gar aus Gerberwolle. Weißt du, was das ist?«

Lucas schüttelte den Kopf.

»Das ist Wolle, die als Abfallprodukt bei der Gerberei anfällt, die aber durch die Gerbstoffe angegriffen und in der Faser geschädigt ist. Hörst du mir zu?«

»Gerberwolle, Abfallprodukt, in der Faser geschädigt«, wiederholte Lucas leiernd.

»Noch schlechter ist die Sterblingswolle, die von verendeten Tieren stammt. Aus solch minderwertigen Materialien ist dieses Tuch gesponnen und darum kratzig, wie du ja festgestellt hast. Außerdem ist es nicht ordentlich gewalkt, das heißt, die Wolle ist nicht richtig verdichtet.«

»Daher schlabberig«, schloss Lucas.

»Genau. Obendrein ist es ungleichmäßig gefärbt. Mit anderen Worten: äußerst bescheidenes Beverly Brown, genau richtig für des Königs Bogenschützen.«

»Ah«, machte Lucas. »Fertig?«

Cecil seufzte. Er wusste, seine Bemühungen waren aussichtslos. Die Leidenschaft für Tuch und Wolle war angeboren, hatte er erkannt, und wer sie besaß, für den war das Gefühl eines feinen Gewebes so wundervoll wie für andere der Klang lieblicher Melodien. Für ihn, beispielsweise. Für Master Crispin und für seinen Onkel Jonah. In ganz außergewöhnlicher Weise für David Pulteney, der ein Stück Seide mit Blicken und Händen liebkoste wie andere Männer eine schöne Frau. Aber nicht für Lucas. Niemand wollte es wahrhaben, niemand sprach es je aus, aber es blieb dennoch eine Tatsache. Das besondere Gespür für Farben und Tuche, das seinen Vater reich gemacht hatte, ging Lucas vollkommen ab. Und deswegen sah Cecil schwere Jahre auf seinen kleinen Vetter zukommen.

»Ja, wir sind fertig. Ich bin drüben im Kontor, falls du mich suchst.« Mit einer umfassenden Bewegung wies er auf das Holzschwert und den Wollsack, der den französischen Ritter darstellte. »Falls du Verstärkung brauchst«, fügte er grinsend hinzu.

Lucas erwiderte das Grinsen, entgegnete aber: »Das glaubst du nicht im Ernst, oder? Nicht gegen diese schlaffe französische Kröte.«

Cecil überquerte den Hof pfeifend, warf wieder einen bewundernden Blick auf die beiden schönen Schiffe, die im klaren Licht der Abendsonne an der Anlegestelle des Grundstücks lagen. Die ersten Rosen blühten auf dem Rasen, der den Springbrunnen umgab, denn der ganze Mai war außergewöhnlich warm gewesen, und auch die Lilien hatten schon pralle Knospen. Cecil liebte diesen Garten. Giselle hatte ihn angelegt, und er schien ihre Persönlichkeit in beinah entblößender Weise widerzuspiegeln: Der Garten war ebenso liebreizend wie eigenwillig, geradlinig und streng in der Form und doch kapriziös in der Ausführung. Hinter jedem Busch lauerte eine Überraschung. Er war klug durchdacht, verband das Schöne mit dem Nützlichen, denn die breiten, gepflasterten Wege, die die Rasenflächen säumten, erlaubten es, Waren von und zur Anlegestelle und den Lagern zu transportieren, ohne das Stückchen Eden zu beschädigen. Verstohlen ließ Cecil auf dem Weg zum Haus die Hand über die jungen Blätter der Spalierhecke streichen. Ein daunenweicher Flaum bedeckte das Laub.

Crispin schaute auf, als der Lehrling das Kontor betrat. »Nun, alles erledigt, mein Sohn?«

Er nannte Cecil oft so. Sie wussten beide, dass es ein bisschen mehr als eine Redensart war.

»Zehn Ballen von Porter zu einem Spottpreis«, vermeldete der Lehrling und zählte das Geld, das er nicht ausgegeben hatte, in Crispins ausgestreckte Hand.

Der Meister nickte zufrieden. »Diese Begabung hast du von deiner Urgroßmutter, weißt du«, bemerkte er.

»Tatsächlich«, murmelte der Junge scheinbar desinteressiert. Ihm wurde immer unbehaglich, wenn jemand Andeutungen über seine Herkunft machte, über das Ungeheuer etwa, das sein Vater war. Zum Glück geschah es nicht oft. Und niemand außer Master Crispin sprach je mit ihm darüber.

Cecil steckte sich einen Federkiel zwischen die Zähne, sodass er für einen Augenblick wie ein wilder Pirat aussah, und klemmte sich das Buch unter den Arm, um es zum Schreibpult hinüberzutragen. »Wo ist Harry?«

Der junge Willcox war im letzten Lehrjahr und seit Cecils Rückkehr aus der Klosterschule sein Freund und Vertrauter. Der eine der Sohn eines Diebes, der andere der Bastard einer Hure, es gab viele Dinge, die sie gemeinsam hatten und die niemand sonst in diesem Haus hätte begreifen können.

»Er kümmert sich um die kostbare Ladung der *Isabella*«, antwortete Crispin. »Die Hälfte hat er gleich nach Westminster geschickt. Es scheint, dass wir seit neuestem auch Hoflieferanten für burgundische Weine sind.«

»Das wundert mich nicht«, entgegnete der junge Mann zerstreut, fuhr mit dem Finger die letzten Einträge nach und fügte mit routinierter Handschrift ein paar Zeilen hinzu.

Crispin wartete, bis der Junge seine Schreibarbeiten erledigt hatte, ehe er ihm eröffnete: »Ich möchte, dass du morgen mit dem Boot nach Sevenelms fährst. Sieh zu, wie es mit dem Seidenbrokat für den Onkel der Königin steht. Wenn die *Philippa* übermorgen in Tickham Halt macht, will ich, dass die Ware verladefertig bereitliegt.«

Tickham war ein Weiler im Mündungsdreieck zwischen Rhye und Themse. Jonah hatte vor Jahren ein großes Stück Land gleich am Ufer des größeren Flusses gekauft, und Tickham war ein belebter Umschlaghafen geworden, ein blühender Handelsplatz von Durhams Gnaden. Jonah hatte bezüglich der Ausfuhrzölle für sein in Sevenelms hergestelltes Tuch eine diskrete Vereinbarung mit der Königin getroffen: Er selbst machte eine jährliche Aufstellung der angefallenen Zölle und verrechnete sie mit den Darlehen, die er der Krone gewährt hatte. Der König war gutgläubig wie eh und je, vertraute Jonah wie einst dessen Schwiegervater, aber anders als de la Pole hatte Jonah die Krone noch nie um einen Penny betrogen.

»Ich bin sicher, Master David hat die Ware termingerecht an Ort und Stelle«, sagte Cecil.

Crispin verzog einen Mundwinkel. »Ja, dein unerschütterliches Vertrauen in David Pulteneys Organisationstalent ist mir nicht neu. Trotzdem. Fahr hin und überzeuge dich persönlich davon, dass mein Argwohn unbegründet ist.«

»Natürlich.«

»Und nun lass uns essen gehen. Es wird spät. Wir wollen Giselle nicht warten lassen.«

»Ich glaube nicht, dass Master Jonah schon zurück ist«, entgegnete der Lehrling, legte aber willig den Federkiel beiseite.

Crispin wandte den Blick zum Fenster und sah auf den gemächlich dahinströmenden Fluss hinaus. Eine einsame Weide stand am südlichen Ufer und ließ die Zweige ins schmutzig graue Wasser hängen. Ein angemessen trauriger Anblick, dachte Crispin seufzend und sagte: »Heute sollten wir vielleicht nicht auf ihn warten.«

Doch Jonah kam heim, ehe die Mahlzeit beendet war. Er wusch sich die Hände in der Wasserschale, die Harry Willcox ihm brachte, nickte abwesend und setzte sich an seinen Platz.

Eine der jungen Mägde, die unter Rachels Oberaufsicht in Haus und Küche dienten, wollte ihm einen gefüllten Teller reichen, dem köstlich nach Fisch und Meeresfrüchten duftender Dampf entstieg, aber Jonah machte eine abwehrende Geste.

»Dann gib ihn mir, Anne«, bat Cecil. »Ich bin noch lange nicht satt.«

Mit einem nervösen Lächeln stellte die Magd den Teller vor ihm ab, ehe sie sich lautlos zurückzog. Sie war noch nicht lange hier, und anders als die übrigen Mitglieder des Haushalts fürchtete sie sich vor Master Jonahs düsteren Stimmungen.

Giselle erkundete die Gemütsverfassung ihres Mannes mit einem Blick aus dem Augenwinkel. Sie wusste, dass dies ein schwerer Tag für ihn gewesen war. Für einen kurzen Moment legte sie die Hand auf seinen Arm und sagte zu der Magd: »Bring Master Jonah einen Becher Wein, Anne.«

»Ja, Mistress.«

Jonah erhob keine Einwände, wartete, bis der auf Hochglanz polierte Silberpokal vor ihm stand, und drehte ihn dann nervös zwischen den Händen, ehe er einen kleinen Schluck trank.

»Dein Vater ist im Newgate-Gefängnis, Piers«, sagte er zum jüngsten seiner Lehrlinge, ohne den Blick von seinem Becher zu heben. »Deine Mutter will, dass du nach Hause kommst. Vermutlich würde er das auch wollen. Aber wir haben einen gültigen Vertrag, auf dessen Einhaltung ich pochen kann. Ich überlasse die Entscheidung dir.«

Der vierzehnjährige Piers Stephens wusste, was seinem Vater vorgeworfen wurde. Und er wusste, wenn die Gildeoberen ihn hatten einsperren lassen, dann waren die Vorwürfe begründet. Seine Kehle schnürte sich zu. Er ließ den gut gefüllten Löffel zurück in die Schale sinken und blickte langsam auf. »Wenn Ihr mich noch haben wollt, würde ich gern bleiben, Master.«

Jonah nickte und hob für einen Moment den Kopf, um dem Jungen in die Augen zu sehen.

Piers hatte inzwischen das Gefühl, dass sich die bereits vertilgten Krabben und Schnecken, die er selbst unter glücklicheren Umständen nicht besonders mochte, in seinem Magen in Maden und Käfer verwandelt hatten. Hastig schob er seinen Schemel zurück, murmelte eine Entschuldigung und stürzte hinaus.

Crispin, Harry und Cecil aßen unbeirrt weiter.

Lucas und seine Geschwister tauschten unbehagliche Blicke.

»Erzähl deinem Vater, was du heute in der Schule gelernt hast, Elena«, forderte Giselle ihre Tochter auf.

Die Sechsjährige sprang von ihrem Platz auf. »Ein Gedicht über die sieben Tage der Schöpfung. Soll ich's Euch aufsagen, Vater?«

Jonah nahm sich zusammen. »Ich bestehe darauf. Ich dachte, es waren nur sechs Tage.«

»Na ja«, räumte Elena ein. »Die letzte Strophe ist kurz, weil es ein Ruhetag war.« Sie trat vor ihn, verschränkte die kleinen, rundlichen Hände auf dem Rücken, hob das Kinn und rezitierte ihre Verse.

Jonah lauschte weniger den Worten als ihrer Stimme. Elena war ein schönes, wenn auch elfenhaft zierliches Kind, das mehr Ähnlichkeit mit seiner Tante, nach der es benannt war, als mit seiner Mutter hatte. Ihre Augen waren so kornblumenblau wie Giselles, aber die Haare von einem so dunklen Braun, dass sie beinah Jonahs rabenschwarzem Schopf glichen, ihre Haut fast durchsichtig hell. Jonah konnte heute schon die Schönheit erkennen, die Elena einmal werden würde. Außerdem war sie begabt und für ihr Alter bemerkenswert verständig. Vielleicht das gelungenste seiner Kinder, dachte er manchmal. Nicht so ungebärdig wie Lucas oder so rebellisch wie Philip, der entschlossen schien, die ganze Welt dazu zu bringen, ihn zu hassen. Nach Elena hatten sie noch eine Hannah bekommen, die nur eine Woche alt geworden war, und nun lag ein drei Monate alter Samuel oben in der Wiege bei der Amme. Jonah hatte Zweifel, dass er mit ihm mehr Glück haben würde als mit Lucas und Philip; er fürchtete insgeheim, dass seine Söhne ihm selbst zu ähnlich waren, um ihm viel Freude zu machen. Elena war anders. Elena war das Labsal seines Herzens. Auch wenn es absurderweise so war, dass er keins seiner Kinder so liebte wie seinen Erstgeborenen.

Als Elena geendet hatte, klatschten Giselle, Crispin und die Lehrlinge munter Beifall. Jonah hob seine Tochter auf den Schoß und sog verstohlen ihren Duft nach Milch und Seife ein. »Das war großartig«, lobte er.

»Die letzte Strophe war ganz verkehrt«, beschied der achtjährige Philip. »Sie geht...«

»Ich bin sicher, du weißt es wieder einmal besser, aber erspar uns deine Belehrungen«, fiel Jonah ihm ins Wort.

»Natürlich«, murmelte der Junge und senkte den kastanienbraunen Kopf.

»Wie war das?«, erkundigte sich sein Vater.

»Ja, Sir«, bellte Philip unnötig deutlich.

Jonah nickte bedächtig. Es war einen Moment still. Dann sagte er leise. »Scher dich raus. Besser für uns beide.«

Philip erhob sich so eilig, als habe er nur auf die Aufforderung gewartet, und verließ die Halle ohne Gruß.

Lucas aß weiter, ohne seinem jüngeren Bruder hinterherzusehen. Er hüllte sich in Schweigen und den Anschein von Gelassenheit; das beherrschte er genauso virtuos wie sein Vater. Unbeachtet und unbehelligt blieb er an seinem Platz, bis die Tafel aufgehoben wurde, wünschte seinen Eltern höflich eine gute Nacht und machte seinen Bruder dann zielsicher im alten Kontor auf der anderen Hofseite ausfindig, wo Philip sich immer verkroch, wenn er mit seinem Vater aneinander geraten war.

Giselle spürte ihr Herz wie ein Bleigewicht in der Brust. Es war ein vertrautes Gefühl, denn es stellte sich jedes Mal ein, wenn es Unfrieden zwischen Jonah und seinen Söhnen gab. Normalerweise übernahm sie die Rolle der Vermittlerin, versuchte dem einen zu erklären, was in dem anderen vorging, schalt beide Seiten für ihren Mangel an Verständnis. Aber nicht heute. Heute war sie gewillt, große Nachsicht mit ihrem Mann zu üben.

»Was ist passiert?«, fragte sie, als sie schließlich allein in ihrer geräumigen, komfortablen Kammer waren.

Giselle hatte sich auf die Bettkante gesetzt und begann, sich auszuziehen. Jonah hatte sich seiner Amtskette und des blauen Übergewands entledigt, als seien sie mit einem Gift verseucht, im Sessel unter dem neuen Glasfenster Platz genommen und sah ihr von dort aus zu. Sie war immer noch ein bezaubernder Anblick, auch mit achtundzwanzig Jahren und nach fünf Schwangerschaften. Sie schien ihm unverändert, immer noch dieselbe wie die Braut, die er damals mit seinen kalten Händen erschreckt hatte. Und er konnte ihr bis auf den heutigen Tag nicht beim Ausziehen zuschauen, ohne auf wunderbar lüsterne Gedanken zu kommen. Er überließ sich diesen Gedanken einen Augenblick, weil sie so gut und leicht waren. So schmerzlos.

»Es war ... schauderhaft«, begann er. »Schlimmer, als ich befürchtet hatte.«

»Es ist also wahr? Er hat es getan?«

Jonah nickte. »Hier, in unserem Haus hat er sich den Abdruck des Siegels beschafft.«

»Was für ein Schuft«, sagte sie leise. »Hat er denn nicht einen Funken Anstand im Leib? Wie konnte er dir das antun? Nach allem, was du für ihn getan hast? Und wenn er Geld brauchte, wieso ist er nicht zu dir gekommen?«

Das hatte Jonah Mary Stephens auch gefragt. Die einstmals so süße, wonnige Mary mit ihren roten Wangen und üppigen Brüsten, die mit einem nachsichtigen Lächeln darüber hinwegsah, wenn Elia wieder die ganze Nacht lang ausblieb. Die geduldig einen Sohn nach dem anderen ausgetragen und geboren hatte, während Elia die Zukunft dieser Söhne mit zunehmender Haltlosigkeit beim Würfeln verspielte. Doch als Jonah ihr diese Frage gestellt hatte, war die sanftmütige Mary plötzlich zur Furie geworden und auf ihn losgegangen. Sie hatte ihn geohrfeigt, dass ihm der Kopf schwirrte, und ihn angeschrien. Elia sei seine Almosen satt gewesen, hatte sie ihm eröffnet, ebenso seine Darlehen, die er mit einem Lächeln anbot und immer im falschen Moment mit Zins und Zinseszins zurückforderte.

Stockend schilderte Jonah Giselle diese abscheuliche Szene. Es fiel ihm immer noch schwer, ihr Unangenehmes zu berichten, aber er ließ nichts aus.

»Sie hat gesagt, ich sei genau wie dein Vater. Ein Halsabschneider. Ein Wucherer.«

Giselle schien wenig beeindruckt. »Wärst du ein Wucherer, wäre Elia Stephens schon viel eher im Gefängnis gelandet. Er wird dir nie im Leben alles zurückzahlen können, was du ihm geborgt hast.«

Er machte eine abwehrende Geste. »Elia hat seit jeher immer die Dinge für mich getan, die sich mit Geld nicht bezahlen lassen. Er hat mir den Rücken gestärkt, wenn die ganze Gilde gegen mich war. Ganz zu schweigen davon, wie er unsere Flamen bemuttert hat.«

Giselle nickte bereitwillig. »Ich weiß. Du fühlst dich ihm verpflichtet und hast ihn ins Gefängnis gebracht, um ihm zu helfen. Der Mayor und die Aldermen werden ihn verurteilen, und er wird eingesperrt bleiben, bis er krank und klapperdürr ist. Vermutlich hat er kein Geld, um seine Kerkermeister milde zu stimmen. Sie werden ihn schinden. Und wenn er schließlich herauskommt, werden die Gildebrüder solches Mitleid mit ihm haben, dass keiner mehr daran denkt, ihn auszuschließen. Die Gildeschwestern werden ihm Kuchen backen, die Brüder werden ihm Wein bringen und Geschäfte versprechen. Sie werden ihn der Form halber aus den Reihen der Liverymen verbannen, aber gleichzeitig werden sie ihm verzeihen, was er getan hat, werden es einfach vergessen und ihn wie einen Märtyrer behandeln. So ist es doch, oder?«

Jonah antwortete nicht. Genau das war sein Plan gewesen. Kein besonders guter Plan, aber der einzige, der ihm eingefallen war, um Elia aus dieser sagenhaften, selbst verschuldeten Klemme zu helfen. Und er war überzeugt gewesen, das Richtige zu tun, als er darauf beharrte, das Gericht der Stadtväter einzuschalten und Elia somit zu einer Haftstrafe von unbestimmter Dauer zu verurteilen. Womit er nicht gerechnet hatte, was ihn bis ins Mark erschüttert hatte, war das Gefühl der Genugtuung, das er empfunden hatte, als die Büttel den gebrochenen, reuigen Missetäter abführten. Jonah schauderte bei der Erinnerung.

»Jonah ...«, sagte Giselle leise und streckte die Hand aus. »Komm her.«

Er kam. Er wollte nicht, aber ihre Stimme war eine zu große Verlockung. Er ließ sich neben ihr auf der Bettkante nieder, und sie legte die Arme um seinen Hals und küsste seine Wange. »Was ist so unverzeihlich daran, wenn du ihm einen Moment lang gegönnt hast, was ihm passiert? Nüchtern betrachtet muss man doch einräumen, dass er es durchaus verdient hat, oder nicht?«

Er schüttelte den Kopf. Sie wusste ja nicht, wie das war. Aber seit heute Nachmittag musste er fortwährend an die drei Tage und Nächte denken, die er in der Tonne verbracht hatte. Und die Tonne war das Paradies, verglichen mit Newgate, hieß es.

»Ich habe mich auch nicht immer an die Regeln gehalten«, erklärte er. »Und wenn ich sie gebrochen habe, war Elia immer zur Stelle, um …« Er wusste nicht weiter.

»Dich zu verteidigen? Jonah, ich weiß, dass du kein Engel bist, aber du hast niemals jemanden betrogen. Nicht einmal Rupert. Nicht einmal meinen Vater. Du hast ihnen Fallen gestellt, und sie sind hineingetappt, aber du hast nie gegen Gesetze oder die Regeln der Gilde verstoßen. Mach dich nicht schlechter, als du bist.«

»Nein, das tue ich nicht. Das … ist nicht nötig«, fügte er mit einem bitteren kleinen Lachen hinzu.

»Elia war ein Dummkopf. Und er muss den Preis für seine Dummheit zahlen. Wie bitter es auch sein mag, letzten Endes wird er dir dankbar sein. Oder jedenfalls sollte er das.«

Aber Jonah wusste es besser. Mary hatte es auf den Punkt gebracht, als sie ihn fragte: Woher nimmst du das Recht, über andere zu richten? Ausgerechnet du? Das ist ja grotesk! Was hat sie nur dazu verleitet, dass sie einen wie dich zum Warden wählen? Du besitzt nicht eine einzige Eigenschaft, die es dazu braucht, weder Anstand noch Güte oder Mitgefühl. Mitgefühl! Was für ein Hohn! Du denkst doch nie an irgendjemanden als nur an dich selbst!

»Ich glaube, ich sollte das Amt niederlegen«, eröffnete er seiner Frau. »Ich bin nicht der Richtige, ich habe es ja von Anfang an gesagt.«

Sie zog seinen Kopf an ihre Schulter und drückte die Lippen auf seine Schläfe. »Tu das nicht, Jonah. Oh, ich kann mir schon vorstellen, was sie dir alles gesagt hat. Mary Stephens macht aus ihrem Herzen keine Mördergrube. Aber du darfst nicht auf sie hören. Sie ist verzweifelt und unglücklich. Schon lange. Aber es ist Elia, der das zu verantworten hat, nicht du. Du hast das einzig Richtige getan, egal, wie es sich anfühlt.«

Er schüttelte ratlos den Kopf. Es hatte sich richtig angefühlt,

als er sich zu seiner Strategie entschloss, aber inzwischen überwogen die Zweifel an seinen Motiven. »Ich bin nicht so gut, wie
du mich gern hättest, egal, was du dir einredest«, murmelte er.

Giselle musste lächeln. »Aber auch nicht so schlecht, wie du
dich gern hättest, egal, was du dir einredest.«

Annot saß mit Cupido zusammen in der kleinen Halle im Haus
der Freuden, und sie erörterten den Bedarf an Lebensmitteln für
die laufende Woche. Die Sonne schien durchs Fenster und ließ
die satten Farben der kostbaren, aber äußerst sündhaften Wandbehänge leuchten, schien die nackten, ineinander verschlunge-
nen Gestalten beinah zu Leben zu erwecken. In der nahen Kirche
von St. Margaret läuteten die Mittagsglocken.

»Also ein Bankett im Badesaal am Donnerstag und eins in der
Halle am Sonnabend«, fasste Cupido zusammen. »Der gute Rotwein wird nicht reichen.«

»Geh in die Vintry zu Master Chaucer und bestell, was du für
richtig hältst«, riet Annot. »Dort wird man nicht betrogen.«

Cupido nickte. »Was ist mit Branntwein?«

Ehe sie antworten konnte, klopfte es an die Tür, einer der Pagen trat ein und verbeugte sich artig. »Pater Julius mit einer
Neuen«, meldete er.

»Lass ihn eintreten«, sagte Annot und reichte Cupido die
Liste, die sie gemeinsam erstellt hatten.

Cupido hielt dem Pfarrer von St. Martin höflich die Tür
auf. Der Geistliche, inzwischen ein alter Mann, war immer noch
einer ihrer verlässlichsten Nachwuchslieferanten. »Wo ist Lady
Prescote?«, fragte er ebenso verwundert wie barsch. Normalerweise konnte man Isabel Prescote hier jeden Tag um diese Stunde
antreffen.

»Sie ist für einige Tage aufs Land gereist, Pater, aber seid
unbesorgt, es geht alles seinen gewohnten Gang«, versicherte
Cupido. »Tritt ein, Liebes, nur keine Scheu«, hieß er das Mädchen, das sich Schutz suchend hinter dem Rücken des Priesters
zu verbergen schien, und mit seinem gewinnenden Lächeln
schlug er Julius vor: »Wenn Ihr mich begleiten wollt, Pater, kön-

nen wir die Damen ihren Geschäften überlassen und derweil die unseren regeln. Ein Becher vom Roten, wie üblich?«

»Gerne, mein Sohn«, stimmte der Priester zu, schon merklich milder gestimmt.

Zögernd trat das junge Mädchen über die Schwelle, starrte mit geweiteten Augen auf den Wandteppich und dann hastig zu Boden.

Annot wartete, bis die Tür sich geschlossen hatte. »Setz dich«, sagte sie dann. »Wie ist dein Name?«

»Heather, Mistress.«

Gott, den müssen wir ändern, fuhr es Annot durch den Kopf. Das ist wirklich kein Name, der die Säfte in Wallung bringt.

Heather nahm auf der Kante des Sessels Platz, der Annot gegenüberstand. Wieder glitt ihr Blick verstohlen zur Wand, und dann brach sie in Tränen aus. Es war kein hysterisches Geheul, sondern die Verzweiflung eines einsamen Kindes in einer ausweglosen Lage.

Annot ließ ihr Zeit, sich auszuweinen, und betrachtete die »Ware« derweil mit geübtem Kennerblick. Mittelmaß, schloss sie. Hübsch in der Art, wie im Grunde alle jungen Mädchen hübsch waren, die ihre Glieder beisammen und keine Hasenscharten oder Schielaugen hatten, aber in drei, vier Jahren würde dieser jugendliche Liebreiz verbraucht sein, spurlos verschwunden.

Als Heather sich beruhigt hatte, sagte Annot: »Erzähl mir deine Geschichte, Kind.«

Das war immer ein guter Anfang, hatte sie festgestellt. Sie hatten alle eine Geschichte zu erzählen. Im Grunde war es natürlich immer die gleiche. Und kaum jemand wollte sie hören. Darum erleichterte es diese unglückseligen Mädchen, ihre Version einmal anbringen zu können, und ließ sie Zutrauen fassen.

»Mein Vater war Hafenarbeiter unten an der Botolph's Wharf, Mistress, und letzten Herbst wurde er von einem umstürzenden Ladekran erschlagen. Mein Onkel hat mich als Näherin bei einem feinen Schneider in Langbourn untergebracht, denn ich bin ganz geschickt mit der Nadel.«

»Wie alt bist du?«, unterbrach Annot.

»Dreizehn, Mistress.«

»Und wie heißt der Schneider?«

»Master Oakley.«

Annot nickte ohne große Überraschung. Den wirst du hier wiedersehen, Heather, hätte sie sagen können, aber sie ließ es sein. Reginald Oakley war ein Mann mit merkwürdigen Vorlieben. Ähnlich wie Rupert Hillock hatte er das Bedürfnis, Macht über Frauen auszuüben und immer diejenigen seinem Willen zu unterwerfen, die am wenigsten wollten. An den kurzen Arbeitstagen im Winter hatte er Heather mehrfach befohlen, in der Werkstatt zu bleiben und bei Kerzenlicht weiterzunähen, wenn alle anderen schon heimgehen durften. Die Aufträge drängten, hatte er erklärt, wegen des bevorstehenden Weihnachtsfestes. Heather hatte willig gearbeitet, manchmal bis in die Nacht hinein, nahm auch in Kauf, dass er sie anfasste, denn er gab ihr gelegentlich einen Penny extra, und ihre Geschwister bekamen nicht genug zu essen. Im Januar hatte er sich dann zum ersten Mal an ihr vergangen. Heather hatte auch das hingenommen, weil es niemanden gab, der ihr hätte helfen können, und sie nirgendwo hingehen konnte. Bis Master Oakley sie dann schließlich seinem Gesellen angeboten hatte, der begierig einwilligte und keine Einwände hatte, dass der Meister zuschaute. »Und danach … hatte ich solche Angst, dass ich weggelaufen bin. Pater Julius hat mir schon kurz nach Mariä Lichtmess gesagt, er wüsste einen Ort, wohin er mich bringen könnte. Aber ich wusste nicht, dass es … das hier ist.« Sie machte eine fahrige Geste, die das ganze Haus umfassen sollte, senkte den Kopf und weinte wieder.

»Hör jetzt auf zu heulen, Heather, das führt zu nichts«, sagte Annot nicht unfreundlich. »Ich weiß, dass du hier nicht landen wolltest, aber du hast trotzdem das Richtige getan. Bei Oakley wäre es immer schlimmer geworden. Eine Frau, die ihre Ehre verloren hat, ist Freiwild. Ganz gleich, was sie mit dir anstellen, ihr Gewissen wird sich niemals regen. Denn sie glauben, sie können es nicht schlimmer machen, als es ohnehin schon ist. Du bist erniedrigt, ein Wurm unter ihrem Stiefelabsatz, also dürfen sie tun, was immer ihnen einfällt, ohne dass es das Geringste ändert. Verstehst du, was ich meine?«

Heathers Mund zuckte. »O ja, Mistress.«

»Hier ist es anders. Es gibt Regeln, an die sie sich halten müssen. Du hast Schutz. Und du bist nicht allein. Wann kommt dein Kind?«

Heather riss entsetzt die Augen auf. »Mistress?«

Annot wies ein wenig ungeduldig auf ihren Bauch. »Dein Kind. Wie lange noch?«

Das Mädchen schien hoffnungslos verwirrt. »Ich ... ich weiß nicht. Ich weiß von keinem Kind.«

Annot kam ein Verdacht. »Hat deine Mutter dir nicht erklärt, wie die Kinder in die Welt kommen?«

Heather schüttelte heftig den Kopf. »Meine Mutter starb bei Johns Geburt vor fünf Jahren. Wir haben niemanden mehr, versteht Ihr. Deswegen habe ich versucht, alles auszuhalten. Für meine Geschwister.«

Annot verspürte einen gallebitteren Zorn auf Reginald Oakley, Rupert Hillock und all die anderen ungezählten Kinderschänder in dieser verfluchten Stadt. Sie erhob sich ohne Eile, trat ans Fenster und schaute hinaus. Heather bewunderte ihre selbstsichere Anmut und das elegante Kleid, so wie Annot einst Isabel Prescote bewundert hatte.

Als Annot einigermaßen sicher war, ihre Gefühle wieder unter Kontrolle zu haben, wandte sie sich um. »Sag mir, Heather, weißt du noch, wann es zum letzten Mal passiert ist? Mit Master Oakley oder seinem Gesellen?«

Heather brauchte nicht zu überlegen. »Am Sonnabend vor drei Wochen. Danach bin ich weggelaufen.«

»Und hast du seither geblutet?«

Eine feurige Röte stieg dem Mädchen in die Wangen, und es senkte hastig den Kopf, nickte aber.

Annot trat zu ihr, legte die kühlen Hände auf ihre Wangen und hob das zarte Gesicht an. »Dann hast du Glück gehabt. Denn in dem Fall ist noch kein Schaden entstanden, der nicht wieder gutzumachen wäre. Wenn du klug bist.«

Heather schüttelte den Kopf und schluckte mühsam. »Wie könnt Ihr das sagen? Ich... ich bin in Schande geraten. Jeder weiß es. Ich habe gesündigt, und Gott hat mich verlassen und jetzt...«

»Blödsinn!«, stieß Annot hervor, mäßigte sich aber sogleich wieder, um das Mädchen nicht zu verschrecken. »Gott ist ein Mann, Heather, er hat dich nicht verlassen, sondern war niemals mit dir. Er hasst uns Frauen so sehr, dass er es nicht einmal dulden konnte, seinen Sohn von einer Frau gebären zu lassen. Eine geschlechtslose Monstrosität musste her, um den Dienst zu versehen. Ist dir das noch nie aufgefallen?«

Heather starrte sie mit großen Augen an und bekreuzigte sich furchtsam. »Was redet Ihr denn da, Mistress...«, hauchte sie ängstlich.

Annot rang sich ein Lächeln ab. »Ich wollte dir keine Angst einjagen. Aber glaub mir, ich weiß, wovon ich spreche. Gott hat keine Gnade mit uns. Wir sind allein und verlassen, wenn wir uns nicht gegenseitig helfen.«

»Ich verstehe nicht, was Ihr sagt«, gestand Heather.

»Dann lass es mich so ausdrücken: Du brauchst nicht hier zu bleiben. Für dich gibt es noch einen anderen Weg. Wenn du dich zusammennimmst und schlau bist und hinter dir lässt, was dir passiert ist. Du darfst nicht glauben, es wäre deine Schuld gewesen, Heather. Es war Oakleys Sünde, nicht deine. Vergiss ihn, vergiss alles, was dir geschehen ist. Du irrst dich, wenn du glaubst, jeder wüsste es. Vielleicht munkelt man in Oakleys Viertel darüber, weil der Geselle in der Taverne mit seiner Heldentat geprahlt hat, aber zwei Straßen weiter interessiert es keine Menschenseele. Diese Stadt ist so unfassbar groß, und dort, wo du hingehst, kennt dich niemand, und du kannst neu anfangen.«

»Wo wollt Ihr mich denn hinschicken?«

»In die Ropery zum Haus des Kaufmanns Durham.«

Heather zog erschrocken die Luft ein. »Meint Ihr etwa den Warden der Tuchhändler, dem die Königin ihre Geheimnisse anvertraut?«, fragte sie ehrfürchtig. Wie jeder Mann, jede Frau und jedes Kind in London hatte sie schon von diesem Master

Durham gehört, der vielleicht der reichste Kaufmann der Stadt war, zu den engsten Ratgebern der Königin zählte und jeden Hof auf dem Festland mit seinen einzigartigen Tuchen belieferte. »Aber was sollte ich bei so feinen Leuten?«

»Master Durham hat einen Kompagnon, Master Lacy«, erklärte Annot. »Zu ihm gehst du. Ich gebe dir einen Brief mit. Er wird dich im Haus unterbringen; sie können dort immer eine Dienstmagd gebrauchen.« Sie setzte sich wieder an den Tisch und griff nach einem Bogen Papier.

Heather hatte die Hände um die Kante ihres Sessels geklammert und schaute gebannt zu, während die Feder rasch und mit gelegentlichem Quietschen dahinglitt. Als Annot ihr den fertigen Brief reichte, ergriff das Mädchen ihn zögernd, fragte aber: »Wird dieser Master Lacy...«

»Nein. Niemand dort wird dir etwas tun. Du wirst anständige Arbeit bekommen und vielleicht sogar genug verdienen, um deine Geschwister durchzubringen. Sicher mehr als bei Oakley.«

»Aber Mistress...« Heather blickte verständnislos zu ihr auf. »Warum tut Ihr das für mich?«

»Weil es offenbar noch nicht zu spät für dich ist. Du hast mehr Glück als die meisten, Kind, du bekommst eine neue Chance. Wirf sie nicht weg. Erzähle keiner Menschenseele, was dir passiert ist. Niemals, hörst du, das ist das Allerwichtigste. Vergiss es einfach. Stell dir vor, es war nur ein böser Traum. Wenn einer von Jonah Durhams Knechten dir den Hof macht und dich heiraten will, dann zögere nicht. Spiel ihm die errötende Jungfrau vor und heul ein bisschen in deiner Hochzeitsnacht, dann schöpft er keinen Argwohn, wenn du nicht blutest, denn das kommt häufiger vor. Hast du verstanden?«

Heather nickte ein wenig benommen.

Annot rang sich ein aufmunterndes Lächeln ab.

»Aber dieser Master Lacy...«, wandte Heather besorgt ein.

Annot schüttelte entschieden den Kopf und wies kurz auf den Brief in der Hand des Mädchens. »Ich habe ihm die Wahrheit gesagt, aber er wird dein Geheimnis hüten. Er ist anders, glaub mir. Du brauchst dich auch nicht vor ihm zu schämen. Er weiß, wie die Welt ist. Und er sieht mehr als die meisten. Er wird auch sehen, wie unverdorben du bist. Entscheidend ist vor allem, dass du selbst an deine Unschuld glaubst. Du allein hast deine Zukunft in der Hand, das musst du dir klar machen.«

Das befreite, unendlich erleichterte Lächeln machte das Gesicht des Mädchens beinah schön. »Ich … ich bin Euch so dankbar, Mistress. Ich weiß gar nicht …«

Annot brachte sie mit einer Geste zum Schweigen. »Am besten, du bleibst hier, bis Pater Julius fort ist. Dann wird der Hausdiener dich in die Ropery begleiten. Und ich schätze, wir sollten die Zeit bis dahin damit nutzen, dir zu erklären, wie die Kinder in die Welt kommen …«

Cupido gab keinen Kommentar ab, als Annot ihn bat, die kleine Heather zu Durhams feiner Kaufmannsvilla zu geleiten. Er lieferte das Mädchen am Tor ab, beobachtete aus dem Schatten der gegenüberliegenden Einfahrt, wie ein livrierter Page Heather in Empfang nahm und über den Hof führte, und kehrte dann auf kürzestem Wege nach East Cheap zurück.

»Ich nehme an, du weißt, dass dein butterweiches Herz Lady Prescote um zehn Shilling ärmer gemacht hat?«, fragte er beiläufig, als er wieder in die kleine Halle trat.

Annot winkte ungeduldig ab. »Sie braucht es gar nicht zu erfahren. Ich gebe dir das Geld wieder.«

Cupido seufzte. »Ach, Annot. Du bist so wunderbar. Warum heiratest du mich nicht endlich? Die Hand voll auserwählter Freier, die du noch empfängst, könnte ich wahrscheinlich verkraften.«

Sie lächelte matt. »Ich glaube hingegen nicht, dass ich mich mit all deinen blond gelockten Liebhabern abfinden könnte.«

Er schnitt eine komische Grimasse und wechselte das Thema. »Warum hast du das gemacht, he?«

»Du hast sie doch gesehen«, entgegnete sie ungeduldig. »Viel zu durchschnittlich für dieses Haus.«

Cupido schnaubte. »Ich habe schon Durchschnittlichere kommen und gehen sehen. Also warum?«

Annot spielte nervös mit dem Federkiel auf dem Tisch und schaute aus dem Fenster. Was sie getan hatte, war bedeutungslos, es änderte nichts an den Dingen. Sie hatte es auch schon früher getan, manchmal mit, manchmal ohne Crispins Hilfe. Vielleicht hatte sie einmal geglaubt, wenn sie eines dieser Mädchen rettete, rette sie sich in gewisser Weise selbst, aber sie wusste inzwischen, dass die Rechnung niemals aufging.

Ratlos hob sie die Schultern. »Weil Gott es nicht tut«, sagte sie.

»Sieht aus, als wollte es endlich Regen geben, Master«, verkündete Meurig, als er das Kontor betrat. »Der Himmel hat sich zugezogen.«

Jonah wies aus dem Fenster. Auch von hier aus waren dicke graue Wolken zu sehen, die sich über der Themse türmten, die Fluten bleigrau erscheinen ließen und in südlicher Richtung auf die Hügel von Surrey zukrochen. »Was du nicht sagst. Warst du beim Stellmacher?«

Meurig nickte. »Ich habe den neuen Wagen mit heimgebracht. Prächtig.«

»Ich hoffe, die Plane wird halten, was der Stellmacher versprochen hat. Fang gleich an zu laden. Ich will in einer Stunde aufbrechen. Du bist spät dran.« Mit diesen Worten verließ Jonah das geräumige Kontor und ging hinauf in seine Kammer, um sich für den Besuch bei Hof umzukleiden. Der König veranstaltete ein großes Turnier in Windsor, und obwohl Jonah sich an dergleichen niemals beteiligte, waren er und Giselle zum Bankett und der morgigen Falkenjagd geladen.

Meurig wartete, bis die Tür sich hinter ihm geschlossen hatte, ehe er bemerkte: »Hm, was für strahlende Laune er wieder hat, was?«

Die drei Lehrlinge grinsten, aber Crispin bedachte ihn mit einem warnenden Stirnrunzeln.

Harry sah von der Arbeit hoch und forderte Meurig auf: »Wenn du schon den halben Morgen in den Schenken vertrödelst, dann erzähl uns wenigstens, was du gehört hast.«

Meurig ließ sich nicht lange bitten. »Lauter verrücktes Zeug, wie üblich.«

»Mir scheint, in dieser Stadt wird nur noch verrücktes Zeug erzählt«, entgegnete Crispin missfällig.

Meurig gab ihm Recht. »Ja, die Geschichten sind dieses Jahr irgendwie noch wilder als sonst, das ist wohl so, Master Crispin. Ein Matrose, der mit einer genuesischen Galeere gefahren ist, hat erzählt, in Bagdad habe drei Tage lang die Erde gebebt, und im ganzen Osten leiden die Leute unter Heuschrecken und Hungersnöten.«

»Vielleicht bekennen sie sich endlich zum wahren Glauben, wenn es nur schlimm genug wird«, meinte Cecil ohne viel Mitgefühl.

Meurig zuckte die Schultern. »Mag sein. Jedenfalls gehen dort seltsame Dinge vor sich, ganze Karawanen verschwinden auf der Seidenstraße, sagt Tom Buckley, der Master Greenes Kammerdiener ist und immer Bescheid weiß. Im Tatarenreich ist ein ganzes Dorf von Kugelblitzen vernichtet worden, und dann hat es tagelang geschüttet. Mancherorts hat es Schlangen geregnet oder Blut, einmal gar große, hässliche Käfer mit acht Beinen und Schwänzen, manche lebend, manche tot, und ihr Verwesungsgestank war wie ein tödliches Gift, das die Menschen erstickte. Und zwei Geisterschiffe sind auf dem Mittelmeer gesichtet worden, ohne eine Menschenseele an Bord.«

Crispin verdrehte die Augen. »Jetzt reicht's aber, Meurig«, schalt er mit einem besorgten Blick auf den jüngsten Lehrling.

Piers Stephens, der im Moment ohnehin eine schwere Zeit durchmachte, war schon unter normalen Umständen ein angstgeplagter Junge, und wüste Geschichten aus der Fremde fielen bei ihm auf besonders fruchtbaren Boden.

»Nein, ehrlich wahr, Master«, beteuerte Meurig und streckte die Hände aus, als wolle er sagen, dass es ja nicht seine Schuld sei, wenn es Ungeziefer regnete oder verlassene Schiffe auf den Meeren umhertrieben. »Eins ist im Hafen von Messina angespült worden, und nun wütet irgendeine Seuche in Sizilien. Und die seltsamen Zeichen wandern langsam in nördlicher Richtung, heißt es. Die Glocken von San Marco in Venedig haben in der Walpurgisnacht ganz von allein geläutet.«

»Nichts geschieht in der Walpurgisnacht, ohne dass irgendein Schabernack dahinter steckt«, versetzte Harry unbeeindruckt, packte Piers ebenso freundschaftlich wie unsanft am Arm und zog ihn von seinem Schemel hoch. »Klapp den Mund zu, Bübchen. Wir beide beladen jetzt Master Jonahs neuen Wagen mit der schönsten indischen Seide, die du je im Leben gesehen hast. Für den König und die Ritter dieses noblen Ordens, den er gegründet hat. Dann liefern wir in der Stadt aus und werden nicht hier sein, wenn das Haus einstürzt, weil Meurig so gelogen hat, dass sich die Balken biegen, bis sie bersten.«

Unter Gelächter verließen die beiden Lehrlinge das Kontor. Aber Harry sollte sich noch schaudernd an diesen Morgen und ihre unbeschwerte Heiterkeit erinnern. Denn Meurig hatte nicht gelogen. Keine der haarsträubenden Geschichten, die dieses Frühjahr aus Osten und Süden kamen, war übertrieben, und doch wurde keine der Wahrheit gerecht.

Jonah half Giselle auf den Wagen, reichte ihr Elena und wartete, bis Lucas und Philip hinaufgeklettert waren, ehe er sich in den Sattel seines neuen Rappen Hector schwang. Hector war ein großer, temperamentvoller Dreijähriger aus Waringhams viel beachteter Zucht, und Jonah betrachtete das glänzende Fell und die üppige, gewellte Mähne mit zufriedenem Stolz. Er hatte selbst getrauert und seine Söhne nicht für ihre Tränen gescholten, als Meurig den alten, lahmen Grigolet zum Pferdemetzger bringen musste, aber Hector war eine Augenweide und ein Prachtkerl, der seinen Reiter jedes Mal aufs Neue herausforderte. Selbst die schwer zu beeindruckenden Londoner blieben auf der Straße stehen, um ihm nachzuschauen.

Zwei hübsche Braune zogen den neuen Wagen. Meurigs Ältester, Jocelyn, saß auf dem Bock und lenkte das Gespann mit Geduld und Geschick. Schmuck sah der Junge aus in der dunkelgrünen Livree, die Jonahs Diener trugen und die auf dem Umhang das Wappen des Hauses Durham zeigte: das gehörnte

Lamm der Tuchhändler über einem goldenen Schiff auf weinrotem Grund.

Der neue Wagen, mit einer Plane aus hellem Leder überspannt, war eigentlich zu groß für die paar Ballen blauer Seide und die vier Passagiere, aber Jonah hatte die Gelegenheit nutzen wollen, um ihn zu erproben. Er ritt auf einer Höhe mit dem Bock und hörte sich an, was Jocelyn über die Eigenschaften des neuen Gefährts zu sagen hatte.

Noch ehe sie die Stadtmauer erreichten, bereute Giselle, nicht geritten zu sein, denn hier auf dem Wagen spürte man jede Unebenheit im Pflaster und jedes Schlagloch. Elena und Philip kicherten, wenn sie durchgerüttelt wurden, aber ihre Mutter konnte der Fahrt wenig Freude abgewinnen.

»Reich mir das Kissen herüber, wenn du es nicht brauchst, Elena«, bat sie ihre Tochter. »Aber gib auf dein Kleid Acht.«

Das kleine Mädchen stand auf, schwankte einen Moment bedenklich, als das Gefährt ein wenig zu zügig nach links in die Lombard Street einbog, und brachte ihr ein besticktes Seidenkissen, das Giselle auf die Sitzbank unter sich legte.

»Danke, mein Perlchen, so ist es schon besser.«

»Ist es noch weit?«, fragte Lucas, der unverwandt nach vorn schaute auf den Ausschnitt der Stadt, den sie links und rechts von Jocelyns Schultern sehen konnten.

Giselle nickte seufzend. »O ja. Es sind zwanzig Meilen von London nach Windsor. Vor heute Abend kommen wir nicht an.«

Lucas bemühte sich, seine grenzenlose Enttäuschung darüber, dass er das Turnier versäumen würde, nicht zu zeigen. »Wird der Schwarze Prinz dort sein?«, fragte er scheinbar beiläufig. Dabei war es sein größter Herzenswunsch, den Prinzen wiederzusehen.

»Ganz bestimmt«, versicherte seine Mutter. »Er lässt kein Turnier aus.«

»Und die anderen Prinzen?«, wollte Philip wissen.

»Sie sind auch dort, aber noch zu jung, um mit in die Bahn zu reiten. Prinz Lionel ist ein paar Monate jünger als Lucas und Prinz John ungefähr so alt wie du, und der kleine Edmund ...«

»Das weiß ich doch«, fiel Philip ihr ungehalten ins Wort.

Giselle hob begütigend die Hände. »Entschuldige.« Sie war nachsichtiger mit Philip als mit ihren anderen Kindern, weil er es am schwersten mit der Welt im Allgemeinen und mit seinem Vater im Besonderen hatte. Er war ein hübscher Junge, aber es machte die Dinge nicht leichter, dass er neben ihrem Äußeren auch ihren Starrsinn geerbt hatte. Er war störrisch, manchmal vorlaut, oft eine Plage. Nicht so leicht zu lieben wie der stille, disziplinierte Lucas oder die sonnige Elena. Jonah hatte ihm nie große Beachtung geschenkt. Von Anfang an war er auf Distanz zu dem Jungen geblieben. Natürlich wusste er nicht, dass er vielleicht gar nicht Philips Vater war, aber Giselle fragte sich oft, was er wohl ahnte. Möglicherweise ohne sich dessen bewusst zu sein.

Sie zockelten gemächlich West Cheap entlang und hielten sich den Mantelsaum vor Mund und Nase, als sie das Schlachterviertel »The Shambles« passierten. Giselle schloss sicherheitshalber auch noch die Augen, während ihre Söhne und auch Elena fasziniert den roten Rinnsalen nachschauten, die über das Straßenpflaster liefen. Fette schwarze Ratten hockten an den blutigen Pfützen und fischten mit ihren rosa Pfoten Fleischabfälle heraus.

Als der unbeschreibliche Gestank nachließ, schlug Giselle die Augen wieder auf, und ihr Blick fiel auf Newgate, das nordwestliche Stadttor, welches das berüchtigte Gefängnis beherbergte. Verstohlen sah sie zu Jonah, der kerzengerade im Sattel saß und stur geradeaus schaute. Giselle seufzte. Vermutlich war es gut, dass sie die Stadt für ein paar Tage verließen und er all seine Pflichten einmal vergessen konnte.

Kurz hinter der Fleet-Brücke begann es zu regnen. Erst war es nur ein leises Nieseln, doch bald öffnete der Himmel seine Schleusen. Dicke, schwere Tropfen fielen, die sich zu einem undurchdringlichen Vorhang verdichteten, und Jonah band Hector hinten an den Wagen und flüchtete in den Schutz der Plane zu seiner Familie.

»Sehr vernünftig«, lobte Giselle. »Es geht schließlich nicht an, dass dein feines neues Gewand aus dieser spanischen Wolle mit dem unmöglichen Namen ganz durchnässt wird.«

Er nickte. »Die Wolle heißt Merino. Was ist so schwierig daran?«

Sie hob die Schultern. »Es klingt so ungewöhnlich. So überhaupt nicht nach Wolle.«

Er legte den Kopf zur Seite und betrachtete seine Frau mit einem anerkennenden kleinen Lächeln. »Dir steht sie jedenfalls auch nicht schlecht, selbst wenn du dir den Namen nicht merken kannst«, sagte er. Dann lehnte er den Rücken an die Seitenwand des Wagens und zog die Knie an.

»Woher kommt der Name? Merino?«, wollte Philip plötzlich wissen.

»Das Schaf, von dem die Wolle stammt, heißt so.«

»Die ganze Wolle stammt von einem einzigen Schaf, und sein Name ist Merino?«, fragte der Junge verblüfft.

Jonah lachte ihn aus. »Mir scheint, das Schaf bist du.«

Philip schoss das Blut in die Wangen. Er hasste es, wenn man sich über ihn lustig machte, weil er etwas nicht verstand. Das geschah häufig, denn alle Welt schien zu glauben, er müsse zumindest so klug wie sein Bruder sein, der doch fast drei Jahre älter war als er. Mit ärgerlich gerunzelter Stirn stieß er hervor: »Aber Ihr habt es gesagt!«

Jonahs Miene verfinsterte sich schlagartig. »Gib Acht auf deinen Ton, Philip.« Ein wenig nachsichtiger fügte er hinzu: »Ich meinte die Rasse.«

»Ah. Und was ist so besonders an seiner Wolle?«

»Sie ist länger, dichter und weicher als die herkömmlicher Schafe.«

Zaghaft streckte der Junge die Hand aus. »Darf ich mal fühlen?«

Jonah wies einladend auf den Saum des knielangen Surkots. »Bitte.«

Philip legte die Hand darauf, schloss die Augen, und mit einem Mal breitete sich ein untypisch argloses Lächeln auf seinem Gesicht aus. »Schön«, murmelte er. »So weich und glatt. Beinah ein bisschen wie Seide.«

Jonah wechselte einen überraschten Blick mit seiner Frau.

Giselle fuhr Philip lächelnd über die kastanienfarbenen Locken, obwohl sie wusste, dass er das nicht ausstehen konnte. »So ist es recht, Philip. Früh übt sich ...«

Jonah nickte. Es sah ganz so aus, als wollte vielleicht doch einer seiner Söhne Tuchhändler werden.

»Du meine Güte, hör dir an, was Froissart wieder über Mutter geschrieben hat, Joan!« Prinzessin Isabella saß mit untergeschlagenen Beinen im Gemach der Königin in Windsor, ein aufgeschlagenes Buch im Schoß.

Ihre Cousine Joan of Kent saß ihr gegenüber und wiegte ihren kleinen Sohn auf den Knien. »Dann lass hören.«

Isabella richtete sich auf, legte dramatisch die Hand an die Kehle, räusperte sich, streckte die schmale Linke aus und deklamierte: »*Denn seit den Tagen Königin Guineveres, welche die Gemahlin König Artus' war und Königin von Britannien, kam niemals eine solche Königin in dieses Land, keine, die so viel Ehre besaß oder so schöne Kinder* – oh, vielen Dank, Froissart, du Lüstling im Priesterrock«, warf sie trocken ein, ehe sie fortfuhr: »*Groß und schön ist sie, weise, von heiterem Wesen, bescheiden, fromm, großzügig und höfisch, reich an adeligen Tugenden und von Gott und den Menschen geliebt.*«

Jean Froissart war vor zwanzig Jahren mit der jungen Philippa aus Hainault nach England gekommen, war Kaplan, Sekretär und nicht zuletzt Geheimnisträger ihres Haushaltes und hatte vor ein paar Jahren begonnen, eine Chronik über den Krieg zwischen England und Frankreich zu verfassen. Er ließ keine Gelegenheit aus, seiner Bewunderung für die Königin Ausdruck zu verleihen. Diese neueste Lobpreisung hatte er anlässlich Edwards und Philippas Heimkehr nach dem Fall von Calais geschrieben.

Joan musste ob seines Überschwangs lächeln, sagte aber: »Nun, wo er Recht hat, hat er Recht. Sie ist all das, was er schreibt.«

Die Prinzessin gab ihre Pose auf und ließ sich in den Sessel zurücksinken. »*Groß und schön*? Also, ich weiß nicht ...« Sie seufzte tief. Isabella war das Abbild ihrer Mutter und nicht zufrieden mit dem ererbten Äußeren. Vor allem mit der Nase nicht. »Warum kann ich nicht aussehen wie du?«, fragte sie neidisch, aber ohne Groll.

Joan of Kent war anerkanntermaßen die schönste Frau Englands. Außerdem war sie klug, höfisch, steinreich und todunglücklich. Weil sie ein zu gutes Herz hatte, um jemals nein zu sagen, war sie vor acht Jahren, im zarten Alter von zwölf, zur Bigamistin geworden. Der junge Sir Thomas Holland hatte ihr ein Eheversprechen vor Zeugen abgegaunert und sie gleich darauf in sein Bett gezerrt. Eine unorthodoxe, aber rechtsverbindliche Eheschließung. Da er den Zorn des Königs fürchtete, ließ er die Zeugen und seine Braut jedoch Stillschweigen geloben, sodass Joan, als der König sie mit dem Sohn seines Freundes Montagu vermählte, sich keinen anderen Rat wusste, als einzuwilligen.

Die Königin, die all das schließlich herausbekam, hatte getan, was sie konnte, um Joans Geheimnis zu wahren, und immer dafür gesorgt, dass einer der beiden Ehemänner weit fort auf irgendeinem Feldzug war. Aber schließlich war es natürlich doch herausgekommen. Der Skandal hatte Joans schillerndem Ruf nicht geschadet, und der König hatte der unhaltbaren Situation ein Ende bereitet, indem er sie Holland zusprach und sie dann zu seiner Geliebten machte. Derweil verzehrte Joan sich nach ihrem Cousin Edward, dem Schwarzen Prinzen und Prince of Wales – dem einzigen Mann in England, den sie nicht haben konnte.

So war Isabella auch nicht sonderlich überrascht, als ihre Cousine sagte: »Schönheit kann ein Fluch sein, weißt du.«

Die Prinzessin schnitt eine halb komische, halb verzweifelte Grimasse und erwiderte: »Eine zu lange Nase auch, glaub mir.«

»Deine Nase ist nicht zu lang. Sie hat Charakter.«

»Leider legen die Kuppler, die königliche Ehen vermitteln – wie unser Onkel Lancaster –, keinen Wert auf Charakter. Sonst wäre nämlich ich jetzt unterwegs nach Kastilien, um den Kronprinzen zu heiraten, nicht meine Schwester Joanna. Sie habe mit dreizehn genau das richtige Alter, hat Onkel Lancaster mir erklärt. Was soll das bitte heißen? Dass ich eine alte Jungfer bin?«

Isabella war sechzehn – für eine Frau ihres Standes höchste Zeit, dass sie unter die Haube kam. Somit hätte die ehrliche Antwort streng genommen »Ja« lauten müssen, doch sie blieb Joan erspart, weil Janet Fitzalan diesen Moment wählte, um hereinzuhuschen und Jonahs und Giselles Ankunft zu melden.

Isabellas Gesicht hellte sich auf und überzog sich mit einer feinen Röte, ihre haselnussbraunen Augen leuchteten auf. »Lasst sie eintreten und schickt nach der Königin, Janet, seid so gut. Sie wollte umgehend benachrichtigt werden, wenn die Durhams eintreffen.«

Janet Fitzalan, die heute nicht mehr für Kaufleute übrig hatte als vor zehn Jahren, nickte säuerlich und öffnete den Ankömmlingen die Tür.

Isabella erhob sich, als Jonah sich vor ihr verneigte. »Wie schön, Euch zu sehen, Sir Jonah! Wir fürchteten schon, Ihr wäret im Schlamm stecken geblieben und kämet nicht.«

Giselle umarmte erst Joan und dann die Prinzessin. »Wir konnten nicht eher kommen. Gott, was für ein nasses, abscheuliches Wetter. Wie war das Turnier?«

»Nass und abscheulich«, antwortete Joan. »Es gab dutzendweise Blessuren. Ständig sind die Ritter im Morast gestürzt. Der Prinz hat sich die Hand verstaucht, und Waringhams Pferd hat sich das Bein gebrochen. Sein Freund Dermond hat ihn fortgeschickt und dem Gaul dann die Kehle durchgeschnitten. Jetzt hockt der arme Gervais in seinem Quartier und heult sich die Augen aus.«

Ehe Giselle ihr Mitgefühl bekunden konnte, trat die Königin ein.

Jonah ergriff ihre beiden Hände, die sie ihm entgegenstreckte, beugte sich über die rechte und brachte es fertig, ihr dabei in die Augen zu sehen. Giselle hielt den Kopf abgewandt, damit sie das unverändert liebeskranke Lächeln nicht sehen musste, das er Philippa bei jedem Wiedersehen schenkte, selbst wenn nur zwei Tage seit ihrer letzten Begegnung verstrichen waren.

Dann schloss die Königin sie in die Arme, und Giselle kam

nicht umhin, ihr gleich wieder alles zu verzeihen. Manche Dinge, so schien es, änderten sich einfach niemals.

»Habt Ihr Eure wunderbaren Kinder mitgebracht?«, fragte Philippa.

Giselle nickte. »Wir haben sie dem Offizier der Wache übergeben, in der Hoffnung, dass er sie in ein Verlies steckt.«

Tatsächlich war Geoffrey Dermond heute der Offizier der Wache. Unlängst selbst Vater eines Knaben geworden, hatte er sein Herz für Kinder entdeckt und die Durham-Sprösslinge unter seine Fittiche genommen.

Die Königin wandte sich an ihre Tochter und Nichte. »Es wird Zeit, dass ihr euch für das Bankett zurechtmacht, meine Lieben. Giselle, ich bin sicher, auch du würdest vorher gern euer Quartier aufsuchen, nicht wahr.«

Giselle hasste es, wenn die Königin sie fortschickte, um mit Jonah allein zu sein, Ränke mit ihm zu schmieden, Geheimnisse auszutauschen oder Gott weiß was sonst zu tun. Aber sie fügte sich mit einem strahlenden Lächeln und folgte Isabella und Joan hinaus auf den zugigen Korridor.

Als die Tür sich geschlossen hatte, ließ die Königin sich schwerfällig in einen der Sessel sinken. Sie war hochschwanger. Wieder einmal. Jonah kam es so vor, als gebäre sie jedes Jahr ein Kind. Das stimmte nicht ganz, aber dieses, rechnete er aus, war das elfte. Bis auf den kleinen William damals und Prinzessin Blanche vor sechs Jahren, die beide kurz nach der Geburt gestorben waren, war es eine gesunde und wohlgeratene Schar, über die Philippa mit der gleichen Güte, Weisheit und Schläue herrschte wie über England und seinen König. Und die Schwangerschaft schien ihr wieder einmal prächtig zu bekommen. Ihre Augen strahlten, ihre Haut war straff und schimmerte wie Marmor, das braune Haar, das aufgesteckt unter der kleinen Haube hervorwallte, wirkte dicht und kräftig – sie blühte. Jonah fand seine verbotenen Fantasien, in denen er die Königin über die vergangenen siebzehn Jahre auf jede nur erdenkliche Weise verführt hatte, immer am schwersten zu zügeln, wenn sie schwanger war.

Philippas Blick fiel auf das dicke, abgegriffene Buch, und sie schnalzte missbilligend. »Haben diese Rangen dem guten Froissart schon wieder seine Chronik gestohlen, um sich darüber lustig zu machen ...«

Jonah setzte sich ihr gegenüber und gab sich keine Mühe, sein Grinsen zu unterdrücken. Auch er mokierte sich gern über die schwülstigen Ergüsse des flämischen Mönchs. Die Königin hob den Kopf, ihre Blicke trafen sich, und sie biss sich auf die Unterlippe, ehe sie in ihr schönes Lachen ausbrach.

»Ach ja, Ihr habt ja Recht. Aber ist es so verwerflich, dass es mir gefällt, wenn er mir schmeichelt?«

»Keineswegs, Madame.«

Philippa legte das Buch beiseite und wurde ernst. »Wir haben nicht viel Zeit, aber ich wollte Euch unbedingt ins Bild setzen, ehe Ihr den König seht. Der Gute leidet an einem außergewöhnlich heftigen Anfall von Größenwahn, und wir müssen verhindern, dass er sich und uns alle ins Unglück stürzt.«

Jonah sah sie abwartend an.

»Ach, Jonah, Ihr seid unverbesserlich. Nie gebt Ihr mir ein Stichwort.«

»Also bitte. Was ist es dieses Mal?«

Sie nickte dankbar. »Dieses Mal wollen wir Kaiser werden. Kaiser des Heiligen Römischen Reiches Deutscher Nation.«

Das verschlug Jonah die Sprache.

König von Frankreich, das war er gewohnt. Das wollte Edward schon lange werden, und für den Anspruch gab es plausible Gründe. Im Moment sah es sogar so aus, als sollte daraus vielleicht etwas werden, denn der alte Philip von Frankreich sah das Ende seiner Tage näher rücken und bekam offenbar Zweifel, ob sein einfältiger Tölpel von Sohn, Jean, denn wirklich der Richtige war, um diesen vertrackten Krieg weiterzuführen und den aufsässigen französischen Adel zur Räson zu bringen. Philip hatte Gesandte geschickt, die angedeutet hatten, der König von Frankreich habe seine väterlichen Gefühle für seinen jungen Cousin Edward entdeckt und erwäge, ihn zu adoptieren. Aber Kaiser des Deutschen Reiches ...

Philippa seufzte und erklärte dann: »Ihr wisst ja, dass Papst Klemens meinen Schwager, den Wittelsbacher Kaiser Ludwig, gebannt und abgesetzt hat, nicht wahr?«

Jonah nickte.

»Jetzt ist Ludwig vor ein paar Monaten obendrein auch noch gestorben, was seine Sache ziemlich aussichtslos macht. Und nun möchte der Papst, dass Karl von Mähren Kaiser wird.«

»Schlecht für England«, meinte Jonah. Karl von Mähren war der Sohn des blinden Johann von Böhmen, der bei Crécy auf französischer Seite gefallen war, und obendrein mit einer Schwester von Philip von Frankreich verheiratet. Wenn Karl Kaiser wurde, hätte England das Reich als Verbündeten endgültig verloren.

»Ja, ich weiß, Jonah«, entgegnete Philippa ungehalten. »Aber es wäre noch viel schlimmer für England, wenn sein König Kaiser würde, glaubt mir. Ich weiß, wovon ich rede, meine Schwester war schließlich lange genug Kaiserin dieses verfluchten, unglückseligen, ewig zerstrittenen Reiches, das offenbar mit keinem Papst Frieden halten kann. Nun ist es aber so, dass die deutschen Kurfürsten Karl nicht wollen. Sie wollen überhaupt keinen Kaiser, der ihnen vom Papst aufgedrängt wird. Und da fällt ihnen nichts Besseres ein, als eine Gesandtschaft herzuschicken und Edward die Kaiserkrone anzubieten.«

»Was wäre so furchtbar daran?«, fragte Jonah. »Als deutscher Kaiser hätte er die Truppen und finanziellen Mittel, um Frankreich endgültig in die Knie zu zwingen.«

»Das glaubt nur nicht«, warnte Philippa. »Alle Kräfte, alle Truppen und jeder Penny würden in inneren Machtkämpfen des Reiches aufgerieben. Was denkt Ihr wohl, warum die Kurfürsten einen fremden König zum Kaiser wollen, der obendrein im Krieg mit seinem Nachbarn steht? Weil sie sich keinen starken Kaiser wünschen, sondern lieber selbst über ihre Territorien herrschen wollen. Edward würde all seine Kraft darauf verschwenden, dieses unvereinbare Reich zusammenführen zu wollen, und derweil fiele hier in England alles auseinander, während Philip sich die Hände reibt. Es würde mich gar nicht wundern, wenn er es war, der die Kurfürsten auf diese Idee gebracht hat. Nein. Edward muss den Kurfürsten absagen.«

Jonah dachte einen Moment nach und sagte dann schulterzuckend: »Was Ihr sagt, ist wie immer einleuchtend, Madame. Und wie immer wird der König auf Euch hören.«

»Oh, da bin ich nicht so sicher.«

Er betrachtete sie eingehend, den Kopf leicht zur Seite geneigt. »Was beunruhigt Euch?«

Seine Stimme war sanft, was höchst selten vorkam, und Philippa war einen Augenblick versucht, ihm wieder einmal ihr Herz auszuschütten. Von all ihren vielen Sorgen zu erzählen. Um ihren Sohn Edward, dem immer alles in den Schoß fiel, der von allen geliebt und bewundert wurde, der noch nie für irgendetwas hatte leiden oder kämpfen müssen und um den sie deswegen bangte. Um Isabella, die verbittert war, dass man ihre jüngere Schwester Joanna als Braut für den kastilischen Kronprinzen vorgezogen hatte, und ebenso um die scheue, weltfremde Joanna, die nun mit dreizehn Jahren von ihrer Familie fortgerissen worden war und ihrer Zukunft in einem fremden Land an der Seite eines fremden Ehemannes entgegenreiste. Um all ihre anderen Kinder, um den König und um sich selbst, auf die sie alle sich stützten, auf deren Kraft sie sich verließen und die manchmal nicht wusste, woher sie diese Kraft nehmen sollte.

»Ach, Jonah, wenn Ihr wüsstet ...« Sie seufzte.

»Dann sagt es mir.«

»Der König ... tut sich derzeit schwer damit, auf mich zu hören. Er befindet sich im Siegestaumel. Immer noch. Vernunft und Weitsicht verderben ihm die Laune. Er will feiern. Sich selbst, seine Triumphe, seine Ritter. Philippa ist der Rettungsanker in schlechten Zeiten. Aber jetzt ... hat er Joan.«

Jonah schüttelte den Kopf. »Es hat nichts zu bedeuten, Madame. Das wisst Ihr doch.«

»Was soll das heißen, es hat nichts zu bedeuten? Er betrügt mich! Jedes Mal, wenn ich ein Kind bekomme, und auch oft genug, wenn ich nicht schwanger bin. Vor den Augen der Welt, vollkommen schamlos. Ihr hättet ihn sehen sollen mit ihr auf dem

Fest nach dem Fall von Calais…« Sie konnte nicht weiterspre-
chen. Es war ihr einfach unmöglich, sich mit der Untreue des Königs abzufinden. Jedes Mal war sie aufs Neue zutiefst verletzt und
fühlte sich gedemütigt, und seit Edward jedwede Diskretion aufgegeben hatte, war alles noch viel schlimmer geworden.

»Was ich meinte, war, dass andere Frauen ihm nichts bedeuten«, sagte Jonah leise.

»Das ist ein schwacher Trost. Wenn ich daran denke, dass er
wieder den ganzen Abend mit ihr tanzen wird und keinen Augenblick die Hände von ihr lässt…«

Jonah stieß hörbar die Luft aus. »Was für ein Dummkopf er
ist.«

Philippa fuhr erschrocken zusammen. »Wie bitte?«

»Der König ist ein Dummkopf. Ein Hornochse. Und er hat
Euch nicht verdient.«

Ehe sie ihm Vorwürfe machen konnte, ergriff er ihre Rechte
und presste die Lippen auf die Handfläche, gestattete sich dieses
eine Mal, ihr zu zeigen, wie es um ihn stand. Sie wusste es ja ohnehin.

Dann ließ er sie los, stand auf und verneigte sich. »Ich hoffe,
Ihr könnt mir vergeben, Madame.«

Sie biss sich auf die Lippe, konnte ein Lächeln aber nicht unterdrücken. »O doch, ich denke schon. Ihr versteht es, eine gekränkte Frau zu trösten, Sir.«

Wenn du glaubst, ich hätte es deswegen getan, kennst du
mich schlecht, dachte er.

Die Königin reagierte, als hätte er es laut ausgesprochen. Sie
richtete sich auf und hob das Kinn, um deutlich zu machen, dass
der Moment vorüber war. »Also werdet Ihr mir helfen zu verhindern, dass der König seiner Eitelkeit zum Opfer fällt und auf
das Ansinnen der Kurfürsten eingeht?«

Er nickte. »Ich weiß zwar nicht wie, aber was ich kann, werde
ich tun.«

»Sagt ihm, er könne es sich nicht leisten. Er glaubt Euch immer, was Ihr ihm vorrechnet.«

»Aber es wäre gelogen, darum kann ich es nicht tun.«

»Ach, nun fängt das wieder an ...«

»Wenn niemand sonst, würde zumindest mein Schwiegervater mich durchschauen, denn er kann besser rechnen als die meisten. Er würde nicht lange zögern, dem König das Gegenteil zu beweisen, und Ihr wisst so gut wie ich, dass sein Einfluss auf Euren Gemahl wieder gewachsen ist.«

»Das ist leider wahr. Also müssen wir uns etwas anderes überlegen.«

Jonah nickte. »Ich werde darüber nachdenken«, versprach er.

Trotz des anhaltenden Regens brach der Hof am nächsten Morgen zur Falkenjagd auf. Lucas stand an der Tür der steinernen Kapelle, die sich wie der ganze Palast im Umbau befand, und schaute der farbenfroh gekleideten Jagdgesellschaft nach. Es waren wenigstens hundert Ritter, Damen und Falkner, die zum Tor hinausritten. Es konnte einem schwindelig werden von der Vielzahl der berühmten Wappen, vom Funkeln der mit Gold, Silber und Edelsteinen verzierten Zaumzeuge. Aber Lucas hatte nur Augen für Prinz Edward, der die Zügel lässig in einer Hand hielt, die beim Turnier verstauchte Linke auf dem Oberschenkel ruhen ließ und doch in perfekter Haltung im Sattel saß. Er warf den braun gelockten Kopf in den Nacken und lachte über irgendetwas, das einer seiner Ritter zu ihm gesagt hatte. Sein gewaltiger Fuchs tänzelte nervös und stieg, aber der Prinz bändigte ihn ohne die geringste Mühe. Dann war er fort.

Lucas seufzte tief. Sein Wunschtraum, den Schwarzen Prinzen einmal aus nächster Nähe zu sehen, hatte sich bislang noch nicht erfüllt, denn seine Geschwister und er hatten nicht am gestrigen Festmahl teilnehmen dürfen, sondern mit den Kindern der übrigen Gäste unter der Aufsicht eines strengen Mönchs in einer schmucklosen, zugigen kleinen Halle essen müssen.

Weil er nicht wusste, was er sonst tun sollte, betrat Lucas die Kapelle. Das trübe Licht, das durch die leeren Fensteröffnungen fiel, beleuchtete eine unvollendete Wandmalerei: ein Ritter auf einem weißen Pferd, der mit einer Lanze ein grässliches, wurmartiges Ungeheuer erlegte.

»Das ist der heilige Georg«, sagte eine Stimme hinter ihm.

Lucas wandte sich um. Ein Junge mit schulterlangen braunen Locken stand einen Schritt zu seiner Linken. Durchdringende dunkle Augen schauten ihn einen Moment an, ehe ihr Blick wieder zu dem Heiligen wanderte.

»Er ist mir von allen Heiligen der Liebste«, fuhr der fremde Junge fort. »Denn er sieht aus wie der Schwarze Prinz.«

Lucas betrachtete das Bild mit neuem Interesse. »Ja, stimmt«, stellte er überrascht fest.

»Das ist ein Drache, den der heilige Georg da erlegt.«

»Das seh ich selbst«, beschied Lucas schroff.

Der Junge warf ihm einen schnellen Seitenblick zu, eine der dunklen Brauen in die Höhe gezogen. Lucas hatte noch nie jemanden gesehen, der seine Brauen einzeln verziehen konnte – es faszinierte ihn. Dann fuhr der andere unbeirrt fort: »Froissart hat gesagt, es sei in Wahrheit der Satan, den er erschlägt, aber das glaube ich nicht. Es war ein Drache. Darum ist er der Tapferste aller Heiligen, und wenn die Kapelle fertig ist, wird sie ihm geweiht, denn er ist der Schutzpatron des neuen Ritterordens, den der König und der Schwarze Prinz gegründet haben.«

»Du weißt gut Bescheid«, bemerkte Lucas halb spöttisch, halb bewundernd.

Der Junge zuckte mit den schmalen Schultern, den Blick immer noch unverwandt auf den schönen Drachentöter gerichtet. »Man hört hier den ganzen Tag nichts anderes«, sagte er, und es war unmöglich zu entscheiden, was er von diesem Umstand hielt. »Der ganze Palast wird umgebaut und erweitert. Der König ist hier geboren, weißt du, und er liebt Windsor.«

»Stehst du im Dienst des Schwarzen Prinzen?«, fragte Lucas neiderfüllt. »Du bist noch zu klein, um Knappe zu sein, oder? Bist du sein Page?«

»Nein, er ist mein großer Bruder.«

Lucas zog erschrocken die Luft ein, wich furchtsam ein paar Schritte zurück und stammelte: »Das ... konnte ich nicht wissen.« Er hatte keine Ahnung, ob es richtig war, aber er ließ sich sicherheitshalber auf die Knie fallen. »Es tut mir Leid.«

Der Prinz wandte sich zu ihm um, verschränkte die Hände auf dem Rücken und fragte: »Wie ist dein Name?«

»Lucas. Lucas Durham.«

»Ah. Deine Mutter und dein Vater gehören zum Haushalt der Königin.«

»Ja.«

Der Prinz vollführte eine seltsame Geste, beinah als wolle er Lucas bei der Hand nehmen, und Lucas verstand ihn erst, als er sagte: »Du darfst dich erheben.«

Erleichtert stand Lucas auf. Offenbar wurde man nicht gleich eingekerkert, wenn man sich einem Prinzen gegenüber ungehobelt benahm. Aber er fürchtete sich immer noch, hielt den Kopf gesenkt und wusste nicht, wo er seine Hände lassen sollte.

»Mein Name ist John Plantagenet«, eröffnete der Prinz ihm mit unverhohlenem Stolz.

»Aber dann bist du ... ich meine Ihr ... Ihr seid nicht älter als mein kleiner Bruder und trotzdem größer als ich!«

John nickte. Offenbar fand er es völlig in Ordnung, dass ein achtjähriger Prinz größer war als ein elfjähriger Kaufmannssohn.

Lucas hatte nur einen Gedanken: Flucht. Die Angst, etwas Falsches zu sagen oder zu tun, machte ihn ganz zappelig, und er musste dringend pinkeln. »Ich ... ich werd jetzt gehen«, sagte er atemlos.

Prinz John winkte einladend. »Eigentlich müsstest du mich erst um Erlaubnis fragen, aber ...«

»John!«, rief plötzlich eine helle Kinderstimme im Hof. »John, wo bist du?«

»Ach, du gütiger Himmel«, raunte der Prinz. »Meine Braut. Halt sie mir vom Leib, Lucas. Bitte!« Es war ein eindringliches Zischen.

Mit einem tollkühnen Hechtsprung flüchtete John sich hinter den Altar, und einen Lidschlag später erschien ein hübsches kleines Mädchen mit langen Zöpfen in einem nicht ganz sauberen blauen Kleid an der Tür zur Kapelle. Sie legte eine rundliche Hand um den Pfosten und sah blinzelnd ins Halbdunkel. Als sie

Lucas entdeckte, fragte sie: »Hast du Prinz John gesehen?« Dabei zeigte sie eine Zahnlücke im Oberkiefer.

Lucas musste lächeln. Es war noch nicht so lange her, dass er selbst an der gleichen Stelle eine Zahnlücke gehabt hatte, aber ihm schien es, als habe er dergleichen schon vor Ewigkeiten hinter sich gelassen. Tatsächlich erinnerte das Mädchen ihn an seine Schwester. Er nickte. »Vorhin war er drüben, wo der achteckige Turm gebaut wird.«

»Pavillon«, verbesserte sie hochnäsig, machte auf dem Absatz kehrt und verschwand.

Als er sicher sein konnte, dass die Luft rein war, kam der Prinz wieder zum Vorschein. »Puh. Das war knapp. Danke, Lucas.«

»Keine Ursache.«

»Blanche of Lancaster«, sagte John, als erkläre das so manches. »Eigentlich ist sie in Ordnung, aber sie hängt wie eine Klette an mir.«

Lucas wusste nichts zu sagen. Er fragte sich, wie es wohl sein mochte, eine Braut zu haben. Der Gedanke faszinierte ihn, wie neuerdings alles, was mit dem anderen Geschlecht zu tun hatte.

»Du redest wohl nicht viel, was?«, fragte der Prinz.

Lucas schüttelte den Kopf. »Der Pater hat uns verboten, mit den Prinzen und Prinzessinnen zu sprechen.«

»Welcher Pater?«, fragte John verwirrt.

»Mit dem wir gestern Abend gegessen haben. Ein knochiger, baumlanger Griesgram. Ein Auge ist ganz trüb. Ich glaube, er ist blind darauf.«

»Oh.« Es klang ebenso vielsagend wie unbehaglich. »Pater Hubertus. Mein Lateinlehrer. Nimm dich lieber vor ihm in Acht.«

»Du… Ihr müsst zur Schule gehen?«, fragte Lucas, schon wieder überrascht. Er hätte nie geglaubt, dass einem Prinzen so etwas zugemutet wurde.

»Natürlich.«

»In einem Kloster?«

»Nein. Der König holt immer neue Gelehrte an den Hof, aus allen möglichen Klöstern in England und Frankreich oder von noch weiter her, die mich und meine Brüder und Schwestern und Cousins und Cousinen und eben alle Kinder hier bei Hofe unterrichten. Gehst du auf eine Klosterschule?«

Lucas schüttelte den Kopf. »Ich war ein paar Monate in Bermondsey Abbey im Internat. Das war furchtbar.« Anders als sein Vater lernte Lucas nicht gern, hatte kein Interesse an Büchern und war vom ersten Tag an nur angeeckt. »Mein Vater wollte unbedingt, dass ich dort bleibe, denn er ist auch da zur Schule gegangen. Aber meine Mutter hat ihn zum Glück überredet, mich da wegzuholen. Jetzt gehe ich in London zur Schule. Mein Bruder und meine Schwester auch. Wir gehen morgens hin und kommen nachmittags heim. Die Schule gehört einem Freund meines Vaters, Pater Samuel Ashe. Oder eigentlich gehört sie meinem Vater, der hat sie nämlich gestiftet. Alle Kinder aus gutem Hause in unserem Viertel gehen hin.« Und er fragte sich, wieso er das alles diesem wildfremden Jungen, der obendrein ein Prinz war, erzählte.

Vielleicht lag es daran, dass John ihm so interessiert lauschte. »Was heißt ›aus gutem Hause‹?«, wollte er wissen.

Lucas überlegte einen Moment, ehe er antwortete: »Kaufleute, die sich das Schulgeld leisten können.«

»Sind denn nicht alle Kaufleute reich?«

Lucas musste lachen. »Nein.«

John runzelte die Stirn. »Die Kaufleute, die bei Hofe verkehren, sind reicher als viele unserer Lords, hat der König gesagt.«

Das erstaunte Lucas, aber er erwiderte: »Vermutlich weil nur reiche Kaufleute Verbindungen zum Hof haben. Wie mein Vater und mein Großvater.«

Der Prinz schien einen Moment angestrengt nachzudenken. So lange, dass Lucas sich schon zu fragen begann, ob er ihn vielleicht völlig vergessen hatte. Aber dann hob John den Kopf, lächelte, und mit einem Mal konnte man sehen, dass er erst acht Jahre alt war. »Alsdann, Lucas Durham. Ich schulde dir einen Gefallen, weil du mir die kleine Klette vom Hals gehalten hast.«

Lucas winkte verlegen ab. »Nein, nein, das war eine Kleinigkeit.«

»Nicht für mich. Und mein Vater sagt, man darf nie vergessen, wer einem einmal einen Gefallen getan hat, und muss ihn belohnen. Also? Ah, ich weiß! Du möchtest meinen großen Bruder einmal aus der Nähe sehen, nicht wahr?«

Lucas schlug hastig die Augen nieder, nickte aber.

»Das regle ich«, versprach der Prinz. »Und jetzt komm. Lass uns in die Halle gehen. Das ist bei Regen der beste Ort zum Spielen, wenn der Hof zur Jagd ist.«

»Groß genug zum Fußballspielen«, bemerkte Lucas.

John sah ihn von der Seite an. »Fußball? Was ist das?«

Ist das zu fassen?, wunderte Lucas sich. Aber er sagte nur: »Besorgt einen Ball, nicht zu klein, und ich zeig es Euch.«

Giselle war froh, als sie nachmittags zurückkehrten. Sie hasste es, bei Regen zur Jagd zu reiten, es nahm dem Ereignis jeglichen Glanz, fand sie. Die Pferde wurden biestig, die Jäger waren verbissen statt frohgemut, ihre bunten Kleider bald trüb vor Nässe und schlammverschmiert, die stolzen Falken sahen aus wie gerupfte Hühner, und das Gemetzel, das sie unter dem Kleinwild anrichteten, war bar aller Finesse, geradezu unappetitlich.

Doch Giselle bemühte sich nach Kräften, gute Miene zum bösen Spiel zu machen. Sie plauderte mit Freundinnen, die sie lange nicht gesehen hatte, sonnte sich in den Komplimenten, mit denen die Ritter sie überhäuften, und versuchte nicht gar zu gekränkt darüber zu sein, dass Jonah sie den ganzen Tag vernachlässigte und nicht von der Seite der Königin wich, die trotz der fortgeschrittenen Schwangerschaft mit von der Partie war und ihrerseits wie ein Schatten den deutschen Grafen folgte, die derzeit bei Hof weilten.

»Illustre Gesellschaft, in der dein Mann sich bewegt«, raunte eine Stimme in Giselles Ohr, als sie endlich wieder im Innenhof der großen Palastanlage von Windsor angelangt waren und die Pferde den Knappen und Stallknechten übergeben hatten. »Und nicht ungefährlich.«

Sie wandte sich nicht um. »Ihr seht wieder hinter jedem Baum ein Gespenst, Vater.«

»Und meine Augen täuschen mich nie«, erwiderte de la Pole.

Sie musste lachen. Es klang unbeschwert, aber sich selbst gestand sie ein, dass seine dunklen Andeutungen sie immer ein wenig nervös machten, und sie hatte seine Rückkehr an den Hof mit gemischten Gefühlen beobachtet.

Die Anklage, die Jonah ebenso widerwillig wie akribisch gegen seinen Schwiegervater vorbereitet hatte, war vor dem Parlament vorgebracht und verhandelt worden. Die Empörung hatte hohe Wellen geschlagen, und de la Pole wurde zu einer Haftstrafe von unbestimmter Dauer verurteilt, die allein der König beenden konnte. Untypisch lange hielt sich der Groll, den Edward gegen den mächtigen Kaufmann hegte, der ihn so hinterlistig betrogen und seine Notlage ausgenutzt hatte. Dann endlich war der König zu dem Schluss gekommen, zwei Jahre seien Strafe genug. Möglicherweise hatte er aber auch einfach erkannt, dass er auf William de la Pole und dessen Geld nicht verzichten konnte. Jedenfalls ließ er ihn frei, gab ihm sein beschlagnahmtes Vermögen und sogar einen Teil seiner Güter im Norden zurück. Nur ein Baron war de la Pole nicht mehr.

Die Finanzkrise der Krone war nie wirklich bereinigt worden. König Edward hatte sich aus der Affäre gezogen, indem er die meisten Schulden einfach unbezahlt ließ. Das hatte die Florentiner am härtesten getroffen. Das Bankhaus Peruzzi war zusammengebrochen. Auch die Bardi waren angeschlagen und hatten ihre Pforten in London geschlossen. Giuseppes lang gehegte Befürchtung hatte sich erfüllt: Er hatte seine Wahlheimat aufgegeben und seine Familie zurück nach Florenz bringen müssen. William de la Pole hatte ihren Palast an der Lombard Street gekauft, wo er jetzt residierte, wenn er in London weilte. Und Giselle war froh, dass ihr Vater nicht mehr im feuchten, einsamen, freudlosen Devizes Castle eingesperrt war, wo sie ihn pflichtschuldigst alle zwei Monate besucht hatte. Aber er hatte sich verändert, und die Blicke, mit denen er Jonah verfolgte, wenn er glaubte, niemand beobachte ihn, machten ihr Angst. Erst in aller Stille und verborgen hinter Strohmännern, dann mit zunehmender Offenheit war William de la Pole in die hohe Finanzpolitik zurückgekehrt. Er führte ein Syndikat von Kaufleuten an, welches sich den patriotischen Namen »Englische Compagnie« gegeben hatte und angeblich das Ziel verfolgte, die heilige nationale Sache, den Krieg gegen Frankreich, zu finanzieren. In Wahrheit kontrollierte die Englische Compagnie den Wollexport und drängte jeden Kaufmann, der nicht zum erlauchten Kreis zählte, an die Wand – jeden außer Jonah Durham, der auch allein groß genug war, um mit dem Syndikat zu konkurrieren. Und auch das nahm de la Pole ausgesprochen übel.

Giselle ergriff den Arm, den ihr Vater ihr reichte, und ging mit ihm zum Hauptgebäude hinüber. »Wie geht es Mutter?«, fragte sie.

Er hob die Schultern. »Ich habe sie seit einem Vierteljahr nicht gesehen. Sie war bei bester Gesundheit, als ich aufgebrochen bin.«

Gervais of Waringham und Geoffrey Dermond kreuzten ihren Weg.

»Nun, de la Pole? Was haltet Ihr von den Gerüchten aus Italien?«, fragte Geoffrey im Plauderton. »Haarsträubend, was?«

De la Pole blieb stehen, betrachtete ihn einen Moment mit seinen Raubvogelaugen und deutete ein Nicken an. »Ich finde sie beunruhigend, Sir. Irgendetwas Merkwürdiges ist auf dem Kontinent im Gange, kein Zweifel.«

Geoffrey gab ihm Recht. Die Geschichten waren zu zahlreich, um sie alle als Fantasterei und Seemannsgarn abzutun. »Irgendeine Seuche, nehme ich an. Wahrscheinlich sind es die Pocken.«

De la Pole wollte keine Vermutungen äußern. »Nun, was immer es ist, es bewegt sich langsam in nördlicher Richtung. Ich hörte, der Papst habe Avignon verlassen. Dort sterben die Menschen wie die Fliegen, erzählt man.«

»Nicht weit von Avignon nach Paris«, murmelte Geoffrey nicht ganz ohne Schadenfreude.

»Oder nach London«, meinte Giselle.

Der Ritter lachte unbekümmert. »Zum Glück trennt uns ein gutes Stück Wasser vom Rest der Welt.«

Giselle nickte unbehaglich und sah zum Earl of Waringham, der immer noch ungewohnt still und niedergeschlagen wirkte.

»Oh, Gervais…«, sagte sie mitfühlend. »Es war nur ein Pferd.«

Er blickte kurz auf, lächelte matt und nickte.

»Isabella hat mir erzählt, Ihr habt einen zweiten Sohn bekommen?«, erkundigte sie sich, um ihn aufzuheitern.

Gervais' Miene hellte sich wirklich ein wenig auf. »Am Dreikönigstag. Robert. Er ist ein strammer Bursche und kerngesund, aber Anne wollte doch lieber daheim bleiben. Er ist noch so winzig, da weiß man nie.«

Giselle nickte verständnisvoll. Tatsächlich war es so, dass Gervais fast immer einen Grund fand, um seine Frau daheim in Kent zu lassen und nicht mit an den Hof zu bringen. Da er jedoch praktisch sein ganzes Leben bei Hof verbrachte, hatte das zur Folge, dass er seine Anne so gut wie nie sah. Es wurde dann und wann darüber spekuliert, ob die Ehe ein Fehlschlag sei, der gutmütige Gervais womöglich nicht in der Lage, seine temperamentvolle Frau, die den typischen Yorkshire-Dickschädel hatte, zu bändigen. Aber so war es nicht. Giselle kannte den wahren Grund, warum Gervais seine schöne Frau so selten wie möglich in die Nähe des Königs brachte.

Gemeinsam betraten sie das Hauptgebäude und begaben sich zur Halle, wo sich ihnen eine äußerst merkwürdige Szene bot.

William de la Pole warf seiner Tochter einen halb amüsierten, halb beunruhigten Blick zu. »Ich würde sagen, deine Söhne stecken in Schwierigkeiten«, murmelte er.

»Eure auch«, konterte sie.

In der Halle war es noch verhältnismäßig leer, weil die meisten Mitglieder der Jagdgesellschaft sich erst einmal zurückgezogen hatten, um trockene Kleider anzulegen.

Der König stand jedoch in seinem tropfnassen Mantel vor einem der großen Fenster, dessen bernsteinfarbene Butzenscheiben ein verräterisch rundes Loch aufwiesen. Vor ihm aufgereiht war eine kleinlaute Kinderschar: die Prinzen Lionel, John und Edmund, der jüngste Montagu, Lucas und Philip Durham, der kleine Sohn des Earl of Oxford, Giselles Brüder Walter und Edmund.

»Gentlemen, meine Geduld hat sich erschöpft«, verkündete der König ungehalten. »Ich möchte jetzt endlich wissen, wer es war.«

»Ich«, antworteten Prinz John und Lucas wie aus einem Munde. Sie standen Seite an Seite und wechselten einen Blick, tauschten ein nervöses kleines Verschwörerlächeln. Sie hatten nicht einmal eine Stunde gebraucht, um Freunde zu werden.

Der König ohrfeigte sie beide. »Einer von euch lügt, der andere hat das Fenster zerbrochen. Ersteres ist die schwerere Sünde. John, ich bin sehr enttäuscht.«

»Das tut mir Leid, Sire«, antwortete der Junge, und das Beben seiner Stimme verriet, wie ernst es ihm damit war. »Aber keiner von uns lügt. Wenn Ihr das Spiel kennen würdet…«

»Ich bin nicht an langen Erklärungen interessiert«, eröffnete der König seinem Sohn ungeduldig. »Lionel, du bist der Ältere. Zeig Verantwortungsgefühl und sag mir die Wahrheit.«

»Ich habe es nicht gesehen, Sire«, antwortete der knapp zehnjährige Prinz ernst. Wenn er sich vor dem offenkundigen Zorn seines Vaters fürchtete, so ließ er es sich doch nicht anmerken. »Aber John hat Recht, bei diesem Spiel ist es sehr schwierig zu entscheiden, wer was gemacht hat. Es geht zu schnell.«

»Aber ich hab's gesehen, mein König«, meldete Edmund de la Pole sich zu Wort. »Lucas war's. Er hat geschossen.«

Also war es der Prinz, dachte Giselle unwillkürlich. Sie kannte ihren jüngsten Bruder kaum, denn sie hatte ja wenige Wochen nach seiner Geburt geheiratet, doch sie wusste, er war ein Lügner.

Der König hatte für Denunzianten nicht viel übrig. »Niemand hat dich gefragt«, fuhr er Edmund an, ehe er sich wieder an John und Lucas wandte: »Also, ich hätte gern bald eine befriedigende Antwort. Einer von euch beiden ist fällig, und wenn ihr mir nicht bald sagt, wer, trifft es euch eben beide.«

Keiner der Jungen antwortete, und ein helles, schönes Lachen durchbrach plötzlich die unheilschwangere Stille. »Bravo, John! So ist's recht. Gerade wenn Gefahr droht, muss ein Ritter zu seinen Freunden stehen!«

Alle wandten die Köpfe.

Der achtzehnjährige Prinz Edward lehnte am Türrahmen, hatte die Arme vor der Brust verschränkt und betrachtete die betretene Schar kleiner Brüder und deren Freunde amüsiert. Ohne seine berühmte schwarze Rüstung wirkt er selbst immer noch wie ein Junge, fuhr es Giselle durch den Kopf. Prinz Edward war jetzt genauso alt, wie sein Vater gewesen war, als er die Macht in England übernommen hatte. Doch der Prinz schien weniger erwachsen. Oder vielleicht kam es ihr auch nur so vor, weil sie selbst inzwischen älter geworden war.

Der Schwarze Prinz löste sich vom Türpfosten, schlenderte auf das unglückliche Häuflein vor dem König zu und fuhr seinem kleinen Bruder John über den Schopf, rau, aber nicht unfreundlich.

John sah mit einem Lächeln zu ihm auf, das seine ehrfürchtige Verehrung für den großen Bruder verriet.

»Du unterbrichst mich in einer wichtigen Angelegenheit, Edward«, eröffnete der König seinem Ältesten schroff.

»Ich weiß, Sire. Und ich bitte um Vergebung für mich und um Nachsicht mit meinem Bruder und seinen Freunden. Sie haben Fußball gespielt. Da kann schon mal etwas zu Bruch gehen, ich hab's mal in Woodstock gesehen. Es ist nicht gerade höfisch, aber ich bin überzeugt, es würde Euch gefallen. Erlaubt mir, die Reparatur des Fensters zu bezahlen.«

»Es geht nicht um das verdammte Fenster«, grollte der König.

Der Prinz nickte und sah seinem Vater in die Augen. »Aber Ihr seid nicht gerecht zu meinem Bruder, Sire. Was er tut, ist genau richtig. Wäre es nicht Euer geliebtes Fenster in Eurem geliebten Windsor, würdet Ihr es billigen.«

»Du bist ein respektloser Flegel, Edward!«, polterte der König, aber man konnte hören, dass er schon nicht mehr mit dem Herzen bei der Sache war. Die Kinder atmeten verstohlen auf.

Der Prinz breitete kurz die Arme aus. »Nur in begründeten Ausnahmefällen, Sire.«

Der König bemühte sich noch einen Augenblick um eine

finstere Miene, aber sein Mund zuckte verräterisch, und dann brach er in sein unwiderstehliches Lachen aus. »Bei Sankt Georg, du hast Recht!« Er knuffte John leicht auf die Schulter. »Danke Gott für deinen Bruder.«

Der kleine Prinz nickte ernst. »Jeden Tag, Sire.«

König Edward vollführte eine wedelnde Handbewegung. »Also schön, ihr seid allesamt davongekommen. Der Prince of Wales begleicht den Schaden aus seiner üppigen Kriegsbeute. Und ich gehe mich jetzt umkleiden.«

Mit diesen Worten wandte er sich ab und eilte zum Ausgang, streifte Giselle mit einem bewundernden, unverändert lüsternen Blick, schmuggelte ein Augenzwinkern in ihre Richtung und war fort.

Auch die Kinder stoben auseinander, nur John und Lucas blieben vor dem Schwarzen Prinzen stehen, der die Hände auf die Oberschenkel stützte und sich zu ihnen herunterbeugte.

»Danke, Bruder«, sagte John leise.

Der Ältere zwinkerte ihm zu. »Ihr habt Schneid, alle beide. Du bist Durhams Junge, nicht wahr?«, fragte er Lucas.

Lucas nickte. Er brachte kein Wort heraus. Seine Kehle fühlte sich an, als stecke eine dicke Kröte darin.

Edward lächelte. »Weißt du noch, wie du damals in Antwerpen auf meinen Schultern geritten bist?«

Lucas konnte nicht glauben, dass das je passiert sein sollte. Die Vorstellung trieb ihm die Schamesröte ins Gesicht. Er schüttelte den Kopf und räusperte sich. »Nein, Mylord.«

»Na ja, du warst noch winzig. Aber ich erinnere mich. Du konntest noch nicht mal laufen, aber du warst schon damals ein wackeres Bürschchen.«

Lucas war unendlich verlegen. Er schlug die Augen nieder und wünschte sich sehnlichst, ihm fiele etwas Gescheites zu sagen ein, aber sein Kopf schien vollkommen leer.

Edward richtete sich auf und ließ die Hand noch für einen Moment auf seiner Schulter ruhen. »Wie war doch gleich dein Name, Junge?«

»Lucas, Mylord«, antwortete er heiser.

Der Prinz nickte. Er stand mit dem Rücken zu dem zerborstenen Fenster, sodass Lucas seine Züge nicht genau erkennen konnte, aber Edward schien in seinem Gesicht all das zu lesen, was der Junge niemals in Worte zu kleiden gewagt hätte, denn er sagte etwas höchst Seltsames: »Komm zu mir, wenn du bereit bist, Lucas.«

»Wir müssen den deutschen Grafen bald eine Antwort geben, Sire«, bemerkte William Montagu, der Earl of Salisbury.

Der König nickte. »Ich weiß.« Er stand am Fenster seines Privatgemachs, das ebenso voll gestopft mit Waffen und Jagdtrophäen war wie die in all seinen anderen Burgen und Palästen. Er hatte ein Bad genommen und sich umgezogen, trug jetzt ein Gewand aus feinster blauer Wolle mit einer weißen Kapuze – die Tracht des neu gegründeten Hosenbandordens. Das hob seine Stimmung, änderte aber nichts an seiner Unentschlossenheit. »Wenn ich allein an die Steuereinnahmen denke, die mir aus dem Reich zufließen würden ... Alles wäre möglich, Sirs. Alles. Letztlich gilt es hier die Frage zu beantworten, ob ich der Beherrscher der Christenheit werden will.«

»Und wollt Ihr das?«, fragte die Königin interessiert.

Er wandte sich zu ihr um und hob die Schultern. »Ich weiß es nicht. Ja, doch, ich will schon. Aber soll ich auch? Was will Gott? Ist er es oder sein Widersacher, der hinter diesem Angebot steckt?«

Da kein Bischof bei dieser inoffiziellen kleinen Beratung zugegen war, blieb die Frage unbeantwortet.

»Der Papst würde auf jeden Fall sagen, dass es der Satan ist«, merkte die Königin ironisch an. »Ihn werden wir endgültig in Philips Arme treiben, wenn Ihr es tut. Denn er will Karl auf dem kaiserlichen Thron.«

»Und Ihr gebt ihm Recht, nicht wahr, Madame?«, fragte der König stirnrunzelnd. »Ihr wollt nicht Kaiserin werden, oder?«

Sie schüttelte den Kopf. »Meine Schwester ist es, und ich kenne keine unglücklichere Frau. Aber darum geht es nicht. Ich will, was gut ist für Euch und für England, Sire.«

»Ja, ich weiß.« Er lächelte ihr zu. »Geht es dir gut, Philippa? Du bist blass. Du wärest besser nicht mit zur Jagd geritten.«

Sie winkte ab und ließ nicht zu, dass er das Thema wechselte. »Wir müssen auch daran denken, wie unsere Verbündeten in den Niederlanden reagieren würden.«

»Das ist wahr«, stimmte Montagu zu. »Brabant liebäugelt ohnehin schon mit Philip.«

»Brabant liebäugelt seit jeher mit Philip«, entgegnete der König verdrossen. »Was ist nur aus Eurem Wagemut geworden, William? Denkt doch nur, was für ein Abenteuer es wäre!« Seine Augen leuchteten auf. »Ach, ich wünschte, mein Cousin Lancaster wäre hier. Er würde mir raten, es zu tun, ich weiß es.«

Philippa und Jonah wechselten einen Blick. Sie waren froh, dass der tollkühne Lancaster in Aquitanien weilte, denn sein Rat war nicht immer unbedingt der weiseste.

Montagu war nicht beleidigt. »Ich denke lediglich, dass es nicht ohne einen Krieg im Reich abginge, wenn Ihr die Krone nähmet«, erwiderte er. »Und vielleicht wäre es klug, ehe wir einen neuen beginnen, erst einmal den Krieg zu gewinnen, den wir gerade führen.«

»Und Karl von Mähren könnte ihn uns bezahlen«, warf Jonah ein.

Alle sahen ihn verwundert an. Nach einem kurzen Schweigen bat der König: »Seid so gut und erklärt uns das näher, Sir.«

»Es wird Euch nicht verwundern, dass ich wieder einmal in erster Linie ans Geld denke, Sire, aber die Sache liegt doch so: Wenn Ihr Kaiser würdet, triebet Ihr den Papst auf Philips Seite und müsstet gegen Karl und die ihm treuen Reichsfürsten eine zweite Front aufmachen, die wir uns nicht leisten können.« Jonah unterbrach sich kurz, aber der König widersprach ihm nicht. Er hatte bei seinem Siegeszug in Frankreich reiche Beute gemacht und für seine illustren Kriegsgefangenen horrende Lösegelder bekommen, aber das war alles nicht viel mehr als ein Tropfen auf den heißen Stein. Wenn er den Krieg gegen Philip weiterführen wollte, brauchte er neue Geldquellen.

»Doch wenn ich Karl die Kaiserkrone überlasse, wird Philip

in ihm einen mächtigen Verbündeten haben, Sir, und das können wir uns ebenso wenig leisten.«

Jonah schüttelte den Kopf. »Dann darf genau das nicht passieren. Karl will die Krone, und vermutlich raubt die Angst, Ihr könntet sie ihm streitig machen, ihm den Schlaf. Mit Begehrlichkeiten und Ängsten lässt sich viel gewinnen, Sire. Überlasst ihm die Kaiserwürde, aber macht sie teuer. Sagt ihm, Ihr werdet das Angebot der Kurfürsten ausschlagen, wenn er sich in unserem Konflikt mit Frankreich strikt neutral verhält und Euch, sagen wir, hunderttausend Pfund innerhalb der nächsten drei Jahre zahlt. Somit verliert Philip seinen mächtigen Verbündeten jenseits des Rheins, wir haben im Osten den Rücken frei, um den Krieg weiterzuführen, den Karl uns bezahlt.«

Der König hatte ihm mit zunehmendem Erstaunen gelauscht und wandte sich nun mit fragendem Blick an seine Lords.

»Wenn wir Philip endgültig in die Knie gezwungen haben, könntet Ihr Karl mit Unterstützung der Hanse und der Kurfürsten immer noch seinen Thron streitig machen«, bemerkte der Earl of Suffolk versonnen. »Zu dem Zeitpunkt, der *Euch* gut dünkt, nicht die Kurfürsten.«

»Das ist wahr«, räumte der König ein. »Die Frage ist nur, ist es moralisch vertretbar, um die Kaiserkrone zu feilschen wie um ein Mastschwein?«

Jonah hob kurz die Hände. »Das könnt nur Ihr entscheiden, Sire, davon verstehe ich nichts ...«

»... denn ich bin nur ein Pfeffersack«, beendeten Montagu und Waringham im Chor den Satz für ihn und lachten über Jonahs verdutzte Miene.

»Ob es moralisch vertretbar ist, weiß ich auch nicht, Edward, aber auf jeden Fall ist es üblich«, mischte die Königin sich ein. »Ihr glaubt nicht im Ernst, der Papst habe Karl die Krone kostenlos angeboten, oder?«

»Sir Jonah hat völlig Recht«, erklärte Montagu. »Wir wären töricht, wenn wir Karl nicht teuer bezahlen ließen, was er sich so sehnlich wünscht.«

Der König nickte. Er wusste, dass der Rat gut war. Das Angebot der Kurfürsten kam zu einem denkbar ungünstigen Zeitpunkt. Aber die Verlockung war gewaltig. »Ich hätte diese Krone so gerne gehabt, um sie Edward zu vererben«, gestand er mit einem verschämten, wehmütigen Lächeln.

»Aber die Kaiserkrone ist nicht erblich«, gab Suffolk zu bedenken.

»Vielleicht nicht offiziell, aber wir alle wissen, wie es tatsächlich vonstatten geht ...«

Philippa studierte sein Gesicht, lauschte den Nuancen seiner Stimme und wusste, sie hatte gewonnen. Ihre Erleichterung war so groß, dass ihr beinah schwindelig davon wurde. Unauffällig drückte sie Jonahs Arm, schenkte ihm ein dankbares Lächeln und sagte zu ihrem Gemahl: »Ich glaube, unser Edward würde sich eine Kaiserkrone lieber selbst erkämpfen als sie zu erben, Sire, denn er ist genau wie Ihr. Er liebt den Krieg mehr als dessen Früchte.«

»Ja.« Der König seufzte glücklich. »Ein prächtiger Kerl, nicht wahr?«

Lucas fand erst am nächsten Morgen Gelegenheit, seinem Vater das Missgeschick mit dem Fußball zu beichten. Jonah war nicht übermäßig überrascht, denn er hatte das zerbrochene Fenster der großen Halle gesehen und gleich gedacht, dass das verdächtig nach seinen Söhnen aussah.

»Und wer war es nun wirklich?«, fragte er. Er saß in einem Sessel in der etwas beengten Kammer, die man ihnen zugewiesen hatte, und Lucas stand vor ihm, sodass sie sich direkt in die Augen sehen konnten.

»John hat geschossen, und ich hab nicht gehalten«, erklärte der Junge.

Jonah nickte und bemerkte: »In dem Fall ist es wohl angemessen, wenn ich Prinz Edward die Hälfte des Schadens erstatte, nicht wahr?«

»Das wird er niemals zulassen«, meinte Giselle, die dabei war, ihre Sachen zusammenzupacken. Es war der Tag ihrer geplanten Abreise, und sie wollte mit den Kindern nach London zurückkehren, auch wenn Jonah noch ein paar Tage würde bleiben müssen. Das kam häufiger vor.

»Vielleicht nicht, wir werden sehen«, sagte Jonah.

»Ihr ... seid nicht böse?«, fragte Lucas vorsichtig.

Jonah schüttelte den Kopf. »Es beglückt mich nicht gerade, wenn du dem König seine kostbaren Glasfenster zerbrichst, aber da du es nicht mit Absicht getan hast, bin ich nicht böse. Du kennst den Preis für solche Schäden.«

»Eine Woche Melken und Lagerarbeit nach der Schule«, sagte Lucas düster.

»Zwei Wochen«, eröffnete sein Vater ihm mitleidlos. »Ein zerbrochenes Glasfenster ist ein sehr teures Malheur.« Und er wollte, dass seine Kinder den Wert des Geldes schätzen lernten, obwohl sie in Reichtum und Überfluss aufwuchsen, also ließ er sie arbeiten, wenn sie mit ihren Dummheiten materiellen Schaden anrichteten. Melken bedeutete aufstehen vor Sonnenaufgang, und die Arbeit im Lager war Schinderei. Er nickte Philip zu. »Ihr könnt überlegen, ob ihr es teilen wollt.«

»Meinetwegen«, brummte der Kleine.

»Er hatte nichts damit zu tun«, protestierte Lucas.

»Es war eine miserable Idee, in der Halle Fußball zu spielen«, widersprach sein Vater. »Ich bin überzeugt, ihr habt die Fenster gesehen und in Kauf genommen, was passieren könnte. Ihr alle. Aber macht das unter euch aus.«

Giselle kam mit einem zusammengefalteten Mantel an ihrem jüngeren Sohn vorbei und legte ihm einen Moment die Hand auf die Schulter. »Du bist sehr großzügig, Philip«, sagte sie anerkennend.

»Vater ... was wäre passiert, wenn der Schwarze Prinz nicht gekommen wäre? Hätte der König mich eingesperrt?«, fragte Lucas.

Jonah zog verblüfft die Brauen in die Höhe. »Unsinn. Eine Tracht Prügel war das Schlimmste, was du zu befürchten hattest.«

»Ich dachte nur. Weil er doch der König ist.«

»Der König ist ein Mann wie du und ich, Lucas«, erklärte sein

Vater. »Er steht höher als wir, weil er im Stande göttlicher Gnade und mit einer hohen Würde geboren ist, aber trotzdem ist er nur ein Mensch und kein Ungeheuer, vor dem du dich fürchten müsstest.«

»Er macht mir keine Angst, weil ich denke, er ist ein Ungeheuer, sondern weil er so mächtig und königlich ist. Der Schwarze Prinz ist ganz anders.« Ein Leuchten trat in die dunklen Augen. »So edel und schön, aber trotzdem nicht unnahbar.«

»Er ist ganz genau wie der König«, entgegnete Jonah. »Nur jünger.«

»Oh, Vater, kann ich nicht noch ein paar Tage mit Euch hier bleiben? Ich würde ihn so gern noch einmal wiedersehen. Und John auch. Es ist so herrlich hier.«

Jonah schüttelte den Kopf. »Du musst zurück zur Schule.«

»Aber was wäre, wenn ich in den Dienst des Schwarzen Prinzen treten würde? Müsste ich dann auch weiter zur Schule gehen?«

»Was redest du da?«, fragte Jonah verwundert. »Wie kommst du darauf, dass du in seinen Dienst treten könntest?«

»Weil er es gesagt hat!«

Jonah schaute verwirrt zu seiner Frau. Giselle nickte. »Er hat so eine Andeutung gemacht.«

Jonah spürte einen Stich im Magen. »Er wollte nur freundlich sein«, entgegnete er wegwerfend. »Schlag dir das aus dem Kopf, Junge. Du wirst zur Schule gehen, bis du dreizehn bist, und dann bei Master Gisors in die Lehre, wie wir's besprochen haben.«

»Er hat es nicht nur gesagt, um freundlich zu sein!«, widersprach sein Sohn hitzig. »Er hat gemeint, was er sagte, ich weiß es genau!«

Jonah stand auf. »Sprich noch einmal mit erhobener Stimme zu mir, und du wirst es bitter bereuen, Lucas. Wenn es Prinz Edward ernst damit war, hätte er vielleicht besser zuerst mich fragen sollen, statt dir solche Flausen in den Kopf zu setzen. Denn ich will es nicht, und du bist mein Sohn und wirst mir gehorchen, ist das klar?«

Lucas senkte den Kopf. »Ja, Sir«, sagte er leise.

»Gut. Dann geht jetzt hinunter und verabschiedet euch von euren neuen Freunden. Nehmt eure Schwester mit.«

Die Kinder gingen hinaus. Jonah trat ans Fenster und starrte in den unablässigen Regen.

»Vielleicht überlegst du es dir noch einmal«, sagte Giselle ohne großen Nachdruck und fuhr fort, die kleine Truhe zu packen.

»Ich glaube nicht«, beschied Jonah und verschränkte die Arme.

Kein gutes Zeichen, wusste Giselle. So wie sie wusste, dass es ein hartes Stück Arbeit sein würde, ihm klar zu machen, dass Lucas nicht zum Kaufmann geboren war, egal, wie sehr Jonah es sich wünschte.

»Was wäre so furchtbar daran?«, erkundigte sie sich.

»Ich will, dass meine Söhne wissen, wo ihr Platz in der Welt ist. Sie sollen Kaufleute werden und keine speichelleckenden, nichtsnutzigen Höflinge.«

»Meine vier Brüder leben alle als Pagen oder Knappen an diesem oder dem Hof eines Adligen, und trotzdem wird Michael ganz sicher eines Tages Vaters Geschäfte übernehmen«, wandte sie ein.

Jonah lächelte sarkastisch. »O ja. Dann wird er der reichste Kaufmann des Nordens mit riesigem Landbesitz sein und obendrein ritterliche und höfische Bildung besitzen. Er wird die Tochter des Earl of Sowieso heiraten und mit dem König oder Prinz Edward in den Krieg ziehen, um dann endlich, endlich den erblichen Titel zu bekommen, auf den dein Vater nicht mehr hoffen darf. Ist es wirklich das, was du für unsere Söhne willst? Glaubst du, der alte Adel wird deinen Bruder je als seinesgleichen akzeptieren? Nein. Sie werden immer hochmütig auf ihn herabblicken und ihn einen Emporkömmling nennen.«

»Ich glaube, du irrst dich, Jonah«, entgegnete sie ruhig. »Sie werden ihn einen Ritter nennen. Männer wie der König, wie Gervais, Geoffrey und der ganze Kreis, der zählt, messen andere an ihren Taten, nicht an ihrem Stammbaum.«

Er dachte einen Moment darüber nach. Giselle hatte nicht völlig Unrecht. Viele Dinge hatten sich in der Tat geändert. Sein eigener Werdegang vom kleinen Hoflieferanten zum Vertrauten und oft auch Komplizen der Königin und Bankier der Krone wäre noch vor einer Generation undenkbar gewesen. »Trotzdem. Es geschieht oft genug, dass jemand wie Arundels Schwester oder auch genügend andere hier uns zu verstehen geben, dass wir nicht wirklich dazugehören, nicht wahr?«

»Weil sie dich um deinen Einfluss beneiden.«

»Nein, Giselle. Weil sie es glauben. Es macht mir nichts aus, weil ich in meiner Welt – in meiner Stadt – ein angesehener Mann bin. Und das ist es, was ich für unsere Söhne will. Wenn sie wissen, wohin sie gehören, wenn sie ihren Platz und Wohlstand und Ansehen in ihrer Welt gefunden haben, können sie so viel Ritter spielen, wie sie wollen. Aber nicht vorher.«

Sie schüttelte ungeduldig den Kopf. »Was du sagst, gilt für dich. Es mag sogar für Philip gelten. Aber nicht für unseren Lucas!«

»Warum nicht?«

»Weil er auf seinen Platz in deiner Welt pfeift. Auf Wohlstand und Ansehen.«

»Er trägt seine feinen Kleider ohne Klagen und isst sich gern an meiner Tafel satt«, sagte Jonah verdrossen.

»Aber er träumt nun einmal davon, ein Ritter zu werden.«

Jonah nickte knapp. »Das will ich ihm austreiben, und darum muss er so schnell wie möglich von hier fort. Je eher ihr aufbrecht, desto besser. Und ich werde ihn nicht mehr mit herbringen, bis er Vernunft angenommen hat.«

Lucas stand nahe des Pferdestalls im Nieselregen und sah Jocelyn zu, der die beiden Braunen vor den neuen Wagen spannte. Die Pferde hielten brav still. Ihr Blinzeln wirkte dümmlich. Langweilige Kaltblüter, dachte der Junge verächtlich. Schindmähren. Geduldig zogen sie jede Last durch jedes noch so abscheuliche Wetter, gehorchten willenlos der Hand, die sie lenkte. So hätte Vater seine Söhne gern, fuhr es Lucas durch den Kopf. Der Gedanke erschreckte ihn, denn er war ungehörig und rebellisch.

Wer sich gegen seinen Vater auflehnte, der sündigte, denn er verstieß gegen göttliches Gebot. Und trotzdem stimmte es, erkannte er. Sein Vater verlangte von seinen Söhnen die gleiche bedingungslose Unterwerfung wie von seinen Knechten, seinen Lehrlingen oder seinen Pferden, ohne das geringste Interesse für ihre eigenen Wünsche und Pläne zu zeigen. Seinem neuen Rappen Hector ließ er Eigenwilligkeiten noch eher durchgehen als einem seiner Kinder.

»Was machst du für ein finsteres Gesicht, mein Junge?«, fragte eine tiefe Stimme mit einem leisen Lachen hinter seiner linken Schulter.

Lucas fuhr erschrocken herum. Dann verbeugte er sich höflich. »Einen guten Morgen, Großvater.«

De la Pole legte ihm in großväterlicher Güte die beringte Hand auf die Schulter. »Wieso stehst du bei diesem Wetter hier draußen?«

Der Junge senkte den Blick. Er fand es immer schwierig, seinem Großvater in die Augen zu schauen, weil sie so unheimlich waren. »Ich warte auf meine Mutter und meine Geschwister, Sir. Wir reisen ab.«

»Und dein Vater bleibt noch hier?« De la Pole ließ die Hand sinken, und Lucas verspürte schuldbewusste Erleichterung. Er nickte.

»Hm. Ein Jammer, dass er dich nicht hier behält, nicht wahr? Ich hatte den Eindruck, du bist gut Freund geworden mit Prinz John. Das sollte er fördern.«

Lucas konnte nicht antworten. Er ballte die Fäuste, ohne es zu merken, und versuchte, den dicken Kloß in seiner Kehle herunterzuschlucken, aber er schaffte es einfach nicht. Vielleicht lag es daran, dass er noch nicht einmal elf Jahre alt war. Die Tränen kamen einfach.

Und obwohl sein Enkel den Kopf so tief gesenkt hatte, entgingen diese Tränen seinem Großvater nicht, denn die Raubvogelaugen waren so scharfsichtig wie eh und je. »Aber, aber, Lucas.« Es klang eher mitfühlend als vorwurfsvoll. »Was bekümmert dich denn so?«

Der Junge schüttelte hilflos den Kopf. Er kannte seinen Großvater kaum, denn de la Pole hatte bislang noch nie das geringste Interesse für ihn oder seine Geschwister gezeigt, und genau wie sein Vater tat Lucas sich schwer damit, jemandem sein Herz auszuschütten.

De la Pole bemühte sich um ein großväterliches Lächeln. »Würdest du gerne noch ein wenig bleiben? Ist es das, was dich so traurig stimmt?«

Lucas nickte.

Wieder legte er die Hand auf die knochige Schulter seines Enkels, führte ihn in den Pferdestall und drückte ihn auf einen Strohballen nieder. Dann setzte er sich neben ihn.

»Dein Vater erlaubt es nicht?«

Lucas fuhr sich mit dem Ärmel übers Gesicht und schüttelte den Kopf.

»Hm«, machte de la Pole. »Vielleicht sollten wir einen adeligen Herrn finden, der bereit wäre, dich in seinen Dienst zu nehmen. Das würde ihn gewiss umstimmen. Wer weiß, vielleicht kann ich dir dabei helfen. Ich kenne eine Menge einflussreicher Lords, weißt du.«

»Aber der Schwarze Prinz will mich ja haben!«, brach es hervor. »Er hat es gesagt, Mutter hat es gehört. Und trotzdem... muss ich zurück nach Hause.«

»Na ja. Du bist noch sehr jung, nicht wahr. Möglicherweise denkt dein Vater, du solltest noch zwei, drei Jahre warten.«

Lucas schüttelte mutlos den Kopf. »Ich muss zu Master Gisors in die Lehre gehen.«

Sein Großvater tätschelte ihm tröstend die Hand. »Vielleicht überlegt dein Vater es sich noch anders. Wenn der Schwarze Prinz dich nehmen will, kann er die hohe Ehre kaum ablehnen.« Er hatte Mühe, seinen Neid zu verbergen. Der prinzliche Rotzbengel hatte bislang keinerlei Interesse an *seinen* Söhnen bekundet.

Lucas rang um Haltung, nahm sich mühsam zusammen und hob den Kopf. Er war sehr blass. »Er wird einen Weg finden, Sir. Ganz bestimmt. Wenn es Philip wäre oder mein kleiner Bruder

Samuel, dann gäbe es vielleicht Hoffnung. Aber nicht für mich. Ich bin der Älteste und muss in seine Fußstapfen treten.«

De la Pole runzelte die Stirn und sah ihn versonnen an. »Streng genommen stimmt das doch gar nicht, oder? Du hast noch einen älteren Bruder.«

Lucas blinzelte verwirrt. »Sir?«

»Deines Vaters Bastard. Er ist euer Lehrjunge. Ich habe ihn gelegentlich gesehen, wenn er euren Kompagnon in die Stadt begleitet hat.«

Verstehen dämmerte, und Lucas lächelte unwillkürlich. »Ach, Ihr meint Cecil. Nein, nein, er ist nicht mein Bruder, sondern mein Cousin.«

Was du nicht sagst, du kleine Kröte, dachte de la Pole. Jetzt wurde ihm so einiges klar. Und er glaubte auch zu wissen, wer die Mutter dieses Krüppels war, der Durham so auffallend ähnelte. Damit war die Identität zumindest eines der geheimnisumwobenen Lehrlinge seines Schwiegersohns geklärt. »Ah, dein Cousin, ich verstehe. Aber immerhin gehört er zur Familie, richtig? Möglicherweise könnte er die Rolle des Nachfolgers übernehmen, wenn du sie denn nun gar nicht willst.«

Auf diesen Gedanken war Lucas noch nie gekommen. Er liebte Cecil sehr und hatte seinen Vater und Crispin schon oft sagen hören, was für ein guter Kaufmann einmal aus ihm würde. »Aber er ist nur ein Bastard«, wandte er ein.

De la Pole hob gleichmütig die Schultern. »Aus manchen Bastarden werden gar Könige.«

Lucas erahnte einen Hoffnungsschimmer am Horizont. Vielleicht war die Zukunft doch keine so vollkommene Düsternis, wie er bis gerade eben noch befürchtet hatte.

Die nächste Frage seines Großvaters hörte er kaum. »Oder was ist mit eurem ältesten Lehrling? Vielleicht auch ein Verwandter?« Er hatte auch den Rotschopf gelegentlich gesehen, seit er nach London zurückgekehrt war, und wusste genau, dass er ihn irgendwoher kannte. Es machte ihn schier wahnsinnig, dass er nicht darauf kam, woher.

»Harry? Nein, nein«, antwortete Lucas zerstreut.

Harry und wie weiter?, hätte der Großvater gern gefragt, aber er wollte nicht, dass Lucas argwöhnisch wurde. Die zwei Jahre, die de la Pole eingesperrt gewesen war, hatten ihn geduldig gemacht. Eine ganz neue Tugend, die er allein seinem Schwiegersohn verdankte. Lucas schien ein vielversprechendes Werkzeug, um endlich eine Möglichkeit zu schaffen, sich für Jonah Durhams erwiesene Dienste erkenntlich zu zeigen. Und das wollte er nicht aufs Spiel setzen. Wenn es ihm aber gelang, Lucas an den Hof zu bringen, konnte er sich seine Dankbarkeit und damit sein Vertrauen verdienen.

»Sei guten Mutes, mein Junge«, sagte er mit einem verschwörerischen Lächeln. »Ich könnte mir vorstellen ...«

»Lucas?« Philip erschien an der Stalltür. »Ah, da bist du ja ... Großvater«, fügte er ein wenig erschrocken hinzu, als er den Mann neben seinem Bruder erkannte, und machte einen etwas hastigen, nachlässigen Diener. »Alle sind da und warten auf dich, Lucas.«

Der Ältere sprang von seinem Platz auf dem Strohballen auf. »Ich komme. Lebt wohl, Großvater. Und danke.«

Die hellen Augen funkelten, liebevoll, hätte man meinen können. »Leb wohl, mein Junge. Wir sprechen uns wieder.«

London, Juni 1348

Wenige Tage nach der Jagd gebar die Königin ihren sechsten Prinzen, der auf den Namen William getauft wurde. Doch die Freude währte nur kurz. Anscheinend brachte der Name der königlichen Familie Unglück: Genau wie vor elf Jahren war auch diesem Prinz William nur eine kurze Lebensspanne bestimmt. Er starb vor Mittsommer.

Die Trauer war groß, der Schmerz der Königin schwer mit anzusehen, und so verspürte Jonah Erleichterung, als ein Bote des Lord Mayor nach Windsor kam und seine sofortige Rückkehr nach London erbat: Die Bürgerversammlung von Dowgate, dem Stadtbezirk, zu dem die Ropery gehörte, hatte Jonah in Abwesenheit am Mittsommertag zum Alderman gewählt.

»Oh, Jonah, ich bin so stolz auf dich!«, rief Giselle, als er in den Hof ritt. Sie lief ihm entgegen, zerrte ihn beinah aus dem Sattel und schlang die Arme um seinen Hals.

Mit einem leisen Lachen machte er sich los. »Deine Begeisterung wird sich legen, wenn ich demnächst kaum mehr zu Hause bin und jede Nacht irgendwer ans Tor klopft, weil sein Haus brennt, sein Lager ausgeraubt wurde oder seine Tochter durchgebrannt ist.«

»Ich bin sicher, du wirst das Feuer löschen, die Diebe stellen und die Tochter zurückbringen, ehe es zu spät ist.«

Er schnitt eine ironische Grimasse, nahm ihren Arm und führte sie ins Haus, während Jocelyn den wackeren Hector in den Stall brachte. »Da habe ich die größten Zweifel«, bekannte Jonah.

»Freust du dich denn gar nicht?«

Er dachte einen Moment nach. »Nein, dafür ist es eine zu große Bürde. Aber ich schätze, ich bin geschmeichelt.«

»Doch nicht überrascht«, bemerkte sie.

Er schüttelte den Kopf. Eine Abordnung der Bürgerschaft war vor drei Monaten zu ihm gekommen, als der alte Alderman gestorben war, und hatte ihn gefragt, ob er bereit wäre, das Amt zu übernehmen. »Ich war vorgewarnt.«

»Und hast mir kein Wort davon erzählt?«, fragte Giselle empört.

»Ich wollte abwarten, ob es dazu kommt.«

Sie traten ins Haus und stiegen die breite Treppe mit dem herrlichen Geländer hinauf.

»Wie geht es der Königin?«, fragte Giselle, nachdem sie in der Halle Platz genommen hatten.

Er seufzte. Was sollte er sagen? Sie hatten das ja selbst durchgemacht.

Giselle nickte und strich ihm liebevoll über den Arm. »Ich nehme an, sie reibt sich wieder einmal auf, um dem König und ihren übrigen Kindern Trost zu spenden, alle stützen sich auf sie, und sie stützt sich auf niemanden«, mutmaßte sie beklommen.

»Das trifft den Nagel auf den Kopf.«

Eine sehr junge Magd kam herein, brachte einen Krug Wein und zwei Becher an den Tisch, knickste ein wenig ungelenk, so als habe sie noch nicht viel Übung darin, und verschwand wieder.

»Wer ist das?«, fragte Jonah verwundert.

»Heather. Eins von Crispins guten Werken.«

Jonah verdrehte die Augen. »Dann hoffe ich, Crispin bezahlt auch ihren Lohn.«

»Das tut er«, bestätigte Crispin von der Tür, trat näher und drosch Jonah grinsend auf die Schulter. »Herzlichen Glückwunsch, alter Junge. Ich schätze, sie haben den zum Stadtrat gewählt, der am besten geeignet ist und am wenigsten wollte.«

Jonah bedachte seinen Freund und Kompagnon mit einem finsteren Blick. »Jeder von uns schuldet dieser Stadt etwas. Dich kriegen sie auch noch, wart's nur ab. Und jetzt nimm die Hände von mir, setz dich und lass uns einen Becher trinken.«

Crispin bemühte die Magd nicht, sondern holte selbst einen dritten Pokal vom Bord an der Wand und schenkte ihnen allen ein. Als er Giselle ihren Becher reichte, sagte er mit einer spöttischen kleinen Verbeugung: »Auf Euer Wohl, *Lady* Durham.«

Giselle musste an das Osterhochamt kurz vor ihrer Hochzeit denken. *Giselle Durham – Mistress Durham – Lady Durham.* Sie hatte damals nicht wirklich geglaubt, dass es wahr werden würde, und nun war es einfach geschehen. Als Gemahlin eines Alderman durfte sie sich fortan so nennen.

Sie lächelte vor sich hin. »Danke, Crispin.«

Ein hübscher Titel für meine Frau, ein Haufen Arbeit für mich, dachte Jonah spöttisch. Das Amt eines Alderman war – ebenso wie das des Gildewächters – in erster Linie ein Richteramt. Natürlich gingen auch andere Pflichten damit einher: die Organisation regelmäßiger Bürgerversammlungen, der Nacht- und Feuerwache in seinem Bezirk, ebenso der Straßenreinigung, der Pflege der Wasserleitungen bis hin zur Instandhaltung der öffentlichen Latrinen – alles oblag den insgesamt vierundzwanzig Aldermen der zwölf Stadtdistrikte. Doch für die Abwicklung der Routineaufgaben gab es Büttel und Schreiber, sodass die Stadtväter selbst sich auf die Erlassung neuer Verordnungen und auf ihr Richteramt konzentrieren konnten. Und Jonah richtete nicht gern. Mancher mochte ihm unterstellen, dass es sein scheinbar grenzenloses Bedürfnis nach Macht und Einfluss stillte, doch in Wahrheit fand er sich ungeeignet, über andere Menschen zu urteilen. Aber er glaubte wirklich an das, was er zu Crispin gesagt hatte: Jeder, der es in dieser Stadt zu etwas gebracht hatte, musste ihr irgendwann etwas zurückgeben.

»Ich weiß, dass du das Amt nicht wolltest, Jonah, aber du wirst es besser machen, als du glaubst«, sagte Crispin.

Jonah hob verlegen den Becher. »Dein Wort in Gottes Ohr.«

»Tja.« Crispin räusperte sich, schien plötzlich weitaus verlegener als Jonah. »Wo wir gerade beim Feiern sind… Ich hab euch was zu sagen.«

Giselle richtete sich kerzengerade auf. Sie wagte kaum zu hoffen, dass sie endlich hören sollte, worauf sie seit Jahren wartete. »Crispin, sollte es etwa möglich sein, dass du zu guter Letzt doch…?«

Er grinste verlegen und nickte scheu. »Ja. Ich werde heiraten.«

Auch Jonah war erfreut über die Neuigkeit, aber er überließ es Giselle, die obligatorische Frage zu stellen: »Wer ist sie?«

Crispin trank einen Schluck, stellte den Becher ab und fuhr sich mit der Linken über den Bart.

Nicht Annot. Bitte, Gott, tu uns das nicht an, dachte Jonah atemlos. Lass ihn nicht jetzt noch diese unverzeihliche Dummheit begehen, mit der er seit zehn Jahren liebäugelt.

»Kate Greene«, antwortete Crispin. »Ich habe gestern mit ihrem Vater gesprochen. Er ist einverstanden, und sie ist es auch.«

Giselle sprang auf und schloss den Bräutigam in die Arme. »Crispin, das ist wunderbar!«

»Ja, großartig«, murmelte Jonah. »Du wirst Ruperts Schwager.« Aber er war erleichtert.

Crispin sah ihn unsicher an und hob die Schultern. »Deswegen habe ich gezögert. Aber es ist im Grunde bedeutungslos, oder? Ich meine, nur weil Kates Schwester Ruperts Frau ist, muss ich mich nicht plötzlich mit ihm verbrüdern.«

Jonah nickte, obwohl er seine Zweifel hatte. Rupert, Bernice und ihre fünf Kinder fristeten ein kärgliches Dasein mit ihrem Laden in Cheapside. Jonah hatte Rupert schon mehrfach verwarnen müssen, weil der seinen Mitgliedsbeitrag an die Gilde nicht regelmäßig zahlte. Er befürchtete, dass sein Vetter die familiäre Verbindung zu seinem Kompagnon ausnutzen und finanzielle Unterstützung von Crispin fordern würde. Doch er ließ sich seine Bedenken nicht anmerken, sondern stand auf, schloss Crispin kurz in die Arme und sagte: »Glückwunsch. Sie ist ein sehr schönes Mädchen.«

Anders als Bernice hatte Kate keine Hasenzähne, sondern die ebenmäßigen Züge ihrer hübschen Mutter geerbt. Sie war das jüngste Kind des langjährigen Warden und heute, überlegte Jonah, ungefähr achtzehn. Er hatte sie dann und wann bei Festlichkeiten der Gilde gesehen, und nicht nur seine Blicke waren ihr bewundernd gefolgt. Crispin konnte sich glücklich schätzen. Sie war eine sehr gute Partie.

»Wann?«, fragte er.

Der Bräutigam hob die Schultern. »Bald. Im Juli. Ich hoffe, bis dahin hört es wieder auf zu regnen.« Er verschränkte nervös die Finger im Schoß. »Und wenn ihr wollt, dass ich uns ein Haus suche, dann sagt es ruhig. Ich würde das verstehen, wirklich, und …«

»Was redest du für einen Unsinn?«, fragte Giselle verständnislos. »Hier ist dein Zuhause und Platz genug, selbst wenn ihr ein Dutzend Kinder bekommt. Sag Kate, sie ist uns von Herzen willkommen.«

Jonah war prinzipiell niemand in seinem Haus willkommen, den er nicht persönlich geheiratet, gezeugt oder eingestellt hatte, und das wusste Crispin ganz genau. Doch auf seinen fragenden Blick hin wies der Herr des Hauses nur auf seine Gemahlin und sagte: »Du hast es gehört.«

Und so zog Kate Greene am Tag nach St. Mildred Mitte Juli in die große Kaufmannsvilla an der Ropery. Giselle hatte das Wunder vollbracht, Jonah zu überreden, die Hochzeitsfeier für Crispin und seine Braut auszurichten. Es wurde ein rauschendes Fest mit über hundert Gästen – einem Dutzend Dutzend, behauptete Philip –, und Jonah tat, was Crispin für ihn auch getan hatte: Er sorgte dafür, dass dem Brautpaar alle Heimsuchungen erspart blieben, nachdem es sich zurückgezogen hatte.

Martin Greene blickte schwermütig in seinen Becher. »Nun ist es passiert, Agnes. Unser Nesthäkchen ist unter der Haube. Ich fühle mich steinalt.«

Giselle lachte. »Seid nicht so niedergeschlagen, Sir. Ihr müsst doch eine muntere Schar Enkelkinder haben, die Euch sicher alle viel Freude machen. Nun kommen bald noch welche dazu. Und was für hübsche Kinder das sein werden.«

Der Brautvater seufzte tief, rang sich dann ein Lächeln ab. »Ihr habt natürlich Recht, Madam.«

»Kate hätte keinen besseren Mann bekommen können«, versicherte Giselle mit Nachdruck. Dann wanderte ihr Blick unwillkürlich zu Rupert und seiner Frau, die ein paar Plätze entfernt, aber als Mitglieder der Familie auch an der hohen Tafel saßen.

»Was man von Bernice nicht unbedingt behaupten kann«, murmelte Jonah und sprach damit aus, was alle dachten.

Rupert war heillos betrunken und benahm sich schauderhaft. Er lachte zu laut, rülpste ungeniert und grapschte nach den Mägden, die immer neue Speisen auftrugen. Bernice saß klein und mausgrau an seiner Seite. Er würdigte sie kaum eines Blickes.

Martin Greene verzog schmerzlich das Gesicht. »Ich weiß, Ihr habt mich gewarnt, Durham. Es war keine gute Entscheidung.«

»Das würde ich nicht unbedingt sagen«, widersprach seine Frau. »Bernice hat fünf hübsche Kinder. Und Rupert ist nicht immer so. Nicht alle Frauen können so viel Glück haben wie unsere Kate.«

Harry Willcox trat an die Tafel, einen großen Krug in Händen. »Noch einen Schluck Wein, Master Greene?«, fragte er höflich.

Der Brautvater schob ihm den Becher hin. »Danke, mein Sohn.«

Harry schenkte ihm ein, machte einen formvollendeten Diener und zog weiter.

Greene schaute dem Lehrling mit dem leuchtend roten Schopf nach. »Ein höflicher Junge. Ich wünschte, Ihr würdet mir verraten, wer er ist, Durham.«

Jonah hob mit einem kleinen Lächeln die Schultern. »Ihr wisst, dass ich das nicht kann, denn ich habe es ihm versprochen.«

»Bald ausgelernt, oder?«

»Leider.«

»Und dann? Wird er einer der Unseren?«

Jonah schüttelte den Kopf.

»Also ist sein Vater kein Freier?«

Jonah hatte Mühe, sich ein Grinsen zu verbeißen. Würde der Stadtrat sich entschließen, die Bruderschaft der Londoner Diebe als Gilde anzuerkennen, dann wäre Harrys Vater ein Londoner Freier … »Nein.«

Greene gab sich notgedrungen mit dieser wenig erhellenden Antwort zufrieden, streifte Jonahs jüngsten Lehrling, Elia Stephens' Sohn, mit einem flüchtigen Blick und sah sich vergebens nach dem dritten der Lehrjungen um. Cecil war nicht hier. Jonah und Giselle achteten sorgsam darauf, dass der Junge Rupert niemals begegnete, und hatten ihn vorübergehend nach Sevenelms verbannt. Cecil hatte es bedauert, dass er an der Hochzeitsfeier seines Ziehvaters nicht teilnehmen konnte, aber er hatte sich gefügt, denn er verspürte nicht das geringste Bedürfnis, seinem leiblichen Vater zu begegnen.

Die Musik der Spielleute wurde lauter, die Feier ausgelassener. Martin Greene wandte sich an Jonah und musste die Stimme heben, um sich verständlich zu machen. »Wann wollen wir den armen Elia aus dem Gefängnis holen, Jonah?«

Die unförmliche Anrede überraschte Jonah mehr als die Frage. »Ich weiß nicht. Wie geht es ihm?«

»Furchtbar. Was soll man erwarten?«

Jonah hob unbehaglich die Schultern.

»Ihr seid jetzt Alderman und tragt im doppelten Sinne Verantwortung für ihn, genau wie ich«, erklärte sein Amtskollege.

»Ja, Sir, ich weiß.«

»Hm«, brummte Greene. »Ihr wollt, dass wir ihn so lange dort lassen, bis seine Sünden vergeben und vergessen sind, nicht wahr?«

»Wenn wir ihn ausschließen, geht er endgültig vor die Hunde. Und er ist im Grunde ein anständiger Kerl.«

»Das müsst Ihr mir nicht erzählen. Vielleicht sollten wir ihn heimlich rausholen und irgendwo verstecken, bis Gras über die Sache gewachsen ist. Damit er an unseren gut gemeinten Maßnahmen nicht krepiert.«

Jonah runzelte verblüfft die Stirn. »Das ... ginge?«

Greene lachte verschmitzt. »Ihr seid ein Alderman, mein Sohn. In dieser Stadt geht beinah alles, was Ihr wünscht.«

»Bei allem Respekt, Master Greene, aber ich bin nicht Euer Sohn.«

»In gewisser Weise doch«, entgegnete Greene mit einem seelenvollen Lächeln, welches Jonah verriet, dass der Brautvater nicht mehr ganz nüchtern war. »Wisst Ihr, damals, als Ihr in die Gilde gekommen seid ...«

Ein ohrenbetäubendes Scheppern unterbrach ihn, und Jonah erhob sich abrupt. »Entschuldigt mich einen Moment.« Er war ohnehin dankbar, den nostalgischen Ergüssen seines einstigen Paten zu entkommen.

Ohne Hast trat er zu seinem Vetter. Gleich neben Ruperts Platz war eine Silberplatte mit Jaspers berühmten Blaubeerpasteten zu Boden gegangen, und der tiefviolette Saft der Früchte versickerte im Stroh.

Die neue kleine Magd, die die Nachspeise hereingetragen hatte, stand an der Wand, beinah zusammengekauert, so als fürchte sie Schläge. »Es tut mir Leid, Master ... Es tut mir Leid ...« Sie klang atemlos, und Schweiß stand auf ihrer Stirn. Das Mädchen war in Panik.

»Es war nicht deine Schuld, Heather«, sagte Jonah ruhig.

»Sammle die Pasteten ein und bring sie hinunter. Vor dem Tor warten eine Menge Bettler, die ein paar Strohhalme nicht stören werden. Jasper soll sie ihnen geben. Wenn er noch neue Pasteten in der Küche hat, soll Berit sie heraufbringen. Du kannst schlafen gehen. Hast du mich verstanden?«

Sie nickte, hockte sich auf den Boden und hob mit fahrigen Bewegungen die verstreuten Pasteten auf. Dann verließ sie eilig die Halle, rannte beinah.

Jonah wandte sich an seinen Vetter. »Rupert, ich glaube, es wäre besser, wenn du jetzt gehst.«

Rupert Hillock machte eine viel zu weit ausholende Bewegung, die ihn um ein Haar von der Bank befördert hätte. »Meine Güte, Jonah, mach keinen solchen Wirbel. Ich hab das kleine Luder ja kaum angeschaut ...«

Tatsächlich hatte er einen seiner Keulenarme um Heathers Taille geschlungen und versucht, sie zu sich herabzuziehen, Jonah hatte es zufällig beobachtet. Eine Kleinigkeit, etwas, das bei einem ausgelassenen Fest durchaus passieren konnte. Aber Rupert hatte sich wieder einmal zielsicher genau das Opfer ausgesucht, das er mit seinem derben Scherz in Angst und Schrecken versetzen konnte.

»Ich wiederhole mich nur ungern«, bekundete Jonah.

Bernice stand von der Bank auf und zerrte an Ruperts Arm. »Komm, lass uns heimgehen.«

Rupert stand auf, machte sich aber unwillig von ihr los und stierte Jonah ins Gesicht. »Du willst mich also wieder einmal vor die Tür setzen, ja?«

»Du hast die unschöne Eigenschaft, meine Gastfreundschaft über Gebühr zu strapazieren«, erklärte der Jüngere.

Rupert wandte sich mit einem verächtlichen Lachen ab, fuhr dann plötzlich wieder herum und schwang die rechte Faust in einem Haken.

Jonah war nie so massig geworden wie Rupert, weil er maßvoller lebte, aber er hatte das Holzfällerkreuz der Hillocks geerbt, hatte jahrelang mit seinen Leuten zusammen Wollsäcke verladen und konnte es an Kraft heute durchaus mit Rupert aufnehmen. Außerdem war er wesentlich nüchterner. Mühelos fing er die Faust ab, die auf sein Kinn zuflog, drehte seinem Vetter den Arm auf den Rücken und stieß ihm unauffällig eine Faust in die Nieren. »Vorwärts. Du musst dringend an die frische Luft, Vetter. Und wenn du mir Schwierigkeiten machst, schlag ich dir die schwarzen Stummel ein, die du deine Zähne nennst, ich schwör's bei Gott.«

Rupert war noch hinreichend bei Verstand, um ihm zu glauben. Ohne Gegenwehr stolperte er vor Jonah her zum Ausgang. Die Hochzeitsgäste gaben vor, die Szene nicht zu bemerken, aber alle Gespräche verstummten einen Herzschlag lang, ehe sie mit übertriebener Lautstärke fortgesetzt wurden. Bernice registrierte das sehr wohl. Mit gesenktem Kopf folgte sie ihrem Mann und dessen Cousin die Treppe hinab und hinaus ins Freie.

Im Hof ließ Jonah Rupert los und ruckte das Kinn Richtung Tor. »Verschwinde. Und egal, ob Crispin dein Schwager ist oder nicht, ich will dich hier nie wieder sehen. Hast du verstanden?«

Rupert nickte. Jonah konnte sein Gesicht nicht deutlich erkennen, denn es fiel nur wenig Licht aus der Tür, und die Wolken hatten den Mond verschluckt. Es regnete sacht. Es regnete seit über sechs Wochen.

»O ja, Jonah, ich habe verstanden. Du kannst dir die Gelegenheit einfach nicht entgehen lassen, mich wieder einmal zu demütigen. Das ist ja dein liebster Zeitvertreib, nicht wahr? Und warum auch nicht? Du bist Warden und Alderman, es gibt nichts, das du dir nicht erlauben könntest. Aber eines Tages …« Er hob einen Zeigefinger und fuchtelte damit vor Jonahs Kinn herum, ganz nahe, in der übertriebenen Gestik eines Trunkenen. »Eines Tages, Jonah …«

»Ja, ja«, Jonah betrachtete seinen Vetter angewidert. Was für eine traurige Gestalt, dachte er verächtlich. Was für ein stumpfsinniges Vieh. »Ich kann's kaum erwarten, Rupert. Und jetzt pack dich.«

Bernice nahm ihren Mann wieder beim Arm. »Komm. Komm nach Hause, mein Guter …«

»O Bernice, mein Häschen«, lallte Rupert, während er mit ihr zum Tor wankte. »Wären wir nur schon daheim.« Es klang schauderhaft, halb lüstern, halb drohend.

Jonah verfolgte ihren nicht ganz geraden Kurs zum Tor. »Soll ich ihnen nachgehen, Master?«, erklang Meurigs Stimme aus der Finsternis. »Vielleicht braucht sie Hilfe, he?«

Jonah war nicht überrascht. Meurig war irgendwie immer dort, wo es brenzlig wurde. »Sei so gut«, bat er leise.

Der Diener huschte lautlos zum Tor, ein schwarzer Schatten in der regendunklen Nacht, die Kapuze tief ins Gesicht gezogen.

Am Mittwoch der darauf folgenden Woche kam Jonah erst nach Einbruch der Dunkelheit heim. Der Mayor und die Aldermen hatten fast den ganzen Tag zu Gericht gesessen, hatten Diebe und Bettler mit vorgetäuschten Gebrechen abgeurteilt und einen Barbier, der seine Frau wegen eines angebrannten Brathühnchens hatte verprügeln wollen und sie versehentlich erschlagen hatte. Er sollte hängen, und dieses war ein Todesurteil, das Jonah im Gegensatz zu manch anderem nicht den Schlaf rauben würde.

Der Fischhändler, der verdorbene Ware verkauft hatte, kam an den Pranger. Sein Fall wurde schnellstmöglich abgehandelt, weil die geschädigte Kundin die fragwürdige Ware als Beweismaterial vorlegte und die Guildhall sich in Windeseile mit einem bestialischen Gestank füllte. Dann hatten sie noch den Fall eines Kerzenmachers, der den Keller seines Nachbarn als Senkgrube benutzt hatte. Dieser schändliche Missbrauch war erst aufgefallen, als der Keller überquoll. Der Fall erregte unter einigen der Aldermen unangebrachte Heiterkeit, und der Lord Mayor bezichtigte Jonah Durham und Martin Aldgate erbost, ihnen mangele es am nötigen Ernst. Der Kerzenmacher wurde zur Beseitigung der Schweinerei und zu Zahlung von Schadenersatz und einem gepfefferten Bußgeld verurteilt.

Der Einfallsreichtum der Londoner, die Gesetze zu brechen, schien unerschöpflich. Zwei Bäckerburschen aus Cornhill hatten nachts ein mit Nägeln gefülltes Fass den Hügel hinabrollen lassen, um die Nachbarn zu erschrecken. Das war ihnen gründlich gelungen – die Nachbarn bezeugten einhellig, sie hätten geglaubt, dort draußen gingen Kobolde oder Poltergeister um. Die Bäckerburschen kamen wegen groben Unfugs für zehn Tage in die Tonne.

Nachdem endlich alle Urteile gefällt waren, hatte der Stadtrat getagt. Auch das dauerte länger als üblich, und sie hatten heftig gestritten. Die Hansekaufleute wollten ein Ufergrundstück an der Upper Thames Street erwerben, um ihre Londoner Niederlassung, den »Steelyard«, zu erweitern. Der Lord Mayor plädierte dagegen, denn diese fremde Handelsmacht in seiner Stadt, deren Mitglieder sich jeden Tropfen Wein, den sie tranken, aus ihrer deutschen Heimat kommen ließen und überhaupt jeden Kontakt mit den Londonern mieden, war ihm ein Dorn im Auge. Er neidete ihnen die Privilegien, die König Edward der Hanse – gegen Gewährung großzügiger Darlehen – eingeräumt hatte, und wollte das wertvolle Grundstück lieber Engländern geben. Jonah hatte auf die guten Geschäfte hingewiesen, die sie alle mit der Hanse machten, und davor gewarnt, den König zu verärgern, indem man den deutschen Kaufleuten Steine in den Weg legte, wo sie doch gutes Geld für das Grundstück boten. Der Mayor, ein Schneidermeister und Kaufherr aus Candlewick, hatte Jonah unterstellt, ihm lägen die Interessen des Königs und vor allem der Königin mehr am Herzen als die seiner Stadt. Jonah hatte im letzten Moment davon Abstand genommen, den Mayor daran zu erinnern, dass ein Mann, dem die Interessen seines Königs nicht am Herzen lagen, ein Verräter sei, und sich gefragt, wie er sich je dazu hatte überreden lassen, diesem Haufen von Schwätzern beizutreten. Doch die Mehrheit der Schwätzer zeigte wenigstens in dieser Frage ein bisschen Verstand und stimmte mit Jonah.

Immer noch verärgert und todmüde betrat er sein Haus, doch als er in die Halle kam und sah, wer zu Besuch war, hob seine Stimmung sich augenblicklich. »Samuel!«

Der Priester schüttelte Jonah lächelnd die Hand. »Du treibst dich also die halbe Nacht auf Londons Straßen herum. Nicht dass mich das überrascht ...«

»Aber die finstersten Gassen kenne ich gewiss nicht halb so gut wie du.«

»Das gehört zu meinen seelsorgerischen Pflichten.«

»Das glaub ich aufs Wort.«

Sie lachten und setzten sich zu Giselle, Crispin und Kate an die Tafel. Kaum hatte Jonah Platz genommen, sprang eine der allgegenwärtigen Katzen auf seinen Schoß, ein rot getigerter Kater, der große Ähnlichkeit mit seinem längst verstorbenen Urahn Ginger aufwies. Jonah strich ihm sacht über die spitzen Ohren, und der Kater ließ sich nieder und schnurrte zufrieden.

»Bist du gekommen, um dein Patenkind zu begutachten?«, fragte Jonah seinen Gast.

Seit der unvergesslichen Inszenierung von *Beelzebubs Gastmahl* waren sie Freunde und hatten jeden Sommer gemeinsam ein Stück zur Aufführung gebracht. Als Jonah zum Warden gewählt wurde, hatte die Gilde in Gestalt von Vater Gilbert ihm nahe gelegt, den Umgang mit dem umstrittenen Pater Samuel einzustellen und sich wieder an den gottgefälligen Spielen der Gilde zu beteiligen. Jonah hatte ihm eine äußerst kühle Abfuhr erteilt. Er sah allerdings ein, dass er sich als Amtsträger seiner Gilde nicht mehr vor das Volk stellen und den Satan mimen konnte, zumal der Bischof von London Samuels Stücke nur stirnrunzelnd duldete. Doch einmal im Jahr verschwand Jonah Durham für einen Monat aus London, und während alle Welt glaubte, er sei mit einem seiner Schiffe auf den Kontinent gesegelt, zog er in Wahrheit mit Samuel und dessen Gauklern durchs Land und spielte in den Provinzstädten, wo niemand ihn kannte. Auch Pater Samuel führte ein solches Doppelleben, denn seit Jonah ihn zum Rector der von ihm gestifteten Schule berufen hatte, musste der Pater notgedrungen auf seinen Ruf achten. Er hatte die Stellung dennoch mit Freuden angetreten, weil es seinem rastlosen Geist eher entsprach, die Söhne und Töchter von Kaufleuten und wohlhabenden Handwerkern zu unterrichten, als den Bauern, die die klösterlichen Felder von Clerkenwell bestellten, die Messe zu lesen. Außerdem war es weitaus lukrativer.

»Auch«, antwortete Samuel. »Prächtiger Bursche. Und er sieht nicht nur aus wie du, er ist auch genauso ehrgeizig. Giselle sagt, er krabbelt schon.«

Jonah nickte, nahm den Becher, den seine Frau ihm reichte, und fragte: »Unsere ganze Brut schon im Bett?«

»Natürlich. Die Jungs auch«, antwortete sie und sah unwillkürlich zur Stundenkerze, die in einem hohen Bronzeständer zwischen zwei Fenstern stand. Es war beinah zehn Uhr. »Möchtest du noch essen?«

Er machte eine abwehrende Geste.

»Jonah … du hungerst dich zu Tode«, schalt sie besorgt.

»Ich finde nicht, dass er aussieht, als wolle er vom Fleisch fallen«, meinte Samuel. »Es muss ja nicht sein, dass jeder Pfeffersack dieser Stadt seinen Wohlstand durch Leibesfülle kundtut.«

»Na ja, das ist wahr«, räumte sie lächelnd ein und senkte den Kopf wieder über den Stickrahmen, an dem sie zusammen mit Kate arbeitete.

»Ihr verderbt euch noch die Augen«, murmelte Crispin, der die Neigung hatte, seine junge Frau wie ein rohes Ei zu behandeln und ständig um sie besorgt schien. Giselle wollte lieber nicht daran denken, wie es einmal werden sollte, wenn Kate ein Kind bekam.

»Also?«, fragte Jonah Samuel. »Was verschafft uns die Ehre? Meine Söhne haben hoffentlich nicht die Schule abgefackelt?«

Samuel schüttelte den Kopf. »Das wäre deiner Tochter noch am ehesten zuzutrauen«, bemerkte er. Tatsächlich sorgte er sich ein wenig um Lucas, dessen Leistungen nachgelassen hatten und der weder mit guten Worten noch mit Schlägen zu bewegen war, dem Unterricht die nötige Aufmerksamkeit zu schenken, aber deswegen war er nicht hier. Er hatte Lucas angedroht, mit seinem Vater zu sprechen, wenn der Junge sich nicht binnen der nächsten zwei Wochen besann, doch diese Frist war noch nicht verstrichen.

»Es geht um unsere Reise, Jonah. Ich denke, wir sollten sie dieses Jahr ausfallen lassen. Zumindest verschieben.«

»Ja, das Wetter ist einfach zu schlecht«, stimmte Jonah zu.

Und er hätte auch wirklich nicht gewusst, woher er die Zeit nehmen sollte. Trotzdem deprimierte ihn der Gedanke, dass diese vier Wochen, da er frei wie der Wind und einfach ein Gaukler sein durfte, ihm dieses Jahr nicht vergönnt sein sollten.

»Tja, ich habe noch nie einen so nassen Sommer erlebt«, stimmte Samuel zu. »Wenn es so weitergeht, kriegen wir eine Missernte. Aber das ist nicht der Grund. Hast du von der Seuche gehört, die in Paris wütet?«

Jonah nickte. »Nicht nur dort. Woher meine Schiffe auch heimkehren, überall erzählt man die gleichen Schauermärchen.«

»Ich fürchte, es sind keine Märchen. Und was immer es ist, es hat den Kanal überquert.«

Giselle schaute von ihrer Goldstickerei auf. Crispin und Kate wechselten einen besorgten Blick.

»Kennst du Melcombe Regis?«, fragte Samuel Jonah.

»Den kleinen Hafen in Dorset, in der Nähe von Weymouth? Ja.« Jonah kannte praktisch alle Hafenstädte, denn er verkaufte ihnen immer noch Holz, wenn er hörte, dass der König einen Ausbau der Flotte plante.

»Eins dieser Geisterschiffe, die plötzlich so zahlreich auf den Meeren umhertreiben, ist vor ein paar Tagen dort angespült worden. Nicht alle Männer an Bord waren tot. Aber inzwischen wohl. Und jetzt geht irgendetwas Fürchterliches in Melcombe Regis um und rafft die Menschen hinweg.«

Jonah lauschte besorgt. Ihm war klar, Samuel war kein leichtgläubiger Mann, der Gehörtes ungeprüft weitertrug und ausschmückte. »Woher weißt du davon?«

»Ein alter Freund hat es mir erzählt. Wir waren zusammen auf der Universität in Paris, aber er ist heute ein armer Wanderprediger. Einer der wenigen wahren Auserwählten. Er hat mich gestern aufgesucht, um mir davon zu berichten. Er kommt geradewegs aus Dorset, hat es mit eigenen Augen gesehen.«

»Dann lass uns hoffen, dass er nicht mitgebracht hat, was immer da in Melcombe Regis an Land gespült worden ist.«

»Bestimmt nicht. Sonst wäre er längst tot. Kaum jemand wird verschont, sagt er, und wer krank wird, kann nur noch auf das Jenseits hoffen. Er meint, Gott habe uns eine Geißel geschickt, wie nicht einmal Ägypten sie habe erdulden müssen, denn die Menschen seien heute sündiger und ihre Herzen verstockter als das Pharaos.«

»Hm.« Jonah stützte die Ellbogen auf den Tisch und nahm einen tiefen Zug aus seinem Becher. »Dein alter Freund ist ein brillanter Rhetoriker, scheint mir.«

Samuel stieß hörbar die Luft aus. »Das ist wirklich keine Angelegenheit zum Scherzen, Jonah.«

»Nein. Ich weiß.« Ihm war auch gar nicht zum Scherzen zumute. Er wollte sich nur von der widerwärtigen, lähmenden Furcht ablenken, die seine Beine hinaufkroch.

»Ich bin gekommen, um dir diese Dinge zu berichten, weil du Alderman bist. Ich glaube nicht, dass der Stadtrat wirklich irgendetwas tun kann, um ein Ausbrechen zu verhindern, falls die Seuche in die Stadt kommt, aber ihr solltet vorbereitet sein.«

»Was ... ist diese Krankheit?«, fragte Crispin verständnislos. »Sind es die Pocken?«

Samuel schüttelte den Kopf. »Ich weiß nicht, was es ist, aber es ist anders als alles, was die Welt bisher gesehen hat. Keine Pocken. Die Menschen sterben qualvoll, bluten aus Mund, Nase und ...« Im letzten Moment besann er sich, dass sie unter Damen waren. »Diese Krankheit hat keinen Namen. Die Leute nennen sie den schwarzen Tod.«

Sevenelms, September 1348

Gute Arbeit, David.« Jonah klappte das Hauptbuch zu, und eine beachtliche Staubwolke wirbelte auf.

David Pulteney nickte mit einem kleinen Lächeln. »Danke.« Inzwischen war er Lob gewöhnt. »Wie viel von dem blauen Burrat willst du mitnehmen?«

»Alles«, antwortete Jonah. »Ich fahre gleich weiter nach Westminster, dort werde ich wenigstens die Hälfte los. Den Rest verkaufe ich in der Stadt. Du hattest völlig Recht: Blau ist wieder einmal die Farbe der Saison. Der König hat verboten, die Tracht des Hosenbandordens nachzuahmen, aber trotzdem wollen auf einmal alle blaue Kleider.« Er sah sich zufrieden in dem prall gefüllten, wohl geordneten Tuchlager um. »Die Seide holt einer der Jungs nächste Woche, aber sieh zu, dass du mehr Wolltuch produzierst, David. Das ist es, was die Leute wollen. Ich schätze, dass wir nächstes Jahr viertausend Ballen allein in Burgund verkaufen könnten, mindestens ebenso viel in Aquitanien. Selbst in Antwerpen kaufen sie jetzt englisches Tuch.«

David schüttelte den Kopf. »Das ist nicht zu fassen. Wie kommt das nur?«

Jonah hob kurz die Schultern. »Es liegt vor allem am Wollpreis. Durch die Monopole und die ewig steigenden Ausfuhrzölle ist der Preis für englische Rohwolle auf dem Kontinent so gestiegen, dass viele Tuchproduzenten sie sich nicht mehr leisten können. Und natürlich hat die Qualität unseres Tuchs sich verbessert.«

David nickte. »Wegen unserer Flamen, natürlich. Nun, ich werde die Produktion gerne steigern, das ist kein Problem, wenn du mir mehr Handwerker bringst.«

»Eigentlich wird es höchste Zeit, dass unsere einheimischen Tuchmacher von der flämischen Konkurrenz hier im Land etwas lernen.« Jonah unterbrach sich, dachte einen Augenblick nach und strich sich versonnen über den kurzen, schwarzen Bart. Dann fasste er einen Entschluss: »Ich hole dir neue Handwerker, sobald dieser Spuk mit der Seuche vorüber ist. Aber sag den Leuten, dass ich jedem die halbe Pacht für sein Haus erlasse, der einen englischen Jungen in die Lehre nimmt.«

David sah ihn verwundert an, nickte aber bereitwillig. Es war eine hervorragende Idee. Darauf wäre er nie gekommen, musste er gestehen. David war immer zufrieden, wenn die Dinge so blieben, wie sie waren. Er liebte es nach wie vor, neue Webmuster und Farbkombinationen zu ersinnen, aber er hatte keinerlei Ehrgeiz, die englische Tuchherstellung insgesamt zu erneuern. Jonah hingegen dachte stets in großen Zusammenhängen.

Sie traten aus dem Kontor, das nahe am Fluss lag, und Jonah pfiff durch die Zähne. Aus drei verschiedenen Häusern kamen seine Lehrlinge zum Vorschein. Sie alle waren häufig in Sevenelms und hatten hier viele Freunde. Sie schlugen die Kapuzen zum Schutz gegen den unablässigen Regen hoch und traten zu Jonah und David.

»Bringt das blaue Burrat ins Boot. Seht zu, dass es gut abgedeckt ist.«

»Anschließend kommt ihr ins Haus«, fügte David hinzu. »Essen.«

Er führte Jonah den Hügel hinauf zu seinem abseits gelegenen Heim. Während David eintrat und von seinen vier Kindern lärmend begrüßt wurde, blieb Jonah noch einen Moment an der Tür stehen und sah ins Tal zurück. Lower Sevenelms, wie das Tuchmacherstädtchen genannt wurde, war inzwischen wenigstens fünfmal so groß wie das alte Dorf, Upper Sevenelms, wo die Bauern lebten, die heute hauptsächlich Schafzüchter waren. Nicht nur flämische Weber, Walker und Färber lebten in Lower Sevenelms, sondern Bäcker, Schmiede und alle möglichen anderen Handwerker hatten sich dort angesiedelt und natürlich ein Gasthaus. Im Frühjahr vor dem Crécy-Feldzug hatte der König Lower Sevenelms gar ein Marktrecht verliehen. Jonah lächelte bei der Erinnerung. Er hatte gerade angefangen, mit dem Tuchexport richtig großes Geld zu verdienen, und König Edward war in Nöten. Die italienischen Bankhäuser waren zusammengebrochen, de la Pole von der Bildfläche verschwunden, um daheim in Yorkshire seine Wunden zu lecken. Was ein Marktrecht denn koste, hatte Jonah den König unbedarft gefragt. Einhunderttausend Pfund, Sir, hatte Edward geantwortet, ohne mit der Wimper zu zucken. Findet sie für mich. Kratzt sie irgendwie zusammen, und ich werde Euch das Marktrecht schenken und für meinen Palast in Eltham nur noch auf dem Markt in Sevenelms einkaufen lassen ...

Also hatte Jonah ein Exportmonopol für Tuch gegründet. Nach denselben Regeln, die er damals für das Wollmonopol ersonnen hatte, nur dass dieses Mal *er* alle Fäden in der Hand hielt. Der Kontinent bekam das englische Tuch, nach dem er hungerte, der König seine hunderttausend Pfund, die Monopolisten ihren Profit, und von da an war es praktisch unvermeidlich gewesen, dass Jonah immer reicher wurde. Nicht nur der Markt in Sevenelms hatte seine Umsätze von Jahr zu Jahr verdoppelt.

Das Essen mit Davids Familie war eine lautstarke, fröhliche Angelegenheit. Seine kleinen Söhne stritten darüber, wer von ihnen einmal der beste Scherer würde, zwischendurch kam der Hufschmied, um Davids Gäule zu beschlagen, und gleich nach der Mahlzeit wurde David fortgerufen, weil an einer der Walkmühlen das Rad gebrochen war. Er führte das Leben eines Landjunkers in diesem entlegenen Winkel der Welt, mit seiner sanftmütigen Frau bäuerlicher Herkunft, seinen barfüßigen Kindern und den Tausenden von Schafen, die überall waren und sich nicht selten bis in sein Haus vorwagten. Es schien auf den ersten Blick ein schlichtes, gemächliches Dasein, und doch war David die Kraft, die eine der größten Produktionsstätten des Landes antrieb. Jonah wusste, was er ihm schuldete.

»Kommt uns bald einmal wieder in London besuchen, David«, sagte er zum Abschied. »Warum begleitest du uns nicht zum Michaelis-Turnier? Dann siehst du mal etwas anderes als immer nur Schafe.«

David schüttelte lachend den Kopf. »Danke, Jonah, aber ich habe ganz und gar keine Sehnsucht nach der Stadt, erst recht nicht nach dem Hof. Nimm lieber Lucas mit, der wüsste es zu schätzen.«

Jonah betrachtete seine Lehrlinge finster. »Wer hat sich hier wieder über meine familiären Angelegenheiten ausgelassen?«, erkundigte er sich.

Cecil wusste, es hatte keinen Sinn zu leugnen. Er nickte betreten. »Master David fragte, wie es den Kindern gehe, Sir.«

»Verstehe. Und du hast ihm berichtet, was für ein herzloses Ungeheuer von Vater ich bin, nicht wahr?«

Cecil widersprach ihm nicht. »Ihr... Ihr merkt überhaupt nicht, wie todunglücklich der Junge ist«, stieß er hervor. »Und dabei will er doch nur...«

Eine schallende Ohrfeige brachte ihn zum Schweigen. »Das hier ist weder die Zeit noch der Ort, Cecil. Ich weiß, du bildest dir ein, diese Dinge gingen dich etwas an, weil er dein Cousin ist, aber ich kann dir nur raten, dich nicht einzumischen.«

David bereute seine unbedachten Worte und schnalzte missbilligend. »Meine Güte, Jonah, er meint es doch nur gut.«

Jonah nickte knapp. »Da du einen solchen Narren an ihm gefressen hast, lasse ich ihn dir ein Weilchen hier. Vor Michaelis brauchst du nicht heimzukommen, Cecil.« Vielleicht war ja Cecil der schlechte Einfluss, der dazu führte, dass Lucas sich seine Fantastereien nicht aus dem Kopf schlagen wollte, und in dem Falle war es nur ratsam, die beiden eine Weile zu trennen.

Cecil stöhnte. Bis Michaelis waren es über zwei Wochen. Alle Durham-Lehrlinge liebten David Pulteney, aber untereinander nannten sie Sevenelms nie anders als »die Verbannung«. Wer das Leben in London gewöhnt war, ging hier vor Langeweile förmlich ein.

»Du wirst reichlich Zeit und Muße haben, um darüber nachzudenken, wie es mit deiner Loyalität steht«, bemerkte Jonah.

»Ja, Sir.«

Jonah würdigte ihn keines weiteren Blickes und folgte Harry und Piers zur Anlegestelle.

Mit der eiligen Strömung fuhren sie den Rhye hinab und dann mit Hilfe des kleinen Segels die Themse hinauf, vorbei an den Londoner Hafenanlagen und unter der Brücke hindurch. Sie passierten ihre eigene Anlegestelle und ließen die Stadt schließlich hinter sich. Felder und Wiesen erstreckten sich am südlichen Ufer. Auf der Nordseite lagen hinter der Fleetmündung die Gärten des Bishop of Salisbury Inn, des Karmeliterklosters White Friars und des Temple.

Sie machten an dem kleinen Kai in Westminster fest. Jonah wies Piers an, beim Boot zu bleiben und die Ladung zu bewachen, während er mit Harry, der einen der blauen Tuchballen trug, zum Tor ging.

Jonah brauchte die Losung nicht zu nennen, die Wachen

kannten ihn, grüßten höflich und ließen ihn passieren. Er führte seinen Lehrling zum Hauptgebäude des Palastes. »Weißt du noch, wo du den Lord Chamberlain findest?«

»Ja, Master.«

»Gut. Geh und zeig ihm das Tuch. Handele einen Preis mit ihm aus.«

Der junge Willcox riss verblüfft die Augen auf. »Ich? Aber ... in welcher Größenordnung?«

Jonah hob die Schultern. »Du kennst die Preisgrenzen der Gilde und weißt, was die Herstellung dieser Ware uns gekostet hat. Das ist alles, was du brauchst. Also handele. Wenn du genug für uns rausschlägst, bekommst du eine Prämie.«

»Aber Sir ...«, wandte Harry entsetzt ein und wusste nicht weiter.

Jonah musste über die verdutzte Miene lächeln. »Es sind nur noch ein paar Monate, Harry. Höchste Zeit, dass du lernst, auf eigenen Füßen zu stehen.« Und wenn der junge Willcox sich bewährte, wollte Jonah ihm den Aufbau und später die Leitung der Niederlassung übertragen, die er in Bordeaux zu gründen gedachte. Genau die richtige Aufgabe für einen findigen Burschen wie Harry, der nie um eine Idee verlegen war, wenn er auf ein unerwartetes Problem stieß. Jonah hatte nicht die geringsten Bedenken, einem jungen Mann eine solche Aufgabe anzuvertrauen, denn er hatte nichts vergessen und wusste noch genau, was man alles vollbringen konnte, wenn man Anfang zwanzig war. Aber er fürchtete, der Schlag werde den fraglichen jungen Mann treffen, wenn er ihm das jetzt eröffnete. »Nun geh schon.«

Harrys Augen leuchteten auf. »Ja, Master!« Er machte auf dem Absatz kehrt und lief die Treppe hinauf, nahm immer zwei Stufen auf einmal, den Ballen fest unter den Arm geklemmt.

Im Gemach der Königin fand Jonah Prinzessin Isabella und ihren Bruder Edward, der reglos und mit dem Rücken zum Raum am Fenster stand.

»Oh, Jonah!« Die sechzehnjährige Prinzessin schlang die

Arme um seinen Hals, presste das Gesicht an seine Brust und brach in Tränen aus.

Jonah war über ihren Mangel an Contenance beinah mehr erschrocken als über die Tatsache, dass offenbar irgendein Unglück geschehen war. Zaghaft strich er über ihren schmalen Rücken. Es fühlte sich grundfalsch an.

»Isabella...«, murmelte der Prinz vorwurfsvoll, aber seine Stimme klang erstickt. Jonah hob den Kopf und sah, dass der strahlende Sieger von Crécy offen und ohne alle Scham weinte.

»Das ist doch jetzt ganz egal«, murmelte seine Schwester in Jonahs regennassen Mantel. »Es ist eigentlich alles egal...«

Über ihren Scheitel hinweg sah Jonah zu Edward.

Der Kummer in den Augen des Knaben, den die Welt den »Schwarzen Prinzen« nannte, machte ihn jünger als seine achtzehn Jahre. »Es ist Joanna«, erklärte er. »Meine kleine Schwester. Sie ist tot.«

O Gott, was fällt dir nur ein, dachte Jonah entsetzt. Wieso nimmst du ihnen zwei Kinder innerhalb von einem Vierteljahr?

»Ich muss es meinen Geschwistern sagen«, fuhr Edward mehr zu sich selbst fort. »Aber ich kann nicht. Ich weiß nicht, wie.«

Jonah legte Isabella einen Arm um die Schultern, führte sie zu einem Sessel und drückte sie behutsam hinein. »Was ist passiert?«

Sie wischte sich mit dem Ärmel über die Augen und atmete tief durch. »Sie war in Bordeaux und erwartete dort ihren Bräutigam. Diese Seuche wütet in der Stadt, in ganz Aquitanien. Und... und Lancaster hat Joanna nicht dort weggebracht. Sie wurde krank und starb nach drei Tagen. Sie muss furchtbar gelitten haben...«

»Isabella, hör doch auf«, flehte ihr Bruder.

Die Prinzessin fuhr fort, als hätte sie ihn nicht gehört. »Sie war erst dreizehn und musste qualvoll zugrunde gehen, Tausende Meilen weit weg von ihrer Mutter und ihrem Vater und allen, die ihr lieb waren. Dabei hätte ich es sein sollen. Ich war mit Prinz Pedro verlobt.« Sie senkte den Kopf und unterbrach sich kurz. »Oh, mein Gott, Jonah, wenn Ihr wüsstet, wie ich sie beneidet habe, als sie aufbrach. Und jetzt …«

»Es ist trotzdem nicht Eure Schuld, dass sie gestorben ist«, sagte Jonah. Er zögerte nur einen Augenblick, ehe er ihr die Hand auf die Schulter legte.

»Es fühlt sich aber so an«, entgegnete sie verzweifelt.

Jonah wünschte, Giselle wäre hier. Sie hätte die richtigen Worte gefunden. Er war in solchen Situationen völlig unbrauchbar, und er spürte seine eigene Kehle eng werden. Prinzessin Joanna war ein sonniges, anmutiges Mädchen gewesen, das in vielen Dingen seinem Vater geglichen hatte, nicht nur äußerlich. Der Gedanke war auch ihm schmerzlich, dass sie allein und verlassen in der Fremde dieser schauerlichen Krankheit zum Opfer gefallen war.

»Trauert um Eure Schwester, Isabella«, sagte er leise. »Aber quält Euch nicht mit unsinnigen Vorwürfen. Ihr hattet keinen Einfluss auf die Entscheidung.«

Sie nickte. Was Jonah sagte, war vernünftig und richtig. Aber es spendete ihr keinen Trost. Das wirklich Abgründige und Unverzeihliche war nämlich, dass sich in ihre Trauer um die tote Schwester die leise Hoffnung mischte, dass sie nun vielleicht doch noch Königin von Kastilien würde. Das war zu abscheulich, um es irgendwem zu gestehen, und sie fand, sie hatte keinen Trost verdient.

»Wo ist die Königin?«, fragte Jonah.

»Mit Vater in der Kapelle«, antwortete der Prinz. »Ihr … Ihr wisst ja sicher, wie er an Joanna gehangen hat. Er ist vollkommen außer sich. Mutter auch, aber sie …« Er wusste nicht weiter.

»Sie ist stärker«, beendete seine Schwester den Satz für ihn.

Edward nickte. »Würdet Ihr auf sie warten, Sir? Sie wäre sicher froh, Euch zu sehen.«

Jonah nickte schweren Herzens.

Der Prinz versuchte ein Lächeln. »Dann werde ich jetzt tun, was ich tun muss.« An der Tür blieb er mit gesenktem Kopf stehen. »Gott … ich würde lieber einem Heer von Franzosen entgegentreten, wenn ich die Wahl hätte.«

Isabella stand auf, ging zu ihm und drückte seine Linke. »Ich komme mit dir, Bruder.«

Francis der Fuchs lag zwischen Annots Schenkeln, entspannt, befriedigt und beinah reglos. Er machte keinerlei Anstalten, diesen Platz, der ihm einer der liebsten auf der Welt war, wie er gern sagte, schon aufzugeben, sondern brummte ihr leise Laute seines Wohlbehagens ins Ohr, tastete mit geschlossenen Augen nach ihrer Hand und knabberte an ihren Fingern.

Annot wandte den Kopf und betrachtete lächelnd die feuerroten Wimpern. Von all ihren Liebhabern war Francis der drolligste. Sie freute sich immer, wenn er sie besuchte. Manchmal wurde er ein wenig roh, wenn er merkte, dass er sie amüsierte, und ihr beweisen wollte, was für ein gefährlicher Schurke er war, aber das erschütterte sie nicht. Sie mochte Schurken. Er war einer der wenigen Männer, die sie noch wirklich erregen konnten, denn er war mächtig und gefährlich. Und eben drollig.

Er bezahlte selten, denn er kam meist durchs Fenster, aber oft schenkte er ihr ein kostbares Schmuckstück und erfreute sie mit delikaten Geschichten über die Dame, der es zuvor gehört hatte. Und natürlich war er eine ihrer wertvollsten Informationsquellen.

»Und? Was gibt es Neues draußen in der bösen Welt, Francis?«, erkundigte sie sich nach ein paar Minuten einträchtiger Stille.

»Hm. Keine Ahnung«, murmelte er träge. »Hier vergesse ich immer alles. Kann ich bis morgen früh bleiben?«

»Es *ist* morgen früh«, erklärte sie. »Du bringst mich wieder einmal um meinen Schönheitsschlaf, also gib Antwort.« Sie fuhr mit beiden Händen durch die roten Locken, von denen sie nie die Finger lassen konnte.

Der König der Diebe schnaubte selig. »Mach nur so weiter, und ich fang noch mal von vorne an.«

»Oh, große Worte …«, spöttelte sie.

Seufzend rollte er sich zur Seite und stützte sich auf einen Ellbogen. »Also schön, lass mich überlegen. Dein alter Freund

Jonah Durham hat einen seiner Tuchhändlerkonkurrenten nach Newgate gebracht und ihn dann letzten Monat in aller Heimlichkeit wieder rausgeholt, nachdem sie dem armen Tropf da ein wenig eingeheizt hatten. Durham versteckt ihn in seinen Lagern in Tickham an der Rhyemündung. Rührend, was?«

Annot nickte. »Rührend und mir seit Wochen bekannt.« Sie fegte seine Hand von ihrem Bein. »Gib dir mehr Mühe.«

»Auf der Straße wird erzählt, William de la Pole kaufe an Getreide auf, was er kriegen kann. Wahrscheinlich baut er darauf, dass es eine Missernte gibt und die Kornpreise in die Höhe schnellen.«

»Er ist ein Schwein«, bemerkte Annot leidenschaftslos.

Er nickte. »Und suhlt sich gern mit anderen seiner Sorte. Mit der größten aller Londoner Jammergestalten zum Beispiel, Rupert Hillock.«

Annot hob den Kopf. »Was heißt das?«

Francis zuckte mit den Schultern. »Man sieht sie zusammen in schlecht beleumundeten Spelunken, wo sie sicher sein können, niemandem aus ihren Kreisen zu begegnen. Aber Hillock war auch schon bei de la Pole zu Gast. Ich hab einen Jungen bei de la Pole als Tagelöhner eingeschleust, der hat es gesehen.«

»Lass deine gierigen Finger von dem Haus in der Lombard Street«, warnte sie abwesend. »Es ist eine Festung, und du wirst am Galgen enden.«

»So oder so«, warf er lachend ein.

»Das gefällt mir nicht, Francis. Was haben die beiden miteinander zu schaffen?«

»Nun ja, Hillocks Haus und Laden gehören de la Pole, nicht wahr? Also wenn de la Pole sagt, spring, muss Hillock springen. Aber wenn es das ist, was ich glaube, muss er ihn zu nichts zwingen. Es gibt etwas, das die beiden Gentlemen gemeinsam haben. Womit wir schon wieder bei deinem alten Freund Durham wären, der sich gerade mit dem Mayor angelegt hat und verwundbarer ist, als er vielleicht ahnt.«

Annot setzte sich auf, zog die Knie an und schlug in ein Kissen. »Verdammt, verdammt.«

»Hm. Vielleicht erzählst du Crispin Lacy gelegentlich davon. Kommt er noch her?«

Annot lächelte. »O ja.« Crispin war seiner jungen Frau sehr zugetan, aber er wäre im Traum nicht darauf gekommen, Annot aufzugeben. Dafür hing er viel zu sehr an ihr, und es war nicht nur alte Liebe, die sie verband, sondern auch Cecil. »Aber vielleicht wäre es besser, wenn wir Crispin da raushalten. Er ist Ruperts Schwager. Kannst du nicht zu Jonah gehen und ihn warnen?«

Francis schüttelte den Kopf. »Wovor? Dass sein Schwiegervater und sein Vetter zusammen in die Schenke gehen? Außerdem wird mein Junge immer böse, wenn ich seinen Meister gelegentlich aufsuche – Harry zittert davor, dass irgendwer herausfinden könnte, wer sein alter Herr ist. Ich bin für ihn beinah eine solche Peinlichkeit wie er für mich.«

Annot winkte ungeduldig ab. »Es ist furchtbar mit euch Kerlen. Ihr seid so in euch selbst verliebt, dass ihr euch zu Tode beleidigt fühlt, wenn eure Söhne sich weigern, eine getreue Kopie von euch zu werden.« Cecil hatte ihr erzählt, dass das auch auf Jonah und Lucas zutraf. »Du solltest stolz auf deinen Harry sein. Er ist tüchtig und klug und …«

»… anständig, ich weiß«, beendete der König der Diebe den Satz mit einer angewiderten Grimasse. Dann richtete er sich auf, nahm den Weinbecher, der neben dem Bett stand, und nahm einen tiefen Zug. »Wer weiß«, sagte er dann scheinbar leichthin. »Vielleicht wird Harrys lang gehegter Wunsch, ein Waisenknabe zu sein, sich bald erfüllen.«

Annot neigte den Kopf zur Seite und schaute ihn an. »Was ist mit dir? Solche Reden kenne ich sonst gar nicht. Ich merke doch die ganze Zeit schon, dass dich etwas quält. Wäre es nicht ausgerechnet Francis der Fuchs, würde ich sagen, der Mann in meinem Bett fürchtet sich vor irgendetwas.«

Er senkte verlegen den Blick. »Aber Francis der Fuchs fürchtet weder Tod noch Teufel«, murmelte er und lachte unfroh. »Ich habe auch immer geglaubt, das stimmt.«

Sie nahm seine Hand. »Erzähl mir, was dich eines Besseren belehrt hat.«

Er rieb sich nervös die Nase, rang sich dann dazu durch, sie wieder anzusehen. »Einer meiner Männer kam heute Abend zu mir und sagte, seine Frau und alle Kinder seien krank. Er selbst hatte auch schon Fieber. Ich hab ihn nach Hause gebracht und mir seine Familie angeschaut. Und was ich dort gesehen habe, Annot ... hat mir so erbärmliche Angst gemacht, dass mir jetzt noch die Knie schlottern, wenn ich nur dran denke.« Er lehnte den Kopf zurück und blickte in den dunklen Baldachin. »Ich habe in meinem Leben eine Menge schrecklicher Dinge gesehen, glaub mir. Aber meist waren das Dinge, die Menschen anderen Menschen angetan haben. Das hier ist anders. Es kommt von Gott oder vielleicht auch direkt aus der Hölle, das weiß ich nicht. Aber es ist nichts Irdisches. Es sei der schwarze Tod, sagte die Gevatterin aus der Nachbarschaft, die nach den kranken Kindern sah.«

»Der schwarze Tod ist nach London gekommen«, flüsterte Annot. Sie fühlte sich seltsam matt von dieser Schreckensnachricht. Instinktiv lehnte sie den Kopf an Francis' Schulter und verschränkte die Hände in seinem Nacken. Er legte beide Arme um sie, und es sah aus, als wollten sie sich aneinander festhalten.

London, Januar 1349

Jonah hatte noch nie von einer Epidemie gehört, die sich derartig schnell ausbreitete. Wie eine Feuersbrunst raste sie von Haus zu Haus, holte manchmal in einer einzigen Nacht eine ganze Familie. Bis Anfang November hatte der schwarze Tod die Stadt erobert, und das normale Leben, wie die Menschen es bislang gekannt hatten, existierte nicht mehr. Der Tod war allgegenwärtig. Bei den meisten begann es mit schmerzenden Schwellungen in Achselhöhlen und Leisten, die sich binnen Stunden schwarz verfärbten und zu schwären begannen. »Pestbeulen« wurden sie bald genannt. In einem der vielen Klagelieder hieß es: »Ein schmerzender böser Knopf wächst unter meinem Arm, der brennt wie glühende Kohle. Er ist hässlich wie der Samen schwarzer Erbsen, dieser frühe Schmuck des schwarzen Todes.« Meist vergingen die Beulen am zweiten Tag und wurden von einem schwärzlichen Ausschlag abgelöst, der den ganzen Körper bedeckte. Hohes Fieber, Erbrechen, grauenvolle Schmerzen und Blutstürze begleiteten das tagelange Martyrium der Kranken, deren Körper, Blut und Ausscheidungen einen so grauenvollen Gestank verströmten, dass sich oft niemand fand, der sie pflegen wollte, und so starben viele allein und verlassen. Bei manchen verlief die Pest aber auch gänzlich anders, zeigte sich nicht in Form von Beulen, sondern schien sich in den Lungen festzusetzen, und bei dieser Art ging es schneller. Die bedauernswerten Opfer erstickten oft binnen weniger Stunden.

Die Ärmsten der Armen, die zusammengepfercht auf engstem Raum in Bretterbuden und Verschlägen hausten, traf es am schlimmsten: Bettler, Tagelöhner – das namenlose menschliche Treibgut der großen Stadt. Auch unter Priestern und Ärzten waren die Verluste besonders hoch, denn sie eilten von Krankenlager zu Krankenlager, brachten geistlichen Beistand, manchem auch Trost, vielen aber auch den Tod, weil sie die Krankheit unwissentlich von Haus zu Haus trugen. Und der schwarze Tod machte auch nicht vor den Villen und Palästen der feinen Kaufherren und Adligen Halt. Davids Vater, der viermalige Lord Mayor und langjährige Meister der Tuchhändlergilde, John Pulteney, starb noch vor Weihnachten. Adam Burnell und Edward Gisors folgten ihm kurz nach dem Jahreswechsel, sodass die Gilde der Hälfte ihrer Wächter beraubt war. Bei den Schneidern und Hutmachern holte die Pest sie gleich alle. Bis zu fünfhundert Menschen starben an einem Tag, und die Friedhöfe der Stadt waren bald überfüllt. Der Bischof von London und Sir Walter Manny kauften ein großes Stück Land in Smithfield, das in aller Eile geweiht wurde, und ein nicht abreißender Strom von Leichenkarren brachte die Verstorbenen zu diesem Acker, den die Londoner das »Niemandsland« nannten, denn die Gräber dort hatten weder Kreuz noch Stein, alle waren namenlos. Es waren der Toten zu viele, um sie zu zählen, geschweige denn ihre

Namen in Stein zu meißeln. Schon so kamen die Totengräber mit der Arbeit kaum nach, und es wurde gemunkelt, sie würfen die Leichen des Nachts in den Fluss.

Noch im November hatte Jonah seine Familie und die Lehrlinge auf einen Wagen gepackt, um sie nach Sevenelms zu bringen, aber schon von weitem hatten sie das schwarze Tuch an der Kirchturmspitze gesehen: Der schwarze Tod war vor ihnen dort eingetroffen. Sie machten kehrt, ohne zu erfahren, wie es um David und seine Familie stand.

»Ich komme einfach nicht dahinter«, klagte Pater Samuel müde. »Seit sechs Wochen habe ich die Schule jetzt geschlossen und gehe jeden Tag in zwanzig, dreißig Häuser, um den Sterbenden die Beichte abzunehmen. Und ich versuche zu ergründen, wie diese verfluchte Pest zu Werke geht, aber ich komme nicht dahinter. Manchmal denke ich, sie stecken sich an, indem sie einen Kranken berühren. Aber gestern beichtete mir eine Mutter, dass sie ihr krankes Kind im Stich gelassen habe und schreiend weggelaufen sei, als sie die Beulen sah. Sie hat geschworen, sie habe den Jungen nicht berührt, und jetzt ist sie trotzdem tot. Ob es irgendwelche Dämpfe sind?«

Jonah hob die Schultern. Er war so erschöpft, dass ihn selbst diese matte Geste Mühe kostete. Sie saßen in seinem Kontor, ein lebhaftes Feuer prasselte im Kamin, und sie hielten jeder einen Becher heißen Würzwein in Händen. Jonah kam es vor, als habe er seit November keine Minute mehr in einem Sessel gesessen. »Ich weiß es nicht. Ich grüble seit Wochen über dieselbe Frage, ohne Erfolg. Gib ein bisschen auf dich Acht, Samuel, tu mir den Gefallen. Du siehst schlimm aus.«

Samuel schnaubte humorlos. »Schau dich selbst an, mein Freund. Ich glaube, alle Menschen sehen schlecht aus, die Gesunden ebenso wie die Kranken. Falls es so etwas wie Gesunde überhaupt noch gibt. Ich frage mich … ach, du wirst mich auslachen.«

»Was?«, hakte Jonah nach.

Samuel sah ihn kurz an, stierte dann wieder in seinen Becher und befeuchtete sich die Lippen. »Ich habe mich gefragt, ob es vielleicht irgendwas mit Ratten zu tun haben könnte.«

»Ratten?«

Der Priester nickte. »Die Seuche ist da am schlimmsten, wo es die meisten Ratten gibt: in den Elendsvierteln, in Flussnähe, im Schlachterviertel. Und denk an all die Geisterschiffe letzten Sommer. Jedes Schiff hat Ratten.«

Jonah überlegte einen Moment. »Aber die Menschen hassen Ratten und tun alles, um nicht in ihre Nähe zu kommen. Wenn die Übertragung also durch Berührung oder selbst durch Ausdünstungen vonstatten geht ...«

»Ja, ich weiß, es scheint sich zu widersprechen. Aber denk noch einen Schritt weiter, Jonah. Ratten haben Flöhe, nicht wahr? Und die Flöhe gehen gern von Ratten auf Menschen über, vor allem die Armen, die sich nicht sauber halten, und auf Hunde und Katzen, deren Kadaver du allerorts auf den Straßen verfaulen siehst. Also?«

Jonah sah ihn ungläubig an. »Was für eine abstruse Theorie.«

»Und was ist mit dir und deiner Familie, he? Du bist von früh bis spät in der Stadt unterwegs, oft genug da, wo es am schlimmsten ist, aber weder du noch die Deinen sind krank geworden ...«

»Bist du zu retten, sag doch so was nicht«, unterbrach Jonah ihn schneidend. »Du bringst es noch auf uns herab mit deinem Geschwätz.«

Samuel war nicht beleidigt, sondern fuhr unbeirrt fort. »Die Katzen, Jonah. In deinem Haus wimmelt es von Katzen. Nicht einmal in deinem Tuchlager gibt es Ratten oder Mäuse.«

Das überzeugte Jonah nicht. Es war ein Zufall. Bislang war sein Haus verschont geblieben, ja, doch er rechnete stündlich damit, dass sich das änderte. Der schwarze Tod ging an kaum einer Tür vorbei. »Das ist alles müßig, Samuel. Diese Seuche folgt keinen Gesetzen, die wir begreifen könnten, denn sie kommt von Gott. Das lang erwartete Strafgericht ist über die purpurne Stadt gekommen ...«

Das sagten alle Priester und Gelehrten, aber Samuel hatte seit jeher dazu geneigt, die Autoritäten anzuzweifeln, die man ihm vor die Nase setzte. Er schüttelte skeptisch den Kopf. »Wenn es stimmt, dass dies eine göttliche Geißel ist, um die Menschheit für ihre Schlechtigkeit zu strafen, warum sterben dann all die vielen Kinder, die sich, wie du sicher weißt, im Stande der Unschuld befinden?«

»Das liegt auf der Hand, oder? Um ihre Eltern zu züchtigen. Wie die Erstgeborenen in Ägypten.«

Samuel widersprach nicht, aber er konnte nichts von alledem glauben. Und er hatte mit Ärzten gesprochen, die genau wie er überzeugt waren, dass es eine natürliche Erklärung geben musste, Männer, die bei den Muslimen in Spanien gelebt und studiert hatten, wo Wissbegier keine Sünde war. Doch er hatte die Erfahrung gemacht, dass manche Menschen die Pest besser ertragen konnten, wenn sie glaubten, Gott verfolge eine Absicht damit. Und falls Jonah zu diesen Leuten zählte, wollte er ihm den schwachen Trost nicht nehmen. Denn er konnte sehen, dass sein Freund ihn bitter nötig hatte.

Die Tür zum Kontor öffnete sich, und Crispin kam herein. Cecil folgte ihm dicht auf den Fersen. Sie waren wie so oft zusammen unterwegs gewesen. Jonah wusste nicht, wo und zu welchem Zweck. Das normale Arbeits- und Geschäftsleben war praktisch zum Erliegen gekommen.

Die beiden begrüßten den Gast. Dann wandte Crispin sich an Jonah: »Die *Joanna* ist eingelaufen, und die Männer wollen nicht an Land kommen.«

»Man kann's ihnen kaum verübeln«, meinte Samuel.

»Niemand an Bord ist krank?«, fragte Jonah.

Crispin schüttelte den Kopf. »Und der Kapitän sagt, in Bordeaux sei es vorbei. Hier und da wird noch jemand krank, aber es hat den Anschein, als habe die Seuche sich ausgetobt. An dem Tag, als sie aufgebrochen sind, seien nur noch zehn gestorben, hat er gehört.«

Jonah dachte einen Moment nach. Dann stand er auf, trat an den Tisch gleich unter dem Fenster, auf dem Abrechnungen, Bestelllisten und alle möglichen Papiere untypisch nachlässig aufgestapelt lagen. Er war seit Wochen nicht dazu gekommen, sich darum zu kümmern. Er suchte eine Weile vergeblich in den Stapeln und wirbelte kleine Staubwolken auf. Dann endlich zog er den feinen Pergamentbogen hervor, den er gesucht hatte. »Ein Brief von Giuseppe Bardi aus Florenz«, erklärte er. Das Schreiben seines alten Freundes hatte ihn vor etwa zehn Tagen erreicht. Es war ein erschütternder Bericht über den Ausbruch und das Wüten der Pest in der großen italienischen Handels- und Tuchmacherstadt. Giuseppe und Beatrice waren mit einigen Freunden aufs Land geflüchtet, darunter auch ein Kleriker und Dichter, der unter dem Eindruck dieser verheerenden Katastrophe eine seltsame Geschichtensammlung begonnen hatte. Jonah fand die Stelle des Briefes, die er gesucht hatte, und las vor: »Dieser Mann weiß mehr über den schwarzen Tod als so mancher Arzt, und er hat gesagt, nach sieben Monaten werde die Epidemie abebben, um dann ganz zu verschwinden. Und er hat Recht. Wir sind nach Hause zurückgekehrt, denn in Florenz hat der Schrecken ein Ende. Tatsächlich hat es genau sieben Monate gedauert.«

Crispin rechnete kurz und nickte dann. »Ja, das kommt hin. Soweit wir wissen, ist die Seuche im Mai in Bordeaux ausgebrochen, und die *Joanna* ist kurz nach der Jahreswende von dort losgesegelt. Sieben Monate.«

Cecil stand mit hochgezogenen Schultern vor dem Kamin und stützte den schwachen linken Arm mit der rechten Hand, wie er es oft tat, wenn ihm etwas Unbehagen einflößte oder Angst machte. »Gott steh uns bei«, sagte er leise. »Wenn das stimmt, haben wir hier noch nicht einmal die Hälfte hinter uns.«

»Ich fürchte, damit müssen wir rechnen«, antwortete Jonah zerstreut und blickte kurz von Giuseppes Brief auf. »Geh in die Küche und hol etwas Heißes für euch, Junge.«

Cecil ging folgsam hinaus, und Jonah wartete, bis die Tür sich geschlossen hatte, ehe er fortfuhr, aus dem Brief vorzulesen: »Das ist die gute Nachricht, Jonah. Ich weiß nicht, ob es London schon erreicht hat, aber wenn es kommt – und das wird es –, dann dauert es sieben Monate und verschwindet wieder. Hier kommt die schlechte: Mein Freund hat mit jüdischen Kaufleuten *gesprochen, die bis ans Ende der Seidenstraße gereist sind, und in den fernen Ländern Asiens kennt man den schwarzen Tod schon lange, sagen sie. Denn er kommt alle sieben Jahre wieder.«*

Pater Samuel zuckte fast unmerklich zusammen. Dann schnitt er eine schmerzliche Grimasse. »Ich hätte gewettet, dass dieses Übel sich diese Zahl aussucht…«

»Geschichten aus dem fernen Osten sind selten wahr«, gab Crispin zu bedenken. Sein Optimismus schien selbst nach Monaten des Schreckens immer noch unverwüstlich.

Jonah nickte. Und ihm war klar, dass es vollkommen sinnlos war, sich im Moment mit der Frage zu befassen, was in sieben Jahren sein würde. Derzeit musste er froh sein um jeden Tag, der zu Ende ging, ohne dass irgendwer in seinem Haus über schmerzhafte Schwellungen an Achseln und Leisten klagte. Er hatte eine strikte Ausgangssperre über seinen gesamten Haushalt verhängt, nur für die notwendigsten Besorgungen durften Lehrlinge und Gesinde das Grundstück noch verlassen, seine Kinder überhaupt nicht mehr. Aber er machte sich nichts vor. Solche Maßnahmen boten keinen wirklichen Schutz. Er fasste einen Entschluss. »Die Mannschaft kann an Bord der *Joanna* bleiben. Morgen soll Harry mit ihnen nach Bordeaux zurücksegeln. Lass die nötigsten Vorräte aufs Schiff bringen, Crispin, aber vergewissere dich, dass keine Ratten mit den Fässern an Bord kommen.«

»Wie bitte?« Crispin war sicher, er habe sich verhört.

»Du glaubst mir also?«, fragte Samuel verdutzt.

Jonah schüttelte den Kopf. »Aber das bedeutet nicht, dass du nicht trotzdem Recht haben könntest. Was weiß ich schon? Was weiß irgendwer schon über diese Sache?«

Crispin hätte gerne gewusst, worüber sie sprachen, aber er musste Jonah etwas berichten und wollte das nach Möglichkeit tun, ehe Cecil zurückkam. »Isabel und Gabriel Prescote sind tot«, begann er beinah beiläufig.

Jonah quittierte es mit einem Nicken.

»Die feine Dame, der das sündigste Haus der ganzen Stadt gehört, und ihr Gemahl?«, fragte Samuel neugierig. »Ich würde sagen, der schwarze Tod hat schon bessere Menschen geholt.«

Crispin zog beklommen die Schultern hoch. »Lady Isabel ist an der Pest gestorben, ja. Ihr Mann nicht. Nach ihrem Tod hat er auf der Suche nach ihrem Testament ihre Papiere durchgesehen und so endlich erfahren, was sie in ihren Mußestunden trieb. Daraufhin ist er auf den Dachboden gestiegen und hat sich mit seinem Gürtel erhängt.«

Niemand war überrascht. Jonah und Crispin fragten sich lediglich, was nun aus Annot werden sollte, und Samuel fand es sonderbar, dass irgendwer in diesen Tagen an etwas anderem sterben konnte als der Pest.

Tatsächlich fanden viele Unglückliche in diesem Winter in London den Tod, die nicht von der furchtbaren Krankheit dahingerafft wurden. In der Stadt herrschten Chaos und Anarchie. Da es seit dem vergangenen Mai praktisch unablässig geregnet hatte, war die Ernte verdorben, der Preis für Korn jeder Art ins Ungeheuerliche gestiegen. Viele verhungerten. Viele wurden auch ermordet, mehr als gewöhnlich. Der Tod, der überall lauerte, machte die Menschen haltlos. Sie glaubten, sie alle seien ohnehin verdammt, und erschlugen einen Mann auf der Straße für die wenigen Pennys in seinem Beutel ohne alle Gewissensbisse. Die Verfolgung der Diebe und Mörder war praktisch zum Erliegen gekommen, denn der schwarze Tod hatte die Zahl der Büttel drastisch dezimiert. Plünderer drangen in die Pesthäuser ein und meuchelten alles, was sich noch rührte. Bei anderen wiederum hatte die Pest genau die gegenteilige Wirkung: Sie besannen sich auf Gott, hofften aufs Jenseits und suchten Vergebung für ihre Sünden. Glücksspiel und andere Laster fanden plötzlich keine große Anhängerschaft mehr, sodass die Londoner Würfelschnitzer beschlossen, auf die Herstellung von Rosenkränzen umzusatteln, um nicht zu verhungern.

Der Frühling brachte weder Besserung noch Hoffnung. Die Ströme hinaus zum Niemandsland rissen nicht ab, und die Schleusen des Himmels wollten sich einfach nicht schließen. Die Saat verfaulte in der schlammigen, kalten Erde.

»Und viele Felder liegen brach, weil die Bauern gestorben sind«, berichtete Martin Greene, der neue Gildemeister der Tuchhändler, dem Mayor und den Aldermen. Auch im Stadtrat hatte es Verluste gegeben, doch für jedes verstorbene Mitglied rückte sogleich jemand nach, der oft in großer Hast und unter Verzicht auf jede Feierlichkeit von der Bürgerversammlung seines Stadtbezirks gewählt worden war. Alle wussten: Der Stadtrat musste komplett und entscheidungsfähig bleiben, wenn der letzte Rest Ordnung und Normalität in London nicht untergehen sollte.

»Es heißt, in Kent und Sussex sind manche Dörfer völlig ausgestorben«, fügte Greene hinzu.

»Nicht nur dort«, warf ein Fischhändler aus Bishopsgate ein. »Überall in England gibt es solche Dörfer. Nur die verdammten Schotten sind alle noch kerngesund und stellen eine Armee auf, um uns zu überrollen, wird berichtet.«

Sie werden sich schnell genug anstecken, wenn sie die Grenze überschreiten, und sich schleunigst wieder davonmachen, dachte Jonah und kam auf das eigentliche Thema zurück: »Ich weiß, dass Getreide knapp und der Hunger groß ist, Gentlemen, aber ich bleibe dabei: Wir müssen die Schlachthöfe von The Shambles schließen, sonst wird London bald so entvölkert sein wie die Dörfer, von denen Ihr berichtet.«

»Das ist völlig ausgeschlossen«, beschied der Mayor, John Lovekyn, empört. »Was sollen die Leute Eurer Meinung nach essen, wenn sie kein Fleisch mehr bekommen?«

»Sie sollen ja Fleisch bekommen«, entgegnete Jonah bemerkenswert geduldig. »Aber es muss außerhalb der Stadtmauern geschlachtet werden. Ihr müsst doch einsehen, dass ein Zusammenhang besteht.« Er sagte lieber nichts von Ratten und Flöhen, denn das hätte ihm nichts als Hohn eingebracht und seine Sache zum Scheitern verurteilt. Er konnte es ja nicht einmal selbst glauben. Aber seit Samuel ihm seine merkwürdige Theorie unterbreitet hatte, sah Jonah die Seuche und ihre Verbreitungswege mit anderen Augen. »In keinem Kloster sind so viele Brüder gestorben wie in Grey Friars. Warum? Weil es nördlich ans

Schlachterviertel angrenzt. Nirgendwo werden die Leute so schnell dahingerafft wie im Paternoster-Viertel gleich südlich davon. Und wenn Ihr die widerwärtigen Blutströme verfolgt, die von The Shambles zum Fluss hinunterlaufen, werdet Ihr feststellen, dass das genau die Spur des schwarzen Todes ist.«

»Und wie kommen diese Blutströme über den Cornhill ans andere Ende der Stadt nach Billingsgate?«, warf ein Gemüsehändler von der Lime Street ein.

Er erntete Gelächter. Es klang nicht fröhlich, sondern hart und bitter. Die Verzweiflung, die von allen Menschen Besitz ergriffen hatte, sei beinah schlimmer als der schwarze Tod, hatte Giselle vor ein paar Tagen gesagt, denn sie verschone niemanden und mache die Menschen boshaft und mitleidlos. Jonah, der von Natur aus weniger Sympathie für seine Mitmenschen hatte als Giselle, war geneigt, sein Anliegen mit einem verächtlichen Blick auf den Gemüsehändler aufzugeben, aber es war zu wichtig. Dieses Grauen musste ein Ende nehmen. »Ich sage nicht, The Shambles sei der einzige Herd, Sir. Vielleicht der schlimmste, weil er mitten im Herzen der Stadt liegt, aber gewiss nicht der einzige.«

Daniel Osbern, einer der beiden Sheriffs, schüttelte entschieden den Kopf. »Mag sein, dass Ihr Recht habt, Durham, aber wir können die Schlachthöfe nicht schließen, weil wir damit einen Aufstand riskieren würden. Und das ist wohl das Letzte, was uns fehlt.«

Osbern, der selbst an der Old Dean's Lane zwischen dem Schlachterviertel und St. Paul lebte, sollte seine Meinung noch am selben Abend ändern, als er die erste Pestbeule in der Leistengegend ertastete. Aber er kam nicht mehr dazu, irgendwen von seinem Sinneswandel in Kenntnis zu setzen. Jonahs Antrag wurde abgeschmettert, und der Stadtrat beschloss lediglich, zur Linderung der Hungersnot Getreide aus Aquitanien zu kaufen.

Wütend und mutlos kam Jonah nach Hause, und als er Rachel aus ihrer Kate neben dem Tor treten sah, ging ihm auf, dass er es in seinem Ärger über die Uneinsichtigkeit der Stadtväter zum ersten Mal versäumt hatte, sich vor seiner Heimkehr für das Schlimmste zu wappnen.

Er sah es sofort, noch ehe er die Tränenspuren auf ihren faltigen Wangen entdeckte. Als Erstes erkannte er das Entsetzen in ihren Augen.

Jonah glitt aus dem Sattel. »Wer?«, fragte er.

»Unser Jocelyn«, antwortete sie. Ihre Stimme klang seltsam schleppend. »Unser Jocelyn …«

Jonah biss die Zähne zusammen, damit nichts in seinem Gesicht sich rührte und seine Erleichterung verriet. Denn er dachte unwillkürlich, was jeder Vater und jede Mutter in diesen Tagen bei einer solchen Nachricht dachten: Lieber dein Sohn als meiner, Rachel.

Er räusperte sich. »Es tut mir Leid. Ich schicke nach einem Arzt.«

Meurig trat aus dem Häuschen und legte seiner Frau den Arm um die Schultern. »Nein, Master«, sagte er entschieden und viel zu heftig. »Danke. Aber kein Quacksalber wird meinen Jungen anrühren. Ich habe gehört, wie die armen Teufel schreien, wenn man die Beulen aufschneidet, und gestorben sind sie ja doch alle.«

»Nicht alle«, wandte Jonah automatisch ein. Er fühlte sich hölzern, wie betäubt. Es war geschehen. Sie hatten die Pest im Haus. Jetzt waren auch sie an der Reihe. Wen mochte Rachel heute früh schon angesteckt haben, als sie das Frühstück auftrug? »Es ist die einzige Chance, die er hat.«

Meurig schüttelte störrisch den Kopf. »Es ist keine Chance.«

»Meurig …«, wandte Rachel flehentlich ein.

»Schluss!«, fuhr er sie an, seine Stimme drohte zu kippen. »Es hat keinen Sinn, Frau, glaub mir. Er wird nur noch mehr leiden. Das lasse ich nicht zu. Aber wenn Ihr uns einen Priester besorgen wollt, Master, wäre ich dankbar.«

Jonah nickte. »Schickt die gesunden Kinder aus dem Haus, Berit wird sich um sie kümmern. Lasst sie wissen, was ihr braucht, aber sie darf euer Haus nicht betreten, und wer Jocelyn pflegt, darf es nicht verlassen, habt ihr verstanden?«

Sie nickten und wandten sich ab. Rachel lehnte den Kopf an Meurigs Schulter und weinte, als er sie zurück zur Tür führte.

Jonah überquerte den Hof eilig, wusch sich gründlich die Hände in dem Eimer mit Wasser, der jetzt immer vor der Tür stand, und betrat sein Haus. »Giselle?« Am Fuß der Treppe begegnete er der scheuen jungen Magd, Heather. »Hast du meine Frau gesehen?«

Sie hielt den Blick gesenkt. »Sie hat einen Brief bekommen und ist in Eure Kammer gegangen, um ihn zu lesen.«

Er setzte seinen Weg zur Küche fort. Über die Schulter wies er sie an: »Geh ins Kontor und sag, einer der Jungs soll einen Priester holen.«

Er sah nicht, dass ihre Augen sich vor Schreck weiteten, und sie wagte nicht zu fragen, wozu sie geistlichen Beistand brauchten, sondern eilte den Korridor entlang zur Flussseite des Hauses. Jonah betrat die Küche. »Jasper?«

»Ja?« Der Koch kam aus der Vorratskammer, eine Schale in Händen, die, so glaubte Jonah einen furchtbaren Moment lang, das schwärzliche Blut eines Pestkranken enthielt. Dann erkannte er, dass es eingelegte Rote Bete in ihrem Saft waren. Irgendwer hatte Jasper erzählt, dieses Gemüse sei der beste Schutz vor der Seuche, und er hatte seine Herrschaft über den ganzen Winter damit gefüttert, bis keiner es mehr sehen konnte.

»Jocelyn ist krank.«

Der Koch stellte seine Schale auf dem Tisch ab, um sich zu bekreuzigen.

»Vorläufig hast du die Aufsicht über die Dienerschaft«, eröffnete Jonah ihm und wiederholte die Instruktionen, die er schon Rachel und Meurig gegeben hatte. »Und ich meine es ernst, Jasper, ich will nicht, dass irgendwer die Kate betritt. Wer es doch tut, muss gehen.«

»Ich werde es allen sagen, Master«, versprach der Koch.

Jonah fand Giselle mit angezogenen Knien auf dem Bett sitzend. Sie war so in die Lektüre ihres Briefes vertieft, dass sie kaum aufschaute, als sie ihn eintreten hörte. Jonah erkannte das Siegel der Königin auf den ersten Blick.

»Der Hof ist immer noch in Windsor«, berichtete sie zerstreut. »Und der König hat das Parlament abgesagt wegen der Pest.«

»Ich bin überzeugt, er ist dankbar für den guten Grund«, erwiderte er bissig. »Giselle, ich möchte, dass du die Kinder nimmst und nach Windsor fährst.«

Königin Philippa hatte sie schon vor Wochen gedrängt, sich dem Hof anzuschließen, über den Gott eine schützende Hand zu halten schien. Außer Prinzessin Joanna hatte es bislang weder in der königlichen Familie noch unter ihrem Gefolge Opfer gegeben.

Giselle hob den Kopf. »Wie bitte?«

»Noch heute.«

Sie machte eine ungeduldige, wegwerfende Geste. »Woher dieser plötzliche Sinneswandel? Ich dachte, dir wäre es lieber, wir gehen alle elend zugrunde, als Lucas je wieder in die Nähe des Prinzen zu lassen.«

Er schüttelte den Kopf, obwohl ihr Verdacht der Wahrheit gefährlich nahe kam. Solange er sich hatte vorgaukeln können, er könne seine Familie durch Isolation und jede andere nur erdenkliche Vorsichtsmaßnahme schützen, hatte er sie tatsächlich lieber hier behalten, um Lucas von den gefährlichen Einflüssen des Hofes fern zu halten. Aber das konnte er nicht zugeben. »Ich habe abgelehnt, weil ich die Stadt jetzt nicht verlassen kann. Aber ihr werdet gehen.«

»Jonah ... was ist nur in dich gefahren? Ich hasse es, ohne dich bei Hof zu sein, und das weißt du ganz genau.« Obwohl derzeit jede Frau vor dem König sicher schien, weil er nur noch Augen für Joan hatte, fühlte Giselle sich wie eine Schnecke ohne Haus, wenn sie allein dort war. Eine jämmerliche, panikartige Angst drohte dann immer von ihr Besitz zu ergreifen, die, so hatte sie erkannt, viel mehr mit der Erinnerung an die Ereignisse in Antwerpen zu tun hatte als mit der Gegenwart.

Jonah überging ihren Einwand. »Fang an zu packen. Ihr nehmt den großen Wagen. Heather wird euch begleiten und natürlich die Amme. Piers soll den Wagen fahren und bei dir bleiben, bis ich ihm Nachricht schicke.«

»Sag mal, bist du taub? Ich will nicht ...« Sie sah ihn zum ersten Mal richtig an und verstummte jäh. Dann verengten sich ihre Augen, als spüre sie einen plötzlichen Schmerz, und sie fragte: »Wer?«

»Jocelyn.«

Sie zuckte zurück, verschränkte die Arme und legte die Hände auf die Schultern. Die kleine Elena tat das Gleiche, wenn ihr kalt war oder sie sich fürchtete. »O Jesus Christus, erbarme dich unser«, flüsterte Giselle.

»Wir sollten uns lieber nicht darauf verlassen nach Lage der Dinge, nicht wahr? Wirst du gehen?«

»Ohne dich?«, fragte sie ängstlich. Und weil er nichts sagte, gab sie sich die Antwort selbst, wie so oft. »Ja. Natürlich ohne dich. Du fühlst dich verpflichtet, hier zu bleiben, denn wenn du fliehst, könnten die anderen Aldermen deinem Beispiel folgen, und eure Stadt würde endgültig untergehen. Aber der schwarze Tod ist durch unser Tor gekommen, und ich muss an die Kinder denken.« Sie zog die Schultern noch ein bisschen höher und sah ihm in die Augen. »Also gehe ich und werde nicht wissen, ob ich dich je wiedersehe.«

Er setzte sich zu ihr und nahm ihre Hände. »Das weiß niemand in diesen Tagen, auch wenn man nur morgens aus dem Haus geht und abends wiederzukommen beabsichtigt.«

Sie lehnte den Kopf an seine Schulter und nickte.

»Wenn du schon an den Hof gehst, könntest du der Stadt bei der Gelegenheit einen Dienst erweisen.« Er berichtete ihr kurz vom Verlauf der Ratsversammlung und schloss mit der Bitte: »Sag der Königin, sie muss den König überreden, dass er dem Mayor befiehlt, die Schlachthöfe zu schließen.«

»Aber der König kann doch dem Stadtrat nicht in seine Angelegenheiten reden. Das tut er nie. Keiner seiner Vorfahren hat es getan.«

»Ich weiß. Aber keiner seiner Vorfahren hatte es mit einer solchen Epidemie zu tun. Es ist eine Frage, die nicht nur die Stadt angeht. Mach ihr das klar, dann wird sie es ihm mit dem nötigen Nachdruck antragen.«

»Ich wette, der Mayor wird sofort wissen, wer dahinter steckt, und furchtbar wütend auf dich sein«, murmelte sie seufzend.

»Das macht nichts. Ich glaube ohnehin nicht, dass er mich in seine Abendgebete einschließt.«

Sie lachten leise, gestatteten sich für einen Moment, so zu tun, als wären die unablässigen Querelen im Stadtrat ihre größte Sorge. So als gäbe es keine Pest, als läge kein todgeweihter Junge unten in dem kleinen Häuschen im Hof, als sei es nicht ausgesprochen fraglich, ob auch nur einer von ihnen das Osterfest erleben würde. Das taten sie hin und wieder, wenn sie allein waren, und Jonah glaubte manchmal, dass er nur deswegen noch bei Verstand war, weil er und Giselle sich dann und wann einen Moment Normalität stahlen. Und er hatte keine Ahnung, wie er zurechtkommen sollte, wenn seine Frau fort war.

London, April 1349

Jocelyn starb am Karfreitag, seine kleine Schwester Mary folgte ihm einen Tag nach Ostern. Jonah lag nachts mit brennenden Augen allein in seinem großen Bett und lauschte Rachels Wehklagen, das gedämpft durchs Fenster hereindrang.

Er hatte das Kontor geschlossen, und auch das Tor zum Hof blieb Tag und Nacht versperrt. Auf Jonahs Geheiß hatte Meurig ein schwarzes Tuch von außen an den linken Torflügel genagelt, doch eigentlich hätte er sich die Mühe sparen können. Jeder Mensch wusste, was es hieß, wenn das Tor eines Kaufmannshauses tagsüber geschlossen blieb.

Nachbarn mieden das feine Haus an der Ropery, wechselten gar die Straßenseite, ehe sie es passierten, und niemand verließ es mehr. Nur Jonah war ausgenommen. Wie schon in den Wochen zuvor war er viele Stunden am Tag in der Ropery und den umliegenden Straßen und Gassen unterwegs, überwachte die Einhaltung der kümmerlichen Hygienevorschriften, die der Stadtrat zur Bekämpfung der Seuche erlassen hatte, und malte ein Kreidekreuz an die Türen der Häuser, wo es Tote gab, damit die Fahrer der Leichenkarren wussten, wo sie Halt machen mussten. Jonah hatte den Leuten in seinem Stadtviertel verboten, die Toten einfach auf die Straße zu werfen, wie es andernorts üblich war. Er musste sich selbst um all diese Dinge kümmern, da beide Büttel von Dowgate gestorben waren und sich kein Ersatz finden ließ. Alle fürchteten sich davor, in die Pesthäuser zu gehen. Jonah fürchtete sich ebenfalls, und der ständige Anblick von Tod, Elend und Trauer legte sich wie ein schwarzer Schatten auf seine Seele, aber er wurde nicht krank.

In der Woche nach Ostern hörte es nach elf Monaten ununterbrochener Niederschläge endlich auf zu regnen, und fast gleichzeitig schien auch die Seuche ein wenig nachzulassen. Er konnte nur raten, ob ein Zusammenhang bestand oder ob es nur ein Zufall war. Jedenfalls fand er zum ersten Mal seit vielen Wochen Zeit, nach Cheapside zu gehen und bei den Flemings vorbeizuschauen. Das Haus, das er nach dem Feuer für seine allerersten Flamen gekauft hatte, lag an der Milk Street und war größer als jedes, das die Familie zuvor bewohnt hatte. Erstmals hatten sie hier nicht beengt und zusammengepfercht um den ausladenden Webstuhl herum leben müssen, denn der stand in einem separaten Raum zum Hof, sodass die Familie das Vorderzimmer allein zum Wohnen und Schlafen benutzen konnte.

Doch sie brauchten es nicht mehr. Jonah sah es sofort, als er das Haus betrat. Ein halbes Dutzend Ratten stieb auseinander und verschwand raschelnd im Stroh. Kalte Asche lag im Herd und war von der Zugluft in jeden Winkel des Zimmers geweht worden. Vier unordentliche, verwaiste Strohlager waren entlang der Wand aufgereiht. Das Haus war durchwühlt worden. Was immer die Flemings an Geschirr, Kleidern und Lebensmitteln besessen haben mochten, war verschwunden. Es stank bestialisch. Kot, Erbrochenes und Blut besudelten den Strohbelag am Boden und trockneten langsam ein. Jonah hatte solche Häuser inzwischen so oft gesehen, dass er die Zeichen sicher deuten konnte: Die Flemings waren alle gleichzeitig krank geworden und ohne jeden Beistand gestorben. Vor einer Woche, schätzte er. Die ganze Familie war ausgelöscht. Nur Grit, die Älteste, lebte vielleicht noch, denn sie war mit Master Ypres nach Sevenelms gezogen.

Das Hinterzimmer war vollkommen leer geräumt. Jonahs Garn, das fertige Tuch, nicht zuletzt sein Webstuhl – alles war gestohlen. Selbst für die Garnstücke und Wollflocken, die sich unter jedem Webstuhl sammelten, schien jemand Verwendung gefunden zu haben. Nach einem gleichgültigen Blick wollte er sich abwenden, als er ein leises Geräusch an der Tür vernahm. Jonah zog sie halb zu und spähte in den Spalt dahinter. Ein vielleicht siebenjähriger, magerer Knirps stand an die Wand gepresst und starrte mit riesigen, furchtsamen Augen zu ihm hoch.

Jonah packte ihn am Arm, zog ihn in den Vorderraum und ohrfeigte ihn links und rechts. »Lass dich noch mal beim Stehlen in einem Pesthaus erwischen, und du wirst aufgehängt«, drohte er, obwohl es nicht stimmte.

Der Kleine fing an zu heulen. Jonah drückte ihm einen Penny in die schmutzigen Finger und setzte ihn unsanft vor die Tür. Dann hielt er die ersten beiden Männer an, die die Straße entlangkamen. Es waren einfache Handwerksburschen wie die meisten Leute in Cheapside.

Jonah ruckte das Kinn zum Haus der Flemings. »Kehrt das Stroh und den Dreck in den Hof und zündet es an«, befahl er.

Sie erkannten an seinen feinen Kleidern, dem kostbaren Pferd vor der Tür, vor allem an der Amtskette, was er war, aber einer protestierte trotzdem: »Dafür sind die Büttel zuständig, Sir. Ich geh in kein Pesthaus, ich bin doch nicht verrückt.«

»Doch, du gehst«, widersprach Jonah ohne besonderen Nachdruck. »Und zwar auf der Stelle.« Er saß auf. »Ich komme in einer Viertelstunde wieder vorbei. Wenn das Haus bis dahin nicht in Ordnung gebracht ist, lasse ich dich einsperren. In Newgate krepieren sie genauso wie in Cheapside, nur elender.« Er sah dem rebellischeren der beiden in die Augen. »Glaub lieber nicht, ich würde dich nicht finden.«

Wortlos, mit eingezogenen Köpfen betraten die jungen Gesellen das Pesthaus, einen Ärmel vor Mund und Nase gepresst.

Jonah ritt weiter Richtung West Cheap und erkundigte sich in der Schenke »Zum schönen Absalom« nach Rupert Hillock und dessen Familie. Alle gesund, berichtete der Wirt.

Auf dem Heimweg machte er, wie angedroht, noch einmal kurz in der Milk Street Halt. Das Haus der Flemings war gesäubert, im Hof rauchte noch die Asche. Die Ratten waren verschwunden.

Sein Haus war still und dunkel, als er heimkam. Niemand hatte auf ihn gewartet. Das kam häufiger vor, seit Giselle und die Kinder abgereist waren, und ihm war es nur recht so. Nach einem Tag wie diesem wollte er niemanden mehr sehen, mit niemandem sprechen müssen.

Er stieg lautlos die Treppe hinauf und betrat seine Kammer. Das Kohlebecken, das zum Schutz gegen giftige Dämpfe in jedem bewohnten Zimmer des Hauses Tag und Nacht brannte, ließ die Silberstickerei auf den Bettvorhängen rötlich glitzern, und Jonah dachte dankbar an die kühlen, sauberen Laken, die ihn jenseits der Vorhänge erwarteten. Seine Glieder waren ebenso bleischwer wie sein Herz, Rachels nächtliches Klagelied war verstummt – vielleicht würde er ein paar Stunden schlafen können.

Doch kaum hatte er die Schuhe abgestreift und sich auf die Bettkante gesetzt, als ein wahrhaft markerschütternder Schrei ihn zusammenfahren ließ. Mit einem halb unterdrückten Stöhnen sprang er auf, entzündete einen Kienspan, trug ihn zu dem kleinen Öllicht auf dem Tisch und trat mit der Lampe in der Hand barfuß auf den Korridor hinaus.

Crispins Tür stand offen, ein flackerndes Viereck aus Licht fiel auf den Dielenboden der Galerie. Rückwärts kam Crispins junge Frau Kate Jonah entgegen, die Hände erhoben, als wolle sie einen Schlag abwehren.

Jonah packte sie am Ellbogen und drehte sie zu sich um. »Was?«

»Ich ... ich will nach Hause«, stammelte sie und starrte ihn flehentlich an. »Ich bleib nicht hier.«

Jonah ließ sie los und ging weiter zur offenen Tür. Der Weg

dorthin schien endlos, und seine Füße fühlten sich an, als seien sie mit Bleigewichten beschwert. Schließlich hatte er den Lichtfleck erreicht, legte eine Hand an den Türpfosten und blieb auf der Schwelle stehen.

Crispin stand mit nacktem Oberkörper neben dem Tisch. Er hatte die Kerze zu sich herangezogen, die linke Hand in den Nacken gelegt und tastete mit der rechten die Achselhöhle ab. Als er die Hand sinken ließ, erkannte Jonah die verräterische dunkle Schwellung. Crispin hob den Kopf, und ihre Blicke trafen sich. Seine Lippen waren so bleich, dass sie sich kaum mehr von seinem Gesicht abhoben, und die Augen wirkten schon fiebrig. »Jonah …« Es klang furchtsam und dünn.

»Ja. Ich hab's gesehen.« Dann schloss er die Tür.

Im selben Moment erschien Cecil, der einzige der Lehrjungen, den sie noch im Haus hatten. Während er aus seiner Kammer trat, zog er sich hastig den Kittel über den Kopf, blieb dann stehen, sah zu Kate, die an der Balustrade lehnte und leise wimmerte, dann zu Jonah, dann zur geschlossenen Tür. Langsam, als stünde er am Grund eines tiefen Wassers, hob sich seine gesunde Hand und bedeckte Mund und Nase. »Nein. Bitte nicht.«

Jonah wollte etwas sagen, stellte fest, dass er keine Stimme hatte, und räusperte sich. »Cecil, hör mir gut zu. Als Erstes wirst du Mistress Kate ins Haus ihrer Eltern bringen.«

Der Junge ließ die Hand sinken. »Nein«, beschied er kategorisch.

»Dann gehst du zu Pater Samuel und holst ihn her. Und er soll einen Arzt mitbringen. Er kennt die besten.«

»Ich gehe nirgendwohin«, widersprach der Junge rebellisch. Tränen liefen über sein Gesicht. »Sie will ihren sterbenden Mann im Stich lassen? Bitte, dann soll sie zusehen, wie sie nach Hause kommt. Ich bleibe bei ihm.«

Kate gab einen eigentümlich gurgelnden Laut des Jammers von sich. »Ich kann nicht. O Gott, vergib mir, aber ich kann nicht.«

Später dachte Jonah, dass man ihr kaum einen Vorwurf machen konnte. Sie war noch so jung; es war ihr gutes Recht, dass sie leben wollte. Außerdem waren sie und Crispin erst ein paar Monate verheiratet, hatten die meiste Zeit ihrer Ehe unter dem Schatten der Pest gelebt. Keine guten Voraussetzungen, um einander nahe zu kommen.

Aber in diesem Moment auf der Galerie verachtete er sie genauso abgrundtief, wie Cecil es tat, und würdigte sie keines Blickes. Stattdessen sah er seinen Lehrjungen unverwandt an. »Ich sage es nicht noch einmal, Junge.«

Es war eine so viel bemühte Drohung, die jeder Lehrmeister jeden Tag ein Dutzend Mal aussprach, aber Cecil erkannte in Jonahs Augen, dass dessen Beherrschung nur papierdünn war, dass er sich womöglich dankbar auf den Erstbesten stürzen würde, der sich als Sündenbock anbot. Und sein Instinkt bewahrte Cecil davor, diese Rolle zu übernehmen. Wortlos wandte er sich ab und ging zu seiner Kammer zurück.

»Cecil …«, sagte Jonah. Es klang wirklich gefährlich.

»Ich zieh mir die Schuhe an, Master«, antwortete der Junge schleppend.

Jonah nickte und warf Kate einen kurzen, fast verstohlenen Blick zu. »Warte unten.«

Langsam wandte sie sich ab, ging zur Treppe und umklammerte das Geländer mit der Rechten. Ihre Schultern zuckten. Fahr zur Hölle, du treuloses Miststück, dachte Jonah hasserfüllt. Er hatte nicht übel Lust, ihr einen heimtückischen Stoß zu versetzen und zuzuschauen, wie sie die Treppe hinabpurzelte und sich den Hals brach. Er wollte irgendwen hierfür bezahlen lassen.

Cecil kam zurück, schlich an ihm vorbei, ohne ihn anzuschauen, und folgte Kate nach unten. Jonah wartete, bis er die Haustür hörte. Dann betrat er Crispins geräumige Kammer.

»Komm nicht näher, Jonah«, warnte Crispin. Er hatte sich aufs Bett gelegt, aber die Vorhänge waren geöffnet.

»Ich hatte nicht die Absicht«, eröffnete Jonah ihm eisig.

Crispin schaute blinzelnd zu ihm hinüber, aber er konnte das Gesicht seines Freundes kaum erkennen. Die schulterlangen schwarzen Locken bedeckten es fast völlig – was vermutlich Absicht war –, und das Öllämpchen warf zusätzliche Schatten darauf.

»Möchtest du, dass ich gehe?«, fragte der Kranke. Seine Stimme klang belegt, er bekam schon Halsschmerzen. »Ich würde das verstehen. Aber sag es mir jetzt. Noch kann ich laufen.«

»Du warst bei ihnen, nicht wahr?«, entgegnete Jonah. »Bei Rachel und Meurig.«

Crispin senkte den Blick und nickte.

»Hast du geglaubt, deine grenzenlose Güte werde dich schützen und bewahren?«, erkundigte sich Jonah. »Dass du gefeit bist, weil du ein besserer Mensch bist als der Rest von uns? Ja, nicht wahr? Das ist es doch, was du glaubst.«

»Jonah ... ich bedaure, dass ich den schwarzen Tod in dein Haus gebracht habe. Ich werde für meine Torheit mit dem Leben bezahlen, und ich denke, das ist Strafe genug, aber trotzdem, ich bedaure es aufrichtig. Wirklich. Bist du jetzt zufrieden? Dann sei so gut und scher dich raus!«

Er hatte sich auf die Ellbogen gestützt und die Stimme erhoben. Augenblicklich begann seine Nase von dieser kleinen Anstrengung zu bluten.

Bei dem Anblick überkam Jonah ein kaltes, jämmerliches Entsetzen. Er wandte den Kopf ab und stützte die Stirn in die Hand. »Ich will nicht, dass du stirbst«, bekannte er tonlos und ergriff die Flucht.

Samuel und der Doktor kamen erst bei Tagesanbruch, denn sie hatten die ganze Nacht an Lady Pulteneys Sterbebett verbracht.

»Sie hat nur ein paar Monate gezögert, ihrem Herrn und Gemahl zu folgen«, bemerkte der Doktor, ein ehrfurchtgebietender Graubart in einem teuren Mantel. »Das erleben wir jeden Tag.«

Kein Wunder, wenn die halbe Welt stirbt, dachte Jonah sarkastisch. Er hatte Priester und Arzt in die Halle geführt und bedeutete Cecil mit einer Geste, ihnen einen Becher Wein einzuschenken.

Der Junge folgte willig, doch als er vor Jonah trat, konnte er die quälende Frage nicht länger zurückhalten. »Verzeiht mir, Onkel, aber ... wie geht es ihm?«

Er sah den Jungen einen Moment an und erkannte, wie bitter

nötig er ein paar tröstende Worte hatte. Crispin war für Cecil das, was einem Vater am nächsten kam. So betrachtet erging es ihnen ganz ähnlich, denn Crispin war für Jonah das, was einem Bruder am nächsten kam. Aber Cecil war erst siebzehn.

Jonah gab sich einen Ruck und legte seinem Neffen kurz die Hand auf die Schulter. »Er ist sehr gefasst. Du darfst kurz nach ihm sehen, aber tritt nicht über die Schwelle, verstanden?«

»Ja, Sir.«

Der Doktor, ein gelehrter Mann, der an der für ihre medizinische Fakultät berühmten Universität von Montpellier studiert hatte, wie Jonah später erfuhr, nippte nur höflichkeitshalber an seinem Becher, ehe er steif sagte: »Wenn Ihr erlaubt, Sir, würde ich den Kranken jetzt gern aufsuchen.«

Jonah stellte seinen Wein ebenfalls ab, seine Kehle war ohnehin wie zugeschnürt. »Was bin ich Euch schuldig?«

Es war seit jeher üblich, einen Arzt zu bezahlen, ehe er einen Kranken behandelte, damit es in dem Falle, dass die Behandlung missglückte und zum Tode führte, im Nachhinein kein unwürdiges Gefeilsche um das Honorar gab.

»Zehn Shilling ohne chirurgischen Eingriff, zwanzig, wenn ich die Beulen aufsteche.«

»Ich will, dass Ihr es tut.«

»Das entscheide ich«, beschied der Arzt hochmütig.

»Natürlich.« Jonah öffnete den kostbar bestickten Beutel an seinem Gürtel und zählte fünf florentinische Goldmünzen ab. »Ein Pfund, Doktor. Und ... ich zahle Euch tausend, wenn der Mann am Leben bleibt.«

Er sah sofort, dass es ein Fehler gewesen war. Der Doktor versteifte sich sichtlich und runzelte böse die Stirn. »Wenn er am Leben bleibt, dann weil es Gottes Wille ist. Mein Honorar beträgt ein Pfund, ganz gleich mit welchem Ausgang.«

Und doch gehst du nur zu den Reichen, du verdammter Heuchler, dachte Jonah verächtlich, aber er sagte lediglich: »Ich bedaure, wenn ich Euch gekränkt habe, das lag mir fern.« Er hätte ihm auch die Stiefel geküsst, stellte er zu seiner Verwunderung fest. Ganz gleich, Hauptsache, er tat irgendetwas.

»Sei nicht so empfindlich, Horace, er hat's nicht so gemeint«, sagte Pater Samuel.

Der Doktor brummte verstimmt. »Ich brauche zwei Paar kräftige Hände«, erklärte er dann. »Wenn Euer Kompagnon Euch so kostbar ist, Sir, werdet Ihr wohl kaum zögern, Euch nützlich zu machen?«

Jonah war erschüttert zu sehen, wie dramatisch der Zustand des Kranken sich in den letzten Stunden verschlechtert hatte. Crispin hatte hohes Fieber bekommen. Das blonde Haar klebte feucht an Kopfhaut und Wangen, und der unverwechselbare Pestgestank begann schon, sich im Zimmer auszubreiten.

Um die Fieberglut zu lindern, hatte er sich selbst seiner Kleider entledigt. Sie lagen in einem unordentlichen, klammen Haufen auf dem Boden, gefährlich nahe am Kohlebecken. Jonah schob sie mit der Fußspitze beiseite.

»Geh weg«, flehte Crispin undeutlich. Er war kurzatmig, seine Stimme so rau, dass sie gänzlich fremd klang. »Mach dich nicht unglücklich, Jonah …« Er hatte die Decken weggestrampelt, und Jonah sah ihn zum ersten Mal in seinem Leben nackt. Crispin war immer ein schmaler, beinah schmächtiger Mann gewesen, aber es erschreckte Jonah, wie ausgemergelt der Körper schon wirkte.

»Schsch. Ganz ruhig. Ich habe dir einen Arzt geholt.«

Die fiebrigen Augen wurden groß vor Furcht, ehe sie sich zu schmalen Schlitzen verengten und der Mund sich zu einer eigentümlichen Grimasse verzog. Mit einiger Verspätung erkannte Jonah, dass Crispin lachte. »Du … du willst mich teuer bezahlen lassen für meine Sünden, was?«, keuchte der Kranke.

»Tretet beiseite«, befahl der Doktor ungeduldig.

Jonah machte ihm Platz. Der Arzt hob die Arme, ließ die Ärmel seines Gewandes zurückgleiten und betastete dann Leisten und Oberkörper des Patienten. Obwohl es den Anschein hatte, als ginge er ausgesprochen behutsam zu Werke, stöhnte Crispin, wenn die vom Alter gefleckten Hände eine der Beulen berührten.

Dann richtete der Doktor sich auf und nickte seinen Gehilfen zu. »Wir machen vier Schnitte und fangen mit der rechten Achsel an. Master Durham, Ihr haltet den Arm. Du den Rest, Samuel.« Er sah sich einen Augenblick um, holte die Waschschüssel vom Tisch, löste die Schnüre an der Lederrolle, die er unter dem Arm getragen hatte, und breitete sie aus. Nach kurzem Zögern wählte er eine Lanzette, die etwa so lang war wie Jonahs Hand.

Zaudernd, mit klammen Fingern ergriff Jonah Crispins Arm und winkelte ihn nach oben ab. Crispin hatte ihm das schweißnasse Gesicht zugewandt und verfolgte jede seiner Bewegungen. »Du verfluchter Bastard, Jonah …«

Jonahs Mundwinkel zuckte. »Ja, nur zu, gib's mir.«

Samuel setzte sich an Crispins anderer Seite auf die Bettkante und legte einen Arm um die magere Brust.

Der Doktor trat mit erhobener Lanzette hinzu.

»Halt.« Plötzlich klang Crispins Stimme verblüffend klar. Er sah Jonah unverwandt an. »Wenn du meinst, dass das unbedingt sein muss, meinetwegen. Aber du und ich wissen, dass es wahrscheinlich nichts nützt, und darum will ich … dass du mir zwei Dinge versprichst.«

Jonah lockerte seinen Griff nicht. »Erstens?«

»Kate ist guter Hoffnung. Ich weiß nicht, wen sie heiraten wird, wenn ich tot bin, aber ich will, dass du dich um mein Kind kümmerst.«

»Wie um mein eigenes«, gelobte Jonah. »Und zweitens?«

»Cecil.«

»Ja. Sei unbesorgt.«

»Können wir jetzt?«, unterbrach der Doktor ungehalten. Er war seit zwei Tagen und zwei Nächten auf den Beinen und hatte jeglichen Respekt für solche Szenen verloren.

Crispin kniff die Augen zu und nickte.

Es wurde grauenhaft. Das entzündete Fleisch über den geschwollenen Lymphknoten schmerzte schon dann schlimm genug, wenn niemand es berührte. Doch die Schnitte machten aus dem hartnäckigen Brennen eine Feuersbrunst. Crispin schrie, obwohl er so verbissen um Haltung rang. Als es an die Leisten ging, schwanden ihm die Sinne. Er wurde nicht wirklich ohnmächtig, aber die Instinkte übernahmen das Ruder, und er wehrte sich mit einer Kraft, die Jonah ihm nicht einmal in gesundem Zustand zugetraut hätte. Selbst zu zweit bekamen sie ihn kaum gebändigt, und Jonah kam sich wie ein Verräter vor, weil er seinen sanftmütigen Freund mit solcher Rohheit gepackt hielt, damit dieser missgelaunte Quacksalber ihn quälen konnte. Ein unbeschreiblich widerwärtiges Gemisch aus Lymphe, Blut, Eiter und Gift floss aus den Wunden. Jonah spürte bittere Galle aufsteigen und würgte sie mit zunehmender Verzweiflung wieder hinunter. Dann war das grausige Werk endlich getan, und Crispin lag still, blutend und leise stöhnend, die Augen fest geschlossen. »Bastard«, murmelte er in unregelmäßigen Abständen, »verfluchter Bastard ...«

Der Doktor wischte seine Lanzette achtlos an Crispins gutem Surkot ab, das am Boden lag, steckte sie wieder an ihren Platz und rollte die Ledertasche mit seinem Metzgerbesteck zusammen. »Ich komme morgen früh wieder vorbei. Lasst die Wunden unverbunden«, instruierte er Jonah. »Sie brauchen Luft.«

Jonah nickte.

Der Arzt schenkte ihm keine weitere Beachtung. »Samuel, ich gehe jetzt heim und lege mich schlafen. Wenn du noch einen Rest Verstand hast, tust du das Gleiche.«

»Ja, bald. Ich bleibe nur, bis er aufwacht, damit ich ihm die Beichte abnehmen kann.« Lächelnd geleitete Samuel den Doktor auf die Galerie hinaus und hinunter zur Tür.

Jonah blieb noch einen Augenblick bei Crispin, der in einen ohnmachtähnlichen Erschöpfungsschlaf gefallen war. Zaghaft strich er ihm die feuchten, blonden Strähnen aus der Stirn. »Schlaf«, flüsterte er. »Ruh dich aus. Aber wehe, du stirbst ...«

Rachel kam ins Haus, um Crispin zu pflegen. Sie war bleich und apathisch, schien im Laufe einer Woche um zehn Jahre gealtert zu sein, aber weder sie noch Meurig noch die beiden verbliebenen Kinder, James und Beryl, waren krank geworden.

»Rachel, das ist Irrsinn«, schalt Jonah, der in der Küchentür stand und ihr zuschaute, während sie Wasser erhitzte und reines Leinen zusammensuchte.

»Ah ja? Wollt Ihr's vielleicht selbst tun, Master? Oder ihn einfach da liegen lassen?«

»Ich wollte mich gerade auf die Suche nach einer heilkundigen Frau machen, die es tut.« Es gab immer noch genügend Leute in dieser Stadt, die für Geld ihr Leben aufs Spiel setzten, wenn der Betrag hoch genug war.

Rachel schnaubte verächtlich. »Wir brauchen hier keine Fremden.«

»Aber …«

Sie richtete sich auf und sah ihm in die Augen. »Ich sag Euch ehrlich, Master Jonah, mir ist gleich, was Gott mit mir vorhat. Wenn er noch nicht mit mir fertig ist und mich auch holen will, kann ich wenigstens ein gutes Werk tun, während ich drauf warte, oder? Umso eher darf ich ins Paradies und mit meinem Joss und meiner kleinen Mary Gott in seiner Herrlichkeit schauen.« Sie biss sich auf die Lippen und fuhr sich ungeduldig mit dem Ärmel über die Augen.

Trotz allem musste Jonah lächeln. »Deinen Sinn fürs Praktische habe ich seit jeher bewundert.«

Sie nickte einmal kurz. »Legt Euch schlafen. Ehe Ihr umfallt.«

Doch Jonah begab sich in die kleine Kapelle im Erdgeschoss seines Hauses, kniete sich auf die Bank vor dem Altar und betete für Crispin. Manchmal fiel ein Sonnenstrahl durch die beiden hohen, dunklen Glasfenster, malte vielfarbige Tupfen auf die großen Sandsteinfliesen des Bodens und verlieh dem Antlitz der Madonna, die die Südwand zierte, einen beinah lebendigen Glanz. Jonah hatte die Augen geschlossen, spürte die Wärme auf dem Gesicht im Wechsel mit der plötzlichen Kälte, wenn eine Wolke sich vor die Sonne schob, und schlug Gott ein Geschäft nach dem anderen vor. Er bot eine neue Glocke für St. Mary Bothaw, ein goldenes Altarkreuz für die Klosterkirche in Havering, versprach den Bau eines Hospitals für die Hungerleider und das arbeitsscheue Gesindel an der Lower Thames Street. Er gelobte gar, ein besserer Mann zu werden, regelmäßig zur Beichte zu gehen, seinen ungezählten Fehlern den Kampf anzusagen und seinen Frieden mit Rupert zu machen. *Alles, Gott. Alles, was du willst, wenn du mir Crispin lässt.*

Nach einer Weile kam Cecil auf leisen Sohlen in die Kapelle, kniete sich in gebührlichem Abstand zu Jonah auf den nackten Steinboden und senkte den Kopf ebenfalls zum Gebet. Er konnte die Hände nicht falten, weil die linke verkrüppelt und der Arm zu kurz war, aber seine Haltung war Zeugnis der Demut, mit der er zu Gott kam. Jonah war dankbar für die Unterstützung. Er hatte den Verdacht, dass das Flehen dieses Jungen eher Gehör finden würde als all seine großartigen Angebote.

Am nächsten Morgen ging es Crispin besser. Der griesgrämige Doktor hielt Wort und kam vorbei, um nach ihm zu sehen.

Cecil wartete vor der Tür des Krankenzimmers, und als der Arzt heraustrat, fragte er eifrig: »Eure Operation war erfolgreich, nicht wahr, Sir?«

Der Arzt würdigte ihn kaum eines Blickes. »Da weißt du mehr als ich«, brummte er, ließ den niedergeschlagenen Jungen stehen und hatte auch für Jonah kaum mehr als ein knappes Nicken übrig. »Ich kann noch nichts sagen. Auf morgen.«

Nachmittags war das Fieber fast vollständig zurückgegangen, berichtete Rachel, und Jonah missachtete seine eigenen Anweisungen und stattete Crispin einen Besuch ab.

Das Gesicht des Kranken wirkte noch wächsern und schmal, aber die Augen waren klar.

Jonah zog sich einen Schemel heran und setzte sich zu ihm.

Crispin lächelte. »Danke, Jonah.«

»Keine Ursache.«

»Ich hab dich übel beschimpft, he?«

Jonah hob kurz die Schultern. »Ich hab schon Schlimmeres gehört.«

»Holst du meine Kate nach Hause? Du darfst es ihr nicht übel nehmen, weißt du. Sie ist noch so jung. Und sie musste an das Kind denken.«

Sie hat an niemanden als nur sich selbst gedacht, fuhr es Jonah durch den Kopf, aber er nickte. »Lass uns damit warten, bis der Doktor uns sagt, dass du niemanden mehr anstecken kannst.«

»Natürlich.« Crispin wandte den Kopf zum Fenster. »Hat es wirklich aufgehört zu regnen?«

»Ja.«

»Vielleicht ist das ein gutes Omen. Ich meine nicht nur für mich. Für uns alle. Aber du wirst vermutlich sagen, meine Zuversicht sei wieder einmal gänzlich unbegründet.«

Jonah musste lächeln. »Das ist normalerweise der Fall. Aber diesmal nicht. Die sieben Monate sind um.«

Crispin schloss die Augen und seufzte tief. »Wie wunderbar. Soll es wirklich ein Ende haben?«

»Es sieht so aus. Gestern sind nur noch fünfzig gestorben, hat man mir vorhin gemeldet.«

Crispin verzog schmerzlich das Gesicht. »Fünfzig« und »nur« passten in seiner Vorstellung nicht zusammen, immer noch nicht, auch wenn monatelang jeden Tag Hunderte gestorben waren. »Wenn mein Kind zur Welt kommt, wird dieser Schrecken vorüber sein«, sagte er versonnen, beinah staunend. Er konnte es nicht so richtig glauben. Niemand in London konnte sich ein Leben ohne die Pest mehr so recht vorstellen. »Ob irgendwann alles wieder so sein wird wie früher?«

Nein, dachte Jonah. Nichts wird sein wie früher. Kein himmlisches Wunder wird die leeren Häuser oder die ausgestorbenen Dörfer wieder mit Leben füllen, den Eltern ihre Kinder, den Waisen ihre Eltern zurückgeben. Und selbst wenn das Sterben ein Ende nahm und die Leute wieder anfingen, Zutrauen in Gottes Güte zu fassen, selbst dann würde es noch nicht vorbei sein. Denn sobald sie aus diesem Albtraum erwachten, fürchtete Jonah, würden sie feststellen, dass sie vor einer wirtschaftlichen Katastrophe standen. Niemand hatte es bislang so recht zur Kenntnis genommen, denn das Überleben beherrschte die Gedanken jedes Einzelnen zu sehr, aber Jonah wusste, der schwarze Tod hatte nicht nur die Menschen dahingerafft, sondern die Schafe ebenso.

Doch was er sagte, war lediglich: »Vieles ist unwiederbringlich dahin. Darum wird es eine andere Welt sein, schätze ich. Aber viele gute Dinge sind auch unberührt geblieben.«

»Wie ein kühles Bier an einem schwülen Sommerabend? Der Anblick einer schönen Frau in einem Kleid aus feinster Wolle? Ein Lachen?«

Jonah nickte und hob gleichzeitig die Schultern. »Vielleicht werden wir all das besser zu schätzen wissen.«

Crispin schloss erschöpft die Augen. »Ich hoffe, du hast Recht. Es ist ein tröstlicher Gedanke.«

Jonah stand auf. »Du bist noch schwach und musst ruhen.«

»Ja, wenn es dir nichts ausmacht, würde ich jetzt wirklich gern ein wenig schlafen.«

Gegen Abend stieg das Fieber wieder an, aber Rachel wusste aus langjähriger Erfahrung mit allen möglichen Kinderkrankheiten, dass das völlig normal war. Also ließ sie sich von Jonah und Meurig überreden, sich ein paar Stunden hinzulegen.

Und so wäre Crispin mutterseelenallein gestorben, hätte nicht ein sechster Sinn, eine seltsam drängende Unruhe Cecil kurz nach Mitternacht geweckt und in das Zimmer des Kranken getrieben.

Der entsetzte Schrei: »Onkel Jonah, Onkel Jonah!«, gellte durch das stille Haus. Es war eine Kinderstimme, als hätte die nackte Angst das Werk von zwei Jahren Stimmbruch auf einen Streich zunichte gemacht.

Jonah fuhr stöhnend aus schweren Träumen auf und sprang aus dem Bett. *Warum immer nachts?*, fragte er sich flüchtig. *Woran liegt das nur?*

An Crispins Tür blieb er einen Moment stehen, als habe ihn ein Faustschlag in den Magen getroffen. Alles war voller Blut. Die Laken, die Vorhänge, bis auf den Fußboden war es getropft. Das Bett sah aus wie eine Richtstätte. Crispin lag reglos. Der Kopf war zur Seite gerollt, aber die Brust hob und senkte sich noch, und aus Mund und Nase rann immer noch Blut.

Jonah setzte sich wieder in Bewegung, packte den Jungen, der schluchzend am Bett kniete, und riss ihn zurück. »Wasch dir das Blut ab. Komm danach meinetwegen wieder, aber tu es. Er will dich nicht mitnehmen, verstehst du. Er darf dich nicht so sehen, falls er die Augen noch einmal aufschlägt.«

Cecil nickte, kam unsicher auf die Füße und torkelte zur Tür.

Es kostete Jonah Überwindung, sich in diesen See aus Blut zu setzen, der das Laken war. Langsam wie ein Traumwandler sank er auf die Bettkante. Dann fuhr er mit der Hand über den blutverklebten Schopf und ließ die andere auf der knochigen Schulter ruhen.

»Jonah ... ich fürcht mich so«, flüsterte Crispin.

Ich auch, dachte Jonah.

»Sag einen Psalm. Bitte. Du ... kennst doch so viele ...«

Jonah kniff die Augen zu und sann auf Psalmen. Kein einziger wollte ihm einfallen. *Verdammt, Crispin, tu das nicht. Du warst schon auf dem Wege der Besserung, ich hab's selbst gesehen. Nimm dich zusammen ...*

»Bitte, Jonah.« Ein unüberhörbares Brodeln überlagerte die Stimme. Die Lungen versagten, genau wie alles andere.

»*Mich umfingen die Fesseln des Todes, mich befielen die Ängste der Unterwelt, mich trafen Bedrängnis und Kummer.*« Jonah ergriff Crispins tastende Hand. »*Und so rief ich den Namen des Herrn an: ›Herr, rette mein Leben.‹ Der Herr ist gnädig und gerecht, unser Gott ist barmherzig. Er behütet die schlichten Herzen. Ich war in Not, und er brachte mir Hilfe. Komm wieder zur Ruhe, mein Herz. Denn der Herr hat dir Gutes getan. Ja, du hast mein Leben dem Tod entrissen, meine Tränen getrocknet, meinen Fuß bewahrt vor dem Straucheln. So gehe ich meinen Weg vor dem Herrn im Land der Lebenden.*«

Als er geendet hatte, atmete Crispin nicht mehr.

Sie begruben ihn am nächsten Vormittag bei strahlendem Sonnenschein auf dem Friedhof von All Hallows. Es wurde keine so prachtvolle Beerdigung, wie sie mächtigen Kaufherren unter normalen Umständen zuteil wurde, aber es war immerhin besser als ein namenloses Grab im Niemandsland. Jonah sorgte dafür.

Er stürzte sich mit der ihm eigenen Gründlichkeit auf diese Aufgabe, und er vergaß nichts. Ein leuchtend blaues samtenes Bahrtuch mit dem Wappen der Tuchhändlergilde bedeckte den Sarg, und vierundzwanzig dicke, hohe Wachskerzen umstanden ihn während der Trauerfeier in der Kirche. Auch die Zahl derer, die gekommen waren, um Crispin Lacy das letzte Geleit zu geben, war geringer als üblich, denn es hatte sich noch nicht herumgesprochen, dass der schwarze Tod auf dem Rückzug war, und die Menschen neigten nach wie vor dazu, sich zu verkriechen. Doch Martin Greene war dort, Kate bleich und gefasst an seiner Seite. Sie wagte nicht, Jonah oder Cecil in die Augen zu schauen, doch ihr Vater fand für beide ein paar tröstende Worte. Schneider und Tuchmacher waren erschienen, aber vor allem Gildebrüder und -schwestern. Die fassrunde, streitbare Edith Cross aus East Cheap, Martin Aldgate, sogar Rupert Hillock. Elia Stephens hatte diesen Anlass für seinen ersten Auftritt in der Öffentlichkeit seit seiner Entlassung aus dem Newgate-Gefängnis gewählt, und er erntete viele neugierige und mitleidige Blicke. Er hinkte merklich und war sehr viel dünner, als irgendwer ihn in den letzten zehn Jahren gesehen hatte. Am offenen Grab trat er zu Jonah und reichte ihm die Hand. Es kostete ihn einige Überwindung, und er hatte lange mit sich gerungen, aber er wusste genau, dass sie sich niemals aussöhnen würden, wenn er nicht den ersten Schritt machte.

»Es ist ein schwarzer Tag, Jonah«, sagte er leise. »Wir haben beide einen Freund verloren. Für dich ist der Verlust bitterer als für mich, ich weiß. Trotzdem. Lass uns vergessen, was geschehen ist, und dem Tag damit etwas Gutes abringen. Ich... habe deine Freundschaft schändlich ausgenutzt, und das bedaure ich.«

Elias Großmut, die wohl seine schönste Gabe war, entwaffnete Jonah wie so oft zuvor. Wer könnte es sich in diesen Tagen leisten, die Freundschaft der Lebenden zu verschmähen, dachte er. Wortlos schlug er ein.

Alle, die gekommen waren, hatten nur Gutes über Crispin Lacy zu sagen, und das taten sie wortreich, nachdrücklich und aufrichtig. In der Gilde ebenso wie unter Lieferanten und Kunden wurde um diesen guten Mann ehrlich getrauert, und Jonah fand ein wenig Trost darin. Er fühlte sich weniger verlassen, und es schien ihm bemerkenswert, dass die Leute nach so vielen Monaten endloser Todesnachrichten um einen Einzelnen noch trauern konnten.

Cecil verteilte zehn Pfund in Pennys an die Bettler, die sich am Friedhofstor eingefunden hatten. So sah Crispins Testament es vor, welches Jonah am Tag zuvor eingehend studiert und in jeder Einzelheit befolgt hatte. Der junge Lehrling versah seine Aufgabe mit Ernst und Bedacht. Meurigs und Rachels Sohn James hielt ihm die schweren Beutel mit den Pennys, und Cecil streute die Münzen unters Volk, warf hin und wieder eine Hand voll hoch in die Luft und weit nach hinten, damit diejenigen, die sich nicht nach vorn kämpfen konnten, auch etwas ergatterten.

Als sie heimkamen, führte Jonah den Jungen in seine Kammer, und sie setzten sich an den kleinen Tisch.

»Denkst du, du bist bereit zu hören, wie er dich bedacht hat?«, fragte Jonah. Seine Stimme klang seltsam kraftlos. Tiefe Schatten lagen unter seinen Augen.

»Ja, Sir.«

»Gut. Es ist sehr einfach: Du bekommst die Hälfte. Kate beziehungsweise Crispins leibliche Erben, von denen es, so Gott will, bald einen geben wird, die andere. Das heißt, du wirst ein sehr wohlhabender Mann sein, wenn du einundzwanzig wirst, Cecil.«

Der Junge stützte die Stirn auf die Faust und kniff die Augen zu. »Ich wäre lieber bettelarm, wenn er dafür nicht gestorben wär …«

»Das ehrt dich«, antwortete Jonah, »aber es ist töricht und obendrein müßig.«

»Ich weiß.«

Jonah ignorierte Cecils Tränen und fuhr in dem gleichen nüchternen Ton fort: »Bis es so weit ist, hat er mich zum Verwalter deines Vermögens eingesetzt. Ich würde aber gern ein bisschen mehr tun als das. Ich möchte dich adoptieren, Cecil.«

Cecils Kopf ruckte hoch. »Ihr ... was? Aber wieso?«

»Weil ich Crispin versprochen habe, mich um dich zu kümmern, und das scheint mir der beste Weg zu sein.« Wer von den Gildebrüdern Cecil kannte, glaubte ohnehin, er sei Jonahs Bastard, der Schritt würde also niemanden verwundern. Jonahs wichtigster Beweggrund für diese Entscheidung war jedoch ein ganz anderer: Der Junge war auf einmal reich, und Jonah wusste aus eigener bitterer Erfahrung, dass das gefährlich sein konnte. Sollte Rupert durch irgendeinen bösen Zufall je erfahren, dass es Cecil gab und dass er sein Vater war, würde er nicht ruhen und vor nichts zurückschrecken, um an das Vermögen des Jungen heranzukommen. Adoptierte Jonah Cecil jedoch, war er vor dem Gesetz der einzige Vater.

Cecils kummervolle Miene hatte sich ein wenig aufgehellt. »Danke, Onkel. Das ... das ist sehr großmütig von Euch.«

Jonah sagte wahrheitsgemäß: »Es ist kein Opfer, Cecil. Und solltest du dich eines Tages entschließen, mein Kompagnon zu werden, wird mir der Gedanke ein Trost sein, dass wenigstens ein Mann mit einem Kopf für Zahlen im Unternehmen sein wird, wenn ich nicht mehr bin. Jetzt müssen wir nur noch deine Mutter um ihr Einverständnis bitten.«

»O Gott, meine Mutter ... Sie weiß vermutlich noch gar nicht, dass Crispin gestorben ist. Ich muss gehen und es ihr sagen ...« Man konnte ihm ansehen, welch eine Bürde dieser Gang für ihn bedeutete. Cecil liebte seine Mutter, jedenfalls nahm er das an, aber vor allem schämte er sich ihrer, und er hatte sie noch niemals in der Lasterhöhle, die sie ihr Zuhause nannte, besucht.

Auch Jonah war nicht gerade erpicht darauf, Annot die traurige Nachricht zu bringen, aber da er ohnehin mit ihr sprechen musste, erklärte er: »Ich werde es tun. Ich will nicht, dass du allein durch die Stadt läufst. Die Straßen sind unsicher, und der schwarze Tod lauert immer noch an jeder Ecke.«

»Auf Euch genauso wie auf mich, Master«, bemerkte der Junge unwillkürlich.

Jonah erhob sich und sah kopfschüttelnd auf ihn hinab. »Als mein Lehrling hast du es in drei Jahren nicht gelernt, mir widerspruchslos zu gehorchen. Vielleicht machst du als mein Sohn einen neuen Versuch?«

Cecil lächelte schwach und senkte dann den Kopf. »Ich will mich bemühen«, versprach er. »Ehrlich.«

Das Haus der Freuden war wie jedes andere Huren- oder Badehaus seit Monaten geschlossen, denn anders als im Falle der Schlachthöfe hatten die Stadtväter eingesehen, dass solche Orte die reinsten Brutherde für die Seuche waren.

Da Jonah aber immer noch das geheime Klopfzeichen kannte, dauerte es nicht lange, bis Cupido ihm öffnete. Mit einem Lächeln hielt er Jonah die Tür auf: »Wir haben Euch lange nicht gesehen, Sir.«

Jonah nickte ungeduldig. »Ist Annot oben?«

»In der kleinen Halle. Ich führe Euch hin.« Und über die Schulter sagte er: »Herb, bring das Pferd des Gentleman in den Stall.« Ein halbwüchsiger Junge in feiner Livree trat in den kühlen Aprilabend hinaus, um Hector zu versorgen.

Jonah folgte Cupido in einen Raum, den er nie zuvor betreten hatte. Annot saß dort an einem Tisch, der beinah dem in seinem Kontor glich: Er war über und über mit Dokumenten aus Pergament und Papier bedeckt, sodass nur ein Eingeweihter sich in dem Wirrwarr zurechtfinden konnte.

Sie hob den Kopf, als er eintrat. Verändert und doch kaum gealtert, stellte er fest, und es verwunderte ihn ein wenig, wie diese Feststellung ihn erfreute, ihn gar mit einem Hauch von Stolz erfüllte.

Annot sah auf einen Blick, was Jonah herführte. Doch sie blieb reglos sitzen und wartete, bis Cupido sie mit ihrem Besucher allein gelassen hatte. Dann erhob sie sich langsam, beide Hände auf die Tischplatte gestützt. »Ist es Cecil?«

Jonah war auf der anderen Seite des Tisches stehen geblieben. Er schüttelte den Kopf. »Crispin.«

Sie blinzelte. »Oh…« Bekümmert und doch grenzenlos erleichtert.

Annot hatte in den letzten Monaten ebenso viele Freunde

verloren wie jeder in London. Lilian und ein paar andere Mädchen waren dem schwarzen Tod zum Opfer gefallen, auch langjährige Freier, die ihr fehlen würden. Aber sie hatte die Tatsache zu schätzen gelernt, dass sie keine Familie hatte, niemanden, dem sie in Innigkeit verbunden war, ohne den sie nicht hätte leben wollen. Der einzige Mensch, der in diese Kategorie fiel, war ihr Sohn.

Trotzdem trauerte sie um Crispin. Sie ließ sich langsam wieder in ihren Sessel sinken und würgte die Tränen hinunter, um Jonah nichts vorzuheulen. Sie wusste, dass der Verlust für ihn vermutlich schmerzlicher war als für sie. »Es trifft ... immer die Besten, nicht wahr.«

Er nickte.

Sie machte eine einladende Geste. »Setz dich, Jonah. Ich glaube nicht, dass es gegen deine strengen moralischen Grundsätze verstößt, wenn wir zusammen einen Becher auf einen toten Freund trinken, oder?« Und sofort besann sie sich und winkte ab. »Entschuldige. Ich werde ein Biest, wenn ich traurig bin, das ist eine sehr schlechte Angewohnheit.«

Er nahm ihr gegenüber Platz, legte die Hände um den Becher, den sie vor ihn stellte, trank aber nicht.

»Er hat die Hälfte von allem, was er besaß, Cecil vermacht. Und selbst die Hälfte ist nicht wenig, glaub mir. Er hat das Testament nicht geändert, obwohl seine Frau schwanger ist.«

Annot nickte. Sie stützte einen Ellbogen auf den Tisch und legte die Hand vor den Mund. Für einen Augenblick drohte der Jammer sie doch zu überwältigen, und sie konnte ihrer Stimme nicht trauen. Als sie sich wieder in der Gewalt hatte, murmelte sie: »Mein guter Crispin. Hab ich nicht immer gesagt, du bist von allen Männern der beste.«

Jonah ließ ein paar Atemzüge verstreichen, ehe er sagte: »Annot, ich möchte deinen Sohn adoptieren.« Mit wenigen Sätzen erklärte er ihr die Gründe und endete mit den Worten: »Ich hoffe, du hältst mich nicht für so gierig, dass du mir unlautere Absichten auf sein Vermögen unterstellst.«

Sie schüttelte mit einem traurigen Lächeln den Kopf. »Gott,

wie steif und förmlich du bist, Jonah. Wie ein Fremder. Warum tust du das?«

Er blieb die Antwort schuldig. Als das Schweigen sich in die Länge zog, stand er rastlos auf, trat ans Fenster und wandte ihr den Rücken zu. »Steif und förmlich«, murmelte er, als hätte er die Worte nie zuvor gehört.

»Ja. Das ist bitter, weißt du. Ich … habe mich damit abgefunden, dich nur alle paar Jahre zu sehen. Ich verstehe deine Beweggründe. Aber dass du leugnest, welch gute Freunde wir einmal waren …«

Er schüttelte langsam den Kopf. »Warum sollte ich das tun?«

»Dann sprich mit mir.«

Er sprach stattdessen zum Fenster. »Ich kann nicht. Ich bin nicht steif und förmlich, sondern ein Stück Holz.« Er brach abrupt ab, entsetzt über dieses Eingeständnis, seinen Mangel an Haltung.

»Ja, das ist vielleicht das Schlimmste am schwarzen Tod«, antwortete sie. »Das macht er aus denen, die er zurücklässt.« Sie hatte es bei so vielen gesehen. Es lag an der Bitterkeit, dem ohnmächtigen Zorn der Menschen auf ihren wahnsinnigen Gott, der seine eigene Schöpfung vernichtete. Bei manchen waren es die langen, dunklen Monate des allgegenwärtigen Todes, die diese phlegmatische Taubheit ausgelöst hatten, bei anderen, wie offenbar bei Jonah, der Verlust eines einzelnen geliebten Menschen.

»Was ist mit deiner Familie? Ich habe keine schlechten Neuigkeiten über dein Haus gehört.«

Er schüttelte den Kopf. »Sie sind bei Hofe. Ich weiß nichts Genaues, aber ich nehme an, wenn jemand krank geworden wäre, hätte die Königin mir Nachricht geschickt.«

»Vielleicht solltest du sie nach Hause holen. Sie würden dir gut tun.«

Er antwortete nicht. Vermutlich hatte Annot Recht und es täte ihm gut, das Haus wieder mit Leben zu füllen. Aber es war noch zu früh. Die Seuche mochte sich auf dem Rückzug befinden, aber es war noch keineswegs ausgestanden. Und er wollte Giselle im Moment lieber nicht um sich haben, die nie zuließ, dass er sich in sich selbst zurückzog, jedenfalls nicht kampflos.

Fast abrupt wandte er sich Annot wieder zu. »Also bist du einverstanden?«

»Mit der Adoption? Natürlich. Ich weiß, dass du nur das Beste für meinen Jungen willst. Mein armer Cecil. Er hat Crispin so geliebt. Er muss untröstlich sein.«

Jonah schüttelte kurz den Kopf. »Er ist äußerst beherrscht.«

Annot schnaubte unwillkürlich. »Das eine schließt das andere nicht aus, Jonah, gerade du solltest das wissen. Aber wie dem auch sei, ich kann ihm nicht helfen, weil er nie zu mir kommen würde, um Trost zu suchen.«

»Du bist eine vernünftige Frau und solltest seine Gründe verstehen.«

»O ja. Vollkommen. Was erzählt er seinen Freunden, wenn er gefragt wird, wer seine Mutter ist? Sagt er, sie sei bei seiner Geburt gestorben und er ein Waisenkind?«

»Ich weiß es nicht. Da alle Welt ihn für meinen Bastard hält, nehme ich nicht an, dass er oft gefragt wird.«

Der Kummer in ihren Augen machte sie plötzlich wieder zu dem blutjungen, verletzlichen Mädchen, dem er einmal einen Heiratsantrag gemacht hatte. Es berührte ihn auf eigentümliche Weise. Zum ersten Mal, seit Crispin aufgehört hatte zu atmen, regte sich etwas in seinem Innern. Leise und zaghaft, aber immerhin schien es, als habe er noch eine Seele.

Er lächelte plötzlich. Es war nur ein kleines, mattes Lächeln, aber genug, um die Grübchen in den Mundwinkeln zu zeigen, die von seinem Bart nur unzureichend verdeckt wurden. »Ich sorge dafür, dass du ihn wieder häufiger siehst«, versprach er.

Annot schüttelte den Kopf. »Ich will nicht, dass er es tut, weil du es ihm befiehlst. Es hat keinen Sinn. Diese Begegnungen sind für uns beide immer nur schmerzlich.« Zwei Tränen rannen über ihre wohlgeformten Wangen, und sie hob ein wenig verlegen die Schultern. »Crispin hat mir immer so viel von meinem Jungen erzählt. Ich weiß, es ist abscheulich, aber deswegen wird er mir am allermeisten fehlen.« Die Tränen flossen ein wenig schneller. »Oh, Jonah. Ach, verflucht …«

Wortlos nahm er ihre Hand und zog sie mit sich auf den Fenstersitz hinab. Ohne jeden bewussten Entschluss schmiegte sie sich zwischen seine angewinkelten Knie und lehnte den Rücken an seine Brust, genau wie früher. Er hielt sie, und Annot weinte ein bisschen, gerade weil seine Umarmung so tröstlich war.

Nachdem ihre Tränen versiegt waren, machte sie keine Anstalten, sich gleich wieder von ihm zu lösen, blieb vielmehr so lange reglos und mit geschlossenen Augen in seinen Armen sitzen, dass er sich schließlich fragte, ob sie eingeschlafen sei. Doch dann brach sie endlich die Stille. »Jonah?«

»Hm?«

»Ich nehme an, du weißt, dass Isabel Prescote gestorben ist?«

»Ja.«

»Ich möchte dieses Haus kaufen. Aber ich fürchte, der Mayor wird nichts davon halten – er gehört nicht zu unseren Kunden. Würdest du …«

»Natürlich. Du bekommst das Haus, sei unbesorgt. Willst du dich zur Ruhe setzen?«

»Ich werde nicht mehr für Geld mit Männern schlafen, wenn du das meinst.«

»Sondern anderen Mädchen einen Hungerlohn dafür bezahlen, dass sie es tun?«

»Den Mädchen kann weiß Gott Schlimmeres passieren, als hier zu landen«, entgegnete sie gereizt. »Ich verdiene gerne Geld, Jonah, genau wie du. Und ich erzähle dir sicher nichts Neues, wenn ich sage, dass man dafür manchmal Kompromisse mit seinem Gewissen schließen muss.«

»Du erzählst mir nichts Neues«, bestätigte er. Sein Blick wanderte zu dem äußerst anstößigen Wandteppich. Vermutlich war nichts von dem, was diese unglaublichen Bilder darstellten, Annot fremd. Der Gedanke war alles andere als erregend. Er war erleichtert, dass sie damit aufhören wollte. Cecil hingegen würde die Neuigkeit kaum trösten, dachte er und unterdrückte ein Seufzen. Wenn es etwas Unmoralischeres gab als eine Hure, dann eine Hurenwirtin.

Vier Männer erwarteten ihn bei seiner Heimkehr: Martin Greene, Richard Pulteney, der Davids älterer Bruder und Erbe ihres Vater war, der dicke Reginald Conduit und ein weiterer enger Vertrauter de la Poles, dem Jonah schon allein deswegen misstraute: Andrew Mapleton. Alle vier waren Aldermen und reiche Kaufherren. Jonah schwante nichts Gutes.

»Ich bedaure, dass Ihr warten musstet, Gentlemen«, log er und setzte sich zu seinen Gästen an die Tafel.

»Euer Lehrling hat dafür gesorgt, dass man uns die Wartezeit hinreichend versüßt«, erwiderte Conduit und wies mit einem nahezu seligen Lächeln auf die Schale mit kandierten Früchten und Nüssen, die Silberplatte mit weißem Brot und kaltem Braten und den Weinkrug.

Jonah nickte, faltete scheinbar gelassen die Hände auf der Tischplatte und erkundigte sich demonstrativ nicht nach dem Anlass dieses ungewöhnlichen Besuches.

Mapleton machte eine Bemerkung über das Wetter, Pulteney griff das Thema enthusiastisch auf, und Conduit beglückwünschte Jonah zu den neuen, leuchtend grünen Wandbehängen zwischen den Fenstern, die das stolze Durham-Wappen zeigten. Die Goldstickerei funkelte dezent und vornehm.

Schließlich holte Martin Greene tief Luft und rieb sich die Nasenwurzel. »Master Durham, Euch ist sicherlich bekannt, dass Sheriff Osbern dem schwarzen Tod zum Opfer gefallen ist, nicht wahr?«

»Natürlich, Sir.«

Greene war nicht nur der älteste der anwesenden Aldermen, sondern als neuer Meister der Tuchhändlergilde auch der ehrwürdigste. Aber er schien sich in der Rolle des Wortführers nicht wohl zu fühlen. Er räusperte sich und beugte sich leicht vor, als wolle er Jonah ein Geheimnis anvertrauen. »Es ist Euch gewiss nicht entgangen, dass der Mayor schlecht auf Euch zu sprechen ist, weil Ihr den König bewogen habt, eine Schließung der Schlachthöfe in The Shambles zu verfügen. Er empfindet es als Einmischung in die Angelegenheiten der Stadt, und das kann ich auch verstehen, aber Tatsache ist, Ihr hattet Recht. Die Zahl der

Todesfälle in The Shambles und den umliegenden Vierteln ist deutlich zurückgegangen, schon ehe die Seuche allgemein nachließ. Viele Londoner verdanken Euch ihr Leben. Es wird vielleicht nicht ganz einfach sein, es gegen die Wünsche des Mayor durchzusetzen, aber wir möchten, dass Ihr Osberns Nachfolger werdet.«

Jonah erwiderte seinen Blick, ehe er die anderen der Reihe nach ansah. Er musste gestehen, dass er bewegt war. Nur die besten, die geachtetsten Aldermen wurden Sheriff, und nur wer zuvor Sheriff gewesen war, wurde Mayor. Er war siebenunddreißig Jahre alt, und das höchste Amt der Stadt, das ehrenvollste Ziel, das ein Londoner Kaufherr anstreben konnte, lag plötzlich in Reichweite. Er hatte mit sich gerungen, seit er die Männer in seiner Halle vorgefunden und geahnt hatte, was sie herführte. Noch ein letztes Mal wog er Für und Wider ab. Dann traf er seine Entscheidung. »Ich bin sehr geehrt, Gentlemen. Aber ich kann nicht.«

Die Enttäuschung stand deutlich in allen vier Gesichtern.

Die Besucher tauschten verstohlene Blicke und Botschaften. Dann fragte der alte Conduit: »Höre ich Bedauern und Zweifel in Eurer Antwort? Dürfen wir hoffen, Euch noch umzustimmen?«

Jonah schüttelte den Kopf. »Ihr hört Bedauern, aber keine Zweifel, Sir. Und wenn Ihr meine Offenheit verzeihen wollt, es verwundert mich ein wenig, dass gerade Ihr mir ein solches Amt antragt.«

Conduit lächelte und sah mehr denn je wie ein lustiges, fettes Schweinchen aus. »Weil ich ein Freund Eures Schwiegervaters bin, meint Ihr? Nun, wir mögen über mancherlei Dinge unterschiedlicher Ansicht sein, Master Durham, aber das hindert mich nicht daran, zu erkennen, dass Ihr der beste Mann für das Amt wäret, das niemals schwieriger war als gerade jetzt, da die öffentliche Ordnung zum Erliegen gekommen ist und die Menschen keine Moral mehr kennen. Darum bitte ich Euch inständig, erweist unserer Stadt diesen Dienst und nehmt an.«

»Ich kann nicht«, wiederholte Jonah ernst.

»Warum nicht?«, fragte Greene neugierig.

»Ich bitte Euch, mir die Antwort zu erlassen, denn meine Gründe sind rein persönlicher Natur. Es würde auch nichts ändern. Ich danke Euch für Euer Vertrauen, Gentlemen, aber ich muss Euch enttäuschen.« Und an Pulteney gewandt setzte er hinzu: »Warum tust du es nicht, Richard?«

»Ich?«, fragte der überrumpelte Kaufmann verdattert und legte die Hand auf die Brust, als wolle er sich vergewissern, dass tatsächlich er gemeint war. »Oh, um Himmels willen, Jonah, ich bin nicht mein Vater. Du würdest das Gesindel in dieser Stadt das Fürchten lehren und viele Dinge verbessern. Ich kann so etwas nicht.«

»Dessen wäre ich nicht so sicher«, widersprach Jonah, aber entgegen seiner Hoffnung nahm keiner der Gäste den Vorschlag auf. Sie blieben noch ein Weilchen sitzen und unkten mit finsteren Mienen über die haltlosen Zustände auf den Straßen, ehe sie sich verabschiedeten und niedergeschlagen heimgingen.

Alle bis auf Martin Greene. »Wenn Ihr noch einen Augenblick Zeit habt, Sir, ich hätte noch etwas Privates mit Euch zu erörtern.«

Kate und ihr Balg, dachte Jonah ohne jede Begeisterung. Doch er nickte ergeben, geleitete die übrigen drei Besucher hinaus und kehrte dann zu seinem einstigen Paten zurück. »Also? Ich hoffe, Ihr wollt mich nicht ins Gebet nehmen und versuchen, mir das Amt doch noch aufzuschwatzen.«

»Es hätte ja doch keinen Sinn, nicht wahr?«

»Nein.«

Greene nickte nachdenklich und seufzte vorwurfsvoll. Als er feststellte, dass er damit keine Reaktion hervorrief, gab er es auf, trank einen ordentlichen Schluck aus seinem Becher und leckte sich genüsslich die Lippen. »Wunderbarer Tropfen.«

»Danke.«

»Meine Kate schämt sich abgrundtief, wisst Ihr. Ja, ich sehe an Eurem Gesicht, dass Ihr meint, das sollte sie wohl. Und vermutlich habt Ihr Recht. Aber sie ist fast noch ein Kind. Und ich bin froh, dass sie noch lebt.«

Jonah nickte.

»Sie wagt sich nicht her. Werdet Ihr mir verraten, wie das Testament aussieht?«

»Er hat ihr die Hälfte seines beträchtlichen Barvermögens hinterlassen. Die Hälfte seiner Geschäftsanteile dem Kind, das sie erwartet, falls es am Leben bleibt, andernfalls ihr. So oder so stehen sie unter meiner treuhänderischen Verwaltung, solange ich es für richtig erachte, und ich habe das Vorrecht, Kate oder das Kind zu jedem Zeitpunkt innerhalb der nächsten zwölf Jahre auszuzahlen, was ich übrigens morgen tun könnte.«

Greene schien nicht überrascht. »Ich nehme an, das ist ein Vertrag, den Ihr und Crispin Lacy geschlossen habt, um zu verhindern, dass Ihr gegen Euren Willen seine Erben als Kompagnons dulden müsst?«

»Richtig. Ihr könnt versuchen, dagegen anzugehen, aber da sehe ich schwarz. Sharshull, der heute Richter am königlichen Gerichtshof ist, hat ihn aufgesetzt. Der Vertrag ist unanfechtbar.«

Greene zog verwundert die Brauen hoch. »Mein lieber Durham ... nichts läge mir ferner. Oder Kate. Sie hat eine Todesangst vor Euch und möchte ganz gewiss nicht Eure aktive Teilhaberin werden.«

Gut, dachte Jonah.

»Und verratet Ihr mir, wer die andere Hälfte bekommt?«

»Das ist kein Geheimnis. Cecil, unser Lehrjunge.«

Greene fiel aus allen Wolken. »*Euer* Sohn?«

Jonah schüttelte den Kopf. »Das ist er nicht. Noch nicht.«

»Aber ... Ich habe doch Augen.«

Jonah hob leicht die Schultern. »Augen können einen Mann trügen.«

»Aber ...«, wiederholte Greene verständnislos und brach ab. Der Blick, den er Jonah verstohlen zuwarf, zeigte Skepsis.

»Rupert Hillock ist mein leiblicher Vater, Sir«, sagte Cecil von der Tür. »Ich wünschte bei Gott, es wäre anders, aber es ist die Wahrheit. Und ...«

»Cecil«, unterbrach Jonah ärgerlich.

Der Lehrjunge trat zögernd näher. Seine Augen waren gerötet, der Blick unruhig. »Es tut mir Leid, Onkel. Ich weiß, wir hatten eine Abmachung. Aber es ist nicht recht, dass Ihr die Leute immer in dem Glauben lasst, es sei Eure Sünde gewesen.«

Jonah verschränkte die Arme. »Das ist nichts weiter als die ausgleichende Gerechtigkeit für all meine Sünden, die unentdeckt geblieben sind«, murmelte er.

Cecil verzog traurig einen Mundwinkel, nickte und wollte wieder gehen, aber Jonah rief ihn zurück. »Setz dich zu uns. Ich fürchte, Master Greene wird uns nicht verlassen wollen, ehe wir reinen Tisch gemacht haben, und das geht dich ebenso an.«

Unsicher kam der Junge näher, setzte sich auf die Kante seines Schemels und fuhr sich nervös mit der Hand übers Kinn. Offenbar war er verblüfft, als er die Bartstoppeln spürte. »Ich ... ich bitte um Entschuldigung. Ich muss ja furchtbar aussehen.«

Der Gildemeister lächelte nachsichtig. »In bitteren Zeiten wie diesen kann man eine Rasur schon mal vergessen. Und wie steht es, Cecil, willst du deine Lehre abschließen, ehe du in Master Lacys Fußstapfen trittst, oder willst du um vorzeitige Auflösung deines Lehrvertrags kämpfen?« Es war halb ein Scherz, halb eine ernst gemeinte Frage. Dieser Junge erinnerte ihn lebhaft an den rebellischen, freiheitsdurstigen Grünschnabel, der Jonah Durham vor beinah zwanzig Jahren gewesen war.

»Ich ... Warum in aller Welt sollte ich das tun?«, fragte Cecil verwundert. »Natürlich will ich auslernen.«

Greene nickte. »So ist's recht. Mir scheint, es gibt allerhand, was du über deinen Onkel nicht weißt.«

»Und vielleicht belassen wir es besser dabei«, warf Jonah unbehaglich ein.

Sie sprachen eine Weile über Crispins Testament und Cecils Pläne für die Zukunft, und der Gildemeister fand immer größeren Gefallen an dem Jungen. Er versprach seine Hilfe für den Fall, dass Jonah bei der Adoption Unterstützung brauchte, und versicherte ihnen, dass Kate wegen der Verfügungen des Testaments keine Schwierigkeiten machen würde.

Damit schien alles gesagt, und Jonah hoffte, der Gildemeister werde sich nun bald verabschieden, doch er hoffte vergebens.

»Wäret Ihr wohl gewillt, mir zu erklären, warum Ihr Euch weigert, Sheriff zu werden, Durham? Ich habe noch nie erlebt, dass Ihr Euch vor einer schwierigen Aufgabe drückt, wenn Ihr einen Vorteil für Euch darin erkennt.«

»Wie treffend und wie schmeichelhaft«, bemerkte Jonah sarkastisch. »Aber verratet mir, worin mein Vorteil liegen soll, da dies doch offensichtlich eine Falle ist, die mein Schwiegervater mir zu stellen versucht.«

»Eine Falle?«, wiederholte Greene entrüstet. »Ihr meint, weil Conduit und Mapleton dafür waren?«

»Und Richard Pulteney. Er frisst de la Pole aus der Hand, genau wie sein Vater es in den letzten zehn Jahren getan hat.«

Der Gildemeister schüttelte den Kopf. »Ihr seid gar zu misstrauisch. Diese Männer mögen Freunde Eures Schwiegervaters sein und sind dennoch nicht Eure Feinde. Es ist so, wie sie sagen, sie wollen den besten Mann für das Amt.«

Und du bist gar zu leichtgläubig, wenn du dir das weismachen lässt, dachte Jonah, entgegnete jedoch: »Ich kann es trotzdem nicht tun, Sir. Und ich will Euch sagen, warum, aber nur unter dem Siegel absoluter Verschwiegenheit.«

Greene nickte feierlich und versuchte seine Neugier nicht zu zeigen. »Ihr habt mein Wort.«

Jonah zögerte nur noch einen Moment. »Ihr habt Euch des Öfteren nach der Herkunft des Mannes erkundigt, der bis vor kurzem mein Lehrling war, nicht wahr?«

»Der pfiffige Rotschopf? Harry Willcox? O ja. Seit Jahren ein viel diskutiertes Rätsel in der Gilde.«

»Das muss es auch bleiben. Sein Vater ist ein Dieb, Sir.«

»Ein Dieb?« Greenes Augen weiteten sich. »Ihr meint nicht etwa … Jesus Christus! Francis der Fuchs. Man vermutet, dass sein Name Willcox ist. Und sie nennen ihn den Fuchs wegen seiner roten Haare.«

Jonah musste unwillkürlich lächeln. »Wegen seiner unübertroffenen Schläue, würde er wohl sagen.«

Der Gildemeister betrachtete ihn mit äußerstem Befremden. »Ich hätte nicht gedacht, dass Ihr mich noch überraschen könntet,

Durham, aber das … Es ist abscheulich. Wie könnt Ihr nur? Herrgott, Ihr seid Warden und Alderman und einer der angesehensten Kaufleute dieser Stadt. Ja, seid Ihr denn von Sinnen, Mann?«

»Ich glaube, es ist nicht ganz so, wie Ihr denkt«, entgegnete Jonah kühl. »Francis Willcox hat mir in einer Notlage zufällig einmal einen Dienst erwiesen. Als Gegenleistung forderte er einen Gefallen.« Jonah erzählte den Rest in wenigen Worten.

Greene schien ein wenig besänftigt, aber immer noch erschüttert.

»Sir, Ihr könnt Euch vermutlich nicht vorstellen, wie verzweifelt Harry Willcox nach einem Weg gesucht hat, einen anständigen Beruf zu erlernen«, warf Cecil schüchtern ein. Er hielt den Blick auf die Tischplatte gerichtet, hob ihn nur ganz kurz, um sich zu vergewissern, dass Greene ihm zuhörte, dann schlug er die Augen wieder nieder und stützte den linken Arm mit der Rechten. »Ich glaube, ich kenne keinen anderen Menschen, der so leidenschaftlich ehrlich ist, denn Ehrlichkeit ist ein Luxus für ihn. Sein Vater … ich weiß, es klingt irrsinnig, aber sein Vater hat ihn verhöhnt und gedemütigt und verprügelt, weil er nicht stehlen wollte. Es war eine Erlösung für ihn, als mein Onkel ihn aufnahm.« Er sah Martin Greene wieder in die Augen. »Die Söhne können doch nicht ein Leben lang für die Sünden der Väter büßen, oder, Sir? Wäre das nicht furchtbar unrecht?«

Das unsicher vorgebrachte Plädoyer rührte Martin Greene nicht zuletzt, weil er sehr wohl verstand, dass dieser unglückliche Junge nicht nur von Harry Willcox' Vater sprach. Er ertappte sich dabei, dass sein strenges Stirnrunzeln sich in ein mildes Lächeln verwandelte. »Doch, Cecil, das wäre in der Tat ein großes Unrecht.« Und an Jonah gewandt fügte er hinzu: »Verzeiht mir, ich habe vorschnell geurteilt.«

Jonah hob ergeben beide Hände. »Ich gebe zu, dass es unorthodox war, den Jungen zu nehmen. Aber alles, was Cecil gesagt hat, ist wahr. Ich hätte keinen besseren unter den Söhnen der Gildebrüder finden können. Wenn ich jedoch Sheriff würde, müsste es mein oberstes Ziel sein, den Vater meines einstigen Lehrlings an den Galgen zu bringen, und das kann ich nicht tun, denn Ihr sagt gern und häufig, Sir, dass auch ein Meister seinem Lehrling verpflichtet ist, nicht nur umgekehrt.« Außerdem mochte er Francis den Fuchs, aber er fand, es hätte an Selbstgeißelung gegrenzt, das hier und jetzt einzuräumen.

Greene nickte versonnen. »Ja. Jetzt begreife ich in der Tat, warum Ihr abgelehnt habt. Es war der einzig ehrenhafte Weg.« Er erhob sich seufzend. »Alsdann. Zeit, dass ich heimgehe. Bei Dämmerung sind die Straßen ja schon nicht mehr sicher. Wir sehen uns morgen früh bei Gericht, Durham.«

Jonah begleitete ihn zur Tür. Als sie in den Hof traten, erklärte er: »Nehmt es mir nicht übel, wenn ich nochmals darauf zurückkomme, Master Greene, aber Harry Willcox' Zukunft und mein Ansehen hängen von Eurer Verschwiegenheit ab.«

Greene verzog amüsiert den Mund. »An Eurer Stelle hätte ich das auch noch einmal betont. Äußerst heikle Geschichte. Aber seid unbesorgt. Bei mir ist Euer Geheimnis gut aufgehoben.«

Sevenelms, Juni 1349

Die Hälfte der Schafe ist eingegangen. Eines Morgens im April kam ich auf eine Weide dort drüben am Südhang, und eine ganze Herde von mehr als fünfhundert Tieren war verendet. Über Nacht.« David Pulteney hob hilflos die Hände, die er im Schoß verschränkt gehalten hatte. »Natürlich habe ich die Vliese abziehen lassen, ehe wir die Kadaver verbrannt haben, aber letztlich ist es alles nur Sterblingswolle. Und es wird Jahre dauern, ehe unsere Bestände sich erholt haben.«

Jonah nickte. »Hatten sie Beulen?«, fragte er.

»Was?«

»Die Schafe. Hatten sie Pestbeulen?«

»O ja. Sie sind genauso elend verreckt wie die Menschen. Und die Pferde, die Kühe, die Hunde und so weiter. Warum fragst du?«

Jonah winkte ab. Nur aus Neugier. Er dachte immer noch viel

über die Pest nach, auch wenn es jetzt vorbei war. Zumindest in England. Dafür wütete die Seuche nun in Schottland, hieß es. Es war genauso gekommen, wie er vermutet hatte: Kaum hatten die Schotten die Grenze überquert, um in Northumberland einzufallen, hatten sie sich angesteckt, waren entsetzt umgekehrt und hatten den schwarzen Tod heim zu ihren Frauen und Kindern getragen. Wer konnte wissen, ob die Krankheit die Grenze nicht noch einmal in entgegengesetzter Richtung überqueren würde? Und Jonah hatte nicht vergessen, was Giuseppe ihm geschrieben hatte. Was, wenn der schwarze Tod in sieben Jahren wiederkäme? Aber davon wollte er jetzt nicht sprechen. »Der Verlust an Schafen ist bitter. Aber es sind auch die Hälfte oder zumindest ein Drittel der Menschen gestorben, hier wie auf dem Kontinent. Das heißt, der Markt ist kleiner. Das Gleiche gilt für die Weber. Die ganze Welt ist geschrumpft.«

David nickte. Dieser unsäglich lange, schwere Winter hatte sichtbare Spuren an ihm hinterlassen. Viele der flämischen Einwanderer waren gestorben. Eins seiner Kinder war krank geworden und wieder genesen, nachdem David selbst mit einem Dolch die Beulen aufgestochen hatte. Er war gezeichnet und gealtert. Vermutlich sind wir das alle, fuhr es Jonah durch den Kopf.

»Lass uns hinaus und runter an den Fluss gehen, Jonah«, schlug David vor. »Die Sonne scheint. Es hat Tage gegeben, da ich mir das nicht mehr vorstellen konnte.«

Jonah ging willig mit ihm vor die Tür und den Hügel hinab zum Ufer des Rhye. Weiden säumten den ruhigen kleinen Fluss und ließen die Zweige mit den langen, silbrigen Blättern fast bis ins Wasser hängen. Im federnden, hohen Ufergras zirpten Grillen. Der Mohn blühte so rot, dass er die Augen beinah blendete. Mit einer Heftigkeit, die fast schon vertraut war, wünschte Jonah, Crispin könnte dies sehen und hören.

Er lehnte sich an einen Weidenstamm und ließ einen Zweig durch die Finger gleiten.

»Holst du deine Familie heim?«, fragte David.

Er nickte. »Der Hof weilt in Eltham, sagte man mir. Ich bin praktisch auf dem Weg dorthin.«

David setzte sich ins Gras, rupfte einen Halm aus und steckte ihn zwischen die Lippen. »Als es anfing, kam unter den Bauern in Upper Sevenelms ein Gerücht auf, die Flamen hätten die Seuche eingeschleppt«, berichtete er. »Eines Abends zog eine Bauernhorde mit Dreschflegeln und Fackeln hier ein. Es war schauderhaft. Die Leute waren völlig von Sinnen vor Furcht und Wut. Sie wollten die ganze Stadt niederbrennen, jeden Flamen erschlagen, Gott weiß was.«

»Was hast du getan?«, fragte Jonah.

David hob kurz die Schultern. »Ich hab es ihnen ausgeredet.«

Dann müssen Engel mit dir gewesen sein, dachte Jonah. »Auf dem Kontinent haben sie geglaubt, die Juden hätten die Seuche gebracht. Die Brunnen vergiftet. Dabei wurden die Juden genauso krank wie alle anderen. Aber die Leute wollten einen Sündenbock. Überall hat es Massaker gegeben. Mancherorts waren alle Juden erschlagen, ehe der schwarze Tod überhaupt hinkam.«

David nickte. Er war nicht überrascht. Er hatte längst gelernt, dass diese Seuche das Schlechteste in jedem Einzelnen hervorrief. »Einer unserer Weber hier ist mit einem Beil in der Hand in das Haus eines Pestkranken eingedrungen und hat dessen Frau und Tochter geschändet, während der Kranke im Todeskampf lag.«

Und so erzählten sie sich gegenseitig von den Schrecken, die sich hier auf dem Land und drüben in der großen Stadt zugetragen hatten. So verschieden Stadt- und Landleben auch sonst waren, wiesen die Gräuel doch eine erstaunliche Ähnlichkeit auf. Es hatte eine eigentümlich tröstliche, beruhigende Wirkung, diese Erfahrungen zu teilen, selbst Jonah wurde beinah redselig.

Als alles gesagt war, lauschten sie eine Weile dem Plätschern des Flüsschens und dem Gesang der Grillen, ehe David fragte: »Wie machen wir weiter?«

»So wie bisher, schätze ich.«

»Als wäre gar nichts gewesen?«

»Was sonst bleibt uns zu tun?«

David zuckte mit den Schultern. »Ich weiß nicht. Es kommt

mir vor, als müsse irgendetwas sich verändern. Es war ein solcher Einschnitt. Es muss doch irgendeinen Sinn gehabt haben.«

Jonah schüttelte langsam den Kopf. »Du wirst ins Kloster oder auf Reisen gehen müssen, um ihn zu finden.«

Cecil wünschte sich sehnlich, Jonah hätte ihn mitgenommen. Er fand es unheimlich, ganz allein in dem großen Haus zu sein. Sicher, er war nicht wirklich allein; Jasper und seine Familie wohnten nach wie vor in der Kammer hinter der Küche und das übrige Gesinde unterm Dach, doch er sah sie nur, wenn sie ihm das Essen auftrugen, das er mutterseelenallein an der großen Tafel einnahm. Er hatte sich ein Herz gefasst und Jonah gebeten, ihn mit nach Sevenelms zu nehmen, aber seine Bitte war rundheraus abgelehnt worden. Irgendwer müsse hier bleiben, da die *Philippa* jeden Tag einlaufen könne und alle Geschäfte langsam wieder in Gang kämen, hatte sein Meister ihm erklärt. Und Cecil wusste, er hätte stolz sein sollen, dass ihm all das anvertraut wurde – und sei es auch nur für ein paar Tage –, aber die Tatsache bereitete ihm mehr Ungemach als Freude. Er fühlte sich überfordert, fürchtete, etwas falsch zu machen, und war außerdem einsam.

Jonah hatte ihm angeboten, in Crispins großzügige Kammer zu ziehen, und das hatte Cecil bereitwillig getan. Die Abendstunden verbrachte er meist dort, denn dann fühlte er sich weniger verloren als in der stillen Halle. Er hatte sich mit einer der vielen Hauskatzen angefreundet – einer pechschwarzen, hochmütigen, ebenso verspielten wie gnadenlosen Jägerin. Er nahm sie mit in sein neues, komfortables Bett, lauschte ihrem zufriedenen Schnurren und dachte über Crispin und die Vergangenheit nach, aber immer häufiger, stellte er schuldbewusst fest, über die Zukunft und den Mann, der so unerwartet sein Vater geworden war. Es hatte ihn bewegt und ihm über seinen großen Verlust hinweggeholfen, als sein Onkel ihn so großmütig in seine Familie aufgenommen und ihm seinen Namen gegeben hatte, um ihn zu schützen. Dabei war Jonah ihm bislang immer kühl und unnahbar erschienen. Cecil hatte seit jeher angenommen, dass Master Durham es als unangenehme Pflicht empfand, sich seines verkrüppelten, obendrein unehelichen jungen Verwandten annehmen zu müssen, dass er es tat, damit man ihm in der Gilde nichts nachsagen konnte. Jetzt musste er erkennen, dass er ihn falsch eingeschätzt hatte. Doch dass sein Onkel und Adoptivvater ihm gleich sein ganzes Geschäft anvertraute, war des Guten ein bisschen zu viel. Vielleicht nahm er an, Cecil sei genau wie er früher oder so wie Harry Willcox und brenne darauf, Verantwortung zu übernehmen und Großes zu vollbringen. Aber Cecil war eben anders. Die Verantwortung war ihm eine Bürde und raubte ihm den Schlaf.

Er fuhr erschrocken zusammen, als es an der Tür klopfte, schalt sich gleich darauf einen Narren und rief mit fester Stimme: »Nur herein!«

Meurig steckte den Kopf durch die Tür. »Schläfst du schon, Cecil?«

»Nein, nein. Was gibt es denn?«

»Ein Bote wartet in der Halle, der dich zu sprechen wünscht. Er hat mir nicht gesagt, wer ihn schickt.«

Cecil schwang die Beine vom Bett. »Ein Bote? Um diese Zeit?«

Meurig hob ratlos die Schultern, und Cecil folgte ihm, halb neugierig, halb beunruhigt in die große Halle.

Der Bote war ein junger Bursche in sauberer, aber abgetragener Kleidung. Das schulterlange blonde Haar war ordentlich gekämmt, aber unter den Nägeln hatte er Trauerränder.

»Was wünschst du?«, fragte Cecil und bemühte sich, wie der Herr des Hauses zu klingen. Er kam sich lächerlich dabei vor.

Der Bursche wartete, bis Meurig gegangen war, ehe er sagte: »Ich bedaure, Euch so spät zu stören, Master, aber Eure Mutter schickt mich her. Sie ist plötzlich erkrankt und bittet Euch dringend zu sich. Sofort, soll ich ausrichten.«

Cecil schloss für einen Moment die Augen. »Ist es …«, er fuhr sich mit der Zunge über die Lippen, »ist es der schwarze Tod?« Hier und da starb immer noch jemand daran, wenn auch nur noch so wenige, dass inzwischen wieder jeder anständig und einzeln begraben werden konnte.

»Nein, ich glaube nicht. Aber sie ist sehr elend.«

Cecil spürte einen Moment würgende Panik, aber er fing sich schnell wieder. »Augenblick. Ich hole meinen Mantel.«

Er eilte zu seinem Zimmer, warf sich den Mantel über die Schultern und hastete dann vor dem jungen Boten die Treppe hinab und hinaus in den Hof. Dabei nahm er sich nicht die Zeit, Meurig Bescheid zu geben. Das war nicht nötig, denn er besaß ja derzeit einen Schlüssel zum Tor.

Er trat durch die Pforte, sperrte ab, wandte sich dann wieder dem Boten zu, um ihn etwas zu fragen, und sah ungläubig dessen Faust auf sich zufliegen. Im ersten Moment war er völlig erstarrt vor Schreck, aber er riss den Kopf dennoch rechtzeitig zur Seite. Der junge Bursche, der eben noch so schüchtern und höflich gewirkt hatte, stürzte sich auf ihn.

Sie gingen zu Boden und rollten durch den Straßenstaub. Cecil kam nicht auf die Idee, um Hilfe zu rufen, denn das lockte in London nach Einbruch der Dämmerung keine Menschenseele vor die Tür. Er wehrte sich besonnen, und wäre der seltsame Bote allein gewesen, hätte er vermutlich eine böse Überraschung erlebt, denn Cecil glich seine Behinderung nicht zuletzt dadurch aus, dass er den einen Arm, den er gebrauchen konnte, unablässig trainierte.

Doch ehe er seine Faust zum ersten Mal wirksam einsetzen konnte, traten zwei weitere Gestalten aus dem Schatten der nächsten Toreinfahrt und packten ihn. Angst überrollte Cecil wie eine kalte Welle, und er öffnete den Mund, um wider besseres Wissen doch zu schreien, aber sogleich wurde ein Knebel hineingeschoben und irgendetwas, vermutlich ein Sack, über seinen Kopf gestülpt. Cecil konnte nichts mehr sehen und kaum noch etwas hören. Viele Hände packten ihn, stießen ihn vorwärts, und er stolperte, schlug der Länge nach hin. Leise fluchend lasen sie ihn auf und verfrachteten ihn auf einen Wagen.

Die Fahrt dauerte nicht lange, denn um diese Zeit war es ruhig auf den Straßen. Cecil konnte seiner Orientierung nicht trauen, aber er hatte das Gefühl, dass sie sich vom Fluss weg in nördlicher Richtung bewegten. Er versuchte, sich auf den Weg zu konzentrieren, sich zu merken, wann und wie oft sie abbogen, denn das war die einzige Methode, die ihm einfiel, um die Furcht in Schach zu halten, um nicht zu heulen und zu wimmern. Er hatte nicht die leiseste Ahnung, was diese Männer von ihm wollten oder wohin sie ihn brachten, aber wer Leute unter falschem Vorwand nachts aus dem Haus lockte und ihnen Säcke über den Kopf stülpte, der führte gewiss nichts Gutes im Schilde. Vermutlich hatte es irgendetwas mit dem Geschäft zu tun. Master Jonah ging nicht immer gerade rücksichtsvoll mit Konkurrenten und Schuldnern um, und wahrscheinlich wollte irgendwer die Abwesenheit des mächtigen, weithin gefürchteten Kaufmanns nutzen, um dessen unerfahrenem Statthalter irgendetwas abzupressen oder auch nur sein Mütchen an ihm zu kühlen.

Als das Gefährt schließlich stehen blieb, drohte die Angst Cecil wieder zu überwältigen. Sie packten ihn ebenso grob wie zuvor und stellten ihn auf die Füße. Dann stießen sie ihn vorwärts, durch eine schmale Tür – er stieß sich schmerzhaft die Schulter am Rahmen – und eine knarrende Treppe hinauf.

Oben hielten sie an, und sowohl der Sack als auch der Knebel wurden ihm abgenommen.

Blinzelnd sah Cecil sich um. Ein paar Atemzüge lang war sein Blick unscharf, dann erkannte er einen bärenhaft großen Mann mit einem grau melierten, schwarzen Bart.

»Mein geliebter Sohn«, sagte Rupert Hillock rührselig. »Endlich haben wir uns gefunden.«

Cecil fand sich in eine gewaltige Bierwolke gehüllt, die ihm fast die Sinne raubte. Er taumelte einen Schritt zur Seite, schämte sich sogleich seiner Schwäche und entgegnete angewidert: »Lieber wäre ich tot als Euer Sohn.«

Etwas wie ein Walkhammer traf ihn an der Schläfe. Cecil wurde regelrecht zu Boden geschleudert. Gleißend weiße Sterne flimmerten vor seinen geschlossenen Lidern, und die Stimme über ihm schien aus weiter Ferne zu kommen: »Das kannst du haben, du unverschämter kleiner Hurenbengel!«

»Rupert, um Himmels willen, was tust du?«, fragte eine Frauenstimme, schrill und dünn vor Angst.

»Verschwinde, Bernice«, knurrte Rupert. »Hab ich dir nicht gesagt, du sollst mit den Kindern in der Schlafkammer bleiben? Rob, bring die Mistress zu ihrer Kammer und dann geh schlafen.«

»Ja, Sir.« Der Lehrling, der sich als Annots Bote ausgegeben hatte, trat zu seiner Meisterin und machte einen artigen kleinen Diener.

Cecil hatte sich inzwischen auf den Ellbogen aufgestützt und schaute blinzelnd zu Bernice hinüber. Er kannte sie flüchtig, denn sie hatte früher gelegentlich ihre Schwester, Crispins Frau, besucht. Doch er erkannte sofort, dass von ihr keine Hilfe zu erwarten war. Sie hatte noch größere Angst vor Hillock als er, falls das möglich war. Sie wich seinem Blick aus, wandte sich mit gesenktem Kopf ab und folgte dem Lehrjungen aus der Halle.

Die anderen beiden Männer, die Cecil jetzt zum ersten Mal sah, waren rohe Gesellen, Hafengesindel der übelsten Sorte. Sie packten ihn wieder an den Armen und zerrten ihn in die Höhe.

Cecil schaute Rupert in die Augen und verspürte eine klägliche Hoffnungslosigkeit. Das ist also mein Vater. Das ist das Erbe, das ich in mir trage. Was er in diesen Augen sah, waren nahezu alle schlechten Eigenschaften, die er kannte: Gier, Hass, Rachsucht, Häme und eine Gemeinheit, die ihm in fast spürbaren Wellen entgegenschlug. Wenn Rupert Hillock die guten Seiten, von denen Crispin ihm manchmal erzählt hatte, wirklich je besessen haben sollte, dann hatte er sie inzwischen wohl gründlich mit Bier ersäuft.

»Was … was wollt Ihr von mir?«, fragte Cecil und ärgerte sich darüber, wie eingeschüchtert es klang.

»Nur den Gehorsam, den du mir schuldest.«

Trotz seiner Angst musste Cecil lachen. »Ich glaube wirklich nicht, dass ich Euch irgendetwas schuldig bin, Sir. So wenig wie der Welpe dem Straßenköter schuldet, der ihn zufällig gezeugt hat. Ich nehme an, Ihr habt von meiner Erbschaft gehört und wollt sie mir abpressen, nicht wahr? Nun, die Mühe könnt Ihr

Euch sparen, denn es ist zu spät, egal was Ihr tut. Nur mein Stiefvater kann über mein Vermögen verfügen und ...«

Plötzlich legten sich Ruperts Pranken um seine Kehle und drückten langsam zu. Das fleischige Gesicht kam Cecils ganz nahe, aber der Junge konnte es nicht mehr richtig erkennen, denn sein Blick trübte sich. Sein Kopf begann zu hämmern, ein schmerzendes Pochen im Takt seines Herzschlags, das immer unerträglicher wurde, und ein gewaltiges Rauschen war in seinen Ohren.

Trotzdem hörte er Ruperts Stimme: »Wenn du mir wirklich so nutzlos bist, dann sollte ich dich vielleicht umbringen, so wie der Straßenköter seine Bastarde totbeißt, nicht wahr?«

»Du meine Güte, hört auf mit dem Unsinn, Hillock«, befahl eine Stimme, die zwar zivilisiert klang, aber einen starken nördlichen Akzent aufwies. »Nehmt die Hände von ihm. Auf der Stelle.«

Rupert reagierte nicht sofort, und auf einmal ließen die beiden finsteren Gesellen Cecils Arme los, packten stattdessen Ruperts und rissen die riesigen Hände ohne alle Mühe von Cecils Kehle fort. Der Junge schwankte, rang keuchend um Atem und hustete, und er wäre schon wieder gefallen, hätte ihn nicht ein kräftiger Arm gestützt.

Mühsam hob Cecil den Kopf, um zu sehen, wer sein Wohltäter war, und hätte vermutlich aufgeschrien, wenn er Herr seiner Stimme gewesen wäre. Kalte Raubvogelaugen erwiderten seinen Blick ernst und abschätzend, das Lächeln der wohlgeformten Lippen war so vertrauenerweckend wie die Beteuerungen eines Pferdehändlers. Und Cecil wusste, im Vergleich zu William de la Poles Lächeln waren Rupert Hillocks Pranken das kleinere Übel.

De la Pole brachte den Jungen zur Tafel und verfrachtete ihn auf einen Schemel. Dann wandte er sich ärgerlich an Rupert, der sich mittlerweile beruhigt und von de la Poles Finsterlingen befreit hatte. »Was fällt Euch nur ein, Hillock? Wenn er Würgemale oder andere sichtbare Spuren davonträgt, ist unser schöner Plan dahin. Was seid Ihr doch für ein Ochse!«

»Ihr habt gesagt, Ihr überlasst ihn mir«, entgegnete Hillock beleidigt.

»Aber nicht, damit Ihr ihm den Hals umdreht.« Angewidert wandte er sich ab und reichte Cecil den erstbesten Becher, der auf dem Tisch stand. »Hier, mein Junge, trink einen Schluck. Dann geht es gleich besser.«

Es ging schon jetzt besser. Cecil bekam wieder Luft, auch wenn jeder Atemzug ein bisschen schmerzte. Er warf de la Pole einen ungläubigen Blick zu, drehte dann den Kopf weg und spuckte demonstrativ ins Stroh.

De la Pole lachte amüsiert. »Du hast Schneid wie der Narr, der mein Schwiegersohn ist und den du deinen Stiefvater nennst. Das gefällt mir.«

Cecil schüttelte müde den Kopf. »Schmeichelt mir nicht, Sir. Ganz gleich, was Ihr sagt, ich werde es nicht glauben. Und ganz gleich, was Ihr tut, ich lasse mich nicht zu Eurem Werkzeug machen.«

De la Pole setzte sich ihm gegenüber und verschränkte die Hände auf der nur mäßig sauberen Tischplatte. »Wie kommst du denn auf einen solchen Gedanken?«

Cecil antwortete nicht. Sein linker Arm zitterte. Das hatte nichts mit seiner Angst zu tun, die nicht gewichen war, sondern es passierte einfach manchmal, ohne jeden Grund. Aber er spürte, wie es seine Position schwächte, und wütend krallte er die rechte Hand um den dürren Unterarm.

De la Pole seufzte mitfühlend. »Durham ist doch wahrhaftig ein guter Christenmensch, dass er den Bastard seines Vetters adoptiert, der obendrein ein Krüppel ist, nicht wahr?«

Cecil biss die Zähne zusammen und drehte den Kopf weg.

De la Pole ließ ihn nicht aus den Augen. Er beugte sich ein wenig weiter vor. »Ich verstehe, dass du gern glauben möchtest, er habe es für dich getan, aber sind wir doch mal ehrlich. Wann tut er je irgendetwas, das nicht zu seinem eigenen Vorteil ist? *Er* ist es, der es auf deine Erbschaft abgesehen hat, nicht Hillock.«

Cecil schnitt eine höhnische Grimasse. »Und um mich vor seinen bösen Absichten zu warnen, habt Ihr mich hierher verschleppen lassen, Sir? Ich weiß kaum, wie ich meiner Dankbarkeit Ausdruck verleihen soll ...«

De la Pole lächelte anerkennend, aber ehe er etwas erwidern konnte, trat Rupert hinzu, leerte den Becher, den Cecil verschmäht hatte, in einem Zug und schimpfte: »Das ist doch pure Zeitverschwendung. Lasst mich fünf Minuten mit dem Bengel allein, und er wird schon tun, was wir wollen. Verlasst Euch drauf.«

De la Pole verdrehte ungeduldig die Augen. »Setzt Euch hin und haltet den Mund, Hillock.«

»Das hier ist meine Halle ...«, begann Rupert entrüstet.

»Und mein Haus«, unterbrach de la Pole in aller Höflichkeit.

Rupert blinzelte. Offenbar war ihm dieser Umstand vorübergehend entfallen. Folgsam sank er auf den Schemel neben Cecil. Sofort brach dem Jungen der Schweiß aus. Er hatte sich etwas vorgelogen, musste er gestehen. Er fürchtete Hillocks Pranken mehr als de la Poles Tücke.

»Du musst Master Hillocks Enttäuschung verstehen, Cecil«, erklärte de la Pole nachsichtig. »Ganz gleich, wie die Umstände waren, er ist dein Vater. Und alle haben ihm deine Existenz verheimlicht und dich von ihm fern gehalten. Das war nicht recht, oder?«

»Das ist zu lächerlich, um darauf zu antworten«, stieß der Junge angewidert hervor und stand unvermittelt auf. »Ich würde jetzt gerne gehen.«

Die beiden Finsterlinge nahmen hinter ihm Aufstellung, er hörte sie genau.

De la Pole hob begütigend die Hände. »Warum willst du dir nicht wenigstens anhören, was wir dir vorzuschlagen haben? Es ist tatsächlich nur eine Kleinigkeit, um die wir dich bitten wollen. Und wenn du es tust, erweist du deinem Meister und Stiefvater damit letztlich einen Dienst, weil du Schlimmeres verhinderst.«

»Ich habe keine Ahnung, wovon Ihr redet, und nur wenig Interesse, es zu erfahren.«

»Na schön.« De la Pole ließ die Maske fallen, lehnte sich zurück und verschränkte die Arme. »Dann reden wir jetzt über deinen Freund Harry Willcox. Er ist doch dein Freund, nicht wahr?

Der beste, den du hast? Was würde er wohl sagen, wenn er erführe, dass durch dein Verschulden bekannt wird, wessen Sohn er ist?«

Der königliche Palast von Eltham, der unweit Londons in Kent lag, bestand aus einer prächtigen, sehr großen Halle, einem halben Dutzend Nebengebäuden und war von einer gewaltigen Mauer und einem breiten Graben umgeben, aber alles wirkte ein wenig heruntergekommen. König Edward hing sehr an diesem Ort, nicht zuletzt weil sein geliebter, vor Jahren so plötzlich verstorbener Bruder John hier geboren war, aber der neue Treasurer Edington hatte ihm eindringlich geraten, nicht überall gleichzeitig mit Baumaßnahmen zu beginnen, sondern erst einmal die in Windsor zum Abschluss zu bringen. »Und weil der König auf Edington hört, als verkünde er das Wort Gottes – was der gute Edington im Übrigen auch glaubt –, sitzen wir nun hier in diesem zugigen alten Kasten unter einem undichten Dach und können nur hoffen, dass das Wetter trocken bleibt …«, sagte die Königin ein wenig verdrossen. »Giselle, würdest du mir verraten, wieso du fortwährend am Fenster stehst? Was ist so erbaulich dort draußen?«

»Hügel und Schafe, Madame«, berichtete Giselle getreulich.

Philippa seufzte. »Man sieht in Kent kaum je etwas anderes, nicht wahr? Also wieso trittst du so voller Ungeduld von einem Fuß auf den anderen? Du machst mich ganz nervös.«

Giselle wandte sich vom Fenster ab und lächelte reumütig. »Ich bitte um Vergebung. Jonah hat mir einen Boten geschickt. Er ist in Sevenelms und kann jederzeit hier eintreffen.«

Philippas Miene hellte sich auf. »Endlich einmal eine gute Nachricht. Obwohl … Vielleicht auch nicht. Es wird ein ziemliches Donnerwetter geben, wenn er herkommt, ehe der Schwarze Prinz euren Sohn wieder hier abgeliefert hat, nicht wahr?«

Giselles Magen verkrampfte sich für einen Moment. Natürlich würde es kein Donnerwetter geben. Jonah neigte nicht zu solchen Ausbrüchen, anders als der König und all seine Kinder, deren Zorn tatsächlich so plötzlich losbrechen konnte wie ein

Gewitter, sich ebenso schnell entlud und die Luft gereinigt zurückließ. Jonah würde in der Tat sehr böse sein, wenn er hörte, was Lucas angestellt hatte, und Jonah besaß die unschöne Gabe, seinen Groll wochenlang köcheln zu lassen, nötigenfalls auch Monate. Sie fürchtete sich davor, was passieren würde, wenn Vater und Sohn sich wieder begegneten.

Die Königin wechselte diplomatisch das Thema. »Da fällt mir ein, Giselle, hat Jonah zufällig die Absicht geäußert, sich mit dieser merkwürdigen ›Englischen Compagnie‹ zusammenzutun?«

Giselle zog die Stirn in Falten. »Mit meinem Vater? Gewiss nicht, Madame.«

Philippa nickte. »Gut. Ich habe nur so ein Gerücht gehört, aber dem König gleich gesagt, dass es Unsinn ist. Die Kaufleute der Compagnie steuern einen gefährlichen Kurs. Sie behaupten, sie haben keine Mittel, ihre diesjährigen fünfzigtausend Pfund zu zahlen, weil der Export durch die Seuche praktisch zum Stillstand gekommen sei, doch der König hat den Verdacht, dass er betrogen wird.«

»Ich bin sicher, er hat Recht«, gestand Giselle freimütig. Sie hatte nur eine ungefähre Ahnung, was diese Englische Compagnie eigentlich tat oder wie sie funktionierte, und sie nahm sich vor, Jonah einmal danach zu fragen. Was sie bislang darüber gehört hatte, klang jedenfalls äußerst nebulös, und in diesem Nebel, da war sie sicher, verbarg ihr Vater irgendwelche Gaunereien.

»Aber es wird vermutlich wieder einmal unmöglich sein, irgendetwas zu beweisen«, bemerkte die Königin seufzend.

Giselle war unauffällig wieder ans Fenster getreten und linste verstohlen hinaus. »Ja, offiziell hat mein Vater mit der Compagnie ja gar nichts zu tun, nicht wahr? Aber vermutlich sind die Mitglieder in Wirklichkeit doch nur seine Strohmänner und ... O Gott, da kommt er!«

»Euer Vater?«, fragte die Königin verblüfft. Sie wähnte de la Pole daheim in Yorkshire.

Giselle fuhr zu ihr herum. »Jonah. Darf ich gehen, Madame?«

Philippa lächelte nachsichtig und entließ sie mit einem Wink.

Giselle hastete die ausgetretenen Stufen hinab und hinaus in den sonnenbeschienenen Innenhof. Jonah war nahe des Pferdestalls abgesessen, übergab die Zügel einem der Knechte und trat seiner Frau lächelnd entgegen. Er nahm ihre Hände, ehe sie ihm um den Hals fallen konnte, zog sie in einen Winkel neben dem Stall, sodass man sie von der Halle aus nicht sehen konnte, und schlang die Arme um sie. Sie küssten sich gierig, pressten sich schamlos aneinander, und Jonah kostete mit geschlossenen Augen den Triumph aus, dass er sie noch hatte, dass sie beide der Seuche getrotzt hatten. Er wusste natürlich, dass das nicht ihr Verdienst, sondern einfach nur Glück war, aber dennoch hatte er das Gefühl, als gäbe es hiernach nichts, das sie nicht vollbringen könnten.

Zögerlich, bedauernd beendeten sie den Kuss, doch Giselle ließ ihn nicht los, rückte nicht von ihm ab, sondern drückte das Gesicht an seine Schulter. »Ich hatte solche Angst, ich würde dich nie wiedersehen«, gestand sie.

Jonah nickte, obwohl sie es nicht sehen konnte, strich mit den Fingern der Linken über ihren Nacken und ergötzte sich verstohlen an den flaumweichen kastanienfarbenen Löckchen, die dort wuchsen. Er fragte nicht nach den Kindern, denn er hatte gleich an ihren Augen gesehen, dass es hier keine Tragödie gegeben hatte. Und wenn er sie fragte, würde sie anschließend wissen wollen, wie es zu Hause stand, und er müsste ihr von Crispin erzählen. Das wollte er nicht. Nicht jetzt gleich.

»Lass uns zu Bett gehen«, flüsterte er.

Giselle lachte leise, weil sein Atem sie im Ohr kitzelte und weil dies ein so kostbarer Moment purer Glückseligkeit war. »Komm.«

Sie führte ihn durch einen Seiteneingang ins Hauptgebäude, eine Treppe hinauf und durch mehrere Zimmer und Flure – wie er annahm, um die große Halle zu umgehen. Dann betraten sie ihre Kammer, vor deren Fenster eine Silberbirke wuchs. Grün schimmerndes Licht fiel auf die steinernen Fliesen am Boden.

Jonah stahl Giselle die Haube vom Kopf, noch während sie

den Riegel vorschob. Lachend fuhr sie zu ihm herum und zahlte es ihm mit gleicher Münze heim, streifte seine elegante, enge Kapuze ab und wühlte mit beiden Händen in den schwarzen Locken. Fiebrig vor Eile, immer noch halb bekleidet, fielen sie aufs Bett, und Jonah drang stürmisch in sie ein. Er liebte sie mit geschlossenen Augen, wollte die Hände überall gleichzeitig haben, erforschte sie mit Zunge und Lippen, als wäre sie ihm fremd. Seine Gier erregte sie wie immer, obwohl sie sehr wohl spürte, dass es nicht zuletzt Trotz und Verzweiflung waren, die ihn trieben.

Schließlich lagen sie still, erschöpft und befriedigt und immer noch eng umschlungen, auch lange nachdem ihr keuchender Atem sich wieder beruhigt hatte. Jonahs Kopf ruhte auf Giselles Schulter, die Lippen liebkosten ihre Brust. Giselle spürte ein kleines, warmes Rinnsal entlang des Schlüsselbeins und fragte sich verwundert, was das sein mochte, ehe ihr aufging, dass Jonah weinte. Ohne einen Laut, aber seine Schultern begannen zu zucken, so als würde er von Krämpfen geschüttelt.

Sie hielt ihn, aber sie rührte sich nicht und sagte vor allem nichts. Sie wollte ihn nicht stören, denn sie wusste, welche Mühe es ihn kostete, Tränen zu vergießen. Dass es ihn immer mehr beschämte als erleichterte.

Darum dauerte es auch nie lange. Als sie spürte, dass ihre Haut nicht mehr nasser wurde und seine Schultern sich langsam entspannten, wappnete sie sich und fragte: »Crispin?«

Er nickte.

Sie schloss die Augen. »Oh, lieber süßer Jesus...«

»Und die Flemings. Und die halbe verdammte Stadt.«

»Erzähl es mir, Liebster.«

Und das tat er.

Wie üblich war Königin Philippa hingerissen von dem Tuch, das Jonah ihr mitgebracht hatte. Dieses Mal war es ein glattes Kammgarn von der Farbe reifer Orangen und dazu drei Dutzend verspielter silberner Zierknöpfe von unanständiger Größe. Sie debattierten wie eh und je angeregt über die Frage, ob und zu welchem Anlass man etwas so Gewagtes tragen könne, aber sie waren beide nicht recht mit dem Herzen bei der Sache.

»Jetzt, da der schwarze Tod vorüber ist, scheint die Lust auf leuchtende Farben nur noch gewachsen zu sein, Madame«, berichtete Jonah.

Philippa gab die Verstellung auf und ließ die Hände mit dem grellen Tuch in den Schoß sinken. »Ja. Wir tun, was wir können, um das Grauen zu vergessen und um uns zu beweisen, dass unsere Lebensfreude ungebrochen ist, nicht wahr.«

Er hob leicht die Schultern und nickte zögernd. »Es wird nur nichts nützen.«

»Nein.«

Sie sahen sich einen Moment in die Augen. Philippas schmerzlichster Verlust war eines der ersten englischen Pestopfer gewesen, seiner eines der letzten. Somit hatte sie über ein halbes Jahr Vorsprung in ihrer Trauer, falls es so etwas geben konnte. Aber Jonah wusste aus eigener bitterer Erfahrung, dass der Tod eines Kindes schmerzlicher war als jeder andere.

»Nichts ist mehr so, wie es war«, sagte sie beinah brüsk. »Keiner von uns. Aber wir können es uns nicht leisten, die Häupter mit Asche zu bedecken und zu verzagen. Denn unsere Sorgen sind noch lange nicht vorbei. So viele Bauern sind gestorben, dass nur die Hälfte der Felder bestellt wird. So viel Vieh ist verendet. Auch wenn die Bevölkerung geschrumpft ist, wird die Ernte nicht reichen, um sie satt zu machen, und wir müssen verhindern, dass die Preise in die Höhe schnellen.«

»Und die Löhne«, fügte Jonah hinzu. »Denn Arbeitskräfte sind ebenfalls knapp geworden. Und eine allgemeine Inflation ist das Letzte, was uns fehlt. Das Leben geht weiter, wie die unerschütterlich Zuversichtlichen so gern sagen, darum wird auch der Krieg früher oder später weitergehen, und schon allein dafür müssen wir wirtschaftlich stabil bleiben, weil wir ihn sonst verlieren könnten.«

Sie nickte versonnen. »Das wollen wir dem König lieber verschweigen, aber Ihr habt natürlich Recht. Wir müssen ihn überzeugen, die Preise und Löhne per Gesetz festzuschreiben.«

Ehe Jonah widersprechen konnte – denn wie allen Kaufleuten war ihm die Vorstellung gesetzlich festgeschriebener Preise äußerst suspekt –, öffnete sich die Tür, und Giselle kam mit einer ganzen Schar Kinder herein. Das kleinste hielt sie auf dem Arm und brachte es zu seinem Vater.

»Samuel!« Jonah nahm seinen Jüngsten entgegen. »Du kommst mir doppelt so groß vor.«

Samuel war knapp achtzehn Monate alt und schien nicht gänzlich sicher zu sein, wer dieser Mann mit dem schwarzen Bart war, aber als Jonah ihn durch die Luft wirbelte, verwandelte seine skeptische Miene sich in einen Ausdruck puren Entzückens. Jonah lachte leise. Das hatte schon bei Lucas immer funktioniert.

»Wo ist Lucas?«, fragte er Giselle, aber ehe sie antworten konnte, löste Elena sich aus dem Knäuel von Prinzen, Prinzessinnen und sonstigen hochwohlgeborenen Kindern und trat zu ihm. Er gab seiner Frau den Benjamin zurück, hob stattdessen seine Tochter kurz zu sich hoch und küsste sie auf die Stirn, ehe er sie wieder auf die Füße stellte. Artig erkundigte sie sich nach seinem Befinden. Sie war nicht mehr so ungestüm wie noch vor dem Winter, fiel ihm auf, beinah schon eine kleine Dame.

»Wo ist Lucas?«, wiederholte er und fügte dann hinzu: »Und Philip?«

»Philip ist im Backhaus und weint«, berichtete Elena getreulich. »Wegen Onkel Crispin.« Sie selbst schien unberührt von dessen Tod. »Und Lucas ist in Chester.«

Giselle und die Königin wechselten einen unbehaglichen Blick, der Jonah nicht entging. Fragend sah er seine Frau an. Sie legte leicht die Hand auf seinen Arm. »Er ist ausgebüxt, Jonah. Der Schwarze Prinz ist für eine Weile nach Chester geritten, weil es in der Gegend nach der Pest Unruhen gegeben hat. Er hat Prinz John mitgenommen und auch Lucas versprochen, er dürfe sich seinem Gefolge anschließen, wenn ich es erlaube. Lucas ...« Sie hob ratlos die Schultern. »Offenbar hat er dem Prinzen gesagt, ich hätte mein Einverständnis gegeben, doch er hat mich nie gefragt. Prinz Edward hat keinen Argwohn geschöpft und ihn mitgenommen.« Sie spürte, wie Jonahs Arm sich unter ihrem Griff anspannte, und ließ ihn hastig los, ehe er sich mit einem wütenden Ruck befreien konnte.

Jonah war fassungslos. Dass ein Sohn ihm so offen den Gehorsam verweigerte, seine ausdrücklichen Befehle einfach missachtete, war eine völlig neue Erfahrung, und er wusste einfach nicht, wie er darauf reagieren sollte. Er war wütend, gekränkt, entrüstet, all diese Dinge, aber er war vor allem verdattert.

Die Königin nahm die ganze Angelegenheit nicht sehr tragisch. »Nun macht kein solches Gesicht, Jonah. Es war nur ein Dummejungenstreich. Ich bin überzeugt, Ihr habt so etwas früher auch getan. Ich habe meinem Sohn einen Boten geschickt, der Lucas mit zurückbringen soll. Morgen oder übermorgen ist er wieder hier, und Ihr könnt ihm das Fell gerben und die ganze Geschichte vergessen.«

Er nickte, aber er wusste, ganz so einfach war es nicht.

»Ich muss Euch allerdings sagen, ich habe keine große Hoffnung, dass Ihr aus diesem Jungen je einen Krämer macht«, fuhr Philippa fort. »Er ist genau wie meine Söhne und hat nichts als Pferde und Waffen im Kopf.«

»Ich wusste, ich hätte ihn nicht herschicken dürfen«, murmelte er.

Philippa hob kurz die Schultern. »Besser hier ungehorsam und lebendig als in London folgsam und tot, oder?«

»Ja, Madame. Das ist zweifellos besser. Würdet Ihr mich entschuldigen?«

Sie schnitt eine hinreißende kleine Grimasse des Missfallens. Sie wusste, es hatte überhaupt keinen Sinn, mit ihm zu reden, wenn er so förmlich wurde, denn dann zerschellte jedes vernünftige Argument am Panzer seiner eisigen Höflichkeit. »Nur zu, mein Lieber«, sagte sie seufzend. »Und vergesst in dem Zorn über den einen Sohn nicht den Kummer meines Patenkindes, hört Ihr.«

Es lag ihm auf der Zunge, sich unterwürfig für ihre wohlmeinenden Belehrungen zu bedanken, aber das hätte eine Szene bedeutet, und die wollte er den Kindern lieber ersparen, die ohnehin schon ängstlich von einem Erwachsenen zum anderen schauten.

Mit einer kühlen Verbeugung vor der Königin und einem finsteren Blick zu seiner Frau ging er hinaus. Ist das wirklich der Mann, der vor nicht einmal zwei Stunden weinend in meinen Armen gelegen hat?, fragte Giselle sich ungläubig.

Das Backhaus war eine verwitterte kleine Holzbude im Schatten der Mauer und stand versteckt zwischen der Schmiede und dem Zwinger für die Jagdhunde. Jonah trat durch den türlosen Eingang und sah sich blinzelnd im Dämmerlicht um. Der steinerne Ofen war kalt, denn auch bei Hofe wurde nur einmal, höchstens zweimal pro Woche gebacken. Philip hatte sich in den hintersten Winkel zwischen Ofen und Seitenwand verkrochen, wo die hölzernen Brotschieber aufgereiht standen. Der Junge hatte den Kopf auf die angewinkelten Knie gelegt und weinte bitterlich.

Jonah hockte sich vor ihn, zögerte und legte ihm dann die Hand auf den kastanienbraunen Schopf.

Philip fuhr zusammen und hob ruckartig den Kopf. »Vater...« Es klang eher erschrocken als erfreut. Der Junge war bleich, das Gesicht wirkte spitz, so als bekäme er nicht genug zu essen, und Tränen funkelten in den blauen Augen. Aber er wischte sich emsig mit dem Ärmel über das nasse Gesicht und versprach: »Ich hör gleich auf.«

Jonah lächelte schwach und setzte sich ihm gegenüber auf den hölzernen Boden.

Philip wies mit einer matten Geste darauf. »Vorsicht. Alles voller Mehl. Ihr werdet Euer Surkot verderben.«

Jonah winkte ab. »Mehl kann man ausbürsten.«

Philip nickte und sagte eine Weile nichts, vollauf damit beschäftigt, seine Tränen herunterzuwürgen.

»Ich will einfach nicht, dass er tot ist!«, stieß er plötzlich hervor.

Nein, ich auch nicht, dachte Jonah, sagte jedoch: »Du musst akzeptieren, dass die Dinge nicht immer so sein können, wie du willst. Es wird höchste Zeit, dass du das lernst.«

»Ja, ich habe gewusst, dass Ihr so etwas sagen würdet.«

»Philip …«

Die kleinen Hände ballten sich zu Fäusten. »Wie kann Gott nur so gemein sein?«

Jonah kam es manchmal vor, als habe er seit Monaten über nichts anderes als diese Frage nachgegrübelt, aber er war keinen Schritt weiter als Philip. »Ich weiß es nicht.«

Philip starrte ihn an, für den Augenblick verdrängte seine Verblüffung den Kummer. »Ihr … schimpft gar nicht?«

»Enttäuscht?«

»Wahrscheinlich ist es Euch ganz egal, wenn ich mich gegen Gott auflehne und in die Hölle komme!«

»Du irrst dich. Aber ich kann dir nicht die Sünde vorhalten, derer ich mich selbst schuldig mache.«

Sie sahen sich unsicher an, beäugten sich beinah, beide unschlüssig, wie sie fortfahren sollten. Philip war sich der Tatsache nicht bewusst, dass er seinen wortkargen Vater eigentlich noch nie etwas anderes als Anweisungen, Ermahnungen oder auch Tadel hatte aussprechen hören, aber er spürte, dass irgendetwas anders war als sonst, und wusste nicht, was er davon halten sollte. Blindlings, fast in Panik suchte er nach einem anderen Thema. »Gehen wir bald heim, Vater? Denkt nicht, ich wolle mich beklagen«, fügte er eilig hinzu. »Aber …« Er wusste nicht weiter, denn im Grunde wollte er sich doch beklagen.

»Aber?«, hakte Jonah nach.

Philip zog unbehaglich die Schultern hoch. »Die Leute hier sind so … anders. Man weiß nie, ob sie meinen, was sie sagen.«

»Das gilt für alle Menschen.«

Aber gewiss für keinen so wie für ihren Großvater, der wochenlang ständig mit honigtriefenden Lippen um Philip und seine Geschwister herumgeschlichen war. Das hatte Philip mit tiefem Argwohn erfüllt, doch er sagte lieber nichts davon, weil es gewiss ungehörig war. Und sein Großvater war auch nur ein Beispiel. All diese Leute hier bei Hof erschienen ihm seltsam fremd. Piers Stephens, der Lehrjunge, der sie an den Hof begleitet hatte, schien der einzige Mensch, der die gleiche Sprache sprach wie er. »Vielleicht«, antwortete er. »Aber ich vermisse unser Zuhause und den Garten. Sogar die Hühner. Und Rachel und Meurig und alle. Meine Freunde in der Schule.«

Es war immerhin tröstlich, fand Jonah, dass einem seiner Söhne die gewohnte Umgebung fehlte und er sein Heim nicht mied wie ein Pesthaus. »Ich fürchte, du musst dich mit dem Gedanken vertraut machen, dass du viele deiner Freunde nicht wiedersehen wirst. Aber wir gehen bald nach Hause.« Er wäre lieber heute als morgen zurückgekehrt, denn er wollte Cecil nicht länger als zwingend notwendig allein lassen. »Wir müssen nur warten, bis dein Bruder sich uns wieder anzuschließen beliebt.«

Philips Augen wurden unruhig. »Ihr wisst es also schon.«

Jonah nickte.

Jetzt verstand Philip auch, warum sein Vater ihm plötzlich mehr als einen flüchtigen Blick oder ein unwilliges Stirnrunzeln widmete. »Ich bin sicher, Ihr seid ihm sehr böse, Vater, aber ...«

»Ich habe nicht die Absicht, das mit dir zu erörtern.«

»Nein, natürlich nicht. Sir.«

»Nimm dich in Acht, Philip.«

Der Junge wollte mit einer unverschämten Grimasse kontern, aber sie missglückte, weil er die Tränen nicht länger zurückhalten konnte. Beschämt ließ er den Kopf hängen und hob mutlos die Schultern. »Warum wollt Ihr niemals zuhören, wenn ich was sage?«

»Weil es meist unverschämt und rebellisch ist.«

»Woher wollt Ihr das wissen?«

»Ich kenne dich schon neun Jahre.«

Der gesenkte Kopf wurde in kategorischer Verneinung geschüttelt.

»Du bist vorlaut und aufsässig, Philip. Ein Hitzkopf.« Wie deine Mutter, fuhr es ihm durch den Kopf. »Du lehnst dich nicht nur gegen Gott auf, sondern ebenso gegen die Ordnung, die er geschaffen hat, gegen mich, deine Mutter, Pater Samuel.«

»Aber Ihr wart genauso! Onkel Crispin hat's uns doch erzählt, wie Ihr Euch gegen Euren Meister aufgelehnt habt und gegen ihn vors Gildegericht gezogen seid.«

Du verdammter Schwätzer, Crispin, dachte Jonah gewohnheitsgemäß, ehe ihm einfiel, dass Crispin diesem liebsten aller Laster nie wieder frönen würde. »Ich hatte gute Gründe«, sagte er in einem Tonfall, der, so hoffte er, das Thema beschließen würde.

»Die hab ich auch«, beschied Philip. »Und habt Ihr nicht gerade eben noch gesagt, Ihr könntet mir nicht die Sünde vorwerfen, derer Ihr Euch selbst schuldig gemacht habt?«

Jonah konnte einfach nicht fassen, wie geschickt dieser Bengel ihm das Wort im Mund herumdrehte. Auch das hatte er zweifellos von seiner Mutter. Was für ein heller Kopf. Aber ein strenger väterlicher Blick verbarg die unfreiwillige Belustigung. »Dann nenn mir einen deiner guten Gründe«, verlangte er.

Philip geriet in Bedrängnis. Damit hatte er nicht gerechnet. Du liebst mich nicht, wäre wohl die treffende Antwort gewesen, denn das war es, was er empfand, aber er war sich dessen nicht bewusst und konnte es deswegen auch nicht in Worte fassen. Er schüttelte hilflos den Kopf. »Ihr … Ihr … Von jeder Reise bringt Ihr mir Marzipan mit. Und ich hasse Marzipan.«

Jonah nickte ernst. Er hätte genauso wenig wie Philip den Finger darauf legen können, was zwischen ihnen fehlte, aber er verstand sehr wohl, dass dieser Vorwurf eine Art Gleichnis war. Und Giselle hatte ihm so oft vorgehalten, er sei dem Jungen ein schlechter Vater, dass gewiss etwas Wahres daran sein musste. »Dann sag mir jetzt, was du dir wünschst, und ich werde es mir merken.«

Ein scheues Lächeln hellte das hübsche Knabengesicht auf. »Tuch«, gestand er. »Tuch aus fernen Ländern. Merinowolle aus Spanien oder Seide aus Venedig oder wo immer Ihr es herholt. Nur ein ganz kleines Stück. Nur zum Anschauen.«

Jonah legte ihm die Hand auf die Schulter. »Du hast mein Wort, Philip.«

»Ich weiß nicht, was du zu ihm gesagt hast, Jonah, aber er ist ein anderer Junge. Wie ausgewechselt.«

Jonah hob abwehrend die Hand. »Vermutlich ist es selbst mir zu viel, mit zwei Söhnen gleichzeitig in Hader zu liegen.«

Möglich, dachte Giselle, aber sie glaubte eher, dass der schwarze Tod einen sehr nachdenklichen Mann aus ihm gemacht hatte, der manche Dinge heute anders sah als früher. Dessen Werte und Prioritäten sich womöglich gar verschoben hatten.

Der Hof tanzte. Zur beschwingten Musik von Fideln, Trommeln und Flöten hopste die Elite des Landes von einem Bein aufs andere, fasste sich bei den Händen, drehte sich im Kreise und vollführte die unglaublichsten Verrenkungen. Jonah fand das so unaussprechlich albern, dass er gar nicht hinschauen mochte.

Giselle lachte über seine säuerliche Miene. »Es ist höfisch, Jonah.«

»Die höfische Entschuldigung für den König, Joan of Kent den ganzen Abend lang zu begrapschen«, entgegnete er verdrossen.

Giselle ging nicht darauf ein. »Der Tanz ist elegant und geistvoll. Und du machst ein Gesicht wie Master Burnell früher, wenn ein junger Gildebruder einen zu farbenfrohen Mantel trug.«

»Oh, wärmsten Dank.«

»Wenn du ein wahrer Ritter wärest, würde es dir gefallen, und du würdest auch einmal mit mir tanzen.« Sie seufzte unüberhörbar.

»Ich bin aber kein wahrer, sondern ein unfreiwilliger Ritter.«

»Ich weiß, Liebster.«

»Und wenn du tanzen willst, brauchst du Gervais nur ein Lächeln zu schenken. Er wartet sehnsüchtig darauf. Er ist schon wieder ohne Anne hier.«

»Du hättest nichts dagegen?« Ihre Augen leuchteten auf.

Der Gedanke beglückte ihn nicht gerade, aber das behielt er für sich. »Nein. Ich vertraue darauf, dass Gervais ein Gentleman ist.«

Nicht immer, fuhr es ihr durch den Kopf, aber sie gab dem Earl of Waringham trotzdem einen unauffälligen Wink, und wie Jonah vorhergesagt hatte, stürzte er eilfertig herbei und entführte Giselle mit einer halbherzigen Entschuldigung in Jonahs Richtung.

Missmutig beobachtete dieser das ausgelassene Treiben und wünschte, er hätte Giselle nicht dazu ermutigt. Schließlich vernahm er ein leises Rascheln hinter sich. Er erkannte die Königin am Schritt und an ihrem Parfum und sagte, ohne sich umzuwenden: »Ich will nicht, dass Lucas so wird.«

Sie setzte sich neben ihn und folgte seinem Blick. »Sie feiern nur den Umstand, dass sie noch leben. Seid ein bisschen nachsichtig.«

Jonah wies nicht darauf hin, dass auch der Erzbischof von Canterbury den Sittenverfall dieses Hofes schon mehrfach gerügt hatte, sondern aß lieber eine Kirsche.

Philippa folgte seinem Beispiel, spie den Kern diskret in die Hand und bemerkte: »Sie sind nicht nur das, was sie jetzt zu sein scheinen, und das wisst Ihr genau. Wenn es nötig wird, ist jeder dieser Gecken ein Edelmann und unerschrockener Ritter.«

»Sagen wir, fast jeder«, schränkte Jonah spöttisch ein. Aber sie hatte natürlich Recht, er hatte es selbst oft genug erlebt.

Die Königin schwieg und kaute nachdenklich eine zweite Kirsche. Dann fragte sie: »Erinnert Ihr Euch an den Tag in Epping Forest, als die Räuber Euch überfallen hatten und der König Euch ins Lager brachte?«

Er sah ihr für einen Moment tief in die Augen, was er sich nur ganz selten erlaubte, und antwortete: »Den Tag könnte ich schwerlich vergessen, Madame.«

»Und erinnert Ihr Euch auch, dass Ihr an der Tafel gesessen und das kleine Gefolge beobachtet und gedacht habt: Könnte ich doch dazugehören?«

Ihm fiel vor Schreck die Kirsche aus der Hand. »Woher wisst Ihr das?«

Sie hob leicht die Schultern. »Manchmal kann ich in Euch lesen wie in einem Buch, Jonah, wusstet Ihr das nicht? Leider nicht sehr oft, aber immerhin.« Er schwieg schockiert, und sie fuhr fort: »Ihr habt diesen Traum sehr schnell wieder begraben, und vielleicht war das klug. Damals. Aber die Zeiten haben sich geändert. Und während Ihr der Sohn eines unbedeutenden Silberschmiedes wart, ist Lucas der Sohn eines Ritters mit größerem

Landbesitz, als die meisten Ritter mit jahrhundertealten Stammbäumen sich je erträumen könnten, und des reichsten Kaufherrn von London. Versteht Ihr, was ich sagen will?«

»Ich fürchte, ja, Madame.«

»Ich glaube, wir haben letztlich nur wenig Einfluss darauf, was aus unseren Kindern wird. Das stelle ich jeden Tag fest.«

Er runzelte verwundert die Stirn. »Aber sind denn nicht all Eure Kinder wunderbar gelungen und genau so, wie Ihr sie Euch wünscht?«

Philippa lächelte. »Nein. Mein wunderbarer Sohn Edward, zum Beispiel, kennt keine Beherrschung und kein Maß. Meiner Isabella mangelt es an Bescheidenheit und Diskretion, darum wird es nie leicht werden, einen Prinzen für sie zu finden. Und so könnte ich Euch über jeden meiner Sprösslinge mein Leid klagen. Aber was soll das nützen? Sie sind eben, wie sie sind.«

Die Musik endete, und die Tänzer verneigten sich, knicksten voreinander und formierten sich neu, als die Musiker wieder aufspielten.

Jonah sah einen Moment zu ihnen hinüber, und die Königin nutzte diese Gelegenheit, um das Thema zu wechseln. Sie hatte ihre Saat ausgebracht und wusste, sie musste ihr Zeit lassen, um aufzugehen.

»Was könnt Ihr mir über die Englische Compagnie sagen, Jonah?«, fragte sie scheinbar beiläufig.

Er war nicht verwundert. Bei ihr musste man zu jeder Tages- und Nachtzeit damit rechnen, dass sie auf Politik oder Staatsfinanzen zu sprechen kam. »Nicht viel. Sie ist am Ende, heißt es.«

»Aber wie funktioniert sie?«

Er hob die Schultern. »Überhaupt nicht, das ist es ja gerade.« Und er hatte dem König damals eindringlich von dem Plan abgeraten, doch wie immer war Edward den wilden Versprechungen von de la Poles Strohmännern erlegen. »Die Idee war nicht einmal schlecht«, räumte er ein. »Die Compagnie zahlt der Krone jährlich fünfzigtausend Pfund und darf dafür die Wollausfuhrzölle einnehmen.«

»Die etwa wie viel betragen?«

»Nachdem der Zoll pro Sack wieder um zwei Pfund erhöht worden ist, sechzigtausend. Das ist meine Schätzung, wie gesagt, ich weiß nichts Genaues.«

Jonahs Schätzungen waren oft präziser als die Abrechnungen vieler anderer, wusste die Königin. »Also macht die Compagnie einen Gewinn von zehntausend Pfund pro Jahr.«

»Mehr als das. Denn den eigentlichen Profit machen sie mit den Dordrecht-Schuldscheinen.«

»Dordrecht-Schuldscheine?«, wiederholte sie unsicher. »Was war das doch gleich wieder?«

»Erinnert Ihr Euch an das Wollmonopol vor gut zehn Jahren, das gescheitert ist? Der Treasurer hat die Kaufleute in Dordrecht damals mit Schuldscheinen abgespeist. Viele sitzen bis heute darauf.« Das galt auch für ihn. Er hatte einmal eine Teileinlösung von fünfhundert Pfund bekommen – lange vor der Gründung der Englischen Compagnie –, aber den Rest schuldete die Krone ihm immer noch. »Das sind die so genannten Dordrecht-Schuldscheine. Nun hat aber die Englische Compagnie – oder sagen wir der Einfachheit halber William de la Pole und eine Hand voll weiterer Kaufleute –, sie haben das Recht, die Zölle, die sie selbst für ihre Wollexporte zahlen müssten, mit ihren Dordrecht-Schuldscheinen zu verrechnen.«

Philippa runzelte die Stirn. »Das heißt, wenn de la Pole, sagen wir, in einem Jahr hundert Pfund Zoll zahlen müsste, zahlt er nichts, sondern quittiert auf seinem Schuldschein stattdessen eine Teileinlösung von einhundert Pfund?«

»So ist es. Und macht einen horrenden Profit, wenn er seine Wolle auf dem Kontinent verkauft, weil er den Käufern natürlich die vollen Zollbeträge auf den Preis schlägt, obwohl er sie nicht abführen muss.«

»Das ist ... fantastisch.«

Er nickte. »Aber der eigentliche Geniestreich kommt noch: Nur die Compagnie darf die Dordrecht-Schuldscheine mit den Wollzöllen verrechnen, niemand sonst. Das heißt, alle anderen Kaufleute, die damals am Monopol beteiligt waren, werden bis zum Tag des Jüngsten Gerichts auf ihren Schuldscheinen sitzen bleiben. Es sei denn, sie verkaufen sie der Englischen Compagnie. Und die zahlt zwei Shilling für das Pfund. Wenn man Glück hat. Mit anderen Worten: De la Pole zahlt für einen Schuldschein, der auf hundert Pfund lautet, gerade mal zehn Pfund, darf aber die vollen hundert Pfund von seiner Zollschuld abziehen.«

Die Königin schnappte undamenhaft nach Luft. »Das ist unglaublich. Ich verstehe nur eins nicht: Wie kann ein so ausgefuchster Plan, der solche Profite verspricht, scheitern? Wieso kann die Compagnie behaupten, sie wäre zahlungsunfähig?«

Jonah studierte die perfekt geformte Frucht in seiner Linken. »Das solltet Ihr nicht mich fragen.«

»Nun, ich frage aber Euch. Das hat zwei unschätzbare Vorteile: Erstens verstehe ich die Antwort, und zweitens höre ich die Wahrheit.«

Er sah sie wieder an und senkte die Stimme. »Na schön. Die Compagnie ist aus dem gleichen Grund gescheitert wie damals das Wollmonopol. Ihre Mitglieder sind zu gierig. Sie sind nicht zufrieden mit den eben genannten Vorteilen, sondern sie betrügen, fälschen Zollabrechnungen, und sie schmuggeln. Sie schmuggeln in unglaublichen Ausmaßen, denn ihnen selbst obliegt ja die Vereinnahmung der Zölle, also ist niemand da, der ihnen auf die Finger schaut. So füllen sich die Mitglieder die Taschen, während die Geldtruhen der Compagnie immer leerer werden, weil sie eben kaum Zölle einnimmt. Und wenn Ihr mich auffordert, das vor Dritten zu wiederholen, werde ich leugnen, dass ich es je gesagt habe, Madame, denn ich kann nichts von alldem beweisen.«

London, Juni 1349

Cecil kam es vor, als wäre er gestrauchelt, gestürzt, tief gefallen und in der Hölle gelandet.

Vom Moment seiner Geburt an – eigentlich seiner Zeugung – hatte das Leben ihn manches Mal ordentlich gebeutelt, und darum hatte er Genügsamkeit in allen Dingen gelernt, auch in seinen Ansprüchen an Gott. Aber dies war eine Lage ohne Ausweg und ohne jede Hoffnung.

Und so kam es, dass Cecil genau wie sein Adoptivvater, sein Stiefbruder Philip und mehr oder minder der ganze Rest der verbliebenen Menschheit mit Gott haderte. Ist es das hier, wofür du mich hast leben lassen? Hast du mir den Menschen genommen, der mir auf der Welt der liebste war, und mich meinen Schmerz überwinden lassen, mir das Ende der Pest und das Ende der Sintflut und das Licht nach der Finsternis gezeigt, um mich dann an diesen Abgrund zu führen? Um mich vor diese grauenvolle Wahl zu stellen?

Heute war der Tag. Heute lief die Frist ab. Bis zum Einbruch der Dunkelheit hatte er seine bitteren Vorwürfe gegen Gott aufgeschoben, weil er immer noch hoffte, Jonah werde rechtzeitig heimkehren und er könnte ihm alles erzählen. Jonah hätte gewusst, was zu tun war. Aber jetzt waren die Stadttore geschlossen, und er würde nicht mehr kommen. Jetzt war es endgültig vorbei.

»Cecil, hörst du nicht?«

Er schrak zusammen. »Entschuldige, Rachel.« Er hatte überhaupt nicht bemerkt, dass sie in die Halle gekommen war, dabei stand sie direkt vor ihm.

»Du hast ja schon wieder nichts gegessen.«

Er streifte den unberührten Teller, der längst aufgehört hatte zu dampfen, nur mit einem flüchtigen Blick. Allein bei dem Gedanken an Essen schloss sich seine Kehle. »Tut mir Leid. Ich kann nicht.«

Rachel setzte sich ihm gegenüber und strich beunruhigt ihren Rock glatt. »Was ist denn nur mit dir, mein Junge? Du wirst uns doch nicht krank?«

Er schüttelte den Kopf. »Keine Bange. Es geht mir gut.«

»Das kann ich kaum glauben«, widersprach Meurig von der Tür, trat entschlossenen Schrittes in die Halle und setzte sich neben seine Frau. »Du hast seit drei Tagen so gut wie nichts gegessen. Du bist blass und sprichst kaum ein Wort. Nein, ich kann irgendwie nicht glauben, dass es dir gut geht. Und wir werden der Sache jetzt auf den Grund gehen.«

Entsetzt sah der Junge in die beiden Gesichter, die ihm so voller Anteilnahme und Besorgnis zugewandt waren. Dann erwog er für einen verrückten Moment, sich diesen beiden Menschen, die er länger als sein halbes Leben kannte, anzuvertrauen. Meurig war nur ein Knecht aus der walisischen Provinz, er konnte weder lesen noch schreiben, war abergläubisch und hatte grauenvolle Tischmanieren, aber er war ein pfiffiger Bursche, und Cecil wusste, dass Jonah ihm blind vertraute. Rachel war von ähnlich schlichter Machart und doch eine kluge Frau, manchmal verblüffend einfallsreich. Aber natürlich konnten sie ihm nicht helfen. Wenn es einen Ausweg gäbe, hätte er ihn selbst gefunden. Außerdem hätte es gegen de la Poles Bedingungen verstoßen, und das durfte er nicht riskieren. Gänsehaut kroch seine Arme hinauf, wenn er sich an den Blick dieser Falkenaugen erinnerte, die unverwandt auf ihn gerichtet gewesen waren, während der lange Oberkörper des mächtigen Kaufherren sich immer weiter zu ihm herabbeugte: »Ich erwarte dich in spätestens drei Tagen wieder hier. Komm nach Einbruch der Dunkelheit. Wenn du mir bringst, was ich will, wird niemand je das dunkle Geheimnis deines Busenfreundes erfahren. Halte dein Wort, dann halte ich meins. Wenn du aber irgendwem von unserer kleinen Unterhaltung erzählst, betrachte ich das als Wortbruch. Und wenn du erwägen solltest, dich umzubringen, um deinem Gewissenskonflikt zu entfliehen, dann lass dir gesagt sein, auch das betrachte ich als Wortbruch …« Und damit war Cecils letzter Ausweg versperrt gewesen.

»Also, raus mit der Sprache, Junge«, forderte Meurig. »Was ist es, das dir solchen Kummer macht? Was wollte dieser Bote, der dich neulich abends aufgesucht hat?«

Erleichtert griff Cecil die Lüge des Boten auf. »Meine … meine Mutter ist krank. Es ist weiter nichts Ernstes, aber ich bin natürlich trotzdem beunruhigt.«

Meurig nickte verständnisvoll und tauschte einen verstohlenen Blick mit Rachel, die fast unmerklich den Kopf schüttelte.

»Verstehe, Cecil. Deine Mutter ist also krank. Und warum kannst du mir nicht in die Augen sehen, während du das sagst?«

Cecil hob den Kopf und schaute ihm demonstrativ ins Gesicht, starrte ihn mit weit aufgerissenen Augen an. »Du zweifelst an meinem Wort?«

»Spiel mir nicht das Herrensöhnchen vor, nur weil du plötzlich Durham heißt. Ja, ich zweifle an deinem Wort.«

»Meurig«, schalt Rachel beschwichtigend. »Setz ihm nicht so zu.«

Ihr Mann hob ungeduldig die Schultern. »Ich will ihm helfen, das ist alles. Und wie kann ich das, wenn er mich anlügt?«

Cecil stand unvermittelt auf. »Ich bin euch dankbar für eure Anteilnahme. Wirklich. Aber ihr macht euch unnötige Sorgen. Es ist, wie ich gesagt habe. Und jetzt gehe ich schlafen. Gute Nacht.«

Hilflos sahen sie ihm nach.

Cecil wartete, das Ohr an die Tür seiner Kammer gepresst, bis er Rachel und Meurig das Haus verlassen hörte. Wie er an ihrer Kate vorbei unbemerkt zum Tor gelangen sollte, wusste er noch nicht, denn Meurig hatte scharfe Ohren. Aber mit dem Problem würde er sich befassen, wenn es so weit war.

Erst einmal trat er mit einer Kerze auf die Galerie hinaus. Im Haus war es geradezu unheimlich still. Cecil ging zu Jonahs Tür und hob die Hand, ehe ihn der Mut verließ.

Ich kann nicht, dachte er kläglich. Ich kann das nicht tun. Schweiß rann seinen Rücken hinab, dumpfe Kopfschmerzen hämmerten in seinen Schläfen. Dann dachte er an Harry, dem er so vieles verdankte, dessen Zukunft und Ansehen er in Händen hielt. Er atmete tief durch, stöhnte beinah, und trat dann durch die Tür.

Jonah hatte ihm seinen ganzen Schlüsselring überlassen, denn selbst um das Geschäft nur für ein paar Tage zu verwalten, brauchte Cecil Zugang zur Geldtruhe. Seine rechte Hand zitterte so sehr, dass er drei Anläufe benötigte, um den schweren Eisenschlüssel ins Schloss zu stecken. Dann hörte er den Riegel zurückfahren, ließ den Schlüssel los und klappte den massiven Eichendeckel hoch. Es war schwierig mit nur einer Hand, denn die Truhe war groß.

Sie war beinah bis zum Rand mit Leinensäcken voller Gold- und Silbermünzen gefüllt, und hätte das, was Cecil suchte, ganz unten gelegen, hätte er bestimmt eine Stunde Arbeit gehabt, es zu finden. Doch die wichtigen Papiere, die in der Truhe aufbewahrt wurden, lagen zwischen zwei dünnen, lederbezogenen Holzdeckeln obenauf. Hastig blätterte Cecil durch Verträge und Wechsel, und dann fand er das vergilbte Stück Pergament, das de la Pole ihm beschrieben hatte: eine Urkunde des Lord Treasurer, ausgestellt am Tage des heiligen Hoger, dem 20. Dezember, im Jahre des Herrn 1337 in Dordrecht, welche bescheinigte, dass die Krone Master Jonah Durham eine Summe von 1166 Pfund schulde. So schlicht sahen sie also aus, die berühmten Dordrecht-Schuldscheine.

Eine Teileinlösung von fünfhundert Pfund aus dem Jahr 1342 war ordnungsgemäß quittiert, und als Cecil die geschuldete Restsumme sah, überlief ihn ein eisiger Schauer, und er stieß ein heiseres, angstvolles Lachen aus. Sechshundertsechsundsechzig Pfund. Die Zahl des Tieres, so stand es im Buch der Offenbarung. »Wer Verstand hat, der berechne die Zahl des Tieres, denn es ist die Zahl eines Menschennamens: Seine Zahl ist sechs, sechs, sechs«, zitierte er tonlos. Von allen bösen, unheilvollen Zahlen war diese die schlimmste, und Cecil wusste, es war kein Zufall, dass sie ihm hier begegnete.

Es sei doch nur ein bisschen Geld, das er seinem Herrn und Vater stehle, hatte de la Pole ihn zu beschwichtigen versucht, und davon habe Master Durham doch so viel, dass er den Verlust vermutlich nicht einmal bemerken werde. Ihm, de la Pole, sei der Schuldschein von großem Wert, da er ihn durch die Englische Compagnie einlösen könne, aber Jonah nütze er doch gar nichts. Was bedeute der Verlust eines wertlosen Fetzens Pergament schon, verglichen mit Harrys Zukunft und Lebensglück?

Und es hatte vernünftig geklungen, als de la Pole dies sagte. Aber jetzt wusste Cecil es besser. Sechshundertsechsundsechzig

Pfund waren keine kleine Summe, sondern ein Vermögen, und Cecil beging Verrat an dem Mann, der ihn erst in sein Haus, dann in seine Familie aufgenommen hatte. Was er tat, war unverzeihlich, und er war verdammt, so sicher, als trüge er die Zahl des Tieres auf der Stirn.

Behutsam, geradezu andächtig rollte er den Schuldschein zusammen und verbarg ihn in seinem Ärmel. Dann legte er die anderen Unterlagen zurück, vergewisserte sich, dass alles so aussah wie vorher, sperrte die Truhe ab und ging hinaus und die Treppe hinab. Unten zögerte er einen Moment, wandte sich dann nach rechts und ging zum Kontor. Er hielt den Blick gesenkt, damit er nicht Gefahr lief, durch die geöffnete Tür zur Kapelle einen Blick aufs Altarkreuz zu erhaschen. Er hatte sich von Gott abgewandt – genau wie umgekehrt –, und er fürchtete, dass ihm abscheuliche Teufelsfratzen erscheinen würden, wenn er den Blick auf etwas Heiliges richtete, Visionen der Schrecken, die ihn erwarteten.

Er trat ins Kontor, um sich noch einen Augenblick zu erinnern und Abschied zu nehmen. In diesem Raum, der tagsüber so hell und freundlich war und einen so herrlichen Blick auf den verkehrsreichen Fluss mit seinen Wiesen am jenseitigen Ufer bot, hatte Cecil die drei besten Jahre seines Lebens verbracht, zusammen mit Crispin und Harry. Es war ihm immer so vorgekommen, als habe hier sein eigentliches Leben begonnen. So viele Pläne für die Zukunft hatte er hier geschmiedet. Aber er sah jetzt ein, dass ihm diese Zukunft nicht zustand, und es hatte schon seine Richtigkeit, dass er sich für Harry opferte, denn, so glaubte er, Harry Willcox war ein besserer Mann, als er es je sein könnte.

Mit zugeschnürter Kehle machte er kehrt und schloss die Tür des Kontors mit festem Griff.

Im Hof war es nicht dunkel, denn der Himmel war wolkenlos und der Mond noch beinah voll. Auf Zehenspitzen schlich Cecil auf Meurigs Kate zu. Er hatte Glück. Meurig und Rachel kamen emsig ihren ehelichen Pflichten nach. Sie waren viel zu beschäftigt und vor allem zu laut, um ihn zu hören. Er huschte an ihrem dunklen Fenster vorbei zur Pforte. Als er auf die Straße hinaustrat, ließ er den Schlüssel von innen stecken und zog die Tür hinter sich zu.

Er hatte nicht die Absicht zurückzukommen.

Der Bote kehrte am nächsten Vormittag mit Lucas nach Eltham zurück. Jonah wies Piers an, den Wagen fertig zu machen, und hieß Philip und Elena, sich von ihren Freunden zu verabschieden. Er selbst begab sich mit Giselle zur Königin, um ihr Lebewohl zu sagen. Philippas Damen waren ebenfalls dabei zu packen, denn der Hof sollte nach Westminster zurückkehren. Sie verabredeten, sich dort in Kürze wieder zu sehen, und im Anschluss schaute Jonah noch kurz beim Lord Treasurer vorbei, alles ehe er seinen Ältesten auch nur begrüßt hatte.

Lucas merkte sehr bald, dass das kein Zufall war. Denn als seine Eltern hinaus in den Innenhof kamen, würdigte sein Vater ihn immer noch keines Blickes, half stattdessen seiner Mutter, der Amme mit Samuel, der Magd Heather, seiner Schwester und Philip auf den Wagen und schwang sich dann in Hectors Sattel. »Es geht los, Piers«, wies er den Lehrling an, der auf dem Bock saß, so als merke er gar nicht, dass ein Sohn noch nicht für die Heimfahrt verstaut war.

Lucas nahm seinen Mut zusammen, trat zu seinem Vater und verneigte sich formvollendet. »Sir, ich bitte Euch um Verzeihung.«

Jonah sah nur ganz kurz auf ihn hinab. »Steig ein«, befahl er und ritt ans vordere Ende des langen Gefährts.

Eltham lag nicht viel mehr als zehn Meilen außerhalb der Stadt, und obwohl der Wagen nur langsam einherzockeln konnte, dauerte die Fahrt nicht länger als drei Stunden. Für Giselle konnte sie gar nicht schnell genug vorüber sein. Ihr Ältester saß bleich und stumm auf der Bank ihr gegenüber und hüllte sich in Düsternis wie in eine schwarze Rauchwolke. Sein Vater könnte es nicht besser, dachte sie beklommen.

»Madam, ich bitte Euch um Verzeihung«, hatte er auch zu ihr gesagt, mechanisch, hölzern, wie auswendig gelernt. Er hatte sie noch nie in seinem Leben »Madam« genannt.

»Natürlich verzeihe ich dir, Lucas«, hatte sie ernst erwidert. »Wie ich merke, hast du ja bereits eingesehen, dass es ein schwerer Fehler war.«

Er hatte überhaupt nicht reagiert, schien durch sie hindurchzustarren und sprach kein Wort mehr. Wo war nur das Kind geblieben, das sie bis vor wenigen Wochen noch gehabt hatte? Er war nicht nur athletischer und mindestens einen halben Kopf größer als der Lucas, den sie in Erinnerung hatte, sondern wirkte finster und entschlossen wie ein junger Märtyrer. Er war ihr unheimlich.

Philip und Elena erging es nicht viel besser. Sie bemühten sich, ihren Bruder in ein Gespräch zu verwickeln, stellten aber bald fest, dass sie gegen eine Wand redeten, wurden verzagt und kleinlaut. Giselle fischte ein Stück Garn aus dem bestickten Seidenbeutel an ihrem Gürtel und lenkte sie mit einem Fadenspiel ab.

Als sie in ihren Hof einbogen und der Wagen vor dem Stallgebäude hielt, saß Jonah ab und band sein Pferd an einen der eisernen Ringe neben der Tür. Lucas war schon heruntergeklettert, und auf ein knappes Nicken seines Vaters ging er vor ihm her zum Haus hinüber.

Giselle hielt ihren schlafenden Jüngsten im Arm und küsste mit geschlossenen Augen seinen samtweichen, dunklen Flaum. Piers streckte ihr die Hand entgegen, um ihr vom Wagen zu helfen, und sah die einzelne Träne, die ihre Wange hinabrollte. »Oh, Mistress«, sagte er halb ungeduldig, halb mitfühlend. »Er hat's verdient, und er wird's überleben.«

Sie rang sich ein Lächeln ab. »Ja, ich weiß.«

Der Lehrling hatte das Gefühl, er müsse noch mehr sagen. »Der Master nimmt einen nie so hart ran, wie man meinen sollte, stimmt's nicht, Philip?« Er packte den Zweitältesten unter den Achseln, hob ihn von der Ladefläche und stellte ihn auf die Füße. »Wir beide wissen, wovon wir reden.«

Philip schnitt eine freche Grimasse und nickte.

An der Haustür trafen Jonah und Lucas auf Rachel. »Oh, Master Jonah …«

»Nicht jetzt, Rachel.« Jonah nahm Lucas' Arm und zerrte den Jungen Richtung Kontor.

»Aber Master ...«

»Ich sagte, nicht jetzt!«

Sie versuchte es kein drittes Mal, sondern eilte in den Hof hinaus zu Giselle.

Derweil betraten Vater und Sohn das Kontor. Jonah ließ den Jungen los, stieß ihn grob durch die Tür und schloss sie. Dann holte er den biegsamen Stock von seinem Platz auf dem Regal zur Linken. Lucas starrte seinen Vater einen Augenblick an. Das Herz hämmerte ihm in der Kehle, seine Hände waren feucht.

Jonah war nicht in der Lage, die Angst in den Augen des Jungen zu erkennen, und missverstand den Blick. »Du machst es dir nicht gerade leichter«, drohte er leise. »Worauf wartest du?«

Lucas hob die bleischweren Arme, löste die Kordel am Halsausschnitt seines Kittels und zog ihn zusammen mit dem Wams über den Kopf. Nachlässig ließ er die feinen Kleidungsstücke zu Boden fallen, als lege er es wirklich darauf an, seinen Vater noch wütender zu machen.

Jonah nickte langsam. Ganz wie du willst, mein Sohn, dachte er finster.

Lucas wandte ihm den Rücken zu, und Jonah stockte der Atem. Für einen Moment blieb ihm bei diesem Anblick tatsächlich die Luft weg. Irgendein wahnsinniges Ungeheuer war ihm zuvorgekommen, so schien es. Der schmale Kinderrücken war mit mehr Striemen übersät, als Jonah je gesehen hatte – dabei hatte er allerhand gesehen, meist mit nach hinten verrenktem Kopf im Spiegel –, und die Mehrzahl der Male war blutig.

Jonah ließ den Stock so hastig fallen, als habe er sich die Finger daran verbrannt, trat einen Schritt auf seinen Sohn zu und nahm wieder dessen Arm, ganz behutsam dieses Mal. Er drehte den Jungen zu sich um und fragte sich verständnislos, wie er die versteinerten Kiefermuskeln hatte übersehen können, die unnatürliche Blässe. »Wer hat das getan?«

Lucas blinzelte kurz. »Wenn Ihr erlaubt, würde ich lieber nicht darüber sprechen.«

Also Prinz Edward, schloss Jonah. Er hatte doch immer ge-ahnt, dass mit diesem edlen, jungen Helden irgendetwas nicht stimmte – er war einfach zu gut, um wahr zu sein. Keine Beherr-schung und kein Maß, hatte die Königin gesagt ...

Plötzlich schwankte Lucas und taumelte. Jonah packte auch seinen anderen Arm und bewahrte ihn so vor dem Sturz, doch die ruckartige Bewegung entlockte dem Jungen einen kleinen, halb unterdrückten Schrei.

Jonah zog mit dem Fuß einen Schemel heran, setzte Lucas darauf und schlug den Kurs ein, den er immer steuerte, wenn er ratlos war: »Ich hole deine Mutter.«

»Nein! Bitte nicht, Sir.«

»Lucas ... sie muss es erfahren.«

»Aber nicht sehen, oder?«

Doch, meinte Jonah. Sie würde wissen, ob sie einen Arzt holen mussten oder nicht. Er fragte sich einen Moment, ob der Junge sich vor seiner Mutter genierte. Das gehörte zu den tau-send Facetten einer normalen Kindheit, von denen er nicht die geringste Ahnung hatte.

»Was wäre so schlimm daran?«, fragte er.

Lucas antwortete nicht gleich. Er hielt den Kopf gesenkt, aber man konnte den Adamsapfel in seiner Kehle arbeiten sehen. Die Hände lagen lose auf den Knien, die schmalen Schultern wirkten gramgebeugt. Ohne aufzusehen sagte der Junge: »Sie ist meine einzige Hoffnung. Nur sie könnte es fertig bringen, Euch zu überreden, mich zu Prinz Edward zurückkehren zu lassen. Aber sie wird einen Mordsschrecken kriegen, wenn sie mich so sieht, und nichts davon halten.«

Jonah traute seinen Ohren kaum. »Du willst zurück? Nach-dem er das getan hat?«

Lucas nickte. »Er war ... außer sich vor Wut.«

»Ja, das ist nicht zu übersehen.«

»Er hat gesagt, es gäbe nichts Verwerflicheres, das ich hätte tun können. Loyalität sei der Schlüssel zu allen ritterlichen Tu-genden, und ein Sohn schulde zuallererst seinen Eltern Loyali-tät. Und er hat doch Recht, oder?«

Jonah fand, es gab eine Menge schlimmerer Sünden, als wenn ein Kind einmal über die Stränge schlug – zumal ein zwölfjähriger Knabe, auch wenn er seinem Vater bis an die Schulter reichte und schon beinah wie ein junger Mann aussah, die Tragweite seiner Taten nicht immer richtig einzuschätzen vermochte. Aber das konnte er schlecht sagen, hatte er seinen Sohn doch eigens zu dem Zweck hierher geführt, um ihn für seine Verfehlung zu bestrafen.

»Er hat prinzipiell Recht, ja. Was du getan hast, war ungeheuerlich. Du hast deine Mutter und mich beschämt.«

Lucas nickte unglücklich. »Ich weiß.«

»Es sieht dir überhaupt nicht ähnlich. Welcher Teufel hat dich nur geritten?« Plötzlich glitt Lucas' Blick fluchtartig zum Fenster, und Jonah wurde argwöhnisch. »Sei so gut und gib Antwort.«

»Großvater«, gestand der Junge. Er flüsterte beinah. »Großvater war der Teufel. ›Der Prinz will dich in seinen Haushalt nehmen, und dein Vater verbietet es?‹, hat er gefragt. ›Warum, um Himmels willen? Er verbaut dir eine große Zukunft. Wieso gehst du nicht einfach? Manchmal muss man sich nehmen, was man haben will, Lucas.‹ Es klang so vernünftig. So richtig. Erst als es zu spät war, ging mir auf, dass es feige war. Und dass ich alle hintergangen habe, meine Eltern, meinen Prinzen, alle, denen ich Ehre machen wollte.« Zum ersten Mal füllten seine Augen sich mit Tränen, aber er zwang sie zurück. Es war mühsam und dauerte ein Weilchen, aber es glückte.

»Verstehe.« Langsam wurde Jonah so einiges klar. Welche Chance hatte Lucas gegen de la Poles Einflüsterungen gehabt, denen Jonah doch als junger, aber immerhin schon erwachsener Kaufmann selbst noch manchmal erlegen war?

»Und der Prinz war eben wütend, weil ich ihn so bitter enttäuscht habe«, erklärte Lucas reumütig. Er schien entschlossen, die ganze Schuld auf sich zu nehmen und nicht zuzugeben, dass der junge Edward jegliches Maß der Vernunft überschritten hatte.

Er muss seinen Prinzen wahrhaftig sehr lieben, erkannte Jonah und verspürte einen unerwarteten Stich. Normalerweise neigte er nicht zur Eifersucht. Da er sich selbst nicht sonderlich liebenswert fand, stellte er diesbezüglich eher geringe Ansprüche. Aber gerade mit Lucas lagen die Dinge ein wenig anders, und dieser Stich bewog ihn, zum ersten Mal seine Motive anzuzweifeln und sich zu fragen, warum er wirklich so vehement dagegen war, dass sein Sohn einen völlig anderen Weg einschlug als er selbst.

»Er ist ein guter Mann, Vater«, fuhr der Junge eindringlich fort. »Ein wirklich guter Mann. Und es passiert nicht oft, dass er die Beherrschung verliert, hat John gesagt.«

»Wie überaus beruhigend.«

Lucas stieß hörbar die Luft aus. Der Sarkasmus seines Vaters kam ihm immer vor wie eine unüberwindbare steinerne Mauer. »Ihr wollt mich zurück auf die Klosterschule schicken.« Er hob den Kopf und sah seinem Vater in die Augen. »Nicht wahr?«

Das war in der Tat Jonahs Absicht gewesen. Abgeschiedenheit, strenge Zucht und Bücher waren ihm als die geeigneten Heilmittel gegen Lucas' Hirngespinste und Ungehorsam erschienen. Aber jetzt war er keineswegs mehr sicher. Er war nicht so blind, dass er nicht sehen konnte, wie sein Sohn in den letzten Monaten gewachsen war, und das weiß Gott nicht nur körperlich. »Darüber sprechen wir, wenn es dir besser geht.«

»Aber Vater …«

Er brach ab, weil die Tür abrupt geöffnet wurde. Giselle trat über die Schwelle. »Entschuldige, Jonah …« Ihr Blick fiel auf Lucas, der mit dem Rücken zur Tür saß, und sie schlug die Hände vors Gesicht. Langsam ließ sie sie wieder sinken und starrte mit riesigen Augen zu Jonah. »Welche … Bestie hat das getan?«

Jonah verspürte eine kleine, warme Welle der Dankbarkeit, dass sie ihm etwas Derartiges nicht zutraute. Er verschränkte die Arme vor der Brust und traf eine blitzschnelle Entscheidung. »Einer der Ritter des Prinzen. Lucas kennt seinen Namen nicht.«

Lucas klappte vor Verblüffung den Mund auf, aber seine Mutter war zu erschüttert, um es zu bemerken. Sie sank vor ihm auf die Knie, strich ihm mit beiden Händen die Haare aus dem

Gesicht und küsste ihn auf die Stirn. »Und ich habe dir nichts angemerkt. Du bist ein zäher Brocken, wie dein Vater.« Es fiel ihr nicht leicht, das zu sagen. Ganz andere Dinge lagen ihr auf der Zunge. Aber sie kannte ihre Männer und wollte dies für Lucas nicht qualvoller machen, als es ohnehin schon war. »Trotzdem, das muss versorgt werden, Lucas. Du legst dich ins Bett, und ich schicke Rachel zum Apotheker…«

Lucas befreite seinen Kopf mit einer leichten Drehung. »Liegen ist… grässlich, Mutter. Und Vater und ich haben wirklich Wichtiges zu besprechen.« Kein Zweifel, er hatte gemerkt, dass Jonahs Entschlossenheit ins Wanken geraten war.

Doch sein Vater winkte ab. »Das können wir später fortsetzen. Geh mit deiner Mutter. Zeig mir, wie ernst es dir mit deinen guten Vorsätzen ist.«

Lucas nickte und stand auf. Mit zusammengebissenen Zähnen bückte er sich nach seinen Kleidern und streifte den Kittel über. Er wollte nicht, dass das Gesinde oder seine Geschwister ihn so sahen.

Giselle beobachtete ihn hilflos und verzog an seiner Stelle schmerzlich das Gesicht, ohne es zu merken. Dann fiel ihr ein, warum sie gekommen war. »Jonah, ich weiß nicht, was das zu bedeuten hat, aber Cecil ist seit letzter Nacht verschwunden. Meurig ist unterwegs, um ihn zu suchen.«

»Verschwunden?«, wiederholte Jonah verständnislos.

Sie nickte. »Ich war in seiner Kammer. Er hat nicht einmal seinen Mantel mitgenommen. Aber Crispins Rosenkranz.«

London, Juli 1349

Ich muss zu seiner Mutter gehen und es ihr sagen.« Jonah strich sich nervös über den Bart. »Das hätte ich längst tun sollen.« Seit über zwei Wochen war Cecil nun verschollen, und Jonah hatte es bislang vor sich hergeschoben, Annot die schlechte Nachricht zu bringen. Er hatte sich von Meurig den verdächtigen

Boten beschreiben lassen und sofort gewusst, dass ein halb verwahrloster Junge in schäbigen Kleidern niemals vom Haus der Freuden kommen konnte. Er zog die gleichen Schlüsse wie Meurig: Cecil hatte gelogen. Aber warum? Zehn Tage lang hatten Jonah, Meurig und Piers die Stadt durchkämmt, hatten keine noch so finstere Gasse oder Spelunke ausgelassen, doch der Lehrling war genauso spurlos verschwunden wie einst seine Mutter.

Giselle legte ihrem Mann mitfühlend die Hand auf den Arm und seufzte. Sie hasste es, wenn Jonah auch nur in die Nähe dieser Lasterhöhle in East Cheap kam, aber sie nickte. »Ja, das musst du, Liebster.«

Es war still im Haus. Lucas und seine Geschwister waren in der Schule, der kleine Samuel mit der Amme im Garten. So hörten sie durch die geöffneten Fenster der Halle das laute Hallo, mit dem die *Philippa* willkommen geheißen wurde.

Jonah und Giselle erhoben sich und sahen zur Anlegestelle hinunter.

»Was für ein wunderschönes Schiff sie ist«, bemerkte Giselle. »Was bringt sie dieses Mal?«

»Wein, Seide, Diamanten und ... Harry Willcox.« Er wies lächelnd mit dem Finger zum Heck, aber Giselle hatte den feuerroten Schopf schon entdeckt.

»Wusstest du, dass er kommen wollte?«, fragte sie erstaunt.

Jonah schüttelte den Kopf und hoffte, dass Harry nicht auch noch schlechte Nachrichten brachte.

Doch sein junger Kompagnon beruhigte ihn sogleich, nachdem er die Treppe heraufgeeilt war, um Jonah und Giselle zu begrüßen. Er verneigte sich vor der Dame des Hauses, drückte Jonah die Hand, als wolle er ihm die Finger brechen, und beantwortete dessen Frage nach dem Verlauf der Reise: »Herrliches Wetter und ein großartiges Schiff. Ich könnte mich an ein Kauffahrerdasein gewöhnen. Unsere Geschäfte in Bordeaux laufen prächtig, Jonah. Ich habe die Abrechnung dabei, du wirst nicht enttäuscht sein. Wir könnten doppelt so viel Tuch verkaufen, wenn wir es hätten.«

Jonah nickte, rief nach einer Magd und orderte Wein, ehe er

antwortete: »Ich habe zwei weitere Güter in der Nähe von Seven-elms gekauft. Wir vergrößern die Herden, so schnell es geht, und holen noch mehr Handwerker aus den Niederlanden. Aber es wird seine Zeit brauchen, die Verluste an Schafen und Arbeitskräften wettzumachen.«

Nachdem sie auf Harrys glückliche Heimkehr angestoßen hatten, sagte der junge Willcox ein wenig verlegen: »Ich ... hätte meinen Posten nicht so einfach im Stich gelassen, aber mein Vater hat mir einen Brief geschickt.«

Jonah runzelte verblüfft die Stirn. Harry und Francis Willcox hatten nicht einmal Kontakt gepflegt, als sie noch in derselben Stadt lebten.

Harry nickte, als habe Jonah seiner Verwunderung Ausdruck verliehen. »Ihr habt es vermutlich nicht gehört, aber meine Mutter ist an der Pest gestorben«, erklärte er niedergeschlagen. »Ich will ihr Grab besuchen.«

»Das tut mir Leid, Harry«, sagte Jonah. »Und du brauchst dich nicht zu rechtfertigen. Darüber hinaus bin ich froh, dass du hier bist. Cecil ist verschwunden, und ich weiß nicht, wo ich noch suchen soll. Du kennst ihn besser als jeder von uns, vielleicht weißt du Rat.«

»Verschwunden?«, wiederholte Harry verständnislos.

Giselle nickte beklommen. »Schon zwei Wochen.«

»Aber ... aber ... oh, mein Gott.« Harry sank auf den erstbesten Schemel nieder.

Giselle berichtete ihm das Wenige, was sie wussten, und schloss mit den Worten: »Wir hoffen, dass es nur irgendeine Dummheit ist, die dahinter steckt.«

Harry schüttelte skeptisch den Kopf. »Das sieht ihm nicht ähnlich. Wer soll dieser merkwürdige Bote sein? Cecil kennt so gut wie niemanden in der Stadt. Er geht nie zur Lehrlingsbruderschaft, hat nie Freunde außerhalb dieses Hauses gesucht. Seid ihr sicher, dass es nichts mit seiner Mutter zu tun hat?«

Jonah nickte. »Aber ich war praktisch auf dem Weg, um mit ihr zu sprechen. Vielleicht weiß sie etwas, das er uns nicht gesagt hat.«

»Unwahrscheinlich«, meinte Harry, und Jonah wusste, er hatte Recht. Cecil hatte den Umgang mit seiner Mutter im gleichen Maße gemieden wie Harry den mit seinem Vater. »Aber ich komme mit dir, wenn du erlaubst.«

»Natürlich.«

An der Tür stießen sie beinah mit dem Earl of Waringham zusammen.

»Gervais!«, rief Giselle überrascht aus. Es kam sonst niemals vor, dass Waringham ihre Halle betrat, ohne zuvor einen Diener heraufzuschicken, um ihn anzukündigen, denn er war ein höflicher Mann. »Welch unerwartete Freude.«

Gervais verzog das Gesicht, als hätte er Zahnschmerzen. »Ich muss dich sprechen, Jonah.« Er sagte nicht ›unter vier Augen‹, aber alle hörten, dass er es meinte.

Jonah nickte. »Harry, sei so gut und warte im Kontor auf mich.«

»Sicher.« Der junge Willcox warf dem Besucher einen argwöhnischen Blick zu und ging dann hinaus.

Giselle blieb an der Seite ihres Mannes. »Was ist denn geschehen?«, fragte sie Waringham.

Der sah unverwandt zu Jonah. »Der König hat mich gebeten, dich zu ihm zu geleiten.«

Giselle stieß ungeduldig die Luft aus. »Gervais, was sollen diese Förmlichkeiten? Wir haben im Augenblick …«

Jonah legte ihr die Hand auf den Arm, ohne Waringham aus den Augen zu lassen. »Nur raus damit. Warum bist du wirklich hier? Alter Freund.«

Der Earl of Waringham ließ die Schultern hängen, schlug die Augen nieder und sah plötzlich aus wie ein Häuflein Elend. »Ich … Er hat mich geschickt, dich zu verhaften.«

Giselle blinzelte, als habe ein Windstoß ihr Staub in die Augen getrieben. Ein paar Herzschläge lang sagte niemand etwas.

Dann fragte sie tonlos: »Hast du den Verstand verloren?«

Gervais' Kopf ruckte hoch. »Es war nicht meine Idee! Ich glaube kein Wort von diesem Unsinn. Aber mir bleibt nicht viel anderes übrig, als zu tun, was er sagt, oder?« Er hob hilflos beide

Hände. »Jonah, mir ist selten im Leben etwas so schwer gefallen, aber … ich muss dich bitten, mir dein Schwert zu geben.«

Ohne zu zögern löste Jonah den Schwertgürtel, trat einen Schritt auf Waringham zu und überreichte ihm seine Waffe. Es wirkte beinah feierlich. Nichts regte sich in seinem Gesicht, man konnte nur raten, was er empfand. »Möchtest du mir vielleicht auch die Hände binden?«, fragte er höflich.

Gervais sah ihm tapfer in die Augen, obwohl es ihn sichtlich Mühe kostete. »Ich kann verstehen, dass du bitter bist, aber du prügelst auf den Falschen ein. Ich bin nur der Bote mit der schlechten Kunde.«

Jonah nickte bereitwillig. »Du hast mein ungeteiltes Mitgefühl.«

Waringham fand, er hatte genug eingesteckt. »Lass uns gehen.«

»Augenblick.« Giselle trat zwischen sie, und Waringham fürchtete einen Moment lang, sie wolle versuchen, ihn mit Gewalt daran zu hindern, seine Pflicht zu tun. »Weswegen?«, fragte sie. »Was ist der Anlass für diese Farce? Gibt es überhaupt einen? Oder ist der König heute Morgen mit dem falschen Fuß aufgestanden und überlegt seitdem, wessen Leben er heute einmal ruinieren könnte?«

»Oh, komm schon, Giselle, du weißt genau, dass er so nicht ist«, wandte Waringham entrüstet ein.

»Dann sei so gut und beantworte meine Frage.«

»Giselle …«, begann Jonah, aber seine Frau war in Rage.

»Entschuldige bitte, aber ich möchte doch gern erfahren, worum es hier geht, damit ich weiß, was ich den Kindern, der Gilde und dem Stadtrat sagen soll, falls sie fragen, warum du so plötzlich verschwunden bist. Also, Gervais?«

Der Earl räusperte sich. Er wünschte sich meilenweit fort. Er wünschte, er wäre daheim bei seiner Frau, seinen Kindern und seinen Pferden in Waringham. »Es geht um diese verfluchte Englische Compagnie«, begann er. »Sie ist pleite, so scheint es, und der König ist überzeugt, dass Betrug, Misswirtschaft und Schmuggel daran schuld sind.«

»Hätte er auf Jonah gehört, wüsste er das seit mindestens fünf Jahren!«

Gervais ging nicht darauf ein, sondern fuhr an Jonah gewandt fort: »Nun sind beim Lord Treasurer Dokumente aufgetaucht, die darauf hindeuten, dass du der Drahtzieher hinter der Englischen Compagnie bist. Zuerst hat der König den Treasurer ausgelacht, als er damit kam, aber es war etwas dabei, das ihn überzeugt hat.«

Jonah hatte Mühe, ihm zu folgen. Er fühlte sich, als sei er mit der Stirn vor einen soliden Pfosten gelaufen. Aber er sammelte sich genug, um zu fragen: »Und was soll das sein?«

»Dein Dordrecht-Schuldschein. Die Compagnie hat ihn dem Treasurer mitsamt ihrer Abrechnung vorgelegt. Eintausendeinhundertsechsundsechzig Pfund. Doch in den Büchern des Treasurer steht, dass vor sieben Jahren eine Teileinlösung von fünfhundert Pfund stattgefunden hat. Bischof Edington, der Treasurer, glaubt, du habest versucht, die Krone um diese fünfhundert Pfund zu betrügen.«

»Fünfhundert Pfund?«, wiederholte Jonah fassungslos.

Gervais hob kurz die Schultern. »Für dich mag es eine lächerliche Summe sein. Aber es ist keine kleine Summe, nicht wahr? Fünfhundert Pfund reichen aus, um zweitausend Bogenschützen ein Jahr lang zu füttern.«

»Oder der Königin ein Kleid machen zu lassen.«

Gervais nickte. »Aber das ist ja nur der Aufhänger. Weil der König glaubt, du habest deinen Dordrecht-Schuldschein gefälscht, glaubt er auch den Rest. Dass du der Mehrheitseigner der Englischen Compagnie bist.«

»Um Himmels willen, Gervais«, murmelte Giselle beschwörend. »Jonah hatte nie etwas mit dieser Compagnie zu tun! Er hat den König mehr als einmal davor gewarnt.«

»Ich weiß«, erwiderte Waringham hilflos. »Aber die Dokumente sagen etwas anderes, und …«

»Augenblick«, fiel Jonah ihm scharf ins Wort. »Mir wird also unterstellt, ich habe eine königliche Urkunde gefälscht?«

Gervais blickte zu Boden und nickte unglücklich.

»Das heißt, der König gedenkt, mich wegen Hochverrats anzuklagen?«

»Der Treasurer«, verbesserte Waringham, aber er brachte es immer noch nicht fertig, ihm wieder in die Augen zu sehen.

Jonah lachte leise. »Was für ein herber Schlag.«

Giselle hatte eine Hand an die Kehle gelegt. Sie war todesbleich, ihre Augen wirkten riesig. »Jonah... wie kannst du lachen?«

»Was soll ich sonst tun? Der König schuldet mir derzeit etwa dreißigtausend Pfund und glaubt, ich wolle ihn um fünfhundert prellen. Ist das vielleicht nicht lächerlich?«

»Fünfzigtausend«, murmelte Waringham kleinlaut. »Das ist die Summe, um die es geht. Die Englische Compagnie schuldet sie dem König und kann nicht zahlen. Und der Treasurer ist überzeugt, dass du sie in die eigene Tasche gesteckt hast. Aber ich glaube kein Wort davon«, beteuerte er wieder.

»Und ich werde dir beweisen, dass du dich nicht täuschst«, eröffnete Jonah ihm. »Ich weiß nicht, wer meinen Dordrecht-Schuldschein gefälscht hat und warum, aber das Original liegt in meiner Geldtruhe. Mit der quittierten Teileinlösung. Ich zeige es dir, wenn du mir folgen willst.«

Er machte auf dem Absatz kehrt und führte Waringham zu seiner Kammer. Auch er brachte den Schlüssel nicht beim ersten Anlauf ins Schloss der Truhe, denn seine Finger bebten vor Zorn. Das war also der Dank. Für all die Dienste, die er dem König erwiesen hatte, damals in Antwerpen und seither immer wieder. Für die märchenhaften Summen, die er ihm beschafft hatte. Für beinah zwanzig Jahre treuer Gefolgschaft und Hingabe an die Königin...

Er klappte den Deckel mit mehr Schwung als nötig auf, öffnete die Buchdeckel, zwischen denen er seine wichtigsten Urkunden verwahrte, und sah sofort, dass der Dordrecht-Schuldschein fehlte.

Erkenntnis durchzuckte ihn wie ein heller Lichtstrahl. »Gott steh dir bei, Cecil«, sagte er tonlos.

Sie legten den Weg zum Tower schweigend zurück. Viele der Leute auf den belebten Straßen erkannten Master Durham und grüßten ehrerbietig, bewunderten sein silberbesticktes Surkot oder sein prächtiges Pferd, ahnungslos, wohin sein Weg führte. Wenn einer der beiden Männer so aussah, als reite er einem finsteren Verlies und einer noch finstereren Zukunft entgegen, dann war es Gervais of Waringham.

Als sie über die Zugbrücke und durch das höhlenartige Torhaus in den Innenhof des Tower ritten, überfiel Jonah das Gefühl von Enge und Bedrückung, das er hier immer empfand. Er fragte sich, ob dieses unbestimmte Entsetzen, mit welchem der Tower ihn seit jeher erfüllt hatte, in Wahrheit eine Vorahnung auf diesen Tag gewesen war.

Sie saßen ab, übergaben die Pferde einer Wache, und Gervais schickte nach dem Constable. Während sie auf ihn warteten, unternahm er einen letzten Versuch, zu Jonah durchzudringen: »Gibt es irgendetwas, das ich für dich tun kann?«, fragte er beinah verzweifelt.

Jonah schüttelte den Kopf, ohne ihn anzusehen.

»Soll ich Giselle und die Kinder aufs Land bringen? Wär vielleicht besser, oder?«

»Nein, danke.« Giselle würde die Kinder rechtzeitig vor seiner Hinrichtung aus der Stadt bringen, da war er sicher, doch er wollte, dass sie den Zeitpunkt selbst wählte. Und er wollte vor allem, dass Gervais of Waringham seine Familie zufrieden ließ.

Gervais verspürte schuldbewusste Erleichterung, als er den Constable mit zwei Wachen vom White Tower herüberkommen sah. Er wartete, bis sie vor ihnen stehen blieben, nickte dem Constable zu, murmelte: »Leb wohl, Jonah«, und ergriff die Flucht.

Der Constable hatte einige Erfahrung in Situationen wie dieser, und er wirkte nicht im Geringsten erschüttert angesichts der Tatsache, dass einer der engsten Vertrauten der Königin und größten Bankiers der Krone ihm plötzlich als Gefangener überstellt wurde. »Master Durham«, grüßte er höflich, und Jonah fürchtete einen Moment lang, der Constable wolle etwas wie

›Seid herzlich willkommen im Tower of London‹ hinzufügen. Doch stattdessen sagte der Offizier: »Ihr habt keine Dienerschaft mitgebracht?«

»Nein.«

Gervais hatte ihm eindringlich geraten, einen oder mehrere vertraute Diener mitzunehmen, die ihm Gesellschaft leisten und für sein persönliches Wohl sorgen konnten, aber Jonah hatte brüsk abgelehnt. Das Letzte auf der Welt, was er derzeit wollte, war Gesellschaft.

Dem Constable war es gleich. Mit einem unverbindlichen Nicken machte er kehrt. Die Wachen warteten reglos, aber unterschwellig drohend, ob Jonah freiwillig folgen würde, und bildeten die Nachhut, als er es tat.

Der Constable geleitete ihn zum Salt Tower, der seinen Namen daher hatte, dass im Erdgeschoss die Salzvorräte der Krone aufbewahrt wurden, und führte ihn nicht, wie Jonah erwartet hatte, ins Kellergeschoss hinab, sondern zwei Treppen, die sich an die dicke, gerundete Mauer schmiegten, hinauf. Vier schwere Eichentüren gingen hier oben von einem kleinen Vorraum ab. Auf ein Zeichen des Constable öffnete eine der Wachen die linke und winkte den Gefangenen hinein.

Jonah musste ein wenig den Kopf einziehen, um nicht an den niedrigen Sturz zu stoßen, doch der Raum dahinter war verblüffend geräumig und geradezu behaglich. Ein Bett mit schlichten, aber relativ neuen Vorhängen stand an der Wand zur Linken, die Laken wirkten frisch. Reines Stroh bedeckte den Boden. In der Wand, die dem Bett gegenüberlag, war sogar ein Kamin, jetzt im brütend heißen Hochsommer natürlich unbeheizt, aber sein Vorhandensein verwunderte Jonah. Der Raum hatte ein winziges Fenster, kaum größer als eine Schießscharte, doch es ließ ein wenig Tageslicht ein und bot einen kleinen Ausblick auf den Innenhof und den White Tower. Unter dem Fenster standen ein Tisch mit einer Kerze und ein Holzstuhl; an der Wand hing ein Kruzifix.

»Da Ihr keinen Koch mitgebracht habt, werdet Ihr die Kost der Wachmannschaft teilen müssen, Sir«, unterrichtete der

Constable ihn. »Sollte das nicht nach Eurem Geschmack sein, könnt Ihr immer noch andere Arrangements treffen.«

Jonah nickte, den Blick zum Fenster gewandt. Er konnte sich nicht vorstellen, dass er hier einen besonders gesunden Appetit entwickeln würde.

»Habt Ihr sonst noch einen Wunsch, Sir?«

Der Kerl hörte sich an wie ein eilfertiger Gastwirt. Jonah schüttelte den Kopf. »Danke.«

»Na schön. Dann seid so gut und gebt mir Euren Gürtel.«

Jonah schaute stirnrunzelnd auf. »Ich trage keine Waffe am Gürtel.«

Der Constable nickte, streckte aber unbeirrt die Hand aus. »Dennoch, Sir …«

Er hatte schon so manchen Gefangenen in Empfang genommen. Manche tobten, manche weinten, manche protestierten und beteuerten ihre Unschuld. Aber er wusste, es waren die scheinbar Gleichgültigen, die die schwärzesten Gedanken ausbrüteten, und er wusste auch, der König wäre sehr verstimmt, wenn sie Jonah Durham morgen früh von einem der rußgeschwärzten Deckenbalken schneiden müssten.

Zum ersten Mal drohte Jonah die Beherrschung zu verlieren. Eine tadellose Erscheinung war sein einziger Schutz, war immer etwas gewesen, das ihm Sicherheit gab, war Bestandteil seiner Persönlichkeit. Ohne den breiten Ledergürtel mit der kostbaren Goldschnalle würde sein Surkot aussehen wie ein Bauernkittel.

Der Constable sah sein Zögern und bat eindringlich: »Lasst uns das hier wie Gentlemen erledigen, Master Durham. Zwingt mich nicht, die Wache hereinzurufen.«

Jonah löste die Schnalle und hielt ihm den Gürtel am ausgestreckten Arm hin.

»Eure Börse.« Der Constable wies auf den schweren Beutel, der daran baumelte.

»Behaltet sie. Gebt das Geld den Bettlern. Werft es in den Fluss. Ganz gleich, nur lasst mich endlich zufrieden.«

Der Constable nahm den Gürtel und ging wortlos hinaus.

Jonah sah an sich hinab und fühlte sich gedemütigt. Es war

ein ganz und gar fremdes Gefühl geworden, und er erkannte seine Einfalt, dass er hatte glauben können, er sei aufgrund seiner Macht, seines Geldes oder Ansehens dagegen gefeit. Vielleicht sollte er lieber versuchen, sich an das Gefühl zu gewöhnen, denn es würde von nun an wohl sein treuester Begleiter sein.

Gervais of Waringham erzählte es seinem Freund Geoffrey Dermond. Dermond erzählte es John Chandos. Chandos dem Schwarzen Prinzen, und der seiner Mutter.

Es war ein drückend heißer Vormittag. Trotzdem fand die Königin ihren Gemahl im Freien. Er hatte sich mit seinem Cousin Henry of Lancaster auf den abgelegenen Sandplatz hinter dem Küchenhaus der Abtei zurückgezogen, wo sie sich einen Schwertkampf lieferten, der so erbittert wirkte, als seien diese beiden Männer nicht die besten Freunde, sondern Todfeinde. Pfeifend fuhren die schweren Klingen durch die Luft, landeten dröhnend auf Eichenschilden.

»Oh, verflucht, Ed, ich glaube, ich bin erledigt«, rief Lancaster lachend und streckte die Waffe. Da sie allein waren, verzichteten sie auf Förmlichkeiten. »Du bist einfach nicht zu schlagen, und ich fürchte, wenn ich es länger versuche, werde ich dabei schlichtweg verdursten.«

Der König befreite sich aus dem Schultergurt seines Schildes und steckte das Schwert in die Scheide. »Was für ein grässlicher Tod«, bemerkte er grinsend, doch als er seine Gemahlin entdeckte, wurde seine Miene schlagartig besorgt. »Philippa ... Wie schön, dass du uns hier beehrst.«

Sie trat näher, verschränkte die Arme und studierte sein schweißüberströmtes Gesicht so lange, bis ihm richtig unbehaglich wurde. Dann erkundigte sie sich: »Wann hattest du die Absicht, mich davon in Kenntnis zu setzen, dass du meinen Ritter hast verhaften lassen?«

Henry of Lancaster schnitt eine verstohlene Grimasse, murmelte: »Ich denke, ich entschuldige mich lieber«, und trat den geordneten Rückzug an.

Der König sah ihm sehnsüchtig nach, ehe er Philippa wieder anschaute. »Eigentlich heute früh. Aber ich hab's nicht übers Herz gebracht. Ich wusste, es würde dich hart treffen.«

»Du hast völlig Recht. Es trifft mich hart. Nicht nur, dass du es hinter meinem Rücken getan hast ...«

»Ich bedaure, wenn dich das kränkt, aber ich bin der König von England, weißt du, und brauche niemandes Einverständnis einzuholen, um einen Verräter verhaften zu lassen.«

»Edward, das kann nicht dein Ernst sein. Du musst doch wissen, dass diese Vorwürfe vollkommen haltlos sind.«

Er schüttelte traurig den Kopf. »Komm. Ich zeige es dir.«

Er führte sie zum Hauptgebäude des Palastes, wies unterwegs einen Knappen an, man möge ihm ein kühles Bad bereiten und ein noch kühleres Bier bringen, und trat dann vor der Königin in sein Privatgemach. Zwei Hunde sprangen von seinem Bett und stürmten schwanzwedelnd herbei, um ihn zu begrüßen. Er nahm sich einen Augenblick Zeit, ihnen über die schmalen, grauen Köpfe zu streichen, ergriff dann ein Leinentuch, das auf einem Schemel lag, um sich den Schweiß vom Gesicht zu wischen, ehe er an den Tisch trat. Während er zwischen den Rollen und Schriftstücken suchte, sagte er: »Solche Dinge geschehen, Philippa, das weißt du so gut wie ich. Mein Vater ist sein Leben lang von denen verraten worden, denen er am meisten getraut hat.«

»Dein Vater hatte eine unglückliche Hand in der Wahl seiner Freunde, *mon ami*. Das kann man weder von dir noch von mir behaupten.«

»Trotzdem sind auch du und ich schon enttäuscht worden, nicht wahr? Es ist immer bitter, vor allem, wenn es Menschen sind, die ... wie soll ich es ausdrücken. Uns besonders nahe stehen?« Er hob plötzlich den Kopf und schaute ihr ins Gesicht.

Philippa trat einen Schritt auf ihn zu. »Und was möchtest du damit bitte sagen?« Die haselnussbraunen Augen funkelten gefährlich.

Edwards Miene war zutiefst bekümmert. »Ich habe genau wie du immer geglaubt, Jonah Durham sei ein guter Mann. Ich habe ihm vertraut und oft auf seinen Rat gehört. Und weil ich ihn für einen guten Mann hielt, habe ich geduldet ... wie er dich manchmal ansah.«

»Wie kannst du es wagen, solche Vorwürfe zu erheben?«, fragte sie leise. »Ausgerechnet du?«

Er schüttelte langsam den Kopf. »Ich erhebe keine Vorwürfe, weil ich weiß, dass ich dir trauen kann. Du bist der treueste von all meinen Freunden und die beste aller Frauen. Und es tut mir Leid, dass ich in diesem Punkt nicht immer so untadelig bin wie du, aber du wirst zugeben, dass es zwischen Männern und Frauen gewisse Unterschiede gibt. Und es gibt Unterschiede zwischen einem König und einem Ritter der Königin, nicht wahr? Der König, der sein Vergnügen in anderen Betten sucht, ist ein Filou, ein untreuer Lump und ein Sünder. All das bin ich. Aber ein Ritter, der seine Königin mit begehrlichen Blicken ansieht, ist in seinem Herzen schon ein Verräter, hab ich nicht Recht?«

Philippa ließ ein paar Atemzüge verstreichen, ehe sie antwortete. Dann nahm sie seine Hand und zog ihn mit sich auf den samtgepolsterten Fenstersitz hinab. »Nein, mein Lieber, du hast nicht Recht. Niemand kann in das Herz eines anderen sehen, auch kein König. Das weißt du ganz genau. Und bewundernde Blicke für mich haben dich in Wahrheit noch nie gestört, sondern sie haben dir stets geschmeichelt. Du versuchst, dir diese Sache schönzureden. Du kannst selber nicht glauben, was der Treasurer Jonah vorwirft, und versuchst, Gründe zu finden, um dich zu überzeugen.«

Edward führte ihre Hand an die Lippen, widersprach aber bedauernd: »Du irrst dich. Ich will es zwar nicht glauben, aber ich muss. Und es schmerzt mich vor allem für dich.« Unwillig stand er auf und brachte ihr die Papiere, die der Treasurer ihm vorgelegt hatte.

Philippa legte sich den kleinen Stapel auf den Schoß und studierte ein Dokument nach dem anderen. Eine Reihe notarieller Vereinbarungen aus dem Gründungsjahr der Englischen Compagnie zwischen Master Jonah Durham und einer Hand voll Kaufleute aus London und Essex, darunter der Lord Mayor und der verstorbene Adam Burnell. Jeder dieser Kaufleute wurde verpflichtet, sich im eigenen Namen, aber mit Jonahs Geld an der Gründung der Compagnie zu beteiligen. Philippa überschlug die Zahlen im Kopf. Sie behauptete gern und häufig, sie könne nicht besonders gut rechnen, aber das tat sie nur, um Vorwürfe gegen ihre Verschwendungssucht abzuwehren. In Wahrheit war sie durchaus in der Lage, Zahlen zu addieren und zu subtrahieren, und sie kam zu dem Ergebnis, dass Jonah laut dieser Verträge mehr als zwei Drittel der Englischen Compagnie gehörten. »Das ist ja absurd«, murmelte sie.

»Das ist es leider keineswegs«, warf der König ein. »Jetzt wissen wir auch, woher er das Geld zur Gründung seiner Tuchexportmonopole hatte, nicht wahr? Der verdammte Schurke hat mir mein eigenes Geld geliehen!« Das war der eigentliche Grund für seinen Zorn: Dieser Pfeffersack hatte versucht, seinen König für dumm zu verkaufen.

»Das hatte er nicht nötig, *mon ami*«, widersprach sie zerstreut, schon mit dem nächsten Schriftstück beschäftigt. »Das Tuchexportmonopol stand und steht auf eigenen Füßen. Es funktioniert aus eigener Kraft. Du brauchst es nur nachzurechnen, um das zu erkennen.« Die nächsten Dokumente waren Abrechnungen zwischen Jonah und seinen Strohmännern. Abrechnungen der Compagnie mit dem Treasurer und Ähnliches mehr. Sie blätterte sie desinteressiert durch und ließ dann die Hände sinken. »Wie auffällig, dass nirgendwo der Name William de la Pole erscheint. Das arme Unschuldslamm – offenbar wird er zu Unrecht bezichtigt, die treibende Kraft dieser betrügerischen Compagnie zu sein.«

»Philippa …«, begann Edward nervös.

»Ja, merkst du denn nicht, was hier gespielt wird? Es sind Fälschungen! Wie kannst du nur daran zweifeln?«

»Und was ist hiermit?« Er zog den vergilbten Dordrecht-Schuldschein aus dem Stapel und hielt ihn ihr wedelnd vor die Nase.

Philippa ergriff das Dokument und studierte es eingehend. »Und warum sollte ich glauben, dass dies echter ist als der Rest?«

»Weil niemand außer Durham und dem Treasurer wissen konnte, auf welche Summe dieser Schuldschein ausgestellt war. Doch die Summe stimmt. Nein, der Schuldschein ist echt; nur die Quittung der Teileinlösung hat ein sehr geschickter Fälscher getilgt oder abgekratzt, man kann keine Spur mehr davon sehen. Durham konnte einfach nicht genug kriegen, und seine Gier wird ihm nun zum Verhängnis. Er wollte sich die fünfhundert Pfund noch einmal zurückholen, und so ist dem Treasurer der ganze Schwindel aufgefallen.«

»Und wie kommt der Treasurer an all diese anderen Dokumente? Hat er darum gebetet, und sie sind vom Himmel gefallen?«

Der König verzog ungeduldig das Gesicht. »Ja, ich weiß, dass du Edington nicht ausstehen kannst, aber du wirst ihm nicht ernsthaft unterstellen, der Fälscher zu sein, oder? Ihm ist kein Vorteil durch das Tilgen der Teileinlösung entstanden. Er hat die Mitglieder der Compagnie mit dem Schuldschein konfrontiert. Sie haben geantwortet, sie wollten der Sache nachgehen, und am nächsten Tag brachte ein Bote die restlichen Dokumente. Offenbar wollen sie sich von Durham distanzieren.«

»Wessen Bote?«, hakte sie nach.

»Was weiß ich.«

Die Königin erhob sich rastlos. »Vielleicht sollten wir das herausfinden.«

»Die Sache ist beim Treasurer in guten Händen, Philippa. Gott, ich weiß, wie abscheulich das ist, wie gekränkt du sein musst, aber du darfst die Augen nicht länger davor verschließen: Du hast dein Vertrauen an einen Betrüger verschwendet. An einen Verräter.«

Philippa war sehr bleich geworden. Sie nickte langsam. »Es sieht in der Tat so aus«, sagte sie tonlos.

Der Herr aber schickte einen großen Fisch, der Jona verschlang. Jona war drei Tage und drei Nächte im Bauch des Fisches, und er betete zum Herrn, seinem Gott, las Jonah.

Er war bereits zwei Tage länger gefangen als sein biblischer

Namensvetter, doch war es im Salt Tower gewiss besser auszuhalten als im Bauch eines Ungeheuers. Er wurde ausreichend beköstigt. Die Wachen waren höflich, manche gar ehrerbietig und konspirativ, denn sie waren mehrheitlich Londoner, kannten Jonah Durhams Ruf und wussten, dass hier irgendetwas nicht mit rechten Dingen zugehen konnte. Er bekam Wasser, um sich zu waschen. Man mutete ihm nicht einmal zu, sich in einen Eimer zu erleichtern, sondern führte ihn auf Wunsch zum Abtritt. Tatsächlich wurde er kaum weniger zuvorkommend behandelt als der Schwager des Königs, König David von Schottland, der ein, zwei Türme weiter in einem ähnlich geräumigen, bequemen Quartier mit dem Riegel auf der falschen Seite untergebracht war.

Meurig kam jeden Tag und brachte, was Jasper gekocht hatte, sogar die berühmten Blaubeerpasteten, denn es war gerade die Jahreszeit. Auch Martin Greene und Pater Samuel waren hier gewesen. Jonah hatte keinen von ihnen empfangen, denn er wollte niemanden sehen, hatte lediglich Samuel durch eine der Wachen die Bitte ausrichten lassen, ihm eine Bibel zu schicken.

Die Bibel war eine Stunde später gekommen. Und Jonah las beinah Tag und Nacht darin. Der gleichmäßige Fluss der lateinischen Sprache beruhigte das rastlose, gehetzte Kreisen seiner Gedanken. Er versuchte, sich an alles zu erinnern, was er auf der Klosterschule über Bibeldeutung gelernt hatte, und ihren tieferen Sinn zu erfassen. Vor allem der eigentümlichen Geschichte vom Propheten im Bauch des Fisches spürte er nach. Er fand wenig Trost in seiner Lektüre, denn zu viele Fragen blieben offen, aber er fand wieder zu Gott.

Erst wenn seine Augen vom zu langen Lesen bei schlechtem Licht zu brennen und zu tränen begannen – ein Leiden, das ihn schon seit Jahren plagte –, klappte er die Bibel zu und grübelte. Das waren seine finstersten Stunden, denn das Grübeln führte unweigerlich zu Zorn, Furcht und Verzweiflung. Nur solange er las, gelang es ihm, sich in einen Zustand der Resignation zu versetzen. Er wusste, der Zustand war trügerisch, denn er entsprach nicht seiner Natur, aber es schien der einzige Weg, um halbwegs bei Verstand zu bleiben.

Gegen Nachmittag des fünften Tages hockte er wieder über der aufgeschlagenen Bibel, die Kerze dicht herangezogen, den Kopf über das Buch gebeugt wie ein emsiger Schuljunge, als der Riegel rasselte. Stirnrunzelnd wandte Jonah den Kopf. Es war noch zu früh fürs Essen.

Kein Wachsoldat, sondern William de la Pole trat über die Schwelle. Er blieb gleich wieder stehen, und sie starrten sich reglos an, wie zwei streunende Katzen, die sich unerwartet begegnen.

Als die Tür sich geschlossen hatte, brach de la Pole den seltsamen Bann. Er sah sich gründlich um und bemerkte: »Ein wenig geräumiger als mein Quartier in Devizes, aber nicht so anders. Ist es nicht verblüffend, wie die Dinge im Leben sich wiederholen?« Und da er keine Antwort bekam, setzte er hinzu: »Nun, wie auch immer, Durham, ich wollte nicht versäumen, mich zu verabschieden, ehe ich für eine Weile heim nach Yorkshire gehe.«

Jonah erhob sich ohne Eile. »Ihr wollt nicht hier bleiben, um die Früchte all Eurer Mühen zu genießen?«

»Doch, doch. Zu Eurer Hinrichtung komme ich zurück. Ich habe mir so oft gewünscht, Euch das Herz aus dem Leibe zu reißen. Nun werden es die Eingeweide sein, die man Euch herausreißt, aber das ist ja fast genauso gut. Um keinen Preis der Welt würde ich mir das entgehen lassen. Das letzte große Schauspiel, das Ihr in London gebt, könnte man sagen, nicht wahr?«

Die Aussicht auf diesen Tag verfolgte Jonah jede wache Stunde und bescherte ihm nachts Albträume, aus denen er in Schweiß gebadet und manchmal schreiend auffuhr. Aber seine Miene blieb vollkommen ungerührt. »Und verratet Ihr mir, warum der Gedanke Euch so freudig und untypisch verschwendungssüchtig stimmt?«, fragte er.

De la Poles Lächeln verschwand wie weggewischt. »Warum? Fragt Ihr mich das im Ernst? Nachdem Ihr mir zwei Jahre Haft und den Verlust meines Titels eingebracht habt?«

»Falsch«, entgegnete Jonah. »Ihr selbst habt Euch das eingebracht, niemand sonst. Ich hoffnungsloser Schwachkopf habe lediglich versucht, Euren Hals zu retten.«

»Oh.« De la Pole schnalzte mitfühlend. »Wie bitter, dass Euer Edelmut so entlohnt wird. Es ist doch wahrlich eine schlechte Welt. Da habt Ihr mir so große Güte erwiesen, und ich liefere Euch zum Dank dem Scharfrichter aus.«

»Erspart mir Eure geistlose Ironie und seid so gut, meine Frage zu beantworten. Warum?«

»Na schön. Wenn der Grund Euch nicht befriedigt, nenne ich Euch noch einen. Die Compagnie ist am Ende, und der König will einen Sündenbock. Ihr habt Euch förmlich angeboten. Denn es ist genau das eingetreten, was ich schon vor Jahren prophezeit habe, Durham: Ihr seid ein lästiger Konkurrent geworden. Ich hätte Euch gleich damals zerquetschen sollen, aber aus Rücksicht auf Giselle habe ich es nie getan. Jetzt endlich bot sich wieder eine Gelegenheit. Und ich kann nicht länger Rücksicht auf die Gefühle meiner Tochter nehmen. Für uns beide ist kein Platz, das habe ich spätestens in Devizes gelernt. Einer von uns muss weichen. Lieber Ihr als ich.«

Jonah schüttelte verständnislos den Kopf. »Schaut Euch doch an. Ihr seid ein alter Mann, de la Pole.« Es fiel auf den ersten Blick vielleicht niemandem auf, denn das Haar war ja schon seit zwanzig Jahren weiß und das Gesicht immer noch nicht besonders faltig, aber kleine Anzeichen, die dicken Adern auf den gefleckten Händen, die Linien um Mund und Nase, die leichte Trübung der Falkenaugen bezeugten diese schlichte Tatsache. »Ihr steht am Ende Eures Lebens. Also wozu soll das noch dienen?«

Sein Schwiegervater hob gelassen die breiten Schultern. »Der Zukunft meiner Söhne, natürlich. Keiner von ihnen ist Euch gewachsen, auch Michael nicht. Aber ich *will*, dass er diesen Titel bekommt, wenn möglich noch, solange ich lebe. Doch das wird nie geschehen, wenn Ihr ihn als Bankier der Krone verdrängt.«

Ihr könnt den Titel nicht mit ins Grab nehmen, weder Euren noch Michaels, hätte Jonah erwidern können. Aber er sparte seinen Atem. De la Poles gesellschaftlicher Ehrgeiz war schon lange zur Besessenheit geworden, und kein vernünftiges Argument würde daran etwas ändern. Er musste einen Moment mit sich ringen, um seinen Zorn im Zaum zu halten, denn er hatte noch eine brennende Frage, auf die er eine Antwort wollte. »Also schön. Dann sagt mir nur noch dies: Was ist mit Cecil? Wo ist er? Was habt Ihr mit ihm getan, um ihn zu diesem Diebstahl zu bewegen?«

»Es war nicht besonders schwierig, den Glauben des Jungen an Eure aufrichtige Vaterliebe zu erschüttern, denn er ist kein Dummkopf.«

Jonah schüttelte langsam den Kopf. »Er hätte es trotzdem niemals freiwillig getan.«

»Nun ja, Ihr habt Recht. Ich musste ihm ein bisschen auf die Sprünge helfen. Aber die Zukunft seines Freundes Harry Willcox lag ihm dann letztlich doch mehr am Herzen als die Eure.«

Jonah war für einen Augenblick hoffnungslos verwirrt. Woher sollte de la Pole wissen, wer Harrys Vater war? Dann zog er ein paar Schlüsse und murmelte bitter: »Martin Greene, dieser verdammte alte Narr, konnte seinen Mund nicht halten.«

De la Pole lächelte amüsiert und schüttelte den Kopf. »Martin Greene ist zweifelsohne ein alter Narr, aber nicht er hat mir Harry Willcox' kleines Geheimnis verraten, sondern Lucas. Lucas und ich sind ja so gute Freunde geworden im Frühjahr. Er hat mir viele interessante Dinge erzählt.«

»Und Ihr habt jede Menge Gift in sein Ohr geträufelt«, entgegnete Jonah.

»Nun ja«, gestand der Ältere. »Ich fand die Vorstellung unwiderstehlich, dass nicht nur der Lehrling, sondern auch der Sohn dem übermächtigen Jonah Durham einmal die Gefolgschaft verweigert. Der Gedanke hat mich erheitert.«

Jonah nickte. »Und Cecil? Wo ist er jetzt? Was habt Ihr mit ihm gemacht?«

»Ich? Gar nichts. Mein lieber Durham, über eins solltet Ihr Euch im Klaren sein: Ich habe mit dieser ganzen Sache nicht das Geringste zu tun. Alle Spuren, sollte irgendwer sich je die Mühe machen, sie zu verfolgen, führen zu Eurem werten Vetter und dem ehrwürdigen Lord Mayor John Lovekyn, die beide fast über die eigenen Füße gestolpert wären in ihrem Eifer, mir bei Eurer

Vernichtung zu helfen. Der junge Cecil schmort an einem sicheren Ort. Er glaubt, dass er herauskommt, wenn ... nun, an dem Tag, da Ihr zur Belustigung der Londoner und als abschreckendes Beispiel für alle, die sich mit verräterischen Gedanken tragen, erst ausgeweidet und dann in Stücke gehackt werdet. Auch Hillock glaubt das. Dieser Schwachkopf ist geradezu sentimental, seit er weiß, dass der Lümmel sein Bastard ist.«

Schon von der Vorstellung wurde Jonah übel.

»Aber Ihr werdet verstehen, dass ich es nicht riskieren kann, Cecil laufen zu lassen. Es ist auch besser so, er kann ohnehin nicht gut mit dem leben, was er getan hat. Also werde ich ihn bald von seinen Qualen erlösen und ...«

Jonah stürzte sich so plötzlich auf ihn, dass de la Pole vollkommen überrumpelt war. Er fand nicht einmal Zeit, die Arme zu heben, um sich zu schützen. Er ging zu Boden, und Jonah ließ sich auf ihn fallen, drosch mit den Fäusten auf sein Gesicht und seinen Oberkörper ein. De la Pole schrie lauthals um Hilfe, und das brachte in Windeseile die Wachen auf den Plan.

Sie rissen Jonah zurück, mussten aber feststellen, dass sie ihn nicht bändigen konnten. Immer wieder entwand er sich ihren Griffen und wollte sich erneut auf seinen Schwiegervater stürzen, der mit furchtsam aufgerissenen Augen und blutender Nase zur Tür zurückwich.

Schließlich zog einer der Soldaten das kurze Schwert aus der Scheide und rammte dem tollwütigen Gefangenen den Knauf des Hefts in den Nacken. Nachdem Jonah zusammengebrochen war, standen sie keuchend über ihm, wachsam, so als rechneten sie damit, dass er plötzlich wieder aufspringen würde.

»So etwas gehört in Ketten gelegt«, brummte de la Pole wütend und wischte sich mit dem Ärmel über die Nase.

Die Wachen wechselten einen Blick und nickten.

»Es tut mir Leid, Madam, aber das Geschäft ist derzeit geschlossen«, erklärte Meurig der feinen Dame, die die Kapuze ihres Sommermantels so tief ins Gesicht gezogen hatte, dass nur die Spitze einer offenbar recht prägnanten Nase zu sehen war.

Sie nickte, hochmütig für Meurigs Geschmack. »Ich will kein Tuch kaufen«, erklärte sie. »Sag der Dame des Hauses, dass ich sie zu sprechen wünsche.«

Fast unbewusst hatte Meurig sich mit verschränkten Armen vor der Pforte postiert. »Und wen soll ich melden?«

»Das braucht dich nicht zu kümmern.«

»Lady Durham empfängt heute aber keine Besucher«, eröffnete er ihr barsch. Er war es satt. Ständig kamen irgendwelche feinen Londoner Damen ans Tor, mit denen sie noch nie etwas zu schaffen gehabt hatten, heuchelten Mitgefühl, boten ihre unnütze Hilfe an und wollten in Wahrheit doch nur einen Blick auf die Frau werfen, deren Mann im Tower eingesperrt war und um den sich so wilde Gerüchte rankten. »Meine Mistress und ihre armen Kinder sind keine Jahrmarktsattraktion«, fügte er hinzu, nur für den Fall, dass sie ihn nicht verstanden haben sollte.

Der schlicht gekleidete Ritter, der sie begleitete, stieg ohne Eile aus dem Sattel, packte Meurig mit einer gewaltigen Pranke an der Kehle, schüttelte ihn ein bisschen und brummte: »Bist du jetzt fertig, du Flegel? Dann geh zu deiner Mistress und melde ihr ...«

»Matthew«, mahnte die Königin nachsichtig. »Das ist doch nicht nötig. Dieser Mann ist seinem Herrn ein treuer Diener, weiter nichts.« Ohne seine Hilfe glitt sie vom Rücken ihres hübschen Zelters, drückte ihrem verdatterten Begleiter die Zügel in die Hand und überließ Männer und Pferd ihrem Schicksal. Dann machte sie sich auf eigene Faust auf den Weg durch den wunderbaren Garten zum Haus.

Giselle saß mit Harry, Piers und den Kindern in der Halle. Lucas und Philip lasen ihnen aus Crispins englischen Heiligengeschichten vor. Es war unmöglich geworden, die Kinder zur Schule zu schicken; sie wurden nur bestaunt und gehänselt, und Philip fing jeden Tag eine Schlägerei an. Also behielt sie sie hier und versuchte, den Unterricht so gut es ging fortzusetzen.

»Der heilige Sebastian«, las Lucas vor. »Wir feiern sein Namensfest am zwanzigsten Januar. Der heilige Ambrosius berichtet uns, dass Sebastian in Mailand geboren wurde ...«

»Nein, bitte nicht«, unterbrach Philip. Er klang, als sei er den Tränen nahe. »Sie haben ihn mit tausend Pfeilen durchbohrt, ich weiß es. Können wir nicht die Geschichte von irgendwem lesen, der kein Märtyrer war?«

Elena war ganz nahe zu ihrer Mutter gerückt, hatte den Kopf an ihren Arm gelehnt und den Daumen in den Mund gesteckt.

»Ich finde die Märtyrergeschichten auch grässlich, mein Junge«, sagte die Königin von der Tür, warf die Kapuze zurück und trat ein.

Alle sprangen erschrocken von ihren Plätzen auf. Wie im Affekt zog Giselle Elena – das Kind, das ihr am nächsten saß – in die Arme und hielt sie, während sie vor der Königin in einem tiefen Knicks versank, den Blick zu Boden gerichtet.

»Nein, bitte«, wehrte Philippa ab. »Wir wollen auf das ganze Getue verzichten, denn wir haben Wichtigeres zu tun. Warum siehst du mir nicht ins Gesicht, Giselle? Denkst du etwa im Ernst, ich würde diesen Unsinn glauben? Willst du mich wirklich so beleidigen?«

Giselle erhob sich langsam und sah auf. Tiefe halbmondförmige Schatten lagen unter ihren Augen. »Madame...« Ihre Stimme klang brüchig, aber sofort räusperte sie sich und straffte die Haltung. »Es ist sehr gut von Euch, dass Ihr gekommen seid. Wollt Ihr nicht Platz nehmen?« Sie wies auf einen der Sessel am Kamin.

Philippa setzte sich stattdessen an die Tafel und forderte sie alle mit einer Geste auf, ihrem Beispiel zu folgen. Dann legte sie auf den Tisch, was sie mitgebracht hatte. »Dies sind die Dokumente, um die es geht. Der Treasurer hat sie mir geborgt. Er weiß davon zwar nichts, aber das spielt ja im Augenblick keine Rolle. Lasst sie uns ansehen und überlegen, wie wir sie entkräften können.«

Giselle wechselte einen Blick mit Harry. »Entkräften?«, fragte sie verständnislos.

Philippa nickte. »Es sind Fälschungen, nicht wahr? Und es muss doch einen Weg geben, das zu beweisen.«

Harry war skeptisch. »Wenn jemand bereit ist, genug Geld

für gefälschte Dokumente zu zahlen, lässt es sich kaum beweisen.«

»Woher wollt Ihr das wissen?«, fragte Philippa ungehalten.

»Ich …« Harry errötete bis an die Haarwurzeln. »Ähm, ich weiß es einfach, Madame.«

»Wenn wir doch nur wüssten, wer dahinter steckt«, sagte Giselle mutlos.

»Das können wir uns ohne große Mühe vorstellen«, bemerkte die Königin. »Das heißt, wenn wir bereit sind, den Tatsachen ins Auge zu sehen und uns nichts vorzumachen.«

»Oh, ich habe keinerlei Illusionen, was meinen Vater betrifft, das wisst Ihr. Aber es gibt einfach keine Verbindung zwischen ihm und Cecil. Sie sind sich noch nie begegnet, soweit ich in der Lage bin, das zu beurteilen.«

»Großvater?«, fragte Lucas mit schreckgeweiteten Augen.

»Wer ist Cecil?«, wollte Philippa wissen.

Sie bekam nicht sofort eine Antwort. Stattdessen bat Harry: »Dürfte ich die Dokumente einmal ansehen, Madame?«

Sie schob sie bereitwillig zu ihm hinüber. »Nur zu, da Ihr der Experte zu sein scheint. Vielleicht erkennt Ihr etwas daran, das mir entgangen ist. Nehmt Euch Zeit. Zeit ist das Einzige, was wir haben, das muss unser Trost sein. Der Treasurer kann Jonah erst vor dem nächsten Parlament anklagen, und Gott allein weiß, wann das stattfindet.«

»Mutter …«, begann Lucas erneut, aber dieses Mal fiel sein Bruder ihm ins Wort:

»Wir haben keine Zeit, Madame«, widersprach er der Königin mit hochgezogenen Schultern. »Falls Cecil überhaupt noch lebt, schwindet die Hoffnung mit jedem Tag, der verstreicht, ohne dass wir ihn finden.«

»Wer ist Cecil?«, wiederholte sie.

Giselle setzte sie ins Bild. Der Königin ging das ein oder andere Licht auf. »Also so sind sie an das Original des Dordrecht-Schuldscheins gekommen«, murmelte sie.

»Aber ich sagte doch, mein Vater weiß nichts von Cecil.«

»Mutter …«

Harry sah von den gefälschten notariellen Urkunden auf. »Der Name des Lord Mayor taucht auffällig häufig auf«, bemerkte er. »Vielleicht könnte er uns etwas über Cecils Verbleib sagen.«

»Würde irgendwer mir vielleicht mal zuhören?«, fragte Lucas plötzlich so scharf, dass alle verstummten und ihn verblüfft anschauten. Und ehe irgendwer ihn wegen seines Tons tadeln konnte, sagte er: »Großvater weiß von Cecil. Und er weiß auch von dir, Harry.«

Giselle starrte ihn entsetzt an. »Woher?«

»Von mir«, eröffnete ihr Sohn ihr unglücklich. »Er … Großvater war mein einziger Freund unter den Erwachsenen am Hof. Jedenfalls dachte ich das. Er war der Einzige, der Verständnis für meinen großen Wunsch hatte. Und … und er hat so viele Fragen gestellt. Über zu Hause, über Vater, über uns alle. Ich hab's ihm erzählt. Ich hab mir nichts dabei gedacht. Er ist doch mein Großvater!« Wütend fuhr er seine Mutter an: »Ihr hättet mir sagen müssen, dass ihm nicht zu trauen ist!«

Sie biss sich auf die Unterlippe und nickte. »Du hast Recht. Das hätte ich dir sagen sollen. Aber keine Tochter sagt so etwas gern über ihren Vater.«

Harry kratzte sich nervös an der Nase – eine Geste, die Annot sofort wiedererkannt hätte – und zog seinerseits ein paar Schlüsse. »Oh, verdammt … ich bitte um Verzeihung, Mesdames. Aber ich denke, jetzt weiß ich, womit sie Cecil weichgekocht haben.« Plötzlich senkte sich die ganze Last der Verantwortung wie ein Bleigewicht auf seine Schultern. »Ich fürchte, es ist alles meine Schuld. Würdet Ihr mir diese Dokumente ein paar Tage überlassen?«, fragte er die Königin. »Ich glaube, ich kenne jemanden, der etwas darüber herausfinden kann.«

Philippa machte eine einladende Geste. »Aber bringt sie mir unbeschadet zurück, sonst kommen wir alle in Teufels Küche.«

Harry fand seinen Vater spätabends in dessen geräumigem Privatgemach in der Diebesschule in Billingsgate, wo er dabei war, den Inhalt einer Schatulle voll unlauter erworbener Goldmünzen zu zählen.

Als der Fuchs seinen abtrünnigen Sprössling entdeckte, fiel ihm die Beute vor Schreck aus der Hand. »Da hol mich doch der Teufel… Der verlorene Sohn. Soll ich ein Kalb schlachten lassen, oder hast du den Sheriff mitgebracht?«

Unauffällig sah Harry sich um. Das Gemach war komfortabel und verhältnismäßig sauber, doch die Wand- und Bettbehänge viel zu protzig, die Möbel zu zahlreich und zu reich verziert. Jedes Detail zeugte von schlechtem Geschmack.

»Hast du was mit den Ohren, Söhnchen?«, erkundigte Francis sich.

Harry verspürte die altvertraute Angst vor seinem Vater, die ihn sein ganzes Leben lang verfolgt hatte, und rang sie mit wütender Entschlossenheit nieder. Er war erwachsen. Er hatte sich befreit. Und er war hergekommen, um das Leben des Mannes zu retten, dem er das verdankte. »Ich bin allein hier, Vater.«

Francis brummte. »Warst du bei deiner Mutter?«

»Ja. Ein schönes Grab.« Das war es wirklich.

»War schwierig genug, eins zu kriegen«, eröffnete sein Vater ihm unerwartet. »Es starben so furchtbar viele. Sie ist in Frieden heimgegangen, deine Mutter. Und zum Schluss hat sie von dir gesprochen und Gottes Segen für dich erbeten.«

Harry senkte einen Moment den Kopf und wandte das Gesicht ab.

»Mehr als du verdient hast, he?«, stichelte Francis. Dann schämte er sich offenbar, denn er wechselte sofort das Thema. »Ich wohne jetzt hier. Das Haus ist so leer.«

Harry nickte und atmete tief durch. »Vater, ich bin hier, um deine Hilfe zu erbitten. Hast du gehört, was Master Durham passiert ist?«

»Natürlich.«

»Nun, wir glauben, dass es eine Intrige ist, hinter der William de la Pole steckt.«

»Das würde mich nicht wundern. Vergangenen Herbst hat er ständig mit Durhams Vetter zusammengesteckt, der ja bekanntlich nicht viel für seinen Cousin übrig hat.«

Harry fiel aus allen Wolken. »Ist das wahr?«

Francis nickte. »Ich lüge nur beruflich«, teilte er seinem Sohn kühl mit.

Harry ging nicht darauf ein. »Ich habe hier ein paar Dokumente, die Durham belasten, und hatte gehofft, wenn du sie dir ansiehst, könntest du vielleicht sagen, wer sie gefälscht hat.«

»Lass sehen.« Francis streckte die Hand aus, und sein Sohn legte den dünnen Stapel hinein.

Der König der Diebe trat mit den Urkunden ans Fenster, wo ein Silberleuchter mit fünf Kerzen stand, und studierte sie lange und sehr eingehend. Schließlich sagte er: »Es sind alles Fälschungen bis auf dieses hier.« Er hielt den Dordrecht-Schuldschein hoch.

Das deckte sich mit ihrer Theorie, aber Harry fragte vorsichtig: »Bist du sicher?«

»Willst du was hinter die Löffel? Natürlich bin ich sicher.«

»Und weißt du auch, wer diese Fälschungen gemacht hat?«

»Es gibt nur ein knappes Dutzend Leute, die in Frage kommen.« Francis dachte einen Moment nach. »Komm morgen nach Einbruch der Dunkelheit wieder. Dann kann ich dir alles sagen.«

Gefälschte Urkunden und Siegel waren ein so einträglicher und stetig wachsender Markt, dass der König der Diebe schon seit einiger Zeit erwog, auch diesen Zweig des Verbrechens in der Stadt unter seine Kontrolle zu bringen. Von Ablassbriefen bis Zollbescheinigungen gab es nichts, was nicht gefälscht wurde; Kreditbriefe für den Fernhandel und Schenkungsurkunden waren die Königsklasse der Branche. All das hatte Francis gelernt, seit diese Wissenschaft sein Interesse geweckt hatte, und er kannte auch die Namen der Männer, die als die Meister dieser Kunst galten.

Im Laufe der Nacht schickte er ein paar seiner Leute aus, um Erkundigungen einzuziehen. Einer der Fälscher war letzte Woche in Tyburn gehenkt worden, erfuhr er, zwei saßen in Newgate, vier waren an der Pest gestorben, einer erblindet – bis zum Morgengrauen hatte sich die Zahl der möglichen Kandidaten auf drei verringert.

Alle drei wurden aus den Betten geholt und mit verbundenen Augen nach Billingsgate gebracht. Francis ließ sie bis zum Abend im feuchten, rattenverseuchten Keller schmoren, ehe er zu ihnen ging. Normalerweise gehörte dies nicht zu den Dingen, die er selbst erledigte, aber je weniger Leute von dieser Sache wussten, desto besser, fand er. Mit einer Fackel in der Hand sah er auf die drei verängstigten Männer hinab, blickte jedem von ihnen in die Augen und fragte: »Wer von euch arbeitet für de la Pole?«

Inbrünstiges Kopfschütteln.

»Und wie steht es mit Rupert Hillock?«

Der Fälscher verriet sich mit einem fast unmerklichen Blinzeln.

Innerhalb weniger Minuten bekam Francis ein umfassendes, vor allem glaubhaftes Geständnis. Er musste ihm nicht einmal besonders zusetzen. Der Fälscher war ein ehemaliger Mönch und Schreiber der königlichen Kanzlei. Ein Bücherwurm und Stubenhocker – kein sehr harter Bursche. Mitleidlos sah Francis schließlich auf das heulende Knäblein zu seinen Füßen hinab, packte es am Schlafittchen, brachte es nach oben und befahl, es anständig zu füttern. Die anderen beiden ließ er laufen, nachdem er eine angemessene Beteiligung an allen zukünftigen Geschäften mit ihnen ausgehandelt hatte.

Martin und Agnes Greene hatten sich schon schlafen gelegt, als jemand vernehmlich an ihr Tor klopfte.

Lady Greene setzte sich auf und stöhnte. »Ich wünschte, du hättest dich nicht wieder zum Alderman wählen lassen, Martin. Wir werden zu alt für so etwas.«

Er gab ihr Recht, erhob sich aber ohne Zögern und verblüffend agil und griff nach seinen Hosen. »Nächstes Jahr sage ich nein, ich versprech es dir.«

Agnes lächelte wehmütig. Das sagte er seit mindestens zehn Jahren, egal, ob es um ein Amt in der Gilde oder im Stadtrat ging. »Ich werde dich zu gegebener Zeit daran erinnern, mein Lieber …«

Es klopfte wieder, polterte regelrecht.

Martin Greene öffnete die Tür seiner Schlafkammer und rief: »Geht vielleicht irgendwer mal ans Tor?«

Als er in den Hof hinauskam, hatte ein verschlafener Diener den ungeduldigen Besucher bereits eingelassen. Im Licht seiner flackernden Kerze sah Greene einen grellroten Schopf aufleuchten und wusste sofort, wer ihn zu dieser gottlosen Stunde aufsuchte. »Master Willcox ... ich wusste nicht, dass Ihr in der Stadt seid.«

Harry Willcox hielt einen Strick in der Hand, ruckte daran, und eine zusammengekauerte Gestalt stolperte über die Schwelle. »Ich bedaure die späte Störung, Sir, aber ich wusste nicht, wohin mit meinem Freund hier.«

Greene starrte verwundert auf den gefesselten, zerzausten und offenbar zu Tode verängstigten Gefangenen, überlegte einen Moment und nickte dann seinem Diener zu. »Geh, hol den Büttel aus dem Bett, Paul. – Oder sollte ich gleich nach dem Sheriff schicken?«, fragte er Harry.

»Ja, ich glaube, es wäre das Beste. Jede Minute zählt.«

»Na schön. Du hast es gehört, Paul. Spute dich. Und Ihr folgt mir, Master Willcox. Bringt Euren ... Freund mit.«

Er führte sie zu seinem Haus, die dunkle Treppe hinauf und in die Halle. Agnes hatte schon eine Magd geweckt, die herumging und die Kerzen anzündete. Stück für Stück wich das Dunkel zurück, und Greene konnte seine seltsamen Besucher deutlicher erkennen.

»Das hier ist der Schurke, der die Dokumente gefälscht hat, die Jonah Durham das Leben kosten sollten, Sir«, erklärte Harry ohne Umschweife.

Greene atmete so tief durch, dass seine Nasenflügel sich sichtlich blähten. »Gott sei Dank. Ich habe es doch gewusst.« Aber seine offenkundige Erleichterung verriet Harry, dass der Gildemeister nicht ganz frei von Zweifeln an Jonahs Unschuld gewesen war. Das fand er äußerst befremdlich.

Greene wandte sich an den Fälscher. »Ist das wahr?«

Der Mann nickte kläglich.

»Und wer hat dich für diese Teufelei bezahlt?«

»Master Rupert Hillock, Mylord.« Es war ein furchtsames Wispern.

Greene verzog angewidert das Gesicht. »Oh, bei allen Heiligen. Rupert ... Meine arme Bernice ...«

»Das war der Grund, warum ich erst zu Euch gekommen bin«, erklärte Harry.

Greene nickte ergeben und fragte dann: »Können wir glauben, was diese Kreatur sagt? Wie habt Ihr ihn überhaupt gefunden?«

»Ich bitte Euch inständig, mir die Antwort zu erlassen, Sir«, antwortete Harry verlegen. »Aber er sagt die Wahrheit, das ist gewiss. Er hat mir genau beschrieben, welche Urkunden und Siegel er gefälscht und wie er die Quittung der Teileinlösung von Jonahs Dordrecht-Schuldschein entfernt hat. Alles nach Hillocks genauen Anweisungen.«

»Gott, das ist wirklich bitter«, murmelte der Gildemeister. »Rupert hat also doch noch einen Weg gefunden, sein eigenes Grab zu schaufeln.«

»Ich fürchte, so ist es.«

»Aber es besteht kein Grund, dass der Sheriff ihn heute Nacht noch holt, oder?«, fragte Greene beinah flehentlich. »Es wäre ein so furchtbarer Schock für Bernice, wenn nachts der Sheriff ans Tor käme, und alle Nachbarn würden es hören. Rupert wird uns doch nicht davonlaufen. Morgen früh können wir ihn immer noch festnehmen, und anschließend suche ich den Lord Mayor auf und gehe mit ihm zum Lord Treasurer, und ...«

»Ich muss Euch bitten, den Mayor vorläufig nicht in diese Sache einzuweihen, Sir«, sagte Harry ernst.

»Wie bitte? Ist Euch eigentlich klar, was Ihr da redet?«

»Ja, durchaus«, versicherte Harry grimmig und wies auf den armen Tropf an seiner Seite. »Aber ich weiß, was ich weiß.«

Greenes Erschütterung schlug plötzlich in Ärger um. »Wie könnt Ihr es wagen, solche Anschuldigungen gegen den Bürgermeister dieser Stadt zu erheben? Ausgerechnet Ihr, der Sohn eines verdammten ...«

»Ich glaube nicht, dass die Frage meiner Herkunft hier von

Belang ist«, fiel Harry ihm schneidend ins Wort. »Aber ganz wie Ihr wünscht, Master Greene. Wenn Ihr nicht gewillt seid, den Tatsachen über Euren Schwiegersohn und den Bürgermeister dieser Stadt ins Auge zu sehen, dann reiten mein Freund und ich eben direkt nach Westminster. Der König mag ein Hitzkopf sein, aber ich glaube, er urteilt nicht voreingenommen. Gute Nacht, Sir. Ich würde zu gerne hören, was Ihr dem Sheriff erzählt …« Er ruckte an dem Strick, mit dem die Hände der Jammergestalt gebunden waren, und wollte sich zum Ausgang wenden.

Greene hob begütigend die Hand. »Nein, wartet, Willcox.« Agnes hatte Recht. Er wurde zu alt für so etwas hier. »Ich hoffe, Ihr verzeiht mir, es ist ein schwerer Schlag für mich.«

Harry nickte versöhnlich. »Ich weiß.«

»Aber erklärt mir, warum Ihr Hillock unbedingt heute Nacht stellen wollt.«

»Hillock ist mir völlig gleich. Aber ich vermute, dass er meinen Freund Cecil in seinem Keller gefangen hält. Und wenn Hillock erfährt, dass er überführt ist, ist Cecils Leben keinen Pfifferling mehr wert.«

Die Männer des Sheriffs machten sich nicht die Mühe, an Rupert Hillocks Tür zu klopfen, sondern traten sie kurzerhand ein und schwärmten im dunklen, stillen Haus aus.

Harry war bei den Ersten, aber er wandte sich nicht wie die anderen zur Treppe. Mit der Fackel in der erhobenen Rechten ging er den Korridor zur Küche entlang, hinaus in den Hof und durch die Hintertür in Hillocks Laden. Er war noch nie im Leben in diesem Haus gewesen, aber es ähnelte den meisten kleinen Krämerhäusern der Stadt.

Crispin, der immer bemüht gewesen war, Cecils Scham für den Lebenswandel seiner Mutter zu lindern und ihm zu erklären, wie es zu alldem gekommen war, hatte dem Jungen irgendwann die ganze Geschichte erzählt. Auch davon, dass Jonah Annot hatte heiraten wollen, um ihrem Kind einen Vater zu geben, und dass Rupert das verhindert hatte, indem er ihn im Keller unter dem Tuchlager eingesperrt hatte.

Getreulich hatte Cecil das seinerseits Harry erzählt, wie er ihm alle Dinge anvertraute, die ihn bewegten und beschäftigten. Daher wusste Harry von der Existenz dieses Kellers und wo er ihn suchen musste.

Als die Hintertür krachend auflog, fuhr der Lehrjunge von seinem Strohlager auf. »Was ist denn los?«, fragte er schlaftrunken.

Harry war über ihm, ehe er die Augen noch ganz geöffnet hatte, und packte ihn an der Schulter. »Der Keller. Zeig ihn mir. Los.«

Rob, Ruperts Lehrling, starrte furchtsam zu ihm auf. Dann kam er auf die Füße, führte den Eindringling in den hinteren Teil des Ladens zurück und wies auf ein schweres Regal, das eigentümlich platziert quer in dem engen Lager stand. »Da drunter.«

Harry stemmte sich mit der Schulter gegen das Regal. Es rutschte erst ein Stück und fiel dann polternd um. Von unten war kein Laut zu hören.

Harry wies auf die freigelegte Falltür. »Mach auf«, befahl er mit einer ungeduldigen Geste.

Der Junge steckte zwei Finger in den Ring, zog mit aller Kraft und brachte die schwere Tür schließlich auf.

»Im Haus wimmelt es von Soldaten und Bütteln«, eröffnete Harry dem Jungen. »Komm also nicht auf die Idee, die Tür hinter mir zuzuwerfen. Es würde nichts nützen.«

»Nein, Sir«, beteuerte Rob furchtsam. Er wartete nur, bis der Fremde mit der Fackel in der Kellerluke verschwunden war. Dann öffnete er die Vordertür des Ladens und nahm die Beine in die Hand.

Er war noch keine zwanzig Schritt weit gekommen, als er seinem Meister, der von einem seiner nächtlichen Ausflüge heimgetorkelt kam, in die Arme oder, genauer gesagt, vor den Wanst lief.

Rupert packte Rob am Schopf und blinzelte auf ihn hinab. »Was hast du hier verloren, Bengel?«, lallte er.

Die Angst verlieh dem Jungen genug Kraft, sich loszureißen. »Männer des Sheriffs, Master«, keuchte er. »Sie durchsuchen das Haus!«

Rupert war schlagartig nüchtern. Mit einem Wink scheuchte er den Jungen fort, verbarg sich dann im Eingang zu Robertsons Mietstall und beobachtete, was auf der anderen Seite des kleinen Platzes geschah.

Im flackernden Schein der Fackel entdeckte Harry Cecil sofort: Er lag zusammengekrümmt auf der Seite, die Knie fast bis zum Kinn hochgezogen, und er rührte sich nicht.

»Oh, Cecil …«, flüsterte Harry heiser. »Bitte nicht.«

Das Umstürzen des hohen Regals hätte jeden Schläfer aufwecken müssen.

Auf das Schlimmste gefasst, sank Harry neben ihm auf die Knie, legte eine Hand auf die magere Schulter und beugte sich über ihn.

Cecil atmete.

»Gott sei gepriesen.«

Cecil schlug die Augen auf. »Harry?«

»Ja.«

»Ist das ein Traum?«

»Blödsinn.«

Langsam drehte der Jüngere sich auf den Rücken. Das Gesicht war eingefallen und furchtbar mager, die Augen groß und blutunterlaufen.

Harry verbarg seine Bestürzung hinter einem breiten Grinsen. »Junge, dir ist ja ein Bart gewachsen. Jedenfalls so was Ähnliches.«

»Ich … ich hab versucht, mich zu Tode zu hungern, Harry. Aber er hat es nicht zugelassen. Hillock. Ich bin doch dein Vater, hat er gesagt, und dann hat er mich gepackt und mir Suppe in den Schlund geschüttet und mich gezwungen zu schlucken.«

»Oh, Cecil«, sagte Harry hilflos. Dann nahm er seinen Arm. »Komm. Ich bring dich nach Hause.«

»Ich habe kein Zuhause mehr.«

»Ich glaube, doch.«

»Wenn du wüsstest, was ich getan habe …«

»Ich weiß es. Ich weiß auch, warum. Ich denke wirklich nicht, dass ich all das wert bin, was du auf dich genommen hast, aber sie haben eben deinen wunden Punkt gefunden. Du hattest keine Chance.«

»Ich bin der letzte Dreck. Was soll man auch erwarten? Sieh dir meine Mutter an. Und meinen ... Vater.«

»Du irrst dich, Cecil. Und jetzt komm endlich. Lass uns aus diesem schaurigen Loch verschwinden. Alles wird gut, glaub mir.«

Cecil hätte ihm so gerne geglaubt, aber er konnte nicht. Während Harry ihn auf die Füße zog, äußerte er seine schlimmste Befürchtung: »Er wird mir das niemals verzeihen.«

»Jonah?« Harry legte ihm einen Arm um die Taille und führte ihn die zwei Stufen zur Falltür hoch. »Kann schon sein. Das ist nicht seine starke Seite. Aber was du bist, hängt nicht davon ab, was er denkt, sondern nur von dir allein. Glaub einem Mann, der weiß, wovon er spricht. Und wenn Jonah dir nicht vergeben kann, dann kommst du eben mit mir nach Bordeaux. Das wird dir gefallen. Ich glaube, nirgendwo sonst gibt es so schöne Frauen. Aber vorher müssen wir dich ein bisschen aufpäppeln.«

Lächelnd ließ Cecil den Kopf an die breite Schulter seines Freundes sinken.

Rupert sah alles. Er sah Bernice am Arm ihres Vaters aus dem Haus kommen. Das dumme Luder flennte herzzerreißend, und natürlich folgten die Kinder, die sie im Schlepptau hatte, ihrem Beispiel. Der Gildemeister sprach halb beruhigend, halb ungeduldig auf seine Tochter ein und überließ sie mit offenkundiger Erleichterung der Obhut eines Dieners, den er mitgebracht hatte. Dann kehrte er mit dem Sheriff ins Haus zurück.

Rupert sah auch den Rotschopf mit seinem Bastard aus dem Laden kommen, und das war womöglich ein noch härterer Schlag, denn der Junge wusste viel zu viel. Einen verzweifelten Moment lang überlegte Rupert, ob er ihnen nachschleichen und in einer finsteren Gasse über sie herfallen sollte, aber er erkannte auf einen Blick, dass er gegen den Rotschopf keine Chance hatte.

Er war erledigt. Endgültig erledigt. Nichts und niemand konnte ihn mehr retten. Doch die Erkenntnis erschütterte ihn nicht so sehr, wie er angenommen hätte. Vielleicht weil es schon so lange mit ihm bergab gegangen war, dass der Verlust des letzten Rests an Ansehen und Respektabilität keinen wirklich großen Unterschied mehr machte. Er hatte seine Familie verloren, aber Bernice und die Bälger waren ihm immer nur ein Mühlstein um den Hals gewesen. Er konnte nicht zurück in sein Haus, aber es gehörte ihm ja ohnehin schon lange nicht mehr. Er hatte sein Geschäft und seine Mitgliedschaft in der Gilde verwirkt, doch das Geschäft war in Wahrheit schon seit Jahren tot, und die Beschränkungen und Verpflichtungen, die die Gilde ihm auferlegt hatte, vor allem ihre scheinheilige Moral, widerten ihn an.

Er war ein freier Mann. Vielleicht nicht mehr lange, denn der Sheriff würde nach ihm suchen, wer weiß, vermutlich würde sogar der König nach ihm suchen lassen, wenn diese Geschichte mit den gefälschten Dokumenten herauskam, aber noch war er ein freier Mann. Zum ersten Mal in seinem Leben. Kein sittenstrenger Vater, kein prügelwütiger Lehrmeister, keine übermächtige Großmutter, keine mahnenden Gildewächter, kein keifendes Weib. Frei.

So geräuschlos wie möglich wandte er sich ab, drängte sich dicht in den Schatten der Häuser, und als er den Platz hinter sich gelassen hatte, ließ er die wenigen Münzen in seinem Beutel klimpern und machte sich leise pfeifend auf den Weg, um seine Freiheit zu genießen. Kein Ort der Welt war dazu besser geeignet als London.

Am nächsten Morgen ritt Giselle in aller Frühe in Harrys Begleitung nach Westminster. Sie suchten die Königin auf und berichteten ihr triumphierend von den Ergebnissen ihrer Nachforschungen. Harry händigte ihr die gefälschten Dokumente wieder aus, und nachdem sie sich verabschiedet hatten, trug Philippa ihre Neuigkeiten nicht weniger frohlockend zum König.

Edward Plantagenet war ein Ehrenmann und kein Feigling. Darum ritt er höchstpersönlich zum Tower, nur begleitet von

Waringham und Dermond, um den zu Unrecht bezichtigten Ritter seiner Königin auf freien Fuß zu setzen. Das fiel ihm nicht leicht. Er zog die angenehmen Pflichten, die seine Königswürde mit sich brachte, entschieden vor, die Freigiebigkeit etwa oder den Krieg. Aber er wusste, was er Jonah Durham und seiner eigenen Ritterehre schuldig war.

Zusammen mit dem Constable betrat er das Quartier des Gefangenen im Salt Tower und wurde mit den Worten begrüßt: »Schert Euch zum Teufel, wer Ihr auch seid.« Die rüde Aufforderung kam hinter den geschlossenen Bettvorhängen hervor.

Der König räusperte sich nervös. »Master Durham. Jonah …«

Leises Klirren war zu vernehmen, und Jonah steckte den Kopf durch die Vorhänge. Als er feststellte, dass seine Ohren ihn nicht getrogen hatten, stand er auf und trat zwei Schritte näher.

»Wer hat das angeordnet?«, brauste der König auf und wies auf die Ketten.

Der Constable hob ratlos die Hände. »Ich habe nichts davon gewusst.« Er wandte sich zur Tür. »Sergeant!« Und als eine der Wachen erschien, befahl er: »Sofort abnehmen!«

»Ja, Sir.« Schleunigst nahm der Soldat seinen gewaltigen Schlüsselring vom Gürtel und befreite Jonah von Hand- und Fußketten.

Unbewegt sah Jonah zu.

Nachdem der Sergeant und der Constable verschwunden waren, räusperte der König sich erneut. »Master Durham, ich bin gekommen, um Euch mitzuteilen, dass das Missverständnis sich aufgeklärt hat.«

»Missverständnis, Sire?«

»Ganz recht. Und darüber hinaus bin ich gekommen, Euch zu sagen, dass ich bedaure, so leichtgläubig gewesen zu sein und an Euch gezweifelt zu haben. Werdet Ihr es mir sehr schwer machen?«

So schwer ich kann, dachte Jonah. »Wie käme ich dazu? Mein Leben gehört ohnehin Euch, nicht wahr? Ihr habt es einmal gerettet und könnt damit tun, was immer Euch beliebt. Darüber hinaus bin ich Untertan der Krone.«

Edward seufzte und sank auf den Schemel vor der Bibel. Abwesend fuhr er mit dem Zeigefinger über den verzierten Ledereinband. »Ihr tut mir Unrecht. Ich bin kein solcher König, und vermutlich wisst Ihr das auch. Aber ich verstehe, dass Ihr bitter seid.«

Jonah ertappte sich dabei, dass er schon anfing, ihm zu verzeihen, und kämpfte entschlossen dagegen an. Er wusste, dass der König seinen Charme mit gewissenloser Berechnung einsetzte, um die Menschen zu manipulieren. Meistens diente es einem guten Zweck, darum war es vielleicht nicht so verwerflich, aber Jonah hatte endgültig genug davon.

»Wenn das alles zu bedeuten hat, dass ich frei bin, dann würde ich jetzt gern nach Hause reiten, Mylord. Ich könnte mir vorstellen, dass meine Frau ein wenig in Sorge ist.«

»Natürlich könnt Ihr gehen. Aber sie weiß es schon. Sie hat ja dazu beigetragen, dieses verfluchte Lügengespinst zu entwirren. Giselle, Greene, Euer junger Kompagnon und natürlich Philippa.«

»Ist das wahr?«, fragte Jonah ehrlich verblüfft.

Der König lächelte. »Ihr habt wohl gar nicht gewusst, welch gute Freunde Ihr habt. Ihr könnt mit Recht stolz auf sie sein. Nicht einen Moment haben sie geglaubt, dass etwas Wahres an den Vorwürfen des Treasurer sein könnte, dabei waren die Beweise erdrückend. Sie hätten Euch auch überzeugt. Sagenhaft gute Fälschungen, der Dordrecht-Schuldschein – ein Geflecht aus Lügen und Wahrheit. Nichts ist schwieriger zu durchdringen.«

»Und wie mag all das ans Licht gekommen sein?«

»Das weiß niemand genau bis auf Euren Master Willcox. Er hat den Fälscher hinter Schloss und Riegel gebracht. Euer Vetter ist flüchtig, aber es kann nicht lange dauern, bis er dem Sheriff ins Netz geht.«

»Und de la Pole?«

»William?« Der König schien vollkommen erstaunt. »Was hat er damit zu tun?«

Jonah stieß hörbar die Luft aus und antwortete kopfschüttelnd: »Das solltet Ihr lieber ihn fragen, Sire.«

Edward sah ihn scharf an und nickte langsam. »Ihr könnt wetten, dass ich das tun werde.« Dann stand er auf, erleichtert, sich dieser lästigen Pflicht entledigt zu haben. »Alsdann, Sir Jonah.« Er zeigte sein gewinnendes Lächeln. »Wir sehen Euch doch hoffentlich nächste Woche zum Turnier in Windsor?«

Giselle glaubte für einen Moment, sie werde vor Erleichterung in Ohnmacht fallen, als Jonah durchs Tor geritten kam, aber sie machte wie üblich kein großes Gewese, tat vielmehr so, als kehre er nur von einer Stadtratsitzung oder einer Versammlung im Gildehaus zurück.

Er drückte einem der jungen Burschen, die in seinen Lagern arbeiteten, die Zügel in die Hand, nahm den Arm seiner Frau, küsste verstohlen ihre Schläfe und ging mit ihr zum Haus hinüber. Die Rosen blühten der brütenden Hitze zum Trotz und verströmten einen schweren, betörenden Duft. Jonah sog ihn tief ein. »Habt ihr Cecil gefunden?«

»Ja. Gestern Nacht. In Ruperts Keller.« Sie wies zur Anlegestelle hinunter. »Da ist er.«

Cecil saß mit dem Rücken zu ihnen auf der Kaimauer. Was für eine einsame Gestalt, dachte Jonah halb mitfühlend, halb spöttisch.

»Ich gehe und rede kurz mit ihm«, entschuldigte er sich, doch Harry kam mit den drei älteren Kindern aus dem Haus, die ihren Vater scheu und neugierig zugleich umringten.

Jonah hob Elena wie üblich hoch, um sie auf die Stirn zu küssen, und legte dann jedem seiner Söhne eine Hand auf die Schulter.

»War's sehr schrecklich im Tower?«, fragte Philip atemlos.

Jonah schüttelte den Kopf.

»Haben sie Euch in einen richtig finsteren Kerker gesperrt?«

»Philip …«, mahnte Giselle seufzend.

»Nein, ich fürchte, ich muss dich enttäuschen«, antwortete Jonah.

»In Ketten gelegt?«

Wortlos streckte Jonah die Arme vor und zeigte dem Jungen

die geröteten Handgelenke. Philip sog erschrocken die Luft ein, schlug beide Hände vor den Mund und starrte mit weit aufgerissenen Augen zu ihm auf. Doch als er das breite, gänzlich untypische Grinsen auf dem Gesicht seines Vaters sah, ließ er die Hände wieder sinken, und das hübsche Gesicht mit den leuchtend blauen Augen strahlte vor Erleichterung.

Jonah blickte mit leicht zur Seite geneigtem Kopf auf seinen Ältesten hinab. »Nun, Lucas? Deine Freude ist nicht ungetrübt, sehe ich.«

»Doch, Sir«, erwiderte der Junge ernst. »Aber ich bin wütend auf den König und weiß wieder einmal nicht, was richtig und was falsch ist.«

Mein armer Sohn, du bist ein ewiger Zweifler wie dein Vater, fuhr es Jonah durch den Kopf. »Ich schätze, dann wirst du weiter darüber nachdenken müssen.«

Lucas nickte.

Jonah streckte seinem jungen Kompagnon die Hand entgegen. »Danke, Harry.«

Harry Willcox scherte sich einen Dreck um Jonahs Hang zu übermäßiger Zurückhaltung und zog ihn impulsiv an sich. Im ersten Moment versteifte Jonah sich entsetzt, doch als er den jüngeren Mann antworten hörte: »Keine Ursache, Jonah, und jederzeit gern wieder«, musste er lachen, klopfte Harry die Schulter und entgegnete:

»Das wollen wir doch nicht hoffen.«

Er setzte sich ein, zwei Ellen von Cecil entfernt auf die Kaimauer und ließ wie er die Füße baumeln. Die Sonne hing wie eine geschmolzene Goldmünze am blauen Himmel über dem südlichen Ufer und blendete sie, sodass sie beide blinzeln mussten. Die Themse schimmerte stahlgrau in diesem Licht und strömte beinah lautlos, geradezu erhaben unter ihnen dahin.

Cecil hielt den Rosenkranz in der reglosen Rechten. Die aufgeschnürten Holzperlen schlängelten sich schlaff wie ein toter Wurm über seinen Oberschenkel.

Jonah überlegte, wie oft er diesen Rosenkranz in Crispins

Hand gesehen hatte, wenn es still und dunkel wurde in den Straßen von Cheapside und die beiden Lehrlinge sich in Hillocks Laden für die Nacht rüsteten. Crispin mit seinen Heiligengeschichten und dem Rosenkranz, Jonah den Bauch voller Wut und den Kopf voll hochfliegender Pläne.

»Ich habe geglaubt, sie wollten den Schuldschein des Geldes wegen«, begann Cecil unvermittelt. »Ich hatte keine Ahnung, was sie wirklich damit vorhatten.«

»Nein. Ich weiß.«

»Ich sage das nicht, um mich zu rechtfertigen«, fuhr der Junge fort, als hätte er ihn nicht gehört. »Es gibt keine Rechtfertigung. Aber ...« Er brach ratlos ab.

»Aber?«

»Na ja. Ich denke, ich will, dass Ihr nicht tiefer getroffen seid als nötig. Und dass Ihr mich auch nicht in schlechterer Erinnerung behaltet als zwingend notwendig, wenn ich fort bin.«

»Du meinst also, du gehst fort, ja? Wohin, wenn die Frage erlaubt ist?«

»Harry ... hat gesagt, er nimmt mich mit nach Bordeaux.«

Jonah wandte den Kopf und sah ihn an. Cecil weigerte sich lange, den Blick zu erwidern, doch Jonah hatte keine Eile. Schließlich kam der Junge nicht umhin, wenigstens einmal kurz in seine Richtung zu schauen, ehe er den Kopf hastig wieder senkte. »Ich hoffe, Ihr lasst mich gehen, Sir. Ihr ... Ihr werdet gewiss verstehen, dass ich nicht bleiben kann.«

»Nein. Erklär's mir.«

Cecils gesunde Hand zuckte, und die Perlen stießen mit einem leisen hölzernen Klacken aneinander, ehe sie in neuer Formation wieder zur Ruhe kamen. »Ich habe Euch bestohlen und betrogen. Ich ... tauge einfach nichts. Crispins ganze Mühe war umsonst, denn der Apfel fällt eben doch nicht weit genug vom Stamm, das habe ich jetzt begriffen. Ich ... bin noch nicht ganz sicher, wie ich damit weiterleben soll, aber wenn überhaupt, dann kann ich es nur weit weg von hier.«

Jonah nickte langsam, sagte jedoch: »Das kannst du dir aus dem Kopf schlagen.«

Cecil sah ihn endlich richtig an, und sein Blick war ein erbarmungswürdiges Flehen. »Sir, ich bitte Euch...«

»Spar dir die Mühe. Du denkst also, du taugst nichts, weil deine Eltern schlecht sind, ja? Du täuschst dich. Gott hat uns in seiner grenzenlosen Weisheit und Güte oder auch zu seiner persönlichen Belustigung einen freien Willen gegeben. Du hast nicht so gehandelt, weil es in deiner Natur liegt, sondern weil du keine bessere Lösung finden konntest. Du warst allein und standest vor einem Gegner, dem du nicht gewachsen warst, das ist alles. Es war eine ausweglose Lage. Ich habe die Gefahr nicht kommen sehen und dich in London gelassen und damit ausgeliefert. Ich schätze, wir haben beide einen Fehler gemacht.«

Cecil hatte sich selten etwas so sehnlich gewünscht wie diese Absolution, aber jetzt konnte er ihr nicht trauen. »Ihr habt gut reden, Sir. Wenn Ihr der Sohn einer Hure und eines Halunken wäret...«

»Meine Mutter war kein Muster an Keuschheit und mein Vater ein trunksüchtiger Spieler«, fiel Jonah ihm ins Wort, und sein Lehrling war so verblüfft ob dieser Eröffnung, dass er in aller Ruhe fortfahren konnte: »Natürlich muss jeder von uns mit dem Erbe leben, das er in sich trägt, aber ganz so schlecht, wie du annimmst, bist du gar nicht weggekommen. Du hast beispielsweise den Geschäftssinn deiner Mutter geerbt, nicht den deines Vaters, und das wäre ein guter Grund, um in die Kapelle zu gehen, auf die Knie zu fallen und Gott inbrünstig zu danken.«

»Gott und ich haben einander nichts mehr zu sagen«, teilte Cecil ihm entschieden mit.

Jonah nickte überzeugt, auch das konnte er gut verstehen, doch er entgegnete: »Das wird sich ändern. Du bist noch so jung und hast noch so viel vor dir. Gott ist ein Krämer, Cecil, und irgendwann wird er dir ein Angebot machen, das du nicht ausschlagen kannst.«

Voller Zweifel sah der Junge auf den Rosenkranz in seiner Hand hinab und bat leise: »Lasst mich gehen, Sir.«

Jonah stand auf, packte Cecil am Arm und zog ihn unerbittlich mit sich in die Höhe. Dann wies er auf die *Philippa*, die ein

Stück zur Rechten lag und sacht in den Wellen der Themse dümpelte. »Sie segelt morgen nach Brügge und holt neue Weber und Färber für Sevenelms. Jeden Tag kann die *Isabella* einlaufen, den Bauch voll spanischer Vliese. Wollexport, Tuchproduktion und -handel, alles liegt danieder nach dem schwarzen Tod. Es gibt so furchtbar viel zu tun. Lucas wird nicht ins Geschäft eintreten, das weißt du so gut wie ich. Und Philip? Ja, vermutlich. Wenn er nicht vorher am Galgen endet. Aber er ist erst neun. Ich brauche deine Hilfe, Cecil.«

Der junge Mann schaute ihn unsicher an, aber langsam stahl sich ein hoffnungsvolles, unternehmungslustiges Leuchten in seine Augen.

»In ein paar Monaten kommt Crispins Kind zur Welt«, fuhr Jonah fort. »Ich denke, es wäre nur richtig, wenn du sein Pate würdest, nicht wahr? Seinem Kind etwas von dem zurückgibst, was er dir gegeben hat. Du siehst also, du kannst jetzt unmöglich von hier fort.«

Cecil schlug verlegen die Augen nieder, aber er lächelte. »Ich fange an zu glauben, Ihr könntet Recht haben.«

»Also bitte. Wenigstens ein Sohn lässt sich von der Weisheit meiner Worte überzeugen.« Es kam ihm anscheinend ganz leicht und natürlich über die Lippen, und er sagte es ohne besonderen Nachdruck.

Aber für Cecil war es ein denkwürdiger Moment. Er nahm sich vor, diesen Augenblick niemals zu vergessen, und wenn er hundert Jahre alt würde. »Dort oben am Fenster steht Rachel und winkt wie besessen«, bemerkte er.

Jonah schaute nicht hinauf, aber er nickte, ebenso erleichtert über die Ablenkung wie der Junge. »Dann lass uns in die Halle gehen und essen. Du siehst so aus, als hätte Ruperts Tafel in beklagenswertem Maße nachgelassen. Dabei war sie noch nie sehr üppig.«

Während Kapitän Hamo nach Brügge fuhr, um die Weber nach England zu holen, die einer von Jonahs flandrischen Agenten in dessen Auftrag angeworben hatte, ritt Jonah selbst nach Sevenelms. Er wolle sich von den Fortschritten beim Bau der neuen Siedlung überzeugen, erklärte er Giselle, doch das war natürlich nur ein Vorwand. David brauchte keine Beaufsichtigung – er herrschte über das stetig wachsende Sevenelms wie ein Admiral über seine Flotte. In Wahrheit wollte Jonah London entfliehen, all den gut gemeinten Besuchen von Aldermen und Gildebrüdern, denen es ein Bedürfnis war, sich persönlich von seiner Unversehrtheit zu überzeugen und ihm vor allem zu versichern, dass sie angeblich keinen Moment an die böswilligen Gerüchte geglaubt hatten. Er wollte London entkommen, dem Schatten des Tower, der Einladung zum Hof. Und als er in Sevenelms war, suchte er sich einen seichten, grasbewachsenen Hügel aus, der ein gutes Stück von allen Ansiedlungen entfernt lag, führte David dorthin und sagte: »Bau mir ein Haus. Genau hier.«

David nickte, fragte aber verwundert: »Was willst du mit einem Haus auf dem Land?«

»Davon träume ich schon mein halbes Leben. Ich will einen Ort, wo ich Ruhe und Frieden finden kann, weit fort von der Stadt.«

David schüttelte schmunzelnd den Kopf. »Jonah, wenn du länger als drei Tage hier bist, wirst du rastlos und findest einen Grund, nach London zurückzukehren. Du brauchst diese Stadt wie eine Pflanze das Wasser.«

»Ich schätze, ich habe mich geändert.«

David glaubte ihm kein Wort, aber er sagte bereitwillig: »Natürlich baue ich dir ein Haus. Sag mir nur, wie es aussehen soll.«

»Klein. Bescheiden. Ländlich. Vielleicht mit einem Graben rundherum? Und einer Mauer mit Zugbrücke?«

Lachend führte David ihn in sein eigenes bescheidenes, ländliches Haus und brachte unaufdringlich aus ihm heraus, was sich zugetragen hatte.

»Ich hoffe doch sehr, mein Bruder Richard hatte nichts mit dieser teuflischen Intrige zu tun.«

Jonah hob gleichgültig die Schultern. »Richards Vorschlag, mich zum Sheriff zu wählen, war ganz gewiss dazu gedacht, die ganze Geschichte noch ein bisschen abscheulicher zu machen.

Mich erst auf den Sockel höchsten Ansehens zu hieven, damit ich umso tiefer falle und auch wirklich die ganze Stadt hinschaut. Aber was spielt das noch für eine Rolle? Jetzt ist all das ja vorbei.«

Daran hatte David die größten Zweifel.

Als Jonah zwei Tage später heimkam, berichtete Giselle ihm, dass Martin Greene ihn dringend zu sprechen wünsche. Also schickte Jonah Piers mit einer Nachricht zum Gildemeister, um ihn von seiner Heimkehr in Kenntnis zu setzen, und Greene kam noch am selben Nachmittag.

Jonah war im Kontor und sah zerstreut von einer Kalkulation für die Vergrößerung der Hafenanlage und Lagerflächen in Tickham auf, als Meurig eintrat, um den Besucher zu melden. »Führ ihn her.«

»Ja, Master. Es ist nur...« Meurig kratzte sich nervös am Ohr.

»Was?«

»Er hat zwei weitere Aldermen mitgebracht.«

»Ah ja? Und zwar?«

»Es sind... die Sheriffs von London, Master Jonah.«

Jonah sah seinen eigenen Schrecken in Meurigs Augen widergespiegelt. Was nun schon wieder?, fragte er sich fassungslos. Aber er sagte lediglich: »Sie müssen mich ja für sehr gefährlich halten. Führ sie in die Halle. Ich komme gleich. Und sorg dafür, dass wir ungestört sind.«

Meurig wies auf das geöffnete Fenster zum Fluss. »Ich kann sie auch ein paar Minuten ablenken, Sir«, murmelte er verschwörerisch.

Jonah fand, der Vorschlag hatte durchaus seinen Reiz, aber er entgegnete mit einem strengen Stirnrunzeln: »Mach dich nicht lächerlich.«

»Ich mach mich nicht lächerlich, sondern nützlich«, erwiderte Meurig.

»Nun verschwinde endlich«, knurrte Jonah, und der Diener ging mit erhobenen Händen hinaus, als wolle er sagen: Bitte, du hast es nicht anders gewollt.

Einer der Sheriffs war Martin Aldgate, ein uralter Freund. Er erhob sich genau wie die beiden anderen Besucher, als Jonah seine Halle betrat, ging zu ihm und schloss ihn kurz in die Arme. »Jonah! Was für eine grauenhafte Geschichte. Ich kann dir nicht sagen, wie froh ich bin, dich wieder frei zu sehen.«

Jonah trat unauffällig einen Schritt zurück. »Und wie ich sehe, bist du nicht gekommen, um mich gleich wieder festzunehmen.«

»Was?«, fragte Aldgate verständnislos. »Wie kommst du auf so einen Gedanken?«

Der andere Sheriff, Paul Mercer, der für den an der Pest gestorbenen Osbern gewählt worden war, nickte nachdenklich. »Ich könnte mir vorstellen, dass ein Mann mit so bitteren Erfahrungen auf die abwegigsten Gedanken kommt. Wir hätten Euch vorwarnen sollen.«

Jonah winkte ab. »Unsinn. Nehmt Platz, Gentlemen, und sagt mir, was ich für Euch tun kann.«

Die Gäste tauschten verstohlene Blicke, und wieder einmal war es der Gildemeister der Tuchhändler, der schließlich das Wort ergriff. »Ihr wart einige Tage fort und wisst daher vermutlich nicht, was sich ereignet hat.«

Er unterbrach sich, als habe ihn der Mut verlassen. Jonah wappnete sich. »Ist es Rupert?«

Aldgate schüttelte den Kopf. »Wir suchen noch nach ihm.«

»Und wir finden ihn auch, keine Bange«, fügte der andere Sheriff grimmig hinzu.

»Es geht um John Lovekyn, Master Durham.«

»Den Mayor?«, fragte Jonah.

Greene nickte, entgegnete aber: »Das ist er nicht mehr. Unsere Nachforschungen haben ergeben, dass er neben Rupert Hillock der Drahtzieher dieser feigen Intrige gegen Euch war. Wir, die Sheriffs und ich, haben überlegt, was zu tun sei, und hatten die Absicht, ihn in der gestrigen Stadtratsitzung mit den Fakten zu konfrontieren und zum Rücktritt zu bewegen. Aber er ist nicht erschienen. Der König lässt ebenfalls nach ihm suchen, doch offenbar hat Lovekyn aus Hofkreisen frühzeitig eine Warnung bekommen.«

»De la Pole ...«, murmelte Jonah.

Die drei Männer schwiegen unbehaglich. Es gab nicht einen einzigen Beweis, der de la Pole mit dieser ganzen leidigen Geschichte in Verbindung brachte. Aber Greene war kein Dummkopf und sagte daher: »Durchaus möglich. Wie dem auch sei. John Lovekyn, vormals Mayor of London, hat die Stadt und vermutlich auch das Land verlassen. Somit hat die Stadt keinen Bürgermeister mehr. Und sie braucht einen neuen.«

Jonah nickte zustimmend und fragte sich, wieso Greene nicht weitersprach. Wieso alle drei ihn so erwartungsvoll anstarrten. Dann richtete er sich kerzengerade auf und fragte: »Gentlemen, bei allem Respekt, aber habt Ihr den Verstand verloren?«

Abwechselnd redeten sie auf ihn ein. Immer wenn einer ins Stocken geriet, weil ihm die Argumente auszugehen drohten, übernahm der Nächste und setzte die Litanei guter Gründe fort.

Irgendwann stand Jonah einfach auf, ging ans Fenster, schaute ein paar Herzschläge lang auf den Fluss hinab und wandte sich dann wieder um. »Ich war nie Sheriff, Sirs. Ihr wisst genau, dass nur Mayor werden kann, wer zuvor Sheriff war.«

»Der Stadtrat kann eine Ausnahme beschließen. Hat es tatsächlich bereits getan. Es tut mir Leid, dass wir dich vor so ein Fait accompli stellen, Jonah«, log Aldgate, »aber du bist bereits gewählt.«

»Das könnt Ihr Euch aus dem Kopf schlagen«, entgegnete Jonah ungewohnt aufbrausend. »Sucht Euch einen anderen Narren. Ich habe genug von Macht und Einfluss. Ich habe erlebt, wie sie einen im Handumdrehen ruinieren können, und ich bin endgültig geheilt. Tatsächlich erwäge ich, der Stadt den Rücken zu kehren und mich aufs Land zurückzuziehen. Und Ihr werdet mich nicht umstimmen. Guten Tag, Gentlemen.«

Aldgate und Mercer wollten sich erheben und kleinlaut davonschleichen, aber Martin Greene hielt sie mit einem verstohlenen Wink zurück. »Master Durham, ganz gleich, was Ihr jetzt sagt, ich weiß, dass Ihr Euch London verbunden fühlt. Nun braucht es Eure Hilfe. Ihr wolltet kein Amt als Sheriff, und ich verstehe und billige Eure Gründe. Aber heute tragen wir Euch etwas ganz anderes an. Diese Stadt liegt am Boden. Ihre öffentliche Ordnung, ihr Recht, ihre Sicherheit, ihre Versorgung, ihre Finanzen – alles ist dem schwarzen Tod zum Opfer gefallen. Stellt sie wieder her. Ihr könnt aus dieser wunderbaren Stadt wieder machen, was sie einmal war, mehr sogar. Das und nicht weniger seid Ihr ihr schuldig.«

Jonah schüttelte entschieden den Kopf. »Das sagt Ihr immer wieder gern. Ganz gleich, ob in Bezug auf die Gilde oder die Stadt. ›Durham, Ihr könnt nicht immer nur nehmen, Ihr müsst auch zurückgeben.‹ Und das habe ich getan. Aber jetzt schaudere ich, wenn ich daran denke, was es mir eingebracht hat.«

Der Gildemeister hob mahnend einen Zeigefinger. »Nicht wahr? Niemand ist durch eine Rufmordkampagne so verwundbar wie ein Kaufmann. Wir sind reich und mächtig und vielleicht sogar im Begriff, den Adel in mancherlei Hinsicht aus seiner Vormachtstellung zu verdrängen, obwohl wir gar nicht wollen – einfach dadurch, dass die Krone immer abhängiger von uns wird, das Land ohne uns nicht mehr regieren und keine Kriege ohne uns mehr führen kann. Aber das weckt zwangsläufig Neid und Missgunst, und wir haben es bislang versäumt, uns hinreichend zu schützen.«

Jonah dachte darüber nach. Dann räumte er unwillig ein: »So ist es.«

Greene nickte triumphierend. »Nur unsere Organisationen können uns diesen Schutz gewährleisten. Das heißt, die Gilden und die Städte. Und nur wenn sie stark sind. Genau das ist es, was Ihr dieser Stadt schuldet, Master Durham: Macht sie stark. Keiner von uns hat so viel Einfluss bei Hofe wie Ihr, und erzählt mir nicht, daran hätte sich irgendetwas geändert. Kein zweiter Mann in dieser Stadt ist so reich und so mächtig wie Ihr. Ihr könnt Macht, Reichtum und Einfluss nutzen, um Euch und Eure Familie zu stärken, dann seid Ihr genauso ein gewissenloser Schuft wie William de la Pole und könnt eines Tages mit ihm in der Hölle um Flint und Schwefel feilschen. Oder Ihr stellt sie in den Dienst dieser Stadt.«

Die Sheriffs nickten feierlich und sahen den Kandidaten erwartungsvoll an.

Jonah schwieg lange, um Greenes Überzeugungskraft und die Wirkung seiner Worte zu schmälern. Dann sagte er betont leise: »Das Problem ist nur das: Ich will dieses Amt nicht. Ich bin nicht der Richtige. Ich weiß die Ehre überhaupt nicht zu schätzen, die diese Stadt mir erweist.«

Greene lachte leise, und ein Kranz zahlloser kleiner Falten bildete sich um die alten, klugen Augen. »Das macht nichts, mein Sohn. Denn diese Stadt weiß Euch zu schätzen.«

Jonah verschränkte trotzig die Arme und stieß hörbar die Luft aus. »Sir, ich wäre wirklich dankbar, wenn Ihr *endlich* aufhören wolltet, mich so zu nennen.«

London, August 1349

Die ersten Tage seiner neu entdeckten Freiheit hatte Rupert Hillock in einer Art euphorischem Rausch verlebt. Er war noch Kaufmann genug, um zu überlegen, wo sein Geld am längsten reichen würde, und so endete er schließlich in The Stews. Er trank, er hurte, er prügelte sich mit Seeleuten aus aller Herren Länder und hatte einen Heidenspaß. Ihm war vage bewusst, dass er in Wahrheit nur versuchte, seinen Schmerz zu betäuben, seinen ohnmächtigen Zorn darüber, dass er alles, aber auch alles verloren hatte, was er je an guten und bedeutsamen Werten besessen hatte: ein Heim, eine Familie, einen Namen, eine Identität. Aber er ließ nicht zu, dass dieser Schmerz ihn niederdrückte, sondern feierte seinen Untergang in ausschweifender Tollheit. Bis ihm das Geld ausging.

Erst jetzt erkannte er, welch ein furchtbarer Ort London für diejenigen war, die nichts besaßen, wie unbarmherzig es seinen Bettlern die kalte Schulter zeigte. Es gab weit weniger Suppenküchen und Armenspeisungen, als er angenommen hatte. Teilweise lag es natürlich daran, dass viele Klöster ihre Pforten geschlossen hatten, weil alle Brüder oder Schwestern vom schwarzen Tod dahingerafft worden waren. Der eigentliche Grund war jedoch, wurde ihm klar, dass die Männer, die in dieser Stadt herrschten, die Glücklosen und Gestrandeten für arbeitsscheues Gesindel hielten, das nichts Besseres als sein Elend verdiene. Und Rupert hatte selber sein Leben lang so gedacht, glaubte es im Tiefsten seines Innern immer noch, obwohl er jetzt auf der anderen Seite stand.

Trotzdem hatte er Hunger. Er streifte über den Obst- und Gemüsemarkt vor St. Paul in der Hoffnung, vielleicht hier und da etwas abstauben zu können, aber die Gärtner der feinen Leute, die hier ihre Überschüsse feilboten, hüteten ihre Waren mit Argusaugen und jagten jeden davon, der zu lange um ihre Stände herumlungerte, ohne zu kaufen. Vor der großen Kirche sah Rupert Krüppel, magere Kinder und alte Frauen mit ihren Bettelschalen. Der Anblick machte ihn schaudern. So weit war er noch nicht, erkannte er.

Er umrundete Cheapside in einem weiten Bogen, denn er ahnte, dass man dort nach ihm suchte, kam über die Carter Lane zur Old Fish Street, und hier fand er endlich ein kleines Haus von Franziskanern, das den Besitzlosen die Pforte öffnete und wo jeder, der darum bat, eine Schale anständiger Suppe und ein Stück Brot bekam. Der alte Mönch, der Rupert die Schale in die gierig ausgestreckten Hände stellte, schenkte ihm gar ein mildes Lächeln und sagte: »Gott segne dich, mein Sohn. Und vergiss nicht, für Master Jonah Durham zu beten, dessen Mildtätigkeit du diese Mahlzeit verdankst.«

Rupert fuhr zusammen und wollte dem Alten seine verfluchte Suppe ins Gesicht schütten. Aber er konnte nicht, er war zu hungrig. Also verzog er sich in einen schattigen Winkel des Hofs und heulte in seine Schale.

Gedemütigt, aber gestärkt setzte er seinen Weg fort, schlenderte ziellos die breite Candlewick Street entlang, überquerte die Bridge Street und gelangte so nach East Cheap. Hier war es ein wenig ruhiger. Die Handwerker des Viertels hatten sich in den Schatten ihrer Werkstätten zurückgezogen, Hausfrauen, Mägde und Botenjungen warteten mit ihren Besorgungen, bis die schlimmste Hitze des Spätsommertages vorüber war. Eine einzelne Gestalt überquerte vor ihm den kleinen Friedhof von St. Margaret, und als Rupert sie erkannte, fühlte er sich, als habe ihn der Blitz getroffen.

Er blieb wie angewurzelt stehen, starrte ihr hinterher und fragte sich, ob sie wirklich war oder ob der Satan ihm nur eine Vision jener ersten großen Versuchung zeigte, der er vor Jahren erlegen war.

Annot überquerte die Straße, bog in eine Gasse ein, und Rupert beeilte sich, ihr zu folgen. Er hielt ein gutes Stück Abstand, damit sie ihn ja nicht bemerkte, aber er riskierte nicht, sie aus den Augen zu verlieren. Als er sah, wie sie einen Schlüssel vom Gürtel nahm und die Tür des Hauses aufsperrte, in dem er die größten Sinnesfreuden erlebt und seine schlimmste Niederlage ihren Anfang genommen hatte, erkannte Rupert, dass alle Dinge sich zu einem großen Kreis zusammenfügten, der sich in diesem Augenblick schloss.

Es war Nachmittag, noch viel zu früh für Kundschaft, aber natürlich ging Cupido trotzdem zur Tür, als es klopfte. Es kam immer mal wieder vor, dass ein ganz eiliger Gast mit einem ganz dringenden Bedürfnis zu ungewöhnlicher Stunde erschien.

Doch als Cupido sah, wer auf der Schwelle stand, verschwand das höfliche Lächeln von seinem Gesicht. »Was zum Henker wollt Ihr hier?«, fragte er schroff.

Rupert lächelte verschämt. »Ich … ich möchte zu Annot. Ich hab sie zufällig auf der Straße gesehen und …«

Cupido schüttelte den Kopf. »Ihr kommt zu spät, Hillock. Sie ist die Dame des Hauses und hat es nicht mehr nötig, Kerlen wie Euch zu Diensten zu sein. Und selbst wenn. Runtergekommene Hungerleider wie Ihr sind hier nicht erwünscht.« Er wollte ihm die Tür vor der Nase zuschlagen, aber Rupert war schneller.

Er warf sich mit der Schulter dagegen, und obwohl es eine schwere, massive Holztür war, flog sie weit auf und schleuderte Cupido nach hinten. Rupert machte einen großen Schritt auf ihn zu und packte den schmächtigen Hausdiener, ehe dieser das Gleichgewicht wiedererlangt hatte.

Zu spät erkannte Cupido, dass er Rupert Hillocks Kräfte unterschätzt hatte. Vor allem hatte er nicht mit dem schweren Stein gerechnet, den der Eindringling hinter dem Rücken versteckt gehalten hatte und nun auf seine Schläfe niedersausen ließ. Verflucht, Annot, es tut mir Leid, war das Letzte, was Cupido dachte, ehe er in die Finsternis stürzte.

Rupert beugte sich über die reglose Gestalt. Der immer noch so lächerlich hübsche Hänfling mit den blonden Engelslocken atmete sichtbar. Blut rann ihm über die Stirn, aber weder aus der Nase noch aus den Ohren. Offenbar hatte er ihn nicht richtig erwischt. Er überlegte einen Moment, ob er das mit einem zweiten Schlag nachholen sollte, entschied sich jedoch dagegen und schleifte den leblosen Körper hastig Richtung Halle.

Rupert kannte sich gut in diesem Haus aus, und es hatte sich seit seinem letzten Besuch kaum verändert. Im Vorraum zur Halle stand immer noch die bunt bemalte Holztruhe, die die Tischwäsche enthielt. Er klappte sie auf und spähte hinein. Platz genug für den Hänfling. Er bugsierte den Besinnungslosen in die Truhe, die auf einmal eine makabre Ähnlichkeit mit einem Sarg hatte, und schloss den Deckel geräuschlos.

Als er in die Eingangshalle mit der prachtvollen Treppe zurückkam, begegnete ihm ein ebenso junges wie keckes Mädchen. »Kann ich irgendwas für Euch tun, Sir?«

Rupert lächelte väterlich auf sie hinab. »Da würde mir schon so allerhand einfallen. Aber einstweilen suche ich die Dame des Hauses.«

Sie runzelte verblüfft die Stirn. »Ah ja?«

Er packte sie roh am Arm und zog sie näher. »Sie erwartet mich, du unverschämtes kleines Miststück. Sagst du mir, wo ich sie finde, oder muss ich dir erst Beine machen?«

Furcht weitete die Augen der jungen Frau, und alle Unverfrorenheit war ihr vergangen. »Oben, Sir. Ganz am Ende des Ganges.«

»Na bitte.« Er ließ sie los und eilte die Treppe hinauf.

Annot saß in ihrem geräumigen, komfortablen Gemach am Tisch, hielt einen Spiegel in der Hand und betrachtete kritisch die Krähenfüße um ihre Augen. Sie ging der wenig originellen, aber doch immer wieder faszinierenden Frage nach, wo zum Teufel die Zeit geblieben war. Zweiunddreißig Jahre, dachte sie ungläubig. Ich bin zweiunddreißig Jahre alt. Siebzehn dieser zweiunddreißig Jahre, also mehr als die Hälfte, war ich jedermanns Hure. Ich habe einen erwachsenen Sohn. Also ist es wohl kein Wunder, dass ich ein paar Krähenfüße entdecke …

Die Tür öffnete sich schwungvoll, und Annot sah stirnrunzelnd auf. Sie schätzte es nicht, zu dieser Stunde gestört zu werden.

»Annot, mein Täubchen.« Frohlocken lag in Ruperts Stimme. »Ich hätte nie gedacht, dass ich dich noch einmal wiedersehe …«

Sie erhob sich abrupt und wunderte sich vage, dass sie das überhaupt fertig brachte, denn ihre Beine fühlten sich an, als seien die Knochen zu Leim geworden.

Mit Riesenschritten kam er auf sie zu. Annot wollte ihn um keinen Preis merken lassen, wie groß ihre Furcht war, aber ihr Instinkt machte ihr einen Strich durch die Rechnung. Sie wich zurück, bis sie gegen die Wand stieß. Rupert folgte ihr mit dem gleichen triumphierenden Lächeln wie früher. »Immer noch das scheue Reh?«, neckte er und legte eine seiner Pranken um ihren Oberarm.

Die Panik war wie ein Strudel, der sie in die Tiefe reißen wollte, und sie rang verbissen um die Oberhand. »Was willst du, Rupert?«

»Ich will es dir besorgen, Täubchen. So wie früher. Das weißt du doch noch, he? Ich bin sicher, trotz all der Kerle, die du seither gehabt hast, hast du mich nie vergessen.«

Nein Rupert, dachte sie, ich habe dich nicht vergessen. Wie könnte ich? Ich träume ja immer noch fast jede Nacht von dir. »Also, dann nur zu. Aber mach's kurz und erspar mir dein Gefasel, ich hab noch zu tun.«

Das gefiel Rupert nicht. Er wollte, dass sie weinte und flehte wie beim allerersten Mal. Mit zusammengekniffenen Augen schlug er ihr ins Gesicht, links und rechts, und sie schrie auf, mehr vor Schreck als vor Schmerz. Lachend drehte er ihr den Arm auf den Rücken, zwang ihren Oberkörper auf den Tisch hinab und nestelte mit der freien Hand an seiner Hose.

»Du gottverfluchtes Dreckschwein, Rupert. Nimm deine Hände von mir, oder ich schwöre dir, es wird dich teuer zu stehen kommen. Ich bin nicht mehr so schutzlos wie damals.« Sie stemmte sich gegen seine Pranke und versuchte, nach ihm zu treten, aber er war einfach viel zu stark.

Er packte sie kurz bei den Haaren und schlug ihren Kopf auf die Tischplatte, sodass ihr für einen Moment schwarz vor Augen wurde. »Wie du fluchen gelernt hast, Annot«, bemerkte er lachend.

Sie spürte, wie er ihre Röcke hochschob, und biss sich hart auf die Zunge, um nicht zu schreien. Es war ein gewaltiger Schrei des Entsetzens, der herausdrängte, aber sie wollte Rupert diesen Triumph versagen, wenn sie nur irgend konnte.

Rupert sah einen Moment auf sie hinab, ergötzte sich daran, wie sie sich wand und wehrte, und teilte ihr mit, welchen Entschluss er gefasst hatte, als er sie vor St. Margaret entdeckte: »Ich werde der erste und der letzte Mann sein, der dich gehabt hat, Annot. Denn wenn ich mit dir fertig bin, werde ich dich töten.«

»Sprach der Gockel, ehe der Fuchs ihn holte«, raunte eine leise, gefährliche Stimme.

Rupert gab einen eigentümlich erstickten Laut von sich und erstarrte.

Francis Willcox nahm den Arm von seiner Kehle, ließ den Griff des Dolches los, der in Ruperts Herz steckte, und trat einen Schritt beiseite. Krachend stürzte der massige Kaufmann zu Boden; fast war es, als erzittere das ganze Haus.

Annot war herumgewirbelt, sobald die Pranken von ihr abgelassen hatten, stand mit auf dem Rücken verknoteten Händen vor dem Tisch und starrte auf Rupert hinab. Ihre bleichen Lippen bewegten sich, als versuche sie erfolglos, etwas zu sagen.

Untypisch behutsam ergriff Francis ihren Ellbogen, aber er

machte keine Anstalten, sie wegzuziehen, sondern murmelte: »Ja, schau ihn dir nur genau an. Siehst du? Er kann dir nichts mehr tun.«

Sie wandte ihm plötzlich das Gesicht zu, als habe sie seine Anwesenheit erst jetzt richtig wahrgenommen. »Francis ...«

Er hob ergeben die Schultern und grinste, sehr zufrieden mit sich, so schien es.

»Wie kommst du hierher?«

»Durchs Fenster natürlich. Ich wollte etwas mit dir bereden und kam gerade vorbei, und es schien das Einfachste ... Na ja, glückliche Fügung. Es war mir eine Ehre, Euch zu Diensten zu sein, Madam.« Er machte eine kleine spöttische Verbeugung, und Annot kicherte.

Sie unterdrückte es gleich wieder, denn es klang verdächtig hysterisch. Aber ein kleines Lächeln blieb. Francis' Kaltblütigkeit hatte ihr immer schon gefallen. Jetzt gab sie ihr Sicherheit und half ihr, den Schock dieser plötzlichen Heimsuchung zu überwinden.

Zögernd sah sie wieder auf Rupert hinab. Die Augen waren weit aufgerissen und schienen immer noch boshaft zu funkeln, das Gesicht war eine starre, grinsende Fratze.

Francis wies nachlässig auf das, was aus der aufgeschnürten Hose ragte, und bemerkte: »Nun sieh ihn dir an, diesen Hundesohn. Er kommt mit einem gewaltigen Lustzapfen ins Jenseits und wird allerhand zu erklären haben.«

Annot musste schon wieder glucksen. Dann wandte sie sich ab, aber ihre Knie schlotterten nach wie vor, sie taumelte, und Francis fing sie bereitwillig auf. Er fand außerordentlichen Gefallen an der Rolle, in die er hier so unvermutet gestolpert war. Und sie diente seinen Absichten.

Annot hatte das Gesicht an seine Schulter gepresst, eine Hand in die unmöglichen roten Locken gekrallt, und weinte ein bisschen. Aber sie riss sich bald wieder zusammen, denn wenn sie jetzt alles hätte beweinen wollen, was Rupert Hillock ihr angetan hatte, dann hätte es weiß Gott lange gedauert, und das wollte sie Francis nicht zumuten.

»Ich ... ich bin dir so dankbar.«

Er winkte großspurig ab. »Komm. Überlassen wir Hillock sich selbst. Kein Anblick für eine Dame.« Er legte den Arm um ihre Schultern und führte sie zur Tür.

»Was soll jetzt mit ihm werden?«, fragte Annot ein wenig verzagt.

»Heute Nacht lasse ich ihn abholen, und er wird spurlos verschwinden. Ich nehme nicht an, dass irgendwer ihn sonderlich vermissen wird, nicht wahr?«

Sie atmete tief durch und trat mit ihm auf den stillen Korridor hinaus. Während sie sorgsam die Tür absperrte, fragte sie über die Schulter: »Du wolltest etwas mit mir besprechen?«

Er nickte. »Ich wollte dich fragen, ob du mich vielleicht heiraten möchtest.«

»Wie bitte?« Annot sah ihn ungläubig an.

»Du hast mich verstanden. Es ist mein Ernst, weißt du.«

»Also manchmal bist du doch wirklich wunderlich. Wieso in aller Welt sollte ich heiraten?«

»Wieso nicht? Warum willst du immer allein bleiben? Du könntest es weitaus schlechter antreffen als mit mir.«

»Ah ja?« Ihre Augen funkelten. »Dann lass hören, was so sehr für dich spricht.«

Mit langen Schritten ging er neben ihr her die Galerie entlang, zählte seine Vorzüge auf, und ihm war gleich, wer ihn hörte.

»Ich biete dir meine Freundschaft und Ergebenheit«, erklärte er, als sie die kleine Halle im Erdgeschoss betraten.

»Aber die habe ich auch so schon«, entgegnete sie und reichte ihm einen Becher Wein.

Er trank durstig und lautstark. »Dann meinen Schutz, den du offenbar nötig hast.«

Sie schüttelte den Kopf. »Jetzt nicht mehr.«

»Oh, komm schon. Hillock ist nicht der einzige Kerl, der Grund hätte, einen Groll gegen dich zu hegen. Du weißt zu viel über zu viele mächtige Männer. Das ist gefährlich.«

»Ich bin daran gewöhnt.«

»Na schön. Dann biete ich dir die Hälfte all meiner gestohlenen Reichtümer.«

»Das klingt nicht schlecht. Aber ich habe genug Geld, Francis.«

»Herrgott noch mal«, knurrte er, trat zu ihr und zog sie ein wenig stürmisch an sich. Ihre Nackenhaare sträubten sich. Der Schrecken war noch zu gegenwärtig, und im Augenblick wäre es ihr lieber gewesen, kein Mann hätte sie angefasst, aber sie ließ es sich nicht anmerken. Er spürte es trotzdem irgendwie, ließ sie wieder los und hob die Hand zu einer Geste, die einer Entschuldigung gleichkam.

Dann strich er sich die widerspenstigen Haare hinter das linke Ohr und sah sie fast verstohlen an. »Wie wär's mit dem Thron der Königin der Diebe?«

Ihr ging auf, wie nervös er war, und sie nahm seine Linke in beide Hände. »Da könnte ich beinah schwach werden, aber ich denke, lieber nicht.«

Er seufzte tief. »Verdammt. Ich fürchte, das war alles, was ich zu bieten habe. Bis auf mich.«

»Dich?«

»Ja. Du weißt schon.« Die freie Hand wedelte ungeduldig. »Mit Haut und Haar. Mit Leib und Seele. Und Herz, natürlich. Alles. Mich eben.«

Sie legte den Kopf schräg, sah ihm in die Augen und rang noch einen Moment mit sich. Dann seufzte sie. »Tja, wenn das so ist ... meinetwegen.«

London, Oktober 1349

Seid Ihr bereit, Mylord?«, fragte Sheriff Aldgate den Mayor feierlich.

Nein, dachte Jonah, aber wenn wir darauf warten wollen, wird dieser Tag vorübergehen, ohne dass irgendwer nach Westminster zieht. Er schluckte trocken und nickte. »Ich bin bereit.«

Sie traten aus der weit geöffneten Tür der Guildhall, und ein ohrenbetäubender Jubel brach los. Es war ein trüber Tag Ende Oktober, das Fest der Apostel Simon und Judas, und der Morgen war kalt und diesig, aber vom tristen Herbstgrau spürte man nichts, denn unzählige Menschen in farbenfrohen Kleidern drängten sich auf dem Vorplatz.

Ein Diener in Livree des Lord Mayor hielt Hectors Steigbügel, und Jonah saß auf, angetan mit einem scharlachroten Gewand und einer schwarzen Samtkapuze, die auf der linken Schulter lag. Genauso waren die beiden Sheriffs und die Aldermen gekleidet. Sie alle trugen schwere Goldketten, und die des Mayor war natürlich die prachtvollste.

Eine lange Prozession schlängelte sich vor ihm durch die Straßen, die Spitze des Zuges hatte West Cheap schon erreicht: zwei Reiter, die mächtige Standarten trugen, der eine das Wappen der Stadt, der zweite das der Tuchhändler, eben jener Gilde, die den neuen Mayor stellte. Ihnen folgten siebzig arme Männer, immer zwei nebeneinander. Man hatte sie auf Kosten der Stadt mit neuen blauen Gewändern und roten Kappen ausgestattet, und sie hielten runde Holztafeln, die die Wappen aller Mayor zeigten, welche die Tuchhändler je hervorgebracht hatten. Dann kamen zwei Bannerträger, der eine mit dem Banner des Königs, der andere mit dem des Hauses Durham. Hinter ihnen marschierten sechzehn Trompeter, danach zwei Dutzend Bedienstete des Mayor in Samtmänteln und mit weißen Stäben ausgestattet, die den Weg frei machten und hier und da eine kleine Schriftrolle von jemandem aus der Menge am Straßenrand entgegennahmen. Es war eine alte Tradition, dass die Londoner ihre Petitionen auf diesem Wege vor den neuen Mayor brachten, denn die feierliche Prozession durch die Straßen der Stadt war ursprünglich nur zu diesem Zweck eingeführt worden. Ihnen folgten wiederum sechzehn Trompeter, dann die Ehrengarde des Mayor – junge Männer seiner Gilde, die das Privileg hatten, ihm zu offiziellen Anlässen aufwarten zu dürfen –, dann die Offiziere der Sheriffs und der Stadtwache und schließlich die Gilden und die Zünfte. Sie bildeten den längsten wie auch den prächtigsten Abschnitt des Zuges. Unter ihren stolzen Wappen und in ihren altehrwürdigen Trachten ritten oder marschierten sie in einer strikt festgelegten Reihenfolge, die durch Größe, Einfluss und Wichtigkeit der jeweiligen Gemeinschaft bestimmt wurde. Nur das letzte Glied in dieser Kette war nicht jedes Jahr das gleiche, denn den Abschluss bildete immer die Zunft oder Gilde des neuen Mayor. So waren es dieses Jahr wieder einmal die Tuchhändler, die diesen Ehrenplatz innehatten. Dann endlich folgte der Mayor selbst mit seinem unmittelbaren Gefolge: die Leibgarde und direkt vor ihm sein Schwertträger, der die mächtige Waffe entblößt und stolz aufgerichtet vor sich hielt, die edelsteinbesetzte Scheide an der Seite.

Eigentlich hätte sein Vorgänger an Jonahs Seite reiten sollen, doch in diesem Jahr lagen die Dinge ein wenig anders. John Lovekyn war nach Frankreich geflüchtet, und Jonah ritt allein. Das war ihm äußerst recht. Seine Gefühle befanden sich in Aufruhr, und er war froh, dass niemand sein Gesicht aus nächster Nähe studieren konnte. Die Sheriffs, die ihn mit ihren weißen Amtsstäben in der Hand flankierten, hielten so viel Abstand, wie die Breite der Straße zuließ. Und die übrigen Aldermen folgten ihm und bildeten den Abschluss der Parade.

Sosehr Jonah die Augen auch anstrengte, gelang es ihm doch nicht, die Spitze des Zuges auszumachen – er war einfach zu lang. Und ganz London schien auf den Beinen zu sein und seinen Weg zu säumen, um ihn zu sehen und zu bejubeln.

Er fragte sich, ob je ein Mayor in dieser Prozession geritten war, dem nicht ein wenig schwindelig wurde von all dem Prunk, dem all der Jubel nicht zu Kopf zu steigen drohte, dem das Meer hoffnungsvoller, strahlender Gesichter keine Angst machte. Dabei war es ja gar nicht er, den sie feierten, führte er sich vor Augen, sondern vielmehr sich selbst, die Freiheit und Privilegien ihrer Stadt, die Tatsache, dass sie mächtig und unabhängig genug waren, um selbst zu bestimmen, wer ihre Geschicke für die nächsten zwölf Monate lenken sollte.

West Cheap ging es entlang, dann durch The Shambles und durchs Newgate hinaus auf die Holborn Street und weiter nach Westminster. Auch dort waren alle Einwohner auf die Straße gekommen, um die Lord-Mayor-Parade anzuschauen, und obwohl das Ganze sie eigentlich nichts anging, jubelten auch sie ob all der Pracht und Feierlichkeit.

Während der Zug die Straßen des kleinen Städtchens füllte und sich zum Rückweg formierte, ritt der Mayor mit den Sheriffs und den Aldermen in den Palast ein. Vor dem Hauptgebäude erwarteten ihn der König, die Königin und mehr oder minder der ganze Hof.

Jonah saß ab, trat vor Edward und sank auf ein Knie nieder.

»Wir begrüßen den Mayor von London«, sagte der König mit feierlichem Ernst, doch er lächelte und machte keinen Hehl daraus, wie zufrieden er mit der diesjährigen Entscheidung des Stadtrates war. »Was führt Euch nach Westminster?«

»Der Wunsch, Euch der Ergebenheit der Stadt zu versichern, Sire«, antwortete Jonah ebenso feierlich, und es verwunderte ihn, wie fest seine Stimme klang. Sodann leistete er den Eid, den König John vor beinah hundertfünfzig Jahren als Bedingung für das vollständige Selbstverwaltungsrecht der Stadt gefordert hatte: Er schwor Gefolgschaft, Treue und erbrachte dem König im Namen der Stadt und ihrer Bürger Huldigung, so wie auch die Kronvasallen es taten. Dann erhob er sich ohne Aufforderung. Und erst nachdem Edward ihm mit einer gleichermaßen altehrwürdigen Formel gedankt und ihn mit seinen Segenswünschen entlassen hatte, gestattete Jonah sich, die Königin anzuschauen. Sie stand gleich an Edwards Seite und hatte die Hand wie meist auf seinen Arm gelegt, aber ihr Blick war unverwandt auf Jonah gerichtet, und die haselnussbraunen Augen strahlten vor Stolz, fast so, als sei dieser Tag des Triumphes allein ihr Werk. Und in gewisser Weise war er das natürlich, wusste Jonah. Er verneigte sich tief vor ihr, obwohl das Protokoll dies nicht vorsah, ehe er sich abwandte, sein Pferd wieder bestieg und auf gleichem Wege und mit dem gleichen Pomp in seine Stadt zurückkehrte.

Die Parade endete auf dem Markt von West Cheap. Dort erwartete ihn seine Frau in einem mitternachtsblauen Mantel, der mit Silberfuchs gefüttert war und der Menge ein ehrfürchtiges Raunen entlockte. Sie war in Begleitung ihrer beiden älteren

Söhne, und Harry und Cecil bildeten ihre Eskorte. Sie alle trugen neue Kleider aus den feinsten Tuchen, die in Sevenelms hergestellt wurden, und ritten edle Pferde. Jonah gab sich keine Mühe, sein stolzes Lächeln zu verbergen, als er an ihnen vorbeiritt.

Die Ehrengarde, die Sheriffs und Aldermen begleiteten den Mayor nach Hause, und seine Familie schloss sich diesem sehr viel kleineren, aber immer noch stürmisch beklatschten Zug an. Tatsächlich säumten die Londoner die Straßen bis in die Ropery und hörten erst auf, Jonah ihre Anliegen, Segenswünsche oder auch gelegentlichen Flegeleien nachzurufen, als er durch das Tor seines Hauses verschwunden war.

Auch die Meister der Zünfte und Gilden, alle Liverymen der Tuchhändler, geistliche Würdenträger der Stadt und viele alte Freunde fanden sich bald in der Ropery ein, denn sie alle waren zum großen Festmahl in Jonahs Haus geladen. Es begann am frühen Nachmittag, gleich nach dem Ende der Parade, und dauerte bis tief in die Nacht. Über Stunden wurde ein Gang nach dem anderen aufgetragen, erlesene Braten, Pasteten und Suppen mit kostbaren Gewürzen aus dem Morgenland, immer wieder unterbrochen von köstlichen Süßspeisen. Weine aus Burgund und vom Rhein flossen in Strömen. Hervorragende Musikanten spielten auf, die große Halle war erfüllt vom Stimmengewirr und dem Lachen der vielen Gäste, kurze, launige Reden wurden gehalten und Trinksprüche auf das Wohl des neuen Mayor ausgebracht, der mit seiner Gemahlin an der Mitte der hohen Tafel unter einem Baldachin saß und alles mit stoischer Geduld über sich ergehen ließ, manchmal gar mit einem ergebenen kleinen Lächeln.

Harry Willcox, der zu diesem großen Ereignis aus Bordeaux zurückgekehrt war und mit Cecil, Lucas, Philip und Elena an einem der Seitentische saß, ließ den Blick ein wenig unbehaglich über all diese Pracht schweifen und raunte: »Man kommt nicht umhin, sich zu fragen, was dieses Fest kosten mag, nicht wahr?«

Cecil nickte. »Über zweihundert Pfund«, wusste er zu berichten, denn er hatte Giselle bei der Planung geholfen und mit ihr zusammen die Kosten kalkuliert. »Ohne die neuen Kleider für uns alle, wohlgemerkt.«

»Du meine Güte«, murmelte Harry schockiert. »Und wie oft hat er uns vorgebetet, Sparsamkeit und Bescheidenheit seien die schönsten Tugenden eines Kaufmannes.«

Cecil musste grinsen, nahm seinen Adoptivvater jedoch in Schutz: »Es ist nicht seine Schuld. Jeder neue Mayor muss ein solches Festmahl geben; es ist so etwas wie ein Gesetz. Mit seiner Freigiebigkeit beweist er seinen Reichtum, der wiederum seine Macht und seinen Erfolg als Kaufmann belegt. Lord Mayor von London zu werden ist nun einmal eine sehr kostspielige Ehre, und das soll auch so sein, damit sie den Besten dieser Stadt vorbehalten bleibt.«

»Amen. Lass uns darauf trinken. Bruder«, fügte Harry augenzwinkernd hinzu.

Sie lachten beide in ihre Becher, stießen dann an und nahmen einen kräftigen Zug. Die Hochzeit ihrer Eltern, der sie beide nur beigewohnt hatten, weil sie sonst Jonahs anhaltenden Zorn riskiert hätten, hatte sie zuerst schockiert und beschämt, dann belustigt, und inzwischen hatten sie beide Gefallen an dem Gedanken gefunden, dass sie nun auch, zumindest in den Augen des Gesetzes und der Kirche, verwandtschaftlich verbunden waren.

Jonah beobachtete seinen jungen Kompagnon und seinen Adoptivsohn unauffällig. Neben Cecil saß Crispins Witwe Kate, immer noch in Trauer und blasser denn je nach einer schweren Niederkunft vor zwei Wochen. Sie hatte eine Tochter geboren, die auf den Namen Agnes getauft worden war. Sowohl Jonah als auch Cecil waren Paten, und Jonah hatte mit Kate und ihrem Vater verabredet, dass einer seiner Söhne die kleine Agnes heiraten würde. Entweder Cecil selbst oder Philip vielleicht, dachte er. Oder Samuel. Zum Glück hatte er ja Söhne genug.

Nicht weit von Kate entfernt saß Pater Samuel, der ihm aufrichtig zu seinem hohen Amt gratuliert hatte, gleichzeitig aber bedauerte, dass Jonah ihn nun nicht mehr in die Provinz begleiten würde, um vor den Kirchen der kleineren Kaufmannsstädte den Satan zu mimen. Jonah lächelte wehmütig bei der Erinnerung an diese Wochen der Freiheit, in denen er sich unter das fahrende Volk gemischt hatte.

»Sobald mein Amtsjahr um ist, kannst du wieder auf mich zählen«, hatte er Samuel versprochen.

Aber der Pater hatte skeptisch den Kopf geschüttelt. »Sie werden dich wieder wählen, Jonah.«

»Das wird ja wohl davon abhängen, wie gut ich es mache.«

»Du wirst es gut machen, und das weißt du.«

»Ich weiß nichts dergleichen. Und selbst wenn. Ich werde ablehnen.«

Samuel hatte gelacht. »Das glaube ich erst, wenn ich es sehe. Wir sprechen uns nächstes Jahr wieder ...«

Giselle legte die Hand auf seine. »Wo du in Gedanken auch sein magst, Liebster, komm wieder zurück«, sagte sie leise. »Meurig steht hinten an der Tür und lässt nichts unversucht, um deine Aufmerksamkeit zu erregen.«

Jonah schaute in die Richtung. Offensichtlich erleichtert bedeutete der Diener ihm mit einem weit ausholenden und dennoch konspirativen Wink, einen Moment aus der Halle zu kommen. Jonah wechselte einen verwunderten Blick mit Giselle. »Nanu?«

»Sieht wichtig aus«, meinte sie.

Er nickte. »Entschuldige mich einen Moment.« Er erhob sich, umrundete die hohe Tafel und ging an der Wand entlang zur Tür, aber natürlich nicht unbemerkt. Alle Augen ruhten heute nur auf ihm. »Ich hoffe, das hat einen verdammt guten Grund«, knurrte er, als er seinen Diener erreichte.

Meurig nickte heftig. »Kommt und seht selbst, Master Jonah. Hoher Besuch.«

»Aber die Halle ist schon voll davon«, protestierte er, während er Meurig in sein Privatgemach folgte.

Die Königin war in Begleitung ihres ältesten Sohnes und zweier Ritter gekommen, Gervais of Waringham und Geoffrey Dermond. Zu Jonahs Entsetzen neigten alle vier vor ihm ehrerbietig die Häupter.

»Madame ... bitte nicht«, stammelte er, nahm die Hand, die sie ihm entgegenstreckte, und verbeugte sich wie gewohnt vor ihr. Das war vertraut und sicher – er fühlte sich gleich besser.

Philippa lächelte. »Bevor ich als Königin nach England kam, verbrachte Bischof Burghersh einige Wochen am Hof meines Vaters, um mich in den Sitten dieses Landes zu unterweisen. Das meiste habe ich gleich wieder vergessen – er war ja so ein grässlicher Langweiler –, aber eines ist mir in Erinnerung geblieben: Er sagte, innerhalb der Stadtmauern von London sei der Mayor die höchststehende Persönlichkeit gleich nach dem König. Das hat mich tief beeindruckt. Es schien so … ungewöhnlich.«

Jonah musste grinsen. »Und seither habt Ihr auf eine Gelegenheit gewartet, Euch vor einem Mayor innerhalb seiner Stadtmauern zu verneigen?«

»Vor einem Mayor meiner Wahl«, schränkte sie lachend ein.

»Dann erweist mir die Ehre, begleitet mich in meine Halle und nehmt an unserem Festmahl teil. Es ist fast vorüber, fürchte ich, aber ein paar bescheidene Reste werden sich wohl noch finden.«

»Ach, ich weiß nicht, Jonah«, entgegnete sie zaudernd. »Dies ist ein Fest der Bürger dieser Stadt. Wir haben hier eigentlich nichts verloren.«

»Es ist *mein* Fest, und ich entscheide, wer geladen wird«, widersprach er und fügte in Gedanken hinzu: Schließlich bezahle ich es ja. Er machte eine einladende Geste, die auch die Ritter und den Prinzen einschloss. »Mylord …«

»Mein Vater hat mich beauftragt, Euch die Losung des Tower zu überbringen, Sir Jonah«, erklärte der Prinz ernst. Der Tower gehörte zwar der Krone, doch da er in London stand, hatte der Mayor das Recht, die Losung zu kennen und dort nach Belieben ein und aus zu gehen. Jonah glaubte indes nicht, dass er von diesem Privileg häufig Gebrauch machen würde. »Der Constable wird sie Euch in Zukunft wöchentlich mitteilen, aber heute ist es meine Ehre«, fügte der Prinz mit einem beinah scheuen Lächeln hinzu.

Jonah nickte ernst. »Danke, Mylord.«

»Und wenn Ihr erlaubt, würde ich gern kurz mit Lucas sprechen.«

Warum bin ich nicht überrascht?, dachte Jonah gallig, antwortete jedoch: »Er wird sehr geschmeichelt sein, mein Prinz.«

Am Arm ihres Sohnes betrat die Königin die Halle. Die Feiernden erhoben sich von den Plätzen und verneigten sich, diejenigen, die sie nicht gleich erkannten, wurden von ihren Nachbarn angestupst und flüsternd ins Bild gesetzt, sodass sie sich beeilten, dem Beispiel der anderen zu folgen. Aber Philippas Erscheinen erregte kein großes Aufsehen. Schließlich wusste jedermann, dass der Lord Mayor und die Königin einander nahe standen und Philippa eine besondere Schwäche für London hatte. Sie kam häufiger ohne den König in die Stadt und war ein gern gesehener Gast und eine großzügige Gönnerin in vielen ihrer Kirchen und Klöster.

Nach einigem Sesselrücken wurden zwei weitere Plätze an der hohen Tafel geschaffen. Die Königin nahm neben Jonah, der Prinz neben Giselle Platz, während Waringham und Dermond sich unter die jüngeren Kaufleute mischten, die sie teilweise recht gut kannten, und mit ihnen zusammen dem erlesenen Wein zusprachen.

»Und?«, fragte Philippa Jonah leise, den Kopf wie so oft vertraulich in seine Richtung geneigt. »Wie fühlt Ihr Euch als erster Mann der Stadt, ihr oberster Richter, Befehlshaber ihrer Miliz und Admiral ihrer Häfen?«

Schon allein von der Aufzählung wurde Jonah flau. Doch im Grunde war es nicht so furchteinflößend, wie es sich anhörte. Seit September hatte er seinen flüchtigen Vorgänger schon kommissarisch vertreten und wusste längst, dass es an diesem Amt nichts gab, das er nicht meistern konnte. Er war bis auf den heutigen Tag zu menschenscheu und vielleicht auch zu bequem, um seine Aufgabe und die damit einhergehende Ehre so zu genießen, wie andere es vielleicht konnten, aber er hatte zu seiner eigenen Verblüffung erkannt, dass er dennoch der richtige Mann dafür war.

Was er sich schließlich mit einem leisen Seufzer zu sagen entschloss, war: »Es war der Wunsch meiner Großmutter, dass ich Mayor von London werde, Madame. Und sie war eine von den Frauen, die meist bekommen, was sie wollen.«

Giselle legte verstohlen die Hand auf sein Knie und bemerkte leise: »Wie so viele Frauen in deinem Leben, nicht wahr?«

Sie tauschten ein wissendes Lächeln. Philippa gönnte ihnen

diesen Augenblick stiller Vertrautheit, knabberte an ihrem Fasanenschenkel und bemerkte dann scheinbar beiläufig: »Der König beginnt zu argwöhnen, dass es möglicherweise doch William de la Pole sein könnte, der hinter dieser betrügerischen Englischen Compagnie steckt, Jonah.«

Er schaute sie an. »Ah ja?«

Die Königin nickte. »Ich fürchte, es wird nicht mehr lange dauern, bis Euer Schwiegervater wieder in Ungnade fällt.«

»Ich bin erschüttert, Madame. Wieso habe ich nur das Gefühl, dass Ihr an dieser Entwicklung nicht gänzlich unbeteiligt seid?«

Sie lächelte geheimnisvoll vor sich hin und fuhr dann fort: »Es besteht kaum Hoffnung, dass der gute de la Pole seine Güter in Yorkshire zurückbekommt. Sie fallen an die Krone. Und stellt Euch vor, auf einem dieser Güter ist ein offenbar recht großes Kohlevorkommen entdeckt worden. Wie sie jetzt überall gefunden werden, nicht wahr?«

Er zog die Brauen hoch und bedeutete ihr mit einem Nicken, fortzufahren. »Nun … wie Ihr wisst, muss ich dringend meinen Haushalt sanieren«, sagte die Königin. »Ich habe mir überlegt, ob es wohl lohnend wäre, diese Kohle systematisch abbauen zu lassen – es gibt in meiner Heimat Leute, die wissen, wie man so etwas anstellt – und sie auf den Kontinent zu exportieren? Mir ist natürlich klar, dass Ihr derzeit anderes zu tun habt, aber ich will ja auch nicht morgen damit anfangen. Was denkt Ihr?«

Jonah drehte versonnen seinen Becher zwischen den Händen und antwortete schließlich: »Ich denke, ich werde noch ein Schiff brauchen, Madame.«

Nachbemerkung und Dank

Es liegt wohl in der Natur der Sache, dass bei der historischen Fiktion Historie und Fiktion manchmal im Widerstreit liegen, und genau das macht natürlich auch den Reiz aus, einen historischen Roman zu schreiben. Zu gerne hätte ich beispielsweise die Parade zur Amtseinführung des Bürgermeisters von London – die Lord Mayor's Show – als Prozession prächtig geschmückter Boote auf der Themse geschildert, wie sie bis auf den heutigen Tag alljährlich stattfindet, doch gibt es diese Tradition leider erst seit 1422, also konnte ich das natürlich nicht tun. Trotzdem habe ich mir wieder einmal Freiheiten erlaubt und den Londonern mit Jonah Durham einen Mayor untergeschoben, den es nie gab, wofür ich um Nachsicht bitte.

Aus Zuschriften weiß ich, dass manche Leserinnen und Leser die Frage interessiert, was denn nun erfunden ist und was sich wirklich zugetragen hat, darum will ich darauf dieses Mal ein bisschen ausführlicher eingehen.

Erfunden sind alle Figuren im Personenregister, die kein * tragen, also, wie gesagt, auch Jonah Durham, seine Familie und seine Geschichte, wenngleich letztere beispielhaft für eine Kaufmannskarriere seiner Zeit ist. Wahr ist hingegen fast alles, was ich über William de la Pole geschrieben habe. Er war mit erheblichem Abstand der reichste und durchtriebenste englische Kaufmann seiner Epoche, und jede Gaunerei, die ich ihm hier anhänge, hat er wirklich begangen, inklusive nächtlicher Entführungen und Einschüchterungen durch gedungene Schurken. Er hat König Edward in der geschilderten Weise betrogen und wurde 1353 wegen des verdächtigen Bankrotts der Englischen Compagnie ein zweites

Mal angeklagt. 1354 wurde er wieder einmal von allen Vorwürfen reingewaschen, zog sich aber endgültig aus der Wirtschafts- und Finanzpolitik zurück – verbittert, berichten manche – und starb 1366 hochbetagt im heimischen Yorkshire. Sein Sohn Michael erhielt tatsächlich den ersehnten Adelstitel; er wurde 1385 Earl of Suffolk, was der Vater freilich nicht mehr erlebte. Reichtum und Ehrgeiz blieben den de la Poles erhalten. Einer von Williams und Michaels Nachkommen heiratete im 15. Jahrhundert in die königliche Familie ein, sodass ein de la Pole, mittlerweile zur Herzogswürde aufgestiegen, schließlich gar einen Thronanspruch geltend machte. Doch die Geschichte ging in etwa so aus wie das Märchen vom Fischer und seiner Frau: Nach dem Ende der furchtbaren Rosenkriege wollten die gerade an die Macht gelangten Tudors keine neuen Streitigkeiten um die Thronfolge riskieren, und der Letzte der unbequemen de la Poles wurde hingerichtet. Damit erlosch die Hauptlinie.

Authentisch ist auch beinah alles, was ich über London geschrieben habe. Die demokratischen Strukturen seiner Zünfte, Gilden und mittelalterlichen Stadtverwaltung waren für mich die größte Überraschung bei meinen Recherchen, stehen sie doch im krassen Gegensatz zum Feudalsystem, das den Zeitgeist in so vielen Lebensbereichen beherrschte. Der früheste brauchbare Stadtplan stammt erst aus dem 16. Jahrhundert, doch lässt sich die Geografie der Stadt, wie hier dargestellt, anhand von Beschreibungen recht zuverlässig rekonstruieren. Ob es das organisierte Verbrechen und die Diebesschule in Billingsgate im 14. Jahrhundert schon gab, bleibt hingegen der Spekulation überlassen. Die frühesten Berichte darüber finden sich erst gut hundert Jahre später, wobei zu bedenken ist, dass Heimlichkeit das oberste Ziel dieser dunklen Bruderschaften gewesen sein muss und sie durchaus im Verborgenen existiert haben mögen, lange bevor irgendwer davon erfuhr oder berichtete. Francis der Fuchs ist jedenfalls nur ein Produkt meiner Fantasie. Belegt sind indes alle hier erwähnten Rechtsfälle.

Was mich bei der Beschäftigung mit dem Mittelalter immer wieder aufs Neue erschüttert, ist die systematische, per Gesetz sanktionierte und von der Kirche abgesegnete Gewalt gegen Frauen und Kinder. Sexuelle Gewalt, die sich durch alle Schichten zog und oft auch sehr junge Mädchen traf, ist nicht zufällig ein durchgängiges Thema dieses Romans. Die Dame der feinen Londoner Gesellschaft und ihr teures Freudenhaus hat es wirklich gegeben. Sie wurde aktenkundig, weil eine Magd sie vor dem Lord Mayor verklagte, sie zur Prostitution gezwungen zu haben. Ein Priester hatte das in Not geratene junge Mädchen dorthin vermittelt. Annot ist erfunden, aber ihr Schicksal hat sich ungezählte Male ereignet.

Für König Edward habe ich, wie vermutlich unschwer zu erkennen war, eine Schwäche. Ich habe ihn hier trotzdem der sexuellen Nötigung bezichtigt, weil es aller Wahrscheinlichkeit nach der Wahrheit entspricht. Opfer der Vergewaltigung, von der verschiedene Chronisten berichten, war entweder die Schwägerin, die Nichte oder die Frau seines Freundes William Montagu, Earl of Salisbury. Das Einzige, was sich zu Edwards Verteidigung sagen lässt, ist ebenso banal wie abscheulich: In seinen Augen und denen seiner Zeitgenossen war es ein Kavaliersdelikt.

Joan of Kent, die schönste Frau Englands, bekam den Schwarzen Prinzen in dritter Ehe zu guter Letzt doch noch, und ihr gemeinsamer Sohn Richard wurde König von England. Trotzdem ist es durchaus glaubhaft und wahrscheinlich, dass sie zuvor König Edwards Geliebte war und die geheimnisvolle Dame, die in Calais beim Tanz ihr blaues Strumpfband verlor und so dem Hosenbandorden zu seinem Symbol und seinem Motto verhalf. Die Biografen, die das bestreiten, argumentieren vornehmlich nach dem wenig überzeugenden Grundsatz, dass nicht sein kann, was nicht sein darf.

Königin Philippa war von den historischen Figuren dieses Romans diejenige, die mich am meisten fasziniert hat. Sie hat zwölf Kinder geboren, von denen neun das Erwachsenenalter erreichten, und hat es verstanden, diese große Familie zusammenzuhalten. Selbst nach ihrem Tod gab es unter den ehrgeizigen Söhnen keine nennenswerten Machtkämpfe. Sie hat mit ihrem französischen Geschmack nicht nur das englische Modebewusstsein ge-

sondern tatsächlich die Tuchproduktion revolutioniert, indem sie die weltberühmten Handwerker aus ihrer Heimat nach England brachte. Ihr zweiter großer wirtschaftlicher Coup war der Kohleabbau und -export. Trotzdem hat sie nie so viel Geld verdient, wie sie ausgab. Sie war genauso hoffnungslos verschwendungssüchtig wie ihr Mann, denn das entsprach dem höfischen Ideal, an das sie beide glaubten. Sie hat oft politische Weitsicht und Klugheit bewiesen, und es stimmt tatsächlich, dass sie nach dem Einsturz der Tribüne beim Londoner Turnier 1331 vor dem König auf die Knie ging, um für die Zimmerleute zu bitten. Diese denkwürdige Szene wiederholte sich 1347 nach dem Fall von Calais, als es um die berühmten sechs Bürger der eroberten Stadt ging. Die Chronisten berichten, dass Edward in allen wichtigen Entscheidungen ihren Rat suchte. Er hat sie tatsächlich ständig betrogen, doch ihr Tod im August 1369 markiert den Beginn seines geistigen Verfalls und Niedergangs, von dem ich, wie auch von allen politischen Ereignissen nach 1360 und vor allem natürlich den Geschicken der Häuser Waringham und Dermond, in *Das Lächeln der Fortuna* erzählt habe.

Dank ist an dieser Stelle immer angebracht, denn viele haben geholfen, den *König der purpurnen Stadt* aus der Taufe zu heben; die meisten natürlich unwissentlich und unfreiwillig, indem sie die Bücher, Artikel und Websites verfasst haben, aus denen ich meine Informationen bezogen habe.

Danken möchte ich auch – wieder einmal – Dr. Janos Borsay und meiner Schwester Dr. Sabine Rose für die so unerlässliche medizinische Fachberatung und die geduldige Beantwortung all meiner abstrusen Fragen, Uli Lua und den Mitarbeitern des Museums Schloss Rheydt für den Zugang zu ihrer Bibliothek, wo ich mehr über Textilgeschichte erfahren habe, als ich hier verwerten konnte, Dr. Johannes Holdt für die Nachhilfe in Kirchenlatein, meiner Freundin und Kollegin Maeve Carels für die Inspiration und last but absolutely not least meinem Mann Michael für Rat und Hilfe und vieles mehr.

R. G., im August 2001